# 第四卷


**评注者：**（按编写顺序排列）

王建定　姜汉椿　周笃文　彭国忠

范民声　徐培均　罗立刚　杨柏龄

王　焰　彭万隆　周少雄　姚大勇

李康化　邹志方

# 目　录

# 董　颖

董颖，生卒不详，字仲达，德兴（今属江西）人。宣和六年（1124）进士。高宗绍兴初，尝从汪藻、徐俯游。有《霜杰集》。

## 薄　媚　西子词

### 排遍第八

怒潮卷雪，巍岫布云，越襟吴带如斯。有客经游，月伴风随。值盛世，观此江山美。合放怀、何事却兴悲。不为回头，旧谷天涯。为想前君事，越王嫁祸献西施[①]。吴即中深机。　阖庐死[②]。有遗誓。句践必诛夷[③]。吴未干戈出境，仓卒越兵，投怒夫差[④]。鼎沸鲸鲵[⑤]。越遭劲敌，可怜无计脱重围。归路茫然，城郭丘墟，飘泊稽山里[⑥]。旅魂暗逐战尘飞，天日惨无辉。

[注释]

①西施：一作"先施"，又称"西子"，春秋越国苎萝（今浙江诸暨）人。越吴交战，越败于会稽。相传句践使大夫范蠡觅得西施，进贡吴王夫差，诱其溺于酒色，疏于防越。后，越灭吴，西施归范蠡，相偕泛舟五湖。　②阖庐：一作"阖闾"，春秋吴国君主。本名光，阴使专诸刺杀吴王僚而自立为王。重用楚之逃臣伍子胥，国力日强，累败楚军。十五年，与越争锋，兵败伤指而死。临终遗命，令子夫差必灭越。　③句践：春秋越国君主。四年，发兵击吴，兵败夫椒，引残卒五千保栖于会稽山。使大夫文种至吴请降，吴王许之。句践返国，卧薪尝胆，十年生聚，十年教训，终得灭吴雪耻。　④夫差：吴国君主，阖庐之子，继父为王。以伯嚭为太宰，习战射，时以复父仇为志。二年，与越战，大败句践于夫椒。其后，拒纳伍员忠言，赦归句践，终致养虎遗患，于周元王三年兵败于越而自杀。　⑤鼎沸鲸鲵：意谓，越王遣死士辱骂（即激怒）吴王，卒引夫差暴怒，其形势之紧张，

如水滚鼎中，鲸汹涌于海上。　鲸：雄性鲸。　鲵：雌性鲸。　⑥稽山：即会稽山，在今浙江绍兴。句践兵败，引残卒五千隐伏于此。

排遍第九

自笑平生，英气凌云，凛然万里宣威。那知此际。熊虎途穷，来伴麋鹿卑栖[①]。既甘臣妾[②]，犹不许，何为计。争若都燔宝器。尽诛吾妻子[③]。径将死战决雄雌，天意恐怜之。　　偶闻太宰，正擅权，贪赂市恩私[④]。因将宝玩献诚，虽脱霜戈，石室囚系[⑤]。忧嗟又经时。恨不如巢燕自由归。残月朦胧，寒雨萧萧，有血都成泪。备尝险厄返邦畿，冤愤刻肝脾。

［注释］

①“熊虎”两句：意谓句践兵败，威风杀尽，唯引残兵潜藏山林，与麋鹿共生。熊虎：喻士之勇猛。　途：《全宋词》作“涂”。　②臣妾：句践令大夫文种至吴请降曰“句践请为臣，妻为妾”。　③“争若”两句：文种请降，吴王将许之，伍子胥曰“天以越赐吴，勿许也”。种还以报，句践欲杀妻子，燔（焚）宝器，触战以死。　争：怎。　④“偶闻”三句：吴国太宰嚭，贪财弄权，受越贿，谗子胥，唆使吴王纵虎归山。　⑤石室：岩洞，句践被囚之处。

第十攧

种陈谋[①]，谓吴兵正炽，越勇难施。破吴策，唯妖姬[②]。有倾城妙丽，名称西子，岁方笄[③]。算夫差惑此，须致颠危。范蠡微行[④]，珠贝为香饵。苎萝不钓钓深闺，吞饵果殊姿。　　素肌纤弱，不胜罗绮。鸾镜畔、粉面淡匀，梨花一朵琼壶里。嫣然意态娇春，寸眸剪水，斜鬟松翠。人无双、宜名动君王[⑤]，绣履容易，来登玉陛。

[注释]

①种:越国大夫文种,句践复国功臣之一。句践灭吴后,种被迫令自尽。　②妖姬:美女。　③岁方笄(jī):笄,簪也。古礼女子年十五而笄,谓之"及笄"。　④微行:古代帝王或官员便服出行之谓。　⑤宜:理当。

入破第一

窣湘裙[①],摇汉佩。步步香风起。敛双蛾,论时事。兰心巧会君意。殊珍异宝,犹自朝臣未与[②]。妾何人,被此隆恩,虽令效死。奉严旨。　　隐约龙姿忻悦,重把甘言说。辞俊雅,质娉婷,天教汝、众美兼备。闻吴重色,凭汝和亲,应为靖边陲。将别金门,俄挥粉泪,靓妆洗[③]。

[注释]

①窣(sū):衣裙轻微摩擦声。　②与:赐予。　③靓(jìng)妆洗:泪水洗刷艳妆,面上粉痕道道。

第二虚催

飞云驶,香车故国难回睇。芳心渐摇,迤逦吴都繁丽。忠臣子胥[①],预知道为邦祟。谏言先启,愿勿容其至。周亡褒姒[②],商倾妲己[③]。　　吴王却嫌胥逆耳。才经眼,便深恩爱。东风暗绽娇蕊。彩鸾翻妒伊。得取次、于飞共戏[④]。金屋看承,他宫尽废。

[注释]

①子胥:伍子胥,名员,春秋楚国人。父兄屈死于楚平王手,子胥奔吴,累建大功,封于申,故称申胥。吴越之战,句践败,请和,子胥谏夫差勿许,夫差不从。且信伯嚭谗言,赐属镂剑迫子胥自杀。　②褒姒(sì):周幽王时褒国所献美人,姒姓,进宫后未尝一笑。幽王乃举烽火召诸侯,卒得其一笑。嗣后,申侯与犬戎攻周,幽王又举烽火召诸侯勤王,诸侯以为

戏,不至,卒被犬戎所杀。　③妲(dā)己:商纣王妃,己姓,名妲,美艳绝伦。纣王宠之,乃至荒淫酒色,朝政废弛,卒亡于周。　④取次:任意,随意。唐宋人口语。　于飞:喻夫妇和合恩爱。《诗经·大雅·卷阿》:"凤凰于飞,翙翙其羽。"

## 第三衮遍

华宴夕,灯摇醉。粉菡萏,笼蟾桂。扬翠袖,含风舞,轻妙处,惊鸿态。分明是,瑶台琼榭,阆苑蓬壶,景尽移此地。花绕仙步,莺随管吹。　宝帐暖留春,百和馥郁融鸳被[①]。银漏永,楚云浓,三竿日、犹褪霞衣。宿酲轻腕,嗅宫花,双带系。合同心时,波下比目[②],深怜到底。

[注释]

①百和:即"百和香",由多种香料混合而成。　②比目:比目鱼,"鲽"之异名。旧说此鱼一目,不比(成双)不行。后常以之喻夫妇恩爱,形影不离。

## 第四催拍

耳盈丝竹,眼摇珠翠。迷乐事,宫闱内。争知,渐国势凌夷[①]。奸臣献佞[②],转恣奢淫,天谴岁屡饥。从此万姓离心解体。　越遣使,阴窥虚实,蚤夜营边备[③]。兵未动,子胥存,虽堪伐,尚畏忠义。斯人既戮[④],又且严兵卷土,赴黄池观衅[⑤],种蠡方云可矣[⑥]。

[注释]

①凌夷:同"陵夷",由盛转衰。　②奸臣:此指吴国太宰伯嚭。　③蚤:同"早"。　④斯人:此人,指伍子胥。　⑤黄池:地名,在封丘县(今属河南)。　观衅:伺隙而欲有所图。吴王夫差十四年春,吴王北会诸侯于黄池。欲霸中国,以全周室。　⑥种蠡:越国大夫文种和范蠡。

第五衮遍

机有神，征鼙一鼓，万马襟喉地[①]。庭喋血，诛留守[②]，怜屈服，敛兵还[③]，危如此。当除祸本，重结人心，争奈竟荒迷。战骨方埋，灵旗又指[④]。　势连败。柔荑携泣[⑤]。不忍相抛弃。身在兮，心先死。宵奔兮，兵已前围。谋穷计尽，唳鹤啼猿，闻处分外悲。丹穴纵近[⑥]，谁容再归。

[注释]

①万马襟喉地：意谓兵马已控制军事要地。　②诛留守：勾践入吴，攻杀留守之太子。　③敛兵还：吴王乃从黄池撤兵返吴。　④灵旗：画有招摇（北斗星名），以示征伐之旗。此指越兵又起。　⑤柔荑（tí）：茅草之嫩芽，以喻女子手指之白嫩，纤细。《诗经·卫风·硕人》："手如柔荑，肤如凝脂。"　⑥丹穴：原为地名，此借指吴都。《尔雅·释地》："岠齐州以南，戴日为丹穴。"

第六歇拍

哀诚屡吐，甬东分赐[①]。垂暮日，置荒隅，心知愧。宝锷红委[②]。鸾存凤去，辜负恩怜，情不似虞姬[③]。尚望论功，荣还故里。　降令曰，吴亡赦汝，越与吴何异。吴正怨，越方疑。从公论、合去妖类[④]。蛾眉宛转[⑤]，竟殒鲛绡，香骨委尘泥。渺渺姑苏，荒芜鹿戏[⑥]。

[注释]

①甬东：地名，今浙江舟山一带。　分赐：吴王败，越人告之，置君甬东可乎？　②宝锷：犹言"宝剑"。　锷：刀剑之刃。　红委：指吴王自杀。③虞姬：秦末义军首领项羽之侍姬，虞姓。楚汉交兵，项羽为汉军困于垓下，起饮帐中，悲歌慷慨，虞姬和之。歌罢，自刎殉情。　④妖类：此处指赐死西施。　⑤宛转：展转曲折貌。白居易《长恨歌》："六军不发无奈何，宛转蛾眉马前死。"　⑥"渺渺"二句：伍子胥警告夫差不可姑息越国，

曰“不出数年，鹿豕游于姑胥之台”。

第七煞衮

王公子，青春更才美，风流慕连理[①]。耶溪一日[②]，悠悠回首凝思。云鬟烟鬓，玉珮霞裾，依约露妍姿。送目惊喜。俄迂玉趾[③]。　同仙骑，洞府归去，帘栊窈窕戏鱼水。正一点犀通，遽别恨何已[④]。媚魄千载，教人属意。况当时，金殿里。（以上《乐府雅词》卷上）

[注释]

①连理：两树枝干连生，多以之喻夫妇恩爱。白居易《长恨歌》：“在天愿作比翼鸟，在地愿为连理枝。”　②耶溪：即“若耶溪”，在今浙江若邪（耶）山下，相传西施尝浣纱于此，故一名“浣纱溪”。　③迂玉趾：移步前往。　玉趾：指脚。　④已：完毕，结束。

[集评]

张德瀛云：“赵令畤以元微之崔莺莺事，谱为商调蝶恋花词，其词不载他书，但见于《侯鲭录》。然较郑彦能、董颖《调笑》（按：恐为《薄媚》之误），则愈下矣。”（《词徵》）

王国维云：“此曲自排遍第八至煞衮共十遍，而截去排遍第七以上不用。此种大曲，遍数既多，虽便于叙事，然其动作皆有定则。欲以完全演一故事，固非易易……不足以当戏曲之名也。”（《宋元戏曲史》）

## 卜算子

子平席上赋

春浅借和风，吹绿庭皋树[①]。依约屏间出紫云[②]，入格风流处[③]。　便做铁心肠，也为梅花语。欲去东君更挽留，巧栈烟霞路。

[注释]

①庭皋(gāo):同“亭皋”,水边平地。 ②紫云:美女名。杜牧有诗咏之,见《唐诗纪事》。 ③入格:特别。

## 满庭芳

元礼席上用少游韵

红鬥风桃,绿肥烟草,杨柳春暗重门。五陵佳兴[①],酿酝付芳尊。窈窕笙箫丛里,金猊篆、雾绕云纷[②]。勾情也,歌眉低翠,依约鹧鸪村。 人生须快意,十分春事,才破三分。况点检年时,胜客都存。更把馀欢卜夜,从彻晓、蜡泪流痕[③]。花阴昼,朱帘未卷,犹自醉昏昏。

(以上二首见《永乐大典》卷二万零三百五十三“席”字韵引《董霜杰先生集》)

[注释]

①五陵:汉代五朝帝王之陵墓,在长安附近,即高帝之长陵,惠帝之安陵,景帝之阳陵,武帝之茂陵,昭帝之平陵。五陵左近多王公贵族之居,故诗文中之五陵,亦常作豪门贵族之代称。 ②金猊篆:金炉之烟缭绕如篆字。 ③彻晓:通宵至天明。

# 潘良贵

潘良贵(1094—1150),字义荣,一字子贱,号默成居士,浙江金华人。徽宗政和五年进士,累任提举淮东茶盐,右司谏,工部员外郎、秘书少监、起居郎,知明州,终徽猷阁待制,提举江州太平兴国宫。有《默成文集》。

## 满庭芳

中　秋

夹水松篁,一天风露,觉来身在扁舟。桂花当午,云卷素光流。起傍篷窗危坐,飘然竟、欲到瀛洲。人世乐,那知此夜,空际列琼楼。　　休休。闲最好,十年归梦,两眼乡愁。谩赢得、萧萧华髮盈头。往事不须追谏,从今去、拂袖何求。一尊酒,持杯顾影,起舞自相酬①。

（《默成文集》卷四）

[注释]

①"一尊酒"三句:化用唐李白《月下独酌》"举杯邀明月,对影成三人。……我歌月徘徊,我舞影零乱"诗意。

## 董德元

董德元(1096—1163),字体仁,永丰(今属江西)人。绍兴十八年进士。历官秘书省正字、校书郎、监察御史、殿中侍御史、吏部侍郎。二十五年参知政事,以谀秦桧骤贵。秦桧死,降为资政殿学士提举江州太平兴国宫,寻被劾落职。

### 柳梢青[①]

满腹文章,满头霜雪,满面埃尘。直至如今,别无收拾,只有清贫。　　功名已是因循。最懊恨、张巡[②]、李巡。几个明年,几番好运,只是瞒人。

(《夷坚三志》己卷七)

[注释]

①唐氏按:此首原题“董参政”作。　②张巡:唐玄宗朝抗“安史之乱”名将,开元末举进士,官真源令。大乱起,巡与许远合兵守睢阳,坚守数月,终因粮尽援绝,城破被虏,不屈而死。

# 冯时行

冯时行（？—1163），字当可，号缙云，巴州（今四川巴县）人，宣和六年（1124）进士，绍兴间知丹陵县。力斥和议之非，触忤秦桧，出知万州（今四川万县一带），寻罢。绍兴末，历守蓬州、黎州、彭州。隆兴元年（1163），提点成都刑狱，卒。精《周易》，有《缙云集》。

## 青玉案

和贺方回青玉案寄果山诸公[①]

年时江上垂杨路。信拄杖、穿云去。碧涧步虚声里度。疏林小寺，远山孤渚，独倚阑干处。　　别来无几春还暮，空记当时锦囊句[②]。南北东西知几许。相思难寄，野航蓑笠，独钓巴江雨。

**[注释]**

①果山：地在今四川南充西，为风景胜地。　②“锦囊”句：优美的诗句。传说唐李贺每外出，骑驴携奴，背一古破锦囊，遇有所得，即书投囊中，暮归取之，足成完篇。见李商隐《李长吉小传》。

## 虞美人

咏荼蘼

东君已了韶华媚，未快芳菲意。临居倾倒向荼蘼，十万宝珠璎珞[①]、带风垂。　　合欢翠玉新呈瑞[②]，十日傍边醉。今年花好为谁开，欲寄一枝无处、觅阳台[③]。

[注释]

①璎珞(yīng luò):以珠玉贯穿之饰物,多用作颈饰。此处喻荼蘼之艳丽繁茂。 ②合欢:落叶乔木夏季开红花如马缨,昼开夜合,故又名马缨花、夜合花。 ③欲寄一枝:晋陆凯寄范晔梅花并诗曰“折梅逢驿使,寄与陇头人。江南无所有,聊赠一枝春”。此处化用其意。 阳台:诗文中虚构之地名,源于宋玉《高唐赋序》“旦为朝云,暮为行雨,朝朝暮暮,阳台之下”。后多用作男女欢会之所。

## 虞美人

芳菲不是浑无据,只是春收取。都将酝造晚风光,百尺瑶台、吹下半天香。 多愁多病疏慵意,也被香扶起[①]。微吟小酌送花飞,更拚小屏幽梦、到开时[②]。

[注释]

①也被香扶起:宋章楶(质夫)《水龙吟·咏杨花》云“傍珠帘散漫,垂垂欲下,依前被风扶起”,此句类此。 ②拚(pàn):通“盼”,等待。

## 虞美人

重阳词

去年同醉黄花下,采采香盈把[①]。今年仍复对黄花,醉里不羞斑鬓、落乌纱。 劝君莫似阳关柳,飞伴离亭酒。愿君只似月常圆,还使人人一月、一回看。

[注释]

①采采:鲜明貌。唐司空图《诗品·纤秾》:“采采流水,蓬蓬远春。”

## 渔家傲

冬　至

云覆衡茅霜雪后，风吹江面青罗皱。镜里功名愁里瘦，闲袖手，去年长至今年又。　梅逼玉肌春欲透，小槽新压冰澌溜[①]。好把升沉分付酒。光阴骤，须臾又绿章台柳[②]。

[注释]

①澌（sī）：流冰。　溜（liù）：急速流动。　②章台：唐韩翃有“章台柳，章台柳，昔日青青今在否”之句，后即用为柳的代称。

## 天仙子

荼蘼已凋落赋

风幸多情开得好，忍却吹教零落了。弄花衣上有馀香。春已老，枝头少，况又酒醒鶗鴂晓[①]。　一片初飞情已悄，可更如今纷不扫。年随流水去无踪。恨不了[②]，愁不了，楼外远山眉样小。

[注释]

①鶗鴂（tí jué）：一作“鹈鴂”，即杜鹃鸟。　②了：结束。

## 点绛唇

闲居十七年，或除蓬州。二月到官，三月罢归。同官置酒，为赋点绛唇作别

十日春风，吹开一岁闲桃李。南柯惊起[①]，归踏春风尾[②]。　世事无凭，偶尔成忧喜。歌声里，落花流水，明日人千里。

[注释]

①南柯:即“南柯梦”,此喻为官之经历。 ②春风尾:喻春末。

## 玉楼春

杏花微露春犹浅,春浅愁浓愁送远。山拖馀翠断行踪,细雨疏烟迷望眼。　　暮云浓处轻吹散,往事时时心上见[1]。不禁慵瘦倚东风,燕子双双花片片。

[注释]

①见:同“现”。

## 点绛唇

江上新晴,闲撑小艇寻梅去。自知梅处,香满鱼家路。　　路尽疏篱,一树开如许。留人住,留人不住,黯淡黄昏雨。

## 点绛唇

眉黛低颦,一声春满流苏帐。却从檀响,渐到梅花上。　　归卧孤舟,梅影舟前飏。劳心想,岸横千嶂,霜月铺寒浪。

## 梦兰堂[1]

送史谊伯倅潼川

小雨清尘淡烟晚,官柳殢花待暖[2]。君愁入伤□眼。芳草绿、断云归雁。　　酒重斟,须再劝。今夕近、明朝乍远。到时暗花飞乱，千里断肠春不管。

[注释]

①梦兰堂：此词牌仅见于此，无别首可校。　②殢（tì）花：含苞未放的花。

## 蓦山溪

村中闲作

艰难时世，万事休夸会。官宦误人多，道是也、终须不是。功名事业，已是负初心。人老也，鬓白也，随分谋生计。　　如今晓得，更莫争闲气。高下与人和，且觅个、置锥之地[1]。江村僻处，作个老渔樵。一壶酒，一声歌，一觉醺醺睡。（以上《缙云文集》卷四）

[注释]

①置锥之地：犹言立足之地。

## 醉落魄

点酥点蜡[1]，凭君尽做风流骨。汉家旧样宫妆额。流落人间，真个没人识。　　佳人误拨龙香觅[2]，一枝初向烟林得。被花惹起愁难说。恰恨西窗，酒醒乌啼月。

（《永乐大典》卷二千八百十"梅"字韵）

[注释]

①点酥：形容梅如以酥、蜡做成。　②龙香：龙香木做的拨子，此指琵琶。

## 朱　松

朱松(1097—1143),字乔年,婺源(今江西婺源)人,朱熹之父。进士及第,除秘书省正字,累官校书郎、吏部员外郎。秦桧主和议,松与同僚上书极言其不可。桧怒,讽御史论松怀异自贤,出知饶州,未及到任,卒。时称“韦斋先生”。有《韦斋集》。

### 蝶恋花

醉宿郑氏阁

清晓方塘开一镜。落絮飞花,肯向春风定。点破翠奁人未醒[①],馀寒犹倚芭蕉劲。　　拟托行云医酒病。帘卷闲愁,空占红香径。青鸟呼君君莫听[②]。日边幽梦从来正。

(《南溪书院志》卷三)

[注释]

①奁(lián):古代妇女用以盛梳妆品之镜匣。　②青鸟:神话传说中西王母之使者。

# 朱 翌

朱翌(1097—1167)，字新仲，舒州(今安徽潜山)人，号灊山居士。政和八年同上舍出身。绍兴中官秘书少监、中书舍人。秦桧恶其忤己，贬韶州安置十九年。桧死，充秘阁修撰，寻知宣州，移平江府，授敷文阁待制。有《灊山集》、《猗觉寮杂记》。

## 点绛唇

梅

流水泠泠[①]，断桥横路梅枝亚[②]。雪花飞下，浑似江南画。　白壁青钱，欲买春无价。归来也，西风平野。一点香随马。[③]

[注释]

①泠泠(líng)：状水声之清越。晋陆机《招隐士》："山溜何泠泠，飞泉漱鸣玉。"　②亚：通"压"，低垂貌。　③唐氏按：此首别误作释惠洪词，见《梅苑》卷十。又作孙和仲词，见《苕溪渔隐丛话》前集卷五十九。

[集评]

卓人月云："梅词如此清峻，何羡坡公'绿毛幺凤'之作。"(《古今词统》卷三)

## 朝中措[①]

五月菊

玉台金盏对炎光，全似去年香。有意庄严端午，不应忘却重阳。　菖蒲九叶，金英满把[②]，同泛瑶觞。旧日东篱陶令[③]，北窗正卧羲皇[④]。

[注释]

①唐氏按:此首别误作元张可久词,见《尧山堂外纪》卷七十一。　②金英:此指五月菊。　③东篱陶令:指东晋诗人陶渊明。因其尝为彭泽令,辞官后所作《饮酒》诗中有“采菊东篱下”之句,故名之。　④羲皇:太古之皇。陶渊明《与子俨等疏》:“常言五六月中,北窗下卧,遇凉风暂至,自谓是羲皇上人。”

## 生查子

咏折叠扇

宫纱蜂趁梅,宝扇鸾开翅[①]。数折聚清风,一捻生秋意[②]。　　摇摇云母轻,袅袅琼枝细。莫解玉连环[③],怕作飞花坠。[④]

(以上三首《灊山集》补遗)

[注释]

①“宝扇”句:状摺扇打开之形犹如鸾凤展翅。　②捻:以手指搓转,引申为打开之意。　③玉连环:玉制玩饰。　④唐氏按:此首误入王安中《初寮词》,又误入张孝祥《于湖先生长短句》卷三。

## 存目词

| 调　名 | 首　句 | 出　处 | 附　注 |
|---|---|---|---|
| 桃源忆故人 | 催花一霎清明雨 | 《灊山集》补遗 | 王庭珪词,见《卢溪词》 |
| 谒金门 | 风露底 | 同上 | 张元幹词,见《芦川词》卷下 |

# 陈康伯

陈康伯（1097—1165），字长卿，弋阳（今属江西）人，宣和进士。高宗朝，累官吏部尚书、参知政事、右仆射、同平章事。力主抗金。隆兴元年罢相，除少保、观文殿大学士判信州。封福国公。二年，复拜左仆射同中书门下平章事，兼枢密使，封鲁国公。为人沉静明敏，卒后配享孝宗庙庭，初谥文恭，后改谥文正。

## 阮郎归

闲来溪上有云飞，溪光接翠微[①]。江南三月落花时，春波去棹迟。　寻竹路，破林扉。苍台旧钓矶。欲归回首未成归，黄尘满素衣[②]。　　（《钓台集》卷六）

［注释］

①翠微：轻淡青翠之山气。　②“黄尘”句：化用晋陆机《为顾彦先赠妇》“京洛多风尘，素衣化为缁”诗意，流露厌倦官场，意图归隐之情。

## 浪淘沙

云藏鹅湖山

台上凭阑干，犹怯春寒。被谁偷了最高山[①]。将谓六丁移取去[②]，不在人间。　却是晓寒闲，特地遮拦。与天一样自漫漫。喜得东风收卷尽，依旧追还。[③]

（《江西通志》卷一百五十八）

[注释]

①“被谁”句:意谓云气遮没鹅湖山。 ②六丁:道教神名。《后汉书·梁节王畅传》:“从官卞忌自言能使六丁,善占梦。”注:“六丁,谓六甲中丁神也。若甲子旬中,则丁卯为神;甲寅旬中,则丁巳为神之类也。”③唐氏按:此首别又作章谦亨词,见《铅山县志》卷十五。

# 曾 惇

曾惇(dūn)，生卒不详，字竑父，南丰（今属江西）人。曾纡子。高宗绍兴中，守台州、黄州。十八年(1148)，知镇江府。二十六年(1156)，知光州。曾以寿词谀秦桧。能诗词。有《曾竑父诗词》一卷，今不传。近人周泳先辑有《曾使君新词》，凡六首。

## 朝中措

幽芳独秀在山林，不怕晓寒侵。应笑钱塘苏小[1]，语娇终带吴音。　　乘槎归去[2]，云涛万顷，谁是知心。写向生绡屏上[3]，萧然伴我寒衾。

[注释]

①苏小：即苏小小，南齐名妓。后泛指妓女。　②槎(chá)：用竹木编成的筏。　③绡(xiāo)：生丝织成的薄绸、薄纱。

## 朝中措

绿华居处渺云深，不受一尘侵。细看宜州新句[1]，平生才是知音。　　凌波一去，平山梦断，谁是关心。惟有青天碧海，知渠夜夜孤衾[2]。

（以上二首见《全芳备祖》前集卷二十一"水仙花门"）

[注释]

①宜州新句：唐柳浑封宜城县伯，年老致仕，遣妾琴客另嫁，此首殆亦为去妾所作。　②渠：他。

## 念奴娇

送淮漕钱处和[①]

绣衣直指，问凌风一笑，翩然何许。诏出层霄持汉节[②]，千里秋风淮浦。鉴远江山[③]，竹西歌吹[④]，曾被腥膻污[⑤]。须君椽笔[⑥]，为渠一洗尘土。 休厌共倒金荷[⑦]，翠眉重为唱[⑧]，渭城朝雨[⑨]。看即扬鞭归骑稳，还指郁葱深处。宝带兼金[⑩]，华鞯新绣[⑪]，直上云霄去。回头莫忘，玉霄今夜风露。

[注释]

①淮漕：指淮南（东、西）路转运使。转运使称漕臣。 钱处和：名端礼，官至参知政事。 ②汉节：转运使掌一路财赋，因有此喻。 ③鉴：照。引申为看。 ④竹西歌吹：指扬州，古时为繁华之地。唐杜牧《题扬州禅智寺》："谁知竹西路，歌吹是扬州。" ⑤曾被腥膻污：扬州曾为金兵虏掠。 ⑥椽笔：如椽之笔。喻赞钱处和大才。 ⑦金荷：酒杯。 ⑧翠眉：指歌女。 ⑨渭城朝雨：本指唐王维《渭城曲》，此泛指送别之曲。 ⑩宝带兼金：珍贵的腰带配有金饰。 ⑪华鞯：华丽的坐垫。 鞯：马鞍的坐垫。

## 诉衷情

别 意

鄞江云气近蓬莱[①]，花柳满城隈[②]。风流谢守相遇[③]，应覆故人杯。 烟浪暖，锦帆回。莫徘徊。玉霄亭下[④]，芍药荼蘼[⑤]，都望归来。

[注释]

①鄞江：即宁波甬江。 ②隈（wéi）：角落。 ③风流谢守：当指友

人。 ④玉霄亭：借用玉霄峰典故。《续仙传》："司马承祯居玉霄峰，东望蓬莱常有真灵降驾。"与"鄞江云气近蓬莱"相呼应。 ⑤荼蘼：即酴醾，花名。色似酴醾酒，故名。

## 浣溪沙

无数春山展画屏，无穷烟柳照溪明。花枝缺处小舟横。 紫禁正须红药句，清江莫与白鸥盟[①]。主人元自是仙卿。 （以上三首见《中兴以来绝妙词选》卷一）

[注释]

①"紫禁"两句：红药是中书省之典，此二句意谓皇帝正需其辅佐，切莫到清江上归隐。

[集评]

况周颐云："曾宏父《浣溪沙》云：'紫禁正须红药句，清江莫与白鸥盟。'寻常称美语，出以雅令之笔，阅之便不生厌。此酬赠词之别开生面者。"（《蕙风词话》卷二）。

## 点绛唇

重九饮栖霞

九月传杯，要携佳客栖霞去[①]。满城风雨，记得潘郎句[②]。 紫菊红萸，何意留侬住。愁如许，暮烟一缕，正在归时路。 （《词综》卷十二）

[注释]

①栖霞：似指浙江馀杭县葛岭西之栖霞岭。曾惇词均作于台州任上，可推知。 ②潘郎句："满城风雨近重阳"，潘大临孤句也。曾句本此。

## 【补　辑】

### 水龙吟

秋寿太守

去年看月诗成,援毫曾寄鄞江守①。流传乐府,惭非宾客,竹枝杨柳。今岁江楼,载勤歌扇,青蛾应奏。况铃斋初驻②。凉生燕寝③,有香雾,凝清昼。　遥想十洲三岛④,对冰轮、寒光依旧⑤。主人来自,清都碧落⑥,天香满袖。寄语嫦娥,剩留清照,时为公寿。恐明光诏下⑦,翩然归去,试为霖手⑧。

(见《诗渊》第二十五册,引自孔凡礼《全宋词补辑》)

[注释]

①鄞江:即甬江。鄞江守:当指明州知州。　②铃斋:即铃阁。州郡长官办事的地方。　③燕寝:周制王有六寝,一是正寝,馀五寝在后,通称燕寝。④十洲三岛:传说中地名。《海内十洲记》:"汉武帝既闻西王母说八方巨海之中有祖洲、瀛洲、玄洲、炎洲、长洲、元洲、流洲、生洲、凤麟洲、聚窟洲。有此十洲,乃人迹所稀绝处"。三岛指传说中的蓬莱、方丈、瀛洲三神山。⑤冰轮:指明月。　⑥清都:神话中天帝所居宫阙。　碧落:天空。⑦明光诏下:指朝廷诏书。　⑧霖手:即霖雨手。《尚书·说命上》载殷高宗对傅说说:"若济巨川,用汝作舟楫;若岁大旱,用汝作霖雨。"此祝太守将来为国家辅弼之臣。

[集评]

王弈清云:"曾慥、曾惇,故相之孙,皆以词章擅名,而端伯编《乐府雅词》尤有功词学。"(《历代词话》卷七)

## 【补 辑】

## 严 抑

严抑，字德隅，长兴（今浙江湖州）人。建炎二年（1128）进士。见清光绪《长兴县志》卷二十。尝官权工部侍郎，见影清乾隆刊《浙江通志》卷一百二十五。

### 洞仙歌①

云车鹤盖②，三岛朝元后。绿意红情在梅柳。想仙风从碧落次，吹得春来甘泉，喜见颜红宇秀。　承明厌直③，小憩蘋洲，箫鼓行春此时候。华堂深苍耸，天女遥闻，凭细问，应得年长视久。　喜苕霅邦人咏恩波④，原有酒如渑⑤，与公为寿。

（见《诗渊》第二十五册，引自孔凡礼《全宋词补辑》）

[注释]

①孔凡礼按：此词，《诗渊》谓"宋严德隅"作。　②云车鹤盖：乘鹤驾云，仙人车驾。　③承明厌直：厌倦了在承明庐为朝廷当班。"承明庐"为汉代侍臣值班之地。　孔凡礼按："承明厌直"句前，《诗渊》原抄本不空格。　④苕霅：湖州水名。此指湖州一代的清嘉山水。　⑤渑：渑池。"有酒如渑"，极言酒池之大。

## 【补　辑】

## 沈长卿

长卿字文伯,号审斋居士,归安(浙江湖州)人。靖康二年(1127)二月,以太学生上书论时事,慷慨陈辞。登建炎二年(1128)进士。官临安府观察推官、婺州教授、判常州及严州。绍兴二十五年(1155),以得罪秦桧,追两官勒停,编官化州。桧死,复左朝奉郎。三十年(1160),以书状官随叶义问使燕,还,卒于保州。《宋史翼》卷十一有传。

### 鹧鸪天[①]

瑞气氤氲入绛纱[②]。水沉香荐碧流霞[③]。疏梅欲破风前蕊,冷菊犹开霜后花。　　销粉黛,减铅华。药炉经卷好生涯。洛滨侍从他年贵[④],便是蟠桃王母家。

(见《诗渊》第二十五册,引自孔凡礼《全宋词补辑》)

[注释]

①孔凡礼按:此词作者,《诗渊》作"宋沈文伯"。　②绛纱:浅红色纱帐。　③碧流霞:酒名。　④洛滨侍从:汉初四皓隐居洛滨,为太子侍从。洛《诗渊》作"络"。孔凡礼按:"络"或为"洛"之误。

## 【补　辑】

## 张　浚

张浚（1097—1164），字德远，汉州绵竹（今属四川）人。徽宗时进士。建炎三年（1129）知枢密院事，力主抗金。为川陕宣抚处置使。绍兴四年（1134）再任枢密。次年为相，重用岳飞、韩世忠。会秦桧力主和议，贬徙永州。绍兴三十一年（1161），金完颜亮攻宋，起废复用。次年封魏国公。隆兴元年（1163），除枢密使，都督江淮军马，主持北伐。以将领不和，北伐失利，复去职。有《易解》、文集等，不传。朱熹《朱子大全》卷九十五有行状，杨万里《诚斋集》卷一百十五有传。《宋史》传在卷三百六十一。

### 南乡子[①]

迟日惠风柔，桃李成阴绿渐稠。把酒樽前逢盛旦[②]，凝眸。十里松湖瑞气浮。　　功业古难侔[③]。宜在凌烟更上头。已向眉间浮喜气，风流。千岁三分万户侯[④]。

（见《诗渊》第二十五册，引自孔凡礼《全宋词补辑》）

［注释］

①孔凡礼按：此词作者，《诗渊》作“宋张魏公”。　②盛旦：吉日。　③难侔：难及。　④千岁：古时对王公、太子、皇后的尊称。　万户侯：食邑万户，侯爵之最高者。

## 【补 辑】

## 冯观国

冯观国(？—1162),邵武(今属福建)人,号无町畦道人。幼警悟,习儒业,既冠游方外。寓居上高宜春(今属江西)。同治《上高县志》卷九有传。

### 满庭芳

嘲风吟月,挥毫染翰,复来都是徒然。十年狂荡,无用买山钱。假使诗高太白,草书还、远胜张颠[①]。又何事、精神费尽,不解作飞仙。 如今归也,乌巾短褐,拂袖天边。向罗浮山顶,太华峰前。一笑白云万顷,青冥上,鸾鹤翩翩。浑无事,胡麻饭饱[②],终日弄清泉。

(引自孔凡礼《宋词拾零》)

[注释]

①张颠:唐代张旭,人称草圣。 ②胡麻:传说神仙食品。

# 张表臣

张表臣，生卒不详，字正民，单父（今山东单县）人。高宗绍兴十二年（1142）以右迪功郎为敕令所删定官，右承务郎。后通判常州军州事。官至司农丞。有《珊瑚钩诗话》传世。

## 菩萨蛮

过吴江

垂虹亭下扁舟住[①]，松江烟雨长桥暮[②]。白纻听吴歌[③]，佳人泪脸波。　　劝倾金凿落[④]，莫作思家恶。绿鸭与鲈鱼，如何可寄书。

［注释］

①垂虹亭：在江苏吴江东垂虹桥上，建于宋庆历中。　②松江：太湖支流，即吴淞江。古称笠泽，亦名南江。　③白纻：亦名“白苎”，歌舞名称。又为乐府古诗题。《乐府题解》：“《白纻歌》：有白纻舞，吴人之歌舞也。吴地出纻，故因所见以寓意。”　④凿落：以镌镂金银为饰的酒盏。

［集评］

沈雄云：“张表臣过吴江词云：‘垂虹亭下扁舟住，秋风烟雨长桥暮。白苎听吴歌，佳人双脸波。　　劝倾金凿落，莫作思家恶。绿鸭与鲈鱼，如何可寄书。’或曰，不闻鸭可寄书。表臣不答。信乎柳州云，作之难，知之又难，雌霓之赏为少也。”（《古今词话·词辨》卷上）

## 蓦山溪

楼横北固[①]，尽日厌厌雨。欸乃数声歌[②]，但渺漠、江山烟树。寂寥风物，三五过元宵。寻柳眼，觅花英，春色知何处。　　落梅呜咽，吹彻江城暮[3]。脉脉数飞鸿，杳归期、东风凝伫。长安不见，烽起夕阳间。魂欲断，酒初醒，独下危梯去。　　（以上二首见《珊瑚钩诗话》）

[注释]

①北固：北固山，镇江三山之一，山有北固楼，又名北固亭，北面长江。　②欸乃：谓摇橹之声。　③“落梅”二句：本李白《与史郎中钦听黄鹤楼上吹笛》“黄鹤楼中吹玉笛，江城五月落梅花”。　落梅：指笛曲《梅花落》。

## 吴 亿

吴亿，生卒不详，字大年，蕲春（今属湖北）人。南北宋间人。南渡初，为靖江倅，居馀干。著有《溪园自怡集》。

### 南乡子

江上雪初消，暖日晴烟弄柳条。认得裙腰芳草路，魂消。曾折梅花过断桥。　　潘鬓为谁凋①，长恨金闺闭阿娇②。遥想晚妆呵手罢③，夭饶④。更傍珠唇暖玉箫。

[注释]

①潘鬓：潘岳三十二岁时两鬓已斑。　②金闺闭阿娇：用"金屋藏娇"意。金闺犹言金屋。阿娇，即汉武帝陈皇后。连同上句，言所思之人被深闺所阻，自己因相思致老。　③呵手：向手上呵气。　④夭饶：亦作妖娆、妖饶，谓娇艳妩媚。

### 烛影摇红

上晁共道①

楼雪初消，丽谯吹罢单于晚②。使君千炬起班春③，歌吹香风暖。十里珠帘尽卷。正人在，蓬壶阆苑④。卖薪买酒，立马传觞，升平重见。　　谁识鳌头，去年曾侍传柑宴⑤。至今衣袖带天香⑥，行处氤氲满⑦。已是春宵苦短。且莫遣、欢游意懒。细听归路，璧月光中，玉箫声远。

（以上二首《乐府雅词拾遗》卷上）

[注释]

①晁共道：晁谦之，名恭道，一作共道。绍兴中知建康府。　②丽谯：

壮美的城楼。 单于:曲调名。又名《小单于》。 ③使君:当指晁共道。班春:颂令赏春。 ④蓬壶:指蓬莱仙境。 阆苑:传说中的仙境。常用指宫苑。这几句写晁共道班春出行,与民共乐的情景。 ⑤传柑宴:本苏轼《上元侍饮楼上三首呈同列》诗"归来一盏残灯在,犹有传柑遗使君"。自注:"侍饮楼上,则贵戚争以黄柑遗近臣,谓之传柑,听携以归,盖故事也。"谓上元夜,侍饮席上贵戚例以黄柑相遗。 ⑥天香:谓去年上元侍宴至今犹带宫廷恩泽,故有此比。 ⑦氤氲:云烟弥漫貌。

[**集评**]

杨慎云:"吴亿,字大年,南渡初人。元夕'楼雪初消'一首入选。予爱其《南乡子》一首(略)。"(《词品》卷四)

## 存目词

| 调名 | 首句 | 出处 | 附注 |
|---|---|---|---|
| 浣溪沙 | 白玉楼中白雪歌 | 《花草粹编》卷二 | 无名氏词,见《乐府雅词拾遗》卷上 |
| 浣溪沙 | 璧月光中玉漏清 | 同上 | 向子諲词,见《酒边集》 |
| 减字木兰花 | 蔷薇叶暗 | 同上 | 无名氏词,见《乐府雅词拾遗》卷上 |

# 刘　袤

刘袤，字延仲，生年不详，卒于南宋绍兴年间。存词仅一首。补李煜《临江仙》三句。

## 临江仙

补李后主词①

樱桃结子春归尽，蝶翻金粉双飞②。子规啼月小楼西。玉钩罗幕，惆怅卷金泥③。　门巷寂寥人去后，望残烟草低迷。（李煜）何时重听玉骢嘶④。扑帘飞絮，依约梦回时。（刘袤）　（《墨庄漫录》卷七）

［注释］

①“何时”以下三句十六字为刘袤所补。据陈鹄《耆旧续闻》卷三云，本不缺，作“炉香闲袅凤凰儿，空持罗带，回首恨依依”。　②金粉：花蕊之粉。　③金泥：以金粉所饰之物。　④骢（cōng）：青白杂毛之马。玉骢指良马。

## 李　鼐

李鼐,生卒不详,字仲镇,号懒(或作"孄")窝。宣城(今属安徽)人。李廌之孙。与韩元吉、范成大同时,并相从倡和。隆兴元年(1163)以右宣教郎为溧阳令。累官至迪功郎、淮西安抚司准备差遣。工词章。

### 清平乐[1]

乱云将雨,飞过鸳鸯浦[2]。人在小楼空翠处,分得一襟离绪[3]。　　片帆隐隐归舟,天边雪卷云浮。今夜梦魂何处[4],青山不隔人愁。　　　　(《阳春白雪》卷四)

[注释]

①唐氏按:此首别误作李泳词,见各本《绝妙好词》卷二,汲古阁抄本《绝妙好词》未误。　②鸳鸯浦:有鸳鸯嬉宿或二浦相连状如鸳鸯相对之浦。此指易引起别愁之浦。　③离绪:别离之情怀。　④"今夜"句:柳永《雨霖铃》有"今夜酒醒何处"句。

## 【补　辑】

### 洞仙歌[1]

馀寒未展,帘幕新来燕。杨柳梢头嫩黄染[2]。小溪山缭绕,别是风烟,春澹澹[3],谁道蓬莱路远[4]。　　冰姿人不老[5],长伴春闲,环珮声中度芳宴[6]。宝屏开[7],烟袅袅,金鸭吹香[8]。欢笑处,烛影花光共暖。便莫惜、瑶觞醉如泥[9]。占岁岁东风,舞衣歌扇。

[注释]

①孔凡礼按:此词作者,《诗渊》作"宋李仲真"。仲真当即仲镇。 ②嫩黄:淡黄色。 ③澹澹:恬静美好貌。 ④蓬莱:传说中海上三神山之一。泛指仙境,言春光明媚,景物宜人,仙境宛如目前。 ⑤冰姿:高雅之风范。 ⑥芳宴:宴之美称。 ⑦宝屏:饰以宝物之屏。或美称屏风。 ⑧金鸭:金属所制鸭形香炉。 ⑨瑶觞:玉杯。 醉如泥:烂醉貌。《后汉书·周泽传》:"时人谓之语曰:生世不谐,作太常妻。一岁三百六十日,三百五十九日斋。"唐李贤《注》:"《汉官仪》此下云:'一日不斋醉如泥。'"

## 渔家傲

日借嫩黄初看柳[①],池塘冰泮游鱼透[②]。庭馆匆匆佳气候。□山透[③],膺时贤佐生天祐[④]。 寿者康宁还德厚,功名富贵须长久。从此安排千岁酒[⑤]。常祝寿,一年一献黄金酎[⑥]。

[注释]

①"日借"句:王安石《春风》诗"日借嫩黄初著柳",与此一字之差。疑"看"乃"著"之误。 ②冰泮(pàn):冰融,解冻。 ③孔凡礼按:"□"原无,据律补。 ④膺时:身当其时。 ⑤千岁酒:足够千年所喝之酒。极言其多。 ⑥黄金酎(zhòu):酎,醇酒。汉代宗庙祭祀时,诸侯献金助祭,叫酎金。据该句,此似为某一宗室初春祝寿而作。

## 鹧鸪天[①]

种得门阑五福全[②],常珍初喜庆华筵[③]。王环醉拍春衫舞[④],今见康强九九年。 神爽朗,骨清坚。壶天日月旧因缘[⑤]。从今把定春风笑,且作人间长寿仙。

[注释]

①亦为宗室某人祝寿之词。　②门阑:门框。代指门第、门户。　五福:"五福:一曰寿,二曰富,三曰康宁,四曰攸好德,五曰考终命。"见《尚书·洪范》。　③初喜:生日。　华筵:盛美之筵席。　④孔凡礼按:"王"疑应为"玉"。　⑤"壶天"句:言对方曾修道习仙。　壶天日月:道家所称仙境。

## 鹧鸪天

珍重高人阎右丞[①],胸中丘壑富丹青[②]。暂从天下分轺使[③],来向人间作寿星[④]。　凉日挂,暑风轻。一番秋思十分清。细倾鹦鹉休辞劝[⑤],烂醉葡萄不用醒[⑥]。

[注释]

①阎右丞:即唐阎立本。善画,官至右丞。　②"胸中"句:言其胸中藏有山林自然,形之于画图。　③轺(yáo):一马所驾之轻便小车。后专指使者所乘之车。古人以天节八星为使星,象征代天子宣威四方之使臣,故有"暂从天下"之说。　④寿星:即老人星。古为长寿老人之象征,亦即南极老人星。　⑤鹦鹉:鹦鹉杯,即海螺盏。为广南土人所琢磨,或以金银镶足,作酒杯,曰鹦鹉杯。　⑥孔凡礼按:"萄"当作"萄"。葡萄:即葡萄美酒。

## 一井金

绿阴清昼。两茸茸、梅子黄时候[①]。华堂金兽[②],香润炉烟透。舞燕回轻袖,歌凤翻新奏[③]。院静人稀,永日迟迟花漏[④]。

[注释]

①梅子黄时候:江南梅子黄熟之时。约当农历四五月左右。　②华

堂:高大华美之室。多指富贵人家。 金兽:金属所制兽形香炉。 ③“歌风”句:谓对方隐居闹市,为隐逸之曲换上新声。相传楚狂接舆歌而过孔子曰:“凤兮凤兮,何德之衰。”后因以歌风为恬淡落寞或隐居避世之词。 翻:按旧曲谱制新词。 ④迟迟:和舒貌。

## 一井金[①]

一杯为寿。笑捧处、自传纤手。钗头况有瑞草[②],齐眉偕老[③],应难比效。鸳鸾镇日于飞[④],惟愿一百二十岁,永同欢,如鱼似水[⑤]。

[注释]

①孔凡礼按:此词与上首词非一调,韵亦不甚叶,疑文字有误处。②瑞草:吉祥之草,如灵芝等,见则以为祥瑞。 ③齐眉:形容夫妻相敬有礼。《后汉书·梁鸿传》:“每归,妻为具食,不敢于鸿前仰视,举案齐眉。”④鸳鸾:此指对方夫妻。 于飞:本《诗经·邶风·燕燕》“燕燕于飞”。⑤如鱼似水:谓夫妻情投意合,相处融洽,如鱼得水。

## 风入松[①]

翠烟笼日上花梢,花外楼高。海犀不动帘栊静,昼长人懒莺娇。 宝篆浓薰沉水[②],清商低按擅槽[③]。画堂深处燕蟠桃[④],亲见仙曹[⑤]。雾鬓不改朱颜好,年年长被春饶。一品疏封它日[⑥],十分沉醉今朝。

[注释]

①孔凡礼按:此词作者,《诗渊》作“仲镇”。 ②宝篆:香台、香炉之美称。 沉水:沉香。沉香木材之脂膏凝结为块,入水能沉,故名。 ③清商:古五音之一,商声。 擅槽:孔凡礼按,“擅”当为“檀”。檀槽:为檀木所做琵琶、琴等弦乐器上架弦之格子。代指弦乐器。 ④蟠桃:传说中之

仙桃,为祝寿用。 ⑤仙曹:此指仙人,长寿之人。 ⑥一品:品位最高之官爵。

## 玉蝴蝶

望处水寒云绕,倚栏千里,澹荡晴晖[1]。梦燕门阑[2],和气喜动帘帏。舞裀重、花明彩凤[3],歌扇小、香暖金猊[4]。漏声迟。洞天秋晓[5],风露霏霏。 嘉时。谪仙高宴[6],华分玉蜡,艳列文姬[7]。玉树临风[8],自然老月中枝[9]。酒肠宽、胸容云梦[10],词源壮[11],笔勇助溪[12]。且追随。伫看飞诏,稳步沙堤[13]。

[注释]

①澹荡:犹荡漾。 ②梦燕:用"燕梦征兰"典,见《左传·宣公三年》,作妇人怀孕生男之典。词中用其义,似指对方喜得贵子。 ③裀(yīn):夹衣。也即重衣。 ④金猊:猊形金属香炉。 猊:即狮子。 ⑤洞天:洞中别有天地之意。道家称仙人所居之处。词中指对方家庭。 ⑥谪仙:唐时称诗人李白为谪仙。词中美称对方,其意不在"谪"而在"仙"。 ⑦文姬:东汉蔡琰字文姬,代指美女。 ⑧玉树:传说中仙树。又形容人姿貌秀美、才干优异。 ⑨月中枝:即桂树。传说月中有桂树,吴刚斫之,随斫随合,树不倒,吴刚亦斫不止。词中作为生命长久之意象。 ⑩云梦:泽名。大致包括今湖南湖北一些地方,辽阔广远。 ⑪词源:喻文词如水源之层出不穷。 ⑫助溪:不辞,疑有误字,待考。 ⑬沙堤:唐天宝三年,京兆尹萧炅请于要路筑甬道以通车骑,覆沙道上,称为沙堤。凡拜相,府县令民载沙铺路,自宰相私邸至子城东,成为故事。见《国史补》等。

## 满庭芳

腊雪溶酥,春冰浮玉,素蟾三五才过[1]。晓来庭户,何事五云多[2]。尽道九天麟坠,锵环珮、袅袅鸣珂[3]。风标爽，胸中嵬磊，豪气挽天河[④]。　　平生，横槊志[⑤]，指挥夷虏，平定干戈。看它年功业，还让廉颇。且对江山难老，金樽满、鲸海翻波。歌声转，玉人扶处，拚取醉颜酡[⑥]。

（以上九首见《诗渊》第二十五册，引自孔凡礼《全宋词补辑》）

[注释]

①素蟾：指月亮。　三五：农历月之十五。　②五云：五色之瑞云，吉祥之兆。　③鸣珂：贵者之马以玉为饰，行则作响，谓之鸣珂。　珂：马笼头上之装饰品。　④天河：银河。挽天河形容人豪勇。　⑤横槊志：槊，疑“槊”之讹。　横槊：横持长矛。指从军习武。《南齐书·荣桓祖传》：“若曹操、曹丕上马横槊，下马谈论，此于天下可不负饮食矣。”喻气概豪迈。横槊志言以武力平定天下。　⑥酡（tóu）颜：醉容。　酡：饮酒面红貌。

# 扬无咎

扬无咎(1097—1169),字补之,自号逃禅老人,清江(今属江西)人。诸书“扬”或作“杨”。按《图绘宝鉴》,无咎为汉扬雄后裔,故其书姓从“扌”不从“木”。后寓居豫章(今江西南昌)。高宗朝累征不起,自号清夷长者。书画俱佳,以画梅名,有“透梅肝胆入梅心”之誉。小楷清劲可爱。有《逃禅词》。

## 水龙吟

当年谁种官梅,自开自落清无比[①]。一朝惊见,危亭岑立[②],繁花丛里。知是贤侯,有难兄弟[③],素书时寄。纵舞携如意,吟搔短髮,无从诉、心中喜。 却对斜枝冷蕊。似于人、不胜风味。冰姿斜映[④],朱唇浅破,欣然会意。青子垂垂,翠阴密密,尤堪频憩。待促归禁近,邦人指点,作甘棠比[⑤]。

[注释]

①《全宋词》注:“比”汲古阁本作“地”。 ②岑立:犹言在高处。 ③难兄弟:此指贤德的兄弟。《世说新语·德行》:“陈元方子长文有英才,季方子孝先,各论其父功德,争之不能决。咨于太丘,太丘曰:‘元方难为兄,季方难为弟。’” ④《全宋词》注:“映”原为空格,据汲古阁本《逃禅词》补。 ⑤甘棠:将梅花比作甘棠。周武王时,召公行南土,有善政,至乡间,曾经棠树下处理政务,时人为纪念他而作《甘棠》之诗。后以“甘棠”作追怀、称颂官吏美政之典。

## 水龙吟

武宁瑞莲

晓来雨歇风生,素商乍入鸳鸯浦[①]。红蕖翠盖[②]。不知西帝[③]，神游何处。罗绮丛中，是谁相慕，凭肩私语。似汉皋珮解[④]，桃源人去[⑤]，成思忆、空凝伫。　肯为风流令尹，把芳心、双双分付。碧纱对引，朱衣前导，应须此去。好揖清香，盛邀嘉客，杯行无数。唤瑶姬并立，如花并蒂，唱黄金缕。

[注释]

①素商：秋季。古以商音配秋，故名秋为素商。　②红蕖：指荷花。　③西帝：古代称秋天的神。　④汉皋珮解：用汉刘向《列仙传》典故，"江妃二女出游于江汉之湄，逢郑交甫。见而悦之，不知其神人也。交甫下请其佩，遂手解佩与交甫。交甫悦，爱而怀之。去数十步视佩，空怀无佩。顾二女，忽然不见。"　⑤桃源人去：用晋陶渊明《桃花源记》典故。武陵渔人入桃源仙境，出，则不复得路。

## 水龙吟

赵祖文画西湖图，名曰"总相宜"

西湖天下应如是。谁唤作，真西子。云凝山秀，日增波媚，宜晴宜雨。况是深秋，更当遥夜，月华如水。记词人解道，丹青妙手，应难写、真奇语。　往事输他范蠡。泛扁舟，仍携佳丽[①]。毫端幻出，淡妆浓抹，可人风味。和靖幽居[②]，老坡遗迹[③]，也应堪记。更凭君画我，追随二老，游千家寺。

[注释]

①"往事"三句：相传范蠡辅助句践灭吴后，携西施泛五湖而去。典即指此事。　②和靖：北宋林逋，谥和靖先生。《宋史·隐逸传》："林逋字君复，杭州钱塘人。少孤，力学，不为章句……家贫，衣食不足，晏如也。初放游江淮间，久之归杭州，结庐西湖之孤山，二十年足不及城市。"因有

“和靖幽居”之句。 ③老坡遗迹：指苏东坡。苏东坡曾知杭州，有关苏东坡在杭州的遗迹颇多。

[集评]

张德瀛云：“‘欲把西湖比西子，淡汝浓抹总相宜’，东坡句也。赵祖文画西湖图，名曰总相宜。扬补之有水龙吟词纪之。”(《词徵》卷五)

## 水龙吟

雪

小轩潇洒清宵午[①]，风正紧、门深闭。藜床危坐[②]，竹窗频听，春虫扑纸[③]。灯烬垂红[④]，篆烟消碧[⑤]，衣轻如水。料飞花未止[⑥]，堆檐已满，时摧折、琅玕尾[⑦]。 骨冷魂清无寐。这身在、广寒宫里[⑧]。暗怀千古，浑疑一夜，冰生肠胃。岁事峥嵘[⑨]，故园睽阻[⑩]，归期犹未。向寒乡、不念丰年，只忆青天万里。

[注释]

①潇洒：清高脱俗。 宵午：子夜。 ②藜床：藜制之床。 藜：草名。又名莱。俗名红心灰藋。初生可食，古蒸以为茹。茎老可作杖。亦用于燃藜照明。 ③春虫扑纸：谓雪下得紧，如春虫扑纸之声。 ④灯烬：指燃后红烛剩馀部分。 ⑤篆烟：篆字状之香。 ⑥飞花：指雪花。 ⑦琅玕：指竹。大雪压竹，竹梢为折。 ⑧广寒宫：本指月宫，此指代居所之寒冷。 ⑨峥嵘：凛冽。喻指天寒。 ⑩睽阻：阻隔。

## 水龙吟

夜来六出飞花，又催寂寞袁门闭[①]。幽斋无寐，寒欺衾布，明吞窗纸。起步闲庭，月华交映，长空如水。便乘风欲去，凌云直上，青冥际、骑箕尾[②]。　　谁信团成和气。在贤侯、笑谈声里。咸惊句琢琼瑰[③]，端是锦缠肠胃。宿麦连云[④]，遗蝗入地，田家知未。更明年看取，东阡北陌，黄云万里。

[注释]

①袁门：用汉代袁安典故，自谓清贫。《后汉书·袁安传》："袁安字邵公，汝南汝阳人也。"李贤注引《汝南先贤传》："时大雪积地丈馀，洛阳令自出按行，见人家皆除雪出。有乞食者至袁安门，无有行路。谓安已死，令人除雪入户，见安僵卧，问何以不出？安曰：'大雪人皆饿，不宜干人。'令以为贤，举为孝廉也。"　②青冥：指青天。　骑箕尾：典出《庄子·大宗师》"傅说得之（指'道'），以相武丁，奄有天下，乘东维，骑箕尾，而比于列星"。喻有辅政之才的人。　③琼瑰：喻指美好诗文。典出《左传·成公十七年》。　④宿麦：隔年熟的麦。

## 水龙吟

木樨

智琼娇额涂黄[①]，为谁种作秋风蕊。寒香半露，绿帏深护，犹闻十里。山麝生脐[②]，水沉削蜡[③]，一时羞避。向钱塘江上，中秋月下，有人暗寻遗子。　　不奈书生习气。对群花、领略风味。骚人已去，欲纫幽佩，重为湘酹。天赋风流，友梅兄蕙，舆桃奴李[④]。向明窗棐几[⑤]，纤枝未老，眼明如水。

[注释]

①智琼：仙女名。"何人更立智琼祠"，见刘禹锡诗。　②山麝生脐：指麝香。　③水沉：即沉香。　④舆桃奴李：以桃李为奴仆。　⑤棐几：用榧木做的几案。

## 念奴娇

单于吹罢[①],望西山乞得,斜阳收脚。素魄旋升[②],听桂子、风里时时飘落。莹彻杯盘,冷侵毛发,浑不胜衣著。天公有意,为人掀尽云幕。　　童稚犹也多情,广庭扫净草,不容纤恶。步绕周遭,疑便是、踏雪当年东郭。慢引歌声,响穿云际,直使姮娥觉[③]。一尊重酹,为言千载同约。

[注释]

①单于:曲调名。又名《小单于》。　②素魄:月的别称。又指月光。　③姮娥:嫦娥。

## 扫花游

乳莺啭午[①]。□好梦初醒[②],小轩清楚。水沉细缕[③]。趁游丝落絮,缓随风舞。罥起春心[④],又是愁云怨雨。玉人去。遍徙倚旧时[⑤],曾并肩处。　　相望知几许。纵远隔云山,不遮愁路。捧杯荐俎[⑥]。记低歌丽曲,共论心素。薄恨斜阳,不道离情最苦。正凝伫。向谯门、又催笳鼓[⑦]。

[注释]

①啭午:鸟鸣声声,时已近午。　②《全宋词》注:汲古阁本作"好梦正初醒",疑是"正好梦初醒"之讹。　③水沉:即沉香。　④罥(juàn):缠绕、挂。　⑤徙倚:留连徘徊。　⑥俎(zǔ):本指祭祀、设宴时的礼器。　荐俎:遇时节供时物而祭,此指肴食。　⑦谯门:建有望楼的城门。　笳鼓:鼓乐之声。

## 隔浦莲

墙头低荫翠幄，格磔鸣乌鹊[①]。好梦惊回处，馀酲推枕犹觉[②]。新晴人意乐，云容薄。丽日明池阁，卷帘幕。披衣散策，闲庭吟绕红药[③]。残英几许，尚可一供春酌。天气今宵怕又恶。凭托，东风且慢吹落。

[注释]

①格磔：鸟鸣声。 ②酲（chéng）：病酒曰酲。 ③红药：红色芍药。

## 品　令

水寒江静。浸一抹、青山影。楼外指点渔村近。笛声谁喷，惊起宾鸿阵[①]。　往事总归眉际恨。这相思、□□谁问[②]。泪痕空把罗襟印。泪应尽，争奈情无尽。

[注释]

①宾鸿：路过的大雁。 ②□□：《全宋词》注，汲古阁本作“情味”。

## 阳　春

蕙风轻[①]，莺语巧，应喜乍离幽谷。飞过北窗前，递晴晓，丽日明透翠帏縠[②]。篆台芬馥[③]。初睡起、横斜簪玉。因甚自觉腰肢瘦，新来又宽裙幅。　对清镜、无心忺梳裹[④]，谁问著、馀酲带宿。寻思前欢往事，似惊回、好梦难续。花亭遍倚槛曲。厌满眼、争春凡木。尽憔悴、过了清明候[⑤]，愁红惨绿。

[注释]

①蕙风:夹带花草芳香之风。 ②帏縠(wéi hú):帐纱。 ③篆台:指香台。 篆:指盘香。 ④《全宋词》注:"忺"原作"欣",据《词谱》卷三十三改。 忺(xiān):适意、高兴。 ⑤候:节令。

## 白　雪

檐收雨脚①,云乍敛、依然又满长空②。纹蜡焰低③,熏炉烬冷,寒衾拥尽重重。隔帘栊。听撩乱、扑漉春虫④。晓来见、玉楼珠殿,恍若在蟾宫。 长爱越水泛舟,蓝关立马⑤,画图中。怅望几多诗□⑥,无句可形容。谁与问、已经三白⑦,忒是报年丰。未应真个,情多老却天公⑧。

[注释]

①《全宋词》注:"檐"原作"蟾",据《词谱》改。 ②《全宋词》注:"然"原作"旧",据《词谱》改。 ③纹蜡:有花纹的蜡烛。 ④"听撩乱"句:意指雪花扑打窗纸,犹如春虫。 ⑤蓝关立马:典出韩愈《左迁至蓝关示侄孙湘》诗,曰:"一封朝奏九重天,夕贬潮阳路八千。欲为圣明除弊事,肯将衰朽惜残年。云横秦岭家何在,雪拥蓝关马不前。" 蓝关:蓝田关的简称,即秦之峣关,在今蓝田县。韩愈曾在此遇大雪不前。此数句谓雪景如画。 ⑥□:《全宋词》注,《词谱》卷二十四作"思"。 ⑦三白:指雪。 ⑧"未应"两句:《全宋词》注,亦作"扫除阴翳,惟祈红日生东"。 情多老却天公:化用李商隐"天若有情天亦老"句意。

## 垂丝钓

燕将旧侣,呢喃终日相语。似惜别离情,知几许,谁与度。为向人代诉,空朝暮。 谩千言百句。怎生会得,争如作个青羽①。又闻院宇②,不在当时住。飞去无寻处。肠万缕,寄暴风横雨。

[注释]

①青羽:即青鸟。《艺文类聚》卷九十一引《汉武故事》:"七月七日,上于承华殿斋。正中,忽有一青鸟从西方来,集殿前。上问东方朔,朔曰:'此西王母欲来也。'有顷,王母至,有三青鸟如乌,夹侍王母旁。"后以青鸟借指传递书信的使者。 ②院宇:院中屋檐。

## 垂丝钓

邓端友席上赠吕倩倩[①]

玉纤半露,香檀低应鼍鼓[②]。逸调响穿空,云不度,情几许。看两眉碧聚,为谁诉。 听敲冰戛玉。恨云怨雨,声声总在愁处。放杯未举,倾坐惊相顾。应也肠千缕。人欲去,更画檐细雨。

[注释]

①邓端友:名庾,延平人,曾知抚州宜黄县。 吕倩倩:歌女名。 ②香檀:用檀木制的鼓槌。 鼍鼓:鼍皮蒙的鼓。

[集评]

叶申芗云:"吕倩倩,名姬也,善音乐。扬补之初于邓端友席上见之,赠以《垂丝钓》云:'玉纤半露……'后又闻歌,赠以《夜行船》云:'醉袖轻笼檀板按。听声声、晓莺初啭。花落城南,柳青客舍,多少旧愁新怨。

我也寻常听见惯。浑不似,者番撩乱。调少情多,语娇声咽,曲与寸肠俱断。'又闻笛,赠以《解蹀躞》。云:'金谷楼中人在……'"(《本事词》卷下"扬无咎赠吕倩倩词"条)

## 解蹀躞

吕倩倩吹笛

金谷楼中人在[①],两点眉颦绿。叫云穿月,横吹楚山竹。怨断忧忆因谁，坐中有客，犹记在、平阳宿。　　泪盈目。百转千声相续。停杯听难足。谩夸天海风涛旧时曲。夜深烟惨云愁，倩君沉醉[2]，明日看、梅梢玉。

[注释]

①金谷楼：借用晋石崇所建之金谷园，指楼极为豪奢。　②倩(qiàn)：请，央求。

## 醉落魄

龙涎香[1]

双心小萼，瑞炉慢炷轻烟初著[2]。清香已透红绡幄[3]。底事多情[4]，玉笋更轻掠[5]。　　鬓云侧畔□眉角[6]，妆成曾印铅华薄。几回殢酒襟怀恶[7]。莺舌偷传，低语教人嚼。

[注释]

①龙涎香：龙涎，香名。抹香鲸病胃的一种分泌物。以得于海上，因称龙涎，亦名龙泄。和以其他香物，其香加烈，阅久不散，为珍贵香料。　②唐氏按：此句衍一字，汲古阁本无"轻"字。　③绡：生丝织成的薄纱、薄绢。　④底事：何事、何以。　⑤玉笋：喻女子纤巧的手。　⑥《全宋词》注："□"汲古阁本作"蛾"。　⑦殢酒：病酒，困酒。

## 青玉案

徐侍郎生辰[1]

芝兰桃李环围著。拥和气、浮帘幕。寿斝交飞争满酌[2]。一声珠弗[3]，数敲牙板[4]，应有梁尘落[5]。　　腰金虽重何曾觉[6]，更看悬鱼上麟阁[7]。不用祖洲寻灵药[8]。

平时阴德，几人今日，额手称安乐。

[注释]

①徐侍郎：未详。 ②斝（jiǎ）：爵。古代铜制酒器。 ③弗：通“串”。 ④牙板：象牙制的拍板，用于按节拍。 ⑤梁尘：刘向《别录》云“鲁人卢公发声清，晨歌动梁尘”。谓歌声高亢，振动梁屋尘土。 ⑥腰金：指腰中金印。谓做高官。 ⑦悬鱼：腰中佩带的鱼符。 麟阁：麒麟阁。汉代阁名。《汉书·苏武传》载甘露三年，汉宣帝画功臣霍光、苏武等十一人。后将“上麟阁”作为祝颂功臣的典故。 ⑧祖洲寻灵药：旧题汉东方朔《十洲记》，“东海祖洲上有不死之草，生琼田中，或名为养神芝。”此下几句，意谓无须服食仙药，自可安乐长寿。

## 青玉案

南州独数多名士[①]。谁富贵、归桑梓。昼锦如公难比似[②]。傍湖开径[③]，雨帘云栋，平地居仙子[④]。 行须勋业超青史，再侍宸帏任非次[⑤]。醉袖尽教春酒渍。明年此会，寿觞欲举，百拜君王赐。

[注释]

①南州：泛指南方地区。 ②昼锦：白昼衣锦，人皆得见。喻指富贵还乡。典出《史记·项羽本纪》：“项王……心怀思欲东归，曰：‘富贵不归故乡，如衣绣夜行，谁知之者。’” ③傍湖：此指西湖。 ④仙子：指徐侍郎。 ⑤宸帏：喻指帝王居所。 非次：越级擢用。

## 青玉案

次了翁韵[①]

奇葩珍树丛丛绕。望仙隐、蓬莱小[②]。前枕湖光秋色晓。荷花今岁，也如人意，不逐西风老。 霞觞献寿频频倒[3]。瑞霭浮空凝不扫。定自日边飞诏早。芝庭呈秀[4],桂宫得意[5],更看明年好。

[注释]

①了翁:陈瓘,字了翁,一名莹中,元丰进士。 ②仙隐:仙人隐居之地。 蓬莱:传说中的仙境。 ③霞觞:精美的酒杯。 ④芝庭:庭中的灵芝。喻子弟甚佳。 ⑤桂宫:汉宫名。武帝时建,喻指朝廷。

## 青玉案

次贺方回韵[1]

五云楼阁蓬瀛路[2]。空相望、无由去。弱水渺茫谁可渡[3]。君家徐福[4],荡舟寻访,却是曾知处。 群仙应问来何暮,说与荣归锦封句。句里丁宁天已许。要教强健,召还廊庙[5],永作商岩雨[6]。

[注释]

①贺方回:贺铸(1052—1125),字方回。工诗文,尤长词,有"贺梅子"之称。 ②五云:指天上五色祥云。也喻指朝廷宫阙之处。 蓬瀛:蓬莱、瀛州,古代传说中的神山名。 ③弱水:神话中的一条水流,水无浮力,连羽毛都漂浮不起。指代仙境。见《十洲记》。 ④徐福:亦作徐市。《史记·秦始皇本记》:"齐人徐市(福)等上书,言海中有三神山,名曰蓬莱、方丈、瀛洲,仙人居之。请得斋戒,与童男女求之。于是遣徐市发童男女数千人,入海求仙人。" ⑤廊庙:指朝廷。 ⑥商岩雨:商岩即傅岩,傅说当年版筑之地。代指傅说。商岩雨,商王要傅说作霖雨,膏泽万民。《尚书·说命上》:"说筑傅岩之野,惟肖,爰立作相。王置诸其左右,命之曰:'朝夕纳诲,以辅台德。若金,用汝作砺;若济巨川,用汝作舟楫;若岁大旱,用汝作霖雨。'"此贺徐侍郎将为朝廷宰辅。

## 望江南

张节使生辰[1]

钟陵好[2]，佳节庆元正[3]。瑞色潜将春共到，台星遥映月初升[4]。贤帅为时生。　人意乐，天宇亦清明。淡薄梅腮娇倚暖，依微柳眼喜窥晴。和气满江城。

［注释］

①张节使：未详。　节使：节度使。宋代节度使为武官虚衔，用以寄禄。　②钟陵：此指建康，为节度使衙所在地。非江西进贤之钟陵。进贤亦非江城，与词意不合。　③元正：元宵节。　④台星：三台星，此指张节使。

## 望江南

钟陵好，和气满江城。忆昨旌麾初至止[1]，到今政令只宽平。仍岁兆丰登[2]。　称庆旦，遐迩一般情。共信我公跻寿考[3]，从来阴德被生灵。襦袴听欢声[4]。

［注释］

①旌麾：帅旗。《三国志·魏书·夏侯渊传》："大破（韩）遂军，得其旌麾。"　②仍岁：屡年。　③寿考：年高，长寿。　④襦袴：襦袴歌的省称。《后汉书·廉范传》载，东汉廉范任蜀郡太守，有政绩，百姓作歌颂之："廉叔度，来何暮？不禁火，民安作，平生无襦今五袴。"后因以"襦袴之歌"喻惠民的德政。

## 望江南

钟陵好，襦袴听欢声。薰入管弦增亮响，唤教罗绮亦光荣[①]。引满劝金觥[②]。　谁信是，元自悟长生。铃阁才投公事笔[③]，云章惟读道家经[④]。家世仰仙卿[⑤]。

[注释]

①罗绮：本指丝织品。此引申为士绅。　②觥(gōng)：酒器。　③铃阁：州郡长官或将帅办公之所。《晋书·羊祜传》："祜在军常轻裘缓带，身不披甲，铃阁之下，侍卫者不过十馀人。"　④云章：《诗经·大雅·棫朴》"倬彼云汉，为章于天"笺，"云汉之在天，其为文章，譬犹天子为法度于天下。"后因称笔迹为云章。　⑤仙卿：指张节度使。　家世：指张氏一门。

## 望江南

钟陵好，家世仰仙卿。衣带不须藏贝叶[①]，集贤何用化金瓶[②]。且欲佐中兴。　期早晚，丹诏下天庭。不许南州犹弭节[③]，促归东府共和羹[④]。膏泽遍寰瀛[⑤]。

[注释]

①贝叶：指佛经。　②金瓶：佛寺供器。王勃《净惠寺碑》："玉函降彩，金瓶探色。"　③弭节：《离骚》"吾令羲和弭节兮，望崦嵫而勿迫"。王逸注："弭，按也。按节徐步也。"按节，缓行，勒马慢走。　④和羹：本自《尚书·说命》"尔惟训于朕志。……若作和羹，尔惟盐梅"。孔传："盐，咸；梅，醋。羹须咸醋以和之。"用盐、梅调和羹汤，以喻宰辅佐助帝王治理天下。此两句谓朝廷不准张节使滞留任所，而诏出催促回朝。　⑤膏泽：喻恩惠。　寰瀛：犹寰海，指海内、天下。

## 选冠子

许倅生辰[①]

海上楼台，壶中日月[②]，乍觉挈来平地[③]。熙熙鸡犬，簇簇僮奴，亦自有登天志。知是仙官，出应亨期，因识前修风味[④]。看纵横才美，雍容谈笑，一团和气。　钟秀处、雪洁霜□，梅清竹瘦，占尽小春佳致。笙歌韵溢，锦绣香浓，饮少未妨欢醉。好在双椿，伫看丹桂分折，芝庭兰砌[⑤]。向游惟功行[⑥]，和羹勋业[⑦]，共传家世。

[注释]

①许倅：未详。　倅：宋代通判俗称。　②壶中日月：传说中别有天地的仙境。典出《后汉书·费长房传》。　③挈（qiè）：悬持、提起。　④前修：前贤。　⑤"好在"三句：意谓高年父母欣见他在仕途获得成就。　⑥游惟功行：佛本经有"游惟耶离品"，提倡勤劳行化，入法慧窟。　⑦和羹：作盐梅而和羹，指当宰相。

## 满庭芳

彭守生辰[①]

节物争妍，江山改观，已闻春到萧滩[②]。瑞烟和气，葱茜接螺川[③]。元是使君诞日，半千运，来踵三贤[④]。争相竞，谁知胜地，拜相有前山。　芳筵，开富寿，罗绮间□，簪组骈阗[⑤]。正雪梅迎腊，霜月将圆。看取霜髯秀颊，人人道、平世神仙。调元手[⑥]，阴功在继，八百定长年[⑦]。

[注释]

①彭守：未详。宋代知州、知府简称"守"。　②萧滩：在江西清江县西。　③螺川：当在清江县境。　④三贤：作者自注，"丞相刘公诗云，四百年间出三相"。　晓川按："此指刘敞、刘攽兄弟及敞子刘奉世，皆北宋重臣。奉世入为辅相。"　⑤簪组：冠簪、冠带。指官绅。　骈阗：聚集、连属。　⑥调元手：此贺太守有调和阴阳，执掌政柄之才。　⑦八百定长年：此祝其寿比彭祖享年八百。

## 二郎神

清源生辰[①]

炎光欲谢[②],更几日、薰风吹雨[③]。共说是天公,亦嘉神贶[④],特作澄清海宇。灌口擒龙,离堆平水[⑤],休问功超前古。当中兴、护我边陲,重使四方安堵[⑥]。 新府。祠庭占得,山川佳处。看晓汲双泉,晚除百病,奔走千门万户。岁岁生朝,勤勤称颂,可但民无灾苦。□愿得、地久天长,佐绍兴□□□。

[注释]

①清源:当是李冰之封号。 ②炎光:灼热的日光。 ③薰风:和风,指初夏时的东南风。 ④贶(kuàng):赐与,加惠。 ⑤灌口擒龙,离堆平水:用战国秦昭王时蜀郡守李冰典故。李冰凿离堆,建都江堰,以为水利。 ⑥安堵:安居。

## 水调歌头

次向芗林韵[①]

闰馀有何好,一岁两中秋。霁云卷尽[②],依旧银汉截天流[③]。长记芗林堂上,静对小山丛桂[④],尊俎许从游[⑤]。遥想此时兴,不减上南楼[⑥]。 引玉觞,看金饼[⑦],水云头。醉听哦响,宁羡王粲赋荆州[⑧]。此夕翻成愁绝,未斫广寒丹桂[⑨],犹衣敝貂裘。万事付谈笑,斗酒且宽忧。

[注释]

①向芗林:向子諲,字伯恭,自号芗林居士。 ②霁云:云散谓之霁。 ③银汉:指天河。 ④小山丛桂:《楚辞》汉淮南小山《招隐士》有"桂树丛生兮山之幽"句。 ⑤尊俎:也作樽俎。古时盛酒肉的器皿。常

用作宴席的代称。　⑥南楼：典出《世说新语·容止》，“庾太尉（亮）在武昌，秋夜气佳景清，使吏殷浩、王胡之之徒登南楼谈咏。音调始遒，闻函道中有屐声甚厉，定是庾公。俄而率左右十许人步来，诸贤欲起避之，公徐云：‘诸君小住，老子于此处兴复不浅。’因便据胡床，与诸人咏谑，竟坐甚得任乐。”　⑦金饼：指月亮。　⑧王粲赋荆州：王粲在荆州时，曾作《登楼赋》，以抒愁怀。《三国志·魏书·王粲传》：“年十七，司徒辟，诏除黄门侍郎，以西京扰乱，皆不就。乃之荆州依刘表。表以粲貌寝而体弱通侻，不甚重也。”　⑨斫：砍。　广寒丹桂：传说月宫中的丹桂。

## 水调歌头

再用前韵为生日词

芗林有何好，花蕊不惊秋[①]。千章云木[②]，长见密叶翠光流。中有三朝勋旧，早岁辞荣轩冕[③]，归伴赤松游[④]。不羡鸳鸯侣，钟听景阳楼。　问向来，麟阁上[⑤]，凤池头[⑥]。有谁能继，向来解印似苏州[⑦]。自是英姿绝俗，非我与时违异，何用衣羊裘[⑧]。况得长生趣，千岁肯怀忧[⑨]。

［注释］

①《全宋词》注：“蕊”，毛校，周本作“药”，疑“蕊”为是。　②千章：千本，大木曰章。　③轩冕：卿大夫的轩车和冕服。喻指官位爵禄。　④归伴赤松游：《史记·留侯世家》“愿弃人间事，欲从赤松子游耳”司马贞《索隐》：“赤松子，神农时雨师，能入火自烧”。　赤松：即赤松子，古代传说中的仙人。　⑤麟阁：麒麟阁。汉代阁名。汉宣帝画功臣像于其上。“上麟阁”遂为祝颂功臣之典。　⑥凤池：指处于机要位置。《晋书·荀勖传》：“勖自中书监除尚书令，人贺之。勖曰：‘夺我凤凰池，诸君何贺耶？’”《通典·职官》：“魏晋以来，中书监令掌赞诏命，记会时事，典作文章，以其池在枢禁，多承宠任，是以人固其位，谓之凤皇池焉。”“凤皇”同“凤凰”，亦作“凤池”。唐以前指中书省，唐以后指宰相之职。　⑦解印似苏州：此指向子諲不肯附从和议而自知平江（苏州）府任上退休。　⑧衣羊裘：西汉末严光与刘秀同学，后来刘秀登基，严光变换姓名，披羊裘钓隐于薮泽之

中。比喻隐逸生活。 ⑨肯:怎肯。

## 水调歌头

徐侍郎生辰

寥亮度弦管[①],笑语集簪缨[②]。又逢华旦争庆,豪杰为时生。犹对中秋月影,渐放重阳菊蕊,万宝正西成。爽气知多少[③],天赋满襟灵[④]。 擅词华,追鲍谢[⑤],踵斯冰[⑥]。入趋禁近[⑦],出镇藩辅早辞荣[⑧]。休恋平湖佳致,好为苍生重起,归去侍宸庭[⑨]。一德及元□[⑩],千载致升平。

[注释]

①寥亮:声音清越高远。今多作嘹亮。 弦管:指乐器。 ②簪缨:古代官吏的冠饰,喻显贵。 ③爽气:豪迈的气概。 ④襟灵:胸怀、心怀。 ⑤鲍谢:南朝宋鲍照、齐谢朓皆工诗。鲍诗俊逸,谢诗清丽,合称鲍谢。 ⑥斯冰:指战国时秦国的李斯及唐朝的李阳冰,皆工篆书。 ⑦禁近:翰林院官署在禁中,与皇帝所居相近,故称禁近。可知徐侍郎曾供职翰林院。 ⑧藩辅:指地方军事长官。 ⑨宸庭:帝王所居,指皇帝。 ⑩一德:同心同德。

## 水调歌头

韩倅九月八日生辰[①]

帝里记当日,赐第富相联。惟君家最称著,桐木老参天。三相勋庸才业[②],一代风流人物,继世赖君贤。自合跻清要[③],小屈佐平川[④]。 下车初,逢庆旦,听欢传。冰清玉润,仁爱终始被江壖[⑤]。满泛黄花称寿,细看红萸枝健,和气蔼芳筵。隔日醉重九,千岁似今年。

[注释]

①韩倅：据“桐木”云云，当是韩维、韩绛之后人。兄弟入相，门植桐木，人称桐木世家。 ②勋庸：犹言功勋。 ③清要：职位清贵，掌握枢要。 ④佐：倅（通判）为佐贰之官，故称。 ⑤江壖（ruán）：江畔。

## 传言玉女

许永之以水仙、瑞香、黄香梅、幽兰同坐，名生四和，即席赋此①

小院春长，整整绣帘低轴。异葩幽艳，满千瓶百斛。珠钿翠珮，尘袜锦笼环簇②。日烘风和，奈何芬馥。 凤髓龙津，觉从前、气味俗。夜阑人醉，引春葱竞□。只愁飞去，暗与行云相逐。月娥好在，为歌新曲。

[注释]

①许永之：未详。 ②“珠钿”两句：言各色人等环坐。

## 传言玉女

王显之席上①

料峭寒生，知是那番花信。算来都为，惜花人做恨。看犹未足，早觉枝头吹尽。曲栏幽榭，乱红成阵②。 酾酒花前③，试停杯、与细问。褪香销粉，问东君怎忍④。韶华过半⑤，谩赢得、几场春困⑥。厌厌空自，细花愁损⑦。

[注释]

①王显之：未详。 ②乱红：落花。 ③酾（shī）：犹斟酒。 ④东君：司春之神。《尚书纬》：“春为东皇，又为青帝。” ⑤韶华：美好时光，春光。 ⑥谩：通“漫”。 ⑦《全宋词》注：“细”字原作“为”，“自”字原

作“似”,据《永乐大典》卷二万零三百五十三“席”字韵改。

## 于中好

墙头艳杏花初试。绕珍丛、细挼红蕊[1]。欲知占尽春明媚。诮无意、看桃李[2]。　　持杯准拟花前醉[3]。早一叶、两叶飞坠。晚来旋旋深无地。更听得、东风起。

[注释]

①挼(ruó):揉搓。　②诮:浑,完全。　③准拟:打算,定可。

## 于中好

溅溅不住溪流素。忆曾记、碧桃红露。别来寂寞朝朝暮。恨遮乱,当时路。　　仙家岂解空相误。嗟尘世、自难知处。而今重与春为主。尽浪蕊[1],浮花妒。

[注释]

①尽:听任,放任。

## 于中好

梅花摘索穿疏竹[1]。荫纹禽、喜欢相逐。坐中已自清堪掬。更潇洒,人如玉。　　新声爱度周郎曲[2]。捧霞杯、再三相嘱。无情有恨重分北。也撩得、双眉蹙。

[注释]

①摘索:瑟缩,清冷貌。　②周郎曲:典出《三国志·吴书·周瑜传》,“瑜少精意于音乐,虽三爵之后,其有阙误,瑜必知之,知之必顾。故时人

谣曰：‘曲有误，周郎顾。’”

## 瑞云浓

睽离谩久[①]，年华谁信曾换。依旧当时似花面。幽欢小会，记永夜、杯行无算。醉里屡忘归，任虚檐月转。

能变新声，随语意、悲欢感怨。可更馀音寄羌管[②]。倦游江浙，问似伊、阿谁曾见。度已无肠，为伊可断[③]。

[注释]

①睽（kuí）离：分离、离散。　谩久：漫长、久远。　②羌管：羌笛。指乐器。　③无肠可断：即早已断肠。

## 一丛花

娟娟□月可庭方[①]，窗户进新凉。美人为我歌新曲，翻声调、韵超出宫商[②]。犀箸细敲[③]，花瓷清响，馀韵绕红梁[④]。　　风流难似我清狂，随处占烟光。怜君语带京华样，纵娇软、不似吴邦。拼了醉眠，不须重唱，真个已无肠。

[注释]

①□：《全宋词》注，汲古阁本作“微”。　②超：《全宋词》注，此字疑衍。　宫商：五音（宫商角徵羽）的简略。　③犀箸：犀牛角做的筷子。　④红梁：装饰精美之梁，指豪华酒楼。

## 好事近

黄　琼

花里爱姚黄，琼苑旧曾相识[①]。不道风流种在，又一枝倾国。　　拟图遮断倚阑人[②]，休教妄攀摘。其奈老来情减，负十分春色。

[注释]

①"花里"两句：暗藏"黄琼"二字。此词系作者赠妓女黄琼之作，与下首同。　姚黄：一种名贵的牡丹。宋欧阳修《洛阳牡丹记》："姚黄者，千叶黄花，出于民姚氏家。"　琼苑：优美的花苑。　②拟图：试图。

[集评]

叶申芗云："宋人赠妓之词，多暗藏其小字。清江扬无咎补之赠黄琼《好事近》云：'花里爱姚黄……'赠李莹《殢人娇》云：'爱他秾李，莹然风骨……'"（《本事词》卷下"扬无咎赠妓"条）

## 殢人娇

李　莹

恼乱东君[①]，满目千花百卉。偏怜处、爱他秾李[②]。莹然风骨，占十分春意。休漫说、唐昌观中玉蕊[③]。　　妒雪凝霜，凌红掩翠。看不足、可人情味[④]。会须移种，向曲栏幽礣[⑤]。愁绿叶成阴，道傍人指。

[注释]

①东君：司春之神。　②秾（nóng）：花木繁盛貌。后泛指盛美。　③唐昌观中玉蕊：唐康骈《剧谈录》载，"上都安禁坊唐昌观旧有玉蕊花，其花每发，若瑶林琼枝。元和中，春物方盛，车马寻玩者相继。忽一日，有女子年可十七八，端丽无比，既下马，直过花所，望之已在半空，方悟神仙来游。"唐昌观以玉蕊花著名。　④可人：令人满意。　⑤礣：台阶。通"砌"。

## 殢人娇

曾韵寿词

露下天高，最是中秋景胜。喜银蟾、十分增晕[①]。嫦娥飞下，见雾鬟风鬓。念八景园中[②]，画谁能尽。　慢奏云韶[③]，美斟仙酝[④]。清不寐、桂香成阵。只愁来夕，又阴晴无准。却待约重圆，后期难问。

[注释]

①喜：为曾韵小名，“喜”下有作者自注“小名”二字。　晕：作者自注“名”。（因其与名“韵”同音。此为借指。）　银蟾：此指月亮。　②八：作者自注“第行”。即排行。　八景园：指名胜之地。宋沈括《梦溪笔谈》十七《书画》：“度支员外郎宋迪工画，尤善为平远山水。其得意者有平沙雁落，远浦帆归，山市晴岚，江天暮雪，洞庭秋月，潇湘夜雨，烟寺晚钟，渔村落照，谓之‘八景’。”后名胜之地亦多以八景为名目。　③云韶：即云韶部。宋代燕乐名。　④酝（yùn）：酒。　“美”下作者自注“字”。

## 蝶恋花

曾韵鞋词

端正纤柔如玉削。窄袜宫鞋[①]，暖衬吴绫薄。掌上细看才半搦[②]，巧偷强夺尝春酌[③]。　稳称身材轻绰约[④]。微步盈盈，未怕香尘觉。试问更谁如样脚，除非借与嫦娥著。

[注释]

①宫：《全宋词》注，原校“宫”疑“弓”。　②搦（nuò）：本指持握，此指才及手掌的一半。　③尝春酌：将鞋当作酒杯。　④稳称：匀称。

[集评]

叶申芗云：“鞋杯之咏，咸谓始于杨铁崖。考补之《蝶恋花》咏鞋词已述之云：'端正纤柔如玉削。窄袜弓鞋，软衬吴绫薄。掌上细看才半搦。巧偷强夺尝春酌。稳称身材轻绰约。微步盈盈，未怕香尘觉。试问更谁如样脚。除非借与嫦娥著。'"（《本事词》卷下"扬无咎咏鞋词"条）

许昂霄云："读此词前阕结句，知鞋杯之戏，非始于杨廉夫也。"（《词综偶评》）

## 蝶恋花

牛 楚

春睡腾腾长过午。楚梦云收，雨歇香风度。起傍妆台低笑语，画檐双鹊尤偷顾。　笑指遥山微敛处[①]。问我清癯[②]，莫是因诗苦。不道别来愁几许，相逢更忍从头诉。

**[注释]**

①敛：收聚，指皱眉。　②清癯：清瘦。

## 蝶恋花

昔在仁皇当极治[①]。南极星宫[②]，曾降为嘉瑞。犹有画图传好事，身材只恐君今是。　对酒不妨同看戏。他日功名，晏子堪为比[③]。更愿远孙逢九世，安排君在鸡窠里[④]。

**[注释]**

①仁皇：宋仁宗。　极治：仁宗时，北宋政权较为安定，故称。　②南极星宫：星名。　宫：《全宋词》注，原校"宫"疑"官"。　③晏子：即晏婴（前？—前500），春秋时齐人。相景公，以节俭力行，名显诸侯。　④"更愿"二句：太平兴国中李守中使至琼州逢杨遐举，诣所居，见梁上一鸡窠中有小儿头下视宋卿。曰：此吾九代祖也。不语不食，不知其年。见《洞微志》。

## 蝶恋花

万里无云秋色静。上下天光，共水交辉映。坐对冰轮心目莹[1]，此身不在尘寰境[2]。　扑漉文禽飞不定[3]。勾引离人[4]，分外添归兴。来往悠悠重记省，夜阑人散花移影。

[注释]

①冰轮：指月亮。　②尘寰：犹言人间。　③扑漉（lù）：象声词。拍翅声。　文禽：羽毛有纹彩的鸟。　④勾引：勾起、引发。　离人：游子。

## 锯解令

送人归后酒醒时，睡不稳、衾翻翠缕。应将别泪洒西风，尽化作、断肠夜雨。　卸帆浦溆[1]，一种恓惶两处。寻思却是我无情，便不解、寄将梦去。

[注释]

①浦溆：指水边，岸边。

## 忆秦娥

情难足，不堪黄帽催行速[1]。催行速，扁舟一叶，别愁千斛[2]。　津亭送客惊相嘱[3]，举杯欲唱眉先蹙。眉先蹙，背人掩面，不能终曲。

[注释]

①黄帽：撑船人的代称。《汉书·佞幸传》："邓通，蜀郡南安人也，以棹船为黄头郎。文帝尝梦欲上天，不能。有一黄头郎推上天，顾见其衣尻带后穿，觉而之渐台，以梦中阴自求推者郎。见邓通，其衣后穿，梦中所见

也。”师古注:“棹船,能持棹行船也。土胜水,其色黄,故刺船之郎皆著黄帽,因号曰黄头郎也。” ②千斛:言愁之重。 斛:古以十斗为一斛。南宋末改为五斗一斛。 ③津亭:渡口边的亭子。

## 倾 杯

上梁帅上元词①

瑞日凝晖,东风解冻,峭寒犹浅。正池馆、梅英粉淡,柳梢金软,兰芽香暖。滕城谁种芙蕖满②。浸银蟾影③,一夜万花开遍。翠楼朱户,是处重帘竞卷。 罗绮簇、欢声一片。看五马行春旌旆远④。拥襦袴、千里歌谣⑤,都入太平弦管⑥。且莫厌、瑶觞屡劝⑦。闻凤诏、催归非晚⑧。愿岁岁今夜里,端门侍宴⑨。

[注释]

①梁帅:梁扬祖。绍兴十年(1140)知洪州时,无咎作之也。 ②芙蕖:荷花。 ③银蟾:指月亮。 ④五马行春:指梁帅出游。 五马:本汉乐府《陌上桑》:“使君从南来,五马立踟蹰”。宋张表臣《珊瑚钩诗话》卷二:“五马之事,不见于《书》,以《诗》言之,‘孑孑干旟,在浚之都,素丝组之,良马五之。’《周礼》注云:‘州长建旟,太守视之,汉御五马。’或云:‘古乘驷马车,至汉,太守出则加一马。’见《汉官仪》注云。” 旌旆(pèi):旗帜。 ⑤襦袴:襦袴歌的省称。《后汉书·廉范传》载,东汉廉范任蜀郡太守,有政绩,百姓作歌颂之:“廉叔度,来何暮?不禁火,民安作,平生无襦今五袴。”后因以“襦袴之歌”喻惠民的德政。 ⑥弦管:乐器。 ⑦瑶觞:玉杯。 ⑧凤诏:即诏书。 ⑨端门:宫殿南面正门。指在宫中。

## 望海潮

上梁帅生辰

菊暗荷枯，橙黄橘绿，嘉时记得今朝。欢蔼十州，香飘万井，春容小试梅梢。星昴耀层霄①。庆诞生元德②，出佐明朝。雅奏声中，彩旂光里仰英标。　遐年已卜民谣③。最招徕瘵俗④，洗尽奸骄。东府政声⑤，北门治绩⑥，流芳况自迢遥⑦。莫惜拚今宵。听缓敲牙板⑧，引满金蕉⑨。看即泥封峻召⑩，无计驻华镳⑪。

［注释］

①星昴：传说汉代萧何为昴宿降生，后以喻指朝廷辅弼之臣。此指梁帅。　②元德：大德。　③遐年：早年。　民谣：即前首的"襦袴歌"。　④瘵（zhài）：凋敝、疾苦。　⑤东府：宋初朝廷设立三省，与枢密院各分班奏事，称为二府。东府为宰相及中书所居。　⑥北门：指翰林院。宋叶梦得《石林燕语》记载颇详。　⑦迢遥：遥远。　⑧牙板：象牙制的板。　⑨金蕉：酒杯。　⑩泥封：古时封书函，用泥封于绳端打结处，上盖印章，称泥封。诏书用紫泥。　峻：急。　⑪华镳：华丽的马嚼子。镳：同"镳"（biāo）。

## 齐天乐

和周美成韵①

后堂芳树阴阴见，疏蝉又还催晚。燕守朱门，萤粘翠幕，纹蜡啼红慵剪②。纱帏半卷。记云鬟瑶山③，粉融珍簟④。睡起援毫，戏题新句谩盈卷。　睽离鳞雁顿阻⑤，似闻频念我，愁绪无限。瑞鸭香销⑥，铜壶漏永⑦，谁惜无眠展转。蓬山恨远。想月好风清，酒登琴荐。一曲高歌，为谁眉黛敛。

[注释]

①周美成:周邦彦(1056—1121),字美成。精音律,工词,为北宋婉约派大家。对词的审订整理多所贡献。有《片玉词》。 ②纹蜡:有纹饰的腊烛。慵:懒。 ③亸(duǒ):下垂。 ④簟(diàn):竹席。 ⑤暌离:分离。 鳞雁:指代书信。 ⑥瑞鸭香销:玉制的鸭形香炉中香已燃尽。 ⑦铜壶漏永:铜壶指古代计时的刻漏。 永:长。

## 齐天乐

端　午[1]

疏疏数点黄梅雨,殊方又逢重五[2]。角黍包金[3],菖蒲泛玉,风物依然荆楚[4]。衫裁艾虎[5]。更钗袅朱符[6],臂缠红缕。扑粉香绵,唤风绫扇小窗午。　　沉湘人去已远[7],劝君休对酒,感时怀古。慢啭莺喉,轻敲象板,胜读离骚章句。荷香暗度。渐引入陶陶,醉乡深处。卧听江头,画船喧叠鼓[8]。

[注释]

①唐氏按:此首别误作周邦彦词,见《诗馀图谱》卷三。《岁时广记》卷二十一又引"衫裁艾虎"三句作欧阳修词。 ②殊方:异域,他乡。 重五:端午为五月初五,因称。 《全宋词》注:"五"原作"午"。毛校"午"字重,疑从刻。 ③角黍:即粽子。 ④荆楚:指古时楚国之地。楚国疆域约当古荆州之地,故称荆楚。 ⑤艾虎:旧俗端午节,用艾作虎,或剪彩为虎,粘艾叶,戴以辟邪。 ⑥袅(niǎo):缭绕,缠绕。 ⑦沉湘人:指屈原。下文《离骚》为其代表作。 ⑧叠鼓:连续击鼓。

## 蓦山溪

端午有怀新淦[1]

去年今日,踪迹留金水。乘兴挈朋侪[2],游赏遍、南峰佳致。崇仙岸左，争看竞龙舟，人汹汹[3]，鼓冬冬，不觉金乌坠[4]。　　而今寂寞，独处山林里。欲去恨无因，奈阻隔、川途百里。香蒲角黍[5]，对暑悄无言，梅雨细，麦风轻，怅望空垂泪。

[注释]

①新淦：县名，今属江西。因境内淦水为名。下文"金水"，即"淦水"。　②挈（qiè）：携。　侪（chái）：辈、类。　③汹汹：本形容声音的喧闹。指人声鼎沸。　④金乌：太阳。　⑤香蒲：菖蒲。　角黍：粽子。

## 蓦山溪

和鹜州晏倅酴醾[1]

天姿雅素，不管群芳妒。微笑倚春风，似窥宋、墙头凝伫[2]。一春花草，陡觉更无香，悬绣帐，结罗巾，谁更熏沉炷[3]。　　可堪开晚，未放韶光去[4]。生怕糁庭阶[5]，直不忍、苍苔散步。会须开宴，满摘蘸瑶觞[6]，何况有，绮窗人，娇鬟相宜处。

[注释]

①鹜：《全宋词》注，疑"婺"字误。　晏倅：未详。　酴醾：花名。张邦基《墨庄漫录》九："酴醾花或作荼醾，一名木香，有二品。一种花大而棘长条而紫心者为酴醾。一品花小而繁，小枝而檀心者为木香。"　②似窥宋、墙头凝伫：将酴醾比作十分美丽的女子。　窥宋：窥视宋玉的漂亮女子。战国宋玉《登徒子好色赋》："玉曰：'天下之佳人，莫若楚国。楚国之丽者，莫若臣里。臣里之美者，莫若臣东家之子。东家之子，增之一分则太长，减之一分则太短。著粉则太白，施朱则太赤。眉如翠羽，肌如白雪，腰如束素，齿如含贝。嫣然一笑，惑阳城，迷下蔡。然此女登墙窥臣三年，至今未许也。'"　③沉炷：沉香制作的香。炷本指点燃，此为引申义。　④韶光：犹韶景。指春光。　⑤糁：散落。犹践踏。　⑥蘸（zhàn）：浸

入。 瑶觞:玉杯。

## 蓦山溪

同 前

玉英檀蕊,细意凭君看。青帝忒多情[①],费几许、春风暗剪。晓来攲枕[②],不觉嫩香飘,披宿雾,启幽窗,不道开初遍。 无穷风味,乍可蜂莺占。莫遣俗人知,怕毒眼[③]、急须遮断。倚墙压架,娇困卧枝头,心绪里,阿谁知,似个人撩乱。

[注释]

①青帝:春神,主东方,为五天帝之一。《尚书纬》:"春为东帝,又为青帝。" ②攲(qī):倾斜。 ③毒眼:忌恨的眼光。

## 蓦山溪

和徐侍郎木犀[①]

蟾宫仙种[②],几日飘甃[③]。密叶绣团栾[④],似剪出、佳人翠袖。叶间金粟[⑤],蔌蔌糁枝头[⑥]。黄菊嫩,碧莲披,独对秋容瘦。 浓香馥郁,庭户宜熏透。十里远随风,又何必、凭阑细嗅。明犀一点[⑦],暗里为谁通,秋夜永,月华寒,无寐听残漏[⑧]。

[注释]

①木犀:桂花的别称。 ②蟾宫:月亮。 ③鸳甃(zhòu):用对称花砖砌成的井壁。 ④团栾:圆貌。 ⑤金粟:桂花为粒状,故称。 ⑥糁:溅。 ⑦明犀:文犀的角。角表有光,置暗中有光影,故下文有"暗里为谁通"之句。 ⑧残漏:漏壶残声。指天将亮。

## 醉蓬莱

见恩荣故里。□著贤关①，特然超诣。满腹诗书，洗膏粱馀味②。羞挽乌号③，换将蓝绶④，向广庭亲试。磊落胸襟，雍容人物，于今谁比。　争许才猷⑤，合跻严禁，行看横飞，少将清议⑥。喜对生朝，且陶陶欢醉。太华莲开，海山桃熟，况是当佳致。满引瑶觞，相期眉寿⑦，君家重耳⑧。

［注释］

①贤关：进入仕途之门。　②膏粱：精美的食物。　③乌号：良弓。《淮南子·原道》："射者扞乌号之弓，弯棋卫之箭。"　④蓝绶：蓝色绶带。意指做官。古时以不同颜色的绶带以示品级。　⑤才猷：才能谋略。　⑥清议：公正的评论。　⑦眉寿：本《诗经·豳风·七月》"为此春酒，以介眉寿"。毛传："眉寿，豪眉也。"孔颖达疏："人年老者必有豪毛秀出者。"后以"眉寿"为祝寿之词。　⑧重耳：即春秋时晋文公，流亡在外十九年，为春秋五霸之一。

## 醉蓬莱

正才过七夕，又近中元①，素秋时候，月皎风高，渐凉生襟袖。灏气澄凝②，是谁清白，应此□□秀。味洗膏粱，才侔沈谢③，三朝勋旧。　好是新来，日临连帅，化格黔黎④，政归仁厚。早祷群祠，有雨随车骤⑤。愿与寰区⑥，共资膏泽⑦，岁岁称眉寿。孝感灵泉，涓涓不绝，斟为醇酎⑧。

［注释］

①中元：农历七月十五为中元节。　②灏：通"浩"。　③侔：相等。

沈谢:指沈约和谢朓。二人皆善文辞,精于声韵。 ④化格黔黎:教育感化百姓。 黔黎:百姓。 ⑤雨随车:《后汉书·郑弘传》"迁淮阳太守"注引谢承《后汉书》,"弘消息徭赋,政不烦苛。行春天旱,随车致雨"。谓政治清明能感天致雨,后用为颂扬官吏政绩之典。 ⑥寰区:犹寰宇,指天下。 ⑦膏泽:犹膏雨,比喻恩惠。 ⑧醇酎(zhòu):酒名,重酿之酒。

## 醉蓬莱

见禾山凝秀,禾水澄清[①],地灵境胜。天与珍奇,产凌霄峰顶。嫩叶森枪,轻尘飞雪,冠中州双井[②]。绝品家藏,武陵有客[③],清奇相称。 坐列群贤,手呈三昧[④],云逐瓯圆,乳随汤迸[⑤]。珍重殷勤,念文园多病[⑥]。毛孔生香,舌根回味,助苦吟幽兴。两腋风生,从教飞到,蓬莱仙境。

[注释]

①禾山、禾水:在江西永兴境内。传说禾山曾出嘉禾,故名。然据上下文意,似当指茶。 ②双井:井名。在今江西修水县。所产茶亦名双井。宋初,茶以两浙所产日注(茶名)为第一。自景祐年间以后,双井渐盛,出于日注之上。 ③武陵:指桃花源。此当指高贵客人。 ④三昧:本指奥妙,此指双井茶。 ⑤"云逐"二句:指茶水不同寻常。 ⑥文园多病:文园指代司马相如。《史记·司马相如列传》载,相如拜为孝文园令,为人口吃而善著书,常有消渴疾,既病免,家居茂陵。唐杜牧《为人题赠》诗:"文园终病渴,休咏白头吟。"

## 朝中措

杯盘狼藉烛参差。欲去未容辞。春雪看飞金碾[①],香云旋涌花瓷。 雍容四座,矜夸一品[②],重听新词。归路清风生腋,不妨轻捻吟髭。

[注释]

①春雪:指色微白的新茶。　金碾:研磨茶叶的工具。　②一品:指上品之茶。

## 朝中措

### 熟　水[1]

打窗急听□然汤[2]。沉水剩熏香。冷暖旋投冰碗,荤膻一洗诗肠[3]。　酒醒酥魂,茶添胜致[4],齿颊生凉。莫道淡交如此,于中有味尤长。

[注释]

①熟水:指煮好的茶汤。　②然汤:开水声。然,同"燃"。　③荤膻一洗:荤膻为之一洗。　④胜致:优雅的兴致。

## 点绛唇

### 紫苏熟水[1]

宝勒嘶归[2],未教佳客轻辞去。姊夫屡鼠[3],笑听殊方语[4]。　清入回肠,端助诗情苦。春风路,梦寻何处,门掩桃花雨。

[注释]

①紫苏:草名。又名桂荏、山苏。呈紫红色,茎叶及果皆入药。　②宝勒:指马。　勒:马络头。　③姊夫屡鼠:似"紫苏熟水"之方言读法,即殊方语也。　④殊方:异域,他乡。

## 点绛唇

瓦枕藤床,道人劝饮鸡苏水[1]。清虽无比,何似今宵意。　　红袖传持[2]，别是般情味。歌筵起，绛纱影里，应有吟鞭坠[3]。

[注释]

①鸡苏：草名。即水苏，一名龙脑香苏。　②红袖：指女子。　③吟鞭坠：诗人为之止步。

## 点绛唇

和向芗林木犀[1]

借问嫦娥，当初谁种婆娑树。空中呈露，不坠凡花数[2]。　　却爱芗林，便似蟾宫住。清如许，醉看歌舞，同在高寒处。

[注释]

①向芗林：向子諲，号芗林居士。　木犀：桂花。　②"不坠"句：不与凡花争美。

## 点绛唇

散策芗林[1]，几回来绕团团树[2]。月明风露，平地神仙数。　　准拟归来[3]，移近东家住[4]。应相许，为君起舞，直到高寒处。

[注释]

①散策：扶杖散步。　②团团树：指桂花树。　③准拟：打算。　④东家：用孔丘典故。传说孔丘的西邻不知孔丘之才学，径称之为东家丘。此处指芗林为贤德才学之士。

## 卜算子

婆娑月里枝[①]，隐约空中露。拟访嫦娥高处看，一夜心生羽。　　仙种落人间，群艳难俦侣[②]。恼乱骚人有底香[③]，欲赋无奇语。

［注释］

①月里枝：当指桂花。　②俦侣：同辈，伴侣。　③骚人：诗人。　有底：有什么。

## 卜算子

平分月殿香，碎点金盘露[①]。占断秋光独自芳，端称觞飞羽[②]。　　谢了却重开，若个花同侣[③]。谁识灵心一点通，手捻空无语[④]。

［注释］

①金盘露：仙人所捧铜盘中的露水。《三辅黄图》："神明台，以建章宫中，祀仙人处，上有金仙舒掌捧铜盘、玉杯，以承云表之露，以露和玉屑服之，以求仙道。"　②称觞：举杯祝酒。　飞羽：汉宫殿名。在未央宫中。上片均借汉代典故。　③若个：哪个。　侣：伴侣。　④捻：持、捏。

## 卜算子

李宜人生辰[①]

昨夜月初圆，今日春才半。自是元君并旦生[②]，岂在称遐算。　　花诰看加封[③]，玉斝休辞满。绮席来年谁与同[④]，笑揖麻姑伴[⑤]。

[注释]

①李宜人:未详。宜人:封建时代妇人因丈夫或子孙而得的一种封号。 ②元君:道家称仙人男曰真人,女曰元君。 ③花诰:即诰命。指帝王封赠的命令。 ④绮席:华美的宴席。 ⑤麻姑:女仙名,曾见东海三为桑田。

## 滴滴金

同 前

当初本合蟾宫里。谩容易、到尘世[1]。表里冰清谁与比,占无双两地。 诜诜已是多孙子[2]。看将来、总荣贵。岁岁今朝捧瑶觞,劝南园桃李[3]。

[注释]

①谩:通"漫"。 ②诜诜(shēn):众多貌。 ③南园:泛指园圃。桃李:据《韩诗外传》,"夫春树桃李,夏得荫其下,秋得食其实"。原以桃李之春华秋实,比喻树美材者所获良多,后喻培植贤士之众。

## 滴滴金

相逢未尽论心素[1]。早容易、背人去。忆得歌翻断肠句,更惺惺言语[2]。 萋萋芳草迷南浦[3]。正风吹、打船雨。静听愁声夜无眠,到水村何处。

[注释]

①心素:内心的情愫。 ②惺惺:清醒、机灵。 ③萋萋:盛貌。 南浦:泛指送别之处。

## 上林春令

鲁师文生辰[①]

秾李夭桃堆绣[②]。正暖日、如熏芳袖[③]。流莺恰恰娇啼[④]，似为劝、百觞进酒[⑤]。　少年未用称遐寿[⑥]。愿来岁、如今时候。相将得意皇都[⑦]，同携手、上林春昼[⑧]。

**［注释］**

①鲁师文：未详。　②秾李夭桃：指繁盛艳丽的李花桃花。　③芳袖：指贤德之人。此似指鲁师文。　④恰恰：自然、和谐的啼声。　⑤觞：酒杯。　"酒"字下《全宋词》注：以上十三字原缺，据《词谱》补。　⑥遐寿：高寿。　⑦相将得意皇都：谓科考得中。　相将：作伴。　⑧上林：本指汉武帝时上林苑，此指皇家苑囿。

**［集评］**

杜文澜云："……上林春，扬无咎词'正暖日如薰芳袖'句下，脱'流莺恰恰娇啼，为劝百觞进酒'十二字。"（《憩园词话》卷一"论词三十则"）

## 瑞鹤仙

看灯花尽落[①]。更欲换，门外初听剥啄[②]。一尊赴谁约。甚不知早暮，忒贪欢乐，嗔人调谑[③]。饮芳容、索强倒恶。渐娇慵不语，迷奚带笑[④]，柳柔花弱。　难藐[⑤]。扶归鸳帐，不褪罗裳，要人求托。偷偷弄搦[⑥]。红玉软，暖香薄。待酒醒枕臂，同歌新唱，怕晓愁闻画角[⑦]。问昨宵、可瞅归迟[⑧]，更休道著。

**［注释］**

①尽：听任、放任。　②剥啄：叩门声。　③嗔（chēn）：怒，生气。　调

谑:调笑欢谑。 ④迷奚:为何媚惑。 ⑤难貌:盛美之貌。 貌:美好。⑥搦(nuò):摩。 ⑦画角:古乐器。后军中多用以报晨昏。 ⑧𠰘(shài):是。 可𠰘:表疑问。

## 瑞鹤仙

听梅花再弄[①]。残酒醒,无寐寒衾愁拥。凄凉谁与共。谩赢得,别恨离怀千种。拂墙树动。更晓来、云阴雨重。对伤心好景,回首旧游,恍然如梦。 欢纵。西湖曾是,画舫争驰,绣鞍双控[②]。归来夜中。要银烛,卸金凤[③]。到而今,谁拣花枝同载,谁酌酒杯笑捧。但逢花对酒,空只自歌自送。

[注释]

①再弄:再奏。 ②绣鞍:华丽的马鞍。 ③金凤:金钗之饰。

## 瑞鹤仙

见兰枯菊悴。□寂寞,天与春风来至。梅梢弄晴蕊[①]。似于人,装点十分和气[②]。吴头楚尾[③]。听民谣、欢声鼎沸。总扶携□手[④]。嬉游鼓腹[⑤],顿忘愁悴。 谁比。承流宣化[⑥],问俗观风,一时双美。笙歌宴启。交酬献[⑦],尽沉醉[⑧]。□□□,行看宸庭同拜[⑨],归向天街并辔[⑩]。对西湖把酒,应须共谈旧治。

[注释]

①蕊:《全宋词》注,原作"叶",原校"叶"疑"蕊"。 ②和气:祥和之气。 ③吴头楚尾:宋祝穆《方舆胜览》云"豫章之地为楚尾吴头"。吴头楚尾指代江西。江西位于吴地上游,楚地下游,如首尾相衔接,故

称。 ④□:《全宋词》注,汲古阁本作"拍"。 ⑤鼓腹:袒腹;凸起肚子。饱食而闲暇无事之意。语出《庄子》。 ⑥承流宣化:传布教化。 ⑦交:相互。 酬献:即献酬。谓饮酒相酬劝。 ⑧尽:听任,听凭。 ⑨"行看"句:《全宋词》注,原作"行同拜宸庭飞",毛校云有误。此从汲古阁刊本。 宸庭:帝王所居。 ⑩天街:指京城中的街道。 并辔:两马并行。

## 瑞鹤仙[1]

数文章翰墨[2]。前辈远,稍□风流岑寂[3]。公才万夫敌。嗣家声[4],不坠江西人物。凝脂点漆[5]。向鸳行、神峰秀出[6]。况襟怀倜傥[7],词华洒落[8],未容俦匹[9]。
均逸。妙龄识退,故国怀归,问安亲戚。屏风坐隔。看除召[10],在晨夕。对生朝[11],且趁清明时节,痛饮无妨堕帻[12]。著莱衣戏舞[13],千春永如是日。

[注释]

①从词意看,为颂人才华,未详何人。 ②翰墨:笔墨。 ③岑寂:冷清、寂寞。 ④家声:家世的名声。 ⑤凝脂点漆:《晋书·杜乂传》王羲之见曰"面若凝脂,眼如点漆,此神仙中人"。 ⑥鸳行:鸳通"鹓"。喻朝官之班列。唐杜甫《秦州》之二十:"为报鸳行旧,鷦鷯在一枝。" 神峰:指人的神采气概。 ⑦倜傥:卓越豪迈。 ⑧洒落:潇洒脱俗,大方坦率。 ⑨俦匹:为伍匹敌。 ⑩除召:除授征召。 ⑪生朝:生日。 ⑫帻(zé):头巾。 ⑬莱衣戏舞:"老莱子孝养二亲,行年七十,婴儿自娱,着五色彩衣,尝取浆上堂,跌扑,因卧地为小儿啼。"见《艺文类聚》卷二十引《列女传》。

## 雨中花

海宇澄明,天气宴温[1],人情物态昭苏。喜分付揽辔,来与春俱。潇洒兰亭醉墨[2],丁宁黄石传书[3]。到如今几载,不坠风流,世有名儒。　　山川瑞色,樵牧欢声[4],尽随弦管虚徐[5]。判醉笑、频挥玉麈[6],共□金壶[7]。湔祓聊勤大手[8],谋谟宜佐皇图[9]。定知朝暮,未容温席,已促锋车[10]。

[注释]

①宴温:安适温暖。　②兰亭醉墨:指晋代王羲之等兰亭聚会,修祓禊之礼,王羲之书《兰亭序》。　③黄石传书:指黄石公桥上授张良《太公兵法》之事。　④樵牧:打柴放牧之人。指平民百姓。　⑤虚徐:轻柔、舒缓。　⑥判:不顾、豁出去。　玉麈(zhǔ):玉柄拂尘,用麈尾(古以驼鹿尾为拂尘)制作。　⑦金壶:酒器。　□:《全宋词》注,汲古阁本作"挈"。　⑧湔祓(jiān fú):洗除旧恶。　大手:大力。　⑨谋谟(mó):谋划。　皇图:本指封建帝王的版图。此指有辅弼之才。　⑩锋车:即追锋车,为一种轻便快速的驿车。喻朝廷急召进京,将有大用。

## 雨中花

### 七　夕

漠漠云轻[1],涓涓露重,西风特地飕飕。觉良宵初永,袢暑微收[2]。乘鹤缑山[3],浮槎银汉[4],尚想风流。笑人间儿戏,瓜果堆盘,缯彩为楼[5]。　　广庭净扫,露坐披衣,细看新月如钩。谁道是、嫦娥不嫁,独守清秋。雅有骚人伴侣[6],长交清影夷犹[7]。举杯相属,却应羞杀,呆女痴牛[8]。

[注释]

①漠漠:弥漫貌。　②袢(pàn)暑:犹言溽暑、泮暑。　③乘鹤缑(gōu)山:"王子晋见桓良曰:告我家,七月七日,待我于缑氏山头。果乘白鹤驻山巅,望之不到。举手谢时人而去。"见《列仙传》。后以王子晋尝

乘鹤驻于缑山之巅喻成仙。 ④浮槎银汉:乘木筏于银汉之间。 浮槎:即木筏。传说可以通天,乘木伐可往来天上。 银汉:天河。 ⑤缯彩:各色丝绢物。 ⑥骚人:诗人。 ⑦夷犹:从容不迫。 ⑧呆(ái)女痴牛:痴情的牛郎织女。 呆:愚。

## 雨中花

### 中 秋

雨霁云收,风高露冷,银河万里波澄。正冰轮初见[①],玉斧修成[②]。还是一年,凭栏望处,对景愁生。想姮娥应念[③],待久西厢,为可中庭。 翻思皓彩[④],未如微暗,向人多少深情。长记得、墙阴密语,花底潜行。饮散频羞烛影[⑤],梦馀常怯窗明。此时此意,有谁曾问,月白风清。

［注释］

①冰轮:指月亮。 ②玉斧:神话传说有"玉斧修月"的故事。典出唐段成式《酉阳杂俎·天咫》。 ③姮娥:嫦娥。 ④翻思:回头想想。 皓彩:明亮的色彩。 ⑤饮散:酒罢。

## 鹊桥仙

云容掩帐,星辉排烛,待得鹊成桥后。匆匆相见夜将阑[①],更应副、家家乞巧[②]。 经年怨别,霎时欢会,心事如何可了。朝朝暮暮是佳期,乍可在、人间先老[③]。

［注释］

①阑:尽。 ②乞巧:"七月七日为牵牛、织女聚会之夜。是夕,人家妇女结彩缕,穿七孔针,或以金银鍮石为针,陈瓜果于庭中以乞巧。"见南朝梁宗懔《荆楚岁时记》。 ③乍可:宁可。

## 洞仙歌

痴牛呆女，谩恩深情远。一岁惟能一相见。纵金风玉露[1]，胜却人间，争奈向、雪月花时阻间[2]。 幽欢犹未足，催度桥归，乌鹊无端便惊散[3]。别后欲重来，杳杳银河[4]，空怅望、不胜悽断。最可惜、当初泛槎人[5]，甚不问、天边这些磨难。[6]

［注释］

①纵：纵然，即使。 ②雪月花时阻间：犹言一年只有一度相会。 ③"催度"两句：神话传说，七月七日牛郎织女渡鹊桥相会。 度：通"渡"。 ④杳杳：深远幽暗貌。 ⑤泛槎人："旧说云：天河与海通，近世有人居海渚者，年年八月，有浮槎来去，不失期。人有奇志，立飞阁于槎上，多赍粮，乘槎而去。至一处，有城郭状，屋舍甚严，遥望宫中多织妇，见一丈夫牵牛渚次饮之，此人问此是何处，答曰：'君还至蜀郡问严君平则知之。'"见晋张华《博物志》。 ⑥《全宋词》注：此首《草堂诗馀续集》卷上误作毛滂词。

## 多　丽

### 中　秋

晚风清，淡云卷尽轻罗。看银蟾、初离海上[1]，万里碧汉澄波[2]。碾云衢、玉轮缓驾[3]，照山影、宝镜新磨[4]。光彻庭除[5]，寒生绮席，无聊清兴助吟哦。共宴赏、明宵天气[6]，晴晦又知他。无眠处，衣濡湛露，目断明河[7]。 念年来、青云失志[8]，举头羞见嫦娥。且高歌、细敲檀板[9]，拚痛饮、频倒金荷[10]。断约他年，重挥大手，桂枝须斫最高柯[11]。恁时节、清光比似[12]，今夕更应多。功名事，到头须在，休用忙呵[13]。

[注释]

①银蟾：指月亮。 ②碧汉：天河。 ③云衢：云中之路。 玉轮：指月亮。 ④宝镜：指月亮。清辉映照，犹如明镜。 ⑤庭除：庭前阶下，院内。 ⑥明宵：明亮的夜晚。 ⑦衣濡（rú）湛露：衣裳被浓重的露水打湿。 濡：浸渍，湿润。 湛露：浓重的露。 明河：明亮的天河。 ⑧青云：比喻气概高尚。《三国志·魏书·荀彧等传论》："其良平之亚欤！"裴松之注："张子房青云之士，诚非陈平之伦。" ⑨檀板：檀木制的牙板。 ⑩金荷：酒杯。 ⑪"桂枝"句：借用吴刚伐桂典故。 ⑫恁（rèn）：这样，如此。 ⑬呵：助词，表语气。

## 卓牌子慢

### 中秋次田不伐韵①

西楼天将晚。流素月②、寒光正满。楼上笑揖姮娥③，似看罗袜尘生④，鬓云风乱。 珠帘终夕卷。判不寐⑤、阑干凭暖。好在影落清尊⑥，冷侵香幄，欢馀未教人散。

[注释]

①田不伐：田为，字不伐。政和末充大晟府典乐，宣和为大晟府乐令。工词。此词据作者跋，写于绍兴二十五年（1155）。 ②流：移动。 ③姮娥：嫦娥。 ④罗袜尘生：典出三国魏曹植《洛神赋》"体迅飞凫，飘忽若神，凌波微步，罗袜生尘"。描绘女子的袅袅步态。 ⑤判：拚，豁出去。⑥清尊：酒杯。

## 倒垂柳

### 重 九

晓来烟露重，为重阳、增胜致①。记一年好处，无似此天气。东篱白衣至②，南陌芳筵启③。风流曾未远，登临都在眼底。 人生如寄④。谩把茱萸看子细⑤。击节听高歌[⑥],痛饮莫辞醉。乌帽任教[⑦],颠倒风里坠。黄花明日[⑧],纵好无情味。

[注释]

①胜致:美好景致。 ②东篱白衣:"王弘为江州刺史,陶潜九月九日无酒,于宅边东篱下菊丛中摘盈把,坐其侧,未几望见一白衣至,乃刺史王弘送酒也。"见南朝宋檀道鸾《续晋阳秋》卷二。 ③南陌:南边的道路。此乃与"东篱"相对应。 ④人生如寄:《古诗十九首》"人生忽如寄,寿无金石固"。指人生短促,犹如暂时寄居世间。 ⑤茱萸:植物名。有山茱萸、吴茱萸。生于川谷,其味香烈。古代风俗,农历九月九日重阳节佩戴茱萸以祛邪避灾。 子细:仔细。 ⑥击节:用手或拍板以调节乐曲。 ⑦乌帽:隋唐贵者多服乌纱帽。其后上下通用,又渐废为折上巾,乌纱成为闲居的常服,省称乌帽。 ⑧黄花:菊花。

## 惜黄花慢

霁空如水[①]。衬落木坠红[②],遥山堆翠。独立闲阶,数声□度风前[③],几点雁横云际。已凉天气未寒时,问好处、一年谁记。笑声里。摘得半钗[④],金蕊来至[⑤]。 横斜为插乌纱,更碎揉、泛入金尊琼蚁[⑥]。满酌霞觞,愿人寿百千[⑦],可奈此时情味。牛山何必独沾衣[⑧],对佳节、惟应欢醉。看睡起,晓蝶也愁花悴。

[注释]

①霁空:雨后晴空。 ②落木:树叶脱落。 坠红:落花。 ③□:《全宋词》注,汲古阁本作"蝉"。 ④钗:首饰的一种,为两股。故有"半钗"之说。 ⑤金蕊:金花。指菊花。 ⑥金尊:酒杯。 尊:通"樽"。 琼蚁:如玉色的酒滓。 蚁:酒滓。 ⑦《全宋词》注:原校"愿"上脱一字。《词谱》卷三十五作"愿教"。 ⑧牛山何必独沾衣:典出《晏子春秋》。记晏子侍景公游于牛山,批评景公不理解有生必有死的道理而徒然涕泣悲伤。

此数句，意谓不应效牛山之泣，对佳节当尽欢。

## 醉花阴

满城风雨无端恶[①]，孤负登高约[②]。佳节若为酬，盛与歌呼[③]，胜却秋萧索[④]。　菊花旋摘揉青萼[⑤]，满满浮杯杓[⑥]。老鬓未侵霜[⑦]，醉里乌纱，不怕风吹落。

［注释］

①无端：无因，没来由。 ②孤负：辜负。 ③歌呼：歌唱呼号。 ④萧索：指景物凄凉。 ⑤萼：花萼。 ⑥杯杓：酒杯和杓子。指酒器。 ⑦未侵霜：指两鬓未白。

## 醉花阴

捧杯不管馀酲恶[①]，玉腕宽金约[②]。宛转一声清，戛玉敲冰[③]，浑胜鸣弦索[④]。　朱唇浅破桃花萼[⑤]，重注鸬鹚杓[⑥]。夜永醉归来[⑦]，细想罗襟，犹有梁尘落[⑧]。

［注释］

①酲（chéng）：经宿饮酒曰酲。 馀酲：指尚未醒酒。 ②金约：当指缠绕在手腕的金镯。 ③戛（jiā）玉敲冰：形容声音清脆。 ④鸣弦索：乐器鸣奏。 弦索：指乐器。 ⑤“朱唇”句：谓歌女张口如桃花。 ⑥鸬鹚杓：刻有鸬鹚形的酒具。 ⑦夜永：夜长。 ⑧梁尘：“鲁人虞公发声清，歌动梁尘。”见汉刘向《别录》。谓歌声高亢，振动梁屋尘土。

## 醉花阴

楚乡易得天时恶[①]，风雨长如约。不道有幽人[②]，衣带秋深,犹自悬鹑索[③]。　　招呼朋侣如花萼,有酒须同酌。世态任凋疏[④],却爱黄花,不似群花落。

[注释]

①楚乡:江西地处古楚地,因称。　②幽人:隐士。《易经·履》:"履道坦坦,幽人贞吉。"　③鹑索:指鹑衣。衣服破旧褴褛。　④凋疏:指世态炎凉,世风日下。

## 醉花阴

鸳鸯菊[①]

金铃玉屑嫌非巧,生作文鸳小[②]。西帝也多情[③],偷取佳名,分付闲花草。　　渊明手把谁携酒[④],羞把簪乌帽。寄与绮窗人[⑤],百种妖娆[⑥],不似酴醾好[⑦]。

[注释]

①鸳鸯菊:草乌头之别名。宋朱弁《曲洧旧闻》三:"草乌头,近畿如嵩山具茨诸山亦多有之。花开九月,色青可玩。人多移植园圃,号鸳鸯菊,盖取其近似耳。"　②文鸳:身有彩纹的鸳鸯。指鸳鸯菊。　③西帝:古代称秋天的神。　④渊明手把:梁萧统《陶渊明传》,"尝九月九日出宅边菊丛中坐,久之,满手把菊。忽值弘(指江州刺史王弘)送酒至,即便就酌,醉而归。"此与下句,暗指鸳鸯菊。　⑤绮窗人:依在窗前之人。　绮窗:雕画美观的窗户。　⑥妖娆:娇艳妩媚。　⑦酴醾:花名。

## 醉花阴

淋漓尽日黄梅雨,断送春光暮。目断向高楼,持酒停歌,无计留春住。　　扑人飞絮浑无数,总是添愁绪。回首问春风,争得春愁[①],也解随春去。

[注释]

①争得:怎得。

## 解蹀躞

迤逦韶华将半[①],桃杏匀于染[②]。又还撩拨、春心倍凄黯[③]。准拟□□狂吟[④],可怜无复当年,酒肠文胆[⑤]。倦游览,憔悴羞窥鸾鉴[⑥]。眉端为谁敛[⑦]。可堪风雨、无情暗亭槛。触目千点飞红,问春争得春愁,也随春减。

[注释]

①迤逦(yǐ lǐ):曲折连绵。 ②桃杏匀于染:桃、杏均于春天开花。 ③凄暗:凄凉黯淡。 ④准拟:定当,打算。 □□:《全宋词》注,《花草粹编》作“剧饮”。汲古阁本作“酩酊”。 ⑤酒肠文胆:指喝酒的豪气和文思。 ⑥鸾鉴:饰有鸾鸟纹的镜子。 ⑦敛:蹙。

## 琐窗寒

柳暗藏鸦[①],花深见蝶,物华如绣[②]。情多思远,又是一番清瘦。忆前回、庭榭来春[③],个人预约同携手[④]。恨迟留,载酒期程[⑤],孤负踏青时候[⑥]。  搔首,双眉暗鬥[⑦]。况无似今年,一春晴昼。风僝雨僽[⑧]。直得□时迤逗[⑨]。想闲窗、针线倦拈,寂寞细捻酴醾嗅。待还家、定自冤人[⑩],泪粉盈襟袖[⑪]。

[注释]

①柳暗:指柳树茂密。 ②物华:自然美景。 ③庭榭(xiè):指庭院。 ④个人:那人。 ⑤载酒:置酒。 载:盛,放置。 期程:计算行程。 ⑥踏青:旧时农历三月上旬踏青郊游。《秦中岁时记》:“三月上

已，赐宴曲江，都人于江头禊饮，践踏青草，曰踏青。” ⑦暗門：指双眉紧蹙。 ⑧僝僽（chán zhòu）：愁苦、烦恼。 ⑨□：《全宋词》注，汲古阁本作“恁”。 迤（tuō）逗：勾引，挑动。 迤：通“拖”。 ⑩冤人：犹言“冤家”，即心上人。 ⑪泪粉：泪水和着香粉。

## 玉楼春

许运干生辰①

朱帘碧瓦干云际②，占尽潇滩形势地③。傍墙人唤状元家，想见华堂融瑞气④。 寿杯莫惜团栾醉⑤。跳虎转龟寻旧喜⑥。小邦只恐久难留⑦，异日君王重赐第⑧。

[注释]

①许运干：未详。 运干：为宋代转运司干办公事的简称，系转运使属官。 ②干：插入。极言其高。 ③潇滩：在江西清江县境。 ④华堂：华丽的厅堂。 ⑤团栾：团聚。 ⑥跳虎转龟：意谓升迁。龟印、虎符跳升变化即升官之意。 ⑦小邦：指许运干任职之地。 ⑧第：宅第。此祝许日后高升。

## 玉楼春

为童四十寿①

娉婷标格神仙样②，几日珮环离海上③。小春只隔一旬期，菊蕊包香犹未放④。 霞觞满酌摇红浪⑤，慢引新声云际响⑥。玉颜长与姓相宜⑦，寿数三回排第行⑧。

[注释]

①童四十：未详。从词意看，当为歌女。古人常以行第相称。 ②娉婷（pīng tíng）：姿态美好。 标格：风范，风度。 ③珮环：玉佩。 ④“菊蕊”句：谓童四十如含苞欲放之花。 ⑤霞觞：精美的酒杯。 酌：斟。

红浪：酒。 ⑥慢引："慢"、"引"均为词的一种体式。 ⑦玉颜：指童的容颜。这句意谓，她的容颜与她的姓（童）一样，青春长驻，永不衰老。 ⑧排第行：即指童排行四十。

## 玉楼春

### 茶

酒阑未放宾朋散[1]，自拣冰芽教旋碾[2]。调膏初喜玉成泥，溅沫共惊银作线[3]。 已知于我情非浅，不必宁宁书碗面[4]。满尝乞得夜无眠，要听枕边言语软。

［注释］

①酒阑：酒已近残尽。 ②冰芽：指茶叶。 ③此句写沏茶颇为传神。 ④宁宁：静貌。

## 清平乐

### 熟 水[1]

开心暖胃，最爱门冬水[2]。欲识味中犹有味，记取东坡诗意[3]。 笑看玉笋双传[4]，还思此老亲煎[5]。归去北窗高卧[6]，清风不用论钱[7]。

［注释］

①熟水：犹煎茶。 ②门冬水：用麦门冬泡的水。 门冬：即麦门东。草名。 ③东坡诗意：指苏东坡《睡起闻米元章冒热到冬园送麦门冬饮予》诗"开心暖胃门冬饮，知是东坡手自煎"。 ④玉笋：比喻女子纤巧的手。唐韩偓《咏手》诗："腕白肤红玉笋芽，调琴抽线露尖斜。" ⑤此老：指苏东坡。 ⑥北窗高卧：典出晋陶渊明《与子俨等疏》"常言五六月中，北窗下卧，遇凉风暂至，自谓是羲皇上人"。 ⑦清风不用论钱：本唐李白《襄阳歌》"君不见晋朝羊公一片石，龟头剥落生莓苔。泪亦不能为之堕，

心亦不能为之哀。清风朗月不用一钱买,玉山自倒非人推”。这两句写闲适自在的生活。

## 清平乐

花阴转午,小院清无暑。雪碗冰瓯凝灏露[①],自涤紫毫鸡距[②]。　麝煤落纸生春[③],只应李卫夫人[④]。我亦前身逸少,莫嗔太逼君真[⑤]。

[注释]

①瓯:盆盂之类的瓦器。“雪”、“冰”以示清凉。　灏露:弥漫的露水。　②涤:洗。　紫毫:用紫色兔毛制成的笔。　鸡距:鸡距笔。短锋,形如鸡距之笔。唐白居易有《鸡距笔赋》。　③麝煤:制墨原料,因以为墨的别称。　④李卫夫人:即卫夫人。西晋时人。唐张怀瓘《书断》:“卫夫人名铄,字茂猗。廷尉展之女弟,恒之从女。汝阴太守李矩之妻也。隶书尤善,规矩钟公。右军常师之。”可知卫夫人师钟繇,王羲之少时曾从其学书。　⑤“我亦”二句:“晋王羲之字逸少……卫夫人见,语太常王策曰:‘此儿必见用笔识,近见其书便有老成之智。’流涕曰:‘此子必蔽吾名。’”见《书断》。

## 渔家傲

十月二日老妻生辰

昨日小春才得信[①],明宵新月初生晕[②]。又对寿觞斟九酝[③]。香成阵,欢声点破梅梢粉。　琪树长青资玉润[④],鸳鸯不老眠沙稳。此去期程知远近[⑤]。君休问,山河有尽情无尽。

[注释]

①小春:农历十月,也称小阳春。　②晕:月晕。　③寿觞:酒杯。

九醖:九醖酒,美酒名。《西京杂记》一:"汉制,宗庙八月饮酎。用九醖太牢,皇帝侍祠。以正月旦作酒,八月成,名曰酎。一曰九醖,一名醇酎。" ④琪树:神话中的玉树。 玉润:谓润泽如玉。 ⑤期程:计算程期。

## 渔家傲

同 前

菊暗荷枯秋已满,枨黄橘绿冬初暖①。草草杯盘成小宴。殷勤劝,尊前莫遣霞觞浅②。 两鬓从教霜点半③,人生最要长为伴。举酒岂徒称寿算。深深愿,来年更看门风换④。

[注释]

①枨(chéng):本指木柱、木棒。此似当借作"橙"。不然文意不通。 ②遣:使,令。 霞觞:酒杯。 ③从教:即使,纵然。 从:通"纵"。 ④门风:本指家风。此含有家庭兴旺之意。

## 渔家傲

同 前

梅晕渐开红蜡坐①,菊篱尚耀黄金蕊。正是小春风物美②。宜家喜③,生朝颜巷犹和气④。 古鼎氤氲云缕细⑤,霞觞潋滟红鳞起。听取殷勤歌里意。千秋气,北堂同我供甘旨。

[注释]

①梅晕:梅花尚未长出,刚有绽蕾迹象。 红蜡:红烛。 ②小春:农历十月,也称小阳春。 ③宜家:指家庭安顺,夫妇和睦。 ④生朝:生日。 颜巷:"子曰:贤哉回也! 一箪食 ,一瓢饮,在陋巷,人不堪其忧,回

也不改其乐。"见《论语·雍也》。本指颜回所居的陋巷,后因以颜巷指简陋的居处。 和气:祥和之气。 ⑤鼎:本指烹饪器,此似指香炉。 氤氲(yīn yūn):云烟弥漫貌。

## 渔家傲

事事无心闲散惯,有时独坐溪桥畔。雨密波平鱼曼衍[①]。鱼曼衍,轮轻钓细随风卷[②]。 忆昔故人为侣伴[③],而今怎奈成疏间[④]。水远山长无计见。无计见,投竿顿觉肠千断。

[注释]

①曼衍:连绵不断。 ②轮:收卷钓丝的转轮。 ③故人:友人。 ④疏间:间隔疏远。

## 双雁儿

除 夕

穷阴急景暗推迁[①]。减绿鬓[②],损朱颜。利名牵役几时闲[③]。又还惊,一岁圆。 劝君今夕不须眠。且满满,泛觥船[④]。大家沉醉对芳筵。愿新年,胜旧年。

[注释]

①穷阴:犹一年已尽。 急景:急促的光阴。南朝宋鲍照《舞鹤赋》:"于是穷阴杀节,急景凋年。" 景:通"影"。 ②绿鬓:乌亮的鬓发。 ③牵役:牵累。 ④觥(gōng)船:容量大的酒器。

## 双雁儿

休惊明日岁华新。且喜得,又逢春。北堂歌舞奉慈亲[①]。愿遐龄[②]，等大椿[③]。　□□□□□□□。□□□，□□□。□□□□□□□。□□□，□□□。

[注释]

①北堂：指母亲。　②遐龄：高龄，长寿。　③等：与……相等。　大椿："上古有大椿者，以八千岁为春，八千岁为秋。"见《庄子·逍遥游》。古时传说大椿长寿。

## 迎春乐

新来特特更门地[①]。都收拾、山和水。看明年、事事都如意。迎福禄、俱来至。　莫管明朝添一岁。尽同向、尊前沉醉[②]。且唱迎春乐，祝慈母，千秋岁。

[注释]

①门地：犹门第。　②尽：听凭，放任。　尊：通"樽"。

## 永遇乐[①]

鸳瓦霜明[②]，绣帘烟暖[③]，和气容与[④]。云想衣裳[⑤]，风清环珮，拥翠娥扶步[⑥]。蓬山远别[⑦]，仙班知是[⑧]，有客旧同俦侣[⑨]。竭来到、人间又也[⑩]，爱他相门荣遇[⑪]。　清秋菊在，小春梅绽[⑫]，正是年华好处。酒满瑶觞，歌翻金缕[⑬]，莫放行云去[⑭]。已随夫贵，仍因儿显，两国看封齐楚[⑮]。此时对、生朝听我[⑯]，却称寿语。

[注释]

①为贺寿之作。未详所贺何人，然似为妇人。　②鸳瓦：即鸳鸯瓦。互相成对的瓦。一说屋瓦一俯一仰为鸳鸯瓦。　霜明：霜已颇重。　③烟

暖:指香炉中的烟。 ④容与:安闲自得貌。 ⑤云想衣裳:语出唐李白《清平调词》“云想衣裳花想容,春风拂槛露华浓。若非群玉山头见,会向瑶台月下逢”。李白本以之赞美杨贵妃,以云比喻艳丽的衣裳。 ⑥翠娥:通常作“翠蛾”。美人之眉。也指美女。以上三句称颂祝寿对象。 ⑦蓬山:即蓬莱仙岛。喻指京城。 ⑧仙班:比喻官阶的清贵。宋黄庭坚《同子瞻韵和赵伯充团练》诗:“金玉堂中寂寞人,仙班时得共朝真。” ⑨俦侣:同伴,伴侣。 ⑩朅(jiē)来:何不来。 ⑪相门荣遇:谓受知于宰相。 ⑫小春:十月小阳春。 ⑬金缕:即《金缕曲》。词调名,亦名《贺新郎》。 ⑭莫放行云去:用“响遏行云”典故。谓歌唱得极美。 ⑮“已随”三句:谓因做官的丈夫和儿子得以显贵,并被封为齐、楚两国夫人。 ⑯生朝:生日。

## 永遇乐

黄叶缤纷,碧江清浅,锦水秋暮。画鼓冬冬[①],高牙飐飐[②],离棹无由驻。波声笳韵[③],芦花蓼穟[④],翻作别离情绪。须知道,风流太守,未尝恝情来去[⑤]。 那堪对此,来时单骑,去也文鸳得侣[⑥]。绣被薰香,蓬窗听雨,还解知人否。一川风月,满堤杨柳,今夜酒醒何处。调疏呵,双栖正稳,慢摇去橹。

[**注释**]

①画鼓:有纹饰之鼓。 ②高牙:即牙旗。泛指居高位者的仪仗。 ③笳韵:指官船行驶时以笳奏乐。 ④蓼穟(liǎo suì):蓼穗。“穗”同“穟”。 ⑤恝(jiá)情:无愁貌。 ⑥文鸳:身有纹彩的鸳鸟。

## 永遇乐

梅 子

风褪柔英[①],雨肥繁实,又还如豆。玉核初成,红腮尚浅，齿软酸微透。粉墙低亚[②]，佳人惊见，不管露沾襟袖。折一枝、钗头未插，应把手挼频嗅[③]。　　相如病酒，只因思此，免使文君眉皱[④]。入鼎调羹[⑤]，攀林止渴[⑥]，功业还依旧。看看飞燕，衔将春去，又是欲黄时候。争如向、金盘满捧[⑦]，共君对酒。[⑧]

[注释]

①柔英：指梅子结实前的花。　②亚：低垂的样子。　③把手：拿在手中。　挼(zùn)：捏。　④"相如病酒"三句：用司马相如、卓文君典故。病酒：谓饮酒沉醉如病。　⑤入鼎调羹：古时羹有五味，酸即用梅调，故有此说。　⑥攀林止渴：即"望梅之渴"之意。　⑦争：通"怎"。　⑧唐氏按：此首别见《全芳备祖》后集卷五"梅子门"，作王冠卿词。

## 玉烛新

荒山藏古寺。见傍水梅开，一枝三四。兰枯蕙死[①]。登临处、慰我魂消惟此[②]。可堪红紫。曾不解、和羹结子[③]。高压尽、百卉千葩，因君合修花史。　　韶华且莫吹残[④]，待浅揾松煤[⑤]，写教形似。此时胸次[⑥]。凝冰雪、洗尽从前尘滓[⑦]。吟安个字，判不寐[⑧]、勾牵幽思。谁伴我、香宿蜂媒[⑨]，光浮月姊[⑩]。

[注释]

①兰、蕙：均系香草名。　②处：《全宋词》注，原空格。　此据《词谱》补。　③和羹：用梅调羹。　④韶华：美好时光。　⑤揾(wèn)：濡、蘸。松煤：指墨。　⑥胸次：胸怀、胸间。　⑦尘滓：比喻世间繁琐事务。　⑧判：不顾，豁出去。　⑨蜂媒：比喻蜂为花朵之媒。　⑩月姊：嫦娥。

## 御街行

平生厌见花时节。惟只爱、梅花发。破寒迎腊吐幽姿，占断一番清绝[①]。照溪印月，带烟和雨，傍竹仍藏雪[②]。松煤淡出宜孤洁。最嫌把、铅华说[③]。暗香销尽欲飘零[④]，须得笛声呜咽。这些风味，自家领略，莫与傍人说[⑤]。

[注释]

①清绝:清丽绝顶。 ②仍:又。 ③说:《全宋词》注，原校"说"疑"设"。 ④暗香:指梅花。 ⑤傍:旁。

## 柳梢青

傲雪凌霜。平欺寒力，搀借春光[①]。步绕西湖，兴馀东阁[②]，可奈诗肠。 娟娟月转回廊。悄无处、安排暗香[③]。一夜相思，几枝疏影，落在寒窗。

[注释]

①搀(chān):扶、牵挽。 ②东阁:典出唐杜甫《和裴迪登蜀州东亭送客逢早梅相忆见寄》诗"东阁官梅动诗兴，还如何逊在扬州"。《全芳备祖》引杜诗注:"梁何逊在扬州，法曹廨舍有梅一枝，逊吟咏其下。后居洛思梅花，再请其任，从之。抵扬州，花方盛，逊对花彷徨。"后以"东阁"用为梅花典。 ③暗香:指梅花。

## 柳梢青

雪艳烟轻[①]。又要春色[②]，来到芳尊。却忆年时，月移清影，人立黄昏。 一番幽思谁论。但永夜、空迷梦魂。绕遍江南，缭墙深苑，水郭山村。

［注释］

①轻：《全宋词》注，原空格，《铁网珊瑚》作“痕”。　②要：邀请。

## 柳梢青[1]

茅舍疏篱。半飘残雪，斜卧低枝。可更相宜，烟笼修竹[2]，月在寒溪。　亭亭伫立移时。判瘦损、无妨为伊。谁赋才情，画成幽思，写入新诗。

［注释］

①唐氏按：此首误入朱淑贞《断肠词》。　②烟：指积聚空气中的雾气。

## 柳梢青

月堕霜飞。隔窗疏瘦，微见横枝。不道寒香，解随羌管[1]，吹到屏帏。　个中风味谁知。睡乍起、乌云任攲[2]。嚼蕊挼英[3]，浅颦轻笑[4]，酒半醒时。[5]

［注释］

①羌管：羌笛。泛指乐器。　②乍：初、刚。　乌云：喻指妇女的黑髮。　攲：斜，倾侧。　③挼（ruó）：揉搓。　④颦（pín）：皱眉。　⑤唐氏按：此首误入朱淑贞《断肠词》。

## 柳梢青

月转墙东。几枝寒影，一点香风。清不成眠[1]，醉凭诗兴，起绕珍丛[2]。　平生只个情钟[3]。渐老矣、无愁可供。最是难忘、倚楼人在，横笛声中[4]。

[注释]

①清:冷,凉。 ②珍丛:指梅花丛。 ③只个:只有这一个。 情钟:指情之所聚,即富于感情的意思。 ④横笛:竹笛。

## 柳梢青

玉骨冰肌。为谁偏好,特地相宜。一段风流,广平休赋[①],和靖无诗[②]。 绮窗睡起春迟[③]。困无力、菱花笑窥[④]。嚼蕊吹香,眉心贴处,鬓畔簪时。[⑤]

[注释]

①广平休赋:"余尝慕宋广平之为相,贞姿劲质,刚态毅状,疑其铁石心肠,不解吐婉媚辞。然睹其文,而有《梅花赋》,清便富艳,得南朝徐庾体。"谓宋璟(字广平)虽心肠如铁,而赋梅花却清便富艳。见唐皮日休《桃花赋序》。 ②和靖无诗:"林逋字君复,杭州钱塘人。少孤,力学,不为章句。性恬淡好古,弗趋荣利。家贫,衣食不足,晏如也。初放江淮间,久之归杭州,结庐西湖之孤山,二十年足不及城市。……既卒,州为上闻,仁宗嗟悼,赐谥和靖先生。赙粟帛。"见《宋史·隐逸传》。林逋有梅花诗,被誉为咏梅绝唱。此两句乃反用其意。 ③绮窗:雕饰美观的窗户。 ④菱花:菱花镜。古铜镜中六角形的或镜背刻有菱花的,叫菱花镜。 ⑤唐氏按:此首误入朱淑贞《断肠词》。

## 柳梢青

为爱冰姿[①]。画看不足,吟看不足。已恨春催,可堪风里[②],飞英相逐[③]。 只应自惜高标[④],似羞伴、妖红媚绿。藏白收香[⑤],放他桃李,漫山粗俗。

[注释]

①冰姿:即上一首的"玉骨冰肌",形容梅花的傲寒鬥艳。 ②可堪:

犹言那堪。 ③飞英：指被风吹落的梅花。 ④高标：喻高洁的品行。 ⑤藏白收香：指春天到，梅花已尽。

## 柳梢青

水曲山傍。寒梢冷蕊，隐映修篁[①]。细细吹香，疏疏沉影[②]，恼断回肠[③]。 为伊驻马横塘[④]。漫立尽、烟村夕阳。空袅吟鞭[⑤]，几多诗句，不入思量。

[注释]

①隐映修篁：隐约掩映在高高的竹林间。 修：长。 篁：竹的通称，也可指竹园、竹林。 ②疏疏沉影：稀疏的梅花在水中的倒影。 ③回肠：心中辗转。 ④驻马：停马。 ⑤空袅吟鞭：任马信步，手中拿着马鞭吟咏诗句。 袅："以组带马曰袅。"见《汉书·百官公卿表》上"簪袅"注。空袅：即放开缰绳，任马行走。

## 柳梢青

天付风流。相时宜称，著处清幽。雪月光中，烟溪影里[①]，松竹梢头。 却憎吹笛高楼，一夜里、教人鬓秋。不道明朝，半随风远，半逐波浮。

[注释]

①烟溪：指水气弥漫的溪流。

## 柳梢青

屋角墙隅。占宽闲处，种两三株。月夕烟朝，影侵窗牖[①]，香彻肌肤。 群芳欲比何如。癯儒岂、膏粱共途[2]。因事顺心,为花修史,从记中书[3]。

[注释]

①牖(yǒu):窗户。 ②癯(qú):瘦。 膏粱:比喻富贵人家。 “群芳”二句:将梅花比作骨姿清瘦的儒者,“群芳”比作富贵人家。 ③从记中书:随意书画。 从:任、随。

[集评]

刘克庄云:“所制梅词《柳梢青》十阕,不减‘花间’、《香奁》及小晏、秦郎得意之作。词画既妙,而行书姿媚精绝,可与陈简斋相伯仲。”(《后村先生大全题扬补之词画》)

## 柳梢青

瑞鸭烟浓[1]。晓来弦管,声在霜空。却退寒威,借回春色,满苑香风。 几时人下瑶宫[2]。记千载、今朝庆逢。满捧瑶觞,芝兰丛里,锦绣光中。

[注释]

①瑞鸭:鸭形的香炉。 ②瑶宫:玉饰的宫殿。

## 柳梢青

江月轩中。拍堤新涨,绕院薰风。深注瑶觞,低歌金缕,声在晴空。 新词尽索无穷[1]。断酩酊、衰颜为红[2]。愿得年年,繁枝子满,绿叶阴浓。

[注释]

①尽(jǐn):听任。 索:搜索。 ②断:无疑,绝对。 酩酊:大醉。 衰颜:指年老。

## 柳梢青

步观察生辰二首[①]

槐夏风清[②]。霁天欲晓[③]，武曲增明[④]。元是今朝，曾生名将，力佐中兴[⑤]。　朝家息马休兵[⑥]。享逸乐、嬉游太平。忧国胸襟，平戎材略，分付瑶觥[⑦]。

［注释］

①步观察：未详何人。　观察：观察使。宋置诸州观察使，无职掌，无定员，不驻本州，仅为武臣之寄禄官。　②槐夏：槐树一般以农历五月后开花，故称槐夏。　③霁天：雨止天晴。　④"武曲"句：喻步观察为不可多得的将才。　武曲：即武曲星，与文曲星相对。此言步如天上星宿。　⑤中兴：由衰落而重新兴盛。　⑥朝家：指国家、朝廷。　⑦分付：付与。

## 柳梢青

灼灼红榴[①]，垂垂绿柳，庭户清和。罗绮香中，十分春酒，几叠高歌[②]。　遐龄欲问如何[③]。记平日、阴功数多。千载今朝，笑看池面，龟戏青荷[④]。

［注释］

①灼灼：鲜明、光盛貌。　②十分、几叠：形容多。　③遐龄：高寿。　④龟戏青荷：龟千岁乃游莲叶之上。见《史记》。

## 柳梢青

李　莹

小阁深沉，酒醺香暖[①]，容易眠熟。梦入仙源[②]，桃红似火，李莹如玉。　觉来几许悲凉[③]，记永夜、传杯换烛[4]。绣被薰香,宝钗落枕,同论心曲[5]。

[注释]

①醺(xūn):醉。 ②仙源:指传说中的桃花源仙境。 ③几许:多少。表疑问。 ④永夜:长夜。 ⑤心曲:内心深处。

## 柳梢青

癸未秋社有怀故山[1]

送雁迎鸿[2],未寒时节,已凉天气。针线倦拈,帘帏低卷,别般风味。 攲眠梦到山中[3],共老幼、扶携笑喜。桑柘影深,鸡豚香美,家家人醉[4]。

[注释]

①癸未:据扬无咎活动年代,当指宋孝宗隆兴元年(1163)。 秋社:古人立社,本为春日祈农之祭,其后倡为春祈秋报之说。于立秋后第五戊日,农家收获已毕,立社设祭,以酬土神,称秋社。 故山:指故乡。 ②鸿:即大雁。然古人以为有所区别。《诗经·小雅·鸿雁》:"鸿雁于飞,肃肃其羽。"《传》:"大曰鸿,小曰雁。" ③攲:斜,倾侧。 ④"桑柘"三句:化用唐人王驾《社日》"桑柘影斜春社散,家家扶得醉人归"之意。 桑柘(zhè):指桑树。 柘:桑属。叶可饲蚕。 豚(tún):小猪。

## 柳梢青

暴雨生凉。做成好梦,飞到伊行[1]。几叶芭蕉,数竿修竹,人在南窗。 傍人笑我恓惶[2]。算除是、铁心石肠。一自别来、百般宜处[3],都入思量。

[注释]

①伊行：即伊人那边，指思念之人。　②傍：旁。　恓惶：烦恼不安貌。　③宜：合适，相称。此处的“宜处”有值得回味、合人心意之事的意思。

## 解连环

素书谁托[①]。嗟鳞沉雁断[②]，水遥山邈[③]。问别来、几许离愁，但只觉衣宽，不禁消薄[④]。岁岁年年，又岂是、春光萧索[⑤]。自无心、强陪醉笑，负他满庭花药。　援琴试弹贺若[⑥]。尽清于别鹤[⑦]，悲甚霜角[⑧]。怎似得、斜拥檀槽[⑨]，看小品吟商[⑩]，玉纤推却[⑪]。旋暖薰炉[⑫]，更自炷、龙津双萼[⑬]。正怀思、又还夜永，烛花自落。

[注释]

①素书：书信。古人书信写在白绢上，因称素书。　②嗟：叹。　鳞沉雁断：古人有“鱼雁传书”之说，此反用其意，指书信全无。　③邈（mù）：远，渺茫。　④“但只”两句，有“衣带渐宽终不悔，为伊消得人憔悴”之意。　⑤萧索：压抑，寂寞。　⑥贺若：琴曲名。或云出于唐宣宗时待诏贺若，或云出于隋贺若弼，已无可考。　⑦尽：听任、放任。　别鹤：琴曲名。汉蔡邕《琴操》：“《别鹤操》者，商陵牧子所作也。牧子娶妻五年，援琴鼓之云：‘痛恩爱之永离，叹别鹤以舒情。’故曰《别鹤操》。”　⑧霜角：即《霜天晓角》的省称。词调名。又名月当窗、踏月、长桥月等。　⑨檀槽：檀木做的琵琶、琴等弦乐器上架弦的格子。也指弦乐器。此指后者。⑩小品：本指佛经的节本。此或指小令之类的曲子。　吟商：吟唱。　商：五音（宫、商、角、徵、羽）之一。战国宋玉《对楚王问》：“引商刻羽，杂以流徵。”　⑪玉纤：后因以玉纤状美人手指。《古诗十九首》：“娥娥红粉粧，纤纤出素手。”　⑫薰炉：有笼覆盖的熏炉。　炷（zhù）：点燃。　⑬龙津：当指龙涎香，为一种名贵香料。

## 踏莎行

灯月交光，笙簧递响[1]。繁华依旧升平样[2]。心期休卜紫姑神[3]，文章曾照青藜杖[4]。　　歌落梁尘，酒摇鳞浪。暂还南国同邀赏。明年侍辇向端门，却瞻日表青霄上。

[注释]

①笙簧：泛指乐器。　“簧”下《全宋词》注：原空格。　②升平：谓太平之世。　③心期：谓两相期许。　卜：问卜。　紫姑神：民间相传的女神。夜间迎之，以问祸福。　④青藜杖：“刘向于成帝之末，校书天禄阁，专精覃思。夜有老人著黄衣，植青藜杖，登阁而进，见向暗中独坐诵读，老父乃吹杖端烟然（燃），因以见向。说开辟以前。向因受《五行洪范》之文。向请问姓名，云：‘我是太一之精，天帝闻金卯之子有博学者，下而观焉。’”见晋王嘉《拾遗记》。　太一：星名。金卯之子：指刘姓。后以青藜杖用作夜读或勤苦攻读的典故。

## 探春令

梅英粉淡[1]，柳梢金软[2]，兰芽依旧。见万家、灯火明如昼，正人月、圆时候。　　挨香傍玉偷携手，尽轻衫寒透[3]。听一声、画角催残漏[4]。惜归去、频回首。

[注释]

①梅英：梅花。　②金软：柳树刚抽金黄色的嫩芽。　③尽：听凭、听任。　④画角：古乐器名。形如竹筒，本细末大，以竹木或皮为之，亦有用铜者。外加彩绘，故称画角。后渐次用以横吹，发音哀厉高亢，古时军中多用以警昏晓，振士气。　残漏：报时的漏壶水将尽，指天将晓。

## 探春令

雪梅风柳，弄金匀粉，峭寒犹浅。又还近、三五银蟾满[①]，渐玉漏、声初短[②]。　尊前重约年时伴，拣灯词先按[③]。便直饶、心似蛾儿撩乱[④]，也有春风管。

[注释]

①三五银蟾满：十五月圆。　银蟾：指月亮。　②玉漏：玉制的漏壶。　③灯词：当指灯谜。　④饶：任凭。

## 探春令

搦儿身分[①]，测儿鞋子、捻儿年纪[②]。著一套、时样不肯红[③]，甚打扮、诸馀济[④]。　回头一笑千娇媚，知几多深意。奈月华、灯影交相照，诮没个、商量地[⑤]。

[注释]

①搦（nuò）：捉摸。　儿：青年男女的自称。下同。　②捻（niē）：估量。　③时样：当令式样。　④诸馀：其馀种种。　济：济济，亮丽。　⑤诮：责怪。

## 探春令

刘伯玉生辰[①]

东风初到，小梅枝上，又惊春近。料天台不比[②]，人间日月，桃萼红英晕[③]。　刘郎浪迹凭谁问，莫因诗瘦损[④]。怕桑田变海，仙源重返，老大无人认。

[注释]

①刘伯玉：名珪，永嘉人，能诗。　②天台：指天台山。在今浙江天台县北。下文有"怕桑田变海……"即用汉代刘晨入天台遇仙故事。　③"桃

萼”句:谓桃花蕾已见红晕。 ④“刘郎浪迹”两句:用唐刘禹锡故事。唐刘禹锡《再游玄都观·并序》:“余贞元二十一年为屯田员外郎时,此观未有花。是岁出牧连州,寻改朗州司马。居十年,召至京师,人人皆言,有道士手植仙桃,满观如红霞,遂有前篇,以志一时之事(指《元和十一年自朗州至京戏赠看花诸君子》诗:‘紫陌红尘拂面来,无人不道看花回。玄都观里桃千树,尽是刘郎去后栽。’旋又出牧,于今十有四年,复为主客郎中,重游兹观,荡然无复一树,唯兔葵燕麦动摇于春风耳,因再题二十八字。”诗曰:“百亩庭中半是苔,桃花净尽菜花开。种桃道士归何处,前度刘郎今又来。”此词下片用两典,都与刘姓有关,用得颇见功力。

## 人月圆

风和日薄馀烟嫩[1],测测透鲛绡[2]。相逢且喜,人圆玳席[3],月满丹霄[4]。 烂游胜赏[5],高低灯火,鼎沸笙箫[6]。一年三百六十日,愿长似今宵。

[注释]

①日薄:傍晚。 ②测测:锋利貌。 鲛绡:相传为鲛人所织之绡。也指手帕。 ③玳席:以玳瑁装饰坐具的宴席。 ④丹霄:天空。汉贾谊诗:“青青云寒,上拂丹霄。” ⑤烂游:犹漫游。 胜赏:尽情玩赏。 ⑥笙箫:泛指乐器。

## 人月圆

月华灯影光相射,还是元宵也。绮罗如画[1],笙歌递响[2],无限风雅。 闹蛾斜插[3],轻衫乍试[4],闲趁尖耍[5]。百年三万六千夜,愿长如今夜。

[注释]

①绮罗如画:指各种服装色彩斑斓。 ②笙歌递响:歌乐之声阵阵传

来。 ③闹蛾：即闹蛾儿。古代妇女剪彩为花或蛱蝶草虫等戴在头上的饰物。 ④乍：初，刚。 ⑤尖要：俊利。

## 眼儿媚

柳腰花貌天然好，聪慧更温柔。千娇百媚，一时半霎[①]，不离心头。 是人总道新来瘦[②]，也著甚来由。假饶薄命[③]，因何瘦了，刬地风流[④]。

[注释]

①一时半霎(shà)：此犹言无时无刻。 霎：一阵，暂时。 ②是人：此人。 ③假饶：纵令。 薄命：天命短促，命运不好。 ④刬(chǎn)地：依然，照样。

## 倒垂柳

南州初会遇[①]。记惺惺、说底语[②]。而今精神□，倾下越风措[③]。雍门人独夜[④]，客舍停杯处。馀香应未泯，凭君重唱金缕。 移宫易羽[⑤]。纵有离愁休怨诉。客里□凄凉[⑥]，怕听断肠句。情山曲海，君已心相许。骖鸾乘月[⑦]，正好同归去。

[注释]

①南州：泛指南方地区。 ②惺惺：清醒、机灵。 底：何，什么。 ③倾下：待人恭谦貌。 风措：风韵美好。 ④雍门人独夜：用韩娥典故。《列子·汤问》："昔韩娥东之齐，匮粮，过雍门，鬻歌假食。既去，而馀音绕梁欐，三日不绝，左右以其人弗去。过逆旅，逆旅人辱之，韩娥因声哀哭。一里老幼，悲愁垂涕相对，三日不食……故雍门之人至今善歌哭，放娥之遗声。"下文数句皆指此。 ⑤移宫易羽：谓变换曲调。宫、羽均为五音之一。 ⑥□：《全宋词》注，汲古阁本作"忒"。 ⑦骖鸾：语出江淹《别赋》

“驾鹤上汉,骖鸾腾天。暂游万里,少别千年”。

## 南歌子

露宠妆成态[1],风扶醉里身。谩劳驿使走征尘。岭外陇头何处、不知春[2]。　　诗思清如水,毫端妙入神。可怜徒效越娘颦[3]。为问吟哦摹写、几曾真。

[注释]

①露宠:此咏柳树。谓带露柳枝之美态。　②岭外:指五岭山脉以东地区,大致包括今广东广西。　陇头:大致在今甘肃以西地区。“岭外陇头”在宋代属边远之地。　③越娘:指西施。西施为春秋越国人。后有“东施效颦”的典故。此即借用此典。

## 南歌子

次东坡端午韵

小雨疏疏过,长江滚滚流。落霞残照晚明楼。又是一番重午,身寄南州。　　罗绮纷香陌,鱼龙漾彩舟[1]。不堪回首凤池头[2]。谁道于今霜鬓,犹自淹留[3]。

[注释]

①鱼龙:指鱼龙杂戏。为变幻的戏术。据传,鱼龙为舍利之兽,先戏于庭,毕乃入殿前激水,化成比目鱼,跳跃漱水,作雾障日,毕,化成黄龙八丈,出水敖戏于庭,炫耀日光。　漾:水摇动貌。　彩舟:当指端午时,结彩的游船。　②凤池:中书省所在地。　③淹留:滞留,停留。

## 南歌子

己未和韵[1]

波静明如染,山光翠欲流。晚来乘兴上章楼[2]。楼外谁歌新唱，知有黄州[3]。　　拟泛银河浪，聊乘藕叶舟。蓬山应自隐鳌头[4]。借问谪仙何在[5]，今为谁留。

[注释]

①己未：据扬无咎活动年代，当为绍兴九年(1139)。此首似仍与东坡有关。　②章楼：即章台。《汉书·张敞传》："然敞无威仪，时罢朝会过走马章台街，使御吏驱，自以便面拊马。"颜师古注："孟康曰：'在长安中。'臣瓒曰：'在章台下街也。'"　便面：屏面，以扇障面。后因章台街多妓院，以章台喻妓院，然亦泛指冶游之处。　③黄州：州名，今湖北黄冈。苏轼曾谪为黄州团练副使。　④蓬山：即蓬莱仙山。　鳌头：唐宋翰林学士、承旨等官朝见皇帝时立于镌有巨鳌的殿陛石正中，因称入翰林院为上鳌头。下句中李白曾入翰林，因用此典。　⑤谪仙：指唐诗人李白。

## 南歌子

笛喷风前曲，歌翻意外声。年来老子厌风情[1]。可是于君一见、眼双明。　　枕臂听残漏，停杯对短檠[2]。直教笔底有文星[3]。欲状此时情味、若为成[4]。

[注释]

①老子：作者自称。　②檠(qíng)：灯架。　③文星：即文昌星，也称文曲星。旧时传说为主文运的星宿。　④状：用作动词，描绘，描摹。若为：如何，怎样。

## 南歌子

巾染乌烟碧[1]，衣拖晓露鲜。盈盈风骨小神仙[2]。特地勾牵处士、梦巫山[3]。　　星宿罗胸次[4]，牙签弄指端[5]。凭君为算小行年[6]。试问与伊结得、几生缘。

[注释]

①乌烟:指黑色云烟。 ②盈盈:美好貌。多指人的风姿、仪态。 风骨:气格。 ③勾牵:留恋、牵挂。 处士:未仕或不仕的人。 梦巫山:指梦见巫山神女之事。 ④星宿:泛指列星。 罗:包罗。 胸次:胸襟,襟怀。 ⑤牙签:象牙书签。 ⑥小行年:即小运。旧时星命家谓每年行一运,主一年的凶吉,称小运,也称流年。

## 南歌子

彩缕牵肠断①,明珠暗滴圆。从头颗颗手亲穿。寄与仙卿同结、此生缘②。 和串拢瑜臂③,连云坠雪肩④。循环密数对沉烟⑤。似我真情不断、永相联。

[注释]

①彩缕:彩色丝线。 ②仙卿:这是女子对所念之人的爱称。 ③和串:整串。 拢:本指凑起,集合,此指缠、挂之意。 瑜臂:如玉般的手臂。 ④连云:指女子的黑髮。 雪肩:雪白的肩。 ⑤沉烟:当指沉香熏烟。

## 西江月

沙上鸥群□戏①,云端雁阵斜铺。殷勤特为故人书,写尽衷肠情素②。 名字纵非俦匹③,夤缘自合欢娱④。尽教涂抹费工夫⑤,到底翻成吃醋。

[注释]

①□:《全宋词》注,汲古阁本作"轻"。 ②情素:衷诚,本心。今多作"情愫"。 ③俦匹:伴侣。 ④夤(yín)缘:攀附。 ⑤尽教:听凭。

## 西江月

态度雪香花瘦，情怀雨润云温。故将淡墨写精神，记得洗妆馀晕[①]。　只恐妖娆未似，谁云彼此难分。别来憔悴不堪论，相对无言有恨。

［注释］

①《全宋词》注："妆"原作"章"，校语云"章"疑"妆"。

## 生查子

秋深郎未归，月上人初静。无语意迟迟，步转梧桐影。　罗衣宽莫裁，云鬓松还整。谁与问相思，立尽清宵永[①]。

［注释］

①清宵：凄清的月夜。　永：长。

## 生查子

秋来愁更深，黛拂双蛾浅[①]。翠袖怯春寒，修竹萧萧晚[②]。　此意有谁知，恨与孤鸿远[③]。小立背西风，又是重门掩[④]。

［注释］

①黛：青黑色的颜料，古时女子用以画眉。　拂：擦拭。　双蛾：女子双眉。　②萧萧：摇动貌。　③孤鸿：离群的大雁。喻指在外的游子。　④重门：内院之门。

## 生查子

妖娆百种宜[①],总在春风面。含笑又和嗔[②],莫作丹青现[③]。　　问著却无言,觑了还回盼[④]。底处奈思量[⑤],卷了还重展。

[注释]

①百种:百般。　宜:合适,合宜。　②嗔:嗔怪,责怪。　③丹青:泛指作画用的颜料。借指图画。　④觑:细看。　⑤底处:何处。　奈:如何,奈何。

## 甘草子

秋暮。永夜西楼,冷月明窗户。梦破橹声中,忆在松江路[①]。　　攲枕试寻曾游处。记历历、风光堪数[②]。谁与浮家五湖去[③],尽醉眠秋雨[④]。

[注释]

①松江:吴淞江的古称。　②历历:分明可数。　③浮家五湖:谓以船为家,到处漂泊。　④尽:听任。

## 鹧鸪天

湖上风光直万金,芙蓉并蒂照清深[①]。须知花意如人意,好在双心同一心。　　词共唱,酒俱斟。夜阑扶醉小亭阴。当时比翼连枝愿[②],未必风流得似今。

[注释]

①芙蓉并蒂:并蒂莲。　芙蓉:荷花的别称。　②比翼连枝愿:唐白

居易《长恨歌》写唐明皇与杨贵妃爱情中有“在天愿作比翼鸟，在地愿为连理枝”之句。

## 鹧鸪天

休倩傍人为正冠①，披襟散髪最宜闲。水云况得平生趣②，富贵何曾著眼看。　低拍棹③，称鸣銮④。一尊长向枕边安。夜深贪钓波间月⑤，睡起知他日几竿。

［注释］

①倩：借助。　傍：旁。　正冠：扶正头冠。　②水云：水云弥漫的地方。多指隐者居游之地。　③棹：桨，亦指代船。　④鸣銮：銮，系在马勒或车前横木上的铃。鸣銮指皇帝或贵族出行。　⑤“夜深”句：指在船中饮酒赏月。

## 鹧鸪天

不学真空不学仙①，不居廛市不居山②。时沽鲁酒供诗兴③，莫管吴霜点鬓斑④。　只么去⑤，几时还。岂知魂梦□□间。凭君休作千年调，到处惟□一味闲⑥。

［注释］

①真空：佛教用语。意为超出一切色相意识的真实境界，此借指佛教。　②廛（chán）市：住宅、市肆。　③鲁酒：指薄酒。《庄子·胠箧》：“鲁酒薄而邯郸围。”陆德明释文引许慎注《淮南》云：“楚会诸侯，鲁赵俱献酒于楚王，鲁酒薄而赵酒厚。楚之主酒吏求酒于赵，赵不与。吏怒，乃以赵厚酒易鲁薄酒奏之。楚王以赵酒薄，故围邯郸也。”　④吴霜：系与“鲁酒”对举。作者自指。　⑤只么：只如此。宋黄庭坚《寄杜家父》诗：“闲情欲被春将去，鸟唤花惊只么回。”　⑥□：《全宋词》注，汲古阁本作“知”。

## 鹧鸪天

蕙性柔情忒可怜[①]，盈盈真是女中仙[②]。披图一见春风面，携手疑同玳瑁筵[③]。　挥象管[④]，擘蛮笺[⑤]。等闲写就碧云篇[⑥]。风流意态犹难画，潇洒襟怀怎许传[⑦]。

［注释］

①蕙性：古时以兰蕙等香草比喻善良的美人。　可怜：可爱。　②盈盈：美好貌。多指人的仪态、风姿。　③玳瑁筵：指盛宴。《初学记》十引三国魏刘桢《瓜赋序》："布象牙之席，薰玳瑁之筵。"　④象管：用象牙作笔杆的笔。　⑤蛮笺：谓蜀笺。唐时指四川地区所造彩色花纸。宋杨亿《谈苑》载韩浦《寄弟》诗："十样蛮笺出益州，寄来新自浣花头。"　⑥等闲：寻常，随便。　碧云篇：典出南朝梁江淹《休上人怨别》诗"日暮碧云合，佳人殊未来"。　⑦许：如此，这样。

## 天下乐

雪后雨儿雨后雪，镇日价、长不歇[①]。今番为寒忒太切[②]，和天地，也来厮鳖[③]。　睡不着、身心自暗攧[④]。这况味、凭谁说[⑤]。枕衾冷得浑似铁。只心头，些个热[⑥]。

［注释］

①镇日价：整天。　②切：厉害、严厉。　③厮鳖：犹云相拗。　厮：犹相也。　鳖：义如闹别扭之别。　④攧(diān)：跌、摔。　⑤况味：境况和情味。　⑥些个：少许、一点。

［集评］

李调元云："扬无咎天下乐词前段云：'雪后雨儿雨后雪。镇日价、长不歇。今番为寒忒太切。和天地、也来厮鳖。''价'字、'忒'字、'厮鳖'字，皆曲中借用俗语，不可入词。厮鳖，即脾鳖之类。"（《雨村诗话》卷一）

## 玉抱肚

同行同坐，同携同卧。正朝朝暮暮同欢，怎知终有抛亸[①]。记江皋惜别[②]，那堪被、流水无情送轻舸。有愁万种，恨未说破。知重见、甚时可。　见也浑闲[③]，堪嗟处、山遥水远，音书也无个。这眉头、强展依前锁。这泪珠、强抆依前堕[④]。我平生、不识相思，为伊烦恼忒大。你还知么。你知后、我也甘心受摧挫。又只恐你，背盟誓、似风过[⑤]。共别人、忘著我[⑥]。把洋澜在[⑦]，都卷尽与[⑧]，杀不得、这心头火。

[注释]

①抛亸(duǒ)：抛躲。　②江皋：江岸边。　③浑闲：犹云不在乎。刘禹锡《赠李司空妓》："司空见惯浑闲事，断尽苏州刺史肠。"　④抆：拭，擦。《全宋词》注，《词谱》作"拭"。　⑤似：《全宋词》注，《词谱》作"如"。　⑥共别人：与别人在一起。　⑦把洋澜在：注者按，当是"扬澜蠡左"之误。见杜文澜评语。　扬：扬子江。　蠡：太湖。　⑧与：《全宋词》注，《词谱》作"也"，属下句。

[集评]

李佳云："《玉抱肚》词，作者不多见。扬无咎词云（略）。语多俚质似曲，词家不可为式。"（《左庵词话》卷下"扬无咎词"）

杜文澜云："《玉抱肚》词，词律只收扬无咎一阕，一百四十字，作两段。注云：前短后长，恐不确。应敏斋廉访因考朱竹垞《江湖载酒集》，亦载一阕，作三段，长短可配齐。而首段结句三字，中段结句四字，句法不甚合，细讽之，声调亦似未谐。乃以中段四字结句移作末段起句，则每段起句皆四字，首段中段收句皆六字，合双曳头之体矣。又考《词谱》亦收扬无咎词，后三句云：'把扬阑蠡左。都卷尽，也杀不得者心头火。'盖词律误'杨'作'洋'，并落'蠡'、'也'二字，又多一'与'字，实则一百四十一字也。敏斋所作赠周小园词，并为订正，足资楷模。词云（略）。此作校订稳

惬,笔间笼罩今古,正黄菊人所谓填词须试难调,以励后学也。”(《憩园词话》卷六)

丁绍仪云:“……又如扬无咎《玉抱肚》,不于‘音书也无个’分段,而分于上三句‘甚时可’之下。……”(《听秋声馆词话》卷十四“词律分段之误”)

张德瀛云:“……诗衰而词兴,词衰而曲盛,必至之势也。柳耆卿词隐约曲意。至黄鲁直两同心词,则有‘女边著子,门里挑心’之语,彭骏孙《金粟词话》,已言其鄙俚。扬补之《玉抱肚》词云:‘这眉头强展依前锁、这珠泪强收依前堕’,此类实为曲家导源,在词则乖风雅矣。”(《词徵》卷一“词为曲家导源”)

## 雨中花令

惆怅红尘千里。恨死拨、浮名浮利。欠我温存,少伊掮就[①],两处悬悬地[②]。　拟待归来伏不是[③]。更与问、孤眠子细[④]。月照纱窗,晓灯残梦,可瞮恶滋味[⑤]。

[注释]

①掮(ruán):温存体贴。　②悬悬:挂念。　③伏:承受,承认。　④子细:仔细。　⑤瞮(shà):通“煞”。

## 雨中花令

已是花魁柳冠[①]。更绝唱、不容同伴。画鼓低敲,红牙随应[②],著个人勾唤[③]。　慢引莺喉千样转。听过处、几多娇怨。换羽移宫[④],偷声减字[⑤],不顾人肠断[⑥]。

[注释]

①花魁柳冠:此指歌女歌唱绝佳。　②画鼓、红牙:经装饰的鼓和牙板。歌唱时用以击节。　③勾唤:此有呼应之意。　④换羽移宫:指音调变换。羽、宫均为五音之一。　⑤偷声减字:均为词曲术语,词多配乐

歌唱。歌唱时为调节抑扬缓急的声调，多运用和声、散声、偷声的方法。偷声即在一句内偷去一字。减字，则为词的变体，如有《减字木兰花》等。 ⑥顾：念。

## 雨中花令

自是云温雨润。诮不解、佯嗔偷闷①。倾坐精神②，忺人情性③，眉际生春晕。 语带京华清更韵④。听娅姹⑤、莺喉娇稳。别后相思，心头欲见，觅个灯花信⑥。

[注释]

①诮：浑、全。 嗔：嗔怪、生气。 ②倾坐：满座的人为之倾倒。 ③忺(xiān)：适意、高兴。 ④清更韵：声音清亮而富有韵味。 ⑤娅姹(yà chà)：象声词。 ⑥灯花信：吉兆之消息。 灯花：古人以灯花为吉兆。 信：消息。

## 夜行船

白 玉①

不假铅华嫌太白②。玉搓成、体柔腰搦③。明月堂深，莲花杯软，情重自斟琼液。 寄语碔砆休并色④。信秦城、未教轻易⑤。绛阙楼成，蓝桥药就，好吹箫共乘鸾翼⑥。

[注释]

①白玉：指歌女。这类词，前已见，如《殢人娇·李莹》。前两句，暗嵌“白玉”二字。 ②假：借助。 ③搦(nuò)：此有纤细之意。 ④碔砆(wǔ fū)：似玉的美石。也作“武夫”、“珷玞”。 ⑤“信秦城”句：用蔺相如故事。《史记·廉颇蔺相如列传》：“赵惠文王时，得楚和氏璧。秦昭王闻之，使人遗赵王书，愿以十五城请易璧。”后蔺相如奉璧使秦，又完璧归赵。此以白玉比作价值连城的和氏璧。 ⑥“绛阙楼成”三句：《太平广

记》卷五十引唐裴铏《传奇 · 裴航》,裴航从鄂渚回京途中,与樊夫人同舟。裴航赠诗致情意,后樊夫人答诗云:“一饮琼浆百感生,玄霜捣尽见云英。蓝桥便是神仙窟,何必崎岖上玉清。”后于蓝桥因求水,得遇云英姑娘。裴航见其母求婚,其母曰:“君约取此女者,得玉杵臼,吾当与之也。”后裴航终于寻到玉杵臼,得成婚姻,双双仙去。 蓝桥:桥名,在陕西蓝田东南蓝溪之上。为裴航遇仙女云英之处。此三句喻白玉可为玉杵臼,用以捣药。

## 夜行船

吕 倩[①]

醉袖轻拢檀板转[②]。听声声、晓莺初啭[③]。花落江南,柳青客舍,多少旧愁新怨。 我也寻常听见惯。浑不似、这翻撩乱。调少情多[④],语娇声咽,曲与寸肠俱断。

[注释]

①吕倩:歌伎,即吕倩倩。 ②“转”下《全宋词》注:原空格。 ③“声”下《全宋词》注:原空格。 “初”下《全宋词》注:原无“初”字。 ④调少情多:谓再多的曲调也唱不尽离情别意。

## 夜行船

周三五[①]

宝髻双垂烟一缕。年纪小、未周三五[②]。压一精神[③],出群标格[④],偏向众中翘楚[⑤]。 记得谯门初见处[⑥]。禁不定、乱魂飞去。掌托鞋儿,肩拖裙子,悔不做、闲男女。

[注释]

①周三五：歌伎。 ②未周三五：尚不足十五岁。同时又藏“周三五”三字。 ③压一：超过一切人。 ④标格：风范，风度。 ⑤翘楚：语出《诗经·周南·汉广》“翘翘错薪，言刈其楚”。《传》：“楚，杂薪之中尤翘翘者，我欲刈取之。”本指高出杂树丛的荆树，后以比喻杰出的人才。 ⑥谯门：城门。

[集评]

王弈清云：“扬补之有赠伎周三五词，调寄明月棹孤舟：‘宝髻双垂烟一缕，年纪小、未周三五。压一精神，出群标格，偏向众中翘楚。 记得谯门初见处。禁不定、乱魂飞去。掌托鞋儿，肩拖裙子，悔不做、闲男女。’补之在高宗朝，累征不起，自号清夷长者，而词之艳如此。”（《历代词话》卷七）

## 夜行船

怪被东风相误。落轻帆、暂停烟渚[①]。桐树阴森[②]，茅檐潇洒，元是那回来处。 相与狂朋沽绿醑[③]。听胡姬、隔窗言语[④]。我既痴迷，君还留恋，明日慢移船去。

[注释]

①烟渚：水气弥漫的岸边。 ②阴森：本指阴暗惨淡，此似指茂密，浓荫覆盖。 ③绿醑：美酒。 ④胡姬：本指西域出生的少女，古人诗词中常泛指酒店中卖酒的年轻女子。此指后者。

## 夜行船

夹岸绮罗欢聚[①]。看喧喧、彩舟来去。晴放湖光，雨添山色，谁识总相宜处[②]。 输与骚人知胜趣[③]。醉临流、戏评坡句。若把西湖比西子，这东湖、似东邻女[④]。

[注释]

①绮罗:指代游人。 ②总相宜处:语出苏东坡《饮湖上初晴后雨》,诗曰:“水光潋滟晴方好,山色空濛雨亦奇。欲把西湖比西子,淡妆浓抹总相宜。”此作者以为东湖的湖光山色也极为宜人。且下片亦紧承此句而来。 ③骚人:诗人。 ④东邻女:宋玉《登徒子好色赋》谓“臣里之美者莫若臣东家之子。东家之子,增之一分则太长,减之一分则太短,著粉则太白,施朱则太赤……”此系以“东家之子”比东湖,以效苏轼将西施比西湖。

## 两同心

行看不足,坐看不足。柳条短、斜倚春风。海棠睡、醉敧红玉[①]。清堪掬[②]。桃李漫山、真成粗俗。 遥夜几番相属,暗魂飞逐。深酌酒、低唱新声。密传意、解回娇目。知谁福,得似风流,可伊心曲[③]。

[注释]

①敧:斜,倾侧。 红玉:古人常以比喻美人。 ②掬(jū):双手捧取。 ③可:适合。

## 两同心

秋水明眸、翠螺堆髮[①]。却扇坐、羞落庭花[②]。凌波步、尘生罗袜[③]。芳心发。分付春风,恰当时节。 渐解愁花怨月,忒贪娇劣。宁宁地、情态于人[④]。惺惺处、语言低说[⑤]。相思切,不见须臾[⑥],可堪离别[⑦]。

[注释]

①秋水明眸:眼睛如秋水般清澈。 眸(móu):眼睛。 翠螺:将髮髻喻作翠螺。 ②却扇坐:放下手中扇,坐在庭院中。 ③“凌波步”句:

语出三国魏曹植《洛神赋》"凌波微步，罗袜生尘"，形容女子走路时步履轻盈。　④宁宁地：有安宁温柔之意。　⑤惺惺：清醒，机灵。　⑥须臾：片刻。　⑦可堪：犹言哪堪、怎堪。

## 两同心

月可中庭，夜凉初燕[①]。见个人人、越格风流[②]。饶济济、入时打扮[③]。小从容，不似前回，匆匆得见。　坐上不禁肠断。捧杯深劝。争敢望、白雪新声[④]。唯啜得、秋波一眄[⑤]。告从今，休要教人，千呼万唤。

[注释]

①燕：通"宴"。　②越格：更加。　③饶：尽，全都。　④争：怎。白雪新声：指曲调高雅，如《阳春》《白雪》。　⑤啜（chuò）：本指赚得、骗得之意，此指"得到"。　秋波：喻女子眼神。　眄（miǎn）：斜视。

## 两同心

梦牛楚

枕簟凉生秋早[①]，梦魂忒好。见玉人、且喜且悲[②]。挨琼脸、厮偎厮抱[③]。信言多磨[④]，刚被山禽[⑤]，一声催晓。　觉来满船清悄，愁恨多少。知是我、怜你心微[⑥]。知是你、与我情厚。谢殷勤，不易山遥、水远寻到。

[注释]

①枕簟（diàn）：枕席。　簟：竹席。　②玉人：指牛楚。　③琼脸：喻牛楚脸如琼玉。　厮：相互。　④信言：确如所言。　⑤山禽：指山鸟。　⑥怜：爱。　微：深细。

## 乌夜啼

不禁枕簟新凉,夜初长。又是惊回好梦、叶敲窗。江南望,江北望,水茫茫。赢得一襟清泪、伴馀香。

## 朝天子

周师从小阁[①]

小阁宽如掌[②],占螺浦、山川夷旷[③]。千奇万状,见云烟收放。　　更永夜、风生明月上。用取真成无尽藏[④]。谁共赏,徙倚抚、危栏吟望[⑤]。

[注释]

①周师从:歌伎名。　②宽如掌:言其小。　③螺浦:即螺川,在清江。　④用取:取用。引申有享用之意。　无尽藏:佛家语,即无尽的宝藏。　⑤徙倚:留连徘徊。　"抚"字,语意当属下为句。

## 步蟾宫

九月二十六夜宿周师从家。睡觉,风雨起,有怀木犀[①]

桂花馥郁清无寐。觉身在、广寒宫里[②]。忆吾家、妃子旧游[③],瑞龙脑、暗藏叶底[④]。　　不堪午夜西风起。更飕飕、万丝斜坠。向晓来、却是给孤园[⑤],乍惊见、黄金布地。

[注释]

①睡觉:睡醒。　木犀:桂花别称。　②广寒宫:指月宫。　③"忆吾家"句:妃子当指杨玉环。杨玉环为唐明皇爱妃。词人姓扬(杨),因有"吾家"之说。　④瑞龙脑:香料名。以龙脑香树干中树膏制成的一种结晶体,莹白如冰,俗称冰片,又曰梅片。产于闽广及南海等地。据唐段成

式《酉阳杂俎》记载，唐天宝末，交趾进龙脑，如蝉、蚕之形，禁中呼为瑞龙脑。带之衣袂，香闻十馀步外，经久不灭。 “暗”下《全宋词》注：原空格。 ⑤给孤园：佛寺，一名给孤独园。

## 步蟾宫

一斑两点从初起①。这手脚、渐不灵利。背人只待暗搔爬，腥臭气、薰天炙地。 下梢管取好脓水②。要洁净、怎生堪洗。自身作坏匹如闲③，更和傍人带累。

**[注释]**

①一斑两点：白髮渐生，人入老境。 ②“下梢”句：似言屎尿不止。 ③匹如闲：没关系、不要紧。

## 长相思

己卯岁留淦上，同诸友泛舟，至卢家洲登小阁，追用贺方回韵，以资坐客歌笑①

急雨回风，淡云障日，乘闲携客登楼。金桃带叶，玉李含朱②，一尊同醉青州③。福善桥头。记檀槽凄绝④，春笋纤柔⑤。窗外月西流。似浔阳、商妇邻舟⑥。 况得意情怀⑦，倦妆模样，寻思可奈离愁。何妨乘逸兴⑧，甚征帆、只抵芦洲⑨。月却花羞⑩。重见想、欢情更稠。问何时，佳期卜夜，如今双鬓惊秋。

**[注释]**

①己卯：当指宋高宗绍兴二十九年（1159）。 淦（gān）上：指江西新淦。因淦水名县。 贺方回：贺铸。 ②金桃、玉李：似形容女子。 ③青州：青州从事的省称。指美酒。《世说新语·术解》：“桓公有主簿，善别

酒,有酒辄令行尝,好者谓‘青州从事’,恶者谓‘平原督邮’。青州有齐郡,平原有鬲县。从事言到脐。督邮言在鬲(膈)上住。” ④檀槽:檀木做的琵琶、琴等弦乐器上架弦的格子,也指弦乐器。此则指演奏的乐曲。 ⑤春笋:喻指女子纤细的手指。 ⑥“似浔阳”句:用白居易《琵琶行》典故。《琵琶行》诗序:“元和十年,予左迁九江郡司马。明年秋,送客湓浦口。闻舟中夜弹琵琶者,听其音,铮铮然有京都声。问其人,本长安娼女。尝学琵琶于穆曹二善才,年长色衰,委身为贾人妇。”借此以咏月色。 ⑦“意”下《全宋词》注:原空格。 ⑧逸兴:清闲脱俗的兴致。 ⑨芦洲:芦苇滩。 ⑩月却:闭月羞花,极言其人之美。

## 曲江秋

前山雨歇。爱竹树低阴,轩窗无热。珠箔半垂[①],清风细绕,萧萧吹华髮[②]。珍簟粲枕设[③]。珊瑚瘦,琉璃滑。永日欹枕,知谁是伴,旧书重揭。 清绝,轻云淡月。梦同泛、沧波万叠。杯盘狼藉处,相扶就枕,欢笑歌翻雪。转棹小溪湾,人家灯火断明灭。正携手,无端惊回,槛外数声鶗鴂[④]。

[注释]

①珠箔:即珠帘。用珍珠缀饰的帘子。 ②萧萧:象声词,指风声。华髮:花白的头髮。 ③粲枕:白净的枕头。 ④鶗鴂:杜鹃。

## 曲江秋

香消烬歇[①]。换沉水重燃,薰炉犹热。银汉坠怀,冰轮转影,冷光侵毛髮。随分且宴设。小槽酒[②],真珠滑[③]。渐觉夜阑,乌纱露濡[④],画帘风揭。 清绝,轻纨弄月。缓歌处、眉山怨叠。持杯须我醉,香红映脸,双腕凝霜雪。

饮散晚归来，花梢指点流萤灭。睡未稳，东窗渐明，远树又闻鶗鴂。

[注释]

①烬（jìn）：物体燃烧后剩馀部分。此指蜡烛已烧尽。 ②槽：酿酒器。小槽酒，即用小槽酿的酒。 ③珠滑：喻酒之醇厚甘冽。 ④濡（rú）：浸渍，湿润。此指被露水打湿。

## 曲江秋

鸣鸠怨歇[1]。对急雨过云，暗风吹热。漠漠稻田，差差柳岸，新沐青丝髮。楼上素琴设。爱流水，随弦滑。深炷龙津[2]，浓熏绛帏[3]，博山频揭[4]。　超绝。遥岑吐月。照苍茜、重重叠叠。恍然身在处，浑疑同泛，花舫波喷雪[5]。滉漾醉魂醒[6]，惊呼不是沤生灭[7]。伫望久，空叹无才可赋，厌听鶗鴂。

[注释]

①鸠：鸟名。 ②炷：点燃。 龙津：即龙涎香。宋元时用为熏香。 ③绛帏：绛色的帐帏。 ④博山：香炉名。 频揭：指不时添加龙涎香。 ⑤花舫：华美的舫船。 舫：有舱室的船。 ⑥滉漾：浮动貌。 ⑦沤：浮沤，水中气泡。 沤生灭：承上“花舫波喷雪”句而来。

## 点绛唇

赵育才席上用东坡韵赠歌者[1]

小阁清幽，胆瓶高插梅千朵[2]。主宾欢坐，不速还容我[3]。　换羽移宫[4]，绝唱谁能和。伊知么，暂听些个[5]。已觉丝成裹[6]。（以上毛校本《逃禅词》一百七十三首）

[注释]

①赵育才:未详。　②胆瓶:长颈大腹之花瓶,以形如悬胆而名。　③速:邀、请。　④换羽移宫:指交换曲调。羽、宫均为五音之一。　⑤些个:语助词。　⑥裹:犹言白髮成裹。

[集评]

李调元云:"扬无咎字补之,清江人,晁无咎亦字补之,济北人,俱以词名。扬名《逃禅集》,晁名《琴趣外篇》,而花庵于二补之俱不采入,只草堂载痴男呆女一词,又逸其名,妄注毛东堂,可慨也。近阅汲古阁本,亦多错简。如扬有赵育才席上赠歌者,用东坡韵,而后段末句不用原韵云:'换羽移宫,绝唱谁能和。伊知么。暂听些个。已觉丝成teso。'tzo者,尘起貌,言其声之绕梁也,作裹字误。"(《雨村词话》卷三"两无咎")

夏承焘云:"提要谓毛易'裹'作'堁'为臆改是也。惟逃禅此句依字义当作'裹'……谓白髮成束,不得依苏词改作'破'字。"(《唐宋词论丛》)

## 柳梢青

渐近青春[①],试寻红瓃[②],经年疏隔。小立风前,恍然初见,情如相识。　为伊只欲颠狂,犹自把、芳心爱惜。传与东君[③],乞怜愁寂,不须要勒[④]。

[注释]

①青春:春季。　②瓃(léi):玉器,此指梅蕊。　③东君:司春之神。《尚书纬》云,春为东皇,又为青帝。　④要勒:约束、压抑。此指寒冻束缚了花期。

## 柳梢青

嫩蕊商量,无穷幽思,如对新妆。粉面微红,檀唇羞启[①]，忍笑含香。　　休将春色包藏。抵死地[②]、教人断肠。莫待开残，却随明月，走上回廊。

[注释]

①檀唇：浅红色的嘴唇。此指梅蕊。　②抵死：分外，格外。

## 柳梢青

粉墙斜搭，被伊勾引，不忘时霎[①]。一夜幽香，恼人无寐，可堪开匝[②]。　　晓来起看芳丛，只怕里、危梢欲压。折向胆瓶，移归芸阁[③]，休薰金鸭[④]。

[注释]

①时霎：霎时，片刻。　②可堪：犹言那堪。　开匝（zā）：开遍。　③芸阁：古代藏书之所。此似指书房。　④金鸭：金属之鸭形香炉。

## 柳梢青

目断南枝。几回吟绕，长怨开迟。雨浥风欺[①]，雪侵霜妒，却恨离披[②]。　　欲调商鼎如期[③]。可奈向、骚人自悲[④]。赖有毫端，幻成冰彩[⑤]，长似芳时。

范端伯要余画梅四枝[⑥]：一未开、一欲开、一盛开、一将残，仍各赋词一首。画可信笔，词难命意，却之不从，勉徇其请[⑦]。予旧有《柳梢青》十首，亦因梅所作，今再用此声调，盖近时喜唱此曲故也。端伯奕世勋臣之家[⑧]，了无膏粱气味[⑨]，而胸次洒落，笔端敏捷，观其好尚如许，不问可知其人也。要须亦作四篇，共夸此画，庶几衰朽之人，托以俱不泯耳。乾道元年七夕前一日癸丑[⑩]，丁丑人扬无咎补之书于豫章武宁僧舍。

（以上四首见《铁网珊瑚画品》卷一扬补之四梅卷）

[注释]

①浥(yì):湿润。 ②离披:散乱貌。 ③调商鼎:喻指治国之才。《韩诗外传》卷七:"伊尹,故有莘氏僮也,负鼎操俎调五味,而立为相,其遇汤也。" ④骚人:诗人。此作者自指。 ⑤冰彩:指所绘之画。 ⑥范端伯:未详。 ⑦徇:曲从。 ⑧奕(yì)世:累世。 ⑨了无:丝毫没有。膏粱:比喻富贵人家。 ⑩乾道元年(1165):宋孝宗年号。

[集评]

冯煦云:"……又,扬无咎《逃禅词》,杨字从木,提要据图绘宝鉴改杨作扬。"(《蒿庵论词》"注明毛晋疏处"条)

## 存目词

| 调名 | 首句 | 出处 | 附注 |
| --- | --- | --- | --- |
| 新荷叶 | 欲暑还凉 | 《记红集》卷二 | 赵彦端作,见《介庵赵宝文雅词》卷一 |

## 曹 勋

曹勋(1098—1174),字功显,一作公显,号松隐。阳翟(今河南禹县)人。曹组之子。宣和五年(1123)赐同进士出身。靖康初(1126)除武义大夫。随徽宗北迁,过河十馀日,奉徽宗密诏遁归。因建议募死士航海入金,救徽宗从海道还。忤秦桧,被出于外。九年不迁。绍兴五年(1135)除江西兵马副都督,累迁昭信军节度使。绍兴三十二年(1162)加太尉。有《松隐集》及《北狩见闻录》。

### 法 曲 道 情

#### 散 序

飞金走玉常奔驰[①],日上还西。自古待著长绳系[②]。算尘心、谩劳役堪悲[③]。盘古到此际,桑田变海,海复成陆高低[④]。噫嘻。下土是凡质容仪[⑤]。寿考能消、几日支持。念一世,真若朝荣暮落难期。幸有志,日传得神仙希夷[⑥]。希夷,堪为千古人师。

[注释]

①飞金走玉:即日月奔驰。金即金乌,太阳别称;玉即玉兔,月之别称。 ②长绳系:以长绳系住太阳,不使西坠,即留住时光之意。傅玄《九曲歌》:"岁暮景迈群光绝,安得长绳系日月。" ③尘心:尘俗之心。 谩:通"漫"。无边际,无休止。 劳役:谓心劳。陶潜《归去来兮辞》:"既自以心为形役,奚惆怅而独悲。" ④"桑田"二句:即"沧海桑田"之意。晋葛洪《神仙传》卷七:"麻姑自说云:'接侍以来,已见东海三为桑田,向到蓬莱水浅,浅于往者会时略半也,岂将复还为陵陆乎?'" ⑤凡质容仪:凡人之躯体、容颜与仪表。 ⑥神仙希夷:指宋初隐士陈抟。抟自号扶摇子,宋太宗赐号希夷先生。有"先天图",为宋人象数之学始。又有《指玄篇》,

言导养还丹之事,故世人目之为神仙。《宋史》有传。

## 歌 头

柱史乘车,青牛驾轭,紫云覆顶,函关令已前知[①]。西升稍驻,尹喜虔恭誓。求老子,亲谈道德微旨[②]。五千馀言,俱救末俗[③],度脱令咸归生理,体元机。人间方解道术,兼明治身,与国阶梯。更有黄庭,专分二境,内外皆举璇题[④]。羽客见者[⑤],倾诚恳诵合彝仪[⑥]。万神潜礼。密奉二经,炷香静默,心无竞,靡端倪[⑦]。得失扫去,意海澄流要体。内景防愆失,外景忘疲[⑧]。阆风蓬岛岂能移[⑨]。念诵灵辞,指群迷。

[注释]

①“柱史”四句:柱史指老子,相传老子曾为周柱下史(相当于后世御史)。《史记索隐》引刘向《列仙传》:“老子西游,关令尹喜望见有紫气浮关,而老子果乘青牛而过也。”又《初学记》卷七引《关令内传》:“老子度函谷关,关令尹喜先敕门吏曰:‘若有老翁从东来,乘青牛薄板车,勿听过关。’其日果见老翁乘青牛车求度关。” 轭:马具,套在马之颈部,略作人字形。 ②“西升”四句:“老子修道德,共学以自隐无名为务。居周久之,见周之衰,乃遂去。至关,关令尹喜曰:‘子将隐矣,彊为我著书。’于是老子乃著书上下篇,言道德之言五千馀言而去。”见《史记·老子韩非列传》。 ③末俗:末世之俗,即近乎衰亡时期之世风。 ④“更有”三句:《黄庭》指道家经典《黄庭经》。有《上清黄庭内景经》、《上清黄庭外景经》二种。 璇题:玉饰的椽头。《汉书》扬雄《甘泉赋》“珍台闲馆璇题玉英”注引应昭曰:“题,头也。榱椽之头皆以玉饰。”此谓黄庭结构之壮丽,兼道经与道观而言之。 ⑤羽客:道士。 ⑥彝礼:常规、常礼。 ⑦端倪:边际。 ⑧“内景”二句:内景即《上清黄庭内景经》,外景即《上清黄庭外景经》,二书均以七言歌诀形式传授养生修炼原理,然所主方法有所不同。 ⑨阆风:山名,相传为仙人所居,在昆仑之巅。屈原《离骚》:“朝

吾将济于白水兮,登阆风而緤马。”　蓬岛:即蓬莱,神话中海上仙山。

## 遍第一

丽景早春时,正花漏初迟。东君出震[①],太和应物[②],恍惚中立丹基[③]。天风卦成随象[④],记合成□□□□□□□□必相契。三千六百火候,密运精微[⑤]。蒸入肌肤,嫩红潮颊,自然旧容生辉。情志。鄙凡尘,瑶圃满眼[⑥],都看桃李。晴云万叠开异色,灵光湛湛增秀逸。与道合,真境丹房[⑦],随时沐浴,亦向朝夕。

[注释]

①“东君”句:东君,指春神。　震:八卦之一。《易经·说卦》:“万物出乎震,震,东方也。”　②“太和”句:古代指宇宙间阴阳会和、冲和之元气为“太和”。《易经·乾》:“保合大和,乃利贞。”“大”同“太”。　应物:适应事物变化。　③丹基:道家内丹名词,指人体的元精、元神、元光,亦称内药或内三宝。　④卦:《周易》中一套符号系统,被用作自然现象、人事变化之明征。事物之表于外者,如物象、形象、现象。　卦成随象:即因象成卦之意。　⑤密运精微:运算精细周密。　⑥瑶圃:古代传说中神仙所居之园。　⑦丹房:道家炼丹之地。

## 遍第二

向虚靖晨起[①]。朝元意达[②],冲漠怡怡[③]。三天澄映[④],九光霁碧[⑤],如有鹤舞鸾飞。泛空际、瑶室明辉。动与真期[⑥]。至理常寂[⑦],户庭无远[⑧],欣欣端比[⑨]。侍宴日在瑶池[⑩]。师友多闲,抱琴沽酒度曲,笑采华芝[⑪]。九节倚筇时[⑫]。何须钓月眠石,寻觅占渊静逸[⑬]。乐修持,澹然灵府泳真谛[⑭]。怡养丹光里。春已收功,自育火枣交梨[⑮]。

[注释]

①虚靖:即虚静,道家修炼最高之理想境界。　②朝元:道教徒礼拜神仙。　③冲漠:恬静虚寂。　怡怡:和顺貌。　④三天:道家称清微天、禹余天、大赤天为三天。见《云笈七签》卷三。　⑤九光:彩色缤纷。　霁碧:雨后放晴,露出碧天。　⑥真:本性,本元。　期:会合。　⑦至理:最根本的道理。　⑧"户庭"二句:户庭,犹门庭,家门。《易经·系辞上》:"不出户庭,无咎。"　无远,即不远出之意。　⑨端:端正。　比(pí):亲近。　⑩瑶池:神话中西王母所居。　⑪华芝:一种灵芝。　⑫九节倚筇:倚九节筇杖。筇指筇竹(又名扶老竹)所制之手杖。　⑬占渊静逸:指隐居生涯。《庄子·在宥》:"其居也渊而静。"　⑭澹然:恬静,安定。　灵府:谓心。《庄子·德充符》:"不可入于灵府。"郭注:"灵府者,精神之宅也。"　泳:即浮泳。　真谛:真实的道理。　⑮火枣交梨:传说中仙果名。南朝梁陶弘景《真诰》二:"玉醴金浆,交黎火枣,此则腾飞之药,不比于金丹也。"

遍第三

珠星璧月,昼景夜色相催。正阳炎序火府①,龙珠蕴照②,冰海融澌③。洞天春常好,日日琪花,琮蕊芳菲。绛景无别④,惟似琉璃。平地环绕清泚⑤。火中生莲⑥,会成真物⑦,更取海底龟儿。胜热涤暑风,全形莹若冰肌。常存道意,铄石流金无畏⑧。共协混元一气⑨。入冲极⑩。觉自己,乾体还归⑪。

[注释]

①正阳:四月为正阳。　炎序:犹夏序,夏日。　火府:火神所居。　②龙珠:得自龙颔之珠。《庄子·列御寇》:"千金之珠,必在九重之渊而骊龙颔下。"　③澌:解冻时流动之冰。　④绛景:仙景。　⑤泚:清澈。　⑥火中生莲:"火中生莲,是可谓希有,在欲而行禅,希有亦如是。"　见《维摩诘经》。⑦真物:仙物。　⑧铄石流金:金石为之熔化,形容天气炎热。⑨混元一气:混元指天地。一气指构成天地万物的基本素质。《论衡·齐

世》:"一天一地,并生万物。万物之生,俱得一气。"　⑩冲极:道家之理想境界。　冲:空虚，　极:顶点。　⑪乾体:天体。

第四撷

南薰殿阁[①],卷窗户新翠。池沼十顷净,俯桥影横霓。龟鱼自乐[②],潺潺螭口[③],流水照碧,芰荷绿满长堤。柳烟水色,一派涟漪。松竹阴中,细风缓引凉吹。琴韵响,玉德凤轸[④],声转瑶徽[⑤]。疏襟曳履,或行或凭几。待饮彻、玉鼎云英[⑥],怎更有炎曦[⑦]。

［注释］

①南薰殿阁:旧传虞舜作《南风歌》,中有"南风之薰兮,可以解吾民之愠兮"等句。故"南薰"一词有"为民解困"之意,后世常用作宫观楼殿名。　②龟鱼自乐:典出《庄子》。《庄子·秋水》云,"庄子钓于濮水,楚王使大夫二人往行焉。曰:'愿以境内累矣。'庄子持竿不顾,曰:'吾闻楚有神龟,死已三千岁矣,王巾笥而藏之庙堂之上。此龟者,宁其死为留骨而贵乎?宁其生而曳尾于涂中乎?'二大夫曰:'宁生而曳尾涂中。'庄子曰:'往矣,吾将曳尾于涂中。'"又云,"庄子与惠子游于濠梁之上。庄子曰:'鯈鱼出游从容,是鱼乐也。'"　③螭口:旧时园林中常以石制龙头置水池壁,龙口喷水。　螭:传说中无角之龙。　④凤轸:轸为琴柱,作调整琴弦之用,通常用玉制成。凤轸是其美称。　⑤瑶徽:即玉徽。徽为古琴面上指示音节之标志,有金徽、玉徽之别。　⑥云英:云母之别称,道家所谓"仙药"之一。　⑦炎曦:炎日,借指酷暑。

入破第一

秋容应节,渐肃景入窗扉[①]。碧洞连翠微[②]。商律回岩桂[③],金精壮盛时[④]。拥蟾轮、生素辉[⑤]。启口天为侣,是列仙行缀[⑥]。心均太上[⑦],欲度世缘无亏[⑧]。用定力坚持[⑨]。奉真常[⑩],惟凝寂。忱诚贯斗极[⑪]。赐长生,仍久视[⑫]。洞达虚皇位[⑬],德寿高与天齐。

[注释]

①肃景:秋天肃杀之景。 ②洞:洞府,道家所居之地。 翠微:青缥色,多指青山。 ③商律:五声中的商声,合之五行属金,合之四时属秋,故商律即秋天。 岩桂:木樨。 ④金精:即金星。 ⑤蟾轮:月亮。 素辉:月光。 ⑥列仙行缀:诸仙起舞时组成之行列。 ⑦均:调和,调节。太上:至高无上,指道。 ⑧世缘:佛教用语,即人世之事。 ⑨定力:佛教所谓十种法力中的第三种,即坚信精进、专忍坚定之心。 ⑩真常:佛教语,即真实需要之意。《楞严经》四:"一切圆灭,独妙真常。" ⑪斗极:北斗星,北斗拱极,故云斗极。 ⑫仍:同"乃"。 久视:长生。《吕氏春秋·重己》:"世之人主贵人,无贤不肖,莫不欲长生久视。"注:"视,活也。" ⑬洞达:通达,畅和无阻。 虚皇:道教太虚之神。

入破第二

清昼静居香冷,风动万年枝[①]。凉应兑卦体[②],秋色鸣轻飔[③]。冥心运正一[④]。御铁牛、耕寸地[⑤]。都种金钱花[⑥],秀色照戊己[⑦]。新霜万物凋谢,我常无为[⑧]。冲起浩然气[⑨]。抱冲和[⑩],人间世[⑪]。登高共赏宴[⑫],泛东篱,菊尽醉[⑬]。谁会。登高意表、迥出凡尘外[⑭]。

[注释]

①万年枝:冬青树。南齐谢朓《直中书省》:"风动万年枝,日华承露掌。" ②兑卦体:兑卦,八卦之一,象征沼泽。 ③飔:凉风。 ④冥心:潜心苦思。 正一:道教哲学概念。南唐谭峭《谭子化书·道化·正一》:"命之则四(虚、神、气、形),根之则一,守之不得,舍之不失,是谓'正一'。" ⑤寸地:方寸之地,喻心田。 ⑥金钱花:又名子午花、夜落金钱花。因其午开子落,花似金钱,故名。 ⑦戊己:即戊己芝,又名黄精,道

家以为久服可以轻身延年。　⑧无为：顺应自然，不求有所作为。　⑨浩然气：正大刚直之气。《孟子·公孙丑上》："我善养吾浩然之气。"　⑩冲和：平和淡泊。　⑪人间世：《庄子》有《人间世》篇，表现清静无为、与世无争思想。　⑫"登高"句："汝南桓景随费长房游学累年。长房谓曰：'九月九日汝家中当有灾，宜急去，令家人各作绛囊盛茱萸以系臂，登高饮菊花酒，此祸可除。'景如言，齐家登山。夕还，见鸡犬牛羊一时暴死。"见《续齐谐记》。后之登高，已无避灾意义，仅为一种节日活动。　⑬"泛东篱"二句：本陶潜《饮酒》诗"采菊东篱下，悠然见南山"。　泛东篱：指泛酒（斟酒）赏菊。　⑭意表：意外。

### 入破第三

光铺晓曦[①]，云影拂霜低。空阔飞鸿过，两三行、向天际。晴景乍升，晃疏棂，蜂翅迷。密障红炉暖，香缕飘烟细。超然坐久，幽径试寻寒梅[②]。酥点竹间稀[③]，正疏蓓吐南枝[④]。微阳动细蕊。任斜日，沉澹晖，惨惨寒威。晚知皓雪欲垂垂。

［注释］

①晓曦：早晨的阳光。　②"超然"二句：此化用唐王维《竹里馆》诗"独坐幽篁里"。　超然：离世脱俗貌。　③"酥点"句：谓竹间梅枝上花蕾像点点酥油。　④疏蓓：原误作疏菩，此从《全宋词》。意为疏疏落落的蓓蕾。

### 入破第四

黄钟正严凛[①]，飞舞屑琼瑰[②]。清赏丰年瑞，云液喜传杯[③]。阴爻会见复[④]，动一阳、生浩气[⑤]。谁问添宫线[⑥]，炼功在金液[⑦]。晴檐试暖，表里莹如无疵。庭柳漏春信，更萱色、侵苔砌[⑧]。优游岁向晚，叹人间时序疾。还捧椒觞[⑨]，羽衣礼无极[⑩]。

[注释]

①黄钟：古乐十二律中第一律。《礼记·月令》仲冬之月“其律黄钟”郑注：“黄钟者，律之始也，九寸，仲冬气至则黄钟之律应。” ②琼瑰：美石、珠玉。 ③云液：酒。 ④爻：《周易》中组成卦的符号，“—”为阳爻，“--”为阴爻。 复：卦名，其符号为“䷗”，即震下坤上，其中含有阳气反复之意，故名复。 ⑤动一阳：即一阳生，孔颖达《周易正义》：“冬至一阳生，是阳动用而阴复于静也。” 浩气：即浩然之气，正大刚直之气。 ⑥添宫线：魏晋时，宫中以红线测量日影，冬至后日昼渐长，故日影也随之日增一线。 ⑦金液：又名金浆，道家仙药名。 ⑧“庭柳”二句：化用杜甫《腊日》诗“侵陵雪色还萱草，漏泄春光有柳条”。 ⑨椒觞：盛椒酒之杯。古时以椒实浸酒，制成椒酒。用于祭神，或于元旦进献家长。 ⑩羽衣：道士所穿之衣。 礼：礼拜。 无极：道家哲学用语，指派生宇宙万物之本源，或称太极。

## 第五煞

多景推移，便似风灯里[①]。将尘寰喻，尘里白驹过隙[②]。今世过却，来生何处觅。失时节，生死到来嗟何及。勤而行之，竞力待与，钟吕相期[③]。三千行满[④]，连环脱下已[⑤]，驾青鸾素鹤朝太微[⑥]。[⑦]

[注释]

①风灯：风中之灯，此用以比喻人生短促。苏轼《孙莘老求墨妙亭》诗：“后来视今犹视昔，过眼百世如风灯。” ②白驹过隙：形容光阴迅速。白驹比喻日影。 隙：壁隙。《史记·魏豹彭越列传》：“人生一世间，如白驹过隙耳。” ③钟吕：传说中道家神仙钟离权（又名汉钟离）吕洞宾之合称。 ④三千行满：犹言修行已满。 行：宗教术语，指对教义之修习与践行。 ⑤“连环”句：连环，连结成串而不可解的玉环。《战国策·齐策六》：“秦始皇尝使使者遗君王后玉连环，曰：‘齐多智，而解此环不？’君

王后以示群臣，群臣不知解。君王后引椎椎破之，谢秦使曰：'谨以解矣。'"全句谓已从纠缠难解的世事中获得解脱。 ⑥太微：星垣名。《史记·天官书》："南宫朱鸟、权、衡、太微，三光之廷。"《索隐》："宋均曰：太微，天帝南宫也。 ⑦以上十一首，乃《法曲》一套。《法曲》本唐时大曲，内多融合佛门、道门曲，故称为"法曲"或"法乐"。曹勋此套曲，即叙道家修炼事。

## 大椿

太母庆七十①

梅拥繁枝，香飘翠帘，钧奏严陈华宴②。诚孝感南极③，老人星垂眷。东朝功崇庆远④，享五福、长乐金殿⑤。兹时寿协七旬，庆古今来稀见。 慈颜绿鬓看更新⑥，玉色粹温⑦，体力加健。导引冲和气⑧，觉春生酒面。龙章亲献龟台祝⑨，与中宫⑩，同诚欢忭⑪。亿万斯年，当蓬莱、海波清浅。

[注释]

①太母：高宗生母韦氏，即显仁太后。《宋史·高宗纪》："（绍兴）十九年（1149）春甲申朔，以皇太后年七十，帝诣慈宁殿行庆寿礼。" ②钧奏：即《钧天广乐》，神话中天上的音乐。 ③南极：星名，即南极老人星，又称寿星。 ④东朝：汉代有长乐宫，太后所居，称东朝，后常用作太后之代称。 功崇：功高。 庆远：福泽遍及远方。 ⑤五福：旧时称五种幸福为"五福"。《尚书·洪范》："五福：一曰寿，二曰富，三曰康宁，四曰攸好德，五曰考终命。" ⑥绿鬓：鬓之乌亮者，亦称青鬓。 ⑦粹温：纯粹温润。玉色粹温：此以玉色喻容颜。 ⑧导引：古代养生术之一，指呼吸俯仰、屈伸手足，使血气流通。 冲和气：宁静平和之气。 ⑨龙章：犹龙衮，君王所赐之服。 龟台：神话中西王母所居。 ⑩中宫：皇后住处，常用作皇后代称。 ⑪欢忭：欢欣鼓舞。

## 花心动

同 前

椒柏称觞[1]，抚寰瀛佳辰[2]，正临端月[3]。瑞应屡臻[4]，宫篽多祥[5]，气候暖回微冽[6]。圣母七旬寿，敻无前、天心昭格[7]。溥庆处[8]，坤珍效祉[9]，宴开清切[10]。　金殿箫韶备设[11]。锵钧奏留云[12]，舞容回雪[13]。赭袍绣拥[14]，袆翟同诚[15]，递捧玉杯欢悦。愿将亿万喜，祝亿万、从兹无缺。太平主，永隆圣孝风阙。

[注释]

①椒柏：椒酒和柏酒。《荆楚岁时记》正月一日："长幼悉正衣冠，以次拜贺，进椒、柏酒，饮桃汤。" ②寰瀛：犹寰海、海内。 ③端月：正月。 ④应：古时以为，人君有德，天降祥瑞以应。是名瑞应。 ⑤宫篽：禁苑。 篽：用竹子编成之围墙。 ⑥冽：寒冷。 ⑦敻：通"迥"，迥绝。 昭格：昭，明亮；格，感通。 ⑧溥庆：溥天同庆，或作普天同庆。 ⑨坤珍：指符瑞。《后汉书·班彪传》："于是圣皇乃握乾符，阐坤珍。"《注》："乾符坤珍，谓天地符瑞也。" 效祉：献福。 ⑩清切：指文学侍从之士所居之处。 ⑪箫韶：相传舜之乐曲名，此指皇帝所用音乐。 ⑫锵：金玉声，此喻乐声。 钧奏：即《钧天广乐》，此喻金殿所奏之乐。 留云：犹言响遏行云。 ⑬舞容：舞姿。 回雪：如雪因风飞翔，以形容舞姿。曹植《洛神赋》："飘飖兮如流风之回雪。" ⑭绣：绣衣，此指朝中大臣。 赭袍：红袍，帝王之衣，借指皇帝。 ⑮袆：袆衣，王后祭服，借指王后。 翟：翟车，夫人所乘，借指夫人。

## 保寿乐

同 前

和气暖回元日，四海充庭琛贡至[1]。仗卫俨东朝[2]，郁郁葱葱，响传环佩。凤历无穷[3]，庆慈闱上寿，皇情与天俱喜。念永锡难老[④]，在昔难比。　六宫嫔嫱罗绮。奉圣德、坤宁俱备[⑤]。箫韶动钧奏[⑥]，花似锦，广筵启。同祝宴赏处，从教月明风细。亿载享温凊[⑦]，长生久视[⑧]。

[注释]

①充庭：满庭。　琛贡：即琛賮，献礼的珍宝。　②仗卫：仪仗侍卫。俨：庄重、整齐。　③凤历：相传帝挚时有凤鸟氏为历正，后因称历为“凤历”。历为年月日节气的记录，引申为年代、寿命，此处为引申义。　④锡：赐。　⑤“奉圣德”句：圣德，圣明之德。　坤宁：古人以乾道主动，坤道主静，宁即宁静之意。乾为男，坤为女，此为称颂太后之词。　⑥箫韶：舜乐名。《尚书·益稷》：“箫韶九成，凤皇来仪。”　钧奏：指钧天广乐。　⑦温凊：冬温夏凊之简称。《礼记·曲礼上》：“凡为人子之礼，冬温而夏凊。”意即冬天使其温暖，夏天使其凉快。　凊（qìng）：凉。　⑧久视：永不衰老。《老子》：“是谓深根固柢，长生久视之道。”

## 宴清都

太母诞辰[①]

画幕明新晓。晴日薄，小春微动花柳[②]。宸闱荐祉[③]，东朝诞育[④]，载光坤厚[⑤]。朱颜内鼎丹就[⑥]。喜自得，长生妙有[⑦]。奉冕旒、衣彩坤珍[⑧]，同耀帕罗珠袖。　钧奏。翠羽帘垂，三千粉色[⑨]，花明如绣。歌声缓引，梁尘暗落[⑩]，五云凝昼[⑪]。龙香绕斟芳酒[⑫]。尽夜饮、何妨禁漏[⑬]。万万载、常向慈宁[⑭]，俱献圣寿。

[注释]

①太母：高宗生母韦氏，即显仁太后。　②小春：指农历十月，也称小阳春。　③宸闱：后妃居处。　荐祉：献福。　④诞育：生育。　⑤载光坤厚：本《易经》“坤厚载德合无疆”。坤象征地，以广厚能载容万物为德，故古时常以“坤厚”称颂后妃。　载光：充满光辉。　⑥“朱颜”句：朱颜

谓脸色红润。 内鼎:道家内丹派主张以人体为鼎炉,精、气、神为原料,修炼内丹,内丹炼成,即可成仙。此谓脸色红润系炼内丹之故。 ⑦妙有:道家哲学概念,指超乎“有”“无”以上的原始存在。 ⑧冕旒:古时最尊贵的礼服,后作皇帝的代称。王维《和贾至舍人早朝大明宫》诗:“万国衣冠拜冕旒。” 衣彩:相传春秋时老莱子事亲至孝,年七十,尚穿五色彩衣,作婴儿戏,以博父母一笑。后人因以“衣彩娱亲”为孝亲之典型。⑨三千粉色:指后宫嫔嫱。 ⑩梁尘暗落:极言乐声高扬嘹亮,能震动屋梁上尘土,使其悄悄落下,曾慥《类说》卷六十引《拾遗总类》:“汉兴,善歌者吴人虞公,发声动梁上尘。” ⑪五云:五色彩云。旧时以为皇帝所在有五云。 ⑫龙香:熏香名,即龙涎香。 ⑬禁漏:即宫漏,宫中所用之计时器。 ⑭慈宁:慈宁殿。《宋史·地理志》:“慈宁殿,绍兴九年,以太后有归期建。”

## 宴清都

贵妃生日①

凤苑东风软。春容早,岁端新律初转②。宫云丽晓,人日应钟③,庆符闺范④。元妃懿德尊显⑤,位四圣、晋芳避辇⑥。佐圣主、美化重宣⑦,光被海宇弥远。 香满。帝渥恩隆⑧,歌珠舞雪,俱陈丝管。彤闱共悦⑨,天颜有喜⑩,看寿觞亲劝。今年外家华焕⑪。拥使节、新班侍宴。愿万载、永冠椒房⑫,常奉舜殿⑬。

**[注释]**

①贵妃:未详。疑即高宗妃刘氏。刘氏于绍兴二十四年封为贵妃。 ②岁端:岁首。 新律:古时以音乐中十二律与节气相应,新律初转即新节气之始。 ③人日:旧时以正月初七为人日。此为贵妃生日。 应钟:古乐十二律之一,与历相应则为十月(秦时及汉初均以十月为岁首)。④庆符:福庆与德行相符。 闺范:犹言闺中模范。 ⑤元妃:原指君王或诸侯之嫡妻,此处当指贵妃。 懿德:美德,魏晋后多用作赞

美妇女。⑥四圣：四个德行、智慧、功业特高的人。《史记·太史公自序》云“维昔黄帝，法天则地，四圣遵序，各成法度”。 晋芳：义同进贤，春秋时，庄王夫人樊姬求得贤德美人多进于庄王，以此激发楚相虞丘子，使进孙叔敖，庄王任孙叔敖为令尹，三年而霸。 避辇：指汉代班婕妤事。班婕妤侍汉成帝，成帝曾欲与之同辇，辞曰：“观古图画，贤圣之君皆有名臣在侧，三代之末，乃有女嬖，今欲同辇，得无似之乎？”成帝善其言，乃止。⑦美化重宣：淳美的教化大为发扬。 ⑧渥：渥泽，恩惠。 ⑨彤闱：指宫中。宫旁门曰闱，涂朱色，故称彤闱。 ⑩天颜：指帝王容态。 有喜：有喜色。杜牧《紫宸殿退朝口号》诗：“昼漏稀闻高阁报，天颜有喜近臣知。” ⑪外家：指贵妃娘家。 ⑫椒房：汉代皇后所居宫殿以椒和泥涂壁，称椒房，后世因以椒房作为后妃之代称。 ⑬舜殿：犹言帝殿。

## 一寸金

太母诞辰①

霜落鸳鸯，绣隐芙蓉小春节②。应运看，月魄分辉③，坤顺同符④，文母徽音芳烈⑤。诞育乾坤主，均慈爱、练裙岂别⑥。经沙塞，涉履烟尘⑦，瑞色怡然更英发。 上圣中兴⑧，严恭问寝，宫庭正和悦。看寿筵高启，龙香低转，声入霓裳⑨，檀槽新拨⑩。翠衮同行乐⑪，钧韶奏、喜盈绛阙⑫。倾心愿、亿载慈宁，醉赏闲风月。

[注释]

①太母，高宗生母韦氏，即显仁太后。 ②“霜落”二句：此二句当指绣有鸳鸯的织品而言。霜落点明深秋季节，旧有“十月芙蓉小阳春”之说，均与当时节令有关。 ③月魄：月亮。 ④坤顺同符：本《周易正义》“坤是阴道，当以柔顺为贞”。 同符：指太母之德与“坤顺”相符。 ⑤文母：文德之母，后妃之美称。 徽音：犹德音，语出《诗经·大雅·思齐》“大姒嗣徽音，则百斯男”，《郑笺》：“嗣大任之美音，谓续行其教令。” 芳烈：美好的事迹。 ⑥练裙：《后汉书·马皇后纪》云明帝马后“常衣大练，裙不加缘”。

大练:一种粗帛,练裙属于极朴之服饰。　⑦“经沙塞”二句:沙塞指塞外沙漠之地。烟尘指战争。　注者按:宋高宗生母韦氏于靖康之难时被俘入金,直至绍兴十二年(1142)宋金和议成,始获放还。此二句当指当年被俘历险事。　⑧上圣中兴:指高宗南渡建立南宋。　⑨霓裳:即《霓裳羽衣曲》,唐乐曲名。　⑩檀槽:琵琶等弦乐器上架弦所用之格子,以檀木制成,也指弦乐器。　⑪翠衮:翠色衮衣,皇帝及三公之礼服。此指皇帝及大臣。　⑫钧韶:《钧天广乐》及《韶乐》,原指上古帝王所用之乐,后作为皇室音乐之代称。　绛阙:宫殿之门阙。

## 国　香

### 同　前

十月新阳。喜桃杏秀髮,宫殿春香。宝历开图①,文母协应时康②。诞庆欣逢令旦③,向花闱,磬列嫔嫱④。欢荣是九五⑤,侍膳芳筵,翠扆龙章⑥。　天心人共喜,拱三钗瑞彩⑦,同捧瑶觞。禁中和气⑧,都入法部丝簧⑨。一片神仙锦绣,正珠帘、高卷云光。遐龄祝亿载,永奉慈颜,地久天长。

[注释]

①宝历:即王朝统治年代。　开图:开创宏大的基业,此指帝业。　②协应:协和、顺应。　时康:时世安康。　③令旦:吉日。　④磬列嫔嫱:此谓宫中女官,欠身侍立。　磬:磬折,曲躬如磬,示恭敬。　⑤九五:本《易经·乾》“九五,飞龙在天,利见大人”。后世因以“九五”为帝位之象征。　⑥翠扆:帝座后绘有斧形之翠色屏风。　龙章:龙形图纹,常用于帝王礼服。此代指皇帝。　⑦三钗:即三珠钗,汉代妇女髮饰之一种,代指妇女。　瑞彩:祥瑞的光彩。　⑧和气:和煦之气。　⑨法部:唐玄宗时,皇宫梨园中专门演奏法曲之部门。此处为宫廷乐队之代称。

## 国　香

中宫生辰[①]

红染芙蓉。似晓霞丽日，秋满珠宫[②]。瑞彩朝来，都做和气葱葱。共庆龟台降祉[③]，化均风历同风[④]。升平助阴化[⑤]，奉养馀闲，翰墨鸾龙[⑥]。　群仙移彩仗[⑦]，尽红妆玉带，乐震霜空。响入千岩，芳桂香散房栊。劝寿天颜有喜，奉觞雁序雍容。蟠桃待从此，岁岁今朝，荐酒瑶钟。

［注释］

①中宫：皇后所居，代指皇后。此殆指高宗后吴氏，吴氏生辰在八月。　②珠宫：原指水神宫殿。屈原《九歌·河伯》："鱼鳞屋兮龙堂，紫贝阙兮朱宫。""朱"与"珠"通。此处为皇后所居中宫之代称。　③龟台：神话中西王母所居，此处为皇后居处之美称。　降祉：降福。　④化均：化育调和。　风历：原指历日，引申为年代。　风：教化。　⑤阴化：以坤道教化天下。　⑥翰墨：笔墨。　鸾龙：形容书法如鸾翔凤翥，龙蛇飞舞。　⑦彩仗：仪仗。

## 齐天乐

同　前

芙蓉凝露青霞护，朝日绮疏风细[①]。正是中秋时候，喜逢中宫，葱葱佳气。云龙庆会[②]。赞真主当阳[③]，辅成天地。暇日琴书，暂闲蚕馆见贤志[④]。　嫔嫱衣罗乍试[⑤]。尽趋椒殿[⑥]，喜芳绣筵初启。酒面腾红，香烟罩碧，恩满六宫金翠[⑦]。何妨绛烛，任花攲玉侧[⑧]，劝教沉醉。凤阙龙楼[⑨]，夜色凉如水。

[注释]

①绮疏:有花纹雕饰的窗棂。 ②云龙庆会:本《易经·乾》"云从龙,风从虎"。旧时以"云龙相会"比喻圣主贤臣之遇合。 ③赞:辅佐。当阳:天子南面向阳而治。 ④"暂闲"句:"古者天子诸侯必有公桑蚕室,近川而为之筑宫,仞有三尺,棘墙而外闭之。"见《礼记·祭义》。"蚕馆",即指此。按周制,由王后率领三宫命妇蚕于蚕室,以示劝桑之意。见贤志:古时以为贤明之王后有协助君王发现贤才之志。 ⑤嫔嫱:嫔、嫱均为宫中女官。 ⑥椒殿:即椒房。汉代后妃所住宫殿以椒和泥涂壁,取其温暖有香气,兼有多子之义,故名。 ⑦金翠:原指妇女饰物,如金钗、翠钿等,借指为宫中妇女。 ⑧花攲玉侧:形容宫女们醉态。 ⑨凤阙龙楼:泛指帝王宫阙。

## 透碧霄

同 前

阆苑喜新晴①,正桂华、飘下太清②。宝篽凉秋③,梦祥明月④,天开辅盈成⑤。宫闱女职遵慈训,见海宇仪型⑥。奉东朝、晨夕趋承。化内外、咸知柔顺⑦,已看彤管赋和平⑧。　　宴坤宁⑨。香腾金猊⑩,烟暖秘殿彩衣轻。六乐丝竹⑪,绕云萦水,总按新声。天临帝幄⑫,亲颁寿酒,恩意兼勤。雁行缀、宰府殊荣⑬。愿万亿斯年,南山并永,坤厚赞尧明。

[注释]

①阆苑:即阆风,传说中仙人所居之境。 ②太清:天空。 ③宝篽:古时苑囿之墙垣。篱落称篽,宝篽即禁苑之别称。 ④梦祥明月:西汉王禁妻怀孕时,梦月入怀,生女正君。后为元帝皇后,后世因以梦月为祥兆。 ⑤天开:犹言上天所造就。 辅盈成:辅助君王竟成其业。 ⑥海宇仪型:为天下人仿效之模范。 ⑦化内外:旧指中国教化所及之处为化内,不及之处为化外。 ⑧彤管:笔之赤管者。古之后夫人均有女史记

事，所用之笔称彤管。 和平：心平气和。 ⑨坤宁：皇后所居之中宫又名坤宁殿。 ⑩金猊：香炉。涂金为狻猊状，腹中燃香，烟自口出。 ⑪六乐：古之六乐包括《云门》、《大咸》、《大韶》、《大夏》、《大濩》、《大武》，相传各为黄帝、尧、舜、禹、汤、文武之乐。 ⑫帝幄：即幄殿。张帐幕而成之临时宫殿。 ⑬宰府：相府。

## 芰荷香

同　前

彩云闲。正西瑶阿母①，初驻非烟②。晓空吹静，暑气清度薰弦③。母仪万国④，配帝德、直切天垣⑤。阴化从此俱宣。六宫内壸⑥，欣拜新班。　况是关雎咏懿美⑦，奉东朝晨夕，甘旨芳鲜⑧。上膺慈训，下齐海宇均欢。坤宁暇日，庆盛旦、且款芳筵。永赞二圣当天⑨。雍和化洽⑩，亿万斯年。

［注释］

①西瑶阿母：即神话中所云西王母。《穆天子传》三："乙丑，天子觞西王母于瑶池之上。" ②非烟：祥云。《史记·天官书》："若烟非烟，若云非云，郁郁纷纷，萧索轮囷，是谓卿云。卿云，喜气也。" ③清度（duó）薰弦：清歌薰弦之曲。《孔子家语》："昔者舜弹五弦之琴，造南风之诗。其诗曰：南风之薰兮，可以解吾民之愠兮……" ④母仪：为国人母之典范。 ⑤直切天垣：此指皇后与帝王亲密无间。 切：贴近、密合之意。 天垣：帝居，亦作为帝王之代称。 ⑥内壸（kǔn）：壸原指宫中巷舍间道，后常作为内宫之代称。 ⑦"况是"句：《关雎》，《诗经》首篇，旧传以为乃咏"后妃"之德。 ⑧甘旨：奉养父母之美食。 ⑨二圣：指皇帝、皇后。 ⑩雍和：融洽、和睦。

## 玉连环

天申寿词①

庆云开霁②,清华明昼③,殿阁风度薰弦④。电虹敷瑞⑤,应炎运当千⑥。端景命⑦,符圣德⑧,三阶正、万国归化⑨,远胜文思睿藻⑩,问寝格中天⑪。 深严。邃启芳筵⑫。正花拥绛扆⑬,瑶殿神仙。缓闻钧韶奏下⑭,歌舞云边。宫闱罄和气,浃南山⑮。罩翠霭,上寿烟。祝无疆御历万万年⑯。

[注释]

①天申:五月二十一日为宋高宗诞辰,南宋以是日为天申节。 ②庆云:五色云,又名景云、卿云,古人以为祥瑞之气。 ③清华:清亮华美。 ④薰弦:相传虞舜弹五弦琴,造《南风》诗,中有"南风之薰兮"等句,故后世以"薰弦"代指帝王之乐。 ⑤电虹敷瑞:颂祝帝王诞辰语。《初学记》卷一引《帝王世纪》:"神农氏之末,少典氏娶附宝,见大电光绕北斗,枢星照郊,感附宝,孕二十月,生黄帝于寿丘。"又引《河图》:"大星如虹,下流华渚,女节意感,生白帝朱宣。" ⑥炎运:宋国运。宋朝自称以火德王,称炎宋,故称国运为炎运。 ⑦景命:古时帝王自称受命于天。景命即上天授予王位之命。 ⑧符圣德:谓景命与帝德相符合。 ⑨三阶:星名,又称三台。古时以星象比附人事,故三阶(三台)也指三公。《晋书·天文志》上:"在人曰三公,在天曰三台。"三公为辅佐帝王执政之最高级官员。 ⑩文思:指功业与道德。《尚书·尧典》:"钦明文思安安。"《释文》引马融:"经纬天地谓之文,道德纯备谓之思。"后常用来称颂帝王。 睿藻:指帝王所作诗文。 ⑪问寝:相传周文王为世子时,鸡鸣问亲寝之安否,上食问寒暖之节。见《礼记·文王世子》。后人遂以问寝视膳为人子应尽之责。 格中天:感动上天。 ⑫邃:幽深,此指深宫内院。 ⑬绛扆:指帝座。 ⑭钧韶:《钧天广乐》与《韶乐》之合称。前者为传说中天上之乐,后者相传为虞舜所作乐曲。此处作为宫廷音乐之美称。 ⑮"宫闱"二句:意谓尽宫闱之和气,以沾润南山。 罄:尽。 浃:沾润。 南

山：喻长寿。《诗经·小雅·天保》："如南山之寿，不骞不崩。" ⑯御历：帝王之寿命。

## 夏云峰

### 圣 节①

绍洪基②，抚万宇，中兴宝运符千③。枢电瑞绕④，景命燕及云天⑤。挺生真主⑥，平四海、复禹山川⑦。班列立、瞻云就日，职贡衣冠⑧。 欢均鳌禁鹓鸾⑨。望花城粉黛，金兽祥烟。笙箫缓奏，化国日永留连⑩。宝觞亲劝，须纵饮、歌舞韶妍。都是祝、南山圣寿，亿万斯年。

［注释］

①圣节：即天申节，宋高宗诞辰。 ②绍：继承。 ③中兴宝运：指南宋国运。 符：指与国运相符应的祥瑞吉兆。 千：形容祥瑞吉兆之多。 ④枢电瑞绕：见上篇注⑤。 ⑤燕及：安然达到。 ⑥挺生真主：产生特出的真命天子。 ⑦禹山川：夏禹治水，别九州，后因称中国为禹迹、禹域或禹山川。 ⑧职贡：四方之贡物。 ⑨鳌禁：指职掌文翰之官署，即翰林院，唐宋时称入翰林院任学士为"上鳌头"。翰林院设于禁中，故有"鳌禁"之称。 鹓、鸾：均为凤一类神鸟，喻朝中官员。 ⑩化国：和平教化之国称"化国"。《后汉书·王符传》："化国之日舒以长，故其民间暇而有馀力。"故称太平盛世为化国。

## 凤凰台上忆吹箫

### 同 前

碧玉烟塘，绛罗艳卉，朱清炎驭升旸①。正应运、真人诞节②，宝绪灵光③。海宇均颁湛露④，环佩拱、北极称觞⑤。欢声浃，三十六宫⑥，齐奉披香⑦。 芬芳。宝薰如霭，仙仗捧椒扉[8]，秀绕嫔嫱。上万寿，双鬟妙舞，一部丝簧。花满蓬莱殿里，光照坐、尊俎生凉[9]。南山祝，常对化日舒长。

［注释］

①朱清：日光清亮。　升暘：太阳初升。　②真人：此指帝王。　③宝绪：指世代相传之帝业。　灵光：神奇之光。　④湛露：浓重之露。《诗经·小雅》有《湛露》篇，《诗序》以为天子宴诸侯之诗，故后世常以湛露比喻帝王恩泽。　⑤环佩：即佩玉，妇女之饰物，此处作为宫中妇女之代称。拱：环绕。　北极：北极星，代指君王。　⑥三十六宫：指所有宫殿。“三十六宫”为宫殿之统称。班固《西都赋》：“离宫别馆，三十六所。”　⑦披香：宫殿名。汉及六朝均有披香殿，在后宫。　⑧捧：扶拥。　椒扉：椒殿之门扇，代指皇后。　⑨尊俎：“尊”为盛酒之器。“俎”为载肉之具，故尊俎一词常用为宴席之代称。

## 安平乐

### 圣　节

圣德如尧，圣心如舜，欣逢出震昌期[1]。中兴继体[2]，抚有寰瀛[3]，三阳方是炎曦[4]。万国朝元[5]，奉崇严宸扆[6]，咫尺天威[7]。瑞色满三墀。渐嵩呼、均庆彤闱[8]。

正金屋妆成[9]，翠围红绕，香霭高散狻猊[10]。东朝移雕辇[11]，与坤仪、同奉瑶卮[12]。阖殿花明，亿万载、咸歌寿祺[13]。视天民[14]，永祈宝历[15]，垂衣端拱无为[16]。

［注释］

①出震：本《周易·说卦》“万物出乎震”。震为东方之卦，可代表春天，春天万物出生，故云“出震”。　昌期：昌盛兴隆时期。　②中兴：指宋高宗南渡称帝。　继体：继承皇位。　③抚有：占有。　寰瀛：寰海。　④三阳：《易经》以十月为纯阴，十一月一阳生，十二月二阳生，正月三阳生。至

此冬尽春来，阴消阳长，故有“三阳开泰”之说。　炎曦：指阳光。　⑤朝元：此指朝见帝王。　⑥宸扆（yǐ）：古传帝王背斧扆（屏风之有斧纹者）南面而立，故称帝王之位为宸扆。　⑦咫尺天威：《左传·僖公九年》“天威不违颜咫尺”，杜预注“言天鉴察不远，威严常在颜面之前。八寸曰咫”。又，后世常以“天威”指帝王之威严。　⑧渐嵩呼：嵩呼，汉武帝登嵩山时，吏卒曾三闻高呼万岁之声，后因称祝颂帝王，高呼万岁为嵩呼。　彤闱：指宫中。　⑨金屋：极华丽之屋。汉武帝为太子时，长公主欲以其女阿娇妻之。帝曰：“若得阿娇作妇，当作金屋贮之。”此指皇帝为皇后所作之屋。　⑩狻猊：指作狻猊（即狮子）状之香炉。　⑪东朝：为太后之代称。　雕辇：刻镂花纹之车辇。　⑫坤仪：本指天地，此处作皇后之代称。　⑬寿祺：祝颂之词，意即长寿幸福。《诗经·大雅·行苇》：“寿考维祺，以介景福。”　⑭视：看待，照顾。　天民：人民。　⑮宝历：指国祚，王朝统治之年代。　⑯垂衣：即垂衣裳，穿着长大的衣裳无所事事。《易经·系辞下》：“黄帝，尧舜垂衣而天下治。”　端拱：端坐拱身。《魏书·辛雄传》：“端拱而四方安。”垂衣、端拱均歌颂帝王无为而治。

## 夜合花

### 圣　节

星拱尧眉①，日临云幄②，晓天初静炎曦。香凝翠扆，花笼禁殿风迟③。彩山高与云齐。奉明主、玉斝交辉④。庆天申旦⑤，九州四海，同咏昌时。　　今年麦有双歧⑥。别有琅玕并节⑦，深秀联枝⑧。丰世瑞物⑨，嘉祥效祉熙熙⑩。坐中莫惜沉醉，仰三圣、玉德光辉⑪。献南山寿，严宸万载⑫，永奉垂衣。

[注释]

①尧眉：眉即眉寿，颂祝用语，长寿之意。相传尧帝寿逾百岁，眉有八彩，故以尧眉为颂祝帝王长寿之用语。　②云幄：绘有云彩之帷幄。此指幄殿，即帝王之临时宫殿。　③禁殿：即宫殿。　④玉斝：古代玉制

酒器。 ⑤天申旦:即天申节,宋高宗赵构诞辰。 ⑥麦有双歧:一麦双穗,亦作麦穗双歧。古时以为祥瑞。 ⑦琅玕:竹之别名。 并节:枝干相并,古时以为祥瑞。 ⑧深秀:秀,谷物之花重穗;深秀犹言花穗茂盛。 联枝:枝枝相联,极言其多。 ⑨丰世:丰收之年。 ⑩嘉祥:祥瑞。 效祉:犹言献福。 熙熙:众人欢乐貌。 ⑪三圣:此指太后、皇帝与皇后。 ⑫严宸:皇帝之代称。

## 绿头鸭

### 圣节

喜雨薰泛景,翠云低柳。正凉生殿阁,梅润晓天,暑风时候。应乘乾、彩虹流渚,惊电绕、璇霄枢斗①。大业辉光,益建火德②,梯航四海尽奔走③。六府焕修④,多方平定,寰宇歌元首。凝九有⑤。三辰拱北⑥,万邦孚佑⑦。

对祥烟、霁色清和,凤韶九成仪昼⑧。听山声、响传呼舞⑨,腾紫府、香浓金兽⑩。禁籞升平,慈闱燕适⑪,袆衣共上玉觞酒⑫。齐奉舜图⑬,南山同永,合殿备金奏。祝圣寿。圣寿无疆,两仪并久⑭。

[注释]

①"应乘乾"二句:《初学记》卷一引《帝王世纪》,"神农氏之末,少典氏娶附宝,见大电光绕北斗,枢星照郊,感附宝,孕二十月,生黄帝于寿丘。"又引《河图》,"大星如虹,下流华渚,女节意感,生白帝朱宣。"后世因以"电虹敷瑞"等语颂祝帝王诞辰。 ②火德:古代方士以五行附会王朝之国运,称"五德"。宋朝为火德,故有"炎宋"之称。 ③"梯航"句:梯航为登山航海之具。"梯航四海"即在四海之内长途跋涉,经历险阻。《宋书·明帝纪》:"日月所照,梯山航海,风雨所均,削衽袭带。所以业固盛汉,声溢隆周。" ④六府:府乃国家贮藏财物之所。《尚书·禹谟》以水、火、金、木、土、谷为六府。 焕修:整治得焕然一新。《尚书·禹贡》:"四海会同,六府孔修。"注:"四海之内,会同于京师,万国共贯,水火金木土谷

甚修理，言政化和。”　⑤九有：九州，或泛指全国。　⑥三辰：指日、月、星。　拱北：环卫北极。　⑦孚佑：信任保佑。　⑧韶：舜乐。　九成：多次演奏。一曲终了谓之一成。《尚书·益稷》：“箫韶九成，凤凰来仪。”仪昼：白昼来仪。　⑨“听山声”句：嵩呼，汉武帝登嵩山时，吏卒曾三闻高呼万岁之声，后因称祝颂帝王，高呼万岁为嵩呼。　⑩紫府：道家称仙人所居为紫府，此指帝居。　⑪燕适：安然而处。　⑫袆衣：皇后之服，此处代指皇后。　⑬舜图：如舜帝之鸿图。　⑭两仪：天地。

## 赏松菊

寿圣诞辰[①]

凉飙应律惊潮韵[②]，晓对彩蟾如水[③]。庆霄占梦月[④]，已祥开天地。圣主中兴大业，二南化[⑤]，恭勤辅翊[⑥]。抚宫闱，看仪型[⑦]，海宇尽成和气[⑧]。　禁掖西瑶宴席。泛天风、响钧韶空外。贵是至尊母，极人间崇贵。缓引长生丽曲[⑨]，翠林正、香传瑞桂。向灵华[⑩]，奉光尧[⑪]，同万万岁。

[注释]

①寿圣：此指高宗后吴氏。孝宗即位后，尊吴氏为寿圣皇太后。　②凉飙：凉风。　应律：与十二乐律相应，古时以十二律应十二月，故应律也有与季节相应之意。　惊潮：迅疾之潮。　韵：和谐之声。　③彩蟾：指月亮。　④霄：通“宵”，夜。　占：占梦。　⑤二南：《诗经·国风》中有《周南》、《召南》合称“二南”。旧儒解释其内容，大都赞美后妃及贵族夫人之德行，故被认作贵族女子之教科书。　化：教化。　⑥辅翊：辅佐。　⑦仪型：或作仪形、法式、模范。　⑧和气：和煦之气。　⑨引：延长。　⑩灵华：犹灵光。　⑪光尧：宋高宗赵构之尊号。

## 瑞鹤仙

贵妃生辰[1]

小梅凝秀色，泛霁霭晴和，春容初透。璇霄降仙格[2]，觉葱葱佳气，先惊花柳。芝兰户牖[3]。庆禀质、天长地久。有当熊避辇[4]，嘉声懿德，六宫居右。　　清昼。文箫仪凤[5]，妙舞低云，缓锵钧奏。香传绣幄，腾非雾，上金兽。愿千龄遐算，三宫慈爱，长享兹辰劝酒。向瑶台阆苑，芳音永嫔万寿。

[注释]

①贵妃：不详所指。　②璇霄：犹云霄。璇，美称。　仙格：神仙之风格。　③芝兰户牖：犹言芝兰之室。　芝兰：香草名。　④当熊避辇："当熊"为汉元帝时冯婕妤事。据《汉书·外戚传》，元帝幸虎圈鬥兽，熊佚出圈，攀槛欲上殿，左右皆惊走，仅冯婕妤直前当熊而立。后熊被卫士格杀。元帝问冯婕妤何故前当熊，对曰："猛兽得人而立，妾恐熊至御座，故以身当之。"帝于是倍加敬重。　⑤文箫仪凤：文箫，传奇中人名。唐大和末书生，与仙女吴彩鸾相爱慕，结为夫妇，后皆仙去。或曰，吹美箫以引凤凰。

## 水龙吟

会庆节[1]

翠帘迟晚，龙楼丽日[2]，海宇明新霁。枢旋大电，虹流华渚[3]，阳春天气。出震乘乾，保民立政，垂衣裳治[4]。诞恩均九有[5]，功兼七制[6]，恢图抚、四荒外[7]。　　威动殊邻万里[8]。拥衣冠、称觞玉陛[9]。虞韶缓度[10]，龙香飞下，晴云如水。行见冰天[11]，版图来上，诸侯盟会。奉怡颜宴罢，归移宝辇，向瑶池醉。

[注释]

①会庆节:十月二十二日为宋孝宗诞辰,宋以是日为会庆节。 ②龙楼:帝王宫阙。欧阳修《鹎鵊词》诗:"龙楼凤阁郁峥嵘,深宫不闻更漏声。" ③"枢旋"二句:颂祝帝王诞辰语。《初学记》卷一引《帝王世纪》:"神农氏之末,少典氏娶附宝,见大电光绕北斗,枢星照郊,感附宝,孕二十月,生黄帝于寿丘。"又引《河图》:"大星如虹,下流华渚,女节意感,生白帝朱宣。" ④垂衣裳治:形容帝王无为而治。 垂衣裳:即穿着长大的衣服无所事事之状。《易经·系辞下》:"黄帝尧舜垂衣裳而天下治。" ⑤诞恩:犹言大恩。 ⑥七制:皇帝所下诏命称制。 ⑦恢图抚:扩展版图领土。 四荒:四方荒远之地。 ⑧殊邻:异域,邻邦。 ⑨"拥衣冠"句:宋孝宗乾道七年(1171),金国遣使诣宋来贺会庆节,此句当指此而言。 ⑩虞韶:虞舜所作《韶乐》,这里指宫廷音乐。 ⑪行见:将见。 冰天:寒冷之地。多指北方,此指金邦。

## 水龙吟

东宫寿词[①]

嫩凉微袅[②],秋容乍肃,迥觉凉如水。重阳已近,岩华增秀,一钩天际[③]。香动前星[④],气横文圃[⑤],荣光呈瑞。仰宸心密眷[⑥],行都正牧[⑦],兵民奉、神明治。 金殿朝回燕适。肆武功、文德咸备。萧闲翰墨,惟亲书史,不寻罗绮。欢动宸严,宴开鹤禁[⑧],生朝和气[⑨]。愿青宫布政[⑩],龙楼问寝,同千万岁。

[注释]

①东宫:太子居东宫,因以东宫代称太子。此指孝宗第三子赵惇,乾道七年立为皇太子。 ②袅:袅袅之略词,微风吹拂貌。屈原《九歌·湘夫人》:"袅袅兮秋风。" ③一钩:指新月。 ④前星:指太子。《汉书·五行志》下:"心,大星,天王也,其前星太子,后星庶子也。" ⑤文圃:文章园地。 ⑥宸心:即帝心。 密眷:亲近与宠爱。 ⑦行都:首都之外另设

之都城,南宋时以临安(今浙江杭州)为行都。　正牧:行政管理。据《宋史·孝宗纪》,乾道七年夏四月,"甲子,诏皇太子判临安府","辛未,诏皇太子领临安尹"。　⑧鹤禁:《列仙传》记周灵王太子晋(即王子乔)乘白鹤驻缑山岭,以谢时人,后因以称太子之驾为鹤驾,太子所居为鹤禁。⑨生朝:生日。　⑩青宫:即太子所居之东宫,东方色为青,故称东宫为青宫。　布政:施行政教。

## 水龙吟

庆王诞辰①

傍阶红药,新梢翠竹,榭阁熏风静。维神降岳②,维熊占梦③,姿仪玉聘④。金殿趋庭⑤,禁严衣彩⑥,寝门温清⑦。是宗藩帝子⑧,天潢宝牒⑨,当神武、侍明廷。　为善先知最乐⑩,咏诗书、存存成性⑪。亲师讲道,摛华挥藻⑫,水云高兴⑬。一代荣观⑭,觊尧显舜⑮,古今难并。看青华蕊简⑯,松乔比寿⑰,佐南风政。

(以上《彊村丛书》本《松隐乐府》卷一)

[注释]

①庆王:宋孝宗次子赵恺封庆王。　②维神降岳:本《诗经·大雅·崧高》"维岳降神,生甫及申"。《郑笺》:"四岳,卿士之官,掌四时者也。……在尧时姜姓为之,德当岳神之意,而福兴其子孙。"此云庆王之生,为岳神所赐。　③维熊占梦:本《诗经·小雅·斯干》"吉梦维何?维熊维罴,维虺维蛇。大人占之:维熊维罴,男子之祥;维虺维蛇,女子之祥"。后世因以梦熊为生男之吉兆。　④姿仪:姿貌仪态。　聘:通"娉",姿态美好。⑤趋庭:典出《论语·季氏》"(孔子)尝独立,鲤过而趋庭。曰:'学诗乎?'"鲤即孔子之子,后人因称子承父教为趋庭。　⑥衣彩:相传春秋时老莱子事亲至孝,年七十,尚穿五色彩衣,作婴儿戏,以博父母一笑。后人因以"衣彩娱亲"为孝亲之典型。　⑦寝门:内室之门。　温清:冬温夏清之简称。《礼记·曲礼》上:"凡为人子之礼,冬温而夏清。"意即冬天使其温

暖,夏天使其清凉。 清:凉。⑧宗藩:受分封之皇族。 ⑨天潢:指皇族,宗室。 宝牒:皇室之牒谱(家族谱)。 ⑩“为善”句:犹言先知为善最乐。 ⑪存存成性:语出《易经·系辞上》“成性存存,道义之门”。意即物性之存成由于道义。 存存:存在。⑫摛华挥藻:铺张辞藻。班固《答宾戏》:“摛藻如春华。” ⑬高兴:高雅的兴致。 ⑭荣观:荣耀之景象。 ⑮觊尧显舜:意谓追慕尧舜而显扬之。 ⑯青华:指仙草。《山海经·南山经》:“有草焉,其状如韭,而青华,其名曰祝余,食之可以不饥。”蕊简:简牍之美称,犹言仙书。 ⑰松乔:古代仙人赤松子与王乔之合称。

## 月上海棠慢

咏 题

东风飏暖,渐是春半,海棠丽烟径。似蜀锦晴展,翠红交映。嫩梢万点胭脂,移西溪、浣花真景[①]。濛濛雨,黄鹂飞上,数声宜听。 风定。朱阑夜悄,蟾华如水[②],初照清影。喜浓芳满池,暗香难并。悄如彩云光中,留翔鸾、静临芳镜[③]。携酒去、何妨花边露冷。

[注释]

①“移西溪”句:古时,以每年四月十九日为浣花日,于是日宴游于成都西浣花溪畔。 ②蟾华:月光。 ③“留翔鸾”句:此以鸾镜喻明月。南朝宋刘敬叔《异苑》卷三:“罽宾国王买得一鸾,欲其鸣,不可致。夫人曰:‘尝闻鸾鸟见类则鸣,何不悬镜照之。’王从其言,鸾睹影悲鸣,冲霄一奋而绝。”

## 松梢月

院静无声。天边正、皓月初上重城[①]。群木摇落,松路径暖风轻。喜揖蟾华当松顶[②],照榭阁、细影纵横。杖策徐步空明里,但襟袖皆清。 恍若如临异境,漾风沼岸阔[3],波净鱼惊。气入层汉[4],疑有素鹤飞鸣。夜色徘徊迟宫漏,渐坐久,露湿金茎[5]。未忍归去,闻何处、重吹笙[6]。

[注释]

①重城:重叠之城。 ②蟾华:月光。 ③漾:水动貌。 凤沼:禁苑中池沼。 ④层汉:犹言层霄高空。 ⑤金茎:汉武帝时在长安宫禁中用金人擎承露盘,其下之铜柱称金茎。 ⑥“闻何处”句:用南唐李璟《山花子》“小楼吹彻玉笙寒”意境。

## 隔帘花

### 咏 题

宿雨初晴,花艳迎阳,槛前如绣如绮。向晓峭寒轻,窣真珠十二[1]。正朝曦、桃杏暖,透影帘栊烘春霁。似暂隔、祥烟香雾,朝仙侣庭际[2]。 更值迟迟丽日。且休约寻芳[3],与开瑶席。未拟上金钩,尽围红遮翠。命佳名、坤殿喜[4],为写新声传新意。待向晚、迎香临月,须卷起。

[注释]

①“窣真珠”句:指珠帘拂地。 窣:拂,掀起。 真珠:珍珠。 ②仙侣:神仙伴侣,常指高逸不凡之朋友。 ③寻芳:犹言踏青、寻春。 ④坤殿:指皇后。

## 东风第一枝

### 元 夕

宝苑明春,青霞射晚,六幕云闲风静。茂林修竹昂霄,素月照人澄莹。梅花十顷,递暗香、琼瑶真景。散万斛金莲，崇山秀岭，尽开花径。　真个好[①]，月灯相映。真个乐，圣驾游幸。四部箫韶[②]，群仙奏乐，万光耀境。玉华不夜[③]，向洞天、暖烟回冷[④]。好大家、酒色醺醺[⑤]，任教漏移花影。

［注释］

①真个：当真，的确。　②箫韶：典出《尚书·益稷》"箫韶九成，凤皇来仪"。《传》："韶，舜乐名。言箫见细器之备。"　③玉华：玉之精华。不夜：喻玉华光彩流映，犹同白昼。　④洞天：岩洞中之别有天地者，犹洞府。　暖烟：李商隐《无题》诗有"蓝田日暖玉生烟"之句，暖烟当指玉光而言。　⑤大家：宫中称皇帝为大家。

## 水龙吟

### 初　夏

鉴天云敛[①]，壶中昼暖[②]，乍喜薰风永[③]。轻纱渐试，香罗初褪，梅阴又□。广殿窗虚，翠帘卷起，一番清影。正新篁绿嫩[④]，池光涨雨、鱼吹浪、燕飞径。　好是九重邃密[⑤]，有岚光、烟溪深静。升平暇日，长廊别院，笙歌缓整。宝辇迟留，玉觞时举，何妨乘兴。况一年好处，犹寒未暖，是清和景。

［注释］

①鉴天：犹镜天，天净如镜。　②壶中：道家所谓仙境，即壶中天地。　③薰风：和煦之风，常指东南风或南风。　④新篁：新竹。　⑤九重：指宫禁，九重极言其高远。

## 夏云峰

### 端　午

五云开[1]，过夜来、初收几阵梅雨。画罗携芳扇，正喜逢重午[2]。角黍星团[3]，巧萦臂、龙纹轻缕[4]。细祝降福天中[5]，列箫韶歌舞。　　薰风凉殿开处。称绡裙雾縠，莲步俦侣[6]。翠铺交枝艾[7]，便手香微度。菖丝浮玉[8]，向台榭、留连欢聚。笑语，自有冰姿消烦暑。

［注释］

①五云：五色瑞云。　②重午：阴历五月初五，即端午节。　③角黍：即粽子，古时用箬叶裹黏黍为之形如三角，故名角黍。　星团：米团。　④"巧萦臂"句：旧俗端午节以五彩丝萦臂，云可辟邪延年，名长命缕或续命缕。　⑤细祝：小声祝告于神。　⑥莲步：南齐东昏侯凿金为莲花，贴地，令潘妃行其上，曰："步步生莲花也。"后因以莲步指美人之脚步。　⑦交枝艾：艾之交枝者。旧时以为艾能辟邪，故端午节有戴艾虎、悬艾人、饮艾酒等风俗，铺艾亦此俗之一。　⑧菖：即菖蒲，草名，生于水边。旧说可用以浸酒，服之可辟瘟气。梁宗懔《荆楚岁时记》："端午节以菖蒲一寸九节者，泛酒以辟瘟气。"

## 忆吹箫

### 七　夕

烦暑衣襟，乍凉院宇，梧桐吹下新秋。望鹊羽、桥成上汉[1]，绿雾初收。喜见西南月吐，帘尽卷、玉宇珠楼。银潢晚[2]，应是绛河[3]，已度牵牛。　　何妨翠烟深处，佳丽拥缯筵[4]，鬥巧嬉游[5]。是向夕、穿针竞立[6]，香霭飞浮。别有回廊影里，应钿合、钗股空留[7]。江天晓，萧萧雨入潮头。

[注释]

①“望鹊羽“句：此用神话中七月七日牛郎织女鹊桥相会故事。上汉：犹天汉，银河。②银潢：银河。③绛河：银河别称之一。④缯筵：犹言绮罗筵，华筵。⑤王仁裕《开元天宝遗事》：“帝与贵妃每至七月七日夜，在华清宫游宴时，宫女辈陈瓜花酒馔，列于庭中，求恩于牵牛织女星也。又各捉蜘蛛，闭于小盒中，至晓开视蛛网稀密，以为得巧之候。密者言巧多，稀者言巧少。”⑥穿针竞立：亦古代七夕乞巧游戏之一。《荆楚岁时记》：“是夕，人家妇女结彩楼，穿七孔针，或金银鍮石为针，陈瓜果于庭中以乞巧。”《东京梦华录·七夕》也有“妇女望月穿针”之说。⑦“别有”二句：暗用唐明皇与杨贵妃七夕密誓之典故。据白居易《长恨歌》及陈鸿《长恨歌传》，天宝十年七夕，唐明皇与杨贵妃曾密誓于长生殿，愿世世为夫妇。马嵬坡之变后，唐明皇遣方士在海上仙山找到杨妃。杨妃重提密誓之事以为证，并以当年明皇所赐之钿盒、金钗各分一半由其带回，献与明皇。

## 尾犯

### 中秋

秋空过雨静，晚景澄明，天淡如水。渐看蟾彩[1]，东山旋升，金饼上云际[2]。轻烟散尽，莹皓色、消尘翳。倚琼楼，皎若瑶台阆风[3]，翠阑十二[4]。　正好登临无外。满斟与、清光对。虽桂华飘下[5]，玉轮移影，归兴犹未。待继日同宴赏，听秘乐、广寒宫里[6]。惟怕却，明月阴晴未定，且宜欢醉。

[注释]

①蟾彩：月光。②金饼：比喻月亮。③瑶台阆风：神话中神仙所居之地。屈原《离骚》：“望瑶台之偃蹇兮，见有娀之佚女。”“朝吾将济于白水兮，登阆风而绁马。”④翠阑十二：本古乐府《西洲曲》“阑干十二曲”。⑤桂华：月之光华。相传月中有丹桂，故云。⑥秘乐：稀有奇特

之乐。 广寒宫里:相传唐明皇游月宫,见有题榜曰"广寒清虚之府"。

## 秋蕊香

### 重 阳

秋色宫庭,黄花禁篽[①],西风乍透罗衣。龙山意渐爽[②],瑶砌叶初飞[③]。喜天宇、明洁晓晴时。翠楼都卷帘帷。奉宴赏,菊英环坐,金玉成围。 凭阑海山万里,登望处,休论戏马台池[④]。揽幽芳、泛酒面香凝,携手与、仙姿共游嬉[⑤]。从他纱帽频攲[⑥]。并宝马[⑦],何妨归路,月挂天西。

[注释]

①黄花:菊花。 禁篽:宫禁中之篱落。 ②"龙山"句:晋征西大将军桓温,曾于九月九日率宾僚在此登高,参军孟嘉之帽为风吹落,嘉初不自觉,桓命孙盛作文以嘲之,嘉请笔作答,了不容思,文辞超卓,四座叹之。"龙山意"即指孟嘉此种恢弘、从容之气度而言。 爽:清朗。 ③瑶砌:玉阶。 ④戏马台池:江苏徐州铜山县南有项羽戏马台,晋义熙中刘裕曾在九月九日大会宾客于此。 ⑤仙姿:此指姿容清丽、神采出众之人。 ⑥"从他"句:杜甫《九日蓝田崔氏庄》诗有"羞将短鬓还吹帽,笑倩旁人为正冠"句,此词反其意而云"从他纱帽频攲",以示放浪不羁。 ⑦并宝马:意即并骑而行。

## 十六贤

### 闲 暇

拱皇图[①],御宝历[②],上圣垂衣。旰食亲万机[③],海宇熙熙[④]。登寿域[⑤],瑞霞彩云常捧日,花阴麦垅四民齐[⑥]。宫卫仗肃[⑦],阆苑瑶池,台殿倚晴晖。 当盛际,风俗美。寻胜事，人物总游嬉[8]。太平何处，知不摇征旗摇酒旗。四方感格臻上瑞[9]，官家闲暇宴芳菲[10]。千万岁，嘉会明盛时。

[注释]

①拱：拱手而治之略称。 皇图：帝王之版图。 ②御：治理，统治。宝历：国祚。 ③旰(gàn)食：晚食，"宵衣旰食"之略称。形容帝王勤政。亲万机：亲自处理诸多政务。 ④熙熙：温和欢乐。 ⑤寿域：仁寿之域，喻太平盛世。 ⑥四民齐：士、农、工、商谓之四民。 齐：整治。 ⑦仗肃：仪仗严整。 ⑧人物：泛指有才德名望之人。 总：聚合。 ⑨感格：感通于天。 臻上瑞：上天降下祥瑞。 ⑩官家：宋时对皇帝之称呼。

## 金盏倒垂莲

### 牡　丹

谷雨初晴，对晓霞乍敛，暖风凝露。翠云低映，捧花王留住[1]。满阑嫩红贵紫，道尽得、韶光分付[2]。禁籞浩荡，天香巧随天步[3]。　群仙倚春似语。遮丽日、更著轻罗深护。半开微吐、隐非烟非雾[4]。正宜夜阑秉烛[5]，况更有、姚黄娇妒[6]。徘徊纵赏，任放濛濛柳絮。

[注释]

①花王：旧时称牡丹为花王。欧阳修《洛阳牡丹记·花释名》："钱思公尝曰：'人谓牡丹花王，今姚黄真可为王，而魏（紫）花乃后也。'" ②分付：分别付给。 ③天香：唐李正封有咏牡丹花诗"天香夜染衣，国色朝酣酒"。后世因常以国色、天香赞美牡丹。 天步：指国运，时运。《诗经·小雅·白华》："天步维艰，之子不犹。"《毛传》、《郑笺》、《孔疏》皆释步为行。天之所行，即为时运。 ④非烟非雾：指庆云。《史记·天官书》："若烟非烟，若云非云，郁郁纷纷，萧索轮囷，是谓庆云。" ⑤夜阑秉烛：语出三国曹丕《与吴质书》"古人思秉烛夜游，良有以也"。 ⑥姚黄：牡丹

花名种之一，出于民间姚氏家，为千叶黄花，故名姚黄。宋梅尧臣《白牡丹》诗："白云堆里紫霞心，不与姚黄色鬥深。"

## 庆清朝

牡　丹

绛罗萦色，茸金丽蕊，秀格压尽群芳。人间第一娇妩，深紫轻黄。乍过夜来谷雨，盈盈明艳惹天香。春风暖，宝幄竞倚，名称花王。　　朝槛五云拥秀[①]，护晓日、偏宜翠幕高张。秾姿露叶，临赏须趁韶光。最喜鉴鸾初试[②]，数枝姚魏插宫妆[③]。然绛蜡[④]，共花拚醉，莫靳瑶觞[⑤]。

**[注释]**

①五云拥秀：五色瑞云所围裹。　②鉴鸾：此指鸾鉴，鸾镜。　③姚魏：牡丹花名种有姚黄与魏紫，合称姚魏。　④然：同"燃"。　绛蜡：红色蜡烛。　⑤靳：吝惜。

## 花心动

芍　药

密幄阴阴，正嘉花嘉木，尽成新翠。蕙圃过雨，牡丹初歇，怎见浅深相倚。好称花王侍[①]。秀层台、重楼明丽。九重晓，狂香浩态[②]，暖风轻细。　　堪想诗人赠意[③]。喜芳艳卿云[④]，嫩苞金蕊。要看秀色，收拾韶华[⑤]，自做殿春天气[⑥]。与持青梅酒[⑦]，趁凝伫、晚妆相对。且频醉，芳菲向阑可惜[⑧]。

[注释]

①花王侍：旧时品花者以牡丹为花王，以芍药为近侍。杨万里《多稼亭前两槛芍药红白对开二百朵》诗："好为花王作花相，不应只遣侍甘泉。"注："论花者以牡丹王，芍药近侍。" ②浩态：恣肆放纵之态。 ③诗人赠意：本《诗经·郑风·溱洧》"维士与女，伊其相谑，赠之以芍药"。《郑笺》："伊，因也。士与女往观，因相与戏谑，行夫妇之事，共别则送女以芍药，结恩情也。" ④卿云：即庆云，五色云，古人以为祥瑞之气。 ⑤韶华：美好时光。 ⑥殿春天气：犹言暮春天气，殿春即春天末尾。 ⑦青梅酒：古时暮春季节以青梅煮酒。晏殊《诉衷情》词："青梅煮酒鬥时新，天气欲残春。" ⑧"芳菲"句：芍药开于暮春季节，是时花将残尽，故而深感惋惜。 阑：衰残，残尽。

## 花心动

瑞 香[1]

玉井生寒，正枫落吴江[2]，冷侵罗幕。翠云剪叶，紫锦攒花，暗香遍熏珠阁。瑞非兰麝比，氤氲清彻寥廓[3]。向燕寝[4]，团团秀色，巧宜围却[5]。 宝槛浓开对列，蜂共蝶多情，未知花萼。爱玩置向窗儿，时时更碾，建春浇著[6]。最是关情处，惊梦回、酒醒初觉。楚梅早，前村任他暗落[7]。

[注释]

①瑞香：花木名，为常绿灌木，春季开花。 ②枫落吴江：唐崔信明有名句"枫落吴江冷"，崔诗传世仅此一句。此处借句中意境表明已是深秋季节。 ③氤氲：本指天地阴阳之气的汇合，此指花香。 ④燕寝：帝王或贵客之寝室。 ⑤巧宜：美妙宜人。 ⑥"时时"二句：谓以碾碎茶叶冲茶。 浇著：指饮茶。 建春：宋时福建有北苑，以产茶著名，简称建春。 ⑦"楚梅"二句：唐齐己有《早梅》诗"前村深雪里，昨夜一枝开"。齐己楚人，故云"楚梅"。

## 杏花天慢

杏 花

桃蕊初谢，双燕来后，枝上嫩苞时节。绛萼滋浩露，照晓景、裁剪冰绡标格[1]。烟传靓质[2]，似淡拂、妆成香颊。看暖日、催吐繁英，占断上林风月[3]。　坛边曾见数枝，算应是真仙，故留春色。顿觉偏造化，且任他、桃李成蹊谁说[4]。晴霁易雪。待对饮、清赏无歇。更爱惜、留引鹇禽[5]，未须再折。

[注释]

①冰绡：细洁雪白如冰的丝织品。　标格：风范，风格。　②靓质：犹言丽质。　③占断：占尽。　上林：帝王苑囿。　风月：犹言风光，风景。　④桃李成蹊：本《史记·李将军列传·赞》，“谚曰：‘桃李不言，下自成蹊。’”意谓桃李虽不能言，但其花实仍使人不期而往，下面自会踩成一条小路。　⑤鹇禽：鸟名，又名银雉。

## 念奴娇

林 檎

禁烟过也[1]，正东风浓拂，来禽奇绝[2]。翠叶修条千万点，轻染微红香雪。霁景烘云，暖梢吹绽，浩荡春容阔。棠阴已静[3]，此花标韵终别[4]。　犹记宝帖开缄，如何青李，与佳名齐列[5]。秀实甘芳莫待看，叶底匀圆堪折。且赏琼苞，繁英插鬓，淡伫留风月[6]。宜将图画，有时凝想重阅。

[注释]

①禁烟：即寒食节，因是日禁火禁烟寒食，故名。　②来禽：花果名，即林檎，又名沙果、花红、文林郎果，因味甘能引来飞禽，故名。　③棠阴：

传说落棠山为日入之处，后因以"棠阴"指傍晚。　注者按："棠阴"，棠树之阴，美召公之遗爱。刘长卿《饯前苏州韦使君》诗："幸因栖托分，犹恋旧棠阴。"　④标韵：格调，风韵。　⑤"犹记"三句：晋王羲之有《来禽帖》，首四字为"青李来禽"，故云。　⑥淡伫：素雅明净貌。柳永《木兰花·杏花》："天然淡伫好精神。"李清照《庆清朝》："容华淡伫，绰约俱见天真。"

## 风流子

### 海　棠

中春膏雨歇[①]，雕阑晓[②]，最好海棠时。正新梢吐绿，万苞凝露，暖铺云锦，香点胭脂。向枝上，绪风开秀色[③]，桃李尽成蹊[④]。朱唇晕酒，脸红微透。翠纱轻卷，红映丰肌。　严宸风光主[⑤]，临赏处，玉殿丽日迟迟[⑥]。天与造化西蜀[⑦]，浓艳芳菲。待绣帘卷起，欢奉长乐[⑧]，内梱多闲[⑨]，同宴椒闱[⑩]。须是对花满酌，不醉无归。

［注释］

①中春：旧称农历二月十五日为中春。　②雕阑：雕饰华丽之栏杆。　③绪风：馀风。　④"桃李"句：本《史记·李将军列传·赞》，"谚曰：'桃李不言，下自成蹊。'"意谓桃李虽不能言，但其花实仍使人不期而往，下面自会踩成一条小路。　⑤严宸：指皇帝，严为尊敬之意。　风光主：为风光之主宰。　⑥迟迟：舒徐明丽貌。　⑦"天与"句：《广群芳谱》引《阅耕馀录》，"昌州海棠独香，其木合抱，每树或二十馀叶，号海棠香国"。唐昌州即今四川大足县，故云"天与造化西蜀"。　⑧长乐：汉宫名，太后所居。　⑨内梱：即内阃，内宫。"梱"与"阃"通，门限。　⑩椒闱：即椒房，椒室，后妃居室。

## 蜀溪春

黄海棠

蜀景风迟，浣花溪边，谁种芬芳[1]。天与蔷薇，露华匀脸[2]，繁蕊竞拂娇黄。枝上标韵别，浑不染、铅粉红妆。念杜陵、曾见时，也为赋篇章[3]。　如今盛开禁掖，千万朵莺羽[4]，先借朝阳。待得君王，看花明艳，都道赭袍同光[5]。须趁排宴席，偏宜带、疏雨笼香。占上苑，留住春，奉玉觞。

[注释]

①"蜀景"三句：海棠以四川为最盛，故云。　浣花溪在成都西南，又名百花潭，溪旁有杜甫故居浣花草堂。　②"天与"二句：云上天赐给蔷薇露匀脸。蔷薇露即蔷薇水，俗称花露水。　③"念杜陵"二句：杜陵指唐诗人杜甫。杜甫居蜀多年，然无一诗咏及海棠，故后人以此为憾。参见葛立方《韵语阳秋》卷十六。此则从反面设言，云杜甫如见此花，也将为之赋诗。　④莺羽：黄莺之羽，喻黄海棠。　⑤赭袍：红袍，帝王之衣。

## 倚阑人

荼　蘼

清明池馆，芳菲渐晚[1]，晴香满架笼永昼。翠拥柔条，玉铺繁蕊，袅袅舞低襟袖。秀蓓凝浩露，疑挂六铢衣绉[2]。檀点芳心[3]，体薰清馥，粉容宜捻春风手。　肯与芝兰共嗅[4]。向夜阑凝月，洞花户、别是素芳依旧。剪取长梢，青蛟喷雪，挽住晓云争秀。楼上人未去，常恐风欺雨瘦。红绡收取，举觞犹喜，窨得醺醺酒[5]。

[注释]

①芳菲渐晚：花渐凋零，春季将尽。　②六铢衣：衣之极轻极薄者。

佛经中称忉利天之衣重六铢。梁简文帝《望同泰寺浮图诗》："天衣尽六铢"。 ③檀点芳心：张邦基《墨庄漫录》九，"酴醾花或作荼蘼，一名木香，有二品：一种花大而棘长条而紫心者为酴醾；一品花小而繁，小枝而檀心者为木香"。此言"檀点芳心"，当指后者而言。 ④芝兰：香草。嗅：气味。 ⑤"窨得"句：窨，地窖；窨得犹言窨藏得。 醺醺：酣醉貌。

## 夹竹桃花

### 咏 题

绛彩娇春，苍筠静锁[1]，掩映夭姿凝露[2]。花腮藏翠，高节穿花遮护[3]。重重蕊叶相怜，似青帔艳妆神仙侣。正武陵溪暗[4]，淇园晓色[5]，宜望中烟雨。 向暖景、谁见斜枝处。喜上苑韶华渐布。又似瑞霞低拥，却恐随风飞去。要留最妍丽，须且闲凭佳句。更秀容，分付徐熙[6]，素屏画图取。

［注释］

①苍筠：青竹。 ②夭姿：夭桃之姿。夭桃指盛开之桃花。《诗经·周南·桃夭》："桃之夭夭，灼灼其华。"此句谓有桃花之艳。 ③高节：指竹节。此句谓有竹之节操。 ④武陵溪：即陶潜《桃花源记》中所记之桃花源，因地处武陵，故又称武陵溪。杜甫《水宿遣兴奉呈群公》诗："丹心老未折，时访武陵溪。" ⑤淇园：地名，在今河南淇县附近，古代以产竹著名。《诗经·卫风·淇奥》："瞻彼淇奥，绿竹猗猗。" ⑥徐熙：五代南唐画家。善写生，以画花果虫鸟为长，曾为宫廷作画。见郭熙《图画见闻志》。

## 峭寒轻

### 赏残梅

照溪流清浅，正万梅都开，峭寒天气。才过了元宵，渐昼长禁宇，迤逦佳时[1]。断肠枝上雪，残英已、片影初飞。苒苒随风，送春到、便烂漫香迟。　凝睇，迎芳菲至。觉欣欣桃李，嫩色依微。应是有新酸，向嫩梢定须，一点藏枝[2]。乍晴还又冷，从尊前、自落轻细。寄语高楼，夜笛声、且缓吹[3]。

[注释]

①迤逦：曲折连绵。　②"应是"三句："新酸"指梅子。"定须""一点藏枝"连读。　③"寄语"二句：古时有笛曲《梅花落》，李白《与史郎中钦听黄鹤楼上吹笛》诗："黄鹤楼中吹玉笛，江城五月落梅花。"此暗用其意。

## 竹马子

柳

喜韶景才回[1]，章台向晓[2]，官柳舒香缕[3]。正和烟带雨，遮桃映杏，东君先与[4]。乍引柔条萦路[5]。娇黄照水[6]，经渭城朝雨[7]。翠惹丝垂，玉阑干风静，轻轻搭住。

到此曾追想，陶潜旧隐[8]，忆隋堤津渡[9]。三眠昼永凝露[10]。更许黄鹂娇语。似怕日暖，飞花成絮，拟雪堆绣户[11]。待放教婆娑[12]，如眉处[13]，笼歌舞。

[注释]

①韶景：指春景。　②章台：战国时秦建有章台，在长安故城西南隅。此处则用"章台柳"典故：唐韩翃有姬柳氏，于安史乱中为蕃将所得，韩在平卢节度使军中，使人寄柳诗曰："章台柳，章台柳，昔日青春今在否？纵使长条似旧垂，亦应攀折他人手。"后因经坎坷，二人终获团圆。唐传奇《柳氏传》详记其事。　③官柳：官府种植之柳，也泛指大道旁之柳树。　④东君：春神。　⑤萦路：萦牵于路。　⑥娇黄：嫩黄。柳叶初生时呈嫩黄色。　⑦渭城朝雨：本王维《送元二使安西》诗"渭城朝雨浥轻

尘，客舍青青柳色新”。 ⑧陶潜旧隐：陶潜归隐后，因宅边有五柳树，故自号五柳先生。 ⑨隋堤：隋炀帝大业元年开通济渠，渠旁筑御道，并植杨柳，后人谓之隋堤。 ⑩三眠：清张澍辑《三辅旧事》，“汉苑中有柳状如人形，号曰人柳，一日三眠三起”。人柳即柽柳，其枝条在风中时起时伏，故云“三眠三起”。 ⑪拟雪：晋谢安寒雪日令子弟咏雪，谢胡云：“撒盐空中差可拟。”谢道韫云：“未若柳絮因风起。”皆拟白雪，见《世说新语·言语》。 ⑫婆娑：舞貌。 ⑬如眉：旧时常以柳叶喻女子细长秀美之眉毛，称柳眉。此则反转以女子之眉喻柳叶。

## 二色莲

咏　题

凤沼湛碧，莲影明洁，清泛波面。素肌鉴玉，烟脸晕红深浅。占得薰风弄色[①]，照醉眼、梅妆相间[②]。堤上柳垂轻帐，飞尘尽教遮断。　　重重翠荷净，列向横塘暖[③]。争映芳草岸。画船未桨，清晓最宜遥看。似约鸳鸯并侣，又更与、春锄为伴[④]，频宴赏，香成阵、瑶池任晚。

[注释]

①弄色：卖弄姿色。 ②梅妆：即梅花妆。相传有梅花落于南朝宋武帝女寿阳公主额上，成五出之花，拂之不去。后人仿之，称梅花妆，又称寿阳妆。见唐韩鄂《岁华纪丽》一《人日梅花妆》。 ③横塘：名横塘之地有二。一在江苏南京市西南，一在江苏苏州西南。此处则系泛指。 ④春锄：鸟名，即白鹭。

## 八音谐[①]

赏荷花，以八曲声合成，故名

芳景到横塘，官柳阴低覆，新过疏雨。望处藕花密，映烟汀沙渚[②]。波静翠展琉璃，似伫立、飘飘川上女。弄晓色，正鲜妆照影，幽香潜度。　　水阁薰风对万姝[3]，共泛泛红绿，闹花深处。移棹采初开，嗅金缨留取[4]。趁时凝赏池边，预后约、淡云低护。未饮且凭阑，更待满，荷珠露。

[注释]

①八音谐：即按《春草碧》、《迎春乐》等八调之音律组成新曲。此调创自曹勋，别无可校。　②烟汀：烟雾弥漫中的水边平地。　沙渚：小沙洲。　③姝：美女，此喻荷花。　④金缨：荷花中心的金黄色花鬚。

## 清风满桂楼[1]

### 丹　桂

凉飙霁雨，万叶吟秋，团团翠深红聚。芳桂月中来，应是染、仙禽顶砂匀注[2]。晴光助绛色，更都润、丹霄风露[3]。连朝看、枝间粟粟[4]，巧裁霞缕。　　烟姿照琼宇。上苑移时，根连海山佳处[5]。回看碧岩边，薇露过[6]，残黄韵低尘污[7]。诗人谩自许[8]。道曾向、蟾宫折取[9]。斜枝戴，惟称瑶池伴侣。

[注释]

①清风满桂楼：此调始见《松隐集》，为曹勋创调。　②仙禽：指丹顶鹤。　③丹霄：天空。　④粟粟：形容丹桂花朵微小众多。　粟：颗粒微小如粟。　⑤海山佳处：旧题唐韩偓《海山记》云，隋炀帝造西苑，“诏天下境内，所有鸟兽草木，驿至京师”，“又凿北海周环四十里，中有三山，效蓬莱、方丈、瀛洲”。　⑥薇露过：一种香水，即蔷薇露。　过：洒。　⑦残黄：指黄色的金桂。　⑧谩：休要。　⑨蟾宫折取：科举时代喻人登第为“蟾宫折桂”。蟾宫即月宫，相传月中有桂树，故云。

## 雁侵云慢[①]

咏　题

晓云低。是残暑渐消，凉意初至。翠帘燕去，觉商飙天气。凝华吹、动绣额[②]，乍殿阁、金茎风细[③]。夜雨笼微阴[④]，满绮窗、疏影响清吹[⑤]。　轻飔嫩细透衣[⑥]。想宵长漏迟[⑦]，香动罗袂。戏曾计日，忆宾鸿来期[⑧]。杯盘排备宴适，乍好景、心情先喜。待淡月疏烟里，试寻岩桂蕊[⑨]。

[注释]

①雁侵云慢：此调始于此词。曹勋所创。　②绣额：华丽之帘额。　③金茎：即金人承露盘。　④微阴：指迷濛月色。　⑤疏影：月光映在绮窗上形成之稀疏物影。　清吹：清彻之乐声。　⑥轻飔：轻微之凉风。　⑦漏迟：时间过得缓慢。　漏：漏刻，古代计时器。　⑧宾鸿：鸿雁。因《礼记·月令》有“鸿雁来宾”之说，故又称宾鸿。　⑨岩桂：即木樨。

## 锦标归

待　雪

风搅长空，冷入寒云，正是严凝初至[①]。围炉坐久，珠帘卷起，准拟六花飞砌[②]。渐苒苒晴烟，更暗觉、远天开霁[③]。阻琼瑶、不舞蓝田[④]，但有蟾华铺地[⑤]。　想像如今剡溪，应误幽人访客，轻舟闲舣[⑥]。翠幕登临处，散无限清兴，顿孤沉醉。念好景佳时，谩望极、祥霙为瑞[⑦]。却梅花、知我心情，故把飞英飘坠。

[注释]

①严凝：寒冷。　②六花：雪花结晶成六角形，故名。　③开霁：阴天

放晴。　④琼瑶:美玉,此喻雪。　蓝田:古代著名产玉之地,在今陕西省。　⑤蟾华:月光。　⑥“想象”三句:典出南朝宋刘义庆《世记新语·任诞》,“王子猷居山阴。夜大雪,眠觉,开室命酌酒。四望皎然,因起彷徨,咏左思《招隐》诗。忽忆戴安道。时戴在剡,即便夜乘小船就之。经宿方至,造门不前而返。人问其故?王曰:‘吾本乘兴而行,兴尽而返,何必见戴?’”　舣:船靠岸。　⑦谩:通“漫”。　望极:极目远望。　祥霙:瑞雪。

## 索　酒[①]

四时景物须酒之意

乍喜惠风初到,上林翠红,竞开时候。四吹花香扑鼻,露裁烟染,天地如绣。渐觉南薰[②],总冰绡纱扇避烦昼[③]。共游凉亭消暑,细酌轻讴须酒。　江枫装锦雁横秋,正皓月莹空,翠阑侵斗[④]。况素商霜晓[⑤],对径菊、金玉芙蓉争秀[⑥]。万里彤云[⑦],散飞霙[⑧],炉中焰红兽[⑨]。便须点水傍边,最宜著酉[⑩]。

[注释]

①索酒:词咏本意,为曹勋自度曲。②南薰:旧传虞舜作《南风歌》中有“南风之薰兮,可以解吾民之愠兮”等句,故后世称煦育万物为南薰。　③烦昼:烦热之白昼。　④阑:栏杆。　斗:星斗。　⑤素商:秋天。　⑥芙蓉:此指木芙蓉,每年八、九月间开花。　⑦彤云:浓云。⑧飞霙:飞雪。　⑨红兽:典出《晋书·羊琇传》“琇性豪侈,费用无复齐限,而屑炭和作兽形以温酒,洛上豪贵咸竞效之”。　⑩“便须”二句:“三点水”合一“酉”字是“酒”。

## 凤箫吟

郊祀庆成①

列旂常②。中宵天净③，郊丘展采圆苍④。肇禋三岁礼⑤，圣天子为民，致福穰穰⑥。凝旒亲奠玉⑦，粲珠联、星斗垂芒⑧。渐月转燔柴⑨，露重烟断坛旁。　欢康。青霞催晓，六乐均调，响逐新阳。辇回天仗肃⑩，庆千官抃舞⑪，绣锦成行⑫。鸡竿双凤阙⑬，肆颁宣、恩动荣光。赞永御，萝图霈泽⑭，常抚殊方⑮。

[注释]

①郊祀庆成：据《宋史·礼志》，宋高宗绍兴十三年，诏临安府及殿前司修建圆坛。自是凡六郊，庆成。古代帝王于封禅、祭祀等仪式结束后庆贺成功，谓之"庆成"。　②旂常：旗名。《周礼·春官·司常》："日月为常，交龙为旂……王建大常，诸侯建旂。"大常与旂合称旂常。　③中宵：半夜。　④郊丘：古代为郊祭所建之高坛。圆丘用以祭天，方丘用以祭地。　展采：展现其官职，即述职之意。　圆苍：上天。　⑤肇禋：始祭。　三岁礼：古代帝王每岁祭祀天、地、宗庙各一次，此谓岁礼。　⑥"致福"句：本《诗经·周颂·执竞》"降福穰穰"，《传》："穰穰，众也。"　⑦旒：冕旒，帝王之礼冠。　凝：状其端庄严肃。　奠玉：献玉，郊祀主要仪式之一。　⑧粲珠：明珠，喻星斗。　垂芒：光芒下射。　⑨燔柴：祭天之礼。《礼记·祭法》："燔柴于泰坛，祭天也。"《疏》："燔柴于坛者，谓积薪于坛上，而取玉及牲置柴上燔之，使气达于天也。"　⑩"辇回天"句：天子乘辇返回。　⑪抃舞：鼓掌舞蹈，形容欢欣之极。　⑫绣锦：指衣绣着锦之文武百官。　⑬"鸡竿"句：古代皇帝下赦令时，以金鸡附竿端，高揭于帝阙。　⑭"赞永御"二句：永御萝图，意即永远统治宇内。　霈泽：甘霖。　⑮殊方：异域，他国。

## 六花飞

### 册　宝[1]

寅杓乍正[2]，瑞云开晓，罩紫府宫殿[3]。圣孝虔恭，率宸庭冠剑[4]。上徽称、天明地察[5]。奉玉检、璇耀金辉非常典[6]。仰吾君，亲被衮龙[7]，当槛俯旒冕[8]。　中兴明天子，舜心温凊[9]，示未尝闲燕[10]。礼无前比，出渊衷深念[11]。赞木父金母至乐[12]，万亿载、日月荣光俱欢忭。罗绮管弦开寿宴。

［注释］

①册宝：册书与宝玺。宋孝宗乾道七年（1171）春正月朔，为宋高宗上太上皇尊号，奉上册宝。本篇所咏即此事。此调始见本词，为曹勋自度。　②寅杓：杓，北斗七星柄部三星，又称斗柄。古时历法以斗柄旋转所指十二辰为十二月，斗柄指寅为农历正月。　③紫府：道家称神仙居所为紫府，此处则借以指帝王宫殿。　④冠：冠服，古代官吏之礼服。　剑：佩剑，帝王之亲信大臣可佩剑上殿。　冠剑：统指朝中文武大臣。　⑤徽称：即徽号，旧时加于帝后尊号上的歌颂性称号。　⑥玉检：玉制的书函盖。　非常典：《全宋词》脱。此据《词谱》卷二十九补。　⑦衮龙：帝王及上公之礼服曰衮服，画龙其上者曰衮龙。　⑧旒冕：即冕旒，天子之礼冠。　⑨舜心：指宋孝宗之孝心。虞舜受尧禅为帝，宋孝宗受高宗内禅为帝，故以舜喻孝宗。　温凊：冬温夏凊之简称。《礼记·曲礼》上："凡为人子之礼，冬温而夏凊。"意即冬天使其温暖，夏天使其清凉。　凊：凉。　⑩闲燕：闲居安息。　⑪出渊：旧时谓帝王初起创业为"渊跃"，即龙在渊中跃动欲飞之意。"出渊"即已飞离深渊，喻帝王创业初成。　⑫木父：或作木公，即东王父（公）。　金母：即西王母。　木父金母：二人均为神仙，此处代指高宗夫妇。

## 浣溪沙

### 赏　柢

禁籞芙蓉秋气凉，新柢岂待满林霜①。旨甘初荐摘青黄②。　乍剖金肤藏嫩玉，吴盐兼味发清香③。圣心此意与天长。

［注释］

①"新柢"句：新柢，即新橙。橙：果名。　满林霜：指深秋季节。唐韦应物《答郑骑曹青橘绝句》："书后欲题三百颗，洞庭须待满林霜。"　②旨甘：美好之食品。　③"吴盐"句：唐时两淮所产盐以洁白著名，称吴盐。旧时食橙用盐调味，周邦彦《少年游》词："并刀如水，吴盐胜雪，纤指破新橙。"　兼味：具有两样滋味。

## 浣溪沙

### 赏　灯

春到皇居景晏温①，冰轮驾玉上祥云②。烛龙衔耀九重门③。　宫掖两仪临舜殿④，金莲万斛奉尧尊⑤。官家慈孝格乾坤⑥。

［注释］

①晏温：天气晴暖。　②冰轮：月亮。　玉：指月光。　③"烛龙"句：烛龙：神名。《山海经·大荒北经》："西北海之外，赤水之北，有章尾山。有神，人面蛇身而赤，直目正乘。其瞑乃晦，其视乃明……是谓烛龙。"《楚辞·天问》："日安不到？烛龙何照?"洪兴祖《补注》引《诗含神雾》："天不足西北，无阴阳消息，故有龙衔火精以照天门中者也。""衔耀九重门"即指此。　④宫掖：掖为宫中旁舍，妃嫔所居，故称皇宫为宫掖。　两仪：天地，此处当指灯彩。　⑤金莲：此指形似莲花之酒杯。　⑥格乾坤：此指孝心感动天地。

## 浣溪沙

赏丹桂

初过西风烟雨微，霓光留景正团枝[①]。月中新彩与增辉[②]。　霞影分丹乘浩露[③]，珊瑚秀色满彤墀[④]。凉飙吹上赭红衣[⑤]。

[注释]

①霓：副虹。　留景：留影。　团枝：成团聚集于枝头。　②"月中"句：相传月中有桂树，月中新彩指此。　③霞影分丹：谓霞光亦分染了红色。　浩露：形容露水众多。　④彤墀：即丹墀，宫中之台阶。　⑤赭红衣：丹桂红色，故云。

## 浣溪沙

西园赏牡丹[①]，寿圣亲见双花[②]，臣下皆未睹，折以劝酒，词亦继成

春晓于飞彩仗明[③]，西园嘉瑞格和鸣[④]。花王特地献双英[⑤]。　并蒂轻黄宜淡淡，联芳竞秀巧盈盈。飞琼萼绿两倾城[⑥]。

[注释]

①西园：汉上林苑别称西园，此指临安禁苑。　②寿圣：宋高宗内禅后，退居德寿宫，称寿圣。　③于飞：比翼而飞，语出《诗经·大雅·卷阿》"凤凰于飞，翙翙其羽"。此喻双花并蒂而放。　④格：感通。　和鸣：鸣声相和。《左传·庄公二年》："是谓凤凰于飞，和鸣锵锵。"　⑤花王：牡丹有花王之称。　⑥飞琼萼绿：即许飞琼与萼绿华。许飞琼相传为西王母侍女，旧题汉班固《汉武帝内传》："（王母）又命侍女董双成吹云和之笙，石公子击昆庭之金，许飞琼鼓震灵之簧。"萼绿华相传为九嶷山中得道女仙，其事见南朝陶弘景《真诰·运象》。

## 临江仙

中秋夜，禁中待月遐观[①]，清风袭人，嘉气满坐。前夕连阴，至此顿解。少间，月出云静，瞻天容如鉴。上喜[②]，以诗句书扇，臣谨以《临江仙》歌之

连夜阴云开晓景，中秋胜事偏饶[③]。十分晴莹碧天高。台升吴岫顶[④]，乐振海门潮[⑤]。　桂影一庭香渐远，四并都向今朝[⑥]。宸欢得句付风骚[⑦]。围棋消白日，赏月度清宵。

**[注释]**

①遐观：远眺。陶渊明《归去来兮辞》："时矫首而遐观。"　②上喜：上指宋孝宗。　③饶：多。　④"台升"句：此云筑台于吴山（在杭州南，即胥山）之顶。　岫：山洞。　⑤海门：海口。　⑥四并："四难并"之略称。南朝宋谢灵运《拟邺中集诗序》有"天下良辰、美景、赏心、乐事，四者难并"之语，后因称此四者为"四难"。　并：兼。　⑦宸：代指皇帝。

## 临江仙

赏芍药

嫩绿阴阴台榭映，南风初送清微。扬州花市进芳菲[①]。丝头开万朵，玉叶衬繁枝。　自是诗人佳赠意[②]，花王香借馀姿[③]。翠红深展奉瑶卮[④]。何妨沉醉赏，天与绊春晖。

**[注释]**

①"扬州"句：旧时芍药以扬州所产为最著。宋陈师道《后山丛谈》："花之名天下者，洛阳牡丹，广陵芍药耳。"广陵即扬州。又，宋王观作《扬州芍药谱》，称扬州朱氏园之芍药"最为冠绝，南北二圃，所种几于五六万株。意其自古花之盛，未之有也"。　②"自是"句：本《诗经·郑风·溱洧》"维士与女，伊其相谑，赠之以芍药"。《郑笺》："伊，因也。士与女往

观,因相与戏谑,行夫妇之事,共别则送女以芍药,结恩情也。” ③花王:指牡丹。 ④瑶卮:酒杯之美称。

## 西江月

### 丹　桂

霞绮浓披翡翠,晨光巧上珊瑚。丹林偏许下清都[①],香占深岩烟雨。　　秋到九华宫殿[②],赭袍红借繁珠[③]。广寒桂与世花殊[④],不带人间风露。

[注释]

①丹林:丹桂之林。 清都:上帝之宫阙。 ②九华宫殿:皇帝之宫殿。《西京杂记》—云汉成帝有九华殿。 ③繁珠:形容丹桂花朵繁密如珠。 ④广寒桂:广寒宫即月宫,即神话中的月宫之桂。

## 西江月

### 西园雪后[①]

连夜六花飞舞,清晨玉境瑶阶。湖山寒雾隐楼台,难画西园真态。　　月殿九华同到[②],雕舆乘兴俱来[③]。浮春帘密锦筵开,不是山阴访戴。

[注释]

①西园:在临安(今浙江杭州)。 ②月殿:月宫。 九华:山名,在今安徽青阳,山有九峰如莲华,故名,为著名佛教胜地。此以月宫、九华山喻西园雪景。 ③雕舆:雕饰华美之车舆。

## 诉衷情

宫中牡丹

西都花市锦云同[①]，谷雨贡黄封[②]。天心故偏雨露，名品满深宫。　　开国艳，正春融，露香中。绮罗金殿，醉赏浓春，贵紫娇红。

[注释]

①西都：宋以洛阳为西京。　花市：每年一度卖花、赏花之节日。　②黄封：通常指宫中酿制之美酒。因以黄罗帕封，故称。然此处所指，当为所贡之牡丹，亦覆以黄罗帕。

## 武陵春

禁中元夕

元夕晴和中禁好[①]，梅影玉阑干。峭窄春衫试嫩寒，金翠会群仙[②]。　　移下一天星斗璨[③]，喜色动宸颜[④]。行乐风光莫放闲，月在凤凰山[⑤]。（以上《松隐乐府》卷二）

[注释]

①中禁：同“禁中”。皇帝住地。　②“金翠”句：金翠指妆饰华丽的宫中妃嫔，群仙指灯彩所表现的神仙故事。　③“移下”句：形容灯彩之多。　④宸颜：皇帝的容颜。　⑤凤凰山：在今浙江杭州市南郊，南宋在杭州建行宫时，山被圈入禁苑。

## 四槛花

鸳瓦霜浓[①]，兽炉烟冷[②]，琐窗渐明[③]。芙蓉红晕减，疏篁晓风清。睡觉犹眠，怯新寒，仍宿酒[④]，尚用馀酲。拥闲衾。先记早梅糁糁[⑤],流水泠泠。　须记岁月堪惊。最难管、苍华满镜生[⑥]。心地常自乐,谁能问枯荣。一味情尘、揩摩尽,人间世,更没亏成[⑦]。惟萧散,眠食外,且乐升平。

[注释]

①鸳瓦:即鸳鸯瓦,上下成对之瓦。　②兽炉:兽形香炉。　③琐窗:镂刻成连锁图案之窗棂。　④宿酒:隔夜所饮之酒。　⑤糁:本意为饭粒,亦泛指散粒之物。　糁糁:形容早梅零落纷散。　⑥苍华:斑白之头鬓。　⑦"一味"三句:以世俗之情比作灰尘,一经揩拭干净,便无所为荣辱得失。　亏成:亏损或成功,喻得失。

## 花心动

绿结阴浓,渐南风初到、旧家庭院。细麦落花,圆荷浮叶,翠径受风新燕。乍晴还雨香罗怯,惜柳絮、已将春远。最好处,清和气暖,喜拈轻扇。　好对层轩邃馆[①]。供极目晴云,晓江横练[②]。煮酒试尝,梅子团青[③],草草也休辞劝。待等闲暇寻胜去,又闲事、有时萦绊。且趁取良辰,醉后莫管。

[注释]

①层:重重叠叠。　邃:幽深。　②晓江横练:大江明净如横铺之素练。　③"煮酒"二句:指青梅煮酒,古代煮酒法之一。苏轼《赠岭上梅》诗:"不趁青梅尝煮酒,要看细雨熟黄梅。"

## 胜胜令

梅风吹粉,柳影摇金[①]。渐看春意入芳林。波明草嫩,据征鞍,晚烟沉。向野馆、愁绪怎禁。　过了烧灯②，醉别院，阻同寻。琐窗还是冷瑶琴。灯花灺也③，拥春寒，掩闲衾。念翠屏、应倚夜深。

[注释]

①“柳影”句：柳叶初生时其色嫩黄，故以摇金喻柳枝飘拂。 ②过了烧灯：烧灯即燃灯。此指元宵灯节。《旧唐书·玄宗纪》：“开元二十八年春正月……以望日御勤政楼宴群臣，连夜烧灯，会大雪而罢，因命自今常以二月望日夜为之。” ③灺（xiè）：灯烛灰烬。

## 玉蹀躞

从军过庐州作①

红绿烟村惨淡，市井初经虏②。舍馆人家，凄凄但尘土。依旧春色撩人，柳花飞处，犹听几声莺语。 黯无绪，匹马三游西楚③。行路漫怀古。可惜风月，佳时尚羁旅。归处应及荼蘼④，与插云鬟，此恨醉时分付⑤。

[注释]

①庐州：地名，治所在今安徽合肥。作者于绍兴十二年迁保信军承宣使，过庐州当在此期间。 ②经虏：虏指金兵，经虏即经受金兵践踏。绍兴四年（1134）十二月，金兵围庐州，后为岳飞部将牛皋击退。绍兴十一年（1141）正月，金兀术破寿春，入庐州。次月，宋军击败兀术，收复庐州。③西楚：战国时楚地有西楚、东楚、南楚之分。庐州属古西楚地。 ④荼蘼：或作酴醾，花名，暮春开花。苏轼《杜沂游武昌以酴醾花菩萨泉见饷》之一：“酴醾不争春，寂寞开最晚。” ⑤分付：本为分别付给之义，此处作摆脱解。

## 水龙吟

曾相生日①

海榴红暖②。圆荷翠小，榭阁薰风浅。真人抚运③。云龙相际[④],真贤载诞[⑤]。鲁国元勋,相门接踵,传家非远[⑥]。辅中兴大业,折冲邻壤[⑦],扶红日、上霄汉。　端是清明重见。范陶镕、咸收群彦[⑧]。垂绅正笏[⑨],炉烟不动,宸廷闲燕[⑩]。天地平成[⑪],父尧子舜,永膺宸眷[⑫]。赐我公岁岁,恩荣锡命[⑬],向黄金殿。

[**注释**]

①曾相:当即曾怀。怀字钦道,晋江(今属福建)人。乾道八年(1172)除参知政事,次年为右丞相。　②海榴:即石榴。　③真人:此指皇帝。　抚运:犹言主宰国运。　④"云龙"句:《易经》有"云从龙,风从虎"之说,后因以云龙相际比喻君臣相得。　⑤载诞:诞生,载为语气词。　⑥"鲁国"三句:鲁国元勋指曾公亮,公亮为仁宗、英宗、神宗朝宰辅之一,封鲁国公。其子曾孝宽于熙宁元年除枢密直学士、签书枢密院事。曾怀殆为公亮裔孙,故云"相门接踵,传家非远"。　⑦折冲:使敌人战车返回,原意为击退敌人,后亦用来借指外交谈判。　⑧范:规范,模式。　陶镕:本义为制造陶器及熔铸金属器物,引申义为培育、造就。　群彦:众多英才。　⑨垂绅正笏:臣下侍奉皇帝时恭敬肃立状。《礼记·玉藻》:"凡侍于君,绅垂。"《疏》:"绅,大带也。身直则带倚,罄折则带垂。"欧阳修《相州昼锦堂记》:"垂绅正笏,不动声气,而措天下于泰山之安。"　⑩宸廷:犹朝廷。　⑪天地平成:出《尚书·大禹谟》"地平天成"。《传》:"水土治曰平,五行叙曰成。"平与成均为治理之意。　⑫"父尧"二句:父尧子舜指高宗与孝宗,高宗内禅于孝宗,故以尧舜为喻。　宸眷:帝王之恩宠。⑬锡命:天子赐予诸侯、大臣爵服等赏命。

## 水龙吟

送戴郎中漕荆襄[①]

晓云阁雨[②]。疏梅缀玉,麈尾闻谈吐。精忠许国,才华摛锦[③],尘劳释去[④]。六印雄图[⑤],百川明辨,苏张谁数[⑥]。有奇谋欲下,阴山族帐[⑦],惟英卫、可接武[⑧]。

想见临戎丰度[⑨]。慨然定、中原疆土。果惊一坐[⑩]，折冲遐裔[⑪]，嘉言循古[⑫]。安拊疲民[⑬]，静摧骄虏，无烦旗鼓。看功成、入辅中兴，永佐乾坤主。

［注释］

①戴郎中：名号不详。　漕荆襄：任荆湖北路漕官（转运使）。　②阁雨：止雨。　③摛：铺展。　锦：形容辞藻华丽。　④尘劳：俗务劳累。　⑤六印：即六国相印。战国时苏秦曾游说六国，为合从长，受六国相印。　⑥“百川”二句：百川喻辩才迅捷流畅，犹如百川灌洒；苏张指战国时纵横家苏秦和张仪。　⑦阴山族帐：指居于北方之少数民族。　阴山：泛指河套以北，大漠以南诸山。　族帐：少数民族聚族而居所张之帐幕。　⑧英卫：指初唐名将李勣与李靖。勣封英国公，靖封卫国公。　接武：与前人事业相接。　⑨临戎：来到战场。　⑩果惊一坐：用西汉陈遵故事。遵字孟公，哀帝末以功封嘉威侯，以好客称。时列侯有与同姓字者，每至入门，坐中莫不惊动，既至而非。因号曰“陈惊座”。更始时为大司马护军，留朔方，为人所杀。　⑪折冲遐裔：于边远地区从事外交谈判。　遐裔：边远地区之民族。　⑫嘉言：善言。　循古：遵循古人。　⑬安拊：同安抚。

## 宴清都

野水澄空，远山随眼，笋舆乘兴庐阜[①]。天池最极[②]，云溪最隐，翠迷归路。三峡两龙翔翥[③]。尽半月、犹贪杖屦[④]。闲引杯，相赏好处奇处，险处清处。　　凝伫[⑤]。道友重陪，西山胜迹[⑥]，玉隆风御[⑦]。滕阁下临[⑧]，晴峰万里，水云千古。飞觞且同豪举。喜醉客、龙吟度曲。待记成佳话，归时从头细数。

［注释］

①笋舆：轿子。　庐阜：即庐山。　②天池：庐山上有湖泊，名天池。　③三峡：指庐山名胜三峡涧。　两龙：喻瀑布。　翔翥：飞翔。　④杖

屦：扶杖漫步。　⑤凝伫：凝思，久立，即出神、发呆之意。　⑥西山：一名南昌山，即古散原山。王勃《滕王阁诗》“珠帘暮卷西山雨”即指此。　⑦玉隆：即玉隆观，道教宫观，在隆兴府（今江西南昌）。　⑧滕阁：即滕王阁，唐显庆四年(659)滕王李元婴为洪州都督时所建，后因诗人王勃作《滕王阁序》而著名，旧址在江西新建县西章江门上。

## 江神子

纮父以昔年梦诗寄为长短句[①]，因韵叙谢

帝俞赓载下方壶[②]。雨随车[③]，旷时无。尽道南丰[④]，仙骨秀而都[⑤]。光照丹丘人快睹[⑥]，金骙褭[⑦]，玉蟾蜍[⑧]。　自怜老景病仍臞[⑨]。芘微躯[⑩]，驻安舆[⑪]。暗润赤城[⑫]，风露喜踟蹰[⑬]。行矣相门还入相[⑭]，看惠爱，咏猗欤[⑮]。

[注释]

①纮父：即曾惇（字纮父），生卒不详，南丰（今属江西）人。曾纡子。高宗绍兴中，守台州、黄州。十八年(1148)，知镇江府。二十六年(1156)，知光州。曾以寿词谀秦桧。能诗词，有《曾纮父诗词》一卷，今不传。近人周泳先辑有《曾使君新词》，凡六首。　②帝：上帝。　俞：俞允，允许。　赓载：继续。方壶：传说中海上仙山，即方丈山。　③雨随车：《后汉书·郑弘传》“迁淮阳太守”注引谢承《后汉书》，“弘消息徭赋，政不烦苛。行春天旱，随车致雨。”意谓郑弘为政清明，以致感动上天，降下甘霖。后人常用此典以颂扬地方官吏之政绩。　④南丰：指曾惇，惇原籍江西南丰。　⑤都：貌美。⑥丹丘：神话中神仙之地。　⑦骙褭(yǎo niǎo)：神马名。《史记·司马相如列传》：“罥骙褭，射封豕。”《集解》引郭璞：“骙褭，神马，日行万里。”⑧玉蟾蜍：玉制蟾蜍。旧题汉刘歆《西京杂记》六“晋灵公家甚瑰壮……其馀器物皆朽烂不可别，唯玉蟾蜍一枚，大如拳，腹空，容五合水，光润如新”。⑨臞：又作“癯”，消瘦。　⑩芘：遮蔽，通“庇”。　⑪安舆：安车，老人或妇女乘坐之车。　⑫赤城：山名，在今浙江天台县北，曾惇曾于绍兴中守台州，故云“暗润赤城”。　⑬风露：风化及雨露，指地方官吏施行德政。踟蹰：来回走动。　⑭相门：曾惇之祖父曾布，徽宗时任尚书右仆射，故谓

其家为相门。 ⑮猗欤:叹美之词。《诗经·周颂·潜》:"猗与漆沮,潜有多鱼。" 欤:古作"与"。

## 满庭芳

白氎行缠[①],青巾包结,几年且混常流[②]。寰中谁见[③],心地自清幽。雨散昆仑顶上[④],香润遍、琼圃无忧[⑤]。灵芽长[⑥],如今寒暑,饥渴总何愁。 诸公,须著力,尘缘扫尽[⑦],师旨坚求[⑧]。看天边、飞金走玉难留[⑨]。住个庵儿不大[⑩],争恋得,月馆青楼[⑪]。台山里[⑫],从人一任,说个好苏州。

[注释]

①氎(dié)行缠:氎,细棉布。 行缠:缠腿布。 ②常流:平常人物一流。 ③寰中:犹言天下,宇内。 ④昆仑顶:道教内丹名词。《上清黄庭内景经》:"太一流珠安昆仑。"务成子注:"太一流珠谓目精。《洞神经》云,头为三台君,又为昆仑,指上丹田也;又云,脐为太一君,亦为昆仑,指下丹田也。"张伯端《西江月》:"河车不敢暂停留,运入昆仑峰顶。" ⑤琼圃:道家称炼丹材料为"八琼",琼圃即八琼之圃。 ⑥灵芽:即道家炼丹所云黄芽。《参同契》卷上:"玄含黄芽,五金之主。" ⑦尘缘:佛教以色、声、香、味、触、法为六尘(又名六境),称其为污染人心、使生嗜欲之根缘,故称尘缘。 ⑧师旨:师父所教内容之旨要。 ⑨飞金走玉:即日明奔驰。金即金乌,太阳别称;玉即玉兔,月之别称。 ⑩庵儿:圆形草屋。 ⑪月馆青楼:指风月繁华之所。 ⑫台山:指天台山,在今浙江天台县。

## 满庭芳

玉景明心[①],木鸡修性[②],要须和会三家[③]。未知头面[④],何处认摩耶[⑤]。自有身中异境,藏巨浪、一点笼纱[⑥]。升沉际,难将赋得,有限逐无涯[⑦]。 时时,须点检,随缘遣性，何更兴嗟。那浩然独得，迥绝痕瑕。妙占熙风惠日，乘正气、三缕明霞[8]。真机运[9]，连环放下[10]，无处不光华。

［注释］

①玉景：即《黄庭内外玉景经》。　②木鸡修性："纪渻子为王养鬥鸡……十日又问，曰：'几矣，鸡虽有鸣者，已无变矣。望之似木鸡矣，其德全矣。异鸡无敢应者，反走矣。'"见《庄子·达生》。"似木鸡"即指其神识安闲，不动不惊，使他人之鸡见之反走。后因以木鸡喻修养深淳、能以静制动之人。　③和会：协和会同。　三家：指儒家、释家和道家。　④头面：容颜。　⑤摩耶：即摩耶夫人，全称摩诃摩耶，为释迦牟尼之生母。相传在生释迦牟尼后七天死去。　⑥"自有"二句：指道家内心修炼所达到之境界。　⑦"有限"句：本《庄子·养生主》"吾生也有涯，而知也无涯，以有涯随无涯，殆已"。《郭象注》："以有限之性，寻无极之知，安得而不困哉。"　⑧三缕明霞：指紫、白、黄三色之气，道家所谓"三素云"。⑨真机：自然造化。　⑩连环：喻世事纷繁，紧密相连而不可解。

## 满庭芳

风搅长空，霜飞平野，冷云常带遥山。乱鸦声断，烟霭有无间。气与寒威共凛，深绣户、帘幕重关。梅枝亚[1]，纤纤秀色，疏影小阑干。　　相携，同好景，窥檐望雪，呵手低鬟。笑语里，都言雪意非悭。有个红炉暖处，围兽炭[2]、不管宵残。从教醉，添香倚玉[3]，门外任清寒。

［注释］

①亚：通"压"，低垂状。　②兽炭：制成兽形之炭。　③倚玉："蒹葭倚玉树"之略称。《世说新语·容止》："魏明帝使后弟毛曾与夏侯玄共坐，时人谓'蒹葭倚玉树'。"此处以蒹葭自喻，玉树喻美女。

## 选冠子

淮上兀坐，等待取接，因得汉使一词，他日歌之①

细柳排空，高榆拥岸，乍觉楚天秋意。凉随夜雨，望极长淮，孤馆漫成留滞。天净无云，浪痕清影，窗户闲临烟水。叹驱驰尘事，殊喜萧散，暂来闲适。　常念想、圣主垂衣，临朝北顾②，泛遣聊宽忧寄。氈轩载揽③，虎节严持④，谈笑挂帆千里。凭仗皇威，滥陪枢筦⑤，一语折冲遐裔⑥。待归来，瞻对龙颜，须知有喜。

［注释］

①作者于绍兴十一年(1141)秋出使金邦，本篇当作于此时。　兀坐：独自端坐。苏轼《客位假寐》诗："谒入不得去，兀坐如枯株。"　②圣主垂衣：垂衣而治，当指高宗。　北顾：关心北方。《宋书·索虏传》载南朝宋文帝刘义隆诗："惆怅惧迁逝，北顾涕交流。"　③氈轩：使臣所乘之轻车。　载揽：即登车揽辔。《后汉书·范滂传》："滂登车揽辔，慨然有澄清天下之志。"　④虎节：使节所持虎形信物。《周礼·地官·掌节》："凡邦国之使节，山国用虎节，土国用人节，泽国用龙节。"　⑤滥陪枢筦：枢筦即枢管，宋代特指枢密院。绍兴十一年(1141)，宋金和议成，宋以何铸签书枢密院事奉表称臣于金，作者为副使，故云"滥陪"。　⑥遐裔：边远之地，此指金邦。

## 选冠子

宿石门①

秀木撑空，凝云藏岫，处处群山横翠。霜风冽面，酒力潜消，征辔暂指天际②。红叶黄花，水光山色，常爱晓云晴霁。念尘埃眯眼，年华易老，觉远行非易。　常自感、羽客难寻③，蓬莱难到④，强作林泉活计⑤。鱼依密藻，雁过烟空[⑥],家信渐遥千里。还是关河冷落,斜阳衰草,苇村山驿。又鸡声茅店[⑦],鸦啼露井重唤起[⑧]。

[注释]

①宿石门:此篇当作于使金途中。古时名“石门”之地甚多,此处所指不详。 ②征辔:指远行所乘之车马。 辔:马缰。 ③羽客:道士。唐魏知古《玄元观寻李先生不遇》诗:“羽客今何在,空寻伊洛间”。 ④蓬莱:神话中海外仙山。 ⑤活计:生计。 ⑥“鱼依”二句:鱼藏于密藻和雁飞过烟空,均难见其踪影。两句意为不见音书。鱼、雁暗喻信使。 密藻:茂密之水草。 烟空:烟云弥漫之天空。 ⑦鸡声茅店:住宿于简陋之客店,闻鸡鸣即启程,以形容旅途辛劳。唐温庭筠《商山早行》:“鸡声茅店月,人迹板桥霜”。 ⑧“鸦啼”句:化用秦观《菩萨蛮》“毕竟不成眠,鸦啼金井寒”句意。 露井:无覆盖之井。

## 定风波

雪后篱边冷未晴[①],江天浓淡暗还明。断续流香传玉蓓[②]。心醉。临风嗅蕊不胜清。 映竹幽姿深有思,何似?照溪真色更多情。待得微酸藏傅粉[③],黄嫩。湿云潜放雨轻轻[④]。

[注释]

①雪后篱边:本林逋《梅花》诗“雪后园林才半树,水边篱落忽横枝”。 ②玉蓓:花苞。 ③微酸藏傅粉:指梅子成熟。 ④“湿云”句:指梅雨。

## 祝英台

晚寒浓,残雪重,春意在何许。萼绿仙姿,海上未飞去[①]。粲粲玉立丰标[②],天寒日暮,笑东风、不曾轻付。 几凝伫[3]。闲为写出横斜[4]，无声断肠句。常对幽情，何事更重赋。待约他日貂裘[5]，玉溪清夜，喷龙吟、月明徐步[6]。

[注释]

①“萼绿”二句：萼绿，指萼绿梅。宋范成大《范村梅谱》：“绿萼梅，凡梅花跗蒂皆绛紫色，惟此纯绿，枝梗亦青，特为清高，好事者比之九嶷仙人萼绿华。” ②粲粲：鲜明貌。 ③几凝伫：几次久立凝思。 ④横斜：本林逋《山园小梅》诗“疏影横斜水清浅，暗香浮动月黄昏。” ⑤貂裘：“貂裘换酒”之省称。晋阮孚为黄门侍郎散骑常侍，尝以金貂换酒，为有司弹劾，后因以“貂裘换酒”形容放浪不羁行为。 ⑥龙吟：指笛声。笛曲有《梅花落》，故云。南朝梁刘孝先《咏竹诗》：“谁能制长笛，当为作龙吟。”

## 二郎神

半阴未雨。霁晓寒、轻烟薄暮。乍过了挑青[1]，名园深院，把酒偏宜细步。满槛梅花，绕堤溪柳，径暖迁莺相语[2]。春澹澹，渐觉清明，相傍小桃才吐。　凝伫。山村水馆，难堪羁旅。甚觑著花开，频惊屈指，谩写奚奴丽句[3]。幸有家山[4]，青鸾应报[5]，为我整齐歌舞。一任待，醉倚群红，花沾酒污。

[注释]

①挑青：挑菜、踏青之合称。旧俗以农历二月初二为挑菜节，或称踏青节。秦观《沁园春》：“绮陌上，见踏青挑菜，游女成行。” ②迁莺：莺鸟。《诗经·小雅·伐木》：“伐木丁丁，鸟鸣嘤嘤。出自幽谷，迁于乔木。”迁莺即迁于乔木之莺。 ③奚奴丽句：指唐李贺所作诗句。《新唐书·李贺传》：“从小奚奴背古锦囊，遇所得书投囊中。” 奚奴：奴仆。 ④家山：家乡。 ⑤青鸾：传说中凤凰一类神鸟。因班固《汉武故事》有“青鸟如鸾”，为西王母使者的记载，故后世常以青鸾为使者之代称。

## 满路花

清都山水客[①],何事入临安[②]。珍祠天赐与[③],半生闲。曲池人静,水击赤乌蟠[④]。飞上烟岚顶,三缕明霞照晚,时对胎仙[⑤]。 圃中有个小庭轩,才到便翛然[⑥]。坐来闲看了,篆香残[⑦]。道人活计,休道出尘难。归去后、安排著,一緉麻鞋[⑧],定期踏遍名山。

[注释]

①清都:原指天帝所居宫阙,此处泛指神仙世界。朱敦儒《鹧鸪天》:“我是清都山水郎。” ②临安:今浙江杭州,宋绍兴八年在此定都,为南宋朝廷所在地。 ③珍祠:犹言宝祠。指道教宫观。 天赐与:皇帝赐与。 ④赤乌蟠:赤乌,古代传说中三足神鸟。 蟠:盘踞。 ⑤胎仙:即仙鹤。古人以为鹤胎生,又有仙禽之称,故以胎仙名之。 ⑥翛然:自然超脱貌。 ⑦篆香:即盘香。 ⑧一緉麻鞋:緉,同“两”,计算鞋子之量词,“一緉”即一双。

## 木兰花慢

断虹收霁雨,卷帘幕、与风期[①]。正燕子将雏[②],莺儿弄巧[③],日影迟迟。荼蘼。牡丹过也,但游丝、上下网晴晖。三月韶华,转头易失,密荫匀齐。 常思,入夏景偏奇。是梅雨霁微。更乍著轻纱,凉摇素羽[④],翠点清池[⑤]。还思,故山旧隐,想葱茏、翠竹锁窗扉。独倚西楼谩久[⑥],此怀冷淡谁知。

[注释]

①期:会合。 ②将雏:携带幼鸟。 ③弄巧:玩弄巧舌。 ④素羽:白羽扇。 ⑤翠:翡翠鸟。 ⑥谩久:时间漫长。谩,通“漫”。

## 念奴娇

送李士举①

公家世德，建凌烟勋业，中兴长策②。三十年来，皆帝扆殊选③，金瓯名迹④。眷倚江南⑤，澄清一道⑥，遴柬惟公得⑦。西清严秘⑧，龙光高动奎壁⑨。　深殿衣惹天香⑩，皇华原野⑪，接萧萧秋色。六筦均输行奏课⑫，唐室家声皆识⑬。老我相逢，萍蓬飘转⑭，晚景俱头白。西山南浦⑮，遡风衰泪横臆⑯。

［注释］

①李士举：名邦献，士举为其字，怀州人，仕至江西转运副使。　②"公家"三句：凌烟，即凌烟阁，封建王朝为表彰功臣而建。李邦献为李邦彦之弟。李邦彦于宣和间拜少宰，靖康时升太宰，但以阿顺趋谄为事，时人目为"浪子宰相"。建炎初，以主和误国被逐，浔州安置。所谓"中兴长策"，当指"主和"而言。　③帝扆殊选：皇帝左右之特殊人选。　扆：帝座后面画有斧形之屏风，此指帝座左右。　④金瓯名迹：金瓯，金制瓯器（钵盂之类）。唐李德裕《次柳氏旧闻》："玄宗善八分书，凡命相，皆先以御笔书其姓名，置案上。会太子入侍，上举金瓯覆其名，以告之，曰：此宰相名也，汝庸知其谁也？即射中，赐尔卮酒。肃宗拜而称曰：非崔琳、卢从愿乎？上曰：然。因举瓯而示之。"后世因以"金瓯覆字"称皇帝择相。　名迹：名声及事迹。　⑤眷倚江南：信赖倚重江南地区。　⑥道：古代行政区划。　⑦遴柬：审慎选拔人材。　⑧西清：语出《汉书·司马相如传》"象舆婉僤于西清"。《注》："西清者，西厢清静之处也。"　严秘：指皇家藏书处，即秘书省。　⑨龙光：指文彩。　奎壁：星宿名，即"二十八宿"中的奎宿与壁宿。　⑩天香：宫中祀神之香。宋吴自牧《梦粱录》一："元旦侵晨，禁中景阳钟罢，主上精虔炷天香。"　⑪皇华：《诗经·小雅》有《皇皇者华》篇，《诗序》以为君遣使臣之作，后因以"皇华"称奉命出使。　⑫六筦：西汉末王莽设六筦之令，对酤酒、卖盐、铁器、铸钱及从名山大泽开采者，均由政府统一主管征税。　均输：亦为经济措施之一。汉武帝时有均输令、

丞,统一征收、买卖和运输货物。北宋王安石所行新法中有均输法。　奏课:上交赋税收入。　⑬"唐室"句:此以李邦献为唐朝宗室之后。　家声:家世名声。　⑭萍蓬:浮萍与飞蓬,均喻飘泊者。　⑮西山南浦:语出唐王勃《滕王阁诗》"画栋朝飞南浦云,珠帘暮卷西山雨"。　⑯遡风:临风。

## 念奴娇

瑑冰铸雪①,赋神情天壤②,无伦香泽。月女霜娥③,直是有如许,清明姿色。细玉钗梁,温琼环佩④,语好新音发。相逢一笑,桂宫连夜寒彻⑤。　应是第一瑶台⑥,水晶宫殿里⑦,飞升仙列。小谪尘寰缘契合,同饮银浆凝结⑧。醉里归来,魂清骨醒,乍向层城别⑨。晓风吹袂,冷香犹带残月。

[注释]

①瑑(zhuàn)冰铸雪:用冰雪塑制。　瑑:在玉器上雕饰凸纹。　②神情:精神意态。　天壤:即天地,天地长存,故以天壤喻长久不衰。　③月女霜娥:指月中女神嫦娥。　④温琼:温润柔和之美玉。　⑤桂宫:神话谓月中有桂树,故称月宫为桂宫。南朝梁沈约《登台望秋月》诗:"桂宫袅袅落桂枝,早寒凄凄凝白露。"　⑥瑶台:神话中神仙居处。旧题晋王嘉《拾遗记》云昆仑上第九层"傍有瑶台十二,各广千步,皆五色玉为台基。"　⑦水晶宫殿:又称水精宫,传说中用水晶建造之宫殿。南朝梁任昉《述异记》:"阖闾构水精宫,尤极珍怪,皆出之水府。"　⑧银浆:神话中仙人之饮料。　⑨层城:古代神话谓昆仑山有层城九重,其上层为太帝所居。汉张衡《思玄赋》:"登阆风之层城兮,构不死而为床。"

## 念奴娇

持节道京城[①],中秋日

五门照日[②],是真人膺箓,炎图家国[③]。二百年来,抚四海安乐,六服承德[④]。虎旅横江[⑤],胡尘眯眼,恨有中原隔。宫城缺处,望来消尽金碧[⑥]。　征辔暂款神州[⑦],期宽北顾[⑧],且驰驱朝夕。皓彩流天宁忍见[⑨],双阙笼秋月色[⑩]。欲饮无憀[⑪],还成长叹,清泪空横臆。请缨无路[⑫],异时林下犹忆。

[注释]

①持节:奉旨出使所持使节。　京城:指汴京。绍兴十一年(1141)秋,曾使金,途过汴京。　②五门:古传天子有五门。自内至外有路门(或作毕门)、应门、皋门、雉门和库门。　③炎图:宋朝自称以火德王,故称炎宋。图即版图。　④六服承德:周代将王畿周围之地,根据远近,分为"六服",即侯服、甸服、男服、采服、卫服和蛮服。《尚书·周官》:"六服群辟,罔不承德。"　⑤虎旅:指军队,犹言雄师。　横江:列布江边。　⑥金碧:金色与碧色,指原有宫殿建筑物。　⑦款:留止。　⑧期宽北顾:犹言暂缓北伐。⑨皓彩:洁白之光彩,指月光。　⑩双阙:古代宫庙前所立之双柱。　⑪无憀:即无聊赖,感情上无所着落。　⑫请缨:《汉书·终军传》记终军使南越,自请"愿受长缨,必羁南越王而致之阙下"。后遂称自请击敌为"请缨"。

## 沁园春

早　春

春点烟红,露晞新绿[①],土膏渐香。散懒慵情性,寻幽选静,一筇烟雨[②],几处松篁。恨我求闲[③],已成迟暮,石浅泉甘难屡尝。犹堪去,向清风皓月,南涧东冈。　如今雁断三湘[4]。念酒伴、不来梅自芳。幸隐居药馆[5]，孙登啸咏[6]，从容云水，无负年光。且共山间，琴书朋旧，时饮无何游醉乡。归常是，趁前村桑柘，犹挂残阳。

[注释]

①晞：干。　②筇：筇杖，竹杖。　③求闲：自请退休。　④雁断三湘：三湘，旧时说法不一，一般泛称湖南湘江流域一带。古人以为，大雁南飞，至衡阳（今湖南省内）而止。故云。　⑤隐居药馆：即隐居山林、采药为生之意。　⑥孙登啸咏：孙登，魏晋间人。隐居汲郡山中，居土窟，好读《易经》，善啸。

## 沁园春

赠清虚先生[1]

五老横峰[2]，二林云衲[3]，自古洞天。喷玉龙飞[4]，下三峡水[5]，望香炉暗霭[6]，如起非烟[7]。有个真人[8]，拨云峰下，宴坐修真不记年。明廷诏[9]，看龙翔凤翥[10]，宸制奎篇[11]。　君臣际会诚难[12]。耸翠阁、频颁宝墨鲜。众妙门皆向[13]，微言显启[14]，两朝天德，甘涌神泉。道化承平[15]，应稽升举[16]，且向人间寻有缘。掀髯笑，做庐山隐逸，大宋神仙。

[注释]

①清虚先生：本名皇甫坦，道教徒，善医术。绍兴中高宗召见引治显仁太后目疾立愈，帝书"清虚"二字以名其庵舍。见《建炎以来系年要录》。　②五老横峰：庐山有五老峰，其形如河中虞乡县前五老之形，故名。　③二林：指庐山东林寺与西林寺。　云衲：指隐居山林之高僧。衲即衲子，僧人之代称。　④喷玉龙飞：喻瀑布。　⑤三峡水：庐山有三峡涧，在五老峰西，水行其间，声如雷霆，拟于长江三峡，故名。　⑥香炉：谓

庐山香炉峰。　暗霭：云气昏暗。　⑦非烟：祥云。　⑧真人：修性得道之人。　⑨明廷诏：皇帝诏书。明廷为皇帝祀神灵、朝诸侯之地。　⑩龙翔凤翥：犹言龙飞凤舞，赞美皇帝书法之词。　⑪宸制奎篇：皇帝亲作之文章。　奎：星名，主文。　⑫际会：遇合。　诚难：确实难得。　⑬众妙门：天地万物之玄理。《老子》："玄之又玄，众妙之门。"　⑭微言：精微之言。　⑮道化：道家之教化。　⑯应稽升举：应上天之稽核而升天。

## 青玉案

东风冉冉迟芳昼[①]。渐黄缀、疏疏柳。为惜春来通安否。可能相就，径须图醉，莫问伤春瘦。　陶然共酌新醅酒[②]。咏好句、须还凤楼手[③]。唱了新词归来后。琐窗香暗，语声和笑，喜入灯花秀。

[注释]

①迟：舒和貌。　迟芳昼：即春日迟迟。　②醅：未滤之酒。白居易《问刘十九》诗："绿蚁新醅酒，红泥小火炉。晚来天欲雪，能饮一杯无。"本篇多化用其意。　③凤楼手：古称能文之士为五凤楼手，见《新唐书·元德秀传》。宋曾慥《类说·谈苑》：韩洎语人曰："吾兄（韩浦）为文，譬如绳枢草舍，聊庇风雨；予之为文，如造五凤楼手。"此处称誉友人。

## 青玉案

尘埃踏遍长安道[①]。念云水、归来好[②]。趁得梅花先春到。冷云疏雨，暗香寒艳，万玉明清晓。　青鞋黄帽从渠笑[③]。粲十里、冰姿步时绕[④]。正怕和风都过了。已输高士，锦囊翻句，醉后先倾倒。

[注释]

①长安道：长安（今陕西西安）为汉唐古都，后世因以长安为帝都之通

称。长安道即指求取功名利禄之途而言。 ②云水:喻到处流浪,犹如行云流水。 ③青鞋黄帽:山野之人服装。 ④粲:鲜明貌。 步时绕:随时序变化而缠绕。

## 虞美人

风流贺监栽培好[①],梅最妍姿巧。娟娟占得入时妆[②]。秀影横斜香并[③]、彩鸳鸯。 汉皋解佩当时遇[④],绿满经行处。如今清梦已惊残。赖向君家窗户、得重看。

[注释]

①风流贺监:指唐诗人贺知章。贺知章曾授秘书监,性旷夷,清谈风流,故称风流贺监。 ②娟娟:明媚美好貌。 入时妆:合于时俗好尚之妆扮。 ③秀影横斜:化用宋林逋《山园小梅》"疏影横斜水清浅"。④汉皋解佩:《列仙传》卷上云,"江妃二女出游于江汉之湄,逢郑交甫。交甫见而悦之,下请其佩。二女解佩与交甫,交甫受而怀之。趋去数十步,视佩,空怀无佩。顾二女,忽然不见"。 汉皋:山名,在今湖北襄阳县西北。

## 虞美人

芙蓉露下闲庭晚[①],犹觉秋容浅。惊心莫道岁华赊,已有官梅轻放、小春花[②]。 西风河汉溪流月,月下疏疏雪。新妆喜是寿阳人,鸾鉴不劳呵手、对寒云。

[注释]

①芙蓉:木芙蓉,秋天开花。 芙蓉露下:本南北朝萧懿《秋夜》诗"芙蓉露下落,杨柳月中疏"。 ②官梅:官府所种之梅。南朝梁诗人何逊任扬州法曹时,值官舍梅花盛放,逊吟咏其下。后逊居洛,仍思梅不已,因求再任扬州。此暗用其事。

## 阮郎归

谁将春信到长安，江南腊向残[①]。玉妃何事在人间[②]，冰肌莹素颜。　新月上，怯轻寒，香心破紫檀[③]。数枝斜傍小亭闲，黄昏人倚阑。

[注释]

①向残：近残。　②玉妃：喻梅花。皮日休《行次野梅》："茑拂萝捎一树梅，玉妃无侣独裴回。"　③"香心"句：此云花心似紫檀色。范成大《范村梅谱》称腊梅中"最先开，色深黄，如紫檀，花密香浓，名檀香梅，此品最佳"。

## 阮郎归

玉宸赐得水云身[①]，初欣不佩绅[②]。烟霞一任著衣巾，朝中散袒人[③]。　湖水静，了无尘，语兼天上春。道人相见肯情亲，银钩墨尚新[④]。

[注释]

①玉宸：帝王宫殿，借指皇帝。　水云身：即能放浪江湖、遨游于水云之际的自由之身。　②不佩绅：绅为束在腰间一头垂下之大带，任官职必须佩绅。不佩绅即"无官一身轻"之意。　③散袒人：自由放肆之人。　散：散漫。　袒：脱衣露体。　④银钩：即铁画银钩。指笔势遒劲之书法。

## 菩萨蛮

乱山影直危楼起[①]，天涯目断雕阑倚。寂寞过东风，行宫烟雨中[②]。　长安何处日[③]，城郭今寒食。谁待翠华归[④]，片云天际飞。

[注释]

①危楼:高楼。 ②行宫:指南宋在行都临安(今浙江杭州)之宫殿。 ③长安:此借指汴京。 ④翠华:旗竿顶上饰有翠羽之旗,为皇帝仪仗。诗文中常以翠华借指皇帝。

## 菩萨蛮

天台不是登长道[①],浑如弱水烟波渺[②]。楼上指归程,春风无限情。 石桥书不到[③],雁阵横空杳。愁绪比遥峰,依依千万重。

[注释]

①天台:山名,在今浙江天台县北。 ②弱水:古人原称水浅或地僻难通舟楫之河流为弱水,后又将其神话化,称围绕仙境有"鸿毛不浮"之弱水。 ③石桥:山名,在天台之北,两山并峙,上有天然石梁,悬架两崖间。

## 菩萨蛮

和贺子忱[①]

琴堂窗户清无暑,宫妆争捧黄金注[②]。劝我醉秋风,难辞两脸红。 别来三堕叶[③],同是修门客[④]。十载叹萍蓬,方欣一笑同。

[注释]

①贺子忱:名允中,曾任权礼部侍郎,尚书等职,绍兴二十九年除参知政事。 ②注:投,击。《庄子·达生》:"以瓦注者巧,以钩注者惮,以黄金注者昏。" 争捧黄金注:即争相以金钟劝饮。 ③三堕叶:即三年。 ④修门:都城之门。《楚辞·招魂》:"魂兮归来,入修门些。"王逸注:"修门,郢城门也。"

## 清平乐

去年春破[①]，强半途中过。日日蓬窗眠了坐[②]，饱听吴音楚些[③]。　今年犹在天涯，客情触处思家[④]。柳密何人深院，竹疏特地桃花[⑤]。

**[注释]**

①春破：春过。　②蓬窗：船窗。　③吴音楚些（suò）：吴地和楚地的方言和乐曲。《楚辞·招魂》句尾均有“些”字，为楚地特有之语气词。故后人常以“楚些”泛指楚地的方言与乐调。　④触处：犹言处处，到处。　⑤特地：特别。

## 清平乐

风休雨罢，三五春寒夜[①]。翠额重帘何妨下，一炷非兰非麝。　红莲开遍吴宫，华灯小试房栊[②]。客里愁须强遣，从来我辈情钟[③]。

**[注释]**

①三五：农历正月十五日。《古诗十九首》之十八：“三五明月夜。”　②房栊：窗户。　③情钟：指情之所聚。《世说新语·伤逝》记王戎语：“圣人忘情，最下不及情，情之所钟，正在我辈。”

## 清平乐

春前别后，常是双眉皱。生怕莺声催残漏，梦破闲衾堆绣。　又还玉露金风[①]，秋声先到房栊。川上不传尺素[②]，云间犹望飞鸿[③]。

[注释]

①玉露:晶莹如玉之露水。　金风:秋风。古人常以玉露金风喻秋天。　②尺素:鱼书,书信。古人写信作文用长一尺左右之绢帛,称尺素。《饮马长城窟行》:"客从远方来,遗我双鲤鱼。呼儿烹鲤鱼,中有尺素书。"故尺素又称"鱼书"。　③飞鸿:古有鸿雁传书之说,故以飞鸿代指传信之人。

## 点绛唇

秋雨弥空,冷侵窗户琴书润。四檐成韵[①],孤坐无人问。　　壮志消沉,喜入清闲运。常安分,炷烟飘尽,更拨馀香烬。

[注释]

①四檐:四边屋檐。　韵:和谐之音。　四檐成韵:指四檐雨水形成之音响。

## 点绛唇

惨惨春阴[①],画桡寒漾梅风去[②]。冷风吹度,愁入淮山路[③]。　　歌扇归期[④],只恐春城暮。人何处,柳汀烟渚[⑤],听尽篷窗雨。

[注释]

①惨惨:昏暗貌。　②画桡:游船。　③淮山路:淮河两岸一带。　④歌扇:歌女歌舞时所持之扇,此处借指歌女。　⑤柳汀:栽有柳树的水中小洲。　烟渚:烟雾所笼罩的水中小块陆地。

## 点绛唇

晓日浓阴,冷云遮断山无数。雁飞筝柱[①],都向愁边去。　帘影沉沉，一缕芳香度。深庭户，且寻观聚，雪意还成雨。

[注释]

①雁飞筝柱：古筝有柱十三，斜列如雁行，故有雁柱之称。

## 点绛唇

昏旦交时[①]，个中已有甘香味。咽同真液[②]，便觉温温地。　八一高蟠[③]，光动重楼外。但留意，自然和气，香满昆仑水[④]。

[注释]

①昏旦交时：指黎明时分。　②真液：犹仙液。　③八一：即九九，古人以为符合天道之数。　④昆仑水：道教内丹术语。昆仑指脑海或上丹田，水即神水。

## 浣溪沙

翠袖携持婉有情，湘筠犀轴巧装成[①]。声随一苇更分明[②]。　倚竹双丝明玉细[③]，低眉数曲语莺轻。转移新韵几多声。

[注释]

①湘筠：即湘竹。　犀轴：以犀角为轴，此指笛、箫之类乐器。　②一苇：此指古乐器苇籥。《礼记·明堂位》："土鼓桴、苇籥，伊耆氏之乐也。"《疏》："苇籥者，谓截苇为籥。"　③倚竹双丝：用两根弦的拉弦乐器，疑即沈括《补笔谈·乐律》中所云嵇琴（或称奚琴），据陈旸《乐书》，此琴在宋时是用竹片在两弦间擦奏的。

## 浣溪沙

玉柱檀槽立锦筵[①]，低眉信手曲初传[②]。凤凰飞上四条弦[③]。　杨柳已吹三叠韵[④]，何须人在九江船[⑤]。夜凉人与月婵娟[⑥]。

［注释］

①玉柱：弦乐器上系弦所用之柱，有以玉制成者。　檀槽：弦乐器上架弦所用格子，檀木制成。此指琵琶。　②低眉：低着头。白居易《琵琶行》："低眉信手续续弹，说尽心中无限事。"　③凤凰：此指音律。《吕氏春秋·古乐》："听凤皇之鸣，以别十二律。其雄鸣为六，雌鸣亦六，以比黄钟之宫适合。"故音律又称凤律。　④"杨柳"句：三叠韵指古曲《阳关三叠》，此乃送别之曲，以王维《送元二使安西》诗重叠而成。古有折柳送别之习俗，故以"杨柳"寓送别之意。　⑤九江船：白居易《琵琶行》写于九江船上听商妇奏琵琶，此用其典。　⑥婵娟：谓形态美好。

## 酒泉子

霜护云低[①]，竹外斜枝初璀璨[②]。仙风吹堕玉钿新[③]，度清芬。　欺寒冰艳了无尘[④]，不占纷纷桃李径[⑤]。一庭疏影冷摇春、月黄昏[⑥]。

［注释］

①霜护云低：谓云凝霜降之天气。费衮《梁溪漫志》七《方言入诗》："九月霜降而云，谓之护霜。"霜护即护霜之倒文。　②"竹外"句：苏轼《和秦太虚梅花诗》"竹外一枝斜更好"。　璀璨：色彩鲜明。　③玉钿：犹言玉花。此喻落梅。　④欺寒：寒欺梅花之意。　欺：《全宋词》作"叹"，误。此据《彊村丛书》本。　⑤桃李径：《史记·李将军列传》"桃李不言，下自成蹊"。谓观赏桃李人众，桃李下能踩成蹊径。　冷摇春：摇曳于春寒之中。　⑥月黄昏：暗用赵师雄罗浮山遇梅花仙子之典。

[集评]

朱敦儒云:"读二词(此词及《谒金门·春待去》),洒然变俚耳之焰烟,还古风之丽则,宛转有馀味也。盖治世安乐之音欤。恨无韩娥曼声长歌,以释予幽忧穷厄之疾。但诵数过,增老夫暮年之叹。"(《朱希真跋》)

## 酒泉子

爱景催暄[①],初向晴梢舒玉点。修筠霭霭隔婵娟[②],更清妍。　　东风欲到冷霜天,常记孤山残雪路[③]。一枝流水小桥边、卧疏烟。

[注释]

①暄:温暖。　②修筠:修竹,长竹。　霭霭:云盛貌,此处喻竹林繁密。　婵娟:形态美好,此处代指梅花。　③孤山:在今浙江杭州西湖里外二湖之间。宋初林逋隐居于此,植梅养鹤,有梅径鹤冢遗址。

## 酒泉子

惨惨西风,人与两州俱不见[①]。一江残照落霞红、橹声中[②]。　　汀花蘋草六朝空[③],人向赏心增远恨[④],闲云犹绕建康宫、古今同[⑤]。

[注释]

①两州:指长江下游江心中之瓜洲与白鹭洲。《说文》:"水中可居曰州。"　②橹:划船工具。　③六朝:指以建业(晋以后改建康,即今江苏南京市)为首都之六个朝代:三国吴、东晋、宋、齐、梁、陈。　④赏心:建康有赏心亭,下临秦淮河。　⑤建康宫:指六朝宫殿遗址。　古今同:指南宋王朝同六朝同样偏安江左。

## 酒泉子

帘幕闲垂，密密围毡红兽暖[①]。有人陌上冷征衣、未成归。　檐间鹊语卜归期[②]，应是疑人犹驻马，琐窗日影又还西、翠眉低。

[注释]

①红兽：烧红之兽炭（制成兽形的炭）。　②鹊语：喜鹊噪鸣，俗以为吉兆。唐权德舆《相思曲》："鹊语临汝镜，花飞落绣床。"

## 朝中措

一封清诏下金銮，临遣讲邻欢[①]。谁问火云挥汗[②]，要看易水摇寒[③]。　何妨谈笑，平和志节，可障狂澜。预约黄花前后[④]，殊庭瞻对宸颜[⑤]。

[注释]

①临遣：被派遣。　讲：媾和。　邻欢：与邻邦结交。作者曾数度使金，除绍兴十一年使金外，又于绍兴二十九年六月为奉表称谢副使使金，此当指后者。　②火云挥汗：谓赤云之下，挥汗出行。杜甫《送梓州李使君之任》诗："火云挥汗日，山驿醒心泉。"　③易水摇寒：以荆轲入秦不返自喻。战国荆轲《易水歌》："风萧萧兮易水寒，壮士一去兮不复还。"　④黄花前后：指深秋九月。黄花即菊花。　⑤"殊庭"句：谓将于异邦求见被扣押钦宗之事。

## 朝中措

宝筝偏劝酒杯深，歌舞乍沉沉。秀指十三弦上[①]，挑吟击玉锵金[②]。　牙台锦面[③]，轻移雁柱[④]，低转新音。

妙是不须银甲[⑤]，向人说尽芳心。

[注释]

①十三弦：指筝，筝为十三弦。 ②挑：弹奏弹拨乐器指法之一，顺手下拨为抹，反手上拨为挑。 挑吟：即弹唱。 击玉锵金：形容乐声犹如金玉。 ③牙台锦面：弹筝所用之台，以象牙、锦绣饰之。 ④雁柱：筝上架弦所设之柱，作雁行斜列，故名雁柱。 ⑤银甲：弹奏弹拨乐器时所用之假指甲，以银制成。

## 朝中措

送袁提举[①]

鸣珂揽辔玉霄东[②]，持节散陈红[③]。子舍已先多士[④]，一鞭同袅春风[⑤]。 西瓯旧治[⑥]，棠阴秀茂[⑦]，竹马迎逢[⑧]。正焙行驰金殿[⑨]，仙班看缀夔龙[⑩]。

[注释]

①袁提举：名不详，提举为宋时官职名。 ②鸣珂：指马，古时贵人之马以玉为饰，行则作响，谓之鸣珂。 玉霄东：指京城以东。 ③"持节"句：谓奉命放粮赈灾。 陈红：指陈腐变红之谷类。苏轼《再和并答杨次公》诗："聊复舣舟寻紫翠，不妨持节散陈红。" ④子舍：别于正房之旁室。 多士：士子众多。《诗经·大雅·文王》："济济多士。" ⑤袅（niǎo）：摇动。 ⑥西瓯：即郁林，今广西玉林县。 ⑦棠阴：相传周召公奭巡行南国，于棠树下听讼断案，后人思之，不忍伐其树。此用以称颂地方官所行之德政。 ⑧竹马迎逢：典出《后汉书·郭汲传》"始至行郡，到河西美稷，有童儿数百，各骑竹马，道次迎拜"。后因以此典称颂地方官吏，谓其深受群众欢迎。 ⑨"正焙"句：焙，微火烘烤曰焙，此处喻酷暑，全句意为冒暑而行。 ⑩仙班：翰林官阶清贵，故称入翰林院为列仙班。 夔龙：虞舜二臣，夔为乐官，龙为谏官。

## 西江月

### 琵 琶

弦泛龙香细拨[①],声回花底莺雏[②]。低眉信手巧工夫,犹带巫烟楚雨[③]。　　人占东风秀色,花笼宝髻真珠[④]。锦绦金凤要人扶,只恐乘鸾飞去[⑤]。

[注释]

①龙香细拨:龙香,木名。相传唐杨贵妃弹琵琶以逻沙檀为槽,以龙香柏为拨。　②花底莺雏:形容乐声轻快流利,犹如花底莺语。白居易《琵琶行》"间关莺语花底滑"为此句所本。　③"犹带"句:尚带有楚地之地方色彩。　④宝髻:宋代妇女流行髮式之一,即在高髻上插以花钿、钗簪之类首饰。　真珠:即珍珠。　⑤"锦绦"二句:南朝梁吴均《续齐谐志》云,汉宣帝赐霍光皂盖车,悉以金饰之。至夜,车辖上金凤凰亡去,至晓乃还。此以金凤喻人,谓当系以锦绦(丝带),防其飞去。

## 西江月

### 贺子忱家赏瑞香

春绣东风疑早,映檐翠箔低笼[①]。氤氲不是梦云空,叶密香繁侵冻[②]。　　折桂广寒手段,移来点检珍丛。醉归满载紫云浓,抱膝庵中仙种[③]。

[注释]

①翠箔:翠帘。　②侵冻:为冰冻所侵。　③抱膝庵:疑即贺子忱家斋名。　抱膝:抱膝而坐,有所思貌。《三国志·蜀书·诸葛亮传》裴《注》引《魏略》:"每晨夜从容,常抱膝长啸。"

## 谒金门

春待去，帘外连天飞絮。老大心情慵纵步[①]，草迷池上路。　　春去不知何处，欲问谁能分付。但有清阴遮院宇，晚莺和暮雨[②]。

［注释］

①老大心情：老年心情。　②“晚莺”句：晚间莺啼与雨声相和。

## 玉楼春

昔年曾到神清洞[①]，笑领希夷非夙梦[②]。看时须到月边乌[③]，养处且论铅与汞[④]。　　土膏仍有黄芽动[⑤]，神水浇香灵气种[⑥]。夜深谁伴玉琴闲，鹤在九华松露重。

［注释］

①神清洞：道家洞府名。　②笑领：含笑领悟。　希夷：道家哲学概念，表虚寂微妙，不可言状之物。《老子》：“视之不见名曰夷，听之不闻名曰希。”　夙梦：旧梦。　③月边乌：道家修炼内丹之术语。月指肾水中真汞。乌指日中三足乌，代表太阳，丹书中用以比喻心火中真铅。炼丹者认为若能使两者结合，便可求得长生。　④铅与汞：道家炼丹所用之原料。内丹派以汞喻心，属阳火，称为正阳之精；以铅喻肾，属阴水，藏元阳真气。两者都是炼丹之大药。　⑤“土膏”句：道家内丹派认为，炼丹时铅与汞之结合，须借土为中介，土在脾。土膏即活土。　黄芽：铅汞结合后所生之形状，又名丹头、根苗、真铅。　⑥神水：道家内丹术语。一指心之液，另指唾液。张伯端《满庭芳》：“种就黄芽病院，更须用、神水浇之。”

## 饮马歌

此腔自虏中传至边，饮牛马即横笛吹之，不鼓不拍，声甚凄断。闻兀术每遇对阵之际①，吹此则鏖战无还期也

边头春未到②，雪满交河道③。暮沙明残照，塞烽云间小④。断鸿悲⑤，陇月低⑥。泪湿征衣悄，岁华老。

（以上《松隐乐府》卷三）

[注释]

①兀术：即完颜宗弼，金太祖完颜旻第四子，金兵侵宋，屡为前锋。《金史》有传。 ②边头：边塞、边境之尽头。 ③交河通：通往交河之道路。 交河：古代边境城池，在今新疆吐鲁番县西北雅尔和屯。 ④塞烽：边塞之烽烟。 ⑤断鸿：失群孤雁。 ⑥陇月：陇山之月。陇山在今甘肃境内，偏僻荒凉，人谓其月色也呈低沉灰暗色调。

## 长寿仙促拍

太母生辰①

舜德日辉光②，正初冬盛期。东朝喜、诞生时③。向彤闱、清净均化有④，自然和气。长生久视⑤，金殿熙熙⑥。宴瑶池⑦。 袆衣俱侍、玳筵启⑧。花如锦、耀朝晖。太平际天子⑨，天下养、共瞻诚意⑩。南山虔祝⑪，亿万同岁。

[注释]

①太母：谓高宗生母韦氏，即显仁太后。 ②舜德：古帝虞舜以孝著称，故以舜德称颂帝王之孝行。 ③东朝：西汉太后所居长乐宫在未央宫东，称东朝，后因以为太后之代称。 ④彤闱：指宫中，闱为宫旁门，色赤，故名。 清净均化有：犹言清静无为而治。 化有：教化所及之州域。 ⑤长生久视：即长生不老。《老子》："有国之母，可以长久，是谓深根固柢，长和久视之道。" ⑥熙熙：温和欢乐貌。《老子》："众人熙熙，如享

太牢，如登春台。” ⑦瑶池：神话中西王母所居。《穆天子传》：“天子觞西王母于瑶池之上，西王母为天子谣。” ⑧袆衣：王后礼服，代称王后。 玳筵：以玳瑁装饰坐具之筵席，指华筵。 ⑨“太平”句：犹言天子正遇太平之时。 ⑩天下养：以天下供养太母。 ⑪南山：祝寿用语。《诗经·小雅·天保》：“如南山之寿，不骞不崩。”

## 长寿仙促拍

贵妃生日[①]

绛阙岧峣[②]，正春光到时。当人日、诞芳仪[③]。向宫壶、雅著徽誉美[④]，懿德无亏[⑤]。深被恩荣，金殿宴嬉，气融怡。 贤均樛木[⑥]，宜颂二南诗[⑦]。天心喜、锦筵启。阖部奏笙箫[⑧]，祝寿处、愿与山齐。年年常奉，明主禁掖。

[注释]

①贵妃：疑为高宗妃刘氏。 ②绛阙：宫殿门阙。岧峣：高峻，高耸。 ③人日：古时称农历正月初七为人日。 芳仪：指贵妃。 ④宫壶：即壶闱，内宫，帝王后妃住所。 徽誉：美好的声誉。 ⑤懿德：美德。 ⑥樛木：《诗经·国风·周南》篇名。《毛传》云：“樛木，后妃逮下也，言能逮下而无嫉妒之心焉。” ⑦二南诗：指《诗经·国风》中的《周南》与《召南》，古人以为其中大都为“美后妃之德”的作品。 ⑧部：指乐部，即乐队。 阖部：即全体乐队。

## 浣溪沙

西苑烟光倚槛新[①]，桃花艳艳静无尘。照溪红映一天云。 肯放落红流出水[②]，且寻歌舞赏明春。持杯知是洞中人[③]。

［注释］

①西苑：隋炀帝宫苑，唐时称紫苑，故址在今河南洛阳市西。此借指杭州西园。　②落红：落花。　肯放：怎肯放过。　③洞中人：洞府中人，即神仙。

## 浣溪沙

### 赏　梅

日上龙城散晓阴[①]，琼芳堂下玉成林。江梅开未十分深。　　随处锦亭穹帐暖[②]，冷香邀住入衣襟。酒肠判断付频斟[③]。

［注释］

①龙城：汉代匈奴都城名龙城，此当借指金上京会宁府，作者曾于绍兴十一年使金至此。　②穹帐：状似穹庐之帐篷。　③"酒肠判断"句：犹言以频斟来判明酒兴之高低。　酒肠：酒兴。韩愈《同宿联句》："为君开酒肠，颠倒舞相饮。"

## 酒泉子

连面霜风，野馆山村逢至日[①]。开怀欲殢酒杯空[②]、与谁同。　　一缄来信托飞鸿[③]，信里催归无限意。黄昏应是出房栊、夜香浓。

［注释］

①至日：此指冬至日。　②殢：殢酒，为酒所困。　③飞鸿：用雁帛传书典。

## 诉衷情

人情世态饱经过，眼也见来多。忙中掉得便去[①]，不是有人唆。　云似舞，水如歌，笑呵呵。这回还我，半世偎绥[②]，一味磨跎[③]。

[注释]

①掉得：掉得臂则去。　②偎绥：尾随，相依相伴。　③磨跎：消磨。

## 诉衷情

得抽头处好抽头[①]，等待几时休。贤且广张四至[②]，我早已优游。　黄道服，布钱绉，煞风流。往来熟后，也没惊怕，也没忧愁。

[注释]

①抽头：脱身。　②贤：你。　广张四至：古以田地、住宅或墓地的四限为四至。广张四至，即广泛扩张地盘。

## 朝中措

酴醾芳架引繁英[①]，香远透帘清。更与洛阳花市[②]，一齐移在宫庭。　琉璃万朵，娇红嫩紫，总是嘉名。殿阁真仙同赏[③]，天颜喜入欢声。

[注释]

①酴醾：荼醾。　②洛阳花市：民间风俗，每年春时举行赏花、卖花集市，名花市。因洛阳只称牡丹为花，故“洛阳花市”实指牡丹而言。　③殿阁真仙：唐宋时大学士均带殿阁衔，如集贤殿、龙图阁等，故称大学士为殿阁。真仙指担任清要职位如翰林之类官员。

## 朝中措

### 咏 雪

斜斜整整暗江湾，蓑笠有无间。应与君家却暑，冷看白满群山。　　想来何处，金炉焰兽[①]，玉斝酡颜[②]。好是溪涵寒影，山阴一棹人还[③]。

［注释］

①焰兽：兽炭燃烧时之火焰。　②玉斝：古代酒器，三足两柱，圆口平底。　酡颜：饮酒面红貌。　③“山阴”句：用王子猷雪夜访戴典故。

## 谒金门

### 咏木樨

香乍起，满院垂垂岩桂[①]。未卷珠帘香已至，酒杯言笑里。　　叶下茸金繁蕊[②]，别是清妍风致。更远随人闻细细，月华天似水。

［注释］

①岩桂：即木樨、桂花。　②茸金：细花似金。　繁蕊：花蕊繁密。此处形容金桂。

## 谒金门

春渐至，雪染梅梢轻细。试路新芜殊可喜[①]，冷云闲照水。　　白苎今年不寄[②]，最好且寻幽会[③]。不怕清寒侵紫绮[④]，看灯同晚醉。

[注释]

①试路新芜：新草初生的路径。 ②白苎：古乐府中有《白苎曲》，后世仿作者甚多，宋人借用为词牌名。 ③幽会：悄悄会面。 ④紫绮：紫色绮缯所制衣衫。宋代紫衫为军校服。南宋初，因战争频仍，文官亦多服紫衫。

## 玉蹀躞

雨过池台秋静，桂影凉清昼。槁叶喧空[1]，疏黄满堤柳。风外残菊枯荷，凭阑一饷[2]，犹喜冷香襟袖。 少欢偶，人道消愁须酒。酒又怕醒后。这般光景，愁怀煞难受。谁念千种秋情，乍凉虽好，还恨夜长时候。

[注释]

①槁叶：枯叶。 ②一饷：同"一晌"，短暂的时间。

## 水调歌头

江影浮空阔，江水拍天流。山藏地秘、伟观须是伟人收[1]。闻道烟斜雨暗，还留月底风边[2]，墨客一凝眸。阑槛随指顾，江海远生秋。 绣帘卷，开绮宴，翠香浮[3]。邹枚宾从俱咏[4]，韵闲出嘉谋。点点群山吴楚，历历三州灯火，潮落没沙鸥。老子会心处[5]，应已付南楼[6]。

[注释]

①山藏地秘：蕴蓄在大地山河之下的珍秘宝藏。 ②月底风边：清风明月，向称美景。 ③翠香：美女之香泽。 ④邹枚：指西汉文士邹阳与枚乘，两人均曾为梁孝王座上客，参与梁园游宴。 ⑤老子：自称，与"老夫"同。 会心处：用东晋简文帝故事。《世说新语·言语》："简文入华林园，顾谓左右曰：'会心处不必在远，翳然林水，便自有濠濮间想也。'"

相传庄子与惠施曾游于濠梁之上，庄子又曾钓于濮水，故濠濮被用作高人寄身闲居之地的代称，濠濮间想即逍遥闲游，寄情玄言之理想。　⑥南楼：古楼名，又名玩月楼，在今湖北鄂城县南。《世说新语·容止》曾记晋太尉庾亮在此与属僚吟咏戏谑事。

## 醉思仙

记华堂，对宝台绛蜡，红艳成行。亸乌云髻映[①]，浅浅宫妆。江梅媚，生嫩脸，莹素质、自有清香。歌喉稳，按镂版缓拍[②]，娇倚银床。　　天外行云驻[③]，轻尘暗落雕梁[④]。似晓莺历历，琼韵锵锵。别来久，春将老，但梦里、也思量。仗何人，细说与，为伊潘鬓成霜[⑤]。

[注释]

①亸：下垂貌。　②镂版：乐器，即刻镂有花纹图案之檀板。　③"天外"句：喻歌声嘹亮，响遏行云。　④"轻尘"句：用虞公歌，发声动梁上尘之典。　⑤潘鬓成霜：晋潘岳《秋兴赋序》云"余春秋三十有二，始见二毛"。后因以中年鬓髮初白为"潘鬓"。

## 江神子

### 岱父生日

南丰诗将驻灵江[①]。下明光[②]，惹天香。十雨五风[③]，连岁致丰穰[④]。初夏清和才四日，开寿席、宴华堂。严宸已奏二南章[⑤]。眷循良[⑥]，比龚黄[⑦]。玉笋班联[⑧]，宜冠紫微郎[⑨]。从此锋车宣室召[⑩]，摅相业、寿而康。

[注释]

①"南丰"句："南丰诗将"指曾惇，江西南丰人，工诗词。　灵江：在

浙江临海县南，宋时属台州。曾惇于绍兴中守台州，故云。 ②下明光：来自明光宫。犹言来自帝旁。明光宫为汉武帝所置，一在北宫，一在甘泉宫。此借指帝居。 ③十雨五风：即五风十雨。王充《论衡·是应》："风不鸣条，雨不破块，五日一风，十日一雨。"意谓风调雨顺。 ④丰穰：收获丰盛。 ⑤严宸：指帝所。 二南章：指《诗经·国风》中的《周南》与《召南》。旧儒以为《二南》表现自北而南的先王之教化。这里用来比喻地方官吏实行政教卓有成绩。 ⑥眷：眷爱，器重。 循良：指奉法循理之官吏。 ⑦龚黄：指汉代循吏龚遂与黄霸。龚遂为渤海太守，开仓济贫，劝民农桑，民皆卖剑买牛，卖刀买犊，境内大治。黄霸任河南太守丞时，以"独用宽和"著名。在任颍川太守、扬州刺史期间也甚得吏民心。后官至御史大夫、丞相，封建成侯。汉世言治民吏，以霸为第一。 ⑧玉笋班：唐末朝中官员风貌秀异有才华者，人喻之为玉笋，得与其列者称玉笋班。 ⑨紫微郎：唐宋以来称中书郎为紫微郎。 ⑩宣室召：汉文帝因思念逐臣贾谊，特征召至京，在宣室与谊言至半夜，移席就之。

## 满庭芳

老不求名，心惟耽静，旧缘历过艰难。杜门无事，一味放痴顽。只藉炉香上彻，与天地、平直交关[①]。真人喜[②]，扶晨遣客[③]，时暂下仙班。 矜怜。身已病，九疑夙驾[④]，来顾台山[⑤]。看神超清境，玉炼朱颜。为向芝田桂圃[⑥]，收妙有、与作真丹[⑦]。他年报，冲融朝礼[⑧]，香火紫云间。

**［注释］**

①平直交关：直接交通往来。 ②真人：仙人。 ③扶晨：清晨。《淮南子·天文训》："日出于旸谷，浴于咸池，拂于扶桑，是谓晨明。" ④九疑夙驾：自九疑山早晨驾车出行。九疑山在今湖南宁远县南。 ⑤台山：即天台山，在今浙江天台县北。 ⑥芝田桂圃：神仙种芝植桂之田园。 ⑦妙有：道家术语，指超乎"有""无"以上的原始存在。晋孙绰《游天台山赋》："太虚辽廓而无阂，运自然之妙有。"《注》引王弼曰："一，数之始而物之极也。

谓之为妙有者,欲言有,不见其形,则非有,故谓之妙;欲言无,物由之以生,则非无,故谓之有也。斯乃无中之有,谓之妙有也。” ⑧冲融:冲淡融和。

## 满庭芳

秋色澄晖,蟾波增莹[①],桂华宫殿香凝[②]。夜凉天半,横管度新声[③]。应是齐吹万指,岩谷震、石裂霜清。天如水,飞云散尽,江月照还明。　　人间,何处有,祥风缓引,飘下层城[④]。想广寒光冷,妙舞轻盈。愿上君王万寿,空伫忆、酒海吞鲸。归来也,惊涛隐隐,馀韵入青冥。

[注释]

①蟾波:月光。　②桂华宫殿:月宫。　③横管:笛。　④层城:古代神话谓昆仑山有层城九重,上层为太帝所居。

## 武陵春

### 重　阳

今岁重阳经闰早[①],金蕊粲繁枝。玉殿珠楼步辇随[②],高兴在东篱[③]。　　且泛金英同潋滟[④],休与傲霜期。只恐秋香一夜衰,须插满头归[⑤]。

[注释]

①“今岁”句:因有闰九月,故重阳节早到。　②步辇随:即随步辇。步辇为人抬之舆,帝后所乘。　③东篱:语出陶潜《饮酒》之五“采菊东篱下,悠然见南山”。后因以东篱指种菊花处。　④“且泛”句:谓菊花置于酒中而饮之。　金英:黄花,指菊花。　潋滟:水波荡貌,此指酒色如波。　⑤“须插”句:化用杜牧《九日齐山登高》“尘世难逢开口笑,菊花须插满头归”句意。

## 武陵春

玉露金风寻胜去[①]，一月看三州[②]。红叶黄花满意秋，真是巧装愁。　　我在天台山下住[③]，松菊占深幽。归趁梅花映小楼，应问久迟留。

［注释］

①玉露：晶莹的露水。　金风：秋风。玉露金风常用以象征秋天。　②“一月”句：一月之中看到三州胜景。州为古代地方行政单位，此处具体所指不详。　③天台山：在今浙江天台县北，宋时属台州。

## 武陵春

惨惨江云浑不动，玉雪耿孤芳。萼绿仙人带暗香[①]，风韵冷尤长。　　陇信不来寒日晚[②]，疏影照澄江。肯借横斜伴酒觞[③]，应共月商量。

［注释］

①萼绿仙人：谓绿萼梅，人比之为九嶷仙人萼绿华。　②陇信：用陆凯寄梅花与诗典。南朝盛弘之《荆州记》：“陆凯与范晔相善，自江南寄梅花一枝，诣长安与晔，并赠诗曰：‘折花逢驿使，寄与陇头人。江南无所有，聊赠一枝春。’”后因称梅花音信为陇信。　③横斜：指梅花月下映影。

## 武陵春

春到小园春草绿，烟雨湿云山。池上梅花已半残，无奈晚来寒。　　不怕醉多只怕醒，花影上阑干。人在东风缥缈间[①]，谁与伴幽闲。

[注释]

①缥缈:高远隐约貌。

## 玉楼春

后宴词

九重盛旦薰风候[①],佳气氛氲横永昼[②]。眉心烟彩拥群仙[③],华宴重开同圣后。　　箫韶宫殿锵金奏[④],香绕祥云腾宝兽[⑤]。三千嫔御奉严宸[⑥],亿万斯年祈圣寿。

[注释]

①九重:指宫禁,极言其深远。　盛旦:犹言吉日。　薰风:和风。　②佳气:祥瑞之气。古时认为帝王恩德所至,可出现佳气。　③眉心烟彩:眉宇之间凝聚着香烟彩云。　④箫韶:指《韶乐》。《尚书·益稷》:"箫韶九成,凤凰来仪。"　⑤宝兽:兽形之香炉。　⑥三千嫔御:指妃嫔宫女。白居易《长恨歌》:"后宫佳丽三千人。"

## 玉楼春

佳时莫放游鞍倦,梅润清薰随处宴。不妨一半雨兼风,况对有情莺与燕。　　琼艘百柁花千点[①],肯使笙歌容易转。兴来人事酒消磨,谁问蚊雷和蚁战[②]。

[注释]

①"琼艘"句:琼艘,装饰华美之船只,一般指游船。葛洪《抱朴子·博喻》:"琼艘瑶楫,无涉川之用。"　百柁:形容船只之多。　②蚊雷蚁战:比喻世间人事纷争。蚊雷即聚蚊成雷之略称,喻小人们议论诽谤,喧腾于耳。蚁战指群蚁争鬥。

## 浪淘沙

归意逐飞鸿，点点书空[1]。爱渠南去晓烟中[2]。不似老人尘土里，一似痴聋。　　庭院晚来风，还过秋容。旧时与客绕珍丛。有酒不曾无客醉，欢与秋浓。

［注释］

①书空：雁行又称雁字，故云书空。　②渠：他。

## 浪淘沙

木樨开时雨

秋杪喜新凉，烟淡池塘。团团岩桂作风光。多少水云萧散意[1]，都付芬芳。　　雨逐漏声长，小院回廊。枕边清梦几悠扬。只恐四檐声未断，洗褪幽香。

［注释］

①水云萧散：萧逸闲散犹如云水。

## 鹧鸪天

咏　枨

枫落吴江肃晓霜[1]，洞庭波静耿云光[2]。芳苞照眼黄金嫩，纤指开新白玉香。　　盐胜雪，喜初尝。微酸历齿助新妆。直须满劝三山酒[3]，更喜持杯云水乡[4]。

［注释］

①"枫落"句：唐崔信明有"枫落吴江冷"之名句，此借以状秋景。肃：秋天的肃杀之气。　②洞庭：太湖包山，一称洞庭。枨（橙）之产

地。　耿:光明貌。　③三山酒:犹言仙酒。三山指神话中三座仙山,即方丈、蓬莱和瀛洲。　④云水乡:即水云乡,云水弥漫之地,多指隐居所在。

## 鹧鸪天

准拟中秋快客情,新亭雨后喜登临。彩蟾特地中宵出,吹散层云十日阴。　松露重,月烟深。祥云捧玉到天心[①]。金波动是经年别,为酌金荷醉碧琳[②]。

[注释]

①玉:月。　天心:天空中央。唐卢仝《月下寄徐希仁》诗:"夜半沙上行,月莹天心明。"　③金荷:酒杯。　碧琳:酒名。

## 鹧鸪天

曾到东风最上头[①],低云阁雨接溪流[②]。只应缟袂闺房秀,尚带天香汗漫游[③]。　当日暇,从贤侯。冲寒迎翠小迟留。归骖白凤来何处[④],更指玉霄城畔楼。

[注释]

①最上头:最高处。　②阁:通"搁",搁下。　③天香:指天宫或帝王宫殿上的香气。　汗漫游:犹言神仙游。《淮南子·道应训》:"吾与汗漫期于九垓之外,吾不可以久驻。"　④白凤:神鸟。以白凤为骖,意即凤驾。全句意为凤驾归自何处。南朝梁何逊《七夕》诗:"仙车驻七襄,凤驾出天潢。"

## 鹧鸪天

席上作,期子忱、季相之酒

雪后疏香一两枝,高轩乘兴访春时[①]。金蕉酌酒应须醉[②],玉指传觞岂易辞。　嗟老大,喜追随。南楼宵漏任迟迟。已闻水部神仙语[③],更诵骑鲸短李诗[④]。

[注释]

①高轩:尊称别人之车。　②金蕉:酒杯。　③水部:似指贺子忱。　④短李:指唐代诗人李绅。李绅身材短小,故人称“短李”。季相盖姓李,故以李绅比之。

## 好事近

花动两山春,绿绕翠围时节。雨涨晓来湖面,际天光清彻[①]。　移尊兰棹压深波[②],歌吹与尘绝。应向断云浓淡,见湖山真色。

[注释]

①际天:与天接近。　②“移尊”句:移酒而饮。　尊:同“樽”,酒杯。　兰棹:木兰制成的船桨,代指船。

## 好事近

密密偃蜂房[①],香远未应时霎[②]。薇露紫烟浥尽[③],任风欺雪压。　老人曾饮百川空,相对肯微呷[④]。揽取占先风度,醉高烧红蜡。

[注释]

①偃:偃息,仰卧。　②时霎:片刻。　③浥:湿润。　④呷:吸而饮。

## 好事近

潮尽海波平,赏尽绿烟凉月。罗袂乍迎风快,悄喜欢不彻[①]。　一年好处记如今,朝暮更无热。庭院晚来些雨,是开尊时节[②]。

[注释]

①不彻:不完。　②开尊:张设酒席。

## 胜胜慢

素商吹景[①],西真赋巧[②],桂子秋借蟾光[③]。层层翠葆[④],深隐幽艳清香。占得秀岩分种,天教薇露染娇黄。珍庭晓,透肌破鼻,细细芬芳。　应是月中倒影,喜馀叶婆娑,灏色迎凉[⑤]。移根上苑[⑥],雅称曲槛回廊。趁取蕊珠密缀,与收花雾著宫裳。帘栊静,好围四坐,对赏瑶觞。

[注释]

①素商:秋季。　②西真:仙女名。　③蟾光:月光。　④翠葆:桂树绿叶浓密貌。　⑤灏色:灏气,弥漫于天地之间的大气。　⑥上苑:皇家花园。

## 一剪梅

不占前村占宝阶[①],芳影横斜积渐开[②]。水边竹外冷摇春,一带冲寒,香满襟怀。　管领东风要有才[③],频携歌酒上春台。直须日日玉花前,金殿仙人[④],同赏同来。

［注释］

①前村：五代齐己《早梅》诗"前村深雪里，昨夜一枝开"。 ②芳影：指梅花，林逋《山园小梅》："疏影横斜水清浅。" 积渐：逐渐积累。 ③管领：掌管，管辖。 ④金殿仙人：此指翰林学士之类官员。唐时翰林院靠近金銮殿，故有此称。

## 御街行

和陆判院梅词①

凌寒架雪知春近。闲探处、如相问。溪流清浅暮云低，玉蓓横斜风定。晚枝雀啅②，幽姿方展，还映疏篁冷。

镜鸾妆罢明梢嫩③。犹记宜相并。如今却月别传香④，知引何人幽兴。不堪楼上，昭华吹断⑤，声与愁肠尽。

［注释］

①陆判院：陆姓签判，名不详。 ②雀啅（zhào）：雀鸣。杜甫《枯棕》诗："啾啾黄雀啅，侧见寒蓬走。" ③镜鸾：即鸾镜，饰有鸾形之妆镜。 ④却月：半月形。南朝梁何逊《咏早梅》诗："枝横却月观，花绕凌风台。" ⑤昭华：乐器名，即玉管。相传秦咸阳宫有玉管，长二尺三寸，二十六孔，铭曰"昭华之琯"。

## 行香子

也爱休官，也爱清闲。谢神天、教我愚顽。眼前万事，都不相干。访好林峦，好洞府，好溪山。 日月如檠①，缺又还圆。自然他、虎踞龙蟠。河东上下，一撞三关②。看也非悭③，也非易，也非难。

[注释]

①槃:旋绕。 ②“河东”二句:此用道家修炼内丹术语。“河东”疑是“河车”之讹,河车上下即指元气之循环运行。三关,具体说法各家不一,一般均指丹道运行必经之处。 ③悭:缺少。

## 蓦山溪

李次仲诞日[①]

乌龙云洞[②],神护红尘外。金鼎养丹砂,有仙卿、清修名世。三千功行[③],活字少人知,松露闷[④],紫烟深,知是聃翁裔[⑤]。 吹箫后约,岂慕穿青紫[⑥]。八十在人间,比当日、何须指李[⑦]。相逢一笑,酒量海同宽,拔宅隐,玉霄寒,升举应新岁[⑧]。

[注释]

①李次仲:不详。 ②乌龙:山名,在今浙江建德县北三里。 ③功行:功绩德行,指修行成果而言。 ④闷:闭而不通曰闷。 ⑤聃翁裔:老子的后代,老子又称老聃。 ⑥“吹箫”二句:用仙人王子乔事。“吹箫”应作“吹笙”。 ⑦指李:道家相传,老子生于李下,指李以为姓。 ⑧“拔宅隐”三句:道家称因修道而全家成仙升天为“拔宅上升”。隐玉霄、升举,均为升天成仙之意。

## 千秋岁

洞房秀韵,结绮临春后[①]。都压尽,名花柳。锦堂笼翡翠,瑑枕同清昼。谁似得,佳时占断长欢偶[②]。 我昔闻名久,欲见成消瘦。寻不遇,空回首。征途难驻马[③],坐想冰姿秀。凭寄语,南归更趁酴醾酒[④]。

[注释]

①结绮临春：阁名。南朝陈后主建临春、结绮、望仙三阁，穷极奢华。刘禹锡《台城》诗："台城六代竞豪华，结绮临春事最奢。"指此。 ②占断：占尽，占有。 ③途：《全宋词》作"涂"，"涂"同"途"。 ④酴醾酒：酒名。《辇下岁时记》："长安每岁清明赐宰臣以下酴醾酒，即重酿酒也。"

## 水龙吟

冻云阁雨[①]，长风送雪，万里无凝滞。斜斜整整，纯白入素，应同太始[②]。袁巷萧条[③]，冷光寒透，有人曾至。但圆虚上下[④]，澄明莹洁，如□□、混元气。 时听松篁泻坠。任山川、珠联玉缀。一尘不染，一毫不现，真空妙治[⑤]。祥应三白[⑥]，润归多稼，已成丰岁。待收拾大翁[⑦]，茶盐贺喜，兴村东醉。

[注释]

①冻云：下雪前聚积之阴云。 阁雨：欲下未下之雨。 ②太始：自然界之原始状态。 ③袁巷：指东汉袁安居处。《后汉书·袁安传》李贤注引《汝南先贤传》："时大雪积地丈馀，洛阳令身出按行，见人家皆除雪出。有乞食者。至袁安门，无有行路。谓安已死，令人除雪入户。见安僵卧。问何以不出？安曰：'大雪人皆饿，不宜干人。'令以为贤，举为孝廉也。" ④圆虚：指天空。 ⑤真空妙治：佛教哲学用语，即真空妙有。真空意为世界万有虚幻不实；妙有指作为世界本体的真如或法性，佛性。 ⑥三白：指雪。 ⑦大翁：盛酒之器。 翁：通"瓮"。

## 念奴娇

烘帘昼暖，正飞花堆锦，风迟烟暮。绿叶成阴春又老，甲子谁能重数[①]。梅已青圆，雪深犹记，曾捻疏枝否。须知物外[②]，这些光景常驻。 闻道江水东头，同门相过，不作儿女语[3]。醉墨凌波歌数阕，心迹都忘逆旅[4]。胸次扶摇[5]，壶中光景[6]，肯与人同趣。栖尘功就[7]，浩然俱待飞去。

[注释]

①甲子：甲为天干首位，子为地支首，干支所以纪岁月，故甲子亦用作岁月、年岁之代称。　②物外：世外，世事之外。　③"闻道"三句：韩愈《北极一首赠李观》诗"无为儿女态，憔悴悲贱贫"。李观与韩愈同为贞元八年进士，故云"同门"。　④逆旅：客舍。　⑤扶摇：盘旋而上之暴风。　⑥壶中光景：葛洪《神仙传》卷五略云，费长房遇壶公，常悬一空壶于屋上，日久之后，跳入壶中。后长房随之入，见壶中楼台重门阁道，乃一仙宫世界。　⑦栖尘：栖托于尘世间。

## 念奴娇

半阴未雨，洞房深、门掩清润芳晨。古鼎金炉，烟细细、飞起一缕轻云。罗绮娇春。争拢翠袖，笑语惹兰芬。歌筵初罢，最宜斗帐黄昏[1]。　楼上念远佳人。心随沉水[2]，学兰灺俱焚[3]。事与人非，争似此、些子香气常存[4]。记得临分，罗巾馀赠，尽日把浓熏。一回开看，一回肠断重闻。

[注释]

①斗帐：小帐，因形似覆斗，故名。　②沉水：沉香之别名。　③兰：即兰炷，指烛心。　灺：灯烛之灰烬。　④些子：一点儿。

## 沁园春

浓绿交阴，脆圆经雨[1]，夏景正新。遽紫泥封检[2]，红幢建钺[3]，飘然吹起，一片闲云。禁殿趋班[4]，玉音亲诏，并遣皇华通宝邻[⑤]。凌歊去[⑥]，任重霄温暑，万里风熏。　　炎曦正斡天钧[⑦]。更午气均齐天地根[⑧]。运至精感化[⑨]，千和万合，涤除旁说，必自成真。已约归期，秋风前后，梨枣黄花满地匀。阊阖晚[⑩]，待朝元紫府[⑪]，上达明君。

［注释］

①脆圆：指梅子。　②紫泥封检：古人书信用泥封，泥上盖印，称封检。皇帝诏书则用紫泥封检。　③红幢：一种以羽毛为饰之红色旗帜，作仪仗用。　钺：长柄大斧，以黄金为饰者称黄钺，帝王仪仗，有时亦假大臣以重威。红幢建钺，象征奉诏出使。　④禁殿趋班：在禁殿趋走列班。　⑤皇华：《诗经·小雅》有《皇皇者华》篇，《诗序》以为君遣使臣之作，后因称使者或出使为皇华。此当指绍兴二十九年六月，作者奉命使金事。　⑥凌歊（xiāo）：台名，在今安徽当涂，南朝宋刘裕尝登此台。　歊：炽热。凌歊即消除暑气之意。　⑦炎曦：犹言烈日。　斡天钧：掌管自然界的变化运行。　⑧午气：暑气。　均齐：均匀齐一。　天地根：天地之本源，语出《老子》："玄牝之门，是谓天地根。"　⑨至精：最纯粹的精气（天地万物之元气）。　⑩阊阖：天门，泛指宫门。　⑪朝元紫府：道家称礼拜神仙为朝元，仙人所居为紫府。此借指朝见皇帝。

## 菩萨蛮

稽山鉴水无寒暑[①]，荷香莲露相倾注。倘拟揖樵风[②]，山围晚照红。　　桃根随秀叶[③]，玉麈频招客[④]。客况不言蓬[⑤]，回船逸兴同[⑥]。

［注释］

①稽山鉴水：稽山即会稽山，鉴水即鉴湖，均在今浙江绍兴市境内。　②樵风：《后汉书·郑弘传》"会稽山阴人"《注》引《会稽记》，"射的山南有白鹤山，此鹤为仙人取箭。汉太尉郑弘尝采薪，得一遗箭，顷有人觅，弘还之。问何所欲，弘识其神人也，曰：'常患若耶溪载薪为难，愿旦

南风,暮北风。'后果然"。后世因称若耶溪之风为郑风,也称樵风,并名其地为樵风泾。若耶溪在今浙江绍兴若耶山下。 ③桃根:晋王献之妾桃叶之妹。 秀叶:即桃叶。王献之《桃叶歌》:"桃叶复桃叶,桃树连桃根。相怜两乐事,独使我殷勤。" ④玉麈:玉柄拂尘。魏晋时名士清谈,常手持麈尾。 ⑤客况:客中况味。 蓬:蓬矢,古人常以蓬矢喻四处飘泊。 不言蓬:即不以蓬矢自喻之意。 ⑥回船逸兴:用晋王子猷雪夜访戴典故。

## 菩萨蛮

萧萧还是秋容暮,炉薰已冷氲香注[1]。犹记踏香尘[2],东风满院春。 冷烟迷望处,声断阑干雨。无计问行云[3],黄昏空掩门。

[注释]

①炉薰:熏炉。 ②踏香尘:谓游春。香尘指带有脂粉香气之尘土。 ③行云:宋玉《高唐赋序》云,楚襄王曾梦见巫山神女,自称"居巫山之阳","旦为朝云,暮为行雨,朝朝暮暮,阳台之下"。后世因以"行云"喻风月场中女子。

## 菩萨蛮

花飞零乱随风舞,花梢犹带虚檐雨。帘幕映黄昏,江天日暮云。 有人楼上望,生怕褰虚幌[1]。冷落对炉熏,一春常怨春。

[注释]

①虚幌:薄帷。 褰:掀起。

## 菩萨蛮

回 文

等闲将度三春景，景春三度将闲等。愁怕更高楼，楼高更怕愁。　　弄花梅已动[①]，动已梅花弄[②]。梅看几年催，催年几看梅。

[注释]

①弄花：玩弄花。　②梅花弄：琴曲有《梅花三弄》，乐一曲谓之一弄。

## 菩萨蛮

雨昏连夜催炎暑，暑炎催夜连昏雨。长簟水波凉[①]，凉波水簟长。　　翠鬟双倚醉[②]，醉倚双鬟翠。香枕印红妆，妆红印枕香。

[注释]

①簟：竹席。　②翠鬟：妇人髮式之美称，代指美女。

## 菩萨蛮

玉珰摇素腰如束[①]，束如腰素摇珰玉。宜更醉春期，期春醉更宜。　　绣鸳闲永昼[②]，昼永闲鸳绣。归念不曾稀，稀曾不念归。

[注释]

①玉珰：妇女之耳饰。　素：白色生绢。《古诗为焦仲卿妻作》："腰若流纨素，耳著明月珰。"　②绣鸳：指绣有鸳鸯的衾枕。

## 清平乐

秋凉破暑,暑气迟迟去。最喜连日风和雨,断送凉生庭户[1]。 晚来灯火回廊,有人新酒初尝。且喜薄衾围暖,却愁秋月如霜。

[注释]

①断送:引来。

## 清平乐

一春老病,空过春光永[1]。药鼎煎炉朝暮景,只是医方药性。 经旬日色云遮,山高寒透窗纱。常恨檐头倾雨,犹能枕上看花。

[注释]

①空过:虚度。

## 清平乐

赵家燕燕,宜在昭阳殿[1]。春入馆娃深宫宴[2],秀色从来未见。 浅颦轻笑都宜,临风好是腰肢。今夜松江归路[3],月明愁满清辉。

[注释]

①昭阳殿:汉武帝时后宫八区中有昭阳殿。成帝时为皇后赵飞燕所居。燕燕姓赵,故以赵飞燕拟之。 ②馆娃深宫:春秋时吴王夫差为西施造馆娃宫。故址在今江苏苏州灵岩山上。 ③松江:即吴淞江,太湖支流之一。由江苏吴江县东流与黄浦江合,再北上出吴淞口入海。

## 点绛唇

怯雨羞云[①]，翠鬟初按檀槽就。赏心时候，常劝花间酒。　慢捻轻拢，怨感随纤手。胡沙奏[②]，几行红袖，都道谁家有。

[注释]

①怯雨羞云：形容女子在爱情中的羞怯状态。　②胡沙：胡地风沙，此指胡地乐曲。

## 点绛唇

奉旨西湖探梅

不厌频来，探梅选胜湖山里。瑶林琼蕊，真是游方外[①]。　玉殿珠楼，不并人间世[②]。何妨醉，都无寒意，满坐惟和气。

[注释]

①方外：尘世之外，仙境。　②不并：不相平列，犹言不同。

## 点绛唇

有个庵儿，做来不大元非小。阳光常照，坐卧谁知道。　炼得丹砂[①]，不是人间灶。冲和妙[②]，鹤鸣猿啸，一任西风老。

[注释]

①丹砂：道家炼丹所用之朱砂。　②冲和：淡泊平和。

## 点绛唇

一气冲融[1],浩然识取生缘处[2]。敛归灵府[3],便作真铅柱[4]。　　九任玄归[5],行处龙先虎[6]。山头雨,散成清露,玛瑙生玄圃[7]。

[注释]

①一气:构成天地万物之基本元素。王充《论衡·齐世》:"一天一地,并生万物。万物之生,俱得一气。"　②浩然:浩然之气,即正大刚直之气。　生缘:即缘生,或称缘起,佛教名词。以此解释一切事物之间的因缘关系,及世界、人生、各种精神现象产生之根源。　③灵府:精神之宅,指心。　④真铅柱:铅原为古代方士、道家炼丹主要原料之一,后被用作内丹修炼术语。铅代表肾。肾属水,中藏元阳真气,故一名真铅。　⑤九任玄归:道家炼丹有"九还七返"之说,九任玄归即所谓"九还"。　⑥"行处"句:在运行中龙先于虎。道家内丹修炼以龙(青龙)喻心中元神,以虎(白虎)喻肾中之精。　⑦玄圃:神话中仙人所居园林,在昆仑山。

## 点绛唇

石洞清寒,柳烟吹散松风静。日华光映,翠水环云径。　　道境多闲,不是人间景。谈清净,道师歌咏,花转云房影[1]。　　(以上《松隐乐府补遗》五十六首)

[注释]

①云房:僧道或隐士所居之室。

## 失调名

### 赠皇甫坦

自吹孤身早岁，黄河渡口蒙情。

（《历世真仙体道通鉴》卷三十六）

## 存目词

| 调名 | 首句 | 出处 | 附注 |
| --- | --- | --- | --- |
| 玉楼春 | 城上风光莺语乱 | 《松隐文集》卷三十九 | 钱惟演词，见《湘山野录》卷上 |
| 玉楼春 | 秋闺思入江南远 | 同上 | 王宷词，见《能改斋漫录》卷十七 |
| 玉楼春 | 晚妆初了明肌雪 | 同上 | 李煜词，见《南唐二主词》 |
| 清平乐 | 别来春半 | 《松隐文集》卷四十 | 同上 |

# 胡　寅

胡寅(1098—1156),字明仲,建宁崇安(今属福建)人。徽宗宣和三年,中进士甲科,历任起居郎、中书舍人、礼部侍郎兼侍读,又兼直学士院。因反对秦桧,以徽猷阁直学士提举江州太平观。未几落职,贬为果州团练副使,新州安置。桧死,得以自便,寻复官。词存一首。所作《酒边词序》,极有名。

## 水调歌头①

不见严夫子,寂寞富春山②。空留千丈危石③,高出暮云端。想象羊裘披了,一笑两忘身世,来插钓鱼竿④。肯似林间翮,飞倦始知还⑤。　中兴主,功业就,鬓毛斑⑥。驱驰一世人物,相与济时艰。独委狂奴心事,未羡痴儿鼎足,放去任疏顽⑦。爽气动星斗⑧,终古照林峦。

[注释]

①唐氏按:此首见《晦庵题跋》卷三,不云何人所作。祝穆《方舆胜览》卷四作朱熹词。陈霆《渚山堂词话》卷一云,姑依旧本为胡仲明作,不知何本,疑非。《渚山堂词话》未载原词,此自《晦庵词跋》录出。　②"不见"二句:东汉严光,字子陵,会稽馀姚人。少时与光武帝同游学,有高名。光武称帝,子陵变姓名隐遁。光武派人寻访,征召到京,授谏议大夫。不受,退隐于浙江之富春山。见《后汉书·逸民传》。　③千丈危石:指严子陵钓台,在富春山。　④"想象"三句:《汉书》本传光武帝访严光时,齐国有人上言:"有一男子,披羊裘钓泽中。"　⑤"肯似"二句:化用陶渊明《归去来辞》"鸟倦飞而知还"。　肯似:岂似。　林间翮:林中鸟。　翮:羽茎,也代指鸟翼和鸟。此二句谓严光不仕而隐,胜过陶渊明。　⑥"中兴主"三句:谓汉光武帝刘秀使汉中兴,但功业成就之时,人已衰老。　⑦"独委"三句:皇甫谧《高士传》载,司徒侯霸使侯子道奉书于严光,"光不起,于床上箕踞抱膝发书读讫,问子道曰:'君房(侯霸字)素痴,今为三公,宁小差否?'子道

曰:'位已鼎足,不痴也。'……光曰:'卿言不痴,是非痴语也?天子征我三,乃来。人主尚不见,当见人臣乎?'"因口授与侯霸书,霸得书,封奏之。帝笑曰:"狂奴故态也。"此据《后汉书·逸民传》。　鼎足:指三公(大司徒、大司空、大司马),侯霸官司徒,故称之。　⑧爽气:高爽之气,此喻严光品格,即范仲淹《桐庐郡严先生祠堂记》所云"云山苍苍,江水泱泱,先生之风,山高水长"。

## 【补　辑】

### 水龙吟

玉梅冲腊传香,瑞蓂秀荚开三四①。莲花沉漏,熊罴占应②,洛阳名裔。岁比甘罗③,便疏同队④,累棋观志⑤。向修文寓直⑥,仙楼侍宴,梁王宝,真难俪⑧。　多少襟怀未试,暂超然、壶中游戏。行看献策,归瞻旒藻⑨,常勋旂记。歌畔巫云⑩,舞回邹管⑪,金钗扶醉。有阴功不乞,丹砂十纪,寿祺全畀⑫。

（见《诗渊》第二十五册,引自孔凡礼《全宋词补辑》）

[注释]

①瑞蓂:蓂荚,相传初一至十五日开一荚,十六以后日落一荚,古称历草,可以计时。　②熊罴占应:梦见熊罴为生男之兆。　③甘罗:战国策士,年十二,事秦相吕不韦,说赵王割五城以事秦。　④疏:疏秀,挺拔出群,高于同列。　⑤累棋:棋子累高则危。　⑥"修文"句:以文学长才入宫内值班。　⑦梁王:西汉梁孝王刘武。司马相如、枚乘等皆入其王府,颇加珍爱。　⑧难俪:难以比并。　⑨旒藻:旌旗下的飘带。　⑩巫云:巫山云雨,此指佳人。　⑪邹管:邹衍善吹律管。　⑫祺:吉祥。　畀:赐予。

## 【补 辑】

# 鲁 訔

鲁訔(yín)(1098—1176),字季钦,海盐人。与兄訾齐名于时。登绍兴五年(1135)进士。初仕为广德军教授、知衢州江山县。绍兴三十二年(1162),主管官告院。隆兴二年(1164)拜监察御史。旋兼权太府少卿。除江西转运副使。有诗文集多卷,不传。尝循杜少陵生平行迹,编注杜诗十八卷,元人姚桐寿谓其书"多所补益"。周必大《周益国文忠公集》中《省斋文稿》卷三十四有墓志铭,清乾隆《海盐县图经》卷十二有传。

### 满庭芳

坐啸蓬宫[①],移旌天府,往来三岛十洲。况瑞霭当年,初下琼楼。自是长生伴侣,那堪更河润神州[②]。人争叹,威名福寿,衮衮压潮头。 金瓯。须满泛,天厨禁脔[③],相酝□□。□□□□日,此会风流。正是湖山春媚,千秋岁、□□民猷。还知道,金瓯未拜,先拜富民侯[④]。

(见《诗渊》第二十五册,引自孔凡礼《全宋词补辑》)

[注释]

①蓬宫:蓬莱仙岛,神仙府第。 ②河润神州:言其德泽如黄河润泽中华大地。 ③天厨:御宴。 禁脔(luán):指帝王专用的珍品。 ④富民侯:汉武帝晚年,悔征伐苦民,乃以车千秋为相,封富民侯。

# 吴舜选

吴舜选（1100—1189），休宁（今属安徽）人，吴儆之父，词存一首。

## 蓦山溪

园林何有，修竹摇苍翠[①]。春到小桃蹊[②]，看绿满、一池春水。花开日暖，儿侄竞追随。挑野蔌，网溪鱼，有酒多且旨[③]。　　去来聚散，无必亦无意。说地或谈天，更休问、语言粗细。谁强谁弱，谁是又谁非。过去事，未来事，一枕腾腾睡[④]。　　（附见吴儆《竹洲词》内）

**[注释]**

①修竹：长竹。晋王羲之《兰亭集序》："此地有崇山峻岭，茂林修竹。"　②桃蹊：桃树下小路。秦观《望海潮·洛阳怀古》："柳下桃蹊，乱分春色到人家。"　③旨：味美。《诗经·小雅·頍弁》："尔酒既旨。"　④腾腾：犹瞢腾，沉睡貌。唐韩偓《格卑》诗："自抛怀抱醉瞢腾。"宋晁叔用《如梦令·春情》："墙外辘轳金井，惊梦瞢腾初省。"

# 赵 桓

赵桓（1100—1161），即钦宗，徽宗长子。宣和七年（1125）十二月戊午，除开封牧；庚申，立为皇太子；辛酉，即皇帝位。是时，金人已分道犯境。次年，改元靖康。正月，金人犯汴京，李纲督师御之，不久被他免职。闰十一月，汴京城陷，钦宗如青城。靖康二年（1127）二月，自投金军。三月，金人胁徽宗北行，钦宗同往。五月，康王赵构即位于南京，遥上尊号孝慈渊圣皇帝。高宗绍兴三十一年崩于五国城。词存三首，见《南烬纪闻》卷下。

## 西江月

历代恢文偃武[①]，四方晏粲无虞[②]。奸臣招致北匈奴[③]，边境年年侵侮。　一旦金汤失守[④]，万邦不救銮舆[⑤]。我今父子在穹庐[⑥]，壮士忠臣何处。

［注释］

①恢文偃武：弘扬文教，停息武备。亦作偃武修文，见《尚书·武成》。宋代自太祖建国后，武将杯酒释兵权，历朝重视文治，故云。　②晏粲无虞：太平无事。　晏：安逸。　粲：笑貌。　③北匈奴：指金兵。　④金汤：金城汤池，喻坚不可破的城邑。《汉书·蒯通传》注："金以喻坚，汤喻沸热不可近。"此指汴京。　⑤銮舆：即銮驾，天子的车驾。　⑥父子：指徽宗、钦宗。　穹庐：古代北方少数民族的毡帐。《史记·匈奴列传》："匈奴父子乃同穹庐而卧。"

## 西江月

塞雁嗈嗈南去，高飞难寄音书[①]。只应宗社已丘墟[②]，愿有真人为主[3]。　　岭外云藏晓日，眼前路忆平芜[4]。寒沙风紧泪盈裾[5]，难望燕山归路[6]。

（以上二首见《张氏可书》）

[注释]

①“塞雁”二句：相传鸿雁可以传书。见《汉书·苏建传附苏武》。塞雁：北方塞上之雁。　嗈嗈：雁鸣声。　②宗社：宗庙社稷。此句指北宋江山在战争中变作废墟。　③真人：指应运而生的帝王。汉张衡《南都赋》：“方今天地之睢剌，帝乱其政，豺虎肆虐，真人革命之秋也。”　④平芜：平坦的草地。欧阳修《踏莎行》：“平芜尽处是春山，行人更在春山外。”　⑤泪盈裾：泪满衣裾。　裾：衣服的前襟；或释衣袖，见《广雅》。　⑥燕山：在今河北省蓟县东南至渤海之滨。时赵桓陷金邦，若归时须经燕山，故云。

## 眼儿媚

宸传三百旧京华[1]，仁孝自名家。一旦奸邪，倾天折地，忍听琵琶[2]。　　如今在外多萧索，迤逦近胡沙[3]。家邦万里，伶仃父子[4]，向晓霜花。　　（《南烬纪闻》卷下）

[注释]

①宸传三百：谓皇位相传久远。按北宋自太祖建隆元年（960）建国，至钦宗靖康（1127）灭亡，共一百六十五年，这里说“三百”是虚指。　②忍听：怎忍听。　琵琶：相传自胡地输入，杜甫《咏怀古迹》：“千载琵琶作胡语”。此指金邦乐曲。　③迤逦：形容道路的曲折连绵。梁简文帝《从军行》：“迤逦观鹅翼，参差睹雁行。”　④伶仃父子：指徽宗、钦宗。

[集评]

陈霆云：“宋二帝北狩，金人徙之云州。一日，夜宿林下，时碛月微明。有胡雏吹笛，其声呜咽。太上因口占《眼儿媚》。此词少帝有和篇，意更凄怆，不欲并载。吾谓其父子至此，虽噬脐无及矣。每一批阅，为酸鼻焉。”

(《渚山堂词话》)

笃文云:“赵桓数词,鄙俚过甚。《南烬纪闻》附会之作也。不足取信。”

# 刘子翚

刘子翚（1101—1147），字彦冲，号屏山。崇安（今属福建）人。以父荫授承务郎，除通判兴化军。因父死难哀毁致疾，不堪吏事，辞归武夷山。讲学不倦，学者称屏山先生。著有《屏山集》（附词）。

## 蓦山溪

寄宝学①

浮烟冷雨，今日还重九。秋去又秋来，但黄花、年年如旧。平台戏马，无处问英雄②。茅舍底，竹篱东，伫立时搔首。　　客来何有，草草三杯酒。一醉万缘空，莫贪伊、金印如斗③。病翁老矣，谁共赋归来④。芟垅麦，网溪鱼，未落他人后。

[注释]

①《词综》录此首题作《蓦山溪·九日》。　宝学：姓氏不详。　②"平台"二句：平台戏马指戏马台。戏马台有多处，此指位于今江苏铜山县南之项羽掠马台。晋义熙中率军北伐之刘裕曾于九月九日大会宾僚赋诗于此。下句中的"英雄"即指项羽、刘裕而言。　③金印如斗：金印即官员之印信。"金印如斗"象征官位显赫。南朝宋刘义庆《世说新语·尤悔》："周（颢）曰：'明年杀诸贼奴，当取金印如斗大，系肘后。'"　④赋归来：陶潜曾为彭泽令，"郡遣督邮至，县吏白：应束带见之。潜叹曰：'我不能为五斗米折腰向乡里小人。'即日解印绶去职，赋《归去来》。"见《宋书·隐逸传》。《归去来》即《归去来兮辞》。

## 满庭芳

和明仲木犀花词[①]

秋入微阴[②]，凉生平远，小山愁绝天南[③]。似闻还断，飞策遍千岩[④]。叶底轻黄纂纂[⑤]，恼人是、微裂芳缄。翛然胜[⑥]，清真冷淡，无艳寄尘凡。　澄潭[⑦]。鼓两岸，波光摇动，碧影相参。任西风十里，吹度松杉。我自寒灰槁木[⑧]，□神处、不觉醺酣[⑨]。归来晚，飞花无迹，明月满空函[⑩]。

[注释]

①唐氏按：此篇原不著调名，据《词律》补。　明仲：胡寅字。胡寅原作今已不传。　②微阴：幽深阴冷处。　③"小山"句：《楚辞》中有淮南小山所作《招隐士》，首云"桂树丛生兮山之幽，偃蹇连卷兮枝相缭"。以桂树起兴，抒隐士之愁情。淮南小山为西汉淮南王刘安一部分门客之共称。　④飞策：策杖而游。　⑤纂纂：集聚貌。　⑥翛然：自然超脱貌。　⑦澄潭：水色清彻之水潭。　⑧寒灰槁木：即槁木死灰。喻心境冷淡，意志消沉。《庄子·齐物论》："形固可以如槁木，而心固可使如死灰乎。"郭象《注》："死灰槁木，取其寂寞无情耳。"　⑨□神处：《词综》所录此处作"凝神处"。　⑩空函：一作空涵，广袤无限之空间。

## 南歌子

和章潮州二首[①]

卜夜容三献[②]，微欢极一时[③]。风流太守未庞眉[④]。放出笔头光焰、压金闺[⑤]。　藻丽花骈蕊[⑥]，清高雪亚枝[⑦]。曼声恰与贯珠宜[⑧]。听此直教拚得、醉翻卮。

［注释］

①章潮州：名号、里居均不详。　②卜夜：卜昼卜夜之略称。卜昼卜夜意即昼夜不停地饮酒取乐。　三献：古代郊祭时要三次献酒，称三献。③微欢：心中欢欣，微乃自谦之词。　④“风流太守”句：风流太守指不拘礼法，爱好风雅之郡守，此处指章潮州。　庞眉：眉毛灰白，形容年老。⑤金闺：金马门之别名。西汉武帝时，文学侍从东方朔、主父偃、严安、徐乐皆待诏于此，故金闺亦为文学侍从之代称。南齐谢朓《始出尚书省》诗：“既通金闺籍，复酌琼筵醴。”　⑥藻丽：辞藻华丽。　⑦亚：通“压”。⑧曼声：所发之声舒缓而延长。　贯珠：联珠成串。常用“累累如贯珠”以形容歌声之圆润美妙。

## 南歌子

伎俩无多子[①]，逍遥自许时。闲愁且莫著双眉。恰有梅香一点、到幽闺。　宠辱棋翻局[②]，光阴鸟度枝[③]。颓然径醉是便宜。拟倩潭风吹绿、涨瑶卮[④]。

（以上《屏山集》卷二十）

［注释］

①伎俩：技能。　多子：多少，不多。　②“宠辱”句：意谓世情反覆无常，犹如变化多端之棋局，胜负难以逆料。　③鸟度枝：喻光阴匆遽。度：过。　④瑶卮：玉杯。

# 何大圭

何大圭(1101—?),字晋之,亦作搢之,广德(今属安徽)人。政和八年(1118)进士。宣和六年为秘书省正字,迁秘书省著作郎。建炎四年(1130)为滕康、刘珏属官,坐失洪州,除名岭南编管。绍兴二十年(1150)为左朝请郎,直秘阁。二十七年(1157)主管台州崇道观,旋落职。隆兴元年(1163)由浙西安抚司参议官主管台州崇道观。

## 小重山

惜 别

绿树莺啼春正浓。钗头青杏小[①],绿成丛。玉船风动酒鳞红[②]。歌声咽,相见几时重。 车马去匆匆。路随芳草远[③],恨无穷。相思只在梦魂中。今宵月,偏照小楼东。[④]

(《唐宋诸贤绝妙词选》卷八)

[注释]

①钗头:犹言枝头。 ②酒鳞红:酒因晃动而面呈鳞纹状。 红:酒色。 ③芳草:本淮南小山《招隐士》"王孙游兮不归,春草生兮萋萋"。后人本此以芳草为思念游子之象征。 ④唐氏按:此首别又误作林仰词,见《古今词选》卷三。

[集评]

高耻庵云:"'玉船'句如云锦月钩,夺造化之巧。"(《词综》引)

## 水调歌头

今夕出佳月,银汉泻高寒[①]。风缠云卷,转觉天陛玉楼宽[②]。疑是金华仙子，又喜经年药就[③]，倾出玉团团[④]。收拾江河影，都向镜中蟠[⑤]。　横霜笛，吹明影，到中天。要令四海瞻望，千古此轮安。何岁何年无月，唯有谪仙著语，高绝不能攀[⑥]。我欲唤空起，云海路漫漫。[⑦]

（《岁时广记》卷三十一引《本事词》）

[注释]

①银汉：银河。　②天陛：天上宫阙之阶陛。　玉楼：相传为神仙所居。旧题汉东方朔《十洲记·昆仑》："其一角有积金为天墉城，面方千里，城上安金台五所，玉楼十二所。"　③药就：相传月中有白兔捣药，药就指此药已捣成。　④玉团团：指月中桂树。李白《古朗月行》诗："仙人垂两足，桂树何团团。"　⑤"收拾"二句：此谓地上江河之影，俱映现于月中。明张懋修《墨卿谈乘》："释氏书言：月中蟾桂，地影也。明处，水影也。宋儒祖之，以为山河大地之影也。"　⑥"唯有"二句：谪仙，谓唐诗人李白。李白《对酒忆贺监二首序》："太子宾客贺公（知章）于长安紫极宫一见余，呼余为谪仙人。"李白集中颇多咏月名篇，故云。　⑦唐氏按：此首别又误入吴讷本《片玉集抄补》。

## 蝶恋花

鱼尾霞收明远树[①]。翠色粘天，一叶迎风举。一笑相逢蓬海路[②]，人间风月如尘土。　剪水双眸云鬓吐[③]。醉倒天瓢[④]，笑语生香雾。此会未阑须记取，蟠桃几度吹红雨[⑤]。[⑥]

（《阳春白雪》卷二）

[注释]

①鱼尾："断霞半空鱼尾赤"，东坡诗句，此用其意。　②蓬海路：犹言求仙之路。相传海外有蓬莱山为神仙所居。　③剪水双眸：形容双目清澈明亮。李贺《唐儿歌》："一双瞳人剪秋水。"　④天瓢：天上之酒具，借

指仙酒。　⑤蟠桃:传说中仙桃。相传王母有蟠桃园,其桃三千年一结实。见晋张华《博物志》。　红雨:桃花凋谢时落英缤纷状。李贺《将进酒》诗:“桃花乱落如红雨。”　⑥唐氏按:此首别又见汲古阁本《片玉词》,唯宋本《片玉集》未载。

# 胡　铨

胡铨(1102—1180),字邦衡,江宁(今江苏南京)人,避地居庐陵(今江西吉安)。建炎二年(1128)进士甲科。绍兴五年除枢密院编修官。八年,上疏反对与金媾和,并请斩王伦、秦桧、孙近三人。秦桧欲杀之,然迫于公论,乃贬之为监广州盐仓。十二年,诏除名,编管新州。十八年,移谪吉阳军。孝宗即位,复奉议郎、知饶州。历官至权兵部侍郎,以资政殿学士致仕,有《澹庵文集》。

## 浣溪沙

忽忽春归没计遮[1],百年都似散馀霞。持杯聊听浣溪沙。　　但觉暗添双鬓雪,不知落尽一番花。东风寒似夜来些[2]。

[注释]

①没计遮:无法阻拦。　②“东风”句:此用贺铸《减字浣溪沙》十五原句。　些:少许。

## 转调定风波

和答海南统领陈康时[1]

从古将军自有真[2],引杯看剑坐生春[3]。扰扰介鳞何足扫[4],谈笑。纶巾羽扇典刑新[5]。　　试问天山何日定[6],伫听。雅歌长啸静烟尘。解道汾阳是人杰[7],见说[8]。如今也有谪仙人。

[注释]

①海南统领:统领为南宋时地方驻军将领名号之一。　陈康时:生平、里居不详。　②真:谓真实之本性。　③坐:同"座",座席。　④扰扰:骚扰。　介鳞:甲虫与鳞虫,对敌军之蔑称。　⑤"谈笑"二句:本苏轼《念奴娇·赤壁怀古》"遥想公瑾当年,小乔初嫁了,雄姿英发。羽扇纶巾,谈笑间,强虏灰飞烟灭"。　典刑:楷模,典范,或作典型。　⑥"试问"句:唐高宗龙朔二年(662),唐军与铁勒部战于天山(今新疆境内),唐将薛仁贵发三矢,杀三人,馀皆下马请降。军中歌之曰:"将军三箭定天山,壮士长歌入汉关。"　⑦"解道"句:汾阳,谓唐汾阳王郭子仪。《新唐书·文艺传》:"初(李)白游并州,见郭子仪奇之,子仪尝犯法,白为救免。"宋乐史《李翰林别集序》:"(李)白尝有知鉴,客并州,识汾阳王郭子仪于行伍间,为脱其刑责而奖重之。及翰林坐永王之事,汾阳功成,请以官爵赎翰林。"　⑧见说:听说。

## 菩萨蛮

辛未七夕戏答张庆符①

银河牛女年年渡②,相逢未款还忧去③。珠斗欲阑干④,盈盈一水间⑤。　玉人偷拜月⑥,苦恨匆匆别。此意愿天怜,今宵长似年。

[注释]

①辛未七夕:绍兴二十一年(1151)七月七日。　张庆符:即张伯麟(字庆符),当涂(今属安徽)人,绍兴初太学生。因反对和议,受秦桧迫害,流吉阳军,桧死释回。　②"银河"句:《月令广义·七月令》引南朝梁殷芸《小说》,"天河之东有织女,天帝之子也。年年机杼劳役,织成云锦天衣,容貌不暇整。帝怜其独处,许嫁河西牵牛郎。嫁后遂废织纴。天帝怒,责令归河东,但使一年一度相会"。　③款:款洽,亲切、融洽。　④珠斗:北斗星。王维《同崔员外秋宵寓直》诗:"月迥藏珠斗,云消出绛河。"　⑤"盈盈"句:本汉无名氏《古诗十九首》"迢迢牵牛星,皎皎河汉女……盈盈一水间,脉脉不得语"。　⑥"玉人"句:玉人,此处指妇女。

唐宋时妇女有于七夕望月乞巧之习俗，“偷拜月”指此。

## 减字木兰花

庆符引赦自便，已脱去。至东界，又遭郡中勾回。遂有弄璋之喜。庆符云：尝梦舅氏如梦囱也。予尝占庆符当弄瓦，赌主人。庆符来督，故词中具之

渭阳佳梦①，瓦变成璋真妙弄②。不是勾回，汤饼冤家唤得来③。　不分利市④，要我开尊真倒置⑤。试问坡翁，此事如何著得侬⑥。

［注释］

①渭阳佳梦：《诗经·秦风·渭阳》“我送舅氏，曰至渭阳”。后以渭阳为舅氏之代称。此处因张庆符尝梦舅氏，故云渭阳佳梦。　②瓦变成璋：旧时称生女为“弄瓦”，生男为“弄璋”，原以为生女，结果却生男，故云“瓦变成璋”。　③汤饼：汤煮面食。旧俗，生儿三日设宴招待亲友，称“汤饼宴”或“汤饼会”。　④利市：旧时指喜庆节日之喜钱。　⑤开尊：设宴。　尊：同“樽”。酒器，此指代宴席。　倒置：颠倒。　⑥“试问”二句：本苏轼《减字木兰花·过吴兴，李公择生子，三日会客，作此词戏之》“犀钱玉果，利市平分沾四坐。多谢无功，此事如何到得侬”。　坡翁：指苏轼。

## 醉落魄

辛未九月望和答庆符

百年强半①，高秋犹在天南畔②。幽怀已被黄花乱。更恨银蟾③，故向愁人满。　招呼诗酒颠狂伴，羽觞到手判无算④。浩歌箕踞巾聊岸⑤。酒欲醒时，兴在卢仝碗⑥。

[注释]

①“百年”句:辛未九月指绍兴二十一年(1151)九月,是时作者年近五十岁,故云。　②“高秋”句:作者于公元1148年移谪吉阳军(在今海南省),故云“犹在天南畔”。　③银蟾:月亮。　④羽觞:酒器,左右形如两翼,作雀鸟状。一说插鸟羽于觞,促人速饮。　判:不顾,豁出去。　无算:不计数量。《仪礼·乡饮酒礼》:“无算爵,无算乐。”《注》:“算,数也。宾主宴饮,爵行无数,醉而止也。”　⑤浩歌:放声歌唱。　箕踞:古时席地而坐,坐时如伸展两足,以手据膝,则状如箕,故称箕踞,此乃傲慢不敬之容。　巾聊岸:姑且把头巾推起,露出前额,以示放任不拘。　岸:露额。　⑥卢仝碗:即茶碗。唐诗人卢仝一生嗜茶,作有《茶歌》,内云:“一碗喉吻润,两碗破孤闷。三碗搜枯肠,唯有文字五千卷。四碗发轻汗,平生不平事,尽向七孔散。五碗肌骨清,六碗通仙灵,七碗吃不得也,唯觉两腋习习清风生。”后世因称茶碗为卢仝碗。

## 醉落魄

和答陈景卫望湖楼见忆[①]

千岩竞秀,西湖好是春时候。谁知梅雪飘零久。藏白收香,空袖和羹手[②]。　天涯万里情难逗,眉峰岂为伤春皱。片愁未信花能绣。若说相思,只恐天应瘦。

[注释]

①陈景卫:名元忠,龙溪人。见胡铨《澹庵集》。　望湖楼:旧址望湖楼在今浙江杭州西湖断桥附近。　②和羹:本义为调和羹汤,后用来比喻大臣辅佐君王治理国家。

## 鹧鸪天

癸酉吉阳用山谷韵[①]

梦绕松江属玉飞[②],秋风莼美更鲈肥[③]。不因入海求诗句，万里投荒亦岂宜[④]。　青箬笠，绿荷衣。斜风细雨也须归[⑤]。崖州险似风波海[⑥]，海里风波有定时。

[注释]

①癸酉：即绍兴二十三年(1153)。　吉阳：作者谪地，在海南岛。　②松江：即吴淞，太湖支流三江之一，由江苏吴江县东流至上海市与黄浦江会合。　属玉：水鸟名。《汉书·司马相如传》《注》引郭璞曰："属玉似鸭而大，长颈赤目，紫绀色。"　③"秋风"句：用张翰典。《晋书·张翰传》："（张翰）齐王冏辟为大司马东曹掾……因见秋风起，乃思吴中菰、莼羹、鲈鱼脍，曰：'人生贵得适志，何能羁宦数千里以要名爵乎。'遂命驾而归。"　④万里投荒：本黄庭坚《醉蓬莱》"万里投荒，一身吊影，成何欢意"。　⑤"斜风细雨"句：黄庭坚《鹧鸪天·西塞山边白鹭飞·序》，"宪宗时，画玄真子（张志和）像，访之江湖，不可得，因令集其歌诗上之。玄真之兄松龄，惧玄真放浪而不返也，和答其《渔父》云：'乐是风波钓是闲。草堂松桂已胜攀。太湖水，洞庭山。狂风浪起且须还。'""也须归"之说本此。　⑥崖州：即吉阳军，今属海南黎族苗族自治州。

## 鹧鸪天

和陈景卫忆西湖

一忆西湖太瘦生[①]，十年不到梦曾行。空濛山色烟霏晚[②]，淡滟湖光雾縠轻[③]。　芳草远，暮云平。雨馀空翠入帘明[④]。梦回一饷难存济[⑤]，这错都因自打成。

[注释]

①太瘦生：太清瘦。生，语助辞。　②空濛山色：苏轼《饮湖上初晴后雨》诗"山色空濛雨亦奇"。　③淡滟：明净。　雾縠：犹如薄雾之轻纱，此处用来比喻湖光。　④空翠：指碧绿明净之湖光山色。　⑤难存济：难以安排措置。《全宋词》注："饷"原作"晌"，据《永乐大典》卷二千二百六十五"湖"字韵改。

## 朝中措

黄守座上用六一先生韵[①]

崖州何有水连空，人在浪花中。月屿一声横竹[②]，云帆万里雄风。　多情太守，三千珠履[③]，二肆歌钟[④]。日下即归黄霸[⑤]，海南长想文翁[⑥]

［注释］

①黄守：崖州地方长官，黄姓，名不详。　六一先生：即欧阳修，有《朝中措》“平山栏槛倚晴空”词，此用其韵。　②月屿：月状之岛屿。　横竹：笛。　③三千珠履：喻门客众多而豪奢。《史记·春申君列传》：“赵使欲夸楚，为瑇瑁簪，刀剑室以珠玉饰之，请命春申君客。春申君食客三千馀人，其上客皆蹑珠履以见赵使，赵使大惭。”　④二肆歌钟：歌钟，即编钟（悬钟），铜制打击乐器。悬钟十六为一肆（列），二肆即三十二枚。《左传·襄公十一年》：“郑人赂晋侯……凡兵车百乘、歌钟二肆及其镈磬、女乐二八，晋侯以乐之半赐魏绛，曰：‘子教寡人和诸戎狄，以正诸华，八年之中，九合诸侯，如乐之和，无所不谐，请与子乐之。’”此处用来赞美黄守为朝廷所倚重。　⑤日下：古称天子所居之地为日下，即京都。　黄霸：字次公，西汉名臣，曾任颍川太守和扬州刺史，官至御史大夫，丞相。时吏尚严酷，而黄霸为地方官时却以宽和著名。汉世言治民吏，以霸为首（《汉书·循吏传》）。此以黄霸喻黄守。　⑥文翁：西汉时蜀郡守。曾于成都修起学宫，兴教化，使蜀地文学，比于齐鲁。武帝时令天下郡国立学校官，自文翁为之始（《汉书·循吏传》）。此以文翁喻黄守。

## 采桑子

甲戌和陈景卫韵[①]

山浮海上青螺远[②]，决眦归鸿[③]。闲倚东风。叠叠层云欲荡胸[④]。　弄琴细写清江引[⑤]，一洗愁容。木杪黄封[⑥]。贤圣都堪日日中[⑦]。

［注释］

①甲戌：即绍兴二十四年（1154）。　②青螺：喻远山。刘禹锡《望洞庭》诗："遥望洞庭山水色，白银盘里一青螺。"　③决眦：裂开眼眶，形容张目瞪视。杜甫《望岳》诗："决眦入归鸟。"　④"叠叠"句：山中云气层层叠叠，可使人荡涤心胸。杜甫《望岳》诗："荡胸生层云。"　⑤清江引：古曲名。　⑥木杪黄封：以树杪雨水比作美酒。　木杪：树梢。　黄封：古时宫廷酿酒以黄罗帕封，故称黄封，后成为美酒之泛称。　⑦"贤圣"句：谓天天得以醉酒。《三国志·魏书·徐邈传》："时科禁酒，而邈私饮，至于沉醉。校事赵达问以曹事，邈曰：'中圣人。'达白之太祖（曹操），太祖甚怒。渡辽将军鲜于辅进曰：'平日醉客，谓酒清者为圣人，浊者为贤人，邈性修慎，偶醉言耳。'"后因称醉酒为"中圣"、"中贤"。

## 临江仙

和陈景卫忆梅

我与梅花真莫逆[①]，别来长恐因循[②]。几年不见岭头春[③]。栩然蝴蝶梦[④]，魂梦竟非真。　浪蕊浮花空满眼，愁眉不展长颦。此君还似不羁人[⑤]。月边风畔[⑥]，千里淡相亲。

［注释］

①莫逆：彼此心同意合，无所忤逆。见《庄子·大宗师》："四人相视而笑，莫逆于心，遂相与为友。"　②因循：守旧而不变。　③岭头春：指大庾岭上梅花。大庾岭在赣粤交界处，唐代为通粤要道，张九龄督所属开凿新路，多植梅树，称岭梅。　④栩然：欢畅貌。　蝴蝶梦：谓梦幻非真。《庄子·齐物论》："昔者庄周梦为蝴蝶，栩栩然蝴蝶也……俄然觉，则蘧蘧然周也，不知周之梦为蝴蝶与，蝴蝶之梦为周与？"　⑤此君：指梅。不羁人：不甘受拘束的豪放之士。　⑥"月边"句：依律脱一字。

## 如梦令

谁念新州人老[1]，几度斜阳芳草。眼雨欲晴时[2]，梅雨故来相恼。休恼，休恼，今岁荔枝能好[3]。

[注释]

①新州：宋时州郡名。在今广东新兴县境内。作者曾贬谪于此。　②眼雨：泪。　③能好：如此好。能，意通"恁"。

## 玉楼春

赠李都监侍儿，是夕歌六么[1]

十年目断鲸波阔[2]，万里相逢歌怨咽。髻鬟春雾翠微重[3]，眉黛秋山烟雨抹[4]。　小槽旋滴真珠滑[5]，断送一生花十八[6]。醉中扶上木肠儿[7]，酒醒梦回空对月。

[注释]

①李都监：名不详，都监为宋代地方驻军指挥官名称。　六么：唐时乐曲名。　②鲸波：由鲸掀起之波，指江海巨浪。　③翠微：轻淡青葱之山色，此用来形容妇女髻鬟之美。　④眉黛：古代妇女以黛画眉，故称眉为眉黛。　⑤小槽：酒槽，一种注酒器。李贺《将进酒》诗："琉璃钟，琥珀浓，小槽酒滴珍珠红。"　⑥花十八：舞曲名。欧阳修《玉楼春》词："杯深不觉琉璃滑，贪看六么花十八。"　⑦木肠儿：谓木石心肠之人。苏轼《沉香石》诗："欲随楚客纫兰佩，谁信吴儿是木肠。"

## 清平乐

和曾检法海棠[1]

深深花院，雨虐风饕遍[2]。只欠画屏并羽扇，谁领略春风面。　　愁须诗酒相禁[3]，少陵底事慵吟。不是为梅牵兴，怕渠恼乱春心[4]。王介甫《梅》诗云："少陵为尔牵诗兴，可是无心赋海棠。"

[注释]

①曾检法：名不详，检法为官职名。　②雨虐风饕(tāo)：极言风雨之暴虐凶残。　③"愁须"句：须用诗酒来制止愁思。　禁：制止。　④"少陵"三句：少陵，即唐诗人杜甫。宋葛立方《韵语阳秋》卷第十六："杜子美居蜀数年，吟咏殆遍。海棠奇艳，而诗章独不及何邪？郑谷诗云：'浣花溪上堪惆怅，子美无情为发扬'是也。本朝名士赋海棠甚多，往往皆用此为实事。……独王荆公诗用此作梅花诗，最为有意。所谓'少陵为尔牵诗兴，可是无心赋海棠'。"此则反王安石之意而言之，云杜甫不咏海棠并非为梅牵兴，而是怕被海棠恼乱春心。

## 青玉案

乙酉重九葛守坐上作[1]

宜霜开尽秋光老。感节物、愁多少[2]。尘世难逢开口笑[3]。满林风雨，一江烟水，飒爽惊吹帽[4]。　　玉堂金马何须道[5]。且門取、尊前玉山倒[6]。燕寝香清官事了[7]。紫萸黄菊，皂罗红袂[8]，花与人俱好。

（以上四印斋所刻词本《澹庵词》十五首）

[注释]

①乙酉：即孝宗乾道元年(1165)。《宋史·胡铨传》："乾道初，以集英殿修撰知漳洲，改泉州。"此葛守或即漳州（或泉州）之葛姓知州。　②节物：应时节之景物。　③"尘世"句：本杜牧《九日登高》"尘世难逢开口笑，菊花须插满头归"。　开口笑：欢乐貌。　④吹帽：用孟嘉典。晋陶潜《晋故征西将军孟府君传》："（孟嘉）为征西大将军谯国桓温参军。君色和而正，温甚重之。九月九日，温游龙山，参佐毕集，四弟二甥咸在坐。时佐

吏并着戎服。有风吹君帽堕落,温目左右及宾客勿言,以观其举止。君初不自觉,良久如厕,温命取以还之。廷尉太原孙盛为咨议参军,时在坐,温命纸笔令嘲之。文成示温,温以着坐处。君归,见嘲笑而请笔作答,了不容思,文辞超卓,四座叹之。" ⑤玉堂:唐宋后常用作翰林院之代称。金马:即金马门,汉代金马门为文学侍从待诏处。此处均用来泛指功名富贵。 ⑥"且鬥取"句:鬥取,拼着。 尊前:酒樽前。 玉山倒:形容醉倒。刘义庆《世说新语·容止》:"嵇叔夜(康)之为人也,岩岩若孤松之独立。其醉也,傀俄若玉山之将倾。" ⑦燕寝:周制。天子有六寝,一是正寝,其馀通称燕寝。 ⑧皂罗:黑色罗衣。 红袂:红色衣袖,此处当指男女侍从。

## 好事近

富贵本无心,何事故乡轻别。空使猿惊鹤怨①,误薜萝风月②。 囊锥刚要出头来③,不道甚时节。欲驾巾车归去④,有豺狼当辙⑤。⑥ (《挥麈后录》卷十)

[注释]

①猿惊鹤怨:隐士隐居山林,原与猿鹤为伍。一旦隐士离山林而去,便使猿鹤为之不安。南齐孔稚珪《北山移文》:"蕙帐空兮夜鹤怨,山人去兮晓猿惊。" ②薜萝:薜荔与女萝,二者俱植物名。屈原《九歌·山鬼》:"若有人兮山之阿,被薜荔兮带女萝"。后以薜萝称隐士服装。 薜萝风月:指隐士幽静、闲适的生活。 ③"囊锥"句:即刚要脱颖而出,显示自己才能。《史记·平原君虞卿列传》:"平原君曰:'夫贤士之处世也,譬若锥之处囊中,其末立见。……'毛遂曰:'臣乃今日请处囊中耳。使遂早得处囊中,乃颖脱而出,非特其末见而已。'" ④巾车:有车衣遮盖的车。陶潜《归去来兮辞》:"或命巾车,或棹孤舟。" ⑤豺狼当辙:豺狼,喻凶恶之人。辙,车轮行迹,引申为车所由之道路。《东观汉记》记汉顺帝汉安元年选遣八使,巡行郡邑,侍御史张纲年少,官次最微。七人皆受命之部,纲独埋轮于洛阳都亭,曰:"豺狼当道,安问狐狸!"张纲以豺狼喻其时专擅国政之权奸梁冀,此处则指奸相秦桧。《宋名臣言行录》云:"胡铨上书言王

伦、秦桧，谪吉阳军，又贬新州。张棣曰：‘铨何故未过海？’铨偶为词云：‘欲驾巾车归去，有豺狼当辙。’棣即迎桧意，奏铨怨望，于是送南海编管，流落几二十年。”见《历代词话》卷七引。 ⑥唐氏按：此首又见高登《东溪词》，疑非。

## 存目词

《永乐大典》卷二千八百零九“梅”字韵，载胡铨《滴滴金》（断桥雪霁闻啼鸟）一首，乃陈亮作，见《全芳备祖》前集卷一“梅花门”。

# 俞处俊

俞处俊,生卒不详,字师郝,新淦(今属江西)人。高宗建炎二年(1128)登进士乙科,授左从事郎、筠州军事推官。词存一首,见曾敏行《独醒杂志》卷六。

## 百字令[①]

残蝉断雁[②],政西风萧索[③],夕阳流水。落木无边幽眺处[④],云拥登山屐齿。岁月如驰,古今同梦,惟有悲欢异。绿尊空对[⑤],故人相望千里。　追念淮海当年,五云行殿,咫尺天颜喜[⑥]。清晓胪传仙仗里,衣染玉龙香细[⑦]。今日天涯,黄花零乱,满眼重阳泪[⑧]。艰难多病,二陵无奈秋思[⑨]。

(《独醒杂志》卷六)

[注释]

①词乃重阳日回忆建炎二年登科时情景。　②断雁:失群的孤雁。　③政:通“正”,正是。　④“落木”句:杜甫《登高》诗“无边落木萧萧下”。　幽眺:远眺。　⑤绿尊:绿酒。　尊:酒杯,这里代指酒。　⑥“追念”三句:建炎二年,扬州为宋高宗行都,时词人在此应试。　淮海:宋时多指扬州。秦观《望海潮·广陵怀古》:“星分牛斗,疆连淮海,扬州万井提封。”　行殿:行宫。　天颜:帝王容颜。　注者按:据《宋史·高宗纪》二,建炎二年金人犯东京,“春正月丙戌朔,帝在扬州……九月……庚寅,赐礼部进士皆许调官”。故词人能以新进士身份得见“天颜”。　⑦“清晓”二句:写高宗传旨时情景。　胪传:指传告诏旨。宋程大昌《演繁露》:“今之胪传,自殿上至殿下,皆数人亢声相接,传所唱之,联续远闻。”　仙仗:仙班,指朝臣行列。　玉龙香:犹御炉香。　⑧重阳:农历九月初九日。　⑨二陵:指徽宗、钦宗。

[集评]

曾敏行云:“俞师郝尝因重九日赋长短句云(词略),词既出,邑人争歌之。或曰:‘词固佳,然其言太酸辛,何故?’师郝明年竟卒。其登科时在维扬,以重阳日唱名,故词中及之。”(《独醒杂志》卷六)

# 岳 飞

岳飞(1103—1141),字鹏举,相州汤阴(今属河南)人。出身农家,二十岁从军,屡立战功,迁秉义郎。高宗建炎元年(1127),上书反对迁都,以越职被夺官。后投河北招讨使张所,为中军统领。四年,于牛头山败金兀术,收复建康。绍兴四年(1134),除荆南鄂岳州制置使,收复襄阳等六郡。十年,大举北伐,获郾城大捷,兵抵朱仙镇。因高宗、秦桧主和而被迫奉诏班师。翌年以"莫须有"罪名被害于狱中。孝宗时谥武穆。宁宗时封鄂王,又改谥忠武。有《岳武穆集》,词存三首。

## 小重山

昨夜寒蛩不住鸣①。惊回千里梦,已三更。起来独自绕阶行。人悄悄,帘外月胧明②。　　白首为功名。旧山松竹老,阻归程③。欲将心事付瑶琴。知音少,弦断有谁听④。

(《金陀粹编》卷十九)

### [注释]

①寒蛩:蟋蟀。　②月胧明:月色微明。唐元稹《嘉陵驿》诗:"野花撩乱月胧明。"　③"旧山"二句:谓故乡为金人所占,归路被阻。　④"知音"二句:春秋时俞伯牙善鼓琴,为钟子期所赏。子期死,伯牙以为不再有知音,遂"破琴绝弦"。见《吕氏春秋·本味》。此指无人理解抗金主张。

### [集评]

王奕清等云:"岳侯,忠孝人也。其《小重山》词,梦想旧山,悲凉悱恻之至。"(《历代诗馀》卷一百一十七《词话》)

沈雄云:"《话腴》曰:'武穆《收复河南罢兵表》云:"莫守金石之约,难充溪壑之求。暂图安而解倒悬,犹之可也。欲远虑而尊中国,岂其然乎。"

故作《小重山》云：'欲将心事付瑶琴。知音少，弦断有谁听。'指主和议者。"（《古今词话·词话》上卷）

## 满江红

### 写　怀

怒髮冲冠[①]，凭栏处、潇潇雨歇。抬望眼，仰天长啸，壮怀激烈。三十功名尘与土[②]，八千里路云和月[③]。莫等闲，白了少年头，空悲切。　　靖康耻[④]，犹未雪。臣子恨，何时灭。驾长车踏破[⑤]，贺兰山缺[⑥]。壮志饥餐胡虏肉，笑谈渴饮匈奴血[⑦]。待从头，收拾旧山河，朝天阙[⑧]。

［注释］

①怒髮冲冠：形容极度愤怒。《史记·廉颇蔺相如列传》："相如因持璧却立，倚柱，怒髮上冲冠。"　②三十功名：三十岁时成就了功名。　③八千里路：指转战万里。八千，虚指。　④靖康：宋钦宗年号。靖康元年（1126）冬，金兵陷汴京，徽宗钦宗被掳，北宋灭亡。史称"靖康之变"。　⑤长车：一种山地战车。　⑥贺兰山：在今宁夏回族自治区境内。一说指河北磁县境内之贺兰山。依词意，当喻指金邦。　⑦胡虏、匈奴：此处是对金兵的蔑称。　⑧朝天阙：朝见皇帝。岳飞《永州祁阳县大营驿题记》："他日扫清胡虏，复归故国，迎二宫还朝，宽天子宵旰之忧。"与以上四句词意合。

［集评］

沈际飞云："胆量、意见、文章，悉无今古。有此愿力，是大圣贤、大菩萨。"（《草堂诗馀正集》）

沈雄云："《满江红》忠愤可见，其不欲'等闲白了少年头'，可以明其心事。"（《古今词话·词话》上卷）

丁绍仪云："文衡山（征明）待诏《题宋高宗岳武穆手诏》石刻《满江红》云：'拂拭残碑，敕飞字、依稀堪读。慨当初，倚飞何重，后来何酷。岂是功高身合死，可怜事去言难赎。最无端、堪恨又堪悲，风波狱。　岂不念,疆圻蹙。岂不念,钦徽辱。念徽钦既返,此身何属。千载休谈南渡错,当时自怕中原复。笑区区、一桧竟何能,逢其欲。'余尝谓高宗非昏庸之主,武穆又深荷眷顾,桧何人斯,敢于擅戮,高宗竟亦不问。与待诏之意正同。至寓议论于协律中,尤觉激昂慷慨,读之色舞。”(《听秋声馆词话》卷九)

刘体仁云:“词有与古诗同义者,‘潇潇雨歇’,《易水》之歌也。”(《七颂堂词律》)

陈廷焯云:“何等气概,何等志向。千载下读之,凛凛有生气焉。‘莫等闲’二语,当为千古箴铭。”(《云韶集》)

吴世昌:“《满江红》决非飞作。又此词不但如俞(嘉锡)氏所指出‘山缺’与上文‘踏破’、下文‘天阙’意义重复,且上片‘壮怀’、下片‘壮志’尤不像话,而餐肉饮血徒贻话柄。且金人在东北,而‘踏破贺兰山’,地理全误。”(《词林新话》) 晓川按:吴说与夏承焘、张伯驹见解相似,录之以备参酌。

## 满江红

登黄鹤楼有感①

遥望中原,荒烟外、许多城郭。想当年、花遮柳护,凤楼龙阁②。万岁山前珠翠绕③,蓬壶殿里笙歌作④。到而今、铁骑满郊畿⑤,风尘恶⑥。 兵安在,膏锋锷⑦。民安在,填沟壑⑧。叹江山如故,千村寥落⑨。何日请缨提锐旅⑩,一鞭直渡清河洛⑪。却归来、再续汉阳游⑫,骑黄鹤。⑬

(岳武穆墨迹)

[注释]

①黄鹤楼:旧址在今武汉市黄鹤矶上,临长江大桥。相传古代费文祎登仙,曾驾鹤经此休息。见《太平寰宇记》。 ②凤楼龙阁:指宫殿。李煜《破阵子》:“凤阁龙楼连霄汉,玉树琼枝作烟萝。” ③万岁山:一名艮岳,在汴京城东北,山周十馀里,内有亭台楼阁,奇花异石。宣和四年(1122)

建成。徽宗赵佶有《御制艮岳记》记其盛。　④蓬壶殿：周城《宋东京考》卷十七《山岳 · 艮岳》谓万岁山之北有蓬莱堂，盖指此。　⑤“铁骑”句：谓金兵马占领汴京及其广大郊区。　⑥风尘：指战争。　⑦“兵安在”二句：谓兵士已丧于刀剑之下。　锷：刀剑的锋刃。　⑧“民安在”二句：《孟子 · 梁惠王下》：“君之民老弱转乎沟壑。”此谓战争中人民伤亡惨重。　⑨千村寥落：杜甫《兵车行》：“千村万落生荆杞。”此用其意。　⑩请缨：犹请战。《汉书 · 终军传》：“愿受长缨，必羁南越王而致之阙下。”　⑪河洛：黄河与洛水，借指中原地区。　⑫汉阳：今属湖北武汉市，时作者驻军于此。　⑬《全宋词》注：见近人徐用仪所编《五千年来中华民族爱国魂》一书卷端。原系照片，并有元统甲戌谢升孙跋及宋克、文徵明诸跋。

# 王之望

王之望(1103—1170),字瞻叔,号汉滨,襄阳谷城(今属湖北)人,寓居台州。绍兴八年(1138)进士。累迁太府少卿、总领四川财赋。孝宗立,除户部侍郎,充川陕宣谕使,官至参知政事兼同知枢密院事。施政力主和议,为言者论罢,居天台。乾道元年(1165),起知福州兼福建路安抚使,加资政殿大学士。移知温州,寻罢归。《宋史》有传。有《汉滨集》,今存辑佚本十六卷,其诗文大多疏畅明达。亦能词。《彊村丛书》录其《汉滨诗馀》,实为王氏所作者计二十六首,多应酬和人之作。

## 菩萨蛮

和钱处和上元①

华灯的皪明金碧②,玳筵剧饮杯馀湿③。珠翠隔房栊,微闻笑语通。　蓬瀛知已近,青鸟仍传信④。应为整云鬟,教侬倒玉山⑤。

[注释]

①本篇当隆兴元年(1163)前后作。　钱处和(1109—1177):名端礼,临安人。为南宋大臣,王之望同僚。绍兴三十一年(1161)权户部侍郎兼枢密院都承旨,立朝主和议。符离兵败,尝与王之望同充宣谕使。钱使淮东,王使淮西。事详见《宋史》本传。　上元:又称元夕,宋代民俗大节,在农历正月十五夜,民俗盛行张灯结彩。　②华灯的皪:谓上元灯火辉煌。　的皪(dì lì):光亮、鲜明。司马相如《上林赋》:“明月珠子,的皪江靡。”　③玳筵:本谓坐具以玳瑁为饰的宴席。文人夸指盛宴。魏刘桢《瓜赋序》:“布象牙之席,薰玳瑁之筵。”　④“蓬瀛”二句:本李商隐《无题》诗“蓬山此去无多路,青鸟殷勤为探看”。　蓬瀛:神话中的二座海上仙山。　⑤侬:我。吴地方言。　倒玉山:嵇康身长七尺八寸,风姿特秀。

山涛尝言："其醉也，傀俄若玉山之将崩。"见《世说新语·容止》。

## 好事近

和侯监丞①

五载复相逢，俱被一官驱役②。惊我雪髯霜鬓，只声香相识。　翠帷珍重出笙歌，醉迟迟春日③。亲到鹊桥津畔，见天机停织④。

[注释]

①侯监丞：作者老友，生平不详。　监丞：官名。宋代国子监、将作监、军器监等皆设有监丞，为主官的副贰。　②一官驱役：谓为生活而忙碌官事。陶潜《归去来兮辞》："尝从人事，皆口腹自役。"又云："既自以心为形役。"　③迟迟春日：本《诗经·豳风·七月》"春日迟迟，采蘩祁祁"。谓漫长的春日。　④"亲到"二句：典出《风俗通》卷三"织女七夕当渡河，使鹊为桥"。　鹊桥津畔：指银河畔。　天机停织：用织女故事。相传织女为天帝之女，"年年机杼劳役，织成云锦天衣，容貌不暇整。帝怜其独处，许嫁河西牵牛郎，嫁后遂废织衽"。事见《月令广义·七月令》所引《小说》。二句谓醉中如飘升天界，见织女辍机赴会。

## 好事近

彩舰载娉婷①，宛在玉楼琼宇②。人欲御风仙去，觉衣裳飘举③。　玉京咫尺是蓝桥，一见已心许④。梦解汉皋珠佩，但茫茫烟浦⑤。

[注释]

①"彩舰"句：写携歌舞伎泛舟。　娉婷：美好的姿态。杜牧《赠别二首》诗其一："娉娉袅袅十三馀，豆蔻梢头二月初。"词谓妙龄女子。　②玉楼琼宇：《拾遗记》载，翟乾祐于江岸玩月。人有随之观玩，"俄见月规半

天,琼楼玉宇烂然”。此借指月宫仙境。 ③“人欲”二句:化用苏轼《水调歌头》词“我欲乘风归去,又恐琼楼玉宇,高处不胜寒”及白居易《长恨歌》“风吹仙袂飘飘举”。此隐括赵飞燕事。飞燕体轻盈,汉成帝尝与飞燕泛云舟于太液池上,飞燕“歌中流。歌酣,风大起。后(谓飞燕)迎风扬袂”。风举衣裳,殆欲随风入水。乃扬袖曰:“仙乎,仙乎!”人持其履方止。见《赵飞燕外传》及《拾遗记》卷六。 ④“玉京”二句:玉京,传说中道教的仙境。晋葛洪《枕中书》载,“真书曰:元始天王,在天中心之上,名曰玉京山。山中宫殿,并金玉饰之。” 蓝桥:桥名,在陕西蓝田县东南蓝溪上。二句用裴航遇仙事。相传唐代书生裴航漫游鄂渚归京途中,得与仙人樊夫人同舟。裴赠诗求爱,有云:“倘若玉京朝会去,愿随鸾鹤入青云。”樊回诗指点曰:“一饮琼浆百感生,玄霜捣尽见云英。蓝桥便是神仙窟,何必崎岖上玉清。”后果于蓝桥驿遇仙女云英,一见倾心,终成眷属。见裴铏《传奇·裴航》。 ⑤“梦解”二句:相传郑交甫尝于汉皋台下遇二神女,“佩两珠,大如鸡卵”。神女解佩相赠。分手十步后,佩珠亡失,神女亦不见。事见《韩诗外传》。此用典,谓欢会后的怅然。

## 好事近

和荣大监①

缓带抚雄边②,一面灭烽休役。歌舞后堂高宴,喜倾城初识③。 红绫小研写新词④,佳句丽星日。从此锦城机杼,把回文休织⑤。

[注释]

①本篇为供职四川时作。作者早年尝仕宦四川,历任潼川府路转运判官、成都府路计度转运副使、提举四川茶马。 荣大监:一位荣姓的监司。宋代诸路提举常平司、转运使司等,职掌监察本路官员之责,称监司,时人尊称大监。荣某或即潼川路转运使,作者时为其属下判官。 ②缓带:宽松衣带。此誉美雍容、闲适的大将风度。《晋书·羊祜传》:“(羊祜)在军常轻裘缓带,衣不被甲,铃阁之下,侍卫者不过十数人。” 雄边:犹重境。南宋时,四川为与金对峙的前线要地,故云。 ③倾城:指绝色

佳人。汉李延年有《歌》云“北方有佳人，绝世而独立。一顾倾人城，再顾倾人国”。 ④红绫小研：一种磨光了的红色绫罗，古人常用研绫作书笺。周邦彦《虞美人》（金闺平帖春云暖）词：“研绫小字夜来封。斜倚曲栏凝睇、数归鸿。” ⑤“从此”二句：《晋书·列女列传·窦滔妻苏氏》载，前秦时，秦州刺史窦滔被徙流沙。其妻苏蕙善属文，因思念丈夫，“织锦为回文旋图诗以赠滔。宛转循环以读之，词甚凄惋，凡八百四十字”。此用之。锦城：称成都。蜀锦名扬天下，成都以织锦闻世。二句因之设词，谓从此休兵偃武，蜀民无分离之苦。

## 好事近

清唱动梁尘[①]，窈窕夜深庭宇[②]。一笑满斟芳酒，看霞觞争举[③]。　弓靴三寸坐中倾，惊叹小如许[④]。子建向来能赋，过凌波仙浦[⑤]。

［注释］

①“清唱”句：传说汉代有善雅歌者鲁人虞公，“发声清哀，歌动梁尘”。见刘向《别录》。 ②窈窕：谓美女。 ③霞觞：汉王充《论衡·道虚》载，项曼都学仙，称尝遇仙人引其上天，居月之旁。“口饥欲食，仙人辄饮我流霞一杯，数月不饥。”词人遂以“霞觞”指盛美酒之杯。 ④“弓靴”二句：咏女子缠足。 ⑤“子建”二句：子建，曹植的字。曹植善赋，其《洛神赋》最脍炙人口。言于洛浦遇洛神宓妃，其人“体迅飞凫，飘忽若神，凌波微步，罗袜生尘”。词谓席上歌女胜过洛神。

## 好事近

成都赏山茶，用路漕韵[①]

萧寺两株红[②]，欲共晓霞争色[③]。独占岁寒天气[④]，正群芳休息[⑤]。　坐中清唱并阳春[⑥]，写物妙诗格。霜鬓自羞簪帽[⑦]，叹如何抛得。

[注释]

①本篇盖绍兴末任成都府路计度转运副使时作。　路漕:指成都路转运使。宋代转运使司职掌本路漕运、财赋,故又称漕司。　②萧寺:称佛寺。唐李肇《国史补》卷中:"梁武帝造寺,令萧子云飞白大书'萧'字,至今一'萧'字存焉。"后世因称佛寺为萧寺。　注者按:成都东门海云寺,山茶花名闻世人。《剑南诗注》:"成都海云寺山茶,一树千苞,特为繁丽。"又:"海云寺山茶开,故事宴集甚盛。"见《广群芳谱》卷四十一。　③"欲共"句:本李商隐《井泥四十韵》诗"四面多好树,旦暮云霞姿"。山茶以蜀茶为胜,其色殷红,故云。　④"独占"句:本黄庭坚《白山茶赋》"孔子曰:岁寒然后知松柏之后凋也。丽紫妖红,争春而取宠,然后知白山茶之韵胜也"。孔子语,载《论语·子罕》。山茶开于十月至二月,故云"独占"。⑤"正群芳"句:化用林逋《梅花》诗"众芳摇落独暄妍,占尽风情向小园"。⑥阳春:古代一种高雅和寡的曲子名。见宋玉《对楚王问》。　⑦"霜鬓"句:谓年老羞以山茶簪插。杜甫《九日》诗:"若遭白髮不相放,羞见黄花无数新。"此变化杜诗而成。

## 减字木兰花

代人戏赠

珠帘乍见,云雨无踪空有怨[①]。锦字新词[②],青鸟衔来恼暗期[③]。　　桃溪得路,直到仙家留客处[④]。今日东邻,远忆当年窥宋人[⑤]。

[注释]

①"云雨"句:宋玉《高唐赋序》载,昔日,楚怀王游高唐,梦幸一妇人。去而辞曰:"妾在巫山之阳,高丘之阻,旦为朝云,暮为行雨,朝朝暮暮,阳台之下。"此用之,以云雨喻男女艳遇。　②"锦字"句:谓女子来书。此用苏蕙织锦为字寄与丈夫窦滔的典故。　③青鸟:指信使。　④"桃溪"二句:汉代刘晨、阮肇入天台山采药,迷路不得返。饥,摘山上桃树之子啖之。后沿山下大溪行,遇溪边二仙女,"欣然如相识,曰:'来何晚耶?'因邀还家。"　⑤"今日"二句:宋玉《登徒子好色赋》称,宋玉东邻女貌美色冠,此

女尝登墙窥宋玉三年之久。

## 减字木兰花

恭人生日[①]

糟糠相乐[②]，早共梁鸿同隐约[③]。著籍天门，隔品新封感帝恩[④]。　满堂儿女，妇捧金杯孙屡舞。白髮卿卿[⑤]，与尔尊前作寿星。

[注释]

①本篇乃隆兴二年(1164)除参知政事后，为妻子生日作寿而写。　恭人：古代妇人的封号。宋制，中散大夫以上官员的母或妻，封号恭人。　②"糟糠"句：典出《后汉书·宋弘传》"弘曰：'臣闻贫贱之知不可忘，糟糠之妻不下堂。'"　糟糠：本指粗劣的食物。词喻夫妻共过贫贱的生活。　③梁鸿：字伯鸾，东汉高士。家贫博学。娶妻孟光，同隐居霸陵山中，后亡匿于民间。夫妻相敬如宾，乐于隐名。事见《后汉书·梁鸿传》。　④隔品新封：指擢授参知政事，备受宠尊。宋王楙《野客丛书》卷二十七载：唐宰相视事，"用隔品致敬"。其事始于玄宗。时张说为仆射，深受尊宠。帝遂命仆射视事，御史中丞、左右丞、吏部侍郎四品官列拜阶下，"而仆射巍然坐受于堂上。"谓之隔品致敬。　⑤白髮卿卿：昵称老妻。晋王戎妻常呼之为卿。王曰："女人卿婿，于礼为不敬。后勿复尔。"妇曰："亲卿爱卿，是以卿卿。我不卿卿，谁当卿卿。"见《世说新语·惑溺》。

## 丑奴儿

寄齐尧佐[①]

蒙泉秋色登临处[②]，愁送将归[③]，一梦经时。肠断佳人，犹唱《渭城》诗[④]。　春来重醉分携地，人在天涯[⑤]，别后应知。两鬓萧萧，多半已成丝[⑥]。

[注释]

①本篇早年知荆门军(治所在今湖北荆门)时作。　齐尧佐:作者友人,生平不详。　②蒙泉:在荆门西蒙山下。《舆地记胜》:"在军城西硖石山之麓。南曰蒙泉,西北曰惠泉。"　③愁送将归:本宋玉《九辩》"悲哉秋之为气也,萧瑟兮草木摇落而变衰,憭慄兮若在远行,登山临水兮送将归"。　④《渭城》:又名《送元二使安西》,王维所作诗歌。唐以来向为离筵别唱之歌。　⑤"春来"二句:本白居易《同李十一醉忆元九》诗"花时同醉破春愁……忽忆故人天际去,计程今日到梁州"。　分携地:犹离别处。题李陵《与苏武诗》其三:"携手上河梁,游子暮何之。"　⑥已成丝:丝,谐音"思"。用民歌手法。

## 丑奴儿

寄李德志

去年池馆同君醉,正是花时[①],隔院韶辉。桃李欣欣[②],如与故人期。　　相望两地今千里[③],还对芳菲,春色分谁[④]。雨惨风愁,依旧可怜枝。

[注释]

①"去年"二句:白居易《同李十一醉忆元九》诗云"花时同醉破春愁,醉折花枝作酒筹"。本篇所寄友人亦李姓,作者巧用之。　②桃李欣欣:本杜甫《江亭》诗"寂寂春将晚,欣欣物自私"。　③"相望"句:用南朝宋谢庄《月赋》"美人迈兮音尘阙,隔千里兮共明月"之意。　④春色分谁:化用秦观《望海潮》(梅英疏淡)词"柳下桃蹊,乱分春色到人家",用《古诗十九首·涉江采芙蓉》"兰泽多芳草,采之欲遗谁"之意。又南朝宋陆凯有自江南寄梅,赠友人"一枝春"事。见盛弘之《荆州记》。

## 惜分飞

### 别　妓

要眇新声生宝柱[①]，弹到离肠断处。细落檐花雨[②]，夜阑清唱行云住[③]。　洞府春长还易暮[④]，凡客暂来终去[⑤]。不忍回头觑，乱山流水桃溪路[⑥]。

［注释］

①宝柱：琴上系弦的小柱子。　②“细落”句：本杜甫《醉时歌》“清夜沉沉动春酌，灯前细雨檐花落”。　③清唱行云住：古代秦青善歌，尝饯人于郊衢，“抚节悲歌，声振林木，响遏行云”。见《列子·汤问》。　④洞府：指女子居处。唐人好以遇仙喻狎妓，如张鷟《游仙窟》传奇即此类。洞府，犹仙窟。　⑤凡客：指遇仙的男子，此自称。　⑥“乱山”句：本王维《桃源行》“春来遍是桃花水，不辨仙源何处寻”。谓回望无见。

## 醉花阴

### 生　日[①]

弧门此日犹能记[②]，叹居诸难系[③]。弹指片声中[④]，不觉流年，五十还加二。　儿童寿酒邀翁醉，笑欣欣相戏。休画老人星[⑤]。白髮苍髯，怎解如翁似。

［注释］

①本篇作者五十二岁生日时作，当隆兴末年赋闲天台日。　②“弧门”句：古代风俗，“子生，男子设弧于门左”。见《礼记·内则》。弧：谓桑弓。　③“叹居诸”句：化用南朝梁简文帝萧纲《善觉寺碑铭》“居诸不息，寒暑推移”。居诸，语出《诗经·邶风·柏舟》“日居月诸，胡迭而微”。本以借指日月，后喻光阴。　④弹指：佛家常以“一弹指”形容极短暂的时间。　片声：形容弹指时发出的细微声响。　⑤画老人星：老人星即南极星。《晋书·天文志》：“老人一星，在弧南，一曰

南极。……见则治平,主寿昌。"古代风俗,作寿常于中堂悬一南极仙翁画轴,以表祝颂。

## 鹧鸪天

台州倚江亭即席和李举之,时曹功显、贺子忱同坐①

撩乱江云雪欲飞,小轩幽会酒行时。佳人喜得鸳鸯侣,豪客争题鹦鹉词②。　　歌舞地,喜追随,歙州端恨外迁迟③。谪仙狂监从来识④,七步初看子建诗⑤。

[注释]

①本篇盖隆兴末因事罢居天台日作。　台州:治所在今浙江临海。　李举之:名益能,官大宗丞正。　曹功显:即曹勋。　贺子忱:名允中,靖康中为郎中,绍兴二十九年(1159)自吏部侍郎除参知政事,三十年罢执政,以资政殿学士致仕。时居台州。　②"豪客"句:用祢衡典故。东汉末祢衡才高一世,客依江夏黄祖。祖长子黄射时大会宾客,"人有献鹦鹉者,射举卮于衡曰:'愿先生赋之,以娱嘉宾。'衡揽笔而作,文无加点,辞采甚丽。"　③歙州:州名。宋宣和三年(1121)改名徽州,治所在今安徽歙县。其地所产砚石著称于世,名歙砚。王之望的父亲王纲尝任徽州通判。　④"谪仙"句:谪仙指李白,狂监指贺知章。贺知章官秘书监,"晚年尤加纵诞,无复规检,自号'四明狂客',又称'秘书外监'。"　⑤"七步"句:用曹植事。曹植,字子建,才思敏捷。相传魏文帝曹丕尝令子建"七步中作诗,不成者行大法。(子建)应声便为诗"。见《世说新语·文学》。

## 虞美人

石光锡会上即席和李举之韵①

鸳鸯碧瓦寒留雪②,玉树先春发③。小楼歌舞夜流连,月落参横、一梦绕梅边④。　　尊前酒量谁能惜⑤,都是高阳客⑥。十分莫厌羽觞传⑦,半醉娉婷、云鬓亸金钿。

[注释]

①本篇盖隆兴末居天台期间作。 ②鸳鸯碧瓦：白居易《长恨歌》"鸳鸯瓦冷霜华重"。此指两片嵌合在一起的青绿色琉璃瓦。 ③玉树：喻梅树。韩愈《春雪间早梅》诗："未许琼花比，从将玉树亲。" ④"月落"句：题柳宗元《龙城录》载，隋赵师雄迁罗浮，醉梦中于酒家遇梅花仙子，得以盘桓久之，尽歌舞之欢快。醒转，"东方已白。师雄起视，乃在大梅花树下……月落参横，但惆怅而已"。 ⑤"尊前"句：欧阳修《浣溪沙》（十载相逢酒一卮）词"尊前莫惜醉如泥"。 ⑥高阳客：楚汉争天下之际，郦食其尝求见沛公刘邦，自称"吾高阳酒徒也，非儒人也"。见《史记·郦生陆贾列传》。 ⑦十分莫厌：前蜀王衍《醉妆》（者边走）词"莫厌金杯酒"。北宋张舜民《卖花声·题岳阳楼》词"十分斟酒敛芳颜"。 十分：谓满斟。 羽觞传：传杯。 羽觞：一种雀形酒杯。

## 小重山

成都上元席上用权帅许觉民韵①

幂幂轻云护晓霜②。银花千万朵③，烂韶光。宝山金字屡更张。笙箫远，帘幕闷重廊④。 车马暗尘香⑤。一邦如蜡日⑥，尽豪狂。游人归路笑声长。长歌里，击壤咏陶唐⑦。

[注释]

①本篇盖绍兴末官成都府路计度转运副使时作。 权帅：谓成都假守。 权：宋代称暂代某官职而非正官者。 许觉民：名尹，乐平人，官至敷文阁待制。 ②幂幂（mì mì）：云烟浓布的样子。唐李华《吊古战场文》："鬼神聚兮云幂幂。" ③"银花"句：谓上元灯火盛多。唐苏味道《正月十五夜》诗："火树银花合，星桥铁锁开。" ④闷重廊：遮挡住重廊。 闷（bì）：关，遮止。 ⑤"车马"句：本苏味道《正月十五夜》诗"暗尘随马去，明月逐人来"。 ⑥蜡日：即蜡节，古代年终合祭百神之节，热闹盛大。 ⑦"击壤"句：相传帝尧时，天下太平，百姓无事，"有年八十击壤于路者。观者曰：'大哉，尧德乎。'"击壤者乃作《击壤歌》云云。击壤，

上古的一种游戏。 陶唐：即帝尧，以其初居于陶，后封于唐，故名。

## 临江仙

赠 妓

十二峰前朝复暮①，忽愁望断行云。梦回江浦晓风清。远山思翠黛，蔓草记罗裙②。 锦字织成千万恨，翻成第入新声③。幽期谁为反离魂。主人无浪语，狂客最钟情。

**[注释]**

①十二峰：指巫山十二峰。 ②"蔓草"句：融用杜甫《琴台》诗"野花留宝靥，蔓草见罗裙"及五代牛希济《生查子》词"记得绿罗裙，处处怜芳草"二句意。 注者按：杜诗本于南朝梁江总妻《赋庭草》诗"雨过草芊芊……是妾罗裙色"。 ③"翻成"句：本白居易《琵琶行》"莫辞更坐弹一曲，为君翻作琵琶行"。王昌龄《从军行七首》其二："琵琶起舞换新声，总是关山旧别情。" 翻成：谓将锦字（回文诗）依声情改写成新曲调。

## 临江仙

赠贺子忱二侍妾二首

霓作衣裳冰作面①，铅华不涴天真②。临风几待逐行云。自从留得住，不肯系仙裙③。 对客挥毫惊满座，银钩虿尾争新④。数行草圣妙如神。从今王逸少⑤，不学卫夫人⑥。

**[注释]**

①"霓作"句：本李白《梦游天姥吟留别》诗"霓为衣兮风为马，云之君兮纷纷而来下"。《庄子·逍遥游》："藐姑射之山，有神人居焉，肌肤若冰雪，淖约若处子。" ②天真：宋词中常以指女子天生淳朴的姿质丽色。毛滂《蝶恋花·听周生弹琵琶》词："秀色天真，更夺丹青妙。" ③"临风"三

句：赵飞燕体轻盈，汉成帝与之嬉舟于太液池上，“每轻风时至，飞燕殆欲随风入水。帝以翠缨结飞燕之裙”。见《拾遗记·前汉下》。此以飞燕喻贺妾。　④“银钩”句：谓其笔法新异，姿态婉秀遒劲。南朝齐王僧虔《论书》称，晋书法家索靖草书独成一体，“传（张）芝草（体）而形异，甚矜其书，名其字势曰银钩虿（chài）尾”。　⑤王逸少：即王羲之，字逸少，晋代著名书法家。早年尝从书法妙手卫夫人学书，得见诸名家书法，后博采众长，自成一家。世称“书圣”。事见《晋书》本传。　⑥卫夫人：即汉代卫铄，汝阴太守李矩之妻。师钟繇，工书，尤善隶书。

## 临江仙

家在蓬莱山下住，乘风时到尘寰。双凫偶堕网罗间[①]。惊容凝粉泪，愁鬓乱云鬟。　人世风波难久驻[②]，云霞终反仙关[③]。虚无仙路拥归骛。却随烟雾去，长向洞天闲。

［注释］

①“双凫”句：相传东汉王乔有神术，为叶县令，自县诣台朝，不见车骑。每临至，辄有双凫从东南飞来。太史“候凫至，举罗张之，但得一只舄焉”。事见《后汉书·王乔传》。此借写贺妾，言其本为仙人，偶落人间。　②人世风波：本元稹《酬周从事望海亭见寄》诗“不辞狂复醉，人世有风波”。刘禹锡《竹枝词九首》其七“长恨人心不如水，等闲平地起波澜”。喻人世纷争之祸。　③云霞：古人自宋玉《高唐赋序》始，好以云霞喻佳人。李白《宫中行乐词八首》其一：“只愁歌舞散，化作彩云飞。”白居易《送毛仙翁》诗：“肌肤冰雪莹，衣服云霞鲜。”此本之，借称贺妾。　反：同“返”。　仙关：指仙人居处，即仙境。

## 洞仙歌

范丞相夫人生日[①]

玉楼玄圃[②]，旧是神仙伴。鸣佩时朝紫皇殿[③]。种蟠桃成树[4]，碧柰开花[5]，著子满，金母盘中屡献[6]。 飘然乘彩凤[7]，东望蓬莱，曾共扁舟五湖泛[8]。正珈笄未老[9]，兰玉盈前[10]，春欲转、喜对芳辰开宴[11]。愿绿鬓朱颜镇长新[12]，教岁岁年年[13]，寿觞深劝。

［注释］

①范丞相：指范宗尹（1099—1137），字觉民，襄州邓城（今湖北襄樊市西北）人。宣和三年（1121）登第，累迁至右谏议大夫。建炎四年（1130），自参知政事迁守右仆射、同平章事兼知枢密院事。绍兴元年（1131）七月罢相。未几，知温州，退居天台。《宋史》有传。作者别有《风流子·范觉民生日》词，盖同时作于绍兴六年前后寓居天台未出仕日。 ②“玉楼”句：相传昆仑山上有天墉城，“城上安金台五所，玉楼十二所”。见题东方朔《十洲记·昆仑》。又传，山上有曾城九重，“或上倍之，是谓阆风；或上倍之，是谓玄圃”。见《淮南子·览冥训》。词指仙地灵境。 ③紫皇殿：谓天帝的宫殿。《秘要经》：“太清九宫，皆有僚属，其最高者称天皇、紫皇、玉皇。”见《太平御览》卷六百五十九。 ④“种蟠桃”句：“东海有山名度索山，上有大桃树，蟠屈三千里，曰蟠木。”见《海内十洲记》。相传蟠桃树三千年一开花，三千年一结果。故民俗多以贺寿词。 ⑤碧柰开花：柰（nài），一种果木，亦称沙果，多长西土。《拾遗记·昆仑山》载，西方仙境须弥山，上有九层。其第三层，“有奈，冬生，如碧色，以玉井水洗食之，骨轻柔能腾虚也”。奈，同“柰”。 ⑥“金母”句：金母，即西王母。传说西王母尝于七月七日降会汉武帝，“出桃七枚，母自啖二枚，与帝五枚”。后又遣使致三桃，曰：“食此可得极寿。”见《汉武故事》。 ⑦“飘然”句：秦穆公有女弄玉，妻萧史，学吹箫似凤声。后成仙，“弄玉乘凤，萧史乘龙，升天而去”。见《太平广记》卷四引《神仙传拾遗》。 ⑧“曾共”句：“西施亡吴国后，复归范蠡，同泛五湖而去。”见《越绝书》。 五湖：今太湖。《史记·货殖列传》：“范蠡既雪会稽之耻……乃乘扁舟，浮于江湖。” ⑨珈笄未老：珈（jiā）、笄，皆女子首饰。《诗经·鄘风·君子偕老》：“君子偕老，副笄六珈。”此代指佳人。犹云青春不老。 注者按：范宗尹是时三十六岁左右，其夫人当不过三十六岁。 ⑩兰玉盈前：古人以芝兰、玉树喻佳子弟。谢安尝问诸子侄：“子弟亦何预人事，而正欲使其佳？”谢玄答曰：

"譬如芝兰玉树，欲使其生于阶庭耳。"见《世说新语 · 言语》。　宋人《却扫编》载：范宗尹少年入相，卒时始三十九岁。"然有五子皆娶妇，兼有孙数人。论者谓其年虽不永，而人间事略备。"　⑪芳辰：谓女子生日。　开宴：指举办生日宴席。　⑫绿鬓朱颜：即乌鬓红颜，谓青春年少。苏轼《浣溪沙 · 忆旧》词："长记鸣琴子贱堂，朱颜绿鬓映垂杨。"　⑬岁岁年年：本唐刘希夷《代悲白头翁》诗"年年岁岁花相似，岁岁年年人不同"。

## 满庭芳

### 前　题

海国寒轻[①]，江南春早，小梅已漏芳妍。岁前冬后，和气欲回旋。此际瑶台阆苑，仙人下、白玉云軿。人间世，风帆月棹，同泛五湖船。　　当年。参谒地，鱼轩象服[②]，锵佩朝天[③]。向闽邦开国，福地真传。今日华筵寿斝，儿孙拥、兰玉相鲜。休辞□，蓬莱清浅，看取变桑田。

［注释］

①海国：台州濒东海，故云。　②鱼轩象服：古代贵妇人的车乘服饰。《左传 · 闵公二年》："齐侯使公子无亏帅车三百乘……归夫人鱼轩。"鱼轩：以鱼兽皮为饰的车，贵妇人所乘。此指范丞相夫人。　③锵佩朝天：用北宋毛滂《水调歌头 · 元会曲》"朝元去，锵环佩"意。

## 满庭芳

### 赐　茶

犀隐雕龙，蟾将威凤，建溪初贡新芽[①]。九天春色，先到列仙家[②]。今日磨圭碎璧[③]，天香动[④]、风入窗纱。清泉嫩[⑤]，江南锡乳[⑥]，一脉贯天涯。　　芳华。瑶圃宴[⑦]，群真飞佩[⑧]，同引流霞[⑨]。醉琼筵红绿，眼乱繁花[⑩]。

一碗分云饮露[⑪]，尘凡尽、牛斗何赊[⑫]。归途稳，清飙两腋[⑬]，不用泛灵槎[⑭]。

[注释]

①"犀隐"三句：建溪，在福建，南唐以来其地产贡茶。宋太平兴国初，"特置龙凤模，造团茶。"茶以嫩芽为贵。"凡茶芽数品，最上曰小芽，如雀舌鹰爪，号'芽茶'"。见《宣和北苑贡茶录》。 又，范仲淹《和章岷从事斗茶歌》："研膏焙乳有雅制，方中圭分圆中蟾。"谓北苑茶，其形有圆如月亮（蟾蜍）的团茶和似圭的条茶。三句本之。 ②"九天"二句：喻皇帝赐茶各位大臣。古人好以"春"或"春色"称茶，北宋赵括《次谢许少卿寄卧龙山茶》诗："越芽远寄入都时……卧龙春色自迟迟。" 九天春色：借称贡茶。 ③圭璧：古代的两种玉器。圭形条状，璧形平圆。古人以喻茶加工好的形状。 ④天香：唐李正封咏牡丹花曰"天香夜染衣，国色朝酣酒"。见唐李濬《松窗杂录》。 ⑤清泉嫩：宋梅尧臣《尝茶和公仪》诗"汤嫩水清花不散"。古人煮茶，注重汤候，初沸为嫩汤，三沸以上为老汤，水老不可食。见《茶经》。 ⑥江南锡乳：指惠山泉之水。惠山泉在江苏无锡，水色如乳，故称"锡乳"或"锡水"。 ⑦瑶圃：仙境。屈原《九章·涉江》："驾青虬兮骖白螭，吾与重华游兮瑶之圃。"又，《穆天子传》卷三："天子觞西王母于瑶池之上。"古人遂多以瑶池为西王母宴群仙处。 ⑧群真：群仙。道家称仙人为真人。 ⑨流霞：仙酒名。 ⑩"醉琼筵"二句：本李白《春夜宴从弟桃李园序》"开琼筵以坐花，飞羽觞而醉月"。南朝梁王僧孺《夜愁示诸宾》诗："谁知心眼乱，看朱忽成碧。"朱碧即红绿。 ⑪分云饮露：谓饮茶。茶有破醉醒神之功，唐宋人多于酒后饮之。 ⑫尘凡尽：本唐钱起《与赵莒茶宴》诗"竹下忘言对紫茶……尘心洗尽兴难尽"。 牛斗：牛宿、斗宿，二十八星宿名。 赊：远。 ⑬"归途"二句：本唐卢仝《走笔谢孟谏议寄新茶》诗"一碗喉吻润，二碗破孤闷……七碗吃不得也，唯觉两腋习习清风生。蓬莱山，在何处？玉川子乘此清风欲归去"。 ⑭泛灵槎：旧说天河与海通。尝有居海滨者，见每年八月有浮槎定期去来。其人乘槎，得达天上城郭，遇牵牛星。事见晋张华《博物志·杂说下》。

## 念奴娇

坐上和何司户①

堂堂七尺②，懔一时人物，孤映三蜀③。闲雅风流豪醉后，犹有临邛遗俗④。十载虞庠⑤，一官楚塞⑥，雅操凌寒玉⑦。江山千里，惠然来慰幽独⑧。　落笔妙语如神⑨，两章入手，不觉珠盈掬⑩。从此西归荣耀处，宁假华旌高纛⑪。乐府新声，郢都馀唱，应纪阳春曲⑫。老夫一醉，故人高义堪服。

［注释］

①本篇盖绍兴年间知荆门军时作。　何司户：作者老友，姓何，四川人。官司户参军，职掌户籍、赋税、仓库等。　②堂堂七尺：谓其身躯高大。　堂堂：形容高显、巨大。　③三蜀：本称四川犍为县。其地多出豪士。晋左思《蜀都赋》："三蜀之豪，时来时往。"唐李善注："三蜀，蜀郡广汉犍为也。本一蜀中，汉高祖分置广汉，汉武帝分置犍为。"本一蜀国，后世三分其地，故名。词泛指蜀地。　④"闲雅"二句：司马相如客游临邛，"时从车骑，雍容闲雅甚都"。见《汉书·司马相如传》。词谓何司户有乡人相如之气韵风度。　⑤十载虞庠：犹十年寒窗。金刘祁《归潜志》卷七引古谚曰"十年窗下无人问，一举成名天下知"。此本之。　虞庠：周代学校名。⑥一官楚塞：谓在楚地为官。　楚塞：楚国边塞。江淹《望荆山》诗："奉义至江汉，始知楚塞长。"荆门军地当楚塞，作者曾知此军州，何司户或其时幕僚。　⑦"雅操"句：谓高雅的操守。曹植《光禄大夫荀侯诔》："如冰之清，如玉之洁。"　⑧"江山"二句：化用《晋书·嵇康传》"东平吕安，服（嵇）康高致，每一相思，辄千里命驾"意，谓千里来官，足慰故人。　⑨"落笔"句：本杜甫《奉赠韦左丞丈二十二韵》诗"读书破万卷，下笔如有神"。　⑩"不觉"句：古人好以珠玉喻诗文之美。　盈掬：谓满捧。杜甫《佳人》诗："采柏动盈掬。"　⑪"从此西归"二句：谓物满荣归。曹植《王仲宣诔》："出拥华盖，荣耀当世。"　⑫"乐府"三句：典出宋玉《对楚王问》"客有歌于郢中者，其始曰《下里》、《巴人》……其为《阳春》、《白雪》，国中属而和者不过数

十人”。 《阳春曲》:谓高雅之作。

## 念奴娇

荆门军宋签判、陶教授、许尉同坐[①]

蒙泉岁晚,偶扁舟、同泛一池寒渌。四者难并谁信道[②],草草幽欢能足[③]。美景良辰,赏心乐事,更有人如玉[④]。今宵此会,陋邦惊破衰俗。 豪俊傅粉诸孙[⑤],几年分袂[⑥],一笑还相逐。痛饮厌厌清夜永[⑦],那管更深催促。宋玉词章,陶潜风概,况继前贤躅。故人未至,座中仍对梅福[⑧]。

[注释]

①本篇作者绍兴年间知荆门军时作。宋签判、陶教授、许尉,皆其职官,生平不详。签判,即签书判官厅公事的简称;教授,为军州教官;尉,县尉。 ②四者难并:本谢灵运《拟魏太子邺中集诗序》“天下良辰、美景、赏心、乐事,四者难并”。 ③草草幽欢:王安石《示长安君》诗“少年离别意非轻……草草杯盘供笑语”。 ④人如玉:谓高士。汉徐稚尝往吊林宗母忧,置生蒭一束而去。众怪,不知其故。林宗曰:“此必南州高士徐孺子也。《诗》不云乎:‘生蒭一束,其人如玉。’吾无德以堪之。”见《后汉书·徐稚传》。 ⑤“豪俊”句:魏何晏美姿仪,面至白,魏明帝疑其傅粉。见《世说新语·容止》。此指前篇“何司户”。斯人姓何,性豪,故本句云云。 ⑥分袂:指离别。南朝宋谢惠连《西陵遇风献康乐》诗:“饮饯野亭馆,分袂澄湖阴。” ⑦“痛饮”句:本《诗经·小雅·湛露》“厌厌夜饮,不醉无归”。王维《送綦毋校书弃官还江东》诗:“清夜何悠悠。” ⑧梅福:字子真,西汉末寿春人。尝任南昌尉。事见《汉书·梅福传》。此借指许尉。

## 念奴娇

别　妓

柳花飞絮，又还是、清明寂寞时节。洞府人间嗟素手[①]，今日匆匆分拆。巧笑难成[②]，含情谁解，顾影无颜色[③]。风流满面，却成春恨凄恻。　云鬟从亸金蝉[④]，纷纷红泪[⑤]，千点胭脂湿。聚调轻盈离调惨，声入低空愁碧。祖帐将收[⑥]，骊驹欲驾[⑦]，去也劳相忆。伤心南浦，断肠芳草如积[⑧]。

［注释］

①素手：出《古诗十九首》其十三“娥娥红粉妆，纤纤出素手”。　②巧笑：《诗经·卫风·硕人》“巧笑倩兮，美目盼兮”。　③“顾影”句：王安石《明妃曲》“明妃初出汉宫时，泪湿春风鬓脚垂。低回顾影无颜色”。　④“云鬟”句：敦煌曲子辞《内家娇》“搔头坠鬓，宝妆玉凤金蝉”。　亸（duǒ）：下垂的样子。　金蝉：一种蝉形的首饰。　注者按：玉凤、金蝉，是唐宋女子一种名为“宝髻”的冠饰。　⑤红泪：魏文帝美人薛灵芸，被选入京时，辞别父母，升车就路，泪下沾巾。“以玉唾壶承泪，壶则红色。”见《拾遗记》卷七。　⑥祖帐：指为饯行而设的帐幕。祖，本谓“祖道”，即祭路神，后引申为饯行送别。　⑦“骊驹”句：古人每于临别，歌《骊驹》。　《骊驹》，《诗》逸篇之名，其辞曰：“骊驹在门，仆夫具存；骊驹在路，仆夫整驾。”见《汉书·王式传》及注。　骊驹：纯黑色的马驹。　⑧“伤心”二句：用屈原《九歌·河伯》“子交手兮东行，送美人兮南浦”，南朝梁江淹《别赋》“春草碧色，春水绿波。送君南浦，伤如之何”之意。

## 永遇乐

和钱处和上元[①]

元夜风光，上都灯火[②]，辉映春色。鳌冠仙山[③]，龙衔瑞烛[④]，银阙凌空碧。紫烟深拥，黄云孤起[⑤]，人喜乍瞻天日[⑥]。□云里，□□□□，侍臣□□鹄立[⑦]。　雾收霞卷，珠帘开遍，翠幕娉婷争出。倾国丛中[⑧]，钧天合处[⑨]，忽听鸣清跸[⑩]。貂裘小帽[⑪]，随车信马，犹忆少年豪逸[⑫]。如今对，山城皓月[⑬]，但馀叹息。

［注释］

①本篇盖隆兴末罢官居天台作。　②上都：指京都。此谓临安。　③鳌冠仙山：宋代元夜，堆叠采灯为山形，名灯山，"上皆画神仙故事"。正对宣德门（端门）之灯山规模最大，专称鳌山，故宋徽宗赵佶有词《胜胜慢》云"凤阙端门，鳌彩结蓬莱"。　④龙衔瑞烛：《山海经·大荒北经》"章尾山有神，人面蛇身而赤……是谓烛龙"。郭璞注《诗含神雾》："天不足西北，无有阴阳消息，故有龙衔火精以往照天门中也。"宋人鳌山依古代神话，"于左右门上，各以草把缚成戏龙之状，用青幕遮笼，草上密置灯烛数万盏，望之蜿蜒如双龙飞走"。见《东京梦华录》卷六。　⑤紫烟、黄云：古人视为祥瑞的云气，并附会为帝王之气的象征。《宋书·符瑞志上》："汉世术士言：黄旗紫盖见于斗牛之间，江东有天子气。"黄旗紫盖，谓云气之状。　⑥"人喜"句：天日，喻皇帝。宋代常例，皇帝元夕亦出观灯。《武林旧事·元夕》："至二鼓，上乘小辇，幸宣德门，观鳌山，擎辇者皆倒行，以便观赏。"先到门下者可遥见天表。　⑦"侍臣"句：宋制，元夕皇帝观灯，许亲信侍臣站班同乐。苏轼《正月十四夜扈从端门观灯三绝》诗其一云："侍臣鹄立通明殿，一朵红云捧玉皇。"此本之。　⑧倾国：谓美人。汉李延年《歌》："北方有佳人……再顾倾人国。"　⑨"钧天"句：皇帝观灯时，宫人教坊作乐助欢，所谓"仙韶内人迭奏新曲，声闻人间"。见《武林旧事·元夕》。　钧天：即《钧天广乐》，谓仙乐。　⑩"忽听"句：宋帝出宫观灯，前有"武官十馀人簇拥扶策，喝曰'看驾头'"。见《东京梦华录》卷六。　清跸：指皇帝出行时，侍卫官清道戒严。　跸：辟止行人。　⑪貂裘小帽：苏轼《江城子·密州出猎》词"老夫聊发少年狂……锦帽貂裘，千骑卷平冈"。　⑫"犹忆"句：陶潜《杂诗》"忆我少壮时……猛志逸四海"。　⑬山城：天台四围皆山，故云。

## 风流子

范觉民生日[①]

江国东风早，芳菲又、迤逦报寒梅。正元气孕和，小春归候[②]，数丁千载[③]，喜动三台[④]。向此际，上天开景运，王国产英材。想崇岳洞天，暗书苔藓，海山烟雨，空锁楼台。　　煌煌天人表[⑤]，琼林与瑶树[⑥]，照映庭槐[⑦]。中有丽天星斗[⑧]，惊世风雷。况朱颜绿鬓，年光鼎盛，绣裳华衮，人望归来[⑨]。好对玳筵满举，眉寿觥罍[⑩]。

（以上《彊村丛书》本《汉滨诗馀》二十六首）

[注释]

①本篇绍兴六年前后未出仕时作。　②小春：即十月小阳春。宗懔《荆楚岁时记》："十月天气和暖如春，故曰小春。"　③"数丁"句：犹欣逢千载难得之运数。　丁：值也。　④三台：古星名，旧以象征人事之三公。《晋书·天文志上》："三台六星，两两而居，起文昌，列抵太微……三公之位也。在人曰三公，在天曰三台。"　⑤天人表：谓天人之姿仪。　天人：犹天上人，言其出类拔萃。《魏略》载，邯郸淳见曹植归，叹曰："植之材，谓之天人。"见《三国志·王粲传》注引。　⑥琼林与瑶树：本《世说新语·赏誉上》"王戎云：'太尉（王衍）神姿高彻，如瑶林琼树，自然是风尘外物。'"此喻颂范觉民风姿超逸。　⑦庭槐：周代朝庭前植槐树，为三公立朝的位置。　⑧丽天星斗：本《易经·离》"日月丽乎天"。　丽：附着。此颂范氏如经天星宿。　⑨"绣裳"二句：《诗经·豳风·九罭》"我觏之子，衮衣绣裳。……鸿飞遵渚，公归不复，于女信宿"。诗写周公居东土时，周成王欲迎之回，东人怀恋之意。此以范氏譬周公。　绣裳衮衣：古代上公的礼服。　⑩"好对"二句：《诗经·豳风·七月》"为此春酒，以介眉寿"。又，"跻彼公堂，称彼兕觥，万寿无疆。"毛传："眉寿，豪眉也。"孔颖达疏："人年老者必有豪毛秀出者。"此用之，作生日祝寿语。

## 存目词

| 调名 | 首句 | 出处 | 附注 |
| --- | --- | --- | --- |
| 浣溪沙 | 懒向沙头醉玉瓶 | 《汉滨诗馀》 | 陆游词,见《渭南集》卷四十九 |
| 捣练子 | 赋梅枝 | 《历代诗馀》卷一 | 无名氏词见《梅苑》卷五 |
| 捣练子 | 赋梅英 | 同上 | 同上 |
| 捣练子 | 赋梅妆 | 同上 | 同上 |

# 邵　缉

邵缉，生卒不详，字公序，与李弥逊同时。弥逊历徽宗、高宗、孝宗三朝，有《送邵公序还乡序》，载《筠溪集》卷二十二。

## 满庭芳

落日旌旗[①]，清霜剑戟，塞角声唤严更[②]。论兵慷慨，齿颊带风生。坐拥貔貅十万[③]，衔枚勇[④]、云槊交横[⑤]。笑谈顷，匈奴授首[⑥]，千里静欃枪[⑦]。　荆襄[⑧]，人按堵[⑨]，提壶劝酒[⑩]，布谷催耕[⑪]。芝夫荛子[⑫]，歌舞威名。好是轻裘缓带[⑬]，驱营阵、绝漠横行[⑭]。功谁纪，风神宛转，麟阁画丹青[⑮]。　（《金陀续编》卷二十八，文字从《渚山堂词话》卷一）

[注释]

①落日旌旗：本杜甫《后出塞五首》之二“落日照大旗，马鸣风萧萧”。　②塞角：边塞上的军号。　严更：深更。　③貔貅：猛兽名，常喻猛士。《晋书·熊远传》：“命貔貅之士，鸣檄前驱，大军后至，威风赫然。”　④衔枚：枚以竹箸，横衔于马口，以禁发声。见《周礼·秋官》。此谓军队行进中保持寂静，多指夜间偷袭。　⑤云槊交横：战云与长矛相互交织。　槊：长矛。《南齐书·桓荣祖传》：“昔曹操曹丕上马横槊，下马谈论。”　⑥匈奴：借指金兵。　⑦欃枪：即彗星。旧时以为彗星出，主兵。此句谓消除兵灾，千里太平。　⑧荆襄：荆州与襄阳。宋时大行政区有荆湖南北路，在今湖北省一带。　⑨按堵：同“安堵”，因词律须协仄声，故用按。《史记·田单列传》：“愿毋虏掠吾族家妻妾，令安堵。”意即安居。　⑩提壶：鸟名。鸣声似“提壶”。刘禹锡《和苏郎中寻丰安里旧居寄主客张郎中》诗：“池看科斗成文字，鸟听提壶忆献酬。”　⑪布谷：鸟名，鸣声似“布谷”，每年播种时啼鸣。杜甫《洗兵马》诗：“田家望望惜雨干，布谷处处催春种。”　⑫芝夫荛子：采灵芝与采樵的人。此指平民百姓。　荛：蒭荛。《诗经·大雅·板》：“先民有言，询于蒭荛。”后遂指樵夫。　⑬轻裘缓带：

形容风度闲雅。　缓带:宽松的衣带。　⑭绝漠:极远的沙漠。　⑮麟阁:汉宣帝时画功臣霍光等十一人图像于麒麟阁。见《汉书·苏建传附苏武》。

## 吴　芾

吴芾(1104—1183),字明可,自号湖山居士,台州仙居(今属浙江)人。高宗绍兴二年进士。官秘书省正字,因不肯依附秦桧被劾罢。后为礼部侍郎,历守数郡,以龙图阁学士致仕,卒谥康肃。词存一首,见《翰墨大全》丁集卷四。然据词中所咏徐大参,系淳祐二年(1242)乞归田里,距吴芾卒年六十九载,疑误。

### 水调歌头

寿徐大参　九月二十六[①]

九月二十六,公相纪生辰[②]。橙黄橘绿时候,天气暖于春[③]。奎画有堂辉焕,中著台星一点,长伴寿星明[④]。衮衮有家庆,未羡古徐卿[⑤]。　谢元枢,营绿野,避洪名[⑥]。六年裁钊国事[⑦],曾费几精神。歇了傅岩霖雨[⑧],闲了孤舟野渡[⑨],旒冕合知心[⑩]。吾道苟尊尚,元不在蒲轮[⑪]。

(《翰墨大全》丁集卷四)

[注释]

①寿徐大参:为徐大参祝寿。徐大参,未详。或即徐荣叟,字茂翁。曾为参知政事,见《宋史·徐应龙传》。　唐氏按:此首原题湖山作。　②公相:宋时参知政事,相当于丞相,故称。　③“橙黄”二句:苏轼《赠刘景文》诗“一年好景君须记,正是橙黄橘绿时”。　④“奎画”三句:奎画,奎,星宿名。《初学记》卷二十一《孝经援神契》:“奎主文章……宋均注曰:奎星屈曲相钩,似文字之画。”故言文章、文运多用奎字。荣叟曾为秘书郎、著作佐郎,因以相称。　台星:即三台星,位于紫微宫帝座之前,古人多用以喻宰辅大臣。　寿星:即老人星。位于南极。秦观《致政通议口号》:“太史应占豫州分,上台星近老人星。”意正同。　⑤衮衮:相继不绝。杜

甫《醉时歌》:“诸公衮衮登台省。” 古徐卿:指魏晋时徐邈,官拜司空。子浩,官亦显。 ⑥“谢元枢”三句:《宋史》本传载,荣叟曾为“签书枢密院事”,“淳祐二年(1242)乞归田里”。三句指此。 绿野:堂名,唐宰相裴度罢相后在洛阳所建。此喻荣叟“乞归田里”后优游林下。 ⑦裁刳(zhuān):犹裁夺、裁断,此指管理国事。 刳:《全宋词》注,止衮切。 ⑧傅岩霖雨:《尚书·说命》谓武丁在商岩请傅说出来作相时说“若岁大旱,用汝作霖雨”。此云“歇了”,指罢相。 ⑨“闲了”句:韦应物《滁州西涧》诗“野渡无人舟自横”。 ⑩旒冕:帝王之冠戴。王维《早朝大明宫》诗:“万国衣冠拜冕旒。”此喻帝王。 ⑪蒲轮:用蒲草裹车轮,以免震动,迎接贤士,表示礼敬。见《汉书·武帝纪》。此谓隐退后并不希望召还。

# 孙道绚

孙道绚，生卒不详，号冲虚居士，黄铢之母。厉鹗《宋诗纪事》卷五十二云："铢字子厚，号谷城翁，建安人，少师事刘屏山，与朱子为同门友，有《谷城集》。其母孙夫人道绚，号冲虚居士。能文，有词。"其《滴滴金》云："梦绕夷门旧家山。"可见为中原人，南渡前曾居汴京。王逢《梧溪集》称其"盛年居孀"。有赵万里辑本《冲虚居士词》。

## 滴滴金

梅

月光飞入林前屋。风策策[①]，度庭竹。夜半江城击柝声[②]，动寒梢栖宿[③]。　等闲老去年华促，只有江梅伴幽独。梦绕夷门旧家山[④]，恨惊回难续。

[注释]

①策策：象声辞。韩愈《秋怀》诗："秋风一披拂，策策鸣不已。"　②击柝声：巡夜时敲击梆子的声音。　③寒梢栖宿：栖宿在寒枝上的鸟。　④夷门：原为战国时大梁（宋汴京）城东门。《史记·魏公子列传》："太史公曰：吾过大梁之墟，求问其所谓夷门。夷门者，城之东门也。"

## 醉蓬莱

力修宝学贤表宴胡明仲侍郎[①]，遣歌姬来乞词，作《醉蓬莱令》歌之

看鸥翻波溅，蘋末风轻[②]，水轩消暑。云叠奇峰，破桐阴亭午[③]。列岫连环[④]，溜泉鸣玉，对幅巾芒屦[⑤]。况有清时，风流故人，剧谈挥麈[⑥]。　才冠一时，论高两汉[⑦]，书

扇豪踪[⑧],吐凤辞语[⑨]。昼锦归来[⑩],庆长年老母。且尽绿尊[⑪],莫怀归兴,听扇歌高举[⑫]。会见登庸[⑬],泥封诏下,促朝天去[⑭]。

[注释]

①力修:人名,作者之表亲,故称“贤表”,生平不详。　胡明仲:即胡寅,崇安人,宣和三年(1121)进士甲科,历起居郎、中书舍人,时官礼部侍郎。　②蘋末风轻:本宋玉《风赋》“夫风生于地,起于青蘋之末”。注:“《尔雅》曰:“萍,其大者曰蘋。郭璞曰:水萍也。”　③亭午:正午、中午。《文选·孙兴公〈游天台赋〉》“尔乃羲和亭午”。注:“一曰亭午,即直午之义。”　④列岫:排列着的山峰。谢朓《郡内高斋闲坐答吕法曹》诗:“窗中列远岫,庭际俯乔林。”　⑤幅巾:古代男子用绢一幅束髮,称为幅巾。《三国·魏武帝纪》“建安二十五年”注引《傅子》:“汉末王公,多委王服,以幅巾为雅。”宋时亦然。　芒屦:草鞋。　⑥剧谈:兴味很浓的谈吐,即畅谈。左思《蜀都赋》:“剧谈戏论,扼腕抵掌。”　挥麈:魏晋时尚清谈,谈时手中挥动麈尾,以为谈助。苏轼《赠治易僧智周》诗:“断弦挂壁知音丧,挥麈空山乱石听。”　⑦两汉:西汉、东汉。　⑧书扇:在扇面上题字。　⑨吐凤:相传汉代扬雄著《太玄经》时梦见吐出凤凰集于《玄》上,后世便称擅长写作为吐凤。李商隐《喜舍弟羲叟及第上礼部魏公》诗云“朝满迁莺侣,门多吐凤才。”　⑩昼锦归来:昔项羽攻下咸阳,思归江东曰:“富贵不归故乡,如衣绣夜行,谁知之者。”见《史记·项羽本纪》。因称富贵还乡为昼锦归来。刘禹锡《赠致仕滕庶子先辈》诗:“朝服归来昼锦荣,登科记上更无先。”　⑪绿尊:绿酒。　尊:酒杯。　⑫扇歌:歌姬以扇子为道具,歌舞时不停地挥动扇子,故称扇歌。　⑬登庸:指被举用。《尚书·尧典》:“帝曰:畴咨若时登庸。”《传》:“畴,谁。庸,用也。谁能咸熙庶绩,顺是事者,将登用之。”　⑭“泥封”二句:古代皇帝诏书用紫泥封口,盖上玉玺。李白《玉壶吟》:“凤凰初下紫泥诏,谒帝称觞登御筵。”此指祝颂一朝被举用,将接诏书朝见天子。

## 菩萨蛮

栏干六曲天围碧,松风亭下梅初白。腊尽见春回,寒梢花又开。　曲琼闲不卷[①]，沉燎看星转[②]。凝伫小徘徊[③]，云间征雁来。

［注释］

①曲琼：玉钩，帘钩的美称。句意似秦观《浣溪沙》“宝帘闲挂小银钩”。　②沉燎：谓炉火已灭不再燃烧。　③凝伫：“有为凝望义者，凡凭高倚阑者所企望者属之。……贺铸《更漏子》词：‘一叶落，几番秋，江南独倚楼。曲阑干，凝伫久，薄暮更堪搔首。’此为倚楼上阑干久望义。”见张相《诗词曲语辞汇释》卷五。本篇首言“阑干六曲”，故知此处亦为倚阑久望之意。望久而继之以小徘徊。

## 少年游

葛氏侄女子告归，作《少年游》送之[①]

雨晴云敛，烟花澹荡[②]，遥山凝碧。驱车问征路，赏春风南陌[③]。　正雨后、梨花幽艳白。悔匆匆、过了寒食[④]。归家渐春暮，探酴醾消息[⑤]。

［注释］

①唐氏按：朱彝尊《词综》收录此词调名订正为《忆少年》，是。　②澹荡：形容春天景象的和舒。鲍照《代白纻曲》之二：“春风淡荡侠思多，天色净绿气妍和。”　③南陌：泛指田间道路。　④寒食：节气名，在清明前一日，一说前二日。　⑤酴醾：花名，暮春开花。苏轼《杜沂游武昌以酴醾花菩萨泉见饷》之一：“酴醾不争春，寂寞开最晚。”

## 忆秦娥

季温老友归樵阳，人来闲书，因以为寄

秋寂寞，秋风夜雨伤离索。伤离索，老怀无奈，泪珠零落。　故人一去无期约，尺书忽寄西飞鹤[①]。西飞鹤,故人何在,水村山郭。

[注释]

①尺书:尺素之书,指信札。

## 醉思仙

寓居妙湛,悼亡作此[①]

晚霞红。看山迷暮霭,烟暗孤松。动翩翩风袂,轻若惊鸿[②]。心似鉴[③],鬓如云,弄清影,月明中[④]。谩悲凉,岁冉冉,蕣华潜改衰容[⑤]。　前事销凝久[⑥],十年光景匆匆。念云轩一梦,回首春空。彩凤远,玉箫寒[⑦],夜悄悄,恨无穷。叹黄尘久埋玉[⑧],断肠挥泪东风。

(以上六首见《游宦纪闻》卷八)

[注释]

①《全宋词》注:原无题,据《唐宋诸贤绝妙词选》卷十补。　妙湛:疑为女尼名。时词人在其尼庵寓居,因作此词悼念亡夫。其子黄铢跋其词云:“年三十,先君捐弃,即抱贞节以自终。”见张世南《游宦纪闻》卷八。可见其夫早逝。　②“动翩翩”二句:三国曹植《洛神赋》“翩若惊鸿”。　③鉴:镜子。　④“弄清影”二句:化用苏轼《水调歌头》“明月几时有,把酒问青天。……起舞弄清影,何似在人间”意。　⑤蕣华:木槿之花,朝开暮落。《诗经·郑风·有女同车》:“颜如蕣华。”此喻青春易逝。⑥销凝:销魂、凝魂的压缩语。指失神伤心。秦观《八六子》:“正销凝,黄鹂又啼数声。”　⑦“彩凤”二句:据《列仙传》载,秦穆公之女弄玉向萧史学吹箫,能招来凤凰,一日双双骑凤而去。此用其意。　⑧埋玉:“庾文康亡,何扬州临葬,云:‘埋玉树箸土中,使人情何能已!”见《世说新语·伤逝》。

## 如梦令

宫　词

翠柏红蕉影乱，月上朱栏一半[①]。风自碧空来，吹落歌珠一串[②]。　不见，不见。人被绣帘遮断。

（《诗人玉屑》卷二十）

［注释］

①朱栏一半：今本《诗人玉屑》作"珠帘却半"。　②歌珠一串：形容歌声清圆，语本白居易《琵琶行》"大珠小珠落玉盘"。

## 清平乐

雪[①]

悠悠扬扬，做尽轻模样。半夜萧萧窗外响[②]，多在梅边竹上。　朱楼向晓帘开[③]，六花片片飞来[④]。无奈熏炉烟雾，腾腾扶上金钗。　（《唐宋诸贤绝妙词选》卷十）

（以上孙道绚词八首，用赵万里辑本《冲虚居士词》）

［注释］

①唐氏按：此首别作赵彦端词，见《宝文雅词》卷四。别又误作郑文妻词，见《彤管遗编》后集卷十二。　②萧萧：象声词。荆轲《易水歌》："风萧萧兮易水寒。"　③向晓：天色将明。　向：接近。　④六花：雪花结晶作六角形，故称。贾岛《寄令狐绹相公》诗："自著衣偏暖，谁忧发六花。"

［集评］

潘游龙云："形容飞雪之态，妙在'轻模样'五字。"（《古今诗馀醉》卷十）

徐釚云："孙夫人闺情《南乡子》云（略）。又咏雪云：悠悠扬扬（略）。

二词堪与李清照颉颃。"(《词苑丛谈》卷三)

## 存目词

| 调名 | 首句 | 出处 | 附注 |
| --- | --- | --- | --- |
| 忆秦娥 | 花深深 | 《历代诗馀》卷十五 | 郑文妻词,见《古杭杂记》 |
| 风中柳 | 销减芳容 | 《全宋词》初版卷二百九十 | 孙夫人词,见《类编草堂诗馀》卷二 |
| 烛景摇红 | 乳燕穿帘 | 刘毓盘辑《冲虚词》 | 无名氏作,见《草堂诗馀后集》卷下 |
| 南乡子 | 晓日压重檐 | 同上 | 无名氏作,见《乐府雅词拾遗》卷下 |

# 何蓑衣道人

何蓑衣道人，名不详，淮阳朐山（今江苏连云港）人。钦宗靖康年间，避乱渡江。高宗时，举进士不第，居平江（今苏州）。孝宗时，赐号通神先生。宁宗庆元六年（1200）卒。词存一首，见《湖海新闻·夷坚续志》后集卷一。

## 临江仙

在世为仙须有分，不须素食持斋。寸丝不著挂形骸。蓑衣为伴侣，箬笠作家怀[①]。　行满三千□上界[②]，奉敕宣至金台[③]。传言问汝有何哉。人生长富贵，阴骘种将来[④]。（《湖海新闻·夷坚续志》后集卷一）

［注释］

①家怀：家伙之转音，犹家具、家产。　②“三千”下《全宋词》注：此处缺一字。　依词意当为“登”字。　③奉敕：奉旨、奉诏。　金台：黄金台，相传燕昭王筑台置黄金于其上，以招贤士。台在今河北易水之上。此词咏道家思想，故此处金台疑即金宫、金庭，神仙所居之处。　④阴骘（zhì）：阴德。《尚书·洪范》：“惟天阴骘下民。”苏轼《子由生日》诗：“方其未定时，人力破阴骘。小忍待其定，报应真可必。”

## 陆凝之

陆凝之,生卒不详,字子才。一名维之,字永仲,号石室。馀杭(今属浙江)人。隐居洞霄宫,高宗以布衣召见,辞不赴。

### 夜游宫[①]

东风捏就腰儿细。系滴粉裙儿不起[②]。从来只惯掌中看[③],怎忍在、烛花影里。　酒红应是铅华褪[④]。暗蹙损、眉峰双翠[⑤]。夜深点辆绣鞋儿[⑥],靠那个、屏风立地。[⑦]

(《阳春白雪》卷三)

[注释]

①《全宋词》注:按词律调名当作《步蟾宫》。　②滴粉:《全宋词》注,一作"六幅"。　③掌中看:相传汉元帝之妃赵飞燕,体态轻盈,掌上可舞,见《白孔六帖》六《舞·杂舞》。此喻歌伎。　④铅华:铅粉,古代化妆品。　⑤"暗蹙损"句:谓皱损双眉。　⑥点:《全宋词》注,一作"著"。辆:一双。　⑦唐氏按:此首别作阮郎中词,见《豹隐纪谈》。又作无名氏词,见《瑞桂堂暇录》。别又误作苏轼词,见《词林万选》卷二。

[集评]

张德瀛云:"陆永仲《夜游宫》词用《诗经·疏》,亭然以奇,别出机杼。"(《词徵》)

### 念奴娇

远山一带,湖晴空、极目天涯浮白[①]。枫落鸦翻谈笑处,不觉云涛横席。酒病方苏[②],睡魔犹殢[③],一扫无留迹。吴帆越棹,恍然飞上空碧[④]。　长记草赋梁园,凌云笔势，倒三江秋色[⑤]。对此惊心空怅望，老作红尘闲客[⑥]。别浦烟平，小楼人散，回首千波寂。西风归路，为君重喷霜笛[⑦]。

（《咸淳临安志》卷六十九）

［注释］

①溯：向、面临。《诗经·大雅·公刘》："夹其皇涧，溯其过涧。" ②酒病方苏：醉酒方醒。 ③睡魔犹殢：犹为睡魔所困。殢，困也。 ④空碧：碧空。秦观《好事近》："飞云当面化龙蛇，夭矫转空碧。" ⑤"长记"三句：回忆在汴京时文学生涯。 梁园：即梁苑，又名兔园，旧址在今开封市东南。汉梁孝王刘武所筑，为游赏与延宾之所。当时文士司马相如、枚乘、邹阳常在此聚会作赋。李白有《梁园吟》。 ⑥红尘：指尘土，俗世。 ⑦重喷霜笛：指秋季吹笛。黄庭坚《念奴娇》："孙郎微笑，坐来声喷霜竹。"

## 【补　辑】

### 雨中花[①]

三百年间，青史几多人物，俱委埃尘。独先生斯世，炼气成神。将我一支丹桂[②]，换他千载青春。岳阳楼上，纱巾羽扇，谁识天人[③]。　　千山短褐，掬水擎花，为君增祝灵椿。遥想望、吹笙坐殿，奏舞鸾茵。凤驭云軿不散[④]，碧桃紫李长新。愿分馀沥，九霞光里，相继朝真。

（见《诗渊》第二十五册，引自孔凡礼《全宋词补辑》）

［注释］

①孔凡礼按：此词，《诗渊》作"宋陆永仲"作。 ②将我：用我。 ③谁识天人：此指吕洞宾，吕有七绝云"三入岳阳人不识，朗吟飞过洞庭湖"。 ④凤驭云軿：凤凰驾车，以云为帷，作天上游。

## 【补 辑】

## 鲖阳居士

鲖阳居士撰有《复雅歌词》五十卷，陈振孙《直斋书录解题》卷二十一著录。陈氏已不详其姓名。其书系词话，久佚。赵万里《校辑宋金元人词》中，辑有十则，都为一卷。其中及李清照事。鲖阳，县名，今属河南，当为作者之祖籍。靖康之变，鲖阳沦为金人统治区。作者身居南方，怀念故土，以鲖阳居士自称，当以是故。作者盖南渡初人。

### 满庭芳[①]

良月霜清[②]，小春寒浅，瑞庭蓂荚双飞。岭梅香度，初发向南枝。此际高门袭庆，真贤降、金璧生辉。传瀛海向歆父子[③]，相继大名垂。 广寒[④]，山藉在[⑤]，笔驱造化，夕照虹霓。暂徘徊、莲幕名誉交驰[⑥]。行继夔龙步武[⑦]，蓬山静、玉宇春迟。当清夜，神交太一[⑧]，相对熟青藜[⑨]。

（见《诗渊》第二十五册，引自孔凡礼《全宋词补辑》）

[注释]

①孔凡礼按：原脱调名，而又分作两首，今补凋名，合为一首。 ②良月：旧历十一月。 ③孔凡礼按："瀛"疑为"瀛"字。 向歆：刘向及其子刘歆，皆以学问著称。 ④广寒：月亮。 ⑤山藉：疑为"仙籍"之误。 ⑥莲幕：幕府。南齐王位主持朝政，所辟幕僚，皆才士名流。时人称之为莲幕。 ⑦夔龙：舜帝二贤臣。夔为乐官，龙为谏官。 ⑧太一：太一仙翁。曾吹燃青藜杖，为刘向说开辟前事。 太：《诗渊》作"大"。孔凡礼按："大"当为"太"之误。 ⑨熟：疑为"爇"字之误。

## 【补　辑】

# 赵士谷

赵士谷，武经大夫。宋太宗第四子商王元份四代孙。见《宋史》卷二百二十八，《宗室世系表》十四。

### 醉蓬莱

春寿府

正春风初扇，梅蕊飘香，雨馀晴昼。箫鼓声中，麝烟喷金兽。幕府宾僚，杜诗韩笔[①]，竞吐奇争秀。共指乔松[②]，同瞻峻岳[③]，祝公眉寿。　汉相功勋，陈思文藻[④]，奕世风流[⑤]，迥居人右。持节分符[⑥]，屡试经邦手。天府剧烦[⑦]，雍容谈笑，令闻光前后[⑧]。君相恩隆，公圭金印，一时亲授。（见《诗渊》第二十五册，引自孔凡礼《全宋词补辑》）

[注释]

①杜诗韩笔：杜甫之诗与韩愈之碑文。杜牧《读韩杜集》诗："杜诗韩笔愁来读，似倩麻姑痒处搔。"　②乔松：长松。　③峻岳：高山。　④陈思：曹植封陈思王。　⑤奕世风流：累世风流。　⑥持节分符：指出任州郡太守之职。　符节：官员手持的符信。　⑦剧烦：公务烦琐、劳累。　⑧令闻：美好的声誉。　光前后：光耀祖先、造福后代。

## 【补　辑】

# 李　朴

《宋诗纪事》卷四十九谓李朴，字德邵，广陵人；并引《砚笺》李朴《端砚》诗一首。又，《嘉泰会稽志》卷七有"绍兴中郡幕洛人李朴"之记载。今姑从后者。

### 庆清朝

晓庭天离[1]，擎香肖紫[2]，严瑞气满春彰。勋门旧擎，从来功在江南。　二百岁中阴德去，今天府享潭潭[3]。遵画一，记得那时，□□□□。　且趁东风解冻，向柳梢青处，□□□□[4]。□□听满，此夕何惜醺酣[5]。醉挹寿卿春色[6]，一帘花影转微蟾[7]。千秋岁，愿祝算数，多似彭聃[8]。　（见《诗渊》第二十五册，引自孔凡礼《全宋词补辑》）

[注释]

①天离：天亮。"离也者，明也。"见《易经·说卦》。　②肖紫：（焚香之烟）恰似紫气。　③潭潭：深广貌。　④孔凡礼按：此处尚缺一句，补四"□"，下句缺二字，补"□□"。　⑤醺酣：香甜一醉。　⑥寿卿：疑为"寿乡"之讹。　⑦微蟾：微月。　⑧彭聃：彭祖、老聃，著名的长寿仙翁。

## 【补　辑】

## 温　镗

温镗(1110—?)，字授之，小名道郎，小字寿儿。河南府新安县(今属河南)人。绍兴十八年(1148)进士。淳熙三年(1176)以朝奉大夫倅严州。见《绍兴十八年同年小录》、《严州图经》卷一。

### 少年游

东风先报上林春，枝上晓莺新。凌虹御气[①]，鞭鸾翳凤[②]，来辅玉晨君[③]。　稳步丹墀青云路，金鼎侍调羹。南极光中，五云多处，长伴老人星

[注释]

①凌虹御气：春光高照彩虹与元气之上。　②鞭鸾翳凤：乘鸾驾凤。　③玉晨君：玉晨大道君，造化之代表。

### 少年游

谢家庭槛晓无尘[①]，芳宴启良辰。风流妙舞，樱桃清唱，依约驻行云。　榴花一盏浓香满，为寿百千春。岁岁年年，共同劝乐，喜庆与时新。

[注释]

①谢家：歌女之庭院。亦指勾阑等欢场。张泌《寄人诗》："别梦依稀到谢家，小廊回合曲阑斜。"

## 少年游

芙蓉花发去年枝,双燕欲归飞。兰堂风软,金炉香暖,新曲动帘帷。　　家人拜上千春寿,深意满琼卮[1]。绿鬓朱颜,道家装束,长似少年时。

[注释]

①深意:深情。

## 折丹桂

秋风秋露清秋节,秋雨过、秋香初发。二仙生值好秋天[1],气却与、秋霜争烈。　　秋霄开宴群仙列[2]。秋娘唱、秋云低遏。寿杯双劝祝千秋,镇长对、中秋皓月。

(以上四首俱见《诗渊》第二十五册,引自孔凡礼《全宋词补辑》)

[注释]

①二仙:以二仙称者非一。如牛女、日仙郁仪与月仙结璘、文箫与彩鸾等皆是。此未详所指。　②秋霄开宴:《诸山记》谓武夷山神于八月十五日会山顶,毕集于幔亭。

# 史　浩

史浩（1106—1194），字直翁，号真隐居士，明州鄞县（今浙江宁波）人。绍兴十五年（1145）进士。孝宗朝，累擢中书舍人、翰林学士、知制诰、历右丞相，封魏国公，进太师。曾为赵鼎、李光、岳飞诸人昭雪。卒后赠会稽郡王，谥文惠。工诗词，多应社应景之作。有《鄮峰真隐漫录》。

## 采　莲　寿乡词[①]

### 延　遍

霞霄上，有寿乡广袤无际。东极沧海，缥缈虚无，蓬莱弱水[②]。风生屋浪，鼓楫扬旌[③]，不许凡人得至。甚幽邃。　试右望金枢外[④]。西母楼阁，玉阙瑶池。万顷琉璃。双成倩巧，方朔诙谐[⑤]。来往徜徉，霓裳飘飖宝砌[⑥]。更希奇。

［注释］

①寿乡：寿乡去尘世不知其几千万里，以东为境，以福为基，以道德为习俗。见《鄮峰真隐漫录》卷三十二《寿乡记》。　②蓬莱弱水：指代仙境。　蓬莱：传说中三神山之一，见《汉书·郊祀志上》。　弱水：神话里一种水流，水浮无力，“鸿毛不浮”，见《十洲记》。　③扬旌：挥旗。　④金枢：指天枢。北斗第一星。　⑤“双成”二句：形容欢宴之景。　双成：神话里西王母之侍女。　方朔：全名东方朔，汉代人，以诙谐滑稽，能言善辩著称。见《汉书·东方朔传》。　⑥霓裳：舞曲名。见宋郭茂倩《乐府诗集》引《唐逸史》语。

## 撷　遍

南邻丹幄宫[①]，赤伏显符记[②]。朱陵曜绮绣，箕翼炯、瑞光腾起[③]。每岁秋分老人见[④]，表皇家、袭庆迎祺。

天子当膺，无疆万岁。北窥玄冥，魁杓拥佳气[⑤]。长拱极、终古无移。论南北东西。相直何啻千万里。信难计。

[注释]

①丹幄宫：《全宋词》为“幄丹宫”，此据乾隆本《鄮峰真隐漫录》卷四十五、《彊村丛书》本改。　丹幄宫：指神仙住所。紫阳真人周季道遇羡门子，乞长生术，羡门子曰：“名在丹台石室中，何忧不仙。”见《列仙传》。　②“赤伏”句：指赤伏符显灵。　赤伏符：一种受命符，刻有谶言预示未来命运。事见《后汉书·汉光武帝纪》。　③“朱陵”二句：形容天空吉祥之气飘荡。　箕翼：指箕、翼二星。二星光芒四射，耀眼夺目。“箕张翼舒，霞光万丈。”见史浩《寿乡记》。　④老人：星名，旧说该星掌管长寿，后常为祝长寿语，也称“南极老人”、“寿星”。见《史记·天官书》。　⑤魁杓：古星名，北斗七星中“第一至第四为魁，第五至第七为杓”，见《史记·天官书》司马贞《索隐》引《春秋斗运枢》。

## 入　破

璇穹层云上覆，光景如梭逝。惟此过隙缓征辔。垂象森列昭回[①]。碧落卓然躔度[②]，炳曜更腾辉。永永清光畔炜。绵四野、金璧为地。蕊珠馆[③]，琼玖室[④]，俱高峙。千种奇葩，松椿可比。暗香幽馥，岁岁长春，阳乌何曾西委[⑤]。

[注释]

①昭回：形容星辰光耀回转。“倬彼云汉，昭回于天。”见《诗经·大雅·云汉》。　②躔(chán)度：指日月星辰运行的度次。　③蕊珠馆：仙

界宫阙名。“上清紫霞虚皇前太上大道玉晨君，闲居蕊珠，作七言。”见《黄庭内景经》。 ④琼玖室：此指仙界宫阙，由美玉砌成。 琼玖：美玉。“投我以木李，报之以琼玖。”见《诗经·卫风·木瓜》。 ⑤阳乌：太阳。古代传说日中有三足乌，故名。“阳乌为之顿羽，夸父为之投策。”见张协《七命》。

## 衮　遍

遍此境，人乐康，扶难老术，悟长生理。尽阿僧祇劫[①]，赤松王令安期[②]。彭篯盛矣[③]。尚为婴稚。鹤算龟龄[④]，绛老休夸甲子[⑤]。鲐背耸[⑥]，黄发垂髫。更童颜，长鼓腹、同游戏。真是华胥。行有歌，坐有乐，献笑都是神仙，时见群翁启齿。

［注释］

①阿僧祇：梵语，无量数之义。 ②赤松：仙人，指赤松子，神农时雨师，能入火自烧。见《史记·留侯世家》司马贞《索隐》。 王令：指仙人王乔，传说王乔尝为叶县令，故有此称。见《太平广记》卷六引《仙传拾遗》。 安期：即安期生，仙人。见《史记·封禅书》。 ③彭篯：即彭祖，传说为上古时之高寿者。 ④鹤算龟龄：喻长寿。相传龟鹤皆有千年之寿。 ⑤“绛老”句：此咏寿乡尽是神仙，绛县老人无须夸自己高寿。 绛老：指春秋时晋国绛县老人，高寿。曾有人问其年。答曰：“臣小人也，不知纪年。臣生之岁，正月甲子朔，四百有四十五甲子矣。其季于今，三之一也。”见《左传·襄公三十年》。 ⑥鲐背：指长寿老人，亦作“台背”、“骀背”，谓老人背上生斑如鲐背。

## 实　催

露华霞液，云浆椒醑[①]，涤玉斝金罍[②]。交酬成雅会，拚沉醉。中山千日[③]，未为长久。今此陶陶一饮，动经万祀。 陈果蓏[④]，皆是奇异。似瓜如斗尽备。三千岁，一熟珍味。饤坐中，莹似玉。爽口流涎，三偷不枉，西真指议[5]。

[注释]

①醑(xǔ):美酒。 ②玉斝金罍:皆指酒器。斝(jiǎ),盛行于商代和西周初期。罍(léi),盛行商周时期。 ③中山千日:喻长醉不醒。刘玄石于中山酒家酤酒,酒家与千日酒,归至家当醉千日。千日后,酒家往视之。刘玄石已葬三年。于是开棺,醉始醒。事见晋张华《博物志》卷十。 ④蓏(luǒ):指瓜类植物之实。 ⑤"三偷"二句:形容果蓏奇异鲜美。 西真:指西王母。王母种桃,三千年结一子,东方朔三过偷之。事见《汉武故事》。

衮

有珍馔,时时馈。滑甘丰腻。紫芝荧煌,嫩菊秀媚。贮玛瑙琥珀精器。延年益寿莫拟[1]。人间烹饪徒费。休说龙肝凤髓。动妙乐、仙音鼎沸。玉箫清,瑶瑟美。龙笛脆。杂遝飞鸾[2],花茵上、趁拍红牙,馀韵悠扬,竟海变桑田未止[3]。

[注释]

①莫拟:莫比。 拟:比拟。 ②杂遝(tà):众多杂乱貌。 ③"海变桑田"句:指寿乡珍馔时馈,仙音鼎沸,馀韵悠扬,令人沉醉,竟不知时光流失。 海变桑田:喻世事变化巨大。见晋葛洪《神仙传》。

歇 拍

其间有洞天侣[1],思游尘世。珠葆摇曳[2]。华表真人[3],清江使者[4],相从密议。此老遨嬉,我辈应须随侍。正举步、忽思同类。十八公、方斧壑[5],宜邀致。夙驾星言,人争图绘。竭来鄞山甬水[6]。因此崇成,四明里第[7]。

[注释]

①洞天侣：指神仙。　洞天：道教称神仙居处。“洞天石扉，訇然中开。”见李白《梦游天姥吟留别》。　②珠葆：珠玉。　③华表真人：指丁令威。“顶烟花之紫冠，被飘萧之羽服者曰：‘吾华表真人丁令威也。’”见史浩《寿乡记》。此指鹤。　④清江使者：指蔡十朋。“曳九歧之采绶，垂覆甲之青丝者曰：‘吾清江使者蔡十朋也。’”见史浩《寿乡记》。此指龟。　⑤十八公：指吴丁固。吴为尚书时，梦松树生其腹上，谓人曰：“松字为十八公，后十八岁，吾其为公乎。”见《三国志》。“苍髯竦立，望之蔚然者曰：‘吾五大夫十八公也。’”见史浩《寿乡记》。　⑥鄞山：山名，在浙江奉化县东，鄞县故城在其下。　甬水：水名，在浙江鄞县东北。　⑦四明：地名。浙江旧宁波府别称，以境内有四明山得名。

## 煞　衮

吾皇喜，光宠无贰。玉带金鱼荣贵[①]。或者疑之，岂识圣明，曾主斯乡，尝相与尽缱绻，胶漆何可相离。今日风云合契，此实天意。吾皇圣寿无极，享晏粲千载相逢[②]，我翁亦昌炽。永作升平上瑞。

[注释]

①玉带金鱼：指高官服饰。　玉带：玉饰腰带。　金鱼：鱼形金袋，系于带而垂于后，以明贵贱。见《宋史·舆服志》。　②“晏粲”句：形容世道太平。　晏：安也。　粲：喜笑貌。

## 采莲舞

### 一

五人一字对厅立，竹竿子勾念[①]：伏以浓阴缓辔，化国之日舒以长；清奏当筵，治世之音安以乐。霞舒绛彩，玉照铅华[②]。玲珑环佩之声，绰约神仙之伍。朝回金阙，宴集瑶池。将陈倚棹之歌，式侑回风之舞[③]。宜邀胜伴，用合仙音。女伴相将，采莲入队。

勾念了，后行吹《双头莲令》。舞上，分作五方。竹竿子又勾念：伏以波涵碧玉，摇万顷之寒光；风动青蘋，听数声之幽韵。芝华杂遝，羽幰飘摇[4]。疑紫府之群英，集绮筵之雅宴。更凭乐部，齐迓来音。

勾念了，后行吹《采莲令》。舞转作一直了，众唱《采莲令》

练光浮，烟敛澄波渺。燕脂湿、靓妆初了。绿云伞上露滚滚，的皪真珠小[5]。笼娇媚、轻盈伫眺。无言不见仙娥，凝望蓬岛。　玉阙葱葱，镇锁佳丽春难老。银潢急、星槎飞到[6]。暂离金砌，为爱此、极目香红绕。倚兰棹，清歌缥缈。隔花初见，楚楚风流年少。

[注释]

①竹竿子：指引舞人，手持竹竿，节目前，念诵一段骈语，致意观众，引舞队入场。节目结束，念骈语带队出场。见《东京梦华录》卷九。　②铅华：指搽脸之粉。见《文选·曹植〈洛神赋〉》李善注。　③回风：此指曲名。“丽娟（汉武帝时宫女）每歌，李延年和之，于芝生殿唱《回风》之曲，庭中花皆翻落。”见《洞冥记》。　④幰（xiǎn）：车之帷幔。　⑤的皪：鲜明、明亮貌。“明月珠子，的皪江靡。”见《文选·司马相如〈上林赋〉》。⑥银潢：银河。　星槎：神话里指神筏，航行于海上和天河间。

## 二

唱了，后行吹《采莲令》，舞分作五方。竹竿子勾念：伏以遏云妙响[1]，初容与于波间；回雪奇容，乍婆娑于泽畔。爱芙蕖之艳冶，有兰芷之芳馨。躞蹀凌波，洛浦未饶于独步[2]；雍容解佩，汉皋谅得以齐驱[3]。宜到阶前，分明祗对[4]。

花心出，念：但儿等玉京侍席，久陟仙阶；云路驰骖，乍游尘世。喜圣明之际会，臻夷夏之清宁。聊寻泽国之芳[5]，雅寄丹台之曲[⑥]。不惭鄙俚，少颂升平。未敢自专，伏候处分。

竹竿子问，念：既有清歌妙舞，何不献呈。

花心答问：旧乐何在。

竹竿子再问，念：一部俨然。

花心答，念：再韵前来。

念了，后行吹采莲曲破，五人众舞。到人破，先两人舞出，舞到茵上住，当立处讫。又二人舞，又住，当立处。然后花心舞彻。竹竿子念：伏以仙裾摇曳，拥云罗雾縠之奇[⑦]；红袖翩翩，极鸾翮凤翰之妙。再呈献瑞，一洗凡容。已奏新词，更留雅咏。

念了，花心念诗：我本清都侍玉皇，乘云驭鹤到仙乡。轻舠一叶烟波阔[⑧]，嗜此秋潭万斛香。

念了，后行吹《渔家傲》。花心舞上，折花了，唱《渔家傲》

菡萏清泠涓滴水，迢迢烟浪三千里。微孕青房包绣绮。薰风里，幽芳洗尽闲桃李。　羽氅飘萧尘外侣，相呼短棹轻偎倚。一片清歌天际起。声尤美，双双惊起鸳鸯睡。

[注释]

①遏（è）云妙响：形容歌声嘹亮，高入云霄，令浮云停住。事见《列子·汤问》。　②"躞蹀"二句：形容舞步轻盈迅捷，恰似洛神在水波上行走。　躞蹀（xiè dié）：小步貌。　凌波：形容女子步履轻盈。曹植《洛神赋》："凌波微步，罗袜生尘。"　洛浦：洛水水边，指代洛神。"载太华之玉女兮，召洛浦之宓妃。"见张衡《思玄赋》。　③"雍容"二句：喻男女爱慕，相互赠答之情。　汉皋：山名，又名万山，在湖北襄阳西北。此处代指郑交甫。郑交甫将南适楚，至汉皋台下，遇二女佩两珠，交甫请其佩，二女遂手解佩与交甫。事见《韩诗外传》。　④祇对：恭敬回答。　⑤泽国：指多水之地。"江村夜涨浮天水，泽国秋生动地风。"见杜牧《题白云楼》诗。　⑥丹台：指神仙居处。见《列仙传》。　⑦縠（hù）：指有绉纹之纱。　⑧舠（dāo）：小船，形如刀。

## 三

唱了，后行吹《渔家傲》。五人舞，换坐。当花心立人念诗：我昔瑶池饱宴游，朅来乐国已三秋[①]。水晶宫里寻幽伴[②]，菡萏香中荡小舟[③]。

念了，后行吹《渔家傲》。花心舞上，折花了，唱《渔家傲》

翠盖参差森玉柄[④]，迎风浥露香无定。不著尘沙真体净。芦花径，酒侵酥脸霞相映。　　棹拨木兰烟水暝[⑤]，月华如练秋空静。一曲悠扬沙鹭听。牵清兴，香红已满蒹葭艇。

**[注释]**

①朅来：来到。“朅来湖上饮美酒，醉后剧谈犹激烈。”见苏轼《陪欧阳公燕西湖》诗。　②水晶宫：宫殿名，用水晶砌成。见南朝梁任昉《述异记》。　③菡萏（hàn dàn）：荷花。“荷，芙渠……其华菡萏。”见《尔雅·释草》。　④“翠盖”句：形容荷叶参差交错，蓬茎繁密、根根竖立之貌。玉柄：指蓬茎。　⑤棹：《全宋词》作“掉”。

## 四

唱了，后行吹《渔家傲》。五人舞，换坐。当花心立人念诗：我弄云和万古声[①]，至今江上数峰青。幽泉一曲今凭棹，楚客还应著耳听。

念了，后行吹《渔家傲》。花心舞上，折花了，唱《渔家傲》

草软沙平风掠岸，青蓑一钓烟江畔。荷叶为茵花作幔。知谁伴，醇醪只把鲈鱼换。　　盘缕银丝杯自暖，篷窗醉著无人唤。逗得醒来横脆管。清歌缓，彩鸾飞去红云乱。

[注释]

①弄云和：指弹琴瑟。　云和：山名，因产琴瑟著称。此代指琴瑟。见《周礼·春官·大司乐》。

## 五

唱了，后行吹《渔家傲》。五人舞，换坐。当花心立人念诗：我是天孙织锦工[①]，龙梭一掷度晴空。兰桡不逐仙槎去[②]，贪撷芙蕖万朵红。

念了，后行吹《渔家傲》。花心舞上，折花了，唱《渔家傲》

太华峰头冰玉沼[③]，开花十丈干云杪[④]。风散天香闻四表。知多少，亭亭碧叶何曾老。　试问霏烟登鸟道[⑤]，丹崖步步祥光绕。折得一枝归月峤。蓬莱岛，霞裾侍女争言好。

[注释]

①天孙：星官名，即织女星，代指织女。见《史记·天官书》。　②仙槎：神异木筏，可往返于天河与大海之间。　③太华：山名，指华山。在陕西东部，北临渭河平原。　④云杪：云端。　杪（miǎo）：树之木梢。　⑤“试问”句：形容山路高耸入云。　鸟道：指狭窄险峻的山路。

## 六

唱了，后行吹《渔家傲》。五人舞，换坐。当花心立人念诗：我入桃源避世纷[①]，太平才出报君恩。白龟已阅千千岁，却把莲巢作酒尊[②]。

念了，后行吹《渔家傲》。花心舞上，折花了，唱《渔家傲》

珠露浡浡清玉宇[③]，霞标绰约消烦暑。时驭清风之帝所。寻旧侣，三千仙仗临烟渚[④]。　舴艋飘摇来复去[⑤]，渔翁问我居何处。笑把红蕖呼鹤驭。回头语，壶中自有朝天路[⑥]。

［注释］

①桃源:喻仙境、乐土。见晋陶渊明《桃花源记》。　②“白龟”二句:喻长寿。龟千岁,乃巢于莲叶上,轻松自如。事见《史记·龟策列传》。　③漙漙(tuán):形容露水多。　④三千仙仗:喻功德圆满。“积功满千,虽有过得仙。”见南朝梁陶弘景《真诰》。　⑤舴艋(zé měng):小船。　⑥“壶中”句:此谓帝所美好,有如仙境。“一壶如五升器大,变化为天地,中有日月如世间,夜宿其内。”见《云笈七签·二十八治》。

## 七

唱了,后行吹《渔家傲》。五人舞,换坐如初。竹竿子勾念:伏以珍符洊至[①],朝廷之道格高深;年谷屡丰,郡邑之和薰遐迩。式均欢宴,用乐清时。感游女于仙衢,咏奇葩于水国。折来和月,露浥霞腮;舞处随风,香盈翠袖。既徜徉于玉砌,宜宛转于雕梁[②]。爰有佳宾,冀闻清唱。

念了,众唱《画堂春》

彤霞出水弄幽姿,娉婷玉面相宜。棹歌先得一枝枝,波上画鲸飞。　向此画堂高会,幽馥散、堪引瑶卮。幸然逢此太平时,不醉可无归。

［注释］

①洊(jiàn):通“荐”。再,一次又一次。　②“宛转”句:形容歌声悦耳动听,馀音袅袅,宛转不绝。“昔韩娥东之齐,匮粮,过雍门,鬻歌假食,既去而馀音绕梁欐,三日不绝。”见《列子·汤问》。

## 八

唱了，后行吹《画堂春》。众舞，舞了又唱《河传》

蕊宫阆苑[1]。听钧天帝乐[2]，知他几遍。争似人间，一曲采莲新传。柳腰轻，莺舌啭。　　逍遥烟浪谁羁绊。无奈天阶，早已催班转。却驾彩鸾，芙蓉斜盼。愿年年，陪此宴。

［注释］

①蕊宫阆苑：指仙境。　蕊宫：仙界宫阙名。“上清紫霞虚皇前太上大道玉晨君，闲居蕊珠，作七言。”见《黄庭内景经》。蕊珠，即蕊宫。　阆苑：宫苑。“昆仑阆风苑有玉楼十二层，左瑶池，右翠水。”见晋葛洪《神仙传》。　②钧天：天上仙乐，借指皇帝飨群臣之晏乐。

唱了，后行吹《河传》，众舞。舞了，竹竿子念《遣队》：浣花一曲湄江城，雅合凫鹥醉太平[1]。楚泽清秋馀白浪，芳枝今已属飞琼[2]。歌舞既阑，相将好去。

念了，后行吹《双头莲令》。五人舞转作一行，对厅杖鼓出场。

［注释］

①凫鹥：《诗经·大雅》篇名。　②飞琼：神话里西王母侍女。“王母乃命侍女许飞琼鼓震灵之簧。”见《汉武内传》。

## 太清舞

### 一

后行吹道引曲子，迎五人上，对厅一直立。乐住，竹竿子勾念：洞天门阙锁烟萝，琼室瑶台瑞气多。欲识仙凡光景异，欢谣须听太平歌花心念:伏以兽炉缥缈喷祥烟,玳席荧煌开邃幄。谛视人间之景物,何殊洞府之风光。恭惟衮绣主人[①],簪缨贵客[②]。或碧瞳漆髪,或绿鬓童颜。雄辩风生,英姿玉立。曾向蕊宫贝阙,为逍遥游;俱膺丹篆玉书,作神仙伴。故今此会,式契前踪。但儿等偶到尘寰,欣逢雅宴;欲陈末艺,上助清欢。未敢自专,伏候处分。

竹竿子问,念:既有清歌妙舞,何不献呈。

花心答,念:旧乐何在。

竹竿子问,念:一部俨然。

花心答,念:再韵前来。

念了,后行吹《太清》,众舞讫,众唱

武陵自古神仙府[③],有渔人迷路。洞户迸寒泉,泛桃花容与。　　寻花迤逦见灵光[④],舍扁舟、飘然入去。注目渺红霞,有人家无数。

[注释]

①衮绣:指高贵之人。"我觏之子,衮衣绣裳。"见《诗经·豳风·九罭》。　②簪缨:簪和缨皆为古代达官贵人冠饰。　③武陵:郡名,郡治在今湖南常德一带,此指世外桃源、仙境。见晋陶潜《桃花源记》。　④迤逦(yǐ lǐ):曲折连绵。

## 二

唱了,后行吹太清歌,众舞,舞讫,花心唱

须臾却有人相顾。把肴浆来聚。礼数既雍容,更衣冠淳古。　　渔人方问此何乡,众颦眉、皆能深诉。元是避嬴秦[①],共携家来住。

[注释]

①嬴秦:指秦代。秦为嬴姓。

## 三

唱了，后行吹《太清歌》，众舞，换坐，当花心一人唱

当时脱得长城苦，但熙熙朝暮。上帝锡长生，任跳丸乌兔[①]。　种桃千万已成阴，望家乡、杳然何处。从此与凡人，隔云霄烟雨。

[注释]

①跳丸乌兔：形容光阴如梭，如跳丸迅捷。乌即金乌，指太阳。兔，即玉兔，指月亮。“一笑飞云溪上舟，跳丸日月十经秋。”见唐杜牧《寄浙东韩平事》。

## 四

唱了，后行吹《太清歌》，众舞，换坐，当花心一人唱

渔舟之子来何所，尽相猜相语。夜宿玉堂空，见火轮飞舞[①]。　凡心有虑尚依然，复归指、维舟沙浦。回首已茫茫，叹愚迷不悟。

[注释]

①火轮：指太阳。“夜半金鸡啁哳鸣，火轮飞出客心惊。”见韩愈《桃源图》诗。

## 五

唱了，后行吹《太清歌》，众舞，换坐，当花心一人唱

我今来访烟霞侣，沸华堂箫鼓。疑是奏钧天，宴瑶池金母。　却将桃种散阶除，俾华实、须看三度。方记古

人言,信有缘相遇。

## 六

唱了,后行吹《太清歌》,众舞,换坐,当花心一人唱

云軿羽幰仙风举[①],指丹霄烟雾。行作玉京朝,趁两班鹓鹭[②]。 玲珑环佩拥霓裳,却自有、箫韶随步[③]。含笑嘱芳筵,后会须来赴。

[注释]

①軿(píng):指一种有帷幕的车,古代贵族妇女多乘之。 ②"行作玉京"二句:形容朝见时秩序井然。 玉京:指帝都。"玉京十二楼,峨峨倚青翠。"见唐孟郊《长安旅情》诗。鹓和鹭飞行有序,此用"鹓行"、"鹭行"代指朝见行列。 ③箫韶:指以箫管为主所奏之《韶》乐。"箫韶九成,凤皇来仪。"见《尚书·益稷》。

## 七

唱了,后行吹《太清歌》,众舞,舞讫。竹竿子念:欣听嘉音,备详仙迹。固知玉步,欲返云程。宜少驻于香车,伫再闻于雅咏。

念了,花心念:但儿等暂离仙岛,来止洞天。属当嘉节之临,行有清都之觐[①]。芝华羽葆,已杂遝于青冥;玉女仙童,正逢迎于黄道。既承嘉命,聊具新篇。

篇曰:仙家日月如天远,人世光阴若电飞。绝唱已闻惊列坐,他年同步太清归。

念了,众唱破子

游尘世、到仙乡。喜君王,跻治虞唐[②]。文德格遐荒,四裔尽来王。干戈偃息岁丰穰,三万里农桑。归去告穹苍,锡圣寿无疆。

[注释]

①清都:神话里天帝所居宫阙。"王实以为清都紫微,钧天广乐,帝之所居。"见《列子·周穆王》。　②虞唐:指唐尧虞舜时代。

唱了,后行吹《步虚子》,四人舞上,劝心酒,花心复劝。劝讫,众舞列作一字行。竹竿子念遣队:仙音缥缈,丽句清新。既归美于皇家,复激昂于坐客。桃源归路,鹤驭迎风。抃手阶前[①],相将好去。

念了,后行吹《步虚子》。出场。

[注释]

①抃(biàn):鼓掌。

## 柘枝舞

### 一

五人对厅一直立,竹竿子勾念:伏以瑞日重光,清风应候。金石丝竹[①],闲六律以皆调[②];偞佅兜离[③],贺四夷之率伏。请翻妙舞,来奉多欢。鼓吹连催,柘枝入队。念了,后行吹引子半段入场,连吹柘枝令,分作五方舞。舞了,竹竿子又念:适见金铃错落,锦帽蹁跹。芳年玉貌之英童,翠袂红绡之丽服。雅擅西戎之舞[④],似非中国之人。宜到阶前,分明祗对。

念了,花心出,念:但儿等名参乐府,幼习舞容。当芳宴以宏开,属雅音而合奏。敢呈末技,用赞清歌。未敢自专,伏候处分。

念了,竹竿子问,念:既有清歌妙舞,何不献呈。

花心答,念:旧乐何在。

竹竿子问,念:一部俨然。

花心答,念:再韵前来。

念了,后行吹三台一遍,五人舞拜,起舞,后行再吹射雕遍连歌头。舞了,众唱歌头

□人奉圣□□朝□□□□主□□□□□留伊。得荷

云戏、幸遇文明、尧阶上、太平时。□□□□何不罢岁□征舞柘枝。

[注释]

①金石丝竹：指古代乐器。“金石丝竹，乐之器也。”见《礼记·乐记》。　金石：钟磬之类乐器。　丝竹：弦管之类乐器。　②六律：我国古代审定乐音高低之标准，通常把乐音分成六律和六吕。　③僸佅（jìn mài）兜离：古代少数民族乐器。“南夷之乐曰兜，西夷之乐曰禁，北夷之乐曰昧，东夷之乐曰离。”见《白虎通·礼乐》。　④西戎：古代西北戎族总称。见《史记·匈奴列传》。

二

唱了，后行吹朵肩遍。吹了，又吹扑蝴蝶遍，又吹画眉遍。舞转，谢酒了，众唱《柘枝令》

我是柘枝娇女。□□多风措。□□□□住。深□妙学得柘枝舞。□□头戴凤冠□，□□纤腰束素。□□遍体锦衣装，来献呈歌舞。

三

又唱

回头却望尘寰去，喧画堂箫鼓。整云鬟、摇曳青绡，爱一曲柘枝舞。好趁华封盛祝笑[1]，共指南山烟雾[2]。蟠桃仙酒醉升平[3]，望凤楼归路[4]。

[注释]

①“好趁”句：此谓祝贺语。　华封：指守华州封疆者。尧观乎华，华封人曰：“嘻！请祝圣人，使圣人寿，使圣人富，使圣人多男子。”见《庄

子·天地》。　②“共指”句：此谓祝寿语。“如南山之寿，不骞不崩。”见《诗经·小雅·天保》。　③蟠桃：指仙桃。“东海有山名度索山，上有大桃树，蟠屈三千里，曰蟠木。”见《海内十洲记》。西王母曾对汉武帝说：“此桃三千年一生实”，事见《汉武内传》。　④凤楼：指宫内楼阁。“凤楼十二重，四户八绮窗。”见鲍照《代陈思王京洛篇》。

唱了，后行吹《柘枝令》，众舞了，竹竿子念遣队：雅音震作，既呈仪凤之吟①；妙舞回翔，巧著飞鸾之态。已洽欢娱绮席，暂归缥缈仙都。再拜阶前，相将好去。

念了，后行吹《柘枝令》出队。

（以上《彊村丛书》本《鄮峰真隐大曲》卷一）

[注释]

①仪凤之吟：指琴曲名《凤凰来仪》。周成王时，凤凰翔舞，成王作此歌。见《乐府诗集》卷五十七引《古今乐录》。

## 花　舞

### 一

两人对厅立，自勾，念：伏以骚赋九章①，灵草喻如君子②；诗人十咏，奇花命以佳名③。因其有香，尊之为客。欲知标格，请观一字之褒；爰藉品题，遂作群英之冠。适当丽景，用集仙姿。玉质轻盈，共庆一时之会；金尊潋滟，式均四坐之欢。女伴相将，折花入队。

念了，后行吹折花三台。舞，取花瓶。又舞上，对客放瓶，念牡丹花诗：花是牡丹推上首，天家侍宴为宾友④。料应雨露久承恩，贵客之名从此有。

念了，舞，唱《蝶恋花》。侍女持酒果上，劝客饮酒

贵客之名从此有。多谢风流，飞驭陪尊酒。持此一卮同劝后，愿花长在人长寿。

[注释]

①"骚赋九章"句:代指屈原的作品。　骚赋:即《离骚》。　九章:即《九章》。　②灵草喻如君子:指屈原作品里常以"灵草"(香花香草)意象比喻君子。　③"诗人十咏"二句:总称《花舞》曲。　诗人:词人自称。　十咏:指以下十首咏花诗。　佳名:指以上的贵客、嘉客等。　④天家:指帝王家。

二

舞唱了,后行吹三台[1]。舞转,换花瓶。又舞上,次对客放瓶,念瑞香花诗:花是瑞香初擢秀,达人鼻观通庐阜[2]。遂令声价满寰区[3],嘉客之名从此有。

念了,舞,唱《蝶恋花》,侍女持酒果上,劝客饮酒

嘉客之名从此有。多谢风流,飞驭陪尊酒。持此一卮同劝后,愿花长在人长寿。

[注释]

①三台:乐曲名。　②庐阜:庐山。瑞香状如丁香,始出于庐山。　③寰区:指广大的区域。

三

舞唱了,后行吹三台。舞转,换花瓶。又舞上,次对客放瓶,念丁香花诗:花是丁香花未剖,青枝碧叶藏琼玖[1]。如居翠幄道家妆,素客之名从此有。

念了,舞,唱《蝶恋花》。侍女持酒果上,劝客饮酒

素客之名从此有。多谢风流,飞驭陪尊酒。持此一卮同劝后,愿花长在人长寿。

［注释］

①琼玖:美玉,喻指丁香花蕊。

## 四

舞唱了,后行吹三台,舞转,换花瓶。又舞上,次对客放瓶,念春兰花诗:花是春兰栖远岫,竹风松露为交旧。仙家剑佩羽霓裳,幽客之名从此有。

念了,舞,唱《蝶恋花》,侍女持酒果上,劝客饮酒

幽客之名从此有。多谢风流,飞驭陪尊酒。持此一卮同劝后,愿花长在人长寿。

## 五

舞唱了,后行吹三台。舞转,换花瓶。又舞上,次对客放瓶,念蔷薇花诗:花是蔷薇如绮绣,春风满架晖晴昼。为多规刺少拘挛,野客之名从此有。

念了,舞,唱《蝶恋花》,侍女持酒果上,劝客饮酒

野客之名从此有。多谢风流,飞驭陪尊酒。持此一卮同劝后,愿花长在人长寿。

## 六

舞唱了,后行吹三台。舞转,换花瓶。又舞上,次对客放瓶,念酴醿花诗:花是酴醿纡翠袖,酿泉曾入真珠溜。更无尘气到杯盘,雅客之名从此有。

念了,舞,唱《蝶恋花》。侍女持酒果上,劝客饮酒

雅客之名从此有。多谢风流,飞驭陪尊酒。持此一卮同劝后,愿花长在人长寿。

## 七

舞唱了,后行吹三台。舞转,换花瓶。又舞上,次对客放瓶,念荷花诗:花是芙蕖冰玉漱,人间暑气何曾受。本来泥滓不相关,净客之名从此有。

念了,舞,唱《蝶恋花》,侍女持酒果上,劝客饮酒

净客之名从此有。多谢风流,飞驭陪尊酒。持此一卮同劝后,愿花长在人长寿。

## 八

舞唱了,后行吹三台。舞转,换花瓶。又舞上,次对客放瓶,念秋香花诗:花是秋香偏郁茂,姮娥月里亲栽就[①]。一枝平地合登瀛,仙客之名从此有。

念了,舞,唱《蝶恋花》,侍女持酒果上,劝客饮酒

仙客之名从此有。多谢风流,飞驭陪尊酒。持此一卮同劝后,愿花长在人长寿。

[注释]

①姮娥:指月神,又名嫦娥。“羿请不死之药于西王母,姮娥窃之,奔月宫。”见《淮南子·览冥训》。

## 九

舞唱了,后行吹三台。舞转,换花瓶。又舞上,次对客放瓶,念菊花诗:花是菊英真耐久,长年只有临风嗅。东篱况是见南山[①],寿客之名从此有。

念了,舞,唱《蝶恋花》,侍女持酒果上,劝客饮酒

寿客之名从此有。多谢风流，飞驭陪尊酒。持此一卮同劝后，愿花长在人长寿。

[注释]

①“东篱”句：此乃祝寿语。“采菊东篱下，悠然见南山。”见陶渊明《饮酒》诗之五。陶诗“南山”为庐山。史词“南山”为终南山，乃祝寿语。史词合用二典，故菊花有“寿客”之名。

## 十

舞唱了，后行吹三台。舞转，换花瓶。又舞上，次对客放瓶，念梅花诗：花是寒梅先节候，调羹须待青如豆[①]。为于雪底倍精神，清客之名从此有。

念了，舞，唱《蝶恋花》，侍女持酒果上，劝客饮酒

清客之名从此有。多谢风流，飞驭陪尊酒。持此一卮同劝后，愿花长在人长寿。

[注释]

①调羹：借梅花祝颂客人成为大臣宰辅。梅味酸，可作调味用，旧时赞宰相。“若作和羹，尔惟盐梅。”见《尚书·说命下》。

## 十一

舞唱了，后行吹三台。舞转，换花瓶。又舞上，次对客放瓶，念芍药花诗：芍药来陪群客后，矜其未至当居右。奇姿独许侍花王，近客之名从此有。

念了，舞，唱《蝶恋花》，侍女持酒果上，劝客饮酒

近客之名从此有。多谢风流，飞驭陪尊酒。持此一卮同劝后，愿花长在人长寿。

## 十二

舞唱了，后行吹三台。舞转，换花瓶。又舞上花茵，背花对坐，唱《折花三台》

算仙家，真巧数，能使众芳长绣组。羽軿芝葆[①]，曾到世间，谁共凡花为伍。　桃李漫夸艳阳，百卉又无香可取。岁岁年年长是春，何用芳菲分四序。

[注释]

①羽軿芝葆：形容仙家到世间的气象。　軿（píng）：古代妇女乘坐的有帷幕的车。　葆：一种把羽毛挂在竿头制成的仪仗。

## 十三

又唱

对芳辰，成良聚，珠服龙妆环宴俎。我御清风，来此纵观，还须折枝归去。　归去蕊珠绕头，一一是、东君为主[①]。隐隐青冥怯路遥，且向台中寻伴侣。

[注释]

①东君：司春之神。"春为东皇，又为青帝"，见《尚书纬》。

## 十四

唱了，起舞，后行吹折花三台一遍。舞讫，相对坐，取盆中花插头上，又唱

叹尘寰，乌兔走[①]，花谢花开能几许。十分春色，一半遣愁，那堪飘零风雨。　争似此花自然，悄不待、根生下土。花既无凋春又长，好带花枝倾寿醑。

[注释]

①乌兔：指太阳与月亮。

## 十五

又唱

是非场，名利海，得丧炎凉徒自苦。至乐陶陶，唯有醉乡，谁向此间知趣。　　花下一杯一杯，且莫把、光阴虚度。八极神游长寿仙，蜾蠃螟蛉休更觑[①]。

[注释]

①蜾蠃（guǒ luǒ）：一种绿色小虫。　螟蛉（míng líng）：一种寄生蜂。

唱了，侍女持酒果置茵上，舞相对自饮。饮讫，起舞三台一遍，自念遣队：伏以仙家日月，物外烟霞。能令四季之奇葩，会作一筵之重客。莫不香浮绮席，影覆瑶阶。森然群玉之林，宛在列真之府[①]。相逢今日，不醉何时。敢持万斛之流霞[②]，用介千春之眉寿[③]。欢腾丝竹，喜溢湖山。观者虽多，叹未曾有。更愿九重万寿，四海一家。屡臻年谷之丰登，永锡田庐之快乐。于时花骢嘶晚，绛蜡迎宵。饮散瑶池，春在乌纱帽上；醉归蕊馆，香分白玉钗头。式因天上之芳容，流作人间之佳话。尚期再集，益侈遐龄[④]。歌舞既终，相将好去。

念了，后行吹三台出队。

[注释]

①"森然"二句：比喻奇葩、重客会聚时的盛况。　群玉：传说中的仙山。《山海经》谓西王母居此。　列真：众多的仙人。道家称得道者为仙人。　②流霞：指仙酒。"口饥欲食，仙人辄饮我以流霞一杯。"见王充《论衡·道虚》。　③"用介"句：祝寿语。　介：助也。　眉寿：豪眉，表示长寿。"为此春酒，以介眉寿。"见《诗经·豳风·七月》。　④遐龄：高龄，年纪大。

## 剑 舞

二舞者对厅立茵上。竹竿子勾,念:伏以玳席欢浓,金尊兴逸。听歌声之融曳,思舞态之飘摇。爰有仙童,能开宝匣。佩干将莫邪之利器①,擅龙泉秋水之嘉名②。鼓三尺之莹莹③,云间闪电;横七星之凛凛④,掌上生风。宜到芳筵,同翻雅戏。

二舞者自念:伏以五行擢秀⑤,百炼呈功。炭炽红炉,光喷星日;硎新雪刃⑥,气贯虹霓。斗牛间紫雾浮游,波涛里苍龙缔合⑦。久因佩服,粗习回翔。兹闻阆苑之群仙,来会瑶池之重客。辄持薄技,上侑清欢。未敢自专,伏候处分。

竹竿子问:既有清歌妙舞,何不献呈。

二舞者答:旧乐何在。

竹竿子再问:一部俨然。

二舞者答:再韵前来。

乐部唱剑器曲破,作舞一段了,二舞者同唱《霜天晓角》

荧荧巨阙,左右凝霜雪。且向玉阶掀舞,终当有、用时节。　唱彻,人尽说。宝此制无折。内使奸雄落胆,外须遣、豺狼灭。

[注释]

①干将莫邪:古代两把名剑。雄剑名“干将”,雌剑名“莫邪”。见《吕氏春秋》卷四。　②龙泉秋水:古代剑名。相传晋张华夜见斗、牛二星间紫气炫目,令人于丰城狱中掘地得二剑,其一是“龙泉”。见《晋书·张华传》。　③三尺:指剑。“吾以布衣提三尺,取天下。”见《汉书·高帝纪下》。　④七星:指剑。　⑤五行:指金、木、水、火、土五种物质。　⑥硎(xíng):磨砺。　⑦“斗牛”二句:形容舞者所佩之剑,不同凡响。　斗牛:两星名。事见《晋书·张华传》。

乐部唱曲子,作舞剑器曲破一段。(舞罢,二人分立两边。别两人汉装者出,对坐,桌上设酒果。)竹竿子念:伏以断蛇大泽①,逐鹿中原②。佩赤帝之真符③,接苍姬之正统④。皇威既振,天命有归。势虽盛于重瞳[5],德难胜于隆准[6]。鸿门设会[7],亚父输谋[8]。徒矜起舞之雄姿[9],厥有解纷之壮士[10]。想当时之贾勇[11],激烈飞飏;宜后世之效颦,回旋宛转。双鸾奏技,四坐腾欢。

乐部唱曲子,舞剑器曲破一段。(一人左立者上茵舞,有欲刺右汉装者之势。又一舞进前翼蔽之。舞罢,两舞者并退,汉装者亦退。复有两人唐装出,对坐。桌上设笔砚纸,舞者一人换妇人装立茵上。)竹竿子勾,念:伏以云鬟耸苍璧,雾縠罩香肌。袖翻紫电以连轩[12],手握青蛇而的皪[13]。花影下、游龙自跃,锦茵上,跄凤来仪。轶态横生,瑰姿谲起。倾此入神之技,诚为骇目之观。巴女心惊,燕姬色沮[14]。岂唯张长史草书大进[15],抑亦杜工部丽句新成[16]。称妙一时,流芳万古。宜呈雅态,以洽浓欢。

乐部唱曲子,舞剑器曲破一段。(作龙蛇蜿蜒曼舞之势。两人唐装者起。二舞者、一男一女对舞,结剑器曲破彻。)竹竿子念:项伯有功扶帝业,大娘驰誉满文场。合兹二妙甚奇特,堪使佳宾釂一觞。霍如羿射九日落,矫如群帝骖龙翔。来如雷霆收震怒,罢如江海凝清光[17]。歌舞既终,相将好去。

念了,二舞者出队。

[注释]

①断蛇大泽:说汉高祖刘邦事。刘邦醉酒,夜行泽中,有蛇当道,刘邦拔剑斩之,径开。事见《史记·高祖本纪》。　②逐鹿中原:比喻争夺天下。“秦失其鹿,天下共逐之。”见《史记·淮阴侯列传》。　③赤帝之真符:指刘邦断蛇之剑。　赤帝:指刘邦。刘邦斩断蛇后,有一老妪哭诉:“吾子,白帝子也,化为蛇,当道。今为赤帝子斩之。”见《史记·高祖本纪》。　④苍姬之正统:指刘邦废秦建汉。“故汉兴,承敝易变,使人不倦,得天统矣。”见《史记·高祖本纪》。　苍姬:指天。　⑤重瞳:指项羽。“吾闻之周生曰:舜目盖重瞳子,又闻项羽亦重瞳子。”见《史记·项羽本纪》。　⑥隆准:高鼻子。指汉高祖刘邦。　“高祖为人,隆准而龙颜。”见《史记·高祖本纪》。　⑦鸿门设会:指鸿门宴。　鸿门:古地名,在今陕西临潼东北。事见《史记·项羽本纪》。　⑧亚父输谋:亚父,指范增。

鸿门宴中，范增想杀刘邦，未成。叹曰："唉！竖子不足与谋。"事见《史记·项羽本纪》。　⑨起舞之雄姿：指项庄与项伯舞剑姿势。鸿门宴上，范增召项庄以剑舞，图杀刘邦。项庄拔剑起舞，项伯亦拔剑起舞，常以身翼蔽沛公，庄不得击。事见《史记·项羽本纪》。　⑩解纷之壮士：指樊哙。鸿门宴上，樊哙以虎胆勇气帮刘邦化险为夷。事见《史记·项羽本纪》。　⑪"想当时"句：形容鸿门宴上，樊哙勇气横溢之势。　贾（gǔ）：出售。"壮徒恒贾勇，拔拒抵长河。"见唐玄宗《观拔河俗戏》诗。　⑫紫电：宝剑名。　⑬青蛇：宝剑名。　⑭"巴女"二句：巴女犹巴童，歌女也。　燕姬：指燕国女子。　⑮"岂唯"句：张长史，指张旭。张旭，苏州人，每大醉，呼叫狂走，乃下笔。见《新唐书·文艺传》。又，"昔者吴人张旭善草书书帖，数尝于邺县见公孙大娘舞西河剑器，自此草书长进。"见杜甫《观公孙大娘弟子舞剑器行》诗序。　⑯"杜工部"句：指杜甫《观公孙大娘弟子舞剑器行》诗。　⑰"霍如"四句：形容公孙大娘舞剑，变换莫测，蔚为壮观。四句皆出自杜甫《观公孙大娘弟子舞剑器行》诗。　羿：古代著名射手。传说，尧时十日并出，羿射其九。事见《淮南子·本经训》高诱注。　群帝：指群神。"来如"句：形容剑器开场时紧张氛围。　"罢如"句：形容收场时光彩四照，肃穆之境。

［集评］

吴梅云："宋人大曲之详，无有过于此者。彊村先生……谓足以尽词之变也……今读此曲，则江出滥觞，河出昆仑，源流遞嬗之所自，昭若发蒙。"（《鄮峰真隐大曲》跋）

## 渔父舞

### 一

四人分作两行迎上，对筵立。渔父自勾，念：鄮城中有蓬莱岛①，不是神仙那得到。万顷澄波舞镜鸾，千寻叠嶂环旌纛②。光天圆玉夜长清，衬地湿红朝不扫。宾主相逢欲尽欢，升平一曲渔家傲。

勾念了，二人念诗：渺渺平湖浮碧满，奇峰四合波光暖。绿蓑青笠镇相随，细雨斜风都不管。

念了，齐唱《渔家傲》。舞，戴笠子

细雨斜风都不管，柔蓝软绿烟堤畔。鸥鹭忘机为主伴[③]。无羁绊，等闲莫许金章换[④]。

[注释]

①鄮城：地名，在今浙江宁波。　②千寻：形容山峦之高。　寻：古代长度单位。　旌纛：指旗子。　纛（dào）：古代军队或仪仗队之大旗。　③鸥鹭忘机：指淡泊宁静、忘怀利禄的隐居生活。事见《列子·黄帝》。　④金章：金印，高官象征。

二

唱了，后行吹《渔家傲》，舞。舞了，念诗：喜见同阴垂匝地，琼珠簌簌随风絮。轻丝圆影两相宜，好景侬家披得去。

念了，齐唱《渔家傲》。舞，披蓑衣

好景侬家披得去，前村雪屋云深处。一棹清歌归晚浦。真佳趣，知谁画得归缣素[①]。

[注释]

①缣素：一种白色细绢，古代供书画用。　缣（jiān）：双丝细绢。"织缣日一匹，织素五丈馀。"见《玉台新咏·古诗八首》。

三

唱了，后行吹《渔家傲》，舞了，念诗：波面初惊秋叶委，风来又觉船头起。滔滔平地尽知津[①]，济涉还渠渔父子[②]。

念了，齐唱《渔家傲》。舞，取楫鼓动

济涉还渠渔父子，生涯只在烟波里。练静忽然风又起。赢得底，吹来别浦看桃李。

[注释]

①津:渡口。　②济涉:渡河过水。

## 四

唱了,后行吹《渔家傲》。舞,舞了,念诗:碧玉粼粼平似掌,山头正吐冰轮上[①]。水天一色印寒光,万斛黄金迷俯仰[②]。

念了,齐唱《渔家傲》,将楫作摇橹势

万斛黄金迷俯仰,轻舠不碍飞双桨。光透碧霄千万丈。真堪赏,恰如镜里人来往。

[注释]

①冰轮:指月亮。　②"万斛"句:形容月光照拂水面时的闪烁耀眼多彩迷人的盛景。

## 五

唱了,后行吹《渔家傲》,舞。舞了,念诗:手把丝纶浮短艇,碧潭清泚风初静。未垂芳饵向沧浪,已见白鱼翻翠荇。

念了,齐唱《渔家傲》,取钓竿作钓鱼势

已见白鱼翻翠荇,任公一掷波千顷[①]。不是六鳌休便领[②]。清昼永,悠扬要在神仙境。

[注释]

①任公:任公子,善钓大鱼的神人。见《庄子·外物》。　②"不是六鳌"句:比喻报负远大,胸襟豪放。传说,渤海有山五座,常随波涛漂流。帝命十五只巨鳌用头顶着山,才固定不动。"而龙伯之国有大人,举足不盈数步而暨五山之所,一钓而连六鳌。"事见《列子·汤问》。

## 六

唱了，后行吹《渔家傲》，舞。舞了，念诗：新月半钩堪作钓[①]，钓竿直欲干云表。鱼虾细碎不胜多，一引修鳞吾事了。

念了，齐唱《渔家傲》。钓，出鱼

一引修鳞吾事了，棹船归去歌声杳。门俯清湾山更好。眠到晓，鸣榔艇子方云扰[②]。

[注释]

①新月：农历月初之月，形状如钩。　②鸣榔：指船上唱歌时，敲船舷作节拍。“惜别耐取醉，鸣榔且长谣。”见李白《送殷淑》。

## 七

唱了，后行吹《渔家傲》，舞。舞了，念诗：提取赪鳞归竹坞[①]，儿孙迎笑交相语。西风满袖有馀清，试倩霜刀供玉缕[②]。

念了，齐唱《渔家傲》，取鱼在杖头，各放鱼，指酒尊

试倩霜刀供玉缕，银鳞不忍登盘俎[③]。掷向清波方圉圉[④]。休更取，小槽且听真珠雨。

[注释]

①赪（chēng）：红色。　②供玉缕：《全宋词》作“登玉缕”，此据《彊村丛书》本改。　③登盘俎：《全宋词》作“供盘俎”，此据《彊村丛书》本改。　④圉圉（yǔ yǔ）：形容鱼在水勉力游动之貌。见《孟子·万章上》赵岐注。

## 八

唱了，后行吹《渔家傲》，舞。舞了，念诗：明月满船惟载

酒，渔家乐事时时有。醉乡日月与天长，莫惜清尊长在手。

念了，齐唱《渔家傲》，取酒尊，斟酒对饮

莫惜清尊长在手，圣朝化洽民康阜。说与渔家知得否。齐稽首[①]，太平天子无疆寿。起，面外稽首祝圣。

[注释]

①稽（qǐ）首：古时礼节。跪下，拱手至地，头也至地。

唱了，后行吹《渔家傲》，舞。舞了，渔父自念遣队：湖山佳气霭纷纷，占得风光日满门。宾主相陪欢意足，却横烟笛过前村。歌舞既终，相将好去。

念了，后行吹《渔家傲》，舞者两行引退，出散。

（以上《彊村丛书》本《鄮峰真隐大曲》卷二）

## 望海潮

叔父知县庆宅并章服[①]

烟笼香径，霞舒花砌，东君绣出芳辰[②]。蝶羽弄轻，莺声啭巧，嬉嬉舞态歌唇。纶制出严宸[③]。曳耀春品服[④]，荣锡绯银。向此华涂要路[⑤]，颜色倍精神。　珠帘碧甃方新[⑥]。有兰堂快目，水榭通津。玉斝蘸清[⑦]，金虬蔼翠，轮蹄尽集簪绅[⑧]。偕老指双椿。望武林咫尺[⑨]，同上青云。异日重为此会，应羡凤池人[⑩]。

[注释]

①此首词作于宋高宗绍兴十三年（1143）。据史浩《叔父知县庆宅并章服致语》作于癸亥。见《鄮峰真隐漫录》卷三十七。　庆宅：宅第落成之喜。　章服：指叔父晋升。古代以日月星辰等图文作为等级标志，绣在礼服上。“有虞氏之时，画衣冠、异章服以为僇。”见《史记·文帝本纪》。　②东君：指春神。　③严宸：指威严的帝王。　宸（chén）：帝王宫殿，代称帝

王。　④品服：指旧时官吏服饰，按品级高低各有规定。“每朝会，朱紫满庭，而少衣绿者，品服大滥。”见《新唐书·郑馀庆传》。　⑤华涂要路：喻指前途光明。　⑥甃（zhòu）：井壁。　⑦玉斝（jiǎ）：古代酒器。　⑧“轮蹄”句：指集会者。　轮蹄：代指坐车、乘马者。　簪绅：指有身份的人。　⑨武林：古山名，指今浙江杭州西灵隐、天竺诸山。　⑩凤池人：此指史浩叔父。　凤池：指中书省里机要位置。“君登凤池去，勿弃贾生才。”见李白《赠江夏韦太守良宰》诗。

## 望海潮

汪漕庆寿

烟浓柳径，霞蒸花砌，春深特地芳辰。蝶侣鬥狂，莺雏弄巧，嬉嬉舞态歌唇。西圃集簪绅。正桂薰兰玉，天寿松椿。竞捧瑶觥潋滟，来祝纵怀人。　当年辍侍严宸[①]。有星轺问俗，熊轼临民[②]。康阜政成，蕃宣治美，归休燕处申申[③]。行庆紫泥新[④]。起钓璜国老[⑤]，东海之滨。屈指重开此宴，应已拜平津[⑥]。

［注释］

①严宸：指皇帝。　②“有星轺”二句：指汪漕曾出任地方官。　星轺：皇帝使者所乘之车。“早风吹土满长衢，驿骑星轺尽疾驱。”见白居易《奉使途中戏赠张常侍》。　熊轼：指公、侯之车。“更值棠棣连阴，虎符熊轼，夹河分守。”见李清照《长寿乐·南昌生日》词。　③“康阜”三句：说汪漕为政有方，人皆安康富裕。　燕处申申：形容舒适安闲之貌。　燕处：闲居。申申：安详舒适貌。“子之燕处，申申如也，夭夭如也。”见《论语·述而》。　④紫泥：秦、汉两朝凡皇帝诏示，都用紫泥封，后用作皇帝诏书诰命的代称。　⑤“起钓”句：此以吕尚比汪漕，祝汪漕能交好运。相传，吕尚垂钓于磻溪遇周文王。磻溪又名璜河，故以钓璜国老称吕尚。　⑥平津：此以公孙弘喻汪漕，表示祝颂。公孙弘因贤良为丞相，封平津侯。事见《史记·平津侯主父列传》。

## 望海潮

庆八十[①]

熊罴嘉梦[②],风云亨会,磻溪应卜之年[③]。黄菊萃英,红萸酿馥[④],安排预赏芳筵。环佩拥神仙。向粉额两字[⑤],金缕红鲜。最好花茵展处,双凤舞翩翩。　人人竞擘香笺。璨珠玑溢目,祝颂无边。彭祖一分,庄椿十倍,千秋未足多言。日驭且停鞭。把燕闲欢乐,分付壶天[⑥]。笑享亲朋岁岁,春酒庆团圆[⑦]。

[注释]

①此首写于淳熙十三年(1186)。　②“熊罴(pí)”句:此是祝人生子之吉祥语。“吉梦维何?维熊维罴。”又,“维熊维罴,男子之祥。”见《诗经·小雅·斯干》。　③磻溪应卜:指君臣遇合。吕尚年八十,仍贫困,钓于磻溪:“西伯将出猎,卜之曰:‘所获……霸王之辅’,果遇太公于渭之阳,与语大悦……载与俱归,立为师。”见《史记·齐太公世家》。　④《全宋词》注:“红”原作“经”,朱校,疑“红”误。　⑤粉额两字:谓画眉。按《彊村丛书》本作“璇题玉宁”。　玉宁:玉饰椽头,指宫室华美。于律为顺。　⑥壶天:道家称仙境为壶天。　⑦春酒:谓春时酿,至冬始熟。“为此春酒,以介眉寿。”见《诗经·豳风·七月》。

## 感皇恩

叔父庆宅并章服代作

健卒走红尘,芝封飞到[①]。金缕斜斜印三道。舞鸾翔凤,犹带御炉烟袅。茜衣新象笏,银章好[②]。　对此况当,莺花缭绕。画栋翚翚映蓬岛[③]。绣帘初卷,共指松椿偕老。浩歌拚烂醉,金尊倒。

[注释]

①“健卒”二句:指皇帝使者送加封简牍。 芝封:指皇帝加封简牍。芝,即芝泥。封,即泥封。“芝泥印上,玉匣封来。”见庾信《汉武帝聚书赞》。 ②“茜衣”二句:高官衣饰。 茜(qiàn)衣:大红色衣服。 象笏(hù):象牙朝笏。 笏:古时大臣朝见时手中所执板子,用来指画及记事。 银章:银印。 ③翚翚(huī):形容叔父新宅壮丽之貌,如蓬莱仙境。

## 感皇恩

风雨搅元宵,收灯方了[①]。深院红莲尚围绕。德星同聚[②],更有祥光临照。始知真洞府,春长好。 应是化工,偏怜衰老。剩把青藜作荣耀[③]。正须沉醉,拚却玉山频倒[④]。寄声更漏子[⑤],休催晓。

[注释]

①收灯:指元宵灯会结束。 ②德星:指岁星。“岁星所在有福,故曰德星也。”见《史记·孝武本纪》司马贞《索隐》。 ③青藜:藜条拐杖。 ④玉山频倒:形容醉态浓浓。 玉山:形容仪容美好。“嵇叔夜之为人也,岩岩若孤松之独立;其醉也,傀俄若玉山之将崩。”见《世说新语·容止》。 ⑤更漏子:词牌名。

## 满庭芳

叔父庆宅并章服代作

烘锦花堤,铺绵柳巷,晓来膏雨初晴[①]。画堂初建,碧沼映朱楹。最好芙蓉绣褥,交辉敞、孔雀金屏。那堪更,华裾满坐,和气动欢声。 冰清,真美行,棠阴善政[②],槐市高名[③]。今朝消受得,茜服光荣。况是齐眉并寿[④],谁云道、乐事难并。相将见,飞凫过阙,除目下彤庭[⑤]。

[注释]

①膏雨:滋润土壤之雨水。“犹旱苗之仰膏雨”,见潘岳《司空密陵侯郑袤碑》。 ②棠阴善政:比喻“叔父”政绩卓著,受人尊敬。周召伯巡行南国,曾止舍甘棠树阴下听讼。“国人被其德,悦其化,思其人,敬其树。”见《诗经·召南·甘棠》郑玄笺。 ③槐市高名:此言“叔父”在集会中,仪态雍容,受人称颂。 槐市:市场名,在汉长安城外,列槐为标志,故名。“诸生朔望会……雍容揖让,论议槐下。”见《三辅黄图》。 ④齐眉并寿:颂“叔父”夫妇偕寿,相敬如宾。汉梁鸿为人赁舂,每归,妻为具食,不敢于鸿前仰视,举案齐眉。事见《后汉书·梁鸿传》。 ⑤“飞舄”二句:喻“叔父”将诣朝。 彤庭:指朝廷。此以王乔比“叔父”,王乔有神术,每月朔望,屣化飞舄自县诣朝。事见《后汉书·方术传·王乔》。

## 满庭芳

立春词,时方狱空[1]

爱日轻融,阴云初敛,一番雪意阑珊。柳摇金缕,梅绽五腮寒。知是东皇翠葆,飞星汉、来止人间。开新宴,笙歌逗晓,和气满尘寰。 风光,偏舜水,贤侯政美,棠阴多欢[2]。更圜扉草鞠,木索长闲[3]。休向今朝惜醉,红妆映、群玉颓山[4]。相将见,宜春帖子,清夜写金鸾[5]。

[注释]

①狱空:监狱无在押犯人。 ②“偏舜水”三句:指政通人和。 舜水:浙江馀姚之姚江。 贤侯政美:以舜喻政美,舜曾禅让因治水有功的禹。事见《史记·五帝本纪》。 棠阴多欢:召公巡行南国,听讼棠阴,多惠政。后人思之,不忍伐其树。 ③“圜扉”句:指狱空。 圜扉:指狱门。“狱又谓之圜土”,见《释名·释宫室》。 草鞠(jú):草木茂盛。 木索:束缚犯人的绳索。 ④群玉颓山:比喻酒醉人倒。“嵇叔夜之为人也,岩岩若孤松之独立;其醉也,傀俄若玉山之将崩。”见《世说新语·容止》。

⑤“宜春”二句：指词臣受命起草诏诰公文。　金銮：殿名，即金銮殿。

## 满庭芳

次韵姚令威雪消①

微霰疏飘，骄云轻簇，短檠黯淡笼纱②。冷禁兰帐，清晓忽飞花。已是平芜步阔，那堪更、折竹如蓑。凭栏处，关心一叶，归兴渺无涯。　为瑞，已多少，适从狼子，来自龙沙③。赖吾皇神武，薄海为家④。尽扫腥风杀气，依然放、红日光华。回头看，山蹊水坞，缟带不随车。

[注释]

①姚令威：姚宽（1105—1162），字令威，号西溪，嵊（今属浙江）人。博洽工文。今存词五首。　②“微霰”三句：形容雪来临之际的景观。檠（qíng）：灯架。　③“为瑞”四句：形容风雪交加，气势凶猛之状。　狼子：豺狼之地，指金邦。　龙沙：指塞外沙漠。　④“薄海”句：指四海为家。　薄海：及于四海。

## 满庭芳

四明尊老会劝乡大夫酒①

鲸海波澄，棠阴日永，正宜坐啸雍容。岁丰民乐，无讼到庭中。试数循良自古，龚黄外、谁可追踪②。那堪更，恩均髦寿③，良会此宵同。　璇穹。占瑞处，荧煌五马④，璀璨群公。盛笙歌罗绮，共引髯翁。只恐芝泥趣召，双旌展、猎猎飞红。须知道，君王渴见，名久在屏风。

[注释]

①四明：旧宁波府的别称。境内有四明山。　乡大夫：指赵伯圭，时知明州。此据史浩《四明尊老会致语》，见《鄮峰真隐漫录》卷三十八。　②“试

数”二句:此以龚遂、黄霸喻乡大夫。　循良:旧时称官吏守法而有治绩者。“常以万邦共理,必借于循良。”见柳宗元《柳州谢上表》。　③恩均髦寿:指施恩泽于老少之人。　髦:下垂至前额的短髮,古代男子未成年时装束,代指年少者。　寿:年长者。　④荧煌五马:形容赵伯圭,仪态雍容,夺人眼目。　荧煌:明亮貌。　五马:指太守,此指赵伯圭。“使君从南来,五马立踟蹰。”见汉乐府《陌上桑》。当时“赵伯圭以显谟阁学士知明州”,故史浩以五马喻之。

## 满庭芳

劝乡老众宾酒

十载江湖,一朝簪组[①],宠荣曷称衰容。圣恩不许,归卧旧庐中。慨念东山伴侣,烟霞外、久阔仙踪[②]。今何幸,相逢故里,谈笑一尊同。　吾州,真幸会,湖边贺监,海上黄公[③]。胜渭川遗老,绛县仙翁[④]。纵饮何辞烂醉,脸霞转、一笑生红。从今后,婆娑化国,千岁乐皇风。

[注释]

①簪组:指做官。　簪:古时达官贵人冠饰。　组:古代用作佩印或佩玉之绶。　②“慨念”二句:此言宦游在外,久别故里。　东山伴侣:以谢安等人喻乡老众宾。谢安出任宰相前,寓居会稽东山,“与王羲之及高阳许询、桑门支遁游处,出则渔弋山水,入则言咏属文”。见《晋书·谢安传》。　③“吾州”四句:言故里人杰地灵。　吾州:即明州。　贺监:指贺知章。字季真,越州永兴人。尝为秘书监,晚年自号“四明狂客”及“秘书外监”,故名“贺监”。见《新唐书·隐逸传》。　海上黄公:传说中能制龙御虎的道术之士。此指年老而擅饮酒的人。　④“胜渭”二句:以吕尚、绛老作比,赞颂故里人杰。　渭川遗老:指吕尚。吕尚钓于渭滨,西伯举以为相。事见《史记·齐太公世家》。

## 满庭芳

代乡大夫报劝[①]

油幕初开，骍旄前导，暂归梓里春容[②]。致身槐揆，功在鼎彝中[③]。自是襟怀绝俗，今犹记、笔砚陈踪。张高会，君恩厚赐，乐与故人同。　把麾，鄞水上，相看青眼，谁复如公[④]。况亲陪尊俎，笑接群翁。坐上笙歌屡合，须拚到、晓日酣红。公今去，恩波四海，桃李尽东风。

[注释]

①唐氏按：《永乐大典》卷一万二千零四十三"酒"字韵作李洬词。报劝：劝酒。　②"油幕"三句：形容乡大夫赵伯圭荣归故里，壮观热闹的景象。　油幕：指幕府。　骍旄：指前驱仪仗队。　骍（xīng）：赤色马。　旄（máo）：古时装饰旄牛尾之旗。　梓里：指故乡。　春容：舒缓从容。　③"致身"二句：喻乡大夫位高任重。　槐：指周代朝廷前三槐，定三公之位。事见《周礼·秋官·朝士》。　揆（kuí）：指宰相之位。"桓温居揆，政由己出。"见《晋书·礼志上》。　鼎：有三足，喻三公之位。　④"把麾"四句：形容乡大夫身为一州之长，威风凛凛，统帅大军之雄姿。　麾（huī）：将帅大旗。　鄞（yín）水：水名，在今浙江东部。　青眼：指受人尊重。晋阮籍能为青白眼，青眼示尊重，白眼示轻视。事见《晋书·阮籍传》。

## 满庭芳

代乡老众宾报劝

玉阙朝回，沙堤烟晓，碧幢光动军容。虎符熊轼[①]，行指七闽中[②]。假道吾乡我里，挥金事、思蹑前踪。倾怀处，萤窗雪案，犹说昔年同。　相看，俱老大，襟期道义，不为王公。念儿时聚戏，今已成翁。敢借玉壶美酒，还为寿、金盏翻红。仍频祝，中书二纪[③]，寰海振淳风。

［注释］

①虎符：指统兵将帅所持之标志。　②七闽：泛指福建。“空使吴儿怨不留，青山漫漫七闽路。”见苏轼《送张职方赴闽漕》诗。　③中书二纪：此指位高任久。唐代中书令郭子仪，曾主持中书政务二十四年。“权倾天下而朝不忌，功盖一代而主不疑。”事见《旧唐书·郭子仪传》。纪：古代记时单位十二年为一纪。　二纪：指二十四年。

## 满庭芳

代乡老众宾劝乡大夫

复拥旌麾，重歌襦袴[①]，满城长自春容。搢绅耆旧[②]，欢溢笑谈中。尽道邦君恺悌[③]，逍遥遂、湖海遐踪。今朝会，公真乐善[④]，屈意与人同。　　恩勤，东道主，挥金汉傅，怀绶朱公[⑤]。引群仙环拱，欲寿吾翁。春瓮初澄盎绿，春衫更、轻染香红。持杯愿，归登绛阙[⑥]，花萼醉春风。

［注释］

①重歌襦袴：此颂乡大夫治理有方，施德政于民，受到人民称颂。　襦：(rú)：短衣。　袴(kù)：裤子。廉范治理蜀郡有方，百姓乃歌之，其中有“平生无襦今五袴”，事见《后汉书·廉范传》。　②搢绅：古代高级官吏装束。　耆(qí)旧：指乡老。　③恺悌(kǎi tì)：和易近人。　④朱校：“善”疑误。　⑤“恩勤”四句：此以张良、朱买臣故实祝颂乡大夫。　东道主：指赵伯圭。　挥金汉傅：汉张良挥万金，为韩报仇，后高祖定天下，拜为少傅。事见《汉书·张良传》。　怀绶朱公：指汉朱买臣。朱曾为会稽太守，怀印绶往见故人。事见《汉书·朱买臣传》。朱校：“恩”疑误。　⑥绛阙：指皇宫门阙，代指皇宫。

## 满庭芳

### 雪

鹤冷风亭，鸿迷烟渚，晓来雪意填空。酿成嘉瑞，端为兆年丰。况有神娲妙手，调和得、云彩皆同。楼台上，铺琼缀玉，随步广寒宫[①]。　天公[②]。开地轴，八纮混一[③]，莫辨提封[④]。又须教、归禽狡兽沉踪。坐见花敷万木，谁知道、春已输工。三杯酒，西湖父老，相与话时雍。

[注释]

①广寒宫：指月宫。相传唐玄宗曾梦游月中，见一大宫府，榜曰“广寒清虚之府”，见《龙城录·明皇梦游广寒宫》。　②天公：即天。　③八纮（hóng）：指天之八维。　④提封：指诸侯或宗室封地。

## 庆清朝

### 梅　花

翠竹茎疏，碧溪流浅，绮窗为尔时开。依稀远岸，才见一点寒梅。冷定半疑是雪，因风还度暗香来。醉清兴，瘦策过桥，黄帽青鞋[①]。　繁枝正微雨后，似怨人知晚，泪浥冰腮。殷勤百绕，留连踏遍莓苔。报道玉人睡觉[②]，菱花初试晓妆台[③]。携归去，粉额殢人[④]，比并轻抬。

[注释]

①“醉清兴”三句：指骑马泛舟赏梅。　瘦策：瘦长的拐杖。　黄帽青鞋：指泛舟游。　黄帽：为撑船人之代称。　朱校：“醉”疑误。　②玉人：指容貌美丽女子。　③菱花：指镜子。古以铜为镜，映日则发光影似菱花，故称镜为“菱花镜”。　④粉额：指梅花妆。梅花落寿阳公主额上，拂之不去，成梅花妆。见《初学记》。　殢：滞留不去。

## 蓦山溪

次韵贝守柔幽居即事

清谈无限，林下逢人少[①]。骑马踏红尘，恁区区、何时是了。名场利海，毕竟白头翁，山簇翠，水拖蓝，只个生涯好。　君侯洒落，卜筑开冰沼[②]。三径直危楼，遍岩隈、幽花香草[③]。风勾月引，馀事作诗人，词歌雪，气凌云，寒瘦伦郊岛[④]。

[注释]

①林下：谓隐居之处。此指幽居之事。　②"君侯"二句：指贝守柔幽居之举。　卜筑：择地建屋。　开冰沼：指挖池塘。　③"三径"二句：描写幽居处的环境。　三径：本义为三条小路，此指归隐的家园。西汉末年，王莽专权，兖州刺史蒋诩告病辞官，隐居乡里。"舍中三径，唯羊仲、求仲从之游。"见汉赵岐《三辅决录·逃名》。　隈（wēi）：山和水弯曲之处。　④"寒瘦"句：指孟郊、贾岛二诗人，二诗人诗之风格瘦硬孤峭。"元轻白俗，郊寒岛瘦。"见苏轼《祭柳子厚文》。

## 青玉案

生　日

玉姬曾向瑶池舞，轻掷霓裳忤王母。从此烟宵飞鹤驭。一来人世，有缘相遇，得得为鸳侣。　年年此际霞觞举[①]，彩笔香笺染新句。休饵灵砂奔月去[②]。齐眉不老，直须携手，同上青冥路[③]。

[注释]

①霞觞：精致酒杯。　②"休饵"句：此反用嫦娥奔月事，祝颂夫妇偕老。　灵砂：指不死之药。　奔月：后羿请不死之药于西王母，嫦娥窃之，

奔月宫。事见《淮南子·览冥训》。　③青冥：指天空。

## 青玉案

用贺方回韵[1]

涌金斜转青云路。溯衮衮、红尘去。春色勾牵知几度。月帘风幌，有人应在，唾线馀香处[2]。　年来不梦巫山暮[3]。但苦忆、江南断肠句[4]。一笑匆匆何尔许。客情无奈，夜阑归去，簌簌花空雨。

**[注释]**

①用贺方回《青玉案》（凌波不过横塘路）一词词韵。　②"唾线"句：女子咬断线头。欧阳修《一斛珠》（晓妆初过）："乱嚼红茸，笑向檀郎唾。"　③巫山暮：指男女欢情。巫山神女"旦为朝云，暮为行雨"。见宋玉《高唐赋序》。　④"江南"句：指贺方回词。北宋词人贺方回，晚年谪居苏州，其《青玉案》一词中有"彩笔新题断肠句"。故黄庭坚《寄方回诗》说："解道江南断肠句，只今惟有贺方回。"后人常以"江南断肠句"代表贺方回词。

## 青玉案

为戴昌言歌姬作

年来减却风情大，百样收心待不作。恰恨仙翁停画舸。雪中把酒，美人频为，浅破樱桃颗[1]。　清歌谁许阳春和[2]。悄不放、遥空片云过。惊落梁尘浑可可[3]。一声啭处，故园春近，桃李还知么。

**[注释]**

①樱桃颗：代指美人的嘴唇。　②阳春：楚歌曲名，比喻高雅深奥之

作。　③“惊落”句：形容歌声高亢，振动梁上尘土。鲁人虞公发声，清晨歌动梁尘。事见汉刘向《别录》。

## 西江月

即席答官伎得我字

红蓼千堤挺蕊，苍梧一叶辞柯①。夜阑清露泻银河，洗出芙蓉半朵。　解带初开粉面，绕梁还听珠歌。心期端的在秋波②，想得今宵只我。

[注释]

①柯(kē)：指树枝。“洪柯百万寻，森散覆旸谷。”见陶潜《读山海经》诗。　②端的：清楚明了。　秋波：喻目光。

## 喜迁莺

叔父生日

凤阙朱旂展，弄罢五弦，南薰敲竹①。雨糁桃蹊②，钱浮荷沼，一瞬染成新绿。玉皇香案吏，曾是时、鹤飞江国③。对此际，每丹霄效瑞，非烟郁郁。　卜筑，陶山曲④。风榭月台，图画应难足。绿绮春浓，青蛇星烂⑤，肯便稳栖烟麓。玳筵称寿，清皓齿、霏霏珠玉。竞屈指，看芝封紫检，鸣驺入谷⑥。

[注释]

①“凤阙”三句：形容政通人和，歌舞升平气象。　凤阙：指皇宫。“冠剑朝凤阙”，见李白《感时》诗。　旂：旗也。　南薰敲竹：相传，舜曾弹五弦之琴。其辞曰：“南风之薰兮，可以解吾民之愠兮。”见《礼记·乐记》孔疏。　②糁(sǎn)：谷类碎粒，状雨珠。　③“玉皇”句：此贺“叔父”

生日语。 玉皇：天帝，此指皇帝。 玉皇香案吏：指皇帝使臣。 鹤飞江国：指祝贺“叔父”诏书。鹤，即鹤书，指诏命。“鸣驺入谷，鹤书赴陇。”见《文选·孔稚珪〈北山移文〉》。 ④陶山：地名，在浙江瑞安县西三十五里。 ⑤青蛇：星名。 ⑥“竟屈指”三句：指将有朝廷征召。 鸣：喝道开路声。 驺（zōu）：驺卒。古时达官贵人出行，驺卒在前传呼喝道。事见《北史·郭祚传》。

## 喜迁莺

癸酉岁元宵与绍兴守曹景游①

征鸿回北。正雪洗烧痕，千岩匀绿。鱼纵新漪，梅繁断岸，春到鉴湖一曲②。满城绣帘珠幌，暖响聒天丝竹③。渐向晚，放芙蕖千顷，交辉华烛④。 贤牧⑤。棠阴静，康阜政成，褒诏来黄屋⑥。玉笋光寒，紫荷香润，人道此装须趣。且出催花银漏，恣饮宝觥醽醁⑦。向明岁，看传柑归去，腰横金粟⑧。

[注释]

①此首写于1153年。 ②鉴湖：湖名，在浙江绍兴西南。 ③“暖响”句：形容元宵时节，绍兴城内歌舞喧闹景观。 聒（guō）：嘈杂、喧扰。 丝：八音之一，指弦乐器。 竹：八音之一，指箫笛之类的乐器。 ④“渐向晚”三句：形容元宵夜鉴湖上灯火辉映，壮观华美景象。 芙渠：指荷花。 ⑤贤牧：指绍兴守曹景。 牧：古代官名，州长、太守之职。 ⑥“棠阴”三句：称颂曹景治理有方，受到皇帝褒奖。 黄屋：天子车驾。此指天子。 ⑦醽醁（líng lù）：酒名。“醽醁今夕酒，缃帙去时分。”见李贺《示弟》诗。 ⑧“向明岁”三句：此预祝来年参加元宵会。 传柑：古时，上元夜，宫中赐黄柑与大臣。

## 喜迁莺

收灯后会客

才过元夕。送晏赏未阑，欢娱无极。且莫收灯，仍休止酒，留取凤笙龙笛。金马玉堂学士[1]，当此同开华席。最堪爱，是兰膏光在[2]，金釭连璧[3]。　　难觅。交欢处，杯吸百川，雅量皆勍敌[4]。老子衰迟，居然怀感，厚意怎生酬得。况已倦游客路，一志归安泉石。但屈指，愿诸贤衮绣[5]，联飞鹏翼。

**[注释]**

①"金马"句：喻杰出人才。　金马玉堂：汉宫殿名。因当时很多才士待诏备问于此，故代称杰出才士。见《三辅黄图·汉宫》。　②兰膏：指燃灯油脂，用泽兰制成，有香气。"兰膏明烛，华容备些。"见《楚辞·招魂》。　③釭：油灯。　连璧：当作"连璧"，形容人才之美。　④勍(qíng)：强。　⑤衮(gǔn)绣：古代帝王或三公穿的礼服。此是对客人的颂称。

## 喜迁莺[1]

立　春

谯门残月[2]。正画角晓寒[3]，梅花吹彻[4]。瑞日烘云，和风解冻，青帝乍临东阙[5]。暖响土牛箫鼓[6]，夹路珠帘高揭。最好是，看彩幡金胜，钗头双结[7]。　　奇绝。开宴处，珠履玳簪，俎豆争罗列[8]。舞袖翩翩，歌声缥缈，压倒柳腰莺舌。劝我应时纳祜[9]，还把金炉香爇[10]。愿岁岁，这一卮春酒，长陪佳节。

**[注释]**

①唐氏按：此首别作胡浩然词，见《草堂诗馀后集》卷上。　②谯门：

指城门上高楼。 ③画角：古管乐器。古时军中多用之，用以警昏晓。④梅花：指古曲《梅花落》。 ⑤青帝：指春神。“春为东帝，又为青帝。”见《尚书纬》。 ⑥“暖响”句：春祭场面。 暖响：指乐声热闹。 土牛：古时春祭，以土制成牛形，以备祭礼。事见《礼记·月令》。 ⑦“看彩幡”二句：唐宋风俗，每逢立春日，以小纸幡戴在头上或系在花下，庆祝春日来临。 ⑧“开宴”三句：说祭祀宴席的热烈场面。 珠履玳簪：指人的穿戴华贵。 俎(zǔ)：祭祀时盛牛羊祭品的礼器。 豆：古代的器皿。⑨纳祜：纳福。 ⑩爇(ruò)：点燃，焚烧。

## 喜迁莺

### 守 岁

雪消春浅。听爆竹送穷，椒花待旦[1]，系马合簪[2]，鸣鸦列炬[3]，几处玳筵开宴。介我百千眉寿，齐捧玉壶金盏。最奇绝，是小桃新坼，争妍粉面。 女伴。频告语，守岁通宵，莫放笙歌散。酒晕朝霞，寒欺重翠，却忆凤屏香暖。笑拂满身花影，遥指珠帘深院。待到了，道一声稳睡，明年相见。

［注释］

①椒花：指椒酒。古俗有岁首用椒酒。见梁宗懔《荆楚岁时记》。 ②系马：拴马，下马。 合簪：指同僚。此句言朋友相会。 ③鸣鸦：指香炉，状如鸣鸦。

## 喜迁莺

### 四明洞天[1]

凭高寓目。爱屹起四窗[2]，云南云北。缥缈烟霞，萧森松竹，多少洞天岩谷。著向十洲三岛[3]，入海何妨登陆。要知处，在皇家新赐，西湖一曲。 林麓。真胜概，樊榭鹿亭，百卉生幽馥。绿绮春浓，青蛇星烂，隔断世间尘俗。笑呼羡门俦侣[④],时引宝觞醽醁。醉和醒,但南山之寿,难忘勤祝。

[注释]

①此指四明胜景。　②四窗:相传四明山上有一方石,四面如窗。　③十洲:传说中十座仙岛。即祖洲、瀛洲、玄洲、炎洲、长洲、元洲、流洲、生洲、凤麟洲和聚窟洲,见《海内十洲记》。　三岛:传说东海中蓬莱、方丈、瀛州三神山。　④羡门:古时仙人。见《史记·秦始皇本纪》裴骃《集解》引韦昭说。

## 点绛唇

我为劳生,自怜浪迹天涯遍。如今春换,又是孤萍断。　谁信年时,老子情非浅[①]。思量见,画楼天远,花倚夕阳院。

[注释]

①"谁信"二句:史浩有"老子衰迟,居然怀感,厚意怎生酬得"之句。见《喜迁莺·收灯后会客》。

## 点绛唇

千里欢谣,使君美政高三辅[①]。沸天箫鼓。笑拥锋车去[②]。　卧辙攀辕,漫拟双旌住[③]。还知否,禁林深处[④],已辟金闺路[⑤]。

[注释]

①三辅:指京畿之地。　②锋车:一种快捷轻便驿车。"愿锋车趣召,吴天楚地,相逢他日。"见京镗《水龙吟·次邛州赵守韵》。　③"卧辙"二句:此为挽留贤明官吏之辞。　卧辙攀辕:睡在车道上,牵挽车辕,不让车

子走。“侯霸字君房,临淮太守,被征,百姓攀辕卧辙,不许去。”见《白氏六帖事类集》。 ④禁林深处:指宫中,帝王宫殿之代称。见《史记·秦始皇本纪》裴骃《集解》引蔡邕语。 ⑤“已辟”句:指将被征召。 金闺:指朝廷。“名列金闺籍,心与素士同。”见韦应物《答韩户部》诗。

## 点绛唇

翠幄园林,火云方绽南薰起。玉轮天外[1],夜色凉如水。 况有清歌,劝我尊浮蚁[2]。拚沉醉,万花丛里,一枕朦胧睡。

[注释]

①玉轮:指月亮。 ②浮蚁:酒面泡沫。见《文选·张衡〈南都赋〉》刘良注。

## 点绛唇

曾到蟾宫[1],玉轮乞得长随手。数声轻叩,已自锵琼玖。 最好长清,浑不惊秋候。歌阑后,那回辞酒,笑把遮檀口[2]。

[注释]

①蟾宫:指月宫。 ②檀口:形容嘴唇红艳。“黛眉印在微微绿,檀口消来薄薄红。”见韩偓《余作探使因而有诗》诗。

## 木兰花慢

有 序 知明州王侍郎生日

伏审帝永萝图,天开人杰。乃祖乃父,忠劳久笃于王家;维熊维罴,吉梦是生于男子[1]。彩绚朝阳之鹭鸶,光腾天上之麒麟[②]。岂维相阀之英，抑亦圣朝之瑞。椒花柏叶，王正初过于三朝[③]；凤蜡星球[④]，灯夕匪遥于十日，懿兹盛旦，宜溢欢声。恭维某官，昴宿储神，长庚孕瑞[⑤]。五百年之名世，王国克生；八千岁而为春，帝心简在。繇甘泉之法从，作鄞水之民师。暂离玉立之班[⑥]，聊践人生之贵。公平政教，揽回六邑之阳和；洒落文章，改观十洲之风月。萃其阴德，获是遐龄[⑦]。紫府茂万福之祺，黑头伫三公之拜[⑧]。某一廛受地[⑨]，千指戴天。虽居原宪之贫，实感文翁之化[⑩]。式逢庆诞，辄献邑歈[⑪]。寄调于木兰花，侑欢于金蕉叶[⑫]。仰祈青瞩，少见丹衷。干冒台严[⑬]，不任愧汗[⑭]。

喜阳和应律，启佳气、满寰瀛[⑮]。正雪洗疏梅，云浮淡月，昨夜生明。熊罴信占梦好，当年相阀再蟠英[⑯]。收拾仙风道韵，萃兹一点台星[⑰]。　功名。壮岁逢真，主紫橐、耀西清[⑱]。向玉笋光中，瑶林宴里，来拥双旌。青毡家旧物，看长参、鼎鼐乐升平[⑲]。春酹休辞介寿，鹤书已播彤廷。

［注释］

①“乃祖乃父”四句：说王侍郎家世、出身的不平凡。　②“彩绚”二句：颂赞王侍郎生逢良辰，且如鸣凤麒麟般聪颖才高。　鸑鷟（yuè zhuó）：水鸟名，此指凤，其鸣示吉祥之音。“周之兴也，鸑鷟鸣于岐山。”见《国语·周语上》。　天上麒麟：此以徐陵喻王侍郎。徐陵自幼聪颖，相传，宝志上人曾手摩其顶曰：“天上石麒麟也！”事见《陈书·徐陵传》。　③三朝（zhāo）：此指阴历正月初一。“岁之朝，月之朝，日之朝，故曰三朝。”见《汉书·孔光传》颜师古注。　④凤蜡星球：形容元宵灯火之盛大场面。　凤蜡：王僧虔兄弟幼时游戏，采蜡烛珠为凤凰形。事见《南史·王僧虔传》。　星球：形容灯火之盛。“诸营班院于法不得与夜游，各以竹竿出灯球于半空，远睹若飞星。”此“星球”之所出。见宋吴自牧《梦粱录·元宵》。　⑤“恭维”三句：此以萧何、李白故实祝颂王侍郎，有非凡之才，青云之运。　昴宿储神：相传萧何是母感昴星之精而生，官丞相，辅弼汉室，事见《史记·萧相国世家》。　长庚孕瑞：相传，李白是其母梦见长庚星而生，事见唐李阳冰《唐翰林李太白诗序》。　⑥玉立：比喻操守坚定。　⑦遐

龄:高龄。 ⑧“紫府”二句:此祝王侍郎吉祥如意、年轻有为,有显达之势。 紫府:道家传说中的天上仙宫,此指王侍郎府邸。 祺:吉祥。 黑头:年轻人头髮黑,故代指年轻。 三公:指位高显赫。各代三公名称不一。这里用诸葛道明事。诸葛道明初过江左,自名道明,名亚王、庾之下。先为临沂令,丞相谓曰:“明府当为黑头公”,意即为官年轻而显达。见南朝宋刘义庆《世说新语·识鉴》。 ⑨廛(chán):古代一户人家所占房地。“愿受一廛而为氓”,见《孟子·滕文公上》。 ⑩“虽居”二句:此以原宪、文翁劝学化俗喻王侍郎。 原宪:字子思,亦称原思、仲宪。孔子学生。 文翁之化:文翁,汉景帝末,为蜀郡太守,劝学兴学,对当地教育文化发展贡献卓著,事见《汉书·循吏传》。 ⑪歈(yú):歌。 ⑫金蕉叶:金蕉为酒杯。 ⑬台严:旧时用于称呼对方的敬辞。 ⑭愧汗:谦辞,因羞愧而流汗。 ⑮寰瀛:谓广大境域。 ⑯“熊罴”二句:喻王侍郎诞生。 蟠英:喻王侍郎。 ⑰台星:星名,即三台(六颗星)。古代用“三台”比“三公”。 ⑱紫橐:即著紫荷橐。汉代丞相的衣着。 西清:帝王宫内游乐之地。 ⑲“青毡”二句:以王献之事喻王侍郎,说王侍郎继承王氏传统,又幸逢盛世。 青毡旧物:泛指士人家庭的先代遗物。东晋王献之在小偷入屋行窃时装睡,后突然叫小偷把他家旧物青毡留下。事见晋裴启《语林》。 长、参:皆星宿名。 鼐:一种大鼎。

## 临江仙

宰执得旨移庖复会报劝

衮绣蝉联三重客,朝回晓日曈昽。绿杨门巷拥花骢。喜承天上语,来作主人公①。 况值瑶林风露爽,冰轮碾上晴空。桂香和影堕金钟②。莫辞通夕醉,明日是秋中。

[注释]

①“喜承”二句:说宰执得旨移庖复会之事。 移庖复会:指连续开宴会。 ②“桂香”句:指月影落于金杯之中。

## 临江仙

赠妇人写字

槛竹敲风初破睡，楚台梦雨精神[1]。背屏斜映小腰身。山明双剪水[2]，香满一钗云。　　炉袅金丝帘窣地，绮窗秋静无尘。半钩春笋带湘筠[3]。兰亭初写就，愁杀卫夫人[4]。

[注释]

①"槛竹"句：此言风吹竹响，扰人睡梦。　楚台梦雨：用巫山神女事。　②山明双翦水：形容妇人眉清目秀。　山：指眉。　双剪水：指眼睛。"双眸剪秋水，十指剥春葱。"见白居易《筝》诗。　③"半钩"句：形容妇人握笔写字之态。　春笋：喻妇人手指。　湘筠：指笔杆。　④"兰亭"二句：此是用王羲之、卫夫人故实，善意戏说妇人之字。　兰亭：指王羲之所书《兰亭集序》。　卫夫人：东晋女书法家，王羲之曾学书于她。

## 临江仙

倚 坐

绣幕罗裙风冉冉，象床毡幄低垂。兽炉香袅锦屏围。不贪攲钿枕[1]，偏爱倚花枝。　　软玉红绡轻暖透，温温翠袖扶持。正忺安稳坐移时[2]。雨云忘峡梦[3]，身境是瑶池。

[注释]

①攲(qī)：倾斜、侧。　②忺(xiān)：适意，高兴。　③"雨云"句：用楚怀王梦与巫山神女欢会事。

## 鹧鸪天

昙少云丈室观李子永见赠佳阕，走笔次韵[1]

画角梅花曲未终，霜严飞落五更风。谁知林外鸡三唱，推出红轮海上峰。　官一品，禄千钟。此时分付荷重瞳[2]。更教赐子云南境，绝胜湖边九里松[3]。

［注释］

①李子永：李泳，字子永，号兰泽，扬州人。生卒年不详。与兄洪、漳、弟泩、淛有词名，合著《李氏花萼集》五卷。　②荷重瞳：指肩圣恩，担重任。　重瞳：本指舜，借指明主圣恩。　③九里松：在杭州西湖西。

## 鹧鸪天

次韵陆务观贺东归[1]

我本飘然出岫云[2]，挂冠归去岸纶巾[3]。但教名利休缰锁[4]，心地何时不是春。　竹叶美，菊花新。百杯且听绕梁尘[5]。故乡父老应相贺，林下方今见一人[6]。

［注释］

①查《全宋词》，无陆游原词。　②"我本"句：以岫云形容东归时的悠然之态。　岫(xiù)：山，山洞。　③"挂冠"句：指辞官东归。　纶巾：头巾，配有青丝带，非官服。　④"名利"句：《汉书·叙传》"系名声之缰锁"，颜师古注："缰，如马缰也。"　⑤绕梁尘：说歌曲之美。　⑥林下：指隐居之地。　一人：词人自指。

## 鹧鸪天

祝　寿

孔雀双飞敞画屏。锦花茵上舞娉婷。红绡袖暖琉璃滑，金鸭炉香椒桂馨。　丹脸渥[1]，秀眉青。平生阴德在遐龄。如今便好添龟鹤，元是南箕一寿星[2]。

[注释]

①丹脸渥:形容脸红而有光泽。 渥(wò):沾润,沾湿。 ②南箕:指南极老人星。

## 鹧鸪天

### 送 试

晓日曈昽花露稀,明光已报敞金扉。三千彩仗翔鸾舞[①],数百银袍振鹭飞[②]。 开雉扇,正垂衣。奏篇初得上彤墀。胪传绕殿天颜喜[③],先折东风第一枝[④]。

[注释]

①"三千"句:此祝参试者榜上有名,功成名就。"蓬莱路,伏三千行满,独跨鸾归。"见张继先《沁园春》(急急修行)词。 ②振鹭:喻贤士在朝得位。此言士子中第。见《诗经·周颂·振鹭》。 ③胪传:胪唱。科举殿试之后,皇帝传旨召见新考中者,依次唱名传呼。 ④东风第一枝:词牌名。此祝参试者殿试第一。

## 蝶恋花

### 扇 鼓

桂影团团光正满[①]。更似菱花,齐把匀娇面[②]。非镜非蟾君细看[③],元来却是吴姬扇。 一曲阳春犹未遍。惊落梁尘,不数莺喉啭。好著红绡笼玉腕[④],轻敲引入笙歌院。

[注释]

①桂影:指月亮。此以月亮喻扇鼓面。 ②"更似"二句:又以镜面、舞者脸面喻扇鼓面。 菱花:镜子。 娇面:指舞扇鼓者的脸。 ③"非镜"句:形容扇鼓舞迷离朦胧的景象。 蟾:指月亮。 ④绡(xiāo):生丝织成的绸子。

## 宝鼎现

昔姑苏士人系囹圄[1]，元夕以词求免。守一见，破械延之上坐。至今乐府多传之。惜其止叙藩方宴游之盛[2]，而不及皇都。真隐居士用韵以补其遗[3]

霞霄丹阙，瑞霭佳气，青葱如绮[4]。才半月、东君雨露，无限韶华生宝砌。渐向晚、放烛龙掀舞，周匝红蕖绀蕊[5]。况对峙、鳌峰赑屃，不隔蓬莱弱水[6]。　圣主有乐升平意。引芝华、双辇凝翠。纷万俗、歌谣弦管，声混莺吟喧凤吹。更漏永、正冰轮掩映，光接康衢万里。似移下、一天星斗，妆点都城表里。　清警跸、忽登楼[7]，簇彩仗、锦襦丝履。看柑传万颗，恩浃王公近侍。散异卉、覆千官醉。竞捧瑶觞起。愿岁岁、今宵宴赏，春满山河百二[8]。

[注释]

①囹圄（líng yǔ）：指牢狱。"深幽囹圄之中，谁可告诉者。"见司马迁《报任少卿书》。　②藩（fān）方：封建王朝的属国或属地。　③真隐居士：史浩自号。　④青葱：葱绿色。　⑤"渐向晚"二句：此写元宵节放灯的场面。　烛龙掀舞：指舞龙灯。　绀（gàn）：稍带微红的黑色。　⑥"况对峙"二句：形容都市元夕鳌山灯火。　鳌（áo）峰：此指一种元宵灯景，状如巨鳌。　赑屃（bì xì）：一种传说中像龟的动物。这里指元宵灯景，状如赑屃。　⑦清警跸：帝王出行时开路清道，禁止他人通行。　⑧"愿岁岁"二句：此祝愿天下皆春。　山河百二：言山河形势险固。见《史记·高祖本纪》裴骃《集解》引苏林语。

## 最高楼

乡老十人皆年八十，淳熙丁酉三月十九日，作庆劝酒[1]

当年尚父，一个便兴周[2]。今十倍，更何忧。冲融道貌丹为脸[3]，扶疏漆髪黑盈头[4]。世方知，非熊老[5]，聚吾州。　有智略、可从兹日用,有志愿、可从兹日酬。天付我,怎教休。琼浆且共飞千斛,蟠桃应得见三偷。谅吾皇,恢复后,尽封侯。

[注释]

①此首作于1177年。　②“当年”二句:此以吕尚喻乡老。　尚父:指吕尚,年八十而辅佐武王灭商。事见《史记·齐太公世家》。　③“冲融”句:形容乡老精神矍铄之态。　冲融:充足和悦,虚怀若谷。《老子》:“大盈若冲,其用不穷。”老子以“冲”喻“道”。　④扶疏:枝叶茂盛、疏密有致。此处形容乡老们老当益壮的心胸气魄,故有“漆髪黑盈头”之说。　⑤非熊:指吕尚。见《六韬·文师》。

## 明月逐人来

寿仙翁

莫嫌春浅,寒威俱敛。阳和至此时方见。木君敷令[①],把雪霜扫断。要集德星胜伴[②]。　为有仙翁,正尔名喧蕃汉。眉寿比、聃彭更远[③]。兼资勋业,已中双雕箭。清步槐庭影满[④]。

[注释]

①木君:指春神。古代有春木、夏火、秋金、冬水、中央土的说法。　②德星:喻贤德之人。　③聃彭:指老子和彭祖,二人皆以长寿著称。　聃:指老子。“盖老子百有六十馀岁或言二百馀岁,以其修道而养寿也。”见《史记·老子韩非列传》。　彭:指彭祖。　④槐庭:代称累世显宦人家。见苏轼《三槐堂铭》。

## 踏莎行

郑开府出示诸公所赋琵琶词,即席次韵

歌舌莺娇,舞腰蜂细。华堂是处皆颐指[①]。四弦独擅席中春，移船出塞声能继。　　慢捻幽情，轻拢柔思[②]。其中有口传心事。主人灯火下楼时，偏渠领略深深意。

[注释]

①颐指：谓以下巴示意，指挥别人。　②“慢捻”二句：形容弹琵琶入神姿态。　捻(niǎn)、拢：分别是弹琵琶两种指法。“轻拢慢捻抹复挑”，见白居易《琵琶行》。

## 生查子

即席次韵陆务观

双蛟画鼓催[①]，一水银蟾满。见夺锦标回[②]，却倚花枝看。　　已擘冷金笺，更釂玻璃碗[③]。归去诧乡关，不负平生眼。

[注释]

①双蛟：两艘龙舟。　②锦标：锦制旗子，古时用以赠给竞渡领先者。　③釂(jiào)：喝干杯中酒。

## 江城子

片帆初落甬勾东[①]。碧湖空，满汀风[②]。回首一川，银浪飐孤篷[③]。且驾两椽烟雨里，凭曲槛，浥空濛。　　闲移拄杖上晴峰。莫匆匆，伴冥鸿。笑指家山，蘋叶藕花中。脚力倦时呼小艇，归棹稳，月朦胧。

[注释]

①甬勾东：地名。在今浙江舟山岛。　②汀(tīng)：水边平地。　③飐(zhǎn)：风吹使颤动。

## 浪淘沙令

祝　寿

祝寿祝寿，筵开锦绣。拈起香来玉也似手。拈起盏来金也似酒。祝寿祝寿。　命比乾坤久，长寿长寿。松椿自此碧森森底茂，乌兔从他汨辘辘底走。长寿长寿。

## 瑞鹤仙

元日朝回

霁光春未晓。拥绛蜡攒星，霜蹄轻袅。皇居耸云杪[①]。霭祥烟瑞气，青葱缭绕。金门羽葆[②]。听胪唱、千官并到。庆三朝、雉扇开时[③]，拜舞仰瞻天表。　荣耀。万方图籍，四裔明王，赆琛珍宝[④]。椒盘颂好[⑤]。称寿斝[⑥]，祝难老。更传宣锡坐，钧天妙乐，声遏行云缥缈。逗归来、酒晕生霞，此恩怎报。

[注释]

①杪(miǎo)：树梢。　②金门：即金马门。此指朝堂署门。　③三朝：指阴历正月初一。　雉扇：一种古代扇形仪仗。见崔豹《古今注·舆服》。宋以来雉扇有大、中、小三等，其制下方上圆，中绣双孔雀，四周排列雉羽为饰。　④"万方"三句：指四海统一、万方归顺。　赆琛：进贡。　⑤椒盘颂好：古代习俗。正月初一，以椒酒置盘中，敬献尊长，并献贺年祝春之辞。事见唐韩鄂《岁华纪丽·元日》。　⑥斝(jiǎ)：酒器。

## 水龙吟

洞　天

翠空缥缈虚无，算唯海上蓬瀛好[①]。琼瑶宫阙，蕊珠台榭[2]，玲珑缭绕。弱水沉冥，瑞云遮隔，几人曾到。四明中[3]，自有神仙洞府，烟霞里、知多少。　堪笑当年狂客，爱休官、何须入道[4]。婆娑绿鬓垂肩，著甚黄冠乌帽。花底金船，月边玉局，尽能迟老[5]。待丹成九转[6]，飘然驾鹤[7]，却游三岛[8]。

［注释］

①"翠空"二句：说海上蓬瀛仙境虽好，但毕竟虚无空幻，无人能到。　②琼瑶、蕊珠：皆指仙境宫殿。　③四明：旧浙江宁波府之别称。　④"堪笑"二句：反用贺知章故实，突出四明景色宜人。　⑤"花底"三句：说四明洞府里悠闲生活。　玉局：指苏轼。苏轼曾被授予提举玉局观，事见苏轼《提举玉局观谢表》。　⑥丹成九转：道教语，吃了经过九次火炼仙丹，三日即可成仙。事见葛洪《抱朴子·金丹》。　⑦驾鹤：指成仙。　⑧三岛：指蓬莱、方丈、瀛洲三神山。

## 水龙吟

湖山胜概金沙酴醿同架[1]

平湖渺渺烟波，是中只许神仙住。人间空爱，夭桃繁李，雪飞红雨。谁信壶天，靓妆玉貌，春光容与。似佳人才子[2]，青冥步稳，同携手、成欢聚。　老子时来宴赏[3]，拥笙歌、留连尊俎。乌纱压倒，香云簪遍，知他几度。多谢东君，肯教满架，长情相处。更须拚痛饮，年年此际，作芳菲主。

［注释］

①金沙：金沙罗，形似酴醿而红艳夺目。　②佳人才子：喻金沙与酴醿。　③老子：词人自指。

## 永遇乐

洞　天

鄞有壶天，景传图画，声著海县[①]。四面攒峰，皆七十二，各在窗中见。祥云拥蔽，飞泉缭绕，咫尺似天涯远。如今向、仙家觅得，挈来十洲东畔。　虚无缥缈，蓬莱方丈，所喜只居隔岸。羽幰垂珠，琼车织翠，长是陪嘉宴。豺狼远迹，风波不作，日月御轮须缓。且衔杯、称贤乐圣[②]，度兹岁晚。

［注释］

①海县：犹神州，中国之代称。　②乐圣：喜喝清酒。杜甫《饮中八仙歌》诗："衔杯乐圣称避贤。"

## 迎仙客

洞　天

瑞云绕，四窗好[①]。何须隔水寻蓬岛。日常晓，春不老。玉蕊楼台，果是无尘到。　没智巧，没华妙。个中只喜风波少。清尊倒，朱颜笑。回首行人，犹在长安道。

［注释］

①四窗：传说四明山上有方石，四面如窗。

## 南　浦

洞　天

一箭舜弦风[①]，向晓来、轻寒初报麦秀。蝶股歇花须，韶光老，莺声倦闻呼友。池塘绿暗，数竿粉节天然瘦。对兹美景，爱清歌妙曲，千钟芳酒。　　谁知别是壶中，缭画阁朱栏，烟谷云岫。三岛十洲东，青霄上，神工幻成岩窦[2]。瑶台阆苑，翠旌羽葆频相就。世凡洗断，教乌兔从今，迟迟飞走。

［注释］

①"一箭"句：形容春天到来迅捷。　一箭：速度快。　舜弦风：祥和之风。舜弹五弦琴，唱"南风之薰兮，可解吾民之愠"。事见《礼记·乐记》孔疏。　②窦：孔、洞。

## 夜合花

洞　天

三岛烟霞，十洲风月，四明古号仙乡。萦纡雉堞[1]，中涵一片湖光。绕岸异卉奇芳。跨虹桥、隐映垂杨。玉楼珠阁，冰帘卷起，无限红妆。　　龙舟两两飞扬。见飘翻绣旗[2]，歌杂笙簧。清尊满泛，休辞饮到斜阳。直须画蜡荧煌[3]。况夜深、不阻城隍[4]。且拚沉醉，归途便教，彻晓何妨。

［注释］

①雉堞：城上矮墙，状如齿。"子城西北隅，雉堞圮毁。"见王禹偁《黄州新建小竹楼记》。　②旗：朱彊村疑为"帜"字之误。　③荧煌：此形容烛光明亮闪动。　④城隍：护城河。

## 人月圆

元　宵

夕阳影里东风软，骄马趁香车。看花妆镜，藏春绣幕，百万人家。　　夜阑归去，星繁绛蜡，珠翠鲜华。笙歌不散，疏钟隐隐，月在梅桠。

## 人月圆

咏圆子[①]

骄云不向天边聚，密雪自飞空[②]。佳人纤手，霎时造化，珠走盘中。　六街灯市[③]，争圆鬥小，玉碗频供。香浮兰麝，寒消齿颊，粉脸生红。

[注释]

①圆子：元宵，一种由糯米粉制成的圆形食品。　②"骄云"二句：形容制圆子时面粉飞扬之景。　③六街：街市之总称。

## 粉蝶儿

元　宵

一箭和风，秾熏许多春意。闹蛾儿、满城都是[①]。向深闺，争剪碎、吴绫蜀绮。点妆成，分明是、粉须香翅。　玉容似花，全胜故园桃李。最相宜、鬓云秋水。怎教他，却去与、庄周同睡[②]。愿年年，伴星球、烂游灯市。

[注释]

①闹娥儿：一种头饰。宋时元宵节妇女游赏时，插在头上。事见《武林旧事》卷二。　②"怎教他"二句：指元宵灯景，美观宜人，不忍高卧。　庄周：即庄子。庄周梦里化为蝴蝶，见《庄子·齐物论》。

## 粉蝶儿

咏圆子

玉屑轻盈，鲛绡霎时铺遍[①]。看仙娥、骋些神变。咄嗟间[②]，如撒下、真珠一串。火方然，汤初滚、尽浮锅面。歌楼酒垆，今宵任伊索唤。那佳人、怎生得见。更添糖，拚折本、供他几碗。浪儿门[③]，得我这些方便。

[注释]

①玉屑：喻糯米粉屑。　鲛绡：传说中海底鲛人所织之绡。一名龙纱。见南朝梁任昉《述异记》卷上。此泛指轻而薄，质地优良的丝绸。　②咄嗟：一呼一应之功夫，即一霎时。“崇为客作豆粥，咄嗟便办。”见《晋书·石崇传》。　③浪儿门：风流子弟辈。

## 教池回

竞　渡

云淡天低，疏雨乍霁，桃溪嫩绿蒙茸。珠帘映画毂，金勒耀花骢[①]。绕湖上、罗衣隘香风。擘波双引蛟龙。寻奇处，高标锦段，各骋英雄。　缥缈初登彩舫，箫鼓沸，群仙玉佩丁东。夕阳中、拚一饮千钟。看看见、璧月穿林杪，十洲三岛春容[②]。醉归去，双旌摇曳，夹路金笼[③]。

[注释]

①“珠帘”句：写看竞渡时，车水马龙之景观。　毂（gǔ）：车轮用来插轴之圆孔，代指车子。　骢：青白色相杂之马。　花骢：代指马。　②春容：从容舒缓貌。　③金笼：指灯笼。

## 如梦令

酴醾金沙同架[①]

小院春风不老，鹊碧霓裳缥缈[②]。雪脸间朱颜，各自一般轻妙。忒掉[③]，忒掉。真个一双两好。

[注释]

①金沙:即金沙罗,单瓣而红艳,似酴醾。 ②"鹊碧"句:以牛郎织女喻酴醾、金沙同架。古代神话,阴历七月七日夜,牛郎织女相会于天河鹊桥。 碧:天。 霓裳:《霓裳羽衣曲》简称。 ③忒掉:十分的好。 掉:宋时俗语。

## 洞仙歌

茉莉花

琼肌太白,浅著鹅黄罩。金缕檀心更天巧。算同时、虽有似火红榴,争比得、淡妆伊家轻妙[①]。 兴来清赏处,无限真香,可惜生教生闽峤[②]。这消息、纵使移向蒸沉[③],终不似凭栏,披襟一笑。若归去、长安诧标容,单道胜、酴醾水仙风貌。

[注释]

①伊家:指茉莉。 ②闽峤:福建的山道。 教生:朱校"生"疑"在"误。 ③蒸沉:未详。

## 醉蓬莱

拟人贺生日

纪今辰高会,屈指三朝[①],更逢重九。珠履瑶簪,聚一天星斗。菊蕊含芳,桂花笼艳,有美容争秀。衮绣堂中,蓬壶影里,异香喷兽。 况是清朝,太平真主,治享雍熙,眷深耆旧。恩锡兼金[②],遣星轺东走。咫尺威光,下拜归美,愿我皇眉寿。自此重裁,谢笺千纸,年年回奏。

[注释]

①三朝(zhāo):指出生三日办洗儿之会。 ②兼金:价倍于常金之上等黄金。

## 声声慢

喜雪锡宴

风收淅沥,雾隐森罗。群山万玉嵯峨。禁街车马,银杯缟带相过[①]。胥涛晚来息怒[②],练光浮、都不扬波[③]。最好处,是渔翁归去,鼓棹披蓑。 况是东堂锡宴[④],龙墀骤,貂珰宣劝金荷[⑤]。庆此嘉瑞,明岁黍稌应多[⑥]。天家预知混一[⑦],把琼瑶、铺遍山河[⑧]。这宴饮,罄华戎、同醉泰和[⑨]。

[注释]

①银杯:马蹄在雪地踏出的足印。 缟带:车轮在雪地上碾出的车辙。 ②胥涛:指浙江潮。传说,伍子胥死后为浙江潮神。事见《名义考·地部》。 ③练光:白绢般光影。 ④东堂:代指皇帝。 ⑤"貂珰"句:指宴会开始。 貂珰:指宦官。貂、珰为宦官两种冠饰,见《汉官仪》卷上。 ⑥稌(tú):指糯稻。 ⑦天家:指皇帝。 ⑧琼瑶:喻雪。 ⑨罄:遍。 华、戎:汉族、少数民族之古称。

## 秋蕊香

生 日

玉露瀼瀼[①],秋色似画,东堂宴席初开。红萸泛寿斝,紫菊上妆台。倚栏见、新雁已南来。落霞孤鹜徘徊[②]。最奇处,重阳将近,凉满襟怀。 潇洒秀眉,华髮丹脸,映双瞳、的皪如孩。擘香笺、听丽句新裁。池上三回蟠桃熟,玉纤时捧琼杯。但愿得,年年此会满蓬莱。

[注释]

①瀼瀼(ráng):露水很浓。 ②落霞:夕霞。 鹜:野鸭。“落霞与孤鹜齐飞,秋水共长天一色。”见王勃《滕王阁序》。

## 渔家傲

留别孙表材

春恨不禁听杜宇[①],买舟忽觅东鄞路[②]。一笑轻帆同野渡[③]。频回顾,吴山越岫俱眉妩[④]。 何事匆匆分袂去[⑤],夫君小隐临烟渚[⑥]。明夜月华来竹坞。相思处,还应梦属清江橹。 (以上《彊村丛书》本《鄮峰真隐词曲》卷一)

[注释]

①杜宇:指子规鸟,其鸣为思归之声。事见扬雄《蜀王本纪》。 ②“买舟”句:指买舟东返。史浩,鄞县人,故曰东鄞路。 ③野渡:野外之渡口。韦应物《滁州西涧》:“春潮带雨晚来急,野渡无人舟自横。” ④“吴山”句:言吴越山峦妩媚喜人。 ⑤分袂(mèi):离别,分手。 ⑥夫君:指孙表材。 渚(zhǔ):小洲。

## 花心动

竞 渡

迟日轻阴,雨初收,花枝湿红犹滴。玉镫绣鞯,才得新晴,柳岸往来如织[①]。画楼几处珠帘卷,风光遍、神仙瑶席。萃佳景,分明管领,一陂澄碧。 忽见波涛喋潋[②]。苍烟际、双龙起为勍敌[③]。桂楫拔云[④],鼍鼓轰雷[⑤],竞夺锦标千尺。恁时彩舰虹桥畔,春容引、宝觥霞液。兴浓处,笙歌又还竟夕。

[注释]

①"玉镫"三句：指骑马游。 镫（dèng）：马鞍两旁脚踏。 鞯（jiān）：指垫马鞍织物。 ②噀（xùn）：指喷水。 ③"双龙"句：竞渡开始。 双龙：指双舟。 勍（qíng）敌：强敌。 ④拨云：指划水。 ⑤鼍鼓：指用鼍皮制成之鼓。 鼍（tuó）：又叫鼍龙或扬子鳄，通称猪婆龙。

## 水龙吟

次韵弥大梅词①

雪中蓓蕾嫣然，美人莫恨春容少。化工消息，只须些子，阳和便了。文杏徒繁，牡丹虽贵，敢夸妍妙。看冰肌玉骨，诗家漫道，银蟾莹、白驹皎②。 楼上角声催晓。是东皇、丝纶新草③。青旂苍辂，欲临东阙④，遣伊先到。排斥风霜，扫除氛雾，直教闻早。算功高调鼎⑤，不如竹外，一枝斜好。

[注释]

①弥大：史浩长子名，官至礼部侍郎。 ②白驹：指太阳光。"白驹，骏马也，亦言日也。"见《庄子·知北游》成玄英疏。 ③东皇：指皇帝。 丝纶：指帝王诏书。 丝：细缕。 纶：粗绦。"王言如丝，其出如纶。"见《礼记·缁衣》。 ④"青旂"二句：言皇帝早朝之事。 旂（qí）：古代一种旗子。 辂（lù）：古代一种大车。 东阙：宫殿名，指招待宾客、议事之所。 ⑤调鼎：喻治理国家。

## 瑞鹤仙

是花堪爱惜。谢天教、花信添花颜色①。花红衬花碧②。灿朝阳花露，鲛珠频滴③。花光的皪。映花下、□茵百尺。趁花时，手捻花枝，饱嗅此花消息。 常恐，一番花褪，失了花容，怎生寻觅。花神效力。将花貌，尽留得。更移花并植，仙家玉圃，不许花阴过隙[④]。向花前，长把蕉花，为花主席[⑤]。

[注释]

①花信：指花信风，即应花期而来之风。“三月花开时，风名花信风。”见程大昌《演繁露》卷一。　②花碧：指蕉花之绿叶。　③鲛珠：喻露珠。传说中南海鲛人眼中泣出之珠。事见南朝梁任昉《述异记》。　④过隙：意指时间过很得快。“若白驹之过隙”，见《庄子·知北游》。　⑤“向花”三句：点题。可知“是花”、“此花”皆指蕉花。

## 喜迁莺

清　明

三春正美[①]。是霁景融和，韶华如绮。夹岸香红，登墙粉白[②]，开遍故园桃李。画舸绣帘高卷，锦毂朱轩低倚。对此际，向池台好处，争倾绿蚁。　　醉里。须醒悟，些子芳菲，造物都谩你[③]。一瞬光阴，霎时蜂蝶，还付落花流水。我有大丹九转，真个长春不死。待得了，把高歌清赏，随缘而已。

[注释]

①三春：此指阴历三月。　②登墙粉白：形容花开满墙。　登墙：指花由低向高布满墙。　③谩(mán)：欺骗。

## 菩萨蛮

清　明

提壶漫欲寻芳去[①]，桃红柳绿年年事。唯有列仙翁，清明本在躬[②]。　何须从外讨，皮里阳秋好[③]。堪美个中人[④]，无时不是春。

[注释]

①提壶：鸟名。　②躬：自身。　③皮里阳秋：表面上不作任何批评而心里却有褒贬。事见《晋书·褚裒传》。　④个中人：指列仙翁。

## 南　浦

四月八日

天气正清和，庆西乾、释迦如来出世[①]。毓质向金盆，祥云布、层霄九龙喷水。东传震旦，正令此日人人记。露盘百卉拥金容，香汤争来拂洗。　谁知这个因缘，化众生、令求尘埃脱离。一点本昭昭，当须向、兹时便知瞥地。何烦费手，自然作个惺惺底[②]。若犹未晤，且管令师僧，八丈十二。

[注释]

①西乾：西天。　释迦如来：即释迦牟尼，佛教创始人。　②惺惺底：美好的。

## 青玉案

入梅用贺方回韵[①]

银涛渐溢江南路。泛短棹、轻帆去。破块跳珠知几度[②]。竹窗新粉，藕池香碧，应在云深处。　萧萧鹤发虽云暮[③]，曾得神仙悟真句。久视长生亲见语。离愁扫尽，更无慵困，怕甚黄梅雨[④]。

[注释]

①此首用贺方回《青玉案》(凌波不过横塘路)词韵。　入梅:指初入梅雨期。　②破块跳珠:形容雨势大。　破块:指暴雨。“雨不破块,润叶津茎而已。”见董仲舒《雨雹对》。　③鹤髮:白髮。　④贺方回《青玉案》:“一川烟草,满城风絮,梅子黄时雨。”

## 花心动

端　午

槐夏阴浓,笋成竿、红榴正堪攀折。菖歜碎琼[①],角黍堆金[②],又赏一年佳节。宝觥交劝殷勤愿,把玉腕、彩丝双结[③]。最好是,龙舟竞夺,锦标方彻。　此意凭谁向说。纷两岸,游人强生区别。胜负既分,些个悲欢,过眼尽归休歇。到头都是强阳气,初不悟、本无生灭。见破底[④],何须更求指诀[⑤]。

[注释]

①菖歜(chù):即菖蒲。相传人服菖蒲能成仙,事见晋嵇含《南方草木状》卷上。端午时,民间常在门户上插艾和菖蒲辟邪。　②角黍:即粽子。　③“把玉腕”句:旧俗,端午节臂系五彩丝可长命。事见汉应劭《风俗通》。　玉腕:女子手臂。　④见破底:看破。　⑤指诀:指点秘诀。

## 卜算子

端　午

符篆玉搔头[①],艾虎青丝鬓[②]。一曲清歌倒酒莲,尚有香蒲晕[③]。　角簟碧纱厨[④],挥扇消烦闷。唯有先生心地凉,不怕炎曦近[⑤]。

[注释]

①符箓：一种能驱使鬼神、消灾求福的图形或线条。旧俗端午时，各种符箓簪插在头上，用以辟邪。 ②"艾虎"句：一种特殊头饰。旧俗端午节，以艾为虎形，或剪彩为小虎，贴以艾叶，可以辟邪。事见南朝梁宗懔《荆楚岁时记》。 ③"一曲清歌"二句：描写端午节时醉酒后的神态。 酒莲：莲状酒杯。 香蒲：一种多年生草本植物。此处形容醉酒者脸上红晕之色。 ④簟（diàn）：竹席。 ⑤曦（xī）：阳光。

## 永遇乐

### 夏至

日永绣工，减却一线，节临短至。幸有杯盘，随分快乐，□得醺醺醉。寻思尘世，寒来暑往，冻极又还热炽。恰如个、脾家疟疾，比著略长些子。 人生百岁，一年一发，且是不通医治。两鬓青丝，皆伊染就，今已星星地。除非炉内，龙盘虎绕[①]，养得大丹神水。却从他、阴阳自变，卦分泰否[②]。

[注释]

①龙盘虎绕：道家练功语。 龙虎：指水火、铅汞之属。见《周易参同契考异》。 ②泰否：两卦名。 泰：六十四卦之一，乾上坤下。 否：六十四卦之一，坤上乾下。

## 鹊桥仙

### 七夕

金乌玉兔，时当几望[①]，只是光明相与。天孙河鼓事应同[②]，又岂比、人间男女。 精神契合，风云交际，不在一宵欢聚。乘槎曾得问星津，为我说、因缘如此。

[注释]

①望:十五曰“望”。 几:近也。 ②天孙河鼓:星官名。 天孙:织女星。 河鼓:牵牛星。见《史记·天官书》。

## 瑞鹤仙

### 七 夕

霁天风露好[①]。乍暑退西郊,凉生秋早。银潢炯云杪[②]。拥香车鹊翅,凌波初到[③]。清歌缥缈。凭危阁、新蟾吐曜[④]。有盈尊美酒,蛛丝钿合,拜舞竞分天巧[⑤]。 堪笑。世间痴绝,不识人中,拙是珍宝。多愁易老。都缘是,不闻道。骋些儿机智,遭他驱使,毕竟辛勤到了。又何如,百事无能,是非较少。

[注释]

①霁天:云雾散,天放晴的好天气。 ②银潢:指银河。 ③凌波:指体态轻盈,善歌舞之年轻女子。本指洛水女神。“凌波微步,罗袜生尘。”见曹植《洛神赋》。 ④新蟾:新月。 ⑤“有盈尊”三句:旧俗,七夕夜,陈瓜花酒馔于庭中,又捉蜘蛛置于小盒中,以珠网疏密之多少卜巧。事见五代王仁裕《开元天宝遗事》。

## 念奴娇

### 中 秋

碧天似水,看嫦娥摩出,一轮寒璧[①]。桂魄扶疏光照耀[②],尘界都成银色。万象森罗,羞明卷彩,黯淡唯今夕。风高露重,井梧湿翠时滴。 谁信鹤髪婆娑,鄮峰真隐,对影为三益[③]。虎绕龙蟠丹就后,一颗清辉的国[④]。不养银蟾,不关玉免,到处无亏蚀。三千行满[⑤],也能飞上璇极。

[注释]

①一轮寒璧:指圆月。 ②桂魄:指月亮。相传月中有桂枝,故云。 ③"谁信"三句:以李白喻自己。 鹤髪:白髮。 鄮峰真隐:史浩自号。 对影为三益:指咏月夜独饮。"花间一壶酒,独酌无相亲。举杯邀明月,对影成三人。"见李白《月下独酌》。 ④"虎绕"句:道家练功语。 龙虎:指水火铅汞之属。见《周易参同契考异》。 的国:彊村本作"的皪"。 ⑤三千行满:指积功德多,则得道成仙。"积功满千,虽有过得仙。"见南朝梁陶弘景《真诰》。

## 芰荷香

中 秋

过横塘。见红妆翠盖,柄柄擎香。月娥有意,暮霭收尽银潢。一轮高挂,且放同、千里清光[①]。秋中气爽天凉。露凝玉臂,风拂云裳。 老子通宵不忍睡,把青尊小酌,仍更思量。自家活计,幸有无限珍藏。大千世界,静极后、普现十方[②]。圆明不损毫芒。精神会处,独坐胡床[③]。

[注释]

①且:《全宋词》注,"且"字原脱。 ②十方:佛教称东、西、南、北、东南、西南、东北、西北、上、下为十方。 ③胡床:一种轻便坐具,可以折叠。

## 清平乐

李澧生日

池台非雾,缥缈双溪路[①]。家在江南佳丽处,看取谢公风度[②]。 蟠桃酒酝千秋,金焦欲上迟留[③]。笑待锦花茵上,双鸾舞彻梁州[④]。

[注释]

①双溪:在浙江金华市南。　②谢公风度:此以谢安比李漕。　谢公:指谢安。谢安隐居会稽时,风度高逸。见《晋书·谢安传》。　③金焦:小酒杯。　④梁州:乐曲名。

## 清平乐

同　前

翠蛾雪柳[1],鬓影春风透。灯火千门辉绮绣,移下一天星斗。　剩拚连夜欢游,金波欲上迟留[2]。且看香梅影底,双鸾舞彻梁州。

[注释]

①翠蛾雪柳:指妇女头上所插戴饰物。见《宣和遗事》十二月预赏元宵条。　②金波:指月光。"月穆穆以金波",见《汉书·礼乐志·郊祀歌》。

## 清平乐

游石头城[1]

石头虎踞[2],骄虏何能渡。曾是六朝雄胜处,瑞绕碧江云路。　当时霸国多贤,风流只解遗鞭[3]。便好扬舲北伐[4],举头即见长安。

[注释]

①石头城:指南京。　②石头虎踞:形容石头城地势险要雄固。三国时,诸葛亮曾叹曰:"钟山龙盘,石头虎踞,此帝王之宅。"见《太平御览》卷一百五十六引晋张纮《吴录》。　③遗鞭:即投鞭。秦主苻坚曾自恃兵众,投鞭南侵东晋,结果大败于淝水。事见《晋书·载记·苻坚传》。　④舲(líng):有窗户的船。

## 清平乐

枢密叔父生日

万花如绣，淑景熏晴昼。一曲齐称千岁寿，欢拥两行红袖。　当年西府横翔[①]，急流稳上仙乡。笑阅皤溪日月，行看尚父鹰扬[②]。

[注释]

①西府：历阳在建康之西，要衝之地，称西府。　横翔：主政腾飞之意。　②鹰扬：武功显赫。

## 清平乐

代宰执劝赵丞相酒[①]

槐庭元老，四海真师表。曲为故人敦久要，隔巷不嫌时到。　虚堂已入凉飔[②]，一觥为寿何辞。看即关河恢复，千秋永辅淳熙[③]。

[注释]

①代宰执：疑代“叔父”。　赵丞相：指赵雄。淳熙五年为右丞相。　②飔（sī）：凉风。　③淳熙：宋孝宗年号。

## 清平乐

劝王枢使

当年桂籍[①]，同展摩云翼。位冠洪枢情似昔[②]，肯共一尊瑶席。　经纶素韫胸中，筹帷小试成功[③]。已殄黄池小丑，行收沙漠肤功[④]。

[注释]

①“当年”句:叙说自己与枢使王淮之交情。　桂籍:登科。　②位冠洪枢:指王淮为枢密院之首。　③筹帷:即“运筹帷幄”之略语。语本《史记·高祖本纪》。　④“已殄”二句:说王枢使北伐有功。　殄(tiǎn):杀死。　黄池:古地名。一在河南封丘西南。一在安徽当涂。　肤功:大功。

## 清平乐

劝陈参政[1]

吾皇睿哲,廷有真三杰[2]。同向清时扬茂烈,掩迹皋陶夔契[3]。　联镳忽访山樊[4],凉生花底清尊。太史明朝日奏,台星皆聚柴门[5]。

[注释]

①陈参政:陈骙,绍熙元年(1190)除参知政事。　②三杰:恭维陈参政。原张良、萧何、韩信被称汉之三杰。见《史记·高祖本纪》。　③“掩迹”句:祝颂陈参政如夔契功德卓著。皋陶,夔、契分别为尧、舜辅佐贤臣,著有治绩。见《史记·五帝本纪》。　④联镳:指乘马游。　镳(biāo):马嚼子。　⑤台星:指三公。旧时将三公与星有三台,鼎有三足相比。见汉蔡邕《太尉汝南李公碑》。

## 清平乐

代使相劝酒

南阳宾友[1],道旧须尊酒。一曲为公千岁寿,弦索春风纤手。　忠谋黼黻明昌[2],英词锦绣肝肠。帝所盛推颇牧,人间尤重班扬[3]。

[注释]

①南阳宾友:喻指宾友众多。汉范滂事释,南归。始发京师,汝南、南

阳宾友迎之者数千辆。事见《后汉书·党锢传》。 ②黼黻(fǔ fú)：古代礼服的绣纹。黼为黑白相间，黻为青黑相间。 ③"帝所"二句：此赞席间人文武双全。 颇牧：指廉颇和李牧。见《史记·廉颇蔺相如列传》。 班扬：指班固和扬雄，汉代两位大赋家。

## 朝中措

雪

冻云著地静无风，簌簌坠遥空。无限人间险秽，一时为尔包容。 凭高试望，楼台改观，山径迷踪。唯有碧江千里，依然不住流东。

## 七娘子

重 阳

东篱寿菊金犹浅。对南山、把酒开新宴[①]。绛阙丛霄，玉书丹篆。坐间俱是神仙伴。 童颜绿鬓何曾变，喜婴儿姹女交相恋[②]。寄语诗翁，茱萸重看。明年此会人人健。

[注释]

①"东篱"二句：借重阳表现自己高人雅士、风流旷达之情。"采菊东篱下，悠然见南山。山气日夕佳，飞鸟相与还。"见陶潜《饮酒》诗之五。 金：指菊花颜色。 ②姹女：少女。

## 惜黄花

重 阳

秋光将老，黄花开早[①]。露浥清晓，金钱万叠犹小[②]。

簪遍碧云鬟，压倒乌纱帽。更把来、玉觞同釂。　过□添炉鼎，朱颜愈少。壮道骨，长仙风，养成灵宝。今日去登高，谩说龙山好[③]。悄不如、自家蓬岛。

[注释]

①黄花：指菊花。　②金钱：即金钱子。　③"谩说"句：此反用"龙山高会"故事。晋桓温九月九日率僚佐饮宴龙山。事见《晋书·孟嘉传》。

## 浣溪沙

翠馆银罂下紫清[①]，内家闻说庆嘉平。柳条萱草眼偏明[②]。　小阁数杯成酩酊，醒来不爱佩环声。为通幽梦到蓬瀛[③]。

[注释]

①馆：朱校，疑"管"误。　罂(yīng)：一种小口大肚瓶子。　②萱草：又名忘忧草。　③蓬瀛：《全宋词》注，二字原缺。

## 临江仙

### 除 夜

腊月正当三十夜，几人到此惺惺[①]。一轮明月本圆明。朗然无挂碍[②]，何用问前程。　况有长生真秘□，岁华虽换休惊。但将歌酒乐升平。尘缘如未了，明日贺新正[③]。

[注释]

①惺惺(xīng)：机警，清醒。　②"朗然"句：形容月光晶莹剔透。　③新正：指农历正月初一。

## 感皇恩

### 除　夜

结柳送穷文，驱傩吓鬼[1]。爆火熏天漫儿戏。自家炉鼎，有却冷清清地。腊月三十日，如何避。　且与做些，神仙活计。铅汞收添结灵水[2]。跳丸日月，一任东生西委[3]。玉颜长向此，迎新岁。

［注释］

①“结柳”二句：指除夜民间辟邪除鬼之事。　送穷文：指韩愈《送穷文》。其文曰“穷鬼有五，其名曰：智穷、学穷、文穷、命穷、交穷”。　傩（nuó）：指古代腊月驱除疫鬼的仪式。　②铅汞：道家言以铅及汞入鼎炼丹，服之可长生不老。　③“跳丸”二句：形容光阴如跳丸一样迅速逝去。　东生西委：东出西落。

## 满庭芳

### 立　春

梅萼冰融，柳丝金浅[1]，绪风还报初春[2]。木君青旆，猎猎下苍旻[3]。亲奉虚皇妙旨[4]，将枯朽、咸与维新。须臾见，芳郊乐圃，生气遍无垠。　青丝，行白玉，一杯介寿，红浪粼粼。便安排歌舞，蝶翅莺唇。别有神仙窟宅，乾坤内、充满氤氲。功成处，花开不老，酒熟镇甘醇。

［注释］

①柳丝金浅：柳叶初吐为鹅黄色，故以金浅形容。　②绪风：指冬天残馀之风。　③“木君”二句：指立春。　木君：春神。　④虚皇：指玉皇大帝。

## 扑蝴蝶

劝 酒

光阴转指，百岁知能几。儿时童稚，老来将耄矣。就中些子强壮，又被浮名牵系。良辰尽成轻弃。　此何理。若有惺惺活底，必解自为计。清尊在手，且须拚烂醉。醉乡不涉风波地。睡到花阴正午，笙歌又还催起。

## 蝶恋花

玉瓮新醅翻绿蚁[①]。滴滴真珠，便有香浮鼻。欲把盈尊成雅会，更须寻个无愁地。　况是赏心多乐事。美景良辰，又复来相值。料得天家深有意，教人长寿花前醉。

[注释]

①醅(pēi)：未过滤的酒。　绿蚁：指浮在酒面上绿泡。“绿蚁新醅酒，红泥小火炉。”见白居易《问刘十九》诗。

## 临江仙

劝 酒

自古圣贤皆寂寞，只教饮者留名。万花丛里酒如渑。池台仍旧贯，歌管有新声。　欲识醉乡真乐地，全胜方丈蓬瀛。是非荣辱不关情。百杯须痛饮，一枕拚春酲[①]。

[注释]

①酲(chéng)：酒醒后，一种困惫如病状态。

## 粉蝶儿

### 劝 酒

一盏阳和[1]，分明至珍无价。解教人、啰哩哩啰。把胸中，些磊块，一时熔化[2]。悟从前，恁区区，总成虚假。　何妨竟夕，交酬玉觞金斝。更休辞、醉眠花下。待明朝，红日上，三竿方罢。引笙歌，拥珠玑，笑扶归马。

**[注释]**

①阳和：酒名。　②“把胸中”三句：以阮籍喻借酒浇愁，以抑心中不平之气。晋代王忱说：“阮籍胸中垒块，故须借酒浇之。”见南朝宋刘义庆《世说新语 · 任诞》。

## 瑞鹤仙

### 劝 酒

瑞烟笼绣幕。正玳席欢燕，觥筹交错。高情动寥廓。恣清谈雄辩，珠玑频落[1]。锵锵妙乐。且赢取、升平快乐。又何辞、醉玉颓山[2]，是处有人扶著。　追念抟风微利，画饼浮名，久成离索[3]。输忠素约[4]。没材具，漫担阁。怅良辰美景，花前月下，空把欢游蹉却。到如今、对酒当歌，怎休领略。

**[注释]**

①珠玑频落：形容清谈时，妙语连珠。　②醉玉颓山：形容酒醉人倒。　③“追念”三句：指昔日宦海沉浮，虚图浮名。　抟风：指搏击盘旋之风。见《庄子 · 逍遥游》。　画饼：喻虚名无裨实用。“选举莫取有名，名如画地作饼，不可啖见。”见《三国志 · 魏书 · 卢毓传》。　离索：指离开同伴孤独生活。“吾离群而索居，亦已久矣。”见《礼记 · 檀弓上》。　④输

忠:尽忠。

## 永遇乐

桃李繁华,芰荷清净[①],景物相继。霜后橙黄,雪中梅绽,迤逦春还至[②]。寻思天气,寒暄凉燠,各有一时乐地。如何被,浮名牵役,此欢遂成抛弃。　如今醒也,扁舟短棹,更有篮舆胡倚[③]。到处为家,山肴社酒,野老为宾侣。三杯之后,吴歌楚舞,忘却曳金穿履。虽逢个、清朝贵客,也须共来一醉。

[**注释**]

①芰(jì):指菱。　②迤逦(yǐ lǐ):曲折连绵,指季节变幻。上六句,桃李说春,芰荷说夏,橙黄说秋,梅绽说冬。　③篮舆:指竹轿。

## 青玉案

劝　酒

闲忙两字无多子。叹举世、皆由此。逐利争名忙者事。廛中得丧,仕中宠辱,无限非和是。　谁人解识闲中味。雪月烟云自能致。世态只如风过耳。三杯两盏,眼朦胧地,长向花前醉。

## 满庭芳

游　湖

和靖重湖,知章一曲,浙江左右为邻[①]。绣鞯彩舰[②],只许日寻春。正好厌厌夜饮,都寂静、没个游人。夫何故，欢阑兴阻，只为隔城闉[③]。　　堪嘉，唯甬水[④]，回环雉堞，中峙三神。更楼台缭岸，花柳迷津。不惜频添画烛，更深看、舞上华茵[⑤]。拚沉醉，从他咿喔，金距报凌晨[⑥]。

[注释]

①"和靖"三句：指林和靖、贺知章皆爱湖，且以西湖东西为邻。　和靖：指林逋，曾隐居西湖。　重湖：即西湖。西湖分里湖、外湖，故称重湖。　知章一曲：指贺知章退隐鉴湖一曲。　②鞯（jiān）：垫马鞍的织物。　③城闉（yīn）：指城门。　④甬水：甬江。在浙江，流过宁波。　⑤茵（yīn）：垫子、褥子。　⑥"金距"句：指雄鸡报晓。　金距：此指雄鸡。

## 满庭芳

茅　舍

柴作疏篱，茅编小屋，绕堤苦竹黄芦。老翁蜗处，却自乐清虚。理钓何妨钩直，据琴又、不管弦无[①]。逍遥处，都捐世虑，忘我亦忘渠。　　雨馀。添美景，眉横山妩，脸媚花腴。笑凡间粉黛，浓抹轻涂。客至三杯薄酒，欲眠后、一枕蘧蘧[②]。起来见，龟翻鹤舞，却是寿星图。

[注释]

①"理钓"二句：以姜太公、陶渊明事喻安于清闲、逍遥而生。姜太公直钩垂钓，意不在鱼。事见唐王起《钓玉璜赋》。此处反用其意，喻一种安闲境界。　"据琴"句：指陶渊明蓄素琴一张，无弦，每有酒适，辄抚弄以寄其意，比喻一种逍遥悠闲境界。事见《宋书·陶潜传》。　②蘧蘧（qú qú）：喜悦之貌。

## 临江仙

戏彩堂立石名曰瑞雪，弥大作词，因用其韵

曾向泗滨浮玉质[①]，也居十二峰前[②]。飞来藓髮尚如拳,郁纷因出岫,巧镂是谁镌。  挈榼凭栏成胜赏,老夫亦自颓然。坐疑霭霭上瑶天。已为苏旱雨[3],却放老龙眠。

[注释]

①"曾向"句:喻戏彩堂立石之不平凡。高琳之母常祓禊泗滨,遇见一石,光彩朗润,乃浮磬之精。事见《周书·高琳传》。 ②十二峰:在重庆、湖北边境的巫山中。 ③苏旱雨:解除旱情的霖雨。

## 好事近

梅 花

敧枕不成眠,得句十分清绝。一夜酸风阁花[1],酝江天飞雪。  晓来的皪看枝头,老蚌剖明月[2]。帝所待调金鼎[3],莫教人轻折。

[注释]

①酸风:此指朔风。 阁花:阁通"搁",止也。 花:于律当仄,有误。 ②"老蚌"句:喻梅花怒放。 ③"帝所"句:用梅子调羹故实。

## 好事近

次韵弥大梅花

对竹擘吟笺,正是赏梅时节。便把这些清致,作东湖三绝。帝家金鼎待调羹,何似且休折。却爱玉楼清弄,褪霏霏香雪。

## 念奴娇

次韵商筑叟秋香

银潢耿耿,正露零仙掌[1],尘空天幕。碧玉扶疏□万朵，偏称水村山郭。巧酝檀英，密包金粟，只待清秋著。三春桃李，自应束在高阁。　好是月窟奇标[2]，东堂幽韵[3]，不管西风恶。独立盈盈回首笑。白苇丹枫索索。折向冰壶，莫教纱帽，醉里轻簪却。浓芳长在，□疑身在云壑。

[注释]

①仙掌：指仙人之掌。汉武帝好神仙之术，造承露盘，有铜仙人舒掌捧之以承云表之露。事见《三辅黄图》。　②月窟奇标：指桂花。　③东堂幽韵：指菊花。

## 念奴娇

亲情拾得一婢，名念奴，雪中来归[1]

枝头蓓蕾，褪红绡微露，江南春色。多谢东风吹半朵，来入骚人瑶席。粉脸轻红，芳心羞吐，别有真消息。妆台帘卷，寿阳著意留得[2]。　好是雪满群山，玉纤频捻，泛清波文鹢[3]。深院相逢人尽道，标格都从天赐。梦蝶徒劳，霜禽休妒，争奈伊怜惜。高楼谁倚，寄言休为横笛。

[注释]

①此为新纳侍女念奴之作。　②寿阳：一种额妆，相传由南朝宋寿阳公主始作。事见《太平御览·时序部》。　③“玉纤”二句：言念奴抚琴音美，令人沉想。　玉纤：女子手指。　捻(niǎn)：一种弹琴指法。　鹢(yì)：一种水鸟。　清波文鹢：船头画着鹢鸟，以泛清波。

## 念奴娇

次韵楼友观潮[1]

银塘江上[2]，展鲛绡初见[3]，长天一色。风拭菱花光照眼,谁许红尘轻积。转盼冯夷,奔云起电,两岸惊涛拍[④]。振空破地,水龙争喷吟笛。 客有步屧江干[⑤],胸吞奇观,寄英词元白[⑥]。素壁淋浪翻醉墨,飘洒神仙踪迹。好待波匀,横飞小艇,快引香筒碧。烟消月出,不眠拚了通夕。

[注释]

①友:《全宋词》注,原作"夷",朱校"友"作"夷",疑误。 ②银塘江:钱塘江,乃观潮胜地。 ③鲛绡:传说中水中神人所织之绡,比喻波浪。见《太平御览》卷八百零三引晋张华《博物志》。 ④"转盼"三句:形容波涛汹涌。 冯(píng)夷:水神名,即河伯。见《穆天子传》卷一。 ⑤步屧(xiè):漫步。 屧:泛指鞋。 ⑥元白:指唐诗人元稹、白居易,比喻观潮之骚客。

## 白 芷

次韵真书记梅花

腊天寒,晓风劲,幽香频吐。精神绰约,谁羡姑射居处[①]。江南探春独步,恨无侣。微语。又谁管、雪势霜威埋妒。且图少陵东阁作诗苦[②]。拟烦玉纤轻拗、宁相许。

惜取。栏干遍倚,月淡黄昏,水边清浅,不放红尘染污。似名画手丹青,罢施缃素[③]。不随艳卉,强媚韶光一瞬,飘荡无据。只恐金门,宝鼎方调,时时来觑。便把枝头,豆颗朝天去[④]。

[注释]

①姑射:神山名。藐姑射之省称。见《庄子·逍遥游》。 ②少陵东阁:此说杜甫咏梅事。 少陵:即杜甫。 东阁:指东亭,杜甫有"东阁官梅动诗兴,还如何逊在扬州"咏梅诗句,见《和裴迪登蜀州东亭送客逢早梅相忆见寄》诗。 ③缃(xiāng):浅黄色。 ④豆颗:青梅如豆。

## 浣溪沙

即席次韵王正之觅迁哥鞋①

一握钩儿能几何，弓弓珠蹙杏红罗②。即时分惠谢奴哥。　　香压幽兰兰尚浅，样窥初月月仍多。只堪掌上恢琼波③。

[注释]

①王正之：原名慎言，仕至太府卿。　②"一握"二句：写鞋之形状、装饰。　③"掌上"句：形容人体态轻盈，能舞于掌上。见《飞燕外传》。琼波：酒。此指以鞋为酒杯。　恢：朱校：疑误。

## 浣溪沙

夜饮咏足即席

珠履三千巧門妍①，就中弓窄只迁迁②。恼伊刬袜转堪怜③。　　舞罢有香留绣褥，步馀无迹在金莲④。好随云雨楚峰前⑤。

[注释]

①珠履三千：形容门客之盛。战国时，楚国春申君有门客三千人，其上等门客皆穿缀有明珠的鞋子。见《史记·春申君列传》。　②迁迁：即迁哥。　③刬袜：褪下袜子。　④金莲：形容美女小脚。　⑤"云雨"句：指男女合欢之事。

## 浣溪沙

湿翠湖山收晚烟，月华如练水如天。兴来催上钓鱼船。　　青箬一尊汀草畔，霜筠数曲渚花边。更于何处觅神仙。

## 浣溪沙

梁武憨痴达摩呆[1]，个中消息岂容猜。九年面壁口慵开[2]。　只履却寻归路止[3]，一花原不是君栽[4]。这回枉了一遭来。

[注释]

①"梁武"句：梁武，指梁武帝萧衍。　达摩：指菩提达摩。南朝梁时由天竺泛海至中国。与武帝谈，不契而走。事见《神僧传》。　②九年面壁：达摩在嵩山少林寺面壁坐禅达九年之久。见《景德传灯录·菩提达摩》。　③"只履"句：相传达摩死后三年，有人在葱岭见他携着一只鞋子西去，问他何往，答曰："西天去。"见《景德传灯录·菩提达摩》。　④一花："一花开五叶，结果自然成。"为达摩偈语，象征着禅宗五派。而梁武帝不解此旨，与禅宗无缘。

## 浣溪沙

索得玄珠也是呆[1]，人人有分莫胡猜。顶门一眼镇长开。　路断玉关无辙迹，雪埋葱岭没根栽。始称达摩不曾来。

[注释]

①玄珠：一种黑色珍贵明珠。道家以之喻大道。

## 浣溪沙

胜概朱楹俯碧湖，萧萧风月一尘无。只堪绿蚁满尊浮。　况是小春天正爽[1]，杖藜相与探梅初。半皴枝上未成珠。

[注释]

①小春:指阴历十月。见陈元靓《岁时广记》卷三十七引《初学记》。

## 浣溪沙

远岫数堆苍玉髻，平湖千顷碧琉璃。笙歌催我上船时。　载月有如浮玉鉴，采莲还复拥胭脂。更于何处觅瑶池。

## 武陵春

戴昌言家姬供春盘[①]

报道东皇初弭节[②]，芳思满凌晨。争看钗头彩胜新，金字写宜春。　四坐行盘堆白玉，纤手自和匀。恰似蟾宫妙丽人，将月出浮云。

[注释]

①春盘:古代风俗。立春日取生菜、果品、饼饵等装盘为食，取迎春尝新之意。　②弭节:勒马慢走。　弭:按也，按节徐步也。

## 千秋岁

戴丈夫妇庆八十

吾乡我里，偕老真无比[①]。宴席展，欢声起。蕊宫仙子绕，玉砌莱衣戏[②]。称贺处，眉心竞指朱书字。　忆昔西周吕[③]。年纪虽相似。独自个，谁为侣。如今双凤老，堪引同螺醉[④]。彭祖寿，十分方一从头纪。

[注释]

①偕老：指戴丈夫妇。 ②莱衣戏：子孙娱亲，喻天伦之乐。老莱子着五彩斑衣娱亲。事见《艺文类聚》卷二十引《列女传》。 ③西周吕：指西周吕尚。 ④螺：螺杯，酒杯。

## 新荷叶

真隐先生[①]，家居近在东湖。茅屋三椽，自有一种清虚。秫来酿酒[②]，便无后、也解赊沽。只愁客至，不能拚此芳壶。 且乐天真，醉乡里、无限欢娱。时倚花枝，困来著枕蘧蘧[③]。回观昨梦，徒然使、心剿形臞[④]。始知今日，得闲却是良图。

[注释]

①真隐先生：史浩自号。 ②秫（shú）：即黏高粱，多用以酿酒。 ③蘧蘧（qú qú）：惊喜。 ④心剿（jiǎo）形臞（qú）：心身憔悴。

## 醉蓬莱

劝 酒

喜泉通碧甃[①]，秫刈黄云，酿成芳酎[②]。瑞霭凝香，更阳和钟秀[③]。晓瓮寒光，夜槽清响，听领珠频溜。昼锦堂深，聚星筵启，一觥为寿。 况此神仙，蕊宫俦侣，玉殿英游，尽皆亲旧。赢得开怀，对良辰握手。醉席淋漓笑语，都不问、欲残更漏。绣幕春风，轻丝美韵，明朝还又。

[注释]

①甃（zhòu）：井壁。 ②芳酎（zhòu）：美酒。 ③钟：《全宋词》注，原作"种"，从《永乐大典》卷一万二千零四十三"酒"字韵改。

## 瑶台第一层

寥廓澄清。人正在、瑶台第一层[①]。瑞霭深处，蕊宫掩映，金碧觚棱[②]。异花非世种，蔼剩馥、紫雾飞腾。有仙驾，过吾庐环堵，少驻云軿。　俄惊。重壶叠巘，顿然潇洒俗尘清。佩环声里，宝觥潋滟，舞态娉婷。祝言千岁寿，仍更予、五福川增[③]。返蓬瀛。问今朝兹会，昔日谁曾。

[注释]

①瑶台：指神仙居处，由美玉砌成。　②觚（gū）棱：宫阙上转角处之瓦脊。　③五福：指寿、富、康宁、攸好德、考终命。见《尚书·洪范》。川增：像流水川流不息地增长着。

## 如梦令

饮妇人酒

摘索衣裳宫样，生得脸儿福相。容止忒精神，一似观音形像。归向，归向。见者擎拳合掌。

## 如梦令

粉脸霞生一缕，掩映绿云秋水。言语更雍容，具足十分娇美[①]。无比，无比。要比除非镜里。

[注释]

①具足：佛教名词，僧尼所受戒律之称。以为这样戒条完美而充足，故称“具足”。

## 如梦令

红杏白梨肌理，时样新妆淡伫。真个是观音，少个杨枝净水[1]。欢喜，欢喜。尽此一钟醇美。

[注释]

①杨枝净水：传说观音手捧盛净水之瓶，瓶里插着一枝杨柳。

## 如梦令

罗袜半钩新月，更把凤鞋珠结[1]。步步著金莲，行得轻轻瞥瞥。难说，难说。真是世间奇绝。

[注释]

①珠结：凤鞋上镶嵌珠子。

## 如梦令

试把珠帘低卷，宛见梅妆粉面。绿绕更红围，齐捧瑶卮来劝[1]。堪羡，堪羡。此是神仙阆宛[2]。

[注释]

①“绿绕”二句：形容众人同来劝酒。 绿、红：代指人。 瑶卮：酒杯。 ②阆苑：传说中仙境。见晋葛洪《神仙传》。

## 如梦令

一笑尊前相语，莫遣良辰虚度。饮兴正浓时，兔碗聊分春露。留住，留住。催办后筵歌舞。

［注释］

①兔碗：兔，月也。如月之碗者，玉碗也。

## 南歌子

熟　水[①]

藻涧蟾光动[②]，松风蟹眼鸣[③]。浓熏沉麝入金瓶。泻出温温一盏、涤烦膺。　爽继云龙饼，香无芝术名[④]。主人襟韵有馀清。不向今宵忘了、淡交情。

［注释］

①熟水：一种饮料。见《南村辍耕录》卷六"句曲山房熟水"。　②藻涧蟾光动：形容熟水初沸时景况。　蟾光：月光，这里形容水初沸时闪动光影。　③蟹眼：螃蟹眼睛。这里形容水初沸时起的气泡。"蟹眼已过鱼眼生，飕飕欲作松风鸣。"见苏轼《试院煎茶》。　④芝术：灵芝、白术，名贵中药。

## 画堂春

茶　词

小槽春酿香红，良辰飞盖相从。主人着意在金钟[①]，茗碗作先容。　欲到醉乡深处，应须仗、两腋香风。献酬高兴渺无穷，归骑莫匆匆。

（以上《彊村丛书》本《鄮峰真隐词曲》卷二[②]）

［注释］

①金钟：酒杯。　②唐氏按：朱祖谋刻《彊村丛书》，史浩词曲四卷，原据传写《四库》本，后借缪艺风所藏天一阁底本校勘，始知《四库》本已经妄人窜改，写有校记一百四十馀条，今悉依校记改正。

## 杏花天

梦魂飞过屏山曲。见依旧、如花似玉。天寒翠袖依修竹[1],两点春山门绿[2]。　　披衣起、闲愁万斛。正月澹、梅花照屋。重温绣被薰清馥,不管明烧画烛。

[注释]

①天寒翠袖依修竹:状美人之态。"天寒翠袖薄,日暮倚修竹。"见唐杜甫《佳人》诗。　②春山:指女子之眉。

## 临江仙

忆昔来时双髻小,如今云鬓堆鸦。绿窗冉冉度年华。秋波娇殢酒,春笋惯分茶[1]。　　居士近来心绪懒,不堪老眼看花。画堂明月隔天涯。春风吹柳絮,知是落谁家。

(以上二首见《阳春白雪》卷三)

[注释]

①"秋波"二句:说该女子善劝酒,分茶。　秋波:指女子眼睛。　殢(tì):困。　春笋:指女子手指。　分茶:唐宋习俗,煎茶用姜盐,不用姜盐则为分茶。分茶时用沸水冲茶,使茶乳幻变出图形,人以为戏。

## 临江仙

题道隆观[1]

试凭阑干春欲暮,桃花点点胭脂。故山凝望水云迷。数堆苍玉髻,千顷碧琉璃。　　我本清都闲散客,蓬莱未是幽奇。明朝归去鹤齐飞。三山乘缥缈,海运到天池。

(《大德昌国州图志》卷七)

[注释]

①唐氏按：本书（今按：指《全宋词》）初版卷一百二十一此首误作史弥远词。　道隆观：观在昌国州（定海）之南，本东岳行祠。详《大德昌国州国志》卷七。

# 仲　并

仲并，生卒不详，字弥性，江都（今江苏扬州）人。绍兴二年（1132）进士；四年，得丞相朱胜非等论荐而授秩，寻补外；七年，复以张浚荐，召至阙，为秦桧所沮，改倅京口，自是闲退近二十年。孝宗即位（1163），擢光禄丞，晚年出知蕲州。据其诗文，知又尝为教官、盐场官，历佐平江、淮西、南安、建康、湖州诸郡，然时间已不可考。为学"力排王氏一偏之说，惟六艺孔孟是师"（周必大《浮山集序》）。工诗文。《四库提要》评其"古文颇高简有法度；四六能以散行为排偶，尤得欧苏之遗；诗亦清隽拔俗"。有《浮山集》十六卷，今不传。《四库全书》自《永乐大典》辑出者十卷。

## 忆王孙

秋　闺

庭梧叶密未惊秋，风雨潇潇特地愁[①]。愁绪如丝无尽头。思悠悠[②]，怅望王孙空倚楼[③]。

［注释］

①潇潇：风雨声。《诗经·郑风·风雨》："风雨潇潇，鸡鸣胶胶。"特地：特别。唐罗隐《汴河》诗："今日行人特地愁。"　②悠悠：深思、忧思。　③王孙：王者之孙或后代。也泛作公子之称。汉淮南小山《招隐士》诗"王孙游兮不归"，词中指闺中人所思念之远方情人。

## 点绛唇

赠外孙猷[①]

秀出群儿，柳眉濯濯春庭院[②]。不亲歌扇[③]，弄笔勤书篆。　　翁已无能，老退惭赪面[④]。欣同宴，坐来喜见。痛饮惊无算[⑤]。

［注释］

①猷：孟猷，官至朝请大夫。　②柳眉：柳叶纤细如眉。常形容女子细长秀美之眉。词中用以写其外孙。　濯濯：清朗、明净。　③歌扇：歌舞时所用之扇子。词中代指歌舞。　④惭赪：因惭愧而脸红。　⑤无算：无计、无数。

## 浣溪沙

### 示孟氏女[①]

举案家风未肯低，清心端自秀深闺。芝兰玉树宁馨儿[②]。　　早岁安禅灵照女[③]，静中经卷手常携[④]。声名要与断机齐[⑤]。

［注释］

①孟氏女：仲并之女，名灵湛。嫁孟嵩，故称孟氏女。中年寡居，生子多才。　②芝兰玉树：喻优秀子弟。《世说新语·言语》载，谢安问诸子侄："子弟亦何预人事，而正欲使其佳？"谢玄答曰："譬如芝兰玉树，欲使其生于阶庭耳。"　宁馨儿：如此美好之子弟、孩儿。语出《晋书·王衍传》："何物老妪，生宁馨儿。"词中合用二典以达作者对孟氏女称许之意。　③早：《四库全书》本作"蚤"，通。　安禅：安静地打坐，犹言入定。　安：《四库全书》本作"女"。　灵照：人名，襄州人。居士庞蕴女，常随父制竹漉篱，鬻之以供朝夕，后与父合掌坐亡。后代称幼少而信佛之女。见《景德传灯录》八。孟氏女笃佛，故以灵照比之。　④经卷：代指佛经。　⑤断机：即断织。传说战国孟轲废学，母引刀断织以教。东汉乐羊子游学，一年即归，妻引刀断织以诫。前者见《古列女传》，后者见《后汉书·乐羊子妻传》。词以二典勉孟氏女发扬妇德。

## 浣溪沙

雅称诗人美孟都[①],清新幽韵比来无[②]。新来学得绣工夫。　经卷但知从阿母,醉来翁已要人扶。尚能把盏劝屠苏[③]。

[注释]

①孟都:出《诗经·郑风·有女同车》"彼美孟姜,洵美且都"。　都:优美貌。词言孟氏女美且能诗。　②比来:近来。　③屠苏:酒名,也作"酴酥"、"屠酥"。古代风俗,农历正月初一多饮屠苏酒。

## 浣溪沙

和李达才韵

说似当年老季伦[①],君家虽富客常贫。何曾一笑任吾真[②]。　酒满罢留天下士,词新空赋坐中春。谁能绝笔更书麟[③]。

[注释]

①季伦:晋石崇,字季伦,家富财货,与贵戚王恺、羊琇等以豪侈相尚。见《晋书》卷三十三。　②任真:听任自然。　③绝笔更书麟:《春秋·哀公十四年》"西狩获麟。孔子曰:'吾道穷矣。'"传说孔子作《春秋》,至此而止。　绝笔:止笔不书。唐李白《古风》诗:"希圣有如立,绝笔于获麟。"

## 菩萨蛮

和赵有逸坐上韵

宛如姑射人冰雪[①],知公不负佳风月。莫放漏声残,清风生坐间。　　赏春心未足，剪尽尊前烛。此乐自难忘，一觞还一觞。

[注释]

①姑射人冰雪："藐姑射之山，有神人居焉，肌肤若冰雪，淖约若处子。"见《庄子·逍遥游》。词中指美人。

## 好事近

宴客七首。时留平江①，俾侍儿歌以侑觞

二陆起云间②，千载风流人物③。未似一门三凤④，向层霄联翼。　　贞元朝士苦无多⑤，公今未华髮。重向紫宸朝路⑥，立鹓鸾前列⑦。　　上朱参议⑧

[注释]

①平江：府名，今江苏苏州。五代吴越置中吴军，宋太平兴国三年改为平江军，政和三年升为府。　②二陆：指晋陆机、陆云兄弟二人，吴郡人，以文才齐名一时。《晋书》有传。　云间：江苏松江（古华亭）之古称。二陆即华亭人。陆云尝自称"云间陆士龙"。　③"千载"句：本苏轼《念奴娇·赤壁怀古》"大江东去，浪淘尽，千古风流人物"。　④一门三凤：一门之中出现三个杰出人物。唐薛元敬、薛收、薛德音兄弟齐名，世称河东三凤。词中赞誉对方家门荣耀。　⑤贞元：唐德宗李适年号（785—805）。唐刘禹锡在贞元中任郎官御史，后因坐王叔文党被贬，在外二十馀年，始以太子宾客再入朝，感今念昔，作《听旧宫中乐人穆氏唱歌》云"曾随织女渡天河，记得云间第一歌。休唱贞元供奉曲，当时朝士已无多"。词用此事以抒感慨。　⑥紫宸：唐宋时皇帝接见群臣或外国使者朝见庆贺之内朝正殿。代指朝廷。　⑦鹓鸾：鸾凤之属。喻朝官班行。　⑧上：原为竖排本，作"右"，今改为"上"，后同。

## 好事近

今古满胸中，韬略一时人杰。高卧溪山好处，迟十年斋钺[①]。　朱幡休傍武陵溪[②]，梅花记曾别。早晚殿前归侍[③]，总周庐千列。　上刘鼎州

[注释]

①斋：铃斋。州郡长官或将帅办公之地。　钺：乃古代作战时所用之兵器。　②朱幡：车乘两旁之红色旗帜。多指显贵者之车乘。　武陵溪：晋陶潜《桃花源记》描述之避世隐居之地。全句即劝对方莫要隐居。③早：《四库》本、《彊村丛书》本均作“蚤”，二字通。

## 好事近

淮上五分符[①]，名在图书东壁[②]。坐对书成多暇[③]，写青箱千帙[④]。　一杯先为祝东风，丹诏来朝夕[⑤]。何处称公挥翰，定北扉西掖[⑥]。　上郑直阁

[注释]

①淮上：泛指安徽、江苏两省淮水流域一些州郡。　分符：即剖符，将符节分一半给功臣作信物。词中美郑直阁治淮上时曾五次膺受分符之荣。　②东壁：星名，有二星相对出，与营室连成方形，以在室东，故名。“东壁二星主文章，天下图书之秘府也。”见《晋书·天文志》。后因以东壁称藏书之所。　③书成：疑作“书城”。书籍多，环列如城。词中指国家藏书处，即上文之“东壁”。　④青箱：谓世传家学。《宋书·王淮之传》：“曾祖彪之，尚书令。……彪之博闻多识，练悉朝仪。自是家世相传，并谙江左旧事，缄之青箱。世人谓之王氏青箱学。”　帙：指书套或书函，书一函称一帙。千帙极言书多。　⑤丹诏：皇帝之敕命。因用丹（硃）写成，故名。　⑥北扉：代称学士院。宋沈括《梦溪笔谈·故事》：“唐制……又学士院北扉者，为其在浴堂之南，便于应召。”　西掖：中书省之别称。汉应

劭《汉官仪》上："左右曹受尚书事。前世文士以中书在右，因谓中书为右曹，亦称西掖。"

## 好事近

阀阅盛中州[①]，冠冕共推华族[②]。耐久松筠交契[③]，更襟怀金玉[④]。　诸儒皆自愧卢前[⑤]，小试暂符竹[⑥]。行看世官入践[⑦]，继西枢前躅[⑧]。　上卢楚州

**[注释]**

①阀阅：本作伐阅，功绩和经历。指世家门第。　中州：古豫州地处九州中间，称为中州，当今之河南。　②冠冕：代称仕宦。　华族：显贵之族。　③松筠交契：松与竹材质坚韧，经冬不凋，故词中用以喻交情深厚牢固。　交契：交情。　④襟怀：怀抱。　金玉：喻品德之贤贞可贵。　⑤愧卢前：初唐王（勃）、杨（炯）、卢（照邻）、骆（宾王）四家，俱以诗名，时人谓为"四杰"。杨尝曰："吾愧在卢前，耻居王后。"因对方姓卢，故用此典，以美其文才超佚一时。　⑥符竹：汉代郡守受竹使符，后因以符竹为郡守之典。词言对方材堪大用，牧守楚州只是暂时小试耳。　⑦世官：古之官职多由一族一姓执掌，故称世官。　⑧西枢：枢密也。　前躅：先人之踪迹。

## 好事近

分手又三秋，犹记花时歌别[①]。每念征帆归晚，误五湖风月[②]。　清江休望使君来[③]，指日趋天阙[④]。婿玉翁冰相映[⑤]，看紫薇花发[⑥]。　上朱临江

**[注释]**

①花时：指春天，百花盛开之时。唐杜甫《遣日》："自喜遂生理，花时甘缊袍。"　②五湖：词中指太湖，暗用传说范蠡携西施归隐五湖典，五湖

既关合对方出处，又代指所居胜地。　③清江：清澄之江。又，江西有清江县，地属临江府。　④天阙：代指朝廷。　⑤婿玉翁冰：晋卫玠娶乐广女，人称“妻父有冰清之姿，婿有璧润之望”。见《世说新语·言语》注引《卫玠别传》。后称岳丈、女婿为冰清玉润，或简作“冰玉”。　⑥紫薇：唐开元时改中书省为紫微省，取天文紫微垣为义，并于省中植紫薇花。词中紫薇花发即指对方将被召入朝廷执掌要职。

## 好事近

襟韵绝纤尘[①]，炯炯夜光明月[②]。合是紫荷持橐[③]，侍丹墀清切[④]。　　暗香疏影想公家，人与梅超绝[⑤]。酒罢帝城早去，占百花先发。　上林删定

[注释]

①襟韵：指人之情怀风度。　绝纤尘：超出世外。文彦博致文同书云：“与可（文同之字）襟韵洒落，如晴云秋月，尘埃不到。”见《宋史·文同传》。　②夜光明月：夜光珠、明月珠。　③紫荷：高级官吏朝服外之紫色囊。　橐（tuó）：以袋子盛装。词表面言明月之珠当盛于紫荷，实言怀抱夜光珠般皎洁品性之对方合位以高官。　④丹墀：代指宫殿。因宫殿前之石阶俱漆成红色而名。　清切：皇帝居宫内，门户有禁，清切多指清贵而接近皇帝之官职。　⑤“暗香”二句：宋处士林逋《山园小梅》诗有“疏影横斜水清浅，暗香浮动月黄昏”之句，向来脍炙人口。因对方姓林，故用林逋诗、事而云“公家”。

## 好事近

今雨几人来[①]，冰霰更凝寒色。门外车多长者，顿光生蓬荜[②]。　　缤纷飞雪更初梅，特特为留客。惟恨坐无华馔[③]，只平时真率。

[注释]

①今雨：新交的朋友。源于唐杜甫《秋述》"秋，杜子卧病长安旅次，多雨生鱼，青苔及榻，常时车马之客，旧，雨来，今，雨不来"。 ②"门外"二句：《史记·陈丞相世家》载，平家住负郭穷巷，以敝席为门，然门外多有长者车辙。 长者：显贵者，词中指前数首词中之朱、刘等人。 光生蓬荜：即蓬荜生辉，使贫寒之家增加光彩。是邀请别人光临的客气说法。 蓬荜：蓬门荜户，指贫寒之家，词中作者自指其家，乃谦词。 ③华馔：华美之食物。

## 忆秦娥

木 樨①

隈岩侧，怪生小院香来别②。香来别，嫩黄细细，商量齐发③。 佳人敛笑贪先折，重新为剪斜斜叶。斜斜叶，钗头常带，一秋风月。

[注释]

①木樨：木犀，桂花之别称。 ②怪生：难怪，怪不得。宋杨万里《舟过安仁》："怪生无雨都张伞，不是遮头是使风。" ③商量：准备或造作意。谓桂花准备一齐开放。

[集评]

况周颐云："仲弥性……《忆秦娥·咏木犀》后段云：……末二句，赋物上乘，可药纤滞之失。"（《蕙风词话》卷二）

## 画堂春

和秦少游韵①

春波浅碧涨方池，池台深锁烟霏②。缓歌争胜早莺啼③，客忍轻归④。 合坐香凝宿雾，垫巾梅插寒枝⑤。渐西蟾影漾馀辉⑥，醉倒谁知。

[注释]

①秦少游:秦观,字少游,一字太虚。 ②"池台"句:由唐杜牧《洛中二首》之一"年年宫阙锁浓春"句化出,写池台上烟雾迷濛,好像是锁住了池台。 ③"缓歌"句:唐白居易《钱塘湖春行》云"几处早莺争暖树",词句盖由诗化出。 ④客忍轻归:意即"客何(怎、岂)忍轻归"。韦庄《菩萨蛮》词云:"未老莫还乡,还乡须断肠。" ⑤垫巾:用东汉郭泰事。泰,字林宗,负有盛名。尝出行遇雨,巾一角垫。时人乃故折巾一角,名为林宗巾。见《后汉书·郭泰传》。 ⑥渐西:逐渐落下。 西:西移,(月亮)落下。 蟾影:月亮,传说月中有蟾蜍,故名。

## 大圣乐令

赠小妓

豆蔻梢头春正早[1]。敛修眉、未经重扫。湖山清远,几年牢落[2],风韵初好。 慢绾垂螺最娇小[3]。是谁家、舞腰袅袅。而今莫谓,春归等闲,分付芳草。

[注释]

①豆蔻:又名草果。诗家往往取以喻未嫁少女,言其少而美。唐杜牧《赠别》诗云:"娉娉袅袅十三馀,豆蔻梢头二月初。"词句即由此化出。 ②牢落:寥落、荒废。 ③垂螺:指螺壳状髮髻。

## 浪淘沙

赠 妓

趁拍舞初筵[1],柳袅春烟。街头桃李莫争妍。家本凤楼高处住[2],锦瑟华年[3]。 不用抹繁弦[4],歌韵天然。天教独立百花前。但愿人如天上月[5],三五团圆。

[注释]

①趁：就着。　拍：音乐的节拍。　②凤楼：本指妇女居处，如南朝陈江总《萧史曲》："来时兔月照，去后凤楼空。"词中偏指富贵人家或良善妇女所住之处。　③锦瑟华年：本唐李商隐《锦瑟》"锦瑟无端五十年，一弦一柱思华年"。　华年：青春年华。　④抹：轻按，指奏弦乐一种指法。　繁弦：细碎而急促之乐声。唐王维《鱼山神女祠歌·送神曲》："悲急管，思繁弦。"　⑤"但愿"句：《彊村丛书》本《浮山集》作"但愿人和天上月"，《四库》本《浮山集》作"但愿人如楼上月"。

## 浪淘沙

倾国与倾城[①]，袅袅盈盈[②]。歌喉巧作断肠声[③]。看尽风光花不语，却是多情[④]。　家近董双成[⑤]，三妙齐名[⑥]。谁教蜂蝶漫经营。留取无双风味在[⑦]，真是琼英[⑧]。

[注释]

①倾国与倾城：汉李延年《歌》云"北方有佳人，绝世而独立。一顾倾人城，再顾倾人国。宁不知倾城与倾国，佳人难再得"。后因以倾城倾国形容绝色之女子。　②袅袅：状女子柔弱细长貌。　盈盈：指人之风姿、仪态美好貌。　③断肠：形容极度思念或悲伤。　④"看尽"句：五代后周王仁裕《开元天宝遗事》载，唐明皇与杨贵妃尝于太液池赏千叶白莲，众皆叹羡。帝指贵妃示于左右曰："争如我解语花？"唐郑谷《中年》诗云"情多最恨花无语"，词即本郑诗而出。　⑤董双成：仙女名。传说西王母侍女，炼丹宅中，丹成得道，吹笙驾鹤而升仙。见《汉武帝内传》等。世传其故宅即临湖妙庭观。　⑥三妙：似指人妙、歌妙、地妙（妙庭观）。　⑦无双：扬州琼花天下无双。《庄子·盗跖》："生而长大，美好无双。"　⑧琼英：喻美丽之花。周邦彦《水龙吟·梨花》："恨玉容不见，琼英谩好，与何人比。"

[集评]

况周颐云："仲弥性《浪淘沙》过拍云：'看尽风光花不语，却是多情。'

语淡而深。”(《蕙风词话》卷二)

## 浪淘沙

### 即　事

草圣与诗馀[①],清韵谁如[②]。生绡团扇倩谁书[③]。月湛素华天似水,深院凉初。　人散晚钟疏,后约还虚。良宵忍放枕鸾孤[④]。要得相逢除是梦,有梦来无。

[注释]

①草圣:草书妙手。唐刘禹锡《伤愚溪》三首之三:“草圣数行留断壁。”　诗馀:词之别名。　②清韵:指超出世表之仪态风神。　③生绡:未经漂煮之丝织品,古常以之作画,代指画卷。　团扇:圆扇,也作宫扇,古人往往于扇上题诗词以寄意。　倩:请。　④枕鸾:绣于枕上之鸾鸟。鸾为情鸟,成双则生,失侣而悲亡。词中以鸟写人。

## 鹧鸪天

### 为鲍子山侍妾燕燕作

小泊横塘日欲斜[①],一枝犹有未残花。几年燕子无消息,今日飞来王谢家[②]。　歌水调[③],韵琵琶[④]。声声都是怨年华[⑤]。钗头杏子今如许,剪烛裁诗莫问他。

[注释]

①横塘:此指在江苏南京西南,三国时吴大帝筑,自长江口沿秦淮河筑成。　②“几年”二句:唐刘禹锡《乌衣巷》诗有“旧时王谢堂前燕,飞入寻常百姓家”之句。词以燕子代鲍氏侍妾燕燕,言其曾离开鲍家,今日始归。　王谢:六朝时王、谢世为望族,后遂以代称高门世族。词中代指鲍家。　③水调:曲调名。传说隋炀帝开汴渠成,自作《水调》之曲。为商调,缠绵哀怨。唐曲凡十一叠,前五叠为歌,后六叠为入破,歌之第五叠五

言声调最为哀切。 ④韵：弹奏乐器使发出韵（和谐）声。 ⑤“声声”句：唐李商隐《锦瑟》诗“锦瑟无端五十弦，一弦一柱思华年”。字面上言燕燕所唱皆哀怨之曲，实言其所发声均自心底流出，所诉乃其自身年华消逝（下句“钗头杏子”已暗示）之境遇。

## 鹧鸪天

赠外孙夔

间世麒麟降自天[①]，光辉列宿灿初躔[②]。他年身致夔龙列[③]，少日心存翰墨边。 簪彩笔，照金莲。词华当使思如泉。未论耸壑昂霄事[④]，且与衰翁慰暮年。

［注释］

①“间世”句：南朝徐陵早慧，数岁时，宝志上人尝手摩其顶，称为“天上石麒麟”。唐杜甫《徐卿二子歌》亦云：“孔子释氏亲抱送，并是天上麒麟儿。”词以之美赞其外孙少而聪颖。 间世：隔世，不世而出。 ②列宿：古时传说人间显贵或特出之人上应天象，列宿即指天上之众星宿。喻人世英杰。 躔：日月运行五星之度数，亦即其行经之轨迹。 ③夔龙：传说中虞舜有二名臣，夔为乐官，龙为谏官。《尚书·舜典》：“伯拜稽首，让于夔龙。” 夔龙列：指朝官之行列。词祝外孙将来跻身朝班。同时，字面上又关合外孙“夔”之名。 ④耸壑昂霄：直立山谷，高入云霄。喻出人头地。唐吏部侍郎高孝基以善鉴人名，尝向裴矩言房玄龄曰：“仆观人多矣，未有如此郎者，当为国器，但恨不见其耸壑昂霄云。”见《新唐书·房玄龄传》。

## 蓦山溪

有 赠

冰清玉映，自是闺房秀[①]。十里卷朱帘[②]，好紫陌、家家未有[③]。天然情素[④]，高压一城春，花艳丽，月精神[⑤]，梅韵腰肢瘦。　曲屏虚幌，枉著鸳鸯绣。不是不相逢，泪空滴、年年别袖。从他兰菊，秋露与春风，终不似、玉人人，一片心长久。

［注释］

①"冰清玉映"二句：谓对方女子乃出自富贵端正之家。句出《世说新语·贤媛》"顾家妇清心玉映，自是闺房之秀"。　②十里卷朱帘：化用唐杜牧《赠别二首》其一"娉娉袅袅十三馀，豆蔻梢头二月初。春风十里扬州路，卷上朱帘总不如"，暗示该女子现今寄栖青楼之身份与境遇。③"好紫陌"句：本唐刘禹锡《元和十年自朗州承召至京戏赠看花诸君子》诗"紫陌红尘拂面来，无人不道看花回"。　紫陌：指帝都郊野之道路。④天然：天赋、天生的。　情素：本心、衷诚。　⑤月精神：月样之清雅仪态。　精神：这里指一种风仪气韵。　月：《四库》本作"日"。

## 水调歌头

赵制置见招，归，用东坡中秋韵，以见微意①

华栋一何丽②，移下小壶天③。几多曲房新户，缥缈似当年。曾是使君风度④，元有胸中丘壑⑤，六月竹风寒⑥。一洗筝笛耳，歌舞粲筵间。　坐中客，醒复醉，听无眠。已回归梦，犹复袅袅记清圆。尚想饮中仙子，来处馀香飘坐，胜韵此双全。为寄月华语，难与并婵娟。

［注释］

①制置：即制置使，官名，唐置。以经营谋划边防军务。宋初已不常置，而南渡后，因对金作战，设置渐多。多以安抚大使兼任，得以便宜节制军事。　东坡中秋韵：即苏轼《水调歌头》（明月几时有）一词。　②华栋：高大华丽之楼房。　一何：多么。　③壶天：道家所称之仙境。词中赞美赵制置家居华美，宛如将道仙之小壶天移来一般。　④使君：汉时称刺史为使君，汉后则为对州郡长官之尊称。《三国志·蜀书·先主传》载，

刘备为豫州牧时，曹操尝从容语之曰："今天下英雄，惟使君与操耳！"使君风度指此。　⑤"元有"句：宋黄庭坚《题子瞻枯木》诗"胸中元自有丘壑，故作老木蟠风霜"所言本是画家之构思布局，词中则以丘壑称对方胸襟宽广或思虑深远。　⑥"六月"句：字面义指六月之凉风。

## 芰荷香

中秋在毗陵，不见月，作数语未成。后一日来澄江，途中先寄赵智夫①

醉凝眸②。正行云遮断，澄练江头③。皓月今宵何处，不管中秋。朱阑倚遍，又微雨、催下危楼。秋风空响更筹④。不将好梦，吹过南州⑤。　浮远轩窗异日到⑥，山空云净，江远天浮⑦。别去客怀，无赖准拟开愁⑧。冰轮好在⑨，解随我⑩，天际归舟⑪。何须舞袂歌喉。一觞一咏，谈笑风流⑫。

［注释］

①毗陵：今江苏常州。　澄江：水色澄清之江。此指江苏江阴。赵智夫，名恬，宋之宗室。　②凝眸：目不转睛。形容注意力高度集中。　③澄练江头：本南齐谢朓《晚登三山还望京邑》诗"馀霞散成绮，澄江静如练"。　④更筹：古时夜间报更之牌。南朝梁庾肩吾《奉和春夜应令诗》："烧香知夜漏，刻烛验更筹。"　⑤南州：泛指南方之地。　⑥浮远轩窗：代指浮远堂。在江阴。　⑦"山空"二句：描写浮远堂所在处之景色兼点"浮远堂"名之含义与由来。　⑧无赖：无奈，无可奈何。　准拟：定可。　开愁：解开、化散愁思。　开：《彊村丛书》本作"闭"。　⑨冰轮：明月。　⑩解：会意，明白。　⑪天际归舟：本南齐谢朓《之宣城出新林浦向板桥》诗"天际识归舟，云中辨江树"。　⑫"一觞一咏"二句：本晋王羲之《兰亭集序》"虽无丝竹管弦之盛，一觞一咏，亦足以畅叙幽情"。　一觞一咏：指赋诗饮酒。

## 八声甘州

木樨和韵

正西山、雨过弄晴景，竹屋贯斜晖。问谁将千斛[①]，霏瑛落屑[②]，吹上花枝。风外青鞋未熟[③]，鼻观已先知[④]。挠损江南客，诗面难肥[⑤]。　两句林边倾盖[⑥]，笑化工开落，尤甚儿嬉。叹额黄人去[⑦]，还是隔年期。渺飞魂、凭谁招取[⑧]，赖故人、沉水煮花瓷[⑨]。犹堪待，岭梅开后[⑩]，一战雄雌。

[注释]

①斛：容量单位，古代以十斗为一斛，南宋末则改为五斗一斛。千斛形容数量众多。　②霏瑛落屑：谓桂花犹如瑛石所落之碎屑。　瑛：似玉之美石。　③青鞋：草鞋。代指穿草鞋的幽人。　熟：知晓。　④鼻观：佛家有观想法，观鼻端白谓之鼻观。此则指鼻闻。　⑤“挠损”二句：化用李白《戏赠杜甫》诗“借问别来太瘦生，总为从前作诗苦”之意，谦称自己词藻不足，不能尽写木樨（桂花）之美。　挠损：使瘦弱。　江南客：词人自指。　⑥两句：似指对方令其赏叹之某两句诗或词。《彊村丛书》本作“两向”。　倾盖：谓行道相遇，停车而语，车盖接近，因称初交相得，一见如故为倾盖。由此亦可见双方本不相识。　⑦额黄：本为六朝时妇女施于额上之黄色涂饰，词中代指如花之女子。　⑧“渺飞魂”句：招魂，召唤死者之魂。词中指桂花今年落后，明年此时方能再见（隔年期），谁能为我一招其魂？暗中流露出惜花之情。　⑨故人：指对方。双方今年订交，明年可称为“故人”。　沉水：即沉香。　沉水煮花瓷：指在精致之花瓷器皿中浸沉香木以煮水作饮料（即熟水）。　⑩岭：指大庾岭，古时岭上多梅，又称梅岭。　岭梅：代指早梅。梅开天尚寒，桂花开亦在凉秋，故词人设想且待招回桂花之魂，真堪与早梅一较雌雄呢。

## 念奴娇

冬至夜作[①]

灰飞嶰竹[②]。庆群阴消尽，新阳来复[③]。云物呈祥连瑞霭，烟气纷纷馥馥[④]。紫陌香衢，朱檐影里，罗绮花成簇。岭梅惊暖，数枝争绽寒玉。　　有人袅袅盈盈，今朝特地，为我新妆束。娇倚银床添绣线，长喜修眉舒绿。不道多情，锦屏罗幌，难得欢生足。谁知今夜，玉壶银漏催促。

［注释］

①冬至：节气名，在阳历十二月二十二或二十三日。　②嶰竹：嶰谷所生之竹。嶰谷在昆仑山北。相传黄帝命伶伦取嶰谷之竹作乐器，后因泛称箫笛等乐器为嶰竹。古时以葭莩之灰置于律管中以占气候。"阴阳和则景至，律气应则灰飞。"见《晋书·律历志》上。词言冬至日，葭灰自律管内应时飞出。　③"庆群阴"二句："日冬至则一阴下藏，一阳上舒。"见《史记·律书》。　④"云物"二句：云物，天象云气之色。古人每于节气之分、至日望云物以辨吉凶水旱并记录下来。词言冬至夜云物祥瑞，预兆太平华年之到来。　霭：亦指云气。　纷纷：盛多貌。　馥馥：香气浓烈。

## 念奴娇

和耿时举赋雪韵[①]

江南春早，尚馀寒门巷，杨花飘逐。一色初梅开尽也，不数芳园红绿。珍重骚人，幽怀分寄，高韵歌黄竹[②]。六花羞避[③]，满笺凌乱琼玉[④]。　　应念有客长安。履穿东郭，无与怜穷独[⑤]。鼓棹前溪非兴尽，寒怯水栖岩宿。咫尺君家，瑶田无径[⑥]，冰柱排银屋[⑦]。瓷头春到，唤回晚梦清熟。

［注释］

①耿时举：字元鼎，一字德基，平江（今江苏苏州）人。小传见《全宋词》册三。其原词已佚。　②黄竹：古诗篇名。《穆天子传》五："日中大寒，北风雨雪，有冻人。天子作诗三章以哀民，曰：'我徂黄竹。'"后因以

名篇。 ③六花:雪花六出,故称雪花为六花。 ④琼玉:比喻诗文美好。词中称赞对方原作。 ⑤"应念有客"三句:汉武帝时齐方士东郭先生家贫,履有上无下,行走雪中,足尽践地。见《史记·滑稽列传》。词中形容穷困潦倒。 ⑥瑶田:美白雪覆盖之大地。 ⑦冰柱:屋檐下雪水凝成之冰条,俗称冰溜子。 银屋:美称白雪装扮之房屋。

## 念奴娇

王守生辰①

金縢事业②。庆丹青千载,勋在王室。圣主英明平万国,天产非常人物。岳渎分灵③,熊罴符梦④,五百年方出⑤。致君尧舜,要须纯用经术⑥。 须信凤阁仙人⑦,风流文采,蔼家声如昔⑧。献纳司存持禁橐⑨,合历三台清秩⑩。倦宿承明⑪,乞麾临郡⑫,暂辍金闺直⑬。五云深处,一星今在南极⑭。

[注释]

①王守:王铁,字承可,时为湖州守。仲并为湖州通判。 ②金縢(téng):犹金匮(匮,藏书之匣)。古保存书契之所,即以金为縢以缄封之。乃国家或皇室藏书之所。 ③岳渎:五岳四渎之省称,泛指山川河流。 岳渎分灵:指承分山川之灵气。 ④熊罴符梦:周文王将畋,卜兆得非熊非罴的宰辅人物,在渭阳田猎,果得姜子牙,拜为太师。见《六韬·文韬·文师》。后遂以非熊非罴指扶持国政之人物。词中熊罴符梦指受赏识重用。 ⑤五百年方出:传说大贤之人上应天象,五百年才出一次。 ⑥"致君尧舜"二句:尧、舜,即唐尧和虞舜,古史相传中圣明之君。唐杜甫《奉赠韦左丞丈二十韵》:"致君尧舜上,再使风俗淳。" 经术:经邦治国之术。 ⑦凤阁:唐代中书省之别称。 凤阁仙人:系对对方之美称。 ⑧蔼:使隆盛。 ⑨献纳:指建言以供采纳。 橐(tuó):盛书之袋子。持禁橐指以文笔随侍帝王左右。古代书史小吏,手持囊橐,插笔于头顶,侍立于帝王大臣左右,以备随时记事。 ⑩三台:官名。汉因秦制,设

置尚书为中台，御史为宪台，谒者为外台，合称三台。三台代指显要之官。 清秩：清班，清贵之官。 ⑪承明：即承明庐。汉承明殿旁屋，为侍臣值宿所居之处。后因以在承明庐代指在朝廷为官。 倦宿承明：犹言不乐在朝为官。 ⑫麾：旌旗，将帅指挥所用。 乞麾临郡：请求外任到州郡作地方长官。 ⑬金闺：金马门之别名。代指官署。 闺：宫门之小者。 暂辍金闺直：亦指不在朝中任职。 ⑭五云：五色之瑞云。 南极：指南方，同时，又指南极老人星，即寿星，代指对方。 "五云"二句交待对方在南方为官，兼含生日祝寿之意。

## 瑞鹤仙

春日咏怀

试六花院落①。正柳绵飘坠②，因风无著。吴王旧城郭③。记乌衣门巷④，小桥帘幕⑤。他州寥索。漫等闲、桃英杏萼。认幽香来处，群芳尽掩，蕙心先觉⑥。 行乐。燕雏莺友⑦，浪语狂歌，休休莫莫⑧。兰房绣幄。添新恨，念前约。殢十分芳景⑨，十分春意，休惜十分共酌。任十分，吹老寒梅，戍楼画角。

[注释]

①六花：指雪花，因其结晶作六角形。 ②柳绵：即柳絮。 ③吴王旧城郭：指南京。公元222年孙权在此（时称建业）称吴王。 ④乌衣门巷：乌衣巷，地名，在今南京东南。三国吴时于此置乌衣营，以兵士服乌衣得名。东晋时，王、谢诸望族居此。唐刘禹锡《乌衣巷》："朱雀桥边野草花，乌衣巷口夕阳斜。" ⑤小桥帘幕：泛指南京市景。又，小桥，也可指三国吴周瑜妻小乔（人称其父为桥公），有国色。 ⑥蕙心：蕙为香草，常用以比喻女子纯美之心。 ⑦燕雏莺友：代指歌伎舞女。 ⑧休休莫莫：指悠闲安逸。 休休：安闲貌。《诗经·唐风·蟋蟀》："好乐无荒，良士休休。"唐司空图题其休休亭云："咄咄，休休休，莫莫莫，伎俩虽多性灵恶，赖是长教闲处着。" ⑨殢（tì）：眷恋之义。

## 水调歌头

浮远堂[①]

静练平千顷[②],华栋俯中流[③]。凌晨画戟[④],来看宿雨断虹收[⑤]。八九胸中云梦[⑥],三千笔端风月[⑦],无处快凝眸[⑧]。笑咏一堂上[⑨],挥麈气横秋[⑩]。　俯危阑,红日下,暮云稠[⑪]。无穷伟观,只应天意为君谋。容我时醒时醉,独泛微烟微雨,浩荡逐轻鸥。不羡岳阳胜[⑫],丹碧耸层楼[⑬]。

[注释]

①浮远堂:在江阴,取东坡"江远欲浮天"诗意。　②静练:形容江面澄静如柔软之白练布。南齐谢朓《晚登三山还望京邑》诗:"馀霞散成绮,澄江静如练。"　③华栋:装饰华美之屋宇。此指浮远堂。　④画戟:即兵器之戟,因加彩绘,故名。后常作为仪仗之用。词中即指在仪仗簇拥下清晨到浮远堂。　⑤宿雨:昨夜之雨。　断虹:残虹。　⑥"八九"句:比喻胸襟开阔,气魄宏伟,汉司马相如《子虚赋》:"吞若云梦者八九于胸中,曾不蒂介"。　云梦:古泽薮名。　⑦"三千"句:谓笔端诗文甚多。宋欧阳修《赠王介甫》诗:"翰林风月三千首,吏部文章二百年。"　风月:即指诗文。　⑧凝眸:形容注意力高度集中,目不转睛。　⑨笑咏:《彊村丛书》本作"啸咏"。啸咏,歌咏。《世说新语·文学》"江左殷太常"《注》引《晋中兴书》:"(殷融)饮酒善舞,终日啸咏,未尝以世务自婴。"　⑩挥麈:挥动麈尾。晋人善清谈,每执麈尾挥动以为谈助,后遂称谈论为挥麈。　横秋:充塞秋空,形容谈论时气盛。苏轼《次韵王定国得晋卿酒相留夜饮》诗云:"短衫压手气横秋。"　⑪稠:《历代诗馀》卷五十九作"收"。　⑫岳阳:今属湖南。其城西门上有岳阳楼,为风景名胜地,下瞰洞庭湖。相传三国吴鲁肃于此建阅兵楼。宋庆历五年重建,范仲淹为撰记。　⑬丹碧耸层霄:即指岳阳楼。

## 念奴娇

同上[①]

练江风静[②]，卧冰奁百尺[③]，朱阑飞入[④]。江远浮天天在水[⑤]，水满半天云湿[⑥]。白鸟明边，青山断处，眼冷江头立。月明潮上，苇间渔唱声急。几度吹老蘋花，野香无数，欲寄应难及。天借诗人供醉眼，尊俎一时收拾[⑦]。竹里行厨[⑧]，花间步障[⑨]，风雨生呼吸。酒阑歌罢，钓船先具蓑笠。

（以上《浮山集》卷三）

[注释]

①《历代诗馀》卷六十七无"同上"二字。 ②练江：柔软白静之江。语出谢朓诗"澄江静如练"。 ③冰奁百尺：形容水面澄清整齐。 ④阑：《四库》本、《历代诗馀》卷六十七均作"栏"。同。 ⑤"江远"句：以实景点出"浮远堂"堂名之来历。 ⑥水满半天云湿：承上句而来，以高度（水在天）写长度（浮远），又以"云湿"夸张补充说明高度。 ⑦尊俎：代指宴席。尊为酒器，俎为载肉之具。 ⑧行厨：传送酒食。亦谓出游时携带酒食。唐张谓《春园家宴》："竹里行厨人不见，花间觅路鸟先知。" ⑨步障：用以遮避风尘或障蔽内外之屏幕。

## 画堂春

即 席

溪边风物已春分，画堂烟雨黄昏。水沉一缕袅炉薰[①]，尽醉芳尊。 舞袖飘摇回雪[②]，歌喉宛转留云[③]。人间能得几回闻[④]，丞相休嗔[⑤]。

[注释]

①"水沉"句：熏炉中一缕沉香袅袅盘出。 水沉：沉水香，亦即沉

香。　②回雪：回旋飞舞之雪。此状舞姿之美妙。　③留云：使云留遏不行。　“歌喉”句：暗用“响遏行云”典，形容歌声美妙动听。　④“人间”句：用唐杜甫《赠花卿》诗“此曲只应天上有，人间能得几回闻”成句，比喻歌声优美，非寻常所能欣赏到。　⑤丞相休嗔：唐杜甫《丽人行》诗结句云“慎莫近前丞相嗔”，词言如此之天乐，几人不思近前谛听，丞相休嗔呵。

## 浣溪沙

即　席

清远湖山佳丽人[①]，柳边花下复清晨。向前犹有几多春。　祓禊秋千时节近[②]，管弦歌舞一回新。未嗔狂客污车茵[③]。

［注释］

①佳丽人：美色之人。唐杜甫《丽人行》诗云：“三月三日天气新，长安水边多丽人。”　②祓禊：古之民俗，于年之三月上巳日到水滨洗濯，涤去宿垢，称祓禊。　秋千：传统游戏，唐宫中每岁寒食节竞树秋千，宫嫔辈戏笑以为乐事。祓禊、秋千活动皆在春天举行，故连言之。　③狂客：狂放不羁之人。　茵：车上之垫子。《丽人行》云：“后来鞍马何逡巡，当轩下马入锦茵……慎莫近前丞相嗔。”

## 眼儿媚

同孙尚书赴孟信安平江郡宴席上[①]

铃阁寻盟未肯寒[②]。鹢首驻江干[③]。云烟翰墨[④]，风流尊俎[⑤]，不放更残。　金声掷地西清老[⑥]，天未许终闲。知音素赏，当筵一曲，流水高山[⑦]。

［注释］

①孙尚书：即孙觌，官至户部尚书。　孟信安：官节度使，名忠厚。其子孟嵩娶仲并女灵湛。　平江郡：即今江苏苏州。　②铃阁：州郡长官之官衙。　寻盟：重申前盟或旧约。　未肯寒：不肯违背盟约。词言自己遵寻旧约来到孟氏府邸。　③鹢首：船头，代指船。古时画鹢首于船头，以厌水神。　江干：江边。　④云烟翰墨：谓书法潇洒，运笔挥洒自如。杜甫《饮中八仙歌》："张旭三杯草圣传，脱帽露顶王公前，挥毫落纸如云烟。"　⑤风流尊俎：尊俎，代指宴席。苏轼《和饮酒诗》："江左风流人，醉中亦求名。"　⑥"金声"句：金声，金属乐器之声。《世说新语·文学》："孙兴公作《天台赋》成，以示范荣期云：'卿试掷地，要作金石声。'"原以形容语言文字之美，后也以称才华之高。　西清：西堂清静之处，后指宫内游宴之处。词中西清老似指孙尚书。　⑦"知音素赏"三句：用伯牙子期典。传说俞伯牙善鼓琴，钟子期善听。伯牙鼓琴，志在高山，钟子期曰："善哉，峨峨兮若泰山。"志在流水，钟子期曰："善哉，洋洋兮若江河。"后遂成为知音难遇之典。词中指席上宾主相互赏识。

## 武陵春

元若虚总管席上

门巷乌衣应好在[①]，风韵尚依然。知是蓬瀛第几仙[②]，秀色粲当筵[③]。　　索句濡毫云阁里[④]，清坐袅炉烟[⑤]。谁赋回文第二篇[⑥]，除是见娟娟[⑦]。

（以上四首见《永乐大典》卷二万零三百五十三"席"字韵引仲并《浮山集》）

［注释］

①门巷乌衣：用乌衣巷典，词指元总管出身望族。　②蓬瀛：蓬莱、瀛洲，传说海中三神山之名。泛指仙境。　③粲：美丽鲜艳貌。　④云阁：高耸入云之台阁。　⑤清坐：清雅之席位。　⑥"谁赋"句：相传前秦时窦滔被徙流沙，其妻苏蕙因织锦为璇玑图寄之，宛转回环皆可读，共八百四十字，称回文。后人以意推求，得三四五六七言诗三千七百五十二

首。词言自己远离家园,却无贤妻寄诗慰藉。 ⑦娟娟:明媚美好貌,代指美人或意中人。

## 存目词

《浮山集》卷三载有《浣溪沙》"淡荡春光寒食天"一首,乃李清照作。见《乐府雅词》卷下。

# 赵 构

赵构（1107—1187），字德基，涿郡（今河北涿县）人。徽宗第九子。庙号高宗。后累上尊号曰光尧。宣和三年（1121）封康王。靖康元年（1126）使金，见留，得还。二年，徽钦二帝被掳北去，即帝位于应天府（河南商丘）。后避敌定都临安（今浙江杭州），是为南宋。建元建炎、绍兴，在位三十六年，重任秦桧，杀害岳飞，降金纳币，得以偏安。能诗，颇善小词。尝改俞国宝《风入松》之“明日重携残酒”为“明日重扶残醉”，论者以为“胜初语数倍”。今传《渔父词》十五首。

## 渔父词

并 序

绍兴元年七月十日[1]，余至会稽[2]，因览黄庭坚所书张志和《渔父词》十五首[3]，戏同其韵，赐辛永宗[4]

一湖春水夜来生，几叠春山远更横。烟艇小，钓丝轻，赢得闲中万古名。

**［注释］**

①绍兴元年：1131年。 ②会稽：今浙江绍兴。 ③黄庭坚：字鲁直，号山谷道人，苏门四学士之一。能诗词，善书，见《全宋词》册一小传。张志和：唐诗人，字子同，自称烟波钓徒。能书画、击鼓、吹笛，传有《渔父》词五首。此言十五首，或另十首已佚？ ④辛永宗：时为御营统制官。

**［集评］**

廖莹中云：“光尧当内修外攘之际，尤以文德服远。至于宸章睿藻，日星昭垂者非一。……至于一时闲适寓景而作，则有《渔父词》十五章，又清新简远，备骚雅之体。……观此数篇，虽古之骚人词客，老于江湖，擅名一时者，不能企及。”（《江行杂录》）

## 渔父词

薄晚烟林澹翠微[①],江边秋月已明晖。纵远柂[②],适天机[③],水底闲云片段飞。

[注释]

①翠微:轻淡青葱之山色。亦指青山。 ②柂(duò):通"舵"。船舵。 ③天机:犹天性,纯真之本性。

## 渔父词

云洒清江江上船,一钱何得买江天[①]。催短棹,去长川,鱼蟹来倾酒舍烟。

[注释]

①"一钱"句:本唐李白《襄阳歌》"清风明月不用一钱买"。词则言山川美景是钱买不到的。

## 渔父词

青草开时已过船,锦鳞跃处浪痕圆[①]。竹叶酒[②],柳花毡,有意沙鸥伴我眠。

[注释]

①锦鳞:对鱼的美称。鲍照《芙蓉赋》:"戏锦鳞而夕映。" ②竹叶酒:即竹叶青酒。晋张华《轻薄篇》:"苍梧竹叶清,宜城九醖醝。"

## 渔父词

扁舟小缆荻花风[①],四合青山暮霭中。明细火,倚孤松，但愿尊中酒不空。

[注释]

①荻花风：荻于秋天八月左右种子成熟，绽出白絮，犹如开花。故荻花风指秋风。唐白居易《琵琶行》："枫叶荻花秋瑟瑟。"《宋诗纪事》卷一作"芦花风"。

## 渔父词

侬家活计岂能明[①]，万顷波心月影清。倾绿酒[②]，糁藜羹[③]，保任衣中一物灵[④]。

[注释]

①侬家：自称，犹言吾家。 活计：生计，谋生之手段。 ②绿酒：美酒。 ③糁(sǎn)藜羹：本《墨子·非儒下》"孔某穷于蔡陈之间，藜羹不糂(糁)"。 糁：以米和羹。 ④保任：保持。 衣中一物：人之身体包裹在衣服之中，故衣中一物指人之身体。

## 渔父词

骇浪吞舟脱巨鳞，结绳为网也难任。纶乍放[①]，饵初沉，浅钓纤鳞味更深[②]。

[注释]

①纶：钓丝。 ②纤鳞：小鱼或鳞细小之鱼，如鳜鱼等。

## 渔父词

鱼信还催花信开[①]，花风得得为谁来[②]。舒柳眼[③]，落梅腮[4],浪暖桃花夜转雷[5]。

[注释]

①"鱼信"句:鱼信,鱼每于秋冬之际避入深水中,开春时复至浅水之江、河,年年如此,有如守信,故曰鱼信。又,每种鱼自有其生长、繁衍、成熟之期。在特定时间分别应时而肥美,亦如守信,也可称鱼信。 花信:则指开花之消息,一种花亦自有其开放之时,时间一到,自然开放。 ②花风:即花信风,应花期而至之风。江南自春至初夏,自小寒至谷雨,五日一番风候,计二十四番。 得得:特特,特地。 ③舒:展开。 柳眼:初生之柳叶。因其细长如人睡眼初展,故名。 ④落梅腮:指梅花开始凋谢。 ⑤"浪暖"句:桃花浪与"惊蛰"节气近,雷雨渐多。

## 渔父词

暮暮朝朝冬复春,高车驷马趁朝身[1]。金拄屋,粟盈囷,那知江汉独醒人[2]。

[注释]

①高车:车盖高可立乘之车。也称高盖车。 驷马:同驾一辆车之四匹马。汉于公闾门坏,父老方共治之,于公谓曰:"少高大门闾,令容驷马高盖车……子孙必有兴者。"后其子为丞相,孙为御史大夫。词中指朝官显宦。 趁朝:上朝。 ②江汉独醒人:楚屈原被放沅湘,渔父问之,答曰:"举世皆浊我独清,众人皆醉我独醒,是以见放。"此则以江汉独醒人指渔父。

## 渔父词

远水无涯山有邻,相看岁晚更情亲。笛里月[1],酒中身,举头无我一般人。

[注释]

①笛里月：犹言月下吹笛。又，汉乐府横吹曲中有《关山月》曲。唐王昌龄《从军行》："更吹羌笛《关山月》。"

## 渔父词

谁云渔父是愚翁，一叶浮家万虑空[1]。轻破浪，细迎风，睡起篷窗日正中。

[注释]

①一叶：指小船。　浮家：出《新唐书·张志和传》，"志和曰：'愿为浮家泛宅，往来苕、霅间。'"　万虑空：谓无室家物资之累，思想轻松。

## 渔父词

水涵微雨湛虚明[1]，小笠轻蓑未要晴[2]。明鉴里[3]，縠纹生[4]，白鹭飞来空外声。

[注释]

①雨：一作"影"。　②"小笠"句：化用张志和原词"青箬笠，绿蓑衣，斜风细雨不须归"。　③明鉴：指水。因其平静似镜面而称。　④縠(hú)纹：绉纹。喻水之波纹。

[集评]

孙宗鉴云："徽宗《探春令》：'杏花笑吐香犹浅……'高宗《渔父词》：'水涵微雨湛虚明，小笠轻蓑未要晴。'一深于情景，一善于意态，即操觚专家不过如是。"（《东皋杂录》转引自《词话丛编》页七百五十九）

## 渔父词

无数菰蒲间藕花，棹歌轻举酌流霞[1]。随家好，转山斜,也有孤村三两家。

[注释]

①棹歌:船工行船时所唱之歌。 流霞:神话中之仙酒,汉王充《论衡·道虚》:“……仙人辄饮我以流霞一杯,每饮一杯,数月不饥。”

## 渔父词

春入渭阳花气多[①],春归时节自清和[②]。冲晓雾,弄沧波,载与俱归又若何。

[注释]

①渭阳:渭水之阳。地在陕西。但多以渭阳表甥舅之谊。此词作于会稽,与陕西无涉,疑指后者。 ②清和:指天气清明和暖。

## 渔父词

清湾幽岛任盘纡[①],一舸横斜得自如。惟有此,更无居,从教红袖泣前鱼[②]。

(以上十五首见《(宝庆)会稽续志》卷六)

[注释]

①盘纡:盘回纡曲。 ②红袖:妇女红色之衣袖。代指美女。 泣前鱼:战国魏王与龙阳君共钓。龙阳君钓得十馀鱼而泣,魏王问其故,君曰:“臣之始得鱼也,臣甚喜,后得又益大,今臣直欲弃臣前之所得矣。今以臣凶恶而为王拂枕席,今臣爵至人君,走人于庭,避人于途。四海之内,美人亦甚多矣,闻臣之得幸于王也,必褰裳而趋王,臣亦犹曩臣之前所得鱼也。臣亦将弃矣,臣安能无涕出乎?”见《战国策·魏》四。后因以前鱼喻失宠遭弃。词言渔父无家室之累,故无美人争宠之事,无仕宦名利之心 ,故无失势遭弃之虞。

## 存目词

| 调名 | 首句 | 出处 | 附注 |
| --- | --- | --- | --- |
| 舞杨花 | 牡丹半坼初经雨 | 《词林纪事》卷三 | 康与之词,见《贵耳集》卷下 |
| 望江南 | 江南柳 | 《词苑萃编》卷四引《辇下纪事》 | 欧阳修词,见《钱氏私志》 |

# 崔若砺

崔若砺(1107—1149),字公治,新兴(今属广东肇庆)人。绍兴八年(1138)进士。曾官真阳尉、河源令。今存词二句。

## 失调名

愁殢有兵尊①,老怕能言李②。

(《永乐大典》卷二千七百四十四引胡铨《澹庵集·河源县令崔从政墓志铭》)(见今本《胡澹庵先生文集》卷二十九)

[注释]

①殢:困扰、纠缠。　有兵尊:招致兵刀之祸的酒。尊,酒也。词人盖有感于当时之某一现象,借史事以发慨。　②《史记·李将军列传》:"谚曰:'桃李不言,下自成蹊。'"谓桃李本不能言,但以华实感人,人不期而至,其下自成蹊径。常用以比喻实至名归。词中反其意而言之,以能言李指将帅自己邀功请赏。结合原典,词人似有感于将帅居功等某种现象而发。

# 高　登

高登（？—1148），字彦先，漳浦（今属福建）人。少孤，力学不辍。宣和间，为太学生，即上书言国事，请诛奸佞。绍兴元年（1131）奏名，二年，廷对，无所顾避，有司恶其直，授富川主簿，有政声，召赴都堂，上疏万言及时议六篇。帝善而下之中书。秦桧恨其忤己，阻之，授静江府古县令，编管容州漳州。复谪居，授徒以终。后追复迪功郎，赠承务郎。为人至孝，为学以慎独为本。有《东溪集》行世。词存十二首。

## 多　丽

人间世①，偶然攘臂来游②。何须恁、乾坤角抵③，又成冷笑俳优④。且宽心、待他天命⑤。谩鼓舌、夸吾人谋。李广不侯⑥，刘蕡未第⑦，千年公论合谁羞⑧。往矣瓦飘无意⑨，甑堕懒回头⑩。真堪笑，直钩论议⑪，圆枘机筹⑫。

幸斯道、元无得丧⑬，壮心岂有沉浮。好温存、困中节概⑭，莫冷落，穷里风流⑮。酒滴真珠⑯，饭钞云子⑰，醉饱卧信缘休⑱。归去也⑲，幅巾谈笑⑳，卒岁且优游㉑。循环事㉒，亡羊须在㉓，失马何忧㉔。

[注释]

①人间世：《人间世》本《庄子》篇名。这里指人世间。　②攘（rǎng）臂：捋衣出臂，表示振奋。《庄子·人间世》："上征武士，则支离攘臂于其间。"　③角抵：古之一种技艺表演，双方相互角力，以判胜负，类似今之摔跤。　乾、坤：（即天、地）上下对峙，亦如角抵，故言乾坤角抵。　④冷笑：含轻视、讽刺之笑。　俳优：古代以乐舞作谐戏之艺人。旧时地位甚低，人多轻谑之。　⑤天命：天神之意旨。与下句之"人谋"对。　⑥李广不侯：李广为汉陇西成纪人，善骑射，与匈奴七十馀战，使之不敢犯境，号曰

“飞将军”,然未得封侯。见《史记》、《汉书》本传。 ⑦刘蕡未第:刘蕡为唐昌平人,字去华。文宗大和二年(828)就贤良对策,极言宦官祸国,考官惧怕得罪宦官,不敢录取。同考之李郃曰:“刘蕡不第,我辈登科,实厚颜矣!”李商隐等诗文中常为之鸣不平。 ⑧公论:公众之评论。 合:当。词言李广虽未侯,刘蕡虽不第,但历史自有定评,在公论中,他们并不是被嘲讽之对象。 ⑨瓦飘无意:飘,落。《庄子·达生》:“虽有忮心者不怨飘瓦,是以天下平均。”《注》:“飘落之瓦,虽复中人,人莫之怨者,由其无情。” ⑩甑堕懒回头:东汉孟敏居太原,尝荷甑行,甑堕地,不顾而去。郭太(字林宗)见而问其意,对曰:“甑已破,视之何益?”见《后汉书·郭太传附孟敏》。喻事已过去,不必置意。 ⑪直钩论议:东汉顺帝之末,奸佞得势,忠贤沉沦,京都童谣曰:“直如弦,死道边;曲如钩,反封侯。” ⑫圆枘机筹:圆枘,即方枘圆凿,方榫圆孔,彼此不合,喻格格不入。宋玉《九辩》:“圆凿而方枘兮,吾固知其鉏铻而难入。” 机筹:计谋,计策。 ⑬斯道:此道。词中指正直、正义之道。 得丧:得与丧(失)。 ⑭困中节概:身处困境中所表现出之气节气概。 ⑮穷里风流:指一种豁达洒脱之精神境界。穷,与“通”对。《庄子·让王》:“古之得道者,穷亦乐,通亦乐,所乐非穷通也。” ⑯真珠:即珍珠。喻酒如珍珠之晶莹而珍贵难得。 ⑰饭抄云子:云子,神仙服食之物。《汉武帝内传》:“风实、云子,玉津、金浆。”唐杜甫《与雩县源大少府宴渼陂得寒字》诗云“饭抄云子白”,盖谓饭可比云子之白,后人则即以饭为云子。 ⑱“醉饱”句:《正谊堂全书》本作“醉饱高卧信缘休”。考《多丽》一调,乃一百三十九字,此处句式当为七字句,平仄为“平(可仄)平平仄仄平平”,则有“高”字为是。 高卧:高枕而卧,谓安闲无事。 ⑲归去也:晋陶潜在彭泽任上不堪俗务,乃自免去职,脱然而归,作《归去来》以见意。 ⑳幅巾:古时男子用绢一幅束髮,称幅巾。乃不着冠之随装。在汉末,以幅巾为雅,王公将帅多服之。 ㉑卒岁:岁终,一岁之末。 优游:悠闲自得。 ㉒循环:往复回旋。指事物运动,周而复始。 ㉓亡羊须在:亡羊之典有三:一见《庄子·骈拇》,即臧、谷二人牧羊,臧挟筴读书,谷博塞以游,均亡其羊,此即臧谷亡羊;一见《列子·说符》,即杨子之邻人亡羊,众人追之,大道多歧而不获,此即歧路亡羊;一见《战国策·楚》四,即“见兔而顾犬,未为晚也;亡羊而补牢,未为迟也”。此即亡羊补牢。三者于词意均不甚合。而《正谊堂全书》本《东溪词》该句作“亡弓须在”,用“楚弓楚得”典,于义相符,可取。传说春秋楚共王出猎，遗失宝弓。左右请求之，共王曰："止。楚人遗弓，楚人得之，又何求焉？"见《说苑》、《孔丛子》等。该典言虽有所失而利不外遗。㉔失马何忧：相传近塞上有人善术，其马无故亡而入胡地，人皆吊之，其父曰："此何遽不为福乎？"数月后，其马果将胡人骏马而归。事见《淮南子·人间训》。比喻祸福难测，得失相倚，暂时受损又何必担忧。

## 阮郎归

过武仙县，谒许宰不遇，作此寄之①

武仙花县谒凫仙②，急招横渡船③。重门昼掩讼庭闲，虚檐群雀喧④。　金屋畔，玉阑边⑤。新春桃李妍⑥。主人情重客无缘⑦，销魂空黯然⑧。

［注释］

①武仙县：旧治在今广西武宣县东二十里。　②"武仙"句：花县，晋潘岳为河阳令，满县种桃李，有"河阳一县花"之称。因以花县为县治之美称。　凫仙：东汉王乔为叶县令，每月朔自县诣台，明帝异其数而无车马。侦知其将至辄有双凫自东南飞来，因伏伺凫来，举罗张之，但得一双鞋。事见《后汉书》本传及《搜神记》等。因以为县令之故实。词中代指许宰。　③横渡：自水之一岸渡至另一岸，因横截水面，故名。　④"重门"二句：讼庭，诉讼案件之地方，词中指县衙。　群雀喧：谓无人行讼也。二句赞美许宰治县有方，无有诉讼者，致县衙无人，昼掩重门，雀鸣檐间。　⑤金屋：极言屋之华丽。　玉阑：对阑栏之美称。又暗用"金屋藏娇"典，以金屋、玉阑指许宰后堂住处。　⑥新春桃李妍：既指桃李之花鲜艳，又暗指许宰之妻妾丽美。　⑦"主人"句：主人似指许宰之妻妾。　客无缘：词人自称无缘与许宰会面。　⑧销魂空黯然：本梁江淹《别赋》"黯然销魂者，唯别而已矣"。　黯然销魂即指离别。词人因未遇许宰而别，故曰"空黯然"。

## 蓦山溪

容州病起作①

黄茅时节②，病恼南来客③。瘦得不胜衣，试腰围、都无一搦④。东篱兴在⑤，手种菊方黄，摘晚艳⑥，泛新篘⑦，谁道乾坤窄⑧。　　百年役役⑨，乐事真难得。短髪已无多⑩，更何劳，霜风染白⑪。儿曹齐健，扶□一翁孱⑫，龙山帽⑬，习池巾⑭。归路从攲侧⑮。

[注释]

①容州：即今广西容县。　②黄茅时节：指秋天。　③南来客：作者自称。当时他正编管容州。　④"瘦得"二句：梁沈约与徐勉书云："……百日数旬，革带常应移孔；以手握臂，率计月小半分。以此推算，岂能支久"。言多病而腰围减损。　搦(nuò)：用手握持。　⑤东篱：出晋陶潜《饮酒》诗之五"采菊东篱下，悠然见南山"，词中借指种菊之处。　⑥晚艳：后开之花。此指菊花。　摘：《正谊堂全书》本作"妆"。　⑦泛新篘(chōu)：篘是用篾编成之漉酒具，新篘即代指以篘新漉之酒。唐杜荀鹤诗有"旧衣灰絮絮，新酒竹篘篘"之句。　⑧唐李白《行路难》："大道如青天，我独不得出。"孟郊又云："出门如有碍，谁谓天地宽。"此化用孟诗句式而达李诗之意。　⑨百年役役：犹言一生劳作不休。百年为人寿之极限，代指人一生。　役役：劳作不息貌。《庄子·齐物论》："终身役役，而不见其成功。"　⑩短髪：稀疏头髪。指老年。　⑪霜风：《正谊堂全书》本作"风霜"。　⑫儿曹：孩子们。　□：《正谊堂全书》本作"此"。　孱：老弱。　⑬龙山帽：晋孟嘉为征西大将军桓温参军，九月九日温游龙山，宾僚咸集，皆戎服。有风吹嘉帽落，初不觉，温令孙盛作文嘲之，嘉即时以答，四座嗟叹。见《晋书·孟嘉传》。　⑭习池巾：习池，习家池，在湖北襄阳。晋山简镇襄日，优游卒岁。诸习氏乃荆土豪族，有佳园池，简每出游多之池上，置酒辄醉，名池曰高阳池。后借指园池名胜。见《晋书·山简传》。　⑮攲侧：倾斜、歪斜不整。

## 行香子

瘴气如云、暑气如焚。病轻时，也是十分。沉疴恼客[①]，罪罟萦人[②]。叹槛中猿[③]，笼中鸟[④]，辙中鳞[⑤]。休负文章，休说经纶[⑥]。得生还，已早因循[⑦]。菱花照影[⑧]，筇竹随身[⑨]。奈沈郎尪[⑩]，潘郎老[⑪]，阮郎贫[⑫]。

### [注释]

①沉疴(kē)：重病。 ②罪罟(gǔ)：法网。《诗经·小雅·小明》："岂不怀归，畏此罪罟。" ③槛中猿：槛，关牲畜野兽之栅栏。喻受制于人，失去自由。此槛字乃拘禁义。 ④笼中鸟：被关在笼中之鸟，亦谓不自由，受人控制。 ⑤辙中鳞：涸辙中之鱼。谓处境穷困。《庄子·外物》："……周昨来，有中道而呼者，周顾视车辙中，有鲋鱼焉。周问之曰：'鲋鱼来，子何为者邪？'对曰：'我东海之波臣也，君岂有斗升之水而活我哉？'……鲋鱼忿然作色曰：'吾失我常与，我无处有。吾得斗升之水然活耳。君乃言此，曾不如早索我于枯鱼之肆！'" ⑥经纶：整理丝缕，理出丝绪叫经，编丝成绳叫纶。引申为筹划治理国家大事。 ⑦因循：守旧而不加变更。《史记·太史公自序》："其(道家)术以虚无为本，以因循为用。" ⑧菱花：菱花镜。古铜镜中，形作六角或背刻菱花者，俱叫菱花镜。代指镜。 ⑨筇竹：传言邛都邛山出竹，可以作杖。即代称杖。 ⑩沈郎：指南朝宋沈约。 尪(wāng)：瘦弱。 沈郎尪：系词人自言身体多病。 ⑪潘郎：晋潘岳。其《秋兴赋序》："余春秋三十有二，始见二毛。" ⑫阮郎贫：晋阮咸家贫，居道南；诸阮富，居道北。七月七日，北阮盛晒锦绮衣物，咸仅于阶庭用竹竿晾一犊鼻裤。见《世说新语·任诞》。

### [集评]

况周颐云："高彦先，吾广右宦贤也。东溪集《行香子》云：……盖编管容州时作，极写流离困瘁状态，足令数百年后读者为之酸鼻。彦先先生可谓饱经霜雪矣。"(《蕙风词话·续编》卷一)

## 渔家傲

绍兴甲子潮州考官作[1]

名利场中空扰扰[2]，十年南北东西道[3]。依旧绿山尘扑帽[4]。空懊恼，羡他陶令归来早[5]。　归去来兮秋已杪[6]，菊花又绕东篱好[7]。有酒一尊开口笑[8]。虽然老，玉山犹解花前倒[9]。

[注释]

①绍兴甲子：即绍兴十四年，公元1144年。　潮州：今广东潮州市。　②名利场：追逐名利之场所。　③十年：《正谊堂全书》本作“十里”。　④山：《正谊堂全书》本作“杉”。　⑤陶令归来早：陶令，晋陶潜。尝为彭泽县令，因不能“为五斗米折腰”，八十馀日即弃官归隐，作《归去来辞》见志。辞云：“……悟已往之不谏，知来者之可追。实迷途其未远，觉今是而昨非”，“归来早”盖即据此来。　⑥归去来兮：本陶潜《归去来辞》“归去来兮，田园将芜胡不归”。　⑦“菊花”句：本陶潜《饮酒》诗之五“采菊东篱下，悠然见南山”。　东篱：泛指种菊之处。《正谊堂全书》本作“秋篱”。　⑧有酒一尊开口笑：尊，《正谊堂全书》本作“樽”，同指酒樽，代指酒。　开口笑：指人生得意尽兴。唐杜牧《九日齐山登高》诗云：“尘世难逢开口笑，菊花须插满头归。”词化用其意。　⑨玉山：喻人之仪容美如玉。山涛尝评嵇康：“嵇叔夜之为人也，岩岩若孤松之独立；其醉也，傀俄若玉山之将崩。”见《世说新语·容止》。后即以玉山颓倒比喻人饮酒大醉。

## 好事近

黄义卿画带霜竹

潇洒带霜枝[1]，独向岁寒时节[2]。触目千林憔悴，更幽姿清绝。　多才应赋得天真，落笔惊风叶[3]。从此绿窗深处[4]，有一梢秋月[5]。

[注释]

①带霜枝：三字点题中黄义卿所画《带霜竹》。 ②岁寒时节：一年之寒冬时候。竹与松、梅合称“岁寒三友”。 ③落笔惊风叶：极言所画之竹逼真。唐杜甫《寄李十二白二十韵》：“笔落惊风雨，诗成泣鬼神。” ④绿窗深处：指居室之内。 ⑤一梢秋月：指黄义卿所画秋夜霜月之竹。

## 好事近

再和饯别[①]

送客过江村，况值重阳佳节[②]。向晚西风萧瑟，正离人愁绝[③]。 尊前相顾惜参商[④]，引十分蕉叶[⑤]。回首高阳人散[⑥]，负西楼风月。

[注释]

①再和饯别：《正谊堂全书》本作“一名《钓船笛》和饯别”。 ②重阳佳节：农历九月九日为重阳节，民间人家多于此日团聚登高以辟邪。 ③愁绝：极端忧愁。 ④参商：二星名，参在西，商在东，此出彼没，永不相见。比喻双方隔绝。此指离别。 ⑤十分：形容酒满。 蕉叶：浅的酒杯，因形似蕉叶而得名。代指酒杯。 ⑥高阳人散：高阳，故址在今河南杞县西。汉刘邦兵过陈留，儒生郦食其入谒，自称高阳酒徒。汉侍中习郁于襄阳岘山南作鱼池，池边有高堤，池中植芙蓉菱芡，晋山简镇襄阳，每临此池，置酒辄醉，曰：“此是我高阳池也。”高阳人即指酒徒。 散：分手、别离。

## 好事近

又和纪别

饮兴正阑珊[①]，正是挥毫时节。霜干银钩锦句[②]，看壁间三绝[③]。 西风特地飒秋声，楼外触残叶。匹马翩然归去，向征鞍敲月。

**[注释]**

①阑珊：将尽。唐白居易《咏怀》："白髮满头归得也，诗情酒兴渐阑珊。"　②霜干：指黄义卿所画带霜之竹。代指画。　银钩：状书法笔姿之遒劲。代指书法。　锦句：华丽美妙之辞章。代指黄义卿所作之词。　③壁间三绝：即指上句所言之画、书、词。

## 浪淘沙[①]

王宰母生日，寓居道州，勉其来富州[②]

壁月挂秋宵[③]，丹桂香飘。广寒宫殿路迢迢[④]。试问嫦娥缘底事，欲下层霄[⑤]。　兰玉自垂髫[⑥]，拜命当朝。神仙会里且逍遥。分取壶中闲日月[⑦]，来伴王乔[⑧]。

**[注释]**

①《正谊堂全书》本调后注："一作《卖花声》。"　②道州：今湖南道县。　富州：今广西昭平县。《正谊堂全书》本作"富川"。　富川：今属广西壮族自治区。　③璧月：谓月圆如璧。《正谊堂全书》本作"碧月"。　④广寒宫：月中宫殿名。也可代指月。　⑤"试问"二句：词人以嫦娥代王宰母，比喻其年老而不衰，好像嫦娥下凡一样。　⑥兰玉自垂髫：指王宰自少时即聪颖拔群。　兰玉：对别人家优秀子弟之美称。《世说新语·言语》："谢太傅（安）问诸子侄：'子弟亦何预人事，而正欲使其佳。'诸人莫有言者。车骑（谢玄）答曰：'譬如芝兰玉树，欲使其生于阶庭耳。'"　垂髫：指儿童或少年。　⑦壶中日月：道家传说施存学道，尝遇张申为云台治官，常悬一壶如五升器大，变化为天地，中有日月，如世间。见《云笈七签·二十八治》。壶中日月即指仙境。　⑧王乔：王子乔，即太子晋，传说道人浮丘公接以上嵩高山。见《列仙传》。又，东汉叶县令王乔，传说每于初一、十五变为凫，乘而自县诣朝，或云亦为古仙人王子乔。见《后汉书》本传。二者皆仙人，词中代指王宰母（俱姓王），含有祝其长寿成仙之意。

## 西江月[①]

渺渺西江流水，翩翩北客征帆。清秋月影浸人寒，云净碧天澄淡。　飘泊道途零落[②]，疏慵鬓发鬑鬖[③]。从来涉世戒三缄[④]，只好随时饮啖。

[注释]

①《正谊堂全书》本注："一名《白蘋香》。"　②唐氏按："零"原作"寒"，从《东溪集》。　注者按：《正谊堂全书》本《东溪集》亦作"寒"。　③疏慵：懒散、怠慢。　鬑鬖：毛髮蓬松下垂貌，此指不整齐，未经梳理。　④三缄：封口三重，意为言语谨慎，少说或不说。相传孔子至周，入太庙，见有金人，三缄其口，背有铭曰："古之慎言也。"见《说苑·敬慎》、《孔子家语·观周》。　缄：封。

## 南歌子[①]

菊捻黄金嫩[②]，杯倾琥珀浓[③]。良辰何处寄萍踪[④]。短艇飘摇一叶、浪花中。　凤阙游娃馆[⑤]，幽坡赏梵宫[⑥]。当年乐事总成空[⑦]。目断天边想像、意何穷。

[注释]

①《正谊堂全书》本注："一名《南柯子》。"　②黄金：喻菊花之色。　③琥珀：松柏树脂之化石，色红者曰琥珀，黄而透明者曰蜡珀。这里指色如琥珀之酒。　④萍踪：喻行踪不定，有如浮萍四处漂泊。　⑤凤阙：汉宫阙名，高二十丈，因上有铜凤凰而名。代指都城。词中指春秋时吴之都城吴(今江苏苏州)。吴王夫差为西施建馆娃宫于灵岩山上。　⑥梵宫：梵王宫，即梵宇，本指梵天之宫殿，后泛指佛寺。词中指苏州灵岩寺，建在灵岩山馆娃宫旧址。据此句与上句，词当作于游吴都时。　⑦当年乐事：即指夫差幸馆娃、宴群臣等。

## 好事近

富贵本无心[①]，何事故乡轻别[②]。空惹猿惊鹤怨[③]，误松萝风月[④]。　　囊锥刚强出头来[⑤]，不道甚时节。欲命巾车归去[⑥]，恐豺狼当辙[⑦]。[⑧]

（以上四印斋所刻词本《东溪词》）

［注释］

①富贵本无心：即“本无心于富贵”。晋陶潜《归去来辞》：“富贵非吾愿，帝乡不可期。”　②“何事”句：意即“何事轻别故乡”。　③猿惊鹤怨：本南朝齐孔稚珪《北山移文》“蕙帐空兮夜鹤怨，山人去兮晓猿惊”，指隐士出山。词中自指。　④松萝：即女萝，灰或灰绿色，基部多附在松树或其他树之皮上。　松萝风月：代山林或隐居岁月。　⑤“囊锥”句：用脱颖而出典。《史记·平原君虞卿列传》：“平原君曰：‘夫贤士之处世也，譬若锥之处囊中，其末立见。’……毛遂曰：‘臣乃今日请处囊中耳。使遂早得处囊中，乃脱颖而出，非特其末见而已。’”本喻能充分显现其才能，词中指强行出头行事等，似对自己行为进行反思。　⑥命巾车归去：即驾车还家，弃官归隐。　巾车：有车衣遮盖之车。　⑦豺狼当辙：犹言豺狼当道。汉顺帝汉安元年选八使巡郡邑，侍御史张纲年少，官次最微，七人皆受命之部，纲独埋轮洛阳都亭，曰：“豺狼当道，安问狐狸！”豺狼，谓擅国政之大将军梁冀及其弟河南尹不疑。见《东观汉记》二十《张纲》。此为词人有感于国事而发，豺狼则当指秦桧之流。　辙：车轮过后所留之痕迹，代指道路。　⑧唐氏按：此首别作胡铨词，见《挥麈后录》卷十。

# 闻人武子

闻人武子，生卒不详，号蓬池先生。寓居丹徒（今属江苏丹阳）。绍兴三年（1133），特补从政郎、江东宣抚司干办公事，赴行在奏事，留改京官。

## 菩萨蛮

晴风吹暖枝头雪，露华香沁庭中月。屏上小江南，雨昏天际帆[①]。　翠钗香雾湿[②]，侧鬓云松立。灯背欲眠时[③]，晓莺还又啼[④]。（《阳春白雪》卷一）

［注释］

①"屏上"二句：表面上写室中屏风上画面，实写女主人公关情所在。总之，以虚写实，以景写情写人，极巧妙精谨。　天际帆：出南朝齐谢朓《之宣城出新林浦向板桥一首》"天际识归舟，云中辨江树"。　②"翠钗"句：本唐杜甫《月夜》诗"香雾云鬟湿"。词写女主人公伫立窗口望月忆人，历时久而鬓发已被雾露浸湿。　翠钗：翡翠钗。　③灯背：灯尽。唐王涣《惆怅诗》："梦里分明入汉宫，觉来灯背锦屏空。"　④"晓莺"句：化用唐金昌绪《春怨》"打起黄莺儿，莫教枝上啼。啼时惊妾梦，不得到辽西"诗意，描写女主人公望盼所思致欲梦中一会而不得之复杂心情。

## 关　注

关注,生卒不详,字子东,自号香岩居士。钱塘(今浙江杭州)人。绍兴五年(1135),中进士第,官湖州教授。绍兴十二年(1142)为太学正。官至太学博士。十六年,为御史劾罢。尝评叶梦得《石林词》,大抵言其妙龄时豪气未除,词甚婉丽。晚岁落其华而实之,能于简淡处时出雄杰,不减东坡云,论者以为允当(见《古今词话》等)。尝与胡瑗孙涤,搜集瑗遗书,录瑗言行录一帙。有《关博士集》,已佚。

### 桂华明[①]

缥缈神京开洞府[②],遇广寒宫女[③]。问我双鬟梁溪舞,还记得,当时否[④]。　　碧玉词章教仙侣,为按歌宫羽[⑤]。皓月满窗人何处[⑥]。声永断、瑶台路[⑦]。

(《墨庄漫录》卷四)

[注释]

①《花草粹编》卷四调后注云:"三梦广寒宫,倚髯翁笛声。"系据《墨庄漫录》所载词之本事撮录而出。为便于理解词作,今据上海涵芬楼景印江安傅氏双鉴楼所藏明抄本(即《四部丛刊三编》本)《墨庄漫录》抄录于下:宣和二年,睦寇方腊起帮源……关注子东在钱塘,避地携家于无锡之梁溪[一]。明年,腊就擒,离散之家悉还桑梓。子东以贫甚未能归,乃侨寓于毗陵郡崇安寺古柏院中。一日,忽梦临水有轩,主人延客,可年五十,仪观甚伟,玄衣,而美鬒髯。揖坐,使两女子以铜杯酌酒,谓子东曰:"自来歌曲新声,先奏天曹,然后散落人间。他日东南休兵,有乐府曰《太平乐》,汝先听其声。"遂使两女子舞[二],主人抵掌而为之节。……后四年,子东始归杭州,而先庐已焚于兵火,因寄家菩提寺。复梦前美髯者腰一长笛、手披书册……笑谓子东曰:"……往时在梁溪曾按《太平乐》,尚能记其声否?"子东因为之歌,美髯者摇腰间笛,复作一弄。……其后梦又至一处,

榜曰："广寒宫"……乃引子东升堂，皆再拜。月姊〔三〕因问："往时梁溪，曾令奴鬟歌舞，传《太平乐》，尚能记否？又遣紫髯翁吹新声，亦能记否〔四〕？"子东曰："悉记之。"因为歌之。月姊喜见颜面，复出一纸，书以示子东，曰："亦新词也。"姊歌之，其声宛转似乐府《昆明池》。子东因欲强记时。姊有难色。顾视手中纸，化为碧字〔五〕，皆灭迹矣。……前后三梦，多忘其声，惟紫髯翁笛声尚在，乃倚其声而为之词，名曰《桂花明》云…… ②缥缈：高远隐约貌。 神京：《四部丛刊三编》本《墨庄漫录》作"神清"，《花草粹编》卷四、《古今词话·词辨》上卷、《本事词》卷上均作"神仙"。 注者按：神京指仙都，与本事相合，而指地点，较"神仙"善。 洞府：神仙所居之地。 ③广寒宫：传说月中宫殿名。广寒宫女：即本事中"月姊"。见①之〔三〕。 ④"问我"三句：见①之〔二〕。 还：《古今词话》作"犹"。 ⑤"碧玉词章"二句：见①之〔五〕。仙道乐曲有《碧玉》，词指本事中月姊所授新声。 教仙侣：即"仙侣教"。仙侣指月姊及紫髯翁、双鬟数人，因其皆为仙人。 仙侣：《花草粹编》、《本事词》、《四部丛刊三编》本作"仙语"，《古今词话》作"仙女"。侣、语、女三字因音近而致乱。 ⑥"皓月"句：写梦觉后词人之感受。 人何处：用唐崔护《题城南庄》"人面不知何处去"之意。 ⑦永：《四部丛刊三编》本、《花草粹编》、《本事词》皆作"未"。 瑶台：神话中神仙所居之处。《古今词话》作"瑶池"。瑶池亦为神仙住所。

## 水调歌头

吾乡陆永仲，博学高才。自其少时，有声场屋，今栖白鹿洞下，绝荤酒，屏世事，自放尘埃之外。行将六十，而有婴儿之色，非得道者能如是乎①

凤舞龙蟠处②，玉室与金堂③。平生想望真境④，依约在何方⑤。谁信许君丹灶⑥，便与吴君遗剑⑦，只在洞天傍⑧。若要安心地，便是远名场⑨。　几年来，开林麓，建山房。安眠饱馆清坐、无事可思量。洗尽人间忧患，看尽仙家风月，和气满清扬⑩。一笑尘埃外，云水远相忘。

（《洞霄图志》卷五）

[注释]

①场屋:科举考试之场所。亦称科场。 白鹿洞:在江西星子县北庐山五老峰下。唐贞元中李渤兄弟隐居读书于此,畜一白鹿,因名。五代南唐曾建学馆,宋咸平五年(1002)置书院。后为宋代四大书院之一。 ②凤舞龙蟠处:指吉祥形胜之地,代指白鹿洞。 ③"玉室"句:传说中仙人所居之处。晋世家子许迈弃家修道,与王羲之方外交,尝遗之书云:"自山阴南至临安,多有金堂玉室,仙人芝草。"见《晋书·许迈传》。 ④想望:思慕。 真境:指仙境。 ⑤依约:隐约。 ⑥许君:晋汝南人许逊,字敬之。尝学道于吴猛。官蜀旌阳令。后因世乱弃官东归。相传其于东晋孝武帝太康年间于洪州西山,举家四十二口拔宅上升而去。道家称为许真君。见《太平广记》卷十四等。 丹灶:道士用来炼丹之灶。 ⑦吴君遗剑:《晋书·吴猛传》载猛曾随丁义学神仙术,能划江成路。又,《豫章记》载他曾于永嘉末于豫章斩十馀丈长之巨蛇"蜀精",见《太平广记》卷四百五十六。吴君剑或即指吴猛所用之剑。 ⑧洞天:洞中别有天地。道家以此称仙人所居之处。如王屋山等十大洞天,又有泰山等三十六洞天之说。 ⑨名场:本指科举考试之考场,这里指争名夺利之场所。 ⑩清扬:清风远扬。

## 剔银灯[①]

小院烟凉雨细,正好恹恹春睡[②]。蓦被金枝[③],连推绣枕,报道皇都书至。良人得意[④],集英殿、首攀仙桂[⑤]。

斗帐重襟惊起[⑥],斜倚屏山偷喜[⑦]。宝髻慵梳,香笺折破,果见中,高高名第。秦楼十二[⑧],知他向,谁家沉醉。

[注释]

①唐氏按:此首见《云自在龛随笔》卷三,乃石刻词,题宣和五年子东作,未知即关注否,姑附于此,俟考。 ②恹恹:精神不振貌。 ③金枝:不详。疑指侍女。 ④良人:妻对夫之称。 得意:如愿以偿而感到满意。唐孟郊《登科后》:"春风得意马蹄疾,一日看尽长安花。" ⑤集英殿:宋宫殿名。《宋史·哲宗纪》:"绍圣元年春……御集英殿,策进

士。” 攀仙桂：用郤诜“折桂”典，指及第。 ⑥斗帐：小帐，以其形如覆斗而称。《孔雀东南飞》：“红罗覆斗帐。” ⑦屏山：屏风。 ⑧秦楼：秦穆公女弄玉好乐，萧史善吹箫，穆公以弄玉妻萧史，作凤楼。二人吹箫，凤凰来集，遂乘之而去。后转为妓院之别称，如秦楼楚馆等。

## 存目词

沈雄《古今词话·词辨》卷上载关注《太平乐》“玄衣仙子从双鬟”一首，乃诗而非词，原见《墨庄漫录》卷四。

# 李　石

李石(1108—1181),字知几,号方舟,资阳盘石或言资川井研(今皆属四川)人。举绍兴二十一年(1151)进士乙科,成都户曹参军。绍兴二十七年太学录,二十九年太学博士。旋罢为成都学官,倅彭州,知黎州。入为都官员外郎。复出知合州、眉州,除成都路转运判官。淳熙二年(1175)放罢。为人尚气节,不善逢迎。好学不辍,精通《易》理。能属文,"少从苏符尚书游,……知其文字渊源出于苏氏。故其文以闳肆见长,虽间失之险僻,而大致自为古雅谐体。诗纵横跌宕,亦与眉山门径为近也"。(《四库提要》)。有《方舟集》,今存二十卷,词三十九首。

## 如梦令

桥上水光浮雪,桥下柳阴遮月。梦里去寻香,露冷五更时节。胡蝶,胡蝶[①]。飞过闲红千叶。

[注释]

①胡蝶:《四库全书》本作"蝴蝶",同。

## 如梦令

忆　别[①]

忆被金尊劝倒[②],灯下红香围绕。别后有谁怜,一任春残莺老。烦恼,烦恼。肠断绿杨芳草。

[注释]

①《彊村丛书》本无"忆别"二字。　②尊:《四库全书》本作"樽",同。

## 生查子

春　情[1]

小桃小杏红，和雨和烟瘦。不是点燕脂[2]，素面偏宜酒。　也是惯伤春，可惜闲时候。正要画眉人[3]，与作双蛾斗[4]。

[注释]

①《彊村丛书》本无“春情”二字。　②燕脂：化妆所用红色颜料。《四库全书》本作“胭脂”，同。　③正：《彊村丛书》本作“止”。　画眉：以黛色描饰眉毛。汉张敞尝为妻画眉，长安中传“张京兆眉妩”。见《汉书·张敞传》。画眉人即指夫婿。　④双蛾：谓女子双眉。南朝梁徐陵《玉台新咏序》：“南都石黛，最发双蛾。”

## 生查子

新花上苑枝[1]，枝上娇莺语。日日抱花心，啄破燕脂雨[2]。　莺飞莺去时，谁与花为主[3]。守等却飞来，再见花开处。

[注释]

①上苑：供帝王玩赏、打猎之皇家园林。　②燕脂雨：指被莺啄下之花瓣成阵飘落，有如下雨。　燕脂：状花红。　燕：《四库全书》本作“胭”，同。　③“谁与”句：指无人赏花。唐白居易《花前叹》：“南州桃李北州梅，且喜今年作花主。”此反其意而用之。

## 生查子

今年花发时[1]，燕子双双语。谁与卷珠帘[2]，人在花间住。　　明年花发时，燕语人何处[3]。且与寄书来，人往江南去。

[注释]

①“今年”句：唐崔护《题城南庄》诗以“去年今日”与“只今”对比，追念旧事，以写“人面桃花之感”。此词则以“今年花发时”与“明年花发时”对比，写欢时易逝之慨，有一种更深之忧患意识。二者构思虽同一机杼，然则一往前追，一往后拓，颇为不同，且慨叹内容亦各有别。　②谁：即指对方。　珠帘：以珍珠缀饰之帘子。唐杜牧诗有“春风十里扬州路，卷上珠帘总不如”之句。　③“燕语”句：亦犹崔护诗中“人面只今何处在”意。

## 生查子

荷花人面红[1]，月影波心见。扇子倒拈来，敲落红香片[2]。　　窗下剪灯花，今日眉深浅[3]。留得镜中看，蹙破春山远[4]。

[注释]

①“荷花”句：以娇羞少女之赧面喻花之红，其构思乃出于崔护《题城南庄》诗之“人面桃花相映红”。而命意亦与之相似，盖词中所写乃女子独处之愁绪，与诗中女去男在之状况同，仅身份不同耳。　②红香片：香片本指以木樨、茉莉等花拌和而窨藏之茶叶混合物，因其气味芳香而名。这里代指散落之花瓣，红香片即指荷花。“敲”之动作白描女主人公失意无聊之状。　③眉深浅：化用唐朱庆馀《近试上张水部》“妆罢低声问夫婿，画眉深浅入时无”，并以之加深女子之孤寂：彼有人可问，此则仅对镜自视矣！　④春山远：代指女子之秀眉。《西京杂记》：“（卓）文君姣好，眉色如望远山。”

## 捣练子

送　别[1]

斟别酒，问东君[2]。一年一度一回新。看百花，飘舞茵[3]。　　斟别酒，问行人。莫将别泪裛罗巾[4]。早归来，依旧春。

[注释]

①《四库全书》本、《彊村丛书》本均无“送别”之题。　②东君：东方主司春天之神。　③舞茵：铺在地上供跳舞所用之垫子。　④裛（yì）：同“浥”，沾湿。

## 捣练子[1]

腰束素，鬓垂鸦[2]。无情笑面醉犹遮。扇儿扇，瞥见些。　　双凤小[3]，玉钗斜。芙蓉衫子藕花纱。戴一枝，薝蔔花[4]。

[注释]

①《四库》本有题，作“佳人”。　②鬓垂鸦：形容鬓发黑而深密。　③双凤：指妇女所戴凤形头饰，或数一而有双凤之形，或凤形而数二。或径指凤形钗。　④薝蔔：花名，梵语，或译作旃簸迦、赡博迦，又译为郁金花。古人或以为薝蔔为栀子花，非。

## 长相思

暮　春[1]

花飞飞，絮飞飞。三月江南烟雨时，楼台春树迷。双莺儿，双燕儿。桥北桥南相对啼，行人犹未归。

[注释]

①《彊村丛书》本无“暮春”之题。

## 长相思

### 重 午①

红藕丝，白藕丝②。艾虎衫裁金缕衣③，钗头双荔枝④。 鬓符儿，背符儿⑤。鬼在心头符怎知⑥，相思十二时。

[注释]

①重午：即农历端午节。 ②“红藕丝”二句：“藕”谐音“偶”，“丝”谐音“思”。又藕丝除指藕之丝外，似还可做藕丝裙解。唐李贺《天上谣》：“粉霞红绶藕丝裙。” ③“艾虎”句：民间风俗，多于端午节日以艾作虎，或剪彩为虎粘以艾叶，戴以辟邪。 金缕衣：饰以金缕之舞衣。句言于金缕舞衫上亦戴以艾虎。 ④“钗头”句：钗头饰作荔枝形。或指于钗头缀上荔枝以作装饰。又，“荔”谐音“离”，指双方离别，故别处言“相思”。 ⑤“鬓符儿”二句：端午节日，民间又往往戴赤灵符辟兵及鬼。见《抱朴子》、《风俗通》等。 ⑥鬼：双关。即指能传染灾疫取人性命之恶鬼，又指女子所爱之人。民间喜以反义词称所爱所喜之人，是一种昵称、爱称。

## 长相思

### 佳 人①

花深红，花浅红②。桃杏浅深花不同，年年吹暖风。
莺语中，燕语中。唤起碧窗春睡浓，日高花影重。

[注释]

①《四库》本、《彊村丛书》本均无“佳人”之题。 ②“花深红”二句：本唐杜甫《江畔独步寻花七绝句》“桃花一簇开无主，可爱深红爱浅红”。

## 乌夜啼

红软榴花脸晕[①]，绿愁杨柳眉疏[②]。日长院宇闲消遣，荔子赌摴蒱[③]。　莹雪凉衣乍浴，裁冰素扇新书[④]。绣香熏被梅烟润[⑤]，枕簟碧纱厨[⑥]。

［注释］

①榴花脸：形容女子脸色红润如榴花。　晕：泛起淡红色。　②杨柳眉：柳叶纤细如眉，故常用以形容女子细长秀美之眉毛。　③"荔子"句：用荔枝来赌博。　摴蒱（chūpú）：古时一种游戏，以投骰决胜负，得采有卢、雉、犊、白等称，以掷得之骰色而定。后泛称赌博曰摴蒱。字或作"摴薄"。　④冰素：犹言冰纨，一种细洁雪白之丝织品，以色素鲜洁如冰而名。　⑤熏：《四库》本作"薰"，通。　⑥碧纱厨：《四库》本作"碧纱帱"，同。乃古人夏天用来障避蚊蝇之帐子，以木作架，顶及四周蒙以绿纱。唐王建《赠王处士》："松树当轩雪满地，青山掩障碧纱帱。"　帱（chóu），帐子，一本作"厨"。

## 乌夜啼

鸾镜愁添眉黛[①]，罗裙瘦减腰肢。一回见了一回病，弹指误佳期[②]。　醉里懵腾泪洗[③]，梦中著摸魂飞[④]。一春多少闲风雨，亭院落花时。

［注释］

①鸾镜：饰有鸾鸟图案之妆镜。　愁：《彊村丛书》本作"重"。　②弹指：喻时间过得飞快。或极言时间短暂。　③懵腾：谓神志不清，朦胧迷糊。唐韩偓《格插》诗："自抛怀抱醉瞢腾。"瞢，通"懵"。　④著摸：作"约莫"解。见《诗词曲语辞汇释》卷五。词中指神情恍惚。

## 乌夜啼

### 送　春①

绣阁和烟飞絮,粉墙映日吹红。花花柳柳成阴处,休恨五更风。　絮点铺排绿水,红香收拾黄蜂。留春尽道能留得,长在酒杯中。

[注释]

①《四库》本、《彊村丛书》本俱无"送春"之题。

## 朝中措

### 闻　莺

飘飘仙袂缕黄金①,相对弄清音②。几度教人误听,当窗绿暗红深③。　一声梦破,槐阴转午,别院深沉。试问绿杨南陌④,何如紫椹西林⑤。

[注释]

①飘飘仙袂:指莺之双翅。　缕黄金:指莺翅膀上缀满黄色之羽毛。　②弄清音:(莺)发出清脆悦耳之鸣声。　③绿暗红深:绿指树叶,红指花。此乃春末夏初之景。　④南陌:南面之大路。泛指大道。　⑤紫椹:桑椹儿,成熟时色紫红。　西林:西面之林。泛指树林。

## 朝中措

### 赠赵牧仲歌姬

绿杨庭院觉深沉,曾听一莺吟①。今夜却成容易,双莲步步摇金②。　歌声暂驻,颦眉又去,无计重寻。应恨玉郎殢酒③,教人守到更深。

[注释]

①一莺吟：称赞赵氏歌姬吐声清扬宛转犹如莺鸣般动听。 ②“双莲”句：状女子脚步移动时美妙之状。《南史·齐东昏侯纪》：“又凿金为莲花以帖地，令潘妃行其上，曰：‘此步步生莲花也。’” ③玉郎：对青年男子之美称。词中为女子对丈夫或情人之爱称。 殢酒：病酒，困酒。

## 朝中措

赠 别[1]

凌波庭院藕香残[2]，银烛夜生寒。两点眉尖新恨，别来谁画遥山[3]。 南楼皓月[4]，一般瘦影[5]，两处凭阑[6]。莫似桃花溪畔，乱随流水人间[7]。

[注释]

①《彊村丛书》本无“赠别”之题。 ②凌波：形容女性走路时步态轻盈。三国魏曹植《洛神赋》：“凌波微步，罗袜生尘。” ③遥山：代指女子之秀眉。 ④南楼：在湖北鄂城市南。也叫玩月楼。晋庾亮在武昌，尝于秋夜气佳景清之时，与佐吏殷浩、王胡之等登南楼玩月。见《世说新语·容止》等。词中借指自己观月处。 ⑤瘦影：代指月亮，因非十五十六月圆之时，故称为“瘦”。 ⑥两处：指己处与所思中女子望月处。词前阕即写想象中所爱之女子于夜间望月难眠而思己之状，其构思脱化于唐杜甫之《月夜》。 阑：《四库》本作“栏”，通。 ⑦“莫似”二句：用唐李白《山中问答》诗“桃花流水杳然去，别有天地非人间”字面，劝月切莫乱入人家，而实际上却别有所讽，词人之心思颇为微妙。

## 一剪梅

忆 别[1]

红映阑干绿映阶[2]。闲闷闲愁，独自徘徊[3]。天涯消息几时归，别后无书有梦来。　后院棠梨昨夜开[4]，雨急风忙次第催[5]。罗衣消瘦却春寒[6]，莫管红英，一任苍苔。

［注释］

①《彊村丛书》本无"忆别"之题。　②阑：《四库》本作"栏"，通。　③"独自"句：本晏殊《浣溪沙》词"小园香径独徘徊"。　④棠梨：一名甘棠，俗称野梨，春初开小白花。　⑤雨急风忙：即狂风骤雨。欧阳修《蝶恋花》词："雨横风狂三月暮，门掩黄昏，无计留春住。"　次第：转眼、顷刻。催：意当同"摧"。　⑥却：《四库》本作"怯"。

## 一剪梅

百濯香残恨未消[1]。万绪千丝，莲藕芭蕉[2]。临歧犹自说前时[3]，轻剪乌云解翠翘[4]。　雨意重来风已飘[5]，南陌行人折柳条[6]。此间无计可留连[7]，枕上今宵，马上明朝[8]。

［注释］

①百濯香：一种香气极浓烈经久之香料。《拾遗记》八《吴》："（孙亮）为四人合四气香，殊方异国所出，凡经践蹑宴息之处，香气沾衣，历年弥盛，百浣不歇，因名百濯香。"词借以表达别离之恨，言即使百濯香不香了，心中之离恨仍难消除。乃乐府"上邪"手法之运用。　②莲藕：取"藕断丝（思）连"及"多丝（思）"等义。又，"莲"谐"怜"，"藕"谐"偶"。　芭蕉：取其花心不展似人愁心义。唐李商隐《代赠》："芭蕉不展丁香结。"　③临歧：临别。　歧：路歧，指分手处。　④乌云：喻妇女之黑髪。　翠翘：妇女头饰，因似翠鸟尾上之长毛而名。　⑤"雨意"句：暗用"云雨"典，状双方别离时多情反似无情之心绪。　⑥南陌：南面之道路。泛指大道。　行人：外出之人。　折柳条：古人别离时多折柳以赠，据说汉时已如此，见《三辅黄图·桥》。　条：《四库》本作"桥"，则用唐雍陶改"情尽桥"为"折柳桥"

典，亦切合别离题意，参《唐诗纪事》等。 ⑦“此间”句：用欧阳修《蝶恋花》词“无计留春住”，及李清照《一剪梅》词“此情无计可消除”句。 ⑧“枕上”二句：化用柳永《雨霖铃》中“今宵酒醒何处，杨柳岸，晓风残月”句，悬想别离后行人孤寂之状，愈显别离时之不忍。

## 醉落魄

### 春　云①

天低日暮②，清商一曲行人住③。著人意态如飞絮。才泊春衫，却被风吹去。　　朝期暮约浑无据④，同心结尽千千缕⑤。今宵魂梦知何处⑥。翠竹芭蕉，又下黄昏雨⑦。

［注释］

①《彊村丛书》本无“春云”之题。 ②“天低”句：唐杜甫《羌村》之一诗“峥嵘赤云西，日脚下平地”，可与此句合读。 ③清商：古五音之一，商声。凄怆之声音。词中指《折杨柳》一类曲歌。 ④朝期暮约：用“朝云”典，即：“旦为朝云，暮为行雨。”因咏云，故用此典。 ⑤同心结：以锦带制成之菱形回文结，表示恩爱之意。也叫同心方胜。 ⑥“今宵”句：柳永《雨霖铃》词有“今宵酒醒何处”句，词中化用之，以云之漂泊无定写人之分离难堪。 ⑦“翠竹”二句：化用欧阳修《生查子》“深院锁黄昏，阵阵芭蕉雨”。

## 临江仙

### 佳　人①

烟柳疏疏人悄悄②，画楼风外吹笙③。倚阑闻唤小红声④。熏香临欲睡，玉漏已三更。　　坐待不来来又去，一方明月中庭。粉墙东畔小桥横。起来花影下，扇子扑飞萤。

[注释]

①《草堂诗馀》、明杨慎《词品》卷下等均云为“夏夜词”。《花草粹编》卷七题作“夜景”。《彊村丛书》本亦无“佳人”之题。 ②烟柳:《古今词话·词评》上卷作“烟林”。 ③画楼:代指妆楼。 ④阑:《词综》卷十四、《四库》本《方舟集》均作“栏”,通。 小红:指侍婢。

[集评]

杨慎云:“李石,字知几,号方舟,蜀之井研人。文章盛传,有《续博物志》。词亦风致。《草堂》选‘烟柳疏疏人悄悄’,其夏夜词也。”(《词品》卷四)

王弈清云:“蜀人李方舟著《续博物志》,词亦风致可喜。其《夏夜》词云:‘烟柳疏疏人悄悄’……名句也。”(《古今词话》卷八)

许昂霄云:“(前段)数语较胜。无名氏《踏莎行》词,所谓有景有情有味也。”(《词综偶评》)

## 临江仙

醉 饮[①]

八曲阑干垂手处[②],烛光花影疏疏。一尊共饮记当初。彩毫浓点,双带要人书。 日暮不来朱户隔,碧云高挂蟾蜍[③]。琴心密约总成虚[④]。醉中言语,醒后忆人无。

[注释]

①《彊村丛书》本无“醉饮”之题。 ②八曲:《彊村丛书》本作“六曲”。 ③蟾蜍:代指月亮。传说月宫中有蟾蜍。 ④琴心:寄心思于琴声。《史记·司马相如列传》:“是时卓王孙有女文君新寡,好音。故相如缪与令相重,而以琴心挑之。”

## 临江仙

有宅一区家四壁[1]，年年花柳深村。父兄随处宴鸡豚[2]。折腰归去[3]，何苦傍侯门[4]。　拟射九乌留白日[5]，假饶立到黄昏[6]。卧龙老矣及三分[7]。不如把手，堂上宴芳尊[8]。

[注释]

①家四壁：指家贫一无所有。《史记·司马相如列传》："相如乃与（文君）驰归成都，家居徒四壁立。"　②宴鸡豚：指一般农家所设之宴席。唐孟浩然《过故人庄》："故人具鸡黍，邀我至田家。"　③"折腰"句：晋陶潜为彭泽令，郡遣督邮至，吏告当束带迎谒，潜叹曰："吾不能为五斗米，折腰向乡里小人。"因挂冠归家。见《晋书·陶潜传》。　④侯门：指权贵之家。　⑤"拟射"句：古时神话传说日中有三足乌。相传帝尧时，十日并出，草木焦枯，尧命羿仰射下日，中其九，日中九皆死，仅留一日。见屈原《天问》"羿焉弹日"句《注》引《淮南子》。　⑥假饶：犹云纵令，设辞也。　⑦卧龙：喻隐居或尚未露头角之杰出人才。汉末诸葛亮人称"卧龙先生"。词中为词人自指。　⑧芳尊：美酒。　尊：《四库》本作"樽"，通。

## 临江仙

老母太恭人三月二十一日生，是日，仍遇已卯本命，作千岁会祝寿，子孙三十八人[1]

九九之年逢降庆，生年生日同时。金花紫诰鬓银丝[2]。乞身香火地[3]，日戏老莱衣[4]。　浑舍集成千岁会，子孙三世庭闱[5]。共将春酒祝金卮[6]。蟠桃三月暮[7]，莫怪看花迟。

[注释]

①恭人：古代妇人之封号。宋制，中散大夫以上官员之母与妻封恭

人。　②金花紫诰：古人书函用泥封，诏书以锦囊盛，紫泥封口，加印章，后因称皇帝诏令为紫诰。金花紫诰则指书在绘有金花之笺纸上之皇帝诰命。此指给太恭人之封诰。　③香火地：指供养、奉祀用的田地。　④老莱衣：传说春秋楚老莱子奉二亲至孝，行年七十，着五彩衣，弄雏鸟于亲侧，或作小儿啼以娱亲。后因以"老莱衣"为年老孝顺不衰典。　⑤庭闱：本指父母所居之处，后借指双亲。晋束皙《补亡诗·南陔》："眷恋庭闱，心不遑安。"词中三世庭闱，犹言三世同堂。　⑥春酒：冬酿春熟或春酿秋冬熟之酒。《诗经·豳风·七月》："为此春酒，以介眉寿。"　⑦蟠桃：传说中仙桃，西王母用以款待仙宾。乃寿词中常用典。

## 满庭芳

### 送　别[①]

江草抽心，江云弄碧，江波依旧东流。别筵初散，行客上兰舟[②]。休唱阳关旧曲[③]，青青柳、无限轻柔[④]。应争记，三年乐事，珠翠拥鳌头[⑤]。　离愁。知几许，花梢著雨，红泪难收[⑥]。看烟火吴天，万里悠悠[⑦]。一望珠宫绛阙[⑧]，蓬莱路、应在皇州[⑨]。仍回首，蜀山万点，明月满南楼。

[注释]

①《彊村丛书》本无"送别"之题。　②兰舟：木兰舟，以木兰树木材所造之船。后常用为船之美称，并非实指木兰所制。　③阳关旧曲：唐王维《送元二使安西》诗有"西出阳关无故人"之句，人遂以《阳关曲》为离歌之代称，至有以增叠字句谱成《阳关三叠》者。　④"青青柳"句：化用王维《送元二使安西》"渭城朝雨浥轻尘，客舍青青柳色新"。柳乃送别诗词中常用意象。　⑤"珠翠"句：鳌头，科举时代中状元称为独占鳌头；又，入翰林院为上鳌头。似均与词意无关。《彊村丛书》本作"遨头"。遨头：宋代成都自正月至四月浣花，太守出游，士女纵观，称太守为遨头。词写三年地方官（因出游，故言"乐事"）任满后，便离开蜀地往吴地，故"遨"字为

是。 ⑥“花梢”二句：谓雨水沾湿了红花，因浸染了红色而变成红雨。然此仅为字面浅意，在深层意蕴上，词人乃是用唐白居易《长恨歌》“梨花一枝春带雨”之构思，以“花梢著雨”写别离时对方女子楚楚动人之伤惋情状，以“红泪”指其为别离而洒下之悲伤泪水。 红泪：相传三国魏曹丕有美人姓薛，名灵芸，“灵芸闻别父母，觑欷累日，泪下沾衣。至升车就路之时，以玉唾壶承泪，壶则红色。既发常山，及至京师，壶中泪凝如血。”见《拾遗记》七《魏》。 ⑦“看烟火”二句：烟火，边防烽火。吴，指三国时孙权所据之地，含今除蜀外之江南全部及部分北部与闽粤等地。宋金对峙时，吴地战事不断，故言“烟火吴天”。唐杜甫有“风烟渺吴蜀”之诗句。三国蜀费祎奉命去吴，诸葛亮送之，祎曰：“万里之路，始于此桥。”词人自蜀去吴，故言“万里悠悠”。 ⑧珠宫：以珠饰宫。 绛阙：宫殿之门阙。代指宫殿。 ⑨蓬莱：传说中仙人所居之处。蓬莱路指入都之路。南宋时建都临安（今浙江杭州），属吴。 皇州：京都。

## 木兰花

辘轳轭轭门前井[①]，不道隔窗人睡醒。柔弦无力玉琴寒，残麝彻心金鸭冷[②]。　　一莺啼破帘栊静，红日渐高槐转影。起来情绪寄游丝[③]，飞绊翠翘风不定。

［注释］

①辘轳：井上汲水之起重装置。 轭轭：象声词。 ②麝：麝香。金鸭：金属所制鸭形香炉。 ③游丝：由蜘蛛或其他虫类所吐，飞扬于空中的丝。

## 木兰花

一春闲却花时候，小阁幽窗长独守。晴云南浦梦还空[①]，初月西楼眉也皱[②]。　　马嘶何日门前柳[③]，脉脉盈盈相见后[④]。心头有事不难知，面上看谁真个瘦[⑤]。

[注释]

①南浦:泛指别离之处。屈原《九歌·河伯》:“子交手兮东行,送美人兮南浦。” 浦:水边。 ②“初月”句:西楼上空之初月如同思妇皱着的眉一样。初月呈弧形,皱眉弯曲,故喻。 西楼:代指女子所居之处。 ③门前柳:本唐李贺《致酒行》“主父西游困不归,家人折断门前柳”言家人攀树而望征人之归。后遂以为迟回或望归之典。 ④脉脉:相视貌,含情不语貌。 盈盈:端丽貌。《古诗十九首》之十:“盈盈一水间,脉脉不得语。” ⑤真个:犹言真的、的确。 个:助词。

## 南乡子

十月海棠[①]

十月小春天[②],红叶红花半雨烟。点滴红酥真耐冷[③],争先。夺取梅魂斗雪妍。　　坐待晓莺迁,织女机头蜀锦川[④]。枝上绿毛幺凤子[⑤],飞仙。乞与双双作被眠。

[注释]

①唐氏按:《广群芳谱》卷三十六此首误作李廌词。 ②“十月”句:农历十月天气温暖,桃李有开花者。故俗称其为小阳春。 ③红酥:代海棠花。 ④“织女”句:神话传说汉张骞奉武帝令寻河源,乘槎至天河,见有一妇人浣纱,与骞一石。骞归,以石问成都卜人严君平,谓是织女支机石。 蜀锦:古代丝织物之一种。其法源自蜀地,其产地则除蜀外尚有秦州、湖州等。泛指锦。 ⑤幺凤:一种鸟,羽绿色,状如传说中凤而体型较燕子小,故名。又称桐花凤。

## 南乡子

醉　饮

裹帽捻吟须,我是蓬莱旧酒徒[①]。除了茅君谁是伴[②],麻姑[③]。洞里仙浆不用沽[④]。　　弱水渺江湖[⑤],醉里笙歌醉里扶。纵饮菊潭餐菊蕊[⑥]，茱萸。医得人间瘦也无。

[注释]

①蓬莱：传说中海上仙山。泛指仙境。 ②茅君：汉咸阳茅盈、茅固、茅衷兄弟三人得道，掌句容之句曲山，人称三茅君。 ③麻姑：传说中女仙，东汉桓帝时曾降蔡经家。民间有麻姑献酒之说，参《中国神话传说词典》。 ④洞里：即洞天，仙人所居之地。 仙浆：仙人所饮石髓一类东西，代指酒。 ⑤弱水：传说中水名，水弱不能举鸿毛，不可度越。 弱水渺江湖：未能远离尘世追求仙隐。 ⑥菊潭：菊水，相传南阳内乡县有甘谷，谷中人悉饮菊水，皆上寿。也指由菊花酿制之酒，即菊花酒。

## 西江月

渔　父[①]

一脉分溪浅绿，数枝约岸敧红。小船横系碧芦丛，似我江湖春梦。　晒网渔归别浦[②]，举头雁度晴空。短蓑独宿月明中，醉笛一声风弄。

[注释]

①《彊村丛书》本无"渔父"之题。 ②别浦：大水有小水别通曰浦，也称别浦。唐郑谷《题杭州梓亭诗》："潮平无别浦。"

## 八声甘州

怀　归[①]

向吴天万里、一叶归舟[②]。岁月尽悠悠。有清歌一曲[③]，醉中自笑，酒醒还愁。几度春莺啭午，塞雁横秋。渔笛蓑衣底，依旧勾收。　多谢飞来双鹤，□水边林下[④]，伴我遨游。笑老莱晨昏，色笑为亲留[⑤]。有向来、素琴三尺[6]，枕一编、周易在床头。君知否，家山梦寐[7]，浑胜瀛洲[8]。

[注释]

①《彊村丛书》本无“怀归”之题。　②“向吴天”句：谓拟驾一叶扁舟自吴归蜀。　③清歌：不用乐器伴奏之歌唱。也泛指清亮之歌声。　④□：唐氏按：原无空格，据《彊村丛书》本《方舟词》补。　⑤“笑老莱”二句：传说春秋楚老莱子奉二亲至孝，行年七十，着五彩衣，弄雏鸟于亲侧，或作小儿啼以娱亲。后因以“老莱衣”为年老孝顺不衰典。　晨昏：“昏定晨省”之略，指侍养父母。　⑥素琴：不加装饰之琴。　三尺：相传神农造琴，长三尺六寸六分。　⑦家山梦寐：即梦寐中之家乡。　⑧瀛洲：传说中海上神山，代指仙境。词言梦魂萦绕之家乡，实在要比神仙所住地点还要好。

## 雨中花慢

次宇文吏部赠黄如圭韵

潋滟云霞[1]，空濛雾雨[2]，长堤柳色如茵[3]。问西湖何似[4]，粉面初匀。尽道软红香土，东华风月俱新[5]。旧游如梦，尘缘未断[6]，几度逢春。　　蓬莱阁上[7]，风流二老[8]，相携把酒论文[9]。最好是、四娘桃李[10]，约近东邻[11]。别后使君须鬓，十分白了三分[12]。是人笑道[13]，醉中文字，更要红裙[14]。

[注释]

①潋滟：本为水波荡漾貌，此转指云霞灿烂、繁盛之貌。苏轼《饮湖上初晴后雨》诗：“水光潋滟晴方好。”　②空濛：雨雾混蒙迷茫状。苏轼《饮湖上初晴后雨》诗：“山色空濛雨亦奇。”　③茵：通“氤”。氤氲，气弥漫貌。　④问西湖何似：苏轼《饮湖上初晴后雨》诗云“若把西湖比西子”，此化用其句。　⑤“软红”二句：软红，谓都市繁华。　东华：东华门，宫城

东门名。代指京城。苏轼《次韵蒋颖叔钱穆父从驾景灵宫》之一："半白不羞垂领发，软红犹恋属车尘。"自注："前辈戏语，有西湖风月，不如东华软红香土。"词用其典。 ⑥尘缘：佛教认为色、声、香、味、触、法为六尘，是污染人心使生嗜欲之根源，故称尘缘。 ⑦蓬莱阁：在山东蓬莱市北丹崖山上，下临海岸。北宋嘉祐中郡守朱处约就原海神庙改建，乃州人游赏之所。阁上有苏轼海上诗刻。 ⑧风流二老：即指题中宇文吏部及黄如圭二人。 ⑨把酒：手持酒杯。 论文：论诗。唐杜甫《春日忆李白》诗云："何时一樽酒，重与细论文。" ⑩四娘桃李：语出唐杜甫《江畔独步寻花七绝句》"黄四娘家花满蹊，千朵万朵压枝低"。 ⑪东邻：战国楚宋玉《登徒子好色赋》中有"东家之子"语；汉司马相如《美人赋》亦云"臣之东邻，有一女子，玄鬓丰艳，蛾眉皓齿"，所指皆美女。后因以东邻指美女。 ⑫"别后"二句：词人言自别后，自己已衰老，头发也白了三分。 使君：因其曾为州郡长官，故自称。 ⑬是人：犹言人人。 ⑭"醉中"二句：化用唐韩愈《醉赠张秘书》诗"长安众富儿，盘馔罗膻荤。不解文字饮，惟能醉红裙"其句，反意用之，谦称自己不解文字，略欠风雅。 红裙：女子所穿之裙，代指妇女。

## 醉蓬莱

望长江东去①，逐客西来②，几逢秋杪。江草江花③，约鬓丝俱老。朝士红萸④，佳人雪藕，别后忍孤欢笑⑤。楚水楼台，巫山宫殿⑥，五湖烟渺⑦。 又是征帆，万里行去，旧恨鲈鱼⑧，昔盟鸥鸟⑨。九日江南⑩，上蓬莱仙岛⑪。三度刘郎⑫，黄花醉里⑬，问我几时来到。寄语西风，饶他老子，莫欺乌帽⑭。

[注释]

①长江东去：本唐杜甫《成都府》"大江东流去，游子日月长"。 ②逐客：指被朝廷贬谪之人。唐杜甫《梦李白》之一："江南瘴疠地，逐客无消息。" ③江草江花：本唐杜甫《哀江头》诗"人生有情泪沾臆，江草江花岂终极"。 ④红萸：即茱萸。茱萸于九月九日熟，色赤。见《风土记》。古

人于九月九日戴以辟灾袪邪。　⑤孤:通“辜”,辜负。　⑥“楚水”二句:战国楚王尝游高唐,梦一妇人曰:“妾在巫山之阳,高丘之阻,旦为朝云,暮为行雨。朝朝暮暮,阳台之下。”为立庙曰朝云。后楚襄王与宋玉又游云梦之台,望高唐之观。　楚水楼台、巫山宫殿:代指游玩之所。　⑦五湖烟渺:相传范蠡于越灭吴后携西施泛舟五湖而去。词用其事,指不得归隐乐居。　⑧旧恨鲈鱼:晋吴郡张翰,受齐王司马冏辟为大司马东曹掾,因见秋风起,思吴中菰菜、莼羹、鲈鱼脍,遂命驾归。见《晋书》本传。后遂以思鲈为抽身退隐典。词言不能归家安隐。　⑨盟鸥鸟:谓与鸥鸟为盟。比喻隐者生活。　⑩九日:指农历九月九日,即重阳节。　⑪蓬莱仙岛:传说中三神山之一,代指仙人所居。　⑫三度刘郎:指唐刘禹锡。曾于贞元二十一年为屯田员外郎时,游京城玄都观,观中无花。是年,因参加革新运动被贬朗州司马。十年后,召回京师,重游玄都观。“人人皆言有道士手植仙桃,满观如红霞”,遂作《元和十一年自朗州召至京戏赠看花诸君子》诗,中有“玄都观里桃千树,尽是刘郎去后栽”之句,得罪权幸,复被贬。十四年后,召为主客郎中,再游观,“荡然无复一树,唯兔葵燕麦动摇于春风耳”,因再作一诗,末云:“种桃道士归何处,前度刘郎今又来。”见其《再游玄都观·引》。　⑬黄花醉里:黄花本指菊花,黄花醉指重阳日登高所饮之菊花酒。此又以“黄花”字面关合刘禹锡诗意,刘《再游玄都观》诗有“百亩庭中半是苔,桃花净尽菜花开”,菜花亦是黄花。　⑭“寄语”三句:化用唐杜甫《九日蓝田崔氏庄》“老去悲秋强自宽……羞将短鬓还吹帽,笑倩旁人为正冠”其句,盖谓老不胜秋云。　西风:秋风。　老子:老夫、老头子。　乌帽:本隋唐贵者所服,后上下通用,渐又废为折上巾,乌帽遂成为闲居之常服。

## 渔家傲

赠鼎湖官妓①

西去征鸿东去水,几重别恨千山里。梦绕绿窗书半纸。何处是,桃花溪畔人千里②。　瘦玉倚香愁黛翠,劝人须要人先醉。问道明朝行也未。犹自记,灯前背立偷弹泪③。

（以上《方舟集》卷六）

[注释]

①鼎湖:在今河南阌乡县南五十五里荆山下。相传黄帝铸鼎乘龙飞仙处。然鼎湖不止一处。 ②桃花溪畔人千里:本唐李白《赠汪伦》诗"桃花潭水深千尺,不及汪伦送我情"。因以为送别之典。 ③弹泪:《花草粹编》卷七作"垂泪"。

## 卜算子[①]

密叶蜡蜂房[②],花下频来往。不知辛苦为谁甜[③],山月梅花上。　玉质紫金衣[④],香雪随风荡。人间唤作返魂梅[⑤],仍是蜂儿样。　（《全芳备祖》前集卷四"蜡梅门"）

[注释]

①唐氏按:《广群芳谱》卷四十一此首误作李芸子词。 ②蜂房:即蜂巢,以巢内分隔似房而名。词言蜡梅花开,蜜蜂误以为是蜂巢,频繁往来于梅花树下。苏轼有诗云:"蜜蜂採花作黄蜡,取蜡为花亦此物。" ③不知辛苦为谁甜:本唐罗隐《蜂》诗"采得百花成蜜后,为谁辛苦为谁甜",末句一作"不知辛苦为谁甜",词借用原句,谓蜜蜂辛苦采蜡梅之花而酿不成蜜。 ④玉质紫金衣:状蜡梅之形。蜡梅花五出而不能晶明,色酷似蜜脾,类女功捻蜡所成。 ⑤返魂梅:有二义,一指岭南一岁再发之一种梅花,一指一种气味如梅花之香料。此似用后义。

## 捣练子

心自小,玉钗头[①]。月娥飞下白蘋洲。水中仙,月下游[②]。　江汉佩[③],洞庭舟[④]。香名薄幸寄青楼[⑤]。问何如,打泊浮[⑥]。　（《全芳备祖》前集卷二十一"水仙门"）

[注释]

①"心自小"二句:心,指水仙花之花心。谓水仙花花心小,形状像钗

头一样。《群芳谱》云其“茎头开花数朵,大如簪头”。 ②“月娥”三句:月娥,传说月中仙女。 白蘋洲:泛指生有白蘋之水中小洲。相传水仙花为水中仙子。道家谓神在天为天仙,在地为地仙,在水曰水仙。词言水仙乃月娥飞下,游于白蘋洲,化而为花。 ③江汉佩:相传周郑交甫于汉皋台下遇二女,解佩相赠。后因以为男女爱慕赠答之典。 ④洞庭舟:唐传奇《郑德璘》传,长沙郑德璘乘舟过洞庭,见邻母女韦氏美而艳,心慕之,题诗于红绡以赠。后女舟覆,洞庭府君感于德璘恩义,生还韦氏,二人遂为夫妻。参《太平广记》卷一百五十二。 ⑤“香名”句:本唐杜牧《遣怀》诗“十年一觉扬州梦,赢得青楼薄幸名”。 ⑥打泊浮:过浮家泛宅生活。指归隐水上。

## 捣练子①

红粉里,绛金裳②。一卮仙酒艳晨装。醉温柔,别有乡③。 清暑殿,藕风凉④。鸡头擘破误君王⑤。泣梨花,春梦长⑥。

(《全芳备祖》后集卷一“龙眼门”)

[注释]

①唐氏按:《广群芳谱》卷六十三此首误作李芸子词。 ②“红粉”二句:据词后原注所引《全芳备祖》,此词似咏龙眼(桂圆),又寓有规讽之意。首二句写龙眼果实的外层,亦写女子之艳装。 ③醉温柔、别有乡:喻美色迷人之境。《飞燕外传》:“是夜进合德,帝大悦,以辅属体,无所不靡,谓为温柔乡。” ④藕风:指夏季清凉之风。 ⑤“鸡头”句:君王,指唐玄宗。相传杨贵妃出浴,露一乳,明皇曰:“温软新剥鸡头肉。”参宋刘斧《青琐高议·骊山记》。 鸡头:芡之别名,本以芡喻人乳。后遂以鸡头肉指妇女之乳。龙眼与芡形似,故联想而及。 ⑥泣梨花、春梦长:用杨贵妃唐玄宗事,见唐白居易《长恨歌》诗。 泣梨花:即指临邛道士找到“太真”时,其“玉容寂寞泪阑干,梨花一枝春带雨”之凄婉动人模样。 春梦长:则指玄宗于贵妃死后之孤寂情状,即“夕殿萤飞思悄然,孤灯挑尽未成眠……鸳鸯瓦冷霜华重,翡翠衾寒谁与共。悠悠生死别经年,魂魄不曾来入梦”数句所写。

## 谢池春

烟雨池塘，绿野乍添春涨。凤楼高、珠帘卷上[①]。金柔玉困，舞腰肢相向[②]。似玉人、瘦时模样[③]。　离亭别后，试问阳关谁唱[④]。对青春、翻成怅望。重门静院，度香风屏障。吐飞花、伴人来往[⑤]。

（《全芳备祖》后集卷十七“杨柳门”）

［注释］

①“凤楼”二句：凤楼，代指妇女居处。南朝陈江总《萧史曲》：“来时兔月照，去后凤楼空。”盖亦本于萧史弄玉典。　珠帘：以珍珠缀饰之帘子。唐杜牧诗有“春风十里扬州路，卷上珠帘总不如”句。　②“金柔”二句：状杨柳之色与态。　③玉人：喻人之容貌如玉之美。　④离亭：路旁六驿亭。地远者称离亭，近者称都亭。泛指别离之所。　阳关：代指别离之歌曲。唐王维《送元二使安西》诗云“……客舍青青柳色新……西出阳关无故人”。后谱为《阳关曲》。　⑤“吐飞花”句：飞花，指柳絮，随风飘舞。

## 出　塞

夜梦一女子引扇求字，为书小阕

花树树[①]，吹碎胭脂红雨[②]。将谓郎来推绣户，暖风摇竹坞[③]。　睡起栏杆凝伫[④]，漠漠红楼飞絮[⑤]。刬踏袜儿垂手处[⑥]，隔溪莺对语。

（花庵《中兴以来绝妙词选》卷四）

［注释］

①花树树：满树花、花满树。　②胭脂红雨：指落花或落红。花从树上成阵落下，如同下红雨。　③“将谓”二句：化用唐元稹《莺莺传》“拂墙花影动，疑是玉人来”其句，以风摇竹坞等描写女子等待情人到来时之微

妙心态。　竹坞:竹林。唐李德裕《平泉源诗》:"逶迤过竹坞,浩淼走兰塘。"　④凝伫:出神、发愣。　⑤漠漠:弥漫貌。　红楼:红色之楼。泛指华丽之楼房,多富贵家妇女所居。　⑥"划踏"句:穿着袜儿在地上跳舞。　划袜:穿袜履地行走。　垂手:舞乐名。《乐府解题》曰:"大垂手、小垂手,皆言舞而垂其手也。"

# 康与之

康与之，生卒不详，字伯可，号顺庵，滑州（今河南滑县）人。渡江初，以词受知于高宗，官郎中。上《中兴十策》，名甚著。后谄事秦桧，为秦门下十客之一。监尚书六部门。桧死，编管钦州，移雷州，复送新州牢城。词多应制之作，词风婉丽，音律甚协，间杂俗语。有《顺庵乐府》五卷，今不传，有赵万里辑本。

## 望江南

重阳日，四面雨垂垂。戏马台前泥拍肚[①]，龙山路上水平脐[②]。淹浸倒东篱[③]。　茱萸胖，黄菊湿蓋蓋[④]。落帽孟嘉寻蒻笠[⑤]，漉巾陶令买蓑衣[⑥]。都道不如归。

（《二老堂诗话》）

[注释]

①戏马台：南朝宋武帝刘裕，曾于重九在项羽戏马台宴僚佐赋诗，见《宋书》。　②龙山：位于今湖北江陵县西北。晋桓温曾于此与宾僚举行重九宴集。　③东篱：陶潜有“采菊东篱下”之名句，此借指陶潜。　④蓋蓋（jī）：物含水状。　⑤落帽孟嘉：孟嘉出席桓温九日龙山之会，兴致很高，风吹掉帽子也没发觉。事见《晋书·桓温传附孟嘉》。　⑥漉巾陶令：陶潜曾用头巾漉酒，滤毕又将头巾戴在头上。其曾任彭泽令，故称陶令。事见《宋书·陶潜传》。

[集评]

蒋一葵云：“康伯可从驾时，重阳遇雨，口占《望江南》有云：‘戏马台前泥拍肚，龙山会上水平脐。直浸到东篱。　落帽孟嘉寻箬笠，拂衣陶令觅蓑衣，两个一身泥。’高宗大笑，问之，伯可对云，此蒜酪体也。”（沈雄《古今词话·词品》下卷）

## 满江红　(断句)[1]

婺女潘子贱席上作[2]

叹诗书万卷,致君人,番沉陆[3]。……且置请缨封万户,径须卖剑酬黄犊[4]。怮当年、寂寞贾长沙,伤时哭。

(《程史》卷三)

[注释]

①唐氏按:此首别见辛弃疾《稼轩词》乙集。　②婺女:星名,其分野为婺州,即金华。　③沉陆:指人才埋没。　④"径须卖剑"句:劝民从事农业生产。见《后汉书·龚遂传》。

## 鹧鸪天　(断句)[1]

解将天上千年艳,换得人间九日黄。

(《百菊集谱补遗》)

[注释]

①唐氏按:此首又见张孝祥《于湖先生长短句拾遗》。

## 忆秦娥

春寂寞,长安古道东风恶。东风恶,胭脂满地,杏花零落。　臂销不奈黄金约[1],天寒犹怯春衫薄。春衫薄,不禁珠泪,为君弹却。(《全芳备祖》前集卷十"杏花门")

[注释]

①臂销:臂膀消瘦。　约:此指金钏松了。

## 洞仙歌令

若耶溪路[①]，别岸花无数。欲敛娇红向人语。与绿荷、相倚恨，回首西风，波淼淼、三十六陂烟雨。　新妆明照水，汀渚生香，不嫁东风被谁误[②]。遣踟蹰、骚客意，千里绵绵，仙浪远、何处凌波微步[③]。想南浦、潮生画桡归，正月晓风清，断肠凝伫。

（《全芳备祖》前集卷十一“荷花门”）

[注释]

①若耶溪：在浙江绍兴南。溪旁旧有浣纱石古迹，相传西施浣纱于此，故一名“浣纱溪”。　②不嫁东风被谁误：语本韩偓《寄恨》“莲花不肯嫁东风”与贺铸《踏莎行》“当年不肯嫁春风，无端却被秋风误”。　③凌波微步：形容洛水女神美妙轻盈的步伐姿态。语出曹植《洛神赋》。

## 西江月

名与牡丹联谱，南珍独比江瑶。闽山入贡冠前朝[①]，露叶风枝袅袅[②]。　香玉满苞仙液，绉红圆戚鲛绡[③]。华清宫殿蜀山遥[④]，一骑红尘失笑[⑤]。

（《全芳备祖》后集卷一“龙眼门”）

[注释]

①“闽山”句：汉永元中，交州进荔枝、龙眼，十里一置，五里一堠，奔腾死亡者无数，和帝罢之。唐天宝年间杨妃喜食荔枝，自南海进，送走数千里，至京师味未变。　前朝：盖指汉、唐。　②露叶风枝：语出苏轼《荔枝叹》：“风枝露叶如新采。”　③戚：近、似。　鲛绡：传说古代有鲛人，潜居海底，善织绡，卖与世人。见左思《吴都赋》。此比拟荔枝的娇嫩鲜美。　④“华清宫”句：杨妃生于蜀，好食荔枝。天宝中取涪州荔枝，自子

午谷路进入。　华清宫:故址在今陕西省临潼县东南骊山上。　⑤"一骑红尘"句:语出杜牧《过华清宫》三首之一"一骑红尘妃子笑,无人知是荔枝来"。

## 曲游春　(断句)

脸薄难藏泪,恨柳风,不与吹断行色。……但掩袖,转面啼红,无言应得。……哭得浑无气力。

(《拙轩集》卷五及《乐府指迷引》)

[集评]

张侃云:"康伯可曲游春词头句云:'脸薄难藏泪,恨柳风不与,吹断行色。'惜别之意亦尽。……公才调绝人,不被腔律拘缚。至'但掩袖,转面啼红,无言应得',其惜别惜春之意,愈无穷。"(《拙轩词话》)

## 舞杨花[①]

牡丹半坼初经雨,雕槛翠幕朝阳。娇困倚东风,羞谢了群芳。洗烟凝露向清晓,步瑶台、月底霓裳。轻笑淡拂宫黄,浅拟飞燕新妆[②]。　杨柳啼鸦昼永,正秋千庭馆,风絮池塘。三十六宫[③],簪艳粉浓香。慈宁玉殿庆清赏,占东君、谁比花王。良夜万烛荧煌,影里留住年光。

(《贵耳集》卷下)

[注释]

①唐氏按:《词林纪事》卷三此首误作宋高宗赵构词。　②飞燕新妆:汉成帝赵皇后因体态轻盈,有飞燕之称。见《汉书》卷九十七。"可怜飞燕倚新妆",李白《宫中行乐词八首》其二。　③三十六宫:汉时长安有宫殿三十六所。张衡《西京赋》:"离宫别馆,三十六所。"

[集评]

张端义云："慈宁殿赏牡丹时，椒房受册，三殿极欢。高宗洞达音律，自制曲，赐名舞杨花。停觞命小臣赋词，令内人歌之，以玉卮侑酒为寿，左右皆呼万岁。词云云，此康伯可乐府所载。"（《历代词话》卷七引《贵耳录》）

## 瑞鹤仙

上元应制

瑞烟浮禁苑，正绛阙春回，新正方半。冰轮桂华满，溢花衢歌市，芙蓉开遍。龙楼两观。见银烛、星球有烂。卷朱帘、尽日笙歌，盛集宝钗金钏。　　堪羡。绮罗丛里，兰麝香中，正宜游玩。风柔夜暖。花影乱，笑声喧。闹蛾儿满路[1]，成团打块，簇著冠儿鬥转[2]。喜皇都、旧日风光，太平再见。

[注释]

①闹蛾儿：古代妇女元宵节插戴的妆饰品。《宣和遗事》："京师民有似云浪，尽头上带著玉梅、雪柳、闹蛾儿，直到鳌山下看灯。"　②冠儿：指戏子。吴自牧《梦粱录》卷一《元宵》："官巷口、苏家巷二十四家傀儡，衣装鲜丽。细旦戴花朵肩、珠翠冠儿，腰肢纤袅，宛若妇人。"

[集评]

沈雄云：《瑞鹤仙》一调，六一、清真、伯可俱擅作手，而三家之长短句，各各不同，平仄声亦不合。"（《古今词话·词辨》下卷）

《花庵词客》云："康伯可有声乐府，凡中兴以来，粉饰治具，及慈宁归养，两宫欢集，必假其应制。尝于上元节进《瑞鹤仙》云云，高宗览之，极称赏'风柔夜暖'以下数语，赐金甚厚。"（《词苑萃编》卷五引）

## 瑞鹤仙

### 别 恨

薄寒罗袖怯。教小玉添香[①],被翻宫襭[②]。兰釭半明灭。听几声归雁,一帘微月。情波恨叶。索新词、犹自怨别。梦回时、雪暖酥凝,掠鬓宝鸳钗折。　　凄切。纹窗描绣,旧谱寻棋,变成虚设。同心对结。重来是,甚时节。怅姑苏台上[③],征帆何许,隐隐遥山万叠。袖红绡、独立无言,偷弹泪血。

[注释]

①小玉:吴王夫差女名,为古代神话传说中的女子。　②襭(xié):用衣襟装东西。　③姑苏台:在苏州市西南姑苏山上,春秋时吴王阖闾所筑,传说吴王夫差曾与西施游宴于此。

## 汉宫春

### 慈宁殿元夕被旨作

云海沉沉,峭寒收建章[①],雪残鳷鹊[②]。华灯照夜,万井禁城行乐。春随鬓影,映参差、柳丝梅萼。丹禁杳,鳌峰对耸[③],三山上通寥廓。　　春衫绣罗香薄。步金莲影下,三千绰约。冰轮桂满,皓色冷浸楼阁。霓裳帝乐,奏升平、天风吹落。留凤辇、通宵宴赏,莫放漏声闲却。

[注释]

①建章:汉宫名,汉武帝所建。　②鳷鹊:观名,在甘泉宫,汉武帝所建。　③鳌峰:元宵灯景之一,把灯彩堆叠成一座山,似传说中鳌之状。

## 喜迁莺

丞相生日[1]

腊残春早。正帘幕护寒，楼台清晓。宝运当千，佳辰馀五，嵩岳诞生元老。帝遣阜安宗社，人仰雍容廊庙。尽总道，是文章孔孟，勋庸周召[2]。　师表。方眷遇，鱼水君臣，须信从来少。玉带金鱼，朱颜绿鬓，占断世间荣耀。篆刻鼎彝将遍，整顿乾坤都了。愿岁岁，见柳梢青浅，梅英红小。

［注释］

①丞相：秦桧。　②周召：辅佐周朝的两位贤臣周公、召公。

［集评］

李调元云："词至南宋而极，然词人之无行亦至南宋而极，而南宋之无行至康与之尤极。与之有声乐府，受知秦桧。桧生日，献《喜迁莺》词，中有'总道是文章孔孟，勋庸周召'。显为媚灶，不顾非笑，可谓丧心病狂。人即谄谀，何语不可贡媚，未有敢于亵孔、孟、周、召者。无耻至此，留为百世唾骂。乃黄升花庵词取为压卷，且有'此词虽佳'等小跋，亦可为花庵咏相鼠之什矣。"(《雨村词话》卷二)

## 喜迁莺

秋夜闻雁

秋寒初劲。看云路雁来，碧天如镜。湘浦烟深，衡阳沙远[1]，风外几行斜阵。回首塞门何处[2]，故国关河重省。汉使老，认上林欲下，徘徊清影[3]。　江南烟水暝。声过小楼，烛暗金猊冷[4]。送目鸣琴[5]，裁诗挑锦[6]，此恨此情无尽。梦想洞庭飞下，散入云涛千顷。过尽也，奈杜陵人远[7]，玉关无信。

[注释]

①"衡阳"句:相传雁南飞仅至衡阳便止。 ②塞门:梁州有雁塞山,传说此山有大池水,雁栖集之,故曰雁塞或塞门。 ③"汉使"三句:苏武出使匈奴被拘十九年,后使者复至匈奴,假称天子于上林中射雁,得雁足所系苏武书。见《汉书·苏建传附苏武》。 ④金猊(ní):指状如狮子的香炉。 ⑤送目鸣琴:本嵇康《赠秀才从军》其四"目送归鸿,手挥五弦"。⑥裁诗挑锦:前秦时秦州刺史窦滔之妻苏若兰,因思念远徙的丈夫,"织锦为回文诗以赠(窦)滔。宛转循环以读之,其词凄惋"。事见《晋书·列女列传·窦滔妻苏氏》。 ⑦杜陵:在长安东南,秦时为杜县。汉时,因宣帝陵墓在此,故称杜陵。

## 丑奴儿令

促养直赴雪夜溪堂之约

冯夷剪碎澄溪练①,飞下同云,著地无痕,柳絮梅花处处春。 山阴此夜明如昼,月满前村,莫掩溪门,恐有扁舟乘兴人②。

[注释]

①冯夷:为神话中之水仙,即河伯。 澄溪练:语出南朝宋谢朓《晚登三山还望京邑》诗"澄江静如练"。 ②"山阴"四句:用王徽之雪夜乘舟访戴逵之事,"乘兴而行,兴尽而返"。事见《世说新语·任诞》。

[集评]

黄苏云:"按第一阕是咏雪夜。第二阕起句,点明'夜'字,是承上。以下俱促养直赴约之意。'山阴,是用徽之访戴安道事。《宋史》载苏庠,字养直,丹阳人。少工诗,苏轼见其清江曲,大爱之。尝为铭其砚,称为吾家养直。绍兴间,与徐师川同召。庠辞,师川造朝,便道过庠,留饮甚欢。徐弈高于庠,是日庠拈弈子,笑视徐曰:'今日须还老夫下此一著。'徐有愧色,朝命以礼津遣。不赴,遁太湖马迹山。"(《蓼园词评》)

## 丑奴儿令

自岭表还临安作

红楼紫陌青春路[①]，柳色皇州，月澹烟柔，袅袅亭亭不自由。　　旧时扶上雕鞍处，此地重游，总是新愁，柳自轻盈水自流。

**［注释］**

①青春：春天。《楚辞·大招》："青春受谢，白日昭只。"春天因万物发生，生机蓬勃，故称青春。

## 诉衷情令

登郁孤台，与施德初同读坡诗作[①]

郁孤台上立多时，烟晚暮云低。山川城郭良是，回首昔人非。　　今古事，只堪悲。此心知。一尊芳酒，慷慨悲歌，月堕人归。

**［注释］**

①郁孤台：在今江西赣州市西南，一名望阙。唐、宋时为一郡形胜之地。　施元之：字德初，见陆心源《宋史翼》卷八、陈骙《南宋馆阁录》卷三十八。苏轼两登郁孤台，皆有留题。其一《郁孤台》"八境见图画"，见《苏轼诗集》卷三十八；其二《郁孤台》"吾生如寄耳"，见《苏轼诗集》卷四十一。

## 诉衷情令

长安怀古

阿房废址汉荒丘[①]，狐兔又群游。豪华尽成春梦，留下古今愁。　　君莫上，古原头。泪难收。夕阳西下，塞雁南飞，渭水东流。

[注释]

①“阿房”句：阿房宫，秦始皇所建，故址在今陕西西安西南阿房村。陈涉、吴广起义反秦，项羽入关火烧秦宫室，火三月不灭。事见《史记·秦始皇本纪》、《史记·项羽本纪》。

[集评]

王性之云：“康与之长安怀古《诉衷情》云云，如此等词居然不俗，今有晏叔原亦不得独擅。”(《历代词话》卷七)

## 菩萨蛮令

长安怀古

秦时宫殿咸阳里，千门万户连云起。复道亘西东[①]，不禁三月风。　　汉唐乘王气，万岁千秋计。毕竟是荒丘，荆榛满地愁。

[注释]

①“复道”句：高楼间或山岩险要处架空的通道。

## 菩萨蛮令

金陵怀古

龙蟠虎踞金陵郡[①]，古来六代豪华盛。缥凤不来游，台空江自流[②]。　　下临全楚地，包举中原势。可惜草连天，晴郊狐兔眠。

[注释]

①龙蟠虎踞：传说诸葛亮目睹金陵地势雄壮险要，叹曰："钟山龙盘，石头虎踞，此帝王之宅也。"见晋张勃《吴录》。 ②"缥风"二句：用李白《登金陵凤凰台》"凤凰台上凤凰游，凤去台空江自流"句意。

## 感皇恩

### 幽　居

一雨一番凉，江南秋兴。门掩苍苔锁寒径。红尘不到，尽日鸟啼人静。绿荷风已过，摇香柄。　　澹阴未解，园林清润。一片花飞堕红影。残书读尽，袖手高吟清咏。任从车马客，劳方寸。

## 卖花声

### 闺　思

蹙损远山眉，幽怨谁知。罗衾滴尽泪胭脂。夜过春寒愁未起，门外鸦啼。　　惆怅阻佳期，人在天涯。东风频动小桃枝。正是销魂时候也，撩乱花飞。

[集评]

沈谦云："填词结句，或以动荡见奇，或以迷离称隽，著一实语，败矣。康伯可'正是销魂时候也，撩乱花飞'……深得此法。"（《填词杂说》）

## 卖花声

### 闺　思

愁捻断钗金，远信沉沉。秦筝调怨不成音。郎马不知何处也，楼外春深。　　好梦已难寻，夜夜馀衾。目穷千里正伤心。记得当初郎去路，绿树阴阴。

## 江城子

南溪二月雨初晴。四郊明，暖风轻。一雨一风，铺地落红英。枝上流莺啼劝我，春欲去，且留春。　登临行乐慰闲情。过长亭，暮潮平。四面青芜，中是越王城[①]。信马行吟归路晚，山簇簇，柳阴阴。

[注释]

①越王城：在绍兴东南，勾践时筑。

## 风入松

春　晚

一宵风雨送春归，绿暗红稀。画楼整日无人到，与谁共捻花枝。门外蔷薇开也，枝头梅子酸时。　玉人应是数归期[①]，翠敛愁眉。塞鸿不到双鱼远[②]，叹楼前、流水难西。新恨欲题红叶[③]，东风满院花飞。

[注释]

①玉人：美人，此指恋人。　②双鱼：古乐府有以“双鲤”藏书信的吟咏，后因以双鱼代指书信。　③题红叶：唐卢渥应举时，于御沟拾一红叶，中有宫人题诗，后遇宫人结合，见范摅《云溪友议》卷下。此指欲仿唐宫人题诗红叶以寄托自己的相思之情。

[集评]

沈雄云：“古今词谱曰：双调曲也。康伯可第二句‘绿暗红稀’，只四字句，其细情密致，胜人十倍。”（《古今词话·词辨》下卷）

## 风入松

闺　思

碧苔满地衬残红，绿树阴浓。晓莺啼破眉心事，旧愁新恨重重。翠黛不忺重扫[①]，佳时每恨难同。　　花开花谢任东风，此恨无穷。梦魂拟逐杨花去，殢人休下帘栊[②]。要见只凭清梦，几时真个相逢。

［注释］

①不忺（xiān）：不高兴，不适意。　②殢（tì）：困扰，纠缠不清。柳永《玉蝴蝶》："要索新词，殢人含笑立尊前。"

## 谒金门

暮　春

春又晚，风劲落红如剪。睡起绣床飞絮满，日长门半掩。　　不管离肠欲断，听尽梁间双燕。试上小楼还不见，楼前芳草远。

## 长相思

游西湖

南高峰，北高峰。一片湖光烟霭中，春来愁杀侬。

郎意浓，妾意浓。油壁车轻郎马骢[①]，相逢九里松[②]。

［注释］

①"油壁车"句：油壁车是古代一种以油漆饰车壁之车，为女子所乘。乐府有咏钱塘名妓苏小小"妾乘油壁车，郎骑青骢马"之语。　②九里松：西湖一景。据《西湖志》，唐刺史袁仁敬，植松于行春桥，西达灵竺，苍翠夹

道,故名。

[集评]

杨慎云:“康伯可西湖《长相思》词云云,盖效和靖吴山青之调也。二词可谓敌手。”(《词品》卷三)

冯金伯云:“康伯可《长相思》词云云,词意婉约,当与林和靖并佳。”(《词苑萃编》卷五引《词苑》)

## 应天长

### 闺 思

管弦绣陌,灯火画桥,尘香旧时归路。肠断萧娘[①],旧日风帘映朱户。莺能舞,花解语。念后约、顿成轻负。缓雕辔、独自归来,凭栏情绪。　　楚岫在何处[②]。香梦悠悠,花月更谁主。惆怅后期,空有鳞鸿寄纨素。枕前泪,窗外雨。翠幕冷、夜凉虚度。未应信、此度相思,寸肠千缕。

[注释]

①萧娘:指闺中的女子。　肠断萧娘,语出杨巨源《崔娘诗》“肠断萧娘一纸书”。　②“楚岫”句:用巫山神女事,指往昔与恋人的情事。事见宋玉《高唐赋序》。

## 玉楼春令

青笺后约无凭据,误我碧桃花下语[①]。谁将消息问刘郎[②],怅望玉溪溪上路。　　春来无限伤情绪,拟欲题红都寄与[③]。东风吹落一庭花,手把新愁无写处。

(以上《中兴以来绝妙词选》卷一)

[注释]

①碧桃花下语：用唐崔护《题都城南庄》“去年今日此门中，人面桃花相映红。人面不知何处去，桃花依旧笑春风”诗意。　②刘郎：指刘晨。刘晨、阮肇同入天台山，于溪边得遇仙女。事见《幽明录》。　③题红：唐卢渥应举时，于御沟拾一红叶，中有宫人题诗，后遇宫人结合，见范摅《云溪友议》卷下。此指欲仿唐宫人题诗红叶以寄托自己的相思之情。

## 风入松

画桥流水欲平阑，雨后青山。去年芳草今年恨，恨香车、不逐雕鞍。红杏墙头院落，绿杨楼外秋千。　谢娘别后忆前欢[1]，泪滴春衫。柔荑共折香红处[2]，劝东风、且与流连。早是相思瘦损，梅花谢了春寒。

[注释]

①谢娘：指意中人。　②柔荑：娇嫩洁白的手指。出《诗经·卫风·硕人》“手如柔荑”。

## 忆少年令[1]

元夕应制

双龙烛影[2]，千门夜色，三五宴瑶台。舞蝶随香，飞蝉扑鬓，人自蕊宫来[3]。　太平箫鼓宸居晓，清漏玉壶催。步辇归时，绮罗生润，花上月徘徊。

（以上二首见《阳春白雪》卷一）

[注释]

①唐氏按：词律调名当作《少年游》。　②双龙烛影：出吴自牧《梦粱录》卷一《元宵》“以草缚成龙，用青幕遮草上，密置灯烛万盏，望之蜿蜒，如双龙飞走之状”。　③蕊宫：神仙宫阙。

[集评]

张德瀛云:“万俟雅言、晁端礼在大晟府时,按月律进词。曾纯甫、张材甫词,亦多应制体。它如曹择可有荼蘼应制词,宋退翁有梅花应制词,康伯可有元夕应制词,与唐初沈、宋以诗夸耀者颉颃焉。风气之宗尚如此。”(《词徵》卷五)

## 风流子

昔贺方回作此道都城旧游。仆谪居岭海,醉中忽有歌之者,用其声律,再赋一阕。恨方回久下世,不见此作

结客少年场①,繁华梦,当日赏风光。红灯九街,买移花市,画楼十里,特地梅妆。醉魂荡,龙跳拗万字,鲸饮吸三江。娇随钿车,玉骢南陌。喜摇双桨,红袖横塘②。

天涯归期阻,衡阳雁不到,路隔三湘。难见谢娘诗好,苏小歌长③。漫自惜鸾胶,朱弦何在④。暗藏罗结,红绶消香。歌罢泪沾宫锦,襟袖淋浪。

[注释]

①结客少年场:乐府篇名,属乐府“杂曲歌辞”。郭茂倩《乐府诗集》云:“按‘结客少年场’言少年时结任侠之客,为游乐之场,终而无成,故作此曲也。”此借指往昔自己在都城的游乐生涯。 ②横塘:大塘名,在今苏州市西南。 ③苏小:苏小小,南朝齐钱塘名妓。 ④“漫自惜”二句:传说汉代有外国进贡鸾胶,可以续断弓弦。

## 瑞鹤仙令

补足李重光词①

樱桃落尽春归去,蝶翻金粉双飞。子规啼恨小楼西。曲屏珠箔晚②,惆怅卷金泥。 门巷寂寥人去后,

望残烟草低迷。闲寻旧曲玉笙悲。关山千里恨，云汉月重规。

[注释]

①李重光：李煜字。李煜词调作《临江仙》。朱彝尊《词综》于李此词下注云："相传后主在围城中，赋未就而城破，阙后三句，刘延仲初之云：'何时重听玉骢嘶。扑帘柳絮，依约梦回时。'而《耆旧续闻》所载，故是全作，当从之。"宋陈鹄《耆旧续闻》载李煜《临江仙》后三句为"炉香闲袅凤凰儿。空持罗带，回首恨依依。"伯可所读此词当阙后三句，故云补足。 ②曲屏珠箔晚：李煜《临江仙》作"画帘珠箔"。

## 杏花天

慈宁殿春晚出游

帝城柳色藏春絮，嫩绿满、游人归路。残红剩蕊留春住，无奈霏微细雨。　　南陌上、玉辔钿车。怅紫陌、青门日暮[1]。黄昏院落人归去，犹有流莺对语。

[注释]

①"怅紫陌"句：用唐郑嵎《津阳门诗》"青门紫陌多春风，风中数日残春遗"句意。

## 卜算子

潮生浦口云，潮落津头树。潮本无心落又生，人自来还去。　　今古短长亭，送往迎来处。老尽东西南北人，亭下潮如故。

（以上四首见《阳春白雪》卷三）

## 金菊对芙蓉

### 秋 怨

梧叶飘黄，万山空翠，断霞流水争辉。正金风西起，海燕东归。凭栏不见南来雁，望故人、消息迟迟。木樨开后，不应误我，好景良时。　只念独守孤帏。把枕前嘱付，一旦分飞。上秦楼游赏，酒殢花迷。谁知别后相思苦，悄为伊、瘦损香肌。花前月下，黄昏院落，珠泪偷垂。

（《草堂诗馀前集》卷下）

[集评]

张德瀛云："唐人诗喜用双声，宋词亦有之。康伯可金菊对芙蓉词，前阕用'望故人消息迟迟'，下阕'悄为伊瘦损香肌'，消息、瘦损，皆双声也。然二字之外，固无重沓而施之者。"（《词徵》卷三）

## 满江红

### 杜 鹃

恼杀行人，东风里、为谁啼血[①]。正青春未老，流莺方歇。蝴蝶枕前颠倒梦[②]，杏花枝上朦胧月[③]。问天涯、何事苦关情，思离别。　声一唤，肠千结。闽岭外，江南陌。正长堤杨柳，翠条堪折，镇日叮咛千百遍，只将一句频频说。道不如归去不如归[④]，伤情切。

（《草堂诗馀后集》卷下）

[注释]

①啼血：杜鹃有啼血的传说。《格物总论》："三四月间，夜啼达旦，其声哀而吻有血。"　②蝴蝶梦：《庄子·齐物论》描写了庄周梦蝶的故事。此喻指梦境，自述旅魂思乡的情怀。　③"蝴蝶枕、杏花枝"二句：化用崔

涂《春夕》"蝴蝶梦中家万里,子规枝上月三更"诗意。 ④不如归去:摹拟杜鹃的鸣声。

## 失调名

玉楼人静。高卷疏帘情迥。

（郑元佐《新注断肠诗集》卷九）

## 满庭芳

冬 景

霜幕风帘,闲斋小户,素蟾初上雕笼[1]。玉杯醽醁[2],还与可人同[3]。古鼎沉烟篆细,玉笋破、橙橘香浓[4]。梳妆懒,脂轻粉薄,约略淡眉峰。 清新,歌几许。低随慢唱,语笑相供。道文书针线,今夜休攻。莫厌兰膏更继[5],明朝又、纷冗匆匆。酩酊也,冠儿未卸,先把被儿烘。

（《类编草堂诗馀》卷三）

[注释]

①素蟾:月的别称。 ②醽醁(líng lù):酒名。 ③可人:意中人。 ④玉笋:手的代称。 ⑤兰膏:灯烛。

[集评]

贺裳云:"词虽宜于艳冶,亦不可流于秽亵。吾极喜康与之《满庭芳》寒夜一阕,真所谓乐而不淫。且虽填词小技,亦兼词令、议论、叙事三者之妙。首云'霜幕风帘,闲斋小户,素蟾初上雕笼'。写其节序景物也。继云:'玉杯醽醁,还与可人同。古鼎沉烟篆细,玉笋破,橙橘香浓。梳妆懒,脂轻粉薄,约略淡眉峰。'则陈设之济楚,殽核之精良,与夫手爪颜色,一一如见矣。换头云:'清新,歌几许,低随慢唱,语笑相供。道文书针线,今夜休攻。莫厌兰膏更继,明朝又、纷冗匆匆。'则不惟以色艺见长,宛然慧心女子,小窗中喁喁口角。末云:‘酩酊也,冠儿未卸,先把被儿烘。’一段温存旖旎之致,咄咄逼人。观此形容节次,必非狭斜曲里中人,又非望宋窥韩者之事,正希真所云‘真个怜惜’也。但受其怜惜名,亦难消受耳,此等处,举一以概其馀,在读词者自知之。”(《皱水轩词筌》)

贺裳云:“长调推秦、柳、周、康为协律;然康惟《满庭芳》冬景一词,可称禁脔,馀多应酬铺叙,非芳旨也。”(同前)

## 减字木兰花

杨花飘尽,云压绿阴风乍定。帘幕闲垂。弄语千般燕子飞。　　小楼深静,睡起残妆犹未整。梦不成归,泪滴斑斑金缕衣[1]。　　(《京本通俗小说·西山一窟鬼》)

[注释]

①金缕衣:“劝君莫惜金缕衣,劝君须惜少年时。有花堪折直须折,莫待无花空折枝。”见唐无名氏《金缕衣》。

## 采桑子[1]

晚来一霎风兼雨,洗尽炎光,理罢笙簧,却对菱花淡淡妆[2]。　　绛绡缕薄冰肌莹,雪腻酥香,笑语檀郎[3],今夜纱厨枕簟凉。　　(《花草粹编》卷二)

[注释]

①唐氏按:此首别作李清照词,见《词林万选》卷四。赵万里云,词意儇薄,或为康与之作。此首又别误作魏大中作,见《古今别肠词选》卷一。又,《宋词四考》唐氏云:案此首康与之词,见《花草粹编》卷二。赵万里辑《顺庵词》失收此阕,当补入。又《词林万选》作李易安词,《历代诗馀》从之,并非是。　②菱花:铜镜。　③檀郎:晋潘岳貌美,小名檀奴,故后以“檀郎”或“檀奴”美称夫婿或所爱之男子。见《晋书·潘岳传》。

## 荷叶铺水面

春 游

春光艳冶，游人踏绿苔。千红万紫竞香开。暖风拂鼻籁[①]，蓦地暗香透满怀。　荼蘼似锦裁[②]。娇红间绿白，只怕迅速春回。误落在尘埃。折向鬓云间、金凤钗。

（《花草粹编》卷六）

[注释]

①鼻籁：鼻孔。　②荼蘼：即“酴醾”，蔷薇科花名。

## 菩萨蛮　（断句）

弱柳小腰身，双双蛾翠颦。

（《历代词人考略》引苇杭识小录）

（以上康与之词全篇三十八，断句五，用赵万里辑《顺庵乐府》）

# 存目词

| 调名 | 首句 | 出处 | 附注 |
| --- | --- | --- | --- |
| 忆王孙 | 飕飕风冷荻花秋 | 《词林万选》卷四 | 李重元词，见《唐宋诸贤绝妙词选》卷七 |
| 江城梅花引 | 娟娟霜月冷侵门 | 《类编草堂诗馀》卷二 | 程垓作，见《书舟词》 |
| 大圣乐 | 千朵奇峰 | 《类编草堂诗馀》卷四 | 无名氏词，见《草堂诗馀前集》卷下 |
| 宝鼎现 | 夕阳西下 | 同上 | 范周作，见《中吴纪闻》卷五 |

| 调名 | 首句 | 出处 | 附注 |
|---|---|---|---|
| 女冠子 | 火云初布 | 《草堂诗馀正集》卷六 | 柳永作,见《类编草堂诗馀》卷四 |
| 声声慢 | 寻寻觅觅 | 《草堂诗馀别集》卷三李清照词注 | 李清照作,见《词品》卷二 |
| 菩萨蛮 | 南轩面对芙蓉浦 | 《历代诗馀》卷九 | 陈与义作,见《无住词》 |
| 杜韦娘 | 华堂深院 | 刘毓盘辑《顺庵乐府》 | 《乐府雅词拾遗》卷下,无名氏词 |
| 摸鱼儿 | 被谁家、数声弦管 | 同上 | 同上 |

# 曾 觌

曾觌（1109—1180），字纯甫，号海野老农，汴（今河南开封）人。以父任补官。高宗绍兴中，为建王（孝宗王号）内知客。孝宗即位，以潜邸旧人，除权知阁门事。淳熙初，除开府仪同三司，加少保、醴泉观使。工词，多应制之作，亦感慨有黍离之思，风调近康与之，有《海野词》。

## 水龙吟

楚天千里无云，露华洗出秋容净。银蟾台榭[①]，玉壶天地[②]，参差桂影[③]。鸳瓦寒生[④]，画檐光射，碧梧金井[⑤]。听韶华半夜[⑥]，江梅三弄[⑦]，风袅袅、良宵永[⑧]。　携手西园宴罢，下瑶台、醉魂初醒[⑨]。吹箫仙子[⑩]，骖鸾归路，一襟清兴。鸩鹊楼高[⑪]，建章门迥[⑫]，星河耿耿。看沧江潮上，丹枫叶落，浸关山冷[⑬]。

［注释］

①银蟾：传说月中有蟾蜍，故以“银蟾”代称月。　②玉壶天地：传说仙人壶公卖药于市，能跳入壶中，内有仙宫世界。见晋葛洪《神仙传》卷五。此喻月宫仙境。　③桂影：传说月亮上有桂树生长。　④鸳瓦寒生：两片嵌合在一起的瓦，叫鸳鸯瓦，简称鸳瓦。白居易《长恨歌》：“鸳鸯瓦冷霜华重。”　⑤金井：井栏上有雕饰的井。　⑥韶华：美好的时光。此形容乐声美妙。　⑦江梅三弄：琴曲，内容写傲霜雪的梅花，全曲主调出现三次，称为“三弄”。　⑧风袅袅：本屈原《九歌·湘夫人》“袅袅兮秋风”。　⑨瑶台：为神话中昆仑山上之台，高出日月，上居神仙。见晋王嘉《拾遗记》卷十《昆仑山》。　⑩吹箫仙子：传说秦穆公女弄玉学吹箫于萧史，后二人成仙而去。见《列仙传》卷上《萧史》。　⑪鸩鹊：观名，在甘泉宫，汉武帝所建。　⑫建章：汉宫名，汉武帝所建。　⑬关山：泛指关隘山川。

## 念奴娇

霁天湛碧，正新凉风露，冰壶清彻。河汉无声□□□，涌出银蟾孤绝。岩桂香飘，井梧影转，冷浸宫袍洁。西厢往事[①]，一帘幽梦凄切。　肠断楚峡云归[②]，尊前无绪，只有愁如髮[③]。此夕姮娥应也恨[④]，冷落琼楼金阙[⑤]。禁漏迢迢，边鸿杳杳，密意凭谁说。阑干星汉[⑥]，落梅三弄初阕[⑦]。

[注释]

①西厢往事：原指张生与崔莺莺"待月西厢下"之情事。见元稹《莺莺传》。此指与所恋女子的往事。　②楚峡云归：用高唐神女典，见宋玉《高唐赋序》。此指与恋人离别之苦。　③愁如髮：语出李白《秋浦歌》其十五："白髮三千丈，缘愁似个长。"　④姮娥：即"嫦娥"，传说中的月中女神。　⑤金阙：金碧辉煌的神仙宫阙。　⑥阑干：横斜貌。　⑦初阕：第一段。

## 念奴娇

席上赋林檎花[①]

群花渐老，向晓来微雨，芳心初拆。拂掠娇红香旖旎，浑欲不胜春色[②]。淡月梨花，新晴繁杏，装点成标格[③]。风光都在，半开深院人寂。　刚要买断东风，袅栾枝低映，舞茵歌席。记得当时曾共赏，玉人纤手轻摘。醉里妖饶，醒时风韵，比并堪端的[④]。谁知憔悴，对花空恁思忆[⑤]。

[注释]

①林檎花：即"花红"、"来禽"，蔷薇科。春夏之交开花，花色娇红。　②浑：简直。　③标格：犹风范、风度。　④端的：真的，果然。　⑤恁：

如此，这样。

［集评］

俞陛云云："上阕咏花，梨杏得淡月，新晴为之装点，而标格益显，咏梨杏各得其当。'半开深院'六字真赏花者。下阕咏花而兼怀人，花与人合写。结句笔情绵丽。"（《唐五代两宋词选释》）

## 念奴娇

赏芍药

人生行乐，算一春欢赏，都来几日。绿暗红稀春已去，赢得星星头白。醉里狂歌，花前起舞，拚罚金杯百。淋漓宫锦[①]，忍辜妖艳姿色[②]。　须信殿得韶光[③]，只愁花谢，又作经年别。嫩紫娇红还解语，应为主人留客。月落乌啼[④]，酒阑烛暗，离绪伤吴越。竹西歌吹[⑤]，不堪老去重忆。

［注释］

①宫锦：按照宫廷所定规格织成的华美锦锻。　②忍辜：不忍辜负。　③殿得韶光：为韶光之殿。　殿：末，最后。　④月落乌啼：本唐张继《枫桥夜泊》诗"月落乌啼霜满天"。　⑤竹西歌吹：本杜牧《题扬州禅智寺》"谁知竹西路，歌吹是扬州"。

## 念奴娇

余年十八寓符离，临行，作此词[①]

媚容素态，比群花、赢了风流颜色。昵枕低帏销受得[②]，□□轻怜深惜。怎望如今，瓶沉簪折[③]，蓦地成疏隔。□□夕雨，甚时重见踪迹。　门外暂泊兰舟[④]，一行霜树，□一重山碧。泪眼相看争忍望[⑤]，天际孤村寒驿。汴水无情[⑥]，催人东去，去也添愁寂。鳞鸿方便[⑦]，为人传个消息。

[注释]

①符离：今安徽省宿县东北。　②销受："销"同"消"，享受，受用。　③瓶沉簪折：本唐白居易《井底引银瓶》"瓶坠簪折知奈何，似妾今朝与君别"。喻诀别。　④兰舟：相传鲁班刻木兰树为舟，见《述异记》卷下，后用为船的美称。　⑤泪眼相看：本柳永《雨霖铃》"执手相看泪眼"。　⑥汴水：汲古阁本作"卞"，唐氏改为"汴"。汴水指从黄河流出至入通济渠东段全流之统称。　⑦鳞鸿：书信之别称。

## 瑞鹤仙

陡寒生翠幕。冻云垂[①]，缤纷飞雪初落。萦风度池阁，袅馀妍，时趁舞腰纤弱。江天漠漠。认残梅、吹散画角[②]。正貂裘乍怯，黄昏院宇，入檐飘泊。　依约。银河迢递。种玉群仙[③]，共骖鸾鹤。东君未觉[④]。先春绽，万花萼[⑤]。向尊前、已喜丰年呈瑞，人间何事最乐。拥笙歌、绣阁低帷，纵欢细酌。

[注释]

①冻云：将要下雪时的云。　②画角：军中号角。　③种玉：传说昔时杨伯雍因行善得神仙相助，种石得玉。见晋干宝《搜神记》卷十一。　④东君：司春之神。《楚辞·九歌》有《东君》篇。　⑤萼：开花。

## 倾杯乐　仙　吕

席上赏雪

锦帐寒添，画檐雀噪，冻云布野。望空际，瑶峰微吐，琼花初绽，江山如画[①]。裁冰剪水装鸳瓦。杳旗亭路[②]，依稀管弦台榭。倚小楼佳兴，一行珠帘不下。　随缕板、歌声闲暇。傍翠袖云鬟、怜艳冶。似佯醉、不耐娇羞，浓欢旋学风雅。向暝色、双鸾舞罢。红兽暖、春生金斝[③]。但殢饮，香雾卷，壶天不夜[④]。

[注释]

①江山如画：出苏轼《念奴娇·赤壁怀古》。　②旗亭：酒楼。　③红兽：取暖的香炉，其炭状如兽形。　金斝：酒杯。　④壶天：道家称仙境为壶天。

## 木兰花慢

长乐台晚望偶成[①]

正枝头荔子，晚红皱、枭熏风。对碧瓦迷云，青山似浪，返照浮空。高台称吟眺处，□繁华[②]、清胜两无穷。帘卷榕阴暮合，万家香霭溟濛。　年光冉冉逐飞鸿。叹雨迹云踪。渐暑退兰房，凉生象簟，知与谁同。临鸾晚妆初罢[③]，怨清宵、好梦不相逢。看即天涯秋也，恨随一叶梧桐。

[注释]

①长乐台：在福州，五代梁时所建。　②□：原校，"繁"字上疑脱一字，据补空格。　③鸾：鸾镜。

## 水调歌头

书　怀

溪山多胜事，诗酒办清游。主人为我，增葺台榭足凝眸。仿佛玉壶天地，隐见瀛洲风月[①]，千首傲王侯。谁与共登眺，公子气横秋。　记当年，曾共醉，庾公楼[②]。一杯此际，重话前事逐东流。多谢兼金清唱[③]，更拟重阳佳节，挼菊任扶头。但愿身长健，浮世拚悠悠。

[注释]

①瀛洲:神话传说中的海上三仙山之一。此形容其登临之地美好如仙境。　②庾公楼:指晋朝庾亮所登临的角楼。见《晋书·庾亮传》。此指当年聚会之盛况。　③兼金:价值倍于常金的好金子。《孟子·公孙丑下》:"前日于齐,王馈兼金一百而不受。"

## 水调歌头

图画上麟阁[①]，莫使鬓先秋。壮年豪气，无奈黯黯阵云浮。常记青油幕下[②]，一矢聊城飞去[③]，谈笑静边头[④]。勋业出无意，非为快恩仇。　卷龙韬[⑤]，随凤诏[⑥]，与时谋。朱幡皂盖南下，聊试海山州。邂逅故人相见，俯仰浮生今古，蝼蚁共王侯[⑦]。万事偶然耳，风月恣嬉游。

[注释]

①"图画"句:麒麟阁,为汉代画功臣像之处。"上思股肱之美,乃图画其人于麒麟阁,法其形貌,署其官爵姓名。"见《汉书·苏建传附苏武》。此谓须早建功业。　②青油幕:古代用以迎宾或供歇息的青油布帐篷,指代幕府。见《宋书·刘穆之传》。　③聊城:地名,在今山东西部。齐人鲁仲连一箭射书与守聊城之燕将,遂破聊城。事见《史记·鲁仲连邹阳列传》。　④"谈笑"句:本李白《永王东巡》"但用东山谢安石,为君谈笑静胡沙"。　⑤龙韬:喻指用兵韬略。　⑥凤诏:诏书的美称。　⑦蝼蚁王侯:喻富贵得失无常。事见唐李公佐《南柯记》。

## 水调歌头

和南剑薛倅①

长乐富山水，杖屦足追游。故人千里，西望双剑黯回眸。多谢扁舟乘兴②，慰我天涯羁思，何必羡封侯。暮雨疏帘卷，爽气飒如秋。　送征鸿③，浮大白④，倚危楼。参横月落，耿耿河汉近人流。堪叹人生离合，后日征鞍西去，别语却从头。老矣江边路，清兴漫悠悠。

［注释］

①南剑：宋太平兴国四年(979)改剑州置州，因利州路有剑州，相对而得名，治所今福建南平。　②扁舟乘兴：用晋王子猷雪夜乘舟访戴安道事，见《世说新语·任诞》。　③送征鸿：本魏嵇康《兄秀才公穆入军赠诗十九首》“目送归鸿，手挥五弦”。　④大白：大酒杯。见汉刘向《说苑·善说》。

## 醉蓬莱

侍宴德寿宫应制赋假山①

向逍遥物外，造化工夫，做成幽致。杳霭壶天，映满空苍翠。耸秀峰峦，媚春花木，对玉阶金砌。方丈瀛洲，非烟非雾，恍移平地。　况值良辰，宴游时候，日永风和，暮春天气。金母龟台②，傍碧桃阴里③。地久天长，父尧子舜，灿绮罗佳会。一部仙韶，九重鸾仗，年年同醉。

［注释］

①德寿宫：高宗赵构禅位后所居宫殿名。　②金母：即西王母。见南朝梁弘景《真诰·甄命授》。　龟台：西王母所居楼台。　③碧桃：神话中的仙桃。

## 满庭芳

赏牡丹

冶态轻盈，香风摇荡，画栏淑景初长。彩霞深处，明艳夺昭阳[①]。试问沉香旧事[②]，应劝我、莫负韶光。多情是，低徊顾影，云幕淡微凉。　　人间，春更好，一枝斜插，犹记疏狂。到如今潘鬓[③]，暗点吴霜[④]。乐事直须年少，何妨拚、一饮千觞。醺醺醉，壶天向晚，春思正悠扬。

[注释]

①昭阳：汉成帝皇后赵飞燕居昭阳殿，此以赵飞燕喻牡丹。　②沉香旧事：唐开元中玄宗与杨贵妃曾于月夜赏牡丹于沉香亭北。　③潘鬓：晋潘岳三十二岁时两鬓已斑。见《秋兴赋》。此言今已衰老。　④吴霜：喻指白鬓。

## 燕山亭

中秋诸王席上作

河汉风清，庭户夜凉，皓月澄秋时候。冰鉴乍开[①]，跨海飞来，光掩满天星斗。四卷珠帘，渐移影、宝阶鸳甃[②]。还又。看岁岁婵娟，向人依旧。　　朱邸高宴簪缨，正歌吹瑶台，舞翻宫袖。银管竞酬[③]，棣萼相辉[④]，风流古来谁有。玉笛横空，更听彻、裳霓三奏[⑤]。难偶，拚醉倒、参横晓漏。

[注释]

①冰鉴：指月亮。　②甃（zhòu）：井壁。　③银管：管乐的一种。　④棣萼：喻兄弟友爱。　⑤裳霓：汲古本作“霓裳”，是。传说唐时的《霓裳羽衣曲》，本月宫舞曲，凡三阕。

## 燕山亭

杨廉访生日

玉立明光[1]，才业冠伦，汉历方承休运[2]。江左奏功，塞垒宣威，紫绶几垂金印。岁晚归来，望丹极、新清氛祲。忠愤。著挠节朋俦[3]，便成嘉遁[4]。　千载云海茫茫，记举目新亭[5]，壮怀难尽。蝴蝶梦惊，化鹤飞还[6]，荣华等闲一瞬。七十尊前，算畴昔、都无可恨[7]。休问。长占取、朱颜绿鬓。

[注释]

①玉立：喻操守坚定。　明光：汉宫殿名。此指立朝有守。　②休运：美运、好世道。　③著：使。　挠节朋俦：屈节于朋侣。　④嘉遁：称颂隐逸之辞。《三国志·魏书·管宁传》："匿景藏光，嘉遁养浩。"　⑤新亭：本南朝宋刘义庆《世说新语·言语》"过江诸人，每至美日，辄相邀新亭，藉卉饮宴。周侯中坐而叹曰：'风景不殊，正自有山河之异！'皆相视流泪"。此指北宋沦亡的悲痛。　⑥化鹤：传说辽东人丁令威学道成仙，化鹤回到家乡。见《搜神后记》卷一。此赞杨廉访能效古人摆脱名利。　⑦畴昔：以前，往昔。

## 沁园春

初冬夜坐，闻淮上捷音次韵

更漏迢迢，乍寒天气，画烛对床。正井梧飘砌，边鸿度月，故人何处，水远山长。老去功名，年来情绪，宽尽寒衣销旧香。除非是，仗蛮笺象管[1]，时伴吟窗。　词章，莫话行藏[2]。且喜见捷书来帝乡。看锐师云合，妖氛电扫，隋堤宫柳，依旧成行。梦绕他年，青门紫陌[3]，对酒花前歌正当。空成恨，奈潘郎两鬓，新点吴霜。

[注释]

①蛮笺象管：本罗隐《清溪江令公宅》“蛮笺象管夜深时，曾赋陈宫第一诗”。　蛮笺即蜀笺。　象管：以象牙为笔杆的毛笔。　②行藏：指出处或行止。《论语·述而》：“用之则行，舍之则藏。”　③青门紫陌：泛指帝都的城门道路。

## 喜迁莺

福唐平荡海寇，宴犒将士席上作[①]

七闽形胜[②]。镇南纪会府[③]，山川交映。箫鼓喧天，绮罗盈市，不负四时风景。共喜太平无事，岂料潢池不逞[④]。殄群丑，看一鼓雷奔，沧溟波静。　指纵诗书帅[⑤]，曾到凤池[⑥]，密勿陪几政[⑦]。暂淹筹帏，催分战舰，总出智谋先定，想见捷书初上，尽道臣贤主圣。正图旧，听重宣丹诏，归调金鼎[⑧]。

[注释]

①福唐：今福建万安县。　②七闽：古指今福建和浙江南部一带少数民族地区。　③南纪：本《诗经·小雅·四月》“滔滔江汉，南国之纪”。后因称南方为“南纪”。　④唐氏按：“潢”原作“横”。毛校：“横”疑“潢”。潢池：即天潢，本星名，转义为天子之池。后以“弄兵潢池”为造反的讳称。　⑤指纵：指令。　诗书帅：原指春秋时晋国的元帅郤縠。见《左传·僖公二十七年》。后泛指儒将。　⑥凤池：谓地处机要位置。《通典·职官》：“魏晋以来，中书监令掌赞诏命，记会时事，典作文章，以其池在枢禁，多承宠任，是以人固其位，谓之凤凰池焉。”　⑦密勿：勤劳谨慎。《诗经·小雅·十月之交》：“密勿从事，不敢告劳。”　几：通“机”。　⑧调金鼎：对大臣宰辅的赞词。见《尚书·说命下》。

[集评]

张德瀛云：“曾纯甫之福唐平荡海寇，宴犒将士席上作……可于史传

中参证同异。”（《词徵》卷五）

## 金人捧露盘

庚寅岁春奉使过京师感怀作[①]

记神京[②]，繁华地，旧游踪。正御沟、春水溶溶。平康巷陌[③]，绣鞍金勒跃青骢。解衣沽酒醉弦管，柳绿花红。

到如今、馀霜鬓，嗟前事、梦魂中。但寒烟、满目飞蓬。雕栏玉砌[④]，空锁三十六离宫[⑤]。塞笳惊起暮天雁，寂寞东风。

### [注释]

①庚寅：宋孝宗乾道六年（1170），宋遣范成大使金，曾觌同行。　②神京：即京城。此指沦陷的北宋都城汴京。　③平康巷陌：见王仁裕《开元天宝遗事》，“长安有平康坊，妓女所居之地，京都侠少萃集于此。兼每岁新进士以红笺名纸游谒其中，时人谓此坊为风流薮泽。”此回忆在汴京情事。　④雕栏玉砌：雕绘的栏杆与玉一般的石阶，借指宫殿。李煜《虞美人》：“雕栏玉砌应犹在，只是朱颜改。”　⑤三十六离宫：本班固《西都赋》“离宫别馆，三十六所”。此指北宋都城的宫殿。

### [集评]

许昂霄云：“海野东都故老，词多感慨，惜其人无足称。”（《词综偶评》）

丁绍仪云：“国初邓州彭禹峰方伯而述，都门感旧，金人捧露盘云（词略），遣词命意，悉仿曾海野词，海野及见汴都之盛，逮南渡后，奉使过汴，感赋云云。汴都钟鼎胥移，故曾词后阕，尤觉悲凉。”（《听秋声馆词话》卷五）

陈廷焯云：“黍离麦秀之悲，暗说则深，明说则浅。曾纯甫词，如‘雕栏玉砌，空馀三十六离宫。’又云：‘繁华一瞬，不堪思忆。’又云：‘丛台歌舞无消息，金樽玉管空陈迹。’词极感慨，但说得太显，终病浅薄。碧山咏物诸篇，所以不可及。”（《白雨斋词话》卷六）

## 传言玉女

凤阙龙楼，清夜月华初照。万点星球，护花梢寒峭。华胥梦里[①]，老去欢情终少。花愁醉闷，总消除了。　紫陌嬉游，不似少年怀抱。珠帘十里[②]，听笙箫声杳。幽期密约，暗想浅颦轻笑。良时莫负，玉山频倒[③]。

[注释]

①华胥梦：本《列子·黄帝》"昼寝而梦，游于华胥氏之国"。此谓回首往事有如一梦。　②珠帘十里：本杜牧《赠别》"春风十里扬州路，卷上珠帘总不如"。　③玉山频倒：本《世说新语·容止》"嵇叔夜之为人也，岩岩若孤松之独立；其醉也，傀俄若玉山之将崩"。比喻酒醉人倒。

## 好事近

仰赓圣制

摇飏杏花风，迟日淡阴双阙[①]。丝管缓随檀板[②]，看舞腰回雪。　龙舟闲舣画桥边，须趁好花折[③]。频劝御杯宜满，正清歌初阕。

[注释]

①迟日：春日。《诗经·豳风·七月》："春日迟迟。"　②檀板：檀木制成的绰板，亦称"牙板"，演奏音乐时打拍子用。　③"须趁"句：用唐杜秋娘（或作无名氏）《金缕衣》"好花堪折直须折，莫待无花空折枝"诗意。

## 好事近

严陵柳守席上[①]

一梦别长安，山路雨斜风细。行到子陵滩畔[②]，谢主人深意。　多情低唱下梁尘[③]，拚十分沉醉。去也为伊消瘦，悄不禁思忆。

［注释］

①严陵：东汉隐士严光，字子陵，隐于富春山，后人名其钓处为严陵濑。见《后汉书·逸民传》。　②子陵滩：即严陵濑。　③下梁尘：汉人虞公善歌，其歌声震落梁上灰尘。后用作称美歌声之嘹亮。见《文选》唐李贤注引《七略》。

## 好事近

霁雪好风光，恰是相逢时节。酒量不禁频劝，便醉倒人侧。　　严城更漏夜厌厌，应有断肠客，莫问落梅三弄，喜一枝曾折[①]。

［注释］

①喜一枝曾折：化用"折梅"曲，暗寓思友之情。典见盛弘之《荆州记》，"陆凯与范晔相善，自江南寄梅一枝，诣长安范晔，并赠花诗曰：'折梅逢驿使，寄与陇头人。江南无所有，聊赠一枝春。'"

## 柳梢青

侍宴禁中和张知阁应制作[①]

梅粉轻匀，和风布暖，香径无尘。凤阁凌虚[②]，龙池澄碧[③]，芳意鳞鳞。　　清时酒圣花神。对内苑、风光又新。一部仙韶，九重鸾仗，天上长春。

［注释］

①张知阁：即张抡，时任知阁门事。　②凤阁：指中书省。　③龙池：在长安兴庆宫内，因井溢成池，唐中宗时数有云龙之祥，称龙池。此指南宋宫中之景。

[集评]

沈雄云:"淳熙中,张材甫应制词云:'柳色初浓,馀寒如水,秋雨如尘。'复命曾海野和词云:'柳面红匀,梨腮粉薄,鸳径无尘。'词品曰:句句叶而起句不叶。则亦未知词者矣。夫柳梢青起句,不用韵者间有。既在应制联赓之作,是亦可通融者,极言其未知词也,过矣。"(《古今词话·词辨》上卷)

## 柳梢青

临安春会,泛舟湖中,胡帅索词,因赋

花柳争春,湖山竞秀,恰近清明。绮席从容,兰舟摇曳,稳泛波平。　君恩许宴簪缨,密座促、仍多故情。一部清音,两行红粉,醉入严城①。

[注释]

①严城:高大而整饬之城。此对胡帅赞歌。

## 柳梢青

山林堂席上以主人之意解嘲

品雅风流,端端正正,堪人怜惜。因甚新来,眉儿不展,愁情如织。　倡条冶叶无情①,犹为他、千思万忆。据恁当初,真心实意,如何亏得。

[注释]

①倡条冶叶:柔美的枝叶。借指倡女。　倡:古通"娼"。　冶:艳丽。欧阳修《玉楼春》(南园粉蝶能无数)词:"倡条冶叶恣留连,飘荡轻于花上絮。"

## 春光好

侍宴苑中赏杏花

胭脂腻，粉光轻，正新晴。枝上闹红无处著[1]，近清明。　仙娥进酒多情[2]。向花下、相闹盈盈。不惜十分倾玉斝，惜凋零。

［注释］

①枝上闹红：用“红杏枝头春意闹”句意，见宋祁《玉楼春·春景》。　②仙娥：借指宫女。

## 春光好

感　旧

心下事，不思量，自难忘[1]。花底梦回春漠漠，恨偏长。　闲日多少韶光，雕阑静、芳草池塘。风急落红留不住，又斜阳。

［注释］

①不思量，自难忘：本苏轼《江城子》“十年生死两茫茫，不思量，自难忘”。

## 春光好

槐阴密，蔗浆寒，荔枝丹。珍重主人怜客意，荐雕盘[1]。　多情翠袖凭栏，晚妆罢、谁与共欢。帘卷玉钩风细细，敛眉山。

［注释］

①雕盘：雕绘精美的食盘。

## 减字木兰花

席上赏宴赐牡丹之作

一声杜宇[1],满地落红愁不语。国色春娇,不逐风前柳絮飘。　　玉帘休卷,爱惜龙香藏粉艳[2]。胜友俱来[3],同醉君恩倒玉杯。

[注释]

①杜宇:子规鸟的代称。　②龙香:即龙涎香。　③胜友:高明的朋友,良友。王勃《滕王阁序》:"十旬休假,胜友如云。"

## 点绛唇

庆即席上

璧月香风,万家帘幕烟如昼。闹蛾雪柳[1],人似梅花瘦[2]。　　行乐清时,莫惜笙歌奏。更阑后,满斟金斗,且醉厌厌酒。

[注释]

①闹蛾雪柳:宋代贵族妇女所带的头饰。《宣和遗事·亨集》:"京师民有似云浪,尽头上戴著玉梅、雪梅、闹蛾儿,直到鳌山下看灯。"　②人似梅花瘦:本李清照《醉花阴》"莫道不消魂,帘卷西风,人比黄花瘦"。

## 点绛唇

细雨斜风,上元灯火还空过。下帘孤坐,老去知因果。　　风月词情,冷落教谁和。今忘我。静中看破,万事空花堕[1]。

[注释]

①空花："用此思惟，辨于佛境，犹如空华，复结空果。"见《圆觉经》。"空华"同"空花"，喻妄想。

## 浣溪沙

奉诏次韵张池州赏杏听琵琶

艳杏红芳透粉肌，沉香亭宴太真妃[①]。新晴庭馆燕来迟。　试抹么弦妆半掩[②]，满斟绿醑袖交飞[③]。九重天上捧金卮。

[注释]

①"沉香亭"句："开元间禁中初重木芍药，即今之牡丹也。植于兴庆池东、沉香亭前。会花繁开，明皇乘照夜白，召太真妃以步辇从之，诏选梨园子弟中尤者……遽命李龟年持金花笺宣赐翰林李白进《清平调》词三章。"见《太平广记》。　②么弦：小弦。　么：同"幺"。　③醑（xǔ）：美酒。

## 浣溪沙

郑相席上赠舞者

元是昭阳宫里人[①]，惊鸿宛转掌中身[②]。只疑飞过洞庭云。　按彻凉州莲步紧，好花风袅一枝新。画堂香暖不胜春。

[注释]

①昭阳宫：汉成帝皇后赵飞燕所居之地。　②惊鸿：喻舞者体态轻盈，飘风舒展。曹植《洛神赋》："其形也翩若惊鸿，婉若游龙。"　掌中身：喻舞者体态轻盈，能舞于掌上。《飞燕外传》："汉赵飞燕体轻，能为掌上舞。"

## 浣溪沙

绮陌寻芳惜少年，长楸走马著金鞭[①]。玉楼春醉杏花前。　憔悴如今谁作伴，别离还近养花天[②]。碧云凝处忆婵娟。

[注释]

①长楸：古代大道旁植楸树，绵延不断，故以长楸代指大道。　走马：纵马奔驰。曹植《名都篇》："名都出妓女，京洛出少年。……鬥鸡东郊道，走马长楸间。"此言少年时游乐，不知愁苦。　②养花天："越中牡丹开时，赏者不问亲疏，谓之看花局；此月多有轻云微雨，谓之养花天。"见仲殊《花品序》。

## 浣溪沙

一扇熏风入座凉[①]。轻云微雨弄晴光。绿团梅子未成黄。　渐近日长愁闷处，更堪羁旅送归艎[②]。乱山重叠水茫茫。

[注释]

①熏风：东南风，和风。《吕氏春秋·有始》："东南曰熏风。"高诱注："巽气所生，一曰清明风。"　②艎：即舣艎，一种大船。此泛指舟。

## 清商怨[①]

华灯闹，银蟾照[②]，万家罗幕香风透。金尊侧，花颜色，醉里人人，向人情极，惜惜惜。　春寒峭，腰肢小。鬟云斜鬌蛾儿袅。清宵寂，香闺隔，好梦难寻，雨踪云迹[③]。忆忆忆。

［注释］

①清商怨：宋词中以《清商怨》为词牌的有两式：其一为双调四十三字，上、下片各三仄韵。《词谱》云："古乐府有《清商曲》辞，其音多哀愁，故取以为名。"又名《吴河令》。其一为《撷芳词》（即《钗头凤》本名）之别称。双调六十字，前后阕的末句各用三叠字，仄韵。此词牌用《清商怨》即为《钗头凤》之别称。　②银蟾：指月中蟾蜍。代指月亮。　③雨踪云迹：暗用巫山神女典。宋玉《高唐赋序》："妾在巫山之阳，高丘之阻，旦为朝云，暮为行雨。"此指男女间的缠绵眷恋之情。

## 诉衷情

夜直殿庐，晚雪，因作

建章宫殿晚生寒[1]，飞雪点朱阑。舞腰缓随檀板，轻絮殢春闲[2]。　　愁思乱，酒肠悭[3]，漏将残。玉人今夜，滴粉搓酥，应敛眉山。

［注释］

①建章：汉宫名，汉武帝所建。　②殢：困扰。　③悭（qiān）：欠缺。

## 诉衷情

赵德大还延平[1]，因语旧游，作此以赠之

半钩珠箔小扬州[2]，春色在重楼。曾醉玳筵歌舞[3]，楚梦苦难留[4]。　　情脉脉，恨悠悠，几时休。大都人世，会少离多，总是闲愁。

［注释］

①延平：今福建南平。　②"半钩"句：化用杜牧《赠别》"春风十里扬州路，卷上珠帘总不如"诗意。此喻延平为"小扬州"。　③玳筵：古代女子以玳瑁为装饰品，此指当年与意中人相醉的宴会。　④楚梦：本指楚襄

王与巫山神女相会之梦,见宋玉《高唐赋序》,此指对往昔女子的相思之梦。

## 诉衷情

晚妆初试蕊珠宫[①],随步异香浓。檀槽缓垂鸾带[②],纤指捻春葱。 莺语巧,上林中[③],正娇慵。暂教花下,帘影微开,多谢东风。

[注释]

①蕊珠宫:道教仙宫。此指皇宫内苑。 ②檀槽:檀木做成的琵琶、琴等弦乐器上架弦的格子。 鸾带:绘有鸾鸟的彩色丝带。 ③上林:汉宫苑名,此指南宋宫苑。

## 诉衷情

史丞相宴曲水席上作[①]

兰亭曲水擅风流[②],移宴向清秋。黄花未应憔悴,盏面尚堪浮。 围艳质,发歌喉,细相酬。明年此会,主人还是,在凤池头[③]。

[注释]

①史丞相:史浩,见前史浩词注。 曲水:古代于阴历三月上巳日就水滨宴饮,认为可被除不祥,后人因引水环曲成渠,流觞取饮,相与为乐,称为曲水流觞。见黄朝英《靖康缃素杂记》。 ②兰亭:晋王羲之等名士聚会兰亭,修祓禊之礼。见《晋书·王羲之传》。此喻史丞相曲水之宴为兰亭盛会。 ③凤池:凤凰池。此指宰相之职。见《晋书·荀勖传》。此系对史丞相之祝词。

## 踏莎行

翠幄成阴，谁家帘幕。绮罗香拥处、觥筹错。清和将近，□春寒更薄[①]。高歌看簌簌[②]、梁尘落。　好景良辰，人生行乐。金杯无奈是、苦相虐。残红飞尽，袅垂杨轻弱。来岁断不负、莺花约。

[注释]

①□：唐氏按，原无空格。毛校："春"字上疑脱一字。　②簌簌：象声之词。

## 眼儿媚

闺　思

花近清明晚风寒，锦幄兽香残。醺醺醉里，匆匆相见，重听哀弹。　春情入指莺声碎[①]，危柱不胜弦。十分得意，一场轻梦，淡月阑干。

[注释]

①春情：伤春相思之情。

## 眼儿媚

重劝离觞泪相看[①]，寂寞上征鞍。临行欲话，风流心事，万绪千端。　春光漫漫人千里，归梦绕长安。不堪向晚，孤城吹角[②]，回首关山[③]。

[注释]

①离觞：离别之酒。　②吹角：军中号角，其声高亢凄厉。　③关山：泛指山川险隘。

## 蝶恋花

惜 春

翠箔垂云香喷雾，年少疏狂，载酒寻芳路。多少惜花春意绪，劝人金盏歌金缕[1]。 桃李飘零风景暮，只有闲愁，不逐流年去。旧事而今谁共语，画楼空指行云处。

**[注释]**

①金缕：指唐杜秋娘所作《金缕衣》诗，“劝君莫惜金缕衣，劝君惜取少年时。有花堪折直须折，莫待无花空折枝。”

## 蝶恋花

三月上巳应制

御柳风柔春正暖，紫殿朱楼，赫奕祥光远。十二玉龙迎凤辇，香腾锦绣闻弦管。 扇却双鸾开宝宴[1]，绿绕红围，宣劝金卮满。万岁千秋流宠眷，此身欲备昭阳燕[2]。

**[注释]**

①“扇却”句：撤下鸾扇仪仗。 ②昭阳燕：昭阳为汉成帝皇后赵飞燕所居之宫。此自比昭阳之燕，冀求得到皇上的宠幸。

## 隔浦莲

咏白莲

凉秋湖上过雨，作意回商素。暗绿翻轻盖，萧然姑射俦侣[1]。妆脸宜淡伫。红衣妒，步袜凌波去[2]。 异香度。天教占断，风汀月浦烟渚。纤尘不到，梦绕玉壶清处[3]。多少芳心待怨诉。无语，飞来一片鸥鹭。

［注释］

①姑射：山名，藐姑射之省称。《庄子·逍遥游》："藐姑射之山，有神人居焉；肌肤若冰雪，淖约若处子。"借指美貌仙人。此喻白莲美好姿态。②"步袜"句：凌波，本为形容洛神形体之美。曹植《洛神赋》描写洛神的体态有"体迅飞凫，飘忽若神；凌波微步，罗袜生尘"之句，此将白莲想像成凌波仙子。　③玉壶：本鲍照《代白头吟》"直如朱丝绳，清如玉壶冰"。以玉壶冰清喻人操守高洁。此喻白莲之高洁。

## 浪淘沙

观潮作

一线海门来[①]，雪喷云开。昆山移玉下瑶台[②]。卷地西风吹不断，直到蓬莱。　　羯鼓噪春雷[③]，鼍舞蛟回[④]。歌楼鼓吹夕阳催。今古清愁流不尽，都一樽罍。

（以上《海野老人长短句》卷上）

［注释］

①海门：即萧山鳖子门，海潮至此激成巨浪。　②"昆山"句：昆山，即昆仑山，相传是著名的产玉之地。　瑶台：传说中西王母所居之处。此形容潮头高耸，直扑而下。　③羯鼓：古打击乐器，南北朝时经西域传入内地，盛行于唐开元、天宝年间。　④鼍（tuó）：鳄鱼的一种，即扬子鳄。

## 蓦山溪

坤宁殿得旨次韵赋照水梅花

催花小雨，轻把香尘洒。帘卷水亭风，梅影转、夕阳初下。靓妆窥鉴[①]，鸳甃湛清漪，浮暗麝，剪芳琼，消得连城价。　　玉楼十二[②]，寒怯铢衣挂。曾是绿华仙，眷馀情、新词如画。花随人圣，须信世无双，腾凤吹，驻銮舆，堪与瑶池亚。

[注释]

①靓妆:美丽的妆饰。 ②玉楼十二:指仙境中的楼观。汉桓驎《西王母传》:“所居宫阙……有城千里,玉楼十二,琼华之阙……”此指宫中华美楼阁。

## 蓦山溪

暮秋赏梨花

凋红减翠,正是清秋杪。深院袅香风,看梨花、一枝开早。珑璁映面,依约认娇颦,天淡淡,月溶溶,春意知多少。 清明池馆,芳信年年好。更向五侯家[1],把江梅、风光占了。休教寂寞,辜负向人心。檀板响,宝杯倾,潘鬓从他老[2]。

[注释]

①五侯:泛指权贵之家。 ②潘鬓:晋潘岳三十二岁时两鬓已斑,其《秋兴赋》云“余春秋三十有二,始见二毛”。

## 感皇恩

重到临安

依旧惜春心,花枝常好,只恐尊前被花笑。少年青鬓,耐得几番重到。旧欢重记省,如天杳。 绮陌青门[1],斜阳芳草,今古销沉送人老。帝城春事,又是等闲来了。乱红随过雨,莺声悄。

[注释]

①青门:汉长安东城东南的霸城门。后泛指京城城门。

[集评]

沈雄云："花庵词客曰：曾海野，东都故老，及见中兴之盛者……重到临安作感皇恩，感慨淋漓，甚得大体，人所不及也。"（《古今词话·词评》卷上）

俞陛云云："此殆放逐后重返都门而作。调依《感皇恩》，追怀知遇，感慨系之矣。"（《唐五代两宋词选释》）

## 阮郎归

上苑初夏侍宴，池上双飞新燕掠水而去，得旨赋之

柳阴庭馆占风光，呢喃清昼长[①]。碧波新涨小池塘，双双蹴水忙。　萍散漫，絮飘飏，轻盈体态狂。为怜流去落红香，衔将归画梁。

[注释]

①呢喃：燕鸣声。

[集评]

沈雄云："花庵词客曰：宋仁宗（按：仁宗为高宗之误，见《武林旧事》卷七）见新燕掠水，曾觌应制作《阮郎归》词云云。仁宗极赏叹其末二句。"（《古今词话·词辨》上卷）

黄苏云："按末二句，大有寄托忠爱之心，婉然可想。"（《蓼园词评》）

## 鹧鸪天

选德殿赏灯，先宴梅堂，侍两宫，沾醉口占[①]

龙驭亲迎玉辇来[②]，江梅枝上雪培堆。东风上苑春光到，更放金莲匝地开。　腾凤吹，进瑶杯。两宫交劝正欢谐。父慈子孝从今数，准拟开筵一万回。

[注释]

①两宫:指太上皇及其子孝宗。　②龙驭:皇帝的车驾。

## 鹧鸪天

奉和伯可郎中席上见赠[1]

桃李飘零春已深,可怜轻负惜花心。尊前赖有红千叠,窗外休惊绿满林。　灯灼灼,醉沉沉。笙歌丛里酒频斟。留欢且莫匆匆去,恨望春归何处寻。

[注释]

①伯可:康与之字。

## 鹧鸪天

了堂净惠师示予寒食感怀二阕[1],因次其韵

每上春泥向晓乾,花间幽鸟舞姗姗。年华不管人将老,门外东风依旧寒。　投簪易[2],息机难[3]。鹿门归路不曾关[4]。羡君早觉无生法[5],识破南柯一梦间[6]。

[注释]

①了堂:净惠和尚禅堂名。　净惠:号月庵,能诗。　②投簪:犹投冠。喻弃官。　③息机:消除尘俗之念。　④"鹿门"句:鹿门,山名,在今湖北襄阳。东汉高士庞公隐居的地方。见《后汉书·逸民传》。此句言隐退之门一直敞开着。　⑤无生:佛教语,谓万物的实体无生无灭。　⑥南柯一梦:唐李公佐《南柯记》载淳于棼梦中富贵万分,醒来方觉一梦,喻富贵得失无常。

## 鹧鸪天

故乡寒食醉酡颜，秋千彩索眩斓斑。如今头上灰三斗[①]，赢得疏慵到处闲。　钟已动，漏将残。浮生犹恨别离难。镬汤转作清凉地[②]，只在人心那样看。

[注释]

①灰三斗：谓头发已斑白。　②镬(huò)：古代的大锅。

## 定风波

应制听琵琶作

捍拨金泥雅制新[①]，紫檀槽映小腰身。娅姹雏莺相对语[②]，欣睹。上林花底暖生春。　飒飒胡沙飞指下，休讶。一般奇绝称精神。向道曲终多少意，须记。昭阳殿里旧承恩。

[注释]

①捍：弹琵琶时拨弦之具。　②娅姹：亲密美听之意。

## 定风波

赏牡丹席上走笔

上苑秾芳初雨晴，香风袅袅泛轩楹。犹记洛阳开小宴，娇面。粉光依约认倾城[①]。　流落江南重此会，相对。金蕉蘸甲十分倾。怕见人间春更好，向道。如今老去尚多情。

[注释]

①倾城：形容绝代佳人。

## 定风波

题续宅江楼[①]

极目秋光夕照开，潮头初自海门来。杳杳江天横一线，如练。疾驱千骑鼓声催。　杰槛翠飞争徙倚，一行新雁去仍回。翠袖半空歌笑迥，低映。十分沉醉劝金杯。

[注释]

①宅江楼：在钱塘江畔，为观潮之地。

## 定风波

天语丁宁对未央，少摅素志向荆襄。烜赫家声今不坠[①]，英伟。风姿飒爽紫髯郎[②]。　别酒一杯君莫阻，烛前粉艳俨成行。领略大堤花好处[③]，无绪。也应回首水云乡。

[注释]

①烜（xuǎn）赫：显赫。　②紫髯郎：指吴王孙权。见《三国志·吴书·吴主权》裴松之注。后用以代称有文才武略之人。　③大堤：大堤为襄阳地名。南朝宋人刘诞《襄阳乐》咏大堤女儿及其恋情，见《乐府诗集》卷四十八。此以大堤切襄阳。

## 南乡子

文叔开尊席上作

霜月晚云收，萧瑟西风满院秋。雅会难期嗟易散，迟留。把酒听歌且劝酬。　万事拚悠悠，只有情亲意未休。后夜扁舟烟浪里，回头。叶叶丹枫总是愁。

## 忆秦娥

晴空碧，吴山染就丹青色。丹青色，西风摇落，可堪凄恻。　　世情冷暖君应识，鬓边各自侵寻白[1]。侵寻白，江南江北，几时归得。

[注释]

①侵寻：渐渐。

## 忆秦娥

西风节，碧云卷尽秋宵月。秋宵月，关河千里，照人离别。　　尊前俱是天涯客，那堪三载遥相忆。遥相忆，年光依旧，渐成华鬓。

## 忆秦娥

赏雪席上

暮云蹙，小亭带雪斟醽醁[1]。斟醽醁，一声羌管，落梅蔌蔌。　　舞衣旋趁霓裳曲，倚阑相对人如玉。人如玉，锦屏罗幌，看成不足。

[注释]

①醽醁(líng lù)：酒名。

## 忆秦娥

正飞雪，园林一样梨花白。梨花白，画堂帘卷，暖生春色。　　嵇康转轴声幽噎[1]，新来多病娇无力。娇无力，浅红转黛，自然标格。

[注释]

①嵇康转轴：嵇康善琴，临刑前为古曲《广陵散》，后世遂不传。见《晋书·嵇康传》。此谓弹琴。

## 忆秦娥

邯郸道上望丛台有感

风萧瑟，邯郸古道伤行客[①]。伤行客，繁华一瞬，不堪思忆。　丛台歌舞无消息[②]，金尊玉管空尘迹。空尘迹，连天草树，暮云凝碧。

[注释]

①邯郸：今河北邯郸。　②丛台歌舞：丛台在今河北邯郸东，战国时赵武灵王所筑。《后汉书·马武传》记东汉光武帝攻克邯郸后，与功臣马武登丛台饮酒作乐。此为抒吊古之情。

[集评]

李调元云："望丛台诸作，语多感慨，令人生麦秀黍离之感。"（《雨村词话》卷三）

陈廷焯云："黍离麦秀之悲，暗说则深，明说则浅。曾纯甫词，如'雕栏玉砌，空馀三十六离宫。'又云：'繁华一瞬，不堪思忆。'又云：'丛台歌舞无消息，金尊玉管空陈迹。'词极感慨，但说得太显，终病浅薄。碧山咏物诸篇，所以不可及。"（《白雨斋词话》卷六）

俞陛云云："此词格老气清，有唐人风范，论者谓与《金人捧露盘》一调皆凄然有宗国之思。"（《唐五代两宋词选释》）

## 鹊桥仙

同舍郎载酒见过,醉后作

菊花小摘,西风斜照,帘影轻笼暝色。玉尊侧倒莫辞空,□满座、宾朋弁侧[①]。　　乡邦万里,北来年少,几个如今在得。扶头一任且留连[②],叹人世、光阴半百。

[注释]

①□:毛校,"空"字宜在"满座"上下。　②扶头:酒名。

## 清平乐

松姿不老,独立蓬莱杪。风卷流苏香雾晓[①],又是江梅开了。　　丹青早画麒麟[②],貂蝉自属王门[③]。闻道碧桃花绽,一枝枝祝千春。

[注释]

①流苏:下垂的穗子,用五彩羽毛或丝线制成。古代用作车马、帷幕等的装饰品。　②画麒麟:麒麟阁,为汉代画功臣像之处。画麒麟为建功立业,青史留名。见《汉书·李广苏建传》。　③貂蝉:为汉代侍从贵臣所着冠上之饰。其制为冠上加黄金珰,附蝉为饰,插以貂尾。旧以此作达官贵人之代称。见《南齐书·周盘龙传》。

## 长相思

清夜长,泛玉觞。照座江梅花正芳,风传细细香。
围艳妆,留醉乡。一曲清歌声绕梁[①],尊前人断肠。

[注释]

①绕梁:形容歌唱得非常悦耳动听,馀音袅袅,历久不绝。《列子·汤问》:“昔韩娥东之齐,匮粮,鬻歌假食。既去而馀音绕梁欐,三日不绝。”

## 虞美人

中秋前两夜作

芙蓉池畔都开遍,又是西风晚。霁天碧净暝云收,渐看一轮冰魄、冷悬秋。　　闽山层叠迷归路,把酒宽愁绪。旧欢新恨几凄凉,暗想瀛洲何处、梦悠扬[①]。

[注释]

①瀛洲:仙山名。传说东海中有蓬莱、方丈、瀛洲三座仙山。

## 采桑子

清 明

清明池馆晴还雨。绿涨溶溶,花里游蜂,宿粉栖香锦绣中。　　玉箫声断人何处。依旧春风,万点愁红,乱逐烟波总向东。

[集评]

杨慎云:“曾觌,字纯甫,号海野。东都故老,见汴都之盛,故词多感慨,金人捧露盘是也。《采桑子》云:‘花里游蜂,宿粉栖香锦绣中。’为当时传歌。”(《词品》卷四)

## 朝中措

赵知阁生日

画堂帘卷兽香浓[①],花上雪玲珑。平地十洲三岛[②],蟠桃已试春红[3]。　清朝旧德，仙姿难老，主眷方隆。烂醉笙歌丛里，年年先占春风。

[注释]

①兽香：兽形香炉所燃的香。　②十洲三岛：古代传说中海上的仙山。三岛指蓬莱、方丈、瀛洲三仙山。《海内十洲记》："汉武帝即闻西王母说八方巨海中有祖洲、瀛洲、玄洲、炎洲、长洲、元洲、流洲、生洲、凤麟洲、聚窟洲。有此十洲，乃人迹所稀绝处。"　③蟠桃：神话中的仙桃。三千年一开花，三千年一结果。

## 朝中措

山父赏牡丹，酒半作

画堂栏槛占韶光，端不负年芳。依倚东风向晓，数行浓淡仙妆。　停杯醉折，多情多恨，冶艳真香。只恐去为云雨，梦魂时恼襄王[1]。

[注释]

①恼襄王：用巫山神女事。楚襄王梦见巫山神女云："妾在巫山之阳，高丘之阻，旦为朝云，暮为行雨，朝朝暮暮，阳台之下。"见宋玉《高唐赋序》。此喻牡丹冶艳妖娆。

## 朝中措

金沙架上日璁珑，浓绿衬轻红。花下两行红袖，直疑春在壶中。　如今尚觉，惜花爱酒，依旧情浓。无限少年心绪，从教醉倒东风。

## 朝中措

休论社燕与秋鸿[1]，时节太匆匆。海上一番微雨，朱门浓绿阴中。　主人情厚，金杯满泛，且共从容。莫问莺花俱老，今朝犹是春风。

[注释]

①社燕：燕子春社时来，秋社时去，故称“社燕”。

## 朝中措

西湖南北旧游空，谁料一尊同。回首四年间事，浑如飞絮濛濛。　林花谢了，明年春到，依旧芳容。惟有朱颜绿鬓，暗随流水常东。

## 朝中措

席上赠南剑翟守

双溪楼上凭栏时，潋滟泛金卮[1]。醉到闹花深处，歌声遏住云飞[2]。　风流太守，鸾台家世[3]，玉鉴丰姿。行奉紫泥褒诏[4]，要看击浪天池[5]。

[注释]

①潋滟：水光闪动貌。　②遏住云飞：形容歌声嘹亮，高入云霄，使浮动着的云也停住了。《列子·汤问》：“薛谭学讴于秦青，未穷青之技，自谓尽之，遂辞归。秦青弗止，饯于郊衢，抚节悲歌，声震林木，响遏行云。”　③鸾台：唐武则天光宅元年(684)改门下省为鸾台，旋复旧称。此谓高官。　④紫泥褒诏：古代诏书的封袋用紫泥封口，上面盖印。此为诏书的美称。　⑤击浪天池：天池为《庄子》故事中鹏鸟飞往南溟的大池。

此喻翟守将鹏程万里，前途远大。

## 朝中措

维扬感怀

雕车南陌碾香尘，一梦尚如新。回首旧游何在，柳烟花雾迷春。　　如今霜鬓，愁停短棹，懒傍清尊。二十四桥风月[①]，寻思只有消魂。

[注释]

①二十四桥风月：语出杜牧《寄扬州韩绰判官》"二十四桥明月夜，玉人何处教吹箫"。

## 朝中措

同前代御带作[①]

功名虽未压英游，一种旧风流。人世百年须到，如今七十春秋。　　当时帷幄，貂珰贵重[②]，誉蔼朋俦[③]。赢得尊前沉醉，浮华付去悠悠。

[注释]

①御带：指御前近侍之武职官员。　②貂珰：汉代中常侍冠上的两种装饰物。《汉官仪》卷上："中常侍，秦官也。汉兴，或用士人，银珰左貂。光武以后，专任宦者，右貂金珰。"后即用为宦官的代称。　③誉蔼：誉满。

## 南柯子

元夜书事

壁月窥红粉[①]，金莲映彩山。东风丝管满长安。移下十洲三岛,在人间。　　两两人初散,厌厌夜向阑。倦妆残醉怯春寒。手捻玉梅无绪、倚阑干。

[注释]

①璧月:圆月。

## 南柯子

次韵南剑赵倅

粉黛娉娗艳[1],芝兰笑语香。延平春色門芬芳[2],不管清宵更漏、听霓裳。　　烛暗人方醉,杯传意更长。可堪羁客九回肠。萧瑟一檐风雨、过横塘。

[注释]

①娗:同“婷”。　②延平:今福建南平。

## 南柯子

将出行,陆丈知府置酒,出姬侍,酒半索词

绿荫侵檐净,红榴照眼明。主人开宴出倾城,正是雨馀天气、暑风清。　　别酒殷勤意[1],危弦要妙声[2]。年年相见岂无情,后日暮云回首、奈乘行。

[注释]

①意:《全宋词》误作“竟”,此从汲古阁本改。　②要妙:美好。

## 南柯子

浩然与予同生己丑岁[①]，月日时皆同。秋日，见席上出新词，且命小姬歌以侑觞，次韵奉酬

共禀阴阳数，谁知造化工[②]。安闲百计总输公，掩映芙蓉花径、郡城东。　风月三秋兴，尊罍一笑同。新词佳丽见情通，更唤雪儿、低唱慰衰容[③]。

**[注释]**

①浩然：姜浩，字浩然，与曾觌生辰同。官至马步军副总管。见楼钥《攻媿集·姜公墓志铭》。　②造化：指天地、自然界的创造化育。　③雪儿：指小姬。

## 玉楼春

雪中无酒，清坐寒冷，承观使太尉与宾客酬唱谨和[①]

江天暝色伤心目，冻鹊争投林下竹。四垂云幕一襟寒，片片飞花轻镂玉。　美人试按新翻曲，点破舞裙春草绿。融尊侧倒也思量[②]，清坐有人寒起粟[③]。

**[注释]**

①太尉：《全宋词》作“大尉”，此依汲古阁本。　②融尊：孔融好客，有“座上客常满，樽中酒不空”之语。见《后汉书·孔融传》。　③寒起粟：受冷皮肤上起小颗粒。

## 江神子

赠章鉴道

故人情分转绸缪[①]。小窗幽，话离愁。海阔天遥，鸿

雁两悠悠。今日相逢谁较健，应怪我、鬓先秋。　功名淅米在刀头[2]。壮心休，敝貂裘[3]。何事留欢，不竟漾扁舟。桃李春风将近也，如后会、醉青楼[4]。

[注释]

①绸缪：缠绵。　②淅米刀头：喻处于极其危险之境地。南朝刘义庆《世说新语·排调》："桓南郡与殷荆州语次……作危语。桓曰：'矛头淅米剑头炊。'"　③敝貂裘：喻功名未就。《战国策·秦策》："（苏秦）说秦王书十上，而说不纳。黑貂之裘敝，黄金百斤尽。"　敝：《全宋词》作"弊"。　④青楼：妓馆。

## 踏莎行

和材甫听弹琵琶作

凤翼双双，金泥细细。四弦斜抱拢纤指，紫檀香暖转春雷，嘈嘈切切声相继。　弱柳腰肢，轻云情思。曲中多少风流事。红牙拍碎少年心[1]，可怜辜负尊前意。

[注释]

①红牙：即红牙板，古时听歌击节之拍板。

## 生查子

温柔乡内人[1]，翠微阁中女。颜笑洛阳花，肌莹荆山玉[2]。　东君深有情[3]，解与花为主。移傍楚峰居，容易为云雨。

[注释]

①温柔乡：喻美色迷人之境。汉伶玄《飞燕外传》："是夜进合德。帝

大悦，以辅属体，无所不靡，谓为温柔乡。” ②荆山玉：即和氏璧，乃稀世之宝。荆山即楚山，故曰荆山玉。见《韩非子 · 和氏》，此以荆山玉喻美人肌肤。 ③东君：司春之神。

## 青玉案

蒲葵佳节初经雨，正栏槛、薰风度[①]。满泛香蒲斟醁醑[②]。故人情厚，艳歌娇舞，总是留宾处。　榴花照眼江天暮，醉里春情荡轻絮。岂止卷帘通一顾，今宵酒醒，一襟风露，梦指高唐去。

**[注释]**

①薰风：香风。 ②醁醑：酒名。

## 青玉案

乘鸾影里冰轮度[①]，秋空净、南楼暮。袅袅天风吹玉兔。今宵只在，旧时圆处，往事难重数。　天涯几见新霜露，怎得朱颜旧如故。对酒临风慵作赋。蓝桥烟浪[②]，故人千里，梦也无由做。

**[注释]**

①乘鸾：传说秦穆公之女弄玉乘鸾仙去。见《列仙传》卷上《萧史》。 冰轮：月亮。 ②蓝桥：桥名。在陕西省蓝田县东南蓝溪之上，相传其地有仙窟，为唐裴航遇仙女云英处。见《太平广记》卷五十《裴航》。

## 菩萨蛮

次韵龙深甫春日即事[①]

杏花寒食佳期近，一帘烟雨琴书润。砌下水潺潺，玉笙吹暮寒。　　阳台云易散，往事寻思懒。花底醉相扶，当时人在无。

[注释]

①龙深甫：即龙大渊，官至知阁门事、江东总管。

## 菩萨蛮

云烟漠漠秋容老，茅檐映水人家好。林叶未凋疏，远山横有无。　　平生耕钓事，若个安身是。劝君早归来，碧香新瓮开。

## 西江月

元夕醉中走笔

焕烂莲灯高下，参差梅影横斜[①]。凭栏一目尽天涯，雪月交辉清夜。　莫惜柔荑劝酒[②]，从教醉脸红霞。烂银宫阙对仙家，一段风光如画。

[注释]

①“参差”句：本林逋《山园小梅》“疏影横斜水清浅，暗香浮动月黄昏”。　②柔荑：本《诗经·卫风·硕人》“手如柔荑”。此代指劝酒之女子。

## 西江月

桂苑旋生凉思，银河左界秋高。纤尘不动湛清霄，皓月照人偏好。　　诗为情多却减，酒因愁里难销。一声羌管梦魂劳，可惜风光虚老。

## 西江月

醉伴三千珠履[1]，如登十二琼楼[2]。壶天澄爽露华秋[3]，滟滟金波酾酒[4]。　　罗扇不随恩在[5]，佳时须要人酬。麒麟阁画为谁留，只见浮生白首。

［注释］

①三千珠履："春申君客三千馀人，其上客皆蹑珠履以见赵使。"见《史记·春申君列传》。此指众多门客。　②十二琼楼：指仙境中的楼观。③壶天：道家称仙境为壶天。　④酾（shī）酒：斟酒。　⑤"罗扇"句：喻恩情中绝。见班婕妤《怨歌行》。

## 绣带儿

客路见梅

潇洒陇头春[1]，取次一枝新。还是东风来也，犹作未归人。　　微月淡烟村。谩伫立，惆怅黄昏。暮寒香细，疏英几点，尽奈销魂。

［注释］

①陇头春：喻指梅花。南朝宋陆凯《赠范晔》："折梅逢驿使，寄与陇头人。江南无所有，聊赠一枝春。"

## 卜算子

湖州砖墙吴氏女失身于土山张氏作妾

数尽万般花，不比梅花韵。雪压风欺恁地寒，刬地清香喷[1]。　半醉折归来，插向乌云鬓。不是愁人闷带花，花带愁人闷。

[注释]

①刬地：越发、更加。

## 柳梢青

咏海棠

雨过风微，温泉浴倦[1]，妃子妆迟。翠袖牵云，朱唇得酒，脸晕胭脂。　年年海燕新归，怎奈向、黄昏恁时。倚遍琼干[2]，烧残银烛，花又争知。

[注释]

①温泉浴倦：温泉即唐代华清宫中的温泉，故址在陕西临潼县骊山下。此用杨贵妃春寒沐浴故事喻海棠。　②琼干：白玉阑干。

## 柳梢青

春祺锡宴[1]

□杏堂前，清深窗外，宛似蓬瀛。珠翠分行[2]，笙歌争奏，音韵清新。　玉皇金母情亲[3]，劝醁醑、更酬嗣君[4]。地久天长，花朝月夕，天上长春。

[注释]

①锡宴：赐宴。 ②珠翠：代指宫女。 ③玉皇金母：玉皇大帝与西王母。此指皇帝、皇后。 ④嗣君：准备即位之君。

## 柳梢青

小宴清秋，霎时见了，雨散云收。柳絮轻柔，梅花闲淡，宫院风流。 空教梦绕青楼，待说个、相思又休。无奈情何，不来眼底，常在心头。

## 醉落魄

情深恨切，忆伊诮没些休歇[①]。百般做处百厮惬，管是前生，曾负你冤业[②]。 临歧不忍匆匆别，两行珠泪流红颊。关山渐远音书绝。一个心肠，两处对风月。

[注释]

①诮没：浑无，全然没有。 ②冤业：孽债。

## 鹊桥仙

娇波媚靥[①]，尊前席上，只是寻常梳裹。温柔伶俐总天然，没半掏[②]、教人看破。 从来可恁，痴迷著相，百计消除不过。烟花不是不曾经，放不下、唯他一个。

[注释]

①靥（yè）：酒窝儿。 ②掏：当作“掐”。半掐：言足之纤小，不够一掐。

## 清平乐

艳苞初拆，偏借东君力[①]。上苑梨花风露湿[②]，新染胭脂颜色。　玉人小立帘栊，软匀媚脸妆红。斜插一枝云鬓，看谁剩□春风。

[注释]

①东君：司春之神。　②上苑：宫庭禁苑。

## 诉衷情

闲窗静院漏声长，金鸭冷残香[①]。几番梦回枕上，飞絮恨悠扬。　身在此，意伊行。瞰思量[②]。不言不语，几许闲情，月上回廊。

[注释]

①金鸭：鸭形青铜香炉。　②瞰(shà)：同"煞"，表示程度之深。

## 浣溪沙

### 樱　桃

谷雨郊园喜弄晴[①]，满林璀璨缀繁星。筠篮新采绛珠倾[②]。　樊素扇边歌未发[③]，葛洪炉内药初成[④]。金盘乳酪齿流冰。　（以上《海野老人长短句》卷下[⑤]）

[注释]

①谷雨：二十四节气之一。每年四月二十日前后。　②筠篮：竹篮。　绛珠：大红宝珠。喻樱桃。　③樊素：白居易家伎。白居易诗："樱桃樊素口，杨柳小蛮腰。"见唐孟棨《本事诗》。　④葛洪：晋葛洪好炼丹导

引之术。此以葛洪炼成的丹药比拟樱桃。见《晋书·葛洪传》。 ⑤《海野老人长短句》二卷，从毛扆校汲古阁本《海野词》录出。

## 壶中天慢

素飙漾碧，看天衢稳送、一轮明月。翠水瀛壶人不到①，比似世间秋别。玉手瑶笙，一时同色，小按霓裳叠②。天津桥上，有人偷记新阕③。 当日谁幻银桥，阿瞒儿戏④，一笑成痴绝。肯信群仙高宴处，移下水晶宫阙。云海尘清，山河影满，桂冷吹香雪。何劳玉斧，金瓯千古无缺⑤。

（《武林旧事》卷七）

### ［注释］

①翠水：神话中的仙境所在。《西王母传》："左带瑶池，右环翠水。" ②霓裳叠：指《霓裳羽衣曲》。唐开元时宫中名曲。 ③"天津桥上"二句：本唐元稹《连昌宫词》"李谟擪笛傍宫墙，偷得新翻数般曲"。自注："玄宗尝于上阳宫夜后按新翻一曲，属明夕正月十五日，潜游灯下。忽闻酒楼上有笛奏前夕新曲，大骇之。明日，密遣捕捉笛者，诘验之。自云'某某夕窃于天津桥上玩月，闻宫中度曲，遂于桥柱上插谱记之，臣即长安少年善笛者李谟也。'玄宗异而遣之。" 偷记阕，暗中记录乐谱。此意谓朝野同乐，一片升平气象。 ④阿瞒：《羯鼓录》南卓自注，"上（指唐玄宗李隆基）于诸亲，尝自称阿瞒。" ⑤金瓯：金盆。喻指国家疆土完固。《南史·朱异传》："我国家犹若金瓯，无一伤缺。"

### ［集评］

沈雄云："太平乐府曰：淳熙三年，孝宗起居上皇赏月，命小刘妃取白玉笙，吹《霓裳中序第一》，曾觌进《壶中天》卒章云：'金瓯千古无缺。'上皇喜曰：从来月词，不曾用金瓯事。赐赉无算。"（《古今词话·词辨》下卷）

周密云："淳熙九年八月十五日，驾过德寿宫起居。太上留坐，至乐堂进早膳毕,命小内侍进彩竿垂钓。上皇曰:'今日中秋,天气湛清,夜间必有好月色,可少留看月。'上恭领圣旨,索车儿同过射厅,观御马院使臣打球,进市食,看水傀儡。晚宴香远堂,堂东有万岁桥,长六丈馀,并用吴璘进到玉石甃成。四畔雕镂栏槛,莹彻可爱。桥中心做四面亭,用白椤木盖造,极为雅洁。大池十馀亩,皆是千叶白莲。凡御榻、御屏、酒具、香奁器用,并用水精。南岸列女童五十人奏清乐。北岸芙蓉阁一带,并是教坊,近二百人。待月初上,箫韶齐举,缥缈相应,如在霄汉。既入座,乐少止。太上召刘贵妃,令独吹白玉笙《霓裳中序》。上自起执玉杯奉两殿酒,并以垒金嵌宝注碗杯盘等物赐贵妃。侍宴官开府曾觌恭进《壶中天慢》一首云云。上皇大喜曰:'从来月词不曾用金瓯事,可谓新奇。'赐金束带紫番罗水晶注碗一副,上亦赐宝盏古香。至一更五点还内。是夜隔江西兴,亦闻天乐之声。"(《武林旧事》卷七)

# 黄公度

黄公度（1109—1156），字师宪，号知稼翁，莆田（今属福建）人。高宗绍兴八年（1138）进士第一，签书平海军节度判官，除秘书省正字。以秦桧诬陷而罢归。桧死复起，官至尚书考功员外郎。词风清丽轩爽。有《知稼翁集》二卷。汲古阁本《知稼翁词》十五首。

## 点绛唇

汪藻彦章出守泉南①，移知宣城，内不自得，乃赋词云："新月娟娟，夜寒江净山含斗。起来搔首，梅影横窗瘦。　好个霜天，闲却传杯手。君知否。乱鸦啼后，归思浓如酒。"公时在泉南签幕，依韵作此送之。又有送汪内翰移镇宣城长篇，见集中。比有《能改斋漫录》载汪在翰苑，屡致言者，尝作《点绛唇》云云。最末句，"晚鸦啼后，归梦浓如酒。"或问曰："归梦浓如酒，何以在晚鸦啼后。"汪曰："无奈这一队畜生何。"不惟事失其实，而改窜二字，殊乖本义

嫩绿娇红，砌成别恨千千斗。短亭回首，不是缘春瘦。　一曲阳关②，杯送纤纤手。还知否，凤池归后③，无路陪尊酒。

［注释］

①泉南：福建泉州，今晋江市。　②阳关：指唐代诗人王维《渭城曲》。　③凤池：指翰林院。

## 千秋岁

贺莆守汪待举怀忠生日，汪报政将归，因以送之

郁葱佳气，天降麒麟瑞。回首处，江城外。一麾遗爱

在[①],万口欢声沸。人乍远,危楼目断天无际。　　五马徘徊地[②],春色随归旆。寿水绿,壶山翠[③]。风轻香篆直,日暖歌喉脆。椒觞举,人人尽祝千秋岁。

［注释］

①遗爱:仁爱遗留于后世。"子产卒,仲尼闻之,出涕曰:'古之遗爱也。'"见《左传·昭公二十年》。　②五马:汉代太守的代称。"使君从南来,五马立踟蹰。"见《古乐府·日出东南隅行》。　③"寿水"二句:寿水不详,当在莆田一带。　壶山:在莆田。

## 菩萨蛮

公时在泉幕,有怀汪彦章而作。以当路多忌,故托玉人以见意

高楼目断南来翼,玉人依旧无消息[①]。愁绪促眉端,不随衣带宽。　　萋萋天外草,何处春归早。无语凭栏杆,竹声生暮寒。

［注释］

①玉人:容貌美丽之人。见《晋书·卫玠传》。

［集评］

陈廷焯云:"黄思宪《知稼翁词》,气和音雅,得味外味,人品既高,词理亦胜。《宋六十一家词选》中载其小令数篇,洵风雅之正声,温、韦之真脉也。余最爱其《菩萨蛮》云云。时公在泉幕,有怀汪彦章,以当路多忌,故托玉人以见意。"(《白雨斋词话》卷二)

## 青玉案

公之初登第也，赵丞相鼎延见款密[①]，别后以书来往。秦益公闻而憾之。及泉幕任满，始以故事召赴行在。公虽知非当路意，而迫于君命，不敢俟驾，故寓意此词。道过分水岭，复题诗云："谁知不作多时别。"又题崇安驿诗云："睡美生憎晓色催。"皆此意也。既而罢归，离临安有词云："湖上送残春，已负别时归约。"则公之去就，盖早定矣

邻鸡不管离怀苦，又还是、催人去。回首高城音信阻[②]，霜桥月馆，水村烟市，总是思君处。　裛残别袖燕支雨[③]，谩留得、愁千缕。欲倩归鸿分付与，鸿飞不住，倚栏无语，独立长天暮。

[注释]

①赵鼎：绍兴初宰相。　②"回首"句：语用唐欧阳詹诗"高城已不见，况复城中人"。　③裛（yì）：沾湿。　燕支：胭脂。

## 卜算子

公赴召命，道过延平[①]，郡宴有歌伎，追诵旧事，即席赋此

寒透小窗纱，漏断人初醒[②]。翡翠屏间拾落钗，背立残釭影。　欲去更踟蹰，离恨终难整。陇首流泉不忍闻，月落双溪冷[③]。

[注释]

①《全宋词》注："过"原作"遇"，从集本改。　②漏断：指夜深。"漏断人初静"，见苏轼《卜算子》。　③"月落"句：仿用唐人"枫落吴江冷"句意。

[集评]

陈廷焯云:“远韵深情,无穷幽怨。”(《白雨斋词话》卷一)

## 好事近

公到阙,除秘书省正字。未几,言者迎合秦益公意,腾章于上,谓公尝贻书台官,欲著私史以谤时政。盖公之在泉幕也[1],尝有启贺李侍御文会云:“虽莫陪宾客后尘,为大厦之贺,固将续山林野史,记朝阳之鸣。”因是罢归,将离临安,作此词。所谓故园桃李,盖指二侍儿也

湖上送残春,已负别时归约。好在故园桃李,为谁开谁落。　还家应是荔枝天,浮蚁要人酌[2]。莫把舞裙歌扇,便等闲抛却。

[注释]

①《全宋词》注:“盖”原作“益”,从集本改。　②浮蚁:酒的代称。

[集评]

谢章铤云:“闽中以六月为荔枝天,宋莆田黄师宪公度《好事近》词,所谓还家应是荔枝天。”(《赌棋山庄词话》卷五)

## 菩萨蛮

公罢归抵家,赋此词。先是公有二侍儿,曰倩倩,曰盼盼,在五羊时,尝出以侑觞。洪丞相适景伯为赋《眼儿媚》词云:“瀛仙好客过当时。锦幌出蛾眉。体轻飞燕,歌欺樊素,压尽芳菲。　花前一盼嫣然媚,滟滟举金卮。断肠狂客,只愁径醉,银漏催归。”倩倩先公而卒,四印居士有《悼侍儿倩倩》诗。其一曰:“兰质蕙心何所在,风魂云魄去难招。子规叫断黄昏月,疑是佳人恨未消。”其二曰:“含怨衔辛恨脉脉,家人强遣试春

衫。也知不作坚牢玉，只向人间三十三。”四印于公为兄行，名泳，字宋永，徽庙时以童子召见，赐五经及第，官止郢州通守

眉尖早识愁滋味，娇羞未解论心事。试问忆人不，无言但点头。　　嗔人归不早，故把金杯恼。醉看舞时腰，还如旧日娇。

## 卜算子

别士季弟之官

公之从弟童，士季其字也。以绍兴戊午同榜乙科及第。有和章云：“不忍更回头，别泪多于雨。肺腑相看四十秋，奚止朝朝暮暮。　　何事值花时，又是匆匆去。过了阳关更向西，总是思兄处”

薄宦各东西[①]，往事随风雨。先自离歌不忍闻，又何况、春将暮。　　愁共落花多，人逐征鸿去。君向潇湘我向秦[②]，后会知何处。

[注释]

①薄宦：谓官职卑微，仕途不甚得意。　②“君向”句：出郑谷《淮上与友人别》“数声风笛离亭晚，君向潇湘我向秦”。

[集评]

许昂霄云：“骨肉之别，语无一毫妆点。”（《词综偶评》）

## 眼儿媚

梅词二首[①]，和傅参议韵

公时为高要倅，傅参议雱彦济寓居五羊，尝遗示梅词，公依韵和之。初公被召命而西过分水岭，有诗云：“呜咽泉流万仞峰，断肠从此各西东。谁知不作多时别，依旧相逢沧海中。”及

公遭谤归莆，赵丞相鼎先已谪居潮阳，谗者傅会其说，谓公此诗指赵而言，将不久复偕还中都也。秦益公愈怒，至以岭南荒恶之地处之，此词盖以自况也

一枝雪里冷光浮，空自许清流[2]。如今憔悴，蛮烟瘴雨，谁肯寻搜。　　昔年曾共孤芳醉，争插玉钗头。天涯幸有，惜花人在，杯酒相酬。

[注释]

①梅词：汲古阁本作"梅调"，见《宋六十名家词》第六集，朱居易《宋六十名家词勘误》云"梅调应作梅词"。　②清流：以梅之高洁喻己不肯与权贵同流合污。

[集评]

陈廷焯云："情见乎词矣，而措语未尝不忠厚。"(《白雨斋词话》卷一)

## 朝中措

幽香冷艳缀疏枝，横影卧霜溪。清楚浑如南郭[1]，孤高胜似东篱[2]。　　岁寒风味，黄花尽处，密雪飞时。不比三春桃李，芳菲急在人知。

[注释]

①南郭：此指清高淡泊的高士南郭子綦。见《庄子·齐物论》。　②东篱：贞洁的隐士，陶潜诗有"采菊东篱下"的名句。

## 朝中措

梅词二首[1]，贺方帅生朝，并序

方务德滋时帅广东，以启谢云："俾尔黄髪，欲三寿之作朋，遗我绿琴，顾双金之何报。"尝邀公至五羊，特为开宴。令洪丞

相适代为乐语云："云外神仙，何拘弱水。海隅老稚，始识魁星。"又寄调《临江仙》以侑觞云："北斗南头云送喜，人间快睹魁星。向来平步到蓬瀛。如何天上客，来佐海边城。　方伯娱宾香作穗，风随歌扇凉生。且须滟滟引瑶觥。十年迟凤沼，万里寄鹏程。"及高要倅满，权帅置酒，令洪内相景卢迈作乐语，有云："三山宫阙，早窥云外之游；五岭烟花，行送日边之去。小驻南州之别业，肯临东道之初筵。"时二洪迭居帅幕下，又云："欲远方歆艳于大名，故高会勤渠于缛礼。"洪时摄帅司机宜。

玄冥司柄，雪敷南亩之丰登；庾岭生辉，梅报东君之消息。当一阳之来复，庆维岳之降神。某官节莹冰霜，家传清白。遐荒草木之细，皆知威名；调和鼎鼐之功，终归妙手。愿乘谷旦，即奉芝函。某望棨戟以趋风，适桑蓬之纪瑞。自惟弱植，方沾雨露之深恩；强缀芜辞，用祝椿松之遐算。敢靳采览，第切兢惶

屑瑶飘絮满层空，人在广寒宫②。已觉楼台改观，渐看桃李春融。　一城和气，宾筵不夜，舞态回风。正是为霖手段③，南来先作年丰。

[注释]

①梅词：汲古阁本《知稼翁词》本作"词"。《全宋词》注：原作"调"，从集改为"词"。　②广寒宫：月中宫殿。　③为霖：相传殷高宗访得傅说，任以为相。他要求傅说像解救大旱的甘雨那样，效命于王朝，施泽于民。后以之喻指宰相的济世泽民。见《尚书·说命上》。

## 一剪梅

冷艳幽香冰玉姿。占断孤高，压尽芳菲。东君先暖向南枝①。要使天涯，管领春归。　不受人间莺蝶知。长是年年，雪约霜期。嫣然一笑百花迟，调鼎行看②，结子黄时。

[注释]

①东君:春神。 ②调鼎:殷高宗任傅说为相,希望傅说治理国家如以盐、梅等调鼎和羹。后以之喻宰相治理国家。见《尚书·说命下》。

## 满庭芳

公自高要倅摄恩平郡事,郡有西园,乃退食游息之地。先尝赋诗,其一曰:“清樾才十亩,炎陬别一天。华堂依怪石,老木插飞烟。长夏绝无暑,乘风几欲仙。心闲境自胜,底处觅林泉。”其二曰:“意得壶觞外,心清杖屦间。簿书休吏早,花鸟向人闲。旧隐在何许,倦游殊未还。天涯赖有此,退食一开颜。”和者甚多

一径叉分,三亭鼎峙,小园别是清幽。曲阑低槛,春色四时留。怪石参差卧虎,长松偃蹇挐虬。携筇晚,风来万里,冷撼一天秋。 优游。销永昼,琴尊左右,宾主风流。且偷闲,不妨身在南州。故国归帆隐隐,西昆往事悠悠[①]。都休问,金钗十二[②],满酌听轻讴。

[注释]

①西昆:古代朝廷藏书之地。代指翰苑近侍。此指昔日朝中的经历。 ②金钗十二:语出梁武帝《河中之水歌》“河中之水向东流,洛阳女儿名莫愁。……头上金钗十二行,足下丝履五文章”。此借喻歌伎众多。

## 浣溪沙

时在西园偶成

风送清香过短墙,烟笼晚色近修篁[①]。夕阳楼外角声长。 欲去还留无限思,轻匀淡抹不成妆。一尊相对月生凉。

**[注释]**

①篁：竹子。

## 满庭芳

高要太守章元振重九为生朝，公以此词贺之①。并序。公尝有《和章守三咏》，所谓包公堂、清心堂、披云楼、诗见集中。

熊罴入梦，当重九之佳辰；贤哲间生，符半千之休运。弧桑纪瑞，篱菊泛金，辄敢取草木之微，以上配君子之德。虽词无作者之妙，而意得诗人之遗。式殚卑悰，仰祝遐寿

枫岭摇丹，梧阶飘冷，一天风露惊秋。数丛篱下，滴滴晓香浮。不趁桃红李白，堪匹配、梅淡兰幽。孤芳晚，狂蜂戏蝶，长负岁寒愁。　年年，重九日，龙山高会②，彭泽清流③。向尊前一笑，未觉淹留。况有甘滋玉铉④，佳名算、合在金瓯。功成后，夕英饱饵，相伴赤松游。

（以上汲古阁本《知稼翁词》十五首）

**[注释]**

①《全宋词》注："贺"原作"和"，从集本改。　②龙山高会：龙山位于今湖北江陵县西北。晋桓温曾于此与宾僚举行重九宴集。事见《晋书·桓温传》。　③"彭泽"句：晋陶潜曾任彭泽令，嗜酒，有九日饮酒赏菊事。事见《宋书·陶潜传》。　④玉铉：铉为鼎扛，是贯鼎耳以举鼎之具，居鼎之最高位。因喻身居显位之臣。见《周易·鼎卦》。此指章元振。

## 存目词

清道光重刊本《知稼翁集》附有《菩萨蛮》"牡丹含露真珠颗"一首，乃唐无名氏作品，见《槁简赘笔》。

# 黄　童

黄童,生卒不详,字士季,莆田(今属福建)人。黄公度从弟,高宗绍兴八年(1138)同榜乙科及第。历知永春、福清二县,主管台州崇道观,卒赠中大夫。

## 卜算子

和思宪兄韵

不忍更回头,别泪多于雨。肺腑相看四十秋,奚止朝朝暮暮。　　何事值花时,又是匆匆去。过了阳关更向西,总是思兄处。

(附《知稼翁词》内)

# 倪 偁

倪偁（1116—1172），字文举，号绮川居士，吴兴（今浙江湖州）人。绍兴八年（1138）进士。历常州教授、太常寺主簿。所作长短句，清旷健劲。有《绮川词》。

## 临江仙

结束征鞍临驿路，长林积雪消初。天回春色到平芜[1]。不禁杯酒罢，便与故人疏。　一曲阳关歌未彻，仆夫催驾修途[2]。非君思我更谁欤。西风吹过雁，应有寄来书。

[注释]

①平芜：杂草丛生的原野。　②修途：长路。

## 临江仙

万里凉风收积雨，一天晴碧新开。暮云归尽绝纤埃。金波明静夜，玉露湿苍苔。　坐有霜髯诗酒客，平生见月衔杯。传闻丹诏日边来[1]。莫辞通夕醉，对景且徘徊。

[注释]

①丹诏：诏书之美称。　日边：原意为天边极远处，典出《世说新语·夙慧》，后用以喻指京都或皇帝左右。

## 临江仙

竹里轩窗真可爱，况当暑退新凉。檐前岩桂向人芳。

清阴团翠盖，金粟淡微黄。　坐到夜深明月出，好风时度幽香。莫辞沉醉倒霞觞[1]。一枝聊赠子[2]，早冠绿衣郎[3]。

[注释]

①霞觞：流霞为古代神话传说中的仙酒。　②一枝：晋人郤诜以贤良对策中上第，自喻为"桂林之一枝"。见《晋书·郤诜传》。后成为喻科举中第之典。　③绿衣郎：唐宋郎官为六品、七品，着绿衣，故云。姚合《武功县中诗》："自下青山路，三年著绿衣。"

## 临江仙

木落西风秋已半，正当璧月圆时。为登绝岭赋新诗。酒摇金凿落[1]，波净碧琉璃[2]。　细看冰轮还有意，要君把盏休辞。看看两鬓欲成丝。明年当此夜，千里共相思。

[注释]

①金凿落：以镌镂金银为饰的酒盏。　②碧琉璃：绿色的酒。

## 临江仙

茅屋三间临木杪，门前流水潺潺。林泉得趣喜身闲。开窗延翠竹，剪树纳青山。　行乐政须筋力健，莫令白髮衰颜。与君藜杖极跻攀[1]。岭头舒望眼，天末数烟鬟[2]。

[注释]

①极跻(jī)攀：攀登极顶。　②烟鬟：烟云缭绕的小山。

## 临江仙

湖上青山千万叠，倏如阵马交驰。平湖百顷却逶迟[①]。晴光相荡激，倒影落沦漪[②]。　何日漾舟深碧处，细听羌笛高吹，多君起我以新诗[③]。未能同寓目，聊复一伸眉。

［注释］

①逶迟：逶迤，曲折前行。　②沦漪：圆形的波纹。　③多君：多谢你。

## 临江仙

鸟语朝来新雨霁，杖藜呼我闲行。天晴腰脚上山轻。清风收积润，斜日弄新晴。　最爱飞泉鸣野涧，清如万壑松声。回风溅沫湿冠缨[①]。归来魂梦冷，幽响杂瑶琼。

［注释］

①冠缨：帽子和帽带，官员的服饰。

## 南歌子

佳月当今夕，清尊尽客欢。参横斗转夜将阑[①]。试泛小溪深处、与重看。　野水从磨激，群山势郁盘。殷勤照我一杯残。更有谪仙奇句、鬥清寒[②]。

［注释］

①参：参宿七星，属于现在所称的猎户座。　斗：北斗星。　参横斗转：参星打横，北斗星转向，天色将明，故曰“夜将阑”。　②谪仙：唐代大

诗人李白被呼为“谪仙人”。

## 南歌子

置酒临清夜，狂歌尽一欢。主人幽兴未渠阑[①]。不负一天明月、卷帘看。　　影动黄金阙[②]，光摇承露盘[③]。君今双鬓未凋残。明岁玉堂兹夕、赏高寒。

[注释]

①未渠阑：未尽。　②黄金阙：指用黄金筑成的宫阙，传说中仙人所居之处。见《史记·封禅书》。　③承露盘：汉武帝曾于长安建章宫前造神明台，上铸金铜仙人，手托承露盘以储露水，和玉屑服之，以求长生。

## 南歌子

对月中秋夜，传觞一笑欢。飘然逸兴未应阑。步向望湖桥上[①]、倚栏看。　　松径风萧瑟，山腰路屈盘。南飞惊鹊五更残。小立水云光里、葛衣寒[②]。

[注释]

①望湖桥：在西湖上。　②葛衣：一种植物纤维织的衣。此指隐士所穿之衣。

## 南歌子

露下衣微湿，杯深意甚欢。西风吹暑十分阑。月满中秋、仍共故人看。　　酒好鹅黄嫩[①]，茶珍小凤盘[②]。醉吟不觉曙钟残。犹记归来扑面、井花寒。

[注释]

①鹅黄：酒名。杜甫《舟前小鹅儿》诗："鹅儿黄似酒，对酒爱新鹅。"仇注引《方舆胜览》："鹅黄乃汉州酒名，蜀中无能及者。" ②小凤：茶名。

## 南歌子

嫩竹呈新绿，幽花露浅红。一檐苍翠落杯中，更有飞泉鸣珮、响丁东。　　乐事知难并，良辰得暂逢。晚风林下一尊同。便觉飘然身在、广寒宫[1]。

[注释]

①广寒宫：月中宫殿。

## 南歌子

积水凝深碧，斜阳散满红。扁舟轻漾白蘋风。曲港孤村萦绕、路相通。　　野色浮尊净，荷香入座浓。胜游聊复五人同。恰似辋川当日、画图中[1]。

[注释]

①辋川：唐代诗人王维别墅在陕西蓝田县辋川谷口，景色如画。当年与裴迪共游其中，作《辋川集》传世。

## 水调歌头

昨夜狂雷怒，鞭起下山龙[1]。怪见朝来急雨，万木偃颠风。试看潭头落涧，一片练波飞出，河汉与天通。向晚馀霏落，巾已垫林宗[2]。　　向高岩，凭曲槛，抚孤松。为雕好句，快倾桑落玉壶空。借问庐山三峡，与此飞流溅沫，今日定谁雄。乞与丹青手，写入紫微宫。

[注释]

①下山龙：此指下山碧岩之瀑布。 ②林宗：东汉郭泰，字林宗。雨中出游，头巾折一角遮雨。人争效之，曰折角巾。

## 水调歌头

风卷暮云尽，镜净一天秋。试把鹅黄新酒，细酌散闲愁。西望群山千叠，眇眇飞鸿没处，爽气与俱浮。且尽尊中绿，不用叹淹留。 对西风，歌妙曲，意绸缪。万顷烟云奇变，所得过封侯。何事苦萦名利，便合绿蓑青笠，投绂早归休①。他日君寻我，小艇钓寒流。

[注释]

①投绂：绂是古代官员系印章或佩玉用的丝带。投绂表示罢职弃官。

## 念奴娇

八月十三夜，与宋卿对月赏桂花于光远庵，和李汉老词①

素秋向晚，正洞庭木落②，疏林凋绿。惟有岩前双桂树，翠叶香浮金粟。皓月飞来，徘徊树杪，光射林间屋，夜深人静，好风忽起庭竹。 俄顷万籁号鸣，清寒疑乍，听高岩悬瀑。起看碧天澄似洗，应费明河千斛。细酌鹅黄，冥搜奇句③，逸气凌鸿鹄④。浩歌归去，却愁踏碎琼玉⑤。

[注释]

①光远庵：在吴兴东林山，作者归居之地。 李汉老：名李邴。作者

友人。 ②洞庭木落：本屈原《九歌·湘君》“袅袅兮秋风，洞庭波兮木叶下”。 ③冥搜：此据汲古阁本《绮川词》，《全宋词》作“宴”，因形近致讹。 ④鸿鹄：陈涉以鸿鹄之志比喻远大的抱负。见《史记·陈涉世家》。 ⑤琼玉：喻指月光。

## 减字木兰花

和文伯兄咏新亭[①]

凭高一览，紫翠相围光照眼。下瞰平湖。鹭立鸥飞意自如。 天清境胜，云澹烟横鱼动镜。不是公诗，谁写新亭一段奇。

[注释]

①文伯：未详何人。以下五首皆和文伯之作。

## 减字木兰花

超然远览，是我辈人方具眼。默想江湖，何处山川略得如。 凉秋最胜，万顷芙蕖盖明镜。更乞清诗，要见胸中一吐奇。

## 减字木兰花

新晴眺览，空翠相磨明老眼。水满溪湖，来往风帆得自如。 天公济胜，明月当空开宝镜。咏谪仙诗，醉里骑鲸也大奇[①]。

[注释]

①醉里骑鲸：传说李白在采石矶醉中骑鲸入水捉月而死。

## 减字木兰花

岭头独览，诗料森然纷满眼。倒影摇湖，西子新妆定不如[①]。　溪南更胜，一片寒光明泻镜。赖有新诗，不负西山万叠奇。

**[注释]**

①“西子”句：反用苏轼《饮湖上初晴后雨》“欲把西湖比西子，淡妆浓抹总相宜”诗意。

## 减字木兰花

新诗细览，满纸骊珠光眩眼[①]。高论倾湖，倒峡词源世不如。　园池日胜，只恨孤鸾犹舞镜[②]。陶写须诗，怪得连篇字字奇。

**[注释]**

①骊珠：为传说中从深渊骊龙颔下取下的宝珠。见《庄子·列御寇》。此喻文伯诗写得精彩。　②孤鸾舞镜：传说一鸾鸟被捉，三年不鸣，于镜中自顾其影，哀鸣而死。见南朝宋范泰《鸾鸟诗序》。此喻自己隐居之孤独。

## 减字木兰花

雨馀还览，隐隐遥岑花病眼[①]。嫩绿浮湖，百顷蒲萄染不如。　晨光绝胜，不许纤尘微点镜。满目皆诗，莫怪骚人语益奇。

[注释]

①遥岑:远处的山峰。

## 蝶恋花

读东坡《蝶恋花》词[1],有会于予心,依韵和之。予方贸地筑亭于光远庵之侧,他日将老焉。植梅种竹,以委肖韩[2],故句尾及之,使知鄙意未尝一日不在兹亭也

长羡东林山下路。万叠云山,流水从倾注。两两三三飞白鹭,不须更觅神仙处。　夜久望湖桥上语。欸乃渔歌[3],深入荷花去。修竹满山梅十亩,烦君为我成幽趣。

[注释]

①东坡《蝶恋花》词:见前苏轼词《蝶恋花》"云水萦回溪上路"。　②肖韩:当是作者挚友之字。　③欸乃渔歌:唐时民间渔歌有《欸乃曲》。

## 蝶恋花

肖韩见和,复次韵酬之,四首[1]

紫翠空濛庵畔路[2]。满室松声,错认潺湲注。潇洒蘋汀清立鹭[3],溪山真我归休处。　老子平生无妄语[4]。梅竹阴成,肯舍斯亭去。种秫会须盈百亩,非君谁识渊明趣[5]。

[注释]

①四首:指此首及以下三首。　②空濛:形容雨中雾气迷茫。谢朓《观朝雨》:"空濛如薄雾。"　③潇:《全宋词》作"萧"。　④"老子"句:老子名李聃,道家创始人之一,平生不打妄语。见《老子》。　⑤渊明趣:此

指自己种梅植竹的幽趣，似有陶潜的“采菊东篱下”之风致。

## 蝶恋花

我爱西湖湖上路。万顷沧波，河汉连天注。一片寒光明白鹭，依稀似我登临处。　报答溪山须好语。痛饮高歌，何必骑鲸去[①]。环舍清阴消几亩，无人肯办归来趣[②]。

[注释]

①骑鲸：传说李白在采石矶醉中骑鲸入水捉月而死。　②归来趣：用陶潜《归去来兮》辞意。

## 蝶恋花

绿叶阴阴亭下路。修竹乔松，中有飞泉注。水满寒溪清照鹭，个中不住归何处。　枝上幽禽相对语。细听声声，道不如归去[①]。只待小园成数亩，归来占尽山中趣。

[注释]

①不如归去：指杜鹃鸣声。

## 蝶恋花

茅屋三间临水路。棐几明窗[①]，待把虫鱼注[②]。我已忘机狎鸥鹭[③]，溪山买得幽深处。　小雨招君连夜语。野服纶巾[④]，胜日寻君去[⑤]。借问良田千万亩，何如乐取林泉趣。

[注释]

①棐(fěi)：通“榧”，一种常绿的乔木。 ②虫鱼注：《尔雅》有《释虫》、《释鱼》等卷，晋人郭璞均为这些篇目作了细致的注释。见郭璞《尔雅序》。此以注《尔雅》虫鱼指闭门著书。 ③“忘机”句：海上之人以纯洁之心待鸥，鸥数百相就。海上之人一旦有捕鸥之意，鸥即飞舞不下。见《列子·黄帝》。此自喻出世超逸的生活。 ④纶巾：青丝带做的头巾。 ⑤胜日：风和日丽的日子。

## 朝中措

森然修竹满晴窗，山色净明妆。无限凄凉古意，白蘋红蓼斜阳。　　松风一枕借僧床，馥馥桂花香。暂远世尘萦染，坐令心地清凉。

## 西江月

四面烟鬟绕翠，一川鸭绿摇光。危亭缥缈短松冈，把酒与君西望。　　万事尽皆前定，人生底用干忙[①]。只应醉里是家乡，且尽玉壶新酿。

[注释]

①底：犹言何，甚么。杜甫《可惜》诗：“花飞有底意。”

## 鹧鸪天

中秋赏月和宋卿

萧瑟西风万里秋[①]，暮云收尽月华流。偶然北海清尊满[②]，况是西山爽气浮[③]。　　登翠岭，更溪游。素光何处不清幽。悬知明岁君思我，今夕欢娱可罢休。

[注释]

①"萧瑟"句:语出曹丕《燕歌行》"秋风萧瑟天气凉"。　②北海尊满:东汉末文学家孔融曾任北海相,有"孔北海"之称。他曾反对曹操禁酒,颂酒之德。并云:"尊中酒不空,吾无忧矣。"此用孔融事,借以表现饮酒之尽兴。　③西山爽气:晋名士王徽之对长官关于公务的问话,答以他对西山清朗气象的喜悦。"西山朝来,致有爽气。"见《世说新语·简傲》。此借以表现超尘脱俗的情怀。

## 鹧鸪天

拟看今宵璧月秋,浮云却妒素光流。天公肯放冰轮出[①],我辈宁辞大白浮[②]。　穿翠密,极遨游。人间那得此深幽。金波若到清尊里,下笔联篇未肯休。

[注释]

①冰轮:指月亮。　②大白浮:满饮一大杯酒为浮一大白。见《说苑·善说》。此指沉醉痛饮。

## 鹧鸪天

野旷无尘夕霭收,人间八月桂花秋。三更爽气山围座,万里凉风月满楼。　登绝岭,小迟留。人言惟酒可忘忧。一杯径入无何有[①],未愧当年赤壁游[②]。

[注释]

①无何有:即无何有之乡。见《庄子·逍遥游》。原义为没有任何东西的地方。此形容酣醉的境界。　②赤壁游:出苏轼《念奴娇·赤壁怀古》"人生如梦,一尊还酹江月"。

## 鹧鸪天

九日怀文伯

去岁登高感叹长，今年九日倍幽凉。怀人独下西州泪①，对菊谁空北海觞。　　夸酒量，鬥新狂。尚馀醉墨在巾箱。眼前风物都非旧，只有青山带夕阳。

（以上四印斋所刻词本《绮川词》）

[注释]

①西州泪：西州，古城名，故址在今江苏南京朝天宫西。晋谢安卒前扶病还都过此。安死，其甥羊昙悲伤悼念，行不由西州路。尝大醉，不觉至此门，恸哭而去。见《晋书·谢安传》。

# 葛立方

葛立方（？—1164），字常之，丹阳（今属江苏）人，徙居湖州（今属浙江）。葛胜仲之子。绍兴八年（1138）进士，十八年官秘书省正字，二十年迁校书郎。历中书舍人、吏部侍郎、出知袁州。被论罢。隆兴二年（1164），命知宣州，因事论罢，提举宫观，卒。有《西畴笔耕》、《韵语阳秋》、《归愚集》、《归愚词》。立方与其父俱以词名，后人譬之晏殊、晏几道父子。其词多平实铺叙。

## 满庭芳

### 催　梅

霜叶停飞，冰鱼初跃[1]，梅花犹闷芳丛[2]。剪酥装玉，应为费天工[3]。争奈江南驿使，征鞍待、一朵香浓[4]。凭谁报，冰肌仙子，闻早驾飞龙[5]。　溶溶，春意动，寒姿未展，终愧群红。与崭新来上，开伴长松[6]。要看黄昏庭院，横斜映、霜月朦胧[7]。兰堂畔，巡檐索笑，谁羡杜陵翁[8]。

[注释]

①“冰鱼”句：“孟春之月……东风解冻，蛰虫始振，鱼上冰。”见《礼记·月令》。　②闷：闭，谓不开花。　③“剪酥”二句：化用黄庭坚《蜡梅》诗“天工戏剪百花房，夺尽人工更有香”之意，意谓东风吐梅，应尚需耗费时日。　酥、玉：喻梅花，谓其柔美，宋人好用之。作者后有《满庭芳·簪梅》亦云“片片雕酥点玉”，类之。　天工：即天公，称造物主。　④“争奈”二句：陆凯与范晔相善，自江南寄梅长安与范晔。事见南朝盛弘之《荆州记》。　⑤“冰肌”二句：语出《庄子·逍遥游》“藐姑射之山，有神人居焉，肌肤若冰雪，淖约若处子，不食五谷，吸风饮露，乘云气，御飞龙”。冰肌仙子，指梅仙。　⑥“崭新”二句：本苏轼《再和杨公济梅花十绝》其六“崭新一朵含风露，恰似西厢待月来”。　⑦“要看”二句：本林逋《山园小

梅》诗"疏影横斜水清浅，暗香浮动月黄昏"。 ⑧"巡檐"二句：本杜甫诗"巡檐索共梅花笑，冷蕊疏枝半不禁"。 杜陵翁：杜甫。

## 满庭芳

和催梅

未许蜂知①，难交雀啅②，芳丛犹是寒丛③。东方解冻，春仗做春工④。何事仙葩未放，寒苞秘、冰麝香浓⑤。应须是，惊闻羯鼓，谁敢喷髯龙⑥。 梅花，君自看，丁香已白，桃脸将红。结岁寒三友⑦，久迟筠松。要看含章檐下，闲妆靓、春睡朦胧⑧。知音是，冻云影底，铁面葛仙翁⑨。

[注释]

①未许蜂知：化用林逋《梅花》诗"粉蝶如知合断魂"。 ②雀啅：雀啄。苏轼《次韵杨公济奉议梅花十首》诗其八："寒雀喧喧冻不飞，绕林空啅未开枝。" ③"芳丛"句：本林逋《梅花》诗"一枝深映竹丛寒"。 ④东方：疑当作"东风"。《周书时训》："立春之日，东风解冻。" 春杖：立春日鞭土牛的彩仗。苏轼《减字木兰花·立春》词："春牛春杖，无限春风来海上。便与春工，染得桃红似肉红。" ⑤"冰麝"句：本林逋《梅花》诗"小园烟景正凄迷，阵阵寒香压麝脐"，毛滂《踏莎行·蜡梅》词："风前兰麝作香寒"。 冰麝：即寒麝，喻梅香。 ⑥"惊闻"二句：唐玄宗尝于二月初诘旦，观小殿内庭柳杏将吐，叹曰："对此景物，岂得不与他判断之乎？"高力士取羯鼓，玄宗即命之临轩纵击一曲《春光好》。及顾桃杏，皆已发坼。事见唐南卓《羯鼓录》。 髯龙：本《淮南子·精神训》"越人得髯蛇，以为上肴"。注："髯蛇，大蛇也，其长数丈。"词喻髯鬟，鬟长而卷，故云。 喷髯龙：犹张髯怒鬟。意谓气盛，彊不应命。 ⑦岁寒三友：古人谓松、竹、梅。松、竹经冬不凋，梅耐寒开花，故称。 ⑧"要看"二句：用梅妆典故。相传宋武帝女儿寿阳公主，"人日卧于含章殿檐下。梅花落公主额上，成五出花，拂之不去"。后宫女效之，称梅花妆。事见《太平御览·时序部》引

《杂五行书》。 ⑨“铁面”句:铁面,称唐宋璟。宋璟作有《梅花赋》,吐辞婉媚,堪称梅花知音。皮日休《梅花赋序》曰:“宋广平(璟)之为相,贞姿劲质,刚态毅状。疑其铁石心肠,不解吐婉媚辞。然睹其文,而有《梅花赋》……殊不类其为人也。”此本之。 葛仙翁:《晋书·葛洪传》载,葛玄,葛洪之从祖,“吴时学道成仙,号曰‘葛仙公’”。亦称太极仙翁。 注者按:作者姓葛,此借“铁面葛仙翁”自呼。

## 满庭芳

### 探 梅

狂吹鸣篱,祥霙剪水[①],分明欺压寒梅[②]。冰威初敛,曦影上池台。应有一番和气,南枝上、恐有春来[③]。须勤探,呼吾筇杖,屐齿上苍苔。 春风,浑未到,徘徊香径[④],巡绕千回[⑤]。见琼英一点,小占条枝。且看先锋素艳[⑥],看看便、繁蕾齐开。香浮动[⑦],微薰诗梦[⑧],须更著诗催[⑨]。

[注释]

①祥霙剪水:祥霙,即瑞雪。《艺文类聚》卷二引《韩诗外传》:“凡草木花多五出,雪花独六出。雪花曰霙。”宋孙觌《梅花》诗:“北风剪水玉花飞。”玉花,谓雪花。 ②欺压寒梅:本宋范仲淹《梅花》诗“萧条腊后复春前,雪压霜欺未放妍”。 ③“南枝”句:旧说,大庾岭上梅花,南枝向暖先开,所谓“南枝落,北枝花”。见《白孔六帖》卷九十九。 ④徘徊香径:本晏殊《浣溪沙》(一曲新词酒一杯)词“小园香径独徘徊”。 ⑤巡绕千回:本林逋《山园小梅》诗“摘索又开三两朵,团栾空绕百千回”。 ⑥先锋素艳:本唐许浑《看早梅》诗“素艳雪凝树,清香风满枝”。 ⑦香浮动:本林逋《山园小梅》诗“暗香浮动月黄昏”。 ⑧诗梦:谢惠连善文辞,其族兄谢灵运爱赏之。灵运“尝于永嘉西堂思诗,竟日不就。忽梦见惠连,即得‘池塘生春草’,大以为工”。此用之,谓春日勃发之诗兴。 ⑨“须更”句:反用苏轼《次韵杨公济奉议梅花十首》诗其六“君知早落坐先开,莫著新诗句句催”意。

## 满庭芳

### 赏 梅

腊雪方凝，春曦俄漏，画堂小秩芳筵。玉台仙蕊[①]，帘外幂瑶烟[②]。莫话青山万树，聊须对、一段孤妍。杯行处，香参鼻观[③]，百濯未为贤[④]。　吾庐，何处好，绣香竹畔，偶桂溪边。且为渠珍重，满泛金船。已拚春酲一枕，如今且、醉倒花前。花飞后，欢呼一笑，又是说明年。

［注释］

①玉台仙蕊：本南朝陈江总《梅花落》诗"众花未发梅花新，可怜芬芳临玉台"。　玉台：天帝居处。　仙蕊：本梁简文帝《梅花赋》"层城之宫，灵苑之中，奇木万品，庶草千丛……梅花特蚤，偏能识春"。　②幂（mì）瑶烟：幂幂，烟浓深的样子。　③"香参"句：苏轼《和黄鲁直烧香》诗"不是闻思所及，且令鼻观先参"。　鼻观：佛教的一种修炼的观想法，即观鼻端白。其法为屏弃杂念，静观鼻端。"经三七日，见鼻中气出入如烟，身心内明，圆洞世界，遍成虚净，犹如琉璃。烟相渐销，鼻息成白，心开漏尽，诸出入息化为光明，照十方界，得阿罗汉。"见《楞严经》卷五。此本苏诗，谓以鼻观法寻梅之幽香。　④百濯：香名。吴主孙亮尝为四爱姬合四气香，"殊方异国所出。凡经践蹑宴息之处，香气沾衣，历年弥盛，百浣不歇，因名百濯香"。见《拾遗记》卷八。

## 满庭芳

### 泛 梅

庾信何愁[①]，休文何瘦[②]，范叔一见何寒[③]。梅花酷似，索笑画檐看。便肯嫣然一笑，疏篱上、玉脸冰颜[④]。须勤赏，莫教青子，半著树头酸[⑤]。　朱阑。聊掩映，昆仑顶上，琪树团栾[⑥]。命儿曹班坐[⑦]，草草杯盘[⑧]。旋折溪边□

朵[9]，璚蕤泛、蕉叶杯宽[10]。从教□，尊前有客，拍手笑颓山[11]。

［注释］

①庾信何愁：北周诗人庾信晚年入北朝，身遭丧乱，常忧思故国，作有《愁赋》，谓"闭门欲驱愁，愁终不肯去"。又云"谁知一寸心，乃有万斛愁"。②休文何瘦：休文，梁朝大诗人沈约的字。沈约仕宦失志，辄因病愁损瘦，其与友人书自叙："百日数旬，革带常应移孔；以手握臂，率计月小半分。以此推算，岂能支久。"事见《梁书·沈约传》。 ③"范叔"句：范雎，字叔，战国时魏人。范雎尝贫困潦倒，流落久之。后相秦，隐姓名，号曰张禄。魏使须贾至秦，范闻之，"为微行，敝衣闲步之邸，见须贾……（假）曰：'臣为人庸赁。'须贾意哀之，留与坐，饮食，曰：'范叔一寒如此哉！'"见《史记·范雎蔡泽列传》。 ④"便肯"二句：宋玉《登徒子好色赋》描写东邻美女曰"眉如翠羽，肌如白雪……嫣然一笑，惑阳城，迷下蔡。然此女登墙窥臣三年"。此拟梅花。宋释道潜《梅花寄汝阳苏太守》诗："数枝清瘦炯疏篱。" ⑤"须勤赏"三句：用杜牧《叹花》诗"自是寻春去较迟，不须惆怅怨芳时。狂风落尽深红色，绿叶成阴子满枝"之意。 青子：指青梅。梅树果实生者青色，味酸，故云。 ⑥"昆仑"二句：《拾遗记》卷十载，昆仑山，上有九层。"第六层有五色玉树，阴翳五百里。" 琪树：即玉树，古诗中常以喻纯白花树，此谓白梅。 ⑦儿曹：孩儿们。俗语。 班坐：依序列坐。 ⑧草草杯盘：本王安石《示长安君》诗"草草杯盘供笑语，昏昏灯火话平生"。 ⑨溪边□朵：本唐戎昱《早梅》诗"一树寒梅白玉条，迥临村路傍溪桥"。 ⑩璚：同"琼"。琼蕤，指白梅花。 蕉叶杯：一种口大底浅的酒杯，形似芭蕉叶。 ⑪"从教"三句："贵贱造之者，有酒辄饮。潜若先醉，便语客：'我醉欲眠，卿可去。'"其真率如此。"融《宋书·陶潜传》。 李白《襄阳歌》"襄阳小儿齐拍手……旁人借问笑何事，笑杀山公醉似泥"及《世说新语·容止》嵇康醉酒时，"傀俄若玉山之将崩"三典于句中。

## 满庭芳

### 簪 梅

弄月黄昏，封霜清晓，数枝影堕溪滨[1]。化工先手，幻出一番新[②]。片片雕酥碾玉，寒苞似、已泄香尘[③]。聊相对，畸人投分[④]，尊酒认荀陈[⑤]。　吾年，今老矣，佳人薄相[⑥]，笑插林巾[⑦]。愧苍颜白髮，回授乌云[⑧]。玉镜台边试看[⑨]，相宜是、浅笑轻颦[⑩]。君知否，寿阳额上，不似鬓边春[⑪]。

[注释]

①"数枝"句：本唐王适《江滨梅》诗"忽见寒梅树，开花汉水滨"。　②"化工"二句：本西汉贾谊《鹏鸟赋》"天地为炉兮，造化为工"。化工，即天工。　③已泄香尘：本王安石《与微之同赋梅花得香字三首》诗其二"却怕春风漏泄香"。　④畸（jī）人：奇特之人。《庄子·大宗师》："畸人者，畸于人而侔于天。"　投分（fèn）：谓情志相投。　⑤荀陈：借谓贤人。《世说新语·品藻》："正始中，人士比论，以五荀方五陈：荀淑方陈寔，荀倩方陈谌，荀爽方陈纪，荀彧方陈群，荀青方陈泰。"五荀，五陈，俱一时名贤。　⑥薄相：谓戏弄，开玩笑。苏轼《次韵黄鲁直赤目》诗："天公戏人亦薄相，略遣幻翳生明珠。"　⑦林巾：即林宗巾，古代名士戴的一种头巾。《后汉书·郭泰传》：郭泰，字林宗，品学为时人所重。　⑧乌云：指佳人乌髮。　⑨玉镜台：晋代温峤北征刘聪，获玉镜台一枚，后以之下聘从姑之女。事见《世说新语·假谲》。此泛指妆镜台。　⑩浅笑轻颦：颦，皱眉，忧愁的样子。梁昭明太子萧统《龙笛曲》："金门玉堂临水居，一嚬一笑千万馀。"嚬，同"颦"。此状梅花为女子。　⑪鬓边春：鬓髮上所簪的梅花。

## 满庭芳

### 评　梅

一阵清香，不知来处，元来梅已舒英[①]。出篱含笑，芳意为人倾。细看高标孤韵[②]，谁家有、别得花人。应须是，魏征妩媚[③]，夷甫太鲜明[④]。　北枝，方半吐，水边疏影，绰约娉婷[⑤]。问横空皎月，匝地寒霙。何似此花清绝，凭君为、子细推评。幽奇处，素娥青女，著意为横陈[⑥]。

[注释]

①"一阵"三句:化用王安石《梅花》诗"遥知不是雪,为有暗香来"之意。 ②高标孤韵:宋人好以"标"、"韵"颂梅之精神。毛滂《踏莎行·会宗园初见梅花》词:"奔月仙标,乘烟远韵。"范成大《梅谱·后序》亦云:"梅以韵胜,以格高,故以斜横疏瘦与老枝怪奇者为贵。" ③魏征妩媚:唐魏征正直敢谏,深受太宗赏识倚重。太宗尝大笑曰:"人言(魏)征举动疏慢,我但见其妩媚耳。"见《新唐书·魏征传》。此以魏征为喻,颂梅之品格。 ④"夷甫"句:晋王衍,字夷甫,"容貌整丽,妙于谈玄,恒捉白玉柄麈尾,与手都无分别"。见《世说新语·容止》。此以王衍为喻,美梅花之风姿迷人。 ⑤绰约:原校,诸本"约绰",疑倒。 ⑥"幽奇处"三句:化用唐李商隐《十一月中旬至扶风见梅花》诗"素娥惟与月,青女不饶霜"。元方回注:"此谓梅花最宜月,不畏霜。添用'素娥'、'青女'四字,则谓月若私之而独怜,霜若挫之而莫屈者。亦奇。"见《瀛奎律髓汇评》卷二十。素娥:月中仙女,即嫦娥。 青女:传说中掌霜雪的天仙。《淮南子·天文训》:"至秋之月……青女乃出,以降霜雪。"汉高诱注:"青女:天神,青霄玉女,主霜雪也。"

## 锦堂春

正旦作①

气应三阳②,氛澄六幕③,翔乌初上云端④。问朝来何事,喜动门阑。田父占来好岁⑤,星翁说道宜官⑥。拟更凭高望远,春在烟波,春在晴峦。 歌管雕堂宴喜,任重帘不卷,交护春寒。况金钗整整⑦,玉树团团⑧。柏叶轻浮重酹⑨,梅枝巧缀新幡⑩。共祝年年如愿,寿过松椿,寿过彭聃⑪。

[注释]

①正旦:即元正,谓农历正月初一。 ②气应三阳:古人谓冬至日,白昼开始日渐添长,阳气生。故曰冬至一阳生,十二月二阳生,正月三阳开

泰。 ③六幕：谓天地四合。 ④"翔乌"句：旧说日中有三足乌，古遂以"乌"称太阳。《淮南子》曰：'日，阳之主也。'日中有乌，故言翔。"此据之，谓丽日上云端，驱阴霾。 ⑤"田父"句：田父，老农。古人有孟春占岁的风俗，谓可以卜知一年的丰歉。 ⑥星翁：谓占星卜相之术士。古代术士，常以天星运数，附会人事，以之推算人的命运、官禄。 ⑦金钗：指家人姬妾。白居易《酬思黯戏赠同用狂字》诗："钟乳三千两，金钗十二行。"自注："思黯自夸前后服钟乳三千两甚得力，而歌舞之妓颇多。" ⑧玉树：晋裴启《语林》载，谢安尝问诸子侄："子弟何预人事，而政欲使其佳？"谢玄答曰："譬如芝兰玉树，欲使生于阶庭。"此用其意，谓子弟。 ⑨"柏叶"句："正月一日……长幼悉正衣冠，以次拜贺，进椒柏酒。"见《荆楚岁时记》。 ⑩"梅枝"句："立春日……士大夫家剪彩为春幡，或缀于花枝之下。"《广群芳谱》卷二引《东京梦华录》。 新幡：一种纸或绢剪成的新年节物，形如旗帜或花鸟之类。 ⑪"寿过"二句：松、椿皆长寿之木；彭、聃，分别指彭祖（籛铿）、老聃（老子），亦皆长寿之人。

[集评]

李长路等评："作者所作寿词，造语工丽，较其他寿词为胜。这是在正月元旦作，气氛尤旺盛一些。彭聃，指彭祖与老聃，都是古代的长寿者。（《全宋词选释》）

## 水龙吟

游钓台作①

九州雄杰溪山②，遂安自古称佳处③。云迷半岭，风号浅濑，轻舟斜渡。朱阁横飞④，渔矶无恙，鸟啼林坞。吊高人陈迹，空瞻遗像，知英烈、垂千古⑤。 忆昔龙飞光武⑥。怅当年、故人何许⑦。羊裘自贵，龙章难换，不如归去⑧。七里溪边⑨，鸬鹚源畔，一蓑烟雨⑩。叹如今宕子，翻将钓手，遮日向、西秦路⑪。

[注释]

①钓台:即严子陵钓鱼台,在今浙江桐庐县西南富春江畔。 ②九州雄杰:谓气压全国。王勃《秋日登洪府滕王阁饯别序》:"物华天宝……人杰地灵……雄州雾列,俊采星驰。"此处雄谓地形,杰谓人材。 ③遂安:古代县名。桐庐旧属之。 ④"朱阁"句:钓台上有严先生祠,北宋范仲淹尝作《桐庐郡严先生祠堂记》。 ⑤"知英烈"句:本范仲淹《桐庐郡严先生祠堂记》"云山苍苍,江水泱泱,先生之风,山高水长"。 ⑥龙飞光武:谓刘秀即位。 龙飞:喻帝王的兴起。《易经·乾》:"飞龙在天,利见大人。"疏:"若圣人有龙德,飞腾而居天位。" ⑦"怅当年"句:光武登基后,访邀得严光,曲加礼遇。"引光入,论道旧故,相对累日。……因共偃卧,光以足加帝腹上。明日,太史奏:客星犯御座甚急。帝笑曰:朕与故人严子陵共卧耳。"故人之意惓惓。见《后汉书·严光传》。此叹咏其事。 ⑧"羊裘"三句:刘秀尝除授严光为谏议大夫,光不屈,谢而归山。 龙章:本谓龙形图案,此谓达官贵人的龙形礼服,即衮龙衣。 不如归去:本北宋詹中正《退居》诗"不如归去旧青山"。 ⑨七里溪:见南朝梁顾野王《舆地志》,"七里滩,在东阳江下,与严陵濑相接。" ⑩一蓑烟雨:苏轼《定风波》(莫听穿林打叶声)词"一蓑烟雨任平生"。 ⑪"叹如今"三句:宕子,即荡子,指离乡之游子。 向西秦路:本汉代桓谭《新论》"关东鄙语曰:'人闻长安乐,则出门西向而笑。'"又李白《南陵别儿童入京》诗:"游说万乘苦不早,著鞭跨马涉远道。会稽愚妇轻买臣,余亦辞家西入秦。"词融用之,谓奔求仕禄富贵。

## 菩萨蛮

侍饮赏黄花

井梧叶叶秋风晚,东篱点点金钱满。开急为重阳,日烘深院香。 幽姿无众草,莫恨生非早。嚼蕊傍池台,寿公桑落杯[①]。

[注释]

①桑落:酒名。《水经注》卷四"河水":河东郡有刘堕者,善酿酒。

"采挹河流，酝成芳酎。悬食同枯枝之年，排于桑落之辰，故酒得其名矣。"

## 风流子[1]

夜半春阳启，东风峭、犹带去年寒[2]。叹榆塞战尘[3]，玉关烟燧[4]，壮心耿耿，青鬓斑斑。又还是、一年头上到，日月信跳丸[5]。看门帖绘鸡[6]，历颁金凤[7]，酒浮柏叶，人颂椒盘[8]。　幽园。春信近，帘栊静，小宴取次追欢[9]。聊□水沉烟袅[10]，清唱声闲。况良辰渐有，梅舒琼蕊，柳摇金缕，巧缀新幡。莫惜醉吟亲侧[11]，衣曳荆兰[12]。

［注释］

①本篇元日作。　②"夜半"二句：本毛滂《玉楼春·立春日》词"小园半夜东风转"，谓夜半子时，节交新春，转刮东风。　春阳：《岁时广记》卷一引梁元帝《纂要》"春曰青阳"，注："气清而温阳。"　③榆塞：边塞。《汉书·韩安国传》："累石为城，树榆为塞。"唐颜师古注引如淳语："塞上种榆也。"　④玉关：即玉门关，旧址在今甘肃敦煌，为汉唐的边关要塞。此泛指边疆。　烟燧：即烽火，古代报警的信号。《墨子·号令》："与城上烽燧相望。昼则举烽，夜则举火。"烽谓放烟，燧谓燔火。　⑤"日月"句：谓光阴如跳丸，一弹即逝。　⑥门帖绘鸡：出《荆楚岁时记》"正月一日……帖画鸡户上"。董勋《问礼俗》曰："正月一日为鸡（日）。"　⑦历颁金凤：《左传·昭公十七年》称：远古东夷族少皞（名挚）立位时，"凤鸟适至，故纪于鸟。……凤鸟氏，历正也"。注："凤鸟知天时，故以名历正之官。"后称新历为凤历。　⑧人颂椒盘：正月一日，长幼依次拜贺，"进椒柏酒"。见《荆楚岁时记》。　⑨取次：草草。　⑩水沉：香名，即沉香。相传出于日南。土人采香，先砍其木著地，积以岁月，"外皮朽烂，其心至坚，置水则沉，名沉香"。见《太平御览》卷九百八十二引《南州异物志》。⑪醉吟亲侧："弃置罢官去，还家自休息。朝出与亲辞，暮还在亲侧。"见南朝宋鲍照《拟行路难》其六。　"既而醉复醒，醒复吟，吟复饮，饮复醉，醉吟相仍，若循环然……古所谓得全于酒者。故自号为醉吟先生。"白居易

《醉吟先生传》。 ⑫荆兰:荆布为服,蕙兰为饰,山林田野之人的妆扮。

## 多 丽

### 赏 梅

冷云收,小园一段瑶芳[①]。乍春来,未回穷腊,几枝开犯严霜[②]。傍黄昏、暗香浮动,照清浅、疏影低昂。却月幽姿[③],含章媚态,姮娥姑射下仙乡[④]。倚栏看、殷勤持酒,索笑也何妨。堪怜处,东君不管,独自凄凉。

算何人、为伊销断,古今才子篇章。有西湖、赋诗处士[⑤],□东阁,年少台郎[⑥]。驿使来时,吴王醉处[⑦],几番牵动广平肠[⑧]。剩宴赏、微酸如豆[⑨],又是隔年长。高楼外,莫教羌管,吹堕寒香[⑩]。

[注释]

①瑶芳:犹琼花。指梅花。韩愈《春雪间早梅》诗:"未许琼花比,从将玉树亲。" ②"几枝"句:本司马光《梅花半开》诗"帝乡春色岭头梅,高压年华犯雪开"。 ③"却月"句:南朝梁何逊《扬州法曹梅花盛开》诗"枝横却月观,花绕凌风台"。注:"逊为建安王水曹,王刺扬州,逊廨舍有梅花一株,日吟咏其下,赋诗云云。"或曰:却月,扬州台观名。宋陈与义《水墨梅》诗:"自读西湖处士诗,年年临水看幽姿。" ④姮娥:即嫦娥。 ⑤西湖赋诗处士:指宋代林逋。 ⑥"□东阁"二句:用何逊事。何逊少而知名,以能诗为名流器重,官尚书水部郎。 ⑦吴王醉处:苏州旧为吴王都城,其西南邓尉山素以赏梅胜地闻名。 ⑧广平:谓唐代名相宋璟,璟尝封广平郡公,故称。 ⑨微酸如豆:出《淮南子·说林训》"百梅足以为百人酸"。《大戴礼》引《夏小正》曰:"五月煮梅,为豆实。" ⑩"高楼"三句:汉《横吹曲》中有笛曲《梅花落》。化用李白《与史郎中钦听黄鹤楼上吹笛》诗:"黄鹤楼中吹玉笛,江城五月落梅花。" 寒香:语出罗隐《梅》诗"静爱寒香扑酒尊",形容梅之香气。

## 沙塞子

### 咏 梅

天生玉骨冰肌[①]，瘦损也、知他为谁。□寒底、傲霜凌雪[②]，不教春知。　　高楼横笛试轻吹，要一片、花飞酒卮。拚沉醉、帽帘斜插，折取南枝。

［注释］

①玉骨冰肌：五代后蜀孟昶咏花蕊夫人诗“冰肌玉骨清无汗”。见宋张邦基《墨庄漫录》卷九。暗用《庄子·逍遥游》姑射仙子事。　②□：唐氏按，此处原无空格，毛校：“寒”上脱一字。　傲霜凌雪：本宋扬无咎《柳梢青》词“傲雪凌霜，爱他梅蕊，搀借春光”。

## 多 丽

### 七夕游莲荡作[①]

破波光如镜，三翼轻舟[②]。对雨馀、重岩叠嶂，何妨影堕清流。望芙蕖[③]、渺然如海，张云锦、掩映汀洲[④]。出水奇姿[⑤]，凌波艳态[⑥]，眼看□叶弄新秋。恍疑是、金沙池内，玉井认峰头[⑦]。花深处，田田叶底，鱼戏龟游[⑧]。　　正微凉、西风初度，一弯斜月如钩[⑨]。想天津、鹊桥将驾[⑩]，看宝奁、蛛网初抽[⑪]。晒腹何堪[⑫]，穿针无绪[⑬]，不如溪上少淹留。竞笑语、追寻惟有，沉醉可忘忧[⑭]。凭清唱，一声檀板，惊起沙鸥[⑮]。

［注释］

①七夕：农历七月七日之夜。　②三翼轻舟：本南朝陈张正《别韦谅赋得江湖泛别舟诗》“千里寻阳岸，三翼木兰船”。　注者按：古人船首画作鸟状，故以“翼”称船。　③芙蕖：荷花的别名。　④张云锦：本李白

《庐山谣寄卢侍御虚舟》诗“屏风九叠云锦张,影落明湖青黛光”。云锦,谓锦缎般的彩云。 ⑤“出水”句:本李白《经乱离后天恩流夜郎……》诗“清水出芙蓉,天然去雕饰”。 ⑥凌波艳态:本曹植《洛神赋》“凌波微步,罗袜生尘”。 ⑦“金沙”二句:本韩愈《古意》诗“太华峰头玉井莲,开花十丈藕如船”。《华山志》:“韩愈登华山莲华峰,归谓僧曰:‘峰顶有池,菡萏盛开可爱。’” 注者按:金沙池,本谓仙池。 ⑧“田田”二句:本汉乐府《江南》“江南可采莲,莲叶何田田。鱼戏莲叶间”。《史记·龟策列传》:“龟千岁,乃游莲叶之上。” ⑨斜月如钩:本南朝宋鲍照《玩月城西门廨中》诗“始见西南楼,纤纤如玉钩”。 ⑩“想天津”句:“织女七夕当渡河,使鹊为桥。”见唐韩鄂《岁华纪丽》卷三引《风俗通》。 天津:指天河。 ⑪“看宝奁”句:“帝与贵妃,每至七月七日夜在华清宫游宴。时宫女辈……各捉蜘蛛闭于小合中,至晓开视蛛网稀密,以为得巧之候:密者言巧多,稀者言巧少。民间亦效之。”见《开元天宝遗事》卷下。 ⑫晒腹:旧时七月七日有曝衣风俗。《世说新语·排调》:“郝隆七月七日出日中仰卧。人问其故,答曰:‘我晒书。’” ⑬穿针:“妇女结彩楼,穿七孔针,或以金银鍮石为针。”见《荆楚岁时记·七月七日》。 ⑭“沉醉”句:本曹操《短歌行》“何以解忧,唯有杜康”。 ⑮“凭清唱”三句:化用毛滂《夜行船·馀英溪泛舟》词“莫把鸳鸯惊飞去,要歌时,少低檀板”。

## 满庭芳

扉映琉璃,窗摇云母[①],水堂新甃云湾[②]。际天波面,玉镜宝奁宽。栏外青山几叠,瑶烟敛、影落千鬟[③]。寒汀晚,芦花飞雪,风定白鸥闲。 尘寰[④],何处有。方壶圆峤[⑤],弱水波翻[⑥]。问何如藜杖,此地跻攀。种竹今逾万个,风枝静,日报平安[⑦]。他年事,苍云屯处[⑧],千亩看栖鸾[⑨]。

[注释]

①窗摇云母:云母,谓窗上的云母屏幔。为贵家所饰用。晋陆翙《邺中记》:“西台高六十七丈……窗皆铜笼疏、云母幌。日之初出,乃流光照耀。” ②水堂:犹水殿、水榭一类的傍水建筑物。 新甃(zhòu):新砌。

以砖砌壁曰甃。 ③"栏外"二句：千鬟，喻水面上浮现的青山。李白《庐山谣寄卢侍御虚舟》诗："庐山秀出南斗傍……影落明湖青黛光。"黄庭坚《雨中登岳阳楼望君山二首》诗其二云"满川风雨独凭栏，绾结湘娥十二鬟。"此融用之。 ④尘寰：尘世，人间。白居易《长恨歌》："回头下望人寰处，不见长安见尘雾。" ⑤方壶圆峤：神话中的二座海上仙山。《列子·汤问》："渤海之东不知几亿万里……其中有五山焉：一曰岱舆，二曰员峤，三曰方壶，四曰瀛洲，五曰蓬莱。" 圆峤：即员峤。 ⑥弱水：传说中的仙境之河。题东方朔《十洲记》："凤麟洲，在西海之中央，地方一千五百里，洲四面有弱水绕之，鸿毛不浮，不可越也。" ⑦"种竹"三句："北都惟童子寺有竹一窠，才长数尺。相传其寺纲维，每日报竹平安。"见唐段成式《酉阳杂俎·支植下》。词借之谓竹之长势佳美。 ⑧苍云屯处：谓竹生长地。谢灵运《过始宁墅》诗："白云抱幽石，绿筱媚清涟。" ⑨"千亩"句：鸾，凤凰一类的神鸟。旧说，凤凰以竹实为食。见《韩诗外传》卷八。此本之，谓凤栖竹林，觅食不去。

## 春光好

立道生日作[①]

去年曾寿生朝，正黄菊、初舒翠翘[②]。今岁雕堂重预宴，梨雪香飘[③]。 明年应傍丹霄[④]，看宝胯、重重在腰[⑤]。鹊尾吹香笼绣段[⑥]，且醉金蕉[⑦]。

［注释］

①立道：生平不详。疑为其弟之名。 ②"正黄菊"句：谓髮上簪菊。翠翘：女子的首饰，其状如翠鸟尾上的长羽。 ③梨雪香飘：本唐岑参《白雪歌送武判官归京》"忽如一夜春风来，千树万树梨花开"。 作者《韵语阳秋》卷四："雪未尝香也，而李太白诗云：'瑶台雪花数千点，片片吹落春风香。'"此写早雪。 ④丹霄：犹天空。《北堂书钞》卷一百五十一录汉贾谊诗："青青云寒，上拂丹霄。"此借指帝王之侧。 ⑤宝胯：宝腰带。古代达官贵人，腰带上往往佩挂许多金银宝饰。显示富贵气派。 ⑥鹊尾：香炉。南朝齐王琰《冥祥记》："费崇先少信佛法，常以鹊尾香炉置膝前。"

⑦金蕉:指蕉叶形酒杯。

## 西江月

开　炉①

风送丹枫卷地,霜干枯苇鸣溪。兽炉重展向深闺②,红入麒麟方炽。　　翠箔低垂银蒜③,罗帏小钉金泥④。笙歌送我玉东西⑤,谁管瑶花舞砌⑥。

[注释]

①开炉:古代一种设火迎冬的节俗。时间在农历十月初三日(后为初五日)。《武林旧事·开炉》:"自此,御炉日设火,至明年二月朔止。"　②"兽炉"句:谓重设炭炉于内室。欧阳修《渔家傲》词:"十月小春梅蕊绽,红炉画阁新装遍。"此类之。　兽炉:凫鸭之状,空中以燃香,使烟自口出,以为玩好。　③银蒜:一种铸成蒜形的银制帘押,垂以稳帘。　④"罗帏"句:谓以金泥饰罗帷。　金泥:以金屑调成的粉泥,古人常用以饰绫罗等物,如孟浩然《宴张记室宅》诗:"玉指调筝柱,金泥饰罗舞。"　⑤"笙歌"句:宋人开炉日,例行暖炉会。金盈之《醉翁谈录》卷四:"旧俗十月朔开炉向火,乃沃酒及炙脔肉于炉中,围坐饮啗,谓之暖炉会。"　玉东西:又作玉西东,酒杯。　⑥瑶花:喻雪花。本谓仙花,屈原《九歌·大司命》:"折疏麻兮瑶华,将以遗兮离居。"宋洪兴祖注:"瑶华,麻花也,其色白,故比于瑶。此花香,服食可致长寿。"后人以之比雪,南朝梁裴子野《咏雪》诗:"落树似飞花……折以代瑶华。"华,同"花"。此本之。

## 蝶恋花

冬至席上作①

缇室群阴清晓散。灰动葭莩,渐觉微阳扇②。日永绣工才一线③,挈壶已报添银箭④。　　六幕无尘开碧汉。非雾非烟,仿佛登台见。梅萼飘香萦小宴,霞浆莫放琉璃浅。

[注释]

①冬至：本为二十四节气之一，后衍为古代重要的民俗节日，时间约在农历十一月间。　②"缇室"三句：谓冬至到，缇室气动。　缇室：古人观察节候的密室。《后汉书·律历志上》："候气之法，为室三重，户闭，涂衅必周，密布缇缦。室中以木为案，每律各一……加律其上，以葭莩灰抑其内端，案历而候之。气至则灰动。其为气所动者其灰散。"　微阳扇：旧说"冬至一阳生"，谓日至其时，"阴气竭，阳气萌"。见《淮南子·天文训》，词本之。　③"日永"句："宫中以妇功揆日之长短。冬至后日晷渐和，比常日增一线之功……故柳耆卿有'绣工日永'之词。"见《岁时广记·冬至·增绣工》。　④挈壶：谓饮酒。陶渊明《饮酒二十首》诗其十四："故人赏我趣，挈壶相与至。"　银箭：古代计时器漏壶中的箭，其上刻有度数，据之多寡以计时。　添银箭：谓白昼添长。

## 清平乐

子直过省，生日候殿试，席间作[①]

文章惊世，半挹南宫第[②]。蟾窟澄辉天似洗[③]，折得窅窊丹桂[④]。　　当年蓬矢生贤[⑤]，流霞满祝长年。更愿巨鳌连钓[⑥]，枫宸第一胪传[⑦]。

[注释]

①子直：作者友人，生平不详。集中作者与之酬唱词有三首。　殿试：又称廷式、御试。　②南宫：本为南方星宿之宫，见《史记·天官书》，汉人以指尚书省。杜甫《别唐十五诫因寄礼部贾侍郎》诗："南宫吾故人，白马金盘陀。"又以称礼部省。词本杜诗，谓子直以文章名震礼部，通过省试。　③蟾窟：指月宫。月中有桂，故旧时又称科举登第为"蟾宫折桂。"　④窅窊（yǎo wā）：凹凸起伏的样子。唐颜师古云："桂华之形，窅窊然也。"　⑤"当年"句："国君世子生……射人以桑弧蓬矢六，射天地四方。"见《礼记·内则》。以蓬矢（蓬草茎做的箭）射天地四方，象征男子成年后有四方大志。　⑥巨鳌连钓：《列子·汤问》载，海上有五仙山，帝令以巨鳌举首戴之。"龙伯氏之国有大人，举足不盈数步而及五山之所，一钓而

连六鳌,合负而趣归其国。”此喻连试皆捷。 ⑦枫宸:宫殿。 宸:北辰的宫室,古人指帝王的居处。汉宫中多植枫树,故以称宫殿。魏何晏《景福殿赋》:“芸若充庭,槐枫被宸。” 第一胪传:谓殿试第一名。宋制,进士殿试后,按甲第唱名传呼召见。 胪传:宫廷中一种传告诏旨的方式,宋程大昌《演繁露》:“今之胪传,自殿上至殿下,皆数人亢声相接,传所唱之语,联续远闻。”

## 减字木兰花

四侄过省候廷试席上作

摇毫铸藻,纵有微之应压倒[1]。万里鹏程[2],南省今书淡墨名[3]。 胪传丹陛[4],月里桂花先著袂。雁塔高题[5],玉季巍科尚觉低[6]。

[注释]

①微之:唐代元稹,名微之。《旧唐书·元稹传》载,元稹“聪警绝人,年少有才名”,“(年)十五两经擢第;二十四调判入第四等,授秘书省校书郎;二十八应制举才识兼茂明于体用科,登第者十八人,稹为第一”。词喻指场屋高手。 ②万里鹏程:《庄子·逍遥游》载,北溟有大鹏鸟,“背若泰山,翼若垂天之云,抟扶摇羊角而上者九万里”。古人以颂人前程远大。 ③南省:指礼部。 ④丹陛:宫中台阶,因漆成红色,故名。 ⑤“雁塔”句:雁塔,即西安慈恩寺塔。唐韦肇初及第,“偶于慈恩寺塔题名。后进慕效之,遂成故事”。见宋钱易《南部新书》。此言登科及第。 ⑥玉季:美称其弟。《南史·王铨传》:“铨虽学业不及弟锡,而孝行齐焉。时人以为铨、锡二王可谓玉昆金友。”后人变化而称“玉季金昆”,如宋张镃《贺新郎》(桂隐传杯处)词:“玉季金昆霄汉侣,平步銮坡挥麈。”

## 满庭芳

五侄将赴当涂,自金坛来别[1]

栗里田园[2],乌衣门巷[3],别来几换星霜[4]。华阳仙窟[5],

翠桁彩衣香[6]。梦堕当涂风月，披绛帐、欲指鳣堂[7]。浮鸥外，来宁老子[8]，特泛霅溪航[9]。　相逢，春正好，梅舒香白，柳曳宫黄[10]。且相将一笑，乐未渠央[11]。须念离多会少[12]，难轻负、百榼霞浆。深深观，舞回飞雪[13]，乐奏小宫商。

［注释］

①当涂：县名（今属安徽），在芜湖北的长江边上。　金坛：县名（今属江苏），宋代隶镇江府，作者祖居地。镇江，唐称丹阳郡。　②栗里：在今江西九江南陶村西，为陶渊明旧居处。陶渊明中年弃仕归故里，隐身田间，作有《归园田居五首》等诗。此借指丹阳故里田园。　③乌衣巷：在今南京秦淮河利涉桥南，本为孙吴乌衣营驻扎地，东晋时，王谢大族居此。见《世说新语·雅量》注引《丹阳记》。　注者按：葛氏亦世代官宦，一时望族。作者尝自称："余家自曾伯祖侍郎讳宫以甲科起家，至庆历中，曾大父通议杨置榜相继及第，尔后世世有人：大父清孝公余中榜，先人文康公何昌言榜，某黄公度榜，至小子邲朱待问榜，连五世矣。"见《韵语阳秋》卷十八。《宋史·葛邲传》赞曰"五世登科第"，"三世掌词命"。词用典以自夸，指金坛旧居。　④"别来"句：本唐王勃《滕王阁》诗"闲云潭影日悠悠，物换星移几度秋"。　⑤华阳仙窟：即华阳洞天，在金坛西边的茅山上，为道教胜地。《梁书·陶弘景传》载，陶弘景栖居于句容之句曲山，常言："此山下是第八洞宫，名金坛华阳之天，周围一百五十里。昔汉有咸阳三茅君得道，来掌此山，故谓之茅山。"因自号"华阳隐居"。　⑥翠桁：指华美的衣架。此谓洞内犹挂仙人法衣。　⑦"梦堕"二句：绛帐，见马融讲学授徒之事。"常坐高堂，施绛纱帐，前授生徒，后列女乐。"见《后汉书·马融传》。　鳣堂：典出《后汉书·杨震传》，杨震开堂讲学，"有冠雀衔三鳣鱼，飞集讲堂前。都讲取鱼进曰：'蛇鳣者，卿大夫服之象也。数三者，法三台也。先生自此升矣。'"后以称讲堂。　按：陶弘景栖华阳洞，多有门人弟子从之授术。"永元初，更筑三层楼，弘景处其上，弟子居其中，宾客至其下，与物遂绝。"此三句因之而发，谓梦归故居仙洞，寻访陶氏讲学旧址。　⑧老子：中古俗语，作者自称。　⑨泛霅溪航：霅溪，水名，在湖州。唐张志和弃仕居江湖，自称"烟波钓徒"，宅船水上。尝访湖州刺史颜真卿，云："愿为浮家泛宅，往来苕、霅间足矣。"作者时居湖州，故巧用其

典写四侄来宁。 ⑩宫黄：据传，“蝶粉蜂黄，唐人宫妆也”。此泛指黄色。 ⑪“且相将”二句：寓杜牧《九日齐山登高》诗“尘世难逢开口笑”之意。 未渠央：即未遽央，意没有仓猝尽了。 ⑫离多会少：本《颜氏家训·风操第六》“别易会难，古人所重”意。 ⑬舞回飞雪：本曹植《洛神赋》“仿佛兮若轻云之蔽月，飘飘兮若流风之回雪”。 白居易《霓裳羽衣舞歌》：“飘然转旋回雪轻。”

## 水调歌头

睡鸭凝香缕①，白酒泻无声②。郊墟不办羊酪，照箸紫丝莼③。此去青山深处，邀得白云为伴，绝意请长缨④。一舸背君去，几幅布帆轻⑤。 帝恩重，容禄隐，吏祠庭⑥。膝间文度安亲⑦，得计是扬名⑧。珍重金兰交契⑨，共惜匆匆别去，送我几烟林。异日怀君处，凝睇乱层岑。

[注释]

①睡鸭：古人香炉好作鸭形。 ②白酒：谓酒有清、白之分。《太平御览》卷八百四十四引《魏略》载，曹操禁酒，“而人窃饮之，故难言酒，以白酒为贤人，清酒为圣人”。此谓乡间自酿酒。 ③“郊墟”二句：《晋书·陆机传》载，晋代北人以羊酪为美食。陆机尝诣侍中王济，王指案前羊酪谓陆机曰：“卿吴中何以敌此？”答云：“千里莼羹，未下盐豉。”时人称为名对。 ④请长缨：汉代终军出使南越，朝廷意欲使其王入朝内附。终军自请曰：“愿受长缨，必羁南越王而致之阙下。”见《汉书·终军传》。此谓建功立业。 ⑤布帆轻：谓旅途快捷。《晋书·顾恺之传》载，顾恺之为荆州刺史殷仲堪僚佐，尝请假东还，殷“特以布帆借之”。后顾有信报平安曰：“行人安稳，布帆无恙。”后人遂以布帆代指归舟。 ⑥“容禄隐”二句：意谓容许以官为隐，食禄而无事。唐白居易《中隐》诗：“大隐住朝市，小隐入丘樊。丘樊太冷落，朝市太嚣喧。不如作中隐，隐在留司官……终岁无公事，随月有俸钱。”作者尝因事受挫，得禄宫观，其位犹如白氏留司官，故于此隐括白诗意。 ⑦“膝间”句：东晋王文度仕为桓温长史，然犹深受其父王蓝田爱宠。尝因事归家，“既还，蓝田爱念文度，虽长大，犹抱著膝

上”。见《世说新语 · 方正》。此喻儿女娱亲。 ⑧得计：谓适意，遂愿。 ⑨金兰交契：本《易经 · 系辞上》“二人同心，其利断金。同心之言，其臭如兰”。古人因谓异姓结交为金兰之交。

## 风流子

细草芳南苑，东风里，赢得一身闲。见花朵绣田，柳丝络岸，沼冰方泮[①]，山雪初残。又还是，陇头春信动，梅蕊入征鞍[②]。月里暗香，水边疏影[③]，淡妆宜瘦，玉骨禁寒[④]。 泛金溪上好[⑤]，开幽户、聊面翠麓云湾。知道醉吟堪老，名利难关[⑥]。算书帏意懒，宦涂游倦；旧时习气，惟有跻攀[⑦]。拟待杖藜花底，直到春阑[⑧]。

[注释]

①“沼冰”句：本晋王讷《春可乐赋》“乐孟春之初阳，冰泮涣以微流”。 ②“陇头”二句：用陆凯寄梅与陇头友人之典，事见《荆州记》。 ③“月里”二句：用林逋《山园小梅》诗句。 ④“淡妆”二句：本苏轼《饮湖上初晴后雨》诗“淡妆浓抹总相宜”，宋刘子翚《梅花》诗：“玉骨绡裳韵太孤，天教飞雪伴清癯”，毛滂《踏莎行 · 会宗园初见梅花》词“从来清瘦可禁寒”。 ⑤泛金溪：水名，在吴兴。作者晚年归隐于此。其《韵语阳秋 · 自序》尝云：“既上宜春之印，归休于吴兴泛金溪上我先人之敝庐。归愚识夷途，游宦泯捷径，湛然胸次，不挂一丝。”卷十三又曰：“余居泛金溪上，暇日率同志挐小舟”云云。词写其事。 ⑥“醉吟”二句：白居易《醉吟先生传》自称“性嗜酒，耽琴，淫诗……如此者凡十年，其间日赋诗约千馀首，日酿酒约数百斛……醉复醒，醒复吟，吟复饮，饮复醉——醉吟相仍，若循环然。由是得以梦身世，云富贵，幕席天地，瞬息百年，陶陶然，昏昏然，不知老之将至，古之所谓得全于酒者”。东方朔《与友人书》：“不可使尘网名缰拘锁。” 关：犹锁。 ⑦跻攀：谓登游山水。 ⑧“杖藜”二句：化用杜甫《绝句漫兴九首》其五“肠断江春欲尽头，杖藜徐步立芳洲”意境。

## 满庭芳

胡汝明罢帅归,坐间次韵作①

江国麾幢,边城鼓角,湓川几报严更②。笑谈油幕③,英杰为时生。腹贮六韬三略④,新诗就、矛槊频横⑤。功名事,他年未晚,一笴落欃枪⑥。　归来,何早计,白蘋洲畔⑦,危获深耕⑧。又何如,竹帛彝鼎垂名⑨,犀节征还伊迩,春风外,文鹢催行⑩。岩廊上,谈兵齿颊。谠论佐休明⑪。

[注释]

①据篇中"白蘋洲畔"云云,盖作于吴兴退居处。时间应在绍兴末。　胡汝明:名舜陟,号三山老人,徽州绩溪人,后卜居吴兴。大观三年(1109)进士,官至徽猷阁待制、广西经略。《宋史》有传。　史载:绍兴三十年(1160),胡氏复为广西经略,寻因事牵连,罢为提举太平观。本篇即为胡氏罢官退归作。　②"江国"三句:建炎绍兴年间,胡舜陟尝先后任知庐州、建康府、江州、淮西安抚大使、广西经略等职,屡挫敌犯,多有战功。事见《宋史》。三句追述其事。　麾幢:大帅的旗帜仪仗。　③笑谈油幕:谓于军中从容临敌,谈笑风生。化用苏轼《念奴娇》词"谈笑间、樯橹灰飞烟灭"之意。　④"腹贮"句:谓满腹用兵谋略。《后汉书·边韶传》载:"边孝先富于才学,自称:腹便便,五经笥。"后人因有"满腹经纶"之说。　六韬三略:古代的兵书。　⑤"新诗"句:"曹氏(指曹操)父子,鞍马间为文,往往横槊赋诗。"见《旧唐书·杜甫传》。　⑥一笴:一箭。　笴:箭杆。　欃枪:《尔雅·释天》云"彗星为欃枪"。即天欃与天枪。　⑦白蘋洲:"湖州城东南三百步,抵雪溪,连汀洲。""洲一名白蘋,梁吴兴守柳恽于此赋诗云'汀洲采白蘋。'因以为名也。"见白居易《白蘋洲五亭记》。　⑧危获深耕:用汉扬雄《法言》"谷口郑子真,不屈其志,而耕乎岩石之下"事,谓退归耕钓。　⑨"竹帛"句:谓青史垂名。　⑩文鹢:《史记·司马相如列传》载《子虚赋》云"游于清池,浮文鹢,扬桂枻"。南朝宋裴骃《集解》引《汉书音义》:"鹢,水鸟也。画其象于船首。《淮南子》曰:龙舟鹢首,天子

之乘也。” ⑪谠论：正直之高论。 休明：谓美善贤明，此美君王。胡舜陟善兵道，有高见，尝“请以身守江北，以护行宫。帝壮其言”。时人以为“其得人心，虽古循吏无以过”。见《宋史》本传。“谈兵”二句括其事。

## 玉漏迟

窗户明环堵[①]。山容黛染，水光绡舞。荷盖擎烟[②]，花映步波神女[③]。嫩脸铅华掩素，无语向、薰风凝伫。晴又雨。征鞞隐隐，云洲沙渚。 须臾风卷还晴，看香泄丹囊[④]，乍飘沉炷[⑤]。鱼飐荷衣，珠颗乱倾无数[⑥]。休话金沙玉井[⑦]，争似我、神龟□处[⑧]。觞为举。何人解歌金缕[⑨]。

［注释］

①环堵：四周的墙，此指斗室。 ②荷盖：谓荷叶竖举如盖。梁元帝萧绎《采莲赋》：“红莲兮芰荷，绿房兮翠盖。” ③步波神女：“曹植《洛神赋》形容洛水神女“灼若芙蕖出绿波……凌波微步，罗袜生尘”。芙蕖，即荷花。 ④“香泄”句：白居易《东林寺白莲》诗“清飙散放馨，泄香银囊破”。韩偓《莲花》诗“钿扇相攲绿，香囊独立红”。 丹囊：指香袋。此谓荷香。 ⑤沉炷：沉水香炷。 ⑥“鱼飐”二句：本汉乐府《江南》“江南可采莲，莲叶何田田。鱼戏莲叶间”。白居易《东林寺白莲》诗“泻露玉盘倾”。温庭筠《莲浦谣》“荷心有露似骊珠”。 ⑦金沙玉井：华山上有玉井池，池内莲花“盛开可爱”，最负盛名。 ⑧“神龟”句：本句当作“神龟巢处”。旧说，龟千岁而神，乃巢莲叶之上，蓍百茎共一根。见《史记·龟策列传》。 ⑨金缕：曲名，即《金缕衣》。

## 行香子

风透纱窗[①]，叶落银床[②]。夹缬林、吹下严霜[③]。新篘浮蚁[④]，班坐飞觞[⑤]。有岩中秀[⑥]，篱中艳[⑦]，洛中香[⑧]。 金钿放蕊[⑨]，玉粒争芳[⑩]。惯年年、来趁清商[⑪]。不应素节[12],还有花王[13]。看正封诗,龟年调,太真狂[14]。

[注释]

①"风透"句:"立秋之日,凉风至。"见《周书·时训》。 ②"叶落"句:本唐人诗"一叶落知天下秋"。 银床:精美的井栏。宋吴自牧《梦粱录·七月》:"立秋日,太史局委官吏于禁廷内,以梧桐树植于殿下。俟交立秋时,太史官穿秉奏曰:'秋来'。其时,梧桐叶应声飞落一二片,以寓报秋意。" ③夹缬林:指花木锦绣之林。 夹缬:本为唐代一种印花染色的方法,其印染出的花纹,对称丛簇,因其锦绣美观,故诗人常以形容繁盛的花木。白居易《玩半开花赠皇甫郎中》诗:"成都新夹缬,梁汉碎胭脂。" ④篘(chōu):以竹篾编成的漉酒器。 ⑤"班坐"句:《左传·襄公二十六年》载,伍举因难出奔,与老友声子相遇于郑国之郊,"班荆相与食,而言复故"。 班:铺开。此取其随便席地而饮之意。 ⑥岩中秀:谓秋桂。《广群芳谱》卷四十"岩桂"云:"丛生岩岭间,谓之岩桂,俗称为木犀。" ⑦篱中艳:谓菊花。 ⑧洛中香:谓牡丹。唐宋时洛阳贵贱皆重牡丹花,洛阳牡丹以其"国色天香"冠压群芳。 ⑨金钿放蕊:形容菊花吐艳。菊花色黄如金,瓣细似钿,故云金钿。 ⑩玉粒:谓桂花,因其蕊如粟粒故也。 ⑪趁:追逐,赶。 清商:秋风。 ⑫素节:秋令时节。 ⑬花王:牡丹。宋李格非《洛阳名园记·天王院花园子》:"洛中花甚多种,而独名牡丹曰花王。" ⑭"看正封诗"三句:正封,李正封,唐文宗时中书舍人,有吟牡丹名句为人称赏,诗云:"天香夜染衣,国色朝酣酒。" 龟年,李龟年,唐玄宗时著名宫廷乐师。 太真,唐玄宗宠妃杨玉环。开元间,唐玄宗尝携杨贵妃夜赏牡丹,诏李龟年歌,李白作《清平调》三章以进。"梨园弟子约略词调,抚丝竹,遂促龟年以歌。妃持颇黎七宝杯,酌西凉州葡萄酒,笑领歌意甚厚。"见宋乐史《杨太真外传》。

## 玉楼春

雪中拥炉闻琵琶作

青女飞花浓剪水[1],寒气霏微度窗纸[2]。人间那得骨为帘,罏有麒麟尊有蚁。 笙簧冻涩闲纤指,香雾暖熏罗帐底[3]。却教试作忽雷声，往往惊开桃与李[4]。

［注释］

①青女：天神，青霄玉女，主霜雪也。唐陆畅《惊雪》诗："天人宁许巧，剪水作花飞。" ②寒气霏微：化用宋毛滂《踏莎行·追往事》词"芳气霏微，薄衣料峭"。 ③"笙簧"二句：笙中有簧，以铜为之，天冻则簧硬声涩，故古人常以火烘焙之，谓暖笙。此二句谓因冻而笙簧暂歇，焙熏帐底。 ④"却教"二句：唐南卓《羯鼓录》载，唐玄宗尝于二月初见小殿内庭柳杏将吐，高力士遣取羯鼓。"上旋命之临轩纵击一曲，曲名《春光好》，神思自得。及顾柳杏，皆已发拆。"此用其曲。 忽雷：琵琶名。唐文宗时，"内库有二琵琶，号大、小忽雷"。见唐段安节《乐府杂录·琵琶》。

## 瑞鹧鸪[1]

小孙周晬席上作[2]

榴花庭院戏氍毹[3]，水剪双眸画不如[4]。莫恨未能通瑟僩[5]，只今先已辩之无[6]。 虎睛浅缀新花帽[7]，龙脑浓熏小绣襦[8]。乃祖未须贻厥力，及时须读五车书。

［注释］

①唐氏按：原误作《鹧鸪天》 ②周晬：小儿出生一周岁。 ③戏氍毹：氍毹(qú shū)，羊毛或麻编织的地毯。此谓小儿于席毯上作抓周之戏。④"水剪"句：本白居易《筝》诗"双眸剪秋水，十指剥春葱"。 ⑤瑟僩：出《诗经·卫风·淇奥》"有匪君子，如切如磋，如琢如磨；瑟兮僩兮，赫兮咺兮"。朱熹《集传》"瑟：矜壮貌。僩：威严貌"。认为诗写君子"学问自修之进益"，和"盛德至善"。词本之，指君子之德。 ⑥辩之无：白居易《与元九书》载，"仆始生六七月时，乳母抱弄于书屏下，有指'无'字'之'字示仆者，仆虽口未能言，心已默识。后有问此二字者，虽百十其试，而指之不差"。 注者按：辩，当作辨。 ⑦"虎睛"句：古代相士以虎头为贵相。《东观汉记·班超》载，相者称班超"生燕颔虎头，飞而食肉，此万里侯相也"。又，古代勇士戴虎头帽，取其威猛意。故民俗中小儿好戴虎头帽，寓

富贵与驱邪意。⑧龙脑:一种名贵的香料。产于一种龙脑香树。

## 浪淘沙

子直新第落成席上作

休看辋川图[①],未是幽居。何如云水绕储胥[②]。新湿青红开栋宇,雾拱风疏。　　小圃秀郊墟,花破平芜。五峰列影水平铺[③]。只欠五城楼十二,便是蓬壶[④]。

[注释]

①辋川图:辋川,水名,在今陕西西安南的终南山下,地属蓝田县。唐代王维有辋川别业于此。王维善画山水云石。　②储胥:本指木栅、藩篱等,此谓平居茅舍之类。　③水平铺:本唐罗隐《江南行》诗"鸳鸯鸂鶒唤不起,平铺绿水眠东风"。　④五城楼十二:《汉书·郊祀志》载,"黄帝时,为五城十二楼,以候神人于执期,名曰'迎年'"。唐颜师古注引应劭曰:"昆仑玄圃,五城十二楼,仙人之所常居。"

## 卜算子

赏荷以莲叶劝酒作[①]

明镜盖红蕖[②],轩户临烟渚。窣窣珠帘淡淡风[③],香里开尊俎。　　莫把碧筒弯,恐带荷心苦[④]。唤我溪边太乙舟[⑤],潋滟盛芳醑[⑥]。

[注释]

①本篇盖绍兴末作者退居吴兴泛金溪日作。　②明镜:谓溪水清流。李白《清溪行》诗:"人行明镜中,鸟度屏风里。"　盖红蕖:红蕖,红色荷花。谓荷花一片,遮盖溪面。　③淡淡风:本晏殊《寓意》诗"梨花院落溶溶月,柳絮池塘淡淡风"。　④"莫把"二句:苏轼《泛舟城南……四首》诗其三"碧筒时作象鼻弯,白酒微带荷心苦"。唐段成式《酉阳杂

俎》卷七“酒食”载，魏正始年间，历城太守郑悫每于三伏之季，与宾僚避暑作饮。“取大莲叶置砚格上，盛酒三升，以簪刺叶，令与柄通，屈茎上轮囷如象鼻，传吸之，名为碧筒杯。历下学之，言：‘酒味杂莲气，香冷胜于水。’” ⑤太乙舟：《史记·封禅书》“天神贵者太一”。又《史记·天官书》“中宫天极星，其一明者，太一常居也”。唐张守节《正义》注：“泰一，天帝之别名也。”太一、泰一，同太乙。太乙舟，犹仙舟。 ⑥潋滟：谓酒满溢之状。白居易《对新家酝玩自种花》诗：“玲珑五六树，潋滟两三杯。” 芳醑：称美酒。

## 卜算子

席间再作①

袅袅水芝红②，脉脉蒹葭浦③。淅淅西风淡淡烟④，几点疏疏雨。　　草草展杯觞⑤，对此盈盈女⑥。叶叶红衣当酒船⑦，细细流霞举⑧。

[注释]

①与前篇同时作。 ②“袅袅”句：北齐魏收《晦日泛舟应诏》诗“袅袅春枝弱”。 水芝：即荷花。 ③“脉脉”句：本《古诗十九首》其十“盈盈一水间，脉脉不得语”。 ④淅淅西风：本杜甫《秋风》诗“秋风淅淅吹我衣，东流之外西日微”。 ⑤“草草”句：本王安石《示长安君》诗“草草杯盘供笑语”。 ⑥盈盈女：本《古诗十九首》其十三“盈盈楼上女，皎皎当窗牖，娥娥红粉妆，纤纤出素手”。此喻荷花。 ⑦“叶叶”句：谓以荷叶盛酒作“碧筒饮”。 ⑧“细细”句：本杜甫《官亭夕坐戏简颜十少府》诗“细细酌流霞”。 流霞：一种仙酒。指美酒。

[集评]

许昂霄评：“叠字韵。”又：“通首极清丽。”（《词综偶评》）

《草窗词评》云：“用十八叠字，妙手无痕。本色学道人，胸中乃有此奇特。”（《词要纪事》卷九引）

## 减字木兰花

章甥筑地相望作[1]

张南周北，谩说清漳摇绀碧[2]。何似幽栖，甥舅相望共一溪。　璇题沙版[3]，不用买邻縻百万[4]。余户增辉，庭列芝兰户戟枝。

[注释]

①章甥：章姓的外甥。其人名字、生平皆不详。考作者《韵语阳秋》卷十八，载有其父葛胜仲庆子及第诗，云："穿杨喜共东床客。" 原注："女夫章宗同榜。"由知其父名章宗，亦绍兴八年进士。作者与章甥词共二首，下一首有"调鼎名家"云云，知章氏为相府之后，疑或为章惇后人。惇家后亦移居吴兴。　②清漳：水名。清漳，浊漳，为山西东部两条河名，东南流至冀豫边境，合为漳河。　③璇题：犹璇额，玉楣；题，额也，此指门楣。　沙版：饰红的板壁。宋玉《招魂》："红壁沙版，玄玉梁些。"　汉王逸注："以丹沙画饰轩版，承以黑玉之梁。五采分别也。"　④"不用"句："南朝梁吕僧珍忠节肃穆，为时人敬仰。宋季雅知南康郡罢，买宅居吕宅侧，宅价一千一百万。吕怪其贵，季雅曰：'一百万买宅，千万买邻。'"见《南史·吕僧珍传》。此用其事，意谓甥舅相得，无择邻之劳。

## 夜行船

章甥婚席间作

百尺雕堂悬蜀绣[1]。珠帘外，玉阑琼甃。调鼎名家[2]，吹箫贤胄[3]，新卜凤凰佳繇[4]。　银叶添香香满袖[5]。满金杯，寿君芳酒。喜动蟾宫[6]，祥生熊帐[7]，应在细君归后[8]。

[注释]

①"百尺"句：《东京梦华录》卷五"娶妇"载，"新人门额，用彩一段，碎裂其下，横抹挂之。"此写婚仪上饰物。　蜀绣：中国四大刺绣之一，以"针

法，光亮平齐”为世人爱赏。 ②调鼎名家：据载，商王武丁立傅说为相，命曰：“若作和羹，尔惟盐梅。”见《尚书·说命下》。意谓如调拌鼎中之味去治理国家，使之协调和谐。盐、梅，古代的调味品。此谓章甥出自宰相家门。 ③吹箫贤胄：传说秦穆公有女弄玉，好吹箫。有萧史能吹箫作鸾凤鸣，“公以弄玉妻之”。 ④“新卜”句：《梦粱录》卷二十“嫁娶”载，“婚娶之礼，先凭媒氏，以草帖子通于男家。男家以草帖问卜或祷签，得吉无尅，方回草帖。亦卜吉，媒氏通间。”此即后世之“算八字”。佳繇（zhòu）谓婚姻美满之吉卦。 ⑤银叶：捶得薄如叶的金银片，称金叶、银叶，古人多用以饰物。宋代富贵人家，香炉常以之为饰，故亦指香炉。 ⑥蟾宫：旧谓月中有蟾、桂，而“世以登科为‘折桂’……自唐以来用之”。故诗词常用蟾宫指月宫，以喻科举。此用其意。 ⑦祥生熊帐：谓生子之喜。《诗经·小雅·斯干》：“吉梦维何？维熊维罴。……大人占之：维熊维罴，男子之祥。” ⑧细君：指妻子。《汉书·东方朔传》载，东方朔尝于伏日自割赐肉归，不待诏令。武帝命其自责。朔戏曰：“……拔剑割肉，一何壮也……归遗细君，又何仁也！” 唐颜师古注：“细君，朔妻之名。一说：细，小也；朔辄自比于诸侯，谓其妻曰小君。”

## 雨中花

睢阳途中小雨，见桃李盛开作 以下奉使途中作①

壮岁嬉游②，乐事几经③，青门紫陌芳春④。未见廉纤，膏雨浥花尘⑤。濯锦宝丝增艳⑥，洗妆玉颊尤新⑦。向韶光浓处⑧，点染芳菲，总是东君。 苏州老子⑨，经雨南园⑩，为谁一扫花林⑪。谁信道、佳声著处，肌润香匀。晓试何郎汤饼⑫，暮留巫女行云⑬。寄言游子，也须留眄，小驻蹄轮。

**［注释］**

①“以下”云云，应为作者自注。下有六首，据内容，是作者奉使北行日作，具体时间不详，时作者在三十多岁间。 睢阳：在今河南商丘，唐宋

时是出入江淮的要地。 ②壮岁嬉游:“三十曰壮,有室。”见《礼记·曲礼上》。故以壮岁指三十岁。杜甫有《壮游》诗,追忆青壮年时漫游大江南北的生活。此本之。 ③乐事:谢灵运《拟魏太子邺中集诗序》云“天下良辰、美景、赏心、乐事,四者难并”。词借称春日美景。 ④青门:本《三辅黄图》卷一“长安城东出南头名霸城门,俗以其色青,名曰青门”。紫陌:刘禹锡《元和十年自朗州至京戏赠看花诸君子》诗,咏长安桃盛观者众曰“紫陌红尘拂面来,无人不道看花回”。此句写帝京春日观桃李。⑤廉纤:细微。韩愈《晚雨》诗:“廉纤晚雨不能晴。” 浥花尘:本王维《送元二使安西》诗“渭城朝雨浥轻尘”。 ⑥濯锦宝丝:成都旧称锦里,岷江过成都这一段流域称锦江。相传“锦江织锦濯其中则鲜明,他江则不好”。 ⑦洗妆玉颊:本韩愈《华山女》诗“洗妆拭面著冠帔,白咽红颊长眉青”。 洗妆:谓化妆,唐人俗语。唐汤赘《云仙杂记》卷一“为梨花洗妆”条引《唐馀录》:“洛阳梨花时,人多携酒其下,曰为梨花洗妆。” 注者按:此处及前句“濯锦宝丝”皆以喻桃李。 ⑧韶光:犹韶景。 ⑨苏州老子:老子,中古俗话,自称代词。唐代白居易长庆年间出任苏州刺史,有《花前叹》诗:“南州桃李北州梅,且喜年年作花主。……欲散重拈花细看,争知明日无风雨?”此以花主白氏自喻。 ⑩经雨南园:本唐温庭筠《菩萨蛮》词“南园满地堆轻絮,愁闻一霎清明雨”,宋王安国《清平乐·春晚》词“满地残红宫锦污,昨夜南园风雨”。 南园:泛指花圃。 ⑪为谁:为何。 ⑫“晓试”句:魏晋人何晏美姿仪,皮肤白皙,“帝每疑其傅粉。后夏月赐以汤饼,大汗出,以朱衣自拭之,尤皎然。”此以形容雨洗李花花愈白。 ⑬巫女行云:用白居易《题峡中石上》诗“巫女庙花红似粉,昭君村柳翠于眉”,以巫女喻花。

## 雨中花

和[①]

寄径濉阳,陌上忽看,夭桃秾李争春[②]。又见楚宫、行雨洗芳尘[③]。红艳霞光夕照[④],素华琼树朝新[⑤]。为奇姿芳润,拟倩游丝,留住东君。 拾遗杜老[⑥],犹爱南塘,寄情萝薜山林。争似此、花如姝丽,獭髓轻匀[⑦]。不数江陵玉杖，休夸花岛红云[⑧]。少须澄霁，一番清影，更待冰轮[⑨]。

［注释］

①本篇为步和前者韵脚的同时词作。 ②“陌上”二句：“吴越王妃春游，王以书遗妃曰：‘陌上花开，可缓缓归矣。’吴人用其语为歌。”二句由之出。 夭桃秾李：“桃之夭夭，灼灼其华。”见《诗经·周南·桃夭》。又“何彼秾矣，华如桃李”，见《诗经·召南·何彼秾矣》。 ③楚宫、行雨：用巫山云雨典故。 ④“红艳”句：本李白《清平调词三首》其二“一枝红艳露凝香”。韩愈《桃源图》诗：“种桃处处唯开花，川源远近蒸红霞。”此写桃花。 ⑤“素华”句：李花色白，故云素华琼树。《陈书·皇后传》载，陈后主引宾客对贵妃等游宴赋诗，作艳曲，有云：“璧月夜夜满，琼树朝朝新。” ⑥拾遗杜老：杜甫于肃宗朝曾官左拾遗。 ⑦獭髓：晋王嘉《拾遗记》卷八载，吴王孙和宠妃邓夫人，误被水精如意伤颊，血流污袴。医曰：“得白獭髓，杂玉与琥珀屑，当灭此痕。”孙和命合此膏与邓夫人敷伤。然因琥珀太多，及愈，乃“有赤点如朱。逼而视之，更益其妍”。此形容花。 ⑧花岛红云：本唐韩偓《南台怀古》诗“南国云从岛上来，四序有花长见雨”。 ⑨冰轮：喻月亮。

## 好事近

归有期作

几骑汉旌回，喜动满川花木。遥睇清淮古岸[①]，散离愁千斛。 烟笼沙嘴定连艘[②]，鹊脚蘸波绿。归话隔年心事，秉夜阑银烛[③]。

［注释］

①清淮古岸：南宋与金以淮河划界，此表示国境。 ②烟笼沙嘴：本杜牧《泊秦淮》诗“烟笼寒水月笼沙”。 沙嘴：伸向水中的沙地。 ③“秉夜阑”句：本杜甫《羌村三首》诗“夜阑更秉烛，相对如梦寐”。

## 好事近

和子直惜春

归日指清明，肯把话言轻食。已是飞花时候①，赖东风无力②。　青帘沽酒送春归③，莫惜万金掷④。屈指明年春事，有红梅消息。

[注释]

①飞花时候:"一片花飞减却春，风飘万点正愁人。"见杜甫《曲江二首》诗其一。"春城无处不飞花，寒食东风御柳斜。"见唐韩翃《寒食》诗。此谓时近暮春。　②东风无力:"相见时难别亦难，东风无力百花残。"见李商隐《无题》诗。　③青帘沽酒:"几处青帘沽酒市。"见宋曹组《寒食辇下》诗。　青帘:即酒帘，酒望。　④"莫惜"句:"陈王昔时宴平乐，斗酒十千恣欢谑。主人何为言少钱，径须沽取对君酌。"见李白《将进酒》诗。十千即万金。

## 朝中措

回至汴京喜而成长短句①

暂时莫荡出燕然②，冰柱冻层檐。时节马蹄归路，杨花乱扑征鞯③。　如今归去，银铛宜见④，七宝床边⑤。待得退朝花底，家人争卷珠帘。

[注释]

①唐氏按:调名原作《眼儿媚》。毛校云，"按此调《朝中措》"。　②莫荡:未详。疑是莽荡之意。　燕然:山名，即蒙古的杭爱山。89年，东汉窦宪击败匈奴，"登燕然山，去塞三千馀里，刻石勒功"。凯旋而归。见《后汉书·窦宪传》。　③"杨花"句:本宋蔡确《杨花》诗"杨花二月暮，撩乱送春归……故故扑征衣"。　鞯:马垫子。　④银铛:指精美的温酒器。铛:一种平浅的锅。汉服虔《通俗文》:"鬴有足曰铛。"　⑤七宝床:一种

用多种宝物装饰的华贵床具。

## 春光好

寒食将过淮作

禁烟却酿春愁[1]，正系马、清淮渡头。后日清明催叠鼓[2]，应在扬州。　　归时元巳临流[3]，要绮陌、芳郊恣游[4]。三月羁怀当一洗，莫放觥筹。　（以上校汲古阁本《归愚词》）

[注释]

①禁烟：寒食节民俗，"禁火三日"。又称"禁烟节"。　②叠鼓：古代官船上有鼓，启行或到达则击鸣。北齐谢朓《鼓吹曲》："叠鼓送华辀。"李善注："小击鼓谓之叠。"　③临流："三月三日，士民并出江渚池沼间，为流杯曲水之饮。"见《荆楚岁时记》。　④"要绮陌"句："四野如市，往往就芳树之下，或园囿之间，罗列杯盘，互相劝酬，都城之歌儿舞女遍满园亭，抵暮而归。"见宋孟元老《东京梦华录》卷七"清明节"。

# 魏　杞

魏杞(1121—1184),字南夫,寿春(治所在今安徽寿县)人,徙居鄞(今浙江宁波)。绍兴十二年(1142)进士。孝宗朝,累迁考功员外郎、宗正少卿。汤思退建和议,命杞为金通问使。归,以不辱使命受重任。乾道二年(1166),擢同知枢密院事,进参知政事、尚书右仆射兼枢密使,由庶官一岁至相位。施政主张抗金恢复。次年十一月,因事罢相。六年,出知平江府。卒赠特进,后谥文节。有《山房集》。

## 虞美人

冰肤玉面孤山裔[①],肯到人间世。天然不与百花同,却恨无情轻付、与东风。　丽谯三弄江梅晓[②],立马溪桥小[③]。只应明月最相思,曾见幽香一点、未开时[④]。

(《全芳备祖》前集卷一"梅花门")

[注释]

①冰肤玉面:谓梅花如仙子。《庄子·逍遥游》:"藐姑射之山,有神人居焉,肌肤若冰雪,淖约若处子。"　孤山裔:用宋林逋事。林逋隐居西湖孤山,养鹤种梅以自娱,有"梅妻鹤子"之称。　②丽谯:壮美的城楼。　三弄:指吹笛。晋桓伊善吹笛,为江左第一。尝路遇王徽之。王令人谓伊曰:"闻君善吹笛,试为我一奏。"桓与徽之素不相识,然久闻其名,"便下车,踞胡床,为作三调。弄毕,便上车去,客主不交一言。"见《晋书·桓伊传》。笛曲中有《梅花落》,李清照《孤雁儿》词:"笛里三弄,梅心惊破。"此谓吹"梅花"笛曲。　③"立马"句:本南唐冯延巳《鹊踏枝》词"独立小桥风满袖"。　④幽香:即梅花的"暗香"。

## 卜算子

夜泛镜湖①

一叶鉴中来②，两岸青山起。送我红蕖万柄香，疑在蓬壶里。　天地莹无尘，巾袂凉如水。白浪无声月自高，不是人间世。

（《永乐大典》卷二千二百六十七“湖”字韵引魏杞南夫词）

[注释]

①镜湖：江南名湖，在今浙江绍兴境内。东汉会稽太守马臻修筑，以其水平如镜得名。宋人以避讳改名鉴湖。鉴，即镜。　②一叶：谓扁舟。

# 陈知柔

陈知柔(？—1184),字体仁,号休斋居士,温陵(今福建泉州)人。绍兴十二年(1142)进士。知循州,徙贺州。有《休斋诗话》五卷,已逸,今人郭绍虞有辑佚本。

## 人月圆

鬓缘心事随时改,依旧在天涯①。多情惟有,篱边黄菊②,到处能华。（《诗人玉屑》卷六引休斋）

[注释]

①"鬓缘"二句:本温庭筠《梦江南》词"千万恨,恨极在天涯。山月不知心里事……" ②"多情"二句:化用南唐张泌《寄人》诗"多情只有春庭月,犹为离人照落花",及陶潜《饮酒》诗其五"采菊东篱下,悠然见南山"。

[集评]

魏庆之云:"予寓吴江,有云云:词如上略。诗人读之凄然,以为有含愤意。"(《诗人玉屑》卷六引休斋)

# 王 识

王识，生卒不详，字致远，永春（今福建永春）人。弱冠领乡荐。精星历，尝作浑天图、浑天仪。

## 水调歌头

### 观 星

一雨洗空阁，象纬迫人清[①]。披襟台上[②]，坐看北斗正旋衡[③]。知是南宫列宿[④]，初出极星未远[⑤]，龙角正分明[⑥]。河汉馀千里[⑦]，风露已三更。　坐未久，书帙散，酒壶倾。凉生殿阁、泠然邀我御风行[⑧]。拟欲乘槎一问，但得天孙领略，安用访君平[⑨]。莫笑儒生事[⑩]，造化掌中生[⑪]。

（乾隆《永春州志》卷十四）

[注释]

①“象纬”句：杜甫《游龙门奉先寺》诗“天阙象纬逼，云卧衣裳冷”。　象纬：星象经纬，指日月五星。　②披襟台：宋玉《风赋》，“楚襄王游于兰台之宫……有风飒然而至，王乃披襟而当之，曰：‘快哉此风。’”此谓迎风的高台。　③北斗旋衡：北斗有七星，其第五至第七星称斗柄，又称玉衡。北斗星绕天极旋转，古人据斗柄的指向来判定时间和季节。见《春秋运斗枢》、《鹖冠子·环流》。词谓观看星象。　④南宫：南方星宿之宫。见《史记·天官书》。　⑤极星：北极星。《周礼·考工记·匠人》：“夜考之极星。”注：“极星，谓北辰。”　⑥龙角：东方星宿名。古人以二十八宿分属四方。东方为苍龙七宿，曰“角、亢、氐、房、心、尾、箕”。此指角宿。以其居于苍龙七宿之头角，故名。　⑦河汉：银汉。　⑧“泠然”句：《庄子·逍遥游》“夫列子御风而行，泠然善也，旬有五日而后反”。　泠然：轻妙驾风的样子。词谓凉风举人欲飘。　⑨“拟欲”三句：乘槎事见晋张华《博物志·杂说下》。相传天河与海通。有居海滨者，见年年八月有浮槎定期去来，乃乘槎而去。多日后至一城郭，“屋舍甚严，遥望宫多织妇。见

一丈夫牵牛渚次饮之”。其人问此是何处。答曰:“君还,至蜀郡访严君平则知之。”后访严氏,方知人到天河,见织女牵牛。此用典故,表示飘然有访仙意。　天孙:织女星。《史记·天官书》:“织女者,天女孙也。”　严君平:汉代著名的高士,常卜筮于成都市。　⑩儒生事:此指作浑天仪之类事。其器小,可拨弄掌中,故下句有“造化”云云。　⑪造化:天地万物。

# 许　庭

许庭,生卒不详,字伯扬,濠梁(今安徽凤阳)人。《庚溪诗话》录其"咏柳"词五首。

## 临江仙

### 柳

不见昭阳宫内柳[①],黄金齐捻轻柔[②]。东君昨夜到皇州[③]。玉阶金井,无处不风流[④]。　　怅望翠华春欲暮[⑤],六宫都锁春愁[⑥]。暖风吹动绣帘钩。飞花委地,时转玉香球[⑦]。

[注释]

①昭阳宫:汉代宫殿名。成帝时,"赵飞燕、女弟居昭阳殿中"。见《西京杂记》卷一。汉代宫苑中多植柳。见《三辅故事》。　②"黄金"句:宋韩琦《垂柳》诗"东君于此最多情,先与黄金捻画成"。柳条色黄,故喻黄金;其状如线,故曰捻搓。　③东君:春神。　皇州:指汴京。　④风流:指柳树的动人风姿。南朝齐张绪"吐纳风流",为人清淡,见者肃然。齐武帝得蜀柳数株,枝条甚长,状如丝缕,植于太昌灵和殿前。帝赏玩咨嗟,曰:"此杨柳风流可爱,似张绪当年时。"事见《南史·张绪传》,此本之。　⑤翠华:指以翠羽为饰的旗帜,为皇帝的仪仗。司马相如《上林赋》写天子宴饮曰:"建翠华之旗,树灵鼍之鼓。"　⑥六宫:指皇后嫔妃的居住处。　⑦玉香球:喻成团的柳絮。苏轼《临江仙》(九十日春都过了):"风转柳花球。"章楶《水龙吟·杨花》词:"绣床渐满,香球无数,才圆却碎。"

## 临江仙

不见隋河堤上柳,绿阴流水依依[①]。龙舟东下疾于飞[2]。千条万叶,浓翠染旌旗[3]。　记得当年春去也[4],锦帆不见西归[5]。故抛轻絮点人衣[6]。如将亡国恨[7],说与路人知。

[注释]

①"不见"二句:隋炀帝大业年间开运河,水面阔四十步,两岸为大道,栽杨柳。后人称之为隋河、隋堤。白居易有《隋堤柳》诗:"大业年中炀天子,种柳成行夹流水。西自黄河东至淮,绿影一千三百里。"此本于白诗。　依依:语出《诗经·小雅·采薇》"昔我往矣,杨柳依依"。　②"龙舟"句:隋炀帝欲游江南,造龙舟为乘。"龙舟既成,泛江沿淮而下。……时舳舻相继,连接千里。"见《开河记》。　龙舟:帝王所乘的一种大船。　③"浓翠"句:脱胎于唐成彦雄《柳枝词》"怪得美人争鬥乞,要他浓翠染罗衣"。　旌旗:指隋炀帝幸江都队伍的旗帜。帝下江都,"旌旗万里",舳舻相连。　④春去也:喻皇朝覆灭。南唐李煜《浪淘沙》词伤亡国曰:"流水落花春去也,天上人间。"　⑤"锦帆"句:谓炀帝最终丧身江南。《隋书·炀帝纪下》载,大业十二年帝幸江都宫,从此未归西京。十四年,为宇文化及所杀。　锦帆:指炀帝的游船。唐颜师古《大业拾遗记》载,炀帝下江南日,乘龙舟凤舸,"锦帆彩缆,穷极侈靡……锦帆过处,香闻千里"。故李商隐《隋宫》诗讥曰"玉玺不缘归日角,锦帆应是到天涯"。⑥"故抛"句:《南部烟花记》,"陈后主与张丽华游后园,有柳絮点衣。丽华谓后主曰:'何能点人衣?'曰:'轻薄特,诚卿意也。'丽华笑而不答。"柳絮点衣,谓似美人多情,沾惹不去。　注者按:旧传炀帝在扬州,尝梦遇陈后主,命张丽华舞唱《玉树后庭花》曲。词暗融其事,言柳絮如多情美人,似诉遗恨。　⑦亡国恨:取自杜牧《泊秦淮》诗"商女不知亡国恨,隔江犹唱《后庭花》"句中语,词反其意用之。

## 临江仙

不见陶家门外柳[1],柴扉一径遥通。闭门终日掩清风[2]。感君高节[3],绿荫向人浓。　篱落萧疏鸡犬静,日长飞絮濛濛[4]。先生一醉万缘空。经时高卧,不到翠阴中。

[注释]

①陶家门外柳：陶潜“宅边有五柳树”，自号“五柳先生”。尝著《五柳先生传》。 ②“闭门”句：本陶潜《归去来兮辞》“园日涉以成趣，门虽设而常关”。 ③高节：陶潜为人耿介独立，不肯为五斗米折腰，以节操高尚为人折服。卒谥“靖节”。 ④“日长”句：欧阳修《采桑子》（群芳过后西湖好）词“飞絮濛濛，垂柳栏干尽日风”。

## 临江仙

不见都门亭畔柳[①]，春来绿尽长条。柳边行色马萧萧[②]。一枝折赠，相见又何朝。 酒尽曲终人去也，风前亦自无聊。只应于我恨偏饶。东君特地，付与沈郎腰。

[注释]

①都门亭畔柳：白居易《青门柳》诗“为近都门多送别，长条折尽减春风”。 都门：京城，词指开封。 ②“柳边”句：融用周邦彦《兰陵王》词“隋堤上，曾见几番，拂水飘绵送行色”及李白《送友人》诗“挥手自兹去，萧萧班马鸣”。

## 临江仙

不见灞陵原上柳，往来过尽蹄轮[①]。朝离南楚暮西秦[②]。不成名利，赢得鬓毛新。 莫怪枝条憔悴损，一生唯苦征尘。两三烟树倚孤村。夕阳影里，愁杀宦游人。

（以上五首见《庚溪诗话》卷下）

[注释]

①蹄轮：即车马。 ②“朝离”句：谓奔走四方。唐郑谷《淮上与友人

别》诗:“扬子江头杨柳春……君向潇湘我向秦。”潇湘,即南楚。宋晁补之《北渚亭赋》:“托生理于四方,固朝秦而暮楚。”词合铸二者。

[集评]

宋陈岩肖云:“濠梁许伯扬庭,为《柳》词五章,寄意于古,而词语清新。词如上略。以乐府《临江仙》按之,可歌也。”(《庚溪诗话》卷下)

# 邵　某

邵某，生卒不详，镇江（今属江苏）士大夫。工词。

## 清平乐

阿郎去日①，不道长为客。底事桐庐无处觅②，却得广州消息。　　江头一只兰船③，风雨湘妃庙前④。死恨无情江水，送郎一去三年⑤。　　（《艇斋诗话》）

### [注释]

①阿郎：犹郎君，女子呼情郎。　②底事：何事。　③兰船：即木兰舟。此谓阿郎所乘之船。　④湘妃庙：即黄陵庙，在今湖南湘阴县北洞庭湖畔。《水经注·湘水》："湖水西流径二妃庙南，世谓之黄陵庙也。言大舜之陟方也，二妃从征，溺于湘江……故民为之祠于水侧焉。"二妃，指娥皇、女英。　⑤"死恨"二句：化用刘采春《啰唝曲》其一"不喜秦淮水，生憎江上船。载儿夫婿去，经岁又经年"。

### [集评]

曾季貍云："近年镇江一士大夫姓邵，词亦工。如云：词如上略。此词极有作路。"（《艇斋诗话》）

## 陈祖安

陈祖安,生卒不详,字仲久,建阳(今属福建)人。建炎四年(1130),监都税院,坐事勒停。绍兴十五年(1145),知华亭县。二十五年,为右通直郎、淮南路转运司干办公事。忤秦桧,放归,寻即勒归建州本贯。秦桧死,诏令自便。

### 如梦令

湖光亭[①]

月直金波潋滟,此去水仙不远[②]。霜重夜风清,骨冷□□□□。谁见,谁见,醉眼参横斗转[③]。

(《至元嘉禾志》卷三十)

[注释]

①湖光亭:在浙江嘉兴原提舶司内。　②"此去"句:水仙,水中的神仙。唐司马承祯《天隐子·神解》:"在天曰天仙,在地曰地仙,在水曰水仙。"宋代西湖边有水仙王庙,其址在林逋祠堂附近。　③"醉眼"句:苏轼《再和杨公济梅花十绝》诗其十"醉看参月半横斜"。其用梅花仙子曲。隋赵师雄迁罗浮,醉醒间于酒家遇梅花仙子,笑歌戏舞甚欢。醒转,乃在大梅花树下,月落参横,但惆怅而已。事见题柳宗元《龙城录》。

## 王十朋

王十朋（1112—1171），字龟龄，号梅溪，乐清（今属浙江）人。绍兴二十七年（1157）进士第一，授绍兴府签判，召为秘书郎、王府教授、著作郎。迁大宗正丞，请祠归。孝宗立，起知严州，力陈抗金恢复大计，历官国史院编修、侍御史、吏部侍郎。出知饶、湖等四郡，救灾除弊，颇有治绩。后以龙图阁学士致仕。卒，谥忠文。《宋史》有传。诗文刚健晓畅，有《梅溪集》五十四卷，《会稽三赋》三卷行世。能词，今人周泳先辑有《梅溪诗馀》二十首，大多浅直平易。

### 二郎神

深深院，夜雨过[①]，帘栊高卷。正满槛、海棠开欲半。仍朵朵、红深红浅[②]。遥认三千宫女面[③]，匀点点、胭脂未遍[④]。更微带、春醪宿醉[⑤]，袅娜香肌娇艳[⑥]。　日暖，芳心暗吐[⑦]，含羞轻颤。笑繁杏夭桃争烂漫。爱容易、出墙临岸。子美当年游蜀苑，又岂是、无心眷恋。都只为、天然体态，难把诗工裁剪。

（《全芳备祖》前集卷七“海棠花门”）

［注释］

①“深深院”二句：欧阳修《蝶恋花》词“庭院深深深几许……雨横风狂三月暮”。　②红深红浅：杜甫《江畔独步寻花七绝句》其五“桃花一簇开无主，可爱深红映浅红”。　③三千宫女面：《汉武故事》，汉武帝起明光宫，“发燕赵美女三千人充之，率取年十五以上、二十以下”。后人常以喻花。故《两堤桃李议》言，杭州望湖亭前有西蜀海棠一株，色冠群芳，“所谓汉宫三千，赵姊第一，良非虚语”。见《广群芳谱》卷三十五。　④“匀点点”句：宋赵次公《和东坡定惠院海棠》诗“睡起胭脂懒未匀”。　⑤“更微

带”句:用杨贵妃醉酒事。唐明皇尝登沉香亭召贵妃。是时贵妃醉酒未醒,钗横鬓乱,脸飞红晕,凭侍儿扶掖而至。明皇笑曰:“岂是妃子醉耶?海棠睡未足耳。”见唐郑处诲《明皇杂录》。 ⑥“袅娜”句:宋赵次公《和东坡定惠院海棠》诗“婀娜含娇风韵足”。 ⑦“日暖”二句:宋毛滂《遍地花》词“暖风前,一笑盈盈,吐檀心”。周邦彦《玲珑四犯》词:“但认取、芳心一点。”

## 点绛唇

### 酴　醾

野态芳姿,枝头占得春长久①。怕钩衣袖②,不放攀花手。　试问东山,花似当时否③。还依旧。谪仙去后,风月今谁有?

（《全芳备祖》前集卷十五“酴醾门”）

[注释]

①占得春长久:酴醾暮春开花,于花事为最迟,宋韩维《惜荼蘼》诗:“花中最后吐奇香。”故云。酴醾,亦作荼蘼。 ②怕钩衣袖:酴醾“藤身灌生,青茎多刺”。见《广群芳谱》卷四十二。苏辙《次韵孔文仲酴醾》诗:“光凝真照夜,枝软或牵衣。” ③“试问”二句:李白《忆东山》诗其一,“不向东山久,蔷薇几度花?白云还自散,明月落谁家?” 东山:东晋谢安隐居处,在今浙江上虞县西南,一名谢东山。山颠旧有谢安“白云”、“明月”二堂。谢安“故宅旁有蔷薇洞,俗传太傅(谢安)携妓女游宴之所”。见施宿《会稽志·东山》。

[集评]

周念先评:“这首词上片写酴醾的‘野态芳姿’,虽不名贵,但占得春光长久。因为有刺,虽然美丽,谁也不敢攀摘。下片用对话方式,以牡丹虽然名贵,曾为谪仙品题,但不能占尽春光来突出酴醾‘枝头占得春长久’。言外之意很丰富。诗人抓住了酴醾的特点歌颂了那种不慕荣华富贵,坚持‘野态芳姿’的高洁情操。”(《唐宋咏物词选》) 注者按:周氏以为词的下片写牡丹,误。

李长路等评："酴醾，花名，初夏开白色花。作者爱酴醾高洁，羡李白'清风明月'傲然之气，甚明。"（《全宋词选释》卷十四）

## 点绛唇

咏十八香　异香牡丹①

庭院深深②，异香一片来天上③。傲春迟放，百卉皆推让④。　忆昔西都⑤，姚魏声名旺⑥。堪惆怅，醉翁何往，谁与花标榜。　　（《全芳备祖》前集卷二"牡丹门"）

### [注释]

①咏十八香：指此首及以下十七首。　唐氏按：题从《温州府志》，下同。　②庭院深深：用欧阳修《蝶恋花》词中语，欧阳修《蝶恋花》词"庭院深深深几许……雨横风狂三月暮"。　③"异香"句：唐文宗时中书舍人李正封有咏牡丹名句"天香夜染衣，国色朝酣酒"。　④"百卉"句：旧时品花以牡丹为百花之冠，称花王。宋李格非《洛阳名园记·天王院花园子》："洛中花甚多种，而独名牡丹曰花王。"此本之。　⑤西都：指长安。唐代长安，风俗雅尚牡丹。唐李肇《国史补》卷中："京中贵游，尚牡丹三十馀年矣。每春暮，车马若狂，不以耽玩为耻。"白居易有《买花》诗写其"家家习为俗，人人迷不悟"的玩赏牡丹风气。　⑥姚魏：即姚黄、魏紫，牡丹花中的两种佳品。　《全宋词》注："旺"《全芳备祖》原作"冠"，失韵。兹从《广群芳谱》卷十四改。

### [集评]

李长路等评："这是咏牡丹花而抒情，似有伤时怀旧之意。"（《全宋词选释》卷十四）

## 点绛唇

温香芍药[①]

近侍盈盈[②],向人自笑还无语[③]。牡丹飘雨,开作群芳主[④]。 柔美温香,剪染劳天女[⑤]。青春去[⑥],花间歌舞,学个狂韩愈[⑦]。 (《全芳备祖》前集卷三"芍药门")

[注释]

①韩愈《芍药歌》:"丈人庭中开好花,更无凡木争春华。翠茎红蕊天力与……温馨熟美鲜香起。"故本词中有"柔美温香"语,皆由之出。 ②近侍盈盈:唐宋人以牡丹为花王,芍药为近侍。如唐罗隐《牡丹》诗:"芍药与君为近侍。"《全宋词》注:"近"原作"间",从《温州府志》。 ③"向人"句:韩愈《芍药歌》"似笑无言习君子"。宋陈师道《谢赵生惠芍药》诗:"独舞东风对西子,政缘无语却宜人。"《左传·昭公二十八年》:"贾大夫娶妻而美,三年不言不笑。"后人遂本之,以"无语"写花或美人。 ④"牡丹"二句:宋王禹偁《芍药》诗"牡丹落尽正凄凉,红药开时醉一场"。此意似之,谓芍药继牡丹之后为百花王。 ⑤"剪染"句:韩愈《芍药歌》"霜刀剪汝天女劳,何事低头学桃李"。 天女:神女。 ⑥青春:春季。《楚辞·大招》:"青春受谢,白日昭只。"王逸注:"青,东方春位,其色青也。" ⑦"花间"二句:李白《月下独酌》诗"花间一壶酒,独酌无相亲……我歌月徘徊,我舞影零乱"。 韩愈《芍药歌》:"一尊春酒甘若饴,丈人此乐无人知。花前醉倒歌者谁?楚狂小子韩退之。"

## 点绛唇

国香兰[①]

芳友依依[②],结根遥向深林外[③]。国香风递,始见殊萧艾[④]。 雅操幽姿[⑤],不怕无人采。堪纫佩[⑥],灵均千载,九畹遗芳在[⑦]。

[注释]

①《左传·宣公三年》："以兰有国香，人服而媚之如是。"宋黄庭坚《书幽芳亭》："士之才德盖一国，则曰国士；女之色盖一国，则曰国色；兰之香盖一国，则曰国香。" ②芳友依依：古代君子以兰为友。 ③"结根"句：《孔子家语》"芝兰生于深林，不以无人而不芳"。 唐陈有章《幽兰赋》："在深林以挺秀，向无人而见芳。" ④殊萧艾：萧、艾，臭草。屈原《离骚》以兰芷喻君子，萧艾喻小人，所谓"何昔日之芳草兮，今直为此萧艾也"。 黄庭坚《书幽芳亭》曰："兰虽含香体洁，平居与萧艾不殊；清风过之，其香蔼然，在室满室，在堂满堂，是所谓含章以时发者也。" ⑤幽姿：兰生幽谷，故云。 ⑥堪纫佩：屈原《离骚》"扈江离与辟芷兮，纫秋兰以为佩"。宋洪兴祖补注："兰芷之类，古人皆以为佩也。" ⑦"灵均"二句：灵均，称屈原。其《离骚》曰："名余曰正则兮，字余曰灵均。"又："余既滋兰之九畹兮，又树蕙之百亩。"

## 点绛唇

天香桂①

仙友苍苍②，西风吹散天香好③。暗飘龙脑④，金粟枝头小⑤。 谁种丹霄，造化玄功妙⑥。真堪笑。学仙疏谬，有似西河老⑦。 （以上二首见《温州府志》卷二十八）

[注释]

①相传桂子本生月中，后坠入人间。见宋钱易《南部新书》。唐骆宾王《灵隐寺》诗："桂子月中落，天香云外飘。" 李白《庐山东林寺夜怀》诗："天香生虚空。"题本之。 ②仙友苍苍：《三馀赘笔》载，"（宋）曾端伯以岩桂为仙友，张敏叔以桂为仙客"。唐王绩《古意》诗："桂树何苍苍，秋光花更芳"。陆龟蒙《和袭美咏公斋小桂》诗："宛宛别云态，苍苍出尘姿。" ③"西风"句：西风，秋风。桂子秋日开花，故宋谢逸《咏岩桂》诗云"轻薄西风未办霜……正是天花更著香"。韩驹《木犀》诗云"西风扫尽狂蜂蝶，独伴天边桂子香"。此类之。 ④龙脑：又称瑞脑，一种名贵的香料。唐段成式《酉阳杂俎》前集卷一："天宝末，交趾贡龙脑如蝉蚕形。波

斯言:老龙脑树节方有。禁中呼为瑞龙脑。上唯赐贵妃十枚,香气彻十馀步。” ⑤金粟:称桂花,以其花蕊小粒,如金粟点缀。唐李郢《中元夜》写桂曰:“江南水寺中元夜,金粟栏边见月娥。” ⑥“谁种”二句:本唐张乔《华州试月中桂》诗“未种丹霄日,应虚玉兔宫。何当因羽化,细得问玄功”。 丹霄:指天上。 ⑦“学仙”二句:《酉阳杂俎》前集卷一载,“旧言月中有桂,有蟾蜍。故异书言月桂高五百丈,下有一人常斫之,树创随合。人姓吴名刚,西河人也,学仙有过,谪令伐树。”

## 点绛唇

暗香梅①

雪径深深,北枝贪睡南枝醒②。暗香疏影,孤压群芳顶③。 玉艳冰姿④,妆点园林景。凭阑咏。月明溪静,忆昔林和靖。

(《全芳备祖》前集卷一“梅花门”)

[注释]

①宋林逋《山园小梅》诗:“疏影横斜水清浅,暗香浮动月黄昏。” ②“北枝”句:谓北枝寒眠南枝暖动。唐李峤《鹧鸪》诗:“南枝日照暖,北枝霜雪滋。” 《白孔六帖》卷九十九“梅南枝”云:“大庾岭上梅,南枝落,北枝开。” ③“孤压”句:化用林逋《山园小梅》诗“众芳摇落独暄妍,占尽风情向小园”。 ④玉艳冰姿:苏轼《西江月·梅》词“玉骨那愁瘴雾,冰姿自有仙风”。

## 点绛唇

冷香菊①

霜蕊鲜鲜,野人开径新栽植。冷香佳色②,趁得重阳摘③。 预约比邻,有酒须相觅④。东篱侧,为花辞职,古有陶彭泽。

(《百菊集谱》卷四)

[注释]

①唐王建《野菊》诗："晚艳出荒篱，冷香著秋衣。"《遁斋闲览》："独菊花开最迟，菊性宜冷也。"《花史》："王龟龄十朋取庄园卉目为'十八香'，以菊为'冷香'。" ②佳色：陶渊明《饮酒》诗其七"秋菊有佳色，裛露掇其英"。 ③趁：赶。 重阳摘：古人重阳节有食菊、赏菊风俗。南朝梁萧统《陶渊明传》载，陶渊明"尝九月九日出宅边菊丛中坐，久之，满手把菊"。 ④"预约"二句：陶渊明《移居》诗其二写邻里相得云，"过门更相呼，有酒斟酌之。"

## 点绛唇

韵香荼蘼[1]

羽盖垂垂[2]，玉英乱簇春光满。韵香清远[3]，暖日烘庭院。　　露浥琼枝[4]，脸透何郎晕[5]。凝余恨[6]，古人不见[7]，谁与花公论[8]。　（《全芳备祖》前集卷十五"荼蘼门"）

[注释]

①宋宋祁《荼蘼》诗："无华真国色，有韵自天香。"宋曾端伯以荼蘼为"韵友"。见《三馀赘笔》。 韵：宋人俗语，指标致、美。 ②羽盖：本指羽饰车盖，此形容蔓生的荼蘼。 ③韵香清远：化用宋韩维《酴醾》诗"时使清香拂面来"，苏轼《杜沂游武昌以酴醾花见饷》诗"无风香自远"。此句《广群芳谱》卷四十二作"韵清香远"。 ④露浥琼枝：化用李白《清平调》其三"一枝红艳露凝香"，及宋晏殊《春阴》诗"露浥幽花冷自香"。⑤"脸透"句：何郎，谓何晏。何晏，魏晋玄学家，"美姿仪，面至白。魏明帝疑其傅粉，正夏月，与热汤饼，既噉，大汗出，以朱衣自拭，色转皎然"。见《世说新语·容止》。荼蘼色白，故以为喻。本句《广群芳谱》作"晕透何郎脸"。 ⑥凝余恨：《广群芳谱》作"情何限"。 ⑦古人不见：本唐陈子昂《登幽州台歌》"前不见古人"。 ⑧"谁与"句：《广群芳谱》作"谁与花评点"。

## 点绛唇

妙香薝蔔[①]

毗舍遥遥[②],异香一炷驰名久。妙香稀有,鼻观深参透[③]。　问讯东来[④],知□谁先后。称仙友。十花为偶,近有江西守[⑤]。　　(《全芳备祖》前集卷二十“薝蔔门”)

[注释]

①妙香:语出《楞严经》卷五“见诸比丘烧沉水香,香气寂然,来入鼻中。……尘气倏灭,妙香密圆”。《增一经》:“有妙香三种,谓多闻香、戒香、施香。此三香逆风顺风无不闻之,最胜无俦。” 薝蔔:即郁金香。薝,《全宋词》作“簷”。 ②毗舍:也作毗舍离、毗耶离等。梵语。义译平整庄严。乃古代印度国名,相传释迦牟尼逝于此,为佛教圣地。《一切经音义》卷八《维摩诘所说经·上·毗耶离》称:“在恒河南,中天竺界上,百贤圣于中结集处所也。” ③鼻观:佛家的一种观想法,即观鼻端白。世尊教人鼻观,“初谛观,经三七日,见鼻中气出入如烟,身心内明,圆洞世界,遍成虚净,犹如琉璃。烟相渐销,鼻息成白,心开漏尽,诸出入息化为光明,照十方界,得阿罗汉。” 苏轼《和黄鲁直烧香》诗其一:“不是闻思所及,且令鼻观先参。”此句本之。 ④问讯东来:即指佛典常说的达摩西来之事。南朝宋时,达摩祖师自西方天竺来至东土传佛经。后世僧常参问“祖师西来意”之话头,其事遂成禅门一公案。见《五灯会元》卷四。 ⑤“称仙友”三句:江西守,称曾慥。曾慥,字端伯,晋江人。有《乐府雅词》诸书。绍兴十七年(1147)前后尝出知江西虔州(今江西赣州)。曾慥以十种花各作品题,名为友,即:荼蘼韵友、茉莉雅友、瑞香殊友、荷花净友、岩桂仙友、海棠名友、菊花佳友、芍药艳友、梅花清友、栀子禅友。见《三馀赘笔·十友十二客》。其存词《调笑令》中,犹有“佳友菊、清友梅、净友莲等”。

## 点绛唇

雪香梨[1]

春色融融，东风吹散花千树[2]。雪香飘处，寒食江村暮[3]。　左掖看花，多少词人赋[4]。花无语，一枝春雨，惟有香山句[5]。

[注释]

①李白《宫中行乐词》其二："柳色黄金嫩，梨花白雪香。"据唐孟棨《本事诗·高逸第三》载，此诗为李白醉酒奉诏作，深得玄宗赏重，故宋韩琦《会压沙寺观梨花》诗："醉笔徒吟白雪香。"此本之。　②"春色"二句：化用唐杜牧《阿房宫赋》"歌台暖响，春光融融"及岑参《白雪歌送武判官归京》"忽如一夜春风来，千树万树梨花开"。　③"寒食"句：古人有"二十四番花信风"之说。其第十七番为"梨花风"，时值寒食清明，所谓"梨花风起正清明"者即是。唐温宪《梨花》诗："绿阴寒食晚……数树出江村。"此本之。　④"左掖"二句：唐王维有《左掖梨花》诗，同咏者有丘为、皇甫冉等人。今存《王右丞集》中。　⑤"一枝"二句：白居易《长恨歌》"玉容寂寞泪阑干，梨花一枝春带雨"。白居易晚年隐居洛阳龙门香山寺，自号香山居士。

## 点绛唇

细香竹[1]

秀色娟娟[2]，最宜雨沐风梳际。径幽香细，草滴青襟袂[3]。　一日才无，便觉生尘态[4]。轩窗外。数竿相对，不减王猷爱。　（以上二首《温州府志》卷二十八）

[注释]

①杜甫《严郑公宅同咏竹》诗："风吹细细香。"　②秀色娟娟：杜甫《狂夫》诗"风含翠筱娟娟静，雨裛红蕖冉冉香"。又《严郑公宅同咏竹》诗："雨洗娟娟净"。　③"草滴"句：杜甫《日暮》"草露滴秋根"。《诗经·国风·子衿》："青青子衿，悠悠我心。"青衿，同"青襟"，古代学子之服。　④"一

日”二句:晋王徽之,字子猷,清雅高士。性喜竹,所居多植之。尝暂寄人空宅住,便令种竹。人或问:“暂住何烦尔?”王啸咏良久,直指竹曰:“何可一日无此君!”(《世说新语·任诞》)

## 点绛唇

嘉香海棠

丝蕊垂垂[①],嫣然一笑新妆就[②]。锦亭前后[③],燕子来时候[④]。　谁恨无香,试把花枝嗅[⑤]。风微透,细熏锦袖[⑥],不止嘉州有[⑦]。　(《全芳备祖》前集卷七“海棠门”)

[注释]

①丝蕊垂垂:此谓垂丝海棠。范成大、杨万里都有《垂丝海棠》诗,杨咏之曰“与柳争娇也学垂”,即此类。　②“嫣然”句:宋玉《登徒子好色赋》写东家之女绝色美貌曰“嫣然一笑,惑阳城,迷下蔡”。　苏轼《寓居定惠院之东杂花满山,有海棠一株土人不知贵也》诗“嫣然一笑竹篱间”。　③锦亭:即蜀锦亭,在饶州(今江西波阳)。《饶州志》载,“蜀锦亭,在府治庆朔堂右。范仲淹植海棠二株,其后邹柯筑亭,题曰‘蜀锦’。王十朋诗:‘亭废名犹在,春来花自芳。犹馀蜀中锦,爱惜比甘棠。’”　④“燕子”句:晏殊《破阵子》词“燕子来时新社”。春社,在二月间;海棠开于仲春,故云。王诜《烛影摇红》词“海棠开后,燕子来时”。意同。　⑤“谁恨”二句:《广群芳谱》卷三十五引《王禹偁诗话》,“石崇见海棠,叹曰:‘汝若能香,当以金屋贮汝。’”宋惠洪《冷斋夜话》载,彭渊材言平生所恨者五事:“第一恨鲥鱼多骨,二恨金橘太酸,三恨莼菜性冷,四恨海棠无香,五恨曾子固不能诗。”　⑥细熏锦袖:宋刘筠《奉和真宗御制后苑海棠》诗“芳蕙熏宫锦”。　⑦“不止”句:明张所望《阅耕馀录》载,“蜀嘉定州海棠有香,独异他处。”曹学佺《蜀中名胜记》卷十一载,《花谱》云:“海棠有色无香,惟蜀之嘉州者有香。”

## 点绛唇

清香莲①

十里西湖，淡汝浓抹如西子②。藕花簪水，清净香无比。　记得曾游，短棹红云里③。聊相拟，一盆池水，十里西湖似。

[注释]

①宋周敦颐《爱莲说》赞莲花曰："香远益清，亭亭净植。"欧阳修《荷花赋》亦云："独斯莲之迥出，可以嗅清香而折酲。"　②"十里"二句：化用柳永《望海潮》词写杭州西湖"重湖叠巘清嘉。有三秋桂子，十里荷花"及苏轼《饮湖上初晴后雨》诗"欲把西湖比西子，淡妆浓抹总相宜"。　③红云：谓荷花。状其色红，连片如云。

## 点绛唇

艳香茉莉

畏日炎炎①，梵香一炷薰亭院②。鼻根充满，好利心殊浅③。　贝叶书名，名义谁能辨④。西风远，胜鬟不见，喜见琼花面⑤。

[注释]

①畏日炎炎：茉莉开花于夏五月，故云。宋刘克庄《茉莉》诗："一卉能薰一室香，炎天犹觉玉肌凉。"意类本词。　②"梵香"句：佛氏重"行香"，称"香为佛使"，佛徒以"燃香敬佛"。此比喻茉莉花之香气。相传茉莉原出释氏西土，又称末利。晋嵇含《南方草木状》卷上："耶悉茗花、末利花，皆胡人自西国移植于南海，南人怜其芳香，竞植之。"故有此喻。　③"鼻根"二句：谓鼻下烟满，名利心淡。　鼻根：佛教所谓"六根"之一。以鼻有嗅觉，能生鼻识，故名。　④"贝叶"二句：贝叶，贝多树之叶，此谓佛经。西土有贝多树，又称菩提树。唐段成式《酉阳杂俎》

前集卷十八"木篇"称:"贝多,出摩伽佗国,长六七丈,经冬不凋。此树有三种……西域经书,用此三种皮叶。"茉莉,本为梵语音译,见载佛书。《本草》:"末利,本梵语,无正字,随人会意而已。" ⑤"胜鬟"二句:胜,谓花胜、人胜等。为女子首饰,以彩剪之。多正月间戴于髮鬟上,以应节物。 胜鬟:谓女子。 琼花:谓玉蕊。唐康骈《剧谈录》载,长安唐昌观旧有玉蕊花,"每发若瑶林琼树"。元和中,忽有女子年可十七八,"峨髻双鬟",端丽无比,前来观花。围观者如堵。女子离去,"有轻风拥尘,随之而去,须臾尘灭"。观者"方悟神仙之游"。此用其事,美茉莉。

## 点绛唇

南香含笑①

南国名花,向人无语长含笑②。缘香囊小,不肯全开了。 花笑何人,鹤相诗词好③。须知道,一经品藻,又压前诗倒④。 (以上《温州府志》卷二十八)

[注释]

①南香:含笑产于南国,香气浓烈,故云。《本草》:"含笑,出南海,有紫、白二种。" ②"向人"句:宋毛滂《浣溪沙》词写樱桃花"含笑不言春淡淡"。《艺花谱》云:"含笑生广东,花如兰,开时常不满,若含笑然。"见清吴其濬《植物名实图考》卷三十引。 ③"花笑"二句:宋丁谓贬谪崖州,有《山居》诗云,"草解忘忧忧底事,花名含笑笑何人?"自注:"海南有含笑花。"丁谓,真宗朝为相,封晋国公。宋魏泰《东轩笔录》卷二:"丁晋公为玉清昭应宫使,每遇醮祭,即奏有仙鹤盘舞于殿庑之上。……(寇准)又以其(丁)令威之裔,而好言仙鹤,故但呼为'鹤相'。" ④"又压"句:苏轼《和秦太虚梅花》诗"只有此诗君压倒"。

## 点绛唇

奇香蜡梅[1]

蜡换梅姿[2]，天然香韵初非俗。蝶驰蜂逐，蜜在花梢熟[3]。　　岩壑深藏，几载甘幽独。因坡谷，一标题目[4]，高价掀兰菊。　　　（《全芳备祖》前集卷四“蜡梅门”）

［注释］

①奇香：“蜡梅香极清，香殆过于梅。”见范成大《梅谱》。苏轼《蜡梅一首赠赵景贶》诗：“君不见万松岭上黄千叶，玉蕊檀心两奇绝。醉中不觉度千山，夜闻梅香失醉眠。”　②蜡换梅姿：蜡梅形不似梅。范成大《梅谱》：“（蜡梅）本非梅类，以其与梅同时，而香又相近，色酷似蜜脾，故名蜡梅。”苏轼《蜡梅一首赠赵景贶》诗：“天工点酥作梅花，此有蜡梅禅老家。蜜蜂采花作黄蜡，取蜡为花亦其物。”此取其意。　③蜜在花梢熟：状写梢头蜡梅花。以其花色似蜂之蜜脾，故作此喻。黄庭坚《从张仲谋乞蜡梅》诗：“闻君寺后野梅发，香蜜染成宫样黄。”此句活用其意。　④“因坡谷”二句：坡，称苏轼，号东坡居士。谷，称黄庭坚，号山谷道人。《王直方诗话》：“蜡梅，山谷初见之，劝作二绝，缘此盛于京师。”　注者按：苏、黄皆有咏蜡梅诗。

## 点绛唇

寒香水仙[1]

清夜沉沉[2]，携来深院柔枝小。俪兰开巧[3]，雪里乘风袅。　　温室寒祛[4]，旖旎仙姿早[5]。看成好，花仙欢笑，不管年华老[6]。

［注释］

①黄庭坚《共郡送水仙花并二大本》诗：“折送东园粟玉花，并移香本到寒家。”宋刘邦直《送水仙花》诗：“香水能仙天与奇，寒香寂寞动冰肌。”《群芳谱·水仙》：“此花不可缺水，故名水仙。”　②清夜沉沉：本杜甫《醉

时歌》“清夜沉沉动春酌,灯前细雨檐花落”。 ③俪兰:水仙,“一名俪兰”。见《广群芳谱》卷五十二引《三馀帖》。唐薛用弱《集异记》载,河东薛穜幼时尝于窗檽内,先后见男女二仙人吟诗,诉相思之苦,女隐于水仙花下,男入兰丛中。其事“一时传诵,谓二花为夫妇花”。 ④寒祛:寒意退消。 祛:除去。 ⑤旖旎仙姿:本宋张耒《赋水仙花》诗“宫样鹅黄绿带垂,中州未省见仙姿”。 ⑥“不管”句:本宋司马槱《黄金缕》词“花落花开,不管年华度”。

## 点绛唇

素香丁香

落木萧萧[①],琉璃叶下琼葩吐[②]。素香柔树[③],雅称幽人趣[④]。 无意争先,梅蕊休相妒[⑤]。含春雨,结愁千绪,似忆江南主[⑥]。 (以上二首见《温州府志》卷二十八)

[注释]

①落木萧萧:本杜甫《登高》诗“无边落木萧萧下……百年多病独登台”。 ②琉璃叶:谓绿叶。《汉书·西域传》:“罽宾国……出……璧流离。”注引孟康云:“流离,青色如玉。” ③素香柔树:宋张景修(敏叔)以丁香花为花中“十客”之“素客”。宋龚明之《中吴纪闻》卷四《花客诗》杜甫《丁香》诗:“丁香体柔弱……疏花披素艳。” ④“雅称”句:本朱淑真《酹江月·咏竹》词“雅称野客幽怀”。 ⑤“无意”二句:陆游《卜算子·咏梅》词“无意苦争春,一任群芳妒”,似从本句化出。 ⑥“含春雨”三句:本南唐中主李璟《浣溪沙》词“青鸟不传云外信,丁香空结雨中愁”。

## 点绛唇

瑞 香

阑槛阴沉[①],紫云呈瑞馀寒凛[②]。卷帘敧枕,香逼幽人寝[③]。 入梦何年,庐阜闻名稔。风流甚,阿谁题品,唤作熏笼锦[④]。（《全芳备祖》前集卷二十二"瑞香门"）

（以上王十朋词二十首，用周泳先辑《梅溪诗馀》）

［注释］

①阑槛："（瑞香）冬春之交，其花始发，植于庭槛，则芳馨出于户外。"见宋吕大防《瑞香图序》。 ②紫云呈瑞：瑞香有紫色花者，丛开似云。苏轼《次韵曹子方龙山真觉院瑞香花》诗："幽香结浅紫，来自孤云岑。"范成大《瑞香花》诗："紫紫青青云锦被。" ③"卷帘"二句：题宋陶谷《清异录》载，"庐山瑞香花，始缘一比丘昼寝盘石上，梦中闻花香酷烈，及觉求得之，因名'睡香'。四方奇之，谓为花中祥瑞，遂名'瑞香'。" ④"阿谁"二句：瑞香气烈，繁花似锦，宋人多喻作"熏笼锦"。如范成大《瑞香花》诗："紫紫青青云锦被，百叠薰笼晚不翻。"杨万里《瑞香花》诗："诗人自有熏笼锦，不用衣篝炷水沉。"又《咏瑞香》诗："短短薰笼小，团团锦帕围。"朱淑真《瑞香》诗："熏笼赢得梦魂香。"皆是。 阿谁：中古俗语，犹谁人。 阿：词头，无义。

## 存目词

金绳武本《花草粹编》卷十六有王十朋《南州春色》"清溪曲"一首，乃汪梅溪作，见《花草粹编》卷八。

# 刘大辨

刘大辨，名字生卒皆不详。绍兴二十七年（1157）为判官，与王十朋有来往。

## 失调名

凌云多少功业[①]。

[注释]

①"凌云"句：本《史记·司马相如列传》"天子大说（悦），飘飘有凌云之气，似游天地之间意"。　唐氏按：王十朋《梅溪先生》后集卷四《次韵刘判官大辨见赠》诗，注云：刘丁丑在永嘉同郡燕，即席有"凌云多少功业"之句。

# 吴淑姬

吴淑姬，生卒年不详，约生活于宋孝宗乾道(1165—1173)前后，湖州(今属浙江)人。父为秀才，貌美家贫，慧而能诗词。为富家子占据。王十朋出守湖州，吴受人投诉，入狱判徒刑。后以词《长相思令》获释。转被周姓买为妾，名淑姬。事见宋洪迈《夷坚支志·庚》第十卷。

## 长相思令[①]

烟霏霏，雪霏霏[②]，雪向梅花枝上堆[③]。春从何处回[④]。　醉眼开，睡眼开[⑤]，疏影横斜安在哉[⑥]。从教塞管催[⑦]。

（《夷坚支志·庚》十）

[注释]

①唐氏按：本书(今按：指《全宋词》)初版卷二百九十误以此首为北宋之吴淑姬之词。　关于本词故事，《夷坚支志·庚》卷十载，"湖州吴秀才女，慧而能诗词。貌美家贫，为富民子所据。或投郡诉其奸淫。王龟龄为太守，逮系司理狱。既伏罪，且受徒刑。郡僚相与诣理院观之。乃具酒，引使至席，风格倾一坐。遂命脱枷侍饮。谕之曰：'知汝能长短句，宜以一章自咏，当宛转白待制，为汝解脱。不然，危矣。'女即请题。时冬末雪消，春日且至，命道此景，作《长相思令》。捉笔立成，曰云云(词如前，略)。诸客赏叹，为之尽欢。明日，以告王公，言其冤。王淳直不疑人欺，亟使释放。其后无人肯礼娶。周介卿石之子买以为妾，名曰'淑姬'。王三恕时为司户摄理，正治其狱，小词藏其处。"文末注："景裴说。"　②雪霏霏：本《诗经·小雅·采薇》"今我来思，雨雪霏霏"。　雪：《词林纪事》卷十九作"雨"。　③"雪向"句：本王安石《梅》诗"一枝临路雪培堆"。毛滂《浣溪沙》词"水南梅闹雪千堆"。　④"春从"句：旧说梅花报春。葛立方《满庭芳·探梅》词："南枝上，恐有春来。"此谓雪压梅枝，春无处归。⑤"醉眼"二句：题柳宗元之《龙城录》载，隋代赵师雄迁罗浮，于醉醒间遇

梅花仙子,相与共饮,欢甚。后赵醉寐。及醒,“起视,乃在大梅花树下,上有翠羽啾嘈相顾,月落参横,但惆怅而已。”　⑥“疏影”句:本林逋《山园小梅》诗“疏影横斜水清浅”。　⑦塞管催:汉代横吹曲中有《梅花落》。李白《与史郎中钦听黄鹤楼上吹笛》诗云:“黄鹤楼中吹玉笛,江城五月落梅花。”此师其意。

# 程　先

程先,生卒不详,字传之,休宁(今属安徽)人。父为团练使,以偏师御金兵于池州,死国难。朝议录其嗣,先固辞不受。隐居东山,自号东山隐者。著有《东隐集》,今不传。

## 锁窗寒

雨洗红尘,云迷翠麓,小车难去①。凄凉感慨,未有今年春暮②。想曲江水边丽人,影沉香歇谁为主③。但兔葵燕麦,风前摇荡④,径花成土⑤。　空被多情苦⑥。庆会难逢⑦,少年几许⑧。纷纷沸鼎,负了青阳百五⑨。待何时,重享太平,典衣贯酒相尔汝⑩。算兰亭、有此欢娱,又却悲今古⑪。

(《新安文献志》卷五十)

[注释]

①小车难去:小车,又称处士车。《宋史·邵雍传》:"春秋时出游城中,风雨常不出。出则乘小车,一人挽之,惟意所适。"　②"凄凉"二句:靖康二年(1127)春,徽钦二宗北掳,北宋灭亡。"今年春暮"云云当谓此。　③"想曲江"二句:杜甫《丽人行》咏杨氏姐妹游曲江云,"三月三日天气新,长安水边多丽人……就中云幕椒房亲,赐名大国虢与秦。"此借指乱离中后妃宫人被掳掠之事。　④"但兔葵"二句:唐刘禹锡《再游玄都观》诗小序云,前游京师玄都观,"有道士手植仙桃满观,如红霞"。而今"重游玄都观,荡然无复一树,惟兔葵、燕麦动摇于春风耳"。　⑤径花成土:出李白《登金陵凤凰台》诗"吴宫花草埋幽径,晋代衣冠成古丘"。　⑥"空被"句:本苏轼《蝶恋花》词"墙外行人,墙里佳人笑。笑渐不闻声渐悄,多情却被无情恼"。　⑦庆会:欢庆的宴会。　⑧少年几许:本唐无名氏《杂诗》"劝君惜取少年时"。　⑨青阳百五:谓寒食清明时的大好春光。《尔雅·释天》:"春为青阳。"郭璞注:"气清而温阳。"　梁宗懔《荆楚岁时记》:"去冬节(冬至)一百五日,即有疾风甚雨,谓之寒食。"寒食日,

在清明节前二日。　⑩典衣贯酒:本杜甫《曲江二首》诗其二"朝回日日典春衣,每向江头尽醉归"。宋李弥逊《永遇乐》词"忍冻吟诗,典衣沽酒"。晋葛洪《西京杂记》卷二载,司马相如家贫,"以所着鹔鹴裘就市人阳昌贯酒,与文君为欢"。　相尔汝:以"尔"、"汝"互称,表示亲近。杜甫《醉时歌》:"忘形到尔汝,痛饮真吾师。"　⑪"算兰亭"二句:兰亭,在今浙江绍兴。晋王羲之有《兰亭集序》,写暮春时节,"群贤毕至,少长咸集",作"流觞曲水"之欢娱。其后半文章笔头一转,乐极生悲,感慨系之:"向之所欣,俯仰之间,已为陈迹。"因嗟"昔人兴感之由",称:"后之视今,亦犹今之视昔,悲夫!"此借抒兴衰生死之哀。

# 朱耆寿

朱耆寿，生卒不详，字国箕，闽人。约生于政和（1111—1118）初。久游太学。孝宗乾道八年（1172）特奏名，监临安赤山酒。年八十馀而终。博洽能文，一时诸公皆知之。

## 瑞鹤仙

寿秦伯和侍郎①

樱桃抄乳酪②。正雨厌肥梅，风忺吹箨③。咸瞻格天阁④，见十眉环侍⑤，争鸣弦索。茶瓯试瀹，更良夜、沉沉细酌⑥。问间生、此日为谁⑦。曾向玉皇、案前持橐⑧。　龟鹤，从他祝寿⑨，未比当年，阴功堪托⑩。天应不错，教公议，细评泊⑪。自和戎以来⑫，谋国多少，萧曹卫霍⑬。奈胡儿自若，惟守绍兴旧约。　（《清波杂志》卷十二）

[注释]

①秦伯和：名埙，字伯和。秦桧孙。为敷文阁待制，绍兴二十四年（1154）试进士，名第三。修撰实录院。桧死，诏提举江州太平兴国宫。乾道六年（1170）七月，陆游入蜀途中会之，称"秦伯和侍郎"。秦氏当已致仕。　②"樱桃"句：樱桃为时鲜珍果，乳酪为美味食品，唐宋人于初夏樱桃时节，常以二者抄拌而食，极佳。《景龙文馆记》载宫中风习："食樱桃，并盛以琉璃，和以杏酪，饮酴醾酒。"五代王定保《唐摭言》卷三载新进士重樱桃宴之风习，亦云："刘覃及第，大置樱桃宴。樱桃山积铺席，复和以糖酪者，人享蛮榼一小盎。"　③"雨厌"二句：本杜甫《陪郑广文游何将军山林十首》诗其五"绿垂风折笋，红绽雨肥梅"。　忺（xiān）：适意，会心。箨（tuò）：竹笋。　④"咸瞻"句：咸瞻，谓遥瞻威仪。　格天阁：指主人所在之楼阁。全名为"一德格天之阁"，秦桧所建。《尚书·君奭》："成汤既受命，时则有若伊尹，格于皇天。"此取其意。　⑤十眉环侍：谓伎女环侍。十眉：十样宫眉。唐玄宗尝令画工作"十眉图"，有横云、却月等眉样。此

指宫样妆饰。 ⑥“更良夜”句：本杜甫《醉时歌》“清夜沉沉动春酌，灯前细雨檐花落”。 ⑦“问间生”句：间生，犹间出，谓隔世而生，意谓才不世出。《梁书·萧子显传》载，梁简文帝萧纲爱重萧子显，曾谓座客曰：“尝闻异人间出，今日始知是萧尚书。”宋毛滂《清平乐·太师相公生辰》词：“当时吉梦重重，间生天子三公。”此本之，颂其寿辰。 ⑧“曾向”句：本唐元稹《以州宅夸于乐天》诗“我是玉案香案吏，谪居犹得住蓬莱”。 玉皇：传说中的天帝。 案前持橐：意为亲信随从，即“香案吏”。 ⑨“龟鹤”二句：本晋葛洪《抱朴子·对俗》“知龟鹤之遐寿，故效其导引以增年”。古人传说，龟鹤有千年寿，故以喻祝长寿。 ⑩阴功堪托：阴功，同阴德。古人谓积阴德可增寿。《淮南子·人间训》：“有阴德者必有阳报，有隐行者必有昭名。”《汉书·于定国传》：“我治狱多阴德，未尝有所冤，子孙必有兴者。” ⑪评泊：俗语，犹量度、评论。宋薛梦桂《醉落魄》词：“尊前不用多评泊，春浅春深，都向杏梢觉。” ⑫和戎以来：此指自绍兴十一年(1141)宋金签订“绍兴和议”以来。 ⑬萧曹卫霍：指萧何、曹参、卫青、霍去病，皆汉代功名显赫的文臣武将。此以誉美秦埙。

［集评］

刘永翔云：“味朱词之意，盖谓主战无成，主和有效。绍兴和议为可恃也。此词当作于绍兴议和后。词中格天阁系秦桧氏阁名。”（《清波杂志》校注）

## 石安民

石安民，生卒不详，字惠叔，临桂（今属广西）人。绍兴十五(1145)进士。为象州判官，分教廉、藤二州。晚知吉阳军，未赴而卒。有《惠叔文集》，今不传。

### 西江月

叠彩山题壁①

飞阁下临无地，层峦上出重霄②。重阳未到客登高③，信是今年秋早。　随意烟霞笑傲④，多情猿鹤招邀⑤。山翁笑我太丰标，竹杖棕鞋桐帽。

（《历代词人考略》引石刻）

[注释]

①叠彩山：又名桂山、风洞山，在广西桂林市北。其山岩石层层横断，如彩缎堆叠而成，故名。山上多唐宋人石刻，有唐元晦《叠彩山记》云"山以石文横布，彩翠相间，若叠彩然"。　②"飞阁"二句：本唐王勃《秋日登洪府滕王阁饯别序》"层台耸翠，上出重霄；飞阁流丹，下临无地"。　③登高：民俗于九月九日有"登山、饮菊花酒"等活动。见《荆楚岁时记》。　④烟霞笑傲：烟霞，谓山水景色。《旧唐书·李白传》："乃浪迹江湖，终日沉饮……于舟中顾瞻笑傲，旁若无人。"　⑤多情猿鹤：本南朝齐孔稚珪《北山移文》"蕙帐空兮夜鹤怨，山人去兮晓猿惊"。

# 刘　镇

刘镇(1114—?),字子山,号方叔,温州乐清(今属浙江)人。登绍兴十八年(1148)进士。通判隆兴府。与王十朋交游,有《待评集》,王十朋为序,今不传。

## 贺新郎[①]

翠葆摇新竹[②]。正榴花、枝头叶底,鬥红争绿。谁在纱窗停针线,闲理竹西旧曲[③]。又还是、兰汤新浴[④]。手弄合欢双彩索,笑偎人、福寿低相祝[⑤]。金凤鞞,艾花矗[⑥]。

龙舟噀水飞相逐。记当年、怀沙旧恨,至今遗俗[⑦]。雨过平芜浮天阔,画艢凌波尽簇。沸十里,笙歌声续[⑧]。好是蟾钩随归棹,任欢呼、船重成颓玉[⑨]。犹未忍,罩银烛。

(《草堂诗馀后集》卷上)

[注释]

①唐氏按:上半首“又还是”以下,《岁时广记》卷二十一引作张先词,非。各本张子野词亦无此首。　②翠葆:丛生青竹。草木丛生曰葆。　③“谁在”二句:本宋柳永《定风波》词“向鸡窗只与,鸾笺象管……针线闲拈伴伊坐”。　竹西:地名,在扬州市北。唐杜牧《题扬州禅智寺》诗:“谁知竹西路,歌吹是扬州”。后人于其处筑竹西亭,又名歌吹亭。④兰汤新浴:宋陈元靓《岁时广记》卷二十一载,“《大戴礼》:‘五月五日,蓄兰为沐浴。’楚词云:‘浴兰汤兮沐芳华。’”　⑤“手弄”二句:本张耒失调名词“偎倚,把合欢彩索,殷勤寄与”。　《岁时广记·端午·合欢索》:“《提要录》:‘北人端午以杂丝结合欢索,驭于臂膊。’”　⑥金凤:女子首饰。　艾花:指女子钗上彩花。　⑦“龙舟”三句:“五月五日竞渡。俗为屈原投汨罗日,伤其死,故并命舟楫以拯之。”见《荆楚岁时记》。　《怀沙》:楚辞《九章》之篇名,相传为屈原绝命作品。　⑧“沸十里”二句:本南朝宋鲍照《芜城赋》“(扬州)全盛之时……歌吹沸天”,杜牧《赠别》诗

其一“春风十里扬州路，卷上珠帘总不如”。 ⑨颓玉：醉倒。嵇康身长，风姿特秀。“其醉也，傀俄若玉山之将崩。”见《世说新语·容止》。

## 天　香

对梅花怀王侍御①

漠漠江皋②，迢迢驿路③，天教为春传信。万木丛边④，百花头上⑤，不管雪飞风紧。寻交访旧，惟翠竹、寒松相认⑥。不意牵丝动兴，何心衬妆添晕⑦。　孤标最甘冷落⑧，不许蝶亲蜂近。直自从来洁白⑨，个中清韵。尽做重闻塞管⑩，也何害、香销粉痕尽。待到和羹，才明底蕴。

（《类编草堂诗馀》卷三）

［注释］

①王侍御：称王十朋，孝宗隆兴年间尝任侍御史。作者与王十朋交谊颇深，多有诗词唱和，其《以日者命状寄王龟龄》诗云“试把流年子细看，休将蠖屈比鹏抟。渠家大有回天力，不易区区作好官”。与本篇同有劝勉意。 唐氏按：此首别误作刘儗（刘仙伦）词，见《词谱》卷二十四。 ②江皋：谓江头。此写江头梅花。 ③迢迢驿路：此写驿传梅花。 ④万木丛边：本唐释齐己《早梅》诗“万木冻欲折，孤根暖独回”。 ⑤百花头上：本晁补之《次韵李秬梅花》诗“一萼故应先腊破，百花浑未觉春来”。 ⑥“寻交”二句：古人以松、竹、梅为“岁寒三友”。宋葛立方《满庭芳·和催梅》词：“梅花……结岁寒三友，久迟筠松。” ⑦衬妆添晕：写红梅。苏轼《次韵杨公济奉议梅花十首》诗其九：“檀晕妆成雪月明。”又《红梅》诗：“酒晕无端上玉肌。” ⑧“孤标”句：本唐皎然《咏敡上人座右画松》诗“贞树孤标在，高人立操同”。 ⑨直：只，但。 ⑩塞管：犹羌笛。汉横吹曲中有《梅花落》篇，本为笛中曲。

## 【补　辑】

# 芮　烨

芮烨(1114—1171),字国器,一字仲蒙,湖州乌程人。绍兴十八年(1148)进士。与弟辉力学起家。初为仁和令。为左从政郎。以得罪秦桧,追一官,武冈军编管。绍兴二十五年(1155),桧死,复官。除国子正。三十一年(1161),除秘书省正字。为广东提刑。宋孝宗乾道五年(1169)除国子司业,旋升祭酒。烨有名于时,陆游、周必大、朱熹皆与之交往。烨有家藏集,周必大《周益国文忠公集》之《平园续稿》卷十四有序,《宋史·艺文志》(卷二百零八)著录七卷(宋史谓家藏集为其弟所撰,恐误)。不传。(据《宋史翼》卷十三芮烨传及陆、朱、吕祖谦集)

### 念奴娇

化工着意,向柳稍梅萼[1],偷回春色。蓂叶双飞政天上[2],一点文星初谪[3]。发藻儒林,当年荣耀,四海声名白[4]。谪仙飞貌,澹然物外踪迹。　　且与笑傲瀛洲,风流词翰,自是西垣客[5]。异日功成辞富贵,却与赤松游剧[6]。一曲清歌,三千珠履,不愧非潘璧。满斟芳酹,仰称遐寿千百。(见《诗渊》第二十五册,引自孔凡礼《全宋词补辑》)

[注释]

①孔凡礼按:"稍"当为"梢"。　②政天上:正(飞在)天上。　政:通"正"。　③文星初谪:李白以文章博天下名。贺知章一见惊呼为谪仙人。　④声名白:白,指李白,有四海高名。　⑤西垣客:又名西掖,为中书省的别称。　⑥游剧:"剧"字失韵,于义当为"别"字之讹。

## 【补　辑】

# 傅自得

傅自得(1115—1183),字安道,福建晋江人。父察,宣和末使金,遇害。尝通判漳州、泉州,知兴化。积官至朝奉大夫。朱熹《朱子大全》卷九十八有行状,《宋史翼》卷十二有传。《宋史》卷二百零八有傅自得《至乐斋集》四十卷,今不传。又,刘克庄《后村先生大全集》卷九十九,有傅自得《文卷》一文,此自得较克庄为晚,乃另一人。

### 蓦山溪

早春寿京尹

洪钧转处[①],都在薰陶内。瑞世得奇才,赞化工,协调和气。雄词健笔,谈笑斡千钧[②],馀闲手,尹王畿[③],治行称尤异。　　雍容儒雅[④],早合登高位。天路踏骅骝,看峨冠,羽仪班缀[⑤]。东风骀荡,玉斝酒鳞红[⑥],春不老,寿难穷,莫惜今朝醉。

（见《诗渊》第二十五册,引自孔凡礼《全宋词补辑》）

[注释]

①洪钧:指天的造化功能。　②斡:旋转。　③尹王畿:出任王畿地方长官。　④孔凡礼按:“雍容儒雅”句前,诗渊空一格,有“又”字。再空一格,上接“异”字。分一阕为两阕。　⑤羽仪:用羽毛装饰的仪仗。　⑥玉斝:玉质酒杯。　玉:《诗渊》作“王”。孔凡礼按:“王”当为“玉”。　酒鳞红:红酒泛起鳞鳞涟漪。

# 魏掞之

魏掞之(1116—1173),初名挺之,字元履;后改今名,字子实,建阳(今属福建)人。有贤名,与朱熹游。两试礼部不第。孝宗乾道四年(1168),赐同进士出身,守太学录。不足半年,因论曾觌,移疾请归,罢为台州教授。掞之尝筑室榜曰艮斋,人称艮斋先生。卒赠直秘阁。《宋史》有传。

## 失调名

挂天师[①],撑著眼,直下觑,骑个生狞大艾虎[②]。闲神浪鬼,辟惵他方远方[③],大胆底,更敢来、上门下户。

(《岁时广记》卷二十一)

[注释]

①挂天师:天师,民间称道教的法师,据说有"驱雷役鬼"之术。李膺《蜀记》:"(汉)张道陵病疟,于丘社中,得咒鬼术书,遂解使鬼法。入鹤鸣山,自称天师。"古代端午节,有挂天师像辟疫驱鬼的风俗。《岁时广记·端午·画天师》:"端午都人画天师像以卖。又和泥做张天师,以艾为头,以蒜为拳,置于门户之上。"　②艾虎:以艾做的老虎。传说,艾能避疫气,故而每逢端午节古人好用艾。《荆楚岁时记》:"五月五日……采艾以为人,悬门户上以避毒气。"　③辟惵(dié):躲避害怕。　惵:恐惧。

# 曾 协

曾协（？—1173），字同季，南丰（今属江西）人。曾肇孙。宋高宗绍兴（1131—1162）考进士不第。以荫仕长兴丞。迁嵊县丞，擢镇江府通判、临安通判。孝宗乾道七年（1171）知吉州，改抚州、永州。有《云庄集》。能词，今存《云庄词》十四首，时有清远意趣。

## 点绛唇

送李粹伯赴春闱[①]

小驻征骖[②]，一尊古寺留君住。六花无数[③]，飞舞朝天路。　上苑繁华[④]，却似词章富。春将暮，玉鞭凝伫，总是经行处。

[注释]

①李粹伯：名处全（1134—1189），徐州丰县（今属江苏）人。绍兴中进士，历官殿中侍御史、知舒州等。与作者有交谊，亦能词，有《晦庵词》一卷。　春闱：谓礼部进士考试。　②征骖：一驾三马谓之骖，此谓车马。　③六花：谓雪花六角形。"凡草木花多五出，雪花独六出。"见《韩诗外传》。　④上苑：帝王的囿苑。

## 点绛唇

汪汝冯置酒请赋芍药

乱叠香罗，玉纤微把燕支污[①]。靓妆无数，十里扬州路[②]。　怨绿啼红[③]，总道春归去。君知否，画阑幽处[④]，留得韶光住[⑤]。

[注释]

①玉纤:本唐韩偓《咏柳》诗“玉纤折得遥相赠”。　燕支:同“胭脂”。污:涂抹。　②“靓妆”二句:杜牧《赠别二首》诗其一“春风十里扬州路,卷上珠帘总不如”,极写扬州女子之绝色。此以人喻花。　③怨绿啼红:本杜牧《江南春》诗“千里莺啼绿映红”。　④画阑:古人园种芍药多围以栏,又称“药栏”。　⑤韶光:犹韶景,谓春光。

## 浣溪沙

咏芍药金系腰海陵席上作[1]

昼漏新来一倍长,众宾沾醉尚传觞。浓云遮日惜红妆。　应是主人归凤沼[2],为传芳讯到黄堂[3]。腰围恰恰束金黄[4]。

[注释]

①金系腰:扬州芍药有一种珍品,称“金带围”,其花红瓣黄腰。宋刘攽《芍药谱》:“花有红叶黄腰者,号金带围,有时而生,则城中当出宰相。”海陵:县名,淮南东路泰州(今属江苏)州治所在。　②归凤沼:谓诏入朝廷受重用。　凤沼:即凤凰池,为禁苑池沼,古诗以喻中书要职。　③黄堂:本《后汉书·郭丹传》“太守……敕以丹事(郭丹事迹)编署黄堂,以为后法”。唐颜师古注:“黄堂,太守之厅事。”　④“腰围”句:古代贵官腰带上系金印紫绶,称曰“腰金拖紫”。芍药生“金带围”者,人以为是“出宰相”的兆示。刘攽《芍药谱》称,“韩魏公(琦)守维扬日,郡圃芍药盛开,得金带围四。公选客具乐以赏”,得客王珪、王安石、陈升之三人。“明日遂开宴,折花插赏。后四人皆为首相。”此蕴其意。

## 秦楼月

留别海陵诸公

清秋月,长空万里烟华白[1]。烟华白、江云收尽[2],楚天一色[3]。　莼丝惹起思归客[4]，清光正好伤离别。伤离别，五湖烟水[5]，伴人愁绝。

[注释]

①长空万里：本李白《宣州谢朓楼饯别校书叔云》诗“长空万里送秋雁”。　②江云收尽：本宋毛滂《浣溪沙·泊望仙桥月夜舟中留客》词“云峰飞尽玉为天”。　③楚天一色：本唐王勃《秋日登洪府滕王阁饯别序》“秋水共长天一色”。　④“莼丝”句：莼羹，吴中特产。晋吴中人张翰仕洛阳，“因见秋风起，乃思吴中菰菜、莼羹、鲈鱼脍”。　⑤五湖烟水：本《越绝书》“西施亡吴国后，复归范蠡，同泛五湖而去”。　五湖：指今太湖。

## 桃源忆故人

和翁士秀

野亭问柳今朝试[1]，更访小园开未。月下山横空际，两两修眉对[2]。　骚人对此增高致，意入笔端清邃。投分周郎心醉[3]，真解消人意[4]。

[注释]

①野亭问柳：本唐李山甫《柳》诗“杨柳何曾占得春，多向客亭门外立”，孙鲂《杨柳枝词》“暖傍离亭静拂桥”。　②“两两”句：此谓月亮与远山皆如修眉，上下相对。梁虞骞《视月诗》：“泠泠玉潭水，映见娥眉月。”《西京杂记》卷二载，卓文君“眉色如望远山”。词本之。　③投分：谓情意相投合。　周郎：三国周瑜风流倜傥，少年英俊，孙策拜之为中郎将，“瑜时年二十四，吴中皆呼为周郎”。此以戏呼翁士秀，言其相对修眉美女（月、山）而欣然心醉。　④真解消人意：《南部烟花记》载，“（唐）玄宗幸建章，见杨花点妃子衣，曰：‘似解人意。’”

## 踏莎行

春归怨别

柳眼传情[①],花心蹙恨,春风处处关方寸[②]。朱帘卷尽画屏闲,云鬟半亸罗衣褪[③]。　燕语莺啼,日长人困,鱼沉雁断无音信[④]。琵琶声乱篆烟斜[⑤],寸肠欲断无人问。

[注释]

①柳眼:谓初生的柳叶,其状细长如人睡眼初展。唐元稹《生春诗》:"春生柳眼中。"　②方寸:指心。徐庶之母为曹军俘获,"庶辞先主而指其心曰:'本欲与将军共图王霸之业者,以此方寸之地也。今已失老母,方寸乱矣,无益于事,请从此别。'"见《三国志·蜀书·诸葛亮传》。词谓春心。　③亸:下垂状。　④鱼沉雁断:古人称鱼雁为传书信之使者。此谓信使无有。　⑤琵琶声乱:本白居易《琵琶行》"低眉信手续续弹,说尽心中无限事"。宋晏几道《临江仙》词"琵琶弦上说相思"。"声乱"暗示心乱。

## 凤栖梧

西溪道中作

柳弄轻黄花泣露[①]。万叠春山,不记尘寰路[②]。日射霜林烟罩素,长空不著纤云污[③]。　历历远村明可数。绿涨前溪[④],渺渺迷津渡。客子光阴能几许,画图拟卷晴川去。

[注释]

①"柳弄"句:本宋韩琦《新柳二阕》诗其一"弄黄含绿叶开眉",唐李贺《李凭箜篌引》"芙蓉泣露香兰笑"。　②尘寰:犹人间。　③"长空"句:唐张若虚《春江花月夜》诗"江天一色无纤尘"。　④绿涨:本五代孙光宪《风流子》词"门外春波涨绿"。

## 祝英台

和翁士秀牡丹韵

放花开，催花谢，谁解东君意。要遣花王，独占花蹊邃。且看玉镜台前[①]，霞觞新举，红玉软[②]、晓妆慵试。
好风味。须信金屋中人，谁堪并娇媚。隐约微潮，应向尊前醉。最怜纹锦搴帷，青罗飞盖，尘土外、轻盈相倚。

[注释]

①玉镜台：东晋温峤尝从刘琨北征刘聪，得玉镜台一枚。后娶从姑刘氏女，遂以之下定。见《世说新语·假谲》。此指妆镜。 ②红玉软：晋葛洪《西京杂记》卷一载，汉赵飞燕与其女弟“二人并色如红玉，为当时第一，皆擅宠后宫”。

## 水调歌头

送史侍郎[①]

今日复何日，欢动楚江滨。紫泥来自天上[②]，优诏起元臣。想见傅岩梦断[③]，记得金瓯名在[④]，却念佩兰人[⑤]。永昼通明殿[⑥]，曾听话经纶。　　促归装，趋北阙，觐严宸。玉阶陈迹如故，天笑一番新。好借食间前箸，尽吐胸中奇计[⑦]，指顾静烟尘[⑧]。九万云霄路[⑨]，飞走趁新春。

[注释]

①史侍郎：史浩。 ②紫泥：谓诏书。古人书信用泥封，皇帝诏书则用紫泥。汉卫宏《汉旧仪》卷上：“皇帝六玺……皆以武都紫泥封。” ③傅岩梦：商高宗武丁求相，梦得圣人。“使百工营求诸野，得诸傅岩……（傅）说筑傅岩之野，惟肖，爰立作相。”见《尚书·说命》。 ④金瓯名在：唐玄宗凡命将相，皆先书其名于札，置案上。“会太子入侍，上举金瓯覆其名，

以告之曰:'此宰相名也,汝庸知其谁也?射中,赐尔卮酒。'"见唐李德裕《次柳氏旧闻》。　⑤佩兰人:本屈原《离骚》"纫秋兰以为佩",唐李群玉《送萧琯之桂林》诗"兰香佩兰人,三年兰江春"。　⑥通明殿:谓朝廷的大殿。苏轼《上元侍宴楼上三首呈同列》:"仙风吹下御炉香,侍臣鹄立通明殿。"王十朋注:"《敦谟明圣保德传》云:张守真朝玉皇大殿,睹其扁曰'通明'。……真君曰:上帝升金殿,殿之光明照于帝身,身之光明照于金殿,光明通彻,故为通明殿。"　⑦"好借"二句:《史记·留侯世家》载,张良足智多谋,好出奇计。刘邦方食,召张良计议军国事。良曰:"臣请借前箸为大王筹之。"唐颜师古注引张晏曰:"求借所食之箸,用指画也。"　⑧静烟尘:本李白《永王东巡歌十一首》其二"但用东山谢安石,为君谈笑静胡沙"。　⑨九万云霄路:"鹏之徙于南溟也,水击三千里,抟扶摇而上者九万里,去以六月息者也。"见《庄子·逍遥游》。

## 水调歌头

细君生日作①

日永向槐夏②,绕屋树扶疏③。麦秋天气清润④,设帨记生初⑤。新拜小君佳号⑥,更过诸郎官舍,仍玩掌中珠⑦。乐事似今少,一笑倒双壶。　列山肴,烹野蔌,且欢娱。鹿门远引⑧,平生此志与君俱。终向苕溪烟水⑨,携手云庄风月,不践利名区。功业看儿辈,相对老江湖⑩。

[注释]

①细君:谓妻子。　②槐夏:槐树夏日开花,古人因称夏季为槐夏,亦称槐序。　③"绕屋"句:本陶潜《读山海经》诗其一"孟夏草木长,绕屋树扶疏"。　扶疏:枝叶繁密貌。　④麦秋:谓孟夏四月,为麦收季节。《礼记·月令》:"孟夏之月……靡草死,麦秋至。"汉蔡邕《月令章句》:"百谷各以其初生为春,熟为秋,故麦以孟夏为秋。"　⑤"设帨(shuì)"句:"子生,男子设弧于门左,女子设帨于门右。"见《礼记·内则》。注:"表男女也。弧者,示有事于武也;帨,事人之佩巾也。"　⑥小君佳号:本《春

秋·庄公二十二年》“癸丑，葬我小君文姜”。《谷梁传》：“小君，非君也。其曰君，何也？以其为公配，可以言小君也。” ⑦掌中珠：俗称爱女。晋傅玄《短歌行》：“昔君视我，如掌中珠。”唐白居易《哭崔儿》诗：“掌珠一颗儿三岁，鬓雪千茎父六旬。” ⑧鹿门：鹿门山，在今湖北襄阳，东汉庞公高隐之地。 ⑨苕溪：水名，在今浙江湖州。 烟水：唐张志和居江湖上，自称“烟波钓徒”。 ⑩“功业”二句：东晋谢安久隐东山，后出仕。淝水之战日，谢安与人围棋。战报至，谢安“看书竟，默然无言，徐向局。客问：‘淮上利害？’答曰：‘小儿辈大破贼。’意色举止不异于常”。见《世说新语·雅量》。此化用其事，意谓学谢安归卧东山，淡付功业于儿辈为之。

## 酹江月

### 扬州菊坡席上作

一年好处[①]，是霜轻尘敛，山川如洗。晚菊留花供燕赏[②]，金缕宝衣销地[③]。旧观初还，层楼相望，重见升平际。小春时节[④]，绮罗丛里人醉。 此日武帐贤侯[⑤]，六年仁政，浃长淮千里。欲入鹓行仍缓带[⑥]，聊抚竹西歌吹[⑦]。紫塞烟清[⑧]，玉关人老[⑨]，宜趣朝天骑。香尘归路，旧游回首应记。

［注释］

①一年好处：本苏轼《赠刘景文》诗“一年好景君须记，最是橙黄橘绿时”。词指秋日。 ②晚菊留花：本唐钱珝《江行无题》诗“晚菊绕江垒，忽开如古屏”。 ③金缕宝衣：本指饰有金缕的舞衣。南朝梁刘孝威《拟古应教》诗：“琼筵玉笥金缕衣。”菊花色黄，瓣叶成缕，故以喻花瓣。 ④小春时节：指十月小阳春。宋陈元靓《岁时广记》卷三十七“小春”引《初学记》曰：“冬月之阳，万物归之，以其温暖如春，故谓之小春，亦云小阳春。” ⑤武帐：陈有兵器的帷帐。《史记·汲郑列传》载，汉武帝“尝坐武帐中”。⑥鹓行：鹓鸟群飞有序，曰鹓行。古人以喻朝官的班行序列。 ⑦竹西歌吹：竹西，地名，在扬州北。杜牧《题扬州禅智寺》诗：“谁知竹西路，歌吹

是扬州。” ⑧紫塞:此谓边塞。晋崔豹《古今注》卷上:“秦筑长城,土色皆紫,汉塞亦然,故称紫塞焉。” ⑨玉关人老:玉关,即玉门关,在今甘肃西北,为汉代西北边境重关。《东观汉记·班超》载,班超久征绝域,年老思归。上书请曰:“臣常恐年衰,奄忽僵仆,不敢望到酒泉郡,但愿生入玉门关。”宋蔡挺《喜迁莺》词:“谁念玉关人老。”此谓出守远州,年久人老。

## 酹江月

宴叶叔范新第

苕溪古岸,有朱门初建,落成华屋。对启园林随杖履[①],迤逦柳蹊相属。好是危亭,片峰迎面,独立清溪曲。芜城低远[②],一尘不碍游目[③]。 公子豪饮方酣,夜堂深静,隐隐鸣丝竹。却尽春寒宾满座[④],深酌葡萄新绿[⑤]。密户储香,广庭留月,待得清欢足。纷纷沾醉,四筵倒尽群玉[⑥]。

[注释]

①杖履:扶杖而行。杜甫《祠南夕望》诗:“兴来犹杖履。” ②芜城:本称扬州,南朝鲍照有《芜城赋》咏之。然亦以泛指平芜之城,如毛滂《八节长欢》词写湖州云:“君但饮,莫觑他、落日芜城。”此本之。 ③一尘不碍:本宋张耒《腊初小雪后圃梅开》诗“一尘不染香到骨”。 ④却:退,屏排。 ⑤葡萄新绿:本李白《襄阳歌》“遥看汉水鸭头绿,恰似葡萄初酦醅”。此谓葡萄酒色绿。 ⑥倒尽群玉:嵇康风姿奇秀,宛如玉人。山涛云:“其醉也,傀俄若玉山之将崩。”见《世说新语·容止》。此本之,谓群客醉倒。

## 酹江月

咏芍药

一年好处,是满城红药[①],留连□□。十里扬州应费了[②]，多少春工妆饰。弱质敧风，芳心带露[③]，酒困娇无力[④]。园林绿暗[⑤]，粉光低占丛碧。　谁与千载声名，翻阶高咏，出文章仙伯[⑥]。阅尽繁华芳意歇，初识倾城风格[⑦]。双脸晞红，春衫挽并，天巧终难敌[⑧]。十千沽酒，算应花畔消得[⑨]。

**[注释]**

①红药：出谢朓《直中书省》诗"红药当阶翻，苍苔依砌上"。后成咏芍药典故。　②十里扬州：本杜牧《赠别二首》诗其一"春风十里扬州路，卷上珠帘总不如"。　③芳心：本周邦彦《玲珑四犯》词"但认取芳心一点"。　④酒困娇无力：本宋邵雍《白芍药》诗"翻阶美态醉红妆"。唐白居易《长恨歌》"侍儿扶起娇无力"。　⑤园林绿暗：本唐韩琮《暮春浐水送别》诗"绿暗红稀出凤城"。　⑥文章仙伯：犹文宗、文章宗伯。唐张说《齐黄门侍郎卢思道碑》："吟咏情性，记述事业，润色王道，发挥圣门，天下之人，谓之文伯。"孙逖《张丞相燕公（说）挽歌词》其一："海内文章伯。"此称美谢朓。　⑦倾城风格：此谓芍药。汉李延年尝为武帝歌曰："北方有佳人，绝世而独立。一顾倾人城，再顾倾人国。"见《汉书·外戚传上》。　⑧"双脸"三句："翠茎红蕊天力与……霜刀剪汝天女劳。……竞挽春衫来比并，欲将双颊一晞红。"见韩愈《芍药歌》。　⑨十千沽酒：本李白《将进酒》诗"陈王昔时宴平乐，斗酒十千恣欢谑"，又《行路难》诗其一"金尊清酒斗十千"。

## 水龙吟

别故人

楚乡菰黍初尝，马蹄偶踏扬州路。莼丝向老，江鲈堪脍[①]，催人归去。秋气萧骚，月华如洗[②]，一天风露。望重重烟水，吴淞万顷，曾约旧时鸥鹭[③]。　惆怅别离无奈，整孤帆、依然回顾。玉龙节底[④]，故人情重[⑤]，欲行犹驻。敛散功多，澄清志遂[⑥]，好回高步。看归鞍稳上，文鸳班

里[⑦]，五云深处[⑧]。　（以上《彊村丛书》本《云庄词》十四首）

[注释]

①江鲈堪脍：本辛弃疾《水龙吟·登建康赏心亭》词“休说鲈鱼堪脍”。　②月华如洗：本柳永《佳人醉》词“正月华如水，金波银汉，潋滟无际”。　③旧时鸥鹭：“海上之人有好沤（鸥）鸟者，每旦之海上，从沤鸟游，沤鸟之至者百住而不止。”见《列子·黄帝》。　④玉龙：谓玉笛。⑤故人情重：本李白《送友人》诗“落日故人情……萧萧班马鸣”。　⑥澄清志：《后汉书·范滂传》，范滂为清诏使，按察四方，“登车揽辔，慨然有澄清天下之志”。　⑦文鸳班：鸳，通“鹓”；犹云鹓行，谓朝官班列。　⑧五云：谓五色瑞云，古诗中常以指皇帝所在。李白《侍从宜春苑奉诏赋……听新莺百啭歌》：“是时君王在镐京，五云垂晖耀紫清。”

# 郑　庶

郑庶，生卒不详，字几仲，安仁尉，又曾官襄阳。

## 水调歌头

千古钓台下①，老尽去来人②。倚空绝壁、朝暮秀色只如春③。高挂瀑泉千尺④，洗到云根山骨⑤，无处著风尘⑥。秋尽玉壶冷，别是一乾坤⑦。　问当日，中兴将，汉功臣。云台何在，寂寞谁复记丹青⑧。争似先生标致，长共清风明月⑨，不减旧精神。无限兴亡意，舒卷在丝纶。（《钓台集》卷六）

[注释]

①钓台：即严子陵钓鱼台，在今浙江桐庐境内西南方。东汉严光，字子陵，少与汉光武帝刘秀同学。光武即位后，子陵变姓隐身，辞不受官，乃耕钓于富春山。“后人名其钓处为严陵濑焉。”见《后汉书·逸民传》。　②去来人：本李清照《钓台》诗“巨舰只缘因利往，扁舟亦是为名来。往来有愧先生德，特地通宵过钓台”。　③秀色只如春：本宋钱勰《睦州秀亭》诗“秀色四时好，探春来此亭”。　④瀑泉千尺：本李白《望庐山瀑布》诗“飞流直下三千尺”。　⑤云根山骨：指山石。《尚书大传》：“五岳皆触石而出云。”杜甫《瞿唐两崖》诗：“入天犹石色，穿水忽云根。”明王嗣奭《杜臆》：“诗人多以云根为石，以云触石而出也。”　⑥“无处”句：禅宗六世祖慧能有偈诗云“佛性常清净，何处惹尘埃”。此化用之。　⑦玉壶乾坤：即饮酒者之“壶中天地”意。《后汉书·费长房传》载，费长房遇一仙翁，悬一壶于市肆，被邀同入壶中。见壶中别有天地，“玉堂华丽，旨酒甘肴……共饮毕而出。”　⑧“中兴将”四句：汉光武刘秀中兴汉室，得邓禹等名将功臣辅佐甚力。“永平中，显宗追感前世功臣，乃图画二十八将于南宫云台。”　⑨“争似”二句：融用范仲淹《钓台》诗“世祖功臣三十六，云台争似钓台高”，又《严先生祠堂记》“云山苍苍，江水泱泱。先生之风，山高水长”及苏轼《前赤壁赋》“惟江上之清风，与山间之明月……是造物者之无尽藏也，而吾与子之所共适”。

# 曾 逮

曾逮,生卒不详,字仲躬,河南(治所在今河南洛阳)人。曾几次子。隆兴二年(1164),除太常丞。历知温州、荆州、宁国府、湖州、润州等地。淳熙十年(1183)迁户部侍郎、转刑部侍郎。仕终敷文阁待制。学者称习庵先生。有《习庵集》,今不见。

## 好事近

满树叶繁枝重,缀青黄千百[①]。 (《橘录》卷上)

[注释]

①青黄:本屈原《橘颂》"圆果抟兮,青黄杂揉"及苏轼《赠刘景文》诗"一年好景君须记,正是橙黄橘绿时"。

# 王　炎

王炎(1115—1178)，字公明，安阳(今属河南)人。以荫入仕。绍兴间，任蕲水令、司农寺丞。乾道四年(1168)，赐同进士出身，历官签书枢密院事、参知政事、四川宣抚使，进枢密使。淳熙二年(1175)，落职，旋复资政殿大学士。有词二首。

## 菩萨蛮

江　干

远风江急潮来晚，晚来潮急江风远[①]。横岸断山青，青山断岸横。　寄书无雁系[②]，系雁无书寄。归梦只江西，西江只梦归[③]。

（《回文类聚》卷四）

［注释］

①“晚来”句：本唐韦应物《滁州西涧》诗“春潮带雨晚来急，野渡无人舟自横”。　②“寄书”句：汉代苏武出使匈奴被扣，长达十九年。后两国和亲事成，汉使求索苏武，诳单于曰：“天子射上林中，得雁，足有系帛书，言武等在某泽中。”单于大惊，归还苏武。见《汉书·苏建传附苏武》。　③“西江”句：化用李白《苏台览古》诗“只今惟有西江月，曾照吴王宫里人”，南朝乐府《西洲曲》“南风知我意，吹梦到西州”。

## 梅花引[①]

裁征衣，寄征衣，万里征人音信稀[②]。朝相思，暮相思，滴尽真珠[③]，如今无泪垂。　闺中幼妇红颜少，应是玉关人更老[④]。几时归，几时归，开尽牡丹，看看到荼蘼[⑤]。

（《阳春白雪》卷三）

[注释]

①唐氏按：以上二首，原俱题王公明撰。　②“万里”句：本王昌龄《出塞二首》诗其一“万里长征人未还”。　③真珠：同“珍珠”，喻女子泪珠。　④玉关：玉门关，汉唐时西部边境的一个要塞，地址在今甘肃敦煌西北。　玉关人更老：“超自以久在绝域，年老思土，上疏曰：‘臣常恐年衰，奄忽僵仆，不敢望到酒泉郡，但愿生入玉门关。’”见《东观汉记·班超》。此本之，借写征人久戍年老。　⑤“看看”句：荼蘼晚春开花，宋王庭珪《酴醾》有诗“东皇收拾春归去，独遣荼蘼殿后尘”，故云。

# 毛 幵

毛幵（约1116—？），字平仲，信安（今浙江衢州）人，尚书毛友之子。尝为宛陵、东阳二州倅。与尤袤、陆淞友善。有《樵隐集》十五卷，尤袤尝序其集，今不传。能词，有《樵隐诗馀》，今存四十二首。

## 水调歌头

次韵陆务观陪太守方务德登多景楼[①]

襟带大江左[②]，平望见三州[③]。凿空遗迹，千古奇胜米公楼[④]。太守中朝耆旧，别乘当今豪逸[⑤]，人物眇应刘[⑥]。此地一尊酒[⑦]，歌吹拥貔貅[⑧]。　楚山晓，淮月夜，海门秋[⑨]。登临无尽[⑩]，须信诗眼不供愁[⑪]。恨我相望千里，空想一时高唱，零落几人收。妙赏频回首，谁复继风流[⑫]。

[注释]

①本篇隆兴二年（1164）秋作。　陆务观：陆游（1125—1210），字务观，南宋大诗人，时任镇江通判。　方务德：方滋（1102—1172），字务德，严州桐庐（今属浙江）人。仕宦四十馀年，尝三为监司，五为郡守，七领帅节，所至有政绩。时知镇江府。　多景楼：在镇江北固山甘露寺内，著名胜景，楼名取唐李德裕《题临江亭》诗“多景悬窗牖”之意。　②襟带大江左：本汉张衡《西京赋》“岩险周固，襟带易守”，五代丘光庭《兼明书·杂说·江左》“晋宋齐梁之书，皆谓江东为江左”。　③三州：谓建康、扬州、常州、镇江与之毗邻。　④米公：当指北宋米芾。米芾（1051—1107），字元章，镇江人，著名书法家。杨万里《诗话》载，“润州大火，惟留李卫公塔，米元章庵。米（芾）题云：‘神护卫公塔，天留米老庵。’”米公楼或即此类米芾旧迹。　⑤别驾：汉代官名，为刺史之佐。此称陆游。时任通判，乃知州之佐贰，例得类比别驾。　⑥应刘：指“建安七子”中的应瑒、刘桢，俱以文学驰名。　⑦“此地”句：本杜甫《春日忆李白》诗“何时一尊酒，重与

细论文”。　⑧“歌吹”句:本南朝宋鲍照《芜城赋》“当昔全盛之时……歌吹沸天”,唐刘禹锡《送唐舍人出镇闽中》诗“忽拥貔貅镇粤城”。　⑨海门:地名,今属江苏,在长江入海口。　⑩登临无尽:本唐王勃《秋日登洪府滕王阁饯别序》“飞阁流丹,下临无地”。　⑪诗眼供愁:本辛弃疾《水龙吟·登建康赏心亭》“遥岑远目,献愁供恨”。　⑫“谁复”句:本杜甫《解闷》诗其八“最传秀句寰区满,未绝风流相国能”。暗用其意。

## 水调歌头

上元郡集①

春意满南国,花动雪明楼②。千坊万井③,此时灯火隘追游。十里寒星相照,一轮明月斜挂,缥缈映红球④。共嬉不禁夜⑤,光彩遍飞浮⑥。　艳神仙,轰鼓吹,引遨头⑦。文章太守⑧,此时宾从敌应刘⑨。回首升平旧事⑩,未减当年风月,一醉为君酬。明日朝天去,空复想风流。

[注释]

①上元:农历正月十五日,即元宵,又称灯节。　郡集:谓郡守与同僚宴聚。本篇当倅宛陵(即宣州,治所在今安徽宣城)时作。　②花动:本秦观《好事近》词“花动一山春色”。　③万井:古制,八家为井。《汉书·刑法志》:“一同百里,提封万井。”　④“缥缈”句:“(宫中)诸营班院,于法不得夜游,各以竹竿出灯球于半空,远近高低,若飞星然。”见《东京梦华录·元宵》。　⑤不禁夜:本唐苏味道《正月十五日夜》诗“金吾不禁夜,玉漏莫相催”。　⑥飞浮:本晋左思《咏史》诗其五“列宅紫宫里,飞宇若云浮”。　⑦遨头:宋代成都人称春日出游,人群中的太守为遨头。《成都记》:“太守出游,士女则于木床观之,势如磴道,谓之遨床,故太守为遨头。自正月出游,至四月浣花乃止。”　⑧文章太守:本欧阳修《朝中措》词“文章太守,挥毫万字,一饮千钟”。　⑨“此时”句:“亲故多离其灾,徐、陈、应、刘,一时俱逝,痛可言邪!”见曹丕《与吴质书》。李善注引《典略》云:“初,徐干、刘桢、应玚……并见交于太子(曹丕)。”应玚、刘桢,为丕僚属

宾从，称一时之俊。此以喻比郡僚。　⑩升平旧事：北宋政和、宣和年间，元宵灯节极盛闹，南宋人常言之，犹如唐人话开天旧事。宋刘昌诗《芦蒲笔记》卷十载《鹧鸪天·上元词》十五首，其十五云："真个亲曾见太平，元宵且说景龙灯。四方同奏升平曲，天下都无叹息声。"乃"备述宣、政之盛"。此意同。

## 水调歌头

和人新堂

小筑百年计①，雅志几人成②。乱山深处，烟雨面面对萦青。巾屦方安吾土③，花木仍供真赏，邻有阮嵇生④。岁月抛身外，尘事更无营。　鸟知归，云出岫，两忘情⑤。从渠华屋，回首烟草吊颓倾。何似生涯才足，攲枕南窗北牖⑥，醉梦落樵声。更喜濯缨处，门外一江清⑦。

[注释]

①小筑百年计：本苏轼《蒜山松林中可卜居余欲僦其地……》诗"问我此生何所归，笑指浮休百年宅"，谓筑堂作一生归隐之计。　②"雅志"句：本陶潜《闲情赋》"淡柔情于俗内，负雅志于高云"。　③方安吾土：本《汉书·元帝纪》永光四年诏曰："安土重迁，黎民之性"。王粲《登楼赋》"虽信美而非吾土兮，曾何足以少留"。　④阮嵇生：此借喻雅邻。《三国志·魏志·王粲传》："（阮）籍才藻艳逸，而倜傥放荡，行己寡欲，以庄周为模则。官至步兵校尉。时又有谯郡嵇康，文辞壮丽，好言老庄，而尚奇任侠。"　⑤"鸟知归"三句：本陶潜《归去来兮辞》"云无心以出岫，鸟倦飞而知还"，白居易《分司洛中多暇……兼呈思黯奇章公》诗"性与时相违，身将世两忘"。　⑥"攲枕"句：本陶潜《归去来兮辞》"倚南窗以寄傲，审容膝之易安"，又《示子俨等疏》"五六月中，北窗下卧，遇凉风暂至，自谓是羲皇上人"。　攲：斜。　⑦"更喜"二句："有孺子歌曰：'沧浪之水清兮，可以濯我缨；沧浪之水浊兮，可以濯我足。'孔子曰：'小子听之：清斯濯缨，浊斯濯足矣，自取之也。'"见《孟子·离娄》。此以喻避世高隐意。

## 水调歌头

送周元特[①]

汉代李元礼，江左管夷吾[②]。英姿雅望，凛凛玉立冠中都[③]。磊魂胸中千丈[④]，不肯低回青禁，引去卧江湖。更学鸱夷子，一舸下东吴[⑤]。　送公别，杯酒尽，少踌躇。旧棠阴下[⑥]，几人临路拥行车[⑦]。归近云天尺五[⑧]，梦想经纶贤业，谈笑取单于[⑨]。为问苕溪水[⑩]，留得此翁无。

**[注释]**

①周元特：不详何人。陆心源《宋史翼》卷十二中有周操，字元持，为南宋中兴东宫官僚。仕终太子詹事，归安人。　②"汉代"二句：东汉李膺，字元礼，为人刚直有风节。桓帝时，为司隶校尉，因反对宦官专权而下狱。太学生誉为"天下模楷李元礼"。《后汉书》有传。　管夷吾：即管仲，春秋时期齐国贤相。　③玉立：山涛曰"嵇叔夜（康）之为人也，岩岩若孤松之独立；其醉也，傀俄若玉山之将崩"。见《世说新语·容止》。此用之，谓若玉山挺立。　中都：京都。　④磊魂：同"垒块"，喻胸中郁塞不平之气。《世说新语·任诞》："王孝伯问王大：'阮籍何如司马相如？'王大曰：'阮籍胸中垒块，故须酒浇之。'"　⑤"更学"二句：鸱夷子，称春秋时范蠡。《汉书·货殖传》：范蠡灭吴功成后，"浮江湖，变姓名。适齐，为鸱夷子皮"。唐颜师古注："范蠡自号鸱夷子皮者，言若盛酒之鸱夷（酒袋），多所容受而可卷怀，与时张弛也。"　⑥棠阴：本《诗经·召南·甘棠》"蔽芾甘棠，勿剪勿伐，召伯所茇"。汉郑玄笺："召伯听男女之讼，不重烦劳百姓，止舍小棠之下而听断焉。国人被其德，悦其化，思其人，敬其树。"以喻政声在民。　⑦临路拥行车：东汉侯霸治临淮有能名，百姓爱之。临行，"百姓老弱相携号哭，遮使者车，或当道卧之。皆曰：'乞侯君复留期年。'"　⑧"归近"句：唐代韦氏多显贵。杜甫《赠韦七赞善》诗："乡里衣冠不乏贤，杜陵韦曲未央前。尔家最近魁三象，时论同归尺五天。"自注："俚语曰：城南韦杜，去天尺五。"此言归朝作天子近臣。　⑨谈笑取单于：本杜甫《复愁》诗"闾阎听小子，谈笑觅封侯"。李白《永王东巡歌》其二"但用东山谢安石，为君谈笑静胡沙"。　⑩苕溪：水名，在吴兴（今浙

江湖州）城外。

## 水调歌头

次刘若讷韵

十载刘夫子，名过庾兰成[①]。人人争看，角犀今喜试丰盈[②]。倾耳新诗千首，妙处端须击节，金石破虫声[③]。此士难复得，黄口闹如羹。　　忆年少，游侠窟，戏荆卿[④]，结交投分，驰心千里剧摇旌[⑤]。我老公方豪健，倘许相从晚岁，慷慨激中情[⑥]。洗眼功名会，一箭取辽城[⑦]。

［注释］

①庾兰成：称北周庾信。《小名录》："庾信幼而俊迈，聪敏绝伦，有天竺僧呼信为兰成，因以为小字。"　②"角犀"句："今（周）王弃高明昭显，而好谗慝暗昧；恶角犀丰盈，而近顽童穷固。"见《国语·郑语》。韦昭注："角犀，谓顶角有伏犀；丰盈，谓颊辅丰满；皆贤明之相也。"　③金石破虫声：汉祢衡谪为鼓吏，击《渔阳掺挝》，声响铿锵，"渊渊有金石声，四座为之改容"。见《世说新语·言语》。　虫声：谓秋虫之嗫嚅之声，喻萎劣之作。　④荆卿：即荆轲，春秋时著名侠客。　⑤"结交"二句：《史记·刺客列传》载，燕太子丹为报秦怨，"连结一人而后交"，遍求侠士。先交田光，光以老辞曰："臣闻骐骥盛壮之时，一日而驰千里……光不敢以图国事，所善荆卿可使也。"太子曰："愿因先生得结交于荆卿。"遂得荆轲。　⑥"慷慨"句：荆轲赴刺秦王，祖饯易水之上，作《易水歌》。"复为羽声慷慨，士皆怒髮冲冠。"见《史记·刺客列传》。　⑦洗眼：本杜甫《赠王二十四侍御契四十韵》诗"洗眼看轻薄"。　"一箭"句：用鲁仲连典。《史记·鲁仲连邹阳列传》载，战国时，齐攻燕国聊城，岁馀不下，士卒多死。鲁仲连为写劝降书，"约之矢以射城中，遗燕将"。燕将自杀，"聊城乱"，为齐攻下。此用其典，言轻取功名。　辽城：即聊城，"聊"通作"辽"。

## 秋蕊香

荡暖花风满路,织翠柳阴和雾。曲池鬥草旧游处[①],忆试春衫白苎[②]。　暗惊节意朱弦柱,送春去。晓来一阵扫花雨,惆怅蔷薇在否。

[注释]

①鬥草:古代妇女或儿童春日的一种游戏。南朝梁宗懔《荆楚岁时记》:“五月五日,四民并踏百草,又有鬥百草之戏。”　②“忆试”句:本唐张籍《白苎歌》“皎皎白苎白且鲜,将作春衫称少年”。　白苎:细而白的夏布。

## 满庭芳

自宛陵易倅东阳,留别诸同寮[①]

世事难穷,人生无定,偶然蓬转萍浮[②]。为谁教我,从宦到东州[③]。还似翩翩海燕,乘春至、归及凉秋[④]。回头笑,浑家数口,又泛五湖舟[⑤]。　悠悠。当此去,黄童白叟,莫漫相留[⑥]。但溪山好处,深负重游。珍重诸公送我,临歧泪、欲语先流[⑦]。应须记,从今风月,相忆在南楼[⑧]。

[注释]

①东阳:即婺州(治所在今浙江金华),本为三国吴之东阳郡,此依旧称。　②蓬转萍浮:喻人生飘零无定。　③“为谁”二句:谁,何,什么。　东州:作者前为宛陵倅,宛陵地处东部,故云。　④“还似”二句:海燕,即燕子,古人认为燕子产于南方,渡海而至,故名。《淮南子·地形训》:“燕雁代飞。”汉高诱注:“燕,玄鸟也,春分而来……秋分而去。”　⑤泛五湖舟:本《越绝书》佚文“西施亡吴国后,复归范蠡,同泛五湖而去”。　⑥“黄童”二句:本韩愈《元和圣德诗》“卿士庶人,黄童白叟,踊跃吹呀,失喜噎欧”。　黄童:指黄口小儿。此隐用汉侯霸老幼相留、不愿其移任事。东

汉侯霸治临淮有能名，百姓爱之。临行，“百姓老弱相携号哭，遮使者车，或当道卧之。皆曰：‘乞侯君复留期年。’” 唐氏按：“黄”原作“白”。原校：“白童”应“黄童”。 ⑦“临歧泪”句：本唐高适《别韦参军》诗“丈夫不作儿女别，临歧涕泪沾衣巾”，李清照《武陵春》词：“物是人非事事休，欲语泪先流”。 ⑧“应须记”三句：《世说新语·容止》载，庾亮镇武昌日，秋夜气佳景清，尝与诸幕僚殷浩、王胡之等同聚南楼，“咏谑竟坐，甚得其乐”。此用其事，谓今日僚友之聚乐自后长忆。

[集评]

况周颐云：“宋毛幵，自宛陵易倅东阳，留别诸同僚，《满庭芳》云：‘回头笑，浑家数口，又泛五湖舟。’俚语称妻曰‘浑家’，屡见坊肆间小说。毛词则举一切眷属言之。”（《蕙风词话续编》卷一）

## 满庭芳

五十年来，追思畴曩①，佳时去若云浮②。依然重见，感涕话西州③。幸喜灵光不改④，空自笑、蒲柳先秋⑤。成何事，风波末路，险畏有沉舟⑥。　别愁，都几许⑦，相从未戮⑧，我去公留。况狂直平生，谁念遨游。月夕风天正好，还惊怅、失此诗流。江南岸，明朝更远，回首仲宣楼⑨。

[注释]

①畴曩：犹畴昔，谓往日。 ②云浮：即浮云。 佳时：即嘉会日，谓好友聚首时。 ③感涕话西州：晋羊昙，一时名士，为谢安爱重。谢安下世，羊辍乐弥年，行不由西州路。一日大醉，不觉至西州门。左右告之。羊悲感不已，以马策叩扉，诵曹植诗“生存华屋处，零落归山丘”，恸哭而去。见《晋书·谢安传》。 西州：古城名，在今南京城西。谢安卒前扶病还都经于此。词谓对方有知遇之恩。 ④灵光不改：灵光，谓朝廷恩泽。《汉书·晁错传》录晁错对策云“德泽满天下，灵光施四海”。 ⑤“空自笑”句：蒲柳早落，古人以喻人之弱质早衰。《世说新语·言语》载，“顾悦与简文（帝）同年而髮蚤白。简文曰：‘卿何以先白？’对曰：‘蒲柳之姿，望

秋而落;松柏之质,经霜弥茂。'”　⑥“风波”二句:本唐元稹《酬周从事望海亭见寄》诗“不辞狂复醉,人世有风波”,刘禹锡《酬乐天扬州初逢席上见赠》诗“沉舟侧畔千帆过,病树前头万木春”。　⑦“别愁”二句:本贺铸《青玉案》词“试问闲愁都几许”。　都几许:总共多少。　⑧斁(yì):厌弃。　⑨回首仲宣楼:东汉王粲,字仲宣。少有才学。以避中原战乱,之荆州依刘表,不为器重。尝春日登楼,作《登楼赋》,抒思归之心,云“登兹楼以四望兮,聊暇日以销忧。……情眷眷而怀归兮,孰忧思之可任”。见《三国志·魏书·王粲传》。

## 满庭芳

行次西安,用前韵,寄章叔通、沈无隐①

濩落难容②,崎岖堪笑,一年陆走川浮。又携妻子,两度过神州。紫蟹鲈鱼正美,凉天气、恰傍中秋③。今宵意,无人伴我,快泻玉双舟④。　功名,聊尔耳,千金聘楚⑤,万户封留⑥。又争如物外,闲旷优游。好在东阡北陌,相从有、诸老风流。家山近⑦,归休去也⑧,不上望京楼。

[注释]

①西安:县名,治所在今浙江衢县,乃作者之乡邑,故词歇拍有“家山近”语。　章叔通、沈无隐:作者友人,生平不详。　②濩落难容:濩落,同“瓠落”,谓空廓无用。《庄子·逍遥游》:“魏王贻我大瓠之种,我树之成而实五石。……剖之以为瓠,则瓠落无所容。”　唐氏按:“濩”,原误作“护”,据《永乐大典》卷一万四千三百八十一“寄”字韵改。　③“紫蟹”二句:言思归心切。　紫蟹:谓老蟹,　④泻玉:本唐严维《九日登高》诗“桑落新开泻玉缸”。　⑤千金聘楚:此用庄子事。《史记·老子韩非列传》载,楚威王闻庄周贤,使使厚币聘之,许以为相。庄周笑谓楚使者曰:“千金,重利;卿相,尊位也。……子亟去,无污我。我宁游戏污渎之中自快,无为有国者所羁,终身不仕,以快吾志焉。”　⑥万户:谓万户侯。　留:留侯。张良以功封留侯,晚年思退隐,称“今以三寸舌为帝者师,封万户,

位列侯，此布衣之极，于良足矣。愿弃人间事，欲从赤松子游耳”。乃学辟谷，导引轻身。见《史记·留侯世家》。　⑦家山：家乡。　⑧归休去也：本《庄子·逍遥游》“归休乎君，余无所用天下为”。

## 渔家傲

极目丹枫迎霁晓，山明水净新霜早[①]。燕去鸿归无事了，天渺渺，风吹平野低寒草[②]。　渐过初冬时节好，寻梅踏雪城南道[③]。追忆旧游人已老，欢更少，孤怀拟共谁倾倒。

**[注释]**

①“山明”句：本刘禹锡《秋词二首》其二“山明水净夜来霜，数树深红出浅黄”。　②“天渺渺”二句：本北朝民歌《敕勒歌》“天苍苍，野茫茫，风吹草低见牛羊”。　③寻梅踏雪：本苏轼《次韵杨公济奉议梅花十首》诗其十“更教踏雪看梅花”。

## 好事近

次韵叶梦锡《陈天予南园作》[①]

飞盖满南园[②]，想见八仙遥集[③]。几树海棠开遍，正新晴天色。　休辞一醉任扶还[④]，衣上酒痕湿[⑤]。便恐岁华催去，听秋虫相泣[⑥]。

**[注释]**

①叶梦锡：即叶衡，字梦锡，婺州金华（今属浙江）人。绍兴十八年（1148）进士。淳熙元年（1174）迁右丞相。《宋史》有传。　陈天予：《四库全书总目·樵隐词提要》指出，“《好事近》注中‘陈天予’之‘陈天子’。”《全宋词》注：陈天予，原作陈天子。《四库全书总目提要》云应是陈天予。　按：《永乐大典》卷二千八百十一引唐仲友《悦斋集》有《蜡梅十五绝和陈天予韵》，是陈天予确有其人，时代亦相及。今从《提要》说

改。　注者按:陈天予,即天与,名良祐,亦婺州金华人。绍兴二十四年(1154)进士。官至户部尚书。《宋史》有传。叶衡、唐仲友、陈天予皆为绍兴间婺州才俊,以同乡多有交谊。本篇盖作者倅婺州日作,时间当在乾道(1165—1173)初。　②"飞盖"句:本曹植《公宴》诗"清夜游西园,飞盖相追随"。　飞盖:谓飞驰的车子。　盖:车之顶篷。　③八仙遥集:杜甫有《饮中八仙歌》,写贺知章、李白等名士雅集。此以喻叶、陈等。　④"休辞"句:本刘禹锡《忆江南》词"无辞竹叶醉尊前",唐王驾《社日》诗"家家扶得醉人归"。　⑤"衣上"句:本陆游《剑门道中遇微雨》诗"衣上征尘杂酒痕"。　⑥秋虫:谓蟋蟀、寒蝉之类。

## 贺新郎

风雨连朝夕。最惊心、春光晼晚[①],又过寒食。落尽一番新桃李,芳草南园似积。但燕子、归来幽寂。况是单栖饶惆怅,尽无聊、有梦寒犹力。春意远,恨虚掷。

东君自是人间客[②]。暂时来,匆匆却去[③],为谁留得。走马插花当年事,池畹空馀旧迹。奈老去、流光堪惜,杳隔天涯人千里,念无凭、寄此长相忆。回首处,暮云碧[④]。

[注释]

①春光晼晚:谓春暮。　②东君:谓春神。《尚书纬》:"春为东皇。"　③"匆匆"句:本辛弃疾《摸鱼儿》词"更能消、几番风雨,匆匆春又归去"。　④"回首"二句:本南朝梁江淹《休上人怨别诗》"日暮碧云合,佳人殊未来。"言思人。

## 念奴娇

陪张子公登览辉亭[①]

层栏飞栋,压孤城临瞰,并吞空阔[②]。千古吴京佳丽地[③],一览江山奇绝[④]。天际归舟、云中行树[⑤],鹭点汀洲雪[⑥]。三山无际[⑦]，眇然相望溟渤。　　凤么遗响悲凉，故台今不见，苍烟芜没[⑧]。千骑重来初起废[⑨]，缅想六朝人物。岘首他年，羊公终在，笑几人磨灭[⑩]。一时尊俎，且须同赋风月。

[注释]

①张子公：名焘（1091—1165），字子公，饶州德兴（今属江西）人。宣和八年进士。累迁中书舍人、知成都府、建康府、吏部尚书。孝宗立，除同知枢密院。隆兴元年（1163）三月，为参知政事。以老病辞归。《宋史》有传。　②空阔：谓广远的江天。　③"千古"句：吴京，谓建康，三国时为吴之国都。谢朓《入朝曲》："江南佳丽地，金陵帝王州。"金陵，即建康。　④"一览"句：本杜甫《望岳诗》"会当凌绝顶，一览众山小"。⑤"天际"句：本谢朓《之宣城郡出新林浦向板桥》诗"天际识归舟，云中辨江树"。　⑥"鹭点"句：此写白鹭洲。洲在建康城西南长江中，上有白鹭群聚。李白《登金陵凤凰台》诗："三山半落青天外，二水中分白鹭洲。"　⑦三山无际：三山，山名。在今南京西南长江边。以其三峰并列、南北相连得名。陆游《入蜀记》："三山，自石头及凤凰台望之，杳杳有无中耳。及过其下，则距金陵才五十馀里。"　⑧"凤么"三句：此写凤凰台。　凤凰台：故址在今南京市西南凤凰山上。相传南朝宋元嘉十六年，有三只凤凰翔集山间，故此筑台山上，称山曰凤凰山，台曰凤凰台，历代皆为登览胜地。李白《登金陵凤凰台》诗："凤凰台上凤凰游，凤去台空江自流。"词融其意。　⑨千骑重来：谓达官出游。汉乐府《陌上桑》："东方千馀骑，夫婿居上头。"柳永《望海潮》词："千骑拥高牙，乘醉听箫鼓。"　⑩"岘首"三句：晋羊祜镇守襄阳日，与邹润甫尝登岘山，泣曰："自有宇宙，便有此山。由来贤达登此望，如我与卿者多矣，皆湮没无闻，念此使人悲伤。"对曰："公德冠四海，道嗣前哲，令闻令望，当与此山俱传。若润甫辈，乃当如公语耳。"后，其幕僚为之立碑于旧望处，百姓每行，望碑莫不悲感，人称"堕泪碑"。见《太平御览》卷五百八十九引《荆州图记》。李白《襄阳曲四首》其三："岘山临汉江，水绿沙如雪。上有堕泪碑，青苔久磨灭。"

## 念奴娇

次韵寄陆务观、韩无咎[①]

少年奇志，笑功名画虎，文章刻鹄[②]。永夜漫漫悲昼短，难挽苍龙衔烛[③]。飞藿飘零[④]，浮云迁变[⑤]，过眼邮传速[⑥]。昔人真意，眇然千载谁属。　犹喜二子当年，诸公籍甚，赏云和孤竹[⑦]。翰墨流传知几许，遗响宫商相续。梦里京华，不须惊叹[⑧]，春草年年绿[⑨]。赤霄归去，更看奔电喷玉[⑩]。

[注释]

①韩无咎：即韩元吉。本篇作于乾道元年（1165）。时陆游通判镇江，韩元吉以新鄱阳守省亲至镇江，相与吟游唱和；毛氏当在婺州倅任上，闻而次韵遥寄。陆原唱为《赤壁词·招韩无咎游金山》，韩词为《念奴娇·次韵陆务观见贻〈念奴娇〉韵》，各存其集中。　唐氏按：题从《永乐大典》卷一万四千三百八十一“寄”字韵补。　②“笑功名”二句：东汉龙伯高以敦厚周慎称世，杜季良以豪侠好义名时，为人楷模。马援诫兄子曰：“效伯高不得，犹为谨勅之士，所谓刻鹄不成尚类鹜者也；效季良不得，陷为天下轻薄，所谓画虎不成反类狗者也。”见《后汉书·马援传》。此用之，谓功名、文章不堪经意。　③苍龙衔烛：相传章尾山有神，人面蛇身，身长千里，名烛龙。衔火精以照太阴。见《山海经·大荒北经》、《海外北经》。词用典，喻秉烛夜游意。　④藿：豆叶。　飞藿：犹云飞蓬。《晏子春秋·内篇杂上》：“秋蓬也，孤其根而美枝叶，秋风一至，根且拔矣。”　⑤浮云迁变：本杜甫《可叹》诗“天上浮云似白衣，斯须改变如苍狗。古往今来共一时，人生万事无不有”。　⑥过眼邮传速：本苏轼《宝绘堂记》“譬之烟云之过眼……去而不复念也”。《孟子·公孙丑上》：“德之流行，速于置邮而传命。”古人驿站设传，马传曰“置”，步传曰“邮”。　⑦赏云和孤竹：晋王徽之清高不羁，爱竹，常对竹赏玩久之，尝称：“何可一日无此君。”又不喜理军府事，尝以手版拄颊，高视白云，曰：“西山朝来，致有爽气。”此谓高洁傲俗。　⑧“梦里”二句：京华，指沦陷金

人手中的汴京。宋孟元老《东京梦华录·序》云:“暗想当年(汴京),节物风流,人情和美……回首怅然,岂非华胥之梦觉矣。” 注者按:陆游诗中多有梦游旧京之爱国痴语。 ⑨春草年年绿:本林逋《点绛唇·草》“金谷年年,乱生春色谁为主”。 ⑩“赤霄”二句:“(鸿鹄)羽翮之既成也……背负青天,膺摩赤霄……虽有劲弩利矰微缴、蒲且子之巧,亦弗能加(害)也。”见《淮南子·人间训》。此借喻之,言其乃谪仙人疾归去。 注者按:二句因韩词歇拍“紫台青琐,看君归上群玉”语而发。

## 念奴娇

暮秋登石桥追和祝子权韵①

十年湖海②,叹潘郎憔悴,无心云阁③。强起登临惊暮序,目极清霜摇落④。散发层阿⑤,振衣千仞⑥,浩荡穷林壑。泬寥无际,镜天收尽云脚⑦。 长啸声落悲风,想沧洲万里⑧,当年归约。回首区中无限事⑨,此意谁同商略⑩。欲驾飞鸿,翩然独往,汗漫期相诺⑪。滞留何事,坐令双鬓如鹤⑫。

[注释]

①本篇为作者晚年家居日作。 石桥:衢州有石室山,又名烂柯山,相传为晋代王质观弈烂柯处。山上有石梁飞架如桥,邑人呼之“石桥”。 ②十年湖海:本毛滂《相见欢·秋思》词“十年湖海扁舟,几多愁”。 ③潘郎憔悴:潘郎,指西晋潘岳。潘岳有《秋兴赋》,言其“三十有二,始见二毛”,虽寓直散骑省,心中慨然“有江湖山薮之思”。以为“高阁连云,阳景罕曜,珥蝉冕而袭纨绮之士,此焉游处”,非自己这类“野人”所宜。 ④“强起”二句:化用宋玉《九辩》“悲哉秋之为气也,萧瑟兮草木摇落而变衰。憭慄兮若在远行,登山临水兮送将归”。 ⑤散发层阿:本嵇康《幽愤诗》“采薇山阿,散发岩岫。永啸长吟,颐性养寿”。⑥振衣千仞:本左思《咏史》诗其五“被褐出阊阖,高步追许由。振衣千仞岗,濯足万里流”。 ⑦“泬寥”二句:本宋玉《九辩》“泬寥兮天高而气

清”,辛弃疾《水龙吟·登建康赏心亭》词“水随天去秋无际”。 ⑧沧洲:水边幽僻之地,隐者所居。 ⑨区中:人间。 ⑩商略:斟酌,掂量。 ⑪“欲驾”三句:卢遨求仙,游乎北海,见一士焉。士曰:“吾与汗漫期于九垓之外,吾不可以久驻。”遂竦身入云中而不见。见《淮南子·道应训》。汉高诱注:“汗漫,不可知也。九垓,九天之外。”后人亦以“汗漫”称仙人。此用其事,言与仙人游。 ⑫双鬓如鹤:鹤之羽毛色白,故以喻人老之白髮。北周庾信《竹杖赋》:“噫,子老矣。鹤髮鸡皮,蓬头历齿。”

## 念奴娇

次韵施德初席上[①]

丽谯春晚[②],望东南千里,湖山佳色[③]。画戟门前清似水[④],时节初过灯夕[⑤]。封井年登[⑥],京华日近[⑦],每报平安驿[⑧]。满城花柳,正须千骑寻觅。 忆我年少追游,叨兔园客右[⑨],多惭英识。今日怀人无限意[⑩],老泪尊前重滴。赋咏空传,雄豪谁在,鬓点吴霜白[⑪]。招呼一醉,幸公时慰愁寂。

[注释]

①施德初:名元之,吴兴人。官司谏。有文名,尝注苏轼诗。与作者交友。本篇倅宛陵作。 ②丽谯:美丽壮伟的城楼。 ③“望东南”二句:本苏轼《虞美人·有美堂赠述古》词“湖山信是东南美,一望弥千里”。 ④画戟门前:谓贵宦大门。《旧唐书·张俭传》:“唐制,三品已上,门列棨戟。俭兄弟三院门皆立戟,时人荣之,号为‘三戟张家’。” ⑤灯夕:即元夕,农历正月十五夜。 ⑥封井:泛指四境。古制,八家为一井,十万井为一封。 ⑦京华日近:《世说新语·夙惠》载,晋明帝幼聪惠。有客从长安来,元帝因问之:“汝意谓长安何如日远?”明帝答曰:“日远。不闻人从日边来,居然可知。”明日重问之,答曰:“日近。”元帝失色,曰:“尔何故异昨日之言邪?”答曰:“举目见日,不见长安。”后人多以“日近长安远”形容不得归京都接近皇帝。此反其意,谓不日当升归帝京。 ⑧每报平安驿:唐

段成式《酉阳杂俎·续集·支植下》载，北方少竹，世人珍之。“北都惟童子寺有竹窠，才长数尺，相传其寺纲维，每日报竹平安。”词借指平安家书。　⑨叨兔园客右：谢惠连《雪赋》，梁孝王尝于冬日“游于兔园。乃置旨酒，命宾友，召邹生，延枚叟，相如末至，居客之右”。此谓自己早年因文才为时俊名流赏识。　⑩怀人无限意：本柳宗元《酬曹侍御过象县见寄》诗“春风无限潇湘意，欲采蘋花不自由”。“潇湘意”用南朝柳恽《江南曲》之“洞庭有归客，潇湘逢故人”诗语，即怀念故人之意。　⑪鬓点吴霜白：李贺《还自会稽歌》，咏南朝梁庾肩吾晚年“国势沦败”后“潜难会稽”曰“吴霜点归鬓，身与塘蒲晚”。

## 念奴娇

追和张巨山牡丹词[①]

倚风含露[②]，似轻颦微笑，盈盈脉脉[③]。染素匀红，知费尽、多少东君心力。国艳酣晴，天香融暖[④]，画手争传得。绿窗朱户，晓妆谁见凝寂[⑤]。　独占三月芳菲[⑥]，千花百卉，算难争春色。欲寄朝云无限意[⑦]，回首京尘犹隔。舞破霓裳[⑧]，一枝浑似，醉倚香亭北[⑨]。旧欢如梦[⑩]，老怀那更追惜。

［注释］

①张巨山：名嵲（1089—1141），字巨山，襄阳人。宣和三年（1121）上舍中第。绍兴中，官司勋员外郎，擢中书舍人、实录院同修撰、出知衢州、除敷文阁待制。《宋史》有传。善诗，有文名。　②倚风含露：李白《清平调》词三首咏牡丹有云“解释春风无限恨，沉香亭北倚阑干”。又云“一枝红艳露凝香”，“春风拂槛露华浓”。此由之出。　③盈盈脉脉：本《古诗十九首》其十三“盈盈楼上女，皎皎当窗牖”，其十六“盈盈一水间，脉脉不得语”。　④“国艳”二句：唐李正封咏牡丹名诗句“天香夜染衣，国色朝酣酒”。　⑤“晓妆”句：本李白《清平调》词三首其二“借问汉宫谁得似，可怜飞燕倚新妆”。　⑥独占三月芳菲：本唐权德舆《慈恩寺清上人院牡

丹歌》“澹荡韶光三月中,牡丹偏自占春风”。 ⑦朝云:宋玉《高唐赋序》载,楚怀王游高唐,梦遇巫山神女。女去而告曰:“妾在巫山之阳,高丘之阻,旦为朝云,暮为行雨,朝朝暮暮,阳台之下。”唐徐夤《白牡丹》诗借咏牡丹曰:“裁分楚女朝云片。”此本之。 ⑧舞破霓裳:本杜牧《过华清宫绝句三首》其二“霓裳一曲千峰上,舞破中原始下来”。 ⑨“一枝”二句:沉香亭,唐宫中亭名。唐郑处诲《明皇杂录》载,唐玄宗尝登沉香亭,召杨贵妃。“妃子时卯酒未醒,高力士从侍儿扶掖而至。上皇笑曰:‘岂是妃子醉耶,海棠睡未足耳。’”故李白《清平调》词三首咏牡丹喻美人云云。 ⑩旧欢如梦:本温庭筠《更漏子》词“春欲暮,思无穷,旧欢如梦中”。

## 念奴娇

### 题曾氏溪堂

王孙老去①,算无地倾倒,胸中豪逸。小筑三间便席卷,多少江山风月②。万壑回流,千峰输秀③,人境成三绝。登临佳处,鸟飞不尽空阔。 追念辋水斜川,有风流千载,渊明摩诘④。何必斯人聊一笑,俯仰今犹前日⑤。只恐东州,催成棠荫,又作三年别⑥。赏心难继⑦,莫教孤负华髮⑧。

[注释]

①王孙老去:本王维《山居秋暝》诗“随意春芳歇,王孙自可留”,苏轼《张子野年八十五,尚闻买妾,述古令作诗》“诗人老去莺莺在,公子归来燕燕忙”。 王孙:谓贵公子。 ②江山风月:“惟江上之清风,与山间之明月,耳得之而为声,目遇之而成色,取之无禁,用之不竭,是造物者之无尽藏也,而吾与子之所共适。”见苏轼《前赤壁赋》。 ③“万壑”二句:晋顾恺之描述会稽山川之美曰,“千岩竞秀,万壑争流,草木蒙笼其上,若云兴霞蔚。”见《世说新语·言语》。 ④“追念”三句:斜川,地名,在今江西省星子县境内。东晋邑人陶潜(字渊明)有《游斜川》诗,其序有云:“正月五日,天气澄和,风物闲美,与二三邻曲,同游斜川,临长流,望层云。”辋

水，即辋川，在今陕西蓝田山中。唐王维“尝聚其田园所为诗，号《辋川集》”。见《旧唐书·王维传》。 ⑤“俯仰”句：“是日也，天朗气清，惠风和畅，仰观宇宙之大，俯察品类之盛……向之所欣，俯仰之间已为陈迹，犹不能不以之兴怀……固知一死生为虚诞，齐彭殇为妄作。后之视今，亦犹今之视昔，悲夫。”见晋王羲之《兰亭集序》。 ⑥“只恐”三句：用召公遗爱典故。《诗经》有《甘棠》诗，颂扬召公爱民之政。传古代召公治民，甚得民和。“巡行乡邑，有棠树，决狱政事其下，自侯伯至庶人各得其所，无失职者。”后人怀其政德，作“棠荫”之颂。见《史记·燕召公世家》。宋代知州，一任三年。此美曾氏有治绩，当再任他州，故云。 ⑦赏心难继：本南宋谢灵运《拟魏太子邺中集诗序》“天下良辰、美景、赏心、乐事，四者难并”。 ⑧孤负：同“辜负”。

## 念奴娇

### 记　梦

阿环家住阆风顶[①]，绛阙瑶台相接。翳凤乘鸾人不见，隐隐霓裳云袂[②]。秀骨贞风，长眉翠浅，映白咽红颊[③]。非烟深处，渺然云浪千叠[④]。　一笑徐福扁舟，春风空老尽，当时童妾[⑤]。骨冷魂清惊梦到[⑥]，同看碧桃千叶[⑦]。寄语青童，何时丹就，为我留琼笈[⑧]。天鸡催晓，却愁吹堕尘劫[⑨]。

[注释]

①阿环：神女。《汉武帝内传》载，上元夫人遣侍女答谢王母问候曰：“阿环再拜，上问起居。” 阆风顶：传说中的神仙群居之处。晋葛洪《神仙传》云：“昆仑阆风苑有玉楼十二层，左瑶池，右翠水。” ②云袂：云裳。衣后襟曰袂。 ③“长眉”二句：本韩愈《华山女》诗“华山女儿家奉道，欲驱异教归仙灵。洗妆拭面著冠帔，白咽红颊长眉青”。 ④非烟：祥云。⑤“一笑”三句：“齐人徐市等上书，言海中有三神山，名曰蓬莱、方丈、瀛洲，仙人居之。与童男、女求之。于是遣徐市发童男女数千人，入海求仙人。”见《史记·秦始皇本纪》。徐市，即徐福。 ⑥骨冷魂清：本韩愈《桃源图》诗“月明伴宿玉堂空，骨冷魂清无梦寐”。 ⑦碧桃碧桃：花重瓣，

又称千叶桃。古人常以之称仙桃。《集仙录·谢自然》载,西王母降于庭,赠谢自然"桃一枝,上有三十桃,碧色,大如碗"。　⑧琼笈:即玉笈,仙人藏经籍之箱。《汉武帝内传》:"侍女还,捧八色玉笈凤文之蕴,以出六甲之文。"　⑨"天鸡"二句:桃都山上有大树名桃都,"枝相去三千里,上有天鸡。日初出照此木,天鸡则鸣,天下之鸡皆随之鸣"。见梁任昉《述异记》卷下。　尘劫:佛教称一世为一劫,无量无边劫为尘劫。

## 念奴娇

### 中秋夕

素秋新霁①,风露洗寥廓,珠宫琼阙②。帘幕生寒人未定③,鹊羽惊飞林樾。河汉无声,微云收尽④,相映寒光发。三千银界⑤,一时无此奇绝。　正是老子南楼⑥,多情孤负了,十分佳节⑦。起舞徘徊谁为我,倾倒杯中明月⑧。欲揽姮娥⑨,扁舟沧海⑩,戏濯凌波袜⑪。漏残钟断,坐愁人世超忽⑫。

[注释]

①素秋:"秋曰……素秋。"见梁元帝萧绎《纂要》。古代五行说,以金配秋季,其色白,故云。　②珠宫琼阙:此谓月宫,犹云琼楼玉宇。晋王嘉《拾遗记》载翟乾佑于江岸玩月,人随观之,"俄见月规半天,琼楼玉宇烂然"。词本之,活用其语。　③人未定:人定,古代夜深安息的时间,即"人定"之时,为亥时,相当于现在九至十一点钟。　④"微云"句:唐孟浩然尝有写"秋月新霁"的名句"微云淡河汉,疏雨滴梧桐",时人叹其清绝。　⑤三千银界:释氏称"以须弥山为中心",有"三千大世界"。又,佛家称梵天为"银界"或"银色界",宋人好借以形容月色,言其光明透彻。如苏舜钦《中秋松江新桥对月和柳令》诗:"月晃长江上下同,画桥横绝冷光中。……佛氏解为银世界,仙家多住月华宫。"　⑥老子南楼:庾亮在武昌,尝于秋夜气佳景清之际,登南楼玩月,自称:"老子于此处兴复不浅"。见《世说新语·容止》。　⑦十分佳节:谓中秋节。月圆最端正。故廖凝

有《咏中秋月诗》云“九十日秋色，今宵已十分”。　⑧“起舞”二句：本李白《月下独酌》诗“我歌月徘徊，我舞影凌乱”。　⑨欲揽姮娥：本李白《宣州谢朓楼饯别校书叔云》诗“俱怀逸兴壮思飞，欲上青天揽明月”。　姮娥：即嫦娥，月中仙女。　⑩扁舟沧海：相传范蠡助勾践灭吴雪耻后，及时抽身退隐，携西施浮海泛舟而去。见唐陆广微《吴地记》所引《越绝书》佚文。　⑪“戏濯”句：本《孟子·离娄上》“有孺子歌曰：沧浪之水清兮，可以濯我缨；沧浪之水浊兮，可以濯我足。”　曹植《洛神赋》“凌波微步，罗袜生尘”。　⑫人世超忽：本屈原《九歌·国殇》“出不入兮往不返，平原忽兮路超远”，言人生漫长遥远。

## 满江红

送施德初[①]

东马严徐，名籍甚、西京人物[②]。谁不羡、伏蒲忠鲠[③]，演纶词笔[④]。雅意中朝今小试，二年东郡弦风迹[⑤]。数中兴、循吏两三人[⑥]，公居一。　温诏趣[⑦]，还丹阙。倾睿相，方前席[⑧]。看云台登践，论思密勿[⑨]。超览堂中遗爱在[⑩]，几人同恋津亭别。顾倦游、云路仆登仙[⑪]，心如失。

[注释]

①施德初：名元之，吴兴人。官司谏。有文名，尝注苏轼诗。与作者交友。本篇倅宛陵日作。　②“东马”三句：汉武帝继位，诏举天下人才，待以不次之位，一时英俊荟萃。盛名者有东方朔、司马相如、严安、徐乐等，皆文辞出众，才智超群。见《汉书·严助传》。此誉美施德初，言其甚于当年西京英才。　③伏蒲忠鲠：西汉史丹，鲠直忠烈。汉元帝欲废太子，史丹闻而毅然进谏。候上间独寝时，丹直入卧内，顿首伏青蒲上，涕泣言曰：“……”以死抗争。见《汉书·史丹传》。　④演纶词笔：旧谓皇帝的诏书、制令为“纶音”。《礼记·缁衣》谓“王言如丝，其出如纶；王言如纶，其出如綍”。此谓演布皇帝诏令的大手笔，即翰林优才。　⑤“二年”句：言施氏施政东州二年，有以德化民之美绩。《论语·阳货》：“子之武城，

闻弦歌之声。"邢昺疏:"时子游为武城宰,意欲以礼乐化导于民,故弦歌。"又,《孔子家语》:"昔者舜弹五弦之琴,歌《南风》之诗,其辞曰:"南风之薰兮,可以解吾民之愠兮;南风之时兮,可以阜吾民之财兮。"此合用之。东郡:此指宛陵。　⑥循吏:谓奉职守法的好官。《史记·太史公自序》:"奉法循理之吏,不伐功矜能,百姓无称,亦无过行,作《循吏传》第五十九。"后世正史专辟《循吏传》一章。　⑦温诏:情辞恳切的诏命。　趣(cū):催促。　⑧方前席:汉文帝赏爱贾谊才学,尝召入宣室长谈,"至夜半,文帝前席"。见《史记·屈原贾生列传》。　注者按:古人席地而坐,"前席",谓因谈话投机,不自觉中向前移动坐席,靠近对方。　⑨云台:东汉洛阳南宫中的高台名。《后汉书·阴兴传》:"兴领侍中,受顾命于云台广室。"明帝永平三年,尝图画中兴功臣三十二人于此。　⑩遗爱在:本《汉书·叙传下》"淑人君子,时同功异,没世遗爱,民有馀思"。　⑪云路仆登仙:晋葛洪《神仙传》卷六《淮南王》载,淮南王刘安好神仙术,后得道成仙,"骨肉近三百馀人,同日升天;鸡犬舐药器者,亦同飞去"。此隐用其典,谓施氏入朝,其仆人亦附骥升荣。　云路:即青云之路,喻宦途。唐朱庆馀《酬李处士见赠》诗:"云霄未得路,江海作闲人。"

## 满江红

### 怀家山作[①]

回首吾庐[②],思归去、石溪樵谷。临玩有、门前流水,乱松疏竹。幽草春馀荒井径[③],鸣禽日在窥墙屋。但等闲、凭几看南山,云相逐[④]。　　家酿美,招邻曲[⑤]。朝饭饱,随耕牧[⑥]。况东皋二顷[⑦],岁时都足。麟阁功名身外事[⑧],墙阴不驻流光促[⑨]。更休论、一枕梦中惊,黄粱熟[⑩]。

[注释]

①家山:故乡。　②回首吾庐:"孟夏草木长,绕屋树扶疏。众鸟欣有托,吾亦爱吾庐。"见陶潜《读山海经》诗。后遂以"吾庐"指代故乡田舍。③"幽草"句:化用陶潜《归去来兮辞》"归去来兮,田园将芜胡不归?……

三径就荒，松菊犹存”意境。　④“凭几”二句：本《庄子·齐物论》“南郭子綦隐几而坐，仰天而嘘，嗒焉似丧其耦”。隐几，即凭几。后以写隐士。陶潜《饮酒》诗其五：“采菊东篱下，悠然见南山。”柳宗元《渔翁》诗：“回看天际下中流，岩上无心云相逐。”此融而写之。　⑤邻曲：近邻。　⑥“朝饭”二句：本陶潜《归去来兮辞》“怀良辰以孤往，或植杖而耘耔”。　⑦东皋：本阮籍《奏记诣蒋公》“方将耕于东皋之阳，输黍稷之税，以避当涂者之路。”后以泛指归耕之田地。　⑧麟阁功名：汉代宫殿中有麒麟阁。汉宣帝甘露三年（前51），“上思股肱之美，乃图画其人于麒麟阁，法其形貌，署其官爵姓名”。自霍光至苏武凡十一人。　⑨墙阴：指日影。　流光促：本李白《古风》诗其十一“逝川与流光，飘忽不相待”。　⑩“一枕”二句：唐开元间，落魄卢生于邯郸旅舍遇道士吕翁。吕以一枕头授卢生。生就枕入梦，于梦中享尽一生荣华富贵。生初就枕时，旅舍“主人方蒸黍”；及其“欠伸而寤，见其身方偃于邸舍，吕翁坐其傍，主人蒸黍未熟，触类如故”。卢生怅然良久，悟人生富贵亦一梦。见唐沈既济《枕中记》。黍，即黄粱。

## 水龙吟

登吴江桥作①

渺然震泽东来②，太湖望极平无际。三吴风月③，一江烟浪④，古今绝致。羽化蓬莱⑤，胸吞云梦⑥，不妨如此。看垂虹千丈，斜阳万顷，尽倒影、青奁里。　追想扁舟去后⑦，对汀洲、白蘋风起⑧。只今谁会，水光山色，依然西子⑨。安得超然，相从物外⑩，此生终矣。念素心空在⑪，徂年易失⑫，泪如铅水⑬。

[注释]

①吴江桥：即垂虹桥，又名长桥，在今江苏吴江东。　②震泽：即今太湖，在江苏境内。　③三吴风月：本柳永《双声子》词“三吴风景，姑苏台榭”。旧以吴兴郡、吴郡、会稽郡为“三吴”。　④一江烟浪：垂虹桥景色

以“烟雨”著名。　⑤羽化蓬莱：本苏轼《前赤壁赋》“飘飘乎如遗世独立，羽化而登仙”。　⑥胸吞云梦：司马相如《子虚赋》载“子虚夸曰：‘臣闻楚有七泽，尝见其一……名曰云梦。云梦者，方九百里’”云云。古云梦泽，范围很广，为今鄂东南、湘北一带低洼地的总称。　⑦“追想”句：指范蠡携西施泛舟入五湖事。　⑧“对汀洲”句：本南朝梁柳恽《江南曲》“汀洲采白蘋，日暖江南春”。宋玉《风赋》：“夫风生于地，起于青蘋之末。”注者按：吴兴城东有白蘋洲。　⑨“水光”二句：本苏轼《饮湖上初晴后雨》诗“水光潋滟晴方好，山色空濛雨亦奇。欲把西湖比西子，淡妆浓抹总相宜”。　⑩超然相从物外：本苏轼《超然台记》“名其台曰‘超然’。以见予之无所往而不乐者，盖游于物之外也”。　⑪素心：素愿，本心。　⑫徂年：已往的岁月。　⑬泪如铅水：本唐李贺《金铜仙人辞汉歌》“空将汉月出宫门，忆君清泪如铅水”。　铅水：指铜人流的泪水。

[集评]

沈雄论《水龙吟》词调下片落句格式云：“若刘后村之‘做先生处士，一生一世，不论资老’，毛开之‘念素心人在，徂年易失，泪如铅水’，则如……四字末句之空头体，则又可严可不严也。”(《古今词话·词辨》下卷)

卓人月云：“西子日日当面，何用金钱一文。”(《古今词统》)

## 渔家傲

次丹阳忆故人①

扬子津头风色暮②，孤舟渺渺江南去。忆得佳人临别处，愁返顾，青山几点斜阳树。　　可忍归期无定据③，天涯已听边鸿度。昨夜乡心留不住，无驿数，梦中行了来时路④。

[注释]

①丹阳：县名，今属江苏，本扬州旧地。　②“扬子”句：本唐郑谷《淮上与友人别》诗“扬子江头杨柳春，杨花愁杀渡江人。数声风笛离亭晚，君向潇湘我向秦”。　③“可忍”句：本李商隐《夜雨寄北》诗“君问归期未有

期”。　④“梦中”句:本岑参《春梦》诗“枕上片时春梦中,行尽江南数千里”。

## 江城子

和德初灯夕词,次叶石林韵[1]

神仙楼观梵王宫[2],月当中,望难穷。坐听三通、谯鼓报笼铜[3]。还忆当年京辇旧,车马会,五门东[4]。　华堂歌舞间笙钟,夕香濛,度花风。翠袖传杯,争劝紫髯翁[5]。归去不堪春梦断,烟雨晓,乱山重。

[注释]

①德初:施德初。　叶石林:叶梦得。其原作今存集中,题云“次韵葛鲁卿上元”。　②“神仙”句:谓道观与佛寺。　梵王宫:即梵宫,本指梵天的宫殿。　③“谯鼓”句:本柳宗元《同刘二十八院长寄澧州张使君……》诗“笼铜鼓报衙”。　笼铜:也作笼侗,鼓声。　④五门:本《周礼·天官·阍人》“阍人掌守王宫之中门之禁”。郑玄注,“王有五门:外曰皋门,二曰雉门,三曰库门,四曰应门,五曰路门;路门一曰毕门。”后代指天子居处。词“还忆”云云,忆帝京上元朝会。　⑤紫髯翁:三国吴主孙权,有美髯,人称“紫髯将军”。后以喻雄才大略的人。此指施德初。

## 江城子

倚墙高树落惊禽,小窗深,夜沉沉。酒醒灯昏,人静更愁霖。惆怅行云留不住[1],携手处,却分襟。　悠悠风月两关心,拥孤衾,恨难禁。何况一春、憔悴到如今。最苦清宵无寐极,相见梦,也难寻[2]。

[注释]

①“惆怅”句:用巫山神女典故。相传楚怀王游高唐,梦中遇幸巫山神

女。女去而辞曰:“妾在巫山之阳,高丘之阻,旦为朝云,暮为行雨,朝朝暮暮,阳台之下。”见宋玉《高唐赋序》。后以行云喻所欢女子。　②“相见”二句:本五代前蜀李珣《定风波》词“屏帏寂寞梦难成”,宋欧阳修《玉楼春》词“故攲单枕梦中寻,梦又不成灯又烬”。

## 画堂春

华灯收尽雪初残[①],踏青还尔游盘[②]。落梅强半已飞翻,刬地春寒[③]。　多病故人日远[④],几时双燕来还。可怜楼上一凭栏,不见长安[⑤]。

[注释]

①华灯收尽:宋人上元张灯,始于正月十四日,“至十九日收灯,五夜城关不禁”。见《东京梦华录》卷六“元宵”。　②“踏青”句:“三月上巳,赐宴曲江,都人于江头禊饮,践踏青草,曰踏青。”见《秦中岁时记》。后以“踏青”指探春郊游。宋人往往早于正月间即探春出游。《东京梦华录·元宵》:“收灯毕,都人争先出城探春。……大抵都城左近,皆是园圃;百里之内,并无闲地……红妆按乐于宝榭层楼,白面行歌近画桥流水,举目则秋千巧笑,触处则蹴踘疏狂。”一直延续到清明。　③刬(chǎn)地:突然,无端。唐宋俗语。　④“多病”句:本孟浩然《岁暮归南山》诗“不才明主弃,多病故人疏”。　⑤不见长安:本李白《登金陵凤凰台》诗“总为浮云能蔽日,长安不见使人愁”。

## 风流子

新禽初弄舌,东郊外、催尔踏青期[①]。渐晴滟翠漪,惠风骀荡[②],暖蒸红雾,淑景辉迟[③]。粉墙外、杏花无限笑,杨柳不胜垂。闲里岁华,但惊萧索,老来心赏,尤惜芳菲[④]。

平生歌酒地,空回首,惆怅触绪沾衣。谁见素琴翻恨,青镜留悲。念千里云遥,暮天长短,十年人杳,流水东西。惟有寄情芳草，依旧萋萋。

[注释]

①东郊：古人谓东方主春。唐韩鄂《岁华纪丽·立春》："气变东郊，寒收北陆。"注："《月令》云：'迎春于东郊。'"故云。　②惠风：本晋王羲之《兰亭集序》"暮春之初……天朗气清，惠风和畅"。　骀（dài）荡：荡漾，欣悦貌。　③辉迟：本《诗经·豳风·七月》"春日迟迟"。　④"老来"二句：本宋歌伎盼盼《惜花容》诗"而今老更惜花深，终日看花看不足"。

## 浪淘沙

帘幕燕双飞[1]，春共人归。东风恻恻雨霏霏[2]，水满西池花满地，追惜芳菲。　　回首昔游非，别梦依稀。一成春瘦不胜衣。无限楼前伤远意，芳草斜晖。

[注释]

①"帘幕"句：本宋毛滂《惜分飞》词"花影低徊帘幕卷，惯了双来燕燕"。　②东风恻恻："犹云峭寒尔。"见明杨慎《词品》卷一"恻寒"。

## 醉落魄

梅

暮寒凄冽，春风探绕南枝发。更无人处增清绝。冷蕊孤香，竹外朦胧月。　　西洲昨梦凭谁说[1]，攀翻剩忆经年别。新愁怅望催华发。雀啅江头，一树垂垂雪[2]。

[注释]

①"西洲"句：本南朝乐府民歌《西洲曲》"忆梅下西洲，折梅寄江北。……南风知我意，吹梦到西洲"。　②"新愁"三句：本杜甫《和裴迪登蜀州东亭送

客逢早梅相忆见寄》诗“江边一树垂垂发,朝夕催人自白头”,苏轼《次韵杨公济奉议梅花十首》诗其八“寒雀喧喧冻不飞,绕林空啅未开枝”。 啅:鸟鸣。

**[集评]**

郭麐云:“毛幵《樵隐词》,所传无多,然亦是雅音。杨用修独称其‘泼火初收’一阕,平熟无可取。用修未可为知词者也。其《醉落魄·咏梅》云:‘新愁怅望催华髮。雀啅江头,一树垂垂雪。’《玉楼春》云:‘酒成憔悴花成怨,闲煞羽觞难会面。可堪春事已无多,新笋遮墙苔满院。’皆远过所称。”(《灵芬馆词话》卷二《樵隐词》)

## 眼儿媚

小溪微月淡无痕,残雪拥孤村[①]。攀条弄蕊,春愁相值,寂默无言。 忍寒宜主何人见,应怯过黄昏[②]。朝阳梦断,熏残沉水,谁为招魂。

**[注释]**

①“残雪”句:本唐释齐己《早梅》“万木冻欲折,孤根暖独回。前村深雪里,昨夜一枝开”。 ②“应怯”句:本苏轼《再和杨公济梅花十绝》其三“不堪细雨湿黄昏”,陆游《卜算子·咏梅》词“已是黄昏独自愁,更著风和雨”。

## 谒金门

春已半,芳草池塘绿遍。山北山南花烂熳,日长蜂蝶乱。 闲掩屏山六扇[①],梦好强教惊断[②]。愁对画梁双语燕,故心人不见。

[注释]

①"闲掩"句：本唐温庭筠《菩萨蛮》词"无言匀睡脸，枕上屏山掩"。屏山：指山水屏风；此谓六扇折叠的屏风。 ②"梦好"句：本南唐冯延巳《鹊踏枝》词"浓睡觉来莺乱语，惊残好梦无寻处"。

## 谒金门[①]

伤离索，犹记并肩池阁。病起绿窗闲倚薄，一秋天气恶。 玉臂都宽金约[②]，歌舞新来忘却。回首故人天一角，半江枫又落[③]。

[注释]

①唐氏按：此首又误见《惜香乐府》卷九。 ②"玉臂"句：本周邦彦《蝶恋花》词"爱雨怜云，渐觉宽金钏"。 金约：金钏，皆女子的手饰物。此言因相思而人瘦，金手饰也变宽了。 ③"半江"句：唐崔信明写秋色，有名句传唱一时，曰"枫落吴江冷"。

## 玉楼春

日长澹澹光风转[①]，小尾黄蜂随早燕。行寻香径不逢人，惟有落红千万片[②]。 酒成憔悴花成怨，闲杀羽觞难会面。可堪春事已无多，新笋遮墙苔满院。

[注释]

①光风转：本宋玉《招魂》"光风转蕙，汜崇兰些"。谓春天日丽风和。 ②"惟有"句：寓杜甫《曲江二首》其一"一片花飞减却春，风飘万点正愁人"诗意。

## 玉楼春

曲房小院匆匆过[①]，急鼓疏钟催又去。来如春梦几多时，去似朝云无觅处[2]。　　金瓶落井翻相误[3]，可惜馨香随手故。锦囊空有断肠书[4]，彩笔不传长恨句[5]。

[注释]

①唐氏按："过"字未叶韵，原校改作"遇"，又抹去。　②"来如"二句：本白居易《花非花》诗"花非花，雾非雾；夜半来，天明去。来如春梦几多时，去似朝云无觅处"。　③金瓶落井：本白居易《新乐府·井底引银瓶》"井底引银瓶，银瓶欲上丝绳绝。石上磨玉簪，玉簪欲成中央折。瓶沉簪折知奈何，似妾今朝与君别"，喻爱情变故。　④锦囊：相传李贺有一锦囊，每日出，令奚奴背之，遇有所得，即书投囊中。见唐李商隐《李贺小传》。　⑤彩笔：江淹文笔出众。相传江淹宿冶亭，梦遇郭璞。璞云："我有笔在卿处多年矣，可以见还。"江探怀中，"得五色笔以授之"。从此文才大折，有"江淹才尽"之说。此以"彩笔"喻美才妙笔。　"长恨"句：白居易有《长恨歌》，写李杨爱情悲剧，云"天长地久有时尽，此恨绵绵无绝期"。词借言爱情悲剧。

[集评]

李调元评云："杨用修云：'毛幵小词一卷，惟余家有之。'极赏其'泼火初收'一阕。余近得毛氏所藏杨梦羽秘本《樵隐诗馀》一卷，多剿袭前人句。如《玉楼春》'来如春梦几多时，去似朝云无觅处'。乃欧阳永叔现成对语，平仲岂未知耶？馀殆不足观矣。"(《雨村词话》卷二)

张德瀛评云："白太傅《花非花》词'来如春梦不多时，去似朝云无觅处。'此二语欧阳永叔用之，张子野《御阶行》、毛平仲《玉楼春》亦用之。"(《词徵》卷一)

## 蝶恋花

罗袜匆匆曾一遇[1]。乌鹊归来[2]，怨感流年度。别袖空看啼粉污[3]，相思待倩谁分付。　　残雪江村回马路[4]。袅袅春寒，帘晚空凝伫。人在梅花深处住，梅花落尽愁无数。

[注释]

①唐氏按："遇"原作"过"。原校，"过"应"遇"。据改。　②乌鹊归来：相传七月七日夜，牵牛织女双星会，"使鹊为桥"。此指男女幽会归来。　③"别袖"句：本秦观《满庭芳》词"此去何时见也，襟袖上空惹啼痕"。　④"残雪"句：本唐戎昱《早梅》诗"一树寒梅白玉条，迥临村路傍溪桥"。

## 薄　幸

柳桥南畔，驻骢马、寻春几遍。自见了、生尘罗袜，尔许娇波流盼[①]。为感郎、松柏深心，西陵已约平生愿[②]。记别袖频招，斜门相送，小立钗横鬓乱[③]。　恨暗写、如蚕纸[④]，空目断、高城人远[⑤]。奈当时消息，黄姑织女[⑥]，又成王谢堂前燕[⑦]。托琴心怨[⑧]，怕娇云弱雨，东风蓦地轻吹散。伤春病也[⑨]，狼藉飞花满院[⑩]。

[注释]

①"生尘"二句：本曹植《洛神赋》"凌波微步，罗袜生尘……转盼流精，光润玉颜"。　②"为感郎"二句：本南朝乐府《苏小小歌》"我乘油壁车，郎骑青骢马。何处结同心，西陵松柏下"，白居易《新乐府·井底引银瓶》"墙头马上遥相顾，一见知君即断肠。知君断肠共君语，君指南山松柏树。感君松柏化为心，暗合双鬟逐君去"。　③"小立"句：五代后蜀孟昶《木兰花》词写花蕊夫人云"绣帘一点月窥人，攲枕钗横云鬓乱"。　④"恨暗写"句：恨，指情怨。李商隐《无愁果有愁曲北齐歌》："白杨别屋鬼迷人，空留暗记如蚕纸。"　蚕纸：蚕茧纸。　⑤"空目断"句：唐欧阳詹《初发太原途中寄太原所思》诗"高城已不见，况复城中人"。　⑥黄姑织女：本古乐府"东飞伯劳西飞燕，黄姑织女时相见"。黄姑：牵牛也。　⑦"又成"句：本刘禹锡《乌衣巷》诗"旧时王谢堂前燕，

飞入寻常百姓家”。 王谢:东晋时高门士族,后衰落。 ⑧托琴心怨:司马相如善琴。卓王孙之女卓文君新寡,慕相如人品。文君好音,相如“以琴心挑之”,两人遂成眷属。此指托琴声传情爱之怨恨。 ⑨“伤春”句:本宋玉《招魂》“目极千里兮伤春心”。 ⑩“狼藉”句:本欧阳修《采桑子》词“狼藉残红,飞絮濛濛”。

## 应天长令

曲栏十二闲亭沼[1],履迹双沉人悄悄。被池寒[2],香烬小,梦短女墙莺唤晓。 柳风轻袅袅,门外落花多少[3]。日日离愁萦绕,不知春过了。

[注释]

①曲栏十二:本南朝乐府民歌《西洲曲》“楼高望不见,尽日栏杆头。栏杆十二曲,垂手明如玉”。 ②被池:俗称被头,指被的缘饰。左太冲《娇女诗》:“衣被皆重池。”被头别施帛为缘者,谓之“被池”。 ③“门外”句:本孟浩然《春晓》诗“夜来风雨声,花落知多少”。

## 点绛唇

夜色侵霜,萧萧络纬啼金井[1]。梦寒初警,一倍铜壶永[2]。 无限思量,展转愁重省[3]。熏炉冷,起来人静,窗外梧桐影。

[注释]

①“夜色”二句:本李白《长相思》诗“长相思,在长安。络纬秋啼金井阑,微霜凄凄簟色寒”。 络纬:俗名纺织娘,即莎鸡。晋崔豹《古今注》卷中“鱼虫”:“莎鸡,一名络纬,一名蟋蟀,谓其鸣如纺纬也。” ②铜壶:称箭壶,指古代的计时器。 ③“无限”二句:本《诗经·周南·关雎》“求之不得,寤寐思服。悠哉悠哉,辗转反侧”。

## 瑞鹤仙

柳风清昼溽。山樱晚，一树高红争熟。轻纱睡初足，悄无人、攲枕虚檐鸣玉。南园秉烛[①]，叹流光、容易过目。送春归去，有无数弄禽，满径新竹。　闲记追欢寻胜，杏栋西厢[②]，粉墙南曲。别长会促[③]。成何计，奈幽独。纵湘弦难寄[④]，韩香终在[⑤]，屏山蝶梦断续[⑥]。对沿阶、细草萋萋，为谁自绿[⑦]。

［注释］

①"南园"句：本《古诗十九首》其十五"昼短苦夜长，何不秉烛游"。　②杏栋西厢：唐元稹《莺莺传》，写张生与莺莺相恋于普救寺西厢。莺莺尝有《明月十五夜》诗授张生，其词曰："待月西厢下，迎风户半开。拂墙花影动，疑是玉人来。"此借指欢会处。　③别长会促：本《颜氏家训》卷二"风操""别易会难，古人所重"。　④湘弦：传说虞舜妃子娥皇、女英溺于湘水，成为湘灵（湘水女神）。《楚辞·远游》："使湘灵鼓瑟兮，令海若舞冯夷。"此喻指所眷女子。　⑤韩香：《晋书·贾充传》载，韩寿与贾充女儿私通。"时西域有贡奇香，一著人则经月不歇。"帝仅以赐贾充等二人，贾女密盗香以遗韩，韩因身上有异香遂暴露与贾女私通之事，后贾充以女妻韩寿。此喻情人所赠之物。　⑥蝶梦：本《庄子·齐物论》"昔者庄周梦为胡蝶，栩栩然胡蝶也，自喻适志与，不知周也；俄然觉，则蘧蘧然周也。不知周之梦为胡蝶与？胡蝶之梦为周与？"此借谓梦中相遇。　⑦"对沿阶"三句：本杜甫《蜀相》诗"映阶碧草自春色"。

## 满江红

泼火初收[①]，秋千外、轻烟漠漠[②]。春渐远、绿杨芳草[③]，燕飞池阁。已著单衣寒食后[④]，夜来还是东风恶。对空山、寂寂杜鹃啼，梨花落[⑤]。　伤别恨，闲情作。十载事，惊如昨。向花前月下[⑥]，共谁行乐。飞盖低迷南苑路[⑦]，湔裙怅望东城约[⑧]。但老来、憔悴惜春心，年年觉。

[注释]

①泼火初收：谓寒食雨初止。旧俗寒食禁火，其时下雨，民间称泼火雨。白居易《洛阳寒食日作》诗："蹴球尘不起，泼火雨新晴。" ②轻烟漠漠：本李白《菩萨蛮》词"平林漠漠烟如织"。 ③绿杨芳草：本宋钱惟演《木兰花》词"绿杨芳草几时休"。 ④"已著"句：清明寒食前后，天气日暖，正是古人试穿换季衣服的时候。 ⑤"对空山"二句：本李白《蜀道难》诗"又闻子规啼夜月，愁空山"。 ⑥花前月下：本元稹《花娘歌》"各恨从来相见晚，月下花前不暂离"，毛滂《一落索》词"月下风前花畔，此情不浅"。 ⑦"飞盖"句：本曹植《公宴》诗"清夜游西园，飞盖相追随"，南唐冯延巳《醉桃源》词"南园春半踏青时，风和闻马嘶"。 注者按：南苑，即南园。作者前首《瑞鹤仙》词有"南园秉烛"云云，所咏当同一事。 ⑧"湔裙"句：古人春日于水边洗涤衣裙，祓除不祥，曰湔（jiān）裳、湔裙。宋人亦在清明前后湔裳，如穆修《清明连上巳》诗："改火清明度，湔衫上巳连。" 东城约：本宋祁《玉楼春》词"东城渐觉风光好，縠皱波纹迎客棹"。此指踏青行之约。春色来自东郊，故云。

[集评]

杨慎云："毛开小词一卷，惟余家有之。其《满江红》云云。（词略）此作亦佳，聊记于此。"（《词品》卷五）

程洪云："《满江红》、《沁园春》，词家相戒以为俗调，不宜复填。予谓有俗词无俗调。若咏物写景，非苦心人不辨，固当择调。至于即事即地、高会言情，使人入耳赏心，词工足矣，虽俗调又何害焉。"（《词洁辑评》卷三）

## 燕山亭

勔侄求睡红亭为赋[①]

暖霭辉迟，雨过夜来，帘外春风徐转。霞散锦舒，密映窥[②]，亭亭万枝开遍。一笑嫣然[③]，犹记有、画图曾见[④]。

无伴，初睡起，昭阳弄妆日晚[5]。　长是相趁佳期，有寻旧流莺，贪新双燕。惆怅共谁，细绕花阴，空怀紫箫凄怨[6]。银烛光中，且更待、夜深重看[7]。留恋，愁酒醒、霏千片[8]。

（以上四十二首见校本《樵隐诗馀》，从陆敕先、黄子鸿、毛斧季校汲古阁本《樵隐词》录出）

[注释]

①毛劭：作者侄子，生卒行实不详。　②唐氏按：原校云“窥”字上下脱一字。　③一笑嫣然：本宋玉《登徒子好色赋》“嫣然一笑，惑阳城，迷下蔡”。　④“犹记”句：杜甫《咏怀古迹五首》诗其三写王昭君“画图省识春风面”。据《西京杂记》卷二载，汉元帝多后宫，乃按图像召幸，以画工图画宫中妃嫔及王昭君等像。此以美人为喻。　⑤“昭阳”句：昭阳殿，汉宫名，成帝皇后赵飞燕所居。此以美人喻花。　⑥紫箫凄怨：古人多截紫竹为箫。苏轼《前赤壁赋》：“客有吹洞箫者，倚歌而和之，其声呜呜然，如怨如慕，如泣如诉。”本句写月下赏花，吹箫作乐的情景，本于苏轼《月夜与客饮杏花下》诗“洞箫声断月明中，唯忧月落酒杯空。明朝卷地春风恶，但见绿叶栖残红”。　⑦“银烛”二句：本李商隐《花下醉》诗“客散酒醒深夜后，更持红烛赏残花”，苏轼《海棠》诗“只恐夜深花睡去，故烧高烛照红妆”。　⑧唐氏按：原校“霏”字上下脱一字。

[集评]

冯煦云：“溪堂温雅有致，于此事蕴酿甚深；子晋只称其轻倩，犹为未尽；樵隐胜处不减溪堂，惟情味差薄耳。”（《蒿庵论词》）

## 存目词

| 调名 | 首句 | 出处 | 附注 |
| --- | --- | --- | --- |
| 鹧鸪天 | 收拾眉尖眼尾情 | 《词林万选》卷三 | 石孝友词,见《金谷遗音》 |
| 鹧鸪天 | 别后应怜信息疏 | 同上 | 同上 |
| 卜算子 | 见也如何暮 | 同上 | 同上 |
| 清平乐 | 醉红宿翠 | 同上 | 同上 |
| 柳梢青 | 云髻盘鸦 | 同上 | 同上 |
| 柳梢青 | 学唱新腔 | 《词林万选》卷三蒋捷词,注:或曰毛平仲作 | 蒋捷作,见《竹山词》 |

# 洪 适

洪适(1117—1184)，字景伯，晚年自号盘洲老人，鄱阳(今江西波阳)人。洪皓长子，与弟洪遵、洪迈先后中博学宏词科，皆有文名，时称“三洪”。曾官司农少卿，权直学士院，进尚书右仆射，同中书门下平章事，兼枢密使，封魏国公。后罢为观文殿大学士，乞休归家，卒谥文惠。适以文著称于时，亦擅金石之学。据所藏金石拓本订补史传讹误，著有《隶释》二十七卷，《隶续》二十一卷，《盘洲集》八十卷。《宋史》卷三七三有传。

## 番禺调笑

### 句 队[①]

盖闻五岭分疆[②]，说番禺之大府[③]；一尊属客，见南伯之高情，摭遗事于前闻[④]，度新词而屡舞[⑤]。宫商递奏，调笑入场[⑥]

[注释]

①句队：《调笑令》大曲前以俪语作引，附古诗八句，词起句即承诗末两字，后殿以破子，音响。词引即为句队，又称遣队、放队。见张德瀛《词徵》卷一。　②五岭：湖南、江西和广东、广西等省边境越城岭、都庞岭、萌诸岭、骑田岭、大庾岭的总称，界隔长江、珠江流域。　③番禺：今广东广州。秦时置县，以境内有番山、禺山得名。宋初曾并入南海县，不久复分。　④摭(zhí)：拾。　⑤度：制，作。　⑥调笑：词牌名，始创于唐代天宝年间，又名《调笑令》、《宫中调笑》。这里是大曲。

### 羊 仙

黄木湾头声哄然，碧云深处起非烟。骑羊执穗衣分锦，快睹浮空五列仙。腾空昔日持铜虎，嘉瑞能名灼前古。羽人叱石

会重来,治行于今最南土

南土[①],贤铜虎。黄木湾头腾好语。骑羊执穗神仙五[②],拭目摩肩争睹。无双治行今犹古[③],嘉瑞流传乐府。

[注释]

①南土:泛指我国南方地区,此特指岭南一带。　②"骑羊"句:传说古时有五位仙人骑五色羊执六穗秬至广州,故广州亦名五羊、穗垣,见《太平寰宇记》卷一百五十七《广州》引《续南越志》。　③治行:治理政事的功绩。

药　洲

传闻南汉学飞仙,炼药名洲雉堞边。炉寒灶毁无踪迹,古木闲花不计年。惟馀九曜巉岩石,寸寸沦漪湛天碧。画桥彩舫列歌亭,长与邦人作寒食

寒食,人如织。藉草临流罗饮席[①]。阳春有脚森双戟[②],和气欢声洋溢。洲边药灶成陈迹[③],九曜摩挲奇石[④]。

[注释]

①藉草临流:以草为席,坐卧其上,面对水流。　②阳春有脚:唐代宋璟为政,爱民恤物,朝野称善,时人谓之"有脚阳春",见王仁裕《开元天宝遗事》卷下。后用阳春有脚喻施行仁政,给人带来温暖。　③药灶:炼丹熬药的炉灶。　④九曜:九星、七曜的合称。九星即北斗七星和辅佐二星,七曜指日、月和水、火、木、金、土五星。《素问·天元纪大论》:"火星县(悬)朗,七曜周旋。"

海山楼

高楼百尺迩严城，披拂雄风襟袂清。云气笼山朝雨急，海涛侵岸暮潮生。楼前箫鼓声相和，戢戢归樯排几柁。须信官廉蚌蛤回[①]，望中山积皆奇货

奇货，归帆过[②]。击鼓吹箫相应和。楼前高浪风掀簸[③]，渔唱一声山左。胡床邀月轻云破[④]，玉麈飞谈惊座[⑤]。

［注释］

①官廉蚌蛤回：合浦产珠，因官吏贪酷，皆移至他所。后来官吏清廉，珠蚌重回。 ②归帆：归舟。帆，指代船。 ③掀簸：掀起、波动。 ④胡床：由胡地传入的一种轻便坐具，可以折叠，又名交床、交椅、绳床。 邀月：邀请明月。李白《月下独酌》："举杯邀明月，对影成三人。" ⑤玉麈：玉柄拂尘。麈，此指用驼鹿尾制成的拂尘。 飞谈：畅言高论。

素馨巷

南国英华赋众芳，素馨声价独无双。未知蟾桂能相比[①]，不是人间草木香。轻丝结蕊长盈穗，一片瑞云萦宝髻。水沉为骨麝为衣[②]，剩馥三熏亦名世[③]

名世，花无二。高压阇提倾末利[④]。素丝缕缕联芳蕊，一片云生宝髻。屑沉碎麝香肌细，剩馥熏成心字。

［注释］

①蟾桂：传说月宫中有蟾蜍、桂树，后即用蟾桂借指月亮。 ②水沉为骨：晋广州刺史吴隐之为官清廉，任满时将妻所藏之沉香一斤投之于水，事见《读史方舆纪要》卷一百零一"南海县琵琶洲注"。此谓其廉洁。 ③剩馥：馀香。 ④阇(shé)提：梵语，花名，即金钱花。 末利：即茉莉。

## 朝汉台

尉佗怒臂帝番禺[1],远屈王人陆大夫[2]。只用一言回倔强,遂令魋结换襟裾。使归已实千金橐,朝汉心倾比葵藿[3]。高台突兀切星辰,后代登临奏音乐

音乐,传佳作。盖海旌幢开观阁。绮霞飞渡青油幕,好是登临行乐。当时朝汉心倾藿,望断长安城郭。

[注释]

①尉佗:即赵佗,秦末代任嚣行南海尉事,故又称尉佗。秦亡后自立为南越武王。汉高祖称帝,遣陆贾立赵佗为南越王。吕后时称帝。文帝立,复遣陆贾责佗,佗去帝号称臣。事见《史记·南越列传》。　②陆大夫:即陆贾,曾在汉高祖、文帝时两度出使南越,招谕赵佗,官授太中大夫。　③葵藿(huò):原指两种植物,此处偏指葵,因葵性向日,故古人多以此喻下对上赤胆忠心。

## 浴日亭

扶胥之口控南溟,谁凿山尖筑此亭。俯窥贝阙蛟龙跃,远见扶桑朝日升。蜃楼缥缈擎天际,鹏翼缤翻借风势。蓬莱可望不可亲,安得轻舟凌弱水

弱水[1],天无际。相去扶胥知几里[2]。高亭东望阳乌起[3],杲杲晨光初洗[4]。蓬莱欲往宁无计,一展弥天鹏翅[5]。

[注释]

①弱水:神话水名。《十洲记》:"凤麟洲在西海之中央,地方一千五百里,洲四面有弱水绕之,鸿毛不浮,不可越也。"　②扶胥:镇名,在番禺东南三江口。韩愈《南海神庙碑》"广州治东南海道八十里,扶胥之口,黄木之湾"即谓此。　③阳乌:神话传说谓日中有三足乌,后遂借以指代太阳。

④杲杲：明亮貌，常用以状日出之貌。刘勰《文心雕龙·物色篇》："杲杲为出日之容。" ⑤弥天鹏翅：本《庄子·逍遥游》"鹏之背，不知其几千里也；怒而飞，其翼若垂天之云"。 弥天：满天。

## 蒲 涧

古涧清泉不歇声，昌蒲多节四时青。安期驾鹤丹霄去，万古相传此化城。依然丹灶留岩穴，桃竹连山仙境别。年年正月扫松关，飞盖倾城赏佳节

佳节，初春月。飞盖倾城尊俎列[①]。安期驾鹤朝金阙[②]，丹灶分留岩穴[③]。山中花笑秦皇拙[④]，祠殿荒凉虚设。

［注释］

①飞盖：疾行车仗。 盖：车盖，此指车。 尊俎：也称樽俎，古代盛酒肉的器具。尊盛酒，俎载肉。 ②安期：即安期生，先秦方士，后传说为道家仙人。 ③丹灶：道士用以炼丹的炉灶。 ④"山中"句：秦皇即秦始皇。汉武帝闻方士李少君言，安期生食巨枣而成仙，因遣人入海求之。秦始皇也曾多次派人寻神山、仙人及不死之药。此处以秦皇指代古时众多服药求仙，希冀长生不老的帝王。

## 贪 泉

桃榔色暗芭蕉繁，中有贪泉涌石门[①]。一杯便使人心改，属意金珠万事昏。晋时贤牧夷齐比，酌水题诗心转厉[②]。只今方伯擅真清[③]，日日取泉供饮器

饮器，贪泉水。山乳涓涓甘似醴。怀金嗜宝随人意，枉受恶名难洗。真清方伯端无比，未使吴君专美[④]。

[注释]

①贪泉:在今广东南海西北,又名石门水,相传饮此水者心贪无厌。 ②"晋时"二句:东晋吴隐之为广州刺史,饮贪泉水而清操愈厉,曾赋诗曰:"石门有贪泉,一歃重千金。试使夷齐饮,终当不易心。"事见《晋书·吴隐之传》。 ③方伯:原指一方诸侯之长,后用以称地方行政长官。 ④吴君:即吴隐之。 专美:独美。

沉香浦

炎区万国侈奇香,稛载归来有巨航[①]。谁人不作芳馨观,巾箧宁无一片藏。饮泉太守回瓜戍,搜索越装舟未去。薏苡何从起谤言[②],沉香不惜投深浦[③]

深浦,停舟处。只恐越装相染污。奇香一见如泥土,投著水中归去。令公早晚回朝著,无物迟留鸣橹[④]。

[注释]

①稛载:捆载、满载。稛,用绳捆束。旧时常称人在外获利,满载而归为稛载而归。 ②"薏苡"句:薏苡,植物名,其果实称薏米,白色可食。东汉马援欲以南方薏苡为种,北归时载之一车。死后有人诬谤其所载为明珠文犀,后遂以薏苡之嫌指称因涉嫌而被诬谤。 ③"沉香"句:沉香浦,在广州西二十里江滨。晋吴隐之投沉香于此,故名。 ④迟留:停留、滞留。 鸣橹(lú):船响,此指行船。 橹:代指船。

清远峡

腰支尺六代难双[①],雾鬓风鬟巧作妆[②]。人间不似山间乐,身在帝乡思故乡[③]。南来万里舟初歇,三峡重过惊久别。玉环留著缀相思,归向青山啸明月

明月,舟初歇。三峡重过惊久别。玉环留与人间说,诗罢离肠千结。相思朝暮流泉咽,雾锁青山愁绝。

[注释]

①“腰支”句：此指卢眉娘，唐顺宗时人，美而巧慧无比。宫中号为神姑。宪宗时赐与金凤环，为女道士，放归南海。见《杜阳杂编》。 ②雾鬓风鬟：形容妇女头髮散乱，常是憔悴的标志，也作风鬟雾鬓。 ③帝乡：帝都、京城。

## 破　子　二首

南海，繁华最。城郭山川雄岭外[①]。遗踪嘉话垂千载，竹帛班班俱在。元戎好古新声改[②]，调笑花前分队。

高会[③]，尊罍对。笑眼茸茸回盼睐。蹋筵低唱眉弯黛，翔凤惊鸾多态。清风不用一钱买[④]，醉客何妨倒载。

[注释]

①雄岭外：称雄岭外。岭外即南岭以南的地方。 ②元戎：大帅。《诗经·小雅·六月》：“元戎十乘，以先启行。”指军队统帅。 ③高会：大型宴会。《史记·项羽本纪》：“饮酒高会”。 ④“清风”句：谓良辰美景，为自然所赐，取之无尽，用之无竭。李白《襄阳歌》：“清风朗月不用一钱买，玉山自倒非人推。”

## 遣　队

十眉争艳眼波横[①]，霓袖回风曲已成。绛蜡飘花香卷穗，月林乌鹊两三声[②]。歌舞既终，相将好去[③]

[注释]

①“十眉”句：本宋王观《卜算子》“水是眼波横，山是眉峰聚”。 ②“月林”句：本曹操《短歌行》“月明星稀，乌鹊南飞”，晏殊《破阵子》（燕子来时新社）“池上碧苔三四点，叶底黄鹂一两声”。 ③相将：相与、共同。

## 句降黄龙舞

伏以玳席接欢[①],杯滟东西之玉;锦茵唤舞[②],钗横十二之金[③]。咸驻目于垂螺[④],将应声而曳茧[⑤]。岂无本事,愿吐妍辞

**[注释]**

①伏以:表示谦敬之辞。 玳席:以玳瑁装饰坐具的宴席。 ②锦茵:以锦缎制成的垫褥。 ③"钗横"句:谓女子首饰繁多,亦用以称人姬妾众多。梁武帝《河中之水歌》:"洛阳女儿名莫愁,头上金钗十二行。" ④驻目:凝眸观看。 螺:古时妇女梳的螺壳状的髮髻。 ⑤茧:此代茧丝织成的衣裙。

## 答

眄流席上[①],发水调于歌唇[②];色授裾边,属河东之才子。未满飞鹣之愿,已成别鹄之悲。折荷柄而愁缕无穷,剪鲛绡而泪珠难贯[③]。因成绝唱,少相清欢[④]

**[注释]**

①眄流:目光飞动。 眄:斜,此处指眼神。 ②水调:大曲名。 ③"剪鲛绡"句:本陆游《钗头凤》(红酥手)"春如旧,人空瘦,泪痕红浥鲛绡透"。 鲛绡:传说鲛人织成的薄绢,后用以指手帕。 ④少相:少助。

## 遣

情随杯酒滴郎心,不忍重开翡翠衾。封却软绡看锦水[①],水痕不似泪痕深。歌罢舞停,相将好去

**[注释]**

①软绡:生丝织成的软绢绡。 锦水:碧波。

## 句南吕薄媚舞

羽觞棋布[①],洽主礼于良辰;翠袖弓弯,奏女妖之妍唱。游丝可倩[②],本事愿闻[③]

[注释]

①羽觞:盛酒器皿,作鸟雀状,左右为鸟之翅膀。一说为插鸟羽于觞以促人连饮。　②游丝:飘动着的蛛丝。也指缥缈的炉烟。　可倩:可爱。　倩:含笑的样子。　③本事:实事,事情原委。

## 答

蹋软尘之陌,倾一见于月肤[①];会采蘋之洲,迷千娇于雨梦。且蛾眉有伐性之戒,而狐媚无伤人之心[②]。既吐艳于幽闺,能齐芳于节妇。果六尺之躯不庇其伉俪[③],非三寸之舌可脱于艰难。尚播遗声,得尘高会[④]

[注释]

①月肤:皮肤白皙如月。　②"蛾眉、狐媚"两句:出于唐骆宾王《代李敬业传檄天下文》"入门见嫉,蛾眉不肯让人;掩袖工谗,狐媚偏能惑主"。　伐性:伤害身心。　③六尺之躯:六尺之身,指尚未长大成人。　④尘:踪迹,此指跻身参与。

## 遣

兽质人心冰雪肤[①],名齐节妇古来无。纤罗不蜕西州路,争得人知是艳狐。歌舞既阑[②],相将好去

[注释]

①"兽质"句:据沈既济《任氏传》,郑六逢白衣女任氏,乃狐精所化。其妻兄韦九欲占之,峻拒而免,后为苍狗所杀。衣物悬于马鞍,如蝉蜕然。

此用其事。 ②既阑:已残,已尽。

## 渔家傲引 词十二首

伏以黄童白叟[1],皆是烟波之钓徒[2];青笠绿蓑[3],不识衣冠之盛事。长浮家而醉月[4],更辍棹以吟风。乐哉生涯,翻在乐府[5]。相烦女伴,渔父分行

[注释]

①黄童白叟:黄口小儿与白髪老翁,指老少众人。 ②烟波之钓徒:唐代张志和放浪江湖间,曾自号烟波钓徒,见《新唐书·张志和传》。 ③青笠绿蓑:本张志和《渔歌子》"青箬笠,绿蓑衣,斜风细雨不须归"。 ④浮家:即浮家泛宅,谓以船为家,随处漂泊。张志和曾谓:"愿为浮家泛宅,往来苕霅间。"见《新唐书·张志和传》。 ⑤翻:摹写。

### 词

正月东风初解冻,渔人撒网波纹动。不识雕梁并绮栋。扁舟重,眠鸥浴雁相迎送[1]。 溪北画桥弯蝃蝀[2],溪南古岸添青葑[3]。长把鱼钱寻酒瓮。春一梦,起来拈笛成三弄[4]。

[注释]

①浴雁:戏水之雁。 ②蝃蝀(dì dōng):虹的别称。 ③葑:即蔓青,又称芜青。 ④三弄:古乐一曲称一弄,古琴曲有《梅花三弄》。

### 二

二月垂杨花糁地[1],荻芽迸绿春无际[2]。细雨斜风浑

不避[3]。青笠底，三三两两鸣榔起[4]。　　新妇矶边云接袂，女儿浦口山堆髻。一拥河豚千百尾。摇食指[5]，城中虚却鱼虾市。

[注释]

①花糁地：落花散落于地。　糁（sǎn）：原指饭粒，后引申为散粒，此处作动词用。　②荻芽：荻，比芦苇略小，和芦苇非常相像的一种水生植物，古书中常以荻代芦苇，故荻芽或即是芦芽。　③"细雨"句：本张志和《渔歌子》"青箬笠，绿蓑衣，斜风细雨不须归"。　④鸣榔（láng）：即鸣榔，在船上敲船舷作声或放歌。　榔：即桄榔，渔人放在船舷敲击以驱鱼入网的长棒。　⑤食指：古称：食指动，必尝异味。见《左传·宣公四年》。

三

三月愁霖多急雨，桃江绿浪迷洲渚。西塞山边飞白鹭[1]。烟横素[2]，一声欸乃山深处[3]。　　红雨缤纷因水去[4]，行行寻得神仙侣。楼阁五云心不住[5]。分风侣，重来翻恨花相误。

[注释]

①"西塞"句：本张志和《渔歌子》"西塞山前白鹭飞，桃花流水鳜鱼肥"。　②烟横素：烟雾迷濛，望去宛若横披的素带。　③"一声"句：本柳宗元《渔翁》"烟销日出不见人，欸乃一声山水绿"　欸（ǎi）乃：划船摇橹声。　④红雨：此指落花。　⑤五云：青、白、赤、黑、黄五色之云，常表祥瑞。　不住：不停、不定。

四

四月圆荷钱学铸[1]，鳞鳞波暖鸳鸯语。无数燕雏来又去。鱼未取，钓丝直上蜻蜓聚。　风弄碧漪摇岛屿[②]，奇云蘸影千峰舞[③]。骑马官人江上驻。天且暮[④]，借舟送过沧浪渡。

[注释]

①“四月”句：四月里初生的圆荷如铜钱，故又有荷钱之称。　②“风弄”句：微风吹起碧波，仿佛将岛屿轻轻摇动。　③蘸影：影子浸入水中，即水中倒影。　蘸：浸没。　④天且暮：天色快要黑了。　且：将要。

五

五月河中菱荇遍[①]，丝纶欲下相萦绊[②]。却掉船来芳草岸。呼侣伴，蓑衣不把金章换[③]。　碧落云高星烂烂[④]，波心举网星光乱。跃出鲤鱼长尺半。回首看，孤灯一点风吹散。

[注释]

①菱荇(xìng)遍：布满了菱和荇。　菱、荇：两种水生植物。　②丝纶：钓线。　③金章：金质印章，此处指代高官厚禄。　④碧落：天空。白居易《长恨歌》：“上穷碧落下黄泉，两处茫茫皆不见。”　星烂烂：星光灿烂明亮。《诗经·郑风·女曰鸡鸣》：“子兴视夜，明星有烂。”　烂：明亮貌。

六

六月长江无暑气，怒涛漱壑侵沙嘴[①]。飐飐轻舟随浪起[②]。何不畏，从来惯作风波计。　别溆藕花舒锦绮，采莲三五谁家子[③]。问我买鱼相调戏。飘芰制[④]，笑声咭咭花香里[⑤]。

[注释]

①沙觜(zuǐ):沙嘴,沙洲突入水中的部分。　觜:通"嘴"。　②飐飐(zhǎn zhǎn):摇曳的样子。　③三五:三五个人。或指农历每月十五日。　④芰制:芰荷制成的衣服。　⑤咭咭(jī jī):同"叽咕",笑语声。

七

七月凛秋飞叶响,长吟杳杳澄江上。秃尾槎头添一网[①]。丝自纺,新炊菰饭更相饷[②]。　渡口青烟藏叠嶂,岸旁红蓼翻轻浪。鸂鶒沉浮双漾漾[③]。闻鸣桨,高飞拍拍穿林莽。

[注释]

①槎头:即槎头鳊。　②菰(gū)饭:菰米做的饭菜。　菰:俗称茭白。　相饷:相赠。　③鸂鶒(xī chì):水鸟名,比鸳鸯略大,而色多紫,故又称紫鸳鸯。

八

八月紫莼浮绿水,细鳞巨口鲈鱼美[①]。画舫问渔篙暂舣[②]。欣然喜,金齑顷刻尝珍味。　涌雾驱云天似洗,静看星斗迎蟾桂。枕棹眠蓑清不睡。无名利,谁人分得逍遥意。

[注释]

①"八月、细鳞"两句:《晋书·张翰传》载,晋代张翰在京中"因见秋风起,乃思吴中菰菜、莼羹、鲈鱼脍,曰:'人生贵得适志,何能羁宦数千里以要名爵乎!'遂命驾而归"。后人常用莼羹鲈脍为辞官归乡的典故。莼:水生植物,一名水葵,又名凫葵。　鲈鱼:形扁头大,口巨鳞细,苏轼《后赤壁赋》:"今者薄暮,举网得鱼,巨口细鳞,状似松江之鲈。"　②舣(yǐ):泊船着岸。

## 九

九月芦香霜旦旦[①],丹枫落尽吴江岸[②]。长濑黄昏张蟹断[③]。灯火乱,圆沙惊起行行雁。　半夜系船桥北岸,三杯睡著无人唤。睡觉只疑桥不见。风已变,缆绳吹断船头转。

[注释]

①旦旦:明亮貌。　②“丹枫”句:唐初崔信明有“枫落吴江冷”诗句,见《新唐书·崔信明传》。　吴江:太湖支流,又名吴淞江、苏州河。　③濑(lài):流得湍急的水。　断:通“簖”,截流捕蟹的竹器。

[集评]

况周颐云:“宋洪文惠《盘洲词》,余最喜其《生查子》歇拍云:‘春色似行人,无意花间住。’《渔家傲引》后段云:‘半夜系船桥北岸,三杯睡着无人唤。睡觉只疑桥不见。风已变,缆绳吹断船头转。’意境亦空灵可喜。”(《蕙风词话》卷二)

## 十

十月橘洲长鼓枻[①],潇湘一片尘缨洗。斩得钓竿斑染泪。中夜里,时闻鼓瑟湘妃至[②]。　白髪垂纶孙又子[③],得钱沽酒长长醉。小艇短篷真活计。家云水[④],更无王役并田税。

[注释]

①鼓枻(yì):击船、划船。　枻:船舷或短的船桨。　②“中夜”二句:相传娥皇、女英死后化为湘水之神,称为湘灵,二人常在月夜弹琴鼓瑟,音调凄清。屈原《远游》:“使湘灵鼓瑟兮,令海若舞冯夷。”　③垂纶:垂丝钓鱼。　④家云水:家在云水之间,指放浪江湖,自适其意。

十一

子月水寒风又烈[①]，巨鱼漏网成虚设。围围从它归丙穴[②]。谋自拙，空归不管旁人说。　　昨夜醉眠西浦月，今宵独钓南溪雪[③]。妻子一船衣百结[④]，长欢悦，不知人世多离别。

[注释]

①子月：农历十一月的别称。　②圉圉(yū)：困而未舒的样子。　丙穴：地名，今陕西略阳县东南。左思《蜀都赋》："嘉鱼出于丙穴，良木攒于褒谷。"此借以指鱼穴。　③"今宵"句：本柳宗元《江雪》"孤舟蓑笠翁，独钓寒江雪"。　④衣百结：即百结衣，以碎布结成之衣。

[集评]

况周颐云："委心任运，不失其为我。知足长乐，不愿乎其外。词境有高于此者乎？是则非娱(余)所能识矣。"(《蕙风词话》卷二)

十二

腊月行舟冰凿罅，潜鳞透暖偏堪射[①]。岁岁年年篷作舍[②]。三冬夜，牛衣自暖何须借[③]。　　滕六晚来方命驾[④]，千山绝影飞禽怕[⑤]。江上雪如花片下。宜入画，一蓑披著归来也。

[注释]

①潜鳞：沉潜水中之鱼。鳞，代鱼。　②篷作舍：以船为家。此处篷代指船。　③牛衣：为牛御寒之物，用麻或草编成，似蓑衣。亦指粗布衣服，此处指后者。　④滕六：中国古代神话中雪神名。　⑤"千山"句：本柳宗元《江雪》"千山鸟飞绝，万径人踪灭"。

## 破 子 四 首

渔父饮时花作荫，羹鱼煮蟹无它品。世代太平除酒禁[①]。渔父饮，绿蓑藉地胜如锦。

渔父醉时收钓饵，鱼梁曬翅闲乌鬼[②]。白浪撼船眠不起。渔父醉，滩声无尽清双耳。

渔父醒时清夜永，澄澜过尽征鸿影。略略风来敧舴艋[③]。渔父醒，月高露下衣裳冷。

渔父笑时莺未老，提鱼入市归来早。一叶浮家生计了。渔父笑，笑中起舞渔家傲。

[注释]

①酒禁：禁止酿酒、饮酒的命令。 ②鱼梁：一种捕鱼设置，以土横截水流，中留缺口，置以鱼笱，鱼入笱中则不得出。《诗经·邶风·谷风》："毋逝我梁，毋发我笱。" 曬翅：鸟雀闲暇时轻轻扇动翅膀。 曬(shài)：同"晒"，晾晒。 乌鬼：鸬鹚的别称。 ③舴艋(zé měng)：小船。

## 遣 队

春留冬及一年中，杜若洲边西又东[①]。舞散曲终人不见[②]，一天明月一溪风。水绿山青，持竿好去

（以上《彊村丛书》本《盘洲乐章》卷一）

[注释]

①杜若洲：生长有杜若的沙洲。 杜若：一种香草，又名杜衡、杜莲、山姜。 ②"舞散"句：本唐代钱起《省试湘灵鼓瑟》"曲终人不见，江上数峰青"。

## 鹧鸪天

次李举之见寄韵[1]

报答风光思更新，安排好语续阳春。罗胸玉藻英华别[2]，信手银钩点画匀。　歌妙曲，想光尘，相望尺五叹参辰[3]。曲终强对红颜笑，欠我高谈惊座人。

[注释]

①李举之：名益能，奉符人。官至大宗正丞。　②玉藻：此处指人文学上的才华。　③尺五：极言其与天距离之近。　参辰：参、辰二星，分别在东方、西方天空，此升彼没，不能相见。后用以喻距离之遥远。辰星，又名商星。

## 生查子

收灯日次李举之韵

廉纤小雨来[1]，噤瘆轻寒乍[2]。丝竹送迎时，灯火阑珊夜。　铜壶漏故迟[3]，银烛花频灺[4]。怀我独醒人，健笔方飞洒。

[注释]

①廉纤：纤细、微细。　②噤瘆（shèn）：畏寒貌。　③铜壶：古时的一种计时器具，以铜制成，形似壶，中盛水，以滴水的多少来显示时间的推移。　④灺（xiè）：原指灯烛的灰烬，此指灯烛烧成灰。

## 蝶恋花

漠漠水田飞白鹭，夏木阴阴，巧啭黄鹂语[1]。金匮诗人新得句[2]，江山应道来何暮。　好向金门联步武[3]。

何事双旌，却为丹丘驻[④]。琼斝十分须一举[⑤]，看看紫诏催归去[⑥]。

[注释]

①“漠漠”三句：本王维《积雨辋川庄作》“漠漠水田飞白鹭，阴阴夏木啭黄鹂”。　②金匮(guì)：金属制成的藏书柜，后用以指国家藏书之所。　③金门：汉代宫苑中金马门的省称，在未央宫，因当时有许多文士在金马门待诏备问，故后世又常用以指人有文才。　④丹丘：神话中昼夜长明之地。　⑤琼斝(jiǎ)：精美的酒器。　斝：铜制酒具，似爵而大，盛行于商代，后用以代称酒器。　⑥紫诏：皇帝诏令，因用紫泥封之，故称。

## 减字木兰花

曾竑父落成小阁[①]，次其韵

藩车容裔[②]，挺挺风流追两地。粲斗分星，诗句当年汗简青[③]。　　疏帘披绣，共看横云晴出岫。新月如钩，来照琼彝醉小楼[④]。

[注释]

①曾竑父：曾惇。作品已前见。绍兴十四年与洪适同官台州。　②藩车：有屏蔽的车。　容裔：起伏貌，此指车行进时的起伏颠动。　③汗简：古时用以写字的竹简，因写前须先在火上烤炙令其出汗，故名，后为书册的代称。　④琼彝：珍美的祭器。　彝：古代青铜祭器的总称。

## 好事近

东湖席上次曾守韵，时幕曹同集

风细晚轩凉，妙句初挥新墨，绿水池中宾佐[①]，对嫩荷擎绿[②]。　　坐看微月上云头，清臂映寒玉[③]。只恐朝来酒醒，有文书羁束④。

[注释]

①宾佐：宾客、侍从。 ②擎绿：荷柄高擎着绿色的荷叶。 擎：举。 ③“清臂”句：本杜甫《月夜》“香雾云鬟湿，清辉玉臂寒”。 ④羁束：羁绊、拘束。

## 虞美人

芭蕉滴滴窗前雨，望断江南路。乱云重叠几多山，不似倦飞鸥鹭、便知还。 角声更听谯门弄①，夜夜思归梦。鄱江楼下水含漪②，孤负钓滩烟艇、绿蓑衣。

[注释]

①角声：号角之声。 谯门：建有望楼的城门。 ②鄱江：即古鄱水，又名长港、饶河，经江西鄱阳县入鄱阳湖。 漪：即涟漪，细小的波纹。

## 卜算子

席上赠瞻明①

修竹拂疏棂②，淡月侵凉榭。四畔青山进好风，金鸭香煤灺。 宝唾粲珠玑③，长袖飘兰麝。莫问更楼夜若何，且结高阳社④。

[注释]

①瞻明：蔡向字瞻明，东平人，号净空居士。 ②疏棂：稀疏的木格。 棂(líng)：窗或栏杆上雕有花纹的木格子。 ③宝唾：称赞别人谈吐优美，词藻华丽。 ④高阳社：酒社。秦汉时高阳人郦食其嗜饮酒，自称高阳酒徒，后世遂以高阳为酒徒的代称。

## 江城子

赠举之

冥冥云屿两经秋。落霞收，断烟留。小阁凉生，清馥凝金虬[①]。乘兴开颜那草草，烦玉腕、举琼舟。　明年此日楚江头。极层楼，望丹丘。只恐溪山，千里碍凝眸。重倚阑干相忆处，寻过雁、作书邮[②]。

[注释]

①清馥：清香。　馥：香气。　金虬（qiú）：金属制成的虬。　虬：传说中无角的龙。　②寻过雁、作书邮：寻取经过的飞雁来传递书信。古时有“鸿雁传书”的故事，见《汉书·苏建传附苏武》。

## 减字木兰花

太守移具饯行县偶作[①]

使君情素[②]，念我明朝行县去。一醉相留，和气欢声到小楼。　暂时南北，莫唱渭城朝雨曲[③]。此去农郊，收拾童儿五袴谣[④]。

[注释]

①移具：搬动食具。　饯：以酒食送别。　行县：州郡长官到辖县视察工作之称。　②情素：即情愫，忠诚、本心。　③渭城朝雨曲：送别之曲。王维《送元二使安西》首句即为“渭城朝雨浥轻尘”，后世遂以渭城朝雨为送行的代称。　④收拾：采集、收取。　五袴谣：即襦袴之歌。东汉廉范为蜀郡太守，有政绩。百姓作歌曰：“廉叔度，来何暮？不禁火，民安作，平生无襦今五袴。”见《后汉书·廉范传》。后世遂以“襦袴之歌”比喻惠民的德政。　襦（rú）：短袄。　袴（kù）：同胫衣、套裤。

## 浣溪沙

邦伯今推第一流[①]，几因歌席负诗筹。一时文采说台州[②]。　雨脚渐收风入牖[③]，云心初破月窥楼[④]。翠眉相映晚山秋。

[注释]

①邦伯：方伯，即州牧，旧时也称刺史为邦伯。　②台州：地名，在今浙江临海，因天台山得名。　③雨脚：亦称雨足，即雨点。　牖（yǒu）：窗户。　④云心：云中间。

## 望海潮

题双岩堂

重溟倒影[①]，五芝含笑，神仙今古台州。山拥黄堂，烟披画戟[②]，双岩瑞气长浮。前事记鳌头，有百年台榭，千室嬉游。墨宝凄凉[③]，风凌雨蠹尽悠悠。　规恢共仰贤侯。当政成五月，景对三秋。飞栋干云[④]，虚檐受露，放怀不减南楼[⑤]。宾燕奉觥筹，妙绮笺琼藻，声度歌喉。只恐棠阴成后，趣去侍凝旒。

[注释]

①重溟倒影：本孙绰《游天台山赋》“或倒影于重溟，或匿峰于千岭”。重溟：指海。　②画戟：戟，古代一种兵器，因加彩饰，故又称画戟，后常为仪仗之用。　③墨宝：对书法原迹的尊称。　④干云：凌云、侵云。　⑤南楼：古楼名，在湖北鄂城南，又名玩月楼，语出《世说新语·容止》，后用以泛称好友欢聚之处。

## 好事近

小阁过重阳，愁对轻篁团色。喜得蛮笺新唱[①]，似夜光明月。　萸房菊蕊定相怜[②]，酩酊误蕉叶，犹记去年今夜，听歌声清切。

[注释]

①蛮笺：唐时指四川或高丽出产的纸，后用以代称名贵的纸。　②萸房菊蕊：茱萸囊和菊花。旧时风俗，谓九月九日重阳节登高佩茱萸囊、喝菊花酒可辟邪祛灾。唐代郭震《秋歌》之一："辟恶茱萸囊，延年菊花酒。"

## 清平乐

次曾守韵

风鬟飞乱[①]，寒入秦筝雁。情似云阴浑未展，雨脚更飘银线。　横枝有意先开，玉尘欲伴金罍[②]。何日舞茵歌扇[③]，后堂重到惟梅。[④]

[注释]

①风鬟：指头发零乱。　②玉尘：白梅。　金罍：以金为饰的酒器，形似尊，后泛称酒盏。　③舞茵歌扇：歌舞时用的垫子和扇子。　④作者自注：郡有惟梅堂。

## 选冠子

雨脚报晴，云容呈瑞，夜雪萦盈连昼。千岩曳缟，万瓦堆琼[①]，稍稍冷侵怀袖。鹤氅神仙[②]，兔园宾客[③]，高会坐移清漏。想灞陵桥畔，苦吟缓辔，耸肩寒瘦。　向此际、色映棠阴，香传梅影，寒力更欺尊酒。左符词伯[④]，蛮笺巧思，不道起风飞柳。舞态弓弯，一声低唱，蛾笑绿分烟岫。任杯行潋滟，为公沉醉，莫教停手。

[注释]

①千岩曳缟，万瓦堆琼：此写大雪盛景。缟、琼都用以喻雪。 ②鹤氅：对用鸟羽制成的大衣的美称。常用作外套。 ③兔园：汉代梁孝王刘武的苑囿，也叫梁园，在今河南开封东南。 ④左符：指太守。汉制太守出任时执符的左半边，至州郡时合右半边以为凭验，故后来又以左符指称太守。 词伯：对擅长文词的人的尊称。

## 好事近

为钱处和寿[1]

缥酒颂青春[2]，不减宜城桑落。楼下玉人凝笑[3]，散万英千萼。 绣衣当日帝王州，横飞看雕鹗。闻道赐环书下[4]，向金门持橐。

[注释]

①钱处和：即钱端礼，以荫入仕，曾任漕官，仕至参知政事。 ②缥酒：绿色美酒。 ③凝笑：带笑、含笑。 ④赐环：放逐之臣被赦罪召回为赐环。语出《荀子·大略》"绝人以玦，反绝以环"。

## 鹧鸪天

次曾守游梅园韵

领客携尊花底开，薄寒初送雨声来[1]。一声未弄林间笛，几片低飞阁下梅。 酬的皪[2]，少迟回[3]，不妨春雪撒银杯。玉肌莫放清香散，更待晴时赏一回。

[注释]

①薄寒:小寒、轻寒。　②的皪(lì):光亮鲜明的样子。　皪:明珠。　③迟回:迟疑、徘徊,犹豫不定。

## 浣溪沙

饯范子芬行

整顿春衫欲跨鞍[①],一杯相属少开颜。愁眉不似旧时弯。　未见两星添柳宿[②],忍教三叠唱阳关[③]。相思空望会稽山。

[注释]

①春衫:疑是青衫,官职卑微的标志,唐制文官八、九品服青色。白居易《琵琶行》:"座中泣下谁最多,江州司马青衫湿。"　②柳宿:二十八星宿之一,也称鹑火,有星八颗,在南方天空。　③三叠唱阳关:王维《送元二使安西》入于乐府,为送别之曲,因可反复咏唱,故谓之"阳关三叠"。　三叠:反复多次之意。

## 浣溪沙

以鸳鸯梅送曾守,是日,曾守携家游南园

报道倾城出洞房[①],水边疏影弄清香[②]。风流更有小鸳鸯。　蝉鬓半含花下笑[③],蛾眉相映靘时妆。梦魂不到白云乡[④]。

[注释]

①倾城:形容女子容貌艳丽出众,语出《汉书·外戚传》,此处代指貌美女子。　②"水边"句:本宋代林逋《山园小梅》之一"疏影横斜水清浅,暗香浮动月黄昏"。此处谓人有梅的韵致。　③蝉鬓:古代的一种妇女髮式。　④白云乡:传说中仙人所居之地。

## 浣溪沙

以鸳鸯梅送钱漕

玉颊微醺怯晚寒[①]，可怜凝笑整双翰[②]。枝头一点为谁酸。　　只恐轻飞烟树里[③]，好教斜插鬓云边[④]。淡妆仍向醉中看。

[注释]

①微醺(xūn)：微醉。　晚寒：晚来的风寒。　②可怜：可爱。　翰：此指鸟羽。　③烟树：烟雾缭绕之树。　④鬓云：乌亮、浓密的长髮。

## 浣溪沙

席中答钱漕

忆得熙春晓立班[①]，使星曾入紫微垣[②]。归来小饮友芝兰。　　投辖风流今复见[③]，开尊礼数自来宽。更看宝唾写乌阑[④]。

[注释]

①熙春：温暖、和煦的春天。　班：朝班，旧时在京官员早朝时排列的位次。　②使星：朝廷派出的使者，亦称星使。　紫微垣：三垣之一。古人按中原黄河流域的星空，以北极星为准，合周围其他为一区，称紫微垣。唐开元元年改中书省为紫微省，故此处紫微垣亦即中书省。　③投辖：主人热情留客之意，语出《汉书·陈遵传》，陈遵留客时常取宾客车辖投于井中，使客不得去。　④宝唾：称赞别人谈吐风流，言辞华美。　乌阑：原指纸上黑线，借以代称纸笺。

## 清平乐

以千叶粉红牡丹送曾守

轻红淡白，蓬阆神仙谪[①]。魏紫姚黄夸异色[②]，到得海边初识。　玉阑不语如颦，虚教春尽三分。却问檀心谁向[③]，多情更属东君[④]。

[注释]

①蓬阆：蓬莱、阆苑的合称，都是神话中的仙人所居之处。　②魏紫姚黄：两种名贵牡丹花名，魏紫又名魏红，出于魏仁浦家，姚黄出于民姚氏之家，后用以指名贵花木。　③檀心：浅红色的花心。　④东君：即东皇，司春之神。《尚书纬》："春为东皇，又为青帝。"屈原《九歌》有《东君》篇。

## 生查子

桃疏蝶惜香，柳困莺惊絮[①]。日影过帘旌[②]，多少愁情绪。　红惨武陵溪，绿暗章台路[③]。春色似行人，无意花间住。

[注释]

①絮：柳絮，春天柳树发芽时所生的絮状物，常随风飘落。　②帘旌：帘上所垂的穗。　③章台：宫名，战国时秦所建，故址在今陕西长安县故城西南隅，后用以指游冶之地。　绿暗：因绿树遮蔽而显得色暗，司空图《远望》："绿树连村暗。"

[集评]

沈雄云："《生查子》起句：'桃疏叶惜香，柳困莺惊絮。'真是芜累。其下：'日影过帘旌，多少愁情绪'、'春色似行人，无意花间住。'人所不及也。"（《古今词话·词评》）

夏承焘云："'日影过帘旌，多少愁情绪。'十字化境，予以为胜于下段'春色似行人，无意花间住'二语。"（《天风阁学词日记》1928年10月13日）

## 思佳客

次韵蔡文同集钱漕池亭

花信今无一半风[①]，芙蓉出水几时红。看成弱柳阴阴绿，自在迁莺巧语中。　风傍户，月留空，金尊相对醉珠栊[②]，归鞭欲指江南去[③]，回首霞标忆旧峰[④]。

[注释]

①花信：开花的信息，犹言花期。风常应花期，其来若有信，故又有花信风之称。　②珠栊：华美的窗棂。　③"归鞭"句：本韦庄《古离别》"更把马鞭云外指，断肠春色在江南"。　④霞标：赤城山。"赤城霞起以建标。"见孙绰《游天台山赋序》。

## 朝中措

曾守生辰

当年召父治南阳[①]，千室颂慈祥。今代天台太守，声名已达岩廊[②]。　风流闲暇，胡床乘兴，燕寝凝香[③]。好去花砖视草[④]，珠庭喜见微黄[⑤]。

[注释]

①召父：指西汉召信臣。召信臣曾为南阳太守，兴修水利，整治土地，颇有政绩，时人尊其为召父，见《汉书·循吏传》。此指太守曾惇。　②岩廊：高大的门廊，后用以喻指庙堂和朝廷。　③燕寝：周代制度王有六寝，一为正寝，馀五寝在后，名燕寝，此处指官衙内室。　④花砖：指翰林学士入值草诏令。白居易《待漏入阁书事诗》："彩笔停书命，花砖

趁立班。” ⑤珠庭：即天庭，两眉之间额上隆起之处。　微黄：淡淡的额黄。

## 朝中措

江西文派有新图[1]，诗律嗣东湖[2]。十首齐安书事[3]，君王曾问相如。　牙签缃架[4]，银钩落纸，美玉明珠。见说诏岁金匮[5]，后来天下浑无。

[注释]

①江西文派：宋吕本中曾作《江西诗社宗派图》，自黄庭坚以下列陈师道等二十多人，以为法嗣。江西文派亦即江西诗派。　②东湖：即徐俯，字师川，号东湖居士，列名于《江西诗社宗派图》，为江西诗派重要人物。　③齐安：黄州古名齐安郡。曾惇曾任郡守。十首指其诗作。　④牙签：象牙制成的图书标签。　⑤诏岁：彊村本作诏藏，是。奉诏藏于金匮。　金匮：国家藏书室。

## 朝中措

邓盐生日[1]

青云垂下不争程，绣斧记澄清[2]。黄木湾头人闹，耳边都是欢声。　仙家咫尺，波涵渤澥，路挹蓬瀛[3]。十日东君不老，一星南极长明。

[注释]

①邓盐：提调茶盐的邓姓同僚。　②绣斧：执法大吏的别称。因汉武帝曾派人穿绣衣、执利斧至各地巡捕盗贼，故名。　③蓬瀛：蓬莱、瀛州，与方丈合称海中三神山，传说为神仙所居之地。

## 朝中措

帅生日[①]

斗南楼阁舞祥云，为寿几多人。有酒恰如东海，年年为满金尊。　　无双治行[②]，儿童咏德，草木沾仁。只把空虚三院[③]，亦须笑傲千春[④]。

［注释］

①帅：即帅守的略称。此指方滋，时任广州经略安抚使。宋代各路帅府之知州、知府兼任安抚使者，称帅守。　②治行：治理财务的实绩。　③三院：唐代御史台设台院、殿院、察院，合称三院。宋沿唐制，有三院大夫，但只是兼职而非正员。　④千春：千年、千载。

## 朝中措

苏少连母生日

西昆当日下云骈[①]，采藻奉苏仙[②]。玉节荣看棠棣，斑衣笑俯芝兰。　　寿觞争举，歌萦蛾绿[③]，香裊龙涎[④]。须与寄声鸾鹤[⑤]，飞来岁岁年年。

［注释］

①西昆：传说中西王母居地。　云骈：云车。两马并驾一车曰骈。　②苏仙：即苏耽，传说为东汉人，事母至孝，后成仙而去。　③蛾绿：妇女画眉用的青黑颜料，又名螺黛。　④龙涎：香名，抹香鲸病胃的一种分泌物，以得于海上，故名。香味浓烈，为珍稀香料。　⑤“须与”句：晋葛洪《神仙传》称一日白鹤数十降于苏耽门庭，苏耽遂升仙而去，后人又见其化鹤归来。

## 朝中措

黄帅宪侍儿倩奴[①]

嘉禾一别十经春，清泖记垂纶[②]。今日天涯沦落，跫然一见佳人[③]。　　酒浮重碧，声低云叶，香趁霞裙。准拟魁星归去[④]，它时相会金门。

[注释]

①黄帅宪：应作黄师宪，即黄公度，时任幕职于广州。　②清泖(mǎo)：清澈的湖塘。　③跫(qióng)然：脚步声。　④魁星：旧时指主宰文运的星官，此处是对人的尊称。

## 浣溪沙

寿方稚川[①]

占得登高一日先，跨云来作地行仙，天将黄菊助长年。　　健笔已凌枚叟赋，高怀欲著祖生鞭[②]，骎骎彯组向甘泉[③]。

[注释]

①方稚川：方滋之弟方洪。　②"高怀"句：晋刘琨与祖逖为友，闻祖逖被用，乃致书亲故云："吾枕戈待旦，志枭逆虏，常恐祖生先吾着鞭。"见《晋书·刘琨传》。后遂以祖生鞭为砺人进取之意。　高怀：宽广、博大的胸襟。　③骎(qīn)骎：迅速，急迫貌。　彯(piāo)组：指在朝廷为官。彯犹飘，组即绶带。　甘泉：汉代宫殿名，扬雄有《甘泉赋》，此以甘泉代指朝廷。

## 临江仙

邓盐生日

向日鹓行瞻凤彩[①]，共期直上金銮。却来持节海云边。身兼三使者，名是一仙官。　　汉室中兴高密冠[2]，千年苗裔蝉联[3]。左弧嘉庆舞祥烟[4]。橘中招四老[5]，同醉酒如泉。

[注释]

①鹓(yuān)行：指朝班。　鹓：传说为凤凰一类的鸟。　②高密冠：光武中兴汉业，第一功臣邓禹封高密侯。此以指邓盐。　③蝉联：连续不断。　④左弧：古礼生男孩，在门左悬挂桑弓。《礼记·内则》："子生，男子设弧于门左。"左弧后作生子的代称，又指男子生日。　⑤橘中：《幽怪录》云，巴地有两大橘，剖开，见有二叟对弈。并笑称橘中之乐，不减商山。四老：即商山四皓，汉初商山四隐士，鬚髮皆白，故称四皓，曾辅佐太子，见《史记·留侯世家》。

## 临江仙

会黄魁[1]

北斗南头云送喜，人间快睹魁星。向来平步到蓬瀛。如何天上客，来佐海边城。　　方伯娱宾香作穗[2]，风随歌扇凉生。且须滟滟引瑶觥。十年迟凤诏[3]，万里寄鹏程[4]。

[注释]

①黄魁：黄公度绍兴八年进士第一，故称黄魁。　②方伯：一方诸侯之长，后用以泛称地方长官。　③凤诏：即诏书。　④鹏程：喻人前途远大，不可限量。

## 临江仙

稚川生日

钓濑怀珠山韫玉[1]，谪仙至自蓬莱。它年勋业上云台[②]。棣华开幕府，莲沼屈英才。　南极逢秋光烂烂，门阑香雾萦回[③]。须将寿卉荐琼杯。篱东明日菊[④]，借取一枝来。

[注释]

①“钓濑”句：本陆机《文赋》“石韫玉而山辉，水怀珠而川媚”。　濑（lài）：急流之水。　韫（yùn）：蕴藏。　②云台：汉宫高台名，东汉初曾图绘中兴功臣于其上。　③门阑：门框。　④篱东：即东篱，篱墙东边。晋代陶渊明《饮酒》诗中云“采菊东篱下，悠然见南山”。

## 临江仙

烟凑横岚霞抱日，望中衰草稠稠。西风吹恨著扁舟。马卿多病后[①]，方寸不禁秋[②]。　颇念银壶行绿醑[③]，共听渔子清讴[④]。梦魂飞过海山楼。人随秋易老，情寄水东流。

[注释]

①马卿：诗文中对司马相如的省称。他患有消渴病。故云“多病”。　②方寸：指心。　③绿醑（xǔ）：碧酒。　醑：美酒。　④渔子：打鱼之人。　清讴：清唱。

## 临江仙

傅丈生日[①]

干吕青云垂宝露[②]，结邻恰挂初弦。瑞光腾踊杂非烟。骑箕瞻鼻祖[③]，孕昴控胎仙[④]。　勋业子卿全汉节[⑤]，壮怀久寄林泉。举觞低唱脸舒莲。寿高人七十，果熟岁三千[⑥]。

[注释]

①傅丈:傅雱,字彦济,时居广州。 ②干吕:谓阴阳调和。律为阳,吕为阴,故云。 ③骑箕:箕,星宿名,二十八宿之一,骑箕谓成仙。商相傅说骑箕尾而成仙,为傅氏之鼻祖,故云。 ④孕昴:昴,星宿名,二十八宿之一。《史记·萧相国世家》司马贞《索隐》引《春秋纬》曰"萧何感昴精而生",孕昴指诞生辅国重臣。 ⑤子卿:指西汉出使匈奴被扣长达十九年的苏武,字子卿。 ⑥"果熟"句:传说西王母所种之桃三千年结一次果,吃了便可成仙长寿,见《汉武帝内传》。

## 临江仙

寿周材①

瓜瓞绵绵储庆远②,间平代有名人③。一襦五袴说朱轮。云逵鸳缀近④,雷社虎符新⑤。 正是泗滨浮磬日⑥,潘舆一粲欣欣⑦。鸾歌飞起杏梁尘。巢莲龟问岁,介寿酒融春⑧。

[注释]

①周材:即钱周材,曾任起居舍人之职。 ②瓜瓞(dié)绵绵:语出《诗经·大雅·绵》"绵绵瓜瓞,民之初生,自土沮漆"。 瓞:小瓜,瓜一代一代地生长,以此来喻子孙繁盛。 ③间平:河间、东平。汉刘德为河间王,刘苍为东平王,皆以贤称。此指钱周材,乃吴越王钱镠后人。故云。 间:《全宋词》作"闲"。 ④云逵:犹云路,此指朝见帝王时的班列。 ⑤雷社:指朝廷。 ⑥泗滨浮磬:《尚书·禹贡》谓母生贵子。《周书·高琳传》载,琳母于泗滨祓禊得美石。夜梦仙人告曰:是浮磬之精,必生令子。 ⑦潘舆:晋代潘岳以母疾辞官,作《闲居赋》,中有"太夫人乃御板舆,升轻轩,远览王畿,近周家园"之语。后人遂以潘舆为养亲之典。 一粲:一笑。 粲:露齿微笑的样子。 ⑧介寿:祝寿。《诗经·豳风·七月》:"为此春酒,以介眉寿。"郑玄《笺》谓:"介,助也。"

## 临江仙

送罗倅伟卿权新州[①]

远驾星屏临百粤[②],康沂户户歌功[③]。使君五马去乘骢。卖刀无旷土,赠扇有仁风。 莫唱渭城朝雨曲,片帆时暂西东。促归行拜紫泥封。九霄先步武,三接未央宫[④]。

[注释]

①权:唐代以来称代理、摄守官职为权。 ②百粤:即百越,两浙闽粤等地,古时皆为越人所居,故称。 ③康沂:康乐祥和。 ④未央宫:西汉宫殿名,故址在今陕西西安长安故城西南角。

## 江城子

饯黄魁

当年提笔上词坛。琢琅玕[①],涌波澜。晁董声名[②],一日满人间。底事远烦骐骥足,梅岭外,砚台边。 元戎倾盖有馀欢[③]。酒杯宽,语离难。只恐江边,明日起青翰[④]。暂去平分风与月,迎细札,步金銮。

[注释]

①琅玕(láng gān):美石。 ②晁董:晁错、董仲舒。一为西汉政论家,一为西汉哲学家、经学家,皆有文名。 ③倾盖:初交相得,一见如故为倾盖。 盖:车盖。路上相遇,停车而谈,车盖相倾近,故名。 ④青翰:船名。船上刻有鸟形而以青色涂饰。

## 江城子

黄宪生日代作

江如罗带抱山青[1]。好风轻，五云横。北斗南边，烨烨使华星。两路平反多少事，培吉德，赉长生[2]。　当年乌府振冠缨[3]。稔英声，起鹏程。垂上丹霄，回首志澄清。雪片深深梅著子，归路近，看和羹[4]。

[注释]

①江如罗带：本韩愈《送桂州严大夫同用南字》"江作青罗带，山如碧玉篸"。　②赉(lài)：赏赐、赐给。　③乌府：汉时曾有野乌数千集于御史府中柏树上，见《汉书·朱博传》。后世又称御史府为乌府或乌台。　④和羹：本指用梅盐等调料配制的羹汤，后用以比喻宰辅齐心协力辅助君王，治理朝政。

## 醉蓬莱

代上陈帅生日

正中秋初过，重阳相近，金茎多露[1]。玉燕开祥[2]，喜气浮庭户。览凤千峰，骖鸾八桂[3]，未展青云步。碧玉簪边[4]，红莲池上，羽仙旁午[5]。　少日声名，珠玑黼黻，晔煜分符，喧轰持斧。带缓裘轻，足远人襦袴。唇注樱桃，腰欺杨柳，歌舞新蛮素[6]。满酌金船[7]，寿公千岁，东台西府。

[注释]

①金茎：指用以擎承露盘的铜柱。　②"玉燕"句：张说母梦玉燕投怀，遂孕生张说，为一代名相。　③八桂：《山海经·海内南经》中载"桂林八树，在番隅东"。八树成林，形容其大，八桂后成为广西的代称。　④簪：《全宋词》作"篸"。　⑤旁午：交错、纷繁。　⑥"唇注"三

句:白居易有家伎曰樊素、小蛮,曾在诗中曰"樱桃樊素口,杨柳小蛮腰"。见孟棨《本事诗·事感》。樊素、小蛮后用作歌人舞女的代称。⑦金船:大的酒器。宋叶廷珪《海录碎事·饮器门》:"金船,酒器中大者。"

## 满庭芳

代上陈帅生日

昴宿光芒①,德星家世②,当时飞舞华旗。风清玉宇,珠露缀瑶枝。八桂苍苍耸壑,问椿木、同数秋期。黄堂上,油幢转影,美酒注金卮。　英躔③,名誉早,青箱传学④,黄绢摛辞。说江东治行,召杜肩齐⑤。畏爱双行五管,收绣斧、却把旌麾。欢声沸,明年此日,公在凤凰池⑥。

[注释]

①昴宿:昴星降世,贵人之意。　②德星:即岁星,称颂贤人之词。　③英躔(chán):好的名声、事绩。　躔,本指足迹。　④青箱:谓书香世家。见《宋书·王准之传》。　⑤召杜肩齐:谓德行治绩可比得上汉代召信臣、杜诗。二人都曾治理南阳,颇有德政。　⑥凤凰池:本指禁苑中的池沼,后又用作中书省的代称,诗文中亦用以指丞相。此处指代朝廷中书省。

## 千秋岁

代上帅宅生日①

颜朱鬓绿,天与穰穰福②。旄钺贵,崇汤沐③。华轩鱼映锦,紫诰鸾回幅。为寿处,玻璃凿落斟醽醁④。　瑞雾蟠华星,露浥秋兰馥。香篆起⑤,歌裾簇。衣斑丹穴凤,色润东床玉。鸾共鹤,年年来听神仙曲。

[注释]

①帅宅:此指主帅的夫人。 ②穰穰(rǎng):丰盛、众多。 ③汤沐:即沐浴。 ④醽醁(líng lù):美酒名。 ⑤香篆:即香炷,香点燃时烟雾缭绕上升如篆文,故名。

## 眼儿媚

黄堂风转碧幢开,笙鹤九天来。三冬爱日,一方惠露,人在春台[①]。 持杯多赞松乔喜,低唱列金钗。明年此日,紫微垣里[②],光应中台[③]。

[注释]

①春台:旧称礼部为春台。 ②紫微垣:本是天上星垣名,因唐开元年间改中省书为紫微省,故此处紫微垣实指中书省。 ③中台:本是天上星名,汉晋以来以之象征司徒或司空。

## 鹧鸪天

胡提舶生日

月上初弦映左弧,葭吹六琯转璿枢[①]。日边远近瞻新渥[②],天下中庸系两都[③]。 犀献角,蚌回珠,皇皇星节烛扶胥[④]。满斟北海尊中酒,请寿安期涧底蒲。

[注释]

①璿(xuán):《史记·天官书》司马贞《索隐》引《春秋运斗枢》云"斗,第一天枢,第二旋……"旋同"璿"、"璇",此以璿枢代指北斗。 ②渥:沾湿,此指恩泽。 ③两都:西汉都长安,东汉都洛阳,后人合称长安、洛阳为两都或两京。 ④星节:朝廷的使节大臣。指胡提舶。 扶胥:地名,在番禺东南三江口。

## 长相思

朝思归，暮思归，塞雁三年不见飞[①]。断肠天一涯。
千思归，万思归，梦到窗前拂淡眉。觉来双泪垂。

[注释]

①塞雁：边塞之雁，秋去春回，古诗文中常以之喻感怀离家远行之人。

## 长相思

柳青青，酒清清，雨脚涔涔忆渭城[①]。一尊和泪倾。
山青青，水清清，水阔山重不计程[②]。愁堆长短亭[③]。

[注释]

①涔涔：雨久下不停的样子。　②水阔山重：即水远山长。晏殊《蝶恋花》："欲寄彩笺兼尺素，山长水阔知何处。"　③长短亭：喻道路迢遥，故园难回。李白《菩萨蛮》："何处是归程，长亭连短亭。"

## 好事近

别傅丈

柳岸碧漪深[①]，底事催人行色[②]。无计曲留情话[③]，只别愁如织。　小蛮樊素两倾城，几度醉狂客。明日扁舟西去，听歌声不得。

[注释]

①碧漪：碧波。　②底事：何事。　行色：出行的情状。　③曲留：婉转留取。

## 点绛唇

别帅宪

天末相逢，醉中不讶车茵污①。一声鸣橹②，惊散眠沙鹭。　　我是行人，却送行人去。听金缕③，莫辞甘醑④，别泪飞寒雨。

[注释]

①车茵：车中坐席。　②鸣橹：摇橹发出的响声。　③金缕：曲名。　④甘醑（xǔ）：美酒。

## 南歌子

童岭作

云拂山腰过，风吹雨点来。田园好处有池台。记著相逢时节、海棠开。　　蝴蝶那无梦，鸳鸯亦有媒。藏钩解佩两三杯①。明日水边沙际、首空回②。

[注释]

①藏钩：古代的一种游戏。魏邯郸淳《艺经·藏钩》："义阳腊日饮祭之后，叟妪儿童为藏钩之戏，分为二曹，以校胜负。"　解佩：据刘向《列仙传》载江妃二女出游，见郑交甫，解佩送之，后用以指男女互相爱慕，赠物表意。　②首空回：即空回首，指人怅然失落，茫然无着。

## 好事近

烂漫海棠花，多谢东君留得。眉寿堂边风景①，与蓬瀛咫尺。　　桃红李白竞争妍，绿野尽春色。只欠樱唇清唱②，怕行云南北③。

（以上《彊村丛书》本《盘洲乐章》卷二）

[注释]

①眉寿:旧时颂祝语,长寿之意。《诗经·豳风·七月》:"为此春酒,以介眉寿。" 周代金文铭刻中亦有"万年眉寿"、"眉寿无疆"等语。 ②樱唇:樱桃小口,此处代指歌女。 ③行云:天上飘忽不定的云,后用以喻人的行踪漂泊不定。

## 生查子

盘洲曲

带郭得盘洲[①],胜处双溪水。月榭间风亭,叠嶂横空翠。 团栾情话时[②],三径参差是[③]。听我一年词,对景休辞醉。

[注释]

①带郭:以郭为带之意。郭指城郭。王勃《秋日登洪府滕王阁饯别序》:"襟三江而带五湖。" 盘洲:在鄱阳湖侧。洪适故乡,风景佳胜。 ②团栾:本指圆貌,后引申为团圆、团聚。 ③三径:西汉末蒋诩告病辞官,隐居乡里,园中开三径,唯与另外两位逃名不出之士求仲、羊仲交往,事见晋赵岐《三辅决录·逃名》,后常用三径来指家园。陶渊明《归去来兮辞》:"三径就荒,松菊犹存。"

## 生查子

正月到盘洲,解冻东风至。便有浴鸥飞,时见潜鳞起[①]。 高柳送青来,春生长林里。绿萼一枝梅,端是花中瑞[②]。

[注释]

①"便有"两句:本范仲淹《岳阳楼记》"沙鸥翔集,锦鳞游泳"。 鳞,指鱼。 ②端是:真的是。 端:果真。 花中瑞:梅在冬天绽蕾,堪称东

风第一枝，故被视为吉祥之物。

## 生查子

二月到盘洲，繁缬盈千萼[①]。恰恰早莺啼[②]，一羽黄金落。　　花边自在行，临水还寻壑。步步肯相随，独有苍梧鹤[③]。

［注释］

①繁缬：喻指春意盎然的景色。　缬：有花纹的丝织品。　②"恰恰"句：形容和谐、自然的莺声。　③苍梧：即苍梧山，又名九嶷山，相传为舜死后所葬之地。

## 生查子

三月到盘洲，九曲清波聚。修竹荫流觞[①]，秀叶题佳句[②]。　　红紫渐阑珊，恋恋莺花主。芍药拥芳蹊[③]，未放春归去。

［注释］

①"修竹"句：本晋王羲之《兰亭集序》"此地有崇山峻岭，茂林修竹，又有清流激湍，映带左右，引以为流觞曲水"。　修竹：修长的竹子。　流觞：旧时习俗，于三月上旬巳日举行。众人环水宴饮，祛除不祥。　②"秀叶"句：古时有在叶上题诗的风习。　③芳蹊：芳径。　蹊：小路。

## 生查子

四月到盘洲，长是黄梅雨[①]。屐齿满莓苔[②]，避湿开新路。　　极望绿阴成[③]，不见乌飞处。云采列奇峰[④]，绝胜看庐阜[5]。

[注释]

①黄梅雨:江南春末夏初时的连绵阴雨,因黄梅也在此时成熟,故名。贺铸《青玉案》:"试问闲愁都几许,一川烟草,满城风絮,梅子黄时雨。" ②"屐齿"句:屐齿上印满了青苔。　莓:苔的异称。　③极望:极目远望。④采:通"彩"。　⑤庐阜:即庐山。

## 生查子

五月到盘洲,照眼红巾蹙[1]。句引石榴裙,一唱仙翁曲。　藕步进新船[2],鬥楫飞云速[3]。此际独醒难,一一金钟覆[4]。

[注释]

①红巾蹙:此指石榴花半开,如红巾皱缩。　②藕步:连步,美人碎步。　③鬥楫:赛船。　楫:船桨,指代船。　④金钟:即金杯。

## 生查子

六月到盘洲,水阁盟鸥鹭[1]。面面纳清风,不受人间暑。　彩舫下垂杨,深入荷花去。浅笑擘莲蓬[2],去却中心苦。

[注释]

①盟鸥鹭:与鸥鹭为盟。　②浅笑:微笑。　擘:用手分开。

## 生查子

七月到盘洲,枕簟新凉早[1]。岸曲侧黄葵,沙际排红蓼。　　团团歌扇疏，整整炉烟袅。环坐待横参[②]，要乞蛛丝巧[③]。

[注释]

①枕簟（diàn）：枕席。　簟：竹席。　②横参：即参横。参即参星。参星移转，指夜色已深。　③乞蛛丝巧：旧俗农历七月初七，以盒子盛蜘蛛，若网密则为得巧。乞巧是旧时习俗，妇女在农历七月初七，相传为天上牛郎织女相会的晚上穿针，便可学到好的针线手艺。

## 生查子

八月到盘洲，柳外寒蝉懒。一掬木犀花[①]，泛泛玻璃盏[②]。　　蟾桂十分明[③]，远近秋毫见[④]。举酒劝嫦娥，长使清光满。

[注释]

①一掬：一捧。　②玻璃盏：玻璃杯，在当时为珍物。　③蟾桂：指月亮。　④秋毫：比喻细小的东西。原指鸟兽秋天所生的毛，很是致密细微。

## 生查子

九月到盘洲，华发惊霜叶[①]。缓步绕东篱，香蕊金重叠[②]。　　橘绿又橙黄[③]，四老相迎接。好处不宜休，莫放清尊歇。

[注释]

①华发：花白头发。　②金重叠：金黄的菊瓣重重叠叠。　③“橘绿”句：本苏轼《赠刘景文》“一年好处君须记，正是橙黄橘绿时”。

## 生查子

十月到盘洲，小小阳春节[①]。晚菊自争妍，谁管人心别。　木末簇芙蓉[②]，禁得霜如雪。心赏四时同[③]，不与痴人说[④]。

[注释]

①"十月"两句：民间有"十月无雨小阳春"之语，谓农历十月若无风雨，便如阳春三月般温煦和畅。　②"木末"句：本屈原《九歌·湘君》"搴芙蓉兮木末"。木末，指树梢。　③四时：一年四季。　④痴人：此指平庸世俗，难以领略高情雅意之人。

## 生查子

子月到盘洲，日影长添线[①]。水退露溪痕[②]，风急寒芦战。　终日倚枯藤，细看浮云变。洲畔有圆沙，招尽云边雁。

[注释]

①"日影"句：冬至后白昼渐长，有日长一线之说。　②水退露溪痕：秋冬时节水落了之后露出昔日溪水冲刷的痕迹。孟浩然《与诸子登岘山》中"水落鱼梁浅"，欧阳修《醉翁亭记》中"水落而石出"都道出了这时的景物特征。

## 生查子

腊月到盘洲，寒重层冰结[①]。试去探梅花，休把南枝折[②]。　顷刻暗同云，不觉红炉热。隐隐绿蓑翁，独钓寒江雪[③]。

［注释］

①层冰结：冰结了数重，喻天气严寒。　②南枝：向南的枝条。南枝向暖，故花开较早。《白孔六帖·梅南枝》中有“大庾岭上梅，南枝落，北枝开”之语。　③“隐隐”二句：本柳宗元《江雪》“孤舟蓑笠翁，独钓寒江雪”。

## 生查子

一岁会盘洲[①]，月月《生查子》。弟劝复兄酬，举案灯花喜[②]。　　曲终人半酣，添酒留罗绮[③]。车马不须喧，且听三更未。

［注释］

①一岁：一年。　②灯花：灯芯燃烧时所成的结，常爆成花形，古人以为吉兆。杜甫《独酌成诗》：“灯花何太喜。”　③罗绮：此指身着罗绮之人。

## 阮郎归

澄清阁下藕如船，扁舟曾采莲。向来辛苦叠青钱[①]，而今知几年。　　人去也，客凄然，酒泉添泪泉。一杯今夜且留连，断肠芳草边[②]。

［注释］

①青钱：即铜钱，因用青铜铸成，故名。此指荷叶。　②“断肠”句：形容极度悲伤。古人眼中芳草常触发人的离别之悲，故有此语。

## 浣溪沙

席上别王巨济。先是，两姬免冠，王夺两秩，继以章罢[①]

丹桂飘香已四番，杖藜携手自今难[②]。黯然离恨满江干。　　壁上两冠元是谶[3]，花前双韵几时弹。中秋后夜与谁看。

[注释]

①王巨济：未详。　免冠：脱帽。　夺两秩：降两级。　以章罢：因遭弹劾奏章被免职。　②杖藜：扶杖策藜。　藜：藜茎做成的手杖。　③元是谶（chèn）：原本是谶语。　谶：预言吉凶的文字、图记。

## 满江红

暮雨潇潇，飞败叶[1]、增添秋色。登高会、痴风吹散，山居嘉客。人世难逢开口笑[2]，老来更觉流年迫。到如今、黄菊满园开，无人摘。　　珠履凑，铢衣窄[3]。萦翠袖，催牙拍[4]。索松儿添半，战酣相吓[5]。橘绿橙黄时节好，舞停歌罢门墙隔。酒醒时、枕上一声鸡，东方白[6]。

[注释]

①飞败叶：残叶纷飞。　②"人世"句：谓世事艰难，人生难如意。杜牧《九日齐安登高》："尘世难逢开口笑，菊花须插满头归。"　③铢衣：极轻之衣，古制一两之二十四分之一为一铢。　④牙拍：象牙制成的歌唱拍板。　⑤"索松儿"两句：未详。疑是饮松花酒，拇战（猜拳）正酣之中意。　⑥"枕上"两句：本李贺《致酒行》"雄鸡一声天下白"。　白：此指天亮。

## 满江红

郑宪席上再赋

累月愁霖[1]，知今夕、是何天色。秋老矣、芙蓉遮道，黄花留客[2]。长有霜螯来左右[3]，谁言枥马能煎迫[4]。眄高穹、重叠起颓云，星难摘[⑤]。　罗绮盛，轩窗窄。心已醉，肩须拍。更十分行酒，再三相吓。凤诏十行归路近[⑥]，桂华千里明年隔[⑦]。趁闲时、楼上共凝眸，芦花白。

[注释]

①累月：经历数月。　愁霖：久下不停的雨。　②黄花：菊花。　③霜螯：秋天的螃蟹，味道最为鲜美。　螯：本指蟹的两个大钳，此处借指蟹。　④枥马：拴在槽枥上的马，此处用以喻闲居之人。　⑤星难摘：反用李白《夜宿山寺》"危楼高百尺，手可摘星辰"之意，喻天高。　⑥凤诏：即诏书。　⑦桂华：指月光。传说月中有桂花树，故名。

## 临江仙

盘洲饯汉章[①]

两载绣衣频驻节[②]，金莲曾印青苔。匆匆归去寿琼杯。曲终挥别泪，江上片帆开。　记得秋宵山吐月，酒酣同上层台。杖藜何日解重来。相思凭过雁[③]，飞送一枝梅。

[注释]

①汉章：作者友人，司马倬，字汉章。　②驻节：古代官员出行，途中短暂停留谓驻节。节即符节，用为凭信之物。　③"相思"句：借来往的大雁寄托相思之情，指两地相离，难以晤面。

## 浣溪沙

景庐以米书眉间一点黄之曲饯送郑宪，因用其韵[①]

举目霜林叶叶黄，使星归骑未须忙。烟鬟千叠弄残妆[②]。　内殿恩光承雨露，外台风力挟冰霜[③]。应怀三径杂花香[4]。

[注释]

①景庐:作者之弟洪迈之字。　米书:米芾手写之曲。　眉间一点黄:米芾词中首句,今佚。　②烟鬟:喻峰峦。苏轼《观李思训长江绝岛图》:"峨峨两烟鬟,晓镜开梳妆。"　③"外台"句:喻人执法如山,刚直不阿,雷厉风行。　外台:唐至德后,带御史衔的三司监院官,号外台,可检举不法。　④三径:指家园。陶渊明《归去来兮辞》:"三径就荒,松菊犹存。"

## 浣溪沙

席上再作

不见丹丘三十年[1],青山碧水想依然,自惊绿鬓已苍颜。　月在柳梢曾径醉[2],雨荒院菊有谁怜[3]。绣衣归与古人言[4]。

[注释]

①丹丘:此指故乡地名。　②月在柳梢:本欧阳修《生查子》"月在柳梢头,人约黄昏后"。指月亮初升时分。　③雨荒院菊:本陶渊明《归去来兮辞》"三径就荒,松菊犹存"。喻庭院荒凉,门庭冷落。　④绣衣:汉武帝曾派绣衣直指使者出讨不法,衣绣衣以示尊宠,见《汉书·百官公卿表》,此处用以喻人受皇上恩宠,且执法不阿。

## 生查子

姚母寿席,以龟游莲叶杯酌酒

碧涧有神龟[1],千岁游莲叶。七十古来稀,寿母杯频接。　绣衣牵彩衣,喜庆相重叠。龟紫看孙曾[2],鹤髮何须镊[3]。

[注释]

①神龟：古人以龟为长寿的象征，龟寿五千年谓为神龟。 ②龟紫：金龟袋与紫袍，古时贵官的装束。此处指代在朝廷为高官。 孙曾：孙子，曾孙，指后世子孙。 ③鹤髮：髮白如鹤羽，喻老人头髮之白。

## 生查子

### 枕上作

贪看端木花①，难办销金帐②。庭下舞琼瑶，飞到鬓眉上。 衰病不禁寒③，对景频惆怅。梦寐到凌风④，倚著青藜杖⑤。

[注释]

①端木花：疑即端正花、端正树，石楠树的异称。 ②销金帐：以金线为装饰的帐子。 ③不禁寒：经受不住寒风。 ④凌风：台名。何逊《早梅诗》："映雪拟寒开，花绕凌风台。"时境与此相合。 ⑤青藜杖：藜茎做成的手杖。相传太一之精点此杖助刘向夜读，见晋王嘉《拾遗记》。后用以指勤苦攻读。

## 鹧鸪天

### 席上赏牡丹用景裴韵①

莫问甘醪浊与清，试将一酌破愁城②。海棠过后荼蘼发③，堪叹人间不再生。 心已老，眼重明，嫣然国色带朝酲④。耳边听得兰亭曲⑤，一咏流觞已有名。

[注释]

①景裴：作者弟洪遂之字。 ②愁城：此指胸中郁闷。 ③荼蘼：又作酴醾，花名，因色似酴醾酒，故名。 ④国色：代指牡丹。牡丹色极艳丽，故有国色天香之称。刘禹锡《赏牡丹》："惟有牡丹真国色，花开时节

动京城。” 酲(chéng):病酒。　⑤兰亭:在浙江绍兴东南,东晋王羲之、谢安等人曾在此招集宴饮,并写诗作文以作纪念。

## 鹧鸪天

十九孙入学,因作小集。景裴有作,次其韵

两塾弦歌日日春,不容坐席更凝尘。常思芳桂攀燕窦[①],未见童乌继子云[②]。　流庆泽,仰家尊,救荒阴德过于门[③]。从师已是平原客[④],毛遂怀绷作弄孙[⑤]。

[注释]

①燕窦:燕山窦禹钧,五子相继登科,世人美之。　②童乌:汉代扬雄子,九岁能为玄文,早死。见扬雄《法言·问神》。后用以指早慧或夭折之人。　子云:汉代扬雄,字子云。　③于门:于定国之父于公,为狱吏,有阴德。其子孙大贵门户大盛。见《汉书·于定国传》。　④平原:指战国时赵国的平原君赵胜,以好招纳门客著称,为当时“四公子”之一。　⑤毛遂:平原君赵胜门客,初不为人所识,后为赵国立下大功。　怀绷:用带抱持小儿。

## 好事近

春意渐盈盈[①],窗外小桃堪折。若问得人怜处[②],是轻颦时节[③]。　主人特地出红妆[④],不要云心月[⑤],三径虽然冷淡,有采莲舟楫。

[注释]

①盈盈:美好的样子。　②怜:爱怜、怜惜。　③轻颦(pín):略皱眉头,此指花将开未开的样子。　④红妆:原指妇女的盛妆,以色尚红故称。词上阕说的是桃花,桃色红,故谓之红妆。　⑤云心月:云中之月。

## 满江红

春色匆匆，三分过、二分光景[1]。吾老矣，坡轮西下[2]，可堪弄影[3]。曲水流觞时节好，茂林修竹池台永[4]。望前村、绿柳荫茅檐，云封岭。　蜂蝶闹，烟花整。百年梦，如俄顷[5]。这回头陈迹[6]，漫劳深省[7]。吹竹弹丝谁不爱，焚琴煮鹤人何肯[8]。尽三觥、歌罢酒来时[9]，风吹醒。

［注释］

①“春色”三句：本苏轼《水龙吟·次韵章质夫杨花词》“春色三分，二分尘土，一分流水”。谓春光易逝，韶华难留。　②坡轮：指快要落山的太阳。　③弄影：本苏轼《水调歌头》“起舞弄清影，何似在人间”。　④“曲水”二句：本王羲之《兰亭集序》“此地有崇山峻岭，茂林修竹，又有清流激湍，映带左右，引以为流觞曲水。”　⑤俄顷：一会儿，极言时间之短。杜甫《茅屋为秋风所破歌》：“俄顷风定云墨色，秋天漠漠向昏黑。”　⑥回头陈迹：眼前之事转眼之间已为陈年旧事，指岁月如流，时光易逝。　⑦漫劳：空劳。　⑧焚琴煮鹤：比喻欠风雅、煞风景的事。　⑨酒来：此指酒气上涌。

## 满江红

和徐守三月十六日

雨过春深，溪水涨、绿波溶溢。年年是、杨花吹絮，草茵凝碧。驹隙光阴身易老[1]，槐安梦幻醒难觅[2]。算六分、春色五分休，才留一。　雁鹜静，文书毕。尘外趣，壶中日[3]。喜兰亭修禊[4]，郊坰佚出[5]。合璧连珠同啸咏，怒猊渴骥尤清逸。酒酣时、梁上暗尘飞[6]，无痕迹。

[注释]

①驹隙光阴:喻时间短暂、迅捷、易逝,语出《庄子·知北游》"人生天地之间,如白驹之过郤,忽然而已"。郤通"隙"。　②槐安梦幻:喻人生如梦,世事无常。相传淳于棼梦中曾入大槐安国,享尽荣华富贵,醒来方知为南柯一梦。事见李公佐《南柯太守传》。　③壶中日:壶中岁月,喻道家生活。道家称仙境为壶天。　④修禊:古代民俗,于农历三月上巳去郊外水边采兰嬉戏,以驱邪迎祥。晋永和九年王羲之等人曾在兰亭修禊。　⑤郊坰(jiǒng):郊野。　忺(xiān):高兴、适意。　⑥"梁上"句:谓歌声嘹亮高亢,振动梁上尘土,语出汉代刘向《别录》:"鲁人虞公发声清越,歌动梁尘。"

## 满江红

### 答景卢①

衰老贪春,春又老、尊罍交溢。凝目处、清漪拍岸,四山堆碧。白也论文情最厚②,维摩亦病心难觅③。到盘洲、车骑太匆匆,觞浮一。　春再见,官期毕。归路近,长安日④。奉清时明诏,迭回更出。上殿风霜生颊齿,元龟献替图无逸⑤。记而今、杖策过溪桥⑥,留行迹。

[注释]

①景卢:洪适弟洪迈字景卢。　②白也:指李白。杜甫《春日忆李白》:"白也诗无敌,飘然思不群。"　③维摩:指王维。王维字摩诘。　④长安日:指京城。《世说新语·夙惠》:"举目见日,不见长安。"此反用其意。　⑤元龟:大龟,本用以占卜,后引申为可引以为鉴的前事。宋初曾编成《册府元龟》。　无逸:《尚书·周书》篇名,据说为周公告诫成王之词。此指以前事为戒,勿耽于享乐、安逸。　⑥杖策:此指扶杖而行。

## 满江红

黄堂席上答太守

燕寝香凝，官事了、诗情充溢。归后院、花容争媚，柳眉添碧①。老子胡床常自叹，轻裾长袖从何觅。探城楼、此际夜如何，更筹一。 人已老，春将毕。临曲水，才旬日。快朝来雨过，鱼儿争出②。淡酒一杯空酩酊，黄堂千骑真安逸③。问朱轓、何日到丘园④，联綦迹⑤。

[注释]

①柳眉添碧：柳叶细长如眉，旧时常用以形容女子眉毛纤细优美。又旧时妇女喜用青黛色的颜料画眉，故可称女子描画眉毛为柳眉添碧。 ②“快朝来”两句：此句出于杜甫《水槛遣心》二首之一“细雨鱼儿出，微风燕子斜”。 ③黄堂：太守办事的厅堂。 ④轓（fān），车两旁反出如耳的部分，用以遮蔽尘土。朱轓疑即朱轮，指高官显贵所乘之车，因以红漆涂轮，故名，常是自显身份的标志。 丘园：丘墟、园圃。旧时常用以指隐居之地。 ⑤綦（qí）迹：脚印、足迹。 綦：履迹。

## 满江红

席上答叶宪

百计留春，春不住、愁怀填溢。争如对、宝梳压鬓，翠环铺碧。紫绶金章都是梦①，云庐花坞如何觅。劝金杯、浅笑傍宾筵，须均一。 前夜月，新离毕。收涩雨②，呈红日。荷主人情厚③，五云齐出④。一颗樱桃天付与，数声水调人飘逸⑤。叹荒园、三月百花残，无踪迹。

[注释]

①紫绶金章：紫色绶带、金质印章，此处指高官显位、荣华富贵。 ②涩

雨：下得不畅的雨。　③荷（hè）：此处为蒙托、承受之意。　④五云：五彩祥云，旧时常认为象征祥瑞。　⑤水调：即《水调歌头》词牌名。

## 南歌子

雪中和景裴韵

闰岁饶光景①，中旬始打春②。拥炉看雪酒催人。梁上不曾飞落、去年尘。　未暇巾车出③，何妨举盏频④。斜川日月已成陈⑤。想得前村仙子、晚妆匀。

[注释]

①闰岁：闰年。　②打春：旧俗，地方官于立春前一日迎春牛于州县官署前，立春日以彩鞭鞭打牛身，以示劝耕之意，谓之打春。后渐用以指代立春。　③未暇：没有闲暇时光，未来得及。　巾车：有车衣遮蔽的车。　④举盏频：谓频频举盏饮酒。　⑤斜川日月：指隐居、优游的时光、生活。　斜川：在今江西星子县境内，陶渊明有《游斜川》诗并序。

## 南歌子

呈叶宪

多病都缘老，寒阴可惜春①。栽桃种竹怕因循。移转篮舆藤杖②、未开门。　真率须如约③，安排欲效颦④。莫将筝笛损精神。自有啼莺舞鹤、解随人⑤。

[注释]

①寒阴：天气阴寒不晴。　②篮舆：竹做的小轿。　藤杖：粗的藤条做成的手杖。　③真率：自然、坦率，此处指真率会。据邵伯温《邵氏闻见前录》载司马光与人宴集时，相约酒不过五巡，菜不过五味，号真率会。　④效颦：语出《庄子·天运》，谓不善摹仿，弄巧成拙。此处反用其意，为谦词。　⑤解：知晓、通晓。

## 南歌子

示景裴弟，时叶宪明日真率

顽健输村老[①]，嬉游付后生[②]。七旬才有五清明[③]，须趁良辰美景、绕园行。　云意将飞雪[④]，天心未肯晴[⑤]。唯将性命作人情。只合拥炉清坐、阅医经[⑥]。

[注释]

①顽健：谓老年人身体康健，精神矍铄。　村老：农村中上了年纪的人。　②嬉游：游玩、游乐。　后生：后生之家，此指年轻人、小伙子。上两句是作者的自谦之词。　③七旬才有五清明：谓离七十岁尚有五年，则作者时年六十五岁。又作者生于1117年，据此可知作者此词作于1182年。　④飞雪：飘雪、落雪，雪花在空中随风飘舞，故曰飞。　⑤天心：天公之心，此指天色、天气。　⑥只合：只该、只应。　拥炉清坐：持炉于怀，寂然独坐，自得其乐，不落尘俗。　炉：此指小的手炉。　医经：医药方面的书籍。古时读书人多信奉"不为良相，便为良医"，医书也为他们所喜阅。

## 南歌子

喜晴用前韵

任得如筛雪[①]，方欣有脚春[②]。谁云三尺不须循[③]。若是诗僧月下、许敲门[④]。　巨竹多中断，残梅竟小颦[⑤]。畦丁说与主林神[⑥]。扫洒板桥前径、待吾人。

[注释]

①如筛雪：下得细密的大雪。　②有脚春：即有脚阳春。唐代宋璟爱民恤物，时人呼为有脚阳春，见王仁裕《开元天宝遗事》，后用以喻地方官员施行德政。　③三尺：指法律。　循：遵守。"君为天子决平，不循三尺法。"见《史记·酷吏列传》。　④"若是"句：相传唐代贾岛有"僧敲月下门"之句，见五代何兴远《鉴戒录·贾忤旨》。　⑤颦：原指人皱眉，此谓

花萎缩。　⑥畦丁:园丁,园中管理花草树木之人。　主林神:掌管园林之神,此指庭园主人。

## 南歌子

示裴弟

强作千年调[①],难逾五度春[②]。脊令继踵漫相循[③]。休要关心药裹、也扃门[④]。　蕙帐银杯化[⑤],纱窗翠黛颦[⑥]。烧香试问紫姑神[⑦]。一岁四并三乐、几多人[⑧]。

[注释]

①强作:勉力而作。　强(qiǎng):勉力、勉强。　②难逾:难以越过、超越。　③脊令:即鹡鸰,水鸟名,相传能互相帮助,后用以喻兄弟之间感情深厚,患难与共。　继踵漫相循:继踵指前后相接。《汉书·冯奉世传》中有语曰"兄弟继踵相因循"。　④扃(jiōng)门:关门。扃,原指自外关闭门户用的门闩,后作动词用,指关闭。　⑤蕙帐:用兰蕙香熏过或以兰蕙为饰的纱帐。　银杯化:指银杯不翼而飞。见《新唐书·柳公权传》。　句后作者自注:自谓。　⑥作者自注:谓弟。　⑦紫姑神:传说中神仙名,民间常于正月十五晚间迎之,以问吉凶祸福。　⑧四并三乐:指人间难得的乐事。　四并:谢灵运以为"天下良辰、美景、赏心、乐事四者难并。"见《拟魏太子邺中集诗序》。　三乐:孟子以"父母俱存,兄弟无故"、"仰不愧于天,俯不怍于地"、"得天下英才而教育之"为三件值得高兴的事。见《孟子·尽心上》。《列子·天瑞》以"为人"、"为男"、"为寿"为三乐。

## 南歌子

寄景卢

南浦山罗列[①],东湖水渺弥[②]。主人好客过当时。斗转参横时候、醉如泥[③]。　莫管莺声老[④],从它柳絮飞[5]。野园春色别无奇。船上有花多酒、未须归。

[注释]

①南浦：本屈原《九歌·河伯》“送美人兮南浦”，江淹《别赋》“送君南浦，伤如之何”。后泛指送别分手之处。　②东湖：在今江西南昌南。　渺弥：浩茫、辽远貌。　③斗转参横：指夜色已深。　斗：北斗七星。　参：参星，在西方天空。　④莺声老：谓春光老去。　⑤柳絮飞：春光已过的标志，柳絮即柳绵。

## 好事近

席上用景裴咏黄海棠韵

睡足淡梳妆，喜见诗人元白[1]。不学艳红妖紫，坏花仙标格[2]。　　须知玉骨本天然[3]，不是借人力。准拟小春重看[4]，望秋灰无射[5]。

[注释]

①元白：唐代诗人元稹、白居易合称“元白”，诗以通俗易懂，切合时事著称。　②花仙：花中仙子，常用以喻美人。　标格：指风度、风范。　③玉骨：以玉为骨，极言其高洁俊雅，超尘脱俗。诗文中常用来称美人，五代孟昶《避暑摩诃池上作》：“冰肌玉骨清无汗，水殿风来暗香满。”　④准拟：准把。　拟：计划、打算。　⑤无射（yì）：十二律之一。《礼记·月令》：“孟秋之月，律中无射。”古人用葭莩的灰塞于律管内，某月份到，相应律管中葭灰即飞出。

## 卜算子

太守席上作

五凤望中仙[1]，五马人间贵[2]。舞态歌声尽出群[3]，乌鹊巡檐喜[4]。　　昨夜值狂风，痛饮全无味。说与谯门漫打更，却怕催归骑。

[注释]

①五凤：宋周翰山有《五凤楼赋》。后指文章巨匠为造五凤楼手。②五马：太守的代称。汉乐府《陌上桑》："使君从南来，五马立踟蹰。"此处使君即为太守。 ③出群：超出众人之上。 ④乌鹊：此指喜鹊，民间以喜鹊鸣叫为有喜事来临。 巡檐：此指鸟雀绕屋檐而飞。

## 满庭芳

辛丑春日作①

华髮苍头，年年更变，白雪轻犯双眉②。六旬过四，七十古来稀。问柳寻花兴懒，拈筇杖、闲绕园池③。尊中有，青州从事，无意唤琼彝。 人生，何处乐，楼台院落，吹竹弹丝。奈壮怀销铄④，病费医治。漫道琴弦绿绮，游鱼听、山水谁知。盘洲怨，盟鸥间阔⑤，瘗鹤立新碑⑥。

[注释]

①作者生于1117年，则此辛丑春日应为1181年春时，作者六十四岁，故词中谓"六旬过四"。 注者按：《满庭芳》十一首同韵之作，皆作于辛丑春间。去年夏初其弟景庐（洪迈），罢知建宁府事，归居鄱阳故乡。翌年辛丑，有南昌之行。景伯赋词饯送。稼轩亦和韵酬答。皆因难见巧，甚得佳评。 ②白雪轻犯双眉：谓年华渐老，双眉也开始变白。 ③筇（qióng）杖：筇竹做成的手杖。 ④销铄（shuò）：销熔。 ⑤间阔：久别。 间：隔。《全宋词》作"闲"。 ⑥"瘗鹤"句：瘗鹤铭，碑刻原在江苏镇江焦山崖石上。 瘗（yì）：埋藏。

## 满庭芳

酬徐守

风搅花间，雨悭柳下[①]，人人懒拂愁眉。年荒省事，投辖井中稀[②]。架上舞衣尘积[③]，弦索断、筝雁差池[④]。南柯梦，转头陈迹，饥鼠穴空彝[⑤]。　新年，官事少，秋蛇春蚓[⑥]，重叠乌丝[⑦]。更出奇花判[⑧]，百病都治。报道行厨办也，乌鹊喜、龟鹤前知[⑨]。更书近，鹓行浸远[⑩]，长对去思碑[⑪]。

［注释］

①雨悭：指雨水稀少。　②"投辖"句："投辖"语出《汉书·陈尊传》，喻主人殷勤留客之意。此句是说待客不似古人热情，亦很少招聚宴集。　③舞衣尘积：舞衣上落满了尘土，暗示长期不复有歌舞之乐。　④筝雁：筝柱因排列如雁行，故名。　差池：犹参差，长短、先后不齐貌。　⑤饥鼠穴空彝：饿鼠以空彝为其窝。　彝：古代青铜祭器的通称。此句喻指中落、衰败。　⑥秋蛇春蚓：书法草率随便。　⑦乌丝：黑色的行格。　⑧花判：以骈体文或嘲戏语写成的断案判词。　⑨龟鹤：喻长寿。古人以鹤和龟为吉祥、长寿的象征。　⑩鹓行浸远：渐渐远离朝廷。　鹓行：原指朝班，此代朝廷。　⑪去思碑：亦名德政碑。古时地方官离任时，地方上感其恩德、政绩所立之碑。

## 满庭芳

酬叶宪

殢酒销愁[①]，逢场作戏，何曾择地伸眉[②]。诗筒来往[③]，如我与君稀。喜得青春有闰[④]，添日月、款曲临池[⑤]。洲盘有，山肴野蔌[⑥]，安用设鸡彝。　老来，空自笑，一头梳雪，两鬓吹丝[⑦]。便常逢社饮[⑧]，聋不堪治。曾就新年真率[⑨]，花神报、蜂蝶皆知[⑩]。东风恶，江梅欲尽，荐福莫轰碑[⑪]。

[注释]

①殢(tì)酒：病酒、困酒。　殢：极困之意。　②伸眉：舒展眉头，状人得意、高兴之貌　。司马迁《报任少卿书》："乃欲仰首伸眉，论列是非。"　③诗筒：以竹筒盛诗，古人常用以传送诗文。　④青春有闰：指时间尚多。　闰：闰月。　⑤款曲：殷勤接待，应酬。　⑥山肴野蔌(sù)：山野间的野味、野菜。　蔌：菜蔬。欧阳修《醉翁亭记》："山肴野蔌，杂然而前陈者，太守宴也。"　⑦一头梳雪，两鬓吹丝：状人年老头髮花白之貌。　⑧社饮：旧时逢祭祀社神之日常有饮酒之俗。　⑨真率：即真率会，挚友间率意、不奢华的宴集聚会。　⑩花神：司花之神，神话中掌管百花的神灵。　⑪荐福莫轰碑：荐福碑，唐代荐福寺之碑。碑文为欧阳询所撰，盛为时所推重，后被雷击碎。后以此喻人生变幻无常，命途多舛，动辄失意，满即招损。

## 满庭芳

和叶宪韵

柳径花台，熙熙春动[①]，游人珥堕簪遗[②]。枯藤到处，绿刺惹冠衣[③]。雪后园林更好[④]，琼作佩、香满横枝[⑤]。巡檐久[⑥]，留连一笑，不管午阴移[⑦]。　　盘洲，今雅集，皇华飞盖，挥麈迟迟[⑧]。觉龟鱼增价，草木生辉。梁上不教尘落[⑨]，谈文字、酒散星稀。明年好，玉津随驾[⑩]，回首记襟期[⑪]。

[注释]

①熙熙：温煦和乐貌。　②"游人"句：此句喻游人兴致之浓，妆扮之奢华。　珥：耳饰。　簪：束髮之具。　③冠衣：指人的衣帽穿着。　④雪后园林：本林逋《山园小梅》"雪后园林才半树，路旁水畔忽横枝"。　⑤横枝：

横斜的枝条。 ⑥巡檐：绕檐。 ⑦午阴：中午时分的日影。 ⑧挥麈迟迟：轻轻地挥动麈尾，以示闲雅。 迟迟：缓慢的样子。 ⑨梁上不教尘落："梁上落尘"出自刘向《别录》。谓人歌声嘹亮，振动梁上灰尘。此反用其意，谓没有歌舞音乐。 ⑩玉津：此为宋高宗绍兴十七年所建之园，在浙江杭州龙山北，淳熙中为宋孝宗与群臣燕射之所。 ⑪襟期：襟怀、抱负。

## 满庭芳

再赠叶宪

同病相怜，冻吟谁伴，漫怀举案齐眉①。槐安梦境，一笑自来稀。未到斜川见雪，春欲半、尚压铜池②。今思古，拊盆击筑③，虿鼎闲夔彝④。 何时，天意解，并游花坞，旋扫蛛丝。对壶中闲日，冗牍休治⑤。四坐同盟情话，飞玉麈、万事多知。杯盘省，浅斟随意，真率视前碑。

[注释]

①举案齐眉：喻夫妻恩爱，相敬如宾，语出《后汉书·梁鸿传》。 案：有脚的托盘。 ②铜池：宫廷中檐下承接雨水之器，因以铜制成，故名。 ③拊盆：即鼓盆。庄子妻死，庄子"箕踞鼓盆而歌"，见《庄子·至乐》。 拊：拍，轻轻击打。 盆：即瓦盆。 筑：古代的一种弦乐器，相传战国末期高渐离善击筑，见《史记·刺客列传》。 ④虿（chài）鼎：饰有虿的三足两耳烹饪器具。 虿：蝎子一类的毒虫。 夔彝：饰有夔形的青铜祭器。 夔：神话中的独脚怪兽。 ⑤冗牍：指繁杂的文件。

## 满庭芳

答景卢遣怀

蝴蝶梦魂①，芭蕉身世，几人得到庞眉②。十分如意，天赋古今稀。昼日猥叨三接③，摩鹏翼、曾化鲲池④。槐荫下⑤，深惭房魏⑥，那敢作封彝。 雁行，争接翅，北门炬烛，西掖纶丝[7]。幸归来半世[8]，园路先治[9]。渔唱樵歌不到，莺燕语、何畏人知。编花史[10]，修篁千亩[11]，封植具穹碑[12]。

［注释］

①蝴蝶梦魂：庄周梦中曾化为蝴蝶，物我两忘，见《庄子·齐物论》。　②庞眉：眉毛花白，状人年老之貌。　③猥叨：烦扰。　猥：谦词。　叨：叨扰、打扰。　④摩鹏翼曾化鲲池：语出《庄子·逍遥游》"北冥有鱼，其名为鲲。化而为鸟，其名为鹏……怒而飞，其翼若垂天之云"。　⑤槐荫下：据传淳于棼梦入大槐安国，享尽荣华，醒后发现槐荫下蚁穴，与梦中所历诸境相合。事见李公佐《南柯太守记》。　⑥房魏：唐代名相房玄龄、魏征。　⑦西掖：中书省的别称。　⑧半世：半生。　⑨园路先治：谓先为归隐田园做准备。　⑩花史：记载、描述花卉的书。　⑪修篁千亩：千亩竹林。　修：长。　篁：竹林、竹丛，或谓是竹的通称。　⑫封植：树立。

## 满庭芳

### 酬赵泉[1]

春入花畦，雪迷筠坞，柳梢未肯低眉。泥深路滑，车马往来稀。平地琼琚盈尺[2]，冰冻解、檐水如池。皇华喜[3]，增添泉货，不铸尚方彝。　光阴，驹过隙，髭髯如戟[4]，容易成丝。把诗盟长讲，酒病休治。两两垂螺舞彻[5]，藏羌管、人已潜知[6]。樯乌转[7]，钱流地上，褒诏便刊碑。

［注释］

①赵泉：赵姓提点冶铸钱币公事的官员。泉：通"钱"。　②琼琚：原指精美的佩玉，此处用来比喻满地冰雪的景象。　③皇华：《诗经·小雅》有"皇皇者华"篇，后用以作使人或出使的典故。　④髭髯如戟：即鬓髯如

戟。语出《南史·褚裕之传》，谓人髯张如戟，有大丈夫意。 ⑤垂螺：此代舞女。螺即螺髻，旧时妇女的髪式，此处用以代人。 ⑥潜知：暗中得知。 ⑦樯乌：船帆。上端有乌形木具，指示风向。

## 满庭芳

酬赵宪

当国无功①，归田有分，四山浓抹烟眉。春云多变，清昼惠风稀②。欲踵兰亭故事③，溪水涨、簪盍鹅池④。临修竹，一觞一咏，考古到辛彝⑤。 当时，龙衮侧，亲闻胪句⑥，天语如丝⑦。谩三年博士，局冗争治⑧。底事绣衣留滞，青天瑞、奴隶皆知⑨。迎归诏，鸾台凤阁⑩，名记壁间碑。

［注释］

①当国：主持朝政，摄行国事。 ②惠风：清朗、和畅之风。 ③踵：原为脚后跟，后引申为继承、跟随。 ④簪盍（hé）：聚会。 盍：合。簪盍本指衣冠相合，后用以称人聚会。 鹅池：在浙江绍兴东北蕺山戒珠寺前，相传为王羲之养鹅之所。 ⑤辛彝：夏代的鼎彝（铜质礼器）。 ⑥胪（lú）句：上传语告下为胪，下传语告上为句，此处偏指胪。 ⑦天语：此指皇帝的诏谕。 ⑧谩：通“漫”，空意。 三年博士，局冗争治：语出韩愈《进学解》“三年博士，冗不见治”。此处反用其意，谓在博士任上，无论条件如何，都努力做出成绩。唐代博士为教授官，宋承唐制，太学、国子学等学亦设博士教授学生。 局：局促。 冗：闲散。 治：此指治绩、实绩。 ⑨奴隶：此指佣人、仆从。 ⑩鸾台凤阁：指朝廷。 鸾台：唐代门下省的别称。 凤阁：唐代中书省的别称。

## 满庭芳

再　作

草阁烟横，花蹊雨润。伤春谁画鸦眉。药囊未减，尊酒自然稀。堪叹云和挂壁[①]，弦半绝，鼠啮龙池[②]。投壶罢[③]，凭阑玩古，罗列父丁彝[④]。　　龟巢，添绿皱，残梅片片，新柳丝丝。恨风狂折竹，鹤病谁治。自信年衰景短，甘冷淡，应也天知。埙篪奏[⑤]，清歌醉墨[⑥]，一一上圭碑[⑦]。

[注释]

①云和：山名，以产琴瑟著称，故又用作琵琶琴瑟等乐器的通称。　②龙池：琴底孔眼，下曰凤沼，上曰龙池。　③投壶：宴会中的游戏，宾主按次序往特制壶中投矢，中多者为胜，负者罚饮酒。　④父丁彝：古铜器名。　⑤埙篪（xūn chí）：两种乐器，二者声音相合，故后人又用以比喻兄弟和睦友爱。　⑥醉墨：醉中所作书画。　⑦圭碑：即圭峰碑，唐宣宗大中九年所立之定慧禅师碑。

## 满庭芳

景卢有南昌之行，用韵惜别，兼简司马汉章

雨洗花林，春回柳岸，窗间列岫横眉[①]。老来光景，生怕聚谈稀。何事扁舟西去，收杖屦[②]，契阔鱼池[③]。流觞近，诗筒暂歇，焉用虎文彝。　　良辰，怀旧事，海棠花下，笑摘垂丝。叹五年一别，万病难治。几处绣衣尘迹，歌舞地，乌鹊曾知。君今去，珠帘暮卷，山雨拂崇碑[④]。[⑤]

[注释]

①列岫横眉：谓远处的山峰宛若人的眉毛。宋王观《卜算子》云："水

是眼波横，山是眉峰聚。”　②屦(jù)：用麻葛等物制成的单底鞋。　③契阔：聚合、离散。偏指离散。　④“珠帘、山雨”句：语出王勃《滕王阁诗》“画栋朝飞南浦云，珠帘暮卷西山雨”。　崇碑：高大的石碑。　⑤作者自注：汉章作山雨楼，景卢为之记。

## 满庭芳

再作寄景卢

旧日盘洲，藏钩卜夜[①]，松儿笑捻双眉。老人好静，此乐数年稀。尚记乘舟西湖，楼卷雪、曾到雷池[②]。今非昔，畏寒闭户，弃掷夏商彝[③]。　　入春，逾两月，轻烟非雾，细雨如丝。任风颓花架，不惮装治。想得醉吟滕阁[④]，家园事、争解详知。归来好，猿惊鹤怨[⑤]，孤负辋川碑[⑥]。

**[注释]**

①藏钩：古代的一种游戏。魏邯郸淳《艺经·藏钩》：“义阳腊日饮祭之后，叟妪儿童为藏钩之戏，分为二曹，以校胜负。”　卜夜：夜间占卜，与藏钩一样亦可做游戏。　②雷池：即大雷水，在安徽望江县南，今名杨溪河。　③夏商彝：夏代、商代的青铜祭器，此处用以代指珍贵古玩。④滕阁：即滕王阁，故址在今江西新建县西章江门上。　⑤猿惊鹤怨：本孔稚圭《北山移文》“蕙帐空兮夜鹤怨，山人去兮晚猿惊”。　⑥孤负：同“辜负”，对不起，此处是自谦之词。　辋川：又名辋谷水，在陕西蓝田县南，唐代王维隐居在此，建有别业，并作有《辋川集》。

## 望江南

答徐守韵

嗟故岁[①]，夏旱复秋阳[②]。十雨五风皆定数[③]，千方百计为灾伤。小郡怎禁当。　　劳拊字[④]，惠露洽丁黄[⑤]。田舍炊烟常蔽野，居民安堵不离乡[⑥]，祖道免赍粮[⑦]。

[注释]

①故岁:往年岁月。　②夏旱复秋阳:极言天干。　秋阳:农历五、六月间的太阳。《孟子·滕文公上》:"秋阳以暴之。"赵岐注:"秋阳,夏之五六月盛阳也。"　③十雨五风:即五雨十风,语出王充《论衡·是应》,意谓风调雨顺,农事顺利。　④拊字:拊养。　⑤丁黄:壮年曰丁,幼小曰黄。　⑥安堵:安居。　⑦祖道:旧称出行前祭祀路神为祖道,后用以指饯行。　赍(jī)粮:送粮、供粮。

## 望江南

再　作

倾盖侣[①],古语诵邹阳[②]。曲水一觞今意懒,阳关三叠重情伤,离恨落花当。　人截镫[③],归骑莫仓黄[④]。谁肯甘心迷簿领[⑤],不如袖手傲家乡[⑥]。高枕熟黄粱[⑦]。

[注释]

①倾盖侣:倾盖之交的朋友。倾盖谓停车交谈,车盖相倾的新相识,语出邹阳《狱中上梁王书》"白头如新,倾盖如故"。　②邹阳:西汉临淄人,有文名,曾为梁孝王上客。　③截镫:旧时对离职官员表示挽留惜别之意,语出王仁裕《开元天宝遗事》"截镫留鞭,以表瞻恋"。　④仓黄:匆忙急促的样子。　⑤簿领:登记的文簿。迷簿领指醉心于为官。　⑥袖手:缩手于袖,以示不参予,不介入。　⑦"高枕"句:沈既济《枕中记》载卢生借吕翁之枕入梦,梦中经历了荣华富贵,世事变迁,醒来时见主人蒸黍未熟,后人遂以黄粱一梦喻世事变幻,人生如梦。此处反其意而言为安于世事,委心任运。

## 西江月

雪　中

小室坐毡重叠[①],红炉兽炭交加[②]。一卮村酒吸流霞[3]。窗外寒威可怕[4]。　　心在盘洲种柳，眼看密雪飞花。银杯缟带不随车，江上渔蓑难画。

[注释]

①坐毡：坐卧时所用之毡。　②兽炭：制为兽形的炭。　交加：重叠、聚积。　③村酒：村中酿造之酒。味淡薄。　吸流霞：指饮美酒。　吸：饮。　④寒威：严寒的威力。

## 西江月

再　作

席上酒杯难减，鼎中药味频加。老人争得脸如霞[1]，镜里衰容人怕[2]。　　檐溜尽成冰柱[3]，前村变却梅花[4]。琼瑶破碎为行车[5]，冻雀盈枝堪画。

（以上《彊村从书》本《盘洲乐章》卷三）

[注释]

①脸如霞：脸泛红光。　②衰容：苍老的容颜。　③檐溜：檐下滴水。　④前村变却梅花：谓梅花早开。　前村：本五代齐己《早梅》诗"前村深雪里，昨夜数枝开"。　变：本谢灵运《登池上楼》"池塘生春草，园柳变鸣禽"。此处变谓景色有了变化。　⑤"琼瑶"句：谓车行碾碎了地上的冰雪。　琼瑶：原指美玉，此处用以喻雪。

## 眼儿媚

瀛仙好客过当时，锦幌出蛾眉[1]。体轻飞燕，歌欺樊素[2]，压尽芳菲[3]。　　花前一盼嫣然媚[4]，滟滟举金卮[5]。断肠狂客[6]，只愁径醉[7]，银漏催归。　　（《知稼翁词》附）

**[注释]**

①蛾眉:原指女子长而美的眉毛,此处用以代称美人。　②体轻飞燕,歌欺樊素:体轻于飞燕,歌好于樊素。飞燕为汉成帝后赵飞燕,据说身体轻似飞燕,故名。樊素为白居易家伎,善于歌唱。　③芳菲:原指花草,此指丽人。　④"花前"句:嫣然,美好的样子。白居易《长恨歌》:"回眸一笑百媚生,六宫粉黛无颜色。"　⑤滟滟:波光动荡貌。　⑥狂客:狂放不羁,不拘世俗礼法之人,此处是作者自指。　⑦径醉:直接、迅速醉倒。

## 隆兴二年南郊鼓吹曲①

### 六州歌头

严更永,今夕是何年。玉衡正,钩陈灿②,天宇起祥烟。协风应、江海安澜③。重规仍叠矩④,圣主乘乾。尧授舜、盛事光前。称寿玉卮边。三年亲祀,一阳回律⑤,八乡承宇⑥,觚陛紫为坛。　仰天颜,斋居寂,诚心肃,礼容专。存钟石⑦,约舆卫⑧,五辂不求全⑨。听金钥、虎旅无眠⑩。俨千官,须期显,相嘉筵⑪。一人俭德动天渊,费减大农钱。神示格,宗祧燕⑫。人民悦,祉福正绵绵⑬。

**[注释]**

①隆兴二年:1164年,宋孝宗年号。　②玉衡:北斗第五星,后也用以指北斗七星。《古诗十九首》第七首:"玉衡指孟冬,众星何历历。"　钩陈:星名,在紫微垣内。最近北极,亦谓之极星。　③江海安澜:江海平静无波,以此喻天下安定,太平无事。　④重规仍叠矩:即重规叠矩,谓合乎规矩法度。《宋书·礼志》魏明帝诏中曾说"诸若此者,皆以正岁斗建为节,此历数之序,乃上与先圣合符同契,重规叠矩者也"。　⑤一阳:冬至后白昼渐长,古人认为是阳气初动,故冬至又称一阳生。　⑥八乡:即八向,四面八方,乡通"向"。　句下作者自注:"续改作'璇杓东转,卜辛卜

旦’。” 璇(xuán)杓东转:北斗七星的斗柄转向东方,预示着春天的来临。璇本为北斗第二星,此处用以指代北斗七星,因七星状如杓,故称璇杓。 ⑦钟石(dàn):指朝臣的俸禄。钟、石皆为古量器名,亦为所受俸禄的单位。六斛四斗为一钟,十斗为一石。 ⑧舆卫:指皇帝出行时的车仗、护从。 ⑨五辂:古代统治者所乘的五种车子。 ⑩金钥(yuè):金属门锁,此处指开关门的声音。 虎旅:雄武、勇猛的军队,此处指皇帝的御林军。 ⑪嘉笾(biān):精美的食器。 笾:古时祭祀燕享时用以盛放果品的竹编食器。 ⑫宗祧(tiāo):祧,远祖之庙。宗祧即祖庙,后亦作动词用,继承之意。 ⑬“祉福”句:谓福气连绵不断。 祉:福。

## 十二时

庭有燎[①],叠鼓鸣鼍。更问夜如何。信星彪列,天象森罗。虞旦閟宫毕[②],觞清庙,浆柘尊牺继猗那[③]。嘉颂可同科。卮圣万肩摩。饬躬三宿,泰畤缛仪多[④]。 丘泽合,岳渎从曦娥[⑤]。神光烛、云车风马,芝作盖,玉为珂。奉瑄成礼,燔柴竣事,休嘉砰,隐丹阙,湛恩波。共愿乾坤隤祉[⑥],边鄙投戈[⑦]。覆盂连瀚海[⑧],洗甲挽天河[⑨]。欣欣喜色,长遇六龙过[⑩]。奏云和[⑪],三春荐嘉禾[⑫]。

[注释]

①庭有燎:本《诗经·小雅·庭燎》“夜未央,庭燎之光”。 燎:巨烛,火炬。 ②閟(bì)宫:周人先祖后稷之母姜嫄庙。 ③猗那:《诗经·商颂·那》中有“猗与那与”之语,为叹美之词,后合猗那二字为状美好之貌。 ④泰畤(zhì):古代帝王祭祀天神之所。 ⑤岳渎:五岳、四渎的省称。四渎指江、河、淮、济,见《尔雅·释水》、《史记·封禅书》。曦娥:曦和、嫦娥的合称,用以代日月。 ⑥隤(tuí)祉:降福。 ⑦边鄙投戈:边关无战争。 鄙:此指边远之地。 投戈:罢戈息兵。 ⑧覆盂:覆盂于地,喻局面稳定。 ⑨洗甲:清洗衣甲,指罢戈息兵,天下安定,此处以甲代战争。语出汉刘向《说苑·权谋》。 ⑩六龙:代指皇帝

车驾。八尺之马称龙,皇帝车驾用六马,故曰六龙。 ⑪奏云和:指奏乐。 云和:因产琴瑟著名,后为乐器总称。 ⑫三春:即春天。正月孟春,二月仲春,三月季春合称三春。 荐嘉禾:奉送长得茁壮的秧禾,以显示祥瑞。

## 奉禋歌

吹葭缇籥气潜分①,云采宜书壤效珍。长日至,一阳新②。四时玉烛和匀③,物欣欣,造化转洪钧④。郊之祭,孤竹管⑤,六变舞云门⑥。自古严禋⑦,牺牲具⑧,粢盛洁⑨,豆笾陈⑩。衮龙陟降⑪,币玉纷纶⑫,彻高阍。灵之斿⑬,神哉沛,排历昆仑⑭。九歌毕,盈郊瞻槱燎⑮。斗转参横将旦,天开地辟如春。清跸移轮⑯,阗然鼓吹相闻⑰。笨祥云⑱,欢胪八陛⑲,鳌逆三神⑳。圣矣吾君。华封祝,慈宫万寿,椒掖多男,六合同文㉑。 (上三由严更警场作)

[注释]

①吹葭缇籥(tí yuè):葭、籥,古时的两种管乐器。"葭"通"笳","籥"本作"龠"。 缇:橘红色。 气潜分:此谓天地间阴阳之气暗中发生变换。 ②长日至,一阳新:冬至后白天的时间渐渐变长,古人认为是阳气开始萌动,故又有"冬至一阳生"之语。 ③和均:均和、均匀。 句下作者自注:"续改作'青阳振蛰气潜分,仙掌非烟壤效珍。年胜旧,日逢辛。四时玉烛初匀'。" 青阳:指春天。《尔雅·释天》:"春为青阳。" ④洪钧:指天。古人谓自然万物皆由天创造化育而来,故谓天为洪钧。 ⑤孤竹管:以特生的竹做成的管乐器。此用以喻精致的乐器。 ⑥六变舞云门:云门即《云门大卷》,周时六乐舞之一,相传为黄帝时作。六变即乐舞变换了六次。 ⑦严禋:庄重的祭祀。 禋(yīn):即烟祭,升烟以祭天。 ⑧牺牲:祭祀用牲的通称,色纯为牺,体全为牲。 ⑨粢盛:祭祀用的黍稷。黍稷曰粢,置于器中曰盛。 ⑩豆笾:祭祀时所用两种食器:豆以木制,笾以竹制。 ⑪陟(zhì)降:上下升降。 陟:登、升。 ⑫纷纶:众多,杂乱的样子。 ⑬灵之斿:神灵的遨游。 "斿"(yóu):同

“游”。 ⑭排历:即排列。 昆仑:传说中的神山,在西方。 ⑮槱(yóu)燎:照明、点火之具。 槱:木柴。 燎:炬烛。 ⑯清跸(bì):古时帝王出行时禁止行人在路上走曰清跸。 ⑰阗然:形容大的声音。 ⑱篆祥云:驾着五彩祥云。 篆:通“蹑”,踏。 ⑲欢胪:欣喜罗列。 胪:陈列。 ⑳釐逆:喜迎。 釐:通“禧”,福祉。 逆:迎取。 ㉑“华封祝”四句:本《庄子·天地》“尧观乎华,华封人曰:‘嘻! 请祝圣人,使圣人寿,使圣人富,使圣人多男子。’” 华封:治理、掌管华地之人。 椒掖:指皇宫。 男:此指皇子。 六合:上下四方之地。

## 降仙台

漏残柝静鸡声远[①],到高燎,入层霄。云裘蟠瑞霭,天步下嘉坛,旗旆飘摇。黄麾列仗貔貅整,气压江潮。导前从后盛官僚,玉佩间金貂[②]。 望扶桑,日渐高。阴霾霜雪,底处不潜消[③]。辇路祥飙[④]。披拂绛纱袍。云间瑞阙仰岧峣[⑤],播春泽、喜浃黎苗[⑥]。礼成大庆,鳌三抃[⑦],受昕朝。

（上一曲礼毕皇帝降坛作）

### [注释]

①柝:巡夜时所敲的竹梆。 ②“玉佩”句:玉佩、金貂皆为古代为官的标志,此处代指众多高官显贵。 ③潜消:暗中消融。 ④辇路:皇帝车驾常经之路径。 ⑤岧峣(tiáo yáo):高峻、高耸的样子。 ⑥黎苗:指黎、苗等少数民族。 ⑦鳌三抃:谓欢欣踊跃。语出屈原《天问》“鳌载山抃,何以安之?” 鳌:海中大龟。 抃:因欢欣而鼓掌。 三:极言其多。

### [集评]

潘慎云:“起句应为‘漏残柝静,鸡声远到,高燎入层霄’。第七、八句应为‘黄麾列仗,貔貅整,气压江潮’。”(《词律辞典》)

## 正宫导引

重华天子[①],长至奉神虞[②]。九奏会轩朱[③]。星晖云润东方晓,拜贶竹宫初[④]。归来千乘护皇舆[⑤]。瑞景集金铺。鸡竿高唱恩书下,惠露匝中区[⑥]。[⑦]

(上一曲皇帝还宫作)

(以上俱见《盘洲文集》卷十八)

[注释]

①重华:指虞舜。《尚书·舜典》谓"舜能继尧,重其文德之光华"。此处指皇帝。 ②长至:作者自注,"续改作'泰畤'"。 ③"九奏"句:奏乐九曲,会于朱轩之前。见《汉书·礼乐志·郊祀歌·天地》"九歌奏毕斐然殊,鸣琴竽瑟会轩朱"。 ④贶(kuàng):赐恩,施惠。 竹宫:本指竹造宫室,后泛指祠坛。 ⑤皇舆:皇帝的车驾。 ⑥惠露:此指皇帝的恩泽。 中区:此指中央四方之地。 ⑦唐氏按:此五首《宋史·乐志》卷十六俱作无名氏词。

# 韩元吉

韩元吉(1118—1187),字无咎,号南涧,许昌人,晚居信州(今江西上饶)。少以荫为龙泉县主簿。绍兴二十八年(1158)知建安县。乾道九年(1173)权礼部尚书,使金贺生辰,还奏当养威蓄力,待机图金。淳熙元年(1174)知婺州,次年移知建安府,大兴学校,创修郡治。入为吏部尚书,五年,再知婺州,后提举太平兴国宫。"政事文学为一代冠冕"(黄升《花庵词选》),工词。词多以清婉深隽之笔,寓家国兴亡之叹。有《桐阴旧话》、《焦尾集词》一卷(今佚)、《南涧诗馀》一卷。《全宋词》存其词八十首,《全宋词补辑》补二首。

## 点绛唇

十月桃花

木落霜浓①,探春只道梅花未②。嫩红相倚③,灼灼新妆腻④。　　莫问仙源⑤,且问花前事。休辞醉。想君园□⑥,总是生春地。

[注释]

①霜浓:本梁简文帝《雁门太守行》"陇暮风恒急,关寒霜自浓"。　②"探春"句:本郑谷《巴江》"朝醉暮醉雪开霁,一枝两枝梅探春"。　③嫩红:浅红。裴说《蔷薇》:"一架长条万朵春,嫩红深绿小窠匀。"　④灼灼:鲜明貌。《诗经·周南·桃夭》:"桃之夭夭,灼灼其华。"　⑤仙源:"晋太元中,武陵人捕鱼为业。缘溪行,忘路之远近。忽逢桃花林。……林尽水源,便得一山,山有小口,仿佛若有光,便舍船,从口入。……土地平旷,屋舍俨然,有良田、美池、桑竹之属,阡陌交通,鸡犬相闻。其中往来种作,男女衣著,悉如外人,黄髪垂髫,并怡然自乐。"见陶渊明《桃花源记》。　⑥园□:唐氏按,原无空格,据《南涧诗馀》补。

## 浣溪沙

次韵曾吉甫席上[①]

莫惜清尊领客同[②],已无花伴舞衣红。强歌归去莫匆匆。　　细雨弄烟烟弄日,断云粘水水粘空。酴醾飞下晚来风[③]。

[注释]

①曾吉甫:曾几(1084—1166),字吉甫,自号茶山居士,赣州人。为文纯正雅健,尤工诗,著有《茶山集》三十卷、《经说》二十卷。见《宋史》本传。　②清尊领客:本杜甫《王竟携酒高亦同过共用寒字》"故人能领客,携酒重相看"。　尊:酒器。　③酴醾:花名,一名"独步春"。以色似酴醾酒,故名。苏轼《杜沂游武昌以酴醾花菩萨泉见饷》诗:"酴醾不争春,寂寞开最晚。"

## 霜天晓角[①]

蛾眉亭[②]

倚天绝壁,直下江千尺。天际两蛾凝黛[③],愁与恨,几时极[④]。　　怒潮风正急,酒醒闻塞笛[⑤]。试问谪仙何处[⑥],青山外[⑦],远烟碧[⑧]。

[注释]

①唐氏按:此首又见黄升《中兴以来绝妙词选》卷五,作刘仙伦词。　②蛾眉亭:在今安徽马鞍山市采石矶西南山坡上。始建于宋英宗治平三年(1066),后经多次重建修葺。　③两蛾凝黛:《当涂县志》称蛾眉亭"据牛渚绝壁,大江西来,天门两山(即东西梁山)对立,望之若蛾眉然"。此谓东西梁山似凝愁含恨之美人黛眉。　④"愁与恨"二句:本辛弃疾《水龙吟·登建康赏心亭》"遥岑远目,献愁供恨,玉簪螺髻。"　极:穷尽。　⑤塞笛:羌笛,戍边军士吹奏的笛声。　⑥谪仙:指李白。唐孟

棨《本事诗·高逸》："李太白初自蜀至京师，舍于逆旅。贺知章闻其名，首访之。既奇其姿，复请所为文。出《蜀道难》以示之。读未竟，称叹者数四，号为'谪仙'。" ⑦青山：在安徽当涂县城东南，山北麓有李白墓。据李华《故翰林学士李公墓志》。 ⑧远烟：远处的云烟。鲍照《上浔阳还都道中作》诗："绝目尽平原，时见远烟浮。"

**[集评]**

吴师道云："韩南涧题采石蛾眉亭词云：……此霜天晓角调也，未有能继之者。"（《吴礼部词话》）

## 霜天晓角

夜饮武将家，有歌《霜天晓角》者，声调凄婉，戏为赋之

几声残角，月照梅花薄。花下有人同醉，风满槛、波明阁。 夜寂香透幕，酒深寒未著。莫把玉肌相映，愁花见、也羞落[①]。

**[注释]**

①"莫把"二句：本《新五代史·淑妃王氏传》"淑妃王氏，邠州饼家子也。有美色，号'花见羞'"。

**[集评]**

况周颐云："韩南涧《霜天晓角》起调云：'几声残角，月照梅花薄。'歇拍云：'莫把玉肌相映，愁花见，也羞落。'花羞玉肌，其海棠、芍药之流亚乎。对于梅花，殊未易言。人世几曾见此玉肌也。"（《蕙风词话》卷二）

## 菩萨蛮

青阳道中[①]

春残日日风和雨，烟江目断春无处[②]。山路有黄鹂，

背人相唤飞。　　解鞍宿酒醒,攲枕残香冷[3]。梦想小亭东,蔷薇何似红。

[注释]

①青阳:县名,唐置,以其地在青山之阳而名。今属安徽省。　②目断:目光望不见。丘为《登润州城》诗:"乡山何处是,目断广陵西。"　③攲枕:靠在枕上,意谓愁极无聊,心情郁结。李煜《乌夜啼》:"昨夜风兼雨,帘帏飒飒秋声。烛残漏滴频攲枕,起坐不能平。"

## 菩萨蛮

### 蜡　梅

江南雪里花如玉,风流越样新装束[1]。恰恰缕金裳[2],浓熏百和香[3]。　　分明篱菊艳,却作妆梅面[4]。无处奈君何,一枝春更多[5]。

[注释]

①越样:特别,不同一般。黄庭坚《两同心》词:"一笑千金,越样精神。"　②缕金裳:此谓蜡梅之色。　③百和香:多种香料配制而成的香料。《汉武帝内传》:"至七月七日,乃修除宫掖之内……燔百和之香,张云锦之帐。"杜甫《即事》:"雷声忽送千峰雨,花气浑如百和香。"　④妆梅面:"宋武帝女寿阳公主,人日卧于含章殿檐下。梅花落公主额上,成五出花,拂之不去。皇后留之,看得几时。经三日,洗之乃落。宫女奇其异,竟效之,今梅花妆是也。"见《太平御览·时序部》引《杂五行书》。　⑤一枝春:"折梅逢驿使,寄与陇头人。江南无所有,聊赠一枝春。"见南朝宋陆凯《赠范晔》诗。

## 菩萨蛮

夜宿余家楼闻笛声

薄云卷雨凉成阵，雨晴陡觉荷香润。波影澹寒星，水边灯火明。　白蘋洲上路[1]，几度来还去。攲枕恨茫茫，笛声依夜长。

[注释]

①白蘋洲：泛指长满白蘋花的汀洲。柳恽《江南曲》："汀洲采白蘋，日暖江南春。洞庭有归客，潇湘逢故人。"亦可用作专名。白居易《白蘋洲五亭记》："湖州城东南二百步，抵雪溪连汀洲。洲一名白蘋。梁吴兴守柳恽于此赋诗云：'汀洲采白蘋。'因以为名也。"

## 菩萨蛮

郑舜举别席侑觞[1]

诏书昨夜先春到[2]，留公一共梅花笑。青琐凤凰池[3]，十年归已迟。　灵溪霜后水，的的清无比[4]。比似使君清[5]，要知清更明。[6]

[注释]

①郑舜举："郑汝谐字舜举，绍兴丁丑(1157)进士。颖悟贯洽，出入五经，权衡诸史。辛稼轩见之，曰：'老子胸中兵百万。'丞相洪景伯荐于朝，孝宗书于御屏曰：'郑汝谐威而能惠 。'授两浙转运判官。时两浙苦旱，举行荒政。转江西转运使。……入为大理少卿，持公论释陈亮。历官吏部侍郎。既老，以徽猷阁待制致仕。自号东谷居士。居乡多惠爱，邑人生祠之。"见《青田县志·人物志》。　②"诏书"句："淳熙十四年三月十五日，吏刑部言令大理寺结绝公案批报，以革留滞之弊。以考功员外郎郑汝谐申请……。从之。"见《宋会要辑稿·职官》。据此知郑氏被召至临安之后即改官吏部之考功员外郎也。　③青琐：宫门上镂刻的青色连琐状纹

饰,借指宫门。 ④的的:鲜明貌。 ⑤比似:类似。 ⑥注者按:郑舜举于淳熙十二年(1185)始守信州,韩南涧卒于淳熙十四年夏,因知郑氏之被召必为十三年冬季事,故此词当作于淳熙十三年冬。

## 菩萨蛮

春 归

墙根新笋看成竹,青梅老尽樱桃熟。幽墙几多花[①],落红成暮霞[②]。 闭门风又雨[③],只道春归去。媚脸笑持杯,却惊春思回。

[注释]

①唐氏按:"墙"字疑误。 ②落红:即落花。 ③"闭门"句:本李清照《念奴娇》"萧条庭院,又斜风细雨,重门须闭"。

## 菩萨蛮

叶丞相园赏木犀,次韵子师[①]

梧桐叶上秋萧瑟,画阑桂树攒金碧。花底最风流,相逢不上楼。 数枝添宝髻,滴滴香沾袂。杯到莫留残,雾窗疑广寒。

[注释]

①叶丞相:"叶衡字梦锡,婺州金华人。绍兴十八年(1148)进士。……有言江淮兵籍伪滥,诏衡按视,赐以袍带鞍马弓矢,且命衡措置民兵,咸称得治兵之要。知荆南、成都、建康府,除户部尚书,除签书枢密院事,拜参知政事。"见《宋史·叶衡传》。 子师:即韩彦古,韩世忠子,官终户部尚书。

## 减字木兰花

雪中集醉高楼

壶中春早[1]，剪刻工夫天自巧。雨转风斜，吹作千林到处花。　　瑶池清浅，壁月琼枝朝暮见[2]。莫上扁舟，且醉仙家白玉楼。

[注释]

①壶中："费长房者，汝南人也，曾为市掾。市中有老翁卖药，悬一壶于肆头，及市罢，辄跳入壶中，市人莫之见，唯长房于楼上睹之，异焉。因往，再拜奉酒脯。翁知长房之意其神也，谓之曰：'子明日可更来！'长房旦日复诣翁，翁乃与俱入壶中，惟见玉堂严丽，旨酒甘肴，盈衍其中，共饮毕而出。"见《后汉书·方术传·费长房》。此谓雪中之境犹壶中天地。

②唐氏按："暮"原作"梦"。

## 减字木兰花

次韵赵倅[1]

风梳雨洗，玉阙琼楼何处是。万里秋容，唤起嫦娥酒未中。　　相逢且醉，忙里偷闲知有几。况自丰年，须信金华别是天。

[注释]

①赵倅：指赵师揆，时任婺州通判。　倅：古时地方佐贰之官叫倅。

## 诉衷情

木　犀

疏疏密密未开时，装点最繁枝。分明占断秋思[1]，一任晓风吹。　　金缕细，翠绡垂，画阑西。嫦娥也道，一种幽香，几处相宜。

[注释]

①占断：占尽。

## 谒金门

### 春　雪

春尚浅，谁把玉英裁剪。尽道梅梢开未遍[1]，卷帘花满院。　　楼上酒融歌暖，楼下水平烟远。却似涌金门外见，絮飞波影乱。

[注释]

①尽道：尽管说。

## 谒金门

### 重　午

幽槛暑，又是一年重午。猎猎风蒲吹翠羽，楚天梅熟雨[1]。　　往事潇湘南浦[2]，魂断画船箫鼓。双叶石榴红半吐，倩君聊寄与。

[注释]

①楚天：春秋战国时楚国在南方，故称南天为楚天。　②潇湘南浦：均指送别分袂之地。

## 好事近

辛幼安席上[①]

华屋翠云深，云外晚山千叠。眼底无穷春事，对杨枝桃叶[②]。　　老来沉醉为花狂，霜鬓未须镊。几许夜阑清梦[③]，任翻成蝴蝶。

**[注释]**

①辛幼安：辛弃疾（1140—1207），字幼安，号稼轩，历城（今山东济南）人。　②杨枝桃叶：此指歌女。白居易家伎樊素，因善歌《杨柳枝》，人以曲名名之。见白居易《不能忘情吟》序。《乐府诗集》卷四十五《桃叶歌》引《古今乐录》："《桃叶歌》者，晋王子敬之所作也。桃叶，子敬妾名，缘于笃爱所以歌之。辞曰：桃叶映红花，无风自婀娜。春花映何限，感郎独采我。"　③夜阑清梦：本杜甫《羌村三首》之一"夜阑更秉烛，相对如梦寐"。

## 好事近

郑德与家留饮

秋意满芙蓉，红映小园丛竹。风里凤箫声飏[①]，有新妆明玉。　　诗翁相对两悠然[②]，一醉绕黄菊。目尽晚山横处，共修眉争绿[③]。

**[注释]**

①凤箫："《尚书》舜作箫韶九成，凤凰来仪，其形参差，像凤之翼。"见《风俗通·声音》。后世因称箫为凤箫。辛弃疾《青玉案》："凤箫声动，玉壶光转，一夜鱼龙舞。"　②两悠然：本杜甫《寄岳州贾司马六丈巴州严八使君两阁老五十韵》"故人俱不利，谪宦两悠然"。　③修眉争绿："司马相如妻文君，脸际常若芙蓉，眉黛如望远山。时人效画远山眉。"见《西京杂记》。

## 秦楼月

次韵陈子象[1]

莺声寂，春风欲去难踪迹。难踪迹，几枝红药，万金消得。　　青铜镜里朱阑侧，照人也似倾城色。倾城色，一尊莫负，赏心良夕。

[注释]

①陈子象：名岩肖，金华人。著有《庚溪诗话》。

## 朝中措

辛丑重阳日，刘守招饮石龙亭，追录[1]

危亭崛起卧苍龙，绝景画图中。使作龙山高会[2]，千年乐事能同。　　使君宴处，丹枫影澹，黄花香浓[3]。不惜归鞍照月，直教破帽吹风。

[注释]

①按：此词作于淳熙八年(1181)，时居南涧。　刘守：不详。　②龙山高会："(孟嘉)后为征西桓温参军，温甚重之。九月九日，温燕龙山，僚佐毕集。时佐吏并著戎服。有风至，吹嘉帽堕地，嘉不之觉。温使左右勿言，欲观其举止。嘉良久如厕，温令取还之。命孙盛作文嘲嘉，著嘉坐处。嘉还见，即答之。其文甚美，四坐嗟叹。"见《晋书·孟嘉传》。　③唐氏按："花"字疑误。

## 贺圣朝

送天与

斜阳只向花梢驻，似愁君西去。清歌也便做阳关[1]，更朝来风雨[②]。　　佳人莫道，一杯须近，总眉峰偷聚。明年归诏上鸾台[③]，记别离难处。

[注释]

①阳关：此指《阳关曲》。　②朝来风雨："林花谢了春红。太匆匆。无奈朝来寒雨晚来风。"见李煜《乌夜啼》。　③鸾台："门下省，光宅(684)改为鸾台。"见《旧唐书·职官志》二。

## 西江月

闰重阳

一度难逢佳节，今年两度重阳。菊花犹折御衣黄，莫惜危亭更上。　　况有飞觞滟玉，从教醉帽吹香[①]。兴来相与共清狂[②]，频把新词细唱[③]。

[注释]

①醉帽吹香："(孟嘉)后为征西桓温参军，温甚重之。九月九日，温燕龙山，僚佐毕集。时佐吏并著戎服。有风至，吹嘉帽堕地，嘉不之觉。温使左右勿言，欲观其举止。嘉良久如厕，温令取还之。命孙盛作文嘲嘉，著嘉坐处。嘉还见，即答之。其文甚美，四坐嗟叹。"见《晋书·孟嘉传》。　②清狂：高迈不羁。杜甫《壮游》："放荡齐赵间，裘马颇清狂。"③频把新词细唱：本晏殊《清平乐》(秋光向晚)"殷勤更唱新词"。

## 西江月

春　归

山路冥冥雨暗，溪桥阵阵花飞。一年寂寂又春归，白发自惊尘世。　　不惜障泥渡水[①]，且寻团扇题诗[②]。杜鹃休绕暮烟啼，我欲风前重醉。

[注释]

①障泥渡水:“济善解马性,尝乘一马,著连乾障泥,前有水,终不肯渡。济云:‘此必是惜障泥。’使人解去,便渡。”见《晋书·王济传》。 障泥:马鞯,垫在马鞍下,垂于马腹两旁以挡泥土。 ②团扇题诗:“恽(柳恽)立性贞索,以贵公子早有令名,少工篇什,为诗云:‘亭皋木叶下,陇首秋云飞。’琅邪王见而嗟赏,因书斋题及所执白团扇。”见《南史·柳元景传》。

## 燕归梁

木犀

凉月圆时翠帐深,锁非雾沉沉。广寒宫里未归人,共结屋、住黄金。 繁枝未老秋光淡,好风露、总关心。天香不奈远相寻[①],更剪巧、上瑶簪。

[注释]

①天香:“会春暮,内殿赏牡丹花,上(唐文宗)颇好诗,因向(程)修己曰:‘今京邑传唱牡丹花诗,谁为首出?’对曰:‘臣尝闻公卿间多吟赏中书舍人李正封诗曰:‘天香夜染衣,国色朝酣酒。’’”见唐李濬《松窗杂录》。此谓木犀。

## 南柯子

次韵姚提点行可席上见贻

急雨朝来过,浓云晚半收。荷香便傍酒尊浮。极目淡烟斜照[①]、满芳洲。 消尽人间暑,翻成一段秋。使星南楚转东瓯[②]。只恐禁林归诏[③],未容留。

[注释]

①极目:远望,尽目力所及。 ②南楚:包括今湖南长沙以东,江西南昌、九江及安徽南部一带。《史记·货殖列传》:“衡山九江江南豫章长

沙，是南楚也。" 东瓯：越族东海王瑶的都城，故地在今浙江永嘉县西南。又，汉会稽郡南部都尉治所，亦名东瓯，故地在今福建建瓯县东南，见《读史方舆纪要》九十七《建宁府》。此或泛指今浙南闽北一带。 ③禁林：翰林院的别称。苏辙《辞召试中书舍人》第二状："内外两制，素号要途。兄轼顷已擢在禁林，臣安敢复据西掖。"

## 南柯子

广德道中遇重午

野杏抟枝熟[①]，戎葵抱叶开[②]。村村箫鼓画船回。客里不知时节、又相催。　　角黍堆冰碗[③]，兵符点翠钗。去年今日共传杯。应捻榴花独立、望归来[④]。

[注释]

①抟：环绕。 ②戎葵：蜀葵。黄庭坚《次韵文潜休沐不出》之二："戎葵一笑粲，露井百尺深。" ③角黍：即粽子，因以菰芦叶裹成角状，故名。 ④应捻榴花独立：古人以为表示愁苦无聊之动作，唐宋词中常用，如冯延巳《谒金门》"闲引鸳鸯香径里，手捻红杏蕊"。

## 浪淘沙

觉度寺

席地赏残红[①]，少驻孤蓬。一春不奈雨和风。雨自无情风有恨，花片西东[②]。　　云澹远峰浓，绿遍高桐。神仙知在此山中[③]。万古消凝多少事，目尽晴空。

[注释]

①席地：古人铺席于地以为座，后坐在地上也叫席地。 ②"雨自无情"两句：本晏殊《采桑子》"何人解系天边日，占取春风，免使繁红，一片西飞一片东"。 ③"神仙"句：本贾岛《寻隐者不遇》"只在此山中，云深

不知处”。

## 浪淘沙

赵富文席上①

倦客怕离歌,春已无多。闲愁须倩酒消磨。风雨才晴今夜月,不醉如何。　　玉笋滟金荷②,情在双蛾。二年能得几经过。花满碧溪归棹远,回首烟波。

[注释]

①赵富文:名彦博,武康人,进士出身。　②金荷:酒杯。

## 浪淘沙

芍　药①

鹍鸠怨花残②,谁道春阑③。多情红药待君看④。浓淡晓妆新意态,独占西园⑤。　　风叶万枝繁,犹记平山⑥。五云楼映玉成盘⑦。二十四桥明月下⑧,谁凭朱阑。

[注释]

①芍药:春末夏初开花,花大色艳。　②鹍鸠:一名杜鹃,至三月鸣,昼夜不止,夏末乃止。　③春阑:春尽。　④多情红药:本秦观《春日》“有情芍药含春泪,无力蔷薇卧晓枝”。　⑤西园:即铜雀园,在邺县(今河北临漳),三国时曹植于此以招文士,为建安文人游乐之所。古诗词中常指书院或文人雅集之处,亦泛指一般园林。　⑥平山:指平山堂,在扬州瘦西湖畔蜀冈中峰上,大明寺西侧。宋仁宗庆历八年(1048),欧阳修任扬州太守时所建,由此远望江南远山,正与堂栏相平,故名平山堂。　⑦“五云楼”句:“东武旧俗,每岁四月大会于南禅、资福两寺,以芍药供佛,而今岁最盛,凡七千馀朵……中有白花,正圆如覆盂,其下十馀叶稍大,承之如盘……其名俚甚,乃为易之。”见苏轼《玉盘盂》诗序。　五云楼:指华丽

的楼。 ⑧“二十四桥”句：李斗《扬州画舫录》卷十五谓“廿四桥即吴家砖桥，一名红药桥，在熙春台后，跨西门街东西两岸”。又，沈括《补笔谈》谓唐时扬州确有二十四座桥，至北宋时仅存开明桥等七座。陈思《白石道人歌曲疏证》引《一统志》：“扬州府开明桥，在甘泉县东北，旧传桥左右春月芍药花市甚盛。”

## 鹧鸪天

### 雪

山绕江城腊又残，朔风垂地雪成团。莫将带雨梨花认[1]，且作临风柳絮看。 烟杳渺，路弥漫。千林犹待月争寒。凭君细酌羔儿酒[2]，倚遍琼楼十二阑。

[注释]

①“莫将”句：本岑参《白雪歌送武判官归京》“北风卷地白草折，胡天八月即飞雪。忽如一夜春风来，千树万树梨花开”，白居易《长恨歌》“玉容寂寞泪阑干，梨花一枝春带雨”。 ②羔儿酒：美酒。苏轼《赵成伯家有姝丽吟春雪谨依原韵》诗自注：“世传陶谷学士买得党太尉家故妓，遇雪，陶取雪水烹团茶，谓妓曰：‘党家应不解此。’妓曰：‘彼粗人，安有此景，但能于销金暖帐中浅斟低唱，吃羊羔儿酒耳。’陶默然，愧其言。”

## 鹧鸪天

### 九日双溪楼

不惜黄花插满头[1]，花应却为老人羞。年年九日常拚醉，处处登高莫浪愁。 酬美景，驻清秋。绿橙香嫩酒初浮。多情雨后双溪水[2]，红满斜阳自在流。

[注释]

①“不惜”句：本杜牧《九日齐山登高》“尘世难逢开口笑，菊花须插满头归”。 ②双溪：“双溪，在南城（金华城南），一曰东港，一曰南港。东

港源出东阳县太盆山,经义乌西行入县境,又汇慈溪、白溪、玉泉溪、坦溪、赤松溪,经石卫岩下,与南港会。南港源出缙云黄碧山,经永康、义乌入县境。又合松溪、梅溪水,绕屏山西北行,与东港会于城下,故名。”见《浙江通志》卷十七《名胜志》。

## 鹧鸪天

九日登赤松绝顶

老去休惊节物催,菊花端的为君开[①]。携壶幸有齐山客[②],怀古还如单父台[③]。　松掩映,水萦回。使君强健得重来。不须细把茱萸看[④],且尽丰年酒一杯。

[注释]

①端的:实在,果然。　②“携壶”句:本杜牧《九日齐山登高》“江涵秋影雁初飞,与客携壶上翠微”。　齐山客:指登高能赋之士。　③单父台:古名胜,故址在今山东单县南。杜甫《昔游》诗:“昔者与高李,晚登单父台。”　④细把茱萸看:本杜甫《九日蓝田崔氏庄》“明年此会知谁健,醉把茱萸仔细看”。　茱萸:植物名,有浓烈香味。古代风俗,重阳节佩茱萸囊以祛邪辟恶。

## 虞美人

送韩子师

西风斜日兰皋路[①],碧嶂连红树。天公也自惜君行,小雨霏霏特地、不成晴[②]。　满城桃李春来处。我老君宜住。莫惊华髮笑相扶,记取他年同姓、两尚书。

[注释]

①兰皋:生长兰花的水边。　②特地:特意。杜甫《陪柏中丞观宴将士》诗:“几时来翠节,特地引红妆。”

## 虞美人

怀金华九日寄叶丞相[1]

登临自古骚人事，惨慄天涯意[2]。金华峰顶做重阳，月地千寻风里、万枝香。　相君携客相应记，几处容狂醉。双溪明月乱山青，飞梦时时犹在、最高亭。

[注释]

①叶丞相："叶衡字梦锡，婺州金华人。绍兴十八年（1148）进士。……有言江淮兵籍伪滥，诏衡按视，赐以袍带鞍马弓矢，且命衡措置民兵，咸称得治兵之要。知荆南、成都、建康府，除户部尚书，除签书枢密院事，拜参知政事。"见《宋史·叶衡传》。　②惨慄：凄恻悲苦。

## 虞美人

七　夕

烟霄脉脉停机杼[1]，双鹊飞来语[2]。踏歌声转玉钩斜[3]，好是满天风露、一池花。　离多会少从来有[4]，不似人间久。欢情谁道隔年迟[5]，须信仙家日月、未多时。

[注释]

①"烟霄"句："天河之东有织女，天帝之子也，年年织杼劳役，织成云锦天衣。天帝怜其独处，许嫁河西牵牛郎。嫁后，遂废织纴。天帝怒，责令归河东，惟每年七月七日夜渡河一会。"见《荆楚岁时记》。　②"双鹊"句："织女七夕当渡河，使鹊为桥。相传七日鹊首无故皆秃，因为梁以渡织女故也。"见韩鄂《岁华纪丽》卷三引《风俗通》。　③踏歌：连手而歌，以足踏地为节奏。　玉钩：指弯月。　④"离多"句：本张耒《七夕歌》"七月七夕河边渡，别多会少知奈何"。　⑤"欢情"句：本秦观《鹊桥仙》"两情若是久长时，又岂在朝朝暮暮"。

## 虞美人

叶梦锡园十月海棠盛开

诏书昨夜催春到，绿野花争早。几枝先见海棠开，全胜陇头冲雪、寄江梅。　　破寒滴滴娇如醉，不比春饶睡。万红千紫莫嫌迟，看取满城花送、衮衣归[①]。

［注释］

①衮衣：古代帝王及上公绣龙的礼服。亦代称高官大僚。

## 夜行船

再至东阳，有歌予往岁重九词者

极目高亭横远岫[①]，拂新晴、黛蛾依旧。策马重来，秋光如画，霜满翠梧高柳。　　菊美橙香还对酒，欢情似、那时重九。楼上清风，溪头明月，不道沈郎消瘦[②]。

［注释］

①远岫：远山。　②"不道"句：本《梁书·沈约传》，"与徐勉素善，遂以书陈情于勉曰：'……百日数旬，革带常应移孔，以手握臂，率计月小半分。以此推算，岂能支久？'"此以沈郎自况。　不道：犹言不奈。

## 南乡子

龙眼未闻有诗词者，戏为赋之

江路木犀天，梨枣吹风树树悬。只道荔枝无驿使[①]，依然。赢得骊珠万颗传[②]。　　香露滴芳鲜，并蒂连枝照绮筵。惊走梧桐双睡鹊，应怜。腰底黄金作弹圆。

[注释]

①荔枝驿使：指传送新鲜荔枝的快骑。杜牧《过华清宫绝句》："一骑红尘妃子笑，无人知是荔枝来。"　②骊珠：出自骊龙颔下的珍珠。见《庄子·列御寇》。此谓龙眼。

## 南乡子

中秋前一日饮赵信申家

细雨弄中秋，雨歇烟霄玉镜流[①]。唤起佳人横玉笛，凝眸。收拾风光上小楼。　烂醉拚扶头[②]，明日阴晴且漫愁。二十四桥何处是，悠悠。忍对嫦娥说旧游。

[注释]

①玉镜：喻明月。郑谷《春夕伴同年礼部赵员外省直》诗："冰含玉镜春寒在，粉傅仙闱月色多。"　②扶头：易醉之酒。白居易《早饮湖州酒寄崔使君》诗："一榼扶头酒，泓澄泻玉壶。"

## 醉落魄

务观席上索赋[①]

楼头晚鼓，佳人莫唱黄金缕[②]。良宵灯火还三五。肠断扁舟，明日江南去。　离觞欲醉谁能许，风前蝶闹蜂儿舞。明年此夜知何处。且插梅花，同听画檐雨。

[注释]

①务观：陆游（1125—1209），字务观，号放翁，山阴（今浙江绍兴）人。　②黄金缕：本杜牧《杜秋娘诗》"秋持白玉斝，与唱金缕衣"。　金缕衣：曲调名，表达青春易逝的惆怅。

## 醉落魄

戊戌重阳龙山会别[1]

菊花又折,今年真是龙山客。杯行潋滟新醅白[2]。一醉相欢,莫使话离恻。　　从教破帽频攲侧,楼头霜树明秋色。凭高待把疏星摘。天近风清,不怕暮云隔。[3]

[注释]

①龙山:地名。《读史方舆纪要》卷七十八《湖广江陵县》:"龙山在城西北十五里,桓温九日登高,孟嘉落帽处也。"又《晋书·孟嘉传》:"(孟嘉)后为征西桓温参军,温甚重之。九月九日,温燕龙山,僚佐毕集。时佐吏并著戎服。有风至,吹嘉帽堕地,嘉不之觉。温使左右勿言,欲观其举止。嘉良久如厕,温令取还之。命孙盛作文嘲嘉,著嘉坐处。嘉还见,即答之。其文甚美,四坐嗟叹。"　②潋滟:满溢貌。白居易《对新家酝玩自种花》诗:"玲珑五六树,潋滟两三杯。"　③注者按:此词作于淳熙五年(1178)。

## 一剪梅

叶梦锡席上

竹里疏枝总是梅。月白霜清,犹未全开。相逢聊与著诗催。要趁金波,满泛金杯。　　多病惭非作赋才。醉到花前,探得春回。明年公已在鸾台。看取春风,丹诏重来[1]。

[注释]

①丹诏:皇帝的敕命。

## 临江仙

次韵子云中秋[①]

记得年时离别夜，都门强半清秋。今年想望只邻州。星连南极动，月满大江流[②]。　芸阁老仙多妙语[③]，云阶清梦曾游。屐声还认庾公楼[④]。金波摇酒面，河影堕帘钩。

[注释]

①子云：作者从兄韩元龙之字。　②"星连南极"二句：本杜甫《旅夜书怀》"星垂平野阔，月涌大江流"。　③芸阁：古代藏书之所，即秘书省。　④庾公楼：指晋朝庾亮所登临的南楼。《晋书·庾亮传》："亮在武昌（今鄂城），诸佐吏殷浩之徒，乘秋夜往共登南楼，俄而不觉亮至，诸人将起避之。亮徐曰：'诸君少住，老子于此处兴复不浅。'便据胡床与浩等谈咏竟坐。"此泛指英才雅集之所。

## 临江仙

寄张安国[①]

自古文章贤太守[②]，江南只数苏州。而今太守更风流。薰香开画阁，迎月上西楼。　见说宫妆高髻拥，司空却是遨头[③]。五湖莫便具扁舟[④]。玉堂红蕊在[⑤]，还胜百花洲。

[注释]

①张安国：张孝祥（1133—1170），字安国，学者称于湖先生，历阳乌江人。　②文章贤太守：原指能做文章的太守欧阳修。欧阳修《朝中措》词："文章太守，挥毫万字，一饮千钟。"后泛指能写作的太守。　③"见说"二句："太守出游，士女则于木床观之，势如磴道，谓之遨床。故太守为遨头。"见《成都记》。《云溪友议》卷中《中山悔》条："中山公（刘禹锡）谓诸

宾友曰:'昔赴吴台,扬州大司马杜公鸿渐为余开宴,沉醉归驿亭。似醒,见二女子在旁,惊非我有也。乃曰:"郎中席上与司空诗,特令二乐伎侍寝。"且醉中之作都不记忆。明旦修启陈谢,杜公亦优容之。'诗曰:'高髻云鬟宫样妆,春风一曲《杜韦娘》。司空见惯寻常事,断尽苏州刺史肠。'"见说:听说。 ④"五湖"句:反用唐陆广微《吴地记》引《越绝书》佚文"西施亡吴国后,复归范蠡,同泛五湖而去"之意。 ⑤玉堂:"唐翰林院在禁中,乃人主燕居之所。玉堂、承明、金銮殿皆在其间。"见沈括《梦溪笔谈》。后作为翰林院的代称。此指张安国幕府。

## 江神子

建安县戏赵德庄[1]

十年此地看花时。醉题诗,夜弹棋。湖海相逢,曾共惜芳菲。前度刘郎今度客[2],嗟老矣,鬓成丝。 江梅吹尽柳桥西。雪纷飞,画船移。满眼青山,依旧带寒溪。往事如云无处问,云外月,也应知。

[注释]

①赵德庄:"吾友赵德庄……讳彦端,德庄其字也。于宣祖皇帝为八世孙。……年十七应进士举,遂登绍兴八年(1138)礼部第。主临安府钱塘县簿,公卿贵人争识之。声名籍甚。……除直显谟阁,为江南东路计度转运副使。……以小疾得主管台州崇道观。馀干号佳山水,所居最胜。日与宾客觞咏自怡,好事者以为有旷达之风。……享年五十有五,卒以淳熙二年(1175)七月四日。……其所为文,类之为十卷,自号《介庵居士集》云。"见韩元吉《南涧甲乙稿》卷二十一《直宝文阁赵公墓志铭》。 建安:今福建建瓯。 ②前度刘郎:指刘禹锡。

## 江神子

金山会饮[①]

金银楼阁认蓬莱[②]。晓烟开，上崔嵬[③]。风引孤帆，谁道却船回。鹏翼倚天鳌背稳，惊浪起，雪成堆。　翩翩黄鹤为谁来。醉持杯，共徘徊。四面江声，脚底隐晴雷[④]。织女机头凭借问，何处更、有琼台。

[注释]

①金山："山在京口江心，号龙游寺，登妙高峰，望焦山海门皆历历。"见宋周必大《二老堂杂志》卷五《记镇江府金山》。　②蓬莱："自威、宣、燕昭使人入海求蓬莱、方丈、瀛洲，此三神山者，其传在渤海中。"见《汉书·郊礼志上》。　③崔嵬：山高峻貌。　④晴雷：此指涛声。

## 满江红

丁亥示庞祐甫[①]

梅欲开时，君欲去、花谁同折。应怅望、江津千树，晚烟明雪[②]。花似故人相见好，人如塞雁多离别。待留君、重看水边花，花边月。　台城路，山如阙。追往事，伤时节。但春风春雨，古人愁绝。多少扬州诗兴在[③]，直须清梦翻蝴蝶。问他年、谁记饮中仙，花应说。

[注释]

①庞祐甫："庞谦孺，字祐甫，先公友也。自号白蘋老人，善骚雅高甚，陆沉选调，穷困至死。微佞佛，作莲社。故相庞籍之孙也。"见韩淲《涧泉日记》卷中。　注者按：此词作于乾道三年(1167)。　②明雪：本张谓《咏梅》"不知近水花先发，疑是经春雪未销"。　③扬州诗兴：本何逊《扬州早梅》"应知早飘落，故逐上春来"，杜甫《和裴迪登蜀州东亭送客逢早梅相忆见

寄》“东阁官梅动诗兴,还如何逊在扬州。此时对雪遥相忆,送客逢花可自由”。

## 满江红

自鹿田山桥小集潜岳寺,坐中酬陈子象词①

寂寞山城,春已半、好花都折。无奈向、阴晴不定,冷烟寒食。莫问花残风又雨,且须烂醉酬春色。叹使君、华髮又重来,人应识。　　丹井畔,山桥侧。空翠里,烟如织。便直教马上,醉巾沾湿②。丞相车茵端未惜,孟公好客聊无客③。算明年、溪路海棠开,还相忆。

[注释]

①陈子象:即陈岩肖,著有《庚溪诗话》。　注者按:此词作于淳熙元年(1174)。　②“便直教”句:“故园东望路漫漫,双袖龙钟泪不干。马上相逢无纸笔,凭君传语报平安。”见岑参《逢入京使》。　③孟公好客:“陈遵字孟公,杜陵人也。……牧守当之官,及郡国豪杰至京师者,莫不相因到遵门。遵嗜酒,每大饮,宾客满堂,辄关门,取客车辖投井中,虽有急,终不得去。”见《汉书·游侠传》。

## 满江红

再至丹阳,每怀务观,有歌其所制者,因用其韵示王季夷、章冠之①

江绕层城②,重楼迥、依然出色。□□有、佳人犹记③,旧家离别。把酒只如当日醉,挥毫剩欠尊前客。算平林、有恨寄伤心,烟如织④。　　湖平树,花连陌。风景是,光阴易。叹新声浑在,断云难觅。暮雨不成巫峡梦⑤,数峰还认湘波瑟⑥。但与君、同看小槽红,真珠滴⑦。

［注释］

①务观：即陆游。　章冠之：“章甫，字冠之，先公友也，号转庵居士。本鄱阳人，居仪真。善隶古，有《易足居士自鸣集》。先公尝为作《易足堂记》。”见韩淲《涧泉日记》卷中。　注者按：元吉再至丹阳乃乾道二年（1166）秋赴建康途中，故此词当作于是年。　②层城：古代神话谓昆仑山有层城九重，分三级：下层叫樊桐，一名板桐；中层叫玄圃，一名阆风；上层叫层城，一名天庭，为太帝所居，上有不死之树。见《淮南子·地形训》、《水经注》一《河水》。后喻高大的城阙。　③□□：唐氏按，原无空格，据《南涧诗馀》补。　④“算平林”二句：本李白《菩萨蛮》词“平林漠漠烟如织，寒山一带伤心碧”。　⑤“断云”二句：“昔者先王尝游高唐，怠而昼寝，梦见一妇人，曰：‘妾巫山之女也，为高唐之客，闻君游高唐，愿荐枕席。’王因幸之，去而辞曰：‘妾在巫山之阳，高丘之阻，旦为朝云，暮为行雨。’”见宋玉《高唐赋序》。　⑥湘波瑟：“善鼓云和瑟，常闻帝子灵。冯夷空自舞，楚客不堪听。”见钱起《湘灵鼓瑟》诗。　⑦“但与君”二句：本李贺《将进酒》诗“琉璃钟，琥珀浓，小槽酒滴珍珠红”。　槽：注酒器。

## 水调歌头

席上次韵王德和①

世事不须问，我老但宜仙。南溪一曲，独对苍翠与孱颜②。月白风清长夏，醉里相逢林下③，欲辨已忘言④。无客问生死，有竹报平安⑤。　少年期，功名事，觅燕然⑥。如今憔悴，萧萧华发抱尘编。万里蓬莱归路，一醉瑶台风露，因酒得天全⑦。笑指云阶梦，今夕是何年。

［注释］

①王德和：“王宁字德和，三魁乡荐，乾道丙戌中乙科，终中奉大夫、直徽猷阁。逮三朝，凡所扬历，绰有休闻。有《笑庵集》十卷。”见《江阴县志》卷十六《人物志·乡贤》。辛弃疾有《水调歌头·席上用王德和推官韵，寿南涧》一阕，用韵与元吉此阕同，故知二阕作于同时。《康熙上饶县志》

卷十二载淳熙十年(1183)癸卯推官王宁所撰之《修学记》一文,据知王德和任信州推官在淳熙十年前后。九年稼轩有《太常引》(君王着意)词寿元吉,则稼轩《水调歌头·席上用王德和推官韵,寿南涧》阕当为十年之作。故元吉此阕也当作于淳熙十年。 ②孱颜:高而险的山石。 ③林下:指退隐之所。 ④欲辩已忘言:本陶渊明《饮酒》诗其五"此中有真意,欲辩已忘言"。 ⑤竹报平安:"北都惟童子寺有竹一窠,才长数尺,相传其寺纲维,每日报竹平安。"见唐段成式《酉阳杂俎续集·支植下》。⑥燕然:山名,即今蒙古境内的杭爱山。东汉窦宪,大败北单于于燕然山,刻石记功。见《后汉书·窦宪传》。 ⑦唐氏按:"天全"原作"全天",据《永乐大典》卷二万三百五十二"席"字韵改。 天全:指不假雕饰的天然状态。苏轼《和文与可洋州园池三十首涵虚亭》:"惟有此亭无一物,坐观万景得天全。"

## 水调歌头

七月六日与范至能会饮垂虹[①]。是时至能赴括苍[②],余以九江命造朝,至能索赋

江路晓来雨,残暑夜全消。人言天上今夕,飞鹊渐成桥[③]。杳杳云车何处[④],脉脉红蕖香度。瓜果趁良宵[⑤]。推枕断虹卷,抚槛白鱼跳。 五湖客,临风露,倚兰苕。云涛四起,极目人世有烟霄。我送君舟西渡,君望我帆南浦。明日恨迢迢。且醉吴淞月,重听浙江潮。

[注释]

①范至能:"范成大,字至能,吴郡人。绍兴二十四年擢进士第。除敷文阁待制,四川制置使。除权吏部尚书,拜参知政事。绍熙四年薨。成大素有文名,尤工于诗。自号石湖。有《石湖集》、《揽辔录》、《桂海虞衡志》行于世。"见《宋史·范成大传》。 垂虹:"吴江利往桥,庆历八年,县尉王廷坚所建也。东西千馀尺,用木万计,萦以修阑,甃以净甓。前临具区,横截松陵。河光海气,荡漾一色。乃三吴之绝景也。……桥有亭曰垂虹。"见《吴郡图经续》(中)。 ②括苍:县名,即今浙江丽水市。范成大

知处州在孝宗初。 ③“人言”二句：“织女七夕当渡河，使鹊为桥。相传七日鹊首无故皆秃，因为梁以渡织女故也。”见韩鄂《岁华纪丽》卷三引《风俗通》。 ④云车：仙人以云为车，多指女神所乘。 ⑤“瓜果”句：旧时七夕有乞巧的风俗。唐徐坚《初学记》卷四引宗懔《荆楚岁时记》：“七夕妇女结彩缕，穿七孔针，或以金银鍮石为针，陈瓜果于庭中以乞巧。有喜子网于瓜上，则以为得。”

## 水调歌头

寄陆务观

明月照多景[①]，一话九经年。故人何在，依约蜀道倚青天。豪气如今谁在，剩对岷峨山水。落纸起云烟。应有阳台女，来寿隐中仙。 相如赋，王褒颂[②]，子云玄[③]。兰台麟阁[④]，早晚飞诏下甘泉[⑤]。梦绕神州归路。却趁鸡鸣起舞。馀事勒燕然。白首待君老，同泛五湖船。

[注释]

①多景：即多景楼。宋张邦基《墨庄漫录》卷四：“镇江府甘露寺在北固山上。江山之胜，烟云显晦，萃于目前。旧有多景楼，尤为胜览之最。” ②王褒颂：指王褒《圣主得贤臣颂》。《汉书·王褒传》：“王褒字子渊，蜀人也。褒既为刺史作颂，又作其传，益州刺史王襄奏褒有轶材，上乃征褒。既至，诏褒为圣主得贤臣颂其意。” ③子云玄：《汉书·扬雄传》：“扬雄字子云，蜀郡成都人也。……（雄）实好古而乐道，其意欲求文章成名于后世，以为经莫大于《易》，故作《太玄》。”以上三句喻陆游之才华。 ④兰台：指御史台。 麟阁：即麒麟阁，汉宣帝召人于此画功臣像，以示表彰。见《汉书·苏建传》。 ⑤飞诏下甘泉：甘泉，汉宫殿名。《汉书·扬雄传》：“孝成帝时，客有荐雄文似相如者，上方郊祀甘泉泰畤、汾阴后土，以求继嗣。召雄待诏承明之庭。正月，从上甘泉，还奏《甘泉赋》以讽。”

## 水调歌头

次韵子云惠山见寄[1]

滟滟桂华满，摇落楚江秋。去年今夜，相望千里一扁舟。满目都门风露，离别凄凉几度，霜雪渐盈头。山水最佳处，常恨不同游。　　少年约，谈笑事，取封侯[2]。田园归晚，休问适不用吾谋。身外功名何处，屈指如今老去，无梦到金瓯。剩买五湖月，吹笛下沧洲。

[注释]

①惠山：亦名慧山，在今江苏无锡县西。相传西域僧人慧照居此，故名。见《太平寰宇记》。　②"少年约"三句："班超字仲升，扶风平陵人。家贫，常为官佣书。尝辍业投笔叹曰：'丈夫无他志略，犹当效傅介子、张骞，立功异域，以取封侯，安能久事笔砚间乎？'"见《后汉书·班超传》。

## 水调歌头

云　洞[1]

今日俄重九[2]，莫负菊花开。试寻高处，携手蹑屐上崔嵬[3]。放目苍岩千仞[4]，云护晓霜成阵，知我与君来。古寺倚修竹，飞槛绝纤埃[5]。　　笑谈间，风满座，酒盈杯。仙人跨海，休问随处是蓬莱[6]。落日平原西望，鼓角秋深悲壮，戏马但荒台[7]。细把茱萸看，一醉且徘徊。[8]

[注释]

①云洞：《全宋词》作"水洞"。按辛弃疾《水调歌头·九日游云洞，和韩南涧尚书韵》作"云洞"，《南涧甲乙稿》有《云洞》诗，故改。《云洞》诗题下自注云："在信州西。"　②俄：突然，短暂。　③崔嵬：高耸貌。　④苍岩千仞：形容山高。古时以周朝的七尺或八尺为

仞。 ⑤飞槛：高楼上的阑干。 ⑥“仙人”两句：意谓在层岩上眺望（就洞言），犹如仙人游海上之神山，触处皆美景。 海：兼有云海义。句下作者自注：“洞有仙骨岩。” ⑦戏马但荒台：《南史·孔靖传》载，孔靖“辞事东归，帝（宋武帝刘裕）亲饯之戏马台，百僚咸赋诗以述其美。”饯行时适为重阳节。谢灵运《九日从宋公戏马台集送孔令诗》即作于此时。戏马台：“彭城西南有项羽戏马台，宋武帝尝九日登之。”见《山川古今记》。故址在今江苏徐州市南。 ⑧注者按：辛弃疾《水调歌头》“九日游云洞，和韩南涧尚书韵”。邓广铭编定于淳熙九年（1182），则南涧此词也当作于是年。

## 水调歌头

雨花台①

泽国又秋晚②，天际有飞鸿。中原何在，极目千里暮云重。今古长干桥下③，遗恨都随流水，西去几时东。斜日动歌管，萸菊舞西风④。 江南岸，淮南渡，草连空。石城潮落⑤，寂寞烟树锁离宫⑥。且鬥尊前酒美，莫问楼头佳丽⑦，往事有无中。却笑东山老⑧，拥鼻与谁同⑨。

［注释］

①雨花台：在今江苏南京市南。相传梁武帝时有云光法师讲经于此，天花坠落如雨，故名。见《永乐大典》二百六十三引《建康志》。 ②泽国：水乡，此指江南地区。 ③长干桥：在今南京中华门外长干里，雨花台以北。 ④萸：即茱萸。 ⑤石城：即石城头，三国东吴孙权时所建，故址在今南京市西石头山后。 ⑥离宫：古代帝王于正式宫殿之外别筑宫室，以便随时游处，谓之离宫，言与正式宫殿分离。此指金陵历代故宫。 ⑦楼头佳丽：指陈后主贵妃张丽华。杜牧《台城曲》：“门外韩擒虎，楼头张丽华。” ⑧东山老：指东晋宰相谢安，因其早年曾隐居浙江上虞之东山，故称。此以自况。 ⑨拥鼻：拥鼻吟的略语。《世说新语·雅量》：“方作洛生咏。”注引宋明帝《文章志》：“（谢）安能作洛下书生咏，而少有鼻疾，语

音浊。后名流多效其咏弗能及,手掩鼻而吟焉。"

## 水调歌头

和庞祐甫见寄[1]

落日淡芳草,烟际一鸥浮。西湖好处,君去千里为谁留。坐想敬亭山下[2],竹映一溪寒水,飞盖共追游[3]。况有尊前客,相对两诗流。　笑谈间,风满座,气横秋[4]。平生壮志、长啸起舞看吴钩[5]。红白山花开谢,半醉半醒时节,春去子规愁。梦绕水西寺,回首谢公楼。

[注释]

①庞祐甫:即庞谦孺。此词作于乾道三年(1167),时任江东转运判官。　②敬亭山:在今安徽宣城北。山上有敬亭,相传为南齐谢朓赋诗之所,故名。李白《独坐敬亭山》:"众鸟高飞尽,孤云独去闲。相看两不厌,只有敬亭山。"　③飞盖共追游:本曹植《公宴》诗"清夜游西园,飞盖相追随"。　④气横秋:本孔稚圭《北山移文》"风情张日,霜气横秋"。　⑤吴钩:"唐人诗多用吴钩者,吴钩,刀名也,刃弯,今南蛮用之,谓之葛党刀。"见沈括《梦溪笔谈》卷十九。杜甫《后出塞》诗:"少年别有赠,含笑看吴钩。"

## 醉蓬莱

次韵张子永同饮谢德舆家

听清歌初转,翠岭云横,乍飞还驻[1]。水落秋明,正千岩呈露。况有宾朋,飘然才调[2],尽凌空鹓鹭。步绕西畴,同寻南涧,郊原新雨。　好客声名,郑庄风韵[3],松菊栽成,故侯瓜圃[4]。燕去鸿来,笑人生离聚。老子偷闲,爱君三径,共一尊芳醑[5]。待约梅仙[6],他年丹就,骑鲸飞去[7]。

[注释]

①"听清歌"三句：本《列子·汤问》"（秦青）抚节悲歌，声振林木，响遏行云"。　②飘然：飘逸、潇洒。杜甫《春日忆李白》："白也诗无敌，飘然思不群。"　③"好客声名"二句："郑当时者，字庄，陈人也。……孝景时，（郑庄）为太子舍人，每五日洗沐，常置驿马长安诸郊存诸故人。请谢宾客，夜以继日，至其明旦，常恐不遍。……庄为太史，诫门下：'客至，无贵贱无留门者。'执宾主之礼，以其贵下人。"见《史记·汲郑列传》。此谓谢德舆好客似郑庄。　④"松菊"二句：喻安于贫贱，过隐居生活。《史记·萧相国世家》："召平者，故秦东陵侯。秦破为布衣，贫，种瓜于长安城东。瓜美，故世俗谓之东陵瓜。"　⑤"爱君三径"两句：三径，指归隐者的住所。汉赵岐《三辅决录·逃名》："蒋翊（汉兖州刺史）归乡里，荆棘塞门，舍中有三径，不出，唯求仲、羊仲从之游。"陶渊明《归去来兮辞》："三径就荒，松菊犹存。"此指谢家。　芳醑（xǔ）：美酒。　⑥梅仙：指梅福，汉代隐士，传说后成仙。《汉书·梅福传》："为郡文学，补南昌尉。……王莽专政，福一朝弃妻子去九江，至今传以为仙。"　⑦骑鲸：本扬雄《羽猎赋》"乘巨鳞，骑鲸鱼"。此有成神仙意。

## 念奴娇

中秋携儿辈步月至极目亭，寄怀子云兄

去年秋半，正都门结束，相将离别。潋潋双溪新雁过①，重见当时明月。步转高楼，凄凉看镜，绿鬓纷成雪。晚晴烟树，傍人飞下红叶。　还记江浦潮生，云涛天际，涌金波一色。千里相望浑似梦，极目空山围碧。醉拍朱阑，满簪丹桂，细与姮娥说。倚风孤啸，恍然身在瑶阙。

[注释]

①双溪：地名。《浙江通志》卷十七《名胜志》："双溪，在南城（金华城南），一曰东港，一曰南港。东港源出东阳县太盆山，经义乌西行入县境，又汇慈溪、白溪、玉泉溪、坦溪、赤松溪，经石卫岩下，与南港会。南港源出缙云黄碧山，经永康、义乌入县境。又合松溪、梅溪水，绕屏山西北行，与

东港会于城下,故名。” 潋潋:水波动荡貌。

## 念奴娇

再用韵答韩子师

定交最早,叹西津几度,匆匆论别。世事浮云山万变[①],只有沧江横月。长忆追随,湖山好处,醉帽敧风雪。竹阴花径,兴来题尽桐叶[②]。  谁忆此地相逢,鬓毛君未白,眉添黄色。屈指烟霄归诏近,路入龙楼金碧[③]。千载功名,一尊欢笑,会作他年说。倚天长剑[④],夜寒光透银阙。

[注释]

①“世事浮云”句:本杜甫《可叹》诗“天上浮云如白衣,斯须改变如苍狗”。 ②题尽桐叶:本杜甫诗“石阑斜点笔,桐叶坐题诗”。此指二人吟唱之乐。 ③龙楼:帝王宫阙。欧阳修《鹎鵊词》诗:“龙楼凤阁郁峥嵘,深宫不闻更漏声。” ④倚天长剑:本《古文苑·大言赋》(传为宋玉作)“方地为车,圆天为盖,长剑耿耿倚天外”。

## 念奴娇

次陆务观见贻念奴娇韵[①]

湖山泥影[②],弄晴丝、目送天涯鸿鹄。春水移船花似雾,醉里题诗刻烛[③]。离别经年[④],相逢犹健,底恨光阴速。壮怀浑在,浩然起舞相属。  长记入洛声名,风流觞咏,有兰亭修竹[⑤]。绝唱人间知不知[⑥],零落金貂谁续[⑦]。北固烟钟,西州雪岸[⑧],且共杯中绿[⑨]。紫台青琐[⑩],看君归上群玉[⑪]。

[注释]

①陆务观：陆游，字务观。　②泥：喻沉醉留连。白居易《湖中自照》："失却少年无觅处，泥他湖水欲何为。"　③题诗刻烛："竟陵王子良尝夜集学士，刻烛为诗。四韵者则刻一寸，以此为率。文琰曰：'顿烧一寸烛，而成四韵诗，何难之有。'"见《南史·王僧孺传》。谓在规定时间内完成诗作。　④经年：年复一年。　⑤"风流觞咏"二句：本王羲之《兰亭集序》："此地有崇山峻岭，茂林修竹。……虽无丝竹管弦之盛，一觞一咏，亦足以畅叙幽情"。此指当年雅集吟咏之快事。　⑥不知：唐氏按："知"字平仄不叶，疑误。　⑦"零落"句：本《战国策·秦策一》"（苏秦）说秦王书十上而说不行，黑貂之裘敝"。　⑧西州：即入西州城门之路，谢安扶病经此。谢安死后，其甥羊昙悲伤悼念，不忍经此路。见《晋书·谢安传》。此谓作者对友人的思念之情。　⑨杯中绿：本白居易《和梦得游春诗一百韵》"行看须间白，谁劝杯中绿"。　⑩紫台青琐：帝王所居。江淹《恨赋》："若夫明妃去时，仰天叹息，紫台稍远，关山无极。"　青琐：皇宫门窗上的连环纹饰。此指朝廷。杜甫《秋兴》之五："一卧苍江惊岁晚，几回青琐点朝班。"　⑪群玉：指群玉山，神话中的仙山。见《穆天子传》二。李白《清平调》："若非群玉山头见，会向瑶台月下逢。"

## 念奴娇

### 次　韵

春来离思，正楼台灯火、香凝金戟。扬子江头嘶骑拥，杨柳花飞留客。枚乘声名①，谪仙风韵，更赋长相忆。酒阑相顾，起看月堕寒壁。　尊前谁唱新词，平林真有恨、寒烟如织。燕雁横空梅蕊乱，醉里隔江闻笛。白髮逢春，湖山好在，一笑千金直②。待君归诏，买船重话畴昔③。

[注释]

①枚乘声名："枚乘字叔，淮阴人也，为吴王濞郎中……吴王不纳（其谏），乘等去而之梁，从孝王游。……复游梁，梁客皆善属辞赋，乘尤高。……武帝自为太子闻乘名，及即位，乘年老，乃以安车蒲轮征乘，道

死。”见《汉书·枚乘传》。此以枚乘喻陆游。 ②一笑千金:本汉崔骃《七依》“回头百万,一笑千金”。 ③畴昔:往日,从前。

## 水龙吟

溪中有浣衣石

乱山深处逢春,断魂更入桃源路[1]。双双翠羽,溅溅流水,濛濛香雾。花里莺啼,水边人去,落红无数。恨刘郎鬓点,星星华发,空回首,伤春暮。 寂寞云间洞户。问当年、佳期何处。虹桥望断,琼楼深锁,如今谁住。绿满千岩,浣衣石上,倚风凝伫。料多情好在,也应笑我,却匆匆去。

[注释]

①桃源路:指刘晨、阮肇入天台遇仙之桃溪。

## 水龙吟

夜宿化城,得张安国长短句[1],戏用其韵

五谿深锁烟霞,定知不是人间世。轩然九老[2],排云一笑,苍颜相对。星斗垂空。月华随步,酒醒无寐。□广寒已近[3],嫦娥起舞,天风动,摇丹桂。 极目层霄如洗[4]。正千岩、棱棱霜气[5]。飞泉半落,苍崖百仞,珠翻玉碎。金衲松成,葛洪丹就[6],如今千载。叹谪仙诗在,骑驴未远,且留君醉。

[注释]

①张安国:即张孝祥,作者挚友。 化城:寺名,在安徽当涂。 ②轩然九老:此借用香山九老燕集事。唐武宗会昌五年(846)二月,白居易等

九老人于洛阳举行尚齿会，赋诗纪事。见《唐诗纪事》四十九。 ③□广寒：唐氏按，原无空格，据《南涧诗馀》补。 ④层霄：天空高远之处，犹言九霄。 ⑤棱棱：威厉貌。 ⑥葛洪丹就：葛洪好炼丹导引之术，著有《抱朴子》。见《晋书·葛洪传》。

## 瑞鹤仙

送王季夷[①]

西风吹暮雨。正碧树凉生，送君南浦。蝉声带残暑。满高林斜照，暝烟横渚。故乡路阻。更秋入、江城雁渡。怅天涯、几许闲愁，对酒共成羁旅。 休问功名何在，绿鬓吴霜，素衣尘土[②]。离觞缓举。收玉箸[③]，听金缕。叹凌云才调，乌丝阑上，省把清诗漫与[④]。见洛阳、年少交游，倩君寄语。

[注释]

①王季夷：即王嵎，淳熙间名士。作者文友。 ②素衣尘土：本陆机《为顾彦先赠妇》"京洛多风尘，素衣化作缁"。 ③玉箸：指眼泪。南朝梁刘孝威《独不见》诗："谁怜双玉箸，流面复流襟。" ④清诗漫与：谓率真赋诗，并不刻意求工。杜甫《江上值水如海势聊短述》："老去诗篇浑漫与，春来花鸟莫深愁。"

## 薄 幸

送安伯弟

送君南浦。对烟柳，青青万缕。更满眼、残红吹尽，叶底黄鹂自语。甚动人、多少离情，楼头水阔山无数。记竹里题诗，花边载酒，魂断江干春暮[①]。 都莫问、功名事，白髮渐、星星如许[②]。任鸡鸣起舞，乡关何在，凭高目尽孤鸿去。漫留君住。趁酴醾香暖,持杯且醉瑶台路。相思记取,愁绝西窗夜雨。

(以上六十四首《南涧甲乙稿》卷七)

[注释]

①江干:江岸。 ②"都莫问"二句:本晁补之《摸鱼儿·东皋寓居》"君试觑,满青镜,星星鬓影今如许"。

[集评]

丁绍仪云:"自竹垞太史《词综》出而各选皆废,各家选词亦未有善于《词综》者。惜彼时宋元善本书匿而未出,仅见毛氏所刻与世俗流传刊钞各本,每有错脱,梓时又多帝虎之讹,均未校改。……韩元吉《薄幸》云:'叹白髮星星如许。'落'叹'字。"(《听秋声馆词话》卷十三)

## 临江仙

不恨绿阴桃李过,酴醾正向人开。一尊清夜月徘徊。花如人意好,月为此花来。 未信人间香有许,却疑同住瑶台。纷纷残雪堕深怀。直教攀折尽,犹胜酒醒回。

(《全芳备祖》前集卷十五"酴醾门")

## 南柯子

五月炎州路[①],千重扑地开。只疑标韵是江梅,不道薰风庭院、雪成堆[②]。 宝髻琼瑶缀,仙衣翡翠裁。一枝长伴荔枝来[③],付与玉人和笑、插鸾钗。

(《全芳备祖》前集卷二十五"茉莉门")

[注释]

①炎州:"嘉南州之炎德兮,丽桂树之冬荣。"本《楚辞·远游》。后因

泛指南海之州。　②雪成堆：谓茉莉花绽放洁白似雪。　③“一枝”句：此谓茉莉与荔枝一样来自闽广一带。

## 醉落魄

霓裳弄月，冰肌不受人间热。分明蜜露枝枝结[①]。碧树珊瑚[②]，容易与君折。　玉环旧事谁能说[③]，迢迢驿路香风彻。故人莫恨东南别。不寄梅花，千里寄红雪[④]。

（《全芳备祖》后集卷一“荔枝门”）

［注释］

①蜜露：喻荔枝。　②碧树珊瑚：“（郭）璞云：‘珊瑚生水底石边，大者树高三尺馀，枝格交错，无有叶。’”本《正义》。此谓荔枝树。　③玉环旧事：指杨贵妃吃荔枝事。《新唐书·杨贵妃传》：“妃嗜荔枝，必欲生致之，乃置骑传送，走数千里，味未变，已至京师。”杜牧《过华清宫绝句》：“一骑红尘妃子笑，无人知是荔枝来。”　④红雪：指荔枝。

## 水龙吟

题三峰阁咏英华女子[①]

雨馀叠巘浮空，望中秀色仙都是。洞天未锁，人间春老，玉妃曾坠[②]。锦瑟繁弦，凤箫清响[③]，九霄歌吹。问分香旧事[④]，刘郎去后[⑤]，知谁伴，风前醉。　回首暝烟千里。但纷纷、落红如泪。多情易老，青鸾何许[⑥]，诗成谁寄。斗转参横，半帘花影，一溪寒水。怅飞凫路杳[⑦]，行云梦断，有三峰翠。

（《中兴以来绝妙词选》卷一）

［注释］

①三峰阁：在浙江缙云仙都山。　唐氏按：此首又误入葛长庚《玉蟾

先生诗馀》。　②“洞天”三句：“忽闻海上有仙山，山在虚无缥缈间。楼阁玲珑五云起，其中绰约多仙子。中有一人字太真，雪肤花貌参差是。”见白居易《长恨歌》。此以咏英华女子。　③凤箫：“《尚书》舜作箫韶九成，凤凰来仪，其形参差，像凤之翼。”见《风俗通·声音》。后世因称箫为凤箫。辛弃疾《青玉案》：“凤箫声动，玉壶光转，一夜鱼龙舞。”　④分香旧事：《晋书·贾充传》叙韩寿与贾充女私通，“时西域有贡奇香，一著人则经月不歇，帝甚贵之，惟以赐充（贾充）及大司马陈骞。其女密盗以遗寿。充僚属与寿燕处，闻其芬馥，称之于充。自是充意知女与寿通”，“遂以女妻寿”。　⑤刘郎：此指刘晨。　⑥青鸾：“七月七日，上于承华殿斋，正中，忽有一青鸟从西方来，集殿前。上问东方朔，朔曰：‘此西王母欲来也。’有顷，王母至，有三青鸟如乌，夹侍王母旁。”见《艺文类聚》卷九十一引《汉武故事》。青鸟本为王母使者，后泛指传书信的使者。　⑦飞凫：“王乔者，河东人也。显宗世，为叶令。乔有神术，每月朔望，常自县诣台朝。帝怪其来数，而不见车骑，密令太史伺望之。言其临至，辄有双凫从东南飞来。”见《后汉书·方术传》。

［集评］

叶申芗云：“李英华者，开封李长卿之女也，美慧而能文。元丰中，长卿为缙云令，英华随行，旋染疾而殁，遂殡于邑之三峰阁。宣和间，青溪乱起，邑毁于兵，而三峰阁独存，乃权为县簿之廨。南渡后，济南王传庆为缙云簿契，其亲曹颖偕来，馆于廨东。一夕，有女子扣扉而入，与谈皆出尘语。询其姓名，曰：‘前邑令李长卿女，名英华，字秀蕚，辟谷有年矣。与子有宿缘，故相就耳。’相与唱和，殆无虚日。适曹有从军之行，英华与诀曰：‘妾与君之缘尽矣。然此行当有兵难，敬授灵香一瓣，如有急，可爇以告，当为阴护，切勿忘之。”曹后果获谴，仓卒未及爇香，而竟罹于难云。时以英华能先知，传为鬼仙，韩无咎为赋《水龙吟》云：……后居是阁者，亦复多与相见。但其来时，先闻异香。吁，亦异矣。按《英华集》三卷，《文献通考》尚列其目，今不传耳。”（《本事词》卷下）

## 好事近

汴京赐宴闻教坊乐有感[①]

凝碧旧池头，一听管弦凄切[②]。多少梨园声在[③]，总不堪华髮。　　杏花无处避春愁，也傍野烟发。惟有御沟声断[④]，似知人呜咽。[⑤]　　　（《阳春白雪》卷四）

［注释］

①汴京赐宴：据《宋史·孝宗纪》和《金史·交聘表》载，乾道八年(1172)十二月，宋遣试礼部尚书韩元吉、利州观察使郑兴裔为正副使臣，使燕京祝贺金主完颜雍生辰万春节(三月初三)。次年初春，他们行至汴京，金人设宴奏乐款待。　教坊乐：此指原属于北宋的教坊音乐。　教坊：唐代掌管女乐的官署名。宋仍之。　②"凝碧旧池头"二句："安禄山大会凝碧池。梨园弟子欷嘘泣下。乐工雷海青掷乐器西向大恸，贼支解于试马殿。王维时拘于菩提寺，有诗曰：'万户伤心生野烟，百僚何日更朝天。秋槐落叶深宫里，凝碧池头奏管弦。'"见计有功《唐诗纪事》。李濂《汴京遗迹志》卷八《台池园苑》门："凝碧池在陈州门里繁台之东南。唐为牧泽，宋真宗时改为池。"　注者按：陈州门为开封城南门之一，所记凝碧池不同于唐东都禁苑中凝碧池。　③梨园声在：谓还能听到北宋宫廷教坊音乐。　梨园：唐明皇教授伶人的地方。《旧唐书·音乐志一》："玄宗又于听政之暇，教太常子弟三百人为丝竹之戏，音响齐发，有一声误，玄宗必觉之而正之。号为皇帝弟子，又号梨园弟子，以置院近于禁院之梨园。"　④御沟：流经皇宫里的河道。　⑤注者按：此词作于乾道九年(1173)。

［集评］

王闿运云："旧作声断，重上声字。(改作流断)"(《湘绮楼评词》)

汪兆镛云："《湘绮楼词选》三卷，湘潭王壬秋(闿运)纂。于古人词多所窜改。……韩无咎之'惟有御沟声断，似知人呜咽'，因复'声'字，改'声'作'流'。流断二字生凑，且'流'音浊，亦未叶也。"(《棕窗杂记》)

麦孺博云："赋体如此，高于比兴。"(《饮冰室评词》)

俞平伯云:“下片作意略同杜甫《春望》:‘感时花溅泪。’”(《唐宋词选释》)

唐圭璋云:“此首在汴京作。公使金贺万春节,金人汴京赐宴,遂感赋此词。起言地,继言人;地是旧地,人是旧人,故一听管弦,即怀想当年,凄动于中。下片,不言人之悲哀,但以杏花生愁、御沟呜咽,反衬人之悲哀。用笔空灵,意亦沉痛。”(《唐宋词简释》)

## 永遇乐

为张安国赋

池馆春归,帘栊昼静,清漏移箭。山下孤城,水边翠竹,鹍鸠声千转。记得年时[①],绮窗人去,尚有唾茸遗线[②]。照珠筵、歌檀舞扇[③],寂寞旧家排遍[④]。　青云赋客[⑤],多情多病,西掖桐阴满院[⑥]。飞絮随风,马头月在,翡翠帷空卷。平湖烟远,斜桥雨暗,欲寄短书双燕。算犹忆、兰房画烛,醉时共剪[⑦]。　(《阳春白雪》卷五)

[注释]

①年时:去年。　②唾茸遗线:指女郎咬断丝线,吐出线头的旖旎情态。　③歌檀:檀口(红唇)唱歌。　④排遍:又叫歌头。宋乐舞名词。　⑤青云:本《史记·范雎蔡泽列传》“须贾顿首言死罪,曰:‘贾不意君能自致于青云之上’”。后以“青云”喻高官显爵。此指张安国。　⑥西掖:“左右曹受尚书事,前世文士,因中书在右,因以中书为右曹。又称西掖。”见应劭《汉官仪》卷上。后世以西掖为中书省之别称。　桐阴:韩元吉为韩亿之后,多代执政。门植桐树,号桐阴世家。　⑦“兰房画烛”二句:本李商隐《夜雨寄北》“何当共剪西窗烛,却话巴山夜雨时”。　兰房:兰香氤氲的精舍,多指妇女所居之室。

## 六州歌头

### 桃　花

东风著意，先上小桃枝。红粉腻。娇如醉，倚朱扉。记年时。隐映新妆，面临水岸。春将半，云日暖，斜桥转，夹城西。草软莎平跋马[①]，垂杨渡、玉勒争嘶。认蛾眉凝笑，脸薄拂燕支[②]。绣户曾窥，恨依依。　共携手处，香如雾，红随步，怨春迟。销瘦损，凭谁问，只花知，泪空垂。旧日堂前燕，和烟雨、又双飞[③]。人自老，春长好，梦佳期。前度刘郎[④]，几许风流地，花也应悲。但茫茫暮霭，目断武陵溪[⑤]，往事难追。　　（《阳春白雪》卷六）

[注释]

①跋马：走马，骑马而行。朱庆馀《发凤翔后涂中怀田少府》："识君春未半，意欲往经秋。见酒连诗句，逢花跋马头。"　②燕支：即胭脂。　③"旧日堂前燕"二句：本刘禹锡《乌衣巷》"旧时王谢堂前燕，飞入寻常百姓家"。　④前度刘郎：此指刘禹锡。　⑤武陵溪：本陶渊明《桃花源记》"晋太元中，武陵人捕鱼为业。缘溪行，忘路之远近。忽逢桃花林"。

[集评]

丁绍仪云："《词综》所采各词，中有未经订正，《词律》复沿其误者。韩元吉《六州歌头》云：'风流地，到也应悲。'《词综》作'也自应悲'，《词律》脱'到'字。"（《听秋声馆词话》卷十三）

陈匪石云："一词之中，平仄韵互见，谓之夹协。……韩元吉《六州歌头》五换仄韵，皆夹入平韵之间。"（《声执》卷上）

## 水龙吟

寿辛侍郎[①]

南风五月江波，使君莫袖平戎手[②]。燕然未勒[③]，渡泸声在[④]，宸衷怀旧。卧占湖山[⑤]，楼横百尺[⑥]，诗成千首。正菖蒲叶老，芙蕖香嫩，高门瑞、人知否[⑦]。　凉夜光躔牛斗[⑧]。梦初回、长庚如昼[⑨]。明年看取，锋旗南下，六骡西走[⑩]。功画凌烟[⑪]，万钉宝带[⑫]，百壶清酒。便留公剩馥[⑬]，蟠桃分我，作归来寿。[⑭]

[注释]

①辛侍郎：指辛弃疾。　注者按：此题云“寿辛侍郎”，当系后来所追改者，稼轩晚年方除兵部侍郎，其时南涧谢世已二十年矣。又按：此词作于宋孝宗淳熙十一年甲辰(1184)。　②“南风”二句：辛启泰《稼轩先生年谱》，“先生生于是年(1140)五月十一日卯时。”　注者按：南涧作此词时，稼轩解官归广信已有三年，词谓“莫袖平戎手”，乃勉励其以国事为重，早日出山。　③燕然未勒：本范仲淹《渔家傲》“浊酒一杯家万里，燕然未勒归无计”。　④渡泸声在：此以诸葛亮事激励稼轩。诸葛亮于建兴三年(225)“五月渡泸，深入不毛”(《出师表》)，平定南中诸郡。　泸：古水名，指今雅砻江下游和金沙江合雅砻江后一段。　⑤卧占湖山：东晋孝武帝时宰相谢安，出任前曾隐居会稽东山。《晋书·谢安传》：“征西大将军桓温请为司马，将发新亭，朝士咸送，中丞高崧戏之曰：‘卿累违朝旨，高卧东山，诸人每相与言，安石不肯出，将为苍生何！苍生今亦将如卿何！’安甚有愧色。”　⑥楼横百尺：“汜(许汜)曰：‘昔遭乱过下邳，见元龙(陈登字)，元龙无客主之意，久不相与语，自上大床卧，使客卧下床。’备(刘备)曰：‘君有国士之名，今天下大乱，帝主失所，望君忧国忘家，有救世之意。而君求田问舍，言无可采，是元龙所讳也。何缘当与君语？如小人，欲卧百尺楼上，卧君于地，何但上下床之间邪？’”见《三国志·魏书·陈登传》。　⑦高门瑞：辛稼轩和词有“高门画戟”语。唐制，三品以上官员得私门立戟。则“高门”当指辛氏之府第。　⑧凉夜光躔(chán)牛斗：星辰运

行轨迹称“躔”。牛斗之光，正是剑光的折射。《晋书·张华传》：“吴之未灭也，斗牛星间常有紫气。皆以为吴未可图。惟张华不以为然，并以此请教通晓天文的雷焕。雷焕云：‘此为宝剑之精，上彻于天，在豫章丰城。’华即补焕为丰城令。焕到县，掘狱屋基，入地四丈馀，得一石函，光气非常，中有双剑，并刻题，一曰龙泉，一曰太阿。其夕，斗牛间气不复见焉。” ⑨长庚如昼：长庚为金星。金星主兵，长庚通明，是兵气未息之兆，见《史记·天官书》张守节《正义》引《天官占》语。 ⑩“锋旗南下”二句：此谓祝稼轩来年重掌兵权，那时锋旗所指，必然靖扫胡氛，如汉代霍去病之北征，匈奴单于乘六骡西遁。 ⑪功画凌烟：唐太宗于凌烟阁图画功臣像。见唐刘肃《大唐新语·褒锡》。此谓作者希冀稼轩立不朽功业。 ⑫万钉宝带：用魏文帝曹丕赐刘桢廓落带之典。庾信《谢赵王赉犀带等启》：“魏王宝带，特赐刘桢。”宋制：凡各路抚帅之职务振举者，多遣中使赐金带。见《建康志》。 ⑬唐氏按：“便”原作“使”，从《南涧诗馀》。 ⑭作者自注：“仆贱生后一日也，故有分我蟠桃之戏。”

## 蓦山溪

叶尚书生朝避客三洞①

双龙古洞，领略千岩秀。福地有真仙，来一试、调元□手②。青春绿野，月转最高峰，星斗润，柳梅新，五夜收灯后。　诏飞天上，人倚经纶旧。重入辅升平，更赢得、千龄眉寿③。功成未晚，归伴赤松游④，金印重，羽衣轻，会见丹砂就。　（以上二首见《截江网》卷四）

[注释]

①叶尚书：指叶衡。 ②□手：唐氏按，此处原无空格，据《南涧诗馀》补。” ③眉寿：老寿的人生有长眉，故称眉寿。《诗经·豳风·七月》：“为此春酒，以介眉寿。” ④赤松游：《史记·留侯世家》“今以三寸舌为帝者师，封万户，位列侯，此布衣之极，于良足矣，愿弃人间事，欲从赤松子游耳”。

## 鹊桥仙

菊花黄后，山茶红透。南国小春时候。蓬山高处绿云间，有一个、仙官诞秀。　精神龟媚，骨毛鹤瘦。落落人中星斗[1]。殷勤自折早梅芳，调一鼎、和羹为寿[2]。

（《截江网》卷五）

[注释]

①落落：高超不凡貌。韩愈《送灵师》："落落王员外，争迎获其先。"　②"调一鼎"句：《尚书·说命下》"若作和羹，尔惟盐梅"。盐味咸，梅味酸，均为调味所需。"调鼎和羹"旧时用作对大臣宰辅的赞词。

## 朝中措

寿十八兄

清霜著柳夜来寒，新月印湖山。共喜今年称寿，一尊还在长安。　人间千载，从教鹤髮[1]，且驻朱颜。看取烟霄平步[2]，何须九转神丹[3]。

[注释]

①鹤髮：白髮。鹤羽白，喻老人之白髮。杜甫《遣闷奉呈严公二十韵》："白水鱼竿客，清秋鹤髮翁。"　②平步：平常之举步，比喻轻易。白居易《浔阳岁晚寄元八郎中……》："虚怀事僚友，平步取公卿。"　③九转神丹：道家说，经过九次火炼的仙丹，吃了三日即可成仙。见葛洪《抱朴子·金丹》。这句与上句谓但得平步青云，不须服丹成仙。

## 南乡子

寿廿一弟

新笋旋成林，梅子枝头雨更深。织就彩丝犹十日，登临。人似江心百炼金[①]。　功业会相寻，好挹薰风和舜琴[②]。鹤住千年丹九转[③]，如今。门外梧桐长翠阴。

[注释]

①百炼金：久炼而成的精金。　②"好挹"句：《礼记·乐记》"昔者舜作五弦之琴以歌南风"。孔疏："案《圣证论》引《尸子》及《家语》难郑云：'昔者舜弹五弦之琴，其辞曰：南风之薰兮，可以解吾民之愠兮；南风之时兮，可以阜吾民之财兮。'"

## 鹧鸪天

子云弟生日[①]

甲子今年甫一周，人间聊住八千秋。依依梅蕊看如雪[②]，恰恰蟾华未上钩。　分玉节[③]，共南州。台城辇路记重游。相期一品归来健，兄弟华颠自献酬[④]。[⑤]

[注释]

①唐氏按：子云乃韩元吉之兄，《南涧诗馀》题作"寿兄六十"，较是。　②"依依"句：本张谓《咏梅》"不知近水花先发，疑是经春雪未销"，戴叔伦《送李明府之任》"梅花堪比雪"。　③玉节：玉做的符节，古代用作诸侯的凭信。《周礼·地官·掌节》："守邦国者用玉节，守都鄙者用角节。"后用以称地方官。　④华颠：白头。　⑤作者自注："宫师奉康公词云：一品归来健"。又生日有"兄弟对举杯"之句。

## 瑞鹤仙

自　寿

好山横翠幕。更一水流烟，嫩阴成幄。薰风转林薄[①]。笑劳生底事，漫嗟离索[②]。霞觞细酌。尽流年、青镜易觉。算芙蓉、玉井香翻，不减旧阶红药[③]。　寂寞，草玄空老，问字人稀，也胜投阁[④]。骑鲸后约[⑤]。追汗漫[⑥]，记寥廓。便风帆高挂，云涛千里，谁道蓬壶水弱[⑦]。任蟠桃、满路千花，自开自落。

[注释]

①林薄：草木丛杂的地方。　②离索：谓离朋友而散居。　③旧阶红药：谢朓《直中书省》"红药当阶翻，苍苔依砌上"。　④"草玄空老"三句：《汉书·扬雄传》载，"时雄方草《太玄》，有以自守，泊如也"。又载，王莽以符命事大肆诛杀异己，时扬雄校书天禄阁，恐被株连，从阁上自投下，几死。后事白得免。时人语曰："惟寂寞，自投阁。爰清静，作符命。"　投阁：后常以喻学识渊博者遭际多不幸。此以扬雄草玄自比，谓虽著作垂老而寂寞，总比投阁为好。　老：唐氏按：原无"老"字，从《南涧诗馀》补。　⑤骑鲸：乘巨鳞、骑鲸鱼，指仙游。　⑥汗漫：《淮南子·道应》"吾与汗漫期于九垓之外，吾不可以久驻"。原指不着边际，后转指仙人的别名。张协《七命》："尔乃逾天垠，越地隔，过汗漫之所不游，蹑章亥之所未迹。"　⑦蓬壶：即蓬莱。

## 醉落魄

乙未自寿

红蕖漾月，薰风特地生梧叶[①]。一年风月今宵别，隐隐笙鸾，何处有炎热。　凤凰山下榴花发[②]，一杯香露融春雪。幔亭有路通瑶阙[③]。知我丹成，容我醉时节。[④]

[注释]

①特地：特意。　②凤凰山：在浙江杭州市南郊。岩壑曲折，左瞰大江，形如凤凰欲飞，故名。　③"幔亭"句："武夷君，地官也。相传每于八月十五日大会村人于武夷山，上置幔亭，化虹桥通山下。"见《云笈七签》九十六《赞颂歌次清虚真人歌二章之二》。　④注者按：此词作于淳熙二

年(1175)。

## 醉落魄

生日自戏[①]

相看半百，劳生等是乾坤客。功成一笑惊头白。惟有榴花，相对似颜色。　蓬莱水浅何曾隔，也应待得蟠桃摘。我歌欲和君须拍。风月年年，常恨酒杯窄。

（以上六首见《截江网》卷六）

［注释］

①注者按：此词作于乾道三年丁亥(1167)。

## 【补　辑】

## 鹧鸪天[①]

雨歇云如隔座屏，薰风摇动一天青。今年五十平头过，又喜清歌洗耳听。　浮世事[②]，绝曾经。此生应直斗牛星。且倾田舍黄鸡酒，敢望君家白玉庭。[③]

［注释］

①孔凡礼按：《全宋词》有赵彦端《鹧鸪天》为韩漕无咎寿词。此乃步赵之韵。　②浮世：人间、人世。旧时认为世事虚浮无定，故称。　③注者按：此词作于乾道三年丁亥(1167)。

## 鹧鸪天

万古光寒太白精[①]，直宜分作两郎星[②]。不然安得难兄弟，先后尧蓂三荚生[③]。　霜月冷，斗杓横[④]。老人今夜已齐明[⑤]。他年莫作郎星看,两两台躔拱太清[⑥]。

(以上二首俱见《诗渊》第二十五册,引自孔凡礼《全宋词补辑》)

[注释]

①太白精:太白星。 ②郎星:"(太微宫)后聚一十五星,蔚然,曰郎位。"见《史记·天官书》。"馆陶公主为子求郎,不许,而赐钱千万,谓群臣曰:'郎官上应列宿,出宰百里,有非其人,则民受其殃,是以难之。'"见《后汉书·明帝纪》。 ③尧蓂:传说唐尧时的一种瑞草,可以记日。《帝王世纪》:"尧时为天子,蓂荚生于庭,为帝成历。始一日,生一荚,至月半生十五荚。十六日落一荚,至晦日而尽。小月一荚厌,不落。" ④斗杓:即北斗柄。北斗七星,四星像斗,三星像杓。杓即柄。 ⑤老人:即老人星。《后汉书·礼仪志》:"仲秋之月……祀老人星于国都南郊老人庙。"《晋书·天文志》:"老人一星,在弧南,一曰南极,常以秋分之旦见于丙,春分之夕而没于丁。见则治平,主寿星,常以秋分候之南郊。" ⑥台躔(chán)拱太清:台,即三台,星名。古代以星象征人事,称三公为三台。《晋书·天文志》上:"在人曰三公,在天曰三台。" 躔:日月运行五星的度次,指其行经的轨迹。《方言》十二:"日运为躔。" 太清:"太清,元气之清者也。无穷,无形也。"见《淮南子·道应训》高诱注。晋葛洪《抱朴子·杂应》:"上升四十里,名为太清,太清之中,其气甚刚,能胜人也。"

## 存目词

《诗渊》第二十五册有韩元吉《鹧鸪天》"永裕英雄际会时"、"作赋丁年压兔园"、"衮绣三朝社稷臣"三词,《全宋词》为吴则礼词,不录。

# 黄　宰

黄宰，不知其名，与韩元吉同时人。

## 酹江月

寿韩元吉[①]

三光五岳[②]，孕乾坤英彩，非金非玉。赫赫岩岩真相种[③]，来驾横空仙鹄[④]。十万儿童，和丰堂下，齐指梅山祝。黑头难老[⑤]，岁寒苍桧修竹[⑥]。　须信自有家传，中庸一卷，是长生真箓。借问洛阳归去后，几度桃开桃熟。十九年间，梦回天上，再见棠阴绿[⑦]。相将促觐，已闻沙路新筑。

（《截江网》卷五）

[注释]

①韩元吉：陆心源《宋史翼·韩元吉传》，"韩元吉字无咎，开封雍丘人，门下侍郎维之玄孙。徙居信州之上饶。所居之前有涧水，号南涧。词章典丽，议论通明，为故家翘楚。乾道三年除江东转运判官。八年权吏部侍郎。九年权礼部尚书、贺金生辰使。凡所以觇敌者，虽驻车乞浆，下马盥手，遇小儿妇女，皆以言挑之，往往得其情。淳熙元年，以待制知婺州。明年移知建安府。旋召赴行在，以朝议大夫试吏部尚书，进正奉大夫，除吏部尚书。五年，乞州郡，除龙图阁学士，复知婺州。东莱吕祖谦其婿也。元吉少受业于尹和靖之门。与叶梦得、陆游、沈明远、赵蕃、张浚相唱和。政事文学为一代冠冕。著有《易系辞解》、《焦尾集》、《南涧甲乙稿》。"　②三光：指日、月、星。《庄子·说剑》："上法圆天，以顺三光。"　五岳：即嵩山（中岳）、泰山（东岳）、华山（西岳）、衡山（南岳）、恒山（北岳）。　③赫赫岩岩：本《诗经·小雅·节南山》"节彼南山，维石岩岩。赫赫师尹，民具尔瞻"。　④来驾横空仙鹄：典出刘向《列仙传》，"王子乔，周灵王太子晋也。好吹笙，作凤凰鸣。游伊洛之间，道士浮丘公接以上嵩高山。三十馀年后求之于山上，告桓良曰：'告我家，七

月七日待我于缑氏山巅。'至时果乘白鹤驻山头,望之不得到,举手谢时人,数日而去。"王象之《舆地纪胜》卷六:"鄂州黄鹤楼,在子城西南隅黄鹄矶上,自南朝已著,因山得名。"鹄、鹤古通字。《南齐志》以为世传仙人子安乘黄鹤过此。唐《图经》又云,费祎文登仙,驾黄鹤返,憩于此"。⑤黑头:少壮而官至三公。《世说新语·识鉴》:"诸葛道明初过江左,自名道明,名亚王、庾之下。先为临沂令,丞相谓曰:'明府当为黑头公。'"⑥"岁寒"句:本《论语·子罕》:"子曰:'岁寒,然后知松柏之后凋也'"。⑦棠阴:本《诗经·召南·甘棠》:"蔽芾甘棠,勿剪勿伐,召伯所茇。"郑玄笺:"召伯听男女之讼,不重烦劳百姓,止舍小棠之下而听断焉。国人被其德,说其化,思其人,敬其树"。"棠阴"常喻为官清正,政绩显著,为百姓所尊敬。

## 朱淑真

朱淑真，生卒不详，自号幽栖居士。约生活于南北宋之交。钱塘（今浙江杭州）人，世居桃村。或曰海宁（今属浙江）人，家居钱塘。幼聪慧，工书画，善诗词，为宋代著名女作家。所嫁非偶，一生抑郁失欢，所作多幽怨之语。南宋魏端礼辑其诗词为《断肠集》二卷。今有《断肠词》一卷传世，其词清新婉丽，哀怨凄恻，情意真切。

### 忆秦娥

正月初六日夜月

弯弯曲，新年新月钩寒玉①。钩寒玉，凤鞋儿小②，翠眉儿蹙③。　闹蛾雪柳添妆束④，烛龙火树争驰逐⑤。争驰逐⑥，元宵三五⑦，不如初六。

[注释]

①钩寒玉：本鲍照《玩月城西门廨中》诗“始出西南楼，纤纤如玉钩”，南朝齐虞义《咏秋月诗》“初生似玉钩，裁满如团扇”。　唐氏按：“钩”原误“钓”，“玉”原误“月”，据《诗词杂俎》本《断肠词》改。　②“凤鞋”句：此暗咏小脚。古人以缠足为美，五代开始流行，宋人成一时风气。欧阳修《南乡子》词：“花下相逢，忙走怕人猜，遗下弓弓小绣鞋。”　凤鞋：缠足女子好穿的一种刺绣弓鞋。　③翠眉：古代女子的一种眉饰，以青色的黛螺描画成，故名。后唐马缟《中华古今注》载：汉宫中有翠眉之饰，“梁冀妻改翠眉为愁眉”。　④闹蛾雪柳：皆为女子元夕首饰。宋周密《武林旧事》卷二“元夕”：“元夕节物，妇人皆戴珠翠、闹蛾、玉梅、雪柳……而衣多尚白，盖月下所宜也。”　唐氏按：“蛾”原误“娥”，据《诗词杂俎》本《断肠词》改。　⑤烛龙：本《楚辞·天问》“日安不到，烛龙何照？”王逸注：“天西北，幽冥无日之国，有龙衔烛而照之。”比喻灯山。宋孟元老《东京梦华录》卷六载，元夜，开封宣德门外灯山，左右“各以草把缚成戏龙之状，用青

幕遮笼，草上密置灯烛数万盏，望之蜿蜒如双龙飞走”。 ⑥争驰逐：唐氏按，原三字未叠，据《诗词杂俎》本《断肠词》补。 ⑦三五：指十五日，月满之时。《释名》：“望满之名，月大十六日，月小十五日。”鲍照《玩月城西门廨中》诗：“三五二八时，千里与君同。” “三五”谓十五，“二八”谓十六。

## 浣溪纱

### 清明

春巷夭桃吐绛英[1]，春衣初试薄罗轻。风和烟暖燕巢成。 小院湘帘闲不卷[2]，曲房朱户闷长扃[3]。恼人光景又清明[4]。

[注释]

①春巷：清王鹏运四印斋校本《断肠词》、明陈耀文《花草粹编》卷二作“露井”。 夭桃：《诗经·周南·桃夭》“桃之夭夭，灼灼其华”。 ②小院：“小”，四印斋本注，“别作‘满’。” 湘帘：斑竹编成的竹帘。斑竹，又叫湘妃竹，晋张华《博物志》：“舜死，二妃泪下，染竹即斑。妃死为湘水神，故曰湘妃竹。”见《初学记》卷二十八。 “湘”，四印斋本注：“别作‘深’。” ③曲房：本汉枚乘《七发》“往来游醼，纵恣于曲房隐间之中”。 ④恼人光景：本杜甫《奉陪郑司马韦曲》诗“韦曲花无赖，家家恼杀人”。五代蜀魏承班《玉楼春》词“一庭春色恼人来”，王安石《夜直》诗“春色恼人眠不得”。

## 生查子

寒食不多时[1]，几日东风恶[2]。无绪倦寻芳，闲却秋千索[3]。 玉减翠裙交[4]，病怯罗衣薄。不忍卷帘看，寂寞梨花落[5]。

[注释]

①不：四印斋本注，“别作‘未’。” ②恶：谓风猛、急。陆游《钗头凤》词“东风恶，欢情薄”。 ③秋千索：古人寒食节，有荡秋千之戏。南朝梁宗懔《荆楚岁时记》“寒食”注引《古今艺术图》“秋千，北方山戎之戏，以习轻矫者”。 ④玉减：谓玉容瘦减。 玉：四印斋本注，“别作‘瘦’。” 裙交：四印斋本注，“别作‘腰支’。” ⑤“寂寞”句：唐温庭筠《鄠杜郊居》诗“寂寞游人寒食后，夜来风雨送梨花”。又，刘方平咏梨花诗云“寂寞空庭春欲晚，梨花满地不开门”。

## 生查子①

年年玉镜台②，梅蕊宫妆困③。今岁未还家④，怕见江南信。　　酒从别后疏，泪向愁中尽。遥想楚云深，人远天涯近。

[注释]

①调下原注：世传大曲十首，朱淑真《生查子》居第八，调入大石，此曲是也。集中不载，今收入此。 唐氏按：此首《词林万选》卷四误作朱敦儒词。别又误作李清照词，见杨金本《草堂诗馀前集》卷下。 ②玉镜台：谓女子妆台。《世说新语·假谲》载，温峤丧妇。从姑刘氏，有一女甚有姿慧，嘱温觅婿。温密有自婚意，答曰：“佳婿难得，但如峤比云何？”姑首肯之。温“因下玉镜台一枚。姑大喜”。既婚，始知婿温。 ③“梅蕊”句：南朝宋武帝女寿阳公主，人日卧于含章殿檐下，“梅花落公主额上，成五出花，拂之不去。”世人奇其异，竞效之，名曰“梅花妆”。见《太平御览》卷三十引《杂五行书》。 ④未还家：四印斋本注，“别作‘不归来’。”

[集评]

赵世杰云：“曲尽无聊之况，是至情、是至语。”（《古今女史》）

李长路等云：“此首写别愁，情真意切，历来传诵。……陈廷焯云：‘宋妇人能词者，自以易安为冠；淑真才力稍逊，然规模唐五代，不失分寸，转为词中正声。’这评价是公道的。这首他收入《词则·大雅集》。”（《全宋词选释》卷十）

## 谒金门

### 春 半

春已半，触目此情无限[①]。十二阑干闲倚遍[②]，愁来天不管。 好是风和日暖，输与莺莺燕燕[③]。满院落花帘不卷，断肠芳草远[④]。

[注释]

①“春已半”二句：南唐李煜《清平乐》词“别来春半，触目愁肠断。……离恨恰如春草，更行更远还生”。 ②“十二”句：化用南朝乐府《西州曲》“楼高望不见，尽日栏杆头。栏杆十二曲，垂手明如玉”，欧阳修《少年游》词“阑干十二独凭春”。 注者按：十二阑干，本指仙人居地，古诗多以称女子住所，如李商隐《碧城三首》诗其一：“碧城十二曲阑干，犀辟尘埃玉辟寒。” ③输与：让给，比不上。 ④“满院”二句：唐韦庄《谒金门》词“满院落花春寂寂，断肠芳草碧”。

[集评]

陈廷焯云：“凄婉，得五代人神髓。”（《词则·大雅集》）

《唐宋词选》（中国社科院文学研究所编）云：“这首写仲春闺思的小词，以真率自然而又蕴藉婉丽取胜。”

周笃文云：“妍丽的春光，却成了愁苦的由头，哪有心绪去欣赏呢？只好让给黄莺紫燕去尽情消受了。‘输与’句构思甚奇。‘愁来天不管’，一声长叹，不啻是对那压抑女性的封建制度的凄厉控诉了。”（《宋百家词选》）

李长路等云：“写闺妇春愁，似与南唐后主李煜句‘别来春半，触目柔肠断’意近。‘断肠芳草远’是名句。写离家远出之人的伤春心情，极贴切。陈廷焯说这词：‘凄婉，得五代人神髓。’”（《全宋词选释》卷十）

## 江城子

### 赏 春

斜风细雨作春寒[①]，对尊前，忆前欢[②]。曾把梨花、寂寞泪阑干[③]。芳草断烟南浦路[④]，和别泪，看青山。　昨宵结得梦夤缘[⑤]，水云间，悄无言[⑥]。争奈醒来，愁恨又依然。展转衾裯空懊恼，天易见，见伊难。

[注释]

①斜风细雨：本唐张志和《渔歌子》词"斜风细雨不须归"。　②"对尊前"二句：融宋毛滂《浣溪沙》词"莫对清尊追往事"之意。　③"曾把"句：白居易《长恨歌》"玉容寂寞泪阑干，梨花一枝春带雨"。　④"芳草"句：江淹《别赋》"春草碧色，春水绿波，送君南浦，伤如之何"。　⑤结得：四印斋本作"徒得"。　夤（yín）缘：攀附。　夤：四印斋本注"别作'因'"。　⑥悄无言：意本唐孟郊《古怨别》诗"含情两相向，欲语气先咽。心曲千万端，悲来却难说"。

[集评]

唐玲玲云："朱淑真的断肠词，往往写得情致缠绵，幽艳感人。这首词是断肠词中的代表作之一，词中所抒写的离愁别恨，与李清照的'怎一个愁字了得'（《声声慢》）的深沉哀怨，有异曲同工之妙。"（《古代爱情诗词鉴赏辞典》）

## 减字木兰花

### 春　怨

独行独坐[①]，独倡独酬还独卧[②]。伫立伤神，无奈轻寒著摸人[③]。　此情谁见，泪洗残妆无一半[④]。愁病相仍[⑤]，剔尽寒灯梦不成[⑥]。

[注释]

①独行独坐：传说唐吕洞宾有《题城南寺壁》诗"独自行时独自坐，无恨时人不识我"。见宋郑景望《蒙斋笔谈》。　②独倡独酬：本《诗经·郑风·萚兮》"倡予和女"。　酬：即和。　③著摸：中古俗语，意近撩惹，沾

惹。 ④“泪洗”句:李煜入宋后,与故宫人书云“此中日夕,只以眼泪洗面”。见《乐府纪闻》。此由之化出。 ⑤相仍:相因,相重。 ⑥“剔尽”句:寒,四印斋本注“别作‘孤’”。化用白居易《长恨歌》“孤灯挑尽未成眠……魂魄不曾来入梦”,唐韩偓《闻雨》诗“闻雨伤春梦不成”,宋聂胜琼《鹧鸪天》词“寻好梦,梦难成”。

[集评]

吴衡照云:“朱淑真词‘无奈春寒著摸人’,‘著摸’二字,孔平仲、彭汝砺诗皆用之。”(《莲子居词话》)

徐育民等云:“这是一首抒情小令,通过叙事来抒发感情。全词布局严谨,层次分明,从时间讲,由晚到夜;从空间讲,从室外到室内。语言自然流畅,浑然天成。五个‘独’字在词中反复运用,突出了孤寂的意境,使悲绪愁情抒发得淋漓尽致。但由于作者是封建社会妇女,所以作品题材较狭窄,情绪偏于低沉。”(《历代名家词赏析》)

许宗元云:“开篇连用五个‘独’字作五个动词的状语,这五个动词又囊括了词人全部生活内容,处境之孤凄于此一览无馀。接下之伫立伤神,泪洗残妆,剔尽灯花不得入眠,把孤凄的内心世界揭示得淋漓尽致。”(《中国词史》)

## 眼儿媚①

迟迟春日弄轻柔②,花径暗香流③。清明过了,不堪回首,云锁朱楼④。 午窗睡起莺声巧,何处唤春愁。绿杨影里⑤,海棠亭畔⑥,红杏梢头⑦。

[注释]

①《花草粹编》卷四调下有题“春情”。 ②“迟迟”句:化用《诗经·豳风·七月》“春日迟迟,采蘩祁祁”,宋道潜《临平道中》诗“风蒲猎猎弄轻柔”,王雱《眼儿媚》词“丝丝杨柳弄轻柔”。 ③暗香流:宋林逋《山园小梅》诗“暗香浮动月黄昏”,毛滂《摊声浣溪沙》词“雨色流香绕坐中”。 ④“不堪”三句:化用李煜《虞美人》词“小楼昨夜又东风,

故国不堪回首月明中”，南唐冯延巳《南乡子》词“烟锁凤楼无限事”。⑤绿杨影里：白居易《钱塘湖春行》诗“几处早莺争暖树……绿杨荫里白沙堤”，宋徐铉《柳枝词》“老大逢春总恨春，绿杨荫里更愁人”。 ⑥海棠亭畔：唐玄宗尝登沉香亭，召杨贵妃。贵妃时醉酒未醒，扶掖而至，醉颜残妆，不能再拜。玄宗笑曰：“岂是妃子醉，直海棠睡未足耳。”见宋惠洪《冷斋夜话》卷一引《太真外传》。 ⑦红杏梢头：北宋宋祁《玉楼春》词“绿杨烟外晓寒轻，红杏枝头春意闹”。

### [集评]

《唐宋词选》（中国社科院文学研究所编）云：“这首词写一闺中女子在明媚的春光中回首往事而愁绪万端。词中从感到的暖意，嗅到的馨香，听到的啼莺，看到的色彩，描绘了一幅鸟语花香的图画。”

周笃文云：“春事将尽，风日清妍，庭前对景，只添惆怅。此正所谓良辰美景奈何天之心境。‘何处’一问，旋以‘绿杨’、‘海棠’、‘红杏’三个排句一答，以丽语写幽怨，凄惋动人。与贺铸之‘若问闲情都几许？一川烟草，满城风絮，梅子黄时雨’，颇有异曲同工之妙。”（《宋百家词选》）

惠淇源云：“这首小词，通过春景的描写，宛转地抒发了惜春情绪。上片写风和日丽，百花飘香，而转眼清明已过，落花飞絮，云锁朱楼，令人不堪回首。下片写午梦初醒，绿窗闻莺，声声唤起春愁。结尾三句，构思新巧，含蓄无限。全词语浅意深，辞淡情浓。清新和婉，别具一格。”（《婉约词》）

## 鹧鸪天[①]

独倚阑干昼日长[②]，纷纷蜂蝶鬥轻狂。一天飞絮东风恶，满路桃花春水香[③]。 当此际[④]，意偏长[⑤]，萋萋芳草傍池塘[⑥]。千钟尚欲偕春醉，幸有荼蘼与海棠。

### [注释]

①《花草粹编》卷五调下有题“春溪”。 ②昼日长：化用白居易《送苏州李使君赴郡二绝句》诗其二“馆娃宫深春日长”，宋谢克家《忆君王》

词“依依宫柳拂宫墙，楼殿无人春昼长”。 ③“满路”句：北周庾信《看治渭桥诗》“春洲鹦鹉色，流水桃花香”。 《岁时广记·春·桃花水》载，“《月令》云：‘仲春之月，始雨水，桃始华。’盖桃方华时，既有雨水，川谷涨泮，众流盛长，故谓之桃花水。” ④当此际：秦观《满庭芳》词“销魂，当此际”。 ⑤长：四印斋本注，“别作‘伤’。” ⑥“萋萋”句：化用《楚辞·招隐士》“王孙游兮不归，春草生兮萋萋”，南朝宋谢灵运《登池上楼》诗“池塘生春草，园柳变鸣禽”之意。

[集评]

李长路等云：“这首又提到‘东风恶’，这不是婆婆虐待，便是丈夫反目。说明她是不幸的，是坎坷不平的。但即令如此，她还以荼蘼与海棠为友，还陶醉于‘满路桃花春水香’，意境是高超与疏放的。”（《全宋词选释》卷十）

## 清平乐

风光紧急，三月俄三十[①]。拟欲留连计无及[②]，绿野烟愁露泣[③]。 倩谁寄语春宵，城头画鼓轻敲[④]。缱绻临歧嘱付，来年早到梅梢。

[注释]

①“风光”二句：本唐贾岛《三月晦日寄刘评事》诗“三月正当三十日，风光别我苦吟身”。 ②留连计无及：化用欧阳修《蝶恋花》词“门掩黄昏，无计留春住”之意。 ③烟愁露泣：晏殊《鹊踏枝》词“槛菊愁烟兰泣露”。 ④“倩谁”二句：用贾岛《三月晦日寄刘评事》诗后二句“劝君今夜不须睡，未到晓钟犹是春”之意。晓钟，与城鼓义同，皆报时之音。唐宋时，城楼定时击钟、鼓，为城门、坊门启闭和行人行禁之节，如白居易《城上》诗：“城上鼕鼕鼓，朝衙复晚衙。”即写此。 倩谁寄语：《花草粹编》卷三作“凭谁寄与”。

[集评]

俞平伯云：“上片押入声韵，声情高亢。结尾倒插一句写景——如把

‘绿野’这句放在开头，就显得平衍了。”又云：“三月三十夜，才是春光的最后一霎，所以要‘寄语春宵’、‘临歧嘱付’，却说得婉转，亦贾岛诗（指《三月晦日寄刘评事》）中后二句意。”（《唐宋词选释》）

## 点绛唇

黄鸟嘤嘤，晓来却听丁丁木[1]。芳心已逐，泪眼倾珠斛[2]。　　见自无心，更调离情曲。鸳帏独，望休穷目[3]，回首溪山绿。

［注释］

①“黄鸟”二句：《诗经·小雅·伐木》“伐木丁丁，鸟鸣嘤嘤。……嘤其鸣矣，求其友声”。此咏鸟鸣求偶意。　黄鸟：谓黄莺。　②珠斛：晋石崇为交趾采访使，“以真珠三斛”买妾绿珠。后绿珠为之死。见唐刘恂《岭表录异》卷上。　③穷目：唐王之涣《登鹳雀楼》诗“欲穷千里目，更上一层楼”。

## 蝶恋花

送　春[1]

楼外垂杨千万缕[2]，欲系青春[3]，少住春还去[4]。犹自风前飘柳絮，随春且看归何处。　　绿满山川闻杜宇，便做无情，莫也愁人苦。把酒送春春不语，黄昏却下潇潇雨。

［注释］

①延客堂钞本附胡慕椿补辑《断肠词》（以下简称胡本）题下注：“别作‘闺情’。”　②“楼外”句：本唐戴叔伦《堤上柳》诗“垂杨万条丝，春来识别离”，刘禹锡《杨柳枝词》：“御陌青门拂地垂，千条金缕万条丝”。　③欲系青春：古人有柳丝如带，可系住行人或时光之说。唐崔道融《杨柳枝词》：

"应须唤作风流线,系得东西南北人。"司空图《杨柳枝寿杯词》:"系得人心免别离。"此本之。 青春:春光。 ④"少住"句:胡云翼《宋词选》注,"照词意,应标点为'欲系青春少住,春还去。'"辛弃疾《摸鱼儿》词:"匆匆春又归去。"

[集评]

沈际飞云:"满怀妙趣,成片裹出,体物无间之言。"(《草堂诗馀续集》)

许昂霄云:"'莫也愁人意','意'字借叶。'把酒问春春不语'二句,与'庭院深深'作后结、'妾本钱唐'作前结相似。"(《词综偶评·宋词》)

陈昶云:"淑真诗好,词不如诗。爱其'黄昏却下潇潇雨'句,又词好于诗也。"(《历朝名媛诗词》卷十一)

《唐宋词选》(中国社科院文学研究所编)云:"这首词写惜春的心情。通篇将春拟人,并结合柳条、飘絮的形象特征,设想用它们来系春、随春,想象丰富活泼。通过由系春而随春、最后不得不送春这种心理变化,有层次地表现了惜春的主题。以'潇潇雨'的景色作结,似是作为春去的注脚,又似是被送而不语的春的回答。不语而语,耐人寻味。"

## 清平乐

夏日游湖

恼烟撩露[①],留我须臾住。携手藕花湖上路[②],一霎黄梅细雨。 娇痴不怕人猜[③],随群暂遣愁怀[④]。最是分携时候,归来懒傍妆台。

[注释]

①恼烟撩露:欧阳修《少年游》词"拈花嗅蕊,恼烟撩雾,拚醉倚西风"。 恼、撩:皆撩拨、沾惹之意。此谓荷花恼人情怀。 ②藕花湖:当指杭州西湖,湖上多荷花。柳永《望海潮》词咏西湖有云"有三秋桂子,十里荷花"。 ③"娇痴"句:本欧阳修《南乡子》词"花下相逢,忙走怕人猜",李清照《浣溪沙》词"眼波才动怕人猜"。 ④"随群"句:《古今女史》作"和衣倒在人怀。"四印斋本注:"别作'和衣睡倒人怀。'"俞平伯

《唐宋词选释》卷中注："这几句仿佛唐人小说《莺莺传》所谓：'于喧哗之下，或勉为语笑，闲宵自处，无不泪零。'虽说得很轻淡，而怀人之意却分明。一本作'和衣睡倒人怀'，句劣，非。"冀勤《朱淑真集注》本句改作"和衣睡倒人怀"，出校曰："原作'随群暂遣愁怀'，据四印斋本校语改。如此方与上文'留我须臾住，携手藕花湖上路'相应。"

［集评］

沈际飞云："《地驱乐歌》：'枕郎左臂，随郎转侧，摩捋郎须，羞郎颜色。'《诗归》谓其千情万态，可作风流中经史。注疏：'和衣倾倒'，谓不可训。迂哉！"（《草堂诗馀别集》）

赵世杰云："姿态横生。"（《古今女史》卷十二）

徐士俊云："朱淑真云：'娇痴不怕人猜。'便太纵矣。"（《古今词统》卷四）

吴衡照云："易安'眼波才动被人猜'，矜持得妙。淑真'娇痴不怕人猜'，放诞得妙。均善于言情。"（《莲子居词话》卷二）

惠淇源云："此词写天真少女与恋人相会的喜悦和离别的惆怅。上片点明留住须臾，故当时携手情景，藕花细雨历历在目。下片追写依恋情态，表现出对爱情的大胆追求；歇拍二句，叙分别时难言的情景，只有'最是'两字，蕴含无限眷恋之情，归来后哪得不怅然若失。词中点缀夏日风光，使形象更为饱满。"（《婉约词》）

## 菩萨蛮

秋[1]

秋声乍起梧桐落[2]，蛩吟唧唧添萧索。攲枕背灯眠，月和残梦圆。　起来钩翠箔，何处寒砧作。独倚小阑干，逼人风露寒。

［注释］

①唐氏按：《词谱》卷六此首误作朱敦儒词。《林下词选》卷二此首又误作朱希真（秋娘）词。　②"秋声"句：欧阳修《秋声赋》称，秋声，声在树

间。其为声也,凄凄切切,呼号愤发……草拂之而色变,木遭之而叶脱。又,旧说,梧桐遇秋叶先落。“如某时立秋,至期,一叶先坠,故云:‘梧桐一叶落,天下尽知秋。’”见《广群芳谱·木谱·桐》引古《遁甲书》。 宋人盛行立秋日“梧叶报秋”之法。见《梦粱录·七月》。

## 菩萨鬘

山亭水榭秋方半[①],凤帏寂寞无人伴[②]。愁闷一番新,双蛾只旧颦。 起来临绣户,时有疏萤度。多谢月相怜,今宵不忍圆。

[注释]

①秋方半:宋吴自牧《梦粱录》卷四“八月”载,“八月十五日中秋节,此日三秋恰半,故谓之中秋。”词暗写时近中秋,故有以下情怀及结句“多谢月相怜,今宵不忍圆”之语。 ②“凤帏”句:“温庭筠《清平乐》词“凤帐鸳被徒熏,寂寞花锁千门”。

## 鹊桥仙

七 夕

巧云妆晚[①],西风罢暑[②],小雨翻空月坠[③]。牵牛织女几经秋,尚多少、离肠恨泪。 微凉入袂,幽欢生座,天上人间满意。何如暮暮与朝朝,更改却、年年岁岁。

[注释]

①巧云:秦观《鹊桥仙》词“纤云弄巧,飞星传恨”。相传织女工巧,织为云锦。宋张天觉《七夕歌》:“河东美人天帝子,机杼年年劳玉指。织成云雾紫绡衣。”此本之。 妆:四印斋本注“别作‘弄’”。 ②罢:四印斋本注:“别作‘惊’。” ③“小雨”句:宋陈元靓《岁时广记·七夕上》引《岁时杂记》云“七月六日有雨,谓之‘洗车雨’;七日雨则云‘洒泪雨’”。

## 菩萨蛮

木 樨[1]

也无梅柳新标格[2]，也无桃李妖娆色。一味恼人香，群花争敢当。　　情知天上种，飘落深岩洞[3]。不管月宫寒，将枝比并看。

[注释]

①木樨：即岩桂。《广群芳谱·花谱·岩桂》："岩桂，俗呼为木犀。"注："纹理如犀，故名木犀。"木犀，同"木樨"。　唐氏按：此首误入玉海楼旧藏旧钞本《樵歌》。　②梅柳标格：范成大《梅谱·后序》"梅以韵胜，以格高"。　标格：指风范。　③"情知"二句：宋之问《灵隐寺》诗"桂子月中落，天香云外飘"。宋钱易《南部新书》载，"杭州灵隐寺多桂，寺僧曰：'此月中种也。'至今中秋望夜，往往子坠，寺僧亦尝拾得。"　岩桂：丛生岩林间，故云"飘落深岩洞"。

[集评]

周念先云："这首咏桂花的词，着重写她香压群芳，表现诗人高洁的情志。上片写桂花的香，用比较的方法先抑后扬，写她风度、外貌不如梅柳和桃李，然后突出她的清香非群芳可比。下片从她的身世写起，"情知"二句，其中暗含有对自己的婚姻和命运的不满。结尾仍归到与群芳比并，加深上片意思的表达。这首词以侧面描写、议论来突出桂花的幽香，也是诗人自我形象的写照。"（《唐宋咏物词选》）

## 点绛唇

冬

风劲云浓，暮寒无奈侵罗幕。髻鬟斜掠，呵手梅妆薄。　　少饮清欢，银烛花频落。恁萧索，春工已觉，点破香梅萼[1]。

[注释]

①“春工”二句:欧阳修《蝶恋花》词“雪里香梅,先报春来早”。 春工:春神,造化之工。

## 念奴娇

### 催雪

冬晴无雪,是天心未肯[①],化工非拙[②]。不放玉花飞堕地[③],留在广寒宫阙。云欲同时[④],霰将集处[⑤],红日三竿揭[⑥]。六花剪就[⑦],不知何处施设。 应念陇首寒梅,花开无伴,对景真愁绝。待出和羹金鼎手[⑧],为把玉盐飘撒[⑨]。沟壑皆平[⑩],乾坤如画[⑪],更吐冰轮洁[⑫]。梁园燕客,夜明不怕灯灭。

[注释]

①天心未肯:北周刘璠《雪赋》“天地否闭,凝而成雪”。雪未成,故云“天心未肯”。 ②“化工”句:化工,犹天工。唐陆畅《惊雪》诗:“天人宁许巧,剪水作花飞。”宋黄庭坚《咏雪奉呈广平公》诗:“天巧能开顷刻花。”此由之出。 ③玉花飞堕地:化用苏轼《和田国博喜雪》诗“玉花飞半夜”,王安石《次韵王胜之咏雪》诗“玲珑剪水空中堕”。 ④云欲同时:本《诗经·小雅·信南山》“上天同云,雨雪雰雰”。《韩诗外传》:“雪云曰同云。” ⑤霰将集处:《诗经·小雅·頍弁》“如彼雨雪,先集维霰”。南朝宋谢惠连《雪赋》:“霰淅沥而先集,雪纷糅而遂多。” 霰:雪珠。 ⑥红日三竿:本刘禹锡《竹枝词》“日出三竿春雾消”。古人以竹竿量日来标记时间,日出三竿,约冬季上午八九点钟。 ⑦六花剪就:六花,雪花。《艺文类聚》卷二《天部下·雪》:“《韩诗外传》曰:凡草木花多五出,雪花独六出”。宋崔德符《雪》诗:“朔风万里卷龙沙,剪出千林六出花。” ⑧和羹金鼎手:《尚书·说命》,商高宗立傅岩为相,命曰:“若作和羹,尔惟盐梅。”谓宰相燮理阴阳,犹如调鼎和羹。此喻调和阴阳之大才。 ⑨玉盐飘撒:《世说新语·言语》载,“谢安尝于雪日集儿女讲论文义,俄而雪骤,谢曰:“白雪纷纷何所似?”兄子胡

儿曰："撒盐空中差可拟。" ⑩沟壑皆平：本唐孟浩然《赴京途中遇雪》诗："积雪满山川"，宋尤袤《雪》诗："草木浅深白，丘堙高下平。" ⑪乾坤如画：陈师道《雪后黄楼寄眉山居士》诗："云日明松雪……人行图画里。" ⑫冰轮：谓明月。苏轼《宿九仙山》诗："云峰缺处涌冰轮。"

## 念奴娇

### 催雪

鹅毛细剪[①]，是琼珠密洒[②]，一时堆积。斜倚东风浑漫漫[③]，顷刻也须盈尺[④]。玉作楼台[⑤]，铅镕天地[⑥]，不见遥岑碧[⑦]。佳人作戏，碎揉些子抛掷[⑧]。 争奈好景难留，风僝雨僽[⑨]，打碎光凝色。总有十分轻妙态[⑩]，谁似旧时怜惜。担阁梁吟[⑪]，寂寥楚舞，笑捏狮儿只[⑫]。梅花依旧，岁寒松竹三益[⑬]。

［注释］

①鹅毛：本白居易《雪夜喜李郎中见访兼酬所赠》诗"可怜今夜鹅毛雪，引得高情鹤氅人"，梅尧臣《十五日雪三首》诗其二"密雪鬥鹅毛"。 ②琼珠：冰珠。北周庾信《郊行值雪》诗："雪花开六出，冰珠映九光。" 是琼珠：《花草粹编》卷十作"纵轻抛"。 ③"斜倚"句：南朝梁裴子野《咏雪》诗"因风卷复斜"，谢惠连《雪赋》"其为状也，散漫交错"，唐戎昱《早春雪中》诗"阴云万里昼漫漫"。 ④盈尺：谢惠连《雪赋》"盈尺则呈瑞于丰年"，南朝陈徐陵《咏雪》诗"三农喜盈尺"。 ⑤玉作楼台：宋王初《雪霁》诗"昆玉楼台珠树密"。 ⑥铅镕天地：铅，指铅粉，色白，女子化妆用。刘禹锡《终南积雪》诗"雾散琼枝出，日斜铅粉残。" ⑦"不见"句：化用元稹《西归绝名胜》其十一"云覆蓝桥雪满溪，须臾便与碧峰齐"之意而出。 ⑧些子：一点点，少许。中古俗语。 抛掷：《花草粹编》作"相掷"。 ⑨风僝雨僽：此谓风雨折磨、摧残。 ⑩"总有"句：梅圣俞《雪咏》诗"密势因风力，轻姿任物形"。此谓雪花飘舞之姿。 总：《花草粹编》作"纵"。 轻妙态：唐氏按，"轻"字原缺，据《诗词杂俎》本《断肠词》补。 ⑪梁吟：

指《梁甫歌》。《琴操》:“曾子耕太山之下,天雨雪,冻旬日不得归,思其父母,作《梁甫歌》。” 担阁:谓延搁不得归。 ⑫“笑捏”句:谓堆雪狮子。宋张耒《雪狮》诗:“六尺妆成百兽王,日头出后便郎当。” 陆游《雪》诗:“老子方惊飞蛱蝶,群儿已说聚狻猊。”狻猊,即狮子。皆写当时雪节民俗。 ⑬“梅花”二句:古人称松、竹、梅为岁寒三友,以为其凌寒不凋,气节卓然,有君子之风。宋葛立方《满庭芳·和催梅》词:“梅花,君自看……结岁寒三友,久迟筠松。” 程敏政有《岁寒三友图赋》。 三益:语出《论语·季氏》,曰:“益者三友……友直,友谅,友多闻,益矣。”

[集评]

陈霆云:“咏雪《念奴娇》云:‘斜倚东风浑漫漫,顷刻也须盈尺。’已尽雪之态度。继云:‘担阁《梁吟》,寂寥楚舞,笑捏狮儿只。’复道尽‘雪’字,又觉酝藉也。”(《渚山堂词话》)

## 卜算子

### 咏 梅①

竹里一枝斜②,映带林逾静③。雨后清奇画不成,浅水横疏影④。 吹彻小单于⑤,心事思重省⑥。拂拂风前度暗香,月色侵花冷⑦。

[注释]

①题,四印斋本、《花草粹编》卷二作“梅”。 ②“竹里”句:唐刘言史《竹里梅》诗“竹里梅花相并枝,梅花正发竹枝垂”。 斜:《诗词杂俎》本《花草粹编》、《诗渊》册四、《全芳备祖》前集卷一“花部”作“梅”。 ③林逾静:南朝梁王籍《入若耶溪》诗“蝉噪林逾静,鸟鸣山更幽”。 ④“浅水”句:林逋《山园小梅》诗“疏影横斜水清浅,暗香浮动月黄昏”。 疏:《全芳备祖》、《花草粹编》作“斜”。 ⑤小单于:曲调名。唐李益《听晓角》诗:“秋风吹入小单于。” ⑥思重:《全芳备祖》、《花草粹编》、《诗渊》作“重思”。 ⑦侵花:四印斋本作“侵檐”。

## 菩萨蛮

### 咏　梅[1]

湿云不渡溪桥冷[2]，娥寒初破东风影[3]。溪下水声长[4]，一枝和月香[5]。　人怜花似旧[6]，花不知人瘦[7]。独自倚阑干[8]，夜深花正寒。　（以上《断肠词》）

（以上紫芝漫抄本《断肠词》，原有词二十六首，四首未录）

［注释］

①咏梅：《花草粹编》卷三作"梅"。　唐氏按：此首《全芳备祖》前集卷一"梅花门"作苏轼词。　②湿云：指雨云。意本苏轼《再和杨公济梅花十绝》其四"不堪细雨湿黄昏"。　溪桥：语出唐戎昱《早梅》诗"一枝寒梅白玉条，迥临村路傍溪桥"。　③娥寒：即寒娥，谓月仙姮娥，借指明月。　东风影：即宋人喜咏的"梅花影"（陆游《梅花》诗）。本篇这开头二句，与唐崔道融《梅》诗"溪上寒梅初发枝，夜来霜月透芳菲"意相近。　④溪下：《花草粹编》作"桥下"。　⑤"一枝"句：本唐韦庄《春陌》诗"一枝春雪冻梅花"，孔夷《水龙吟·梅》词"疏影沉沉，暗香和月"。　月：《花草粹编》作"雪"。　⑥"人怜"句：本李商隐《忆梅》诗"寒梅最堪恨，长作去年花"。　⑦"花不"句：《古今女史》作"花比人应瘦"。李清照《醉花阴》词："帘卷西风，人比黄花瘦。"　⑧"独自"句：本南唐冯延巳《临江仙》词"酒馀人散后，独自凭阑干"。

［集评］

沈际飞云："玄慧，不犯梅事，超。'人'、'花'二句伤神。"（《草堂诗馀续集》）

陈霆云："朱淑真咏梅云：'湿云不渡溪桥冷，嫩寒初破霜风影。溪下水声长，一枝和月香。'别阕云：'拂拂风前度暗香，月色侵花冷。'梨花云：'粉泪共宿雨阑珊，清梦和寒云寂寞。'凡皆清楚流丽，有才士所不到，而彼顾优然道之，是安可易其为妇人语也。"（《渚山堂词话》）

## 失调名

王孙去后无芳草[①]。

（《花草粹编》卷二朱秋娘《采桑子》集句引）

[注释]

①“王孙”句：本淮南小山《招隐士》“王孙游兮不归，春草生兮萋萋”，白居易《赋得古原草送别》诗“远芳侵古道，晴翠接荒城。又送王孙去，萋萋满别情”。

## 西江月

### 春半

办取舞裙歌扇，赏春只怕春寒[①]。卷帘无语对南山，已觉绿肥红浅[②]。　去去惜花心懒[③]，踏青闲步江干[④]。恰如飞鸟倦知还[⑤]，澹荡梨花深院。（《花草粹编》卷四）

[注释]

①赏春：四印斋本作“当春”。　②“已觉”句：李清照《如梦令》词“知否，知否，应是绿肥红瘦”。　绿肥：四印斋本作“绿深”。　③去去：旧题苏武《古诗》“去去从此辞”。此谓越走越远。　④“踏青”句：唐人《秦中岁时记》载，“三月上巳，赐宴曲江，都人于江头禊饮，践踏青草，曰踏青。”宋人亦盛其风气。　⑤“恰如”句：陶潜《归去来兮辞》“云无心以出岫，鸟倦飞而知还”。

## 月华清

### 梨花

雪压庭春[①]，香浮花月[②]，揽衣还怯单薄。攲枕裴回[③]，又听一声乾鹊[④]。粉泪共、宿雨阑干[⑤]，清梦与、寒云寂寞[⑥]。除却，是江梅曾许，诗人吟作[7]。　长恨晓风漂泊[8]，且莫遣香肌、瘦减如削[9]。深杏夭桃，端的为谁零落[10]。况天气、妆点清明，对美景、不妨行乐。拌著[11]，向花时取，一杯独酌[12]。

（《花草粹编》卷十）

[注释]

①雪压庭春：岑参《白雪歌送武判官归京》“忽如一夜春风来，千树万树梨花开”。梨花色白，故以喻雪。黄庭坚《赏压沙寺梨花》诗：“风飘香未改，雪压枝自重。”　庭：《诗渊》册四作“夜”。　②香浮花月：林逋《山园小梅》诗“暗香浮动月黄昏”。宋韩琦《赏梨花》诗：“月明惟觉异香浓。”　③“揽衣”二句：白居易《长恨歌》“揽衣推枕起徘徊”。　④听乾鹊：晋葛洪《西京杂记》卷三载汉陆贾语“乾鹊噪而行人至，蜘蛛集而百事喜”。五代王仁裕《开元天宝遗事·天宝下》：“时人之家，闻鹊声皆为喜兆，故谓灵鹊报喜。”　⑤“粉泪”句：白居易《长恨歌》“玉容寂寞泪阑干，梨花一枝春带雨”。　⑥“清梦”句：暗用巫山云雨之梦。毛滂《惜分飞》词：“断雨残云无意绪，寂寞朝朝暮暮。”　⑦“是江梅”二句：林逋《梅花》诗“幸有微吟可相狎，不须檀板共金尊”。　⑧晓风漂泊：柳永《雨霖铃》词“今宵酒醒何处，杨柳岸、晓风残月”。　晓风：《诗渊》作“晚风”。　⑨瘦减如削：元稹《三月二十四日宿曾峰馆夜对桐花寄乐天》诗“思君瘦如削”。　瘦减：《诗渊》作“销减”。　⑩端的：究竟，到底。　⑪拌著：《诗渊》作“拚著”，冀勤《朱淑真集注》本作“翻著”。　⑫“向花”二句：李白《月下独酌》诗“花间一壶酒，独酌无相亲”。

## 阿那曲[1]

梦回酒醒春愁怯[2]，宝鸭烟销香未歇[3]。薄衾无奈五更寒[4]，杜鹃叫落西楼月[5]。

[注释]

①此首见于《古今词统》卷一。原作诗题《春宵》，存《断肠诗集》卷三。唐氏列入存目词，并附录词集后。　②“梦回”句：晏几道《临江仙》词“梦后楼台高锁，酒醒帘幕低垂”。　③“宝鸭”句：孙鲂《夜坐》诗“久坐

烟消宝鸭香”。 宝鸭:形如凫鸭状的香炉。宋洪刍《香谱》“香兽,涂金为……凫鸭之状,空中以燃香,使烟自口出,以为玩好”。 ④“薄衾”句:本李煜《浪淘沙》词“罗衾不耐五更寒”。 ⑤“杜鹃”句:宋郑元佐注,“古《最高楼》词‘子规叫断黄昏月’。”

[集评]

钟惺云:“‘梦回酒醒’,春愁正怯,馀魂淡宕,形思乍属。实有此种情况,妙领得微。‘薄衾’句‘无奈’,有幽奥之气缭绕之。”(《名媛诗归》)

徐士俊云:“坡词:‘角声吹落梅花月。’不期而合。”(《古今词统》)

## 存目词

| 调名 | 首句 | 出处 | 附注 |
|---|---|---|---|
| 浣溪纱 | 玉体金钗一样娇 | 《断肠词》 | 韩偓词,见《香奁集》 |
| 柳梢青 | 玉骨冰肌 | 同上 | 扬无咎词,见《逃禅词》 |
| 柳梢青 | 冻合疏篱 | 同上 | 同上 |
| 柳梢青 | 雪舞霜飞 | 同上 | 同上 |
| 生查子 | 去年元夜时 | 《词品》卷二 | 欧阳修词,见《近体乐府》卷一 |
| 绛都春 | 寒阴渐晓 | 《花草粹编》卷十 | 无名氏词,见《草堂诗馀后集》卷下 |
| 采桑子 | 王孙去后无芳草 | 《词谱》卷五 | 朱秋娘词,见《彤管遗编》后集卷十二 |

## 张　抡

张抡，生卒不详，字才甫，号莲社居士，开封（今河南开封）人。南渡故老。绍兴间知阁门事，淳熙五年（1178）为宁武军承宣使。再知阁门事，兼客省四方馆事。有《莲社词》一卷。

### 柳梢青

柳色初匀，轻寒似水，纤雨如尘。一阵东风，縠纹微皱，碧沼鳞鳞。　仙娥花月精神[①]。奏凤管、鸾丝斗新。万岁声中，九霞杯里[②]，长醉芳春。

［注释］

①仙娥：此处谓宫女。　②九霞杯：也称九霞觞，酒杯名。“阆苑花前是醉乡，踏翻王母九霞觞。”见唐许碏《醉吟》。

［集评］

杨慎云：“张材甫，名抡，南渡故老。词多应制。……《柳梢青》前段云……亦佳，足称词人。”（《词品》卷四）

沈雄云：“淳熙中，张材甫应制词云：‘柳色初浓，馀寒如水，秋雨如尘。’复命曾海野和词云：‘桃靥红匀，梨腮粉薄，鸳径无尘。’《词品》曰：‘句句叶而起句不叶，则亦未知词者矣。’夫《柳梢青》起句，不用韵者间有。既在应制联赓之作，是亦可通融者，极言其未知词也，过矣。”（《古今词话·词辨》上卷）

### 蝶恋花

前日海棠犹未破。点点胭脂，染就真珠颗。今日重来花下坐，乱铺宫锦春无那[①]。　剩摘繁枝簪几朵[②]。痛惜深怜，只恐芳菲过。醉倒何妨花底卧，不须红袖来扶我[3]。

[注释]

①那（nuó）："奈何"的合音。　②剩：多。　③红袖：指歌伎。

[集评]

王世贞云："南宋如曾觌、张抡辈应制之作，志在铺张，故多雄丽。"（《艺苑卮言》）

沈雄云："张材甫，南渡故老及见太平之盛者。集中多应制词，如《蝶恋花》、《朝中措》、《霜天晓角》，杰作也。"（《古今词话·词评》上卷）

## 临江仙

玉宇凉生清禁晓[1]，丹葩色照晴空。珊瑚敲碎小玲珑[2]。人间无此种，来自广寒宫[3]。　雕玉阑干深院静，嫣然凝笑西风。曲屏须占一枝红。且图欹醉枕，香到梦魂中。

[注释]

①玉宇：天空。"玉宇来清风，罗帐延秋月。"见南朝宋刘休玄《拟明月何皎皎》诗。　清禁：谓皇宫。　②珊瑚敲碎：石崇与王恺争豪，恺尝得一珊瑚树，高二尺许，崇以铁如意击碎，并曰："不足恨，今还卿。"乃命左右悉取珊瑚树，有三尺四尺……恺罔然自失。见《世说新语·汰侈》。　③广寒宫：神话中月宫。

## 临江仙

车驾朝享景灵宫，久雨，一夕开霁

闻道彤庭森宝仗[1]，霜风逐雨驱云。六龙扶辇下青冥[2]。香随鸾扇远[3]，日射赭袍明[4]。　帘卷天街人隘路[5]，满城喜望清尘。欢声催起岭梅春。欲知天意好，昨夜月华新。

[注释]

①彤庭:谓皇宫。 ②六龙:皇帝车驾的六匹马。马八尺称龙。 ③鸾扇:皇帝车驾前障尘蔽日的用具。 ④赭袍:帝王之衣。 ⑤天街:京城中的街道。

## 西江月

瑞　香[1]

剪就碧云闹叶,刻成紫玉芳心。浅春不怕峭寒侵,暖彻薰笼瑞锦[2]。　花里清芬独步,尊前胜韵难禁。飞香直到玉杯深,消得厌厌痛饮[3]。

[注释]

①瑞香:花名。大者名锦熏笼。 ②薰笼:熏炉覆笼,用以熏衣。瑞锦:锦衣。 ③厌厌(yǎn yǎn):精神不振貌。

[集评]

杨慎云:“咏瑞香花《西江月》……亦佳,足称词人。”(《词品》卷四)

## 朝中措

灯花挑尽夜将阑[1],斜掩小屏山。一点凉蟾窥幔[2],钏敲玉臂生寒[3]。　起来无绪,炉薰烬冷,桐叶声干。都把沉思幽恨,明朝分付眉端。

[注释]

①将阑:将尽。 ②凉蟾:谓月光。 ③玉臂生寒:“香雾云鬟湿,清辉玉臂寒。”见唐杜甫《月夜》。

## 烛影摇红

上元有怀[1]

双阙中天[2]，凤楼十二春寒浅[3]。去年元夜奉宸游[4]，曾侍瑶池宴[5]。玉殿珠帘尽卷，拥群仙、蓬壶阆苑[6]。五云深处[7]，万烛光中，揭天丝管。　　驰隙流年[8]，恍如一瞬星霜换[9]。今宵谁念泣孤臣，回首长安远[10]。可是尘缘未断。谩惆怅，华胥梦短[11]。满怀幽恨，数点寒灯，几声归雁。

### [注释]

①上元：农历正月十五日为上元节。　②双阙：宫门外望楼，为皇宫标志。　③凤楼：宫内楼阁。“凤楼十二重，四户八绮开。”见南朝宋鲍照《代陈思王京洛篇》。　④元夜：农历正月十五日夜。　宸游：帝王巡游。⑤瑶池：神话中古代神仙居处，此处喻宫廷游宴之地。　⑥“拥群仙”句：喻宴会场面如仙境。　⑦五云：五色祥云。　⑧“驰隙”句：喻时光急逝。“人生天地间，若白驹之过隙，忽然而已。”见《庄子·知北游》。　⑨星霜：指一年。　⑩长安：此处喻指北宋故都汴京（今河南开封）。　⑪华胥梦：“（黄帝）昼寝，梦游华胥氏之国。”见《列子·黄帝》。

### [集评]

杨慎云：“张材甫，南渡故老。词多应制。元夕‘双阙中天’一首，繁华感慨，已入选矣。”（《词品》卷四）

沈际飞云：“材甫目靖康之变，前段追忆徽庙，后直指目前，哀乐各至。”（《蓼园词评》引）

黄苏云：“材甫为南渡遗老，有《莲社词》一卷。词多变徵，此首尤清壮。”（《蓼园词评》）

李攀龙云：“上述往事，下叹来年，神情一呼一吸。”“此抚景写情，具见其荣光易度，梦醒无机，真画出风前烛影，红光在目。”（《草堂诗馀全集》）

## 浣溪沙

和曾纯甫题谢氏小阁[①]

筑室峥嵘占宝峰，退朝燕坐万缘空[②]。出尘高志抗冥鸿[③]。　何日嘉招陪一笑，看君豪饮釂千钟。试凭鄙句作先容。

[注释]

①曾纯甫：曾觌，字纯甫。汴人。原作不存。　②燕坐：闲坐。③冥鸿："鸿飞冥冥，弋人何慕焉。"见汉扬雄《法言·问明》。

## 霜天晓角

晓风摇幕，攲枕闻残角。霜月可窗寒影。金猊冷、翠衾薄[①]。　旧恨无处著，新愁还又作。夜夜单于声里[②]，灯花共、泪珠落。

[注释]

①金猊：狻猊状金属香炉。　②单于：曲调名，又名《小单于》。

## 点绛唇

咏春十首

何处春来，惠风初自东郊至[①]。柳条花蕊，迤逦争明媚[②]。　造化难穷[③]，谁晓幽微理。都来是。自然天地，一点冲和气。

[注释]

①惠风：和风。　②迤逦：曲折连绵貌。　③造化：指自然的创造化育。

## 点绛唇

### 咏 春

昨夜东风，又还吹遍闲花草。翠轻红小，触处惊春早。　　草舍茅□，□□□□□。谁□□。□□丹灶[①]，别有阳和□。

[注释]

①丹灶：道士炼丹炉。

## 点绛唇

### 咏 春

阳气初生，万花潜动根荄暖[①]。暗藏芳艳，未许东君见[②]。　　恰似温温[③]，铅鼎丹初转[④]。功犹浅。九回烹炼，日月光华满。

[注释]

①荄(gāi)：草根。　②东君：谓春神。　③温温：柔和貌。　④"铅鼎"句：道家以铅及汞入鼎炼丹。

## 点绛唇

### 咏 春

暖日迟迟[①]，乱莺声在垂杨里。昼眠惊起，花影闲铺地。　　试问荣名，何似花前醉。陶陶地[②]。任他门外，车驾喧朝市。

[注释]

①"暖日"句:"春日迟迟,采蘩祁祁。"见《诗经·豳风·七月》。 迟迟:舒缓貌。 ②陶陶:和乐貌。"君子陶陶。"见《诗经·王风·君子阳阳》。

## 点绛唇

### 咏 春

花满名园,万红千翠交相映。画阑幽径[1],行乐迷芳景。 惟有幽人[2],不与浮华竞。便幽静。兴来独饮,花下风吹醒。

[注释]

①阑:栏干。 ②幽人:隐士。"履道坦坦,幽人贞吉。"见《易经·履卦》。

## 点绛唇

### 咏 春

春入山家,杖藜独步登岩岫。野花争秀,弄蕊香盈袖[1]。 对景开怀,莫遣双眉皱。春难久。乱红飞后,留得韶光否[2]。

[注释]

①香盈袖:"东篱把酒黄昏后,有暗香盈袖。"见宋李清照《醉花阴》。 ②韶光:此处指春光。

## 点绛唇

### 咏　春

气体冲融，四时长在阳春里。玉田琼蕊[①]，养就灵苗异。　　堪笑□□，□□□□□。□□□。□□流水，半落苍□□。

[注释]

①玉田琼蕊：传说春秋时杨伯雍义务供人饮水，得仙人石子一斗。种于田，数岁，见玉子出石上。见晋干宝《搜神记》卷十一。

## 点绛唇

### 咏　春

乐事难并[①]，少年常恨春宵短。万花丛畔，只恐金杯浅。　　方喜春来，又叹韶华晚[②]。频相劝。且闻强健，莫厌花经眼。

[注释]

①乐事难并："天下良辰、美景、赏心、乐事，四者难并。"见南朝宋谢灵运《拟魏太子邺中集诗序》。　②韶华：美好时光。

## 点绛唇

### 咏　春

一瞬光阴，世人常被芳菲恼。玉壶频倒，唯恨春归早。　　何似逍遥，物外寻三岛[①]。春长好。瑞芝瑶草[②]，春又何曾老。

[注释]

①三岛:神话中海上三座神山,即蓬莱、方丈、瀛州。　②瑞芝瑶草:谓仙草。

## 点绛唇

### 咏　春

浮世如何,问花何事花无语。夜来风雨,已送韶华暮。　　念此堪惊,得失休思虑。从今去。醉乡深处,莫管流年度。

## 阮郎归

### 咏夏十首

亭亭槐柳午阴圆,熏风拂舜弦[①]。一轮红日贴中天,乾坤如火然。　　观上象,想丹田[②]。阳精色正鲜。□从炼得体纯全,朱颜无岁年。

[注释]

①"熏风"句:"昔者舜作五弦之琴以歌南风。"见《礼记·乐记》。　熏风:南风,和风。　②丹田:道家指人体小腹之处。

## 阮郎归

### 咏　夏

欲如臭腐化神奇[①],当观蝉蜕时。脱然飞上绿槐枝,炎炎昼景□。　　□□□,□如斯。□□□□迷。灵躯一旦脱□□,□□□□归。

[注释]

①"欲如"句:"故万物一也。是其所美者为神奇,其所恶者为臭腐。臭腐复化为神奇,神奇复化为臭腐。"见《庄子·知北游》。

## 阮郎归[1]

咏 夏

深亭邃馆锁清风,榴花芳艳浓。阳光染就欲烧空,谁能窥化工[2]。　　观物外,喻身中。灵砂别有功[3]。若将一粒比花容,金丹色又红。

[注释]

①唐氏按:此首别误作苏轼词,见《古今合璧事类备要》别集卷三十四。　②化工:天工。"天地为炉兮,造化为工。"见汉贾谊《鹏鸟赋》。　③灵砂:道教传说中不老之药。见《云笈七签》六十九《返灵砂篇》。

## 阮郎归

咏 夏

炎天何处可登临,须于物外寻[1]。松风涧水杂清音,空山如弄琴。　　宜散髮,称披襟。都无烦暑侵。莫将城市比山林,山林兴味深。

[注释]

①物外:世外。

## 阮郎归

### 咏　夏

豪家大厦敞千楹，风摇玉柄轻。金盆弄水复敲冰，热从何处生。　　低草舍，小茅亭。如何安此身。元来一念静无尘，萧然心自清。

## 阮郎归

### 咏　夏

金乌玉兔最无情[①]，驱驰不暂停。春光才去又朱明[②]，年华只暗惊。　　须省悟，莫劳神。朱颜不再新。灭除妄想养天真[③]，管无寒暑侵。

[注释]

①"金乌"句：谓日月无情。古代神话，太阳中有三足乌，月亮中有玉兔，故以金乌玉兔代指日月。　②朱明："夏为朱明。"见《尔雅·释天》。　③天真：指自然本性。

## 阮郎归

### 咏　夏

动时思静暑思寒，尘劳扰扰间。翻云覆雨百千般，几时心地闲。　　□□□，□□难。将□□□然。自然寒暑不相□，□□□地仙[①]。

[注释]

①地仙："按《仙经》云：上士举形升虚，谓之天仙；中士游于名山，谓之地仙。"见晋葛洪《抱朴子·论仙》。

## 阮郎归

### 咏　夏

谁言无处避炎光,山中有草堂。安然一枕即仙乡,竹风穿户凉。　　名不恋,利都忘。心闲日自长。不须辛苦觅琼浆[1],华池神水香[2]。

[注释]

①琼浆:美酒。　②华池:传说中昆仑山仙池。

## 阮郎归

### 咏　夏

炎炎皦日正当中[1],澄潭忽此逢。金丹乍浴表深功[2],通明照水红。　　丹浴罢,乐无穷。怡然百体融。人间何处不清风,此怀谁与同。

[注释]

①皦(jiǎo):白。　②金丹:古代方士炼金石为药,以为可以长生。见晋葛洪《抱朴子·金丹》。

## 阮郎归

### 咏　夏

寒来暑往几时休,光阴逐水流[1]。浮云身世两悠悠,何劳身外求。　　天上月,水边楼。须将一醉酬。陶然无喜亦无忧,人生且自由。

[注释]

①"光阴"句:"子在川上曰:逝者如斯夫,不舍昼夜。"见《论语·子罕》。

## 醉落魄

### 咏秋十首

流光转毂[①],乌飞兔走争相逐[②]。火云方见奇峰簇[③]。飒飒西风[④],惊堕井梧绿。　　隙驹莫叹年华速[⑤],新凉且喜消炎酷。休将闲事萦心曲。红滴真珠,初醡玉醅熟[⑥]。

[注释]

①毂(gǔ):车轮中车轴贯入的圆木,指代车轮。　②乌飞兔走:喻日月运行之速。　③火云:初秋炽热的红云。　④飒飒西风:"飒飒西风满院栽,蕊寒香冷蝶难来。"见唐黄巢《题菊花》。　⑤隙驹:白驹过隙,喻时光急逝。　⑥玉醅(pēi):美酒。

## 醉落魄

### 咏　秋

红芳紫陌,韶华□□□□□。□花弄□□□色。不比西风,吹落□□□。　　乾坤造化□□□,都缘一气潜相易。观时感事成嗟惜。惟有乔松,不改旧时碧。

## 醉落魄

### 咏　秋

清秋夜寂,圆蟾素影流空碧[①]。都无一点浮云隔。河汉光微[②],星斗淡无色。　　日精欲炼须阴魄[③],更深犹望清宵立。坎离二物都收得[4]。独步瀛洲[5],方表大丹力[6]。

[注释]

①圆蟾:谓满月。　②河汉:银河。　③日精:指太阳的光华。　阴魄:指月亮的光华。　④坎离:八卦之二卦名,喻水火。　⑤瀛洲:神话中海上三座神山之一。　⑥大丹:道家崇尚之仙丹。

## 醉落魄

咏　秋

秋高气肃,西风又拂盈盈菊。挼金弄玉香芬馥。桃李虽繁,其奈太粗俗。　渊明雅兴谁能续,东篱千古遗高躅[1],人生所贵无拘束。且采芳英,潋滟泛醁醽[2]。

[注释]

①"渊明"二句:陶渊明,晋代诗人,性爱菊。"采菊东篱下,悠然见南山。"见《饮酒》其一。　高躅(zhú):高尚形迹。　②醁醽:美酒。也作"醽醁"。"寒泉旨于醽醁。"见晋葛洪《抱朴子·嘉遁》。

## 醉落魄

咏　秋

流年迅速,君看败叶初辞木。若非寿有金丹续。石火光中[1],难保鬓长绿。　区区何用争荣辱,百年一梦黄粱熟[2]。人生要足何时足。赢取清闲,即是世间福。

[注释]

①石火光中:喻人生短暂。"人之短生,犹如石火。"见北齐刘昼《新

论·惜时》。 ②一梦黄粱熟：传说卢生于邯郸旅舍遇道士吕翁，受吕翁一枕而梦，梦中娶妻、登第、授官、入狱、受封，醒来蒸黍未熟，触类如故。见唐沈既济《枕中记》。

## 醉落魄

### 咏 秋

秋光莹彻，园林□□□□□。如何宋玉□□切。作赋悲凉，草木□□□[1]。 □人自与□□□，长歌清啸无时节[2]。瓮头且饮□如雪[3]。不管春花，亦不管秋月。

[注释]

①"如何"三句：宋玉为战国时楚国辞赋家，其《九辩》开篇曰："悲哉！秋之为气也。萧瑟兮草木摇落而变衰。" ②清啸："籍尝于苏门山遇孙登，与商略终古及栖神导气之术，登皆不应。籍因长啸而退。至半岭，闻有声若鸾凤之音，响于岩谷，乃登之啸也。"见《晋书·阮籍传》。此处喻高雅情怀。 ③"瓮头"句：喻贪杯任性。毕卓因醉，夜至其瓮间取酒，主者谓是盗，执而缚之，知为吏部，释之。见《世说新语·任诞》引《晋中兴书》。

## 醉落魄

### 咏 秋

虚窗透月，寒莎败壁蛩吟切[1]。沉沉永漏灯明灭[2]。只为愁人，不为道人设。 愁人对此成愁绝，道人终是心如铁。一般景趣情怀别。笛里西风，吹下满庭叶。

[注释]

①蛩：蟋蟀。 ②漏：古代计时器。

## 醉落魄

### 咏 秋

光辉皎洁,古今但赏中秋月。寻思岂是月华别。都为人间,天上气清彻。  广寒想望峨琼阙[①],琤琤玉杵声奇绝[②]。何时赐我长生诀。飞入蟾宫[③],折桂饵丹雪[④]。

[注释]

①广寒:广寒宫,神话中月中宫殿。 琼阙:琼楼。传说翟乾祐于江岸玩月。俄见月规半天,琼楼玉宇烂然。见旧题前秦王嘉《拾遗记》。 ②"琤琤"句:神话谓月中有白兔捣药,见晋傅玄《拟天问》诗。 ③蟾宫:神话谓月中有蟾蜍。见《艺文类聚》卷一引《五经通义》。 ④折桂:神话中谓月中有桂树。见《初学记》卷一引晋虞喜《安天论》。

## 醉落魄

### 咏 秋

湖光湛碧,亭亭照水芙蕖拆。绿罗盖底争红白。恍若凌波,仙子步罗袜[①]。  如今霜落枯荷折,清香无处重寻觅。浮生似此初无别。及取康强,一笑对风月。

[注释]

①"恍若"二句:"体迅飞凫,飘忽若神,凌波微步,罗袜生尘。"见三国魏曹植《洛神赋》。

## 醉落魄

### 咏 秋

秋宵露结,清晨□□□□□。□□润□□□洌。名体才分，功用□□□。 □儿本是□□□，养成方见仙凡隔。神仙不肯分明说。多少迷人，海上访丹诀[①]。

［注释］

①丹诀：道家所谓炼丹成仙的秘诀。

## 西江月

### 咏冬十首

有限光阴过隙[①]，无情日月飞梭[②]。春花秋月暗消磨，一岁相看又过。 逢酒须成痛饮，临风莫厌高歌。虚名微利两如何，识破方知恁么[③]。

［注释］

①过隙：白驹过隙。句谓时光飞逝。 ②日月飞梭：形容光阴过得快。"时光似箭，日月如梭。"见《京本通俗小说·碾玉观音》。 ③恁：如此。

## 西江月

### 咏 冬

雪似琼花铺地[①]，月如宝鉴当空。光辉上下两相通，千古谁窥妙用。 若悟珠生蚌腹，方知非异非同。阴阳相感有无中[②]，恍惚已萌真种[③]。

［注释］

①琼花：有光泽的美石。 ②"阴阳"句：古代以阴阳相互作用解释万物化生。 ③真：本原。"窈兮冥兮，其中有精，其精甚真。"见《老子》。

## 西江月

### 咏　冬

卷地朔风凛凛，漫天瑞雪霏霏。园林万木变枯枝，因甚松篁独翠。　　只为春花竞发，却教秋叶争飞。若无荣盛便无衰，悟此方名达理。

## 西江月

### 咏　冬

密布同云万里[1]，六飞玉糁琼铺[2]。清歌妙舞拥红炉，犹恨寒侵尊俎[3]。　　谁念山林路险，独行跣足樵夫[4]。莫惊苦乐□殊途，阳□皆由阴注。

[注释]

①同云：彤云，降雪之典。见《诗经·小雅·信南山》。　②六飞：谓雪，其结晶体为六瓣。　③尊俎：古代酒肉器皿。　④跣足：光着脚。

## 西江月

### 咏　冬

雅士常多雅□，□□□□□怀。雪溪□□□舟来，兴尽何须见戴[1]。　　恰似□云出岫，岂拘宇内形骸[2]。超然物外远尘埃，到此方为自在。

[注释]

①"雪溪"二句：王子猷在山阴，夜大雪，忽忆戴安道。时戴在剡，便夜乘小船就之。至，造门不前而返，人问其故，曰："吾乘兴而行，兴尽而返，何必见戴？"见《世说新语·任诞》。　②"恰似"二句："云无心以出岫，鸟

倦飞而知还。”“已矣乎，寓形宇内复几时？”见晋陶渊明《归去来兮辞》。

## 西江月

### 咏　冬

冬至一阳初动[①]，鼎炉光满帘帏。五行造化太幽微[②]，颠倒难穷妙理[③]。　遇此急须进火，速修犹恐迟迟。茫茫何处问天机，要悟须凭师指。

[注释]

①“冬至”句：冬至为农历二十四节气之一，在阳历十二月二十二日或二十三日。“日冬至则一阴下藏，一阳上舒。”见《史记·律书》。　②五行：古代谓构成物质的五种元素，即水、火、土、金、木，相生相克。　③颠倒：指反复探究。

## 西江月

### 咏　冬

一梦浮生未觉，三冬短晷堪惊[①]。天高谁解挽长绳[②]，系住流年光景。　须信阴阳有定，非关岁月无情。若教心地湛然清，日在壶中自永[③]。

[注释]

①晷（guǐ）：测日影器。　②“天高”二句：“岁暮景迈群光绝，安得长绳系白日。”见晋傅玄《九曲歌》。　③日在壶中：“（施存）学大丹大道……后遇张申为云台治官，常悬一壶如五升器大，变化为天地，中有日月如世间，夜宿其内。”见《云笈七签·二十八治》。

## 西江月

### 咏　冬

四序常如转毂[1]，百年须待春风。江梅何事向严冬，早有清香浮动。　　只为六阴极处，一阳已肇黄宫[2]。阴阳迭用事何穷，此是乾坤妙用。

[注释]

①四序：指春夏秋冬四季。　②“只为”二句：“大雪后十五日，斗指子，为冬至，十一月中(夏历)。阴极而阳始至，日南至，渐长至也。”见《通纬·孝经援神契》。

## 西江月

### 咏　冬

独坐闲观瑞雪，方知造化无偏。不论林木与山川，白玉一时装遍。　　梁苑休寻赋客[1]，山阴莫上溪船[2]。三杯醉□意陶然，梦后瑶台阆苑[3]。

[注释]

①“梁苑”句：梁孝王游于忘忧之馆。集诸游士，各使为赋，见《西京杂记》卷四。　梁苑：即兔园，汉梁孝王刘武所建，故址在今河南开封东。　②“山阴”句：用王子猷雪夜乘船，自山阴至剡访戴，乘兴而行，兴尽而返之典。　③瑶台阆苑：神话中神仙住处。

## 西江月

### 咏　冬

仙道于人不□，□□□□□□。坎离□□□无穷，不信浮生若梦[1]。　　君看□□窨雪，寻常见晛消熔[2]。能令新旧再相逢，此是如何作用。

［注释］

①浮生若梦："浮生若梦，为欢几何？"见唐李白《春夜宴从弟桃李园序》。 ②睍（xiàn）：小视。

## 踏莎行

山居十首

朝锁烟霏，暮凝空翠。千峰迥立层霄外。阴晴变化百千般，丹青难写天然态①。 人住山中，年华频改。山花落尽山长在。浮生一梦几多时，有谁得似青山耐。

［注释］

①丹青：指绘画。

## 踏莎行

山居

一道飞泉，来从何许。空山积翠无人处①。潺湲时和七弦琴②，溟濛忽散千岩雨③。 不问春秋，何拘今古。清音一听忘千虑。缨尘濯尽百神闲④，飘然襟袖思轻举。

［注释］

①"空山"句："山路元无雨，空翠湿人衣。"见唐王维《山中》。 ②七弦琴：弦拨乐器，俗称古琴。 ③溟濛：毛毛雨。 ④缨尘濯尽：喻超脱尘俗。"沧浪之水清兮，可以濯我缨。"见《孟子·离娄上》。

## 踏莎行

### 山　居

一片闲云，山头初起。飘然直上虚空里。残虹收雨耸奇峰，春晴鹤舞丹霄外[①]。　出岫无心[②]，为霖何意。都缘行止难拘系。幽人心已与云闲，逍遥自在谁能累[③]。

［注释］

①丹霄：天空。　②出岫无心："云无心以出岫。"见晋陶渊明《归来兮辞》。　③逍遥自在："丈夫运用堂堂，逍遥自在无妨。"见宋释道原《景德传灯录》卷二十九。

## 踏莎行

### 山　居

人远山深，草□□□。□□□□天真性。□□□长在山中，肯□□□□□□□。　□似幽□，□□心尽。超然心□□□隐。□□□水作生涯，百年甘守空山静。

## 踏莎行

### 山　居

堪笑山中，春来风景。一声啼鸟烟林静。山泉风暖奏笙簧，山花雨过开云锦。　短棹桃溪，瘦藤兰径[①]。独来独往乘幽兴。韶光回首即成空[②]，及时乐取逍遥性[③]。

［注释］

①藤：指藤杖。　②韶光：美好的时光。　③逍遥性：恬淡闲适的情性。

## 踏莎行

### 山　居

人问山中，因何无暑。山堂恰在山深处。藤阴满地走龙蛇，泉声万壑鸣风雨。　　且弄青松，休挥白羽[①]。相逢况有烟霞侣。长天一任火云飞，夜凉踏月相将去。

[注释]

①白羽：白羽扇。

## 踏莎行

### 山　居

秋入云山，物情潇洒。百般景物堪图画。丹枫万叶碧云边，黄花千点幽岩下[①]。　　已喜佳辰，更怜清夜。一轮明月林梢挂。松醪常与野人期[②]，忘形共说清闲话[③]。

[注释]

①黄花：菊花。　②松醪：用松膏酿的酒。　野人：农夫。　③忘形：指得意忘形。“当其得意，忽忘形骸，时人多谓之痴。”见《晋书·阮籍传》。

## 踏莎行

### 山　居

雪拥群峰，静□□□。□□□□□居□。□□破壳栗黄香，柴□□□□□□□。　　□□□□，□和衣倒。寂寥气□□君好。□□□贵足人争，山中恬淡能长保。

## 踏莎行

山　居

割断凡缘，心安神定。山中采药修身命。青松林下茯苓多[①]，白云深处黄精盛[②]。　百味甘香，一身清净。吾生可保长无病。八珍五鼎不须贪[③]，荤膻浊乱人情性。

［注释］

①茯苓：寄生于松根的菌类植物，可入药。　②黄精：又名黄芝，多年生草本，可入药。　③八珍五鼎：泛指美味佳肴。　八珍：八种美味食物。见《周礼·天官·膳夫》。

## 踏莎行

山　居

身世浮沤[①]，利名缰锁[②]。省来万事都齐可。寻花时傍碧溪行，看云独倚青松坐。　云片飞飞，花枝朵朵。光阴且向闲中过。世间萧散更何人，除非明月清风我。

［注释］

①浮沤：水面泡沫。喻变幻无常。“百年如过鸟，万事尽浮沤。”见李远《题僧院》。　②利名缰锁：“系名声之缰锁。”见《汉书·叙传》。

## 朝中措

渔父十首

吴松江影漾清辉[①]，山远翠光微。杨柳风轻日永，桃花浪暖鱼肥[②]。　东来西往，随情任性，本自无机[③]。何事沙边鸥鹭，一声欸乃惊飞[4]。

[注释]

①吴松江：又名笠泽、松陵江、松江、吴江、苏州河，为太湖最大支流。 ②桃花浪：仲春桃始花，多雨水，故称桃花浪。 ③无机：自然。 ④欸（ǎi）乃：摇橹声。有渔歌《欸乃曲》。

## 朝中措

渔 父

湖光染翠□□□，□□□□□。□爱江湖光景，不曾别做□□。 □□□□，□□□□，□□侬家。醉卧水云□□，□□□□□□□。

## 朝中措

渔 父

碧波深处锦鳞游[1]，波面小渔舟。不为来贪香饵，如何赚得吞钩。 绿蓑青蒻[2]，吾生自断，终老汀洲[3]。买断一江风月[4]，胜如千户封侯[5]。

[注释]

①锦鳞：谓鱼。“沙鸥翔集，锦鳞游泳。”见宋范仲淹《岳阳楼记》。 ②“绿蓑”句：“青箬笠，绿蓑衣，斜风细雨不须归。”见唐张志和《渔歌子》。 蒻：通“箬”。 ③汀洲：水中小洲。 ④买断：买尽。 ⑤千户封侯：被封为千户侯。战国秦有千户侯，食邑千家。

## 朝中措

渔　父

沙明波净小汀洲，枫落洞庭秋[1]。红蓼白蘋深处[2]，晚风吹转船头。　　鲈鱼钓得，银丝旋鲙，白酒新篘[3]。一笑月寒烟暝，人间万事都休。

[注释]

①洞庭：洞庭湖，在湖南北部，长江南岸。　②红蓼白蘋：两种水草。红蓼即火蓼，花淡红色。蘋草又叫田字草，开白色小花。　③篘(chōu)：用篾竹编成的漉酒器。此处用作动词。

## 朝中措

渔　父

松江西畔水连空，霜叶舞丹枫。谩道金章清贵[1]，何如蓑笠从容。　　有时独醉，无人系缆，一任斜风[2]。不是芦花惹住，几回吹过桥东。

[注释]

①金章：金印。魏晋以来，左右光禄大夫、光禄大夫皆银章青绶，其重者诏加金章紫绶。　②一任斜风："斜风细雨不须归。"见唐张志和《渔歌子》。

## 朝中措

渔　父

鸣榔惊起鹭鸶飞[1]，山远水㳽㳽。米贱茅柴酒美，霜清螃蟹螯肥。　　人生所贵，逍遥快意，此外皆非。却笑东山太傅[②]，几曾梦见蓑衣。

[注释]

①鸣榔：以木条击船发声以捕鱼。 ②东山太傅：东晋时谢安原隐居浙江上虞东山，后任征西大将军桓温司马，累官尚书仆射领中书令。见《世说新语·排调》。

## 朝中措

渔 父

午阴多处□□□，杨柳□□□。翠羽无情飞去，红蕖有意□□。 □□□□，□□□□，□□吾生。为报凌烟□□，□□□□□□名。

## 朝中措

渔 父

红尘光景事如何，扰扰利名多。若问侬家活计，扁舟小笠轻蓑。 一尊美酒，一轮皓月，一弄山歌。选甚掀天白浪，未如人世风波。

## 朝中措

渔 父

萧萧芦叶暮寒生，雪压冻云平[①]。密洒一篷烟火，惊鸿飞起沙汀。 收纶罢钓，空江有浪，短棹无声。便是天然图画，何须妙手丹青[②]。

[注释]

①冻云:下雪前积聚的阴云。　②丹青:指画图。

## 朝中措

渔　父

慕名人似蚁贪膻,扰扰几时闲。输我吴松江上,一帆点破晴烟。　　青莎卧月[1],红鳞荐酒,一醉陶然。此是人间蓬岛[2],更于何处求仙。

[注释]

①青莎:即香附子,多年生草本,夏季开花,根可入药。　②蓬岛:蓬莱岛,神话中海上三座神山之一。

## 菩萨蛮

咏酒十首

人间何处难忘酒,迟迟暖日群花秀。红紫闩芳菲,满园张锦机。　　春光能几许,多少闲风雨。一盏此时疏,非痴即是愚。

## 菩萨蛮

咏　酒

人间何处难忘酒,小舟□□□杨柳。柳影蘸湖光,薰风拂□□。　　□□□□□,□□□□□。一盏此时倾,□□□□□。

## 菩萨蛮

咏 酒

人间何处难忘酒，中秋皓月明如昼。银汉洗晴空[①]，清辉万古同。 凉风生玉宇[②]，只怕云来去。一盏此时迟，阴晴未可知。

[注释]

①银汉：银河。 ②玉宇：天空。

## 菩萨蛮

咏 酒

人间何处难忘酒，素秋令节逢重九[①]。步屧绕东篱，金英烂漫时[②]。 折来惊岁晚，心与南山远[③]。一盏此时休，高怀何以酬。

[注释]

①重九：农历九月九日，称重阳节，旧俗这天登高赏菊或饮菊花酒。 ②金英：黄花，即菊花。 ③南山："采菊东篱下，悠然见南山。"见晋陶渊明《饮酒》诗。南山即庐山。

## 菩萨蛮

咏 酒

人间何处难忘酒，六花投隙琼瑶透[①]。火满地炉红，萧萧屋角风。 飘飖飞絮乱，浩荡银涛卷。一盏此时干，清吟可那寒。

[注释]

①六花:谓雪。"自着衣偏暖,谁扰雪六花。"见唐贾岛《寄令狐绹相公》诗。

## 菩萨蛮

### 咏　酒

人间何处难忘酒,闭门永日无交友。何以乐天真[1],云山发兴新。　　听风松下坐,趁蝶花边过[2]。一盏此时空,幽怀难与同。

[注释]

①天真:自然本性。　②趁:追逐。

## 菩萨蛮

### 咏　酒

人间何处难忘酒,□□□□□□門。不是慕荣华,惟愁月□□。　　□□□□□,□□□□□。一盏此时悭,□□□□□。

## 菩萨蛮

### 咏　酒

人间何处难忘酒,山村野店清明后[1]。满路野花红,一帘杨柳风。　　田家春最好,箫鼓村村闹[2]。一盏此时辞,将何乐圣时[3]。

［注释］

①清明：农历节气名，在阳历四月五日或六日，旧有踏青扫墓习俗。　②"箫鼓"句：旧俗春节前后，村民为迎神赛会，箫鼓阵阵。　③乐圣：乐此太平之时。又饮清酒，为乐圣。见《三国志·魏书·徐邈传》。

## 菩萨蛮

咏　酒

人间何处难忘酒，兴来独步登岩岫。倚杖看云生，时闻流水声①。　山花明照眼，更有提壶劝②。一盏此时斟，都忘名利心。

［注释］

①"倚仗"二句："行到水穷处，坐看云起时。"见王维《终南别业》。　②提壶：鸟名。"池看科斗成文字，鸟听提壶忆献酬。"见唐刘禹锡《和苏郎中寻平安里旧居寄主客张郎中》诗。

## 菩萨蛮

咏　酒

人间何处难忘酒，水边石上逢山友。相约老山林，幽居不怕深。　浮名心已尽，倾倒都无隐。一盏此时无，交情何以舒。

## 诉衷情

咏闲十首

闲中一卷圣贤书，耽玩意□□。潜心要游阃奥①，须是下工夫。　今何异，古何殊。本同途。若明性理②，一点灵台[3],万事都无。

[注释]

①阃(kǔn)奥:指隐微深奥的境界。 ②性理:指宋儒的性命理气之学。 ③灵台:谓心。“不可内于灵台。”见《庄子·庚桑楚》。

## 诉衷情

咏 闲

闲中一片□□□,□□□□□□。□□□澄秋水,明月夜□□。 □□□,□□□。□□□。鹤长凫短,前定难□,□□□□。

## 诉衷情

咏 闲

闲中一亩小□□,临水对遥岑[1]。茅茨□□低小,竹径要幽深[2]。 逢酒醉,遇花吟。日登临。四时无限,好景良辰,莫负光阴。

[注释]

①遥岑:远山。 ②幽深:曲折幽僻。

## 诉衷情

咏 闲

闲中一篆百花香[1],袅袅翠□□[2]。低回宛转何似,行路绕羊肠[3]。 深竹户,小山房。雅相当。清心默坐,燕寝无风[4],永日芬芳。

**[注释]**

①篆：制成篆文形状的熏香。　②袅袅：摇曳貌。　③羊肠：曲折的小径。　④燕寝：小寝。

## 诉衷情

咏　闲

闲中一盏瓮头春[①]，养气又颐神。莫教大段沉醉[②]，只好带微醺。　心自适，体还淳。乐吾真。此怀何似，兀兀陶陶[③]，太古天民[④]。

**[注释]**

①瓮头春：初熟酒。世称瓮头。　②大段：完全。　③兀兀陶陶：无思无虑貌。　④天民：自由人。

## 诉衷情

咏　闲

闲中一盏建溪茶[①]，香嫩雨前芽[②]。砖炉最宜石铫[③]，装点野人家。　三昧手[④]，不须夸。满瓯花。睡魔何处，两腋清风，兴满烟霞。

**[注释]**

①建溪茶：闽江上游产的一种名茶。　②雨前：谷雨以前。　③石铫（diào）：石制煎烹小器。　④三昧：佛教语，意为排除杂念，使心神平静。“善心一处不动，是名三昧。”见《大智度论》。

## 诉衷情[①]

### 咏 闲

闲中一弄七弦琴，此曲少知音。多因淡然无味，不比郑声淫[②]。 松院静，竹林深。夜沉沉。清风拂轸[③]，明月当轩，谁会幽心。

[注释]

①唐氏按：此首文字原有残缺，据《韵石斋笔谈》补足。 又按：此首《词林纪事》卷十九误作杨妹子词。 ②郑声：古代郑地俗乐。“乐则韶舞，放郑声，远佞人；郑声淫，佞人殆。”见《论语·卫灵公》。 ③轸：指弦乐器上的轴，以转动弦线。

## 诉衷情

### 咏 闲

闲中一叶小渔舟，无线也无钩。□□□云深处，适性自遨游。 波渺渺，兴悠悠。意休休[①]。一船明月，一棹清风，换了封侯。

[注释]

①休休：安闲自得貌。

## 诉衷情

### 咏 闲

闲中一觉日高眠，都没利□□。黑甜自来无比[①]，百计总输先。 花转影，篆凝烟[②]。意悠然。华胥何处[③]，蝶化逍遥[④]，此意谁传。

［注释］

①黑甜：酣睡。“三杯饮饱后，一枕黑甜馀。”见宋苏轼《发广州》诗。　②篆：制成篆文形状的熏香。　③华胥：泛指梦境。“（黄帝）昼寝，梦游华胥氏之国。”见《列子·黄帝》。　④“蝶化”句：“昔者庄周梦蝴蝶，栩栩然蝴蝶也。……俄然觉，则蘧蘧然周也。不知周之梦为蝴蝶，蝴蝶之梦为周乎？”见《庄子·齐物论》。

## 诉衷情

### 咏　闲

闲中一首醉时歌，此乐信无过。阳春自来寡和[①]，谁与乐天和[②]。　　言不尽，意何多。且蹉跎[③]。功名莫问，富贵休言，到底如何。

［注释］

①阳春：楚曲《阳春》。“客有歌于郢中者……其为《阳春》、《白雪》，国中属而和者不过数十人……是其曲弥高，其和弥寡。”见楚宋玉《对楚王问》。　②天和：自然界祥和之气。　③蹉跎：虚度光阴。

## 减字木兰花

### 修养十首

五行颠倒[①]，火里栽莲君莫□[②]。□要东牵，引取青龙来西边[③]。　　一阳时候[④]，□□温温光已透。消尽群阴，赫赤金丹色渐深[⑤]。

［注释］

①五行：指木、火、土、金、水五种物质。　②火里栽莲：“火中莲花，是可谓稀有，在欲而行禅，希有亦如是。”见《维摩诘经·佛道品》。　③青龙：星宿名。由东方七星组成龙象。　④一阳：谓冬至。　⑤赫赤：红色

鲜明貌。

## 减字木兰花

### 修 养

阴阳均配，□□□□□□□。□□□□，争得灵苗不解□。 □□□□，□□□□□□□。□是真铅，只□□□□□□□。

## 减字木兰花

### 修 养

至言妙道，□□□□□□□。□□□□，□是蓬莱顶上仙。 归根□□，□□□□方复命。复命常存，此事幽微好细论。

## 减字木兰花

### 修 养

神仙何处，若有宿缘须□□。□□□□，不在山林及市朝。 丹炉休守，须信人人皆自有。此外非真，莫认凡砂与水银。

## 减字木兰花

### 修 养

天机深远，不遇真仙争得见。欲下工夫，须是先寻偃月炉[①]。 抽添运用，火候不明□妄动。毫髮才差，只恐灵根□□芽[②]。

[注释]

①偃月炉:形似半月的炉子。 ②灵根:指身躯。

## 减字木兰花

### 修 养

咽津纳气,鼎内须□□□□。□□□□,□□空铛枉误人。 有真不□,□□□□□□□。□□修持,超出□□□□□。

## 减字木兰花

### 修 养

冥冥窈窕,□□□□□□□。□□□□,□□□□□□□。 □□□□,□□□□□□□。□□□□,□□□□□□□。

## 减字木兰花

### 修 养

澄神静虑,□□□□□□□。□□□□,□□□仓水满池。 无中养□,□□□□□□□。□□凡胎,五彩云生鹤驾来。

## 减字木兰花

### 修 养

乾坤入手，谈笑三关云□□[1]。□□□□，鬼骇神惊一黍光[2]。 逍遥宇内，□□□□□数外。功满三千[3]，独跨斑麟入紫烟。

[注释]

①三关：谓口、手、足。 ②黍：古代度量定制，以黍为准，以一个中等纵黍为一分，百黍为一尺。 ③"功满"句："积功满千，虽有过故得仙。"见南朝梁陶弘景《真诰》。

## 减字木兰花

### 修 养

还元返本，作用难明须细论。神气□□，窈窕之中复混成[1]。 勤修不倦，直到无为功始见[2]。此是天机[3]，不遇真仙莫强知。

[注释]

①窈窕：深邃貌。 ②无为：道家指应顺自然。 ③天机：造化的奥秘。

## 蝶恋花

### 神仙十首

碧海沉沉西极远。闲访□□，□□□□□。恰值群仙来阆苑，相将□□□□□。 □□□□谁得见。五彩□□，□□□□□。□□□□□□□，人间几度□□□。

## 蝶恋花

神　仙

□□□□□□□。□□□□，□□□□□。□影□□□□□，□□□□□□□。　□□□□长不老。天□□□，□□□□□。□□□□□物表，广寒宫殿□□□。

## 蝶恋花

神　仙

碧落浮黎光景异。琼□□□，□□□□□。□有宝珠如黍米，天真□□□□□。　□□□□凭玉几。花雨霏霏，散入诸天□。□□□□传妙旨，至今流演无终纪。

## 蝶恋花

神　仙

弱水茫茫三万里[①]。遥望蓬莱[②]，浮动烟霄外。若问蓬莱何处是，珠楼玉殿金鳌背[③]。　惟是飞仙能驭气。霞袖飘飖，来往如平地。除□飞仙谁得至，只缘山在波涛底。

[注释]

①弱水：神话中一条水流。“凤麟洲在西海之中央，地方一千五百里，洲四面有弱水绕之，鸿毛不浮，不可越也。”见旧题汉东方朔《十洲记》。　②“遥望”句：“蓬莱隔弱水三十万里，非舟楫不可行，非飞仙无以到。”见《大唐新语》。　③“珠楼”句：“渤海之东……其中有五山焉……帝恐流于西极，失群仙之所居，乃命禺强使巨鳌十五举首而戴之。”见《列子·汤问》。

## 蝶恋花

神 仙

绝想凝真天地表。九□□□，□□□□□。行处旌幢参羽葆，五六随□□□□。　□□神仙春不老。烟□□□，□□□□□。□□□□多与少，下窥海□□□□。

## 蝶恋花

神 仙

□□□□□□□。□□□□，□□□□□。□□□□□□□，□□□□□□□。　□□□□□露采。□□□□，□□□□□。□□□□□□□，飘然直□□□□。

## 蝶恋花

神 仙

碧海灵桃花朵朵。阿母□□，□□□□□。昨夜海风吹玉颗，分明□□□□□。　□□□□苞已破。散液流□，馥郁□□□。□□三偷谁可那，如今先手还输我。

## 蝶恋花

神 仙

莫笑一瓢门户隘[①]。任意游行，出入俱无碍。玉殿珠宫都不爱，别藏大地非尘界。　东海扬尘瓢不坏。寒暑□移，瑞日何曾改。一住如今知几载，主人不老长春在。

[注释]

①“莫笑”句：“子曰：‘贤哉回也，一箪食，一瓢饮，在陋巷。人不堪其忧，回也不改其乐。”见《论语·雍也》。

## 蝶恋花

神　仙

清夜凝然□□□。□□□□，□□□□□。□界森罗星□□，□□□□□□□。　□□□□萦碧雾。上□□□，□□□□□。□□□□□紫府，归来□□□□□。

## 蝶恋花

神　仙

不假□□□□□。□□□□，□□□□□。□□□□□□□，□□□□□□□。　□□□□□□□。□□□□，□□□□□。□□□□□□□，□□□□□□□。

（以上《彊村丛书》本《莲社词》）

## 鹊桥仙

远公莲社[①]，流传图画，千古声名犹在。后人多少继遗踪，到我便、失惊打怪。　西方未到，官方先到，冤我白衣吃菜[②]。龙华三会愿相逢[③]，怎敢学、他家二会。

（《夷坚三志》已卷七）

[注释]

①远公莲社:谢灵运至庐山,凿池种白莲,时远公诸贤同修净土之业,因号白莲社。见晋佚名《莲社高贤传》。远公即慧远,俗姓贾,晋太元九年入庐山,居东林寺。　②白衣:佛教徒着黑衣,称俗人为白衣。　③龙华会:佛教的一种礼佛盛会。见南朝宗懔《荆楚岁时记》。

## 春光好

烟澹澹,雨濛濛,水溶溶。帖水落花飞不起,小桥东。

翩翩怨蝶愁蜂。绕芳丛,恋馀红。不恨无情桥下水,恨东风。

(《阳春白雪》卷四)

## 壶中天慢

洞天深处赏娇红[①],轻玉高张云幕。国艳天香相竞秀,琼苑风光如昨[②]。露洗妖妍,风传馥郁,云雨巫山约[③]。春浓如酒,五云台榭楼阁。　圣代道洽功成,一尘不动,四境我鸣柝[④]。屡有丰年天助顺,基业增隆山岳。两世明君[⑤],千秋万岁,永享升平乐。东皇呈瑞[⑥],更无一片花落。

(《武林旧事》卷七)

[注释]

①洞天:道家认为"人间有三十六洞天",见梁任昉《述异记》。　②琼苑:琼林苑,宋乾德二年(964)置,在开封新郑门外,为皇帝赐宴新科进士之处。　③云雨:宋玉曾对楚顷襄王说,从前怀王尝游高唐,昼寝而入梦,幸一妇人。妇人曰:"妾在巫山之阳,高丘之阻,旦为朝云,暮为行雨。朝朝暮暮,阳台之下。"见宋玉《高唐赋序》。　④鸣柝:打更。　⑤两世明君:谓宋高宗赵构和宋孝宗赵眘。　⑥东皇:东方青帝,司春之神。

## 【补　辑】

### 满庭芳

寿杨殿帅①

威彻冰河，兵严玉帐，济时人在壶天②。妙龄谈笑，图画上凌烟③。但见勋书鼎鼐，谁知道、名列高仙。风云会，钩陈羽卫④，绿鬓影貂蝉⑤。绵绵。流庆远，芝兰秀发⑥，折桂争先⑦。　　占盛一门，文武更双全。已饵琼英绛雪，灵龟寿、何止千年。年年看，笙歌丛里，金盏倒垂莲。⑧

[注释]

①殿帅：宋代称统领禁军的殿前司长官都指挥使或殿前指挥使为殿帅。具体所指不详。　②壶天：传说东汉费长房为市掾时，市中有老翁卖药，悬一壶于肆头。与俱入壶中，唯见玉堂严丽，旨酒甘肴盈衍其中。事见《后汉书·方术传下·费长房》。后即以"壶天"谓仙境、胜境。　③"图画"句：唐太宗贞观十七年画功臣像于凌烟阁。此处颂扬杨殿帅少年抱负。　④"钩陈"句：谓执掌后宫仪仗之职。　钩陈：星名，代指后宫。见《晋书·天文志》。　⑤貂蝉：貂尾和附蝉，古代贵近之臣的冠饰。　⑥芝兰：即"芝兰玉树"。喻子弟杰出。见《世说新语·言语》。　⑦折桂：指登科及第。语出《晋书·郤诜传》。　⑧孔凡礼按：自此以下各词，《诗渊》皆作"宋张才甫"作。

### 鹧鸪天

鹤驭来从玉席前，笑谈勋业照凌烟①。心游物外都无碍，春在壶中别有天②。　　香似雾，酒如泉。华堂冰雪映神仙。灵椿不老青松健③，花里年年醉管弦。

[注释]

①凌烟:唐太宗贞观十七年画功臣像于凌烟阁。此处颂扬杨殿帅少年抱负。　②壶中别有天:传说东汉费长房为市掾时,市中有老翁卖药,悬一壶于肆头。与俱入壶中,唯见玉堂严丽,旨酒甘肴盈衍其中。事见《后汉书·方术传下·费长房》。后即以"壶天"谓仙境、胜境。　③灵椿不老:喻老寿。《庄子·逍遥游》:"上古有大椿者,以八千岁为春,八千岁为秋。"

## 鹧鸪天

彩舞萱堂喜气新[①],年年今日庆生辰。碧凝香雾笼清晓,红入桃花媚小春[②]。　须酩酊,莫逡巡。九霞杯冷又重温。壶天自是人难老[③],长拥笙歌对洞云。

[注释]

①彩舞:老莱子行年七十,着五彩衣作婴儿状以娱父母。见《艺文类聚》卷二十引《列女传》。　萱堂:母亲所居,代指母亲。　②小春:即小阳春。指农历十月。　③壶天:传说东汉费长房为市掾时,市中有老翁卖药,悬一壶于肆头。与俱入壶中,唯见玉堂严丽,旨酒甘肴盈衍其中。事见《后汉书·方术传下·费长房》。后即以"壶天"谓仙境、胜境。

## 鹧鸪天

五福仙娥月殿来[①],依稀微步彩云随。一从别有瑶池宴[②],不见蟠桃几度开。　歌宛转,舞徘徊。碧梧秋意满池台。年年玉露收残暑,长送新凉入寿杯。

[注释]

①五福:旧说五种幸福。"五福:一曰寿,二曰富,三曰康宁,四曰攸好德,五曰考终命。"见《尚书·洪范》。"五福:寿、富、贵、安乐、子孙众多。"

见汉桓谭《新论》。　②瑶池：传说中昆仑山上的池名，西王母所居。天子觞西王母于瑶池之上。见《史记·大宛列传》、《穆天子传》卷三。

## 鹧鸪天

消息枝头梅子黄[①]，两宫恩意酿湖光[②]。长庚自是文章瑞[③]，好伴前星烛万方。　　金鸭暖[④]，玉杯香。换鹅笔墨醉淋浪[⑤]。只将名字为公祝，便合千秋佐玉皇。

[注释]

①消息：消长。指更替变化。　②两宫：指宋徽宗和钦宗。　③长庚：即金星。又名太白、启明。旧传李白母梦长庚而生白，故名。见唐李阳冰《唐翰林李太白诗序》。　④金鸭：指鸭形金属香炉。　⑤换鹅："山阴有一道士，养好鹅，羲之往观焉，意甚悦，固求市之。道士云：为写《道德经》，当举群相赠耳。羲之欣然写毕，笼鹅而归，甚以为乐。"见《晋书·王羲之传》。

## 鹧鸪天

福善天应锡寿祺[①]，人生七十古来稀[②]。我翁更有椿龄在[③]，馀庆堂前玉树辉[④]。　　传世业，长孙枝。捧杯欢见老莱衣[⑤]。一阳渐近门多喜[⑥]，百禄争迎好事归。

[注释]

①锡：通"赐"。　②"人生"句："酒债寻常行处有，人生七十古来稀。"见杜甫《曲江三首》。　③椿龄：喻长寿，典出《庄子·逍遥游》。④馀庆堂：堂名。取留给子代后辈德泽之义。"积善之家，必有馀庆。"见《易经·坤》。　⑤老莱衣：用老莱子彩衣娱亲典。　⑥一阳：指冬至。此时阳气萌升，故称一阳。

## 画堂春

月娥来自广寒宫，步摇环佩丁东。戏鸾双舞驾天风[1]，雪满云空。　　一剪玉梅花小，九霞琼醴杯浓。凤箫千载莫匆匆，且醉壶中。

[注释]

①“戏鸾”句：用萧史、弄玉双双乘鸾仙去故事。见《列仙传》卷上。

## 望仙门

玉池波浪碧如鳞，露莲新。新歌一曲翠眉颦，舞乖茵[1]。　　满酌兰英酒，须知献寿千春。太平无事荷君恩，齐唱望仙门。

[注释]

①舞乖裀：似指尽情舞蹈使得衣衫不整。　茵：夹衣。指衣衫。此处谓地毯。　孔凡礼按：《诗渊》“茵”字后不空格。下二首同。

## 望仙门

玉京清漏起微凉[1]，好秋光。金杯潋滟酌琼浆。会仙乡。　　新曲调丝管，新声更飐霓裳[2]。博山炉暖泛浓香，为寿百千长。

[注释]

①玉京：道家称天帝所居之处。借指帝都。　②霓裳：指飘拂轻柔的舞衣。

## 望仙门

紫微枝上露华浓[①]，起秋风。管弦声细出帘栊，象筵中[②]。　仙酒斟云液，山歌转绕梁虹。此时佳会庆相逢，欢醉且从容。

（以上十首见《诗渊》第二十五册，引自孔凡礼《全宋词补辑》）

[注释]

①紫微：指中书省。唐开元元年改中书省为紫微省，中书舍人为紫微舍人。　②象筵：形容豪华的筵席。“堂设象筵，庭宿金悬。”见南朝宋颜延之《皇太子释奠会作诗》。

# 侯 寘

侯寘,生卒年不详,字彦周,东武(今山东诸城)人。晁谦之甥。南渡后居长沙。曾官耒阳县令。绍兴中,以直学士知建康。乾道、淳熙间犹在世。有《懒窟词》。

## 水调歌头

题岳麓法华台①

晓雾散晴渚,秋色满湘山。青鞋黄帽②,忺与名士共跻攀③。窈窕深林幽谷④,诘曲危亭飞观⑤,俯首视尘寰。长啸望天末⑥,馀响下云端。　白鹤去,荒井在,汲清寒。醒然毛骨,浮丘招我御风还⑦。拂拭苍崖苔藓,一写胸中豪气,渺渺洞庭宽。山鬼善呵护⑧,千载照层峦。

[注释]

①岳麓:岳麓山,在湖南长沙西郊。　②青鞋黄帽:泛指平民游赏妆束。　③忺(xiān):高兴。　④窈窕:深邃幽僻貌。　⑤诘曲:屈曲。　⑥长啸:"籍尝于苏门山遇孙登,与商略终古及栖神导气之术,登皆不应,籍因长啸而退。至半岭,闻有声若鸾凤之音响乎岩谷,乃登之啸也。"见《晋书·阮籍传》。　⑦浮丘:仙人名。"王子乔者……道士浮丘公接以上嵩高山。"见汉刘向《列仙传·王子乔》。　⑧山鬼:山神。

## 水调歌头

上饶送程伯禹尚书①

凉吹送溪雨②,落日散汀鸥。暮天空阔无际,层巘绿蛾浮③。上印初辞藩寄④,拂袖欣还故里,归骑及中秋。倚杖饱山阁,回首翠微楼。　一区宅,千里客,旧从游。

甘棠空有馀荫[5]，谁解挽公留。翰墨文章独步，富贵功名馀事，当代仰风流。暂蜡登山屐[6]，终作济川舟[7]。

［注释］

①上饶：在今江西东北部、信江上游。 程伯禹：程瑀，浮梁人，累迁兵部尚书。 ②凉吹：凉风。 ③绿蛾：妇女眉毛。 ④藩寄：出任地方郡守之职。 ⑤甘棠：《诗经·召南》篇名。周武王时，召公姬奭为西伯，有善政，相传他曾憩于甘棠树下，人们为纪念他而作《甘棠》。 ⑥登山屐：谢灵运寻山涉岭，常着木屐，上山则去其前齿，下山去其后齿。见《南史·谢灵运传》。 ⑦济川舟：当辅佐帝王的宰相。见《尚书·说命》。

## 水调歌头

为郑子礼提刑寿[1]

湘水照秋碧，衡岳际天高[2]。绣衣玉节、清晓欢颂拥旌旄[3]。本是紫庭梁栋[4]，暂借云台耳目[5]，驿传小游遨。五管与三楚[6]，酴爱胜春醪[7]。 扫欃枪，苏耄倪[8]，载弓櫜[9]。远民流恋、须信寰海待甄陶[10]。坐享龟龄鹤算[11]，稳佩金鱼玉带[12]，常近赭黄袍[13]。岁岁秋月底，沉醉紫檀槽[14]。

［注释］

①郑子礼：名思恭，曾官湖南路提刑。 ②衡岳：一名岣嵝山，在湖南。 ③玉节：玉制的符节。旌旄：装饰牛尾鸟羽的旗，古代君有所命，招唤大夫所用。 ④紫庭：即紫宫，帝王宫庭。 ⑤云台：汉宫中高台，明帝图画中兴功臣于此。 ⑥五管：即岭南五管，指广、桂、容、邕、安南府。三楚：古代战国楚地为黄淮至湖南一带，有西楚、东楚、南楚之分。 ⑦酴：烈性酒。 ⑧耄倪：老弱。 ⑨弓櫜（gāo）：弓袋。 ⑩甄陶：陶冶和造就人。 ⑪龟龄鹤算：祝颂长寿。 ⑫金鱼玉带：高官的服饰。 ⑬赭黄袍：指代皇帝。 ⑭紫檀槽：泛指弦乐器，此处谓美妙音乐。

## 水调歌头

为张敬夫直阁寿[①]

天地孕冲气[②],霜雪实嘉平。粹然经世材具,应为圣时生。妙处为仁受用,颠倒纵横无碍。一笑泮春冰[③]。袖手无一语,田海已倾情。 紫岩老[④],游戏事,悟诚明。当年夷夏高仰,玉振更金声[⑤]。家有渊骞高第[⑥]。可但闻诗闻礼,衣钵要相承。周扆绚馀彩[⑦],商鼎味新羹[⑧]。

[注释]

①张敬夫:张栻,为张浚子,一字钦夫。 ②冲气:淡泊之气。 ③泮:溶解。 ④紫岩:张浚号紫岩。 ⑤玉振更金声:"孔子之谓集大成。集大成也者,金声而玉振。"见《孟子·万章下》。 ⑥渊骞:颜渊、闵子骞,皆孔子高足。此言其父门下人才盛多。 ⑦周扆(yǐ):"周公屏成王而及武王,履天子之籍,负扆而坐,诸侯趋走堂下。"见《荀子·儒效》。 ⑧"商鼎"句:"若作和羹,尔惟盐梅。"见《尚书·说命下》。

## 瑞鹤仙

送张丞罢官归柯山[①]

楚山无际碧,湛一溪晴绿,四郊寒色。霜华弄初日。看玉明遥草,金铺平碛。天涯倦翼。更何堪、临岐送客。念飞蓬、断梗无踪,把酒后期难觅。 愁寂。梅花憔悴,茅舍萧疏,倍添凄恻。维舟岸侧[②]。留君饮,醉休惜。想柯山春晚,还家应对,菊老松坚旧宅。叹宦游、索寞情怀,甚时去得。

[注释]

①张丞:张耒,字文潜,号柯山,有《柯山集》。 ②维舟:系缆,停船。

## 瑞鹤仙

为刘信叔大尉寿①

溥天氛祲廓。看庆绵鸿祚②，勋昭麟阁③。蕃宣换符钥④。占西南襟带，遍□油幕。湘流绕郭。蔼一城、和气雾薄。听嘈嘈、比屋欢声，共说吏闲民乐。　遥想芗霏凫暖⑤，翠拥屏深，晓风传乐。琼腴缓酌⑥。花阴淡，柳丝弱。任松凋鹤瘦，莲皱龟老，丹颊常如旧渥。趁天申、去押西班⑦，奉觞御幄。

[注释]

①刘信叔：刘锜，德顺年人，累加太尉。《宋史》有传。　大尉：即“太尉”。大、太通。　②鸿祚：大福。　③麟阁：汉代麒麟阁，宣帝图画有功之臣于内。　④蕃宣：藩篱屏障，此指边界。　⑤芗：谷类香气。　⑥琼腴：美酒。　⑦天申：天申节，宋高宗生日。

## 瑞鹤仙

咏含笑①

春风无检束。放倡条冶叶②，恣情丹绿。□莺喧燕宿。似东邻北里，都无贞淑。高情恨蹙。叹何时，重见桂菊。又谁知、天上黄姑③，扫尽晚春馀俗。　幽独。铅华不御，翡翠帷深，郁金裙蔌。长眉睐目。嫣然态，倚修竹④。纵青门瓜美⑤，江陵橘老⑥，怎比无穷剩馥。最难禁、扇底横枝，恼人睡足。

[注释]

①含笑：含笑花，木兰科常绿灌木，初夏开花，象牙黄色，香甚清雅。　②倡条冶叶：轻柔美丽的枝叶。　③黄姑：即河鼓，星名。　④倚

修竹:状美人神态。“天寒翠袖薄,日暮倚修竹。”见杜甫《佳人》诗。 ⑤青门瓜:亦称东陵瓜。召平秦时为东陵侯,秦亡,种瓜长安东门外。见《史记·萧相国世家》。 ⑥江陵橘:“(李)衡每欲治家,妻辄不听,乃密遣客十人,于武陵龙阳泛州上作宅,种甘橘千株。”见《三国志·吴书·孙休传》裴松之引《襄阳记》。

[集评]

张德瀛云:“含笑花,惟岭表最夥,并有紫含笑、茉莉含笑之目。李忠定撰含笑花,赋有蒙恩入幸之语,谓自岭表移至禁中者。赵坦庵有和张伯寿紫含笑词,赵惜香有碧含笑词。侯彦周赋含笑云:‘又谁知、天上黄姑,扫尽晚春馀俗’,当是指良岳旧种。”(《词徵》卷五)

## 满江红

中秋上刘恭甫舍人①

天阔江南,秋未老、空江澄碧。江外月、飞来千丈,水天同色。万屋覆银清不寐,一城踏雪寒无迹。况楚风、连陌竞张灯,如元夕②。 山獠静③,棠阴寂④。秋稼盛,香醪直。听子城吹角,青楼横笛。君不见、苏仙翻醉墨,一篇水调锵金石⑤。念良辰美景赏心时,诚难得⑥。

[注释]

①刘恭甫:刘珙,建宁崇安(今属福州)人,绍兴末除中书舍人。 ②元夕:农历正月十五日夜。 ③山獠:山贼。 ④棠阴:周召公奭有善政,尝息于甘棠树下,民感念作《甘棠》诗。 ⑤“苏仙”二句:苏轼有《水调歌头·丙辰中秋》词,为中秋词之冠。“风流文物属苏仙。”见黄庭坚《次韵宋楙宗》诗。 ⑥“念良辰”二句:“天下良辰、美景、赏心、乐事,四者难并。”见南朝宋谢灵运《拟魏太子邺中集诗序》。

## 满江红

困顿春眠，无情思，梦魂飘泊。檐外雨、霏霏冉冉，乍晴还落。山黛四围频入眼，柳丝一缕低萦阁。念沈郎、多感更伤春，腰如削[①]。　风入户，香穿箔。花似旧，人非昨。任游蜂双燕，经营拂掠。海阔锦鱼传不到[②]，洞深紫凤期难约[③]。谩彩笺、牙管倚西窗，题红叶[④]。

[注释]

①“念沈郎”二句：沈约形瘦，解衣一卧，支体不复相关，革带常应移孔。见《梁书·沈约传》。　②锦鱼：代指书信。　③紫凤期难约：萧史善吹箫作鸾凤之响，秦穆公女弄玉善吹箫，妻之。一旦弄玉乘凤，萧史乘龙，升天而去。见《太平广记》卷四《神仙传拾遗》。　④题红叶：唐卢渥赴京应举，偶临御沟，拾得红叶，叶上题诗。后得一宫人，即题诗红叶者，见唐范摅《云溪友议》。

## 满江红

和徐叔至御带[①]

重到西湖，春拆信、露花酥滴。倚危栏、湖山佳处，短屏著色。拟泛一舟苍莽岸，恐伤万里羁游客。赖款门、修竹有高人[②]，留狂迹。　倾盖意[③]，真相得。诗句里，曾相识。看戛然飞动，笔端金石。照眼光浮琼液满[④]，断肠翠拥宫靴窄。问多情，还肯借青鸾[⑤]，通消息。

[注释]

①徐叔至：未详。　②款门：叩门。　③倾盖：谓新交。“白髮如新，倾盖如故。”见汉邹阳《狱中上梁王书》。　④琼液：美酒。　⑤青鸾：神话中神鸟，泛指传书信使者。见《艺文类聚》卷九十引《汉武故事》。

## 满江红

再用韵

老矣何堪,随处是、春衫酒滴。醉狂时、一挥千字,贝光玉色。失意险为湘岸鬼[①],浩歌又作长安客[②]。且乘流、除却五侯门[③],无车迹。　惊人句,天外得。医国手[④],尘中识。问鼎槐何似[⑤],卧云攲石。梦里略无轩冕念[⑥],眼前岂是江湖窄。拚蝇头、蜗角去来休[⑦],休姑息。

[注解]

①湘岸鬼:屈原既放,游于江潭,宁赴湘流葬于江鱼腹中。见《楚辞·渔父》。　②长安:代指行在临安。　③五侯:指权贵之家。汉成帝同日封母舅王谭等五人为五侯,见《汉书·元后传》。此处代指权贵。　④医国:为国家除去祸患。“上医医国。”见《国语·晋语八》。　⑤鼎槐:鼎臣槐府,指三公重臣。周代朝廷前植槐定三公位。　⑥轩冕:古时卿大夫乘轩服冕,见《庄子·缮性》。　⑦蝇头蜗角:喻微小名利。“蝇头利禄,蜗角功名,毕竟成何事?”见宋柳永《凤归云》词。

## 满江红

和江亮采[①]

甚矣吾衰[②],徒是苦、饥肠为孽。嗟寸禄、区区留恋[③],形疲心竭。江海一生真可羡[④],尘埃永昼何堪说。似钝刀、终岁斲空山,宁无缺。　拚放浪,休豪杰。秋水涨,归期决。尽凫长鹤短[⑤],任渠分别。芒屩夜寻溪上酒[⑥],葛巾晓挂松间月。向丹霄、传语旧交游,慵非拙。

[注释]

①江亮采:不详。　②甚矣吾衰:“子曰:‘甚矣吾衰矣,久矣吾不复梦

见周公。'"见《论语·述而》。　③区区留恋:"一心抱区区,惧君不识察。"见《古诗十九首》。　④"江海"句:言志向高远。"张公一生江海客,身长九尺鬚眉苍。"见唐杜甫《洗兵马》。　⑤凫长鹤短:"凫胫虽短,续之则忧;鹤胫虽长,断之则悲。"见《庄子·骈拇》。　⑥芒屩:草鞋。

## 水龙吟

### 老人寿词[①]

夜来霜拂帘旌,淡云丽日开清晓。香猊金暖,冰壶玉嫩[②],佳辰寒早。橘绿橙黄,袖红裙翠,一堂欢笑。正梅妃月姊[③],雪肌粉面,争妆点、潇湘好。　　莫惜芳尊屡倒。拥群仙、醉游蓬岛。东床俊选[④],南溟归信,一时俱到。鬓影摇春,命书纡锦,子孙环绕。看他时归去,飞觞石涧,侍甘泉老。

[注释]

①老人:此指作者之父。　②冰壶:"直如朱丝绳,清如玉壶冰。"见南朝宋鲍照《白头吟》诗。　③梅妃:唐玄宗妃江采苹,所居均植梅花,因号梅妃,见唐曹邺《梅妃传》。　月姊:谓嫦娥。"月姊曾逢下彩蟾,倾城消息隔重帘。"见唐李商隐《楚宫》诗。此处代指老人妻妾婢女。　④东床:指女婿。见《晋书·王羲之传》。

## 多　丽

帝城春,玉堂深处飞烟[①]。想圣人、恩隆内职,左珰押赐传宣。彩衣明、瑶觞膝下[②],花昼永、锦瑟尊前。富贵从来,功名馀事,鼎彝勒遍笔如椽。向中禁、琐窗偷觑[③],王母语当年[④]。清平世,衣冠是谁,三世甘泉[⑤]。　　记年时、翘才献寿,小诗曾涴苔笺[⑥]。望三槐、云霞交映[⑦],照五彩、衮绣相鲜。当日非谀，如今方信，门人称颂是师言。况自有、两宫酴眷，卜梦亦徒然。看指日，鼎新化炉，一气陶甄[8]。

[注释]

①玉堂：汉宫殿名。“历金门上玉堂有日。”见汉扬雄《解嘲》。　②彩衣：五色斑斓衣，用老莱子典，喻孝子之德。见《太平御览》卷四一三引《孝子传》。此言孝宗对太上皇恩礼周至。　瑶觞：玉杯。　③中禁：禁中，皇帝居住处。　④王母：喻宫中女主。　⑤甘泉：汉宫殿名，在陕西淳化北甘家山。　⑥苔笺：苔纸所制小笺。　⑦三槐：周代朝廷前植三槐定三公位。　⑧陶甄：造就。

## 念奴娇

和王圣俞[1]

沧浪万顷，厌尘缨、手掬清流频洗。落日孤云烟渚净，鸥没澄波心里。一舸横秋，两桡开浪，霜竹醒烦耳。萧萧风露，梦回月照船尾。　须信闲少忙多，壶觞并赋咏，莫辜云水。乘兴前溪溪转□，隐约归帆天际。红蓼丹枫，黄芦白竹，总胜春桃李。浮丘何在[2]，与君共跨琴鲤[3]。

[注释]

①王圣俞：未详。　②浮丘：仙人。“王子乔者……道士浮丘公接以上嵩高山。”见汉刘向《列仙传·王子乔》。　③琴鲤：“赵人有琴高者……行彭涓之术……与弟子期曰：‘皆洁斋待于水旁，设屋祠。’果乘赤鲤鱼出，入坐祠中……留月馀，复入水也。”见北魏郦道元《水经注·涿水》。

## 念奴娇

竞春台榭，媚东风，迤逦繁红成簇。方霁溪南帘绣卷，和气充盈华屋。金暖香彝[1]，玉鸣舞珮，春笋调丝竹[2]，乌衣宴会[3]，远追王谢高躅[4]。　　籍甚四海声名，林泉活计，未许翁知足。日日江边沙露静，人徯东来雕毂。八锦行持[5]，五禽游戏[6]，已受长生箓。衮衣蝉冕[7]，最宜双鬓凝绿。

［注释］

①彝：燃香的青铜器。　②春笋：喻女子纤白手指。　③乌衣宴会：谢灵运与谢昆等居乌衣巷，尝共宴处，谓乌衣之游。见《宋书·谢弘微传》。乌衣巷，在今南京秦淮河之侧。　④王谢：指六朝时代望族王氏、谢氏。　⑤八锦：八段锦，民间传统的健身术之一，有文八段、武八段之别。　⑥五禽游戏：古代体育锻炼的一种方式，模仿虎、鹿、熊、猿、鸟的动作和姿态。　⑦衮衣蝉冕：古代王公的礼服。

## 念奴娇

### 探　梅

衰翁憨甚，向尊前、手捻一枝寒玉[1]。想见梅台花更好。一片琼田栖绿。短辔轻舆，大家同去，取酒偿酴醾。元来春晚，万包空间黄竹。　　休恨雪小云娇，出群风韵，已觉桃花俗。羯鼓声高回笑脸[2]，怎得天公来促。江上风平，岭南人远[3]，谁度单于曲[4]。明朝酒醒，但馀诗兴天北。

［注释］

①寒玉：谓梅花。　②羯鼓：古代击乐器，南北朝时由西域转入内地。　③岭南：指五岭以南地区。　④单于曲：曲调名，又名《小单于》。“一曲单于暮烽起，扶苏城上月如钩。”见唐韦庄《绥州作》。

[集评]

况周颐云:"侯彦周《懒窟词·念奴娇·探梅》换头云:'休恨雪小云娇,出群风韵,已觉桃花俗。'颇能为早梅传伸。'雪小云娇'四字连用,甚新。"(《蕙风词话续编》卷一)

## 风入松

西湖戏作[1]

少年心醉杜韦娘[2],曾格外疏狂。锦笺预约西湖上,共幽深、竹院松窗。愁夜黛眉颦翠,惜归罗帕分香。
重来一梦觉黄粱[3],空烟水微茫。如今眼底无姚魏[4],记旧游、凝伫凄凉。入扇柳风残酒,点衣花雨斜阳。

[注释]

①西湖:指浙江杭洲西湖。　②杜韦娘:唐歌女名,此处代指歌妓。　③一梦觉黄粱:传说卢生于邯郸旅舍遇道士吕翁,受吕翁一枕而眠,梦中娶妻、登第、授官、入狱、受封,醒来蒸黍未熟,触类如故。见唐沈既济《枕中记》。　④姚魏:两种名贵的牡丹花。"姚黄者,千叶黄花,出于民姚氏家。魏家花者,千叶肉红花,出于魏相仁溥家。"见宋欧阳修《洛阳牡丹记》。此处喻歌伎中出类拔萃者。

## 风入松

东楼烟重暗山光,春意堕微茫。小红嫩绿匀如剪,黯无言、云渡澄江。没处与人消遣,倚阑情寄斜阳。　共君今夜举清觞,投老各殊方。痴儿官事何时了[1],恨花时、潘鬓先霜[2]。唤取客帆聊住,将予同下潇湘[3]。

[注释]

①"痴儿"句:"生子痴,了公事,公事未易了也。"见《晋书·傅咸

传》。 ②潘鬓先霜：潘岳“春秋三十有二，始见二毛”，“斑鬓髟以承弁兮，素髮飒以垂领”。见晋潘岳《秋兴赋》及序。 ③潇湘：湘江的别称，在湖南。

## 风入松

再用韵

霏霏小雨恼春光，烟水更瀰茫。昨宵把酒高歌处，任一声、鸡唱清江[①]。憔悴杏花如许，情怀应似东阳[②]。 宿酲犹在莫传觞[③]，消闷苦无方。几时玉杵蓝桥路，约云英、同捣玄霜[④]。冷落黄昏庭院，梦回家在三湘[⑤]。

［注释］

①清江：古称夷水，在湖北西南。 ②东阳：沈约有志台司，终不见用，与徐勉书，“言己老病，百日数旬，革带常应移孔，以手握臂，率计月小半分，欲谢事求归”。见《南史·沈约传》。沈约出为东阳太守，故称。 ③宿酲：谓隔夜酒醉未醒。 ④“几时”二句：裴航从鄂渚回京途中，与樊夫人同舟，裴航赠诗致情意。樊夫人答诗曰：“一饮琼浆百感生，玄霜捣尽见云英。蓝桥便是神仙窟，何必崎岖上玉清。”后于蓝桥驿因求水喝，得遇云英姑娘。裴航向其母求婚，其母曰：“君约取此女者，得玉杵臼，吾当与之也。”后裴航终于寻到玉杵臼，得成婚姻，双双仙去。见《太平广记》卷五十唐裴铏《传奇·裴航》。 ⑤三湘：指湖南湘东、湘西、湘南地区。

## 遥天奉翠华引

雪消楼外山。正秦淮、翠溢回澜[①]。香梢豆蔻[②]，红轻犹怕春寒。晓光浮画戟，卷绣帘、风暖玉钩闲。紫府仙人[③]，花围羽帔星冠[④]。 蓬莱阆苑[⑤]，意倦游、常戏世间。佩麟旧都[⑥]，江左襦袴歌欢[⑦]。只恐催归觐，剩宴都、休诉酒杯宽[⑧]。明岁应看[⑨]，钧容舞袖歌鬟[⑩]。

[注释]

①秦淮:秦淮河,在江苏西南,经南京市,入长江。 ②香梢豆蔻:喻少女。"娉娉袅袅十三馀,豆蔻梢头二月初。"见唐杜牧《赠别》。 ③紫府:道家称仙人住所。 ④羽帔星冠:道家谓神仙服饰。 ⑤蓬莱阆苑:古代神话中的神山和仙境。 ⑥佩麟旧都:指南京。 ⑦江左:江东。今江苏一带。 襦袴歌:东汉廉范任蜀郡太守,有德政,百姓作歌颂之,有"平生无襦今五袴"之句。见《后汉书·廉范传》。 ⑧诉:辞酒。 ⑨"明岁"句:唐氏按:此下原有"君"字,从紫芝漫抄本《懒窟词》删。 ⑩钧容:宋军乐名。

## 蓦山溪

建康郡圃赏芍药①

玉麟春晚②,绿遍甘棠荫③。可是惜花深,旋移得,翻阶红影。朱帘卷处,如在古扬州,宝璎珞④,玉盘盂,娇艳交相映。 蓬莱殿里,几样春风鬓。生怕逐朝云,更罗幕、重重遮定。多情绛蜡,常见醉时容,萦舞袖,蔌歌尘,莫负良宵永。

[注释]

①建康:今南京市。 ②玉麟:玉麟符,隋文帝为樊子盖造,可便宜行事的印信。 ③甘棠荫:周召公奭有善政,尝息于甘棠树下,民感念而作《甘棠》之诗。 ④璎珞:串珠而成的饰物。

## 凤皇台上忆吹箫

耒阳至节戏呈同官①

玉管灰飞②,云台珥笔③,东君飙驭将还④。又正是、霜花□剪,梅粉初干。窈窕红窗髻影,添一线、组绣工闲。潇湘好,雪意尚遥,绿占群山。 应思少年壮气,贪游乐、追随玉勒雕鞍。更化日舒长，赢得觅醉谋欢。老去桑榆趁暖[5]，任从教、潘鬓先斑。犹狂在，挥翰快写春寒。

[注释]

①耒阳：在湖南东南部。　至节：指冬至节。　②玉管灰飞：言冬至已至。玉管即律，以测气候。“候气之法，为室三重，户闭，涂衅必周，密布缇缦。室中以木为案，每律各一，内庳外高。从其方位，加律其上，以葭莩灰抑其内端。案历而候之，气至者灰动。”见《后汉书·律历志》。　③云台：东汉图画邓禹等二十八将之地。　珥笔：侍从之臣插笔于冠侧。　④东君：春神。　⑤桑榆：指日暮。“失之东隅，收之桑榆。”见《后汉书·冯异传》。

## 凤皇台上忆吹箫

再用韵赠黄宰[1]

尘暗双凫[2]，菊明山径[3]，何妨倦羽知还[4]。最好是，诗翁醉后[5]，瓶罄罍干。一笑东风打耳[6]，心无竞、远与春闲[7]。时时地，觅伴访梅，寻胜登山。　清时俊材定用，看捧诏、春郊月露濡鞍。况表识、买臣贵骨[8]，琴瑟逾欢[9]。好向玉堂视草[10]，金章映、莱子衣斑[11]。山人去，蕙帐夜雨空寒。

[注释]

①黄宰：未详。　②双凫：谓鞋。“（王乔）显宗世为叶令。乔有神术，每月朔望，常自县诣台朝。……其临至，辄有双凫，从东南飞来。于是候凫至，举罗张之，但得一只舄焉。”见《后汉书·方术传·王乔》。　③菊明山径：“三径就荒，松菊犹存。”见晋陶渊明《归去来兮辞》。　④倦羽知还：“云无心以出岫，鸟倦飞而知还。”见晋陶渊明《归去来兮辞》。　⑤诗翁醉后：“苍颜白髮，颓然乎其间者，太守醉也。”见宋欧阳修《醉翁亭记》。　⑥东风打耳：“世人闻此皆掉头，有如东风射马耳。”见唐李白《答王十二寒夜独酌有感》。　⑦心无竞：“水流心不竞，云在意俱迟。”见唐杜

甫《江亭》。 ⑧买臣贵骨:“(朱买臣)家贫,常艾薪樵,卖以给食……妻羞之,求去。买臣笑曰:‘我年五十当富贵,今已四十馀矣。’”见《汉书·朱买臣传》。 ⑨琴瑟逾欢:“妻子好合,如鼓琴瑟。”见《诗经·小雅·常棣》。 ⑩玉堂:“建章宫南有玉堂,……阶陛皆玉为之。”见《三辅黄图·汉宫》。 视草:起草诏谕之文。 ⑪莱子衣斑:“老莱子孝养二亲,行年七十,婴儿自娱,着五色彩衣。尝取浆上堂,跌仆,因卧地为小儿啼。”见《艺文类聚》卷二十引《列女传》。

## 凤皇台上忆吹箫

再用韵咏梅

浴雪精神,倚风情态,百端邀勒春还[1]。记旧隐、溪桥日暮,驿路泥干。曾伴先生蕙帐[2],香细细、粉瘦琼闲。伤牢落[3],一夜梦回,肠断家山。 空教映溪帘月,供游客、无情折满雕鞍。便忘了、明窗静几,笔研同欢。莫向高楼喷笛,花似我、蓬鬓霜斑。都休说,今夜倍觉清寒。

[注释]

①邀勒:邀约。 ②蕙帐:用蕙草做成的帷帐。蕙,香草名。本指隐士居所。 ③牢落:孤寂,无所寄托。

## 凤皇台上忆吹箫

蜡梅用前韵

浅染霓裳[1],轻匀汉额[2],巫山行雨方还[3]。最好是、肌香蜡莹,萼嫩红干。曾见金钟在列,钧天罢、筍虡都闲[4]。妖饶似,晓镜乍开,绿沁眉山。 休夸瘦枝疏影,湘裙窄、一钩龙麝随鞍。便更做、山人倦赏,畏冷无欢。争奈冰瓯彩笔[5],题诗处、珠琲斓斑[6]。清宵永,相对莫放杯寒。

［注释］

①霓裳："青云衣兮白霓裳。"见战国楚屈原《九歌·东君》。　②汉额："宋武帝女寿阳公主人日卧于含章殿下，梅花落公主额上，成五出花，拂之不去。"见《太平御览》卷三十引《杂五行书》。　③巫山行雨：喻蜡梅为巫山神女。楚王游高唐，梦幸一妇人。妇人曰："妾在巫山之阳，高丘之阻。旦为朝云，暮为行雨。"见战国楚宋玉《高唐赋序》。　④钧天：天上仙乐。　笋虡(jù)：古代悬钟磬的架子。　⑤彩笔："彩笔题诗，绿水映红莲。"见宋晁补之《金盏倒垂莲，次韵同寄霸帅杨仲谋安抚》。　⑥珠琲(bèi)：贯珠。

## 蝶恋花

次韵张子原寻梅[1]

雪压小桥溪路断。独立无言，雾鬓风鬟乱[2]。拂拭冰霜君试看，一枝堪寄天涯远[3]。　拟向南邻寻酒伴。折得花归，醉著歌声缓。姑射梦回星斗转[4]，依然月下重相见。

［注释］

①张子原：未详。　②雾鬓风鬟："花边雾鬟满，酒畔云衣月扇香。"见宋范成大《新作景亭程咏之提刑赋诗次其韵》。此言梅花散淡姿态。　③"一枝"句："折梅逢驿使，寄与陇头人。江南无所有，聊赠一枝春。"见南朝宋陆凯《赠范晔》。　④姑射(yè)："藐姑射之山，有神人居焉。肌肤若冰雪，淖约若处子。"见《庄子·逍遥游》。

## 清平乐

咏橄榄灯球儿

缕金剪彩，茸绾同心带[1]。整整云鬟宜簇戴，雪柳闹蛾难赛[2]。　休夸结实炎州[3]，且看指面纤柔。试问苦人滋味[4]，何如插鬓风流。

[注释]

①同心带："如今绾作同心结，将赠行人知不知。"见唐刘禹锡《杨柳枝》。　②雪柳、闹蛾：古代妇女元宵节插戴头上的饰物。　③炎州："嘉南州之炎德兮，丽桂树之冬荣。"见《楚辞·远游》。　④苦人滋味："橄榄树……其子深秋方熟，味虽苦涩，咀之芳馥。"见晋嵇含《南方草木状》下。

## 清平乐

忍寒情味，枝染蔷薇水[1]。揽照清溪花影碎，笑杀小桃秾李。　一生占断春妍[2]，偏宜月露娟娟[3]。欲寄江南春去[4]，乱鸦点破云笺[5]。

[注释]

①蔷薇水：一种名贵的香水。"有蔷薇水洒衣，经岁香不歇。"见《宋史·占城国传》。　②占断：占尽。　③娟娟：美好貌。　④"欲寄"句："折梅逢驿使，寄与陇头人。江南无所有，聊赠一枝春。"见南朝宋陆凯《赠范晔》。　⑤乱鸦：零乱的书法。

## 玉楼春

市桥灯火春星碎，街鼓催归人未醉。半嗔还笑眼回波，欲去更留眉敛翠。　归来短烛馀红泪，月淡天高梅影细。北风休遣雁南来，断送不成今夜睡。

## 玉楼春

次中秋闰月表舅晁仲如韵[1]

今秋仲月逢馀闰，月姊重来风露静[2]。未劳玉斧整蟾宫，又见冰轮浮桂影[3]。　　寻常经岁睽佳景，闰月那知还赏咏。庾楼江阔碧天高[4]，遥想飞觞清夜永。

[注释]

①晁仲如：未详。　②月姊：谓嫦娥。　③“未劳”二句：旧言月中有桂树，有蟾蜍，桂树高五百丈，吴刚常斫，树创随合。见唐段成式《酉阳杂俎·天咫》。　④庾楼：晋庾亮所登楼，曾偕幕僚赏月吟咏。后指英才集会之地。

## 秦楼月

与杨君孜月夜泛舟[1]

天一色，玉盘冷浸潇湘碧[2]。潇湘碧，短亭系缆，隔江闻笛。　　胡床对坐凉生腋[3]，通宵说尽狂踪迹。狂踪迹。少年心事[4]，老来难得。

[注释]

①杨孜：未详。　②玉盘：喻圆月。　③胡床：一种可以折叠的轻便坐具，亦称交椅。　④少年心事：“少年心事当拿云。”见唐李贺《致酒行》。

## 新荷叶

金陵府会鼓子词[1]

柳幄飞绵，风池暖泛新萍。燕垒泥香，玉麟堂外春深[②]。晴云丽日,花浓处、蜂蝶纷纷。偿春一醉,管弦声里欢声。　况是清时,锦衣重到台城[③]。故国江山,向人依旧多情。趁闲行乐,休辜负、冶叶繁英[④]。彤庭归觐[⑤],恁时难驻前旌[⑥]。

[注释]

①金陵:今南京。　②玉麟堂:隋文帝为重臣樊子盖造玉麟符。见《隋书·樊子盖传》。　③台城:故址在南京玄武湖侧,本战国吴后苑。一名苑城。　④冶叶繁英:形容柳树婀娜,百花盛开。　⑤彤庭:泛指皇宫。汉宫以朱色漆中庭。　⑥恁:这。

## 菩萨蛮

湖上即事

楼前曲浪归桡急,楼中细雨春风湿。终日倚危阑,故人湖上山。　高情浑似旧,只枉东阳瘦[①]。薄晚去来休,装成一段愁。

[注解]

①东阳瘦:"为凭何逊休联句,瘦尽东阳姓沈人。"见唐李商隐《韩冬郎即席为诗相送》诗。姓沈人,沈约,尝为东阳守,以体瘦见称。

## 菩萨蛮

小女淑君索赋晚春词

东风吹梦春酲恶,琐窗淡淡花阴薄[①]。一夜曲池平,小窗云样明。　绿轻眉懒晕,香浅罗衣润。未见海棠开,卷帘双燕来。

**[注释]**

①琐窗:刻有连琐图案的窗棂。

## 菩萨蛮

饯田莘老①

江风漠漠寒山碧②,孤鸿声里霜花白。画舸且停桡,有人魂欲销。　　相从能几日,总是天涯客。尺素好频裁③,休言无雁来。

**[注释]**

①田莘老:未详。　②"江风"句:"平林漠漠烟如织,寒山一带伤心碧。"见唐李白《菩萨蛮》。　③尺素:"客从远方来,馈我双鲤鱼。呼童烹鲤鱼,中有尺素书。"见古乐府《饮马长城窟行》。

## 菩萨蛮

荼　蘼

东君管尽闲花草①,红红白白知多少。末后一奁香,绿庭春昼长。　　道人心似海,梦冷屏山里。莫剪最长条,从教玉步摇②。

**[注释]**

①东君:春神。　②玉步摇:妇女首饰,亦称步摇钗。上有垂珠,步则摇也。

## 菩萨蛮

东风卷尽欺花雨,月明皎纸庭前路。月底且论诗,从教露湿衣。　　明朝愁入绪，各自东归去。后夜月明中，绿尊谁与同。

## 菩萨蛮

木犀十咏　带　月[1]

绿帷剪剪黄金碎，西风庭院清如水。月姊更多情[2]，与人无际明。　　浓阴遮玉砌，桂影冰壶里[3]。灭烛且倘徉，夜深应更香。

[注释]

①木犀：即桂花。　②月姊：谓嫦娥。　③桂影冰壶：月光皎洁，桂影分明。旧传月中有桂，高五百丈。

## 菩萨蛮

木犀十咏　披　风[1]

靓妆金翠盈盈晚，凝情有恨无人管。何处一帘风，故人天际逢。　　从教香扑鬓，只怕繁华尽。牢落正悲秋[2]，非□谁解愁。

[注释]

①披风：指当风而立。　②牢落：寂寥冷落。

## 菩萨蛮

木犀十咏　照　溪

江梅占尽江头雪，忍寒玉骨夸清绝。不似杜秋娘[1]，婆娑秋水傍。　　波光涵晚日，照影从教密。隐隐认遥黄[2]，隔溪十里香。

[注释]

①杜秋娘：指年老色衰女子。典出唐杜牧《杜秋娘》诗并序。　②遥黄：指远处菊花。

## 菩萨蛮

木犀十咏　浥　露

黄昏曾见凌波步[1]，无端暝色催人去。一夜露华浓[2]，香销兰菊丛。　缕金衣易湿[3]，莫对西风泣。洗尽夜来妆，温泉初赐汤。

[注释]

①凌波步："体迅飞凫，飘忽若神。凌波微步，罗袜生尘。"见三国魏曹植《洛神赋》。　②露华浓："春风拂槛露华浓。"见唐李白《清平调》。③缕金衣：饰以金缕的衣服。

## 菩萨蛮

木犀十咏　命　觞

休文多病疏杯酌[1]，被花恼得心情恶。碧树又惊秋，追欢怀旧游。　与君聊一醉，醉倒花阴里。斜日下阑干，满身金屑寒[2]。

[注释]

①休文：沈约字。　②金屑：喻碎乱的阳光。

## 菩萨蛮

木犀十咏　簪　髻

交刀剪碎琉璃碧①,深黄一穗珑松色②。玉蕊纵妖娆,恐无能样娇③。　绿窗初睡起,堕马慵梳髻④。斜插紫鸾钗,香从鬓底来。

[注释]

①交刀:剪刀。亦作铰刀。　琉璃:宝石名。　②珑松:玉饰名。　③能样:这样。　④堕马:堕马髻,亦作坠马髻,古代妇女髮髻名。

## 菩萨蛮

木犀十咏　熏　沉

黄姑青女交相忌①,眼看尘土占芳蕊。急埽满阑金,小奁熏水沉②。　博山银叶透③,浓馥穿罗袖。犹欲问鸿都,太真安稳无④。

[注释]

①黄姑:牵牛星。典出南朝梁宗懔《荆楚岁时记》。"东飞伯劳西飞燕,黄姑织女时相见。"见古乐府。　青女:神话中掌管霜雪之神。"青女乃出,以降霜雪。"见《淮南子·天文训》。　②水沉:即沉香。　③博山:博山炉。"君作沉水香,侬作博山炉。"见古乐府《杨叛儿》。　④"犹欲"二句:"临邛道士鸿都客,能以精诚致魂魄。……中有一人字太真,雪肤花貌参差是。"见唐白居易《长恨歌》。鸿都,后汉首都洛阳宫门,此处借长安。太真,杨贵妃原名玉环,被度为女道士时叫太真,住内太真宫,此处用作仙号。

## 菩萨蛮

木犀十咏　来　梦

午庭栩栩花间蝶[①]，翅添金粉穿琼叶。曾见羽衣黄[②]，瑶台淡薄妆[③]。　醒来魂欲断，掺掺芳英满[④]。梦里尚偷香[⑤]，何堪秋夜长。

[注释]

①栩栩花间蝶："昔者庄周梦为蝴蝶，栩栩然蝴蝶也。"见《庄子·齐物论》。栩栩，欢畅貌。　②羽衣：相传人得道，身生毛羽。　③瑶台：神话中神仙住处。　④掺掺：唐氏按，疑"糁糁"。　糁糁(sǎn sǎn)，纷乱貌。　⑤偷香：谓男女私下通情。

## 菩萨蛮

木犀十咏　写　真

霓裳舞罢难留住[①]，湘裙缓若轻烟去[②]。动是隔年期，生绡傅艳姿[③]。　精神浑似旧，碧暗黄金瘦。永夜对西窗[④]，何缘襟袖香。

[注释]

①霓裳：指霓裳羽衣舞。"《唐逸史》曰，罗公远多秘术。尝与玄宗至月宫，仙女数百，皆素练霓衣，舞于广庭。问其曲，曰《霓裳羽衣》。帝默记其音调而还。明日召乐工，依其音调作《霓裳羽衣曲》。"见南朝宋郭茂倩《乐府诗集》。　②湘裙：湘绣之下裳。　③生绡：古人以生绡作画，此处借指画卷。　傅：唐氏按，疑"传"。　④西窗："君问归期未有期，巴山夜雨涨秋池。何当共剪西窗烛，却话巴山夜雨时。"见唐李商隐《夜雨寄北》诗。

## 菩萨蛮

木犀十咏 怨 别

揉香嗅蕊朝还暮,无端却被西风误。底死欲留伊[①],金尘蔌蔌飞[②]。 茂陵头已白,新聘谁相得[③]。耐久莫相思,年年秋与期[④]。

[注释]

①底死:竭力。 ②金尘:此指桂花。 ③“茂陵”二句:“相如将聘茂陵女为妾,卓文君作《白头吟》以自绝。”见《西京杂记》。此处以美人喻木犀。 ④秋与期:木犀每年于秋季开放。

## 西江月

金鼎香销沉麝[①],碧梧影转阑干。可庭明月绮窗闲,帘幕低垂不卷。 一自高唐人去[②],秋风几许摧残。拂檐修竹韵珊珊[③],梦断山长水远。

[注释]

①沉麝:沉香与麝香。 ②高唐人:巫山神女。 ③珊珊:舒缓之声。

## 西江月

赠蔡仲常侍儿初娇[①]

豆蔻梢头年纪[②],芙蓉水上精神。幼云娇玉两眉春,京洛当时风韵[③]。 金缕深深劝客[④],雕梁蔌蔌飞尘[⑤]。主人从得董双成[⑥],应忘瑶池宴饮[⑦]。

[注释]

①蔡仲常：未详。 ②豆蔻梢头："娉娉袅袅十三馀，豆蔻梢头二月初。"见唐杜牧《赠别》诗。 ③京洛：此处指代行在临安。 ④金缕：《金缕曲》。"秋持白玉斝，与唱金缕衣。"见唐杜牧《杜秋娘》诗。 ⑤"雕梁"句："鲁人虞公发声清，晨歌动梁尘。"见汉刘向《别录》。 ⑥董双成：神话中西王母侍女。此处比初娇之侍儿。 ⑦瑶池：神话中昆仑山池名，为西王母居处。

[集评]

叶申芗云："蔡仲常得一稚姬，名曰幼娇，风韵颇胜。侯寘懒窟为赋《西江月》云……"（《本事词》卷下）

况周颐云："侯彦周《懒窟词》……《西江月》赠蔡仲常侍儿初娇云：'豆蔻梢头年纪，芙容水上精神。幼云娇玉两眉春，京洛当时风韵。'芙容句亦妙于传神。'幼云娇玉'四字亦新。"（《蕙风词话续编》卷一）

## 青玉案

东园饯母舅晁阁学镇临川①

东风一夜吹晴雨。小园里、春如许。桃李无言情难诉②。阳关车马③，灞桥风月④，移入江天暮。 双旌明日留难住，今夕清觞且频举。咫尺清明三月暮。寻芳宾客，对花杯酌，回首西江路。

[注释]

①晁阁学：晁谦之，时充敷文阁待制知抚州。 临川：今江西抚州。 ②桃李无言："余睹李将军……其忠实心诚信于士大夫也。谚曰：'桃李不言，下自成蹊。'此言虽小，可以喻大也。"见《史记·李将军列传》。 ③阳关：在今甘肃敦煌西南，为通西域要塞。 ④灞桥："在长安东，跨水筑桥，汉人送客至此，折柳赠别。"见《三辅黄图》卷六。

## 青玉案

为外大父林下老人寿[1]

年年寓屋称觞处。陪彩绶、尊前舞。牢落潇湘归去未,腊梅开遍,冰蟾圆后,梦断灵溪路[2]。 长年厚福天分付,算四海、今独步。涧竹岩花如旧否。与翁相伴,岁寒庭户,尽占闲中趣。

[注释]

①外大父:外祖父,即晁谦之之父。 ②灵溪路:浙江天台县。东晋孙绰赋有“过灵溪而一濯”句。

## 青玉案

戏用贺方回韵饯别朱少章[1]

三年牢落荒江路。忍明日,轻帆去。冉冉年光真暗度[2]。江山无助,风波有险,不是留君处。 梅花万里伤迟暮,驿使来时望佳句[3]。我拚归休心已许。短篷孤棹,绿蓑青笠[4],稳泛潇湘雨。

[注释]

①贺方回韵:指贺铸《青玉案》(凌波不过横塘路)词。 朱少章:朱弁,字少章,婺源(今属江西)人。《宋史》有传。 ②冉冉:渐进貌。 ③“驿使”句:“折梅逢驿使,寄与陇头人。江南无所有,聊赠一枝春。”见南朝宋陆凯《赠范晔》诗。 ④绿蓑青笠:“青箬笠,绿蓑衣,斜风细雨不须归。”见唐张志和《渔歌子》词。

## 昭君怨

亦名宴西园

晴日烘香花睡，花艳浮杯人醉。杨柳绿丝风，水溶溶。　留恋芳丛深处，懒上锦鞯归去[①]。待得牡丹开。更同来。

**[注释]**

①锦鞯：马鞍下精美的衬垫。

## 四犯令

月破轻云天淡注[①]，夜悄花无语。莫听阳关牵离绪[②]。拚酩酊、花深处。　明日江郊芳草路，春逐行人去。不似酴醾开独步[③]。能著意、留春住。

**[注释]**

①淡注：形容月色融和。　②阳关：《阳关曲》，即唐王维《送元二使安西》诗，其末句为"西出阳关无故人"。　③酴醾：即荼醾，一名佛见笑，又名独步春。

## 鹧鸪天

县圃约同官赏海棠

万点胭脂落日烘，坐间酒面散微红。谁教艳质撩潘鬓[①]，生怕朝云逐楚风[②]。　寻画烛，照芳容[③]。夜深两行锦灯笼。朱唇翠袖休凝伫，几许春情睡思中。

[注释]

①潘鬓:"斑鬓髟以承弁兮,素髮飒以垂领。"见晋潘岳《秋兴赋》。序曰:"余春秋三十有二,始见二毛。" ②朝云逐楚风:楚王梦游高唐,幸一妇人。妇人曰:"妾在巫山之阳,高丘之阻,旦为朝云,暮为行雨。"见战国楚宋玉《高唐赋序》。 ③"寻画烛"二句:"客散酒醒深夜后,更持红烛赏残花。"见唐李商隐《花下醉》诗。"只恐夜深花睡去,故烧高烛照红妆。"见宋苏轼《海棠》诗。

## 鹧鸪天

蜀锦吴绫剪染成,东皇花令一番新[1]。风帘不碍寻巢燕,雨叶偏禁鬥草人[2]。 非病酒,不关春。恨如芳草思连云。西楼角畔双桃树,几许浓苞等露匀。

[注释]

①东皇:"春为东皇,又为青帝。"见《尚书纬》。 ②鬥草:"五月五日,四民并踏百草,又有鬥百草之戏。"见南朝梁宗懔《荆楚岁时记》。

## 鹧鸪天

赏芍药

梦想当年姚魏家[1],尊前重见旧时花。双檠分焰交红影[2],四座春回粲晚霞。 杯潋滟,帽攲斜。夜深绝艳愈清佳。天明恐逐行云去,更著重重翠幕遮。

[注释]

①姚魏家:"姚黄者,千叶黄花,出于民姚氏家。魏家花者,千叶肉红花,出于魏相仁溥家。"见宋欧阳修《洛阳牡丹记》。 ②檠(qíng):灯架。借指灯。

## 鹧鸪天

送田簿秩满还霅川①

只有梅花是故人，岁寒情分更相亲。红鸾跨碧江头路②，紫府分香月下身③。　　君既去，我离群。天涯白髮怕逢春。西湖苍莽烟波里，来岁梅时痛忆君。

[注释]

①田簿：不详。　霅（zhà）川：即霅溪，在浙江吴兴，此为吴兴之别称。　②红鸾：神话中一种红色的仙鸟。　③紫府：道家称仙人居处。

## 朝中措

双头芍药

翻阶红药竞芬芳，著意巧成双。须信扬州国艳①，旧时曾在昭阳②。　　盈盈背立，同心对绾③，联萼飞香。牢贮深沉金屋④，任教蝶困蜂忙。

[注释]

①扬州国艳：用何逊爱梅典。“东阁官梅动诗兴，还如何逊在扬州。”见唐杜甫《和裴迪登蜀州东亭送客逢早梅相忆见寄》诗。国艳，指梅花。　②昭阳：昭阳殿，汉成帝皇后赵飞燕新居之宫。　③同心对绾：“如今绾作同心结，将赠行人知不知。”见唐刘禹锡《杨柳枝》词。此将双头芍药比作情人相爱。　④金屋：此处用金屋藏娇故事写芍药。

## 朝中措

建康大雪，戏呈母舅晁留守①

漏云初见六花开②，惊巧妒江梅。飘洒元戎小队③，玉妆旌旆归来。　　恩同化手④，春回陇亩，欢到尊罍⑤。记取明朝登览，绿漪惟有秦淮[⑥]。

［注释］

①建康：今南京。　②六花：谓雪。雪结晶体成六瓣形。　③元戎小队：达官贵人的车队，此处喻雪阵。　④化：指造化。　⑤尊罍（léi）：酒器。　⑥秦淮：秦淮河，长江下游支流，流经南京。

## 朝中措

谢郭道深惠菊，有二小鬟[①]

露英云萼一般清，揉雪更雕琼。预喜重阳登览，大家插帽浮觥[②]。　分香减翠，殷勤远寄，珍重多情。不似绮窗双艳，向人解语倾城[③]。

［注释］

①郭道深：未详。　②重阳：农历九月九日为重阳节，旧有登高簪菊、饮菊花酒等习俗。　③解语倾城：指聪慧美丽的女子。唐玄宗称杨贵妃为解语花。见《开元天宝遗事》。又，“（李）延年侍上起舞，歌曰：‘北方有佳人，绝世而独立。一顾倾人城，再顾倾人国。……’”见《汉书·外戚传》。

## 朝中措

依微春绿遍江干[①]，烟水小屏寒。惆怅雁行南北，新词不忍拈看。　从今寄取，临风把酒，役梦忘飧。飞絮落花时候，扁舟也到孤山[②]。

［注释］

①依微：依稀，隐约。　江干：江畔。　②孤山：在今杭州。

## 朝中措

风帘交翠篆香飘[①]，却暑卷轻绡。最好佳辰相近，寿觞对饮连宵。　仙翁未老，云中跨凤，台上吹箫[②]。看取他年荣事，鱼轩入侍涂椒[③]。

［注释］

①篆香：制成篆文形的沉香。　②"云中"二句：萧史善吹箫，娶秦穆公女弄玉，穆公为筑凤台。后两人成仙飞去。见汉刘向《列仙传·萧史》。　③鱼轩：以鱼皮为饰的车。见《左传·闵公二年》。　涂椒：用椒粉和泥粉饰墙壁，此处指代后宫椒房。

## 朝中措

元夕上潭帅刘共甫舍人[①]

年来玉帐罢兵筹，灯市小迟留。花外香随金勒，酒边人倚红楼。　沙堤此去[②]，传柑侍宴[③]，天上风流。还记月华小队，春风十里潭州[④]。

［注释］

①元夕：农历正月十五日夜。　刘共甫：刘珙，建宁崇安（今属福州）人，绍兴末，除中书舍人，两度出知潭州兼湖南安抚使。　②沙堤："凡拜相……府县载沙填路……名曰沙堤。"见唐李肇《国史补》。　③传柑侍宴："侍宴楼上，则贵戚争以黄柑遗近臣，谓之传柑。"见宋苏轼《上元侍饮楼上》。　④春风十里："春风十里扬州路，卷上珠帘总不如。"见唐杜牧《赠别》。

## 朝中措

为云庵寿[1]

年年重午近佳辰[2]，符艾一番新[3]。满酌九霞奇酝[4]，寿君两鬓长春。　　闺中秀美，何如赋得，林下精神[5]。早办荆钗布袖，共为云水闲人。

[注释]

①云庵：未详。　②重午：农历五月五日为端午节。　③符艾：旧俗端午节每家门首插菖蒲艾叶。　④九霞奇酝：谓美酒。　⑤"闺中"三句："有济尼者，并游张（玄）谢（遏）二家。人问其优劣，答曰：'王夫人神情散朗，故有林下风气。顾家妇清心玉映，自是闺房之秀。'"见《世说新语·贤媛》。

## 点绛唇

金陵府会鼓子词[1]

春日迟迟[2]，柳丝金淡东风软。绿娇红浅，帘幕飞新燕。　　玉帐优游，赢得花间宴。香尘远，暂停歌扇。□醉深深院[3]。

[注释]

①金陵府：治所在上元（今南京市区）。　②春日迟迟："春日迟迟，采蘩祁祁。"见《诗经·豳风·七月》。迟迟，舒缓貌。　③深深院："庭院深深深几许？"见宋欧阳修《蝶恋花》词。

## 点绛唇

约莫香来，倚阑低瞰花如雪。怨深愁绝，瘦似年时节。　　岁一相逢，常是匆匆别。歌壶缺[①]，又还吹彻。笛里关山月[②]。

[注释]

①歌壶缺：王敦醉后，咏曹操乐府诗，以如意击唾壶为拍，壶边尽缺。见《世说新语·豪爽》。　②关山月：汉乐府《横吹曲》名。“更吹羌笛《关山月》，无那金闺万里愁。”见唐王昌龄《从军行》。

## 苏武慢

湖州赵守席上作[①]

暗雨收梅，晴波摇柳，万顷水精宫冷[②]。桥森画栋，岸列红楼，两岸翠帘交映。天上行舟，鉴中开户，人在蕊珠仙境[③]。况吟烟啸月，弹丝吹竹，太平歌咏。　　人尽说，铜虎分贤[④]，银潢储秀[⑤]，巩固行都藩屏[⑥]。棠阴散暑[⑦]，鼎篆凝香[⑧]，永日一庭虚静。红袖持觞，彩笺挥翰，适意酒豪诗俊。看飞云丹诏[⑨]，行沙金勒[⑩]。待公归觐。

[注释]

①湖州：在浙江。　赵守：未详。　②水精宫：春秋时吴王阖闾构筑水精宫，皆出水府。见南朝梁任昉《述异记》。此处指湖州美妙水城。　③蕊珠仙境：蕊珠宫，道家谓神仙居处。“上清紫霞虚皇前太上大道王晨君闲居蕊珠，作七言。”见《黄庭内景经》。　④铜虎：虎形铜符。　⑤银潢：银河。　⑥行都：指行在临安。　藩屏：此处指湖州。　⑦棠阴：周召公有善政，相传他曾憩于甘棠树下，人民感念，作诗颂之。　⑧篆：制成篆字形的沉香。　⑨丹诏：皇帝敕命。　⑩行沙金勒：唐天宝后，凡拜相，府县必使人以沙铺路，让相骑马行进。见唐李肇《国史补》。

## 阮郎归

和邢公昭[①]

莫欺骑省鬓边华[②],曾眠苏小家[③]。彩丝萦腕剪轻霞,菖蒲酒更嘉。　　人别后,叹飞花。云山和梦遮。吴笺小字写流沙,几行秋雁斜。

[注释]

①邢公昭:不详。　②骑省:散骑省,晋官署名。此指邢昭。　③苏小:苏小小,南齐名妓。此处泛指。

## 阮郎归

为邢鲁仲小鬟赋[①]

美人小字称春娇,云鬟玉步摇。淡妆浓态楚宫腰[②],梅枝雪未消。　　拼恼乱,尽妖娆。微窝生脸潮[③]。算来虚度可怜宵,醉魂谁与招。

[注释]

①邢鲁仲:不详。　②楚宫腰:细腰。见《韩非子·二柄》。　③微窝:脸上的酒窝。

## 阮郎归

为张丞寿[①]

薰风吹尽不多云[②],晓天如水清。哦松庭院忽闻笙[③],帘疏香篆明。　　兰玉盛,凤和鸣。家声留汉庭[④]。猊鞍长傍九重城[⑤],年年双鬓青。

[注释]

①张丞：张姓县丞，未详所指。 ②薰风：指初夏的东南风。 ③哦松：唐博陵崔斯立为蓝田县丞，庭中有松，斯立吟哦其间。此指县丞。 ④汉庭：指朝廷。 ⑤狨（róng）鞍：狨皮制成的鞍垫。

## 浪淘沙

晓日掠轻云，霜瓦鳞鳞。六朝山色俨如新[1]。家在洞庭南畔住，身在江滨。 华鬓照乌巾，无意寻春。空将两袖拂飞尘。可惜梅花开近路，恼尽行人。

[注释]

①六朝：指相继在南京建都的吴、东晋、宋、齐、梁、陈。此指南京。

## 踏莎行

壬午元宵戏呈元汝功参议①

元夕风光，中兴时候。东风著意催梅柳。谁家银字小笙簧，倚阑度曲黄昏后。 拨雪张灯，解衣贳酒[2]。觚棱金碧闻依旧[3]。明年何处看升平，景龙门下灯如昼[4]。

[注释]

①壬午：即绍兴三十二年（1162）。 元汝功：其人不详。 ②贳（shì）酒：赊酒。 ③觚（gū）棱：屋角的瓦脊。代指殿堂。 ④景龙门：宋东京（开封）延福宫东门。

## 踏莎行

钓云庵寻梅

雪意初浓，云情已厚。黄昏散尽扶头酒[①]。不知墙外夜来梅，忍寒添得疏花否。　　休更熏香，且同携手。从教策策轻寒透[②]。亭儿直下玉生烟，暗香归去沾襟袖。

[注释]

①扶头酒：易醉的酒。　②策策：形容寒气逼人。

## 浣溪沙

三衢陈签上作[①]

客里匆匆梦帝州[②]，故人相遇一杯休。疏梅些子最清幽[③]。　　双绾香螺春意浅[④]，缓歌金缕楚云留[⑤]。不知妆镜若为俦[⑥]。

[注释]

①三衢：今浙江衢州市。　②帝州：指京城。　③些子：一点儿。　④香螺：香螺形的髮髻。　⑤金缕：《金缕曲》。曲调名。　⑥俦：朋友。

## 浣溪沙

次韵王子弁红梅

倚醉怀春翠黛长，肉红衫子半窥墙。兰汤浴困懒匀妆。　　应为长年餐绛雪，故教丹颊耐清霜。弄晴飞馥笑冯唐[①]。

[注释]

①冯唐:汉武帝举贤良,冯唐已年九十馀,不能为官。此指年老者。

## 浣溪沙

次韵杜唐佐秩怀[1]

春梦惊回谢氏塘[2],箧中消尽旧家香。休文多病怯秋光[3]。　　空对金盘承瑞露[4],竟无玉杵碎玄霜[5]。醉魂飞度月宫凉。

[注释]

①杜唐佐:未详。原诗不存。　②谢氏塘:谢灵运在永嘉(今温州)有"池塘生春草,园柳变鸣禽"名句。见《登池上楼》诗。　③休文:沈约。　④金盘承瑞露:汉建章宫神明台上有铜仙,舒掌捧铜盘、玉杯,以承云表之露。见《三辅黄图》。　⑤玉杵碎玄霜:"教敕凡吏受言,采取神药若木端,白兔长跪捣药虾蟆丸。"见古乐府《董逃行》。

## 眼儿媚

效易安体[1]

花信风高雨又收[2],风雨互迟留。无端燕子,怯寒归晚,闲损帘钩。　　弹棋打马心都懒[3],撺掇上春愁。推书就枕,凫烟淡淡,蝶梦悠悠[4]。

[注释]

①易安体:李清照,号易安居士。其词以寻常语发清新之思,号"易安体"。　②花信风:应花期而来的风。　③打马:宋时闺房戏具,有关西马、依经马、宜和马等。见宋李清照《打马图经自序》。　④蝶梦:"昔者庄周梦为蝴蝶,栩栩然蝴蝶也;俄然觉,则蘧蘧然周也。"见《庄子·齐物论》。

## 渔家傲

过尽百花芳草满，柳丝舞困阑干暖。柳外秋千裙影乱。人逐伴，旧家心性如今懒。　斗帐宝香凝不散[①]，黄昏院落莺声晚。红叶不来音信断[②]。疏酒盏，东阳瘦损无人管[③]。

[注释]

①斗帐：形如覆斗的小帐子。　②红叶不来：唐宣宗时，卢渥赴京应举，偶临御沟，拾得红叶，上有题诗……后渥得一人，即叶上题诗者。见唐范摅《云溪友议》卷十。　③东阳瘦损："(沈约)与徐勉素善。遂以书陈情互勉，言己老病，百日数旬，革带常应移孔；以手握臂率计月小半分。欲谢事，求归老之秩。"乃于"隆昌元年，除吏部郎，出为东阳太守"。见《南史·沈约传》。

## 渔家傲

小舟发临安[①]

本是潇湘渔艇客[②]，钱塘江上铺帆席[③]。两处烟波天一色。云幂幂[④]，吴山不似湘山碧[⑤]。　休费精神劳梦役，鸥凫难上铜驼陌[⑥]。扰扰红尘人似织。山头石，潮生月落今如昔。

[注释]

①临安：宋建炎三年(1129)置行宫于杭州，为行在所，新州为临安府。　②"本是"句：侯寘南奔后客居长沙。　潇湘：湘江的别称，在湖南。　③钱塘江：即浙江。为浙江省最大河流。　④幂幂：覆盖貌。　⑤吴山：又名胥山，在杭州西湖东南，左带钱塘江，右瞰西湖，为杭州名胜。　湘山：又名君山、洞庭山，在湖南岳阳西洞庭湖中。　⑥铜驼陌：喻情人住所。"金马门外集众贤，铜驼陌上多少年。"见晋陆机《洛阳记》。

## 临江仙

约同官出郊

一抹烟林屏样展，轻花岸柳无边。连朝春雨涨平川。冬冬迎社鼓[①]，渺渺下陂船[②]。　　同事多才饶我懒，乘闲纵饮郊园。髻花攲侧醉巾偏[③]。时丰容卒岁[④]，游乐更明年。

[注释]

①社鼓：社日击鼓，以祭祀土神。此为秋社，在立秋后第五个戊日。　②陂：池。　③攲侧：偏向一旁。　④卒岁：过年。“无衣无褐，何以卒岁？”见《诗经·豳风·七月》。

## 临江仙

同官招饮席上作

失脚青云何所往[①]，故山松竹应秋。痴儿官事几时休[②]。可怜双白鬓，斗粟尚迟留。　　尊酒偷闲聊放旷，夜凉河汉西流[③]。从教孤笛喷高楼。与君同一醉，明日旋分愁。

[注释]

①青云：喻高官显爵。须贾有“自致于青云之上”之语。见《史记·范雎蔡泽列传》。　②“痴儿”句：“生子痴，了公事，公事未易了也。”见《晋书·傅咸传》。　③河汉：银河。

## 柳梢青

赠张丞[①]

小院轻寒,酒浓香软,深沉帘幕。我辈相逢,欢然一笑,春在杯酌。 家山辜负猿鹤[②]。轩冕意、秋云似薄[③]。我自西风,扁舟归去[④],看君寥廓[⑤]。

[注释]

①张丞:未详。 ②辜负猿鹤:"至于还飙入幕,写雾出楹,蕙帐空兮夜鹤怨,山人去兮晓猿惊。"见南朝齐孔稚圭《北山移文》。 ③轩冕:古时卿大夫乘轩服冕。此谓显贵。 ④扁舟归去:"烟波一自扁舟去,小酌文园杳未期。"见唐李群玉《湘阴江亭寄友人》诗。 ⑤寥廓:此谓器量远大。

## 柳梢青

送吕子绍守峡[①]

楚天清绝[②]。苇岸兰汀,素秋时节。帘卷湘襞,香飞云篆[③],叵看轻别。 明朝底处关山,算总是,愁花恨月。白马江寒[④],黄牛峡静[⑤],小梅初彻。

[注释]

①吕子绍:未详。原作不存。 峡:峡州。今湖北宜昌一带。地扼三峡之口,故名。 ②楚天:泛指南方天空。 ③云篆:谓云形似篆书。 ④白马江:湖南临湘大江中有白马矶。 ⑤黄牛峡:又名黄牛山,下有黄牛滩,在湖北宜昌西。

## 杏花天

豫章重午[①]

宝钗整鬓双鸾鬥。睡未醒、熏风襟袖。彩丝皓腕宜清昼。更艾虎、衫儿新就[②]。　玉杯共饮菖蒲酒[③]。愿耐夏、宜春厮守。榴花故意红添皱，映得人来越瘦。

[注释]

①豫章：今江西南昌。　重午：端午节。　②艾虎：一种特殊头饰，以艾为虎形，重午节戴之以辟邪。见南朝梁宗懔《荆楚岁时记》。　③菖蒲酒：用菖蒲节浸制的药酒，传说服之可辟瘟气。见宗懔《荆楚岁时记》。

## 江城子

萍乡王圣俞席上作[①]

萍蓬踪迹几时休。尽飘浮，为君留。共话当年，年少气横秋。莫叹两翁具白髮，今古事，尽悠悠。　西风吹梦入江楼。故山幽，谩回头。又是手遮，西日望皇州[②]。欲向西湖重载酒，君不去，与谁游。

[注释]

①萍乡：在江西西部，邻接湖南。　王圣俞：未详。　②皇州：帝都。指临安。

## 南歌子

为吕圣俞寿[①]

菊润初经雨，橙香独占秋。碧琳仙酿试新篘[②]。内集熙熙休试，蚁浮瓯[③]。　家世传黄阁[④]，功名起黑头[⑤]。双凫聊傍故人舟。咫尺青云歧路、看英游。

[注释]

①吕圣俞:未详。 ②碧琳仙酿:美酒名。 笃:用竹编成的漉酒器,此处用作动词。 ③蚁:酒滓。 ④黄阁:指中书省。 ⑤黑头:"(诸葛)恢弱冠知名……(王)导尝谓曰:'明府当为黑头公。'"此处指少年高位。

## 瑞鹧鸪

送晁伯如舅席上作[①]

遥天拍水共空明,玉镜开奁特地晴。极目秋容无限好,举头醉眼暂须醒。 白眉公子催行急[②],碧落仙人著句清[③]。后夜萧萧葭苇岸,一尊独酌见离情。

[注释]

①晁伯如:作者表舅,其他不详。 ②白眉公子:谓兄弟中佼佼者。因马良眉中有白毛,乡人有"马氏五常,白眉最良"之谚。见《三国志·蜀书·马良传》。 ③碧落:高空。

[集评]

毛子晋云:"彦周渭阳之谊甚笃。其席上送行词,不让徐勉送客曲。弇州病美成不能作情语,彦周殆能作情语者耶?"(张宗橚《词林纪事》卷九)。

李调元云:"毛氏谓渭阳之谊甚笃。见于《瑞鹧鸪》一词。末句云:'后夜萧萧葭苇岸,一尊独酌见离情。'王弇州病彦周不解作情词,此殆非情词者。"(《雨村词话》卷三)

## 天仙子

宴五侯席上作

暖日丽晴春正好,杨柳池塘风弄晓。露桃云杏一番新,花窈窕,香飘缈,玉帐靓深闻语笑。 新赐绣韉花映照，须信浓恩春共到。汉家飞将久宣劳[①]。迎禁诏，瞻天表[②]，入卫帝庭常不老。

[注释]

①汉家飞将："（李）广在边，匈奴号曰'汉飞将军'。"见《汉书·李广传》。 ②天表：皇帝仪容。

## 醉落魄

夜静闻琴

铜壶漏歇[①]，纱窗倒挂梅梢月。玉人酒晕消香雪。促轸调弦[②]，弹个古离别。 雏莺小凤交飞说，嘈嘈软语丁宁切。相如攲枕推红氎[③]。脉脉无言，还记旧时节。

[注释]

①铜壶：古代计时器。 ②轸：琴上转动弦的木柱。 ③相如：汉司马相如。司马相如善鼓琴，曾以琴挑卓文君夜奔。见《史记·司马相如列传》。 氎（dié）：细棉布。

## 醉落魄

梅花似雪，雪花却似梅清绝。小窗低映梅梢月。常记良宵，吹酒共攀折。 如今客里都休说，潇潇洒洒情怀别。夜阑火冷孤灯灭[①]。雪意梅情，分付漆园蝶[②]。

[注释]

①夜阑：夜将尽。 ②漆园蝶：谓入梦。庄周梦为蝴蝶，见《庄子·齐物论》。庄周，战国时人，做过蒙地的漆园吏。

## 醉落魄

玉钩珠箔，夜凉庭院天垂幕。好风吹动纶巾角[①]。羽扇休挥[②]，已怯绨衣薄[③]。　扁舟明日清溪泊，归来依旧情怀恶。为君唤月骖鸾鹤。天近多寒，满引金凿落[④]。

［注释］

①纶巾：配有青丝带的头巾。　②羽扇："武侯乘素舆、葛巾、白羽扇，指挥三军。"见晋裴启《语林》。　③绨（chī）：细葛布。　④金凿落：金质酒杯。

## 减字木兰花

春酲拚却，鶗鴂一声花雨落。[①]蜜炬红残，人在青罗步障间。　天公薄相，惯得柳绵高百丈。彩笔题诗[②]，休诵骚人九辨词[③]。

［注释］

①鶗鴂（tíjué）：即杜鹃鸟。　②彩笔：江淹曾拥有五色彩笔，以文章显。见《南史·江淹传》。　③骚人九辨词：战国时楚人宋玉所作《九辩》，为《楚辞》名篇。骚人，诗人。

## 鹊桥仙

和蔡子周[①]

鹤髮萧森，玉颜腴润，养就黄芽金鼎[②]。一区松菊老湘滨[③]，但心远、何妨人境。　衮衣家世[④]，鸣鸾歌舞，到了春冰消尽。不须惆怅梦中身，这彩选、输赢谁省[⑤]。

（以上校汲古阁本《懒窟词》）

［注释］

①蔡子周：未详。 ②黄芽：道家谓铅汞炼出的精华。 ③湘滨：侯寘客居长沙，在湘水边。 ④衮（gǔn）衣：指代显宦。 ⑤彩选：亦称彩选格，古代博戏。此处喻人生。

## 【补　辑】

### 水调歌头

白鹤到时节，霜信满南州。金盘露重，银潢波浪截天流。岳渎千龄钟秀[①]，赋出人间英气，清照洞庭秋。烈日严霜操，竹简万年留。　苏属国[②]，二千秩，若为酬。杜园阴密[③]，未央前席动宸旒[④]。入践紫薇郎省[⑤]，擢赞绿槐公位[⑥]，指日凤池游[⑦]。千顷玉芝熟[⑧]，准备饭青牛[⑨]。[⑩]

（见《诗渊》第二十五册，引自孔凡礼《全宋词补辑》）

［注释］

①岳渎：山和水。 ②苏属国：指苏武。留匈奴十九年，坚贞不屈，归国后拜典属国。 ③杜园：宋时鄙语，意为无根据的。见《东轩笔录》。 ④宸旒（chén liú）：皇帝冠冕悬挂的玉串。汉文帝问贾谊鬼神事见《史记·屈原贾生列传》。 ⑤紫薇郎省：指中书省。 ⑥槐公位：三公之位，见《周礼·秋官·朝士》。 ⑦凤池：指中书省。 ⑧玉芝：灵芝，传为仙药，采食之可以延年。 ⑨饭青牛：喂牛。宁戚饭牛而歌，桓公知其贤而用之。见《离骚》王逸注。 ⑩孔凡礼按：此词《诗渊》谓“宋侯彦周作”。

## 【补　辑】

## 无名氏

### 水调歌头[1]

八月秋欲半,后夜月将圆。天潢当日流润,□派落人寰。尘扫长淮千里,威振南蛮八郡,梓里绣衣还。芳毓燕山桂,庆衍谢庭兰。　　小山阴,长松下,白云间。壶中自有天地,闻早挂逢冠。笑指横空丹壑,闲倚拏云竹杖,佳处日跻攀。山色既无尽,公寿亦如山。

（见《诗渊》第二十五册,引自孔凡礼《全宋词补辑》）

[注释]

①孔凡礼按:此词,《全宋词》别见。又按:此词,紧次侯寘《水调歌头》“白鹤到时节”一词后,脱去作者名氏,未敢遽定为侯寘作,姑系以无名氏。重录于此。

# 赵彦端

赵彦端（1121—1175），字德庄，号介庵，宋魏王廷美七世孙，鄱阳人。绍兴八年（1138）登进士第。十二年（1142）为左修职郎，钱塘县主簿。乾道三年（1167），自右司员外郎以直显谟阁为江南东路转运副使。四年（1168），福建路转运副使。后为太常少卿，六年（1170），以直宝文阁知建宁府，终左司郎中。有《介庵集》，不传。

## 醉蓬莱

### 梅

向蓬莱云渺[①]，姑射山深[②]，有春长好。香满枝南，笑人间惊早。试问寒柯，镂冰裁玉，费化工多少[③]。东阁诗成[④]，西湖梦觉[⑤]，几番清晓。　　好是罗帏，麝温屏暖[⑥]。却恨烟村，雨愁风恼。一一清芬，为东君倾倒[⑦]。待得明年，翠阴青子，荫凤皇池沼[⑧]。更把阳和[⑨]，从头付与，繁花芳草。

[注释]

①蓬莱：蓬莱山，神话中海上三座神山之一。　②姑射山："藐姑射之山，有神人居焉。肌肤若冰雪，淖约若处子。"见《庄子·逍遥游》。　③化工：自然的创造力。　④东阁诗成："东阁官梅动诗兴，还如何逊在扬州。"见唐杜甫《和裴迪登蜀州东亭送客逢早梅相忆见寄》诗。　⑤西湖梦觉：宋诗人林和靖早年放游江淮，晚年归隐西湖，结庐孤山，梅妻鹤子，写有咏梅诗多首。　⑥麝：麝香。　⑦东君：春神。　⑧凤皇池沼："兹言翔凤池，鸣佩多清响。"见南朝齐谢朓《直中书省》。　⑨更把阳和："诏书许逐阳和至，驿路开花处处新。"见唐柳宗元《诏追赴都二月至灞亭》诗。阳和，春天的暖气。

## 满江红

### 荼　蘼

千种繁春，春已去、翩然无迹。谁信道、荼蘼枝上，静中留得。晓镜洗妆非粉白，晚衣弄舞馀衫碧。粲宝钿、珠珥不胜持，浓阴夕。　金翦度，还堪惜。霜蝶睡，无从觅。知多少、好词清梦，酿成冰骨。天女散花无酒圣[①]，仙人种玉惭香德[②]。怅攀条、记得鬓丝青，东风客。

[注释]

①天女散花："时维摩诘室有一天女，见诸大人，闻所说法，便现其身，即以天花散落诸菩萨大弟子上。"见《维摩诘经·观众生品》。此处喻荼蘼花。　酒圣：酒豪。　②仙人种玉："（杨伯雍）性笃孝，父母亡，葬于无终山，遂家焉。……三年，有一人就饮，以一斗石子与之，使至高平好地有石处种之……数岁，时时往视，见玉子生石上，人莫知也。"见晋干宝《搜神记》。

## 满江红

### 饯前政卢光祖赴鼎州幕席上作[①]

津鼓冬冬，三老醉[②]，知谁留得。都不记，琵琶洲畔[③]，草青江碧。桃李春风吹不断，烟霞秋兴清无极。怅樽前，桂子有馀香，曾相识。　残雨昼，初凉夕。高烛烂，新醅白[④]。长歌断欢意，不如愁色。父老能寻循吏传，关河暂枉诸侯客。待日边、一纸诏黄飞[⑤]，胜相忆。

[注释]

①卢光祖：未详。　鼎州：今湖南常德市。　②三老：谓船工。　③琵琶洲：在江西馀干县南。　④新醅：未滤之酒。　⑤诏黄：用黄纸书写的诏书。

## 满江红

汪秘监席上作[①]

赐被熏炉，曾同见，官槐重绿[②]。时归看，绮疏叠嶂，楚腰翻曲[③]。君过蓬山轻岁月[④]，我怀庐阜分符竹[⑤]。道别离、待得再归来，人应俗。　春欲动，醅初熟。追一笑，森三玉。且相对青眼[⑥]，共裁红烛。小语人家闲意态，浅寒都下新装束。念平生、和雨醉东风，从今足。

［注释］

①汪秘监：未详。　②官槐：古代天子诸侯与群臣会见的外朝植有三棵槐树，三公立于其下。　③楚腰：指窈窕歌女。　④蓬山：喻指秘书省。　⑤庐阜：庐山，在江西北部。　分符竹：指受郡守之职。　⑥相对青眼：互相尊重。阮籍能为青白眼，见礼俗之士，以白眼对之；见高雅之士，乃见青眼。见《晋书·阮籍传》。

## 水调歌头

秀州坐上作[①]

秋色忽如许，风露皎如空。平生青鬓馀地，老与故人同。忆得鲈鱼来后[②]，杂以洞庭新橘[③]，月堕酒杯中。宾客可人意，歌舞转春风。　坐间玉，花底扇，又从容。从容更好，无奈多病已衰翁。赖有主人风味，识我少年狂态，乞与酒颜红。一醉晓鸦起，流水任西东。

［注释］

①秀州：五代时吴越置，治所在今浙江嘉兴。　②鲈鱼来后："更有鲈鱼堪切脍，儿辈莫教知。"见宋苏轼《乌夜啼·寄远》。　③洞庭新橘："果擘洞庭橘，脍切天池鳞。"见唐白居易《轻肥》。

## 水调歌头

为 寿

淦水定何许[①]，楼外满晴岚。落霞蜚鸟无际[②]，新酒为谁甘。闻道居邻玉笥[③]，下有芝田琳苑[④]，光景照江南。已转丹砂九[⑤]，应降素云三[⑥]。 忆畴昔，翻舞袖，纵剧谈。玉壶倾倒，香雾黄菊酿红柑。好在当时明月[⑦]，只有炉薰一缕，缄寄可同参。剩肯南游不，蓬海试穷探[⑧]。

[注释]

①淦(gàn)水：在江西，源出新淦县，经紫淦山流入赣江。 ②"落霞"句："落霞与孤鹜齐飞，秋水共长天一色。"见唐王勃《秋日登洪府滕王阁饯别序》。 蜚：通"飞"。 ③玉笥：玉笥山，在湖南湘阴东北。 ④芝田琳苑：神话中产芝草、美玉之地。 ⑤转丹砂九：九转丹，"一转之丹，服之三年得仙，……九转之丹，服之三日得仙。"见晋葛洪《抱朴子·金丹》。 ⑥降素云三：道家称紫、白、黄三色之气为三素云。 ⑦"好在"句："当时明月在，曾照彩云归。"见宋晏几道《临江仙》词。 ⑧蓬海：神话中仙境。

## 瑞鹤仙

为 寿

记河梁折柳[①]。问画堂乐事[②]，燕鸿难偶。十年谩回首。但亭亭紫盖[③]，差差南斗[④]。传闻小有。种桃花、亲烦素手。怪归来、道骨仙风缥缈[⑤]，迥然非旧。 清昼。江南如画，紫菊冬前，翠橙霜后。扁舟渡口。佳客至，奉名酒。唤青鸾起舞[⑥]，云窗月槛，一曲山明水秀。笑相看、玉海别来[⑦]，浅如故否[⑧]。

[注释]

①河梁：河桥，指别离。“携手河梁上，游子暮何之。”见旧题汉李陵《与苏武》诗。 ②画堂：华丽的厅堂。“十五嫁王昌，盈盈入画堂。”见唐崔颢《王家少妇诗》。 ③紫盖：似指紫盖峰，在衡山。见宋盛弘之《荆州记》。 ④南斗：即斗宿，因与北斗相对来说，位置在南，故俗称南斗。差差：高耸貌。 ⑤道骨仙风：“余昔于江陵，见天台司马子微，谓余有仙风道骨，可与神游八极之表。”见唐李白《大鹏赋序》。 ⑥青鸾：神话中的神鸟。 ⑦玉海：谓碧澄如玉。 ⑧浅如故否：“麻姑自云：接侍以来，已见东海三为桑田；向在蓬莱，水又浅于往者会时略半也。”见晋葛洪《神仙传》。

## 瑞鹤仙

饯交代沈公雅台山寺作，继作《朝中措》[1]

揽垂杨细折。有别情遗爱，与君都说。文茵带雕轭[2]。是行春来处，去年阡陌。柔桑半叶。转光风、轻飏秀麦[3]。正人家共约，耕相借牛，社相留客[4]。 清绝。溪山犹记，脱帽吟风，倚楼招月。东君何事[5]，将春至，放春歇。道从今江上，一花一柳，皆想油幢瑞节[6]。纵离愁、瘦减腰围[7]，带金正晔。

[注释]

①沈公雅：沈度，武康人，累官兵部尚书。 台山寺：在福建建瓯县。 ②文茵：车上的虎皮坐褥。 ③光风：日丽风和谓之光风。 ④社：古代春、秋两次祭祀土神，称春社和秋社，百姓借此聚会。 ⑤东君：春神。 ⑥油幢瑞节：高官者的车节。 ⑦瘦减腰围：沈约与徐勉书曰：“百日数旬，革带常应移孔。”见《梁书·沈约传》。

## 朝中措

山矾风味更梨花[1]，清白竞春华。试问西园清夜[2]，何如山崦人家。　　楚东千嶂，吴江一棹[3]，云路非赊。惟有相思两地，可怜淡月朝霞。

[注释]

①山矾：又名七里香，常绿灌木。　②西园：在邺都，为曹操所建。此处指高贵园林。　③吴江：吴淞江，太湖最大支流，会合黄浦江入海。

## 朝中措

烧灯已过禁烟前[1]，春信递相传。柳暗乍迷津路，花暄欲照江天。　　天涯宾主，相逢老矣，一笑欢然。晚岁许同庐社[2]，西风不买吴船。

[注释]

①禁烟：清明前一天或二天为寒食，相传晋文公为悼念介之推抱木焚死事，定于该日禁烟寒食。　②庐社：文人雅士的团体，因慧远与高僧名贤所结白莲社最为有名，故称庐社。

## 朝中措

乘风亭初成[1]

长松擎月与天通，霜叶乱惊鸿[2]。露炯乍疑杯滟，云生似觉衣重。　　江南胜处，青环楚嶂，红半溪枫。倦客会应归去，一亭长枕寒空。

[注释]

①乘风亭：在江西鄱阳。　②惊鸿：喻美人。出三国魏曹植《洛神赋》。

## 朝中措

几枝筇竹半烟云[①]，钟鼓醉中闻。千点好山馀思，一湾流水能分。　　多情皓月，轮栖夜午，光动风文。看取清闲宾主，犹胜富贵封君[②]。

［注释］

①筇竹：又名邛竹，可以制杖。　②封君：显贵后父祖受封典。

## 朝中措

路彦丰生日[①]

新凉溪阁暮山重，水月共空濛[②]。九转不须尘外[③]，三峰只在壶中[④]。　　他年盛业，云间可望，林下难逢[⑤]。记取芗林岩洞[⑥]，何如干越秋风[⑦]。

［注释］

①路彦丰：未详。　②空濛："空濛如薄雾。"见南朝齐谢朓《观朝雨》诗。　③九转：九转丹。道书谓服之可得仙。见晋葛洪《抱朴子·金丹》。　④三峰：即神话中海上三座神山。　壶中：费长房与卖药老翁"俱入壶中，唯见玉堂严丽，旨酒甘肴，盈衍其中，共饮毕而出"。见《后汉书·方术传·费长房》。　⑤林下：谓隐居之处。　⑥芗林：向子諲因忤秦桧意，辞官闲居，号其宅为芗林。　⑦干越：干越亭，在江西馀江东南。"琵琶洲上人行绝，干越亭中客思多。"见唐施肩吾《宿干越亭》诗。

## 朝中措

西城烟雾一重重，潇洒便秋风。巧妒玉人装髻，无如禁钥难通[①]。　　新声窈眇，怨传楚些[②]，娇并吴宫[③]。夜久三星为粲[④],皓娥宁为君容[⑤]。

[注释]

①禁钥:宫门钥匙。 ②楚些(suò):指楚地曲调,因《楚辞·招魂》句尾皆有"些"字。 ③娇并吴宫:春秋时孙武曾于吴宫中教宫女习阵。见《史记·孙子吴起列传》。 ④三星为粲:"绸缪束楚,三星在户。今夕何夕,见此粲者。"见《诗经·唐风·绸缪》。三星,心星。粲者,美女。 ⑤皓娥:指美女。

## 新荷叶

欲暑还凉,如春有意重归。春若归来,任他莺老花飞。轻雷澹雨,似晚风、欺得单衣。檐声惊醉,起来新绿成围。 回首分携,光风冉冉菲菲[①]。曾几何时,故山疑梦还非。鸣琴再抚,将清恨、都入金徽[②]。永怀桥下,系船溪柳依依。

[注释]

①光风:春光。 冉冉菲菲:柔弱美艳貌。 ②金徽:金饰的琴徽。

## 新荷叶

雨细梅黄,去年双燕还归。多少繁红,尽随蝶舞蜂飞。阴浓绿暗,正麦秋、犹衣罗衣[①]。香凝沉水[②],雅宜帘幕重围。 绣扇仍携,花枝尘染芳菲。遥想当时,故交往往人非。天涯再见,悦情话、景仰清徽[③]。可人怀抱,晚期莲社相依[④]。

[注释]

①麦秋：指农历四月，为麦收季节。 ②沉水：沉香。 ③清徽：喻高雅的谈吐。 ④莲社：白莲社。谢灵运至庐山，凿池种白莲，时慧远等十八人结社，因号白莲社。见《莲社高贤传》。

## 新荷叶

秀州作

玉井冰壶[①]，人间有此清秋。笑语雍雍，从今庭户初修。迎风待月，香凝处，四卷帘钩。月波奇观，未饶当日南楼[②]。 闻说三吴[③]，江湖胜、从古风流。况有双轓[④]，旧谙黄阁青油[⑤]。金瓯屡启[⑥]，应难解、久为人留。天池波滟[⑦]，可怜蘋满汀洲。

[注释]

①玉井：星名，参星下四小星为玉井。 冰壶：此处指代月亮。 ②南楼：泛指友好相聚之处。出《世说新语·容止》。 ③三吴：指吴郡、吴兴、会稽。出《水经注·渐江水》。 ④双轓：指车。轓为两旁遮蔽尘土之设施。 ⑤黄阁：泛指最高官署。“三公黄阁，前史无其义。”见《宋书·礼志上》。 青油：以青油布为帘的车，为高官所乘。 ⑥金瓯：“唐玄宗曾举金瓯，覆其名，告太子曰：此宰相名也。汝庸知其谁也。”见唐李德裕《次柳旧闻》。 ⑦天池：“南冥者，天池也。”见《庄子·逍遥游》。

## 看花回

张守生日[①]

注目。正江湖浩荡，烟云离属。美人衣兰佩玉。澹秋水凝神，阳春翻曲[②]。烹鲜坐啸，清净五千言自足[③]。横剑气、南斗光中，浩然一醉引双鹿。 回雁到、归书未续。梦草处、旧芳重绿。谁忆潇湘岁晚,为唤起长风[4],吹飞黄鹄[5]。功名异时,圯上家传谢荣辱[6]。待封留[7],拜公堂下,授我长生箓。

[注释]

①张守:字全真,一字子固,常州晋陵(今江苏常州)人,建炎四年(1130)除参知政事,绍兴间历知绍兴、福州、婺州、洪州、建康等府。 ②阳春:楚歌曲名。 ③五千言:指老子《道德经》。 ④长风:"(宗)悫少时,(守)炳问其志,悫曰:'愿乘长风,破万里浪。'"见《宋书·宗悫传》。 ⑤黄鹄:"陈涉少时……太息曰:'嗟乎,燕雀焉知鸿鹄之志哉?'"见《史记·陈涉世家》。 ⑥圯上家传:张良曾在下邳圯上受黄石公兵法书。见《史记·留侯世家》。 ⑦封留:张良封留侯。此指封侯。

## 看花回

为寿 东岩,庞蕴居也[1]

爱日。报疏梅动意,春前呼得。画栋晓开寿域。度百和温馨,霜华无力。斑衣翠袖[2],人面年年照酒色。环四座、璧月琼枝[3],恍然江县拟乡国。 闻道抚、东岩旧迹。又殊胜、谢家清逸[4]。知与桃花笑了,定何似青鸟[5],层城消息。他年妙高峰上[6],优昙会堪折[7]。拥轻轩、未妨游戏,看取朱轮十[8]。

[注释]

①东岩:疑在襄阳。 庞蕴:字道元,世称庞居士,唐襄阳人。元和中北游襄阳,因家焉。 ②斑衣:老莱子"尝着五色斑斓衣,为亲取饮上堂,脚跌,恐伤父母之心,因僵仆为婴儿啼"。见《太平御览》卷四一三引师觉授《孝子传》。 ③璧月琼枝:"(陈)后主每引宾客对贵妃等游宴……大指所归,皆美张贵妃、孔贵妃之容色也。其略曰:'璧月夜夜满,琼树朝朝新。'"见《陈书·皇后传》。 ④谢家:指谢安,曾携妓隐居浙江上虞东

山。　⑤青鸟：神话中西王母传信使者。　⑥妙高峰：即须弥山。　⑦优昙：无花果树之一种。　⑧朱轮十："恽家方隆盛时，乘朱轮者十人。"见汉杨恽《报孙会宗书》。朱轮，古代高官所乘之车，用朱红漆轮，故名。

## 芰荷香

席上用韵送程德远罢金溪[①]

燕初归。正春阴暗淡，客意凄迷。玉觞无味，晚花雨退凝脂。多情细柳，对沈腰、浑不胜垂[②]。别袖忍见离披。江南陌上，强半红飞。　乐事从今一梦散，纵锦囊空在[③]，金碗谁挥[④]。舞裙歌扇，故应闲琐幽闺。练江诗就[⑤]，算舣舟、宁不相思[⑥]。肠断莫诉离杯[⑦]。青云路稳[⑧]，白首心期。

[注释]

①程德远：未详。　金溪：在江西东部、抚河上游。　②沈腰：南朝梁沈约，以体瘦见称。曾与友人书，言己"百日数旬，革带常应移孔"。　③锦囊：喻才华。李贺每旦日出，常背一破锦囊，遇有所得，即投囊中。见唐李商隐《李贺传》。　④金碗：传说卢充入崔少府幕，与崔氏女成婚还家。四年后，崔氏女于水边送还所生男孩及金碗，遂不见。见晋干宝《搜神记》卷十六。　⑤"练江"句："馀霞散成绮，澄江静如练。"见南朝齐谢朓《晚登三山还望京邑》诗。　⑥舣舟：泊岸停舟。　⑦诉：辞酒。　⑧青云：喻高官显爵。须贾有"自致于青云之上"之语。见《史记·范雎蔡泽列传》。

## 垂丝钓

干越亭路彦捷置酒同别富南叔[①]

短篷醉舣，江南秋意如水。露草星明，风柳丝委。危槛倚，为故人宴喜。　欢无几，念青鞋紫绮。论诗载酒,犹胜心寄双鲤[②]。倦游晚矣。云路非吾事[③],湖海从君意[④]。沙雁起,记夜阑隐几。

[注释]

①干越亭:在江西馀江东南。　路彦捷:未详。　赵富南:未详。　②双鲤:指书信。见古乐府《饮马长城窟行》。　③云路:青云路。喻高官显爵。　④湖海:湖海之士,指隐居。

## 垂丝钓

莫愁有信[①],全胜春梦无准。篆缕欲销[②],衣粉堪认。残梦醒。枕夜凉满鬓。　　想香径,正垂垂美荫。晚花在否,朱阑谁与同凭。断云怨冷。青鸟无凭问[③],红叶翻成恨[④]。三五近[⑤],试预占破镜。

[注释]

①莫愁:指美女。"河中之水向东流,洛阳女儿名莫愁。"见南朝梁武帝《河中之水歌》。　②篆:制成篆文形状的沉香。　③青鸟:神话中西王母使者。见《艺文类聚》九十一引《汉武故事》。此处谓传书者。　④"红叶"句:传说唐卢渥赴京应举,在御沟拾得红叶,上有题诗。后得一人,即题诗之宫女。见唐范摅《云溪友议》。　⑤三五:农历正月十五日,为元宵节。

## 谒金门

题　扇

朱槛曲,妆浅鬓云吹绿。半尺鹅溪凉意足[①],手香沾柄玉。　　午梦已惊难续,说与翠梧修竹。蓬海路遥天六六[②],乘鸾何处逐[③]。

[注释]

①鹅溪：指代名绢。鹅溪在四川盐亭县西北，以产绢著称，故名。 ②蓬海：想像中仙境。 ③乘鸾：指扇上图像。“纨扇如圆月，出自机中素。画作秦王女，乘鸾向烟雾。”见南朝梁江淹《拟班婕妤诗》。

## 谒金门

劳顾曲[①]，燕贡雅羞衣绿[②]。鲁酒不能春味足[③]，小杯空荐玉。 只愿此欢常续，莫序水边丝竹。明日朝参同趁六[④]，犹期归骑逐。

[注释]

①顾曲：指欣赏音乐。出《三国志·吴书·周瑜传》。 ②燕贡：宴席上供奉之物色。 雅羞：美食。 羞：珍羞美味。 衣绿：绿衣女子献艺。③鲁酒：薄酒。“鲁酒薄而邯郸围。”见《庄子·胠箧》。 ④朝参：官吏上朝参见皇帝。

## 谒金门

休相忆，明夜远如今日。楼外绿烟村幂幂[①]，花飞如许急。 柳岸晚来船集，波底斜阳红湿[②]。送尽去云成独立，酒醒愁又入。

[注释]

①幂幂：覆盖貌。 ②波底斜阳红湿：“照水斜阳红湿。”见宋袁去华《谒金门》词。

[集评]

陈鹄云：“余谓后辈作词，无非前人已道底句，物善能转换乐。……赵德庄词云：‘波底夕阳红湿。’‘红湿’二字以为新奇，不知盖用李后主（当

作冯延巳）‘细雨湿流光’。”（《耆旧续闻》）

贺裳云：“陆辅之所摘，虽断璧碎玑，然多属宋人佳句。如赵彦端《谒金门》‘波底夕阳红湿’……”（《皱水轩词筌》）

王奕清云：“淳熙间宗室赵彦端字德庄者，赋西湖词，有‘波底夕阳红湿’句，为孝宗所赏，曰：‘我家里人也会作此等语。’”（《历代词话》卷七引《古今词话》）

## 谒金门

春已半，绣绿新红如换。燕子还来帘幕畔，闲愁天不管。　　翠被曲屏香满，花叶彩笺人远。鹊喜蛛丝都未判①，连环空约腕②。

[注释]

①鹊喜蛛丝：“乾鹊噪而行人至，蜘蛛集而百事喜。”见晋葛洪《西京杂记》。　②连环：玉手镯。　约腕：套在手腕上。

## 谒金门

春不尽，处处与情相趁。谁道刘郎家恁近①，一年花不问。　　双剪画罗春胜②，今夜月圆如镜。怎得酒阑心易定，试将金液镇。

[注释]

①“谁道”二句：“玄都观里桃千树，尽是刘郎去后栽。”见唐刘禹锡《元和十一年自朗州至京戏赠看花诸君子》诗。　②春胜：旧时正月初妇女所戴彩胜，属彩结一类首饰。

## 谒金门

春似绣，不是别离时候。滴尽黄昏残刻漏，月高花影昼。　　好在画屏金兽[①]，深琐粉窗兰牖[②]。溪水南来堪问否，几时离渡口。

［注释］

①金兽：兽形香炉。　②琐：通“锁”。

## 谒金门

朱户密，镇锁一庭春日[①]。画幕黄帘芳草碧，游蜂初未识。　　脆管么弦无力[②]，青子绿阴如织[③]。花满深宫无路入，旧游浑记得。

［注释］

①镇：久，常。　②脆管么弦：指管乐器和弦乐器。　③青子：橄榄。

## 谒金门

春意密，不受人间风日。一曲清歌云暮碧，尊前今夜识。　　醉客倦吟无力，滞梦停愁相织。只道桃源难再入[①]，有人还问得。　　（以上《介庵赵宝文雅词》卷一）

［注释］

①桃源：喻仙境。见晋陶潜《桃花源记》。

## 柳梢青

生　日

衰翁自谪[①]。堪笑忘了，山林闲适。一岁花黄，一秋酒绿，一番头白。　　浮生似醉如客。问底事、归来未得。但愿长年，故人相与，春朝秋夕。

[注释]

①自谪：自责。

## 柳梢青

庚寅生日铅山作[①]

卮言日出[②]。天上漫试，人间无术。一笑归来，身如蝉蜕，首如龟缩。　　年年白酒黄花。共愿我，光风霁月[③]。不道道人，骎骎老去[④]，如何消得。

[注释]

①庚寅：此处为宋孝宗乾道六年(1170)，赵彦端时年五十。　铅山：在江西东北信江上游。　②卮言：对自己著作的谦词。出《庄子·寓言》。　③光风霁月：雨过天晴时的明净景象。　④骎骎(qīn qīn)：疾速貌。

## 柳梢青

酴醾过也。酴醾过后，无花堪折。只有垂杨，垂杨却作，絮惊行色。　　海棠半在如无。又争倩、蔷薇恋得。除是东风，随君归问，玉堂消息[①]。

[注释]

①玉堂：此指朝堂。

## 好事近

乘风亭作[1]

君莫厌江乡，也有茂林修竹[2]。竹外有些亭榭，置酒尊棋局。　　棋神酒圣各成欢，欢长更烧烛。寄语故人鹏鹦[3]，任倾金围玉。

**[注释]**

①乘风亭：在江西鄱阳县。　②茂林修竹：出晋王羲之《兰亭集序》。　③鹏鹦："穷发之北……有鸟焉，其名为鹏……绝云气，负青天，然后图南，且适南冥也。斥鴳笑之曰：'彼且奚适也。我腾跃而上，不过数仞而下，翱翔蓬蒿之间，此亦飞之至也。'"见《庄子·逍遥游》。

## 好事近

送林主簿[1]

君到共黄花[2]，君去早梅将发。君不待梅归去，问与谁同折。　　白头潘令一年秋[3]，有酒恨无客。莫忘道山堂上[4]，话清音风月。

**[注释]**

①林主簿：未详。　②黄花：菊花。　③潘令："岳才名冠世，为众所疾，遂栖迟十年，出为河阳令，负其才而郁郁不得志。"见《晋书·潘岳传》。"余春秋三十有二，始见二毛。"见潘岳《秋兴赋序》。　④道山堂：未详。

## 好事近

卢佥判席上

草草复匆匆，相见也还相忆。记取梦魂诗思，似水光山色。　　清音堂下一扁舟，谁主又谁客。休厌一杯相劝，看梅梢将白。

## 好事近

晚集后园

寻得一枝春[①]，惊动小园花月。把酒放歌添烛，看连林争发。　　从今日日有花开，野水酿春碧[②]。旧日爱闲陶令[③]，作江南狂客。

[注释]

①一枝春：指梅花。“江南无所有，聊赠一枝春。”见南朝宋陆凯《赠范晔》诗。　②春碧：酒名。　③陶令：晋陶渊明，曾任彭泽令，不愿为五斗米折腰向乡里小儿，解绶归隐。

## 好事近

白云亭

风露入新亭，看尽楚天秋色。行到暮霞明处，有金华仙刻[①]。　　孤城乔木堕荒凉，白云带溪碧。唤取小舟同醉，话江湖归日。

[注释]

①金华：指赤松子。“金华山，在县北二十里，赤松子得道处。”见《元和郡县志》卷二十六。

## 好事近

### 蜡梅

一种岁前春，谁辨额黄腮白[1]。风意只吟群木，与此花修别。　此花佳处似佳人，高情带诗格[2]。君与岁寒相许[3]，有芳心难结。

[注释]

①额黄：梅花落额上而成额黄之妆，即寿阳妆。“小白长红越女腮”，见唐李贺《南园诗》。此言腊梅风韵。　②诗格：诗的风格。　③岁寒：指松。“岁寒然后知松柏之后凋也。”见《论语·子罕》。

## 好事近

朱户闭东风，春在小红纤雪。门外未寒犹暖，怪有花堪折。　梨花菊蕊不相饶[1]，娇黄带轻白。莫厌醉歌相恼，是中原乡客。

[注释]

①相饶：相让。

## 好事近

日日念江东[1]，何有旧人重说。二妙一时相遇[2]，怪尊前头白。　山城无物为君欢，薄酒待寒月。草草数歌休笑，似主人衰拙。

[注释]

①江东：指安徽芜湖以下长江下游南岸地区。　②二妙：本指工于书

法者。西晋时,尚书令卫瓘与尚书郎索靖皆工草书,时人称为“一台二妙”。见《晋书·卫瓘传》。后泛指多才艺者。

## 点绛唇

路德友席上作①

山水乡中,岂知还有中原笑。醉歌倾倒,记得升平调②。　旧日年光,试把华灯照。心情好。有些怀抱,拟向梅花道。

[注释]

①路德友:未详。　②升平调:称颂太平的曲词。

## 点绛唇

冬　至①

一点青阳②,早梅初识春风面。暖回琼管③,斗自东方转④。　白马青袍,莫作铜驼恋⑤。看宫线。但长相见,爱日如人愿。

[注释]

①冬至:农历二十四节气之一,在阳历十二月二十二日或二十三日。此后阳气回升。　②青阳:“春为青阳。”见《尔雅·释天》。　③琼管:玉管。冬至过,为立春,立春到来,律管内的葭灰飞出。　④斗自东方转:“斗柄东指,天下皆春。”见《鹖冠子·环流》。　⑤铜驼恋:动风情之念。汉铸铜驼,在洛阳。俗语曰:金马门外聚群贤,铜驼陌上集少年。见晋陆机《洛阳记》。“白马新到铜驼里,自言买笑掷黄金。”见唐刘禹锡《泰娘歌》。

## 点绛唇

瑞　香[1]

护雨烘晴，紫云缥缈来深院。晚寒谁见，红杏梢头怨[2]。　　绝代佳人，万里沉香殿。光风转。梦馀千片，犹恨相逢浅。

[注释]

①瑞香：花名，大者名锦熏笼。　②红杏梢头："红杏枝头春意闹。"见宋宋祁《玉楼春·春景》。

## 点绛唇

秋入阑干，亭亭波面虹千丈。一声渔唱，画个三高样[1]。　　江上风波，更泛吴松浪[2]。寒潮涨。石鱼酒舫，漫叟知何向[3]。

[注释]

①三高：指吴江的三位高士，即春秋范蠡、晋张翰、唐陆龟蒙。　②吴松：吴淞江。　③漫叟：元结自号漫叟。见《新唐书·元结传》。

## 点绛唇

题西隐[1]

好在苍苔，摩挲遗恨风还雨[2]。一凉相与，片月生新浦。　　天外离居，为我荪桡举[3]。山如许。故人来否，岁晚鲈堪煮。

[注释]

①西隐：西隐山，在今江西赣州市西。　②摩挲遗恨："蓟子训者……

后人复于长安东霸城见之,与一老翁共摩挲铜人,相谓曰:‘适见铸此,已近五百岁矣。’顾视见人而去。”见《后汉书·方术传·蓟子训》。　③荪桡:短桨。“荪桡兮兰旌。”见战国楚屈原《九歌·湘君》。

## 秦楼月

咏睡香[1]

香蔌蔌,小山丛桂烘温玉[2]。烘温玉。酒愁花暗,沈腰如束[3]。　　烦君剩与阳春曲[4],为君细拂衾罗馥。衾罗馥。一春幽梦,与君相续。

[注释]

①睡香:即瑞香。传说有僧昼寝石上,梦中闻花香。既觉,寻香。求得此花,因名睡香。　②小山丛桂:“桂树丛生兮山之幽,偃蹇连卷兮枝相缭。”见汉淮南小山《招隐士》。　③沈腰:南朝梁沈约,以体瘦见称。曾与友人书,言己“百日数旬,革带常应移孔”。　④阳春曲:楚歌曲名。见《文选·宋玉〈对楚王问〉》。

## 秦楼月

梅缀雪,雪缀梅花肌肤惬。肌肤惬。丰姿浓态,莹如玉色。　　岁寒期约无相缺,祥花不减晴空月。晴空月。依前消瘦,还共清绝。

## 阮郎归

岁寒堂下两株梅,商量先后开。春前日绕一千回,花来春未来。　　冰可断,玉堪裁。寒空无暖埃。为君翻动腊前醅,酒醒香满怀。

## 阮郎归

一春种得牡丹成，那知君遽行。东君也自没心情[①]，夜来风雨声[②]。　追间阔，数清明[③]。不应歌渭城[④]。只愁河畔草青青[⑤]，却须离绪生。

[注释]

①东君：春神。　②夜来风雨声："夜来风雨声，花落知多少？"见唐孟浩然《春晓》诗。　③清明：农历二十四节气之一，在阳历四月五日或六日，俗称三月节。　④歌渭城：指唐王维《送元二使安西》诗。　⑤河畔青青草："青青河畔草，郁郁园中柳。"见《古诗十九首》。

## 阮郎归

徐干留别人家[①]

三年何许竞芳辰，君家千树春。如今欲去复逡巡[②]，好花留住人。　红蕊乱，绿阴匀。彩云新又新[③]。只应小阕记情亲，动君梁上尘[④]。

[注释]

①徐干：县名，在江西。　②逡巡：欲进不进貌。　③彩云："只愁歌舞散，化作彩云归。"见唐李白《宫中行乐》八首之一。　④梁上尘："鲁人虞公发声清，晨歌动梁尘。"见汉刘向《别录》。

## 减字木兰花

赠摘阮者[①]

四弦续续，山水依然关塞足。天上新声，谪堕人间得自名。　清歌宛转，弹向指间依旧见[②]。满眼春风，不觉黄梅细雨中[3]。

[注释]

①摘(tì)阮:弹奏阮咸。阮咸,简称阮,拨弦乐器名,传为晋阮咸所制。形似月琴。 ②"弹向"句:"若言琴上有琴声,放在匣中何不鸣;若言声在指头上,何不于君指上听?"见宋苏轼《琴诗》。 ③黄梅细雨:"梅子黄时雨。"见宋贺铸《青玉案》词。

## 减字木兰花

绿阴红雨[1],黯淡衣裳花下舞。花月佳时,舞破东风第几枝[2]。 一杯相属,从灺尊前三四烛[3]。酒尽花阑,京洛风流仔细看。

[注释]

①红雨:落花。"况是青春日将暮,桃花乱落如红雨。"见唐李贺《将进酒》诗。 ②"舞破"句:词牌有《东风第一枝》。此言其多。 ③灺(xiè):灯烛烧尽。

## 减字木兰花

一年歌舞,还是花黄尊绿处。雨横风多[1],比似年时恨若何。 帘深酒暖,细雨斜风浑不管[2]。只有黄花[3],欲近佳人鬓畔鸦[4]。

[注释]

①雨横风多:"雨横风狂三月暮。"见宋欧阳修《蝶恋花》词。 ②细雨斜风:"斜风细雨不须归。"见唐张志和《渔歌子》。 ③黄花:菊花。 ④鸦:鸦髻,古代妇女髮髻的一种。

## 减字木兰花

送人南浦[1]，日日客亭风又雨。相见如何，梅子枝头春已多。　　真成别去，酒病明朝知几许。淋损宫袍，都是人人醉后娇。

**[注释]**

①南浦：泛指南边近水地。"子交手兮东行，送美人兮南浦。"见《楚辞·九歌·河伯》。

## 减字木兰花

屈亭湘浦[1]，怨尽朝云还暮雨。知是谁何，赋得清愁尔许多。　　爱来慵去，此意平生成浪许。著尽茸袍[2]，想像江梅雪后娇。

**[注释]**

①屈亭：为纪念屈原而设，在汨罗。　②茸袍：丝绒棉袍。

## 减字木兰花

乱云萦浦，做雪不成还是雨。知我为何，一笑仍添一恨多。　　不须归去，琥珀杯深能几许。草色如袍，记取从今舞处娇。

## 鹊桥仙

来时夹道，红罗步障，已换青丝翠羽。春愁元自逐春来，却不肯、随春归去。　　千觞美酒，十分幽事，归到只愁风雨。凭谁传语牡丹花,为做取、东君些主。

[集评]

陈鹄曰:“余谓后辈作词,无非前人已道底句,特善能转换尔。……辛幼安词‘是他春带愁来,春归何处,却不解带将愁去。’人皆以为佳,不知赵德庄《鹊桥仙》词云:‘春愁元自逐春来,却不肯、随春归去。’盖德庄又本李汉老杨花词‘蓦地便和春带将归去’。”(《耆旧续闻》卷二)

## 鹊桥仙

正月二十三日秀野堂作

江梅仙去,蜡梅蜂化①,只有缃梅呈秀。不知春在阿谁边,试与问、青青杨柳。　　小园幽事,中都风味②。鬥草分香依旧③。东风莫谩送扁舟,为管取、轻寒罗袖。

[注释]

①蜂化:指腊梅花色如蜂腊。　②中都:此指汴京。　③鬥草:“五月五日,四民并踏百草,又有鬥百草之戏。”见南朝梁宗懔《荆楚岁时记》。　分香:指男女欢爱。晋贾充之女曾将御赐西域奇香偷赠韩寿。见《晋书·贾充传》。

## 鹊桥仙

送路勉道赴长乐①

留花翠幕,添香红袖,常恨情长春浅。南风吹酒玉虹翻,便忍听、离弦声断。　　乘鸾宝扇②,凌波微步③,好在清池凉馆。直饶书与荔枝来,问纤手、谁传冰碗。

[注释]

①路勉道:未详。　长乐:在福建福州。　②乘鸾:指扇上图像。“纨

扇如圆月，出自机中素。画作秦王女，乘鸾向烟雾。”见南朝梁江淹《拟班婕妤诗》。 ③凌波微步：“体迅飞凫，飘忽若神。凌波微步，罗袜生尘。”见三国魏曹植《洛神赋》。

## 鹊桥仙

二色莲[①]

藕花亭上，无尘无暑，滟滟一池秋韵。绿罗宝盖碧琼竿，翠浪里，亭亭月影， 一家姊妹，两般梳洗，浓淡施朱傅粉。夜深风露逼人怀，问谁在、牙床酒醒。

[注释]

①二色莲：一花二色，为世所重之异卉。

## 菩萨蛮

同饮晁伯如家，席上和韩无咎韵[①]

雪中梅艳风前竹，诗缘渐与情缘熟。醉眼眩成花，恼人生脸霞。 巫云将楚雨[②]，只恐翩然去。我有合欢杯，为君聊挽回。

[注释]

①晁伯如：侯寘之舅。 韩无咎韵：指韩元吉《菩萨蛮·春归》词。元吉，字无咎。 ②巫云将楚雨：“昔者先王尝游高唐，怠而昼寝，梦见一妇人，曰：‘妾巫山之女也，为高唐之客，闻君游高唐，愿荐枕席。’王因幸之。去而辞曰：‘妾在巫山之阳，高丘之阻，旦为朝云，暮为行雨。’”见战国楚宋玉《高唐赋序》。

## 菩萨蛮

雨声不断垂檐竹[1],清歌唤起清眠熟。洞户有馀花,同倾细细霞。　　酒行如过雨,雨尽风吹去。吹去复盈杯,一春能几回。

[注释]

①垂檐竹:形容檐溜如银竹下注。

## 菩萨蛮

绣罗裙上双鸳带,年年长系春心在。梅子别时青,如今浑已成。　　美人书幅幅,中有连环玉。不是只催归,要情无断时。

## 菩萨蛮

倚阑闲撚生绡扇,新凉庭户微风转。疏雨断檐声,淡云开晚晴。　　蔗浆寒浸齿,枕簟清如水。相忆不胜愁,月来帘上钩。

## 菩萨蛮

集　句[1]

青春背我堂堂去,桃花乱落如红雨。是妾断肠时,芳心空自持。　　相思君助取,脉脉如牛女。天远暮江迟,今宵归不归。

[注释]

①集句:集前人诗词成句以为词。如"青春"句为陆游诗,"桃花"句为李贺诗等。

## 蝶恋花

赠别赵邦才席上作①

堂外溪桥杨柳畔。满树东风,更著流莺唤。时节清明寒暖半,秦筝欲妒歌珠贯。　　一寸离肠无可断。旧管新收②,尽记双帷卷。赖得今年春较晚,送人犹有馀红乱。

[注释]

①赵邦才:未详。　②"旧管新收"二句:玩味文义,似旧姬而外,又纳新宠。卷帷,则以观美人也。

## 蝶恋花

雪里珠衣寒未动。雪后清寒,惊损幽帷梦。风撼海牛帘幕重①,画檐冰箸如流汞②。　　一穗香云佳客共。溜溜金槽③,政尔新词送。酒戏诗阄忘百中④,烛间有个人非众。

[注释]

①海牛帘幕:以海牛皮制的帐幕。海牛,生活在海中的哺乳动物,形状略像鲸。　②冰筋:冰柱。　③金槽:琵琶一类乐器上架弦的格子。　④酒戏诗阄:以占阄为戏的饮酒赋诗活动。

## 琴调相思引

临别徐干席上作

拂拂轻阴雨麹尘[①],小庭深幕堕娇云。好花无几,犹是洛阳春[②]。　燕语似知怀旧主,水生只解送行人。可堪诗墨,和泪渍罗巾。

[注释]

①麹尘:此指淡黄色杨柳。“水边杨柳麹尘丝。”见唐杨巨源《折杨柳》诗。　②洛阳春:疑指牡丹。

## 琴调相思引

曾蹑姑苏城上台[①],好山知有好人来。几回徙倚,月里暮云开。　闲倚和风千步柳,倦临残雪一枝梅。暖香高烛,翻动道人灰[②]。

[注释]

①姑苏城上台:即姑苏台,又称胥台,在江苏吴县西南姑苏山上。相传为吴王阖闾或夫差所建。　②灰:烛灰。“冷灰残烛动离情”,见唐李商隐《寄酬韩冬郎兼呈畏之员外》诗。此指别情依黯。

## 杏花天

风韶雨润催花候[①]。叹春恨、年年常有。桃蹊杏陌相期久,一为东君试手[②]。　匆匆去,那人信否。襟泪渍,粉香依旧。单衣煮酒重来后,好与看承人瘦。

［注释］

①风韶雨润：美好而滋润的风雨。　花候：犹花期、花信。　②东君：春神。

## 杏花天

当时众里闻新曲。拚一醉、移舟换烛。清波快送仙帆幅，十里披烟泛玉。　　谁知度、春寒夜独。常记恨、花阑漏促。西风渡口莲堪束，一枕新凉会足。

## 浣溪沙

题　扇

冰练新裁月见羞，墨花飞作淡云浮。宜歌宜笑不妨秋。　　约腕半笼衫草碧[①]，洗妆初失黛蛾愁。嫩凉轻暑奈风流。

［注释］

①约腕：系在手腕上。　衫草碧：草绿色短衫。

## 浣溪沙

过雨园林绿渐浓，晚霞明处暮云重。小桥东畔再相逢。　　睡起未添双鬓绿，汗融微退小妆红。几多心事不言中。

## 浣溪沙

菊已开时梅未通，似寒如暖意融融。情亲语妙一杯中。　　歌舞欲来须更理，林泉有乐政须同。好诗多味酒无功。

## 浣溪沙

为五叔寿,三月二十六日

渺渺东风泛酒船,月华为地玉为川[①]。春于红药更留连。　　云路功名方步步[②],草庐松竹自年年。他时人说二疏贤[③]。

[注释]

①玉:唐氏按,一本作“土”。　②云路:青云路。喻高官显爵。③二疏:汉宣帝时,疏广和疏受在官场得意,受宠时告老还乡,时人称为“贤者二大夫”。见《汉书·疏广传》。此处借指五叔和自己。

## 浣溪沙

花下凭肩月下迎,避人私语脸霞生。画堂红烛意盈盈。　　病酒一春愁与睡,倚阑终日雨还晴。强移心绪作清明。

## 浣溪沙

辛卯会黄运属席上作[①]

人意歌声欲度春,春容温暖胜于人。劝君一醉酒如渑[②]。　　梅子枝头应有恨,柳花风底不堪颦。盖公堂下净无尘[③]。

[注释]

①辛卯:宋孝宗乾道七年(1171)。　黄运:未详。　②渑(shéng):“有酒如渑,有肉如陵。”见《左传·昭公十二年》。渑水,古水名,源出今山

东淄博东北，西北流至博兴东南入时水。 ③盖公堂：未详。盖公为汉初胶西人，善治黄老言，主张治道贵清静而民自定。见《史记·曹相国世家》。

## 虞美人

九月饮乘风亭故基

烟空磴尽长松语，佳处遗基古。道人乘月又乘风。未用秋衣沉水、换薰笼[①]。 两峰千涧依稀是，想像诗翁醉。莫惊青蕊后时开，笑倒江南陶令、未归来[②]。

[注释]

①沉水：沉水香，即沉香。 ②江南陶令：指陶渊明。

## 虞美人

凌虚风马来无迹，水净山光出。松间孤鹤睡残更。唤起缑箫飞去、与云平[①]。 新亭聊共丰年悦，一醉中秋月。江山拟作画图临。乐府翻成终胜、写无声。

[注释]

①缑箫飞去："王子乔，周灵王太子晋也，好吹笙作凤鸣。游伊洛间，道士浮丘公接上嵩高山。三十馀年后来于山上，告桓良曰：'告我家，七月七日待我缑氏山头。"果乘白鹤驻山巅，望之不可到，举手谢时人而去。"见《后汉书·王乔传》李贤注引刘向《列仙传》。

## 虞美人

罢官嘉禾，张忠甫、曾彦思置酒舟中作[①]

兰畦梅径香云绕，长恨相从少。相从虽少却情亲。不道相从频后、是行人。 行人未去犹清瘦，想见相分后。书来梅子定尝新。记取江东日暮、雨还云[②]。

（以上《介庵赵宝文雅词》卷二）

[注释]

①嘉禾：旧时嘉兴府的别称，在今浙江嘉兴。　张忠甫：张淳，永嘉人，为乾淳间大儒。　曾彦思：曾伋，绍兴末知袁州。　②江东日暮："渭北春天树，江东日暮云。"见唐杜甫《春日忆李白》。

## 南乡子

同韩子东饮汪德召新楼[①]

风露晚珊珊，洛下湘中接佩环[②]。急把一杯相劳苦，云端。只恐冰肌亦自寒[③]。　　二客共阑干，潋潋鲸波吸未干[④]。待得月华移十丈，乘欢。更上层楼极处看。

[注释]

①韩子东、汪德召：未详。　②洛下湘中：以洛神湘灵喻歌伎。　③冰肌亦自寒："冰肌玉骨，自清凉无汗。"见宋苏轼《洞仙歌》。　④鲸波吸未干："饮如长鲸吸百川。"见唐杜甫《饮中八仙歌》。

## 南乡子

浓绿暗芳州，春事都随芍药休。风雨只贪梅子熟，飕飕。却送行人一夜秋。　　新月幸如钩[①]，三五还催玉鉴浮[②]。一段离愁溪样远，悠悠。只是溪流浅似愁。

[注释]

①"新月"句："无言独上西楼，月如钩。"见南唐李煜《乌夜啼》词。　②三五：农历十五日。　玉鉴：玉镜，圆月。

## 南乡子

集 句

窗户映朝光，花气浑如百和香。即遣花飞深造次，茫茫。曲渚飘成锦一张。　　相忆莫相忘。并蒂芙蓉本自双。草色连云人去住，堪伤。海上尖峰似剑铓。

## 画堂春

饮赵渊卿容光堂①

倡条繁蒂绿层层②，解衫扶醉同登。暝云无树亦崚嶒③，红袖深凭。　　病思去春饶睡，醉魂因酒思冰。夜凉星斗挂修甍④，歌尽香凝。

[注释]

①赵渊卿：未详。　②倡条繁蒂：柔美的枝叶，繁多的花苞。　③崚嶒：突兀貌。　④修甍（méng）：高大的屋脊。

## 画堂春

满城风雨近重阳①，夹衫清润生香。好辞赓尽楚天长，唤得花黄。　　客胜不知门陋，酒新如趁春狂。故人相见等相忘，一语千觞。

[注释]

①“满城”句：黄州潘大临《寄谢无逸书》曰，“秋来景物，件件是佳句，恨为俗气所蔽翳。昨日清卧，闻搅林风雨声，遂起题壁曰：满城风雨近重阳。忽催税人至，遂败意。只此一句奉寄。”见宋惠洪《冷斋夜话》卷四。

## 滴滴金

送路彦捷赴仪真[1]

澄溪瞑度轻澌白[2]。对平湖、澹烟隔。我与征鸿共行人，更张灯留客。　东园半是馀花迹。料仙帆、到时发。若倚江楼望清淮[3]，为殷勤乡国。

[注释]

①仪真：在江苏中部偏西、长江北岸。今作仪征。　②澌：解冻时流动的水。　③清淮：淮河，源出河南桐柏山，东经安徽江苏入洪泽湖，时为金、宋两国界河。

## 青玉案

赠勉道琵琶人

当年万里龙沙路[1]。载多少、离愁去。冷压层帘云不度。芙蓉双带，垂阳娇髻，弦索初调处。　花凝玉立东风暮，曾记江边丽人句[2]。异县相逢能几许。多情谁料，琵琶洲畔[3]，同醉清明雨。

[注释]

①龙沙路：指边陲。“坦步葱雪（按葱岭雪山），咫尺龙沙。”见《后汉书·班超传》。　②“丽人”句：指唐杜甫《丽人行》。　③琵琶洲：在江西馀干县南。

## 沙塞子

春水绿波南浦[1]。渐理棹、行人欲去。黯消魂、柳上轻烟，花梢微雨。　长亭放盏无计住。但芳草、迷人去路。忍回头、断云残日，长安何处[2]。

[注释]

①南浦:泛指送别之地。“送君南浦,伤如之何?”见南朝梁江淹《别赋》。　②长安:此处指代宋故都汴京。

## 临江仙

和洪景卢送行韵[1]

忆著旧山归去乐，松筠岁晚参天。老来慵似柳三眠[2]。从教官府冷，甘作地行仙[3]。　青琐紫微追昨梦[4]，扁舟已具犹怜。有情如酒月如川。为君忘饮病，更拟索茶煎。

[注释]

①洪景卢:洪迈,字景卢,鄱阳人。赠光禄大夫,谥文敏。其送行之《临江仙》今不存。　②柳三眠:指柽柳(即人柳或三眠柳)以柔弱枝条在风中时起时伏。　③地行仙:见《楞严经》卷八。喻隐逸闲适的人。　④青琐紫微:宋代中书省代称。青琐为门上刻连环文,涂以青色。

## 临江仙

席上次元明韵[1]

潦水似讥酒浅，秋云如妒蟾明[2]。幽人闻雁若闻莺。更长端有意，菊晚近无情。　诗学笑中偷换，烛花醉里频倾。罗衣迥立可怜生。五湖虽好在[3]，客意欲登瀛[4]。

[注释]

①元明:未详。　②蟾:指代月。　③五湖:今太湖流域一带。“夜至

五湖,范蠡辞于王曰:‘君王勉之,臣不复入越国矣。’……遂乘轻舟以浮于五湖,莫知其所终极。”见《国语·越语下》。 ④登瀛:唐武德四年,李世民于宫城作文学馆,“预入馆者,时所倾慕,谓之‘登瀛洲’。“见《旧唐书·褚亮传》。

## 鹧鸪天

白鹭亭作

天外秋云四散飞,波间风艇一时归。他年淮水东边月,犹为登临替落晖。 夸客胜,数星稀。晚寒拂拂动秋衣。酒行不尽清光意,输与渔舟睡钓矶。

## 鹧鸪天

送王漕侍郎奏事①

渺渺东风拂画船,不堪临雨落花前。清歌只拟留春住,好语频闻有诏传。 秦望月②,镜湖天③。养成英气自当年。两山总是经行处④,献纳雍容定几篇⑤。

[注释]

①王侍郎:未详。 ②秦望:秦望山,在浙江绍兴南三十里,因秦始皇南巡时登此山遥望东海而得名。 ③镜湖:在浙江绍兴境内,东汉永和五年(140)会稽太守马臻主持下修建,周围三百十里。 ④两山:杭州灵隐山南北二峰,号两峰插云,西湖十景之一。 ⑤献纳:向皇上建言以供采纳,指题中“奏事”而言。

## 鹧鸪天

为韩漕无咎寿[①]

忆醉君家倚翠屏，年年相喜鬓毛青。谁知缓步从天下，犹许清弹此地听。　挥羽扇[②]，写鹅经[③]。使星何似老人星[④]。几时一试薰风手[⑤]，今日桐阴又满庭[⑥]。

[注释]

①韩无咎：韩元吉之字，时为江东转运判官。　②挥羽扇：诸葛亮曾轻摇羽扇，指挥三军。此处喻儒将风度。　③写鹅经：晋王羲之曾写《道德经》（一说《黄庭经》）换取白鹅。此处喻文士雅趣。　④使星：古以天节八星主使臣使节，宣威四方，旧称朝廷派出的使者为使星。　老人星：即南极星，见则治平，主寿昌。见《后汉书·礼仪志》。　⑤薰风手：唐文宗夏日与诸学士联句，独赏柳公权“薰风自南来，殿阁生微风”两句，并令题壁上。见宋阮阅《诗话总龟·知遇门》引《广卓异记》。　⑥桐阴：韩元吉系出颍川，颍川韩氏京师第门前多植桐木，世称“桐木韩家”。

## 鹧鸪天

上元孙长文郎中坐上次仲益尚书赠玉奴韵[①]

拂拂深帏起暗尘，清歌缓响自回春。月知灯市云间堕，人对梅花雪后新。　杯掌露，舞衣云。酒慵微觉翠鬟倾。洞房不压阳台雨[②]，乞与游人弄晚晴。

[注释]

①孙长父：未详。　仲益：未详。　②阳台雨：巫山云雨。典出宋玉《高唐赋序》。

## 清平乐

建安泛舟作[①]

新寒一段，变尽人间暖，说与群花花不管，只有江梅情乱。　江梅也似山人，山人到老梅亲。斗薮衣冠气象[②]，百般归去精神。

[注释]

①建安：县名，治所在今福建建瓯。　②斗薮：振作。

## 清平乐

席上赠人

桃根桃叶[①]，一树芳相接。春到江南三二月，迷损东家蝴蝶。　殷勤踏取青阳[②]，风前花正低昂。与我同心栀子[③]，报君百结丁香[④]。

[注释]

①桃根桃叶：姊妹二人均为晋王献之之妾。此处指代丽人。　②青阳："春为青阳。"见《尔雅·释天》。　③栀子：常绿灌木，仲春开白花，甚香。　④丁香：木犀科灌木丁香的花蕾。

[集评]

杨慎云："赵德庄，名彦端，有《介庵词》一卷。《清平乐》一首云（略），为集中之冠。"（《词品》卷四）

李调元云："介庵赵彦端《清平乐》词云（略）。此词清丽，为集中之冠。题原本作席上赠人，花庵改作闺思，非。"（《雨村词话》卷三）

## 眼儿媚

建安作

侬家风物似山家,梅老鬓丝华。几回记得,攀翻琪树[①],醉帽攲斜[②]。 冷香不断春千里,归路本非赊。有人却道,使君犹健,看遍馀花。

[注释]

①琪树:传说中的玉树。"琪树垂条,结子如碧珠,三年子可一熟,每岁生者相续,一年绿,二年碧,三年者红。"见唐李绅《琪树序》。 ②醉帽攲斜:"信在秦州,尝因猎日暮驰入城,其帽微侧。诘旦而吏民有戴帽者,咸慕信而侧帽焉。"见《周书·独孤信传》。

## 永遇乐

陪程金溪跃马用其韵[①]

杜曲桑麻[②],灞桥风雪[③],归梦无路。马健凌秋,人间玩日,聊用宽迟暮。摇摇羽扇[④],翩翩凫舄[⑤],胜处恍疑仙去。笑相看,风林露草,古来有谁知趣。 黄公垆下[⑥],山阴亭畔[⑦],岁月著鞭如骛。出塞功名[⑧],入关游说[⑨],纸上俱难据。论诗说剑。尊前风味,天巧却容人觑。问少陵,酣歌拓戟,为谁献赋[⑩]。

[注释]

①程金溪:程姓,任金溪令,馀不详。 ②杜曲:在今陕西西安东少陵原东南。唐时为杜氏聚居之处。 ③灞桥:本作霸桥,在长安东。"诗思在灞桥风雪中驴子上。"见宋孙光宪《北梦琐言》七。 ④摇摇羽扇:"庾公权重,足倾王公。庾在石头,王在冶城坐,大风扬尘,王以扇拂尘曰:'元规尘污人'。"见《世说新语·轻诋》。 ⑤翩翩凫舄(fú xì):"王乔者,河

东人也,显宗世为叶令。乔有神术,每月朔望,常自县诣台朝。帝怪其来数,而不见车骑,密令太史伺望之。言其临至,辄有双凫从东南飞来。于是候凫至,举罗张之,但得一只舄焉。"见《后汉书·方术传·王乔》。 ⑥黄公垆:黄公酒垆,嵇康、阮籍等竹林七贤尝于此酣饮。 ⑦山阴亭:兰亭。"永和九年,岁在癸丑,暮春之初,会于会稽山阴之兰亭。"见晋王羲之《兰亭集序》。 ⑧出塞功名:"臣不敢望到酒泉郡,但愿生入玉关门。"见《后汉书·班超传》。 ⑨入关游说:"(苏秦)说秦王书十上,而说不纳。"见《战国策·秦策一》。 ⑩"问少陵"三句:杜甫困居长安,曾向权要献三大礼赋。

## 诉衷情

雨中会饮赏梅,烧烛花杪

洗妆僛舞傍清尊[①],霏雨澹黄昏。殷勤与花为地,烧烛助微温。 松半岭,竹当门。意如村。明朝酒醒,桃李漫山,心事谁论。

[注释]

①僛(qī)舞:"乱戏笾豆,屡舞僛。"见《诗经·小雅·宾之初筵》。僛,摇摆状。

## 诉哀情

江梅初试两三花,人意竞年花。春工未敢轻放[①],深院拥吴娃[②]。 翻酒戏,醉人家。旧生涯。而今且趁,便面斜阳[③],莫照红纱。

[注释]

①春工:以春天拟人。 ②吴娃:吴地美女。 ③便面:扇的一种。"(张)敞无威仪,时罢朝会,过走马章台街,使御吏驱,自以便面拊马。"见

《汉书·张敞传》。

## 千秋岁

杏花风下，独立春寒夜。微雨度，疏星挂。晖晖浓艳出，袅袅繁枝亚。朱槛倚，轻罗醉里添还卸。　寂寞情犹乍，怅望骖鸾驾[①]。衣褪玉，香欺麝。一花拚一醉，杯重凭谁把。春去也，重帘翠幕人如画。

[注释]

①骖鸾：跨鸾。“驾鹤上汉，骖鸾腾天。暂游万里，少别千年。”见南朝梁江淹《别赋》。

## 风入松

杏　花

传闻天上有星榆，历历谁居[①]。淡烟暮拥红云暖，春寒乍有还无。作态似深又浅，多情要密还疏。　移尊环坐足相娱，醉影凭扶。江南归到虽怜晚，犹胜不见踟蹰[②]。尽拚绿阴青子，凭肩携手如初。

[注释]

①“传闻”二句：“天上何所有，历历种白榆。”见古乐府《陇西行》。星榆：群星罗列。　②踟蹰：来回走动。

## 茶瓶儿

上　元

澹月华灯春夜。送东风、柳烟梅麝。宝钗宫髻连娇马。似记得、帝乡游冶[①]。　悦亲戚之情话。况溪山、坐中如画。凌波微步人归也[②]。看酒醒、凤鸾谁跨[③]。

[注释]

①帝乡:京都。　游冶:出游寻乐。　②凌波微步:"凌波微步,罗袜生尘。"见三国魏曹植《洛神赋》。　③凤鸾谁跨:"萧史者,秦穆公时人也。善吹箫,能致孔雀白鹤于庭。穆公有女字弄玉,好之,公遂以女妻焉。……一旦皆随凤凰飞去。"见汉刘向《列仙传》。

## 祝英台

兽金寒[①],帘玉润[②],梅雪印苔絮。春意如人,易散苦难聚。几多丝竹深情,池塘幽梦[③],犹倚赖、与君同住。　旧游处。谁唤别浦仙帆,风前问征路。烟雨连江[④],吹恨正无数。莫教紫燕归来,红云开后,空怅望、主人轻去。

[注释]

①兽金:兽形铜香炉。　②帘玉:珠玑编成的帘幔。　③池塘幽梦:谢灵运因梦见谢惠连而写出《登池上楼》名篇中"池塘生春草,园柳变鸣禽"佳句。见南朝梁钟嵘《诗品》引《谢氏家录》。　④烟雨连江:"寒雨连江夜入吴。"见唐王昌龄《芙蓉楼送辛渐》诗。

## 五彩结同心

为渊卿寿

人间尘断,雨外风回,凉波自泛仙槎[①]。非郭还非埜[②],闲莺燕、时傍笑语清佳。铜壶花漏长如线,金铺碎、香暖檐牙。谁知道、东园五亩,种成国艳天葩[③]。　主人汉家龙种[④],正翩翩迥立,雪纻乌纱。歌舞承平旧,围红袖、诗兴自写春华。未知三斗朝天去[5]，定何似、鸿宝丹砂[6]。且一醉、朱颜相庆，共看玉井浮花[7]。

［注释］

①仙槎：木筏。神话中天河与海相通，有人乘浮槎来去。见晋张华《博物志》。 ②堃：原作"壄"，唐氏按，"壄"疑"堃"。 ③国艳天葩：指牡丹。 ④汉家龙种：汉家皇帝刘氏后代。 ⑤三斗："（权怀恩）擢万年令。赏罚明，见恶辄取。时语曰：'宁饮三斗尘，无逢权怀恩。'"见《新唐书·权怀恩传》。 ⑥鸿宝：至宝。淮南王刘安崇尚神仙方术，著有《枕中鸿宝》。 ⑦玉井：井的美称。

## 瑞鹧鸪

为婶寿

芙蓉池馆一重重，留得黄花寿斝中[1]。春到小春如有信[2]，月临良月正相同[3]。　芝兰美应瑶阶瑞[4]，蘋藻香吹翠沼风。此夜隔墙闻凤管，人间元自胜蟾宫[5]。

［注释］

①斝（jiǎ）：古代铜制酒器。 ②小春：小阳春，在农历十月。 ③良月：指农历十月。 ④瑶阶：神话中神仙居处。 ⑤蟾宫：月宫。

## 月中桂

送杜仲微赴阙[1]

露醑无情[2]，送长歌未终，已醉离别。何如暮雨，酿一襟凉润，来留佳客。好山侵座碧。胜昨夜、疏星淡月。君欲翩然去，人间底许，员峤问帆席[3]。　诗情酒病非畴昔。赖亲朋对影，且慰良夕。风流雨散，定几回肠断，能禁头白。为君烦素手,荐碧藕、轻丝细雪。去去江南路,犹应水云秋共色。

[注释]

①杜仲微:未详。 ②露醑:美酒。 ③员峤:神话中仙山。见《列子·汤问》。

## 满庭芳

道中忆钱塘旧游[①]

云暖萍漪,雨香兰径,西湖二月初时[②]。两山十里[③],锦绣照金羁。柳外阑干相望,弄东风、倚遍斜晖。朋游好,乱红堆里,一饮百篇诗[④]。 三年,江上梦,青衫风日,白纻尘泥。听几声黄鸟,粤树闽溪[⑤]。长是春朝多病,今年更,添得相思。须归去,倦游滋味,犹有个人知[⑥]。

[注释]

①钱塘:钱塘县,今属杭州市。 ②西湖:在今杭州市,为浙东名胜。 ③两山:谓南高峰和北高峰。 ④一饮百篇诗:“李白斗酒诗百篇。”见唐杜甫《饮中八仙歌》。 ⑤粤树闽溪:广东福建一带风景。 ⑥个人:那人。

## 水龙吟

春溪漠漠如空[①],望中只与新愁去。何知尚有,烟间馀怨,洛津闲赋[②],已瘦难丰。久离重见,好春如许。念海棠未老,荼蘼欲吐。且莫恨、风兼雨。 休问无情水驿,载幽怀、小桡轻橹。君看睡起,平阶柳絮,入门花雾。才尽无奇,客残如扫,一尊谁举。怅行云断后,只应梦里、有澄江句[3]。

[注释]

①漠漠：迷濛貌。　②洛津闲赋：黄初三年，曹植朝京师，还济洛川，作《洛神赋》。见其《洛神赋序》。　③“澄江”句：“馀霞散成绮，澄江静如练。”见南朝齐谢朓《晚登三山还望京邑》诗。

## 如梦令

### 酥　花

鸳瓦初凝霜粟，冰笋旋裁春玉。巧思化东风，唤省蕊红枝绿。清淑，清淑。会有蜂栖蝶宿。

## 如梦令

嫩柳眉梢轻蹙[1]，细草烟凝堪掬。争似小桃秾，酒入香肌红玉。清馥，清馥。不觉花阑漏促。

[注释]

①轻蹙：轻轻地皱起（柳眉）。

## 蕊珠闲

浦云融，梅风断，碧水无情轻度。有娇黄上林梢[1]，向春欲舞。绿烟迷昼，浅寒欺暮。不胜小楼凝伫。　倦游处，故人相见易阻。花事从今堪数。片帆无恙，好在一篙新雨。醉袍宫锦，画罗金缕。莫教恨传幽句。

[注释]

①娇黄:黄色娇花。

## 念奴娇

雨斜风横,正诗人闲倦,淮山清绝。弹压秋光江万顷[①],只欠凌波罗袜。好事幽人,怜予止酒,著意温琼雪。翠帷低卷,怪来飞堕初月。　　凉夜华宇无尘,舞裙香渐暖,锦茵声阕。不分金莲随步步[②],谁遣芙蓉争发。赖得高情,湘歌洛赋[③],称作西风客[④]。为君留住,不然飘去云阙。

[注释]

①弹压:占断,独占。　②金莲随步步:东昏侯凿金为莲花以贴地,令潘妃行其上,曰:"步步生莲花也。"见《南史·齐纪·东昏侯》。　③湘歌洛赋:歌屈原《湘君》、《湘夫人》,赋曹植《洛神赋》。　④西风客:"(张)翰因见秋风起,乃思吴中菰菜、莼羹、鲈鱼脍,曰:'人生贵得适志,何能羁宦数千里以要名爵乎!'遂命驾而归。"见《晋书·张翰传》。

## 忆少年

逢春如酒,逢花如露,逢人如玉。东风送寒去,蔚温温香縠[①]。　　海上三山元似粟[②]。试招来、共藏金屋[③]。与君醉千岁,看人间新绿。

[注释]

①縠(hù):绉纱。　②海上三山:指神话中蓬莱、瀛洲、方丈三座神山。　③金屋:汉武帝年小时,长公主指其女阿娇,问好不?武帝曰:"若得阿娇作妇,当作金屋贮之也。"见《汉武故事》。此处谓精美屋宇。

## 思佳客令

天似水，秋到芙蓉如乱绮。芙蓉意与黄花倚。历历黄花矜酒美。清露委[①]，山间有个闲人喜。

[注释]

①委：堆积。

## 惜分飞

送江鸣玉归乌墩[①]

相与十年亲且旧，一笑天涯携手。霜际寒云逗，去年情味君思否。　远水无情冰不就，好在尊前眉岫[②]。肠断东南秀，淡烟疏月梅时候。

[注释]

①江鸣玉：未详。　乌墩：地名。在浙江吴兴东南，后改名乌镇。　②眉岫：犹眉峰，形容女子眉之美好。

## 绛都春

别张子仪[①]

平生相遇。算未有、笑语闽山佳处[②]。旧日文章，如今风味浑如许。眼前都是蓬莱路[③]。但莫道、有人曾住。异时天上，种种风流，待君如故。　此自君家旧物，看九万清风[④]，为君掀举。举上青云[⑤]，却忆梅花如旧否。故人衰病今无绪。只种得、梅花盈圃。待君一过山家，共斟露醑。

[注释]

①张子仪:名柳,晋陵人。淳熙十年官大理寺丞。见《吴郡志》卷十一。 ②闽山:福建诸山。 ③蓬莱路:仙境般道路。 ④九万清风:“鹏之徙于南冥也,水击三千里,抟扶摇而上者九万里。”见《庄子·逍遥游》。 ⑤青云:“须贾顿首言死罪,曰:‘贾不意君能自致于青云之上。’”见《史记·范雎蔡泽列传》。

## 小重山

春日归来如许长。不知偿此意,几何觞。老人临酒兴犹狂。溪山主,终不道山王[①]。 一雨罢耕桑。平生欢喜处,是吾乡。与君花底共风光。春莫笑,花不似人香。

[注释]

①不道:不提、不说,有鄙薄之意。 山王:晋山涛、王戎合称。二人本竹林七贤中人,后显贵。

## 隔浦莲

西风吹断梦草[①],来度芙蓉老。座上人谁在,晨参疏影相照[②]。幽馆寒意早。帘声小、醉语秋屏晓。 记年少。相携胜处,黄花香满乌帽[③]。如今将见,璧月琼枝空好[④]。准拟新歌待见了。不道,些儿心事还恼。

[注释]

①梦草:“康乐每对惠连,辄得佳语。后在永嘉西堂,思诗竟日不就,寤寐间忽见惠连,即成‘池塘生春草’。故常云:‘此语有神助,非我语也。’”见南朝梁钟嵘《诗品》引《谢氏家录》。 ②参(shēn):星名,二十八宿之一。 ③“黄花”句:旧俗九月九日登高,须满头插菊,以辟不祥。

黄花：菊花。　④璧月琼枝：陈后主引宾客对贵妃等游宴，曾曰："璧月夜夜满，琼树朝朝新。"见《陈书·皇后传》。

## 贺圣朝

一江风月同君住，了不知秋去。赏心亭下[①]，过帆如马，堕枫如雨。　相将莫问，兴亡旧事，举离觞谁诉。垂杨指点，但归来，有温柔佳处。

（以上《介庵赵宝文雅词》卷三）

[注释]

①赏心亭："赏心亭在下水门之城上，下临秦淮，尽观览之胜，丁晋公谓建。"见《景定康熙志》卷二十二。建康，今江苏南京。

## 念奴娇

建安饯交代沈公雅

棠阴绿遍[①]，正金菊芙蓉，争放时节。满路歌谣民五袴[②]，底事逢车催发。结彩成门，攀辕卧辙，何计留连得。故园花柳，尽成憔悴难说。　今夜祖席邮亭[③]，主人来日，已是朝天客[④]。旌旆匆匆从此去，□赏□湖风月。眷恋无因，笑啼不敢，那忍伤轻别。清□难驻，一杯聊送行色。

[注释]

①棠阴："蔽芾甘棠，勿剪勿伐，召伯所茇。"见《诗经·召南·甘棠》。后以棠阴喻为官清正，政绩显著。　②五袴：东汉廉范出守蜀郡，郡民歌曰："廉叔度，来何暮？不禁火，民安作，平生无襦今五袴。"见《后汉书·廉范传》。　③祖席：送别的宴席。　邮亭：驿馆。　④朝天客：谒见皇上之人。

## 点绛唇[①]

途中逢管倅

憔悴天涯[②],故人相遇情如故。别离何遽,忍唱阳关句[③]。 我是行人,更送行人去。愁无据[④]。寒蝉鸣处,回首斜阳暮。

[注释]

①唐氏按:此首别误作吴琚词,见《历代诗馀》卷五。 倅(cuì):州郡副职。 ②憔悴:困苦貌。 ③阳关:《阳关曲》,即唐王维《送元二使安西》诗。 ④无据:无端。

## 转调踏莎行

路宜人生日[①]

宿雨才收,馀寒尚力。牡丹将绽也,近寒食[②]。人间好景,算仙家也惜。因循尽扫断、蓬莱迹[③]。 旧日天涯,如今咫尺。一月五番价[④]、共欢集。些儿寿酒,且莫留半滴,一百二十个、好生日。

[注释]

①唐氏按:《词律》卷八此首误作赵师侠词。 宜人:古时妇人因丈夫或子孙而得的一种封号。始于宋政和年间,五品以上封宜人。 ②寒食:“去冬节一百五日,即有疾风甚雨,谓之寒食。”见南朝梁宗懔《荆楚岁时记》。在农历清明前一日或二日。 ③蓬莱:蓬莱山,神话中海上三座神山之一。 ④价:助词。无义。

## 瑞鹤仙

气佳哉寿域。正晓松呈翠,早梅施白。良辰值良月[①]。看景星朝睹[②]，洗空霜洁。珍图瑞牒。仰天心、钟在俊杰。向人间，化作如膏甘雨，莫放春歇。　堪忆。三吴乐事[③]，画戟凝香，舞衣回雪[④]。风流胜绝。尊中酒，坐中客。问今年何事，骑鲸南去[⑤]，久矣湘枫下叶。早归来，应取千龄，凤池旧列[⑥]。

[注释]

①良月：农历十月。　②景星："天精而见景星。景星者，德星也。其状无常，常出于有道之国。"见《史记·天官书》。　③三吴：指吴郡、吴兴、会稽。　④舞衣回雪："仿佛兮若轻云之蔽月，飘飘兮若流风之回雪。"见三国魏曹植《洛神赋》。　⑤骑鲸："乘巨鳞，骑京鱼。"见汉扬雄《羽猎赋》。此处指隐遁游仙。　⑥凤池：凤凰池，唐以前指中书省，唐以后指宰相之职。

## 看花回

端有恨，留春无计，花飞何速。槛外青青翠竹。镇高节凌云，清阴常足。春寒风袂，带雨穿窗如利镞。催处处、燕巧莺慵，几声钩辀叫云木[①]。　看波面、垂杨蘸绿。最好是、风梳烟沐。阴重熏帘未卷，正泛乳新芽，香飘清馥。新诗惠我，开卷醒然欣再读。叹词章，过人华雨。掷地胜如金玉[②]。

[注释]

①钩辀：鹧鸪鸣声。　②"掷地"句：孙绰作《天台赋》成，以示范荣期，曰："卿试掷地，要作金石声。"见《世说新语·文学》。　唐氏按：结句多一字。

## 好事近

一沮寄江干[①]，十载山青水碧。山水大无馀意，有故情难识。　　故情难识有谁知，衣残更头白。别后是人安稳，只楚吴行客[②]。

[注释]

①沮：低湿之地。　②楚吴：长江下流一带。

## 贺圣朝

河阳桃李开无数[①]，待成春归去。小园几月忽惊飞，恨主人难驻。　　雏莺乳燕愁悲语，道留君不住。愿君随处作东风，与群花为主。

[注释]

①河阳桃李：晋潘岳为河阳令，遍种桃李，有"河阳一县花"之誉。

## 浣沙溪

张宜兴生日

花县双凫缥缈仙[①]，家庭椿树正苍然[②]。斑衣举酒大人前[③]。　　袅袅凉风供扇枕[④]，悠悠飞露湿丛萱[⑤]。醉扶黄髮弄曾玄[⑥]。

[注释]

①花县：在广州市北流溪河流域。　双凫：用王乔双舄飞凫之典。②椿树：喻长寿。"上古有大椿者，以八千岁为春，八千岁为秋。"见《庄子·逍遥游》。　③斑衣：老莱子"尝着五色斑斓衣，为亲取饮上堂，脚跌，恐伤父母

之心,因僵仆为婴儿啼”。见《太平御览》卷四一三引师觉授《孝子传》。④扇枕:用汉黄香、晋王延孝亲夏扇枕、冬温席的典故。 ⑤丛萱:“焉得萱草,言树之背。”见《诗经·卫风·伯兮》。背,北堂。北堂为母亲所居,因以萱代母亲。 ⑥曾玄:曾孙,玄孙。

## 浣沙溪

水到桐江镜样清①,有人还似水清明②。尊前无语更盈盈。　　翠袖舞衫何日了,白头归去几时成。老来犹有惜花情。

［注释］

①桐江:在浙江,为钱塘江中游自严州至桐庐的一段。 ②有人:指隐居于桐江(其中一段称富春江)的严子陵。

## 菩萨蛮

佩环解处妆初了,翠娥玉面金钿小①。萼绿本仙家②,天香谁似他③。　　芳心真耐久,度月长相守。岁晚未能忘,相期云水乡。

［注释］

①金细:金花钗饰。 ②萼绿:萼绿华,神话中仙女。见南朝梁陶弘景《真诰·运象篇·萼绿华传》。 ③天香:国色。

## 眼儿媚

王漕赴介庵赏梅①

黄昏小宴史君家,梅粉试春华。暗香素蕊,横枝疏影②,月淡风斜。　　更饶红烛枝头挂,粉蜡鬥香奢。元宵近也，小园先试，火树银花[③]。

[注释]

①介庵：赵彦端所住院落。 ②“暗香”二句：“疏影横斜水清浅，暗香浮动月黄昏。”见宋林逋《山园小梅》。 ③火树银花：“火树银花合，星桥铁锁开。”见唐苏味道《正月十五夜》。

[集评]

冯金伯云：“杨升庵少与恒、忱二弟赏梅世耕堂，悬挂灯于梅枝上，赋诗云：‘疏梅悬高灯，照此花下酌。只疑梅枝然，不觉灯火落。’王浚川延相见而赏之曰：‘此奇事奇句，古今未有也。’后阅赵德庄《眼儿媚》词云（略）。则昔人已有此事矣。”（《词苑萃编》卷二十一引《宜斋野乘》）

## 江城子

上张帅[①]

春风旗鼓石头城[②]。急麾兵，斩长鲸[③]。缓带轻裘，乘胜讨蛮荆。蚁聚蜂屯三十万，争面缚[④]，向行营。 舳舻千里大江横[⑤]。凯歌声，犬羊惊。尊俎风流[⑥]，谈笑酒徐倾。北望旄头今已灭[⑦]，河汉淡[⑧]，两台星[⑨]。

[注释]

①张帅：指张浚。宋孝宗隆兴元年（1163），张浚为枢密使，都督江淮军马，命李显忠、邵宏渊分道伐金。 ②石头城：简称石城，又名石首城，故址在今南京清凉山。时张浚建幕府于此。 ③长鲸：喻敌人。 ④面缚：双手反绑在背后，以示投降。 ⑤舳舻千里：船舵曰舳，船头曰舻。“舳舻千里，薄枞阳而出。”见《汉书·武帝纪》。 ⑥尊俎：“千丈之城，拔之尊俎之间；百尺之冲，折之衽席之上。”见《战国策·齐策》。 ⑦旄头：同“髦头”，即昴宿，预兆战争。“旄头少光芒，争战如蜂攒。”见唐李白《幽州胡马客歌》。 ⑧河汉：银河。 ⑨台星：象征三公。“三台六星，两两

而居。”见《晋书·天文志上》。

## 西江月

为 寿

捣玉扬珠万户[①]，朊眉高髻千峰。佳辰请寿黑头公[②]，老稚扶携欢动。　借问优游黄绮[③]，何如强健夔龙[④]。觥船一棹百分空[⑤]，浇泼胸中云梦[⑥]。

［注释］

①捣玉扬珠：多珠玉，极言其富。　万户：万户侯。　②黑头公：指少年高位。“（诸葛）恢弱冠知名……（王）导尝谓曰：‘明府当为黑头公。’”见《晋书·诸葛恢传》。　③黄绮：指汉初四隐士夏黄公、东园公、甪里先生、绮里季。以鬚髮皆白，称为“四皓”。见《史记·留侯世家》。　④夔龙：舜二臣名。见《尚书·舜典》。　⑤觥船：“觥船一棹百分空。”见杜牧《题禅院》。此指用大酒盏（觥船）豪饮。　⑥云梦：云梦泽。大致包括今湖南益阳、湘阴以北，湖北江陵、安陆以南，武汉以西地区。

## 千秋岁

外姑生日[①]

柏舟高蹈[②]，晚岁宜遐福。门户壮，疏汤沐。青袍围白髮，瑞锦缠犀轴。仙桂长，交柯却映蟠桃熟[③]。　缥缈长生曲，入破笙箫逐[④]。香雾薄，菲华屋[⑤]。玉钩凉月挂[⑥]，水麝秋蕖馥[⑦]。千万寿，酒中倒卧南山绿[⑧]。

［注释］

①唐氏按：此首别作陈克词，见《乐府雅词》卷下。　外姑：岳母。　②柏舟高蹈：指夫死不嫁的高尚节操。见《诗经·邶风·柏舟》小序。　③蟠桃：神话中仙桃，三千年一开花，三千年一结果。　④入破：唐宋大曲术语。

此指音乐。 ⑤菲:芳菲,香气。 ⑥玉钩凉月:“无言独上西楼,月如钩。”见南唐李煜《乌夜啼》词。 ⑦水麝:沉水香和麝香。 ⑧南山绿:本《诗经·小雅·天保》“如南山之寿,不骞不崩”。

## 虞美人

断蝉高柳斜阳处,池阁丝丝雨。绿檀珍簟卷猩红。屈曲杏花蝴蝶、小屏风。 春山叠叠秋波慢,收拾残针线。又成娇困依檀郎[①]。无事更抛莲子,打鸳鸯。

[注释]

①檀郎:潘岳小名檀奴,借喻美男子。“谢傅门庭旧末行,今朝歌管属檀郎。”见唐李商隐《王十二兄与畏之员外相访》诗。

## 虞美人

刘帅生日[①]

疏梅淡月年年好,春意今年早。迎长时节近佳辰。看取衮衣黄髮[②]、画麒麟[③]。 酒中倒卧南山绿,起舞人如玉。风流椿树可怜生[④]。长与柳枝桃叶[⑤],共青青[⑥]。

[注释]

①刘帅:谓刘锜,德顺军人,累败金兵,以功进太尉。 ②衮衣:古代上公绘龙的礼服。 ③画麒麟:汉宣帝在麒麟阁绘功臣形貌,以示表彰。见《汉书·苏武传》。 ④椿树:喻长春。“上古有大椿者,以八千岁为春,八千岁为秋。”见《庄子·逍遥游》。 ⑤柳枝桃叶:唐韩愈有二妾,名绛桃、柳枝。见《唐语林·补遗》。此指歌舞侍女。 ⑥青青:双关语,谐音“亲亲”。

## 瑞鹧鸪

榴花五月眼边明，角簟流冰午梦清。江上扁舟停画桨，云间一笑濯尘缨[1]。　主人杯酒留连意，倦客关河去住情[2]。都付驿亭今日水，伴人东去到江城。

［注释］

①濯尘缨："有孺子歌曰：'沧浪之水清兮，可以濯我缨；沧浪之水浊兮，可以濯我足。'孔子曰：'小子听之，清斯濯缨，浊斯濯足矣，自取之也。"见《孟子·离娄上》。　②关河：关塞河防。

## 豆叶黄[1]

粉墙丹柱柳丝中，帘箔轻明花影重。午醉醒来一面风。绿葱葱，几颗樱桃叶底红。

［注释］

①唐氏按：此首别作陈克词，见《乐府雅词》卷下。

## 念奴娇

中　秋

姮娥万古[1]，算清光常共，水清山绿。我欲蓬莱风露顶[2]，眇视寰瀛一粟[3]。携手群仙，广寒游戏[4]，玉砌琉璃屋。归来一笑，葛陂还访骑竹[5]。　此夕纵饮清欢，吸寒辉万丈、快如飞瀑[6]。倾倒银河斟斗杓[7]，莫问人间荣辱。独倚阑干，浩歌长啸[8]，惊堕云飞鹄。乱呼蟾兔，捣霜为驻颜玉[9]。

[注释]

①姮娥:嫦娥。 ②蓬莱:神话中海上三座神山之一。 ③寰瀛:指大海。 ④广寒:广寒宫,神话中月中仙宫。 ⑤"葛陂"句:"长房辞归,翁与一竹杖。曰:'骑此任所之则自至矣。既至,可以杖投葛陂中也。'……长房乘竹须臾来归。自谓去家适经旬日而已十馀年矣,即以杖投陂,顾视则龙也。"见《后汉书·方术传·费长房》。 ⑥"吸寒辉"句:"左相日兴费万钱,饮如长鲸吸百川。"见唐杜甫《饮中八仙歌》。 ⑦斗杓:北斗七星,四星如斗,三星如杓柄。 ⑧长啸:"籍尝于苏门山遇孙登,与商略终古及栖神导气之术,登皆不应,籍长啸而退。至半岭,闻有声若鸾凤之音,响乎岩谷,乃登之啸也。"见《晋书·阮籍传》。 ⑨"乱呼"二句:"月中何有?白兔捣药。"见晋傅玄《拟天问》诗。 蟾兔:蟾蜍与玉兔。

## 水调歌头

山色望中好,□□□□清[①]。连峰叠巘极目,高下与云平。平洞沈沈何处[②],隐映一溪烟树,倒影碧波□。唤起骖鸾客[③],丹灶夜光横[④]。 □霞卷,风露滴,月华明。佳人为我、垂手凄怨理秦筝[⑤]。千载虹桥新路,依约幔亭歌舞,一醉话浮生。但得尊盈酒,莫问世间名。

[注释]

①唐氏按:此处(指第二个空格)汲古阁本《介庵词》作"气"。 ②原注:"玉清洞在溪水中。" ③骖鸾客:指仙人。"驾鹤上汉,骖鸾腾天。暂游万里,少别千年。"见南朝梁江淹《别赋》。 ④丹灶:方士的炼丹炉。 ⑤垂手:舞乐名。

## 清平乐[①]

雪

悠悠漾漾,做尽轻模样。昨夜潇潇窗外响,多在梅梢柳上。　　画楼拂晓帘开，六花一片飞来[2]。却被金炉香雾，腾腾扶上琼钗[3]。

［注释］

①唐氏按：此首别作孙道绚词，见《唐宋诸贤绝妙词选》卷十。别又误作郑文妻词。见《彤管遗编》后集卷十二。　②六花：谓雪片。雪的结晶体为六瓣，又叫六出。　③琼钗：玉制头钗。

## 临江仙

赏芙蓉

十载长安桃李梦[1]，年来镜净尘空。忽传彩笔小笺红。满怀秋思，倾倒为芙蓉。　　莫恨霜浓开较晚，尊前元有春风。酣娇肯为别人容？试携银烛，斜照绿波中。

［注释］

①长安：此处借指行在临安。　桃李梦："夫春树桃李，夏得荫其下，秋得食其实。"见《韩诗外传》。此处喻培植贤士。

## 鹧鸪天

羊城天下最号都会，风轩月馆，艳姬角妓，倍于他所，人以群仙目之，因赋十阕《鹧鸪天》[1]

萧　秀

一□青春正及笄[2]，蕊珠仙子下瑶池[3]。箫吹弄玉登楼月[4]，弦拨昭君未嫁时[5]。　　云体态，柳腰肢。绮罗活计强相随[6]。天教谪入群花苑[7]，占得东风第一枝。

[注释]

①羊城:即五羊城,广州别称。 ②一□:唐氏按,汲古阁本《介庵词》作“有女”。 及笄:十五岁。古代女子十五岁行成年之礼。 ③蕊珠仙子:见《黄庭内景经》。蕊珠,蕊珠宫。 瑶池:古代神话中昆仑山池名,此处泛指仙境。 ④箫吹弄玉:传说秦穆公女弄玉善吹箫。后与萧史乘龙而升天。见《太平广记·神仙传拾遗》。 ⑤昭君未嫁时:“(王)昭君丰容靓饰,光明汉宫,顾景徘徊,竦动左右。”见《后汉书·南匈奴传》。 ⑥绮罗活计:指以出卖色相为生。 ⑦群花苑:即题中所曰“风轩月馆”。

## 鹧鸪天

萧莹

花动仪容玉润颜,温柔袅娜趁清闲。盈盈醉眼横秋水,淡淡蛾眉抹远山[①]。 青雨霁,晓风寒。一枝红杏拆朱阑[②]。天台迥失刘郎路[③],因忆前缘到世间。

[注释]

①“盈盈”二句:“(卓)文君姣好,眉色如望远山。”见《西京杂记》。 ②一枝红杏:“一枝红艳出墙头。”见唐吴融《途中见杏花》诗。 ③“天台”句:“刘晨、阮肇入天台山采药……溪边有二女子,色甚美……刘阮惊,二女遂欣然如旧相识,曰:‘来何晚耶?’因邀还家。”见《太平广记》卷六十一引《神仙记》。此处以仙女作比。

## 鹧鸪天

欧懿

月□金□□□□[①],素娥何事下天衢[②]。翩翩舞袖穿花蝶,宛转歌喉贯索珠。 帘翡翠,枕珊瑚。锦衾冰簟象床铺。春光九十羊城景,百紫千红总不如。

[注释]

①月□:唐氏按,汲古本《介庵词》作"晛"。 金□□□□:唐氏按,以上三空格,《介庵词》作"云□梳"。 ②素娥:月里嫦娥。 天衢:天路。

## 鹧鸪天

桑 雅

云暗青丝玉莹冠,笑生百媚入眉端[①]。春深芍药和烟拆[②],秋晓芙蓉破露看。 星眼俊,月眉弯。舞狂花影上栏干。醉来直驾仙鸾去,不到银河到广寒。

[注释]

①笑生百媚:"回眸一笑百媚生。"见唐白居易《长恨歌》。 ②拆:通"坼"。开裂,开放。

## 鹧鸪天

刘 雅

醉捻花枝舞翠翘,十分春色赋妖娆。千金笑里争檀板[①],一搦纤围间舞腰。 行也媚,坐也娇。乍离银阙下青霄[②]。檀郎若问芳笄记[③],二月和风弄柳条[④]。

[注释]

①千金笑里:"齐讴秦吹卢女弦,千金雇笑买芳年。"见南朝宋鲍照《代白纻曲》。 檀板:檀木拍板。 ②银阙:月宫。 ③檀郎:潘岳小名檀奴,借喻美男子。 ④"二月"句:"碧玉妆成一树高,万条垂下绿丝绦。不知细叶谁裁出,二月春风似剪刀。"见唐贺知章《咏柳》。

## 鹧鸪天

欧　倩

梅粉新妆间玉容,寿阳人在水晶宫[1]。浴残雨洗梨花白[2],舞转风摇菡萏红。　云枕席,月帘栊。金炉香喷凤帏中。凡材纵有凌云格,肯学文君一旦从[3]。

[注释]

①寿阳人:寿阳公主。“宋武帝女寿阳公主,人日卧于含章殿檐下。梅花落公主额上,成五出花,拂之不去。”见《太平御览·时序部》引《杂五行书》。　②雨洗梨花白:“梨花一枝春带雨。”见唐白居易《长恨歌》。　③文君:卓文君,卓王孙女,年轻守寡,司马相如以琴挑之,夜奔相如。见《史记·司马相如列传》。

## 鹧鸪天

文　秀

绰约娇波二八春[1],几时飘谪下红尘。桃源寂寂啼春鸟[2],蓬岛沉沉锁暮云[3]。　丹脸嫩,黛眉新。肯将朱粉污天真。杨妃不似才卿貌[4],也得君王宠爱勤。

[注释]

①绰约娇波:柔美的眼波。　二八:十六岁。　②桃源:桃源洞,在浙江天台,传说刘晨、阮肇于此遇仙。　③蓬岛:蓬莱山,神话中仙境。　④杨妃:杨玉环,唐玄宗时为贵妃。

## 鹧鸪天

王　婉

未有年光好破瓜[①]，绿珠娇小翠鬟丫[②]。清肌莹骨能香玉，艳质英姿解语花[③]。　钗插凤，鬓堆鸦。舞腰春柳受风斜。有时马上人争看，擘破红窗新绛纱。

［注释］

①破瓜：十六岁，称妙龄女子。“瓜”字拆字作二八。“碧玉破瓜时，郎为情颠倒。”见晋孙绰《情人歌》。　②绿珠：石崇有妓曰绿珠，美而艳，善吹笛。见《晋书·石崇传》。此处喻王婉。　③解语花：唐玄宗指贵妃示于左右，曰：“争如我解语花？”见五代王仁裕《开元天宝遗事》。

## 鹧鸪天

杨　兰

两两青螺绾额傍[①]，彩云齐会下巫阳[②]。俱飞蛱蝶尤相逐，并蒂芙蓉本自双。　翻彩袖，舞霓裳[③]。点风飞絮恣轻狂。花神只恐留难住[④]，早晚承恩入未央[⑤]。

［注释］

①青螺：髮髻。　②巫阳：巫山之阳。用高唐神女典。　③霓裳：《霓裳羽衣曲》。传说唐玄宗梦至月宫，默记其音调而还。一说玄宗与叶法善听诸仙奏曲，以玉笛按之，名为《霓裳羽衣》。见南朝宋郭茂倩《乐府诗集》。　④花神：司花之神。　⑤未央：未央宫，西汉宫殿名。故址在今西安市西北长安故城内西南角。

## 鹧鸪天

### 总 咏

一簇神仙会见奇，誓夸苏小与西施①。怜轻镂月为歌扇，喜薄裁云作舞衣。　　牙板脆，玉音齐。落霞天外雁行低。看看各得风流侣，回首乘鸾旧路归②。

（以上《介庵赵宝文雅词》卷四，从毛扆校汲古阁本《介庵词》录出，并以吴讷《百家词》本校）

[注释]

①苏小：苏小小，南齐钱塘名妓。"若解多情寻小小，绿杨深处是苏家。"见唐白居易《杨柳词》。　西施：春秋末越国美女，由越王勾践献与吴国，为吴王夫差最宠爱妃子。见汉赵晔《吴越春秋》。　②乘鸾：萧史善吹箫，秦穆公女弄玉好之。秦穆公为筑凤台，夫妇止其上下数年。一旦，皆随凤凰飞去。此处以萧史和弄玉喻"风流侣"和所咏艳姬。

## 桃源忆故人

修檐堕玉欺窗竹，独坐冷云堆屋。此味与谁同宿，几寸东斋烛。　　烟鬟雾鬓春山曲，好梦浅愁相续。那慰沈腰如束①，歌意灯前足。

[注释]

①那慰：如何安慰。　沈腰：沈约体瘦，此为作者自喻。

## 生查子

翻翻别袖风，醉眼迷残日。春色荡人魂，杨柳浑无力。　　不知长短亭，何处逢寒食。多少向来情，门掩梨花夕。

## 卜算子

集　句

脉脉万重心，相望何时见。强半春寒去却来，野水差新燕[①]。　远负白头吟，坐惜红颜变。欲问平安无使来，日落庭花转。

（以上三首《彊村丛书》本《介庵琴趣外篇》卷六）

[注释]

①差：派遣。

## 生查子[①]

新月曲如眉，未有团圆意。红豆不堪看[②]，满眼相思泪。　终日擘桃穰[③]，人在心儿里。两朵隔墙花，早晚成连理[④]。

（杨金本《草堂诗馀前集》卷下）

[注释]

①唐氏按：此首又见《词林万选》卷四，作牛希济词，未知何据。　②红豆：相思木所结子，常以喻爱情或相思。　③桃穰：桃仁。　④早晚：何日。　连理："在天愿作比翼鸟，在地愿为连理枝。"见唐白居易《长恨歌》。以两树枝条连生，喻夫妻恩爱。

# 【补　辑】

## 水龙吟

两山空翠烟霏[①]，几□又入东君□[②]。□□但见，肉红染杏，眉黄着柳。彩燕风轻，宝灯月满，欢连清昼。是香山行处[3]，苏仙座上[4]，春不老，人依旧。　　闻道新骑白凤[5]，过章台、天香满袖[6]。英姿不向，通明宫殿，人间未有。况是从来，爱留南国，名高北斗。看君恩，却与西湖涨绿，作长生酒。

（见《诗渊》第二十五册，引自孔凡礼《全宋词补辑》）

[注释]

①两山：指杭州西湖灵隐寺南北二座高峰。"两峰插云"为西湖十景之一。　②东君：司春之神。　③香山：指白居易。白居易曾出任杭州、苏州刺史。　④苏仙：指苏轼。苏轼曾知杭州。　⑤白凤：传说扬雄著书时梦吐白凤，后以喻才华出众。　⑥章台：宫名，战国时期。汉代其处有章台街，多妓馆，为游冶之处。

## 喜迁莺

### 秋　望

登山临水，正桂岭瘴开[1]，蘋洲风起。玄鹤高翔，苍鹰远击，白鹭欲飞还止。江上澄波似练[2]，沙际行人如蚁。目断处，见遥峰蹙翠，残霞浮绮。　　千里。关塞远，雁阵不来，犹把阑干倚。数叠悲笳，一行征旆，城郭几番成毁。白塔前朝寝陵[3]，青嶂故都营垒。念往事，但寒烟满目，秋蝉盈耳。

（《草堂诗馀续集》卷下）

[注释]

①桂岭：又名桂山，在广东韶关西郊。　②澄波似练："澄江静如练。"见南朝齐谢朓《晚登三山还望京邑》诗。　③寝陵：于律不顺，疑当作"陵寝"。

# 存目词

| 调名 | 首句 | 出处 | 附注 |
| --- | --- | --- | --- |
| 生查子 | 裙拖安石榴 | 杨金本《草堂诗馀前集》卷下 | 韩玉作，见《东浦词》 |
| 生查子 | 轻轻制舞衣 | 又 | 晏几道作，见《小山词》 |
| 喜迁莺 | 登山临水 | 《草堂诗馀续集》卷下 | 瞿佑作，见毛扆校《介庵词》引《馀清词》。词附录于后 |
| 念奴娇 | 吾今老矣 | 金绳武本《花草粹编》卷二十 | 赵龙图词，见《截江网》卷六 |
| 点绛唇 | 日暖风暄 | 《介庵琴趣外篇》卷二 | 赵师侠词，见《坦庵长短句》 |
| 点绛唇 | 漠漠春阴 | 同上 | 同上 |
| 点绛唇 | 袅袅婷婷 | 同上 | 同上 |
| 菩萨蛮 | 扁舟又向萧滩去 | 《介庵琴趣外篇》卷三 | 同上 |
| 菩萨蛮 | 娇花媚柳新妆靓 | 同上 | 同上 |
| 菩萨蛮 | 晚风断送归帆急 | 同上 | 同上 |
| 菩萨蛮 | 故人心尚如天远 | 同上 | 同上 |
| 菩萨蛮 | 小春爱日融融暖 | 同上 | 同上 |

| 调名 | 首句 | 出处 | 附注 |
| --- | --- | --- | --- |
| 菩萨蛮 | 琼英为惜轻飞去 | 《介庵琴趣外篇》卷三 | 赵师侠词,见《坦庵长短句》 |
| 菩萨蛮 | 多情又是怜高节 | 同上 | 同上 |
| 菩萨蛮 | 霜风落木千山远 | 同上 | 同上 |
| 菩萨蛮 | 行舟荡漾鸣双桨 | 《介庵琴趣外篇》卷三 | 赵师侠词,见《坦庵长短句》 |
| 菩萨蛮 | 故人话别情难已 | 同上 | 同上 |
| 菩萨蛮 | 西风又老潇湘树 | 同上 | 同上 |
| 菩萨蛮 | 东皇不受人间俗 | 同上 | 同上 |
| 菩萨蛮 | 水风叶底波光浅 | 同上 | 同上 |
| 同乡子 | 元夜景尤殊 | 《介庵琴趣外篇》卷四 | 同上 |
| 鹧鸪天 | 烟霭空濛江上春 | 《介庵琴趣外篇》卷五 | 同上 |
| 鹧鸪天 | 玉带红靴供奉班 | 同上 | 同上 |
| 鹧鸪天 | 榕叶阴阴未著霜 | 同上 | 同上 |
| 鹧鸪天 | 一叶惊秋风露清 | 同上 | 同上 |

| 调　名 | 首　句 | 出　处 | 附　注 |
|---|---|---|---|
| 鹧鸪天 | 风定江流似镜平 | 《介庵琴趣外篇》卷五 | 赵师侠词，见《坦庵长短句》 |
| 鹧鸪天 | 妙曲新声压楚城 | 同上 | 同上 |
| 鹧鸪天 | 爆竹声中岁又除 | 《介庵琴趣外篇》卷五 | 赵师侠词，见《坦庵长短句》 |
| 诉衷情 | 清和时候雨初晴 | 同上 | 同上 |
| 诉衷情 | 神功圣德妙难量 | 同上 | 同上 |
| 诉衷情 | 茫茫云海浩无边 | 同上 | 同上 |
| 诉衷情 | 威灵千里护封圻 | 同上 | 同上 |
| 贺圣朝 | 半林脱叶群芳息 | 《介庵琴趣外篇》卷六 | 同上 |
| 生查子 | 梅从陇首传 | 同上 | 同上 |
| 生查子 | 千山拥翠屏 | 同上 | 同上 |
| 生查子 | 迟迟春昼长 | 同上 | 同上 |
| 生查子 | 春光不肯留 | 同上 | 同上 |
| 生查子 | 庭虚任雀喧 | 同上 | 同上 |
| 卜算子 | 晴日敛春泥 | 同上 | 同上 |
| 卜算子 | 杨柳褪金丝 | 同上 | 同上 |

# 王千秋

王千秋,生卒不详,字锡老,号审斋,东平(今属山东)人。南渡后寓居金陵(今江苏南京),晚年转徙湖湘间。有《审斋词》一卷。

## 贺新郎

石城吊古[①]

吊古城头去。正高秋、霜晴木落,路通洲渚。欲问紫髯分鼎事[②],只有荒祠烟树。巫觋去、久无箫鼓[③]。霸业荒凉遗堞坠[④],但苍崖、日阅征帆渡。兴与废,几今古。

夕阳细草空凝伫。试追思、当时子敬[⑤],用心良误。要约刘郎铜雀醉[⑥],底事遽争荆楚[⑦]。遂但见、吴蜀烽举。致使五官伸脚睡[⑧],唤诸儿、昼取长陵土[⑨]。遗此恨,欲谁语。

**[注释]**

①石城:又名石头城、石首城,故址在今南京市清凉山。 ②紫髯:谓孙权。权在津北为魏将所袭,张辽问降卒:“向有紫髯将军,长上短下,便马善射,是谁?”降人笑曰:“是孙会稽。”见《三国志·吴书·吴主传》裴松之注。 分鼎:孙权建立吴政权,与魏蜀鼎足而三。 ③巫觋(xí):古代称女巫为巫,男巫为觋。 ④堞坠:城墙上齿形的矮墙。 ⑤子敬:鲁肃字。鲁肃为三国时吴国名将,与周瑜一起,主张联蜀抗魏。曾助周瑜大破曹操于赤壁。瑜死后,代领其军,继续与刘备维持和好关系。 ⑥刘郎:指三国时蜀主刘备。 铜雀台:曹操所建,故址在今河北临漳西南。 ⑦荆楚:指荆州。刘备曾向孙权借荆州,后来为荆州而吴蜀交战。令曹丕坐收渔利,是子敬等误处。 ⑧五官:指曹丕。丕建安间曾任五官中郎将。 ⑨长陵:汉高祖墓地,故址在今陕西咸阳市东北。

## 沁园春

晁共道侍郎生日[①]

豆蔻娇春[②]，烟花羞暖，物华渐嘉。也不须莺怨，桃封绛萼。也不须蜂恨，兰郁金芽。料是东君[③]，都将和气，分付清丰诗礼家[④]。充闾庆[⑤]，有青毡事业[⑥]，丹凤才华。

乘槎。早上云霞[⑦]。侍祠甘泉瞻羽车[⑧]。试笑凭熊轼[⑨]，嘉禾合穗，进思鱼钥[⑩]，菡萏骈花。萧寇勋名[⑪]，龚黄模样[⑫]，入拜行趋堤上沙[⑬]。今宵里，且觥船满棹[⑭]，醉帽敧斜。

［注释］

①晁共道：晁谦之，澶州人，仕至敷文阁直学士。 ②豆蔻：多年生草本，高丈许。 ③东君：春神。 ④清丰诗礼家：隋时有孝子张清丰，疑指此。 ⑤充闾庆：光大门楣，指晚辈发达。见《晋书·贾充传》。 ⑥青毡事业：晋王献之夜卧斋中，有偷儿入室，盗物都尽。献之徐曰："偷儿，青毡我家旧物，可特置之。"群偷惊走。见《晋书·王羲之传》。 ⑦"乘槎"二句：旧说博望侯张骞出使西域时，曾乘木筏到达天河。见南朝梁宗懔《荆楚岁时记》。此处暗喻早立大功。 ⑧"侍祠"句：汉成帝郊祠甘泉，汾阳后土，有人荐扬雄，扬雄从之。见《汉书·扬雄传》。 ⑨熊轼："公、列侯安车，朱班轮，倚鹿较，伏熊轼。"见《后汉书·舆服志》。 ⑩鱼钥：鱼形的门锁。豪门所用。 ⑪萧寇：谓萧何、寇恂。萧何佐刘邦定汉天下，寇恂佐光武帝中兴汉业。 ⑫龚黄：谓龚遂、黄霸。两人为官清廉正直，治绩显著。 ⑬堤上沙："凡拜相，礼绝班行，府县载沙填路，自私邸至子城东街，名曰沙堤。"见唐李肇《国史补》。 ⑭觥船：容量大的酒器。

## 风流子

夜久烛花暗。仙翁醉，丰颊缕红霞。正三行钿袖[①]，一声金缕[②]，卷茵停舞，侧火分茶[③]。笑盈盈，溅汤温翠碗，折印启缃纱。玉笋缓摇[④]，云头初起，竹龙停战[⑤]，雨脚微斜。　　清风生两腋。尘埃尽，留白雪，长黄芽[⑥]。解使芝眉长秀[⑦]，潘鬓休华[⑧]。想竹宫异日[⑨]，衮衣寒夜[⑩]，小团分赐[⑪]，新样金花。还记玉麟春色[⑫]，曾在仙家。

[注释]

①钿袖：饰金之衣袖。　②金缕：《金缕曲》，亦称《金缕衣》，常表达青春易逝的惆怅。　③分茶：一种独特的烹茶技艺。　④玉笋：喻女子纤巧的手。　⑤竹龙：未详，当指煎茶的技法。　⑥黄芽：道家称铅炼出的精华。　⑦芝眉：呈芝彩之眉。古人以为贵相。　⑧潘鬓：潘岳三十二岁时两鬓斑白，见其《秋兴赋序》。　⑨竹宫：甘泉祠宫，汉祭祀天地神祇之室。　⑩衮衣：古代王公所着龙衣。　⑪小团：小龙团，茶名，产于建州。　⑫玉麟：指受皇帝重用。隋文帝为樊子盖造玉麟符，命辅助越王留守东都。见《隋书·樊子盖传》。

## 醉蓬莱

送　汤

正歌尘惊夜[①]，斗乳回甘[②]，暂醒还醉。再煮银瓶，试长松风味。玉手磨香，镂金檀舞，在寿星光里[③]。翠袖微揎，冰瓷对捧，神仙标致。　　记得拈时，吉祥曾许，一饮须教，百年千岁。况有阴功在[④]，遍江东桃李[⑤]。紫府春长[⑥]，凤池天近[⑦]，看提携云耳。积善堂前[⑧]，年年笑语，玉簪珠履。

[注释]

①歌尘："一唱万夫叹，再唱梁尘飞。"见晋陆机《拟东城一何高》诗。此言歌声揭天。　②乳：谓细乳茶。　③寿星：即老人星，旧时以此星象征长寿。　④阴功：暗中施德于人。　⑤江东：指芜湖以下长江下游南岸地区。　⑥紫府：道家称仙人居处。　⑦凤池：凤凰池，禁苑池沼，代指中

书省。 ⑧积善："积善之家，必有馀庆。"见《易经·坤》。

## 西江月

心事几多白髮，客情无数青山。廉纤细雨褪馀寒[①]，正是花期酒限。 一自瓶簪信杳，空留钿带香残[②]。我今多病寄江干，瘦似东阳也惯[③]。

[注释]

①廉纤细雨："廉纤晚雨不能晴。"见唐韩愈《晚雨》诗。廉纤，细雨貌。 ②钿带：饰金之衣带。 ③瘦似东阳："瘦尽东阳姓沈人。"见唐李商隐《韩冬郎即席为诗相送》诗。沈约以瘦出名，曾官东阳守。见《南史·沈约传》。

## 西江月

老去频惊节物，乱来依旧江山。清明雨过杏花寒，红紫芳菲何限。 春病无人消遣，芳心有酒摧残。此情拍手问阑干，为甚多愁我惯。

## 南歌子

寿广文[①]

鹊起惊红雨[②]，潮生涨碧澜。水晶城馆月方圆。谁唤骑鲸仙伯、下三山[③]。 笔势翔鸾媚，词锋射斗寒[④]。向来文价重贤关[⑤]。便合批风支月、紫薇间[⑥]。

[注释]

①广文：谓儒学教官。唐在国子监增设广文馆，设博士、助教等职。 ②红

雨:谓落花。“桃花乱落如红雨。”见唐李贺《将进酒》诗。 ③骑鲸仙伯:谓有仙风道骨者。“乘巨鳞,骑京鱼。”见扬雄《羽猎赋》。 三山:神话中海上三座神山。 ④射斗:光射牛斗。 ⑤文价:文章声誉。 ⑥紫薇:中书舍人代称。

## 虞美人

寄李公定①

流苏斗帐泥金额②,我亦花前客。谪仙标韵胜琼枝③,一咏一觞、常是得追随④。 自从风借云帆便,冷落青楼宴。石桥风月也应猜,过尽中秋,不见晚归来。

[注释]

①李公定:未详。 ②流苏斗帐:饰以流苏的覆斗形小帐。 泥金额:以金屑为额黄。 ③琼枝:“愿一见颜色,不异琼树枝。”见南朝梁江淹《古离别》诗。 ④一咏一觞:“一觞一咏,亦足以畅叙幽情。”见晋王羲之《兰亭集序》。

## 念奴娇

荷叶浦雪中作①

扁舟东下,正岁华将晚,江湖清绝。万点寒鸦高下舞,凝住一天云叶。映筱渔村②,衡茅酒舍,淅沥鸣飞雪。壮怀兴感,悔将钗凤轻别③。 遥望杰阁层楼,明眸秾艳,许把同心结④。东昳西倾浑未定,终恐前盟虚设。爇兽炉温⑤,分霞酒满⑥,此夕欢应狎。多情言语,又还知共谁说。

[注释]

①荷叶浦:在今江苏吴江。 ②筱(xiǎo):小竹。 ③钗凤:钗头凤。

"可怜孤似钗头凤。"见无名氏《撷芳词》。 ④同心结："如今绾作同心结，将赠行人知不知？"见唐刘禹锡《杨柳枝》诗。 ⑤兽炉：兽形香炉。 ⑥霞酒：美酒。

## 青玉案

送人赴黄冈令①

雪堂不远临皋路②，怅仙伯、骑鲸去③。燕麦桃花更几度。横桥虽在，种松无有，谁有关心处。 解鞍君到冬虽暮，传语无忘晒蓑句④。起手栽花花定许。艺香披翠，灌红疏绿，趁取清明雨。

[注释]

①黄冈：在湖北，宋时为黄州治所。 ②雪堂：苏轼谪黄州时在东坡所作，有《雪堂记》。 临皋：在黄州东坡附近。"步自雪堂，将归于临皋。"见苏轼《后赤壁赋》。 ③"怅仙伯"句："谁唤骑鲸仙伯、下三山。"见前《南歌子·寿广文》。此指东坡。 ④"传语"句："仍传语，江南父老，时与晒渔蓑。"见苏轼《满庭芳》词。

## 水调歌头

迟日江山好，老去倦遨游①。好天良夜，自恨无地可销忧②。岂意绮窗朱户，深锁双双玉树③，桃扇避风流。未暇泛沧海，直欲老温柔。 解檀槽④，敲玉钏，泛清讴。画楼十二，梁尘惊坠彩云留⑤。座上骑鲸仙友⑥，笑我胸中磊磈，取酒为浇愁⑦。一举千觞尽，来日判扶头⑧。

[注释]

①"迟日"二句："迟日园林悲昔游。"见唐杜审言《渡湘江》诗。 迟

日:丽日。 ②无地可销忧:“寄愁天上,埋忧地下。”见《后汉书·仲长统传》。 ③玉树:喻优秀子弟。“魏明帝使后弟毛曾与夏侯玄共坐,时人谓蒹葭倚玉树。”见《世说新语·容止》。 ④檀槽:谓弦乐器。 ⑤梁尘惊坠:“一唱万夫叹,再唱梁尘飞。”见晋陆机《拟东城一何高》诗。 ⑥骑鲸仙友:谓有仙风道骨者。 ⑦“笑我”二句:“王孝伯问王大:‘阮籍何如司马相如?’王大曰:‘阮籍胸中垒块,故须酒浇之。’”见《世说新语·任诞》。⑧扶头:扶头酒,易醉之酒。

## 减字木兰花

阴檐雪在,小雨廉纤寒又暰[①]。莫上危楼,楼迥空低雁更愁。 一杯浊酒[②],万事世间无不有。待早归田,欲买田无使鬼钱[③]。

**[注释]**

①“小雨”句:“廉纤细雨褪馀寒。”见前《西江月》。 暰(shà):通“煞”,甚的意思。 ②一杯浊酒:“浊酒一杯家万里,燕然未勒归无计。”见宋范仲淹《渔家傲》词。 ③使鬼钱:谚曰“钱无耳,可使鬼”。见晋鲁褒《钱神论》。

## 风流子

同云垂六幕[①],啼乌静,风御玉妃寒[②]。渐声入钓蓑[③],色侵书幌,似花如絮,结阵成团。倦游客,一番诗思苦,无算酒肠宽。黄竹调悲[④],绮衾人马[⑤],岂堪梅蕊,索笑巡檐。 一杯知谁劝,空搔首、还是忆旧青毡[⑥]。问素娥早晚[⑦],光射江干。待醉披鹤氅,高吟冰柱,剡溪何妨,乘兴空还[⑧]。只恐橹声咿轧,栖鸟难安。

[注释]

①同云:云成一色,天将下雪迹象。 六幕:即六合,天地四方。 ②玉妃:喻雪。“白霓先启途,从以万玉妃。”见唐韩愈《辛卯年雪》诗。 ③钓蓑:“孤舟蓑笠翁,独钓寒江雪。”见唐柳宗元《江雪》诗。 ④黄竹:《黄竹歌》。穆天子游黄台之丘,作《黄竹诗》三章以哀人民。见《穆天子传》。 ⑤唐氏按:“马”字误。 ⑥青毡:晋王献之夜卧斋中,有偷儿入室,盗物都尽。献之徐曰:“偷儿,青毡我家旧物,可特置之。”群偷惊走。见《晋书·王羲之传》。 ⑦素娥:谓月。 早晚:何时。 ⑧“剡溪”二句:王子猷居山阴,夜大雪。忽忆剡之戴安道,即夜乘小舟就之,经宿方至。造门不访而返。人问其故,曰:“吾本乘兴而行,兴尽而返,何必见戴?”见《世说新语·任诞》。

## 忆秦娥

云破碧,作霜天气西风急。西风急,一行征雁,数声横笛。 挑灯试问今何夕,柔肠底事愁如织[①]。愁如织,紫苔庭院,悄无人迹。

[注释]

①底事:何事。

## 忆秦娥

云叶舞,寒林浅淡围烟雨。围烟雨,三三两两,雁投沙渚。 征帆暂落知何所,短篷静听舟人语。舟人语,夜寒如许,客能眠否。

[集评]

《四库全书总目》云:“毛晋跋称其词多酬贺之作。然生日嘏词,南宋人集中皆有,何独刻责于千秋。况其体本《花间》,而出入于东坡门径,风格秀拔,要自不杂俚音。南渡之后,亦卓然为一作手。……集中如《忆秦娥》、《清平乐》、《好事近》、《虞美人》、《点绛唇》,以及咏花诸作,短歌微吟,兴复不浅,何必屯田《乐章》,始为情语也。”(卷一九八《审斋词》)

## 清平乐

吹花何处,桃叶江头路[①]。碧锦障泥冲暮雨[②],一霎峭寒如许。　　归来索酒浇春,潮红秋水增明。却自不禁春恼,偎人低度歌声。

[注释]

①桃叶江头:桃叶渡,在今南京市秦淮河与青溪合流处。桃叶,王子敬妾名。见《乐府诗集》卷四十五《桃叶歌》。　②障泥:马鞯。“障泥未解玉骢骄。”见宋苏轼《西江月》。

[集评]

张德瀛云:“一霎,沈会宗词‘一霎时光景也堪惜’,审斋词‘一霎峭红如许’。”(《词徵》卷三)

## 贺新郎

短艇横烟渚。梦惊回、凄凉尚记,绿蓑鸣雨。拍塞愁怀人不解[①],只有黄鹂能语。复拟待、乘槎重去[②]。无奈东君刚留客[③],张碧油、缓按香红舞。生怕我,顿遐举。
故溪冉冉春光度。想晚来、杨花云际,白蘋无数。竹里樵青应是怪[④],目断鸣榔去路[⑤]。料为我、羞烦鳞羽[⑤]。好趁小蛮针线在[⑥],按纶巾、归唤松江渡[⑦]。重系缆,醉眠处。

[注释]

①“拍塞”句:“追旧事,拍塞一杯愁。”见宋欧阳修《小重山》词。拍塞,充斥。　②乘槎(chá):传说天河与海通,有人乘木筏来去。见晋张

华《博物志》。 ③东君：春神。 ④樵青：唐张志和的婢女，肃宗所赐。 ⑤鸣榔：渔人捕鱼时用木棍敲船舷作声，惊鱼入网。 鳞羽：谓鱼雁。旧传鱼雁能传书。 ⑥小蛮：唐白居易家伎。见《本事诗》。此处泛指。 ⑦松江：即吴淞江，为太湖三大支流之一。

## 好事近

和李清宇①

六幕冻云凝②，谁翦玉花为雪。寒入竹窗茅舍，听琴弦声绝。 从他拂面去寻梅，香吐是时节。归晚楚天不夜，抹墙腰横日。

[注释]

①李清宇：未详。 ②“六幕”句：“同云垂六幕。”见前《风流子》。犹六合，上下四方。

## 好事近

明日发骊驹①，共起为传杯绿。十岁女儿娇小，倚琵琶翻曲。 绝怜啄木欲飞时②，弦响颤鸣玉③。虽是未知离恨，亦晴峰微蹙④。

[注释]

①骊驹：纯黑色马匹。佚《诗》：“骊驹在门，仆夫具存。骊驹在路，仆夫整驾。”见《汉书·王式传》。 ②啄木：谓拨弦声。 ③鸣玉：古人佩在腰间的玉饰。 ④晴峰：喻眉。

## 虞美人

琵琶弦畔春风面①，曾向尊前见。彩云初散燕空楼②，萧寺相逢各认,两眉愁[3]。　旧时曲谱曾翻否,好在曹纲手[4]。老来心绪怯么弦[5],出塞移船莫遣、到愁边。

[注释]

①"琵琶"句:"画图省识春风面,环佩空归月夜魂。千载琵琶作胡语,分明怨恨曲中论。"见唐杜甫《咏怀古迹》之二。杜甫所咏者汉王嫱。此处泛指美人。　②"彩云"句:"徐州故尚书有爱妓曰盼盼,善歌舞,雅多风态。……尚书既殁,归葬东洛,而彭城有张氏旧第,第中有小楼名燕子,盼盼念旧爱而不嫁,居是楼中十馀年。"见唐白居易《燕子楼诗序》。此处以盼盼比美人。　③萧寺:梁武帝好佛,造浮屠,命萧子云飞白大书曰"萧寺"。见唐苏鹗《杜阳杂编》。此处泛指佛寺。　④曹纲手:善弹琵琶的高手。"曹纲运拨如风雨。"见唐段安节《琵琶录》。　⑤么弦:琵琶第四弦,最细。

## 水调歌头

### 九　日[1]

壮日遇重九,跃马□欢游[2]。如今何事多感,双鬓不禁秋。目断五陵台路[3],无复临高千骑,鼓吹簇轻裘。霜露下南国,淮汉绕神州[4]。　钓松鲈[5],斟郢酒[6],听吴讴[7]。壮心铄尽,今夕重见紫茱羞。月落笳鸣沙碛,烽静人耕榆塞[8],此志恐悠悠。拟欲堕清泪,生怕菊花愁。

[注释]

①九日:农历九月初九日,为重阳节。　②唐氏按:原无空格,据毛扆校本校语补。　③五陵:指汉宣帝杜陵、文帝霸陵、惠帝安陵、武帝茂陵、昭帝平陵,为豪族聚居之处。　④淮汉:淮河、汉水。　⑤松鲈:松江产的鲈鱼。　⑥郢酒:春秋时楚国都城郢都产的酒。　⑦吴讴:南方歌曲。⑧榆塞:边塞。"累石为城,树榆为塞。"见《汉书·韩安国传》。

## 菩萨蛮

茶　蘼

流莺不许青春住，催得春归花亦去。何物慰侬怀，茶蘼最后开。　　青衫冰雪面，细雨斜桥见。莫浪送香来，等闲蜂蝶猜。

## 蓦山溪

海　棠

清明池馆，侧卧帘初卷。还是海棠开，睡未足、馀酲满面[①]。低头不语，浑似怨东风。心始吐，又惊飞，交现垂杨眼。　　少陵情浅[②]，花草题评遍。赋得恶因缘，没一字、聊通缱绻[③]。黄昏时候，凝伫怯春寒。笼翠袖，减丰肌，脉脉情何限[④]。

[注释]

①馀酲：酒后的困惫状态。　②少陵情浅：杜甫集中没有一首海棠诗。少陵，杜甫号少陵野老。　③缱绻：固结不解。　④脉脉：凝视貌。

## 渔家傲

简张德共

黄栗留鸣春已暮[①]，西园无著清阴处[②]。昨日骤寒风又雨。花良苦，信缘吹落谁家去[③]。　　病起日长无意绪，等闲还与春相负。魏紫姚黄无恙否[④]。栽培取，开时我欲听金缕[⑤]。

**[注释]**

①黄栗留:即黄鹂留,黄莺。 ②西园:曹操在邺都的游宴之地,此处泛指高贵园林。 ③信缘:随缘。 ④魏紫姚黄:两种名贵的牡丹。“姚黄者,千叶黄花,出于民姚氏家。魏家花者,千叶肉红花,出于魏相仁溥家。”见宋欧阳修《洛阳牡丹记》。 ⑤金缕:《金缕曲》。

## 念奴娇

### 水 仙

开花借水,信天姿高胜,都无俗格。玉陇娟娟黄点小[①],依约西湖清魄[②]。绿带垂腰,碧簪篸髻[③],索句撩元白[④]。西清微笑[⑤],为渠模写香色。 常记月底风前,水沉肌骨,瘦不禁怜惜。生怕因循纷委地,仙去难寻踪迹。缥槛深栽[⑥],彤帏密护[⑦],不肯轻抛释。等差休问,未容梅品悬隔。

**[注释]**

①玉陇:道家指鼻。 黄点:原注:“道书:玉女鼻端有黄点。” ②西湖清魄:谓梅花。林逋隐居杭州西湖,梅妻鹤子,有《山园小梅》、《又咏小梅》、《梅花》、《又二首》、《梅花二首》等诗,咏出梅花清魄。 ③篸髻:簪髻。 ④元白:唐代诗人元稹和白居易。 ⑤西清:未详。 ⑥缥槛:月白色栏杆。 ⑦丹帏:红色帐帷。

## 生查子

枝垂云碧长[①],心展鹅黄嫩[②]。无力倚阑时,扫尽漫山杏。 玲珑影结阴,蕴藉香成阵。谁为祝东风,更莫催花信。

[注释]

①枝垂云碧：指水仙叶碧。②鹅黄：指水仙花心嫩黄。

## 生查子

花飞锦绣香，茗碾枪旗嫩[①]。是处绿连云[②]，又摘斑斑杏。　　愁来苦酒肠，老去闲花阵。燕子不知人，尚说行云信[③]。

[注释]

①枪旗：谓茗一芽二叶。　②是处：处处。　③行云：谓男女私情。

## 生查子

莺声恰恰娇，草色纤纤嫩。诗鬓已惊霜，镜叶慵拈杏。　　因何积恨山，著底攻愁阵[①]。春事到荼蘼，还是无音信。

[注释]

①著底：为什么。

## 生查子

睡起髻云松，枕印香腮嫩。愁思到眉尖，齿软尝新杏。　　都无鱼雁书[①]，又过莺花阵。宽尽缕金衣[②]，说与伊争信[③]。

[注释]

①鱼雁书：指书信。鱼传尺素，见古乐府《饮马长城窟行》。雁足传书，见

《汉书·苏武传》。 ②缕金衣:即金缕衣,饰以金缕的舞衣。 ③争:怎。

## 生查子

春江波面浑,春岸芦芽嫩[①]。不见木兰舟[②],羞带骈枝杏[③]。 轻绡揾泪痕,急雨冲花阵。暗祷紫姑神[④],觅个巴陵信[⑤]。

[注释]

①芦芽:芦笋。“蒌蒿满地芦芽短。”见宋苏轼《惠崇春江晚景》诗。 ②木兰舟:相传鲁班以木兰(即辛夷)为舟,取芬芳之义。见梁任昉《述异记》。“骚人遥驻木兰舟。”见唐柳宗元《酬曹侍御过象县见寄》诗。 ③骈枝:两花并于一枝。 ④紫姑神:传说中神名,夜间迎之,以问祸福。见南朝宋刘敬叔《异苑》卷五。 ⑤巴陵:县名,在湖南岳阳。

## 生查子

雄姿画麒麟[①],朽骨分蝼蚁。争似及生前,常为莺花醉。 云山静有情,天地宽无际。且放两眉开,万事非人意。

[注释]

①麒麟:麒麟阁。“甘露三年,单于始入朝。上(宣帝)思股肱之美,乃图画其人于麒麟阁。”见《汉书·苏武传》。

## 生查子

功名竹上鱼[①],富贵槐根蚁[②]。三万六千场[③],排日扶头醉[④]。 高怀隘世间,壮气横天际。常是惜春残,不会东君意。

[注释]

①竹上鱼：梅尧臣受敕修《唐书》，语其妻曰："吾之修书，可谓猢狲入布袋矣。"妻曰："君于仕宦，亦何异鲇鱼上竹竿邪？"见宋欧阳修《归田录》。 ②槐根蚁：传说淳于棼醉酒后，睡在大槐树下，梦至大槐安国，被招为驸马，任南柯太守。梦醒，见槐树下有大蚁穴，即槐安国都；南枝上另有一穴，即南柯郡。见《南柯太守传》。 ③三万六千：以百岁计年。 ④扶头：扶头酒，一种易醉之酒。

## 解佩令

木 犀

花儿不大，叶儿不美。只一段、风流标致。淡淡梳妆，已赛过、骚人兰芷[1]。古龙涎、怎敢□气[2]。 开时无奈，风斜雨细。坏得来、零零碎碎。著意收拾，安顿在、胆瓶儿里。且图教梦魂旖旎[3]。

[注释]

①骚人兰芷："扈江离与辟芷兮，纫秋兰以为佩。"见战国楚屈原《离骚》。 ②龙涎：龙涎香，为香料中珍品。 ③教：原注"平声"。

## 清平乐

唤云且住，莫作龙池舞[1]。五月人间须好雨，为扫无边烦暑。 畦秧针绿重生，壶天表里俱清[2]。林外桔槔闲挂[3]，省渠多少心情。

[注释]

①龙池:在今陕西西安市。唐玄宗登基前,宅东井忽涌为小池,常有云气,称龙池。 ②壶天:传说施存常悬一壶如五升器大,变化为天地,中有日月如世间。见《云笈七签·二十八治》。 ③桔槔:又名吊杆,一种提水工具。

## 忆秦娥

阑干侧,当时我亦凝香客[①]。凝香客。而今老大,鬓苍头白。 扬州梦觉浑无迹[②],旧游英俊今南北。今南北,断鸿沉雁[③],更无消息。

[注释]

①凝香客:韩寿跟贾充女有私情,时西域贡奇香,尝赐充。充女偷以遗韩寿。被贾充发现,终以女妻韩寿。见《晋书·贾充传》。此处以韩寿自况。 ②扬州梦:"十年一觉扬州梦,赢得青楼薄幸名。"见唐杜牧《遣怀》诗。 ③断鸿沉雁:谓书信断绝。

## 西江月

梦幻影泡有限,风花雪月无涯。莫分粗俗与精华,日醉石间松下。 菜尽邻家解与,杯空稚子能赊。通幽即步尽横斜,不问墩犹姓谢[①]。

[注释]

①墩犹姓谢:谓谢公墩,山名。在今江苏江宁城北,晋谢安尝居半山。宋王安石亦居此地,有《谢公墩》诗。

## 临江仙

者也之乎真太错,甘心吞棘吞蓬[①]。有无俱尽见真空。炉锥难自荐，关捩只心通[②]。　野鹤孤云元自在[③]，刚论隐豹冥鸿[④]。此身今在幻人宫[⑤]。要将驴佛我[⑥]，分付马牛风[⑦]。

［注释］

①吞棘吞蓬：指清苦生活。棘，酸枣。蓬，蓬草。　②关捩：机关。　③野鹤孤云：谓脱俗出众。晋人嵇绍被人比作鸡群中之野鹤，陶渊明曾比自己为孤云。"万族各有托，孤云独无依。"见《咏贫士》诗。　④隐豹：喻藏而远害。见汉刘向《列女传·陶答子妻》。　冥鸿：喻不受世网制御。　⑤幻人：能作幻术的人，犹当今之魔术师。　⑥驴佛我："我手何似佛手"，"我脚何似驴脚。"为黄龙三关的重要话头。见《禅宗宗派源流》。　⑦马牛风：即风马牛，谓不相干。

## 浣溪沙

殢玉偎香倚翠屏[①]，当年常唤在凝春。岂知云雨散逡巡[②]。　不止恨伊唯准拟[③]，也先伤我太因循[④]。而今头过总休论。

［注释］

①殢(tì)：引逗。　②云雨：喻男女欢合。　逡巡：顷刻之间。　③准拟：打算。　④因循：守旧。

## 浣溪沙

亲染柔毛擘彩笺[①]，自怜探得恶因缘[②]。一尊重许笑凭肩。　往事已同花屡褪，新欢闻似月常圆。休休休更苦萦牵[③]。

[注释]

①柔毛:指毛笔。 唐氏按:"擘"原作"劈",从朱居易校《审斋词》。②探:原注"平声"。 ③休休休:指退隐泉林。唐司空图晚年退休,作"三休"亭。

## 瑞鹤仙

征鸿翻塞影。怅悲秋人老,浑无佳兴。鸣蛩问酒病。更堆积愁肠[1],摧残诗鬓。起寻芳径。菊羞人、依丛半隐。又岂知、虚度重阳,浪阔渺无归恨。 无定。登高人远,戏马台闲[2],怨歌谁听。香肩醉凭。镇常是,笑得醒。到如今何在,西风凝伫,冠也无人为正[3]。看他门,对插茱萸,恨长怨永。

[注释]

①更:唐氏按:原作"叟",从紫芝漫抄本《审斋词》。 ②戏马台:在彭城,南朝宋武帝刘裕曾于戏马台召群臣宴会赋诗。 唐氏按:"台"下原有"前"字,据毛扆校语删。 ③冠也无人为正:"羞将短鬓还吹帽,笑倩旁人为正冠。"见唐杜甫《九日蓝田崔氏庄》诗。

## 瑞鹤仙

韩南涧生日[1]

红消梅雨润。正榴花照眼,荷香成阵。炉薰炷芳烬。记于门今日[2],长庚占庆[3]。文摛艳锦。笑班扬、用字未稳[4]。果青云、快上黄扉[5],地□誉高英俊。 名盛。都期持橐,却借乘轺[6],布宣宽政[7]。除书已进[8]。归宠异,侍严近。且金船满酌[9],云翘低祝,□比椿龄更永[10]。任月斜,未放笙歌,翠桐转影。

［注释］

①韩南涧：韩元吉，字无咎，归老于南涧，因以为号。 ②于门：汉代于公以治狱公平著称，自信子孙应居高官。韩元吉高祖韩维曾封南阳郡公。 ③长庚：即金星，又名启明星。 ④班扬：东汉大文学家班固、扬雄。 ⑤青云："贾不意君能自致于青云之上。"见《史记·范睢蔡泽列传》。 黄扉：宰相官署。 ⑥轺（yáo）：古时轻便之车。 ⑦唐氏按："布"字上原有空格，据毛扆校语删。 ⑧除书：授官之诏令。 ⑨金船：容量大的酒器。 ⑩椿龄：椿树的寿命。"上古有大椿者，以八千岁为春，八千岁为秋。"见《庄子·逍遥游》。

## 满江红

和诸公赏心亭待月[①]

楼压层城，斜阳敛，帆收南浦[②]。最好是，长江澄练[③]，远山新雨。□□留连邀皓月，一堂高敞怯隆暑。问从来，佳赏有谁同，应难数。　舟横渡，车阗路。催酒进，麾灯去。放姮娥照座[④]，不烦帘阻。已见天清无屏翳，更须潮上喧阗鼓。看波光，撩乱上樯竿，龙蛇舞。

［注释］

①赏心亭："在下水门之城上，下临秦淮，尽观览之胜。丁晋公谓建。"见《景定建康志》卷二十二。建康，今南京市。 ②南浦：泛指渡口。 ③澄练："馀霞散成绮，澄江静如练。"见南朝齐谢朓《晚登三山还望京邑》诗。 ④姮娥：嫦娥，此处代指月。

## 感皇恩

天气过烧灯[①]，初闲人倦。晓色曈昽绣帘卷[②]。聚星歌扇，一簇雪香琼软。寿杯争要把[③]，从他满。　低低笑祝，年龄遐远。息驾无由遂公愿[④]。东风吹喜，又做眉黄一点[⑤]。便参鹓鹭入[⑥],常朝殿。

[注释]

①烧灯:元宵灯节。又谓农历正月十五日的灯节。“开元二十八年春正月……以望日御勤政楼宴群臣,连夜烧灯,会大雪而罢,因命自今常以正月望日夜为之。”见《旧唐书·玄宗纪》。 ②曈昽:太阳初出由暗而明的光景。 ③唐氏按:“要”原作“安”。毛校,“安”疑“要”。 ④息驾:停车。此处为致仕之意。 ⑤眉黄一点:古代相士以眉间有黄气作回朝的喜兆。 ⑥鹓鹭:喻朝班。

## 青玉案

鸣鼍欲引鱼龙戏[①]。先自作,长江擂[②]。头管一声天外起[③]。群仙俱上,有人殊丽,认得分明是。 欲相问劳来无计,但隔炉烟屡凝睇。掷我胸前方寸纸。拥翅欲去,颦蛾还住,不尽徘徊意。

[注释]

①鼍:指以鳄皮蒙面的鼓。 ②擂:同“擂”。急击鼓。 ③头管:即觱篥,大乐以此先诸乐,故称。

## 醉落魄

惊鸥扑蔌[①],萧萧卧听鸣幽屋。窗明怪得鸡啼速。墙角烂斑[②],一半露松绿。 歌楼管竹谁翻曲,丹唇冰面喷馀馥。遗珠满地无人掬。归著红靴,踏碎一街玉[③]。

[注释]

①扑蔌:展翅所发出的声音。 ②烂斑:有鲜明的斑点。唐氏按:烂,平声。 ③“踏碎”句:“可惜一溪风月,莫教踏碎琼瑶。”见宋苏轼《西江

月》词。　玉：喻月光。

## 桃源忆故人

移灯背月穿金缕①，合色鞋儿初做。却被阿谁将去，鹦鹉能言语。　朝来半作凌波步②，可惜孤鸾□侣③。若念玉纤辛苦④，早与成双取。

［注释］

①金缕：金缕衣。　②凌波步："体迅飞凫，飘忽若神。凌波微步，罗袜生尘。"见三国魏曹植《洛神赋》。　③唐氏按：空格原无，据毛扆校语增。　④玉纤：手指。

## 水调歌头

赵可大生日①

披锦泛江客，横槊赋诗人②。气吞宇宙，当拥千骑静胡尘。何事折腰执版，久在泛莲幕府③，深觉负平生。踉蹡众人底④，欲语复吞声。　庆垂弧⑤，期赐杖，酒深倾。愿君大耐，碧眸丹颊百千龄。用即经纶天下，不用归谋三径⑥，一笑友渊明⑦。出处两俱得，鸠鷃亦鹍鹏⑧。

［注释］

①赵可大：赵充夫，字可大。见《洁斋集》卷十八。　②"横槊"句："曹氏父子鞍马间为文，往往横槊赋诗。"见《旧唐书·杜甫传》。曹氏，指曹操。　③泛莲幕府："王俭……乃用杲之为卫将军长史。安陆侯萧缅与俭书曰：'盛府元僚，实难其选。庾景行泛渌水，依芙蓉，何其丽也。'时人以入俭府为入莲花池，故缅书美之。"见《南史·庾杲之传》。　④踉蹡：行走不稳貌。　⑤垂弧：喻结束战争。"弧九星，在狼东南，天之弓也。以

伐叛怀远。”见《史记正义》。 ⑥“用即”二句:“用之则行,舍之则藏。”见《论语·述而》。 经纶天下:筹划治理国家大事。 三径:隐居之所。汉兖州刺史蒋翊归乡里,舍中有三径,不出。见晋赵岐《三辅决录·逃名》。 ⑦渊明:陶渊明,其《归去来兮辞》有“三径就荒,松菊犹存”等语。 ⑧“鴳鷃”句:鹍鹏绝云气,负青天,将图南,鴳鷃笑之曰:“彼且奚适也!我腾跃而上,不过数仞而下,翱翔蓬蒿之间,此亦飞之至也。”见《庄子·逍遥游》。

## 鹧鸪天

### 圆　子

翠杓银锅飨夜游,万灯初上月当楼。溶溶琥珀流匙滑[①],璨璨蠙珠著面浮[②]。　香入手,暖生瓯。依然京国旧风流[③]。翠娥且放杯行缓,甘味虽浓欲少留。

[注释]

①琥珀:松柏树脂化石。此形容汤丸色如琥珀。 ②蠙珠:蚌珠。 ③京国:京都。

## 鹧鸪天

### 蒸　茧

比屋烧灯作好春[①],先须歌舞赛蚕神[②]。便将簇上如霜样[③],来饷尊前似玉人。　丝馅细,粉肌匀。从它犀箸破花纹[④]。殷勤又作梅羹送[⑤],酒力消除笑语新。

[注释]

①比屋:一屋挨一屋。 ②蚕神:司蚕之神,传说为菀窳妇人及寓氏公主。 ③簇:承蚕作茧的工具,常以苇草、稻草或竹篾扎成。 ④犀箸:捞茧的筷子。 ⑤梅羹:汤名。“阿黿之羹,剂以兰梅。”见桓麟《七说》。

此处谓以剥茧后的蚕蛹作汤料。

## 浣溪沙

焦　油

买市宣和预赏时[①]，流苏垂盖宝灯围[②]。小铛烹玉鼓声随[③]。　金弹玲珑今夕是[④]，鳌山缥缈昔游非[⑤]。马行遗老想沾衣。

[注释]

①宣和：宋徽宗年号，在公元1119至1125年间。　预赏：把灯节提前，与民同乐。　②流苏：用五色彩羽或丝线制成的穗子。　③玉：喻油。　④金弹：韩嫣好弹，常以金为丸。见《西京杂记》。　⑤鳌山：旧时元宵灯景之一种，把彩灯叠成一座山，像传说中巨鳌形象。

## 浣溪沙

科　斗[①]

灯火阑珊欲晓时[②]，夜游人倦总思归。更须冰蛹替挼丝。　玉篆古文光灿烂，花垂零露影参差。月寒烟淡最相宜。

[注释]

①科斗：即蝌蚪，蛙或蟾蜍的幼体。此处疑为科斗灯。　②灯火阑珊："那人却在，灯火阑珊处。"见辛弃疾《青玉案》词。阑珊，零落。

## 好事近

寿黄仲符[1]

人物又无双，馀事锦机闲织[2]。□就两都新赋[3]，笑一生联缉。　来年秋色起鹏程[4]，一举上晴碧。须洗玉荷为寿[5]，助穿杨飞的[6]。

[注释]

①黄仲符：未详。　②锦机闲织："窦滔妻苏氏……织锦为回文旋图诗以赠滔。"见《晋书·列女列传·窦滔妻苏氏》。此处谓黄仲符有文学创作才情。　③两都新赋：东汉班固作《东都赋》和《西都赋》。　唐氏按：空格原无，据毛扆校语补。　④鹏程："《谐》之言曰：'鹏之徙于南冥也，水击三千里，抟扶摇而上者九万里，去以六月息者也。'"见《庄子·逍遥游》。　⑤玉荷：玉质酒杯。　⑥飞的：飞箭。此指应试美文。

## 喜迁莺

春前腊尾。问谁会开解，幽人心里。映竹精神[1]，凌风标致，姑射昔闻今是[2]。试妆竞看吹面[3]，寄驿胜传缄纸[4]。迥潇洒，更香来林表，枝横溪底[5]。　谁为，停征骑。评蕙品兰，俱恐非同里。天意深怜，花神偏巧[6]，持为翦冰裁水[7]。拟唤绿衣来舞，只许苍官相倚[8]。醉眠稳，尽参横月落，留连行李[9]。

[注释]

①映竹精神："宿霭相粘冻雪残，一枝深映竹丛寒。"见宋林逋《梅花二首》。　②姑射：比梅为仙人。"藐姑射之山，有神人居焉；肌肤若冰雪，淖约若处子。"见《庄子·逍遥游》。　③吹面："宋武帝女寿阳公主，人日卧于含章殿下。梅花落公主额上，成五出花，拂之不去。"见《太平御览·

时序》引《杂五行书》。 ④“寄驿”句：“折梅逢驿使，寄与陇头人。江南无所有，聊赠一枝春。”见南朝宋陆凯《赠范晔》诗。 ⑤枝横溪底：“雪后园林才半树，水边篱落忽横枝。”见宋林逋《梅花》诗。 ⑥花神：司花之神。“柳疏梅堕少春丛，天遣花神别致功。”见唐陆龟蒙《和扬州看辛夷花韵》诗。 ⑦剪冰裁水：“天人宁许巧，剪水作花飞。”见唐陆畅《惊雪》诗。 ⑧苍官：松柏的别称。 ⑨“醉眠”三句：指卧眠梅花树下。 唐氏按：事见柳子厚《龙城录》。

## 喜迁莺

玉龙垂尾[1]。望阙角岧嶤[2]，如侵云里。明璧榱题[3]，白银阶陛，平日世间无是。静久声鸣槛竹，夜半色侵窗纸。最奇处，尽巧妆枝上，低飞檐底。 当为，呼游骑。嗾犬擎苍，腰箭随邻里。藉草烹鲜，枯枝煎茗，点化玉花为水[4]。未挹瑶台风露[5]，且借琼林栖倚[6]。眩银海，待斜披鹤氅[7]，骑鲸寻李[8]。

[注释]

①玉龙：形容飞雪。“岘山一夜玉龙寒。”见唐吕岩《剑画此诗于襄阳雪中》诗。 ②阙：城楼。 岧嶤(tiáo yáo)：高峻貌。 ③明璧：明月。榱(cuī)题：屋檐的椽子头。 ④玉花：谓雪。 ⑤瑶台：美玉砌成的台，古人想象中神仙住处。 ⑥琼林：形容披雪之树林。 ⑦鹤氅：羽衣，谓道服。 ⑧骑鲸寻李：“若逢李白骑鲸鱼，道甫问讯今何如？”见唐杜甫《送孔巢父谢病归游江东，兼呈李白》诗。又，李白自署“海上骑鲸客”。

## 满庭芳

二色梅

蕊小雕琼，花明镕蜡，天交一旦俱芳。丰臞虽异[1]，皆熨水沉香[2]。应笑粉红堕紫，初未识、调粉涂黄。凭肩处，金钿玉珥,不数寿阳妆[3]。　思量。谁比似,酥裁笋指,蜜翦蜂房。又何须酣酒,重暖瑶觞[4]。且放侧堆金缕[5],骊山冷、来浴温汤[6]。谁题品,青枝绿萼[7],俱未许升堂。

[注释]

①臞(qú):瘦。　②水沉香:香木,入水能沉,古代常作熏香料。　③寿阳妆:即梅花妆,古代妇女涂抹在额上的梅花形面饰。　④瑶觞:玉杯。　⑤金缕:金缕衣,饰以金缕的舞衣。　⑥"骊山"句:陕西临潼骊山下有华清池,为温泉,唐杨贵妃尝沐浴于此。此处以春寒沐浴之杨贵妃喻梅花。　⑦萼绿:萼绿梅,梅花中之珍品。

## 诉衷情

登雨华台[1]

二分浓绿一分红,春事若为穷。醉袖罥香沾粉[2],公挽我、我扶公。　攲短帽[3],吐长虹[4],拟凌风[5]。布金堆里[6],叠翠屏中,云月轻笼。

[注释]

①雨华台:即雨花台,在南京市南,古称石子岗、聚宝山。　②罥(juàn):挂。　③攲短帽:此指便帽。　④吐长虹:"长虹吐白日。"见唐柳宗元《咏荆轲》诗。此指作者昂扬意气。　⑤凌风:"双翮凌长风,须臾万里逝。"见晋阮籍《咏怀》诗。　⑥布金堆:开遍鲜花之地。

## 临江仙

柳巷莺啼春未晓,画堂环珮珊珊[1]。薰炉烘暖鹧鸪斑[2]。寿杯须斗酌,舞袖正弓弯。　未说珥貂横玉事[3],勋名且勒燕然[4]。归来方卜五湖闲[5]。年年花月夜,沉醉绮罗间。

[注释]

①画堂：华丽的厅堂。 ②鹧鸪斑：香名。“鹧鸪斑香亦得之于海南沉水蓬莱及绝好笺香中。”见宋范成大《桂海虞衡志·志香》。 ③珥貂横玉：谓为贵近之臣。 ④燕然：燕然山。东汉窦宪大败北单于，“遂登燕然山，去塞三千馀里，刻石勒功，记汉盛德，令班固作铭”。见《后汉书·窦宪传》。 ⑤五湖：太湖及周围湖泊。范蠡佐越王灭吴，“乃乘扁舟出三江，入五湖，人莫知其所适”。见东汉赵晔《吴越春秋》。

## 浣溪沙

白纻衫子

叠雪裁霜越纻匀[①]，美人亲剪称腰身。暑天宁数越罗春[②]。 两臂轻笼燕玉腻，一胸斜露塞酥温。不教香汗湿歌尘。

[注释]

①越纻：越地产的纻布。越，今浙江绍兴一带。 ②越罗春：越中产的丝绸名。

## 西江月

小鹿鸣[①]

四俊乡书荐鹗[②]，一夔漕府登贤[③]。明年春晚柳如烟，看取胪传金殿[④]。 册府牙签昼阅[⑤]，词垣紫诰宵传[⑥]。青楼买酒定无缘，且放金杯潋滟。

[注释]

①鹿鸣：乡试获中，设鹿鸣宴以庆之。 ②荐鹗：荐举有才能的人。“鸷鸟累百，不如一鹗。使衡主朝，必有可观。”见汉孔融《荐祢衡表》。 ③一夔：“昔尧作《大章》，一夔足矣。”见《后汉书·曹褒传》。 ④胪传：

此指殿试中选,呼名曰胪传。 ⑤册府:藏书之所。 ⑥词垣:谓翰林署。

## 醉落魄[1]

能歌善谑。精神堆下人难学。疏帘清(下缺)

[注释]

①唐氏按:汲古阁本原无此首,据紫芝漫抄本补。

## 虞美人

和姚伯和[1]

风花南北知何据,常是将春负。海棠开尽野棠开。匹马崎岖、还入乱山来。 尊前人物胜前度,谁记桃花句[2]。老来情事不禁浓。玉佩行云、切莫易丁东[3]。

[注释]

①姚伯和:未详。 ②"尊前"二句:"百亩庭中半是苔,桃花净尽菜花开。种桃道士归何处,前度刘郎今又来。"见唐刘禹锡《再游玄都观》诗。 ③行云:谓男女私情。 丁东:玉佩清脆的碰击声。

## 虞美人

代简督伯和借《战国策》[1]

要津去去无由据[2],已分平生负。拟将怀抱向谁开。万水千山、聊为借书来。 玄都昼永闲难度[3],欲正书中句。黄琮丹壁已磨浓[4]。发箧烦君、早送过桥东。

[注释]

①督伯和:其人不详。《战国策》:战国时游说之士的策谋和言论的汇编,为西汉末刘向所编订。②要津:喻显要地位。③玄都:玄都观,借指闲居之地。④黄琮丹璧:似指于砚上磨朱砂,准备校书。

## 谒金门

次李圣予月中韵

春漠漠,闲尽绮窗云幕。悔不车轮生四角[1],却成缘分薄。　想画鸦儿方学[2],小蹙恨人无托[3]。不道月明谁共酌,这般情味恶。

[注释]

①车轮生四角:"愿得双车轮,一夜生四角。"此留人之意。见唐陆龟蒙《古意诗》。②画鸦儿:"忽来案头翻墨汁,涂抹诗书如老鸦。"见唐卢仝《示添丁》。随意书写曰涂鸦。③蹙:接近。

## 谒金门[1]

诸公要予出郊

春漠漠,何处养花张幕。佩冷香残天一角,忍看罗袖薄。　两两鸳鸳难学,六六锦鳞空托[2]。趁有馀妍须细酌,东风情性恶。

[注释]

①唐氏按:此首别误作程垓词,见《花草粹编》卷三。②六六锦鳞:"锦城谁与寄音尘,望望秋江六六鳞。"见宋陆游《九月晦日作》。空托:谓书信难托。

## 点绛唇

刘公宝生日[①]

玉立霞升，纵谈刘尹高支许[②]。待为霖雨，小驻红莲府[③]。　　鹤健松坚，鸿宝初非误[④]。玄都路，桃花栽取[⑤]，来看千千度。

[注释]

①刘公宝：未详。　②刘尹：指刘惔，字真长。“刘尹在郡，临终绵缀，闻阁下祠神鼓舞，正色曰：‘莫得淫祀。’”见《世说新语·德行》。　支许：指支遁和许询（一作掾）。支遁字道林，许询字玄度。“支道林、许掾诸人共在会稽王斋头。支为法师，许为都讲。支通一义。四座嗟咏二家之美，不辨其理之所在。”见《世说新语·言语》。　③红莲府：“王俭……乃用杲之为卫将军长史。安陆侯萧缅与俭书曰：‘盛府元僚，实难其选。庾景行泛渌水，依芙蓉，何其丽也。’时人以入俭府为入莲花池，故缅书美之。”见《南史·庾杲之传》。　④鸿宝：汉淮南刘安谈神仙道术之文的总称。⑤“玄都路”二句：“紫陌红尘拂面来，无人不道看花回。玄都观里桃千树，尽是刘郎去后栽。”见唐刘禹锡《戏赠看花诸君子》。

## 点绛唇

春　日

何处春来，试烦君向垂杨看。万条轻线[①]，已借鹅黄染。　　弄日摇风，按舞知谁见。阳关远[②]，一杯休劝，且放修眉展。

[注释]

①万条轻线：“碧玉妆成一树高，万条垂下绿丝绦。”见唐贺知章《咏柳》诗。　②“阳关”二句：“劝君更尽一杯酒，西出阳关无故人。”见唐王维《送元二使安西》诗。阳关，在今甘肃敦煌西南，古为通西域要塞。

## 点绛唇

何处春来，试烦君向梅梢看。寿阳妆面[①]，漏泄春何限。　冷蕊疏枝，似恨春犹浅。收羌管[②]，莫惊香散，留副□和愿。

[注释]

①寿阳妆：即梅花妆，古代妇女涂抹在额上的梅花形面饰。　②羌管：笛子，以其出自羌地得名。

## 点绛唇

何处春来，试烦君向钗头看。舞翻飞燕，已拂春风面。　白玉圆钿，酹酒殷勤劝。深深愿，愿长□健，岁与春相见。

## 点绛唇

何处春来，试烦君向盘中看。韭黄犹短，玉指呵寒剪。　犀箸调匀，更为双双卷。情何限，怕寒须暖，先酹黄金盏。

## 水调歌头

席上呈梁次张[①]

笔力卷鲸海[②]，人物冠麟台[③]。向来朱邸千字[④]，不省有惊雷。人似曲江风韵[⑤]，刚要重来持节，不道玉堂开[⑥]。草诏坐扛鼎，琐屑扫尊罍。　金错落，貂掩映，玉崔嵬。

看公谈笑、长河千里静氛埃。散马昼闲榆塞[7],辫髪春趋瑶陛[8],都出济川才[9]。老子尚顽健[10],东阁亦时来[11]。

[注释]

①梁次张:梁世安,字次张。曾任郎官及广南西路转运判官等职。 ②鲸海:大海。 ③麟台:即麒麟阁。汉宣帝召人图画功臣像于此。 ④朱邸:豪门宅邸。 ⑤曲江:在长安。本秦汉宫苑中水,唐开元中疏凿后为游赏胜地。 ⑥玉堂:翰林院代称。 ⑦榆塞:泛指北方关塞。“累石为城,树榆为塞。”见《汉书·韩安国传》。 ⑧瑶陛:宫殿的台阶。 ⑨济川才:辅佐君主的人才。“若济巨川,用汝作舟楫。”见《尚书·说命上》。 ⑩尚:倘。 ⑪东阁:称宰相招待贤士之所。

## 瑞鹤仙

张四益生日[1]

夷吾在江左[2]。罄毡裘俱詟[3],笑清边琐。遗民冀巾裹。个规模欲继[4],外人谁可。一花两果。晚占熊、材能更夥[5]。试颂春、便有驩谣,声接月鞍烟柂。 驭娑[6]。已传丹诏,催上文石,□论炙锞[7]。櫜弓□笴。□九域[8],措安妥。待缁衣重咏[9],履封光继,绿野从教昼锁[10]。问黑头、当日三公[11],可能似我。

[注释]

①张四益:未详,玩味词意,疑指张浚一类伟人。 ②“夷吾”句:“峤见王导,共谈欢然,曰:‘江左自有管夷吾,吾复何虑?’”见《晋书·温峤传》。管夷吾,春秋时管仲名,此处以王导作比。江左,指东晋。 ③詟:恐惧。 ④个:那。 ⑤占熊:喻生男。古以为梦到熊罴,是生男的征兆。见《诗经·小雅·斯干》。 ⑥驭娑:汉宫殿名,此处泛指。 ⑦炙锞(guǒ):亦作“炙毂”,比喻善于议论,滔滔不绝。见《史记·孟子荀卿列传》集解。 ⑧九域:九洲。泛指全国。 唐氏按:三空格据律补。毛校:

此行共脱三字。 ⑨缁衣:《诗经》篇名。 ⑩绿野:绿野堂,唐宣宗时丞相裴度别墅。在洛阳。 ⑪黑头:指少年高位。王导尝谓诸葛恢曰:“明府当为黑头公。”见《晋书·诸葛恢传》。

## 满江红

水满方塘,三日雨、晓来方足。阑干外、锦棚初脱[1],新篁森玉。沃叶未干鸠妇去[2],馀花时坠蜂儿逐。认去年,乳燕又双双,飞华屋。 红豆恨[3],归谁促。青鸾梦[4],惊难续。想多情犹记,碧笺新曲。白髮欺人虽已老,短襟揾黛存馀馥。且如今、一笑总休论,杯行速。

[注释]

①锦棚:婴儿的包被。此处喻新竹的壳。 ②鸠妇:鹁鸠鸟。“勃鸠灰色无绣项,阴则屏逐其匹,晴则呼之,语曰‘天将雨,鸠逐妇’者是也。”见宋陆佃《埤雅·释鸟》。 ③红豆:相思木所结子,喻爱情或相思。 ④青鸾:神话中西王母使者。见《艺文类聚》引《汉武故事》。此处指传书者。

[集评]

冯煦曰:“后山、懒窟、审斋、石屏诸家,并婀雅有馀,绵丽不足。”(《蒿庵论词》)

## 西江月

璀璨雕笼洒笔,联翩荐鹗飞书[1]。翻阶红药试妆梳。管取不言温树[2]。 容我一杯为寿,看君九万鹏图[3]。髫龀人小串珠玑,岁岁绿窗朱户。

(以上校汲古阁本《审斋词》七十三首)

[注释]

①荐鹗:荐举有才能的人。“鸷鸟累百,不如一鹗。”见汉孔融《荐称衡表》。 ②不言温树:有人问孔光:“温室省中树皆何木也?”光嘿不应。见《汉书·孔光传》。此处谓居官谨慎。 ③九万鹏图:鹏程万里。

# 李 吕

李吕(1122—1198),字滨老,一字东老,邵武(今属福建)人。年四十即弃科举。有《澹轩集》七卷,词一卷。

## 一落索

送游君安解绵竹尉①

琢成玉树,谁解著、云斤月斧。短箠羸骖②,朴樕一怀尘土③。叹雄图、伤别绪。　主人不语花能语。苦欲留君、不是留君处。碧落紫霄,楼观参差烟雾。一樽空、鸿鹄举④。

[注释]

①游君安:未详。　绵竹:县名,属四川。　唐氏按:此下原有《浣溪沙·颍上即事》“章水何如颍水清”一首,乃徐俯作,见《乐府雅词》卷中;又有《念奴娇》“海天向晚”一首,乃韩驹作,见《草堂诗馀后集》卷上;又有《念奴娇》“素光练静”一首,乃李邴作,见《苕溪渔隐丛话》前集卷五十九,兹并不录。　②箠:鞭子。　③朴樕(sù):小木。喻浅陋。　④鸿鹄:天鹅。喻指志向远大的人。见《史记·陈涉世家》。

## 满庭芳①

光拂星榆②,轮高金掌③,暮烟飘尽澄空。素娥幽恨④,霜艳洗铅红。醉把摩云妙手,教纤翳、不点青铜⑤。知多少,天高露冷,争占九秋风⑥。　歌钟。邀胜侣,园攀琼树,帘卷珠宫。算庾楼吟赏⑦,今古应同。多谢秦娥绝唱⑧,声声为、飘入云中。留仙住,莫教清影,容易转梧桐。

[注释]

①唐氏按:此下原有《卜算子·警悟》“心空道亦空”一首,乃徐俯作,见《乐府雅词》卷中,今不录。 ②星榆:罗列如榆的群星。出《玉台新咏》卷一《陇西行》。 ③金掌:汉宫铜仙承露的铜柱。 ④素娥:谓嫦娥。 ⑤纤翳:微小的尘障。 ⑥九秋:秋季九十天。 ⑦庾楼:晋庾亮秋夜所登南楼,泛指中秋吟咏赏月之地。 ⑧秦娥:谓绝色歌女。

## 醉落魄

有 序

予病足,置酒圃间,江梅渐开,不能一举爵。对景呻吟,因效山谷道人“陶陶兀兀”之句,法其体,作此以遣兴云

休休莫莫[1],当年不负西湖约[2]。一枝初见横篱落[3]。嚼蕊闻香,长是醉乡落魄[4]。 而今对酒空斟酌,老来多病情非昨。谁人伴我临东阁[5]。冷淡吟怀,犹可追前作。

[注释]

①休休莫莫:安闲自得貌。“好乐无荒,良士休休。”见《诗经·唐风·蟋蟀》。“神莫莫而扶倾。”见汉扬雄《甘泉赋》。 ②西湖:在今浙江杭州。林逋晚年隐居于此,植梅孤山,写有咏梅诗多首。 ③“一枝”句:“雪后园林才半树,水边篱落忽横枝。”见林逋《梅花》诗。 ④唐氏按:此句衍一字。 ⑤东阁:“东阁官梅动诗兴,还如何逊在扬州。”见唐杜甫《和裴迪登蜀州东亭逢早梅相忆见寄》诗。

## 朝中措

展屏山色翠连空,潇洒冠闽中[1]。背郭元无尘事,披襟时有清风。 君侯雅致,临流句丽,爱月情钟。乐府直追欧老[2],堂名新自陶翁[3]。

[注释]

①闽中：今福建和浙南一带。 ②欧老：谓宋代词人欧阳修。 ③陶翁：谓晋代诗人陶渊明。

## 朝中措

堂成开宴日无空，景占四时中。画栋翚飞星汉[①]，雕阑锁断花风。 薰人和气[②]，清谈四坐，雅量千钟。早晚催归天仗[③]，往来还记溪翁[④]。

[注释]

①翚（huī）飞：形容画栋的高峻壮丽。 ②薰人：指温尔雅致的君子。“薰然慈仁，谓之君子。”见《庄子·天下》。 ③早晚：何时。 天仗：皇帝的仪仗。 ④溪翁：作者自谓。

## 鹧鸪天

### 寄 情

脸上残霞酒半消[①]，晚妆匀罢却无聊。金泥帐小教谁共[②]，银字笙寒懒更调[③]。 人悄悄，漏迢迢[④]。琐窗虚度可怜宵[⑤]。一从恨满丁香结[⑥]，几度春深豆蔻梢[⑦]。

[注释]

①“脸上”句：“脸边霞散酒初醒。”见宋晏几道《木兰花》词。 ②金泥帐：饰以金粉的帐子。 ③银字笙：笙上以银作字，以示音之高低。 ④“人悄悄”二句：“春悄悄，夜迢迢。”见宋晏几道《鹧鸪天》词。 ⑤琐窗：刻有连琐图案的窗棂。 可怜宵：可爱的夜色。 ⑥丁香结：丁香的花蕾。此处喻遗憾固结不解。 ⑦豆蔻梢：“娉娉袅袅十三馀，豆蔻梢头二月初。”见唐杜牧《赠别》诗。

## 鹧鸪天

谢人送牡丹

甲帐春风肯见分[1]，夜陪清梦当炉熏。寻香若傍阑干晓，定见堆红越鄂君[2]。　雕玉佩，郁金裙。凭谁书叶寄朝云[3]。兰芽九畹虽清绝[4]，也要芳心伴小醺。

［注释］

①甲帐：帐幕以甲乙编次，“甲以居神，乙以自居。”见《北堂书钞·汉武帝故事》。　②越鄂君：楚襄成君始封之日，楚大夫庄辛为他说鄂君子皙渡河故事。见汉刘向《说苑·善说》。后常以越鄂君指代美男子。此处喻牡丹之高贵者。　③朝云：即巫山神女。见战国楚宋玉《高唐赋序》。　④兰芽九畹：“余既滋兰之九畹兮，又树蕙之百亩。”见战国楚屈原《离骚》。

## 沁园春

叹　老[1]

射虎南山，断蛟北海[2]，恍如梦中。念少年豪气、霜寒一剑，清时功业，月满雕弓。年去年来成底事，已一半消磨成老翁。那堪更，病为城绕，愁作兵攻。　无悰[3]。慵语西风。正独倚危阑送塞鸿。道酒能消遣，酒因病减，歌能消遣，歌为愁浓。大造不将炉冶去[4]，□万卷诗书宁愤穷[5]。都休问，且试弹绿绮[6]，闲和秋虫。

［注释］

①唐氏按：此下原有《木兰花》“沉吟不语晴窗畔”一首，乃李邴作，见《中兴以来绝妙词选》卷一，今不录。　②南山、北海：泛指地域之广。　③悰（cóng）：欢乐。　④大造：大功。　⑤唐氏按：此处原无空

格，据《澹轩词》补。　⑥绿绮：古琴名。见晋傅玄《琴赋序》。

## 水调歌头

和伯称[①]

山雨喜开霁，爽气涤烦襟。晚秋丹叶飘坠，篱菊散黄金。徙倚关河凝望，回首光阴轻驶，倏忽二毛侵[②]。须信人间世，莫放酒杯深。　一星子[③]，名与利，漫浮沉。塞翁祸福无定、此理古犹今[④]。妙处只应亲到，外物从渠舒卷，出处我无心。袖手无新语，洗耳听清音。

[注释]

①伯称：未详。　②二毛：形容鬓斑白。　③星子：星星点点，言其少。　④"塞翁"句：塞上有人亡马，其父曰："此何遽不为福乎？"数月而此马带着胡马归来。见《淮南子·人间训》。

## 凤栖梧

一岁光阴寒共暑。一日光阴，只个朝还暮[①]。有物分明能唤寤，晚钟晨角君听取。　扰扰胶胶劳百虑[②]。究竟思量，没个相干处。只有一般携得去，世人唤作闲家具。

[注释]

①个：这。　②扰扰胶胶：纷乱动荡貌。语出《庄子·天道》。

## 点绛唇

去岁天涯，一灯闲作幽窗伴。酒来须满，不待旁人劝。　　今岁天涯，又是年华晚。凄凉惯，问天不管，只我何曾管。

## 调笑令

笑

掩袖低迷情不禁，背人低语两知心。烟蛾渐放愁边散，细靥从教醉里深。小梅破萼娇难似，喜色著人吹不起。莫将羽扇掩明波，滟滟光风生眼尾

眼尾，寄深意。一点兰膏红破蕊，钿窝浅浅双痕媚。背面银床斜倚。烛花先报今宵喜，管定知人心里。

[集评]

谢章铤云："李吕《调笑令》前有七言八句，四平四仄，此盖如曲之有引子，本不入词。故《乐府雅词》所载郑彦能、晁无咎诸作，其体皆同。（《赌棋山庄词话》）

## 调笑令

饮

摘蕊和香滴得成，更将白玉琢飞鲸。殢娇一任香罗涴①，更折花枝作令行。香泛金鳞翻蕊盏，笑里桃花红近眼。粉壶琥珀为君倾②，弄翠挼红归去晚

归晚，思何限。玉坠金偏云鬓乱，伤春谁作嬉游伴。只有飞来花片。几回愁映眉山远，总被东风惊散。

[注释]

①殢（tì）娇：困极而显出的娇态。　②琥珀：琥珀杯。

## 调笑令

坐

玉笙吹遍古梁州①，暗学芙蓉一样愁。倚窗重整金条脱②，对槛不卸红臂韝③。浅浅绿靴双凤困，柳弱花慵敛新闷。娇多无力凭熏笼④，又报杏园春意尽

春尽，敛新闷。暗傍银屏撩绿鬓，攒眉不许旁人问。帘外冷红成阵。银釭挑尽睡未肯⑤，肠断秦郎归信⑥。

[注释]

①梁州：《梁州曲》。 ②条脱：手镯、腕钏之类。 ③臂韝(gōu)：亦称臂捍，若今套袖之类。 ④熏笼：罩在熏炉上的笼子作熏香及烘衣用。 ⑤银釭：银灯。 ⑥秦郎："秦郎文字固超然，汉武凭虚意欲仙。"指秦观。此处借指情郎。

## 调笑令

博

绿檀屏下玉成围，唤拥金盆出注时。多情故与诸郎戏，不惜春娇两鬓垂。珠玑满斗犹慵起，玉马象盘还得意①。漏冷铜乌唤不膺，更移红烛桃花底

花底，锦铺地。绣浪琼枝光似洗，一心长在金盆里。翠袖懒遮纤指。珠玑满斗犹慵起，过尽红楼春睡。

[注释]

①玉马象盘：古代博戏之具。

## 调笑令①

歌

贤川六叠小香檀，玉笋纤纤不奈寒。浅破朱唇促新调，红

丝短瑟未须弹。锦字两行妆宝扇,扇中鸾影迷娇面。兰叶歌翻春事空,孤凤离鸾两含怨

含怨,两颦浅。羽髻云鬟低玉燕,绿沉香底金鹅扇。隐隐花枝轻颤。当筵不放红云转,正是玉壶春满。

[注释]

①唐氏按:此下原有《八宝妆·感怀》"门掩黄昏"一首,乃刘泰作。见《乐府雅词拾遗》卷上。又有《临江仙·洞庭湖怀古》"湖水连天天连水"一首,乃滕宗谅作。见《能改斋漫录》卷十六,兹并不录。

## 临江仙

家在宋墙东畔住①,流莺时送芳音。窃香解佩两沉沉②。都缘些子事,过却许多春。　　日上花梢初睡起,绣衣闲纵金针。错将黄晕压檀心③。见人羞不语,偷把泪珠匀。

(以上见《澹轩集》卷四)

[注释]

①宋墙东畔:天下美人,"莫若臣东家子","然此女登墙窥臣三年。至今未许也"。见战国楚宋玉《登徒子好色赋》。　②窃香:韩寿与贾充女有私情,"时西域有贡奇香,一着人则经月不歇,帝甚贵之,惟以赐充及大司马陈骞。其女密盗以遗寿。充僚属与寿燕处,闻其芬馥,称之于充,自是充意知女与寿通。"见《晋书·贾充传》。　解佩:"江妃二女出游于江汉之湄,逢郑交甫。见而悦之,不知其神人也。交甫下请其佩,遂手解佩与交甫。"见汉刘向《列仙传》。　③檀心:浅红色花心。此处犹言芳心。

## 青玉案

春夜怀故人

参横月落闻街鼓[①]。指杨柳，天边路。冷淡梨花啼玉箸[②]。五云芝检[③]，八花砖影[④]，稳上鳌头去[⑤]。 吹箫台冷秦云暮[⑥]，玉勒嘶风弄娇步。四雁峰前凭尺素[⑦]。壁尘香减，绮窗风静，记得题诗处。

（《永乐大典》卷三千零零五“人”字韵引李滨老词）

**[注释]**

①参：参星，二十八宿之一。 ②玉箸：喻眼泪双垂。“谁怜双玉箸，流面复流襟。”见南朝梁刘孝标《独不见》诗。 ③五云：指宫阙所在。“是时君王在镐京，五云垂晖耀紫清。” 芝：芝盖。 ④八花砖影：唐李程为翰林学士，性懒，每待日影至阶前八砖方入朝，时人称为“八砖学士”。见唐李肇《翰林志》。 ⑤上鳌头：谓入翰林院。因翰林学士朝见皇帝时立于鳌头而得名。 ⑥“吹箫台”句：“萧史者，秦穆公时人也。善吹箫，能致孔雀白鹤于庭。穆公有女字弄玉，好之，公遂以女妻焉。日教弄玉作凤鸣。居数年，吹似凤声，凤凰来，止其屋。公为作凤台……”见汉刘向《列仙传·萧史》。 ⑦尺素：“客从远方来，遗我双鲤鱼。呼童烹鲤鱼，中有尺素书。”见古乐府《饮马长城窟行》。

## 存目词

| 调名 | 首句 | 出处 | 附注 |
|---|---|---|---|
| 浣溪沙 | 章水何如颍水清 | 《澹轩集》卷四 | 徐俯作，见《乐府雅词》卷中 |
| 念奴娇 | 海天向晚 | 同上 | 韩驹作，见《草堂诗馀后集》卷上 |

| 调名 | 首句 | 出处 | 附注 |
| --- | --- | --- | --- |
| 念奴娇 | 素光练静 | 《澹轩集》卷四 | 李邴作，见《苕溪渔隐丛话》前集卷五十九 |
| 卜算子 | 心空道迹空 | 同上 | 徐俯作，见《乐府雅词》卷中 |
| 木兰花 | 沉吟不语晴窗畔 | 同上 | 李邴作，见《中兴以来绝妙词选》卷一 |
| 八宝妆 | 门掩黄昏 | 同上 | 刘焘作，见《乐府雅词拾遗》卷上 |
| 临江仙 | 湖水连天天连水 | 同上 | 滕宗谅作，见《能改斋漫录》卷十六 |

## 陈从古

陈从古（1122—1182），字晞颜，金坛（今属江苏）人。绍兴二十一年（1151）登进士第。乾道间，提点湖南刑狱，移本路转运判官，除直秘阁。九年（1173），知襄阳府。淳熙元年（1174）罢。连畀衢、饶、秀三州，俱被论放罢。有《洮湖集》，又有单行《洮湖词》，皆不传。

### 蝶恋花

日借轻黄珠缀露。困倚东风，无限娇春处。看尽夭红浑漫语，淡妆偏称泥金缕[①]。　不共铅华争胜负[②]。殿后开时，故欲寻春去。去似朝霞无定所，那堪更著催花雨[③]。

（《全芳备祖》卷三“芍药门”）

[注释]

①金缕：金缕衣。　②铅华：搽脸之粉。此处谓着意打扮者。　③催花雨：春雨。“催花初过社公雨。”见宋陆游《社日小饮》诗。

# 姚　宽

姚宽（？—1162），字令威，号西溪，嵊（今浙江嵊县）人。以荫补官，权尚书户部员外郎，枢密院编修官。有《西溪丛语》传世。

## 菩萨蛮

### 春　愁

斜阳山下明金碧，画楼返照融春色。睡起揭帘旌，玉人蝉鬓轻。　　无言空伫立，花落东风急[①]。燕子引愁来，眉心那得开。

[注释]

①“无言”二句：“玉阶空伫立，宿鸟归飞急。”见唐李白《菩萨蛮》词。

## 菩萨蛮

### 别　恨

梦中不记江南路，玉钗翠鬓惊春去。午醉晚来醒，暝烟花上轻。　　红绡空浥泪，锦字凭谁寄[①]。衫薄暖香销，相思云水遥。

[注释]

①锦字：“滔，苻坚时为秦州刺史，被徙流沙。苏氏思之，织锦为回文旋图以赠滔，宛转循环以读之，词甚凄惋。”见《晋书·列女列传·窦滔妻苏氏》。

## 怨王孙

春　情

毵毵杨柳绿初低[1]，澹澹梨花开未齐。楼上情人听马嘶。忆郎归，细雨春风湿酒旗。

［注释］

①毵毵(sān sān)：披散下垂的样子。

［集评］

许昂霄云："'楼上情人听马嘶'三句，与飞卿'送君闻马嘶'，各有其妙，正可参看。"（《词综偶评》）

## 生查子

情　景

郎如陌上尘，妾似堤边絮。相见两悠扬，踪迹无寻处。

酒面扑春风，泪眼零秋雨。过了别离时，还解相思否。

［集评］

沈雄云："姚字令威，其居擅西溪之胜，号西溪。……其闺词云：'酒面扑春风，泪眼零秋雨。'……足以见其概矣。"（《古今词话·词评》上卷）

程洪云："姚宽《生查子》'郎如陌上尘'，以浑成为工。"（《词洁辑评》卷一）

## 踏莎行[1]

秋思

蘋叶烟深，荷花露湿，碧芦红蓼秋风急。采菱渡口日将沉，飞鸿楼上人空立。　彩凤难双，红绡暗泣，回纹未剪吴刀涩[2]。梦云归处不留踪[3],厌厌一夜凉蟾入[4]。

（以上《中兴以来绝妙词选》卷三）

［注释］

①唐氏按:以上姚宽词五首,用周泳先辑本《西溪乐府》。 ②回纹:即回文旋图,前秦秦州刺史窦滔妻苏氏所作,“宛转循环以读之,词甚凄惋”。见《晋书·列女传·窦滔妻苏氏》。 ③梦云:谓男女欢合。“妾在巫山之阳,高丘之阻。旦为朝云,暮为行雨。朝朝暮暮,阳台之下。”见战国楚宋玉《高唐赋序》。 ④凉蟾:清亮的月光。

［集评］

沈雄云:“姚字令威,其居擅西溪之胜,号西溪。亦以名词。……《秋思》云:‘采菱渡口日将沉,飞鸿楼上人空立。’足以见其概矣。”(《古今词话·词评》上卷)

许昂霄云:“‘采菱渡口日将沉’已上是即景,‘飞鸿楼上人空立’已下是遥想,‘梦魂归去不留踪’二句两层一齐收拾。”(《词综偶评》)

## 刘　珙

刘珙(1122—1178)，字共父，崇安(今属福建)人。登绍兴十二年(1142)进士乙科。因忤秦桧，被逐。后召还，迁礼部郎官。孝宗朝，拜参知政事。谥忠肃。

### 满江红

遥寿仲固叔谊[1]

南郭新居，忆乡社[2]，久成疏隔。乘暇日、风吹衣袂，花迎村陌。果核鸡豚张燕豆[3]，儿童父老联宾席。想笋舆、到处水增光[4]，山添色。　　应情念，天涯侄。随官牒[5]，飘萍迹。叹离多聚少，感今思昔。鬓影羞临湘水绿[6]，梦魂常对屏山碧。凭画栏，搔首望归云，情无极。

(《截江网》卷六)

[注释]

①仲固：刘谊，长兴人。曾为江西提举。后隐于茅山以终。　唐氏按：此首原题刘忠肃作。　②乡社：即村社。由定居于一定地域的一群家庭组成。　③燕豆：燕席。豆，古代食器，状如高脚盘。　④笋舆：竹轿。　⑤官牒：官爵名录。　⑥湘水：又名湘江，在湖南。

# 黄 格

黄格,生平事迹不详。

## 水调歌头

寿留守刘枢密①

富贵不难致,名节几人全。渡江龙化②,于今五十有三年。历数朝堂诸老,谁似武夷仙伯③,操行老弥坚④。吾道适中否,一柱独擎天⑤。　湖南北,江左右,屡藩宣⑥。韩公城下⑦,烽火静,米斗三钱。人愿公归台鼎⑧,我愿公归中隐⑨,九老要齐肩⑩,岁岁祝公寿,风月伴梅仙⑪。

(《截江网》卷四)

[注释]

①刘枢密:指刘珙,乾道三年(1167)除同知枢密院事。　②"渡江"句:"五马浮渡江,一马化为龙。"原谓晋室南渡事,此处借指宋室南渡。　③武夷仙伯:即武夷君,武夷山神名,此处借指刘珙。　④操行老弥坚:"丈夫为志,穷当益坚,老当益壮。"见《后汉书·马援传》。　⑤一柱独擎天:"卿五山镇地,一柱擎天,气压乾坤,量含宇宙。"见《唐大诏令集·赐陈敬瑄铁券文》。　⑥藩宣:作为出镇大臣而受宣诏。　⑦韩公:疑指韩琦,曾封魏国公。　⑧台鼎:古代称三公,犹星有三台,鼎足而立。　⑨中隐:任闲散官作为隐居。"大隐住朝市,小隐入丘樊。……不如作中隐,隐在留司官。"见唐白居易《中隐》诗。　⑩九老:唐武宗会昌五年,白居易等九位老人于洛阳举行尚齿会。　⑪梅仙:谓梅福,汉代隐士,传说后来成仙。见《汉书·梅福传》。

## 汤思退

汤思退（？—1164），字进之，处州青田（今属浙江）人。绍兴十五年（1145）中博学宏词科，除秘书省正字。官至签书枢密院事兼权参知政事，又由尚书同中书门下平常事进左仆射。隆兴初，责居永州。

### 菩萨蛮

游水月寺

画船横绝湖波练，更上雕鞍穷翠巘。霜橘半垂黄，征衣尽日香。　　钟声云外听，金界青松映。何处是华山[①]，峰峦杳霭间[②]。

（《吴郡志》卷三十三）

**［注释］**

①华山：在陕西东部。此处泛指沦陷区。　②杳霭：深远貌。

## 张仲宇

张仲宇，生卒不详，字德宜，临桂（今属广西）人。绍兴时在世。

### 如梦令

秋　怀

送过雕梁旧燕，听到妆楼新雁。菊讯一何迟，倒尽清樽谁伴。魂断，魂断，人与暮云俱远。

（《历代词人考略》引《粤西诗载补遗》）

# 李流谦

李流谦（1123—1178），字无变，绵竹（今属四川）人。以荫补将仕郎，授成都府雪泉尉，调雅州教授。旋入虞允文幕，以荐授诸王府小学教授，改奉议郎、通判潼川府。有《澹斋集》。

## 踏莎行

灵泉重阳作①

菊露晴黄，枫霜晚翠，重阳气候偏如此。异乡牢落怕登临②，吾家落照飞云是。　举扇尘低，脱巾风细，灵苗医得人憔悴③。灯前点检欠谁人，惟有断鸿知此意。

[注释]

①灵泉：未详。　重阳：农历九月九日。　②牢落：孤寂，无所寄托。　③灵苗：似指灵泉之泉水。　憔悴：困苦貌。

## 如梦令

前　题

老插黄花不称①，节物撩人且任。破帽略遮阑，嫌见星星越甚②。不饮，不饮。和取蜂愁蝶恨。

[注释]

①黄花：菊花。　②星星：喻鬓花白。

## 醉蓬莱

同幕中诸公劝虞宣威酒[①]

正红疏绿密，浪软波肥，放舟时节。载地擎天，识堂堂人杰。万里长江，百年骄虏[②]，只笑谈烟灭[③]。葭苇霜秋[④]，楼船月晓，渔樵能说。　分陕功成，沙堤归去[⑤]，衮绣光浮[⑥]，两眉黄彻[⑦]。了却中兴[⑧]，看这回勋业。应有命圭相印[⑨]，都用赏、元功重叠。点检尊前，太平气象，今朝浑别。

[注释]

①虞宣威：虞允文时任四川宣抚。　②虏：唐氏按，原作"敌"，据《永乐大典》卷一万二千零四十三"酒"字韵改。　③谈笑烟灭："谈笑间，强虏灰飞烟灭。"见宋苏轼《念奴娇·赤壁怀古》词。　④葭苇霜秋："蒹葭苍苍，白露为霜。"见《诗经·秦风·蒹葭》。　⑤沙堤："凡拜相，礼绝班行，府县载沙填路，自私邸至子城东街，名曰沙堤。"见唐李肇《国史补》卷下。　⑥衮绣：上公服饰。　⑦两眉黄彻：古代以为眉间有黄气是回朝的象征。"眉间黄色见归期。"见唐韩愈《赠马侍郎冯李二员外》诗。　⑧中兴：宋高宗之年号为绍兴，即"绍祚中兴"之意。　⑨命圭：帝王授予大臣的玉圭。

## 小重山

绵守白宋瑞席间作[①]

轻暑单衣四月天。重来闲屈指，惜流年。人间何处有神仙，安排我，花底与尊前。　争道使君贤。笔端驱万马，驻平川。长安只在日西边。空回首，乔木淡疏烟。

[注释]

①白宋瑞：未详。　绵守：绵州知州。

## 青玉案

和雅守蹇少刘席上韵[①]

相知原早来何暮，社燕送、秋鸿去。春草春波愁自注。酒香花韵，绮谭妍唱，怎不思量住。　虚无指点骑鲸路[②]，个是骚人不凡处。画栋云飞帘卷雨[③]。风流千古，一时人物，好记尊前语。

［注释］

①雅：雅州，今四川雅安县。　②骑鲸路：隐遁之路。“待垂天赋就，骑鲸路稳，约相将去。”见宋苏轼《水龙吟》词。　③“画栋”句：“画栋朝飞南浦云，珠帘暮卷西山雨。”见唐王勃《滕王阁诗》。

## 虞美人

春　怀

一春不识春风面，都为慵开眼。荼蘼雪白牡丹红，犹及尊前一醉、赏芳秾。　东君又是匆匆去，我亦无多住。四年薄宦老天涯，闲了故园多少、好花枝。

## 点绛唇

德茂生朝作[①]

一剪秋光，阿谁洗得无纤滓[②]。冰盘彻底[③]，人也清如此。　万里归来，著个斑衣戏[④]。慈颜喜，问君不醉。更遣何人醉。

[注释]

①德茂：未详。 ②纤滓：细小的污秽。 ③冰盘：喻月。 ④斑衣戏：“老莱子……尝着五色斑斓衣，为亲取饮上堂，脚跌，恐伤父母之心，因僵仆为婴儿啼。”见《太平御览》卷四一三引师觉授《孝子传》。

## 感皇恩

无害弟生朝作[①]

万绿压庭柯，雨晴烟润。三尺金猊麝微喷[②]。百花香暖，酿作九霞仙酝[③]。祝君如此酒，年年饮。 插额汉貂[④]，垂腰苏印[⑤]。趁取如今未华鬓。三茅兄弟[⑥]，总有丹台名姓[⑦]。蟠桃熟也未[⑧]，教人问。

[注释]

①无害：李直养，广陵人，曾为海盐丞。 ②金猊：狻猊形金属香炉。麝：麝香。 ③九霞仙酝：美酒名。 ④汉貂：古代王公显官冠上之饰物，始于汉代武官。 ⑤苏印：战国时苏秦为从约长，并相六国，曰：“且使我有洛阳负廓田二顷，吾岂能佩六国相印乎？”见《史记·苏秦列传》。 ⑥三茅兄弟：相传汉茅盈与弟茅固、茅衷得道成仙于句曲山，世称三茅君。 ⑦丹台：传说中神仙住处。 ⑧蟠桃：神话中仙桃，三千年一开花，三千年一结果。

## 武陵春

德茂乃翁生朝作

晓日帘栊初破睡，宝鸭宿薰浓[①]。笑指图中鹤髪翁，仙骨宛然同。 万里郎官遥上寿，五马茜衫红[②]。待插华貂酒满钟[③]，仍是黑头公[④]。

[注释]

①宝鸭：鸭形香炉。 ②五马：指州郡长官。“《周礼》注云，‘州长建旟，太守视之，汉御五马。’”见宋张表臣《珊瑚钩诗话》卷二。 茜衫：红色上衣。 ③华貂：古代王公显官冠上之饰物。 ④黑头公：“恢弱冠知名，试守即丘长，转临沂令，为政和平。……（王）导尝谓曰：‘明府当为黑头公。’”见《晋书·诸葛恢传》。

## 谒金门

### 晚　春

行不记，贪看远峰颦翠。风约柳花吹又起，故黏行客袂。　　老大浑无欢意，不为伤春憔悴。茅屋数间修竹里，日长春睡美。

## 谒金门

空伫立，又是冷烟寒食[①]。开尽荼蘼都一色，东风吹更白。　　我是纶竿倦客[②]，道上行人不识。着取蓑衣拈短笛，沙鸥应认得。

[注释]

①寒食：清明前一天，禁火冷食。 ②纶竿倦客：谓钓鱼翁。

## 谒金门

春又晚，杨柳晓莺啼断。落尽残红馀片片，风狂都不管。　　作客惟嫌酒浅，未敌闲愁一半。人与青山谁近远，可怜春梦短。

## 谒金门

山数尺,江草江波同碧。晚雨吹风才数滴,行人心更急。　　漠漠疏烟如织[1],遮断客愁不得。肠断故园无消息,灯花闲手剔。

[注释]

①"漠漠"句:"平林漠漠烟如织。"见唐李白《菩萨蛮》词。

## 玉漏迟

送官东南

东南应眷倚。当年丽绝,今其馀几。云锦飘香,好在藕花十里。六月长安徂暑[1],只一雨、滂沱都洗。君好为。携将苏醒,三吴生齿[2]。　　总道秦蜀讴吟,但消得雍容,笑谈而致。稍待秋风,也拟买舟东逝[3]。收拾尘编蠹简,更饱看、江山奇伟。歌盛美,还送往趋天陛[4]。

[注释]

①徂暑:"四月维夏,六月徂暑。"见《诗经·小雅·四月》。徂,始。②三吴:指吴郡、吴兴、会稽。相当于今苏州、湖州、绍兴一带。　③"稍待"二句:"张季鹰辟齐王东曹掾,在洛见秋风起,因思吴中……遂命驾便归。"见《世说新语·识鉴》。　④天陛:宫殿台阶,喻左右省阁。

## 满庭芳

过黄州游雪堂次东坡韵[1]

归去来兮,吾归何处[2],旧山闲却岷峨[3]。雪堂重到,但觉客愁多。来往真成底事,人应笑、我亦狂歌。凭阑久，云车不至[4]，举盏酹东坡[5]。　少年，浑妄意，斗冲剑气，雷化龙梭[6]。到如今，翻羡白鸟沧波。松柏皆吾手种，依然□、烟蕊霜柯[7]。君知否，人间尘事，元不到渔蓑。

［注释］

①次东坡韵：指苏轼《满庭芳·元丰七年四月一日，余将去黄移汝，留别雪堂邻里二三君子。会李仲览自江东来别，遂书以遗之》词。黄州，今湖北长江以北，京汉铁路以东地区，治所在今黄冈。苏轼于宋神宗元丰五年（1082）谪居黄州，为团练副使。雪堂，苏轼在黄州的居所，位于长江边，是苏轼到黄州一年多后在友人帮助下营建的。　②“归去”二句：“归去来兮，吾归何去？”见宋苏轼《满庭芳》词。又，“归去来兮，田园将芜胡不归？”见晋陶渊明《归去来兮辞》。　③“旧山”句：“万里家在岷峨。”见宋苏轼《满庭芳》词。　岷峨：四川有岷山、峨眉山。苏轼家在眉山县。李流谦家在绵竹，故均以岷峨指代家乡。　④云车：仙人以云为车。　⑤东坡：在湖北黄冈东，雪堂所在，苏轼自号东坡居士。　⑥“斗冲”二句：喻心胸气度。平吴以后，张华发现牛斗间紫气愈明，派雷焕为丰城县令，掘狱屋基得龙泉、太阿两把宝剑。见《晋书·张华传》。陶侃尝垂钓于钓矶山下，得一织梭，有顷，梭变成赤龙，从空而去。见南朝宋刘敬叔《异苑》卷一。　⑦唐氏按：此间原无空格，据《澹斋词》补。

## 殢人娇

痴本无绦[1]，闷宁有火。都是你、自缠自锁。高来也可，低来也可。这宇宙、何曾碍你一个。　休说荣枯，强分物我。惺惺地、要须识破[2]。渔樵不小，公侯不大。但赢取、饥餐醉来便卧。

［注释］

①绦（tāo）：同“韬”。　②惺惺：机警，警觉。

## 洞仙歌

忆　别

云窗雾阁，尘满题诗处。枝上流莺解人语。道别来、知否瘦尽花枝，春不管，更遣何人管取。　　平生鸥鹭性，细雨疏烟，惯了江头自来去。不见鹊桥边①，只为隔年，翻赢得、年年风露②。便学得、无情海中潮，纵一日两回，如何凭据。

[注释]

①鹊桥：神话中群鹊在银河架起的桥，七月七日织女渡鹊桥跟牛郎相会。　②年年风露："金风玉露一相逢，便胜却人间无数。"见宋秦观《鹊桥仙》词。

## 卜算子

前　题

生别有相逢，死别无消息。说著从前总是愁，只是不相忆。　　月堕半窗寒，梦里分明识。却似瞋人不忆他，花露盈盈湿。

## 水调歌头

江上作①

江涨解网雨②，衣润熟梅天③。高人何事，乘兴来寄五湖船④。才听冬冬叠奏，呕轧橹声齐发⑤，几别故州山。转盼青楼杪⑥，已在碧云端。　　渡头月，临晚霁，泊清湾。水空天静，高下相应总团圞⑦。遥想吾家更好，尽唤儿曹泛扫，欣赏共婵娟[8]。应念思归客，对此不成眠。

［注释］

①唐氏按：此下原有《临江仙·江上九日即事》一首，乃李之仪作，见《姑溪居士文集》卷四十六，今不录。 ②解网雨：指时停时下的雨。 ③熟梅天：江南地区梅子黄时，阴雨连绵，俗称黄梅天。 ④五湖船：范蠡佐越王灭吴复国后，“乃乘扁舟出三江，入五湖，人莫知其所适”。见《吴越春秋》。五湖：指太湖流域一带湖泊。 ⑤呕轧：摇橹声。 ⑥青楼：贵族妇女居住的楼阁。 ⑦团圞：团圆。 ⑧婵娟：美好的月色。

## 于飞乐

为海棠作

薄日烘晴，轻烟笼晓，春风绣出林塘。笑溪桃、并坞杏，忒煞寻常[1]。东君处[2]、没他后，成甚风光。 翠深深、谁教入骨，夜来过雨淋浪。这些儿颜色，已恼乱人肠。如何更道，可惜处、只是无香。

［注释］

①忒煞：太。 ②东君：春神。

## 西江月

为木樨作

色似蜡梅浑浅，香如薝蔔微清[1]。更张绿幄蔽轻盈，巧著工夫斗钉[2]。 露叶涓涓月晓，风英点点秋晴。江南江北可经行，梦到吴王香径[3]。

[注释]

①薝蔔:即郁金香。 ②斗钉:亦作斗饤,将果品饼饵置于盒中,巧为设置。 ③吴王香径:在苏州香山之傍。吴王种香于香山,使美女泛舟于溪以采香。亦称香花径。见宋范成大《吴郡志》。

## 眼儿媚

中秋无月作

素娥作意失幽期[①],我自不凭伊。举杯重叹,帖云微笑,应道人痴。　如今老去无情绪,只有睡相宜。建溪一啜[②],木樨数蒻,酒醒归时。

[注释]

①素娥:嫦娥,此处指代月。 ②建溪:建溪茶,产于福建北部。

## 朝中措

失　题

相思两地费三年,明月几回圆。鸥鸟不知许事,清江仍绕青山。　尊前歌板,未终金缕[①],已到阳关[②]。趁取腊前归去,梅花不奈春寒。

[注释]

①金缕:《金缕曲》,表达青春易逝的惆怅。 ②阳关:在今甘肃敦煌西南,古为通西域要隘。

## 千秋岁

别　情

玉林照坐,簌簌花微堕。春院静,烟扉锁。黛轻妆未试，红淡唇微破。清瘦也，算应都是风流过。　　把盏对横枝，尚忆年时个[①]。人不见，愁无那[②]。绕林霜掠袂，嚼蕊香黏唾。清梦断，更随月色禁持我[③]。

（以上文津阁《四库全书》本《澹斋集》卷八）

［注释］

①个：助词。　②无那（nuò）：犹无奈。　③禁持：摆布。

## 虞美人

在芜湖待仲甄巨卿未至作[①]

吴波亭畔千行柳[②]，直恁留人久[③]。晚来船槛再三凭，又是一钩新月、照江心[④]。　　故人有约何时到，白地令人老[⑤]。只愁酒尽更谁赊，一段闲愁无计、奈何他。

（《永乐大典》卷二千二百六十六"湖"字韵引李流谦《澹斋集》）

［注释］

①芜湖：县名，在安徽。仲甄：未详。　②吴波亭：未详。　③恁：如此。　④一钩新月："无言独上西楼，月如钩。"见南唐李煜《乌夜啼》词。⑤白地：无缘无故。

## 存目词

《澹斋集》卷八有《临江仙》"□□三春都过了"一首，乃李之仪作，见《姑溪居士文集》卷四十六。

# 洪　迈

洪迈(1123—1202),字景卢,别号野处,洪皓季子。鄱阳(今属江西)人。绍兴十五年(1145)中博学鸿词科。孝宗朝,累迁中书舍人、兼侍读、直学士院、拜翰林学士。进焕章阁学士、知绍兴府。以端明殿学士致仕。有《野处类稿》、《容斋随笔》、《夷坚志》、《万首唐人绝句》行于世。词存六首。

## 满江红

立夏前一日借坡公韵[①]

雨涩风悭[②],双溪闷、几曾洋溢。长长是、非霞散绮[③],岫云凝碧。修禊欢游今不讲[④],流觞故事何从觅[⑤]。待它时,水到却寻盟,筹输一[⑥]。　　燕舞倦,莺吟毕。春肯住,才明日。池塘波绿皱,小荷争出。童子舞雩浑怅望[⑦],吾人提笔谁飘逸。记去年、修竹暮天寒[⑧],无踪迹。

(附洪适《盘州乐章·满江红·答景卢词》后)

[注释]

①立夏:农历二十四节气之一,约在阳历五月六日前后。　坡公韵:指苏轼《满江红·东武会流杯亭》词。　②雨涩风悭:指风雨少。　③霞散绮:“馀霞散成绮。”见南朝齐谢朓《晚登三山还望京邑》诗。　④修禊:农历三月上巳日到水边嬉游,以祓除不祥。　⑤流觞故事:晋穆帝永和九年,王羲之与孙绰等四十一人在会稽山阴之兰亭修禊礼,“引以为流觞曲水……一觞一咏,亦足以畅叙幽情”。见晋王羲之《兰亭集序》。　⑥筹:酒筹。　⑦舞雩:求雨的祭坛。“暮春者,春服既成,冠者五六人,童子六七人,浴乎沂,风乎舞雩,咏而归。”见《论语·先进》。　⑧“修竹”句:“天寒翠袖薄,日暮倚修竹。”见唐杜甫《佳人》诗。

## 临江仙

绮席流欢欢正洽，高楼佳气重重。钗头小篆烛花红。直须将喜事，来报主人公。　桂月十分春正半[①]，广寒宫殿葱葱[②]。姮娥相对曲阑东[③]。云梯知不远，平步蹑东风。

（《夷坚志支景》卷八）

［注释］

①桂月：月的美称。　②广寒宫：传说唐玄宗八月望日游月中，见一大宫府，榜曰："广寒清虚之府"，因称月宫。　③姮娥：嫦娥。

## 高宗梓宫发引三首[①]

### 导　引

寒日短，草露朝晞。仙鹤下，梦云归。大椿亭畔苍苍柳[②]，怅无由，挽住天衣[③]。昭阳深，暝鸦飞[④]。愁带箭、恋恩栖。笳箫三叠奏，都人悲泪袂成帷[⑤]。

［注释］

①高宗：宋高宗赵构，靖康二年（1127）即帝位于南京（今河南商丘）。　梓宫：皇帝棺木。　②大椿亭：设想中的亭台，大椿表长寿。"上古有大椿者，以八千岁为春，八千岁为秋。"见《庄子·逍遥游》。　③天衣：帝王之衣，此处指赵构之衣。　④"昭阳"二句："玉颜不及寒鸦色，犹带昭阳日影来。"见唐王昌龄《长信秋词》。意谓人虽故世，日影尚存。　⑤都人：指行在百姓。

### 六　州

尧传舜[①]，盛事千古难并。回龙驭[②]，辞凤掖[③]，北内别有蓬瀛[④]。为天子父，册鸿名。万年千岁福康宁。春秋不说楚冥灵[⑤]。莱衣彩戏[⑥]，汉殿玉卮轻[⑦]。宸游今不见[⑧],烟外落霞明。前回丁未[⑨],雾塞神京[⑩]。正同符、光武中兴[⑪]。擎天独力扶倾。定宗庙,保河山,乾坤整顿庚庚[⑫]。功成了,脱屣遗荣[⑬]。访崆峒、容与丹庭[⑭]。笑挹尘寰、不留行。吾皇哀恋,泪血洒神旌[⑮]。肠断涛江渡[⑯],明日稽山暮云[⑰],东望元陵。

[注释]

①尧传舜:唐尧传位于虞舜,尧舜为古代圣德之君。此处借指宋高宗赵构传位于宋孝宗赵昚。　②龙驭:皇帝车驾。　③凤掖:指帝宫。　④蓬瀛:蓬莱山和瀛州山,均为海上神山。此处借指宫廷。　⑤楚冥灵:神话中长龄树。"楚之南有冥灵者,以五百岁为春,五百岁为秋。"见《庄子·逍遥游》。　⑥莱衣彩戏:"(老莱子)尝着五色斑斓衣,为亲取饮上堂,脚跌,恐伤父母之心,因僵仆为婴儿啼。"见《太平御览》卷四一三引师觉授《孝子传》。此指孝宗善尽孝道。　⑦汉殿:泛指宋宫殿。　玉卮:酒杯。⑧宸游:帝王之游。　⑨丁未:宋高宗建炎元年(1127)。　⑩雾塞神京:指金人南侵。　神京:此处指汴京。　⑪光武中兴:汉光武帝刘秀建立东汉。此处比喻南宋建立。　⑫庚庚:坚强貌。"大横庚庚,余为天王,夏启以光。"见《史记·孝文本纪》。　⑬脱屣:"舜视天下,犹弃敝屣也。"见《孟子·尽心上》。　⑭崆峒:崆峒山,在河南临汝西南,传说黄帝问道于广成子之所。　丹庭:神仙居处。　⑮神旌:为死去君主所立旌旗。⑯涛江:此处指钱塘江。　⑰稽山:会稽山,在今浙江绍兴东南。按,高宗陵墓在宝山,在绍兴东南约四十里,今名攒宫。

十二时[①]

壁门双阙转苍龙[②],德寿俨袛宫[③]。轩屏正坐,天子亲拜天公[④]。仪绅笏,罗鹓鹭[⑤],粲庭中。仙家欢不尽,人世寿无穷。谁知云路,玉京成就[⑥],催返璇穹[⑦]。转手万缘空。见说烟霄好处,不与下方同。尘合雾迷濛。笙箫寥寂,楼阁玲珑。中兴大业[⑧],巍巍稽古成功。事去孤鸿。忍听宵柝晨钟。灵舆驾[⑨],素帏低,杳庞茸[⑩]。浙江潮,万神护，川后滋恭。因山祇事[11]。崔嵬禹穴[12]，此日重逢。柏城封[13]。愁长夜、起悲风。歌清庙、千古诵高宗[14]。

（以上三首见《宋史·乐志》）

［注释］

①唐氏按：此三首原不著撰人，此据《容斋五笔》卷五。　②璧门：汉宫门名，泛指宫门。　转苍龙：指高宗传位孝宗。　③德寿：德寿宫。高宗退位后移居德寿宫。　祇宫：周宫殿名。　④天公：上天。　⑤鹓鹭：喻朝班。　⑥玉京：天阙，道家称为三十六帝之都，在无为之天。　⑦璇穹：饰玉之宫。　⑧中兴大业：赵构都临安后，改年号为绍兴，取“绍祚中兴”之意。　⑨灵舆：帝王的灵车。　⑩庞茸：象声词。　⑪山祇：山神。　⑫禹穴：在浙江绍兴东南九里，相传为夏禹下葬之处。　⑬柏城：帝王园陵周围种植柏树，称柏城。　⑭清庙：《诗经》篇名，为祀文王之歌。

## 踏莎行

院落深沉，池塘寂静，帘钩卷上梨花影。宝筝拈得雁难寻[1]，篆香消尽山空冷[2]。　钗凤斜敧，鬓蝉不整，残红立褪慵看镜。杜鹃啼月一声声，等闲又是三春尽。

（《绝妙好词》卷一）

［注释］

①雁：古筝的弦柱，斜列如飞雁。　②篆香：制成篆文形的沉香。

## 存目词

本书（今按：指《全宋词》）初版卷一百四十三据《夷坚志》支丙卷四引洪迈《减字木兰花》“家门希差”一首，据《夷坚志》原书，乃无名氏作。

# 赵缩手

赵缩手,普州士人。

## 浪淘沙

损屋一间儿[①],好与支持。休教风雨等闲欺。觅个带修安稳路,休遣人知。　　须是着便宜,运转临时。袄知险里却防危[②]。透得玄关归去路[③],方步云梯[④]。

(《夷坚丙志》卷二)

[注释]

①损屋:犹言败屋。　②袄:疑通"要"。　③玄关:佛教称入道之门。　④云梯:高山之石级。

## 存目词

本书(今按:指《全宋词》)初版卷二百八十据《夷坚丙志》卷二另载赵缩手《浪淘沙》一首,据《夷坚志》原书,赵缩手仅歌此词,而云是吕洞宾作,今另编。

## 张风子

张风子，不知何许人。绍兴间在鄱阳（今属江西）。

### 满庭芳[1]

咄哉牛儿[2]，心壮力壮，几人能可牵系。为爱原上，娇嫩草萋萋。只管侵青逐翠，奔走后、岂顾群迷。争知道[3]，山遥水远，回首到家迟。　　牧童，能有智，长绳牢把，短梢高携。任从它，入泥入水无为。我自心调步稳，青松下、横笛长吹。当归处，人牛不见，正是月明时。

（《夷坚丙志》卷十八）

［注释］

①唐氏按：此首《罗湖野录》卷二作则禅师词，未知孰是。　②咄：呵叱声。　牛儿：此以牧牛说禅理。牢把长绳，以驯野性。见《传灯录》。　③争：怎。

## 张珍奴

张珍奴,吴兴(今属浙江)妓。

### 失调名

逢师许多时,不说些儿个。及至如今闷损我。

(《夷坚丁志》卷十八)

# 洪惠英

洪惠英，会稽（今浙江绍兴）歌宫调女子。

## 减字木兰花[1]

梅花似雪，刚被雪来相挫折。雪里梅花，无限精神总属他。　　梅花无语，只有东君来作主[2]。传语东君，且与梅花作主人。（《夷坚志支乙》卷六）

［注释］

①唐氏按：此首别附会作马琼琼词，见明瞿佑《看梅记》。　②东君：春神。

［集评］

叶申芗云："洪景庐守会稽日，营妓惠英歌其自制《减兰》以侑觞云……"（《本事词》卷下）

吴衡照云："《花草粹编》：洪迈守会稽，洪惠英于席间歌其自制《减字木兰花》云……《词苑丛谈》：营妓马琼琼归朱廷之，廷之辟二阁，东阁正室居之，琼琼居西阁。廷之任南昌，琼寄词云：'雪梅妒色。雪把梅花相抑勒。梅性温柔。雪压梅花怎起头。芳心欲诉。全仗东君来作主。传语东君。早与梅花作主人。'二词相似而不同。岂传闻之异，抑《粹编》事本《夷坚志》，即迈自作，不应有讹。《丛谈》事详《青泥莲花记》。"（《莲子居词话》卷二）

# 何作善

何作善,字伯明。

## 浣溪沙

草草杯盘访玉人,灯花呈喜座添春。邀郎觅句要奇新。　　黛浅波娇情脉脉,云轻柳弱意真真。从今风月属闲人。

（《夷坚志支景》卷八）

# 刘之翰

刘之翰，荆南（今湖北江陵）人。官峡州远安（今属湖北）主簿。

## 水调歌头

献田都统①

凉露洗金井②，一叶下梧桐。谪仙浪游③，何事华髮作诗翁。乌帽萧萧一幅，坐对清泉白石，矫首抚长松。独鹤归来晚，声在碧霄中。　神仙宅，留玉节④，驻金狨⑤。黔南一道、十万貔虎控雕弓⑥。笑折碧荷倒影，自唱采莲新曲⑦，词句满秋风。剑佩八千岁，长入大明宫⑧。

（《夷坚志支景》卷十）

[注释]

①田都统：未详。　②金井：施有栏干之井。　③谪仙："（白）至长安。往见贺知章，知章见其文，叹曰：'子，谪仙人也。'"见《新唐书·李白传》。此处借指田都统。　④玉节：玉制的节符，作为信物。　⑤金狨：金丝猴。　⑥黔南：黔南路，住于黔中道以南，辖今广西三江，柳州以西，河池以东和忻城以北地区，治所在融州。　貔虎：比喻勇猛战士。　⑦采莲曲：梁武帝制，乐府《江南弄》七曲之一。　⑧大明宫：唐宫名，在今陕西长安东。此处泛指行在宫殿。

## 周　某

周德材之子,不知其名。

### 失调名

瑶池仙伴。应讶我、归来晚。　(《夷坚三志辛》卷十)

# 太学诸生

## 南乡子

洪迈被拘留[①]，稽首垂哀告彼酋[②]。七日忍饥犹不耐，堪羞。苏武争禁十九秋[③]。　厥父既无谋[④]，厥子安能解国忧。万里归来夸舌辨，村牛。好摆头时便摆头[⑤]。

（《谈薮》）

［注释］

①"洪迈"句：绍兴末，洪迈使金，初不肯自称"陪臣"。在金人威胁下，便跪拜称臣。见《宋史·洪迈传》。　②稽首：古时一种跪拜礼，为九拜中最恭者。　③"苏武"句："武留匈奴凡十九岁，始以强壮出，及还，鬚髮尽白。"见《汉书·苏武传》。　④"厥父"句：洪迈父洪皓，建炎三年使金，绍兴十三年始还临安，留金十五年，艰苦备尝。　⑤"好摆头"句：洪迈"素有风疾，头常微掉。时人为之语曰：'一日之饥禁不得，苏武当时十九秋。传与天朝洪奉使，好掉头时不掉头。'"见宋罗大经《鹤林玉露》。

## 仪　珏

仪珏,临安(今浙江杭州)妓。

### 失调名

鄱江英气钟三秀。　　(《异闻总录》卷四)

# 袁去华

袁去华(1111—?),字宣卿,奉新(今属江西)人。绍兴十五年(1145)登进士第。曾官善化县,又知石首县。有《袁宣卿词》一卷。

## 水调歌头

### 雪

云冻鸟飞天,春意著林峦。姮娥何事[①],醉撼瑞叶落人间[②]。斜入酒楼歌处,微褪茅檐烟际,窗户漾光寒。西帝游何许[③],翳凤又骖鸾。　　玉楼耸,银海眩,倚阑干。渔蓑江上归去,浑胜画图看。三嗅疏枝冷蕊,索共梅花一笑[④],相对两无言。月影黄昏里,清兴绕吴山[⑤]。

[注释]

①姮娥:嫦娥。　②瑞叶:神话中月宫有桂,故以桂叶喻雪花。　③西帝:少皞金天氏,古称西帝。　④索:须。　⑤吴山:又名胥山,在浙江杭州西湖东南。

## 水调歌头

### 次黄舜举姑苏台韵[①]

吴门古都会[②],畴昔记曾游。轻帆卸处,西风吹老白蘋洲。试觅姑苏台榭[③],尚想吴王宫阙[④],陆海跨鳌头[⑤]。西子竟何许[⑥],水殿漫凉秋。　　画图中,烟际寺,水边楼。叫云横玉、须臾三弄不胜愁[⑦]。兴废都归闲梦,俯仰已成陈迹[⑧],家在泽南州[⑨]。有恨向谁说,月涌大江流[10]。

[注释]

①黄舜举:名极,分宁人,能诗词。 ②吴门:古吴县城(今江苏苏州)别称。 ③姑苏台榭:在吴县西南姑苏山,相传为吴王阖闾或夫差所筑。 ④吴王:此处指阖闾或夫差。 ⑤鳌头:太湖的一个小岛。 ⑥西子:西施,春秋时越国美女,由越王勾践献给吴王夫差,成为夫差最宠爱的妃子。 ⑦玉:指玉笛。 三弄:用笛吹奏三个曲子。 ⑧"俯仰"句:"向之所欣,俯仰之间,已为陈迹。"见晋王羲之《兰亭集序》。 ⑨泽:此处指鄱阳湖。 ⑩"月涌"句:"星垂平野阔,月涌大江流。"见唐杜甫《旅夜书怀》诗。

## 水调歌头

天下最奇处,绿水照朱楼。三高仙去[1],白头千古想风流。跨海晴虹垂饮,极目沧波无际,落日去渔舟。蘋末西风起[2],橘柚洞庭秋[3]。 记当年,携长剑,觅封侯[4]。而今憔悴长安[5],客里叹淹留。回首洪崖西畔[6],随分生涯可老[7],卒岁不知愁。做个终焉计,谁羡五湖游[8]。

[注释]

①三高:谓春秋范蠡、晋张翰、唐陆龟蒙。宋范成大有《三高亭记》。 ②"蘋末"句:"夫风生于地,起于青蘋之末。"见战国楚宋玉《风赋》。 ③"橘柚"句:"果擘洞庭橘。"见唐白居易《轻肥》诗。 ④觅封侯:汉班超曾说,大丈夫当立功异域,以取封侯,安能久事笔砚间乎?见《后汉书·班超传》。 ⑤憔悴:困顿貌。 长安:此处指代行在临安。 ⑥洪崖:洪崖山,一名伏龙山,在江西新建县西。 ⑦随分:照样。 ⑧五湖游:范蠡佐越王勾践灭吴复国后,"乃乘扁舟出三江,入五湖,人莫之其所适"。见《吴越春秋》。

## 水调歌头

次韵别张梦卿[①]

一叶堕金井[②]，秋色满蟾宫[③]。婵娟影里[④]，玉箫吹断碧芙蓉。缭绕宫墙千雉[⑤]，森耸觚棱双阙[⑥]，缥缈五云中。郁郁葱葱处，佳气夜如虹。　日华边[⑦]，江海客，每从容。青钱万选[⑧]，北门东观会留侬[⑨]。堪叹抟沙一散，今夜扁舟何许[⑩]，红蓼碧芦丛。无地寄愁绝，把酒酹西风。

[注释]

①张梦卿：未详。　②金井：设有栏干的井。　③蟾宫：月宫。　④婵娟：美好的月色。　⑤雉：古城墙长三丈、高一丈为一雉。　⑥觚稜：宫阙上转角处的瓦脊。　⑦日华：汉宫殿名，此处泛指。　⑧青钱万选："（张）鷟文辞犹青铜钱，万选万中，时号鷟青钱学士。"见《新唐书·张鷟传》。此处喻文才超众。　⑨北门：唐学士院在禁中北门。　东观：汉班固修史书处。此处谓藏书或看书之地。　⑩何许：何处。

## 水调歌头

送杨廷秀赴国子博士用廷秀韵[①]

笔阵万人敌[②]，风韵玉壶冰[③]。文章万丈光焰[④]，论价抵连城[⑤]。小试冯川三异[⑥]，无数成阴桃李，寒谷自春生。奏牍三千字[⑦]，晁董已销声[⑧]。　玺书下[⑨]，天尺五[⑩]，运千龄。长安知在何处，指点日边明。看取纶巾羽扇[⑪]，静扫神州赤县[⑫]，功业小良平[⑬]。翻笑凌烟阁[⑭]，双鬓半星星[⑮]。

[注释]

①杨廷秀：杨万里，字廷秀。万里原词已佚。　②万人敌："（项）籍

曰:‘书,足以记名姓而已;剑,一人敌,不足学,学万人敌。’于是项梁乃教籍兵法。”见《史记·项羽本纪》。 ③玉壶冰:“直如朱丝绳,清如玉壶冰。”见南朝宋鲍照《代白头吟》诗。 ④万丈光焰:“李杜文章在,光焰万丈长。”见唐韩愈《调张籍》诗。 ⑤抵连城:“赵惠文王时,得楚和氏璧。秦昭王闻之,使人遗赵王书,愿以十五城请易璧。”见《史记·廉颇蔺相如列传》。 ⑥冯川:似指其初为县令,已显异才。冯川,不详其地。 ⑦“奏牍”句:“(东方)朔初入长安,至公车上书,凡用三千奏牍。”见《史记·滑稽列传》。 ⑧晁董:指晁错和董仲舒。晁错,汉颍川人,生前被称为“智囊”;董仲舒,汉广川人,为博士时下帷讲读,三年不窥园。 ⑨玺书:古时用印章封记的文书。 ⑩天尺五:喻亲近帝室。“尔家最近魁三象,时论同归尺五天。”见唐杜甫《赠韦七赞善》诗。 ⑪纶巾羽扇:“羽扇纶巾,谈笑间、强虏灰飞烟灭。”见宋苏轼《念奴娇·赤壁怀古》。 ⑫神州赤县:“中国名曰赤县神州。”见《史记·孟子荀卿列传》。 ⑬良平:谓张良、陈平,均为汉开国功臣。 ⑭凌烟阁:“贞观十七年,太宗图画太原倡义,及秦府功臣赵公长孙无忌……等二十四人于凌烟阁。”见唐刘肃《大唐新语·褒赐》。 ⑮星星:鬓髪花白貌。

## 水调歌头

定王台①

雄跨洞庭野②,楚望古湘州③。何王台殿,危基百尺自西刘④。尚想霓旌千骑⑤,依约入云歌吹⑥,屈指几经秋。叹息繁华地,兴废两悠悠。 登临处,乔木老,大江流。书生报国无地,空白九分头⑦。一夜寒生关塞,万里云埋陵阙⑧,耿耿恨难休⑨。徙倚霜风里,落日伴人愁。

**[注释]**

①定王台:在今湖南长沙。相传西汉景帝之子定王发为望其母唐姬墓而作。 ②洞庭:洞庭湖,在湖南北,长江南。 ③楚望:楚之望地,即形胜之处。 湘州:指代长沙。 ④西刘:指西汉刘发。 ⑤霓旌:旌旗,

形容多。 ⑥依约：连绵不断貌。 ⑦“空白”句：“腐儒空白九分头。”见宋陈与义《巴丘书事》。 ⑧陵阙：诸帝陵寝。 ⑨耿耿：不安貌。

［集评］

陈振孙云：“（袁去华）善为歌词，尝赋《长沙定王台》，见称于张安国，为书之。”（《直斋书录解题》卷十八）

## 水调歌头

鸟影度疏木，天势入平湖。沧波万顷，轻风落日片帆孤。渡口千章云木，苒苒炊烟一缕，人在翠微居[①]。客里更愁绝，回首忆吾庐。 功名事，今老矣，待何如。拂衣归去，谁道张翰为莼鲈[②]。且就竹深荷静，坐看山高月小[③]，剧饮与谁俱。长啸动林木[④]，意气欲凌虚[⑤]。

［注释］

①翠微：青翠掩映的山腰深处。 ②张翰为莼鲈：“张季鹰辟齐王东曹掾，在洛。见秋风起，因思吴中菰菜、莼羹、鲈鱼脍，曰：‘人生贵得适意尔，何能羁宦数千里以要名爵！’遂命驾便归。”见《世说新语·识鉴》。 ③山高月小：“山高月小，水落石出。”见宋苏轼《后赤壁赋》。 ④长啸：“籍尝于苏门山遇孙登，与商略终古及栖神导气之术，登皆不应。籍因长啸而退。至半岭，闻有声若鸾凤之音，响乎岩谷，乃登之啸也。”见《晋书·阮籍传》。 ⑤凌虚：高入云霄。

## 念奴娇

梅

蕊珠宫女弄幽妍[①]，初着春心娇小。自白真香，浑胜似、姑射冰肌窈窕[②]。带雪茅檐，临溪篱落，占却春多少。天寒日暮，有人愁绝行绕。 长记流水桥边，雨晴烟淡，袅一枝清晓。梦想经年开病眼,把酒风前一笑。花骨娇多,不禁人觑[3],只怕轻飞了。无端羌管[4],夜阑声入云杪。

[注释]

①蕊珠宫:神话中天界宫阙名。 ②姑射:谓美貌仙女。“藐姑射之山,有神人居焉,肌肤若冰雪,淖约若处子。”见《庄子·逍遥游》。 ③觑:窥视。 ④羌管:谓笛子,以出自羌地而得名。

## 念奴娇

和人韵

水边篱落独横枝[1],苒苒风烟岑寂[2]。踏雪寻芳村路永,竹屋西头遥识。蕙草香销[3],小桃红未,醉眼惊春色。罗浮何处[4],断肠无限陈迹。  憔悴素脸朱唇,天寒日暮,倚琅玕无力[5]。岁晚天涯驿使远,难寄江南消息。自笑平生,怜清惜淡,故国曾亲植。百花虽好,问还有恁标格[6]。

[注释]

①“水边”句:“雪后园林才半树,水边篱落忽横枝。”见宋林逋《梅花》。 ②岑寂:寂静。 ③蕙草:香草名,俗名“佩兰”。 ④罗浮:罗浮山,在广东东江北岸。传说隋开皇中赵师雄于此得梦遇仙,醒来在梅花树下。 ⑤“天寒”二句:“天寒翠袖薄,日暮倚修竹。”见唐杜甫《佳人》。琅玕:竹的美称。 ⑥恁:如此,这般。 标格:风范。

## 念奴娇

竹阴窗户荐微凉,积雨郊墟新霁。万里飞云都过尽,天阙星河如洗[1]。檐隙风来,流萤飘堕,苒苒还飞起。魂清骨冷，坐来衣润空翠。　堪笑丘壑闲身，儒冠相误[②]，著青衫朝市。功业君看清镜里[③]，两鬓于今如此。身外纷纷。倘来适去、到了成何事。人生一世，种瓜何处无地[④]。

［注释］

①天阙：星名。"南斗六星……一名天斧，二名天阙，三名天机。"见《星经·斗宿》。　②儒冠相误："纨绔不饿死，儒冠多误身。"见唐杜甫《奉赠韦左丞丈二十二韵》。　③"功业"句："勋业频看镜，行藏独倚楼。"见唐杜甫《江上》诗。　④种瓜："召平者，故秦东陵侯。秦破为布衣。贫，种瓜于长安城东。"见《史记·萧相国世家》。

## 念奴娇

次郢州张推韵[①]

满城风雨近重阳[②]，云卷天空垂幕。林表初阳光似洗，屋角呼晴双鹊[③]。香泽方熏，烘帘初下，森森霜华薄。发妆酒暖，殢人须要同酌[④]。　老手为拂春山，休夸京兆扫[⑤]，宫眉难学。客里清欢随分有[⑥]，争似还家时乐[⑦]。料得厌厌[⑧]，云窗深锁，宽尽黄金约[⑨]。不堪重省，泪和灯烬偷落。

［注释］

①郢州：在今湖北。　张推：未详。　②"满城"句：谢无逸尝从潘邠求近作，邠老曰："昨日清卧，闻搅林风声，欣然起，题其壁曰：满城风雨近重阳。忽催租人至，遂败语。"见宋费衮《梁溪漫志》。　③"屋角"句："鸟雀呼晴，侵晓窥檐语。"见宋周邦彦《苏幕遮》词。　④殢（tì）人：困扰人。　⑤"休夸"句：张敞为京兆，曾为妇画眉，长安中传张京兆眉妩。见《汉书·张敞传》。　⑥随分：照样。　⑦争：怎。　⑧厌厌：安静貌。　⑨黄金：指黄金阙，传说中仙人住处。

## 念奴娇

九　日[①]

一番雨过一番凉，秋入苍崖青壁。昼日多阴，还又是、重九飘零江国。瘦水鳞鳞，长烟袅袅，枫叶千林赤。南山入望[②]，为谁依旧佳色。　随分绿酒黄花[③]，联镳飞盖[④]，总龙山豪客[⑤]。人世高歌狂笑外，扰扰于身何得[⑥]。短鬓萧萧，风吹乌帽[⑦]，醉里从攲侧[⑧]。明年虽健，未知何处相忆。

[**注释**]

①九日：农历九月九日，俗称重九，为重阳节。　②南山：谓江西庐山。"采菊东篱下，悠然见南山。"见晋陶渊明《饮酒》诗。　③黄花：菊花。　④镳：马勒。　盖：车盖。　⑤龙山豪客："九月九日，（桓）温宴龙山，僚佐毕集。"见《晋书·孟嘉传》。　⑥扰扰：纷乱貌。　⑦风吹乌帽：桓温宴龙山时，"有风至，吹（孟）嘉帽堕地，嘉不觉之"。见《晋书·孟嘉传》。　⑧攲侧：歪斜。

## 水龙吟

雪

晚来恻恻清寒[①]，冻云万里回飞鸟[②]。故园梦断，单于吹罢[③]，房栊易晓。西帝神游，万妃缟袂，相看一笑。泛扁舟乘兴[④]，蹇驴觅句[⑤]，山阴曲、霸陵道。　舞态随风窈窕。任穿帘、儿童休扫。洛阳高卧[⑥]，萧条门巷，悄无人到。供断诗愁，夜窗还共，陈编相照。念寒梅映水，匀妆弄粉，与谁争好。

[注释]

①恻恻：犹瑟瑟，冷貌。　②冻云：将要下雪时的云。　③单于：曲调名，又名《小单于》。　④扁舟乘兴："王子猷居山阴，夜大雪。……忽忆戴安道，时戴在剡，即便夜乘小船就之，经宿方至。造门不前而返。人问其故，王曰：'吾本乘兴而行，兴尽而返，何必见戴？"见《世说新语·任诞》。　⑤"蹇驴觅"句：唐相国郑綮有诗名，有人问新诗，对曰："诗思在灞桥风雪中驴背上。"见宋孙光宪《北梦琐言》。　⑥洛阳高卧：大雪积地丈馀，洛阳令自出按行，令人除雪，入袁安门。见安僵卧。问何以不出，安曰："大雪人皆饿。不宜干人。"见《后汉书·袁安传》李贤注。

## 水龙吟

次韵呈吕帅张漕①

汉家经略中原②，上游眷此喉衿地③。风行雷动④，无前伟绩，伊谁扬厉。玉帐筹边⑤，绣衣给饷⑥，江上增气。自武侯蜕迹⑦，羊公缓带⑧，功名事、更谁继。　方□长驱万里。笑谈间、生擒元济⑨。非熊未兆⑩，封留终在⑪，同功异世。刻就丰碑，万山直下，不须沉水⑫。要追攀二雅⑬，流传千古，属骚人记⑭。

[注释]

①吕帅张漕：未详。　②汉家：此处以汉代宋。　经略：策划治理。③喉衿地：险要之处。　④风行雷动："雷厉风飞。"见唐韩愈《潮州刺史谢上表》。　⑤玉帐：战事主将的军帐。　⑥绣衣："侍御史有绣衣直指，出讨奸猾，治大狱。"见《汉书·百官公卿表》。　⑦武侯："亮遗命葬汉中定军山……诏策曰：'今使使持节左中郎将杜琼，赠君丞相武乡侯印绶，谥君为忠武侯。'"见《三国志·蜀书·诸葛亮传》。　⑧羊公："（羊祜）在军常轻裘缓带，身不被甲，铃阁之下，侍卫者不过十数人。"见《晋书·羊祜传》。⑨生擒元济：唐元和十一年，李愬雪夜袭蔡州，生擒吴元济。　⑩非熊：谓吕尚。"（周文王）将畋，史遍卜之，曰：'将大获，非熊非罴，天遣汝师以佐

昌。'果得吕尚于渭水之阳。"见《宋书·符瑞志上》。 ⑪封留:汉六年正月,封功臣,张良曰:"陛下用臣计,幸而时中,臣愿封留侯足矣,不敢当三万户。"乃封张良为留侯。见《史记·留侯世家》。 ⑫"刻就"三句:杜元凯作二碑,叙其平吴勋,一沉万山下,一沉岘山下。见《襄阳记》。 ⑬二雅:《诗经》中有大雅、小雅,为朝廷正声雅乐。 ⑭骚人:诗人。

## 水龙吟

九日次前韵

汉江流入苍烟[1],戍楼吊古临无地。清霜初肃,鹰扬隼击,青霄凌厉。新雁声中,夕阳影里,千崖秋气。念东篱采菊[2],龙山落帽[3],风流在、尚堪继。 引满松醪径醉。诵坡仙、临漳宵济[4]。茱萸细看,明年谁健[5],空悲身世。儿辈何知,更休说似,登山临水[6]。那纷纷毁誉,耳边风过,我何曾记。

[注释]

①汉江:汉水,长江最大支流。源出陕西宁强,在武汉入长江。 ②东篱采菊:"采菊东篱下,悠然见南山。"见陶渊明《饮酒》诗其三。 ③龙山落帽:"九月九日,温宴龙山,僚佐毕集。" ④坡公:苏轼,号东坡。 ⑤"茱萸"二句:"明年此会知谁健,醉把茱萸仔细看。"见唐杜甫《九日蓝田崔氏庄》。 ⑥登山临水:"悲哉秋之为气也,萧瑟兮草木摇落而变衰。憭慄兮若在远行,登山临水兮送将归。"见战国楚宋玉《九辩》。

## 满庭芳

八月十六日醴陵作[1]

雨送凉来,风将云去,晚天千顷玻璃。婵娟依旧[2],出海较些迟。玉兔秋毫可数[3],疏星外、乌鹊南飞[4]。今何夕,空浮大白[5]，一笑共谁持。　　团栾[6]，成露坐。云鬟香雾，玉臂清辉[7]。任短鬓争挽，问我归期[8]。三弄楼头长笛[9]，愁人处、休苦高吹。沉吟久，搘颐细数[10]，四十九年非[11]。

［注释］

①醴陵：县名，在湖南东部。　②婵娟：美好的月色。　③“玉兔”句：谓月明。　④乌鹊南飞：“月明星稀，乌鹊南飞。绕树三匝，何枝可依？”见三国魏曹操《短歌行》。　⑤空浮大白：魏文侯与大夫饮酒，曰：“饮不釂者浮以大白。”见汉刘向《说苑·善说》。大白，大酒杯。　⑥团栾：团聚。　⑦“云鬟”二句：“香雾云鬟湿，清辉玉臂寒。”见唐杜甫《月夜》诗。　⑧短鬓争挽：“问事竞挽鬚，谁能即嗔喝？”见唐杜甫《北征》诗。　⑨三弄：用笛吹奏三个乐曲。　⑩搘颐：拄颐。搘，同“支”。　⑪四十九年非：“蘧伯玉行年五十而知四十九年非。”见《淮南子·原道训》。

## 满庭芳

麦陇黄轻，桑畴绿暗，野桥新碧泱泱。怕春归去，莺语燕飞忙。风定闲花自落[1]，穿幽径、拾蕊寻香。曾来处，孤云翠壁，依旧挂斜阳。　　客愁，知几许。唯思径醉，谁与持觞。料文君衣带[2]，为我偷长。苦忆新晴昼永。闲相伴、刺绣明窗。何时得，西风夜雨[3]，枕簟共新凉。

［注释］

①闲花自落：“人闲桂花落，夜静春山空。”见唐王维《鸟鸣涧》诗。　②文君：卓文君。司马相如饮于卓氏，以琴心挑之，夜奔相如。　③雨：唐氏按：别作“永”。

## 满庭芳

马上催归，枕边唤起，谢他闲管闲愁。正难行处，云木叫钩辀[1]。似笑天涯倦客,区区地[2],著甚来由。真怜我,提壶劝饮,一醉散千忧。　　人生,谁满百。闲中最乐,饱外何求。算苦无官况,莫要来休。住个溪山好处,随缘老、蜡屐渔舟[3]。虽难比,东山绿野[4],得似个优游。

[注释]

①钩辀:鹧鸪鸣叫声。　②区区:小小。　③蜡屐:涂蜡的木屐。此指穿屐游山。　④"东山"句:东晋谢安出仕前曾隐居于会稽东山(按今属上虞),"出则游弋山水,入则言咏属文。"见《晋书·谢安传》。

## 满江红

香雾空濛,檐牙外、流萤自照。夜向久、明河东畔[1],电飞云绕。错落疏星垂屋角,须臾万弩鸣林杪[2]。渐翠竹,苍梧嫩凉生,惊秋早。　　人语静,签声杳[3]。珍簟冷,纱厨小[4]。想云窗依旧,梦寻难到。雁足空来书断绝[5],眉头顿著愁多少。纵细写、琴心有谁知[6],朱弦悄。

[注释]

①明河:银河。　②万弩:以箭喻风。　林杪:林端。　③签声:计时的漏箭之声。　④纱厨:纱帐。　⑤"雁足"句:苏武留匈奴十九年,后汉使至匈奴,"言天子射上林中,得雁,足系帛书,言武等实在某泽中。"见《汉书·苏武传》。此处指没有书信。　⑥琴心:以琴表达情意。"是时卓王孙有女文君新寡,好音。故相如缪与令相重,而以琴心挑之。"见《史记·司马相如列传》。

## 满江红

滕王阁[1]

画栋珠帘[2],临无地、沧波万顷。云尽敛、西山横翠,半江沉影。斜日明边回白鸟，晚烟深处迷渔艇。听棹歌、游女采莲归，声相应。　　愁似织，人谁省。情纵在，欢难更。满身香犹是，旧时荀令[3]。宦海归来尘扑帽，酒徒散尽霜侵鬓。最愁处、独立咏苍茫，西风劲。

［注释］

①滕王阁：故址在今江西南昌章江门上，下临赣江。为高祖李渊之子滕王李元婴任洪州都督时所建。　②画栋珠帘："画栋朝飞南浦云，珠帘暮卷西山雨。"见唐王勃《滕王阁诗》。　③荀令：荀彧，为汉侍中。官尚书令。传说荀彧坐处留香，经日不散。

## 满江红

都下作[1]

社雨初晴[2]，烟光暖、吴山滴翠[3]。望绛阙、祥云亏蔽[4]，粉垣千雉。万柳低垂春似酒，微风不动天如醉。遍万井、嬉嬉画图中，欢声里[5]。　　嗟倦客，道傍李[6]。看人事，槐根蚁[7]。立苍茫俯仰，漫悲身世。靖节依然求县令[8]，元龙老去空豪气[9]。便乘兴、一叶泛沧浪，吾归矣。

［注释］

①都下：指南宋行在临安。　②社雨：社日所降之雨。古代以立春后第五个戊日为春社日。　③吴山：即胥山，在今杭州西湖东南。　④绛阙：皇宫前的门阙，指代皇宫。　⑤"遍万井"二句："烟柳画桥，风帘翠幕，参差十万人家。……羌管弄晴，菱歌泛夜，嬉嬉钓叟莲娃。……异日图将好景，归去凤池夸。"见宋柳永《望海潮》词。　⑥道傍李：王戎七岁，与诸小儿游，诸儿竞取道傍李，唯戎不动，并说："树在道边而多子，此必苦李。"见《世说新语·雅量》。　⑦槐根蚁：传说淳于棼醉后睡在大槐树下，梦至大槐安国，被招为驸马，任南柯太守……梦醒，见槐树下有大蚁穴，内有城郭台殿之状……"见唐李公佐《南柯记》。　⑧靖节：陶渊明，字元亮，

私谥靖节,曾为彭泽令,因不愿为五斗米折腰,解印绶而归。 ⑨元龙:陈登字。许汜尝与刘表、刘备论天下人,曰:"陈元龙湖海之豪气不除。"见《三国志·魏书·陈登传》。

## 兰陵王

郴州作[①]

晓阴薄,隔屋呼晴噪鹊[②]。长烟袅、轻素望中,林表初阳照城郭。秋容自寂寞,清浅溪痕旋落[③]。桥虹外,明嶂万重[④],云木千章映楼阁。 天涯信飘泊。漫水绕郴山[⑤],尺素难托[⑥]。文园多病宽衣索[⑦]。最长笛声断,画阑凭暖,黄昏前后况味恶。甚良宵闲却。 迢邈。误行乐。料恨寄徽弦[⑧],心倦梳掠。西风满院垂帘幕。对千里明月,五更悲角。归期秋尽,尚未定,怎睡着。

**[注释]**

①郴州:在湖南东部,治所在今郴州市。 ②呼晴噪鹊:"鸟雀呼晴,侵晓窥檐语。"见宋周邦彦《苏幕遮》词。 ③旋:唐氏按,别作"渐"。 ④明:唐氏按,别作"晴"。 ⑤水绕郴山:"郴江幸自绕郴山,为谁流下潇湘去。"见宋秦观《踏莎行·郴州旅舍》词。 ⑥尺素:"客从远方来,遗我双鲤鱼。呼童烹鲤鱼,中有尺素书。"见古乐府《饮马长城窟行》。 ⑦文园:指司马相如,曾为汉文帝陵园令。 ⑧徽弦:指琴。

## 兰陵王

次周美成韵[①]

小桥直,林表遥岑寸碧[②]。斜阳外、霞绚晚空,一目千里总佳色。初寒遍泽国,投老依然是客。功名事,云散鸟飞,匣里青萍漫三尺[③]。 重来怆陈迹。又水褪沙痕,风满帆席。鲈肥莼美曾同食[4]。听虚阁松韵，古墙竹影，参差犹记过此驿。傍溪南山北。　悲恻，暗愁积。拥绣被焚香，谁伴孤寂。追寻恩怨无穷极。正难续幽梦，厌闻邻笛[5]。那堪檐外，更夜雨，断又滴。

[注释]

①周美成：周邦彦字。　次韵：指次《兰陵王·柳》词韵。　②遥岑：远望中的山。　③青萍：古代宝剑名。　④鲈肥莼美：张翰在洛，见秋风起，因思吴中菰菜、莼羹、鲈鱼脍。见《世说新语·识鉴》。　⑤邻笛："余与嵇康、吕安居止接近。……其后各以事见法。……余逝将西迈，经其旧庐。于时日薄虞渊，寒冰凄然。邻人有吹笛者，发声寥亮。追思曩昔游宴之好，感音而叹。"见晋向秀《思旧赋序》。

## 六州歌头

渊明祠[1]

柴桑高隐，丘壑岁寒姿。北窗下，羲黄上，古人期[2]，俗人疑。束带真难事，赋归去[3]，吾庐好，斜川路，携筇杖，看云飞[4]。六翮冥冥高举[5]，青霄外、矰缴何施[6]。且流行坎止[7]，人世任相违。采菊东篱[8]。　正悠然、见南山处，无穷景，与心会，有谁知。琴中趣，杯中物，醉中诗，可忘机。一笑骑鲸去[9]，向千载，赏音稀。嗟倦翼，瞻遗像，是吾师。门外空馀衰柳[10]，摇疏翠、斜日辉辉。遣行人到此，感叹不胜悲。物是人非。

[注释]

①渊明祠：在柴桑。柴桑在江西九江西南，为陶渊明家乡。　②"北窗下"三句："常言五月六月中，北窗下卧，遇凉风暂至，自谓是羲皇上人。"见晋陶渊明《与子俨等疏》。羲黄，即羲皇，谓伏羲氏。　③"束带"二句："岁终，会郡遣督邮至县。吏请之，曰：'应束带见之。'渊明叹曰：'我岂能

为五斗米折腰向乡里小儿！'即日解绶去职，赋《归去来》。"见六朝梁萧统《陶渊明传》。　④"吾庐"四句："乃瞻衡宇，载欣载奔。……三径就荒，松菊犹存。……策扶老以流憩，时矫首而遐观。云无心以出岫，鸟倦飞而知还。"见陶渊明《归去来兮辞》。　⑤"六翮"句："奋其六翮而凌清风，飘摇乎高翔。"见《战国策·楚策》。六翮，健羽。　⑥矰缴（zhuó）：猎取飞鸟的射具。　⑦流行坎止："乘流则逝，得坎则止。"见汉贾谊《鹏鸟赋》。⑧"采菊"二句："采菊东篱下，悠然见南山。"见晋陶渊明《饮酒》其二。⑨骑鲸：谓隐遁游仙。"乘巨鳞，骑京鱼。"见汉扬雄《羽猎赋》。唐李白自署"海上骑鲸客"。　⑩"门外"句：陶渊明宅边有五柳，自号五柳先生。

## 瑞鹤仙

郊原初过雨。见败叶零乱，风定犹舞，斜阳挂深树。映浓愁浅黛，遥山眉妩，来时旧路。尚岩花、娇黄半吐。到而今、唯有溪边流水，见人如故。　无语。邮亭深静[①]，下马还寻，旧曾题处。无聊倦旅。伤离恨，最愁苦。纵收香藏镜[②]，他年重到，人面桃花在否[③]。念沉沉，小阁幽窗，有时梦去[④]。

[注释]

①邮亭：古代设在沿途，供送文书者和旅客歇宿的馆舍。　②收香：韩寿年少美貌，为贾充女儿所爱。贾女将皇帝赐予贾充的奇香送给韩寿。贾充发现后，将女儿嫁与韩寿。见《晋书·贾充传》。　藏镜：徐德言娶陈后之妹乐昌公主，陈亡前，乃破一镜，各执半边，约以每年正月望日卖于都市，即可往访。陈亡后，果如愿以偿，破镜重圆。见唐孟棨《本事诗·情感》。　③"人面"句："人面不知何处去，桃花依旧笑春风。"见唐崔护《题都城南庄》。　④有时梦去："梦魂惯得无拘检，又踏杨花过谢桥。"见宋晏几道《鹧鸪天》词。

## 荔枝香近

晓来丹枫过雨，净如扫。霜空横雁，寒日翻鸦。惊嗟岁月如流，更被酒迷花恼。转眼吴霜，点鬓催老。　细思欢游旧事，还自笑。断雨残云，都总似、梦初觉。锦鳞书断[1]，宝箧香销向谁表。尽情说似啼鸟。

[注释]

①锦鳞：传说中传递书信的鲤鱼。

## 卓牌子近

曲沼朱阑，缭墙翠竹晴昼。金万缕、摇摇风柳。还是燕子归时，花信来后[1]。看淡净洗妆态，梅样瘦。春初透。　尽日明窗相守。闲共我焚香，伴伊刺绣。睡眼腾腾[2]，今朝早是病酒。那堪更，困人时候。

[注释]

①花信：谓开花的消息。自小寒至谷雨四个月中有二十四番花信风。　②腾腾：懒散貌。前一字下唐氏按：别作“瞢”。

## 剑器近

夜来雨，赖倩得、东风吹住[1]。海棠正妖饶处[2]。且留取，悄庭户。试细听、莺啼燕语。分明共人愁绪，怕春去。　佳树。翠阴初转午。重帘未卷，乍睡起、寂寞看风絮。偷弹清泪寄烟波，见江头故人，为言憔悴如许。彩笺无数。去却寒暄[3]，到了浑无定据。断肠落日千山暮。

**[注释]**

①倩:请,央求。 ②处:时。 ③寒暄:问寒问暖。

**[集评]**

吴衡照云:“词八百二十馀调,二千三百馀体。红友《词律》录止六百六十馀调,千百八十馀体,则此外渗漏正多矣。姑就其所见之尤可诵者抄之。袁宣卿《剑器近》九十六字:(略)。”(《莲子居词话》卷二)

## 木兰花慢

用韩幹闻喜亭柱间韵①

□中原望眼,正汉水、接天流。渐霁雨虹消,清风面旋,借我凉秋。草庐旧三顾处②,但孤云、翠壁晚悠悠。唯有兰皋解佩③,至今犹话离愁。 迟留。叹息此生浮,去去老沧洲④。念岁月侵寻,闲中最乐,饱外何求。功名付他分定,也谁能、伴得赤松游⑤。尊酒相逢,更莫问侬,依旧狂不。

**[注释]**

①韩幹:未详。 ②“草庐”句:“先帝不以臣卑鄙,猥自枉屈,三顾臣于草庐之中。”见三国蜀诸葛亮《出师表》。 ③解佩:“江妃二女出游于江汉之湄,逢郑交甫。见而悦之,不知其神人也。交甫下请其佩,遂手解佩与交甫。交甫悦,爱而怀之。去数十步视佩,空怀无佩。顾二女,忽然不见。”见汉刘向《列仙传》。 ④沧洲:犹言江湖,喻高士隐遁之地。⑤赤松游:“愿弃人间事,欲从赤松子游耳。”见《史记·留侯世家》。赤松子,传说中神农时雨师,为仙人。

## 八声甘州

正阴阴、夏木听黄鹂①,百啭语惺忪②。乍钩窗意适,临池倒影,竹树青葱。翠盖红妆窈窕,香引一帘风。向晚追凉处,月挂梧桐。　　何处楼头吹笛,渐玉绳低侧[3],河汉横空[4]。想调冰雪藕[5],清夜与谁同。贮离愁、难凭梦寄。纵遣书、何日有征鸿[6]。房栊静,伴人孤寂,唯有鸣蛩。

[注释]

①"正阴阴"句:"漠漠水田飞白鹭,阴阴夏木啭黄鹂。"见唐王维《积雨辋川庄作》。　②惺松:苏醒貌。　③玉绳:星名。　④河汉:银河。　⑤冰雪藕:喻雪白手臂。　⑥征鸿:飞雁。

## 宴清都

暮雨消烦暑。房栊□、顿觉秋意如许。天高云杳、山横绀碧[1],桂华初吐。空庭静掩桐阴,更苒苒、流萤暗度。记那时、朱户迎风,西厢待月私语。　　佳期易失难重,馀香破镜[2],虽在何据。如今要见,除非是梦,几时曾做。人言雁足传书[3],待尽写、相思寄与。又怎生、说得愁肠,千丝万缕。

[注释]

①绀:青里透红之色。　②馀香破镜:馀香,用韩寿、贾充女相爱典。破镜,用徐德言、乐昌公主破镜重圆典。　③雁足传书:用苏武典。见《汉书·苏武传》。

## 倾杯近

邃馆金铺半掩[1],帘幕参差影。睡起槐阴转午,鸟啼人寂静。残妆褪粉,松髻攲云慵不整。尽无言,手挼裙带绕花径。　酒醒时，梦回处，旧事何堪省。共载寻春，并坐调筝何时更。心情尽日，一似杨花飞无定。未黄昏，又先愁夜永。

[注释]

①邃馆：深宅大院。　金铺：门上的铜环。

## 长相思

叶舞殷红，水摇瘦碧，隐约天际帆归①。寒鸦影里，断雁声中，依然残照辉辉。立马看梅。试寻香嚼蕊，醉折繁枝。山翠扫修眉。记人人、蹙黛愁时。　叹客里、光阴易失，霜侵短鬓，尘染征衣。阳台云归后②，到如今、重见无期。流怨清商③，空细写、琴心向谁。更难将、愁随梦去，相思惟有天知。

[注释]

①"隐约"句："误几回、天际识归舟。"见宋柳永《八声甘州》。　②阳台云归："昔者先王尝游高唐，怠而昼寝，梦见一妇人，曰：'妾巫山之女也，为高唐之客，闻君游高唐，愿荐枕席。'王因幸之。去而辞曰：'妾在巫山之阳，高丘之阻，旦为朝云，暮为行雨，朝朝暮暮，阳台之下。'旦朝视之如言。"见战国楚宋玉《高唐赋序》。　③清商：古五音之一，商声主西方之声。

## 风流子

吴山新摇落①，湖光净、鸥鹭点涟漪②。望一簇画楼，记沽酒处，几多鸣橹，争趁潮归。瑞烟外，缭墙迷远近，飞观耸参差。残日衬霞，散成锦绮③，怒涛推月，辗上玻璃④。

西风吹残酒，重门闭，深院露下星稀。肠断凭肩私语，织锦新诗[5]。想翠幄香消，都成闲梦，素弦声苦[6]，浑是相思。还恁强自开解[7]，重数归期。

[注释]

①吴山：又名胥山，在浙江杭州西湖东南。　②湖：谓杭州西湖，为浙东名胜。　③"残日"二句："馀霞散成绮，澄江静如练。"见南朝齐谢朓《晚登三山还望京邑》诗。　④玻璃：天然水晶石一类矿物。　⑤"织锦"句：窦滔被徙流沙，其妻苏蕙织锦为回文旋图以赠滔。见《晋书·列女列传》。　⑥素弦：不加装饰的琴。　⑦恁：如此。

## 侧犯

篆销馀馥[1]，烛堆残蜡房栊晓。寒峭。看杏脸羞红、尚娇小。游蜂静院落，绿水摇池沼。闲绕。翠树底，揝颐听啼鸟[2]。　　愁风怕雨，弹指春光了。音信杳。最堪恨、归雁过多少。困倚孤眠，昼长人悄。睡起依然，半窗残照。

[注释]

①篆：制成篆文形的沉香。　②揝：支，拄。

## 贺新郎

晓色明窗绮。耿残灯、寒生翠幕[1]，鸟啼人起。一夜西园新雨过[2]，细草闲花似洗。漾澜影，柳塘春水[3]。闲昼双飞归来燕[4]，正东风、漫漫吹桃李[5]。还是个，闷天气[6]。

回廊小院帘垂地。想连天、芳草凄迷[7]，短长亭外[8]。愁到春来依然在，旧事浑如梦里[9]。又生怕、人惊憔悴。

楼上谁家吹长笛[⑩],向曲中、说尽相思意。三弄处[⑪],寸心碎。

[注释]

①唐氏按:"耿残灯",别作"篆烟消";"幕",别作"幄"。 ②唐氏按:"一",别作"昨"。 ③唐氏按:"澜",别作"阑",一作"蓝"。 ④唐氏按:"闲",别作"晴"。 ⑤唐氏按:"漫漫吹",别作"缓缓临"。 ⑥唐氏按:"闷",别作"又是醉"。 ⑦唐氏按:"想",别作"恨"。 ⑧唐氏按:"外",别作"际"。 ⑨唐氏按:"浑",别作"还"。 ⑩唐氏按:"楼上谁家",别作"何处楼头",一作"楼上人家";"长",别作"羌"。 ⑪唐氏按:"处",别作"罢"。

## 红林檎近

森木蝉初噪,淡烟梅半黄。睡起傍檐隙,墙梢挂斜阳。鱼跃浮萍破处,碎影颠倒垂杨。晚庭谁与追凉。清风散荷香。　　望极霞散绮[①],坐待月侵廊。调冰荐饮,全胜河朔飞觞[②]。渐参横斗转[③],怀人未寝,别来偏觉今夜长。

[注释]

①霞散绮:"馀霞散成绮,澄江静如练。"见南朝齐谢朓《晚登三山还望京邑》诗。 ②河朔飞觞:"云以避一时之暑,故河朔有避暑饮。"见三国魏曹丕《典论》。 ③参横斗转:参星斜横,斗星转向,谓天色将明。

## 垂丝钓

江枫秋老,晓来红叶如扫。暮雨生寒,正北风低草。宾鸿早[①]。乱半川残照,伤怀抱。　　记西园饮处[②],微云弄月,梅花人面争好。路长信杳[③],度日房栊悄。还是黄昏到。归梦少，纵梦归易觉。

[注释]

①宾鸿：客雁。 ②西园："清夜游西园。"见曹植《公宴》诗。原为曹魏邺都游宴之地，此处泛指。 ③信杳：信息全无。

## 安公子

弱柳丝千缕，嫩黄匀遍鸦啼处。寒入罗衣春尚浅，过一番风雨。问燕子来时，绿水桥边路。曾画楼、见个人人否[①]。料静掩云窗，尘满哀弦危柱[②]。　庾信愁如许[③]，为谁都著眉端聚。独立东风弹泪眼，寄烟波东去[④]。念永昼春闲，人倦如何度。闲傍枕、百啭黄鹂语。唤觉来厌厌，残照依然花坞[⑤]。

[注释]

①个人：情人的昵称。 ②哀弦危柱：谓琴。 ③庾信愁如许："庾信有《愁赋》一首，惟见之叶廷珪《海录碎事》卷九《圣贤人事部》下，有'谁知一寸心，乃有万斛愁'云云十数句，似非全文。"见钱钟书《管锥篇》第四册。 ④"独立"二句："偷弹清泪寄烟波。"见《剑器近》。 ⑤"念永昼"五句："正春浓酒暖，人闲昼永无聊赖。厌厌睡起，犹有花梢日在。"见宋贺铸《薄幸》。 厌厌：同"恹恹"，精神不振貌。

## 蓦山溪

次陈帅用曹元宠梅花韵[①]

蕊珠宫阙[②]，西帝陈嫔御。语笑梦中香，叹罗浮、几番春暮[③]。江南岁晚，垂地冻云黄，修竹外，一枝斜，流水桥边路。　小桃半吐。羞得无藏处。不怕雪霜欺，最难禁、豪风横雨。当年诗兴，犹自记扬州[④]，今老矣，客天涯，还认何郎否[⑤]。

[注释]

①陈帅：陈康伯，字长卿，信州弋阳人，曾任左相兼枢密使。原词不存。 曹元宠梅花：指曹组《蓦山溪》（洗妆真态）词。 ②蕊珠宫阙：传说中仙界仙阙名。 ③罗浮："隋开皇中，赵师雄迁罗浮。……傍舍见一女人，淡汝素服，出迓师雄。……顷醉寝。师雄亦懵然，但觉风寒相袭。久之，时东方已白，师雄起视，乃在大梅花树下。"见唐柳宗元《龙城录·赵师雄醉憩梅花下》。此处指代梅花。 ④"当年"二句：何逊有《扬州早梅诗》对梅感情至深。 ⑤何郎：何逊。此处自况。

## 一丛花

东风吹恨著眉心，金约瘦难任[①]。西窗剪烛浑如梦[②]，最愁处、南陌分襟。香歇绣囊，尘生罗幌，憔悴到如今。

小花幽院夜沉沉，凉月转槐阴。拂墙树动开朱户，又赢得、愁与更深。青翼不来[③]，征鸿难倩[④]，流怨入瑶琴[⑤]。

[注释]

①金约：金钏，金镯子。 ②西窗剪烛："何当共剪西窗烛，却话巴山夜雨时。"见唐李商隐《夜雨寄北》诗。 ③青翼：即青鸟，神话中西王母传信使者。 ④征鸿：远飞之雁，亦谓传信者。 ⑤"流怨"句：古琴调有《水仙操》，旧传为伯牙作，谱出水仙幽怨。

## 雨中花[①]

江上西风晚，野水兼天远。云衣拖翠缕，易零乱。见柳叶满梢，秀色惊秋变。百岁今强半。两鬓青青，尽著吴霜偷换。 向老来、功名心事懒。客里愁难遣。乍飘泊、有谁管。对照壁孤灯，相与秋虫叹。人间事，经了万千，这寂寞、几时曾见。

［注释］

①唐氏按：按调乃《满路花》。

## 谒金门

春索寞[①]，楼上晚来风恶。午醉初醒罗袖薄，护寒添翠幕[②]。　愁里花时过却，闲处泪珠偷落。憔悴只羞人间著，镜中还自觉。

［注释］

①索寞：无生气貌。　②翠幕：绿色窗帷。

## 谒金门

深院闭，漫漫东风桃李。芳草萋迷烟雨细，秦楼何处是[①]。　还是伤春意味，闲却踏青天气[②]。折得海棠双蒂子，无言心自喜[③]。

［注释］

①秦楼：谓妓院。　②踏青：春天到郊外游览。　③唐氏按："心"，别作"还"。

## 谒金门

春寂寂，尽日蜂寻窗隙。隔叶黄鹂声历历[①]，满庭芳草碧。　相对熏炉象尺，新睡觉来无力。几日郎边无信息，闲拈双六掷[②]。

[注释]

①隔叶黄鹂："隔叶黄鹂空好音。"见唐杜甫《蜀相》诗。　②双六：又名双陆，博戏名。

## 谒金门

归鸟急，照水斜阳红湿[①]。篷底夜凉风露入，藕花香习习[②]。　点滴城头漏涩[③]，凄断草间虫泣。新恨旧愁眉上集，月斜还伫立。

[注释]

①"照水"句："波底斜阳红湿。"见宋赵彦端《谒金门》词。　②习习：阵阵飘散貌。　③漏：刻漏，古代计时器。

## 谒金门

烟水阔，夜久风生蘋末[①]。东舫西船人语绝[②]，四更山吐月。　客里光阴电抹，不记离家时节。楼上单于听未彻[③]，又催征棹发。

[注释]

①风生蘋末："夫风生于地，起于青苹之末。"见战国楚宋玉《风赋》。　②东舫西船："东船西舫悄无言，唯见江心秋月白。"唐白居易《琵琶行》诗。　③单于：又名《小单于》。曲调名。　唐氏按：单于，别作"笛声"。

## 谒金门

云障日，檐外雪销残滴。画阁红炉窗户窄，博山烟穗直[①]。　　酒入横波滟溢，羞得梅无颜色。乡有温柔元未识，更从何处觅。

［注释］

①博山：博山炉，香炉的一种。

## 谒金门

清汉曲，天际落霞孤鹜[①]。幽草墙阴秋更绿，倚檐三两竹。　　绣被焚香独宿，梦绕绿窗华屋。何日明眸光射目，夜阑更秉烛[②]。

［注释］

①落霞孤鹜："落霞与孤鹜齐飞，秋水共长天一色。"见唐王勃《滕王阁序》。　②"夜阑"句："夜阑更秉烛，相对如梦寐。"见唐杜甫《羌村三首之一》。

## 金蕉叶

涛翻浪溢，调停得、似饧似蜜。试一饮、风生两腋，更烦襟顿失。　　雾縠衫儿袖窄[①]，出纤纤、自传坐客[②]。觑得他、烘地面赤[③]，怎得来痛惜。

［注释］

①雾縠：如薄雾的轻纱。　②纤纤：素手。"纤纤擢素手，札札弄机杼。"见《古诗·迢迢牵牛星》。　③烘地：忽然地。

## 金蕉叶

行思坐忆，知他是、怎生过日。烦恼无、千万亿，诮将做饭吃[①]。 旧日轻怜痛惜,却如今、怨深恨极。不觉长吁叹息,便直恁下得[②]。

[注释]

①消:简直。 ②直恁:只如此。

## 金蕉叶

江枫半赤,雨初晴,雁空绀碧。爱篱落,黄花秀色[①],带零露旋摘。 向晚西风淡日。髮萧萧、任从帽侧。更莫把、茱萸叹息,且更持大白[②]。

[注释]

①黄花:菊花。 ②大白:大酒杯。

## 金蕉叶

沈烟篆曲,可庭轩,翠梧荫绿。挂晚景、寒林数幅,对冰盘莹玉[①]。 印枕娇红透肉[②],眼偷垂、睡犹未足。试纤手,清泉戏掬,看风动槛竹。

[注释]

①冰盘莹玉:谓月。 ②"印枕"句:"脸霞红印枕。"见宋陆淞《瑞鹤仙》词。

## 清平乐

嫩凉新霁,明月光如洗。长笛一声烟际起,人在危楼独倚。 夜深风露娟娟[①],抱琴谁和流泉。只有乘鸾仙子[②]，见人愁绝无眠。

[注释]

①娟娟：美好貌。 ②乘鸾仙子："画作秦王女，乘鸾向烟雾。"见南朝梁江淹《拟班婕好诗》。

## 清平乐

春愁错莫[①]，风定花犹落。鬥草踏青闲过却[②]，乳燕鸣鸠自乐。 行人江北江南，满庭萱草毵毵[③]。且恁亡忧可矣，只他怎解宜男[④]。

[注释]

①错莫：杂乱。 ②鬥草踏青："五月五日，四民并踏百草，又有鬥百草之戏。"见南朝梁宗懔《荆楚岁时记》。 ③萱草：又名忘忧草，百合科植物。 ④宜男：相传怀孕的人佩了萱草就生男孩。

## 清平乐

赠歌者

移商换羽[①]，花底流莺语[②]。唱彻秦娥君且住[③]，肠断能消几许。 劝觥斜注微波[④]，真情著在谁那。只怕如今归去，酒醒无奈愁何。

[注释]

①移商换羽：指歌唱时改变曲调。 ②"花底"句："间关莺语花底滑。"见唐白居易《琵琶行》。 ③秦娥：谓《忆秦娥》调。 ④觥：大盛酒器。

## 清平乐

赠游簿侍儿

长条依旧，不似章台柳[1]。见客入来和笑走，腻脸羞红欲透。　　桃花流水茫茫，归来愁杀刘郎[2]。尽做风情减尽，也应未怕颠狂。

[注释]

①"长条"二句："章台柳，章台柳，往日青青今在否，纵使长条似旧时，亦应攀折他人手。"见唐韩翃《章台柳》词。　②刘郎：指刘晨，传说刘晨与阮肇入天台山采药，曾遇仙女。见《太平广记·神仙记》。

## 清平乐

春衫袖窄，烛底横波溢。困倚屏风无气力，故故停歌驻拍[1]。　　夜深满劝金杯，曲中偷送情来。归去十分准拟[2]，今宵梦里阳台[3]。

[注释]

①故故：常常。　②准拟：打算。　③梦里阳台：谓男女私情。

## 清平乐

瑞　香

争妍占早，只有梅同调。紫晕丁香青盖小，比似横枝更好。　　日烘锦被熏香，老夫恼得颠狂。把酒花前一笑，醉乡别有风光。

## 柳梢青[①]

草底虫吟，烟横水际，月澹松阴。荷近香浓，竹深凉早，销尽烦襟。　　髮稀浑不胜簪[②]，更客里、吴霜暗侵。富贵功名，本来无意，何况如今。

[注释]

①唐氏按：此首别见张孝祥《于湖先生长短句》卷五。　②“髮稀”句：“白头搔更短，浑欲不胜簪。”见唐杜甫《春望》诗。

## 柳梢青

建康作[①]

白鹭洲前[②]，乌衣巷口[③]，江上城郭。万古豪华，六朝兴废[④]，潮生潮落。　　信流一叶飘泊。叹问米、东游计错[⑤]。老眼昏花，吴山何处[⑥]，孤云天角。

[注释]

①建康：今南京市。　②白鹭洲：在南京西南长江中。“三山半落青天外，二水中分白鹭洲。”见唐李白《登金陵凤凰台》。　③乌衣巷：在南京秦淮河利涉桥南。“朱雀桥边野草花，乌衣巷口夕阳斜。”见唐刘禹锡《乌衣巷》诗。　④六朝：指三国的吴，东晋，南朝的宋、齐、梁、陈。均都于建康。　⑤问米：求生，此指谋官出仕。　⑥吴山：指胥山，在杭州西湖东南，此处指代行在临安。

## 柳梢青

长　桥

天接沧浪，晴虹垂饮，千步修梁[①]。万顷玻璃[②]，洞庭之外[3],纯浸斜阳。　　西风劝我持觞,况高栋、层轩自凉。饮罢不知,此身归处,独咏苍茫。

[注释]

①修梁:即长桥。　②玻璃:天然水晶类矿物,此处喻水。　③洞庭:洞庭湖,在湖南北部,长江南岸。

## 柳梢青

钓台。绍兴甲子赴试南宫登此,今三十三年矣[1]

一水萦回,参天古木,夹岸苍崖。三十三年,客星堂上[2],几度曾来。　　眼看变化云雷,分白首、烟波放怀。细细平章[3],钓台毕竟,高似云台[4]。

[注释]

①钓台:传说东汉严子陵垂钓处,在今浙江桐庐县南。　绍兴甲子:指宋高宗绍兴十四年(1144)。　②客星堂:严子陵客堂。据史载:光武帝刘秀与严子陵共偃卧,子陵以足加光武帝腹上。明日太史奏,客星犯御坐甚急。光武帝笑曰:"朕故人严子陵共卧耳。"见《后汉书·严光传》。③平章:品评。　④云台:"永平中,显宗追感前世功臣,乃图画二十八将于南宫云台。"见《后汉书·马武传》。

## 菩萨蛮

流苏宝帐沈烟馥,寒林小景银屏曲。睡起鬓云松,日高花影重[1]。　　沉吟思昨梦,闲抱琵琶弄。破拨错成声[2],春愁著莫人[3]。

[注释]

①“日高”句：“风暖鸟声碎，日高花影重。”见唐杜荀鹤《春宫怨》诗。 ②破：入破，开拨之意。 ③唐氏按：“着莫人”，别作“指下生”。

## 菩萨蛮

送刘帅①

重湖草木威名熟，儿童犹唱平郴曲②。宴寝静愔愔③，恩波湘水深④。 举头天尺五⑤，稳步烟霄去。三柱黑头公⑥，朔庭谈笑空⑦。

[注释]

①刘帅：谓刘珙，时知潭州兼湖南安抚使。 ②平郴：刘珙在潭州任上镇压了郴州李金起义。 ③愔愔：寂静无声貌。 ④恩波：皇上恩泽。湘水：湘江，在湖南。 ⑤天尺五：“尔家最近魁三象，时论同归尺五天。”见唐杜甫《赠韦七赞善》诗。此处谓亲近帝室。 ⑥三柱：星名。 黑头公：“恢弱冠知名，试守即丘长，转临沂令，为政和平。……（王）导尝谓曰：‘明府当为黑头公。’”见《晋书·诸葛恢传》。 ⑦朔庭：指金朝廷。

## 菩萨蛮

杜省干席上口赋桃花菊①

木犀开遍芙蓉老，东篱独占秋光好②。还记笑春风，新妆相映红。 莫嫌彭泽令③，不似刘郎韵④。把酒赋新诗，花前知是谁。

[注释]

①杜省干：未详。 ②东篱：菊园。“采菊东篱下。”见晋陶渊明《饮酒》其二。 ③彭泽令：陶渊明曾官彭泽令。此处以陶渊明作比。 ④刘

郎韵：唐刘禹锡有“玄都观里桃千树，尽是刘郎去后栽”句，见《戏赠看花诸君子》。此处以刘禹锡作比。

## 菩萨蛮

西风送雨鸣庭树[①]，嫩寒先到孤眠处。愁极梦频惊，马嘶天渐明。　千林枫叶赤，寒事催刀尺。树杪又斜阳，迢迢归路长。

[注释]

①唐氏按：“送”，别作“吹”。

## 思佳客

王宰席上赠歌姬[①]

把酒听歌始此回，流莺花底语徘徊[②]。神仙也许人间见，腔调新翻辇下来[③]。　银烛灺[④]，玉山颓[⑤]。谁言弱水隔蓬莱[⑥]。绝胜想像高唐赋[⑦]，浪作行云行雨猜。

[注释]

①王宰：未详。　②流莺花底语：玄歌声美如莺语。　③辇下：都下，指行在临安。　④灺（xiè）：灯烛熄灭。　⑤玉山颓：“（嵇康）醉也，傀俄若玉山之将崩。”见《世说新语·容止》。　⑥弱水：神话中一条水流，指代仙境。　蓬莱：神话中海上三座神山之一。　⑦高唐赋：战国楚宋玉作，叙述高唐神女遇楚顷襄王之事。

## 思佳客

飞燕双双掌上身[①]，花光粉艳晚妆新。纤腰妙舞萦回雪，皓齿清歌遏住云[②]。　　欢卜夜，座添春。近前生怕主人嗔[③]。主人见惯浑闲事[④]，恼杀醒狂一个人[⑤]。

[注释]

①“飞燕”句：“汉赵飞燕体轻，能为掌上舞。”见《飞燕外传》。　②遏住云：“抚节悲歌，声振林木，响遏行云。”见《列子·汤问》。　③“近前”句：“炙手可热势绝伦，慎莫近前丞相嗔。”见唐杜甫《丽人行》。　④浑闲：平常。　⑤醒狂：不醉而狂。见《汉书·盖宽饶传》。

## 思佳客

### 七　夕[①]

宝阁珠宫夜未央[②]，嫌迟怕晚不成妆。乞求乌鹊填河汉[③]，已早玉绳低建章[④]。　　笼月烛，闭云房[⑤]。经年离恨不胜长。思量也胜姮娥在[⑥]，夜夜孤眠不识双。

[注释]

①七夕：农历七月七日夜，有乞巧旧俗。　②宝阁珠宫：指华贵住处。未央：未尽。　③乌鹊填河汉：传说农历七月七日夜，喜鹊相聚成桥，让织女过银河跟牛郎相会。　④玉绳：星名。　建章：汉宫殿名。　⑤云房：古代皇宫妇女居室。　⑥姮嫦：嫦娥。

## 浣溪沙

庭下丛萱翠欲流[①]，梁间双燕语相酬。日长帘底篆烟留。　　金勒去遥芳草歇[②]，玉箫吹罢紫兰秋[③]。一年春事只供愁。

[注释]

①萱:萱草,又名忘忧草。 ②金勒:金饰马笼头,指代宝马。 ③紫兰秋:紫兰开放季节,在农历三月。

## 浣溪沙

梅

玉骨冰肌比似谁[1],淡妆浅笑总相宜[2]。一枝清绝照涟漪。 客意无聊花亦老,风烟错莫雨垂垂[3]。溪边立马断肠时。

[注释]

①玉骨冰肌:“冰肌玉骨,自清凉无汗。”见宋苏轼《洞仙歌》词。 ②“淡妆”句:“欲把西湖比西子,淡妆浓抹总相宜。”见宋苏轼《饮湖上初晴后雨》诗。 ③错莫:杂乱。

## 浣溪沙

一夕高唐梦里狂,云情雨意两茫茫。袖间依约去年香。 乳燕鸣鸠闲院落,垂杨芳草小池塘。墙梢冉冉又斜阳。

## 山花子

成支使出侍姬,次穆季渊韵[1]

雾阁云窗别有天,丰肌秀骨净娟娟。独立含情羞不语,总妖妍。 持酒听歌心已醉,可怜白髮更苍颜。红烛纱笼休点著,月中还。

[注释]

①成支使：未详。

## 蝶恋花

次韩幹梦中韵

细雨斜风催日暮。一梦华胥[1]，记得惊人句。雾阁云窗歌舞处，翠峰青嶂无重数。　解佩江头元有路[2]。流水茫茫，尽日无人渡。一点相思愁万缕，几时却跨青鸾去[3]。

[注释]

①华胥："黄帝昼寝而梦，游于华胥氏之国。"见《列子·黄帝》。　②解佩江头："江妃二女出游于江汉之湄，逢郑交甫。见而悦之，不知其神人也。交甫下请其佩，遂手解佩与交甫。交甫悦，爱而怀之。去数十步视佩，空怀无佩。顾二女，忽然不见。"见汉刘向《列仙传》。　③青鸾：神话中的神鸟。

## 蝶恋花

十二峰前朝复暮[1]。空忆兰台[2]，公子高唐句[3]。断雨残云觅无处，古来离合归冥数。　咫尺明河无限路[4]。牛女佳期[5]，犹解年年渡。细写罗笺情缕缕，雁飞不到谁将去。

[注释]

①十二峰：即巫山十二峰，在重庆巫山县东。　②兰台：战国楚台名。传说故址在今湖北钟祥东。"楚襄王游于兰台之宫，宋玉、景差侍。"见战国楚宋玉《风赋》。　③"高唐"句：指宋玉《高唐赋序》。　④明河：银河。　⑤牛女佳期：指神话中牛郎织女相会的七夕。

## 惜分飞

九 日

平日悲秋今已老，细看秋光自好。风紧寒生早，漫将短鬓还吹帽[①]。　　寂寞东篱人不到[②]，只有渊明醉倒[③]。一笑留残照，世间万事蝇头小。

[注释]

①"漫将"句："羞将短鬓还吹帽，笑倩旁人为正冠。"见唐杜甫《九日蓝田崔氏庄》诗。　②东篱：菊园。"采菊东篱下。"见晋陶渊明《饮酒》其二。　③渊明醉倒："（渊明）尝九月九日出宅边菊丛中坐，久之，满手把菊。忽值弘（按指江州刺史王弘）送酒至，即便就酌，醉而归。"见南朝梁萧统《陶渊明传》。

## 惜分飞

雨过残阳明远树，树底鸣蝉无数。临水人家住，靠西便入江南路。　　曲径通幽深几许[①]，翠竹短窗无暑。小立凭肩语，个中曾是孤眠处。

[注释]

①曲径通幽："曲径通幽处，禅房花木深。"见唐常建《题破山寺后禅院》诗。

## 鹊桥仙

明眸皓齿[①]，丰肌秀骨，浑是揉花碎玉[②]。十分心事有谁知，暗恼得、愁红怨绿。　　残云断雨，不期而会，也要天来大福。若还虚度可怜宵，便做下、来生不足。

［注释］

①明眸皓齿："丹唇外朗，皓齿内鲜，明眸善睐，靥辅承权。"见三国魏曹植《洛神赋》。　②浑：简直。

## 鹊桥仙

七　夕

牛郎织女，因缘不断，结下生生世世。人言恩爱久长难，又不道、如今几岁。　眼穿肠断，一年今夜，且做不期而会。三杯酒罢闭云房[1]，管上得、床儿同睡。

［注释］

①云房：古代皇宫妇女居室。

## 诉衷情

荷花风细竹娟娟，新浴晚凉天。钩帘坐期素月，相对理朱弦[1]。　歌扇底，舞裙边，旧因缘。忔憎模样[2]，别没包弹[3]，只欠心坚。

［注释］

①朱弦：朱木之琴。　②忔憎：可爱。　③没包弹：没有缺点。

## 诉衷情

中秋微雨，入夜开霁，吕履谦座上赋此[1]

晓来犹自雨冥冥，投晚却能晴。姮娥为谁著意[2]，洗得十分明。　人自老，兔长生[3]，酒徐倾。杯行到手，休更推辞，转眼参横[4]。

[注释]

①吕履谦:未详。 ②姮娥:嫦娥。 ③兔:指代月。 ④参横:参星横斜,天将亮。

## 相思引

皓齿清歌绝代音,眼波斜处寄情深。东风吹散,云雨杳难寻[1]。　　试手罗笺花样在,唾窗茸线暗尘侵。向来多事,触绪碎人心。

[注释]

①云雨:喻男女私情。

## 相思引

晓鉴燕脂拂紫绵[1],未忺梳掠髻云偏[2]。日高人静,沉水袅残烟。　　春老菖蒲花未著,路长鱼雁信难传。无端风絮,飞到绣床边。

[注释]

①晓鉴:晓镜。 ②忺(xiān):高兴。

## 点绛唇

登郢州城楼[1]

楼槛凌风,四边浑是青山绕。水空相照,天末归帆小。　　家在江南,三径都荒了[2]。何时到。暗尘扑帽,应被渊明笑。

[注释]

①郢州：古城邑名，在今湖北江陵西北，遗址称为纪南城。　②三径："三径就荒，松菊犹存。"见晋陶渊明《归去来兮辞》。

## 点绛唇

徙倚虚檐，柳阴疏处看飞鸟。水平池沼，云影闲相照。　点翰舒笺，字密蝇头小。还揉了。路长山杳，寄得愁多少。

## 减字木兰花

梅

微红嫩白，照水横枝初摘索[①]。一梦扬州[②]，客里相逢无限愁。　黄昏院落，细细清香无处著。觅句持觞，鬓点吴霜不碍狂[③]。

[注释]

①照水横枝："疏影横斜水清浅。"见宋林逋《山园小梅》。　摘索：摘取。　②一梦扬州：何逊有《扬州早梅》诗，表达对梅感伤的情怀："……朝洒长门泣，夕驱临邛杯。应知早飘落，故逐上春来。"　③鬓点吴霜："吴霜点归鬓，身与塘蒲晚。"见唐李贺《还自会稽歌》。

## 减字木兰花

灯下见梅

灯前初见，冰玉玲珑惊眼眩[①]。艳溢香繁，绝胜溪边月下看。　铅华尽洗[②]，只有檀唇红不退[③]。倾坐精神[④]，全似当时一个人。

[注释]

①冰玉玲珑:冰玉那般明彻。 ②铅华:搽脸的粉。 ③檀唇:浅绛色嘴唇。 ④倾座:举座倾倒。

## 归字谣

归。目断吾庐小翠微。斜阳外,白鸟傍山飞。

## 归字谣

归。随分家山有蕨薇[①]。陶元亮[②],千载是吾师。

[注释]

①随分:照样。 蕨薇:"武王已平殷乱,天下宗周。而伯夷、叔齐耻之,义不食周粟,隐于首阳山,采薇而食之。"见《史记·伯夷列传》。 ②陶元亮:陶渊明,字元亮。晋代隐士。

## 玉团儿

吴江渺渺疑天接[①],独著我、扁舟一叶。步袜凌波[②],芙蓉仙子,绿盖红颊。 登临正要诗弹压[③],叹老去、都忘句法[④]。剧饮狂歌,清风明月[⑤],相应相答。

[注释]

①吴江:吴淞江,在江苏南部。 ②步袜凌波:"体迅冰凫,飘忽若神。凌波微步,罗袜生尘。"见三国魏曹植《洛神赋》。 ③弹压:"牢宠天地,弹压山川。"见《淮南子·本经训》。此言有主宰之意。 ④唐氏按:"老",别作"此"。 ⑤清风明月:"金马玉堂三学士,清风明月两闲人。"见宋欧阳修《会老堂致语》。

## 青山远

题王见幾侍儿真[①]

花竹亭轩，曲径通幽小洞天[②]。翠帏苒苒隔轻烟，锁婵娟[③]。　画图初试春风面[④]，消得东君著意怜[⑤]。到伊歌扇舞裙边，要前缘。

［注释］

①王见幾：未详。　②曲径通幽："曲径通幽深几许。"见《惜分飞》（雨过残阳）。　洞天：洞中别有天地，谓奇妙的境界。　③婵娟：指美女。　④"画图"句："画图省识春风面，环佩空归月夜魂。"见唐杜甫《咏怀古迹五首》其三。　⑤东君：春神。

## 玉楼春

垂鬟初学窥门户，妙舞妍歌俱独步。引成密约笑言间，认得真情离别处。　潘郎两鬓今如许[①]，纵得相逢知认否。多时无雁寄书来，今夜倩风吹梦去。

［注释］

①潘郎两鬓："余春秋三十有二，始见二毛。"见晋潘岳《秋兴赋序》。

## 踏莎行

醉捻黄花[①]，笑持白羽[②]，秋江绿涨迷平楚[③]。燕鸿曾寄去年书，汉皋不记来时路[④]。　天际归舟，云中烟树[⑤]，兰成憔悴愁难赋[⑥]。香囊钿合忍重看[⑦]，风裳水佩寻无处[⑧]。

[注释]

①黄花:菊花。 ②白羽:白羽扇。 ③平楚汉:平林。 ④“汉皋”句:“耕夫扬光于清冷之渊,游女弄珠于汉皋之曲。”见张衡《南都赋》。 ⑤“天际”二句:“天际识归舟,云中辨江树。”见南朝齐谢朓《之宣城出新林浦向板桥》诗。 ⑥“兰成”句:兰成,庾信小字。 ⑦香囊钿合:均为信物。香囊,盛香料的袋子,佩于身。钿合,金饰之盒。 ⑧风裳水佩:“草如茵,松如盖。风为裳,水为佩。油壁车,夕相待。冷翠烛,劳光彩。”见唐李贺《苏小小墓》诗。

## 南柯子

秋晚霜初肃,江寒雾未收。西风吹老白蘋洲。长笛一声、谁在水边楼[①]。 带绿枨新破[②],真醇酒旋篘[③]。簪花莫怪老人羞,直是黄花、羞上老人头。

[注释]

①“长笛”句:“残星几点雁横塞,长笛一声人倚楼。”见唐赵嘏《长安秋望》诗。 ②枨(chéng):门两旁木柱,指代门。 ③篘:以竹篘漉酒。

## 虞美人

七夕悼亡

娟娟缺月梧桐影[①],云度银潢静[②]。夜深檐隙下微凉,醒尽酒魂何处、藕花香。 鹊桥初会明星上,执手还惆怅。莫嗟相见动经年,独胜人间一别、便终天。

[注释]

①“娟娟”句:“缺月挂疏桐,漏断人初静。”见宋苏轼《卜算子》词。 ②银潢:银河。

## 忆秦娥

### 七 夕

月照席，不知天上今何夕[①]。今何夕，鹊桥初就，玉绳低侧[②]。　暂时不见犹寻觅，那堪更作经年隔。经年隔，许多良夜，怎生闲得。

［注释］

①今何夕："今夕何夕，见此良人。"见《诗经·唐风·绸缪》。　②玉绳：星名。

## 长相思

荷花香，竹风凉，万动声沉更点长。荧荧月半床。

好思量，恶凄惶，独立西厢花拂墙。如今空断肠。

## 东坡引

陇头梅半吐，江南岁将暮。闲窗尽日将愁度，黄昏错愁更苦。　归期望断，双鱼尺素[①]。念嘶骑、今到何处[②]。残灯背壁三更鼓，斜风吹细雨[③]。

（以上《四印斋所刻词》本《宣卿词》九十八首）

［注释］

①双鱼尺素："客从远方来，遗我双鲤鱼。呼童烹鲤鱼，中有尺素书。"见古乐府《饮马长城窟行》。　②唐氏按："今"，别无"今"字。　③唐氏按：别本末句叠。

# 朱 雍

朱雍,生卒不详,绍兴中乞召试。有《梅词》。

## 如梦令

池上数枝开遍,临水幽香清浅。楼上欲黄昏,吹彻一声晴管。零乱,零乱,衣上残英都满。

## 生查子

帘栊月上时,寂寞东风里。又是立黄昏,梅影临窗绮。　　玉梅清夜寒,梦断还无寐。晓角一声残,吹彻人千里。

## 点绛唇

轻艳盈盈[①],相逢曾向寒溪路。惜飘零处,无计禁春雨。　　素影参差[②],人在琼城步[③]。危阑暮,年光催度,特地香风住[④]。

[注释]

①盈盈:仪态美好貌。　②素影:谓梅花素淡的姿影。　③琼城:疑指梅林。　④唐氏按:“风”,别作“留”。

## 浣溪沙

残日凭阑目断霞,寒林人静每归鸦。小梅春早压群花。　　一槛风声清玉管,数枝月影到窗纱。隔帘时度暗香些。

## 谒金门

春太早，十二玉楼初晓[①]。半额试妆深院悄[②]，相逢何草草。　临水幽香缥缈[③]，仿佛淡妆窥照。恰值日边人未到，纷纷萦古道。

［注释］

①十二玉楼："（西王母）所居宫阙……昆仑之圃，阆风之苑，有城千里，玉楼十二……"见汉桓驎《西王母传》。　②半额试妆："（梁元帝徐）妃以帝眇一目，每知帝将至，必以半面妆以俟。"见《南史·后妃传》。此处指梅花妆。　③缥缈：若有若无。

## 好事近

春事为谁来[①]，枝上半留残雪。恰近小园香径，对霜林寒月。　危阑凄断笛声长[②]，吹到偏呜咽。最好短亭归路，有行人先折。

［注释］

①唐氏按："事"，别作"色"。　②唐氏按："阑"，别作"楼"。

## 清平乐

雪开瑶径，素蕊迎春影。楼上玉声三弄定[①]，无奈幽香翻阵。　凌晨不事铅华[②]，化工却付春花[③]。流水残阳江上，清随月色低斜。

[注释]

①玉声:玉笛之声。 三弄:用笛吹奏三个乐曲。 ②铅华:脸上搽的粉。 ③化工:天工。

## 忆秦娥

风萧萧,驿亭春信期春潮。期春潮,黄昏浮动[1],谁在江皋[2]。 碧云冉冉横溪桥[3],琼车未至馀香飘[4]。馀香飘,一帘疏影,月在花梢。

[注释]

①黄昏浮动:"暗香浮动月黄昏。"见宋林逋《山园小梅》诗。 ②江皋:江妃二女游于江滨,逢郑交甫。交甫下请佩,二女解佩与之。交甫受佩而去,数十步,视怀中无佩,女亦不见。见汉刘向《列仙传》。 ③"碧云"句:"碧云冉冉蘅皋暮。"见宋贺铸《青玉案》词。 ④琼车:玉饰之车。

## 亭前柳

拜月南楼上,面婵娟、恰对新妆[1]。谁凭阑干处,笛声长。追往事,遍凄凉。 看素质、临风消瘦尽,粉痕轻,依旧真香。潇洒春尘境,过横塘[2]。度清影,在回廊。

[注释]

①婵娟:美女。 ②过横塘:"凌波不过横塘路。但目送、芳尘去。"见宋贺铸《青玉案》词。

## 亭前柳

伫立东风里,放纤手、净试梅妆[1]。眉晕轻轻画,远山长[②]。添新恨，更凄凉。　尝忆得、驿亭人别后，寻春去、尽是幽香。归路临清浅，在寒塘。同水月，照虚廊。

[注释]

①梅妆："宋武帝女寿阳公主，人日卧于含章殿檐下。梅花落公主额上，成五出花，拂之不去。……宫女奇其异，竞效之。今梅花妆是也。"见《太平御览·时序》引《杂五行书》。　②远山：远山眉。卓文君"眉色如望远山"。见《西京杂记》。

## 亭前柳

养就玄霜圃[①]，问东君、曾放瑶英[②]。回首蓝桥路[③]，遍琼城。横斜影，照人明。　飘香信、玉溪仙佩晚[④]，同新月、步入西清[⑤]。冰质枝头袅，更轻盈。分春色，赠双成[⑥]。

[注释]

①玄霜圃：玄圃，神话中仙人居处，在昆仑山上。　②东君：春神。瑶英：美玉之一种，出蓝田。此处喻梅花。　③蓝桥：在陕西蓝田东南蓝溪上，传说唐裴航于此遇仙女云英。　④玉溪：即蓝溪。　⑤西清："青龙蚴蟉于东箱，象舆婉蝉于西清。"见汉司马相如《上林赋》。此处泛指清静之处。　⑥双成：神话中西王母侍女。

## 十二时慢

粉痕轻、谢池泛玉[①]，波暖琉璃初暖[②]。睹靓芳、尘冥春浦[③]，水曲漪生遥岸。麝气柔、云容影淡，正日边寒浅。闲院寂，幽管声中，万感并生，心事曾陪琼宴[④]。　春暗南枝依旧，但得当时缱绻[⑤]。昼永乱英，缤纷解佩[⑥]，映人轻盈面。香暗酒醒处，年年共副良愿。

[注释]

①谢池：谢家池塘，因谢灵运"池塘生春草"句(《登池上楼》)而得名。此处泛指。　②唐氏按：别作"波暖琉璃初展"。"暖"，别作"浸"。　③靓芳：形容脂粉装饰之美。　④琼宴：盛宴。　⑤唐氏按："时"，别作"初"。缱绻，原作"绻缱"，据《词谱》卷三十七改。　⑥缤纷：繁多貌。

## 塞　孤

次柳耆卿韵①

雪江明，练静波声歇②。玉浦梅英初发③，隐隐瑶林堪乍别④。琼路冷，云阶滑。寒枝晚，已黄昏，铺碎影、留新月。向亭皋、一任风冽⑤。　　歌起郢曲时⑥，目断秦城阙⑦。远道冰车清彻。追念酥妆凝望切。淡伫迎佳节。应暗想、日边人，聊寄与、同欢悦。劝清尊、忍负盟设。

[注释]

①次柳耆卿韵：指柳永《塞孤》(一声鸡)韵。耆卿，柳永字。　②练静："澄江静如练。"见南朝齐谢朓《晚登三山还望京邑》诗。　③玉浦：谓水流明净的浦口，泛指。　④瑶林：借指梅林。　⑤唐氏按："冽"，原作"裂"，据《词谱》卷二二二改。　⑥郢曲：指《阳春曲》，为高雅之曲。　⑦秦城阙：指陕西长安。

## 八声甘州

听琤琤漏水①，洗银林、梅英半寒收②。正蟾辉舒粉③，云容缕色，切近妆楼。人在东风伫立，悄悄独凝眸。多少横斜影④，萦绕江流。　　只有清香暗度⑤，堕髻簪珥玉，曾赋清游。认瑶车冰辙[⑥]，佳致肯延留。指蓬山、青砂初转[⑦]，望沧溟，羽佩一同舟[⑧]。仙娥许，酒渑与我[⑨]，消尽春愁。

[注释]

①琤琤：玉器相碰声。此处喻滴漏之声。 ②唐氏按："英"，别作"蕊"。 ③蟾辉：月光。 ④横斜影："疏影横斜水清浅。"见宋林逋《山园小梅》诗。 ⑤清香暗度："暗香浮动月黄昏。"见宋林逋《山园小梅》诗。 ⑥瑶车：饰玉的车。 ⑧蓬山：蓬莱山，神话中海上三座神山之一。 唐氏按："青"，别作"丹"。 ⑧沧溟：大海。 ⑨酒渑（shéng）："有酒如渑，有肉如陵。"见《左传·昭公十年》。渑，古水名。

## 迷神引

白玉楼高云光绕[①]，望极新蟾同照[②]。前村暮雪，霁梅林道。涧风平，波声渺，喜登眺。疏影寒枝颤，太春早。临水凝清浅，靓妆巧[③]。 瘦体伤离，向此萦怀抱。觉璧华轻，冰痕小[④]。倦听塞管[⑤]，转呜咽，令人老。素光回[⑥]，长亭静，无尘到。烟锁横塘暖，香径悄。飞英难拘束，任春晓。

[注释]

①白玉楼：李贺将死时，绯衣人笑曰："帝成白玉楼，立召君为记。天上差乐，不苦也。"见唐李商隐《李贺小传》。原指天庭楼台，此处喻雪后高楼。 ②新蟾：新月。 ③"疏影"四句："疏影横斜水清浅，暗香浮动月黄昏。"见宋林逋《山园小梅》诗。 唐氏按："颤"，别作"袅"。 靓妆：脂粉的妆饰。 ④璧华：冰痕。形容梅朵。 ⑤塞管：边笛。 ⑥素光：月光。

## 瑶台第一层

上元扈跸同宋室仲御作①

西母池边宴罢②，赠南真、步玉霄③。绪风和扇④，冰华发秀，雪质孤高。汉陂澄练影⑤，问是谁、独立江皋⑥。便凝望，认壶中圭璧⑦，天上琼瑶⑧。　清标。曾陪胜赏，坐忘愁解使尘销。况双成⑨，与乳丹点染，都付香梢。寿妆酥冷⑩，郢韵佩举⑪，麝卷云绡。乐逍遥。□凤凰台畔，忆取吹箫⑫。

［注释］

①上元：农历正月十五日。　扈跸：随从皇帝的车驾。　仲御：未详。　唐氏按：此首别作无名氏撰，见《能改斋漫录》卷十七。依《后山诗话》，又似赵项作。　②西母池：西王母瑶池。传说在昆仑山上。此处泛指。　③南真：即“南华真人”的省略。唐天宝时称庄子为南华真人。此处泛指仙人。　玉霄：明空。　④绪风：馀风。　⑤澄练：“澄江静如练。”见南朝齐谢朓《晚登三山远望京邑》诗。　⑥江皋：江妃二女游于江滨，逢郑交甫。交甫下请佩，二女解佩与之。交甫受佩而去，数十步，视怀中无佩，女亦不见。见汉刘向《列仙传》。　⑦壶中：道家所称仙境。“（施存）学大丹之道……后遇张申为云台治官，常悬一壶如五升器大，变化为天地，中有日月如世间。”见《云笈七签·二十八治》。　⑧琼瑶：喻白雪。⑨双成：神话中西王母侍女。　⑩寿妆：寿阳妆，即梅花妆。　⑪郢韵：谓《阳春曲》，即《阳春》《白雪》。　⑫“□凤凰”二句：“萧史者，秦穆公时人也。善吹箫，能致孔雀白鹤于庭。穆公有女字弄玉，好之，公遂以女妻焉。日教弄玉作凤鸣。居数年，吹似凤声，凤凰来，止其屋。公为作凤台，夫妇止其上下数年。”见汉刘向《列仙传·萧史》。

## 西平乐

用耆卿韵[①]

夜色娟娟皎月，梅玉供春绪[②]。不使铅华点缀，超出精神淡伫[③]。休妒残英如雨。清香眷恋，只恐随风满路。散无数[④]。　江亭暮，鸣佩语[⑤]。正值匆匆乍别，天远瑶池缟縠[⑥]，好趁飞琼去[⑦]。忍孤负、瑶台伴侣[⑧]。琼肌瘦尽[⑨]，庾岭零落[⑩]，空怅望，动情处。画角哀时暗度[⑪]。参横向晓[⑫]，吹入深沉院宇。

［注释］

①用耆卿韵：用柳永《西平乐》（尽日凭高目）词韵。　②梅玉：雪色梅花。　唐氏按："供"，别作"共"。　③唐氏按："伫"，别作"泞"。　④唐氏按："只恐"二句，别作"只恐他风满树，散难伫"。韵与柳合，应从。　⑤"江亭"二句：江妃二女游于江滨，逢郑交甫。交甫下请佩，二女解佩与之。交甫受佩而去，数十步，视怀中无佩，女亦不见。见汉刘向《列仙传》。　⑥瑶池：神话中西王母住处，在昆仑山上。　唐氏按："縠"，别作"彀"。　⑦飞琼：飞雪。　⑧瑶台：神话中仙人住处。　⑨琼肌：玉肌。　⑩庾岭：大庾岭，又称梅岭。"庾岭梅先觉。"见唐郑谷《咸通十四年府试木向荣》诗。　⑪唐氏按："时"，别作"声"。　⑫参横：参星横斜。

## 梅花引

梅亭别，梅亭别，梅亭回首都如雪。粉融融，月濛濛，月上小车[①]，归去小楼空。当时曾傅新妆薄[②]，而今一任花零落。朝随风，暮随风，竹外孤根，犹与幽径通。　长相忆，无消息，庾岭沉沉云暗碧。玉痕惊，对离情，无奈水遥天阔、隔琼城。年来素袂香不灭，此心无限凭谁说。夜绵绵，路漫漫，愁听枕前[3]，吹彻笛声寒[4]。

［注释］

①唐氏按："月"，别作"江"。　②新妆：指梅妆，梅花妆。曾引领一时风尚。　③唐氏按："愁"，别作"谁"。　④"吹彻"句：古笛曲有《梅花落》，故云。

## 笛家弄

用耆卿韵[1]

瑰质仙姿，缟袂清格，天然疏秀。静轩烟锁黄昏后。影瘦零乱，艳冷珑璁[2]，雪肌莹暖，冰枝萦绣。更赋风流，几番攀赠，细捻香盈手。与东君、叙暌远[3]，脉脉两情有旧[4]。　立久。阆苑凝夕[5]，瑶窗淡月[6]，百琲寻芳[7]，醉玉谈群，千钟酹酒。向此，是处难忘瘦花，送远何劳垂柳。忍听高楼，笛声凄断[8]，乐事人非偶。空馀恨，惹幽香不灭，尚沾春袖。

［注释］

①用耆卿韵：用柳永《笛家弄》（花发西园）词韵。　②珑璁：明洁貌。　③东君：春神。　暌远：长时间离别。　④脉脉：含情相视貌。　⑤阆苑：传说中神仙住处。　⑥瑶窗：玉窗。　⑦百琲（bèi）：成串的珍珠。十贯为一琲。　⑧笛声凄断："危阑凄断笛声长。"见《好事近》（春事为谁来）。

## 玉女摇仙佩

灰飞嶰谷[1]，佩解江干[2]，庾岭寒轻梅瘦。水面吞蟾[3]，山光暗斗[4]，物色盈枝依旧。凭暖危阑久。有清香旖旎[5]，却沾襟袖。赋情□、窥人艳冷，更是殷勤，忍重回首。谁知道，春归院落，缤纷雪飞鸳甃。　须谢化机爱惜[6]，碎璧铺酥，肯把飞英僝僽[7]。念念瑶珂[8]，乘飙烟浦，送别犹携纤手。馥郁盈芳酒。临妆罢，一点眉峰伤皱。又只恐、□收梦断，管凄风怨[9]，晓催银漏。残金兽[10]，参横月堕归时候[11]。

（以上《四印斋刻词》本《梅词》）

[注释]

①灰飞：古人烧苇膜成灰，置于十二律管，放在密室，以占气候。地气动，则灰飞。此处谓节候已到。　嶰谷：昆仑山北谷名。　②佩解江干：江妃二女游于江滨，逢郑交甫。交甫下请佩，二女解佩与之。交甫受佩而去，数十步，视怀中无佩，女亦不见。见汉刘向《列仙传》。　③蟾：谓月。④斗：谓北斗星。　⑤旖旎：此处为洋溢意。　⑥化机：化工，天工。⑦僝僽（chǎn zhǒu）：摆布。　⑧瑶珂：玉珂，马上的装饰品。　⑨管：此处谓笛。　⑩金兽：兽形金属香炉。　⑪参：参星。

# 晁公武

晁公武，生卒不详，字子止，钜野（今属山东）人。冲之之子。官侍郎、安抚使。有《郡斋读书志》。

## 鹧鸪天[①]

笑擘黄柑酒半醒，玉壶金斗夜生冰[②]。开窗尽见千山雪，雪未消时月正明。　兰烬短[③]，麝煤轻[④]。画楼钟鼓已三更。倚栏谁唱清真曲[⑤]，人与梅花一样清。

（《阳春白雪》卷二）

［注释］

①唐氏按：《阳春白雪》原注"或云戴平之"。　②玉壶："清如玉壶冰。"见南朝宋鲍照《代白头吟》诗。　金斗：斟酒器。　③兰烬：灯花。　④麝煤：制墨原料，此处指代墨。　⑤清真曲：周邦彦词。周邦彦词集名《清真集》。

## 林　仰

林仰，生平不详，字少瞻，福州长溪（今福建霞浦）人。绍兴十五年（1145）登进士第。曾为袁州宜春县尉。绍兴三十二年（1162），监登闻鼓院。

### 少年游

早　行

霁霞散晓月犹明，疏木挂残星。山径人稀，翠萝深处，啼鸟两三声。　　霜华重迫驼裘冷，心共马蹄轻。十里青山，一溪流水，都做许多情。

（《唐宋诸贤绝妙词选》卷七）

［集评］

沈际飞云："一本作'霁霞初散'，与前阕合。但'明'字用韵，当是七字句。刻画晓景真。"（评《草堂诗馀正集》卷一）

### 存目词

《古今词选》卷八有林仰《小重山》"绿树莺啼春正浓"一首，乃何大圭作，见《唐宋诸贤绝妙词选》卷八。

## 邵伯雍

邵伯雍,绍兴时人。自号道山公子。

### 虞美人

赏梅月夜有怀①

玉壶满插梅梢瘦②,帘幕轻寒透。从今春恨满天涯,月下几枝疏影、透窗纱。 锦城咫尺如千里③,乍别难成寐。孤眠半晌断人肠④,夜静分明全似、那人香。

(《花草粹编》卷六)

[注释]

①唐氏按:此首原题“道山公子撰”。 ②玉壶:玉制的壶,洁白莹润。③锦城:锦官城,今四川成都。 咫尺:谓距离很近。 ④半晌:半日。

# 黄中辅

黄中辅，生平不详，号槐卿，义乌（今属浙江）人。元黄溍六世祖。

## 念奴娇[1]

炎精中否[2]，叹人材委靡[3]，都无英物[4]。胡马长驱三犯阙[5]，谁作长城坚壁[6]。万国奔腾，两宫幽陷[7]，此恨何时雪。草庐三顾[8]，岂无高卧贤杰。　天意眷我中兴[9]，吾皇神武[10]，踵曾孙周发[11]。河海封疆俱效顺，狂虏何劳灰灭。翠羽南巡[12]，叩阍无路[13]，徒有冲冠髪[14]。孤忠耿耿，剑铓冷浸秋月。

［注释］

①唐氏按：此首原见《泊宅编》卷九，题中兴野人作。又见《苕溪渔隐丛话》前集卷五十九，不著撰人。据元黄溍《金华先生文集》卷三《记居士公乐府》一文，乃其六世祖所作。兹从《泊宅编》录出。又，元徐大焯《烬馀录乙编》以此首为吴云公撰，盖附会之说，不足据。　②炎精：汉朝的大德之运，用以指代汉。此处借指宋。　③委靡：没有骨气。　④英物：杰出人材。　⑤“胡马”句：指女真族多次南侵。　⑥长城：南朝宋名将檀道济自谓“塞上长城”。　⑦两宫幽陷：宋徽宗赵佶和宋钦宗赵桓于靖康二年（1127）为金人掳去。　⑧草庐三顾：指三国时刘备三顾茅庐，请高卧的诸葛亮出山，辅佐刘汉。　⑨中兴：复兴。　⑩吾皇：谓宋高宗赵构。神武：神明而英武。　⑪曾孙周发：“骏惠我文王，曾孙笃之。”见《诗经·周颂·维天之命》。周武王姬发，为周文王子，起兵伐纣，建立周王朝。此处以周武王姬发期待宋高宗赵构。　⑫翠羽南巡：谓宋高宗赵构南迁。　⑬叩阍：头叩宫门，意谓向皇上进谏。　⑭冲冠髪：怒髮冲冠。形容盛怒。

## 满庭芳

题太平楼

快磨三尺剑，欲斩佞臣头。[①]

（《金华黄先生文集》附宋濂《金华黄先生行状》）

[注释]

①唐氏按：文字据《历代词人考略》引《金华府志·人物志》，第一句原仅有“磨剑”二字。

[集评]

黄溍云：“居士乐府盖题秦桧所建太平楼。佞臣谓桧也。公没迨今百四十有五年，遗文皆散落，惟赋乐府犹为人所传诵。”（《文献集》卷四《先世墓铭后记》）

## 郑　闻

郑闻(？—1174)，字仲益，开封(今河南开封)人。绍兴二十一年(1151)举进士第。历中书舍人、兼直学士院、刑部尚书。乾道九年(1173)，参知政事。

### 瑞鹤仙

赠官妓周韵

醉归来，不悟人间天上[1]，云雨难寻旧迹[2]。但馀香、暗著罗衾，怎生忘得。　（《瓮牖闲评》卷五）

［注释］

①人间天上：指仙境。　②云雨：谓男女情爱。

# 刘望之

刘望之(?—1159),字夷叔,号观堂,成都(今四川成都)人。绍兴二十一年(1151)登进士第。二十七年(1157),左文林郎、达州州学教授,行国子正。二十九年(1159),官左奉议郎、秘书省正字。有集数百卷,不传。

## 鹊桥仙

只应将巧畀人间,定却向、人间乞取。

(《滹南诗话》卷下)

## 如梦令

休絮,休絮,我自明朝归去。

(《说郛》本《浩然斋意抄》)

## 水调歌头[①]

劝子一杯酒,清泪不须流。人间千古,俯仰如梦说扬州[②]。何况楚王台畔[③],为雨为云无限[④],人事付轻沤。聚散随来去,天地有虚舟。　谪仙人,解金龟,换美酒[⑤]。载与君游,流水曲觞且赓酬[⑥]。麾盖飞迎过霭,江滨响振歌喉,拚醉又何求。三万六千日,日日此优游。

(《补续金史艺文志》卷五十六引《綦江志》)

[注释]

①唐氏按:原无调名,据律补。　②“俯仰”句:“十年一觉扬州梦,赢得青楼薄幸名。”见唐杜牧《遣怀》诗。　③楚王台:指云梦之台。　④为雨

为云：楚王尝游高唐，幸巫山之女，女去而辞云："妾在巫山之阳，高丘之阻，旦为朝云，暮为行雨，朝朝暮暮，阳台之下。"见战国楚宋玉《高唐赋序》。 ⑤"谪仙"三句："太子宾客贺公于长安紫极宫。一见余，呼余为谪仙人，因解金龟，换酒为乐。"见唐李白《对酒忆贺监二首序》。 ⑥流水曲觞："引以为流觞曲水。"见晋王羲之《兰亭集序》。 赓酬：接连唱酬。

# 法　常

法常(？—1180),俗姓薛氏,开封(今河南开封)人。报恩寺首座。

## 渔父词

此事楞严常露布[1]。梅华雪月交光处。一笑寥寥空万古[2]。风瓯语,迥然银汉横天宇[3]。　蝶梦南华方栩栩[4],斑斑谁跨丰干虎[5]。而今忘却来时路。江山暮,天涯目送鸿飞去。

(《五灯会元》卷十八)

[注释]

①楞严:《楞严经》,佛教经典。　露布:公布,宣布。　②寥寥:空阔。　③迥然:远貌。　银汉:银河。　④蝶梦:“庄周梦为蝴蝶,栩栩然蝴蝶也。”见《庄子·齐物论》。　南华:《南华经》,即《庄子》。　栩栩:欣然自得貌。　⑤“斑斑”句:“丰干禅师,居天台山国清寺。昼则舂米供僧,夜则扃房吟咏。一日骑虎松径来,入国清巡廊唱道,众皆惊怖。”见《全唐诗》卷八百七《丰干小传》。

## 陆 淞

陆淞（1114—1165），字子逸，号云溪，陆游之兄。山阴（今浙江绍兴）人。恩荫通仕郎秘阁校理，工部郎中，知辰州，浙江安抚司，左朝请大夫。晚年卜筑于秀野。存词二首。

### 念奴娇

和李汉老[①]

黄橙紫蟹，映金壶潋滟[②]，新醅浮绿[③]。共赏西楼今夜月，极目云无一粟。挥麈高谈[④]，倚栏长啸[⑤]，下视鳞鳞屋。轰然何处，瑞龙声喷蕲竹[⑥]。　何况露白风清，银河澈汉，仿佛如悬瀑。此景古今如有价，岂惜明珠千斛。灏气盈襟[⑦]，冷风入袖，只欲骑鸿鹄。广寒宫殿[⑧]，看人颜似冰玉。

（《耆旧续闻》卷二）

[注释]

①和李汉老：和李邴《念奴娇》（素光练静）词。汉老，李邴字。　②金壶：金属盛酒器。　③醅：未滤之酒。　浮绿：酒面绿色浮沫。　④挥麈：挥动麈尾以为谈助。“王夷甫容貌整丽，妙于谈玄，恒捉白玉柄麈尾，与手都无分别。”见《世说新语·容止》。　⑤长啸：撮口长呼，以抒发情怀。“籍尝于苏门山遇孙登，与商略终古及栖神导气之术，登皆不应，籍因长啸而退。至半岭，闻有声若鸾凤之音，响乎岩谷，乃登之啸也。”见《晋书·阮籍传》。　⑥瑞龙：石雕龙首，口喷泉水，以示祥瑞。　蕲竹：湖北蕲春所产的竹。　⑦灏气：弥漫之大气。　⑧广寒宫殿：神话中月宫。

### 瑞鹤仙[①]

脸霞红印枕[②]。睡觉来、冠儿还是不整[③]。屏间麝煤冷[4]。但眉峰压翠，泪珠弹粉。堂深昼永。燕交飞、风帘露井。恨无人，与说相思，近日带围宽尽。　　重省。残灯朱幌，淡月纱窗，那时风景。阳台路迥[5]。云雨梦[6]，便无准。待归来，先指花梢教看，却把心期细问。问因循、过了青春[7]，怎生意稳。　（《绝妙好词》卷一）

[注释]

①唐氏按：此首又见《草堂诗馀前集》卷上，误作欧阳修词。　②脸霞红印枕："印枕娇红透肉。"见袁去华《金蕉叶》（沈烟篆曲）词。　③睡觉：睡醒。　④麝煤：墨的别称。此处指水墨画。　⑤阳台：云梦之台，神话中男女欢合处。"昔者楚襄王与宋玉游于云梦之台，望高唐之观，其上独有云气……"见战国楚宋玉《高唐赋序》。　⑥云雨："昔者先王尝游高唐，怠而昼寝，梦见一妇人，曰：'妾巫山之女也，为高唐之客。闻君游高唐，愿荐枕席。'王因幸之，去而辞曰：'妾在巫山之阳，高丘之阻，旦为朝云，暮为行雨，朝朝暮暮，阳台之下。'"见战国楚宋玉《高唐赋序》。　⑦因循：此处为随便、不经心之意。

[集评]

张炎云："簸弄风月，陶写情性，词婉于诗。盖声出莺吭燕舌间，稍近乎情可也。若邻乎郑卫，与缠令何异也。如陆云溪《瑞鹤仙》云……景中带情，而存骚雅。故其燕酣之乐，别离之愁，回文题叶之思，岘首西州之泪，一寓于词。若能屏去浮艳，乐而不淫，是亦汉魏乐府之遗意。"（《词源》卷下）

贺裳云："从来文之所在，不必名之所在。如陆雪窗名不甚著，其《瑞鹤仙·春情》末云：'待归来，先指花梢教看，却把心期细问。问因循，过了青春，怎生意稳。'迷离婉妮，几在周、秦之上，今误作欧公，非是。"（《皱水轩词筌》）

卓人月云："委宛深厚，不忍随口念过。汉魏遗意。"（《古今词统》卷十四）

程洪云："陆子逸《瑞鹤仙》'脸霞红印枕'，能如此作情词，亦复何伤。"（《词洁辑评》卷五）

冯金伯云:“南渡初,南班宗子寓居会稽,为近属士,园亭甲于浙东。一时坐客,皆骚人墨士。陆子逸尝与焉。士有侍姬盼盼者,色艺殊绝,公每属意焉。一日宴客偶睡,不与捧觞之列。陆因问之,士即呼至,其枕痕犹在脸。公为赋《瑞鹤仙》,有‘脸霞红印枕’之句。一时盛传,逮今为雅唱。后盼盼亦归陆氏。”(《词苑萃编》卷十三引《耆旧续闻》)

王闿运云:“陆淞《瑞鹤仙》(脸霞红印枕),小说造为咏歌姬睡起之词,不顾文理,本事之附会,大要如此。”(《缃绮楼评词》)

詹安泰云:“余意陆氏为放翁雁行,生当南渡之初,颇闻汴京之盛,必有寓感于其间。儿女私情,特藉以表出耳。观其乐首即用‘还是’,便有执迷不悟,江河日下之慨。‘屏间’三句,愁恨重重也。‘堂深昼永’,宫廷之冷落也。‘恨无人’两句,惜无贤佐也。‘重省’三句,忆前日之繁华也。‘阳台’三句,叹有感未逮也。‘待归来’以下,反复叮咛,其指陈时事,尤为缠绵蕴藉。凡此皆寄托甚深,不应徒作艳词观,殆周止庵所谓‘即事作景’者。”(《词学讲义·论寄托》)

# 卓世清

卓世清,津阳令。

## 卜算子

题徐仙亭①

流水一湾西,晚坐孤亭静。不见高人跨鹤归②,风竹摇清影。　　往古与来今,休用重重省。十里梅花雪正晴,月挂遥山冷。　　(《舆地纪胜》卷二十八引《夷坚志》)

[注释]

①唐氏按:《湖海新闻·夷坚续志》后集卷一题卓津作。津字少清,永福人,绍兴二十一年(1151)进士,终从政郎、津阳令,盖即一人。　②跨鹤:"昔巢居子奉事东海青童君。……无懈无怠。仅二十年,乃口授玄法,手录圣方曰:'若求跨鹤升霄,未易致也。'"见《云笈七签》卷七《太上肘后玉经方》。

## 李　结

李结，生卒未详，字次山，号渔社，南阳人。乾道二年（1166）监进奏院，六年（1170）知常州，七年（1171）提举浙西常平。淳熙九年（1182）知秀州。绍熙二年（1191）四川总领。

### 浣溪沙

花圃萦回曲径通，小亭风卷绣帘重。秋千闲倚画桥东。　双蝶舞馀红便旋[①]，交莺啼处绿葱珑。远山眉黛晚来浓[②]。

（《阳春白雪》卷二）

[注释]

①便旋：徘徊。　②远山眉："（卓）文君皎好，眉色如望远山。"见《西京杂记》。

### 西江月

若将花卉论行藏，盍在凌烟阁上。

（附见《客亭乐府》内）

## 向 滈

向滈,生卒不详,开封(今河南开封)人。字丰之,高宗绍兴间曾官萍乡县令。有《乐斋词》。

### 水调歌头

短棹舣湍石[1],华月满汀洲[2]。应知孤客无寐,特地照离忧。谁念姮嫦单枕[3],寂寞广寒宫殿[4],亦自□□□。□□□□□,□□□□□。 □怜我,尘满袖,雪盈头。两乡千里萦恨,何事不归休。遥想闺中今夜,夜久寒生玉臂[5],犹自倚高楼。别泪入湘水,归梦绕鄜州[6]。

[注释]

①舣:停泊。 ②汀洲:水中小洲。 ③姮嫦:嫦娥。 ④广寒宫殿:旧称月宫。 ⑤"夜久"句:"清辉玉臂寒。"见唐杜甫《月夜》。 ⑥鄜(fū)州:今陕西富县。"今夜鄜州月,闺中只独看。"见唐杜甫《月夜》。

### 念奴娇

木 樨

霜威凄紧,政悲风摇落,千山群木。十里清香方盛赏,岩桂娇黄姹绿。九畹衰丛[1],东篱落蕊[2],到此成粗俗。孤标高远,淡然还媚幽独。 憔悴诗老多情,问佳人底事,幽居空谷。日暮天寒垂翠袖,愁倚萧萧修竹[3]。林下神情,月边风露,不向雕栏曲。殷勤惟有,篆烟留得馀馥。

[注释]

①九畹：种兰之所。见战国楚屈原《离骚》。 ②东篱：栽菊之所。③“日暮”二句：“天寒翠袖薄，日暮倚修竹。”见唐杜甫《佳人》诗。

## 满庭芳

寿妻母高令人

玉粉匀梅，麹尘浮柳，画檐迟日融融[①]。金猊喷麝[②]，庭户转香风。好是闲居戏彩[③]，寿觞举、和满春容。须知道，闺门孕秀，佳气在帘栊。　无穷。观盛事，年年此会，拚醉金钟。又何须、西池高宴仙宫[④]。尽把乔松□寿，兼大国、秦虢重封[⑤]。那堪更，门阑多喜，女婿近乘龙[⑥]。

[注释]

①迟日：春日。 ②金猊：狻猊形金属香炉。 ③戏彩：“老莱子者，楚人。行年七十，父母俱存，至孝蒸蒸。尝着五色斑斓衣，为亲取饮上堂，脚跌，恐伤父母之心，因僵仆为婴儿啼。”见《太平御览》卷四一三引师觉授《孝子传》。 ④西池：瑶池，神话中西王母住处，在昆仑山上。 ⑤“兼大国”句：杨玉环得宠于唐玄宗，其姊分别封为秦国夫人、虢国夫人、韩国夫人。 ⑥“门阑”二句：谓得佳婿，见唐杜甫《李监宅》诗。

## 青玉案

别时抆泪花无语，但一味、教郎住。此日扁舟游远浦。雨晴云树，月斜烟树，目断家何许[①]。　红笺不寄相思句，人在潇湘雁回处[②]。屈指归期秋已暮。万千里路，两三头绪，恨不飞将去。

［注释］

①何许:何处。 ②潇湘:指湘江。在湖南。

## 青玉案

多情赋得相思分,便揽断、愁和闷。万种千般说不尽。吃他圈樻[①],被他拖逗[②],便拂也,须教恨。 传消寄息无凭信,水远山遥怎生奔。梦也而今难得近。伊还知道,为伊成病,便死也、谁能问。

［注释］

①圈樻:犹圈套。 ②拖逗:勾引。

## 小重山

翡翠林梢青黛山。小楼新罨画[①],卷珠帘。碧纱窗外水挼蓝。凭栏处,相对玉纤纤[②]。 人散酒阑珊[③]。夜长都睡皱,唾花衫。一弯残月下风檐。凌波去,罗袜步蹁跹[④]。

［注释］

①罨画:杂色的彩画。 ②纤纤:尖细。 ③阑珊:将尽。 ④"凌波"二句:"凌波微步,罗袜生尘。"见三国魏曹植《洛神赋》。 蹁跹:步态美好貌。

## 踏莎行

万水千山,两头三绪,凭高望断迢迢路。钱塘江上客归迟[①],落花流水青春暮。 步步金莲[②],朝朝琼树[③],

目前都是伤心处。飞鸿过尽没书来，梦魂依旧阳台雨[④]。

［注释］

①钱塘江：旧称浙江，浙江省最大河流。 ②步步金莲："（东昏侯）凿金为莲花以帖地，令潘妃行其上，曰：'此步步生莲华也。'"见《南史·齐纪·东昏侯》。 ③琼树：陈后主有《玉树后庭花》、《临春乐》等曲，其略曰："璧月夜夜满，琼树朝朝新。"大抵美张贵妃、孔贵妃之容色。见《南史·张贵妃传》。 ④阳台雨：谓男女欢爱。"昔者先王尝游高唐，怠而昼寝，梦见一妇人，曰：'妾巫山之女也，为高唐之客。闻君游高唐，愿荐枕席。'王因幸之，去而辞曰：'妾在巫山之阳，高丘之阻。旦为朝云，暮为行雨。朝朝暮暮，阳台之下。'"见战国楚宋玉《高唐赋序》。

## 蝶恋花

费尽东君无限巧[①]。玉减香销，回首令人老。梦绕岭头归未到，角声吹断江天晓。 燕子来时春正好。寸寸柔肠，休问愁多少。从此欢心还草草，凭栏一任桃花笑。

［注释］

①东君：春神。

## 临江仙

再到桂林[①]

瘦损东阳缘底事[②]，离愁别恨难禁。夜长谁共拥孤衾。来时青鬓在，今已二毛侵[③]。 流水青山依旧是，兰桡往事空寻。一番风雨又春深。桃花都落尽，赢得是清阴。

[注释]

①桂林:市名。故址在今广西象州东南。 ②瘦损东阳:“(沈约)与徐勉素善,遂以书陈情于勉,言己老病,百日数旬,革带常应移孔;以手握臂,率计月小半分。欲谢事,求归老之秩。”“隆昌元年,除吏部郎,出为东阳太守。”见《南史·沈约传》。 ③二毛:形容头髮斑白。

## 临江仙

乱后此身何计是,翠微深处柴扉[①]。即今双鬓已如丝。虚名将底用,真意在鸱夷[②]。 治国无谋归去好,衡门犹可栖迟[③]。不妨沉醉典春衣。人生行乐耳,须富贵何时[④]。

[注释]

①翠微:青翠掩映的山峦深处。 ②鸱夷:范蠡自号鸱夷子皮,佐越王勾践灭吴复国以后,泛舟五湖。 ③“衡门”句:“衡门之下,可以栖迟。”见《诗经·陈风·衡门》。 衡门:简陋之门。 ④须:等待。

## 武陵春

藤州江月楼[①]

长记酒醒人散后,风月满江楼。楼外烟波万顷秋,高槛冷飕飕。 想见云鬟香雾湿[②],斜坠玉搔头[③]。两处相思一样愁。休更照鄜州[④]。

[注释]

①藤州:今藤县,属广西。 ②云鬟香雾湿:“香雾云鬟温,清辉玉臂寒。”见唐杜甫《月夜》。 ③“斜坠”句:“鬥鸭栏干独倚,碧玉搔头斜坠。”见南唐冯延巳《谒金门》。 玉搔头:玉簪。 ④鄜州:“今夜鄜州月,闺中只独看。”见唐杜甫《月夜》。

## 阮郎归

隔篱疏影照横塘[1]，东风吹暗香[2]。陇头归路指苍茫[3]，江南春兴长。　扃小院，静回廊，有人凭短墙。角声惊梦月横窗，此时能断肠。

[注释]

①疏影："疏影横斜水清浅。"见宋林逋《山园小梅》。　横塘：在今南京秦淮河南岸。　②暗香："暗香浮动月黄昏。"见宋林逋《山园小梅》。③"陇头"句："陇头流水，流离山下。念吾一身，飘然旷野。"见汉乐府民歌《陇头流水》。陇头在今陕西陇县西北。

## 南乡子

白石铺

临水窗儿，与卷珠帘看画眉。雨浴红衣惊起后[1]，争知。水远山长各自飞。　受尽孤凄，极目风烟说与谁。直是为他憔悴损，寻思。怎得心肠一似伊。

[注释]

①红衣：鸟名。

## 西江月

流水断桥衰草，西风落日清笳。往来赢得鬓边华，此去征鞍休跨。　烟溆绿深陂筱[1]，霜篱红老江花。青山尽处是侬家，拟唤渔舟东下。

[注释]

①烟溆:烟雾迷濛的水边。 篠(xiǎo):小竹。

## 西江月

门柳疏疏映日,井桐策策翻秋。萧条不似那时游,只有山光依旧。　　别久犹牵去梦,怀多还惹新愁。吹箫人在雁回州[1],不管沈郎消瘦[2]。

[注释]

①吹箫人:“萧史者,秦穆公时人也。善吹箫,能致孔雀白鹤于庭。”见汉刘向《列仙传》。 ②沈郎:谓沈约。

## 西江月

竹寺青灯永夜,江城黄叶高秋。当时文物尽交游,更为笛声怀旧[1]。　　牢落一生羁思[2],风流万斛诗愁。强邀从事到青州[3],酒病绵绵越瘦。

[注释]

①笛声怀旧:“余与嵇康、吕安居止接近。……其后各以事见法。……余逝将西迈,经其旧庐。于时日薄虞渊,寒水凄然。邻人有吹笛者,发声寥亮。追思曩昔游宴之好,感音而叹,故作赋云。”见晋向秀《思旧赋序》。 ②牢落:无所寄托。 ③从事到青州:桓公有主簿“善别酒,有酒辄令先尝,好者谓‘青州从事’,恶者谓‘平原督邮’”。见《世说新语·术解》。

## 西江月

抵死漫生要见[1],偷方觅便求欢[2]。十分赢得带围宽[③]，刬地如今难恋[④]。　枕畔水沉烟尽，床头银蜡烧残。鸳衾不觉夜深寒，记取有人肠断。

［注释］

①抵死漫生：俗语拼死觅活之意。　要见：强行求见。　②偷方觅便：想方设法。　求欢：做爱。　③带围宽：腰带宽则人瘦了。　④刬地：怎的。

## 西江月

别后千思万想，眼前一日三秋[①]。小街栏槛记追游，料得新妆依旧。　自笑非常蒂殢[②]，为他无限闲愁。莫将离恨寄鄜州[③]，闻道腰肢愈瘦。

［注释］

①一日三秋："一日不见，如三秋兮。"见《诗经·王风·采葛》。　②殢（tì）：滞留。　③鄜州："今夜鄜州月，闺中只独看。"见唐杜甫《月夜》诗。

## 虞美人

临安客店[①]

酒阑欹枕新凉夜，断尽人肠也。西风吹起许多愁，不道沈腰潘鬓、不禁秋[②]。　如今病也无人管，真个难消遣。东邻一笑直千金[③]，争奈茂陵情分、在文君[④]。

［注释］

①临安：今杭州市。　②沈腰："（沈约）与徐勉素善，遂以书陈情于勉，言己老病，百日数旬，革带常应移孔。"见《南史·沈约传》。　潘鬓："余春秋三十有二，始见二毛。"见潘岳《秋兴赋序》。　③东邻一笑："东

家之子，增之一分则太长，减之一分则太短。着粉则太白，施朱则太赤。……嫣然一笑，惑阳城，迷下蔡。”见战国楚宋玉《登徒子好色赋》。④“争奈”句：“相如将聘茂陵人女为妾，卓文君作《白头吟》以自绝。相如乃止。”见《西京杂记》。“相如既病矣，家居茂陵。”见《汉书·司马相如传》。

## 虞美人

宝梳半脱文窗里，玉软因谁醉。锦鸳应是懒熏香，□我水村孤酌、减疏狂。　　此时纵有千金笑[1]，情味如伊少。带围宽尽莫教知，嫌怕为侬成病，似前时。

[注释]

①纵有千金笑：“东邻一笑值千金。”见《虞美人》(酒阑攲枕)。

## 南歌子[1]

路尽湘江水[2]，人行瘴雾间[3]。昏昏西日度严关[4]。天外一簪初见，岭南山[5]。　　北雁连书断[6]，新霜点鬓斑[7]。此时休问几时还。准拟桂林佳处，过春残[8]。

[注释]

①唐氏按：此首又见张孝祥《于湖先生长短句拾遗》。　②湘江：为湖南最大河流。　③瘴雾：旧指南方山林间致人疾病的湿热蒸郁之气。　④严关：在今广西兴安西。　⑤岭南：泛指五岭以南地区。　⑥“北雁”句：意谓信息全无。古人以为雁能传书，见《汉书·苏武传》。　⑦“新霜”句：以潘岳头白作喻。　⑧准拟：定可。

## 点绛唇

屈指新冬，肃霜天气重阳后[1]。授衣时候[2]，兰菊香盈袖。　　此日生申，维岳钟神秀[3]。倾名酎[4]，篆添金兽[5]，共祝如椿寿[6]。

[注释]

①肃霜：凝露为霜。　重阳：农历九月九日。　②授衣时候："七月流火，九月授衣。"见《诗经·豳风·七月》。　③"此日"二句："嵩高维岳，骏极于天。维岳降神，生甫及申。"见《诗经·大雅·崧高》。此处谓生了有贤德才智的辅国大臣。　④酎：纯酒，又称双套酒。　⑤金兽：兽形金属香炉。　⑥椿："上古有大椿者，以八千岁为春，八千岁为秋。"见《庄子·逍遥游》。

## 减字木兰花

多情被恼[1]，枉了东君无限巧[2]。真个愁人，一片轻飞减却春[3]。　　阑干凭暖，目断彩云肠也断。两岸青山，隐隐孤舟浪接天[4]。

[注释]

①多情被恼："笑渐不闻声渐悄，多情却被无情恼。"见宋苏轼《蝶恋花》词。　②"枉了"句："费尽东君无限巧。"见《蝶恋花》。　③"一片"句："一片花飞减却春，风飘万点正愁人。"见唐杜甫《曲江二首》。④"两岸"二句："两岸青山相对出，孤帆一片日边来。"见唐李白《望天门山》诗。

## 朝中措

平生此地几经过，家近奈情何。长记月斜风劲，小舟犹渡烟波。　　而今老大，欢消意减，只有愁多。不似旧时心性，夜长听彻渔歌。

## 忆秦娥

秋萧索，别来先自情怀恶。情怀恶，日斜庭院，月明帘幕。　　轻离却似于人薄，而今休更思量著。思量著，肝肠空断，水云辽邈[①]。

[注释]

①辽邈：遥远。

## 摊破丑奴儿

自笑好痴迷，只为俺、忒瞅雏儿[①]。近来都得傍人道，帖儿上面，言儿语子，那底都是虚脾[②]。　　楼上等多时，两地里、人马都饥。低低语与当直底[③]，轿儿抬转，喝声靠里，看俺么、裸而归。

[注释]

①忒瞅：过甚喜爱。　雏儿：谓年少妓女。　②那底：那里面。　虚脾：虚情假意。　③当直的：值班的。

## 好事近

清晓渡横江，江上月寒霜白。寂寞断桥南畔，有一枝春色。　玉肌孤瘦恰如伊，此际转相忆。且道这些烦恼，看几时休得。

## 点绛唇

和彪德美韵赠杨伯原①

蕙怨兰愁，玉台羞对啼妆面②。懒匀香脸，不放眉峰展。　幽恨谁知，锦字空传远③。何时见。为郎肠断，不似郎情浅。

［注释］

①彪德美：彪居正，号敬斋。原作不存。　②玉台：玉镜台。温峤丧妇，从姑刘有一女属温峤觅婚，温峤有自婚意，“因下玉镜台一枚，姑大喜。既婚，交礼，女以手披纱扇，抚掌大笑曰：‘我固疑是老奴，果如所卜。’”见《世说新语·假谲》。　③锦字：“滔，苻坚时为秦州刺史，被徙流沙。苏氏思之，织锦为回文旋图以赠滔，宛转循环以读之，词甚凄惋。”见《晋书·列女列传·窦滔妻苏氏》。

## 阮郎归

湘南楼上好凭栏，西风吹鼻酸。宦游何处不惊湍①，白鸥盟已寒②。　空饮恨，废追欢，沈郎衣带宽③。故人休放酒杯干，而今行路难④。

［注释］

①惊湍：“子在川上曰：‘逝者如斯夫！不舍昼夜。’”见《论语·子罕》。　②白鸥盟：“浩荡鸥盟久未寒，征骖聊此驻江干。”见宋朱熹《过盖竹》诗。　③沈郎：沈约。此自比。　④“故人”二句：“酌酒以自宽，举杯断绝歌路难。”见南朝宋鲍照《拟行路难》。

## 如梦令

道人书郡楼

旧恨新愁无际，近水远山都是。西北有高楼[①]，正为行藏独倚[②]。留滞，留滞，家在吴头楚尾[③]。

[注释]

①“西北”句：“西北有高楼，上与浮云齐。”见《古诗十九首·西北有高楼》。 ②行藏：“子谓颜渊曰：‘用之则行，舍之则藏。惟我与尔有是夫！’”见《论语·述而》。 ③吴头楚尾：“豫章之地为楚尾吴头。”见宋祝穆《方舆胜览》。此处指代江西。

## 如梦令

次韵子文邢丈[①]

梦断绿窗莺语，消遣客愁无处。小槛俯青郊，恨满楚江南路。归去，归去，花落一川烟雨。

[注释]

①邢子文：未详。

## 如梦令

书百方观音寺壁

直面雨轻风峭，极目水空烟渺。家在武陵溪[①]，无限壑讥峰诮。归好，归好，睡足一江春晓。

[注释]

①武陵溪：在今湖南常德。“晋太元中，武陵人捕鱼为业。缘溪行，忘

路之远近。忽逢桃花林。……自云自先世避秦时乱，率妻子邑人来此绝境，不复出焉。遂与外人间隔。”见晋陶潜《桃花源记》。

## 如梦令

### 书弋阳楼[1]

楼上千峰翠巘，楼下一湾清浅。宝篹酒醒时，枕上月华似练。留恋，留恋，明日水村烟岸。

［注释］

①弋阳楼：在弋阳，属江西。

## 如梦令

杨柳千丝万缕[1]，特地织成愁绪[2]。休更唱阳关，便是渭城西路。归去，归去，红杏一腮春雨。

［注释］

①千丝万缕：“道旁杨柳依依，千丝万缕，拧不住一分愁绪 。”见宋戴石屏《怜薄命》词。　②特地：特意。

## 如梦令

野店几杯空酒，醉里两眉长皱。已自不成眠，那更酒醒时候。知否，知否，直是为他消瘦。

## 如梦令[1]

谁伴明窗独坐，和我影儿两个。灯烬欲眠时，影也把人抛躲[②]。无那[③]，无那，好个恓惶的我[④]。

[注释]

①唐氏按：此首别误作李清照词，见《续选草堂诗馀》卷上。 ②抛躲：回避。 ③无那：无奈。 ④恓惶：匆忙不安貌。

[集评]

杨慎云："向丰之，号乐斋，有《如梦令》一词云……词似俚而意深，亦佳作也。"（《词品》卷五）

## 如梦令

厮守许多时价[①]，谁信一筹不画。相送到砚园[②]，赢得泪珠如泻。挥洒，挥洒，将底江州司马[③]。

[注释]

①厮守：相守。 ②砚园：未详。 ③底：抵。 江州司马："就中泣下谁最多，江州司马青衫湿。"见唐白居易《琵琶行》诗。司马，州刺史的副职，白居易于元和十年（815）迁江州司马。

## 长相思

桃花堤，柳花堤，芳草桥边花满溪。而今戎马嘶。
千山西，万山西，归雁横云落日低。登楼望欲迷。

## 长相思

行相思，坐相思，两处相思各自知。相思更为谁。
朝相思，暮相思，一日相思十二时[①]。相思无尽期。

[注释]

①十二时：一整天。古代以一昼夜分为十二时辰，并与十二地支相配，每一时辰又分初、正，合为二十四小时。

## 菩萨蛮

望行人①

小楼不放珠帘卷，菱花羞照啼妆面②。金鸭水沉烟③，待君来共添。　　鹊声生暗喜，翠袖轮纤指。细细数归程，脸桃春色深。

[注释]

①唐氏按：题从《永乐大典》卷三千零零五“人”字韵补。　②菱花：菱花镜。　③金鸭：鸭形金属香炉。　水沉：沉水香。

## 菩萨蛮

云屏月帐孤鸾恨，香消玉减无人问①。斜倚碧琅玕②，萧萧生暮寒。　　低垂双翠袖，袖薄轻寒透。庭院欲黄昏，凝情空断魂。

[注释]

①香消玉减：谓人消瘦。　②琅玕：竹。

## 清平乐

次韵王武子寄远①

离愁万斛，春思难拘束。瘦尽玉肌清彻骨，蹙损两眉秀绿。　　画屏罗幌输君，文鳞锦翼尤勤②。长记酒醒香冷，笑将髻子隈人③。

[注释]

①王武子：字文翁，丰城人，工词。原作不存。 ②文鳞锦翼：鱼雁，指代书信。 ③唐氏按："隈"字原缺，据《永乐大典》卷一万四千三百八十一"寄"字韵补。

## 卜算子

寄 内

休逞一灵心，争甚闲言语。十一年间并枕时，没个牵情处。 四岁学言儿，七岁娇痴女。说与傍人也断肠，你自思量取①。

（以上紫芝漫抄本《乐斋词》）

[注释]

①作者注："士平四岁解言，道庆七岁犹痴，皆病损，又是孺人所妳，故特及之耳。"

[集评]

无名氏："向丰之，宋后之裔也。才调绝高，贫窘则甚。……一日妇翁恶其穷，夺其妻以嫁别人。丰之听其去，作一《卜算子》在其箧中，后和云：'三岁学生子，四岁娇痴女，说着行人也自愁，你自思量取。"闻之令人鼻酸。后其妻见其词，毅然而归，与之偕老，亦可谓义妇欤。"（《湖海新闻夷坚续志》前集）

## 存目词

金绳武本《花草粹编》卷十二有向镐"花样妖娆柳样愁"《小重山》一首，乃宋丰之词，见《草堂诗馀后集》卷下。

# 程大昌

程大昌(1123—1195),字泰之,徽州休宁(今属安徽)人。绍兴二十一年(1151)登进士第。擢太平州教授。孝宗朝,历官著作佐郎、国子司业兼权礼部侍郎、直学士院、浙东提点刑狱、中书舍人、国子祭酒、权吏部尚书,出知泉州,建宁府。光宗即位,徙知明州。以龙图阁学士致仕。著有《演繁露》、《续演繁露》、《诗论》等。

## 念奴娇

呈苏季真提举①

冰容玉格②,笑桃杏、非是闺帏装束。待要舒华那更管,朔风气凝波僵木。五鬣山松③,万年宫树,仅仅存馀绿。一枝寄赠④,教渠知道春复。 宁解车马成蹊,高标宜雪月⑤,仍便溪谷。纵有知闻,谁办得、驾野凌寒秉烛⑥。尽更荒闲,终难掩抑,风里香千斛。林坰兴尽⑦,此时鼎味翻足⑧。

[注释]

①苏季真:苏峤,苏轼之孙。 ②冰容玉格:写梅花的清朗神色。 ③五鬣山松:松树品种,又名五鬣松、五粒松。 ④一枝寄赠:“折梅逢驿使,寄与陇头人。江南无所有,聊赠一枝春。”见南朝陆凯《赠范晔》。 ⑤高标:喻梅花品行高洁。 ⑥秉烛:“少壮真当努力,年一过往,何可攀援。古人思炳烛夜游,良有以也。”见三国魏曹丕《与吴质书》。 ⑦林坰(jiōng):林野。 ⑧鼎味:“若作和羹,尔惟盐梅。”见《尚书·说命》。调和鼎鼐,宰相之职。

## 浣溪沙

干处缁尘湿处泥,天嫌世路净无时。皓然岩谷总凝脂。 清夜月明人访戴[①],玉山顶上玉舟移[②]。一蓑渔画更能奇。

[注释]

①访戴:泛指访友。典出《世说新语·任诞》。 ②“玉山”句:“山公(涛)曰:‘嵇叔夜(康)之为人也,岩岩若孤松之独立;其醉也,傀俄若玉山之将崩。’”见《世说新语·容止》。 玉舟:大酒杯。

## 浣溪沙

兽炭香红漫应时[①],遮寒姝丽自成围。销金暖帐四边垂[②]。 报道黑风飞柳絮[③],齐翻白雪侑羔卮[④]。那家斟唱□□词。

[注释]

①兽炭:兽形之木炭。参《晋书·羊琇传》。 ②销金暖帐:用金钱装饰的帐子。 ③黑风:暴风。 ④白雪:《阳春》《白雪》,曲调名。

## 浣溪沙

剪水飞花也大奇[①],熬波出素料同机[②]。会心一笑撒盐诗[③]。 谁拥醴酏夸岁瑞[④],恨无坚白怨朝曦[⑤]。闭门高卧有人饥。

[注释]

①剪水飞花:指雪。“天人宁许巧,剪水作飞花。”见唐陆畅《惊雪》。 ②熬波出素:“若乃漉沙构白,熬波出素。”见南朝齐张融《海赋》。 ③撒盐诗:谢安与儿女讲论文义,俄而骤雪。安曰:“白雪纷纷何所似?”兄子谢朗曰:“撒盐空中差可拟。”见《世说新语·言语》。 ④醴酏(yí):用黍粥酿制的甜酒。 ⑤坚白:“不曰坚乎?磨而不磷。不曰白

乎？涅而不缁。”见《论语·阳货》。

## 浣溪沙

始待空冬岁不华，还教呈瑞怨贫家。若为高下总无嗟。　日照华檐晴后雨，风吹飞絮腊前花。天公何事不由他。

## 浣溪沙

水递迢迢到日边[①]，清甘夸说与茶便。谁知绝品了非泉。　旋挹天花融湩液[②]，净无土脉污芳鲜。乞君风腋作飞仙[③]。

**［注释］**

①水递：水路运输。　日边：帝京。　②湩液：乳液。　③风腋：“七碗吃不得，惟觉两腋习习清风生。”见卢仝《谢孟谏议寄新茶》。

## 万年欢

硕人生日[①]

岁岁梅花，向寿尊画阁，长报春起。恰似今朝，分外香肥萼韡[②]。杂佩珊珊就列[③]，映蓝袂、宝熏擎跽[④]。道这回、屋舍团栾[⑤]，四时风月桃李。　回头处、无限思。看秋前药裹[⑥]，而今鼎匕[⑦]。须把康强，收作玳筵欢喜[⑧]。况是鬓云全绿，顶珈笄、笑陪星履[⑨]。新年动、定拥新祺[⑩]，有孙来捧醪醴[⑪]。

[注释]

①硕人:大夫以上的妇人封赠之号。　②香肥萼韡(wěi):香浓花盛。　③珊珊:形容衣裾玉佩之声。　④宝熏擎跽:香炉高置。　擎跽:跪着举起。　⑤团栾:团聚。　⑥药裹:药袋。　⑦鼎匕:古代烹饪和取食用具。此处指礼器。　⑧玳筵:盛宴。　⑨珈笄:命妇首饰。　⑩新祺:新福。　⑪醪醴:甜酒。

## 汉宫春

生日词

万六千年,是仙椿日月[①],两度阳春。根柯不随物化,那有新陈。戏夸悠久,借时光、惊觉时人。道历管[②],阶蓂万换[③],悠然唤做逡巡[④]。　　老我百无贪羡,羡天芳寿种,掩冉三辰[⑤]。谢他流年甲子[⑥],已是重轮。人间春狭,只九旬、斗柄标寅[⑦]。更拟向,椿枝倚数,十分取一为真[⑧]。

[注释]

①"万六千年"二句:"上古有大椿者,以八千岁为春,八千岁为秋。"见《庄子·逍遥游》。　②历管:历法。指时光。　③阶蓂:以叶计日的瑞草。　④逡巡:顷刻。　⑤三辰:指日、月、星。　⑥流年甲子:古代以天干地支纪年,从甲子起,其变有六十,然后又换一甲子。　⑦斗柄标寅:谓农历正月。斗柄,北斗七星中玉衡、开阳、摇光三星。寅,地支第三位,古代以冬至所在的十一月配子,正月为建寅之月。　⑧十分取一:八千岁的十分之一即八百岁。

## 好事近

生日词

日绎五千言[①],未说年龄可续。且得襟期萧散[②],远氛嚣宠辱[③]。　　鬓鬚白尽秀眉生[④],来伴老眸绿。人道雪霜林里，有翠松鲜竹。

[注释]

①绎：陈述。②襟期：情怀。③远氛：远来之云气。④秀眉：年老者常有一二眉毫特长，旧以为寿征，称秀眉。

## 减字木兰花

内子生日[①]

距春五日，吉语搀先来饮席。易卦占新[②]，八八周轮又再轮[③]。　开年定好，定把笙歌更药裹。旧怕无孙，今已蓝袍拥绣荪[④]。

[注释]

①内子：谓妻子。②易卦：《周易》中象征自然现象和事物变化的八个卦。③"八八"句：两卦相重可得六十四别卦，古代以占凶吉。④绣荪：华美的荃草，指代孙子。蓝袍：初入仕者的官服。

## 卜算子

园丁献海棠[①]

春产不贪春，为厌春花泛。睡到深秋梦始回，素影翻春艳。　意赏逐时新，旧事谁能占。解转春光入酒杯，萸菊谁云欠。

[注释]

①海棠：此言秋海棠，故"不贪春"，因与萸菊同时，故曰"谁云欠"。

## 感皇恩

七十在前头，难言未老。只是中间有些好。鬒云虽瘦[1]，未有一根华皓[2]。都缘心地静，无忧恼。　此际生朝，梅花献笑。似向天边得新报。孙枝秀雅[3]，已挂恩袍春草。定从欢喜处，添年考[4]。

[注释]

①鬒云："鬒髮如云。"见《诗经·鄘风·君子偕老》。　鬒：髮黑而美。②华皓：花白。　③"孙枝"句："梧桐老去长孙枝。"见唐白居易《谈氏外孙生三日》诗。此处喻孙子。　④年考：寿考。

## 感皇恩

池馆足名花，回时蔫馥[1]。就里梅春春到速[2]。周遭松竹[3]，任是雪霜长绿。总堪供寿乐，翻新曲。　别向心田，有般奇木。依约灵椿共标目[4]。八千换历[5]，才当一番春复。莫辞春起处，醅浮玉[6]。

[注释]

①蔫馥：接连开谢。　②就里：内中。　③周遭：周围。　④灵椿：用《庄子·逍遥游》中大椿以八千岁为春八千岁为秋之典。　⑤换历：换岁。⑥醅：未滤之酒。　浮玉：酒面之滓。

## 万年欢

硕人生日

富寿康宁，要三般齐足，方是有福。献个新词，不是越夸挽祝[1]。七十古稀今独。花钗底，髻云堆绿。那堪更、眼力过人，彩丝穿透珠曲。　星辰履阶庭玉[②]。对这般景趣，乐胜笙筑。更愿孙枝衮衮，诜诜续续[③]。解把诗书勤读。新丹桂、会生旧竹[④]。十年外、又颂生朝，恁时别换腔局[⑤]。

[注释]

①越夸搀祝：抢先夸祝。　②星辰句：言儿孙出色，如星辰光耀，如芝兰满阶。　③诜诜续续：接连不断。　④丹桂："灵椿一株老，丹桂五枝芳。"见《宋史·窦仪传》冯道诗。喻科举及第。　⑤恁时：那时。

## 韵　令

硕人生日

是男是女，都有官称。孙儿仕也登。时新衣著，不待经营。寒时火柜，春里花亭。星辰上履[①]，我只唤卿卿[②]。

寿开八秩[③]，两鬓全青。颜红步武轻。定知前面，大有年龄。芝兰玉树[④]，更愿充庭。为询王母[⑤]，桃颗几时赪[⑥]。

[注释]

①星辰上履：众星运行。此言儿辈上朝堂议政。　②卿卿："王安丰（戎）妇常卿安丰。安丰曰：'妇人卿婿，于礼为不敬，后勿复尔。'妇曰：'亲卿爱卿，是以卿卿，我不卿卿，谁当卿卿？'"见《世说新语·惑溺》。　③八秩：唐氏按，白乐天《开六秩诗》自注："年五十一岁，即曰开第六秩矣。言自五十一，即为六十纪数之始也。"　④芝兰玉树：喻优秀子弟。　⑤王母：西王母，神话中长寿而貌美的女神。　⑥"桃颗"句："王母桃花千遍红。"见唐李贺《浩歌》。　赪：红色。

[集评]

况周颐云："程大昌《韵令》，按宋人称词曰'韵令'，此以为谓名仅见。"（《蕙风词话续编》卷一）

## 折丹桂

端复受官并序①

通奉尝欲为先硕人篆帔[2],命为诗语,某献语曰:"诗礼为家庆,貂蝉七叶馀[2]。庭闱称寿处,童稚亦金鱼[3]。通奉喜,自为小篆,缀珠其上。今此小孙端复以近制奏官,感记旧事,为词以歌之,曼往为弟侄一笑

童年未晓君恩重,教得能趋拱[4]。重亲带笑酌天杯[5],听祝语、殷勤捧。 青衫得挂尤光宠[6],桂是蟾宫种[7]。诗书浓处便生枝,但只要、频浇壅。

[**注释**]

①端复:程大昌孙,馀未详。 ②通奉:官名有通奉大夫。此指其父。 帔:凤冠霞帔,贵妇之服饰。 ③金鱼:唐制,三品以上服紫,佩金符,刻鲤鱼形,谓之金鱼。 ④趋拱:趋时环拱。 ⑤重亲:谓祖父母和父母两辈亲人。 ⑥"青衫"句:意谓受到皇上恩宠。 ⑦"桂是"句:"世以登科为折桂。"见宋叶梦得《避暑录话》。"蟾宫须展志。"见南唐李中《送黄秀才》诗。古人以为月宫有桂,又称登科为折桂,故云。

## 水调歌头

并　序

水晶宫之名,天下知之,而此邦图志[1],元不能主名其所。某尝思之,苕霅水清可鉴[2],邑屋之影入焉。而甍栋丹垩,悉能透现本象,有如水玉。故善为言者,得以裒撮其美而曰,此其宫盖水晶为之,如骚人之谓宝阙珠宫,正其类也。则岂容一地独擅此名也。兹承词见及,无以为报,辄取此意,稍加檃括,用来况《水调歌头》为腔[3],辄以奉呈。若遂有取,可补地志之阙,不但持杯一笑也

绿净贯阛阓[4],夹岸是楼台。楼台分影倒卧,千丈郁

崔嵬。此是化人奇变，能使山巅水底，对出两蓬莱。溪浒有仙观，苕霅佳哉。　水晶宫，谁著语，半嘲诙。世间那有，如许磊砢栋梁材[⑤]。每遇天容全碧，仍更蘋风不动，相与夜深来。饮子以明月，净洗旧尘埃。

**[注释]**

①此邦：指吴兴，今湖州。　②苕霅（zhà）：苕溪在浙江北部，有二源，出自天目山南和天目山北，两溪于吴兴会合，则名霅溪。　③来况：即来贶，指所赠《水调歌头》词。　④阛阓：市肆。　⑤磊砢：委积、众多貌。

## 临江仙

和正卿弟生日词三首[①]

遥认埙篪相应[②]，为传珠贯累累。紫荆同本但殊枝[③]。直须投老日[④]，常似有亲时。　子姓亦闻多慧性，贪书不是痴儿。朝家世世重诗书。一登龙虎榜[⑤]，许并凤凰池[⑥]。

**[注释]**

①正卿：作者弟之字。　②埙篪（xūnchí）：两种吹奏乐器。埙，陶制；篪，竹制。二者合奏，声音和谐动听。　③荆：灌木名，有牡荆、紫荆等。"紫荆"句，喻同胞兄弟。见《续齐谐记》。　④须：待。　⑤登龙虎榜：指会试中选。　⑥凤凰池：亦称凤池，禁苑中池沼。魏晋设中书省于禁苑，故称中书省为凤凰池。唐以后指宰相之职。

**[集评]**

况周颐云："程文简大昌《临江仙·和正卿弟生日》云：'紫荆同本但殊枝。真须投老日，常似有亲时。'此等句非性情厚、阅历深，未易道得。"（《蕙风词话》卷二）

## 临江仙

同　前

抗步碧潭瀰瀰[1]，五畲青髻累累。何年乔木倚筇枝。搜寻同队者，追说钓游时。　今日昂藏称壮子[2]，向来襁褓婴儿。年周甲子又重书。岂容藏老丑，照白有清池。

[注释]

①抗步：高步。　②昂藏：仪表雄伟，气宇不凡。

## 临江仙

同　前

夹路传呼杳杳，垂腰印绶累累。万般荣贵出丹枝。遥知心乐处，椿畔桂当时[1]。　酒到芳春偏弄色，轻黄泛滟鹅儿。大为行乐使堪书。醉来花下卧，便是习家池[2]。

[注释]

①椿：喻父辈得官者。　桂：指后辈新近得官者。　②习家池：又名高阳池，晋山简醉酒之处，在今湖北襄阳。

## 好事近

硕人生日

绿鬓又红颜，谁道年周甲子。两塀□□蓝绶[1]，那一儿何虑。　只今卜筑水晶宫，归安好名义。金紫珈笄偕老[2]，备长生福贵。

[注释]

①蓝绶：古代系印的丝带，颜色常因官阶不同而有别。 ②珈笄：贵妇首饰。

## 好事近

白屋到横金[①]，已是蟠桃结子[②]。更向仕途贪恋，是痴人呆虑。 水晶宫里饭莼鲈，中菰第一义。留得鬓须迟白，是本来真贵。

[注释]

①白屋：用茅草覆盖的屋舍，喻生活贫困。 横金：腰横金带，指出任大官。 ②蟠桃：神话中仙桃，三千年一开花，三千年一结果。

## 浣溪沙

饯万大卿。前一夜有月，此日不得用乐作

物本无情人有情，百般禽咮百般声[①]。有人闻鹊不闻莺。 我珓通神君信否，酒才著珓月随生。大家吸月当箫笙。

[注释]

①咮（zhòu）：鸟嘴。

## 万年欢

秋后花窠，放两枝三朵，来通芳信。诗眼惊观，谓是春光倒运。便即移尊就赏，更不惜、黄封赤印。何期道，青女专时[①]，露华忽变霜阵。 诗翁笑、但休问。那阳和有脚[②],骎骎日进[③]。待得灰飞[④],梅畹果先骋俊。次后连天红紫,向东风、万般娇韵。恁时节,玉勒猱鞍[⑤],效原莫论远近。

[注释]

①青女:“至秋之月……青女乃出,以降霜雪。”见《淮南子·天文训》。 ②阳和:春天的暖气。 ③骎骎:疾速貌。 ④灰飞:律管灰飞,阳春已到。 ⑤玉勒猱鞍:玉制马勒,金丝猴皮为鞍垫。贵官所用。

## 感皇恩

### 生日示妹

身寿又康强,谢天将并。耳目聪明行步壮。登高挥翰,不用瞠眉扶杖。华堂偕老处,儿孙王[①]。 只恨萍蓬,他乡浮荡。回首故山便怅惘。今年生日,忽似还家模样。当缘风絮韫[②],来赓唱[③]。

[注释]

①王:旺。 ②缘风絮韫:“王凝之妻谢氏,字道韫,安西将军奕之女也……俄而雪骤下,安(谢安)曰:‘何所拟也?’安兄子朗曰:‘撒盐空中差可拟。’道韫曰:‘未若柳絮因风起。’安大悦。”见《晋书·列女列传》。此处比妹为谢道韫。 ③赓唱:续唱。

## 感皇恩

### 代妹答

画舸白蘋洲,如归故里。老幼欢迎僮婢喜。较量心事,岁岁春风弧矢[①]。今年称寿处,尤欢美。 嫁得黔娄[②],苦耽书史。文字流传曾贵纸[③]。便同黼黻[④],何似实头龟紫[⑤]。天公闻此语，应怜许。

[注释]

①弧矢："射人以桑弧蓬矢六，射天地四方。"见《礼记·内则》。此言生男儿，有四方之大志。 ②黔娄："安贫守贱者，自古有黔娄。"见晋陶潜《咏贫士》诗。 唐氏按：白乐天《代内子寄兄嫂诗》云："嫁得黔娄为妹婿。" ③"文字"句：谓妹夫有左思一样才情。"及（左思）《三都赋》成，豪贵之家相传写，洛阳为之纸贵。"见《晋书·左思传》。 ④黼黻：古代礼服所绣花纹。 ⑤龟紫：金龟袋和紫袍，达官所服。

## 感皇恩

某蒙惠和鄙作，谨再次韵。为闻对班在近[①]，故有祝语。平生梦多验。此之心声，比梦又差有实也

变化属朝班，鲲鹏相并。健翼垂云风用壮。扶摇得势，不藉仙人仙杖。旁观生意气，犹神王[②]。 此去汉庭[③]，春光骀荡[④]。亲见子虚不惆怅[⑤]。鸢肩捷上[⑥]，自有唐家格样[⑦]。三台旬月里[⑧]，堪歌唱。

[注释]

①对班：回到朝班，面见皇帝。 ②神王：神旺。 ③汉庭：此处谓朝廷。 ④骀荡：舒缓荡漾。 ⑤子虚："上读《子虚赋》而善之，曰：'朕独不得与此人同时哉！'……赋奏，天子以为郎。"见《史记·司马相如列传》。 ⑥鸢肩：相术家言"鸢肩火色"飞黄腾达之兆。见《新唐书·马周传》。 ⑦唐家格样："唐举孰视而笑曰：'先生曷鼻，巨肩，魋颜，蹙齃，膝挛。吾闻圣人不相，殆先生乎？'……蔡泽笑谢而去。"见《史记·范睢蔡泽列传》。 ⑧三台："三台六星，两两而居，起文昌，列抵太微。……在人曰三公，在天曰三台。"见《晋书·天文志上》。

## 感皇恩

中外三人受封

中外受郊恩[①],三封纶告[②]。依并小君出称号[③]。锦犀光艳[④],不比香熏脂膏。况从鸣瑟里,添花草。　　更愿天公,别施洪造。水长船高愈新好。恁时舞带,一任巧装百宝。曲终珠满地,从人扫。

[注释]

①中外:中表亲。中指舅父子女,为内兄弟;外指姑母子女,为外兄弟。②纶告:皇上的诏书。　③小君:妻子。　④锦犀:饰有犀角之锦制腰带。

## 感皇恩

措大做生朝[①],无他珍异。填个曲儿为鼓吹。古来龙马,曾献河图真数[②]。羲黄缘得此[③],齐元气[④]。　　我向如今,职名升赐。地在天宫正东序。当初真本,到此或容披觑。这回错综处,堪详叙。

[注释]

①措大:贫寒的读书人。　②"古来"二句:传说伏羲时,有龙马从黄河出现,背负"河图"。"河出图,洛出书,圣人则之。"见《易经·系辞上》。河图即八卦。　③羲黄:谓伏羲氏和黄帝。　④元气:构成天地万物的原始物质。

## 感皇恩

生　朝

七十有三番,挂弧门首[①]。此事从来信希有。新来仕路,夸说一般高手。肯从清要地[②],抛簪绶[③]。　　何许分花，伊谁送酒。得开口时且开口。无烦无恼，也没期程奔走[4]。但能安此乐，夷然寿。

[注释]

①挂弧："子生，男子设弧于门左。"见《礼记·内则》。此处谓自己生日。 ②清要：职位清贵，掌握机要。 ③簪绶：冠簪和绶带，均为古代礼服之制。 ④期程：限定的日期路程。

## 感皇恩

淑人生日词[1]

锦告侈脂封[2]，煌煌家宝。偕老之人已华皓[3]。绿云拥鬓，更没一根入老。但从和晬看[4]，年堪考[5]。 叶是松苗，松为叶脑。禀得松神大都好。人人戴白[6]，独我青青常保。只将平易处，为蓬岛[7]。

[注释]

①淑人：宋时定制，文官正从三品祖母、母、妻各封淑人。 ②锦告：锦上写的告谕。 脂封：谓禄养丰厚。 ③华皓：花白。 ④和晬：安和的周岁。 ⑤考：老、长寿。 ⑥戴白：满头白髮。 ⑦蓬岛：蓬莱仙境。

[集评]

况周颐云："《感皇恩·淑人生日》云：'人人戴白，独我青青常保。只将平易处，为蓬岛。'此等句非性情厚、阅历深，未易道得。"（《蕙风词话》卷二）

## 感皇恩

娄通判生日词[1]

一岁一生朝，一番老相。无欲无营亦无望。看经写字,且做闲中气象。闭门人阒静[2],心清旷。　　骨肉团栾[3],一杯相向。野蔌家肴竞来饷。真情直话,不用逢迎俯仰。从他人笑道,不时样。

[注释]

①娄通判:似即娄彦发,详下词。　②阒静:闲静。　③团栾:团聚。

## 好事近

会娄彦发[1]

桃柳旧根株,春到红蔫绿茁[2]。一似老年垂白,带少容黳髮[3]。　　浮家泛宅在他乡[4],难得会瓜葛[5]。幸对此番乐饮,任宵分明发[6]。

[注释]

①娄彦发:娄机,嘉兴人,官至太常博士秘书郎。　②红蔫绿茁:花衰叶茂。　③黳(yì)髮:黑髮。　④浮家泛宅:"颜真卿为湖州刺史,(张)志和来谒,真卿以舟敝漏,请更之。志和曰:'愿为浮家泛宅,往来苕霅间。'"见《新唐书·张志和传》。　⑤瓜葛:比喻辗转牵连的亲戚关系。　⑥宵分:夜半。　明发:黎明。

## 好事近

生　日

盥水结冰花[1],老眼于今重见。一似琢成水玉,向冻盆游泛。　　天公作事有何难,要花花便现。且把重春留住,变苍黎容面[2]。

［注释］

①盥水:洗手水。　②苍黎:灰黑色。

## 好事近

腊月做生朝,只有南枝梅玉[①]。此外后生桃李,未舒英吐馥[②]。　后园别自出神奇,现双松双竹。报道前堂琴瑟[③],俱长生厚福。

［注释］

①梅玉:清润的梅朵。　②舒英吐馥:开花吐香。　③琴瑟:喻夫妻间感情和谐。

## 好事近

同日即事

岁岁做生朝,只是儿孙捧酒。今岁丝纶茶药[①],有使人双授。　圣君作事与天通,道有便真有。老去不能宣力[②],只民编分寿。

［注释］

①丝纶:"王言如丝,其出如纶。"见《礼记·缁衣》。此处指皇上诏书。　②宣力:致力。

## 好事近

我里比侨居,不欠山青水绿,只恨风冲雁序,使分飞隈澳[①]。　只今一苇视苕溪[②],见天伦雍睦[③]。此去春浓絮起,应翻成新曲。

[注释]

①隈澳:曲折幽深处。 ②一苇:“谁言河广,一苇杭之。”见《诗经·卫风·河广》,谓小船。 苕溪:在浙江吴兴,出天目山。 ③天伦雍睦:兄弟间雍容和睦。

## 好事近

生朝纪梦

自涉希寿来[1],疑道无多岁月。昨夜风吹好梦,报前途康吉。 石桥坚壮跨黄河,不用资舟楫。管取身心安泰,阅椿龄千百[2]。

[注释]

①希寿:七十岁。 ②椿龄:用《庄子·逍遥游》中大椿以八千岁为春八千岁为秋之典,喻长寿。

## 减字木兰花

桑弧标吉[1],做了生朝逾七十。子又生孙[2],阶砌芝兰欲满门[3]。 今年定好,春腊之交诞婴少[4]。玉烛气中[5],寿富康宁四序同[6]。

[注释]

①桑弧:“故男子生,桑弧蓬矢六,以射天地四方。”见《礼记·射义》。此处谓男子出生。 ②子又生孙:“子又生孙,孙又生子;子又有子,子又有孙;子子孙孙无穷匮也。”见《列子·汤问》。 ③芝兰欲满门:“芝兰玉树,更愿充庭。”见《韵令·硕人生日》。 ④春腊之交:立春日在十二月。 ⑤玉烛:“四时和谓之玉烛”。见《尔雅·释天》。 ⑥寿富康宁:“富寿康宁,要三般齐足,方是有福。”见《万年欢·硕人生日》。

## 念奴娇

彝卿国录不闲僻远，特为一来。则既幸佳词叙旧，谦褒交厚，不容虚辱，次韵为谢

海角怀人，长误喜、簌簌敲帘风竹。命驾翩然，谁信道、不怕溪山回曲。榻拂凝尘，香笼清宴，麈柄从挥玉[①]。好音闻耳，慰心何啻跫足[②]。　犹记一桂专秋，创开殊选，倒峡馀词力。往事茫茫十换岁，却共天涯醽醁[③]。已分成翁，翘观赐带，上拥通仙录[④]。休贪泉石，贤台闻用金筑[⑤]。

[注释]

①"麈柄"句："王夷甫容貌整丽，妙于谈玄，恒捉白玉柄麈尾，与手都无分别。"见《世说新语·容止》。此处谓清谈。　②跫足："闻人足音，蛩然善矣。"见《庄子·徐无鬼》。　③醽醁：美酒。　④通仙录：长寿簿。　⑤"贤台"句："黄金台，易水东南十八里，燕王置千金于台上，以延天下之士。"见《文选·〈上谷郡图经〉》李善注。此处谓皇上正延揽人才。

## 南歌子

景仁知府郎中见示月词，特从险韵出奇丽，得拭目则已夜，不暇尽和。取最后两阕，试追元韵。地窄，但能小举袖，不容敷舒也

每月冰轮转[①]，常疑桂影摇[②]。封姨特地借今宵[③]。万水一规光景、湛寒瑶[④]。　圆处应无恨，君胡不自聊。谁家隐隐度晴箫，莫是素娥仙玉、会丛霄[⑤]。

[注释]

①冰轮：谓月。　②桂影："俗传月中仙人桂树。今视其初生，见仙人之足，渐已成形，桂树后生焉。"见《太平御览》卷四引虞喜《安天

论》。 ③封姨:风神。 ④寒瑶:寒玉。此处形容万水清凉洁白。 ⑤素娥:嫦娥。 仙玉:仙女。

## 南歌子

才出沧溟底[1],旋明紫岫腰[2]。玉光漫漫涌层潮[3]。上有乘流海贾、卧吹箫[4]。 更上云台望,翻牵旅思遥。我生何许著箪瓢[5]。却向天涯起舞、影萧萧。

[注释]

①沧溟:大海。 ②紫岫:峰峦。 ③玉光:形容月光皎洁。 ④海贾:海商。 ⑤箪瓢:“一箪食,一瓢饮,在陋巷。人不堪其忧,回也不改其乐。”见《论语·雍也》。

## 南歌子

韵致撩诗客,风流出酒家。长绳为驻日车斜[1]。且向春香玉色、占生涯。 细按歌珠串,从敧宝髻鸦[2]。花应笑我鬓双华。偏向西阶吹馥、侑流霞[3]。

[注释]

①“长绳”句:“岁暮景迈时光绝,安得长绳系日月。”见晋傅玄《九曲诗》。 ②宝髻鸦:歌女的一种髮型。 ③流霞:仙酒名。“口饥欲食,仙人辄饮我以流霞一杯。”见汉王充《论衡·道虚》。

## 点绛唇

庚戌生日[1]

春草池塘[2],茸茸短碧通芳信。更饶华润,不解青霜鬓。　池上诗翁，别带超遥韵。阳和进[3]，香苞翠晕，物物皆沾分。

［注释］

①庚戌：宋光宗绍熙元年（1190），时程大昌六十八岁。　②“春草”句：“池塘生春草。”见南朝宋谢灵运《登池上楼》诗。　③阳和：春天的暖气。

## 万年欢

丙午生日[1]

老钝迂疏，尽世间乐事，不忺不觑[2]。痴向韦编[3]，根究卦爻来处[4]。浑沌包中天地[5]。谢东家、从头指示[6]。便和那、八八机关[7]，并将匙钥分付[8]。　行年数、六十四。把一年一卦，恰好相拟。妙道生生[9]，既济还存未济[10]。身愿河图比似[11]。每演九后，重从一始[12]。待人间、甲子何其[13]，剩书亥字为戏[14]。

［注释］

①丙午：宋孝宗淳熙十三年（1186），程大昌时年六十四。　②不忺不觑：不喜不看不多关心。　③韦编：谓《易经》。“（孔子）读《易》，韦编三绝。”见《史记·孔子世家》。　④卦爻：卦以阳爻和阴爻配合而成。三个爻组成的卦共八个，称八卦；六个爻组成的卦共六十四个，称别卦。卦的变化取决于爻的变化。　⑤浑沌：古人想象中世界生成以前的状态。　⑥东家：“孔子西家有愚夫，不知孔子为圣人，乃曰：‘彼东家丘。’”见《孔子家语》。此处谓贤者。　⑦八八机关：指八卦演成六十四别卦。　⑧匙钥：钥匙，开锁之具，此处谓诀窍。　⑨妙道生生：“生生之谓易。”见《易经·系辞上》。　⑩既济：“象曰：‘水在火上，既济，君子以思患而豫防之。’”见《易经·既济》。　未既：“象曰：‘火在水上，未济，君子以慎辨物居方。’”见《易经·未济》。　⑪河图：“河出图，洛出书，圣人则之。”见《易经·系辞上》。河图即八卦。　⑫“每演”二句：“天地之至数，始于一，终

于九焉。"见《素问·三部九候论》。演，推演。 ⑬何其：用疑问表示程度。⑭"剩书"句："有读史记者曰：'晋师三豕涉河。'子夏曰：'非也，是己亥也。夫己与三相似，豕与亥相似。'"

## 水调歌头

上巳日领客往洛阳桥①

坐上羽觞釂②，水际洧衣褰③。适兹胜赏，风轻云薄有情天。不用船舷悲唱，真俯阑干小海，乐事可忘年。莫向歌珠里，却叹鬓霜鲜。 送朝潮，近夕汐，果茫然。知他禊饮④，此地过了几千千。既有相催春夏，自解转成今古，谁后更谁前。堪笑兴怀客⑤，不似咏归川⑥。

[注释]

①上巳日：农历三月上旬的巳日。古代习俗，这天要行修禊之礼。洛阳桥：在福建泉州，一名万安桥。 ②羽觞：古代饮酒的耳杯。 釂：喝干杯中酒。 ③洧衣褰："子惠思我，褰裳涉洧。子不我思，岂无他士。"见《诗经·郑风·褰裳》。 ④禊饮：上巳日之修禊会饮。 ⑤兴怀："向之所欣，俯仰之间，已为陈迹，犹不能不以之兴怀。"见晋王羲之《兰亭集序》。 ⑥咏归川："暮春者，春服既成，冠者五六人，童子六七人，浴乎沂，风乎舞雩，咏而归。"见《论语·先进》。

## 水调歌头

红树迎风舞，仿佛采衣褰。云容应为，虞侍分付（下缺） （以上《彊村丛书》本《文简公词》，文字据《典雅词》本校补）

# 曹冠

曹冠，生卒不详，字宗臣，号双溪居士，东阳（今属浙江）人。秦桧门下十客之一。绍兴二十四年（1154）与秦埙同登甲科。二十五年，自平江府府学教授擢国子录，除太常博士兼权中书门下检正诸房公事。桧死，放罢。乾道五年（1169），再应举中第。淳熙元年（1174），临安府通判改任太常寺主簿，论罢。绍熙初，知郴州。有《燕喜词》。

## 汉宫春

### 梅

一品天香[①]。似蕊真仙质，宫额新妆[②]。先春为传信息，压尽群芳。化工著意[③]，赋阳和、欺雪凌霜[④]。应自负，孤标介洁，岁寒独友松篁[⑤]。　因念广平曾赋[⑥]，爱浮香胧月，疏影横窗[⑦]。真堪玉堂对赏[⑧]，琼苑依光[⑨]。江城塞管[⑩]，任龙吟、吹彻何妨[⑪]。君看取，和羹事在[⑫]，收功不负东皇[⑬]。

［注释］

①一品天香："天香夜染衣。"本为李正封咏牡丹诗句，此处移用于梅。　②宫额新妆："宋武帝女寿阳公主，人日卧于含章殿檐下。梅花落公主额上，成五出花，拂之不去。……宫女奇其异，竞效之，今梅花妆是也。见《太平御览·时序部》引《杂五行书》。　③化工：天工。　④阳和：春天的暖气。　⑤"岁寒"句：梅花耐寒开放，与经冬不雕之松、竹具有相同品格，故曰。　⑥"因念"句：宋广平（璟）为相，贞姿劲质，刚态毅状，其《梅花赋》清便富艳，得南朝徐庾体。见唐皮日休《桃花赋序》。　⑦"爱浮香"二句："疏枝横斜水清浅，暗香浮动月黄昏。"见宋林逋《山园小梅》诗。　⑧玉堂：仙人居处。　⑨琼苑：琼林苑，皇家林苑。　⑩"江城"句：

"黄鹤楼中吹玉笛,江城五月落梅花。"见唐李白《与史郎中钦听黄鹤楼上吹笛》诗。 ⑪龙吟:"晚来横吹好,泓下亦龙吟。"见唐杜甫《刘九法曹郑瑕丘石门宴集》诗。 ⑫和羹:出任宰相。"若作和羹,尔惟盐梅。"见《尚书·说命》。 ⑬东皇:春神。

## 凤栖梧

牡 丹

魏紫姚黄凝晓露[①]。国艳天然[②],造物偏钟赋[③]。独占风光三月暮,声名都压花无数。 蜂蝶寻香随杖屦。睍睆莺声[④],似劝游人住。把酒留春春莫去,玉堂元是常春处。

[注释]

①魏紫姚黄:"姚黄者,千叶黄花,出于民姚氏家。魏家花者,千叶肉红花,出于魏相仁溥家。"见宋欧阳修《洛阳牡丹记》。 ②国艳天然:李正封诗曰:"国色朝酣酒。"见李浚《摭异记》。 ③造物:上天。 ④睍睆(xiàn kuǎn):美好貌。"睍睆黄鸟,载其好音。"见《诗经·邶风·凯风》。

## 凤栖梧

兰 溪[①]

桂棹悠悠分浪稳[②]。烟幂层峦[③],绿水连天远。赢得锦囊诗句满[④],兴来豪饮挥金碗[⑤]。 飞絮撩人花照眼。天阔风微,燕外晴丝卷。翠竹谁家门可款[⑥],舣舟闲上斜阳岸[⑦]。

[注释]

①兰溪:"其源有二:一自衢州府城东北流至(兰溪县),曰衢港;一自

（金华）府城西流至（兰溪）县，曰婺港。二水合而汇于兰阴山下，……北至严州城东南，与徽江合，是为浙江之上源。”见《方舆纪要》卷九三。即今兰江。　②“桂棹”句：“桂棹兮兰桨，击空明兮溯流光。”见宋苏轼《赤壁赋》。　③烟幂：雾气覆盖。　④“锦囊”句：李贺每出游，背一古破锦囊，遇有所得，即书投囊中。见唐李商隐《李贺小传》。　⑤挥金碗：“客醉挥金碗，诗成得绣袍。”见唐杜甫《崔驸马山亭宴集》诗。　⑥款：轻敲。　⑦舣舟：船停泊。

**［集评］**

况周颐云：“宋曹冠燕喜词《凤栖梧》云：‘飞絮撩人花照眼。天阔风微，燕外晴丝卷。’状春情景色绝佳。每值香南研北，展卷微吟，便觉日丽风暄，淑气扑人眉宇。全帙中似此佳句，竟不可再得。”（《蕙风词话》卷二）

## 凤栖梧

会于秋香阁，适令丞有违言，赋此词劝之①

昨夜西畴新足雨②。玉露金飙③，著意鏖残暑④。画阁登临凝望处，馀霞晚照明烟浦。　闲是闲非知几许。物换星移⑤，风景都如故。耳听是非萦意绪，争如挥麈谈千古⑥。

**［注释］**

①秋香阁：未详。　②西畴：“农人告余以春及，将有事于西畴。”见晋陶渊明《归去来兮辞》。　畴：田亩。　③玉露金飙：白露秋风。　④鏖：战。　⑤物换星移：“闲云潭影日悠悠，物换星移几度秋。”见唐王勃《滕王阁诗》。　⑥争：怎。　挥麈：“王夷甫容貌整丽，妙于谈玄，恒捉白玉柄麈尾，与手都无分别。”见《世说新语·容止》。　麈：麈尾，拂尘。

## 凤栖梧

寻芳，饮于小园[①]

桃杏争妍韶景媚[②]。雨霁烟轻，山色挼蓝翠。绿竹青松依涧水，了无一点尘埃气。　　忙里偷闲真得计。乘兴携壶，文饮欣同志[③]。对景挥毫聊寓意，赏花对月拚深醉。

［注释］

①唐氏按：原名《蝶恋花》。　②韶景：美好的景色。　③文饮：赋诗饮酒。　同志：志同道合者。

## 夏初临

琴拂虞薰[①]，月裁班扇[②]，麦秋槐夏清和[③]。笋变琅玕[④]，绛榴细蹙香罗。绿云初展圆荷。见金鳞、戏跃清波。山丹舒艳，葵花映日，萱草成窠。　　浮云富贵[⑤]，出处无心[⑥]，好天风月，如意偏多[⑦]。功名事业，壮怀岂肯蹉跎[⑧]。待拥雕戈，洗胡尘、须挽天河[⑨]。醉挥毫，知音为我，发兴高歌。

［注释］

①虞薰：虞舜的韶乐和薰风曲。“舜作《箫韶》九成，凤凰来仪。”见《风俗通·声音》。“昔者舜作五弦之琴，以歌《南风》”，“其辞曰：南风之薰兮，可以解吾民之愠兮。”见《史记·乐书》及集解。　②班扇：“新裂齐纨素，皎洁如霜雪。裁为合欢扇，团团似明月。”见班婕妤《怨歌行》。③麦秋：收获小麦的四月。　④琅玕：竹。　⑤“浮云”句：“不义而富且贵，于我如浮云。”见《论语·述而》。　⑥出处：出仕和隐居。　⑦唐氏按：用晏元献公幕府王君玉事。　⑧蹉跎：失意。　⑨天河：银河。

## 夏初临

婺州郡圃[①]

水榭风台，竹轩梅径，双溪新创名园[②]。极目遐观，碧岑敛散瑶烟。柳塘风皱清涟。烂红云、花岛争妍。艳妆佳丽，相携笑歌，学弄秋千。　遨头多暇[③]，命友寻芳，赏心行乐，物态熙然[④]。偎香拾翠，雅宜飞盖联翩[⑤]。满劝金船[⑥]。任玉山、频醉花前[⑦]。且留连，赏月画阑，拟鬥婵娟[⑧]。

[注释]

①婺州：在浙江中部地区，治所在金华。盖取其地于天文为婺女之分野以为名。　②双溪：东阳江（东溪）和武义江（南溪）汇合于金华城下，故称。　③遨头："太守出游，士女则于木床观之，势如磴道，谓之遨床，故太守为遨头。"见《成都记》。　④熙然：和乐貌。　⑤飞盖：车盖。　联翩：形容连续不断。　⑥金船：大酒器。　⑦玉山："嵇叔夜（康）……其醉也，傀俄若玉山之将崩。"见《世说新语·容止》。　⑧婵娟：美好的月色。"月婵娟，真可怜。"见唐孟郊《婵娟篇》。

## 夏初临

淳熙戊戌四月既望[①]，游涵碧，登生秋、冲霄二亭，觞咏竟日。是日也，初夏恢台，园林茂密。瀑泉镗鞳，松韵笙箫。峦翠波光，上下相映。佳山句在，我思古人，对景兴怀，视今犹昔，何异乎兰亭之感慨也[②]。赋夏初临一阕，以纪时日

翠入烟岚，绿铺槐幄，薰风初扇微和[③]。茂樾扶疏，绛榴花映庭柯。瀑泉飞下层坡。间新篁、夹径青莎。良辰佳景，登临隽游[④]，清兴何多。　流觞高会，不减兰亭[⑤]，感怀书事，聊寄吟哦。升沉变化，任它造物如何[⑥]。蹑磴攀萝。上冲霄，满饮高歌。醉还醒，重宴画楼，赏玩

金波[⑦]。

［注释］

①淳熙戊戌:宋孝宗淳熙五年(1178)。 望日:十六日。 ②"对景"三句:"及其所之既倦,情随事迁,感慨系之矣。向之所欣,俯仰之间,已为陈迹,犹不能不以之兴怀。况修短随化,终期于尽。……后之视今,亦犹今之视昔,悲夫!"见晋王羲之《兰亭集序》。 ③薰风:"南风之薰兮,可以解吾民之愠兮。"见《史记·乐书》集解。 ④隽游:引人入胜之游。 ⑤"流觞"二句:晋穆帝永和九年(353),王羲之与孙绰等四十一人在兰亭修禊,曲水流觞,临流赋诗。 兰亭:在今浙江绍兴西南。 ⑥造物:上天。 ⑦金波:"月穆穆以金波。"见《汉书·礼乐志·郊祀歌》。

## 风入松

双溪阁观水

瑶烟敛散媚晴空[①],云淡奇峰。澄江金斗平波面[②],扁舟载,蓑笠渔翁[③]。仿佛辋川图上[④],依稀苕霅溪中[⑤]。

春锄掠水浪花重[⑥],飞傍芦丛。绮霞斜映征鸿影[⑦],供吟毫、佳景无穷。顿起骑鲸游兴[⑧],泠然欲御清风[⑨]。

［注释］

①"瑶烟"句:"碧岑敛散瑶烟。"见《夏初临·婺州郡圃》。 ②金斗平波面:"金斗熨波刀剪纹。"见唐白居易《缭绫》诗。金斗,熨斗。 ③蓑笠渔翁:"青箬笠,绿蓑衣,斜风细雨不须归。"见唐张志和《渔歌子》词。④辋川:在陕西蓝田南,唐王维有别业,与裴迪闲暇,各赋绝句。 ⑤苕霅(zhà)溪:苕溪在浙江吴兴,由东苕溪和西苕溪汇成霅溪。 ⑥春锄:唐氏按:鹭也。 ⑦绮霞:"馀霞散成绮。"见南朝齐谢朓《晚登三山还望京邑》诗。 ⑧骑鲸:谓隐遁游仙。"乘巨鳞,骑京鱼。"见汉扬雄《羽猎赋》。唐李白自署"海上骑鲸客"。 ⑨泠然:"夫列子御风而行,泠然善也。"见《庄子·逍遥游》。

## 霜天晓角

清高堂看山[①]

小雨濛濛，轻烟舞曳风。林樾高低疏密[②]，依浅濑、媚遥峰。　浴鹭水溶溶，晴霞映晚红。拟向玉堂举似[③]，摹写入、画图中。

[注释]

①清高堂：未详。　②林樾：林荫。　③玉堂：豪华宅邸。　举似：试加比较。

## 霜天晓角

荷花令用欧阳公故事，歌《霜天晓角》词，擘荷花，遍分席上，各人一片，最后者饮

浦溆凝烟[①]，谁家女采莲。手捻荷花微笑，传雅令、侑清欢。　擘叶劝金船[②]，香风袭绮筵。最后殷勤一瓣，分付与、酒中仙。

[注释]

①溆浦：水边。　②金船：大盛酒器。

[集评]

楼俨云："曹冠《霜天晓角》词：'浦溆凝烟……'自注：'《荷花令》，用欧阳公故事歌《霜天晓角》，擘荷花，遍分席上，各人一片，最后者饮。'及观叶梦得《避暑录话》……乃知摘花为欧公故事，而唱词则曹冠所增也。犹记欧公《蝶恋花》词：'酒盏旋将荷叶当。莲舟荡时，盏里生红浪。'花气酒香，如扑纸上。"（《洗砚斋词·书曹冠词后》）

## 霜天晓角

水亭清绝，拥翠环林樾。湘簟宾筵乘兴，玉壶酒，漾冰雪。　宝兽沈烟爇[①]，玉琴声韵彻。夜永风微烟淡，梧桐影，碎明月。

[注释]

①宝兽：兽形香炉。　沈烟：沉香。沈，通“沉”。

## 喜朝天

绮霞阁[①]

绣水雕栏，绮霞邃宇[②]。薰风飒至清无暑[③]。花间休唱遏云歌[④]，枝头且听娇莺语。　景物撩人，悠然得句。深杯戏把纹楸赌[⑤]。胸中丘壑自生凉，何须泉石寻佳趣。

[注释]

①绮霞阁：未详。　原注：《喜朝天》，即《踏莎行》。　②邃宇：深屋。　③薰风：和风。　④遏云：“抚节悲歌，声振林木，响遏行云。”见《列子·汤问》。　⑤纹楸赌：“(谢)安遂命驾出山墅，亲朋毕集，方与玄围棋赌别墅。”见《晋书·谢安传》。　纹楸：围棋棋盘。

## 喜朝天

翠老红稀，歌慵笑懒。溟濛烟雨秋千院。芹泥带湿燕双飞，杜鹃啼诉芳心怨。　座客分题，传觞迭劝。送春惜别情何限。不须惆怅怨春归，明年春色重妍暖。

## 浣溪沙

柳

翠带千条蘸碧流，多情不解系行舟。章台惜别恨悠悠[①]。　　湿雨伤春眉黛敛，倚风无力舞腰柔。丝丝烟缕织离愁。

[注释]

①章台："章台柳，往日青青今在否？"见唐韩翃《章台柳》诗。章台，长安街名。

## 浣溪沙

槐柳风微轩槛凉，芙蕖绿叶映池光。几多飞盖拥红妆[①]。　　泉试云龙花乳泛[②]，袖笼宝鼎水沉香[③]。纹楸戏战赌霞觞[④]。

[注释]

①飞盖：车盖。　②云龙：云龙茶。　③水沉：沉水香，即沉香。　④霞觞：精美的酒杯。

## 浣溪沙

雁字鳞差印碧空[①]，淡云萦缕媚遥峰。悠飏舒卷逐西风。　　烟锁绿杨深院静，花前寓意劝金钟[②]。凤箫一曲月明中。

[注释]

①鳞差：依序排列。　②金钟：大饮酒器。

## 朝中措

茶

春芽北苑小方珪[①]。碾畔玉尘飞[②]。金箸春葱击拂[③],花瓷雪乳珍奇[④]。　主人情重,留连佳客,不醉无归。邀住清风两腋,重斟上马金卮[⑤]。

[注释]

①北苑:在今南京市北。　②玉尘:制茶时碾碎的茶末。　③金箸:敲击茶砖的筷子。　④雪乳:煮茶时表面的浮沫。　⑤金卮:饮酒器。

## 朝中措[①]

汤

更阑月影转瑶台[②],歌舞下香阶。洞府归云缥缈,主宾清兴徘徊。　汤斟崖蜜,香浮瑞露,风味方回。投辖高情无厌[③],抱琴明日重来[④]。

[注释]

①唐氏按:此下原有《和陶渊明归来词》,乃文体而非词体,未录。　②瑶台:豪华的楼台。　③投辖:陈遵每大饮,"辄关门,取宾客车辖投井中",殷勤留客。见《汉书·陈遵传》。　④"抱琴"句:"我醉欲眠卿且去,明朝有意抱琴来。"见唐李白《山中与幽人对酌》诗。

## 念奴骄

宋玉《高唐赋序》述楚怀王遇神女事,后世信之。愚独以为不然,因赋《念奴娇》,洗千载之诬蔑,以祛流俗之惑

蜀川三峡[①],有高唐奇观[②],神仙幽处。巨石巉岩临积

水，波浪轰天声怒[3]。十二灵峰[4]，云阶月地[5]，中有巫山女。须臾变化[6]，阳台朝暮云雨[7]。　堪笑楚国怀襄[8]，分当严父子[9]，胡然无度[10]。幻梦俱迷，应感逢魑魅[11]，虚言冥遇[12]。仙女耻求媒[13]，况神清直，岂可轻诬污。逢君之恶[14]，鄙哉宋玉词赋[15]。

[**注释**]

①蜀川三峡：指今瞿塘峡、巫峡和西陵峡。　②高唐奇观：战国时楚国台馆。　③"巨石"二句："登巉岩而下望兮，临大阺之积水。""长风至而波起兮。""崪中怒而特高兮。"见宋玉《高唐赋序》。　④十二灵峰：巫峡以上，群峰连绵，以独秀、笔峰、集仙、起云、登龙、望霞、聚鹤、栖凤、翠屏、盘龙、松峦、仙人等十二峰最为有名。　⑤云阶月地："香风引到大罗天，月地云阶拜洞仙。"见唐韦瓘《周秦行纪》自撰诗。　⑥须臾变化："须臾之间，变化无穷。"见宋玉《高唐赋序》。　⑦"阳台"句："昔者先王尝游高唐，怠而昼寝，梦见一妇人，曰：'妾巫山之女也，为高唐之客。闻君游高唐，愿荐枕席。'王因幸之，去而辞曰：'妾在巫山之阳，高丘之阻，旦为朝云，暮为行雨，朝朝暮暮，阳台之下。'旦朝视之如言。"见宋玉《高唐赋序》。　⑧怀襄：谓楚怀王和襄王。　⑨分：名分。　⑩胡然：何以。⑪魑魅：神话中山泽之鬼怪。　⑫冥遇：幽冥之中鬼神相交。　⑬唐氏按：别无"仙"字。　⑭逢：迎合。　⑮宋玉词赋：此处指宋玉《高唐赋序》。宋玉，战国楚辞赋家，曾事楚顷襄王。

## 念奴骄

### 县圃达观赏岩桂[1]

金飙替暑，觉庭梧湘簟，凉生秋意。玉露宵零仙掌洁[2]，云卷碧天如水。银汉波澄[3]，蟾光练静[4]，依约山横翠。清商佳景，笑它宋玉憔悴[5]。　堪笑利锁名缰[6]，向蜗牛角上，所争何事[7]。四者难并人易老[8]，惟有修真得计[9]。荣悴循环[10]，功名由命，达观明深旨[11]。桂花同赏，莫辞通夕欢醉。

[注释]

①县圃:神话中神仙所居之地。“朝发轫于苍梧兮,夕余至乎县圃。”见屈原《离骚》。此处所指不明。　②仙掌:仙掌峰。　③银汉:银河。　④蟾光:月光。　⑤宋玉憔悴:“始事屈原,原既放逐,求事楚友景差。景差惧其胜己,言之于王,王以为小臣。”见《玉函山房辑佚书补编》所引《襄阳耆旧传》。又,“坎廪兮贫士失职而志不平。郭落兮羁旅而无友生。惆怅兮而私自怜。”见宋玉《九辩》。　⑥利锁名缰:“系名声之缰锁。”见《汉书·叙传》。　⑦“向蜗牛”二句:“有国于蜗之左角者曰触氏,有国于蜗之右角者曰蛮氏。时相与争地而战。伏尸数万,逐北旬有五日而后返。”见《庄子·则阳》。　⑧四者难并:“天下良辰、美景、赏心、乐事,四者难并。”见南朝宋谢灵运《拟魏太子邺中集诗序》。　⑨修真:修养真性。道家谓修真得道者为真人。　⑩荣悴:兴盛衰败。　⑪达观:“达人大观兮,物无不可。”见汉贾谊《鹏鸟赋》。

## 念奴骄

述怀和赵宰通甫韵[①]

天津仙客,话平蔡、曾把龙钟调戏[②]。茅舍云林方隐迹,日日琴樽适意。鹏激天池[③],扶摇未便[④],尚敛摩云翅。经纶万卷[⑤],个中真负豪气。　喜遇良友知心,登临酬唱,堪作词林瑞。况是韶华将近也[⑥],待约连宵春醉。对客挥毫,如虹浩饮,争涌如泉思。同寅他日[⑦],誓坚忠义相济。

[注释]

①赵通甫:未详。　②唐氏按:裴度未达,尝游天津桥。或言蔡州未平,一老父指度曰:“必待此人。”度笑曰:“见我龙钟,故相调戏。”　③鹏激天池:“是鸟也,海运则将徙于南冥。南冥者,天池也。”见《庄子·逍遥游》。　④扶摇:“抟扶摇而上者九万里。”见《庄子·逍遥游》。扶摇,

飙。　⑤经纶:治理天下之书。　⑥韶华:美好的时光。　⑦同寅:同一处做官。

## 念奴骄

### 咏中秋月

碧天如水,湛银潢清浅[①],金波澄澈[②]。疑是姮娥将宝鉴[③],高挂广寒宫阙[④]。林叶吟秋,帘栊如画[⑤],丹桂香风发。年年今夕,庾楼此兴清绝[⑥]。　因念重折高枝[⑦],壮心犹郁,已觉生华髮[⑧]。好向林泉招隐处,时讲清游真率[⑨]。乘兴歌欢,熙然朝野[⑩],何日非佳节。百杯千首[⑪],醉吟长对风月。

[注释]

①银潢:银河。　②金波:月光。“月穆穆以金波。”见《汉书·礼乐志·郊祀歌》。　③姮娥:嫦娥。　④广寒宫阙:“开元六年,上皇与申天师、道士鸿都客,八月望日夜,因天师作术,三人同在云上,游月中。过一大门,在玉光中飞浮宫殿,往来无定,寒气逼人。露濡衣袖皆湿。顷见一大宫府,榜曰:广寒清虚之府。”见旧题柳宗元《龙城录·明皇梦游广寒宫》。　⑤唐氏按:“画”,别作“昼”。　⑥庾楼:“(庾)亮在武昌,诸佐吏殷浩之徒,乘秋夜往共登南楼,俄而不觉亮至,诸人将起避之。亮徐曰:‘诸君少住,老子于此处兴复不浅。’便据胡床与浩等读咏竟坐。”见《晋书·庾亮传》。　⑦重折高枝:再一次科举及第。“(郤诜)累迁雍州刺史。武帝于东堂会送,问诜曰:‘卿自以为何如?’诜对曰:‘臣举贤良对策,为天下第一,犹桂林之一枝,昆山之片玉。’”见《晋书·郤诜传》。⑧生华髮:“多情应笑我,早生华髮。”见宋苏轼《念奴娇》词。　⑨真率:“简文道王怀祖(述)才既不长,于荣利又不淡,直以真率少许,便足对人多多许。”见《世说新话·赏誉》。　⑩熙然:和乐貌。　⑪百杯千首:“李白斗酒诗百篇。”见唐杜甫《饮中八仙歌》诗。

## 西江月

秋香阁①

仙掌初零玉露②,清商乍肃金飙③。回环高阁桂香飘,元自广寒移到④。　　绛蜡银蟾辉映⑤,纶巾鹤氅逍遥⑥。赏心乐事醉良宵,赢取开怀吟啸。

[注释]

①秋香阁:未详。　②“仙掌”句:“玉露宵零仙掌洁。”见《念奴娇·悬圃达观赏岩桂》。　③清商:清商乐,包括清商三调。　金飙:秋风。　④广寒:广寒宫,神话中月宫。　⑤绛蜡银蟾:烛光月光。　⑥纶巾鹤氅:青丝带的头巾,鸟羽的裘衣,指隐士的服饰。

## 西江月

示忠彦①

秋霁姮娥二八②,寒光逼散浮云。小山丛桂吐清芬③,犹带蟾宫风韵④。　　因念两登仙籍⑤,恩沾雨露方新。汝今妙岁已能文,早折高枝荣奋⑥。

[注释]

①忠彦:未详。　②姮娥:嫦娥。　二八:十六。　③小山丛桂:淮南小山《招隐士》曰:“桂树丛生兮山之幽。”　④蟾宫:月宫。　⑤登仙籍:谓科举考试及第。　⑥折高枝:喻科举及第。

## 西江月

泛　舟

一派弯溪曲港,两山松干柽萝。寻幽乘兴泛烟波,时见白鸥飞过。　　炫日浪纹金影，连云岸草青莎。陶然一醉养天和[1]，解意歌莺劝我。

［注释］

①天和：自然的祥和之气。

## 水调歌头

游三洞[1]

我本方壶客[2]，飘逸离凡尘。胸中万卷，谈笑挥翰墨通神[3]。不慕巢由隐迹[4]，不羡皋夔功业[5]，出处两无心[6]。坦荡灵台净[7]，廛隐胜云林。　　念生平，喜旷达，事幽寻。登临舒啸，惟有风月是知音。雅爱金华仙洞，一派苍崖飞瀑，四序景常新。遐想赤松子[8]，来为醒冲襟。

［注释］

①三洞：指金华洞之朝真、冰壶、双龙三洞。金华洞在浙江金华市北金华山下，道书称为三十六洞天之一。　②方壶：神话中海上三座神山之一，即方丈仙山。　③唐氏按："墨"，别作"笔"。　④巢由：巢父和许由，传说唐尧时代隐士。　⑤皋夔：皋陶和夔龙，均为佐舜贤臣。　⑥"出处"句："出处无心。"见《夏初临》（琴拂虞熏）。　⑦灵台：谓心。　⑧赤松子：古代神话中仙人，为道教所信奉。

## 水调歌头

红　梅

造物巧钟赋[1]，新腊报花期。江梅清瘦，只是洁白逞芳姿。我欲超群绝类，故学仙家繁杏，秾艳映横枝。朱粉腻香脸，酒晕著冰肌。　　玉堂里[2]，山驿畔，最希奇。谁将绛蜡笼玉，香雪染胭脂。好向歌台舞榭，鬥取红妆娇面，偎倚韵偏宜。羌管莫吹动[3]，风月正相知。

[注释]

①“造物”句：“国艳天然，造物偏仲赋。”见《凤栖梧·牡丹》。 ②玉堂：谓富豪宅第。 ③羌管：谓笛。

## 水调歌头

游燕赏潭洞，舒啸对云峰[1]。瀑泉飞下银汉[2]，一水净涵空。前度刘郎诗句[3]，只咏丹青摹写，佳境未亲逢[4]。争似我吟赏，携酒屡从容。　　濯尘缨[5]，挥羽扇[6]，快薰风[7]。因思往古游者，清兴与今同。泉石因人轻重，岘首名传千古，登览赖羊公[8]。陵谷有迁变[9]，勋烈耀无穷。

[注释]

①舒啸：“登东皋以舒啸，临清流而赋诗。”见晋陶渊明《归去来兮辞》。啸，撮唇发出的曼长清越的声音。 舒啸：放声长啸。 ②银汉：银河。 ③前度刘郎：“前度刘郎今又来。”见唐刘禹锡《再游玄都观》诗。刘郎，即刘禹锡。 ④原注：“刘禹锡《寄题涵碧》诗，有‘远写丹青到雍州’之句。” ⑤濯尘缨：“沧浪之水清兮，可以濯我缨。”见《孟子·离娄》。 ⑥挥羽扇：“王(导)在冶城坐，大风扬尘，王以扇拂尘曰：‘元规尘污人。’”见《世说新语·轻诋》。 羽扇：鹅毛扇。 ⑦快薰风：“南风之薰兮，可以解吾民之愠兮。”见《史记·乐书》集解。 ⑧“岘首”二句：晋羊祜“乐山水，每风景，必造岘山，置酒言咏，终日不倦”。卒后，“襄阳百姓于岘山祜平生游憩之所建碑立庙，岁时飨祭焉。”见《晋书·羊祜传》。 ⑨“陵谷”句：“百川沸腾，山冢崒崩。高岸为谷，深谷为陵。”见《诗经·小雅·十月之交》。

## 鹧鸪天

### 梦　仙

我昔蓬莱侍列仙[①],梦游方悟绊尘缘。青春放浪迷诗酒,黄卷优游对圣贤[②]。　嘲水石,咏云烟。乘风欲往思泠然[③]。要知昨夜方壶景[④],只在芸斋杖屦前[⑤]。

[注释]

①蓬莱:蓬莱山,神话中海上三座神山之一。　②“黄卷”句:“(狄)仁杰为儿时,门人有被害者,吏就诘,众争辩对,仁杰诵书不置。吏让之,答曰:‘黄卷中方与圣贤对,何暇偶俗吏语耶!’”见《新唐书·狄仁杰传》。　③“乘风”句:“夫列子御风而行,泠然善也。”见《庄子·逍遥游》。泠然,轻妙貌。　④方壶:即方丈,神话中海上三座神山之一。　⑤芸斋:书斋。芸,香草,置于书页内,可避虫蠹。

## 好事近

### 岩　桂

蟾苑桂飘香[①],雅称姮娥珍惜[②]。吹下一丛仙种,伴秋光岑寂[③]。　金风玉露嫩凉天[④],造化有消息[⑤]。醉赏绿云金粟[⑥],媚枝头月色。

[注释]

①蟾苑:月中园林。“旧言月中有桂,有蟾蜍,故异书言月桂高五百丈,下有一人常斫之,随创随合。”见唐段成式《酉阳杂俎·天咫》。　②姮娥:嫦娥。　③岑寂:寂静。　④金风玉露:“由来碧落银河畔,可要金风玉露时。”见唐李商隐《辛未七夕》。　⑤造化:自然界。　⑥金粟:喻桂花。

## 好事近

己丑重阳游雷峰[1]

商素肃金飙[2],吹帽又逢佳节[3]。乘兴登临舒啸,玩云林清绝。 高歌横剑志平戎,酒量与天阔。更待醉归开宴,赏东篱明月。

[注释]

①雷峰:在杭州市西湖南岸净慈寺前,今名夕照山。 ②"商素":秋天。 ③吹帽:"九月九日,(桓)温宴龙山,僚佐毕集。时佐吏并着戎服。有风至,吹(孟)嘉帽堕地,嘉不觉之。"见《晋书·孟嘉传》。

## 好事近

灯 花

良月戒微寒,清夜祥烟馥郁。来报天庭喜事[1],现灯花金粟[2]。 芝书奎画下层霄[3],宣召想来促。它日玉堂挥翰[4],赐金莲花烛[5]。

[注释]

①天庭:谓朝廷。 ②金粟:喻灯花。 ③芝书奎画:指皇帝的诏书。芝书,即芝英书,古字体之一种。 ④玉堂:翰林院所在地,指代翰林院。 ⑤金莲花烛:宫廷用的蜡烛。"上将命令狐绹为相……乃赐金莲花烛送之。"见唐裴廷裕《东观奏记》上。

## 兰陵王

涵 碧[1]

晚云碧,松巘飞泉翠滴。双鱼畔、疑是永和,曲水流觞旧风物。波光映山色，时见轻鸥出没。壶天邃[2]，修竹翠阴，虚籁吟风更幽寂。　登临兴何极。上烟际危亭，彩笔题石[3]。山中猿鹤应相识。对远景舒啸，壮怀豪逸。刘郎何在玩石刻，感往事陈迹。　还忆，少年日。帅旗鼓文场，轩冕京国[4]。如今老大机心息[5]。有陶令秫酒，谢公山屐。闲来潭洞，醉皓月，弄横笛。

[注释]

①涵碧：亭名。在浙江东阳。　②壶天："（施存）常悬一壶如五升器大，变化为天地，中有日月如世间，夜宿其内。自号壶天。"见《云笈七签·二十八治》。　③彩笔："（江淹）尝宿于冶亭，梦一丈夫自称郭璞，谓淹曰：'吾有笔在卿处多年，可以见还。'淹乃探怀中得五色笔一以授之。"见《南史·江淹传》。　④轩冕：乘轩服冕。"古之所谓得志者，非轩冕之谓也。"见《庄子·缮性》。　⑤机心：智巧变作之心计。

## 宴桃源

游　湖

西湖避暑棹扁舟[1]，忘机狎白鸥[2]。荷香十里供瀛洲[3]，山光翠欲流。　歌浩浩，思悠悠。诗成兴未休。清风明月解相留，琴声万籁幽。

[注释]

①西湖：在杭州市区之西，故名。古有金牛湖、武林水、明圣湖、钱塘湖、上湖等名。　②忘机：忘却计较智巧之心。　③瀛洲：神话中海上三座神山之一，此处谓湖心岛。

## 宴桃源

廉纤小雨养花天[1]，池光映远山。蕙兰风暖正暄妍[2]，归梁燕翼偏。 芳草碧，绿波涟。良辰近禁烟[3]。酒酣午枕兴怡然，莺声惊梦仙。

[注释]

①廉纤：细雨貌。 养花天：牡丹“最喜阴晴相半时，谓之养花天”。见宋陆游《天彭牡丹谱》。 ②暄妍：鲜丽。 ③禁烟：清明前一天为寒食，禁烟火。

## 惜芳菲

### 述 怀

寓意登临诗与酒，豪气直冲牛斗[1]。挥翰风雷吼，我生嗟在东坡后[2]。 流水高山琴静奏[3]，莫笑知音未偶。天意君知否，穷通在道吾何有[4]。

[注释]

①牛斗：二十八宿中的牛宿和斗宿。 ②东坡：苏轼，号东坡。一生历尽升沉，胸怀旷达。熙宁四年（1071）六月，通判杭州。元祐四年（1089）三月，又出知杭州，留下不少诗词。 ③“流水”句：“伯牙鼓琴，钟子期听之。方鼓琴而志在太山，钟子期曰：‘善哉乎鼓琴，巍巍乎若太山。’少选之间而志在流水，钟子期曰：“善哉乎鼓琴，汤汤乎若流水。’”见《吕氏春秋·本味》。 ④穷通：“古之得道者，穷亦乐，通亦乐，所乐非穷通也。”见《庄子·让王》。

## 江神子

### 南 园[1]

雨馀乾鹊报新晴[2]。晓风清，听莺声。飞盖南园，游赏赋闲情。麦垅黄云堆万顷，收刈处，有人耕。 淙琤漱玉涧泉鸣[3]。翠峰横，碧云凝。罨画园林[4]，缣素写难成。卢橘杨梅时正熟，随处赏，饮班荆[5]。

[注释]

①南园：未详。 ②乾鹊：喜鹊。 ③淙琤漱玉：形容水声悦耳，如玉石相碰。 ④罨画：杂色的彩画。 ⑤班荆：把荆草铺在地上坐，指朋友途中相逢，共相话旧。

## 蓦山溪

九 日[1]

年年九日，萸菊登高宴。今岁旅新丰[2]，听征雁、吟蛩幽怨。行行游赏，邂逅得诗人[3]，呼斗酒，发清吟，豪气凌霄汉。 穷通默定，志士那兴叹[4]。寓意醉乡游，且赢得、开怀萧散。功名外物，何必累冲襟，炼丹井[5]，叱羊山[6]，寻个修真伴[7]。

[注释]

①九日：农历九月九日，为重阳节。 ②旅新丰：唐马周"留客汴，为浚仪令崔贤所辱，遂感激而西，舍新丰"。见《新唐书·马周传》。 ③邂逅：不期而遇。 ④"穷通默定"二句："穷通在道吾何有。"见《惜芳菲·述怀》。 默定：暗定。 ⑤炼丹井：晋葛洪炼丹药之水井，金华山、天台山、会稽山均有。 ⑥叱羊山：皇初平牧羊，跟道士走入金华山石室。兄长寻来，只见白石，不见有羊。初平叱声"羊起"，白石均变为羊。见晋葛洪《神仙传》。 ⑦修真：修身养真。

## 蓦山溪

鉴 湖[1]

鉴湖千顷，四序风光好。拨棹皱涟漪，极目处、青山缭绕。微茫烟霭，鸥鹭点菰蒲，云帆过，钓舟横，俱被劳生扰。　知章请赐，独占心何小[②]。风月本无私，同众乐、宁论多少。浮家泛宅[③]，它日效陶朱[④]，烹鲈鳜，酌松醪，吟笔千篇扫。

[注释]

①鉴湖：北宋前名庆湖、镜湖、南湖，北宋始名鉴湖，位于今浙江绍兴会稽山北。东汉永和五年会稽郡守马臻主持下修筑。全长一二七里，周围三十五里。　②"知章"二句："（贺知章）又求周宫湖数顷为放生池，有诏赐镜湖剡川一曲。"见《新唐书·贺知章传》。　③浮家泛宅："颜真卿为湖州刺史，（张）志和来谒，真卿以舟敝漏，请更之。志和曰：'愿为浮家泛宅，往来苕、霅间。'辩捷类如此。"见《新唐书·张志和传》。　④陶朱：春秋时，越国大夫范蠡佐越王勾践灭吴复国后，浮海出齐，变姓名，自谓鸱夷子皮……止于陶……于是自谓陶朱公。"见《史记·越王勾践世家》。

## 蓦山溪

乾道戊子秋游涵碧[①]

深秋澄霁，烟淡霜天晓。翠岘峻摩穹[②]，有碧涧、清溪缭绕。鸣弦多暇[③]，乘兴约登临，听水乐，玩丰碑[④]，遐想东坡老[⑤]。　当年叔子，何事伤怀抱[⑥]。名与此山俱，叹无闻、真成可笑。吾侪勋业，要使列云台[⑦]，擒颉利[⑧]，斩楼兰[⑨]，混一车书道[⑩]。

[注释]

①乾道戊子：宋孝宗乾道四年（1168）。　②翠岘：岘山，在湖北襄阳市南。　③鸣弦：琴。　④丰碑：指堕泪碑。羊祜卒，"襄阳百姓于岘山羊祜生前游憩之所，建碑立庙，岁时飨祭焉。望其碑者，莫不流涕。杜预因名为堕泪碑"。见《晋书·羊祜传》。　⑤遐想东坡后："我生嗟在东坡

后。”见《惜芳菲·述怀》。 ⑥“当年”二句：羊祜尝慨然叹息，顾谓从事中郎邹湛等曰：“自有宇宙，便有此山。由来贤达胜士登此远望，如我与卿者多矣，皆湮灭无闻，使人悲伤。如百岁后有知，魂魄犹应登此也。”见《晋书·羊祜传》。叔子，羊祜字。 ⑦云台：汉明帝永平三年，追念前世功臣，图邓禹等二十八将像于南宫云台。 ⑧颉利：东突厥可汗，唐贞观四年(630)被唐将擒获。 ⑨楼兰：傅介子“斩匈奴使者，还拜中郎。复斩楼兰王首，封义阳侯”。见《西京杂记》卷三。楼兰，西域古国。 ⑩“混一”句：秦始皇统一天下后，书同文，车同轨。

## 蓦山溪

渡江咏潮①

潮生潮落，千古长如许。吴越旧争衡②，览遗迹、英雄何处。胥神忠愤③，贾勇助鲸波④，湍砥柱⑤，驾鳌峰⑥，万骑轰鼍鼓⑦。 连天雪浪，直上银河去。击楫誓中流⑧，剑冲星、醉酣起舞⑨。丈夫志业，当使列云台，擒颉利，斩楼兰，雪耻歼狂虏⑩。

[注释]

①江：指钱塘江。 ②吴越旧争衡：春秋末期，处于江浙一带的吴国和越国为争霸权，战争连年不断。 ③胥神：谓伍子胥。吴越交战，吴王夫差败越，越勾践请和，子胥力谏不能。夫差信伯嚭之谗言，迫子胥自尽。传说子胥怨气未消，化为潮神。 ④贾勇：馀勇。 鲸波：大潮。 ⑤砥柱：“昔禹治洪水，山陵当水者凿之，故破山以通河，河水分流包山而过，山见水中，若柱然，故曰砥柱。”见北魏郦道元《水经注·河水》。 ⑥鳌峰：“渤海之东……其中有五山焉……帝恐流于西极，夫群仙圣之居，乃命禺强使巨鳌十五举首而戴之。”见《列子·汤问》。 ⑦鼍鼓：鼍皮蒙的鼓。“鼍鼓逢逢。”见《诗经·大雅·灵台》。 ⑧“击楫”句：“仍将本流徙部曲百馀家渡江，中流击楫而誓曰：‘祖逖不能清中原而复济者，有如大江。’”见《晋书·祖逖传》。 ⑨剑冲星：“初，吴之未灭也，斗牛之间常有紫

气。……入地四丈余,得一石函,光气非常,中有双剑,并刻题,一曰龙泉,一曰太阿。其夕,斗牛间气不复见焉。”见《晋书·张华传》。 ⑩“丈夫”四句:“吾侪勋业,要使列云台,擒颉利,斩楼兰,混一车书道。”见《蓦山溪·乾道戊子秋游涵碧》。

## 蓦山溪

九 日

佳辰洊九[①],吹帽霜风峭[②]。画阁势崔嵬,遍危阑、翠峰缭绕。茂林修竹[③],别是小壶天[④],烟霭淡,夕阳明,隐映溪光渺。 匣琴流水,休恨知音少[⑤]。长啸对西风[⑥],觉志气、凌云缥缈。传杯兴逸,高会继龙山[⑦],簪嫩菊,插红萸,相对年年好。

[注释]

①洊九:重九。 ②吹帽:详注⑦。 ③茂林修竹:“此地有崇山峻岭,茂林修竹。”见晋王羲之《兰亭集序》。 ④壶天:“(施存)常悬一壶如五升器大,变化为天地,中有日月如世间,夜宿其内。自号壶天。”见《云笈七签·二十八治》。 ⑤“匣琴”二句:“伯牙鼓琴,钟子期听之。方鼓琴而志在太山,钟子期曰:‘善哉乎鼓琴,巍巍乎若太山。’少选之间而志在流水,钟子期曰:“善哉乎鼓琴,汤汤乎若流水。’”见《吕氏春秋·本味》。 ⑥长啸:阮籍喜作长啸。见一道人抱膝坐于山岩旁,籍乃对坐,长啸。见《世说新语·栖逸》。 ⑦“高会”句:“九月九日,(桓)温宴龙山,僚佐毕集。时佐吏并着戎服。有风至,吹嘉帽堕地,嘉不觉之。……命孙盛作文嘲嘉,着嘉坐处。嘉还见,即答之,其文甚美,四坐嗟叹。”见《晋书·孟嘉传》。

## 东坡引

九 日

凉飙生玉宇[①],黄花晓凝露[②]。汀蘋岸蓼秋将暮,登高开宴俎[3]。　传杯兴逸，分咏得句。思戏马、长怀古[4]。东篱候酒人何处[5]，芳尊须送与。

[注释]

①玉宇：碧空。　②黄花：菊花。　③宴俎：宴席。　④戏马："宋武帝为宋公，在彭城，九日，出项羽戏马台。"见《文选·萧子显〈齐书〉》李善注。　⑤东篱候酒："（渊明）尝九月九日出宅边菊丛中坐，久之，满手把菊，忽值白衣人送酒至，即便就酌，醉而归。"见梁萧统《陶渊明传》。

## 水龙吟

梅

自来百卉千葩，算多有、异芬清绝。此花独赋，天然标致，于中超越。月脸妆匀，碧琼枝瘦，真仙风骨。向严寒雪里，千林冻损，钟和气、先春发。　信是芳姿高洁。肯趋陪、游蜂戏蝶。玉堂静处[1]，竹梢斜亚[2]，凝烟媚月。一任严城上，单于奏、角声凄切[3]。待芳心结实，和羹鼎鼐[4]，收功须别。

[注释]

①玉堂：指豪贵宅邸。　②斜亚：斜掩。　③单于：又名《小单于》，曲调名。　④和羹：指相业。"若作和羹，尔惟盐梅。"见《尚书·说命》。

## 满江红

淳熙丁酉六月十三日[1]，浙宪芮国瑞巡历东阳[2]，招饮涵碧。是日也，实予始生之日。国瑞用旧词韵作《满江红》为寿，因和述怀

味道韬光[3]，伴耕钓、城南涧曲。吾不羡、炼丹金井，

访仙王屋[4]。清洁无瑕通隐显[5],满堂岂肯贪金玉。向北窗、高卧水风凉,槐阴绿。　　闲自赏,东篱菊[6]。偏喜种,幽居竹。信巍然良贵,有荣无辱。外物随缘姑泛应,无心仕止常知足。喜圣时、协气屡丰年,西畴熟[7]。

[注释]

①淳熙丁酉:宋孝宗淳熙四年(1177)。　②芮国瑞:名辉,乌程人。绍兴十八年进士。　东阳:县名,在浙江省中部,金华江上游。　③韬光:把才华掩藏起来。　④王屋:王屋山,在山西。　⑤唐氏按:"洁",别作"节"。　⑥东篱菊:"采菊东篱下,悠然见南山。"见晋陶渊明《饮酒》其二。　⑦西畴:"农人告余以春及,将有事于西畴。"见晋陶渊明《归去来兮辞》。畴,田亩。

## 满江红

日暖烟轻,竹梢映、花阴凌乱。微风皱、池光青碧[1],绿杨垂岸。艳杏墙头红粉媚,幽兰砌下飘香暖。称邀宾、明日去寻芳[2],频欢宴。　　光景速,浑如箭。醉梦里,春强半。且花前莫厌,玉杯频劝。一枕游仙方警悟,浮名自笑犹萦绊。醉挥毫、付与雪儿歌[3],娇莺啭。

[注释]

①唐氏按:"青",别作"弄"。　②唐氏按:"明",别作"排"。　③原注:"古诗'丽词付与雪儿歌。'"　雪儿:本李密爱妾,后泛指歌女。

## 桂飘香[1]

律应清商[2],嫩凉生、金风乍飘林叶。玉兔腾精[3],光浸楼台,宛似广寒宫阙[4]。远山横翠烟霏敛,鹊枝绕、蛩声凄切。气萧爽，一年好处，桂花时节。　　香压群芳妙绝。记蟾窟高枝，两曾攀折[5]。思报君亲，何事壮怀犹郁。傅岩莘野时方隐[6]，心先定、经纶施设[7]。赏花醉，持杯更邀皓月。

[注释]

①原注："元名《花心动》。"　②清商：商为五音之一，按阴阳五行之说，商、秋属金，故清商指秋。　③玉兔：谓月。　④广寒宫阙："高挂广寒宫阙。"见《念奴娇·咏中秋月》。　⑤"记蟾窟"二句：郤诜以为"举贤良对策，为天下第一，犹桂林之一枝"，因此历来比科举及第为折桂。见《晋书·郤诜传》。曹冠于绍兴二十四年和乾道五年两次应举中第，故曰"两曾攀折"。　⑥傅岩："傅说筑傅岩，武丁举以为相。"见《孟子·告子下》赵岐注。　莘野："伊尹耕于有莘之野，而乐尧舜之道焉。"见《孟子·万章上》。　⑦经纶：筹划治国大事。

## 喜迁莺

上巳游涵碧[1]

艳阳时序。向祓禊芳辰[2]，登临仙府。碧水澄虚，修篁耸翠，夹径蕙兰香吐。春晚巧莺声碎，风卷飞红无数。凝望处，见桑村麦陇，竹溪烟浦。　　欢聚。须信道，游宦东西，易得成离阻。北海开尊[3]，东山乘兴[4]，四乐偷闲赢取[5]。棋战新来常胜，诗瘦只因吟苦。心湛静，笑白云多事，等闲为雨。

[注释]

①上巳：农历三月上旬的巳日（曹魏后固定为三月三日）为上巳节，行修禊之礼。　②祓禊：古代习俗，上巳日到水边嬉游，以祓除不祥。　③北海开尊：孔融常叹道："坐上客恒满，尊中酒不空，吾无忧矣。"见《后汉

书·孔融传》。孔融曾任北海相,有“孔北海”之称。 ④东山乘兴:谢安“寓居会稽,与王羲之及高阳许询、桑门支遁游处,出则渔弋山水,入则言咏属文,无处世意”。见《晋书·谢安传》。 ⑤四乐:“天下良辰、美景、赏心、乐事,四者难并。”见南朝宋谢灵运《拟魏太子邺中集诗序》。

## 八六子

### 九 日

晚秋时。碧天澄爽,云何宋玉兴悲①。对美景良辰乐事②,采萸簪菊登临,共上翠微③。 堪嗟乌兔如飞④。秉烛欢游须屡⑤,传杯到手休辞。念戏马台存⑥,隽游安在⑦,且开怀抱,听歌金缕⑧,从教下客疏狂落帽⑨,也胜龌龊东篱⑩。醉中归,花阴月影正移。

[注释]

①宋玉兴悲:“悲哉,秋之为气也。萧瑟兮,草木摇落而变衰。”见宋玉《九辩》。 ②“对良辰”句:见前《喜迁莺·上巳游涵碧》词。 ③翠微:青翠掩映的山腰幽深处。 ④乌兔:谓日月。 ⑤“秉烛”句:“昼短苦夜长,何不秉烛游。”见《古诗十九首》其十五。 ⑥戏马台:见《东坡引·九日》词。 ⑦隽游:引人入胜之游。 ⑧金缕:《金缕曲》。 ⑨落帽:用孟喜龙山落帽之典。 ⑩原注:“太白诗:‘龌龊东篱下,渊明不足群。’”

## 木兰花慢

### 和旧词韵

念行藏在道①,仕宦岂为谋身。自谤起营蝇②,东山高卧③,北海开尊④。荣枯置之度外,得饶人处⑤,谩也饶人。须信吾躬道义,巍然良贵中存。 浮名。蜗角是非蚊⑥,过耳总休论。且啸傲幽居,清风皓月,光景常新。佩琴行吟胜景，访林泉、避暑赏烟云。谁识怀忠畎亩[7]，此心常不忘君。

[注释]

①行藏："用之则行，舍之则藏。"见《论语·述而》。　②营蝇：谓谗言中伤。"营营青蝇。"见《诗经·小雅·青蝇》。　③东山高卧：谢安隐居会稽东山，"征西大将军桓温请为司马，将发新亭，中丞高崧戏之曰：'卿累违朝旨，高卧东山，诸人每相与言，安石不肯出，将为苍生何！苍生今亦将如卿何！'安甚有愧色"。见《晋书·谢安传》。　④北海开尊：孔融，号孔北海。喜宾客。　⑤饶人：让人。　⑥"浮名"二句："蜗角虚名，蝇头微利，算来着甚干忙。"见宋苏轼《满庭芳》词。　⑦畎亩：田间。

## 柳梢青

### 游　湖[1]

湖岸千峰。嵌岩隐映[2]，绿竹青松。古寺东西，楼台上下，烟雾溟濛[3]。　波光万顷溶溶。人面与、荷花共红。拨棹归欤，一天明月，十里香风。

[注释]

①唐氏按：此首别误作张孝祥，见《永乐大典》卷二千二百六十五"湖"字韵。　②嵌岩：山洞。　③溟濛：模糊不清。

## 哨　遍

东坡采《归去来词》作《哨遍》，音调高古。双溪居士檃括《赤壁赋》，被之声歌，聊写达观之怀，寓超然之兴云

壬戌孟秋，苏子夜游，赤壁舟轻漾[1]。观水光、瀰渺接遥天，月出于东山之上[2]。与客同，清欢扣舷歌咏，开怀饮

酒情酣畅[③]。如羽化登仙,乘风独立,飘然遗世高尚[④]。客吹箫、音韵远悠飏[⑤]。怨慕舞潜蛟、动凄凉[⑥]。自古英雄,孟德周郎,旧踪可想[⑦]。 噫,水与月兮,逝者如斯曷尝往[⑧]。变化如一瞬,盈虚兮、莫消长[⑨]。自不变而观,物我无尽,何须感物兴悲怅[⑩]。夫天地之间,物各有主,惟同风月清赏[⑪]。念江山美景岂可量。吾与子、乐与兴徜徉[⑫]。听江渚、樵歌渔唱。□侣鱼虾、友麋鹿,举匏尊相劝,人生堪笑,蜉蝣一梦,且纵扁舟放浪[⑬]。戏将坡赋度新声,试写高怀,自娱闲旷。

[注释]

①"壬戌"三句:"壬戌之秋,七月既望,苏子与客泛舟,游于赤壁之下。"见《赤壁赋》。以下各句均出此篇。 ②"观水光"二句:"少焉,月出于东山之上,徘徊于斗牛之间。白露横江,水光接天。" ③"与客同"三句:"于是饮酒乐甚,扣舷而歌之。" ④"如羽化"三句:"飘飘乎如遗世独立,羽化而登仙。" ⑤"客吹箫"句:"客有吹洞箫者,倚歌而和之。其声呜呜然,如怨如慕,如泣如诉;馀音袅袅,不绝如缕。" ⑥"怨慕"句:"舞幽壑之潜蛟,泣孤舟之嫠妇。" ⑦"自古"三句:"此非孟德之困于周郎者乎?……固一世之雄也。" ⑧"水与月"二句:"客亦知夫水与月乎?逝者如斯,而未尝往也。" ⑨"变化"二句:"盈虚者如彼,而卒莫消长也。" ⑩"自不变"三句:"盖将自其变者而观之,则天地曾不能以一瞬;自其不变者而观之,则物与我皆无尽也。而又何羡乎?" ⑪"夫天地"三句:"且夫天地之间,物各有主……惟江上之清风,与山间之明月,耳得之而为声,目遇之而成色。" ⑫"念江山"二句:"是造物者之无尽藏也,而吾与子之所共适。" ⑬"听江渚"六句:"况吾与子渔樵于江渚之上,侣鱼虾而友麋鹿,驾一叶之扁舟,举匏尊以相属。寄蜉蝣于天地,渺沧海之一粟。"

## 小重山

风飐池荷雨盖翻。明珠千万颗,碎仍圆。龟鱼浮戏皱清涟。翠光映，垂柳幂瑶烟[①]。　幽兴寓薰弦[②]。俗尘飞不到，小壶天[③]。身闲无事自超然。拚酩酊，一枕梦游仙[④]。

［注释］

①幂：覆盖。　②薰弦："昔者舜用五弦之琴以歌南风。"见《礼记·乐记》。　③壶天："（施存）常悬一壶如五升器大，变化为天地，中有日月如世间，夜宿其内。自号壶天。"见《云笈七签·二十八治》。　④游仙：脱离尘俗，游心仙境。

## 满庭芳

榴艳喷红，槐阴凝绿，薰风初扇微凉[①]。新荷舒盖，翠色映波光。时见金鳞戏跃，听莺声、巧啭垂杨。谁知我，身闲无累，对景自襄羊[②]。　南堂。清昼永，瑶琴横膝，芸帙披香[③]。负气冲牛斗[④]，操凛冰霜。吟笔通神掣电，乘高兴、鲸吸飞觞[⑤]。情何憾，君亲未报，功业志难忘。

［注释］

①薰风："南风之薰兮，可以解吾民之愠兮。"见《南风歌》。　②襄羊：徜徉，徘徊。　③芸帙：书卷。　④牛斗：指二十八宿中的牛宿和斗宿。　⑤鲸吸："饮如长鲸吸百川。"见唐杜甫《饮中八仙歌》。

## 卜算子

### 梦　仙

午枕梦游仙[①]，身到蓬莱境[②]。何事莺声啭绿杨，刚把人惊醒。　乘兴对琴尊，寄傲吟光景。绕舍清阴映远岑，香篆槐堂静[③]。

[注释]

①"午枕"句:"一枕梦游仙。"见《小重山》(风飐池荷)。　②蓬莱:蓬莱山,神话中海上三座神山之一。　③香篆:制成篆字形的盘香。　槐堂:周代朝廷前植槐树以定三公之位,后人取堂名以示对子孙的期望。

## 粉蝶儿

绕舍清阴,还是暮春天气。遍苍苔、乱红堆砌。问留春不住,春怎知人意。最关情,云杪杜鹃声碎[①]。　休怨春归,四时有花堪醉。渐红莲、艳妆依水。次芙蓉岩桂,与菊英梅蕊。称开尊[②],日日殢香偎翠[③]。

[注释]

①云杪:云端。　②称:举。　③殢香偎翠:对香花美草留恋不舍。

## 临江仙

明远楼[①]

三洞烟霞多胜致[②],壶中别有登临[③]。白鸥飞处晚云深。群峰罗户牖,空翠入衣襟。　分得双溪楼上景[④],四时佳趣供吟。浩歌鲸饮酒频斟[⑤]。莺花休恨别,风月是知音。

[注释]

①明远楼:未详。　②三洞:指金华洞之朝真、冰壶、双龙三洞。金华洞在浙江金华市北金华山下,道书称为三十六洞天之一。　③壶中:谓冰壶洞中。　④双溪:东阳江(东溪)和武义江(南溪)汇于金华城下,称双溪。明远楼疑在双溪边。　⑤鲸饮:即鲸吸。

## 浪淘沙

### 述怀

清介百无求[①]，民瘼怀忧[②]。席珍藏器效前修[③]。自负平戎经国略[④]，壮气横秋。　二纪叹淹留[⑤]，寻壑经丘。醉吟适意且遨游。致主丹心犹未老，天意知不。

［注释］

①清介：清高耿直。　②民瘼：民间疾苦。　③"席珍"句："哀公命席，孔子侍曰：'儒有席上之珍以待聘，夙夜强学以待问，怀忠信以待举，力行以待取，其自立有如此者。"见《礼记·儒行》。　④平戎经国略：收复失地、治理国家之方略。　⑤二纪：二十四年。

## 定风波

万个琅玕筛日影[①]，两堤杨柳蘸涟漪。鸣鸟一声林愈静，吟兴。未曾移步已成诗。　旋汲清湘烹建茗[②]，时寻野果劝金卮[③]。况有良朋谈妙理，适意。此欢莫遣俗人知。

［注释］

①琅玕：竹。　②建茗：建溪茶，产于福建建溪。　③金卮：酒杯。

## 青玉案

烟村茂樾湾溪畔，似远景、摹轻练。细草平沙骑款段[①]。渔翁欸乃[②]，却惊鸥鹭，飞起澄波面。　班荆对饮垂杨岸[③]，枝上莺歌如解劝。山映斜阳霞绮散[④]。醉吟乘兴，锦囊诗满[⑤]，爱月归来晚。

[注释]

①款段:马行迟缓貌。 ②欸乃:《欸乃曲》,民间渔歌。 ③班荆:把荆条铺在地上。“班荆相与食,而言复故。”见《左传·襄公二十六年》。④霞绮散:“馀霞散成绮。”见南朝齐谢朓《晚登三山还望京邑》。 ⑤锦囊:“每旦日出,与诸公游,恒从小奚奴骑距驴,背一古破锦囊,遇有所得,即书投囊中。”见唐李商隐《李贺小传》。

## 使牛子

晚天雨霁横雌霓[①],帘卷一轩月色。纹簟坐苔茵,乘兴高歌琼液[②]。 翠瓜冷浸冰壶碧[③],茶罢风生两腋。四座沸欢声,喜我投壶全中的[④]。

[注释]

①雌霓:双虹中色彩浅淡者称雌霓。 ②琼液:美酒。 ③翠瓜:今称西瓜。 ④投壶:投矢入壶,古代一种游戏,也是宴会的一种礼节。

## 望海潮

绍兴府西园席上[①]

会稽藩镇[②],舟车都会,槐庭燕寝凝香[③]。禹穴旧踪[④],兰亭胜致[⑤],千岩万壑生光[⑥]。舆颂美龚黄[⑦]。庆慈闱戏彩[⑧],眉寿而康。寓兴西园,月台风榭赏群芳。(下半阕佚)

(以上四印斋所刻词本《燕喜词》[⑨])

[注释]

①绍兴府:今浙江绍兴,治所在山阴(今绍兴)。 西园:在卧龙山西麓。吴越时,以越州为东府,穿渠引湖水,为后宫棹讴凫雁之乐。后忠逊王迁居州治,益修治之。至宋仁宗时,郡守蒋堂等复为葺建,中有飞盖堂、流觞亭,渌波亭、望湖楼诸胜。 ②会稽藩镇:绍兴府属古会稽郡,唐时设

军府，设节度使，故称。 ③槐庭：喻三公宰辅之所在，绍兴府在吴府时为东都，在南宋时为陪都，故云。 ④禹穴：在绍兴东南十五里宛委山，相传为夏禹取金简玉字之书以治洪水之地。 ⑤兰亭：在绍兴西南二十七里，晋穆帝永和九年，王羲之与孙绰等四十一人于此修禊，临流赋诗。 ⑥千岩万壑："顾长康从会稽还，人问山川美，顾曰：'千岩竞秀，万壑争流。草木蒙茏其上，若云兴霞蔚。'"见《世说新语·言语》。 ⑦龚黄：谓龚遂和黄霸。龚曾任渤海太守，黄曾任颍川太守，均为汉宣帝时循吏。 ⑧戏彩：老莱子行年七十，"尝着五色斑斓衣，为亲取饮上堂，脚跌，恐伤父母之心，因僵仆为婴儿啼"。见《太平御览》卷四一三引师觉授《孝子传》。 ⑨文字据《典雅词》本改。